「十四五」国家重点图书出版规划项目

国家社会科学基金重大项目『中国近代日记文献叙录、整理与研究』（项目编号：18ZDA259）阶段性研究成果

中国近现代稀见史料丛刊 【第十辑】

张剑 徐雁平 彭国忠 主编

龚缃熙日记（上）

（清）龚缃熙 著

许勇 徐珊珊 单丽君 整理

本辑执行主编 张剑

凤凰出版社

图书在版编目（ＣＩＰ）数据

龚缙熙日记 /（清）龚缙熙著；许勇，徐珊珊，单丽君整理. -- 南京：凤凰出版社，2023.10
（中国近现代稀见史料丛刊. 第十辑）
ISBN 978-7-5506-3987-4

Ⅰ. ①龚… Ⅱ. ①龚… ②许… ③徐… ④单… Ⅲ. ①日记－作品集－中国－清代 Ⅳ. ①I264.9

中国国家版本馆CIP数据核字(2023)第184052号

书　　　名	龚缙熙日记	
著　　　者	(清)龚缙熙 著　许勇　徐珊珊　单丽君 整理	
责 任 编 辑	孙思贤	
特 约 编 辑	姜　好	
装 帧 设 计	姜　嵩	
责 任 监 制	程明娇	
出 版 发 行	凤凰出版社(原江苏古籍出版社)	
	发行部电话025-83223462	
出版社地址	江苏省南京市中央路165号,邮编:210009	
照　　　排	南京凯建文化发展有限公司	
印　　　刷	江苏凤凰通达印刷有限公司	
	江苏省南京市六合区冶山镇,邮编:211523	
开　　　本	880毫米×1230毫米　1/32	
印　　　张	38.875	
字　　　数	1010千字	
版　　　次	2023年10月第1版	
印　　　次	2023年10月第1次印刷	
标 准 书 号	ISBN 978-7-5506-3987-4	
定　　　价	288.00元(全三册)	

(本书凡印装错误可向承印厂调换,电话:025-57572508)

存史鑒今

袁行霈題

袁行霈先生題辞

「音实难知，知实难逢，逢其
知音，千载其一乎！」（《文心雕龙·
知音》）今读新编稀见史料丛
刊，真有治学知音之感矣。

傅璇琮谨书

二〇一三年

傅璇琮先生题辞

殚精竭虑旁搜远绍

重新打造中华文史资

料库

王水照 二〇一三年一月

王水照先生题辞

余一事無成贅疣人世聊叙平生閱歷雖瑣屑不少遺爲

編詩計也異日回首前塵尚可與家人輩縷數班班爲燈

前遺閒之助而交游之聚戚親族之盛衰境遇之悲愉欣

戚亦不至如隔世茫然如謂倣趙清獻焚香告天則吾豈

敢姑借筆墨以補健忘云爾噫既不能珥筆螭坳紀

國家之盛又不能題名鴈塔兼翰墨之勛脅無記事之珠

手有寫愁之管不堪持贈人也爰變年譜之例日自怡日

記

咸豐元年辛亥十有二月既望又一村人自識於鏡㙞軒

《龔又村自怡日记》书影一

乙酉十有六歲　丙戌十有七歲

丁亥十有八歲　戊子十有九歲

己丑二十歲　庚寅二十有一歲

辛卯二十有二歲　壬辰二十有三歲

癸巳二十有四歲　甲午二十有五歲

乙未二十有六歲　丙申二十有七歲

丁酉二十有八歲　戊戌二十有九歲

己亥三十歲

龔又村自怡日記卷一

嘉慶十有五年庚午十一歲

余以是年十二月二十二日申時生于常熟南鄉四
萬蕩祖居杏村府君暨余母周太孺人年皆三十一
上有兩兄一姊長兄及姊早殤次兄名縉宇社卿
長余二歲家君命余名曰縉熙時曾祖侍重慶下

嘉慶十有六年辛未二歲

是春家君因病未赴禮闈余於夏秋患猴疳未能即
愈先是大兄亦染是恙賴郡中高仰山醫治至其年

竟畢于前

《龔又村自怡日記》書影二

清執知甫下咽而口噤下開氣藥已不及年才

死可蘇而竟
無資而尚有
終欲洞至斯
秋以來無家
者始信神傳
絡繹上蘇皆
攜人又紛紛
滋擾次日陳藹亭來留茶小談久陪至祖居視禮庭

弟慈喜其寒熱已退雖有小痢元氣不虧廿七日王
小莊平變庵來帶沈月帆江北信係六月中發言廬
州蕪湖溧水旬容高淳東壩丹陽浦東川沙南滙奉
賢及浙之甯波一府六縣俱收復會帥國銓由太
平駐扎兩花臺彭帥玉麟帶水師下太湖馮總統扎
營奔牛五月間上海慈勇在虹橋大勝浙撫左宗棠
扎營衢州防江西俊路偽英王投苗沛霖送往勝帥
保大營訊明正法其云我係廣西藤縣人十四
歲從洪秀全自廣西至金陵後應受太平天國指揮

《龔又村自怡日記》书影三

常熟縣職附監生龔繪煕履歷

於道光十年科試申學憲啟賢取入邑庠第七名時年十

八十六年科試龔學憲中正取列一等七年鄉試薦卷出

應縣知縣唐汝明房二十九年鄉試薦卷出荆溪縣知縣

任輝第房咸豐元年科試青學憲磨拔取一等道光二十

九年水災黃邑尊金韶聘襄賑局南路勸分集數萬金咸

豐三年軍興又董餉局四年十一月以辦賑出力議敍九

品職銜六年旱災蝗災以及留養難民盤詰姦細孫邑尊

豐復聘襄各局十一月報捐監生加布政司理問銜至同

《镜墀轩日记摘要》书影

常熟　龔繼熙　純甫

學步集

元黓敦牂

游蔣伯生大令　因培燕闓

鳥弄清音蝶弄癡吟覓飛上好花枝白衣宰相三層閣招

得山靈來賞詩

陳園拾櫻桃

步出西郭門隔牆露櫻紫借問此誰家人言穎川氏不叩
門自開主人笑相招我嘉樹旁饞涎吐不止時有好風

《鏡墀軒詩集》書影

娘軍門勝集卷一

古虞逸民編輯

顧虹玉　諸生有棵元和式人
時挹珠　貢生邑人監　均棟生邑人監
盧器軒　清生邑人廪
居敬止　加貢生邑人廪
馬心齋　雜取金匱人監　院生鈿貢生邑人監
時漁琴　實元椿元邑人和附
王星如　縉生燦生理問邑人
龔又村　鑒生熙生邑人諸
龔仲舒

李錦江　璋邑人
平雪庵　其政邑人諸
時酉生　實鑑邑人諸
沈琨卿　實改名良邑人劉生璠生邑人
時月梅　棟鈞邑人監生
沈枕經　生邑人
俞俊卿　源岷邑人
龔伯謙　培蒔邑人諸
龔叔助　培祐邑人

壬戌孟夏龔又村招觀女樂事阻不果往比聞花舫留飲有小杜之歡戲柬一律　元和顧濟乾于和

小杜風流未礙狂由來作戲本逢場華顛莫笑冬烘客好夢還尋夜度孃舊識鵁鶄應有戀團飛蝴蝶不勝忙虎癡消受渾無福細讀新詩引興長

戲答　龔繪熙又村

等是詩狂與酒狂東風有約上歡場逢頭忽作邊役老

《娘军斗胜集》书影

鵝湖風雅集卷一　　　　　　東海漁隱編輯

純甫有道吟長清新俊逸士也下筆生花自具八义

意態搞詞揚藻無非六義指陳淘秉資之素抱亦

家學之有源乃歲在癸亥避宼而來屋認庚申喹

懷不已頻投珠玉自愧碔砆不假雕琢本有背乎

宮商未叶方員難克諧夫律度幸直節之當前慕

君雅教宜虛心以仰止識我師資鴻章有則譬諸

匠氏之繩工蜎笛無腔擬以野人之下拜既望搞

《鵝湖风雅集》书影

《中国近现代稀见史料丛刊》总序

在世界所有的文明中,中华文明也许可说是"唯一从古代存留至今的文明"(罗素《中国问题》)。她绵延不绝、永葆生机的秘诀何在?袁行霈先生做过很好的总结:"和平、和谐、包容、开明、革新、开放,就是回顾中华文明史所得到的主要启示。凡是大体上处于这种状况的时候,文明就繁荣发展,而当与之背离的时候,文明就会减慢发展的速度甚至停滞不前。"(《中华文明的历史启示》,《北京大学学报》2007年第1期)

但我们也要清醒看到,数千年的中华文明带给我们的并不全是积极遗产,其长时段积累而成的生活方式与价值观具有强大的稳定性,使她在应对挑战时所做的必要革新与转变,相比他者往往显得迟缓和沉重。即使是面对佛教这种柔性的文化进入,也是历经数百年之久才使之彻底完成中国化,成为中华文明的一部分;更不用说遭逢"数千年来未有之变局""数千年未有之强敌"(李鸿章《筹议海防折》),"数千年未有之巨劫奇变"(陈寅恪《王观堂先生挽词序》)的中国近现代。晚清至今虽历一百六十余年,但是,足以应对当今世界全方位挑战的新型中华文明还没能最终形成,变动和融合仍在进行。1998年6月17日,美国三位前总统(布什、卡特、福特)和二十四位前国务卿、前财政部长、前国防部长、前国家安全顾问致信国会称:"中国注定要在21世纪中成为一个伟大的经济和政治强国。"(徐中约《中国近代史》上册第六版英文版序,香港中文大学2002年版)即便如此,我们也不能盲目乐观,认为中华文明已经转型成功,相反,中华文明今天面对的挑战更为复杂和严峻。新型的中华文明到底会怎样呈现,又怎样具体表现或作用于政治、经济、文化等层面,人们还在不断探索。这个问题,我们这一代恐怕无法给出答案。但我们坚信,在历史上曾经灿烂辉煌的中华文明必将凤凰浴火,涅槃重生。这既是数千年已经存在的中华文明发展史告诉我们的经验事实,也是所有为中国文化所化之人应有的信念和责任。

不过,对于近现代这一涉及当代中国合法性的重要历史阶段,我们了解得还过于粗线条。她所遗存下来的史料范围广阔,内容复杂,且有数量庞大且富有价值的稀见史料未被发掘和利用,这不仅会影响到我们对这段历史的全面了解和规律性认识,也会影响到今天中国新型文明和现代化建设对其的科学借鉴。有一则印度谚语如是说:"骑在树枝上锯树枝的时候,千万不要锯自己骑着的那一根。"那么,就让我们用自己的专业知识与能力,为承载和养育我们的中华文明做一点有益的事情——这是我们编纂这套《中国近现代稀见史料丛刊》的初衷。

书名中的"近现代",主要指 1840—1949 年这一时段,但上限并非以一标志性的事件一刀切割,可以适当向前延展,然与所指较为宽泛的包含整个清朝的"近代中国""晚期中华帝国"又有所区分。将近现代连为一体,并有意淡化起始的界限,是想表达一种历史的整体观。我们观看社会发展变革的波澜,当然要回看波澜如何生,风从何处来;也要看波澜如何扩散,或为涟漪,或为浪涛。个人的生活记录,与大历史相比,更多地显现出生活的连续。变局中的个体,经历的可能是渐变。《丛刊》期望通过整合多种稀见史料,以个体陈述的方式,从生活、文化、风习、人情等多个层面,重现具有连续性的近现代中国社会。

书名中的"稀见",只是相对而言。因为随着时代与科技的进步,越来越多的珍本秘籍经影印或数字化方式处理后,真身虽仍"稀见",化身却成为"可见"。但是,高昂的定价、难辨的字迹、未经标点的文本,仍使其处于专业研究的小众阅读状态。况且尚有大量未被影印或数字化的文献，或流传较少，或未被整合，也造成阅读和利用的不便。因此，《丛刊》侧重选择未被纳入电子数据库的文献，尤欢迎整理那些辨识困难、断句费力、裒合不易或是其他具有难度和挑战性的文献，也欢迎整理那些确有价值但被人们习见思维与眼光所遮蔽的文献，在我们看来，这些文献都可属于"稀见"。

书名中的"史料"，不局限于严格意义上的历史学范畴，举凡日记、书信、奏牍、笔记、诗文集、诗话、词话乃至序跋汇编等，只要是某方面能够反映时代政治、经济、文化特色以及人物生平、思想、性情的文献，都在考虑之列。我们的目的，是想以切实的工作，促进处于秘藏、边缘、零散等状态的史料转化为新型的文献，通过一辑、二辑、三辑……这样的累积性整理，自然地呈现出一种规模与气象，与其他已经整理出版的文献相互关联，形成一个丰茂的文献群，从而揭示在宏大的中国近现代叙事背后，还有很多未被打量过的局部、日常与细节；在主流周边或更远处，还有富于变化的细小溪流；甚至在主流中，还有漩涡，在边缘，还有静止之水。近现代中国是大变革、大痛苦的时代，身处变局中的个体接物处事的伸屈、所思所想的起落，借纸墨得以留存，这是一个时代的个人记录。此中有文学、文化、生活；也时有动乱、战争、革命。我们整理史料，是提供一种俯首细看的方式，或者一种贴近近现代社会和文化的文本。当然，对这些个人印记明显的史料，也要客观地看待其价值，需要与其他史料联系和比照阅读，减少因个人视角、立场或叙述体裁带来的偏差。

知识皆有其价值和魅力，知识分子也应具有价值关怀和理想追求。清人舒位诗云"名士十年无赖贼"（《金谷园故址》），我们警惕袖手空谈，傲慢指点江山；鲁迅先生诗云"我以我血荐轩辕"（《自题小像》），我们愿意埋头苦干，逐步趋近理想。我们没有奢望这套《丛刊》产生宏大的效果，只是盼望所做的一切，能融合于前贤时彦所做的贡献之中，共同为中华文明的成功转型，适当"缩短和减轻分娩的痛苦"（马克思《资本论》第一卷第一版序言）。

　　《丛刊》的编纂，得到了诸多前辈、时贤和出版社的大力扶植。袁行霈先生、傅璇琮先生、王水照先生题辞勖勉，周勋初先生来信鼓励，凤凰出版社姜小青总编辑赋予信任，刘跃进先生还慷慨同意将其列入"中华文学史史料学会"重大规划项目，学界其他友好也多有不同形式的帮助……这些，都增添了我们做好这套《丛刊》的信心。必须一提的是，《丛刊》原拟主编四人（张剑、张晖、徐雁平、彭国忠），每位主编负责一辑，周而复始，滚动发展，原计划由张晖负责第四辑，但他尚未正式投入工作即于 2013 年 3 月 15 日赍志而殁，令人抱恨终天，我们将以兢兢业业的工作表达对他的怀念。

　　《丛刊》的基本整理方式为简体横排和标点（鼓励必要的校释），以期更广泛地传播知识、更好地服务社会。希望我们的工作，得到更多朋友的理解和支持。

2013 年 4 月 15 日

目　录

前　言

　　龚绍熙(1811—1874?)，字纯甫，号又村，江苏常熟人。诸生。曾祖恒泰，恩旌五代同堂，七品衔。祖灏，字海涛，号苇江，敕赠修职郎，郡庠生，著有《苇江诗钞》。父棨，字执信，号杏村，嘉庆十二年(1807)举人，官溧水训导，著有《杏花村诗集》。兄绍焘，字社卿，号后村，著有《明堂考》《吴塔小识》，已佚。龚绍熙少承庭训，专心举业，然历试十二闱，不遂所愿。常年居乡授徒，从游者众。晚年为乡约，遍历村镇，四处宣讲，又饬立义学，设塾于莫城，于乡村建设用力甚多，时誉颇盛。其性嗜吟咏，勤于著述。存世著述颇丰，仅有《镜墀轩诵芬录》二卷、《琴水弦歌集》一卷、《镜墀轩诗集》二卷刊刻流传。另多为稿本，如《镜墀轩肉谱》四卷、《龚又村自怡日记》三十二卷、《娘军斗胜集》二卷、《鹅湖风雅集》二卷、《西窗诗话》二十一卷等。台湾"国家图书馆"藏有《镜墀轩稿》稿本二十九册，含《诵芬录》二卷、《外集》四卷、《一笑吟》四卷、《唾余集》二卷、《杂著》六卷、《杂著补遗》一卷、《尺牍》五卷、《同人尺牍》四卷、《同人集》六卷、《杂录》一卷、《日记摘要》一卷、《金兰簿》一卷、《醒世录》一卷、《手泽》一卷。除此之外，据《日记摘要·镜墀轩著作总目》记载，尚著有《诗集》五十四卷、《试帖》十卷、《制艺》十六卷、《试艺》四卷等，今未见，或已散佚不存。

　　《龚又村自怡日记》三十二卷，共二十四册，稿本，皆用"镜墀轩稿"稿纸书写，今藏中国国家图书馆。第一册卷首有咸丰辛亥尤燮鼎题签"龚又村自怡日记"。卷首白页钤有"曹大铁图书记"朱文长方印、"暂得于己快然自足"白文长方印，可知此书曾为常熟曹大铁所藏。李峰、汤钰林编著的《苏州历代人物大辞典》(上海辞书出版社，

2016年版)"丁易"条记载,丁易(1899—1977)为"常熟辛庄罗家浜人……曾在罗浜、吕舍、张泾等小学执教,发现并珍藏龚又村钞本《自怡日记》。……抗战胜利后,在县城开设四宝斋书画店,后开设俟斋图书扇件店。……曾与濮康安、曹大铁、花病鹤等唱和"。因此,此书或由发现者丁易转让于同乡好友曹大铁,后归藏中国国家图书馆。此本日记始于嘉庆十五年,终于同治十二年,凡六十四年。

南京图书馆藏有另一部《龚又村自怡日记》,不分卷,共三册,稿本,亦用"镜墀轩稿"稿纸书写,字迹同国图本,封面题"镜墀轩稿"。此本日记始于道光二十年,终于咸丰二年,共十三年,内容上相当于国图本中的卷二至卷十一。与国图本比勘,可知南图本为初稿本,国图本为清稿本或定稿本。兹举一例,以概其余。道光二十年年初日记,南图本原作:

> 是年,表弟瞿君静香、姻弟朱君恂如、族弟兰泉(树英)俱从余阅文。陆君橘怀(希绩)来受业焉。正月三十日,候周茂园母舅赴郡。二月初一日,游玄都馆。是日,烧香士女塞遍街巷,缘久雨初晴故也。归值二鼓,见城隍庙红灯络绎,高下如桥形,颇足称快。初二日,偕友人饮于金阊酒楼。午刻泛棹虎丘,春花吐艳,新柳才黄。白公祠中游人寥落,仅有酒舫两三泊于山浜口,是帮丁游玩也。初五日自郡返棹。

后在原本基础上删改增订为:

> 是年,[正月,元旦守制,不出贺年,惟文字交不能概绝。]表弟瞿君[生]静香、姻弟朱君恂如、[与]族弟兰泉(树英)俱从[皆请]余阅文[艺],陆君[生]橘怀(希绩)来受业焉[亦从余游]。正月三十日[杪],候周茂园母[邀]舅[氏]赴郡。二月初一日[朔],游玄都馆[观]。是日,烧[焚]香士女塞遍街巷[衢],缘久雨初晴

故也。~~归值三鼓~~，[夕]见城隍[郡]庙红灯络绎[高下]，高下如[贯作]桥形，颇足称快[颇堪悦目]。初三[次]日，偕友人[陪士芳伯（桂）、陈心田妹倩（以烜）、焕纶弟（尚贤）]饮于金阊酒楼。午刻[乘兴]泛棹虎丘，春花吐艳[撩眼]，新柳才黄[舒眉]。白公祠中游人寥落，仅有酒舫两三泊于山浜口，是帮丁~~游玩~~[览胜]也。[至]初五日~~自郡~~返棹[，适宗稼梅完姻，属赋催妆，应七古一首]。

原文删除文字用墨点，增补文字用小字，今用"——"表示删除，"[　]"表示增补。国图本作：

> 元旦守制，未出贺年，惟文字交不能概绝。瞿生静香与族弟兰泉（树英）皆请余阅艺，陆生橘怀（希绩）亦从余游。月杪，邀舅氏赴郡，游玄都观，焚香士女塞遍街衢，久雨初晴故也。夕见郡庙红灯高下，贯作桥形，颇堪悦目。次日，陪士芳伯（桂）、陈心田妹倩（以烜）、焕纶弟（尚贤）饮于金阊酒楼。乘兴泛棹虎丘，春花撩眼，新柳舒眉，白公祠游人寥落，仅有酒舫两三泊山浜口，是帮丁览胜也。至初五日返棹，适宗稼梅完姻，属赋催妆，应七古一首。

将南图本增删后的文字与国图本文字对比可知，两者基本相同，仅有三处不同：一、国图本删去了"正月"二字；二、国图本删去了"二月朔"三字，使得后面叙述之事皆从上文"月杪"时间；三、国图本将"不出贺年"改为"未出贺年"，细审国图本，此处"未"字仍可看出是将"不"字增笔而成。

由此可以推知，《龚又村自怡日记》原有初稿本，经作者大量修改后，又重新誊抄，在誊抄的同时又有少量的修订，最终形成了三十二卷清稿本或定稿本的样貌。这一点也可以从《日记》正文中得到确认。咸丰元年十一月廿七日就已经有重录日记的记载："予幼寄名关帝，自是钞书涉帝讳，改四撇为四点，重录《自怡日记》，尤敬谨焉。"还有他人校阅日记的记载，咸丰十一年九月二十日："顾子和校予日记，改正数处，躬诣谢之。"咸丰三年三月三十日日记还记载："儿生也晚，不能稔予四十年前事，乃自叙生传，粘于日记中。"他人的校改，自粘于日记中的生传，都未见于国图本中，可进一步确认此本当是誊抄后的稿本。同治二年，因太平天国之乱，部分日记有遗失，八月廿五日日记记载："又默写普福庵所失日记，撮其大端，余不能悉数矣。"此外，国图本前二十三册（即卷一至卷三十一）中皆有朱、墨笔圈点，从墨笔对朱笔圈点的改正来看，朱笔圈点在前，墨笔圈点在后。第二十四册（即卷三十二）中只有朱笔圈点，从同治十二年十一月廿七日起（即最后四页），再无朱笔圈点。这些未完成的朱、墨笔圈点，很可能是龚绶熙此后不久即逝世造成的。从两种稿本呈现出来的样貌，可以发现，龚绶熙对日记的撰写非常用心，不仅字迹工整，还不断补写、誊抄、圈点，不厌其烦。

《龚又村自怡日记》起嘉庆十五年十二月二十二日（1811 年 1 月 16 日），迄同治十二年十二月二十五日（1874 年 2 月 11 日），记录了龚绶熙从出生至六十四岁间事。当然，这并不是说龚氏自出生就开始记日记，而是其"变年谱之例，曰自怡日记"。清人有自编年谱的风尚，龚绶熙亦尚风雅，早年曾编有年谱，后其将年谱融入到日记之中，由此成就了此部记载时间长达六十四年、几乎贯穿龚绶熙一生的日记，世所罕见。

本次整理，以中国国家图书馆藏《龚又村自怡日记》三十二卷本为底本，参考南京图书馆藏《龚又村自怡日记》三册本，并将台湾"国家图书馆"藏《镜墀轩稿》第二十六册《镜墀轩日记摘要》作为附录一并整理收入。此外，附录部分又整理收入南京图书馆藏《镜墀轩诗集》、常熟图书馆藏《娘军斗胜集》《鹅湖风雅集》三种龚氏著述，以资参考。

　　本书整理与出版过程中,得到了凤凰出版社姜小青先生、樊昕副总编辑的大力支持,得到了王剑老师、郭馨馨老师及复旦大学郑凌峰博士在资料收集等方面的诸多帮助,以及周逸宁、鲁祝两位先生在日期核对方面的友情支持,责编孙思贤、姜好同仁从全书体例、文字方面亦提出了很多建议,在此一并致谢。还要感谢北京大学张剑老师、南京大学徐雁平老师,因他们的慨然应允,此书才能纳入"中国近现代稀见史料丛刊",使得这部日记的出版成为可能。

　　本书由许勇、徐珊珊、单丽君共同整理完成,徐珊珊整理第一至十册(即卷首至卷十六),单丽君整理第十一至十七册(即卷十七至卷二十六),许勇整理第十八至二十四册(即卷二十七至卷三十二)及附录,并由许勇通校全稿。由于整理者学识有限,讹误之处在所难免,敬请方家批评指正。

整理者

壬寅岁末于江苏文库编辑室

凡　例

一、本次整理的《龚缙熙日记》，内容包括正文、附录两部分。据丛书体例，书名定为《龚缙熙日记》。

二、日记底本每卷下原有分卷目录，因整理本有总目录，原分卷目录不予保留。

三、日记底本原不分段，整理本卷一、卷二酌情逐月分段；卷三至卷三十二原则上逐日分段。无法分段者，则数月或数日为一段。

四、日记有明确日期者，如元旦、朔日、初二日、望日、既望、晦日之类，后附加公元纪年，以圆括号标示；又有用次日、翼日、翌日、诘朝、越日、越二日等表示时日者，一律不加公元纪年。

五、本书所涉及避讳字，如"玄"作"元"、"丘"作"邱"等一律回改；其家讳"棨"字缺末笔，今补全。

六、本书底本中表示敬称的抬头、空格，现予取消，文字接排。

七、本书凡空格缺字处，一律用"□"表示；未写完整之字，用"▢"表示，并出注说明；因涂改而难以辨认之字，用"■"表示；缺页或空白页，用"……"表示。

八、原文日期上的误字，一律径改；其他误字用"（　）"括出，用"〔　〕"括注正字。

九、本书所涉及道教符号，正文中一律用"◎"表示，且将符号图片置于正文下，并于◎后及图片下方标注图片序号。

自　序

　　余一事无成，赘疣人世，聊叙平生阅历，虽琐屑不少遗，为编诗计也。异日回首前尘，尚可与家人辈缕数班班，为灯前遣闲之助，而交游之聚散、亲族之盛衰、境遇之悲愉欣戚，亦不至如隔世茫然。如谓仿赵清献焚香告天，则吾岂敢姑借笔墨以补健忘云尔。噫！既不能珥笔螭坳，纪国家之盛；又不能题名雁塔，垂翰墨之勋。胸无记事之珠，手有写愁之管，不堪持赠人也。爰变年谱之例，曰自怡日记。

　　咸丰元年辛亥十有二月既望，又一村人自识于镜墀轩。

龚又村日记世系

始迁祖娱畴字服先。明季自浙江湖州避难至常熟南乡，遂占籍。于李王祠旁筑室，掘土得白金四万，所居荡遂得名。其先谱失，不可考。

始迁祖妣氏石

六世祖百祥字菁秀。

六世祖妣氏胡

六世祖妣氏金

五世祖璠字子美。

五世祖妣氏平晋公彦女，公讳起。

高祖士毅字重仁。

高祖妣氏苏茂华公女。

高祖妣氏黄维贤公女。

高祖妣氏马应荣公女。守节二十三年，道光十六年学使龚公守正给"荼苦筠清"额。

庶高祖妣氏李

曾祖恒泰字复安。嘉庆二十三年恩旌五世同堂，钦赐缎匹银两、"升平人瑞"匾额。二十五年恭遇登极恩诏，赏给七品顶戴。

曾祖妣氏平焕若公讳璠女。

曾祖妣氏任万方公女。

祖灏字海涛，号苇江。府庠生。著有《苇江诗钞》行世。例封文林郎，道光九年恭遇覃恩，貤赠修职郎。

祖妣氏贾尊一公讳琏女。例封太孺人。覃恩貤赠八品孺人。

父棨字执信，号杏村。嘉庆丁卯科举人，丁丑大挑二等。道光四年选授江宁府溧水县训导,敕授修职郎,例授文林郎,拣选知县,例晋儒林郎,布政司理问。

　　妣氏周振南公讳镠女,恩旌孝子茂园公讳鼎胞妹,例封孺人,例晋安人。

　　六世伯祖元长字樾绵。

　　高高叔祖玙字子敬。

　　高叔祖永思字守仁。娶平,继娶朱。

　　曾祖姑三长适监生平公镇,次适贾公连,三适邢公祖苞。

　　伯祖汶字效闵。娶尤公宗海女,继娶葛。

　　伯祖洛字学程。娶程公尔仲女。

　　祖姑三长适周公镠,次适毛公馥,三适佾生沈公峻。

　　胞叔桑字尔辅,号柳香。著有《蕉窗闲咏》。娶监生平公沂女。

　　胞叔棻字和叔,号亦兰。娶胡公廷玉女,继娶孙公弈曾女。

　　胞姑二长适监生贾公骏。次适平公希任,青年守节,学使青公麟给"彤管流辉"额。

　　胞兄缙煦早殇。

　　胞兄缙恭字社卿,号后村。历试不售,绩学启后。娶邑庠生朱公彪女,继娶昭庠生冯公照女。

　　胞姊一早殇。

　　胞侄培禧字伯谦,号介盦。议叙府知事,邑庠生。精医理。娶江阴金氏焕文女。

　　胞侄培祺字仲舒,号吉盦。□时氏庠生宝钊女。

　　侄孙祖□早殇。

　　侄孙祖瑠早殇。

　　侄孙祖望字肖谦。

　　侄女四长适监生卢栋,次适候选从九朱人吉,三适监生从九衔适暨,四继适朱人吉。

　　娶贾氏姑丈子良公名骏女,例貤赠儒林郎秉钧、监生秉熙胞妹,候选县佐秉堃、秉义胞姊。例封安人。

子培泽幼殇。

子培禄字受于，号蓉初。早殇。曾聘陆氏仁溥女。

子培祐字右之，号桂初，一号叔助，又号兰舫。聘金氏监生印根女。

子培祜字季蕃，号栗初。候选府照磨。

子培礽字福汝，号芍初。幼殇。

女八长培祁，字湘颣，适儒士黄种福，咸丰庚申城破殉难，奉旨恩旌节烈。次、三、四、五俱殇。六培礼，字味兰，适恩旌孝子监生高维岳，青年守节，早亡。七培袼，字修梅。八培祎，早殇。

龚又村自怡日记卷一

嘉庆十有五年庚午(1810—1811),一岁

余以是年十二月二十二日(1811年1月16日)申时生于常熟南乡四万荡祖居,杏村府君暨余母周太孺人年皆三十一,上有两兄一姊。长兄及姊早殇,次兄名缙焘,字社卿,长余二岁。家君命余名曰缙熙。时曾祖侍重庆下。

嘉庆十有六年辛未(1811—1812),二岁

是春,家君因病未赴礼闱。

余于夏秋患猴痧,未能即愈。先是大兄亦染是恙,赖郡中高仰山医治。至其年,高君已故,严慈日夜焦劳,乃念吕库唐氏亦善治此症,遂就医,经旬始痊。

嘉庆十有七年壬申(1812—1813),三岁

是年,余家遭火,东厢两间都灰烬。两大人挈我兄弟从后门涉水避之,大为惊骇。

嘉庆十有八年癸酉(1813—1814),四岁

大父馆于宅西望虞楼。家君侨寓城南闻氏。

嘉庆十有九年甲戌(1814—1815),五岁

闰三月,移居西城青龙桥,即医生张对扬房屋。

夏秋大旱，米价昂贵，间阎粒食维艰。家君应当事请，与诸绅士各处劝分，董理赈务，实心任事，颇洽舆情。

嘉庆二十年乙亥(1815—1816)，六岁

余与兄入小学，塾师为汪亮揆夫子。

嘉庆二十有一年丙子(1816—1817)，七岁

时受业于邑增生仲莲堂师鼎宣，读《论》《孟》。夫子年七十余，目力虽逊，而精神差健，循循善诱，动以科甲相期，不以垂髫而轻视也。

冬，家君奉祖命，为余缔姻贾氏，即姑丈子良公骏长女。忆祖母与余母俱姑舅联姻，三代如一辙。

嘉庆二十有二年丁丑(1817—1818)，八岁

仍从莲堂夫子学。家君计偕入都，大挑二等，奉部以教职用，给照回籍候铨。时陕西黄松泉丈在其舅氏刘玉平明府主署，与家君相善，间至余家，提书出对，余幸不为所穷，蒙以蒸豚、束帛见馈。

夏，家慈病背疽，已溃，余随兄日侍床头，寝食俱废。幸延医士杨翁宗海及世丈周卓亭茂才堂鑫治之，至季秋痊愈。

十月，从兄焜得子培基，曾祖复安公喜抱玄孙，庆何如也。

嘉庆二十有三年戊寅(1818—1819)，九岁

仍从莲堂夫子读书于蒋氏临水居，与张小云世兄朝鑵偕往。蒙蒋松溪布理彭年青眼相待，恒以珍果馈遗，且携锦鸡见视，其冠刻变一色，令我眼界顿开。夏日，移席于两中堂祠。清晨进馆时，夫子必领余焚香拱揖。每逢月朔，培元方伯继勋谒祠，夫子又命余起立恭迎，以循后辈礼，方伯奖誉特深。

曾祖时来城，虽年近九十，而步履尚健，每扶杖逍遥，挈余往热闹街衢，买玩具以诱欢乐，亦难得事也。三月，诸亲族为曾祖呈报五世

同堂，蒙邑候刘公批准，转详各大宪具题请旌。

嘉庆二十有四年己卯（1819—1820），十岁

家君会试留都。大父挈余兄弟回四万荡，寓田垛沈氏水楼读，与孙君廷魁昶、李君菊亭仁、黄君杏园梦弼、沈君得山嵩、锦川镛同窗。时承指授于季父，初读经书。吾母亦寓沈氏祖姑家，缘城居乏人照应也。

嘉庆二十有五年庚辰（1820—1821），十有一岁

是年，仍在沈氏读书。随大父归省曾祖，见头上新添黑发数茎，口中又生四齿，喜不胜言，洵升平瑞事也。

二月初，有茅山羽士善星相，伺余兄弟有悔兆，道是命中水星冲犯，但兄可免而弟难免，桃花开，杨柳青，一个起，一个沉，算在三月间应。大父叩以消弭术。彼乃诵咒试符，缄于荷囊，嘱余常佩身旁，毋遗失，亦毋骤开，过三四月才解，闻邻近有哭声，方可无虑。索青蚨三百，为余点天灯一月。余自是格外小心，恐蹈临深之险。忽于孟夏感冒时邪，寒热交作，屡濒危。大父母及慈亲亟为医祷，先候毛湘帆表伯焕、叶长春□□、家质斋□□诊视，服药未见退机，迨延李杏江先生纶诊治，一药而减。时近村适有溺死者，哭声陡起矣，恰应道士之言。嗣于长荡观音庵请香饮之，病遂全愈。

家君自京邸归，上"灵感"二字匾额，以申酬愐。为曾祖举九秩觞，犹记太座师刘金门少宰凤诰、世丈陶约斋封翁廷墀、王艺斋给谏家相、景阆仙大令燮各撰寿联，钱东生学士林、孙子潇原湘、李篆卿浩、许藕舲乃赓三太史、李庸生云栋、庞星斋大奎两明府、周燮三荣鼎、翁遂盦心存、吴伟卿赞、陶香轮贵鉴、庞子方堃、盛阆盦泰符诸孝廉及年伯吴蔼人殿撰信中、巢松学士慈鹤、光泉原部郎聪谐、董琴南国华、杨砚芬希铨两侍御、王可愚若闳、汪裕之喜孙两员外、毕子筠华珍、刘鸿甫枢、屈景轩廷铖、殷竹堂绍伊四明府、世伯张韵溪大使定球各赋寿章，而最切

者莫若梅仙降坛四绝。余披玩之余，裒录成帙焉。

道光元年辛巳(1821—1822)，十有二岁

时大父馆子良外舅家，余与兄随侍。同塾者为贾词仙表兄秉中、莲溪秉钧、鹿苹秉熙两内兄。家君时到馆，撰灯谜数十，请大父糊壁试余，偶道着一二，即有赏物。适读《尚书》，家君以"松涛"专命余射，不料沉思良久竟不能得。大父耳语曰："树之风声。"余即见家君以此句对，且曰阿翁口授。家君喜谓不欺，又将我兄弟所肄书请大父评阅，密圈者有赏。家君之奖诱子弟类如是。贾明德上舍丈浚与大父为莫逆交，常来闲话，见余勤读，辄赞叹。朱佩玉太姻翁鸣銮亦常过访，余闻其衣中有声，问何物，曰："此名叫哥哥。"余曰："'喓喓草虫'岂此耶？"翁曰："近之矣。"即以雕花葫芦见惠。节假，就平凝园姑丈希任习书，余手拙，虽朝夕临摹，难有进境，窃自憾焉。

春杪，家君与贾念乔悼、沈复初松、平春帆雄文、秋帆雄才诸表叔及贾子良外舅、陆景云姻叔惠、介眉族叔结一曲局。余课暇，时往听。曲师陆大年云，顷见鱼笼中有一孩子，即以"笼内罩婴孩"属对。大兄应声曰："腹中藏锦绣。"大年奇之，买蜜桃一筐以赠。余则迟钝，不能措一词。

夏秋之交，大父偶染暑邪，兼患外症。家君请陆友梅姑丈筠、毛湘帆表伯、李杏江、叶长春、华天池□□诸先生先后诊视，并百计祈祷，迄无见效，延至九月八日不起。余随父兄敬侍丧次，常伏地悲泣，未尝一刻稍释也。时容斋世叔埙来权馆，余与诸同窗步云和塘边，见渔篙上立一蜻蜓，口号云："长篙傍六足。"世叔闻之，为掩口笑，余愧甚，自是不敢胡吟云。

道光二年壬午(1822—1823)，十有三岁

是年，家严亦馆余外舅家。兄与予承庭训，始学五言诗，有《月中桂》一绝，为凝园姑丈所赏。适沈得山世丈、雪鸿族兄鋆请家君阅艺，

师与弟讲贯津津,余亦与闻余论。

二月九日(3月2日),曾祖复安公捐馆舍。两伯祖皆年迈,丧葬事悉委于家君,余与兄效奔走。

四月,家君寓姻丈卢驾兰上舍锡麒家,我兄弟随往。时姻丈朱子钦茂才彪设帐卢氏,余奉严命赋诗,必请正。课余,随侍游陈园、蒋园诸名胜,以扩胸襟。

十一月,余母回四万荡祖居,家君以卢舍太窄,将昔年火毁旧基构厨房两间,并赁二伯祖卧房一椽,为容身之地。

道光三年癸未(1823—1824),十有四岁

仍在外舅家读书,受业于邑廪生时容斋夫子,始读古文。夫子是先祖门下士,与家君最相得,恒以课艺呈改,家君托知心,必直笔无讳,夫子辄欣然。节假后,家君延金君仁标教余操弓试弹并一切武艺,余素羸弱,不耐苦也。贾念乔上舍丈招饮,席上歌者索诗,应一律,不脱黄吻声。

四月间,大水,田庐漂没,米价翔贵,穷民度日大难。邑尊李讷斋先生弈赓暨昭令李碧山先生廷锡聘家君与孙子潇太史榕、钱秋槎朝锦、苏有山槗两广文南乡劝输,兼司赈局。家君先出资给邻近贫户,余母亦质布助之,嗣与念乔丈劝亲族中有力者买米平粜,邻里感德,聿著义声。故江阴须氏、无锡黄氏重家君任事之诚,载青钱数百缗,托拣贫户酌给,里人得免流离。宅前大椐树二,百余年物也,今年遭水俱枯,余悼以一绝,兼有悯灾数诗。

道光四年甲申(1824—1825),十有五岁

是年,余在家承庭训。

七月,家君选授江宁府溧水县训导。月底,大兄抱恙甚重,予奉汤药,幸湘帆表伯治之而痊。

八月十五日(10月7日),我兄弟始操觚试笔,文题为《必先利其

器》。大兄悟性较优，前此文已丛积，尤喜读闱墨，故下语无稚气。家君疑有蓝本，更恐有捉刀者，遂以诗句为题，命兄面试，而兄艺仍佳，犹忆《大厦须异材》《奇文共欣赏》二篇，为堂上击节称赏。余则勉强学步，语助未尽明顺，偶或拾兄牙慧，总难稳称，相形弥见绌耳。越日，凝园姑丈以瘵亡，余抚手迹，辄流涕云。

道光五年乙酉(1825—1826)，十有六岁

　　正月，家君挈余兄弟赴郡，游玄都观等处。陈馥堂贰尹基泰邀去饯行，得《小饮朱家园》《晤素卿》两诗。二十日(3月9日)，随侍赴溧。自上兴埠起早，路轿窄而破，久坐弥苦，度山巅，每舍而徒行。官塘一带极荒凉，茅篷土灶，壶茗半搀尘沙。途中纪诗数首。前任蔡安桥学博朝枢尚在署，爰设公馆于三圣庵。书办陈某供下马饭，碗碟甚小，与吾苏之华靡不同。越数日，进署，廨中器具俱捐置，家君以赀斧未足，甚竭蹶焉。余与左孟莪学博增堉之四少君子木铎及强沛崖山长潆之两少君希和西堂、敬甫仲箎、两高足周禹畴洪锡、柘生洪锜樽酒论文，颇得益。暇便同访溧邑诸名胜。有称徽恩阁者，高不可攀，相传秦桧妇报母恩而建。又有怀白亭者，古柏参天，仪征程绍李上舍楷为之图，家君有题句。邑父老云，唐贤令白公季康为乐天先生之叔，宰溧有德政，没祀为神。后人怀之，构此亭。春日，各乡民进香邑庙，必身悬金鼓，喧阗而上。

　　四月，白公诞辰，赛会尤热闹，鼓吹震地，笙歌彻天。中扮十二殿阎王及一切天将、丧尸于绅士门前，飞叉往复，献奇弄巧于其间。而纛旗颇长，抬者必四五人。城隍神白脸，坐绿呢满轿，帮轿者身被宫袍，皆宦家子。尤可异者，女犯虽年长，尚骑驴背行。庙中演戏时居多，徽调乌乌，齐声大呼，俗谓满棚叫，而土人拍手称快，至于苏白昆腔，吾辈以为悦耳者，土人辄摇首四散。

　　习俗素俭，有产千亩者，拜客尚服布袍；居乡者不用仆御，恒自牵骡入城。故自县令以下，宦此者尽可徒行，无足怪也。而女子辄喜傅

粉,尤喜束红裙,无论富家如是,即贫户小家,亦必曳红布裙以从俗。食物价颇廉,欢喜团、椒盐爪每个只消一钱。铺馅铺中,不过董糖、寿酥等物。月饼则荤少素多,每枚重十两。莫妙于银丝扯面,卷用彩纸,可为土宜送人。盐则灰盐,油则豆油,米则银条籼,差强人口。而产鱼者有石臼湖,若银鱼、若鳜鱼、若虎头鱼,日出不穷,鲜味殊胜。如踱街猪则皮厚而粗,青脚鸡则肉老而瘠,全无滋味矣。城中少酒楼,仅有太平馆一家,小有花圃,但肴无现成,宴客须预定,即盛筵亦只蛏肠、海带等味。所难解者,佐酒物每用藕豆及醋腌鳝血,以为美品。其他土产,果则蒲桃、剥柿,而桃、杏尤夥。署旁尹翁家有大杏数株,累累百万颗,枝每倒悬,时来馈我。圣庙前有蜜桃几树,大如拳,甘美无比,街头唤卖者多冒学宫种。花则有紫薇、海棠,尤盛者玫瑰、蔷卜。花农植玫瑰数十塍,春杪摘蕊装担,挑至城中,余每买以捣酱。蔷卜多大种,村间儿女必簪满头,火夫某曾携几株来献。蔬则有芫荽、莴苣、药芹、纬麦,而余所爱者莫若雪里蕻,色紫多刺,署旁隙地植一畦,为御冬旨蓄。雪中开瓮,香味异常,宜古人谓冰壶先生也。复有白菜,即瓢儿菜所为。寒日连根拔起,拣燠地以盆覆之,春暖开盖,旧叶腐而新芽生,洁白晶莹,味最胜,厨人每如法为之。至若禽则有黄鹂、鸲鹆。山树多鹂,鸣声上下,可砭俗耳,无想寺间往往闻之。鸲鹆则随处都有,清晨集屋,绝不畏人。兽则有豿、獐。猎户得豿,必先献守营。獐则王晴川百戎坦曾遣役送来。据云,此兽大雪时出,迹而获之,易如反掌。见其形似犬,但尾稍短,毛亦较松,为脯以食,味如牛膊,特更细腻耳。而本土亦产生地,巨且甘,家君购之以奉大母。又产薄荷、淡巴菰。薄荷丛生塔寺间,僧家摘之以当茗饮。淡巴菰则绿叶遍野,晴天剥之,晒满街巷,邑人可不吸他乡烟草矣。

县中以文鸣者,则有蒋君玺、施君录、王君淇、陆君鹏程、徐君大文、于君凤飞、邱君克沂、林君凤辉、陶君奉璋。家君恒以月课文示余,顾文士虽多,而孝廉则仅有王君用予、濮君瑗二人而已。以诗鸣者则有蒋调梅明经鼎,已梓《仁寿堂集》,又有徐上林茂才少甫,著《养树轩集》，家君有题词。而方外之能翰墨者，若兴教寺僧松岩，善书法，曾为予书折扇；三圣庙僧六和，无书不读，八法亦工，家君欲命余兄弟备弟子帖往拜，取名达缘、福缘，以六和辞之而止。邑中仕宦不多，以县令而升同知者止有郑君垲，以贡士而授训导者止有李君桐、武君秉衡。而巨富则推岗头李氏，李纯度封翁贻直广交游，家君时至其宅。而城中施氏、颜氏亦称大便家。

城市清静，过日中更寥落，而乡间虽有山市，土壁芦帘，荒瘠尤甚。溧邑无县丞，琴堂案牍纷积，遇生监案件必发学代理。学田六百亩，各佃催用门斗，每年两熟还租，因运米不便，都折青钱。正副斋轮收均分，贫生银在内，以及学宫装修、卷户办卷、书办工食诸项，悉出其中。各典折节仪，每节二两。盐仓则每节送盐一包，约二十斤，外加抃酱腌菜盐两包。诸生贽礼无论贫富，都以百四十钱为率。是年，辛筠谷学使从益奉上谕裁教官新生印结。家君清廉素秉，虽苜蓿阑干，泊如也。转捐俸植柏数百株，以荫学宫，又设科名牌于明伦堂，文风遂盛。是岁，膺选拔者有朱君邺水华，中乙榜者有徐君讷斋大纶。

向例，戏班归学掌管，在县令亦必告知两学，然后捉其当差。孟冬，遇皇太后万寿，家君唤梨园祝嘏，几及旬余，皇宫近学署，弦歌之声不绝于耳。街前明灯彩球，辉煌夺目，游人拥挤于齐解元泰坊，罔弗忭舞。他如中秋蹋月，红妆队队，亦复络绎于六家巷口。更或唤歌者沿街列坐，高腔小曲，丝竹均调。其时凉风徐来，斜月欲堕，其为畅快何如也。

每逢春秋丁祭，礼生张君炜、章君齐辐自提筠篮，中贮水果、月饼来馈，云是敬师薄意，殆比之自行束脩以上乎？

山阴堵春晖上舍敬照幕游高平，爱友特挚，常邀余寓斋小饮，壁上所悬书画，视余爱玩，即移赠。其弟然山上舍勋工书，为余写扇见惠。其徒张君又苏泉亦与余为莫逆交。溧阳年伯史元甫别驾载熙时来学舍，家君出肴核款留，必命予陪座末，请出酒令试余，幸无辱命，承其奖励再三，家君尝有"客无题凤笑儿曹"一句。句容王某善相士，家君邀至衙斋,见余掌有直纹贯指,喜云:"可惜略短。如果直达指尖,当大贵,潘尚书世恩则然。如君掌纹,亦应早掇科名,格局在七品以上。"自顾少不如人,颇疑其言之妄也。家君缘署之前楼曾有狐祟,命予兄弟读书后楼,以《尔雅》《离骚》《家语》《文选》授为夜课,又命学射于武生张君鋗,以惜余阴。张君尤善画,家君欲办纱蟒袍,苦无力,嘱其绘于纻衣。

秋得家报,知余母患牙疳,热毒几及喉,幸邀大河巫君调治而愈,然自是而齿牙脱落矣。路阻,不获趋侍,心甚缺然。

九月九日(10月4日),家君偕强沛崖山长、周陶庵少府铸、王念樵幕宾应漤暨六和上人同游小茅山无想寺,登韩熙载读书台,归后命予作《九日登高赋》。

冬杪,奉严命回里省重慈起居。先过金坛,谒年伯朱闲庭学博方不值,留题壁上。经皇甫墩,见金碧辉煌,楼台入画,犹忆今春过此,但见荒榛丛棘,地之废兴,良有数在。至钓渚渡,冰阻二日而归。适得软脚病,几跛,就医光福金氏,未得即痊。而探梅看竹,野兴悠然,吟稿又添寸许矣。

道光六年丙戌(1826—1827),十有七岁

正月,侍大母及家慈到溧,起早后半途雨阻,次白马桥寓。时寒甚,大呼火酒,醉倒绳床,醒而方知头枕停棺旁也。屋盖芦篷,随处置溺器,臭甚,得句云:"只合诗人拥鼻吟。"十里中无市肆,土饭浑茶不可口,唯以所带年糕充饥。仆杀鸡以佐膳,而又乏调羹料。行囊中有《山海经》,借以遣闷。舅氏周公茂园鼎有纪事诗。越三日,晴后抵溧。谒泰兴杨筠圃先生华,时权教谕,与余谈古文源流,虽发白耳聋,而津津无少怠。浼其序先大父诗集,并为家君撰《植柏》《科名牌》两记,不日而成,益令后生佩服。

春秋佳日,家严恒命予侍大母板舆,访三圣庙、宝塔寺诸名刹,焚香礼拜,以展悃忱。僧六和献椰珠,供老人诵佛之用。当赛会之辰,

署邻施氏、陈氏竞邀大母与余母至家，终日盘桓，款待甚厚。震泽谈世德上舍塾为余言："吴风尚媚神，君好促织，日涉园中，或因不时动土以致足疾，何不早为图维？"爰如其言，虔诚祝送。又倩名医徐君凤调治，谓是受湿所致，日用桃红布覆膝，煮艾熏之，渐臻无恙。

夏，从杭州陆秋园先生奎纶肄书。陆君以武生而娴文墨，为余捉笔时，几忽碎，其腕力可知。尝撰《幽梦传》，属家君题。又从当涂徐博山先生龙学画。徐公之祖位山检讨文靖以善丹青入画苑，有《志宁堂稿》行世，文孙携以赠予。其子南州绂善白描，为余大母祝寿，绘麻姑一轴，且摹古人十二幅见赠，工妙入神。诸生杨君选、王君抡借榻文昌阁读书，廪生李君琭亦馆教谕左公署，课罢，每招余乘凉于魁星阁上、香山庵边，或沿泮水观荷，或步东城玩月，握手行吟，殆无虚日。廪生陈君曦授徒观音庵，余见其门墙，彬彬儒雅，诗文词赋兼工，窃钦羡焉。濮君琅圃瑗新捷南宫，回里来谒，闻其自辛巳登贤书即赴京，时昏未匝月，誓不得第不回乡，迄今归省，女公子已五岁矣。服其志，为赋一诗。

十月十七日（11 月 16 日），家君为大母称七旬庆，宾朋满座，舞采欢娱。余随父兄后，怡然拜家庆，见有惠祝佳章，裒录成编。予亦拈四绝以志喜焉。

道光七年丁亥（1827—1828），十有八岁

是年，从高平山长强沛崖师学。师为溧阳孝廉，丙戌大挑二等，与家君联兰谱，粹于经学，有《五经疏》备刊。课文以三八日为期，恐期密妨诵读也。每得一艺，奖诱交至，予得其指教，昭若发蒙。

四月，三叔父到溧。有江宁人工口伎者，家君唤至署，欲博大母欢。适祥符周启封岐源、浚泉昆源两上舍来，见三叔父如故交，遂与之宴饮弥日。

五月，三叔父侍祖母返里，余随父兄后，拜送东城外，临行泣别，握手依依。

重九日(10月28日),余随家君、大兄及章君静圃宓、周君浚泉、六和禅师登城观山,晚在强师寓斋持螯赏菊。翼日,接家言,知大母病状,奉严命与兄归视。登舟时,各以所见之物占凶吉。开篷窗,适遇桑树,因其音不佳,互相掩泣。十五日(11月3日),抵里,而大母果先三日弃养矣,号哭入门,痛何可言。家君闻赴,即卸事奔丧。余于上沛埠迎候,蒙强南镛太夫子峦款留小饮,并馈糇粮,沛崖师亦赠双鲤以祝。归里后,与兄襄理丧仪,幸无陨越。

道光八年戊子(1828—1829),十有九岁

家居承庭诰。沈君得山下帷于宅东望虞楼,族兄雪鸿上舍亦在家课徒,与余昕夕聚。每期课艺必质二君,而二君之近作亦间以示余,颇得观摩之益。又偕兄赴洞港泾朱祠文社,一月两期,风雨无间。与会者有李达斋明经燮、小芸文学寅、菊亭上舍、朱叔华组绶、半山绣、陆金门锦标、时益三均诸文学及李君湘槎树金、周君品珊□□、陆君侃甫金谔、荣君醉墨开甲、支君翼亭大厦、华君建东钧玫、管君含香光华、瞿君子英熙元、黄君瀛筹雄倬、金君斗山□照、严君钧仙□寅、沈君翰香浩、蓉卿步瀛、时君钦斋廷锡、乐亭起镛、朱君筠轩秉钟、少蟾秉钧、春溪组绅、卓峰昌福、梅岑昌炽,每聚不下数十人,称极盛焉。课卷即送家君阅,月旦甚公,与会者咸佩服。

五月,李廷荣丈家桂酬神,家君遣予往贺,偕昆山余也耕希焯、切斋希煌两茂才同座话旧,斗饮怡神。

十月,余与兄始应试,偕平勿亭表叔希和、贾鹿苹内兄同伴,寓夹槽承基族伯家。县试题为《子曰学而时习之至人不知》,次题为《又尚论古之人》,诗题为《菊残犹有傲霜枝,得霜字》。出场,将试艺就正于王奉宜明经丈锡璋,蒙丈欣赏特深。初覆题《反命曰五句》,经题《毋不敬》,诗题《诗杂仙心,得仙字》。贰覆题《静》,诗题《昨夜一枝开,得开字》《题桃花源记后,不拘体》。叁覆题《能近取譬》,诗题《防意如城,得城字》。肆覆题《蒲芦也》。兄阙一覆,余覆终。出正案,蒙邑尊

张厚斋先生敦道拔置十五名,奉严命以门生礼晋谒,张公款待甚优。

腊月,赴郡试,寓府署东瑞华轩茶室,同寓者朱折鹿布经丈荣云乔梓及沈君闰苏华福、钱君笙陔凤采、鲍君玉芝阶树。试题为《绥之斯来》,次题为《士以旂》,诗题为《编蒲学书,得书字》。初覆题《不以其道得之不去也君子去仁》,经题《雁北乡鹊始巢雉雊鸡乳》,诗题《不知谁是谪仙才,得仙字》。二覆题《君子所性仁义礼智根于心》,诗题《地炉茶鼎烹活火,得冬字》。蒙郡尊俞陶泉先生德渊亦拔置前列。试后,随家君赴陈馥堂丈之招,鹿苹同在席,始以拇战,继以口令,文宴极欢。复偕翰香、卓峰酒市浇寒,品松式汤包,剧笑狂呼,联吟数四,不减旗亭画壁也。

道光九年己丑(1829—1830),二十岁

是年,仍庭训。家大人以予及冠,当有字,取纯熙之义,命之曰纯甫。

正月杪,粮储陈芝楣先生銮甄别游文书院,余随兄赴试,题为《苟为不熟夫仁》《农及雪泽,得耕字》,蒙观察取列前茅。覆试题《叔齐虞仲》《楼观沧海日,得观字》。与周君葵倾敦熙论文法,赖其指迷。

二月,同人仍举会课。首期聚妙清寺,题为《夫子之不可及也》,瞿玉樵明经宸琥阅,取余卷第二。次期聚天竺庵,题为《君使臣以礼》,钱伯诚明经廷栻取余卷第三。三期聚朱氏,题为《善哉问》《暖风抽宿麦,得抽字》。余承金匮华晋石广文鼎奎指教,谓:"要体朱注为己,说得亲切有味,勿掉弄虚腔。"余卷为无锡杨缉甫广文熙之置第三。四期仍聚朱祠,题为《直哉》《首夏犹清和,得犹字》,亦缉甫丈阅,余卷第二。

二月,家君送试玉峰。场后,随往西郊观射,适得时乐亭捷音,同社仅一人获隽。惊闻长洲徐鉴堂世兄□□招覆未入场,而没于寓,昨与晤言,而竟成千古。申学使启贤给"兰芽早悴"额,除其名,以备卷某补之。而余初观场,未免潦草,题为《君子有三戒少之时两段》,其

中"色"字俱误书"食"字，领遗卷，见之縠然，堂上怒责不已。自是每誊卷，必检点再三。

表叔程笑山上舍彬新得朱星源茂才宗海屋，在城南西庄，缘安土重迁，价未付足，转售于家君。于五月初移居，鸠工修葺，栽花植果，位置良费经营。屋价千金，装修亦如之，家君设精舍，欲余专心读书耳。予有《北窗闲眺》诗，写面山临水之胜，姑丈陆友梅先生暨表兄沈得山、表弟平沁梅其心、族兄雪鸿俱惠和。

月杪，偕鹿苹及杨云谷医学森憩陈晓霞上舍丈庭辉家圃。适梅子初熟，清香时闻，挥麈而谭，不知此身在城市。与屈君翼亭士瀛、周君亦然履坦、宗君丽生晋、王君嗣香大昌、严君文江泰、朱君芝舫光繡、钱君彦伦存铭、单君魁香恩兰、赵君芝香彦升、李君立夫复亨、苏君陟之文标、黄君畏三文豹、邵君湘兰渊泉、何君卓然彬、许君少仙文弢、俞君苑香文魁、司马君逸梅烈、陆君芷舫兆骧、小芗家福、范君朗霄文琦、琢卿文斑、杨君锡堂英类、枚卿毓璜、陈君芝香绍徐、心梅文昭、童君秋亭懋德、朗宇春沂结诗文会，晨夕过从，幸免孤陋。犹记拾芥轩吟社，题为《多文为富，得文字》《刻烛为诗，得诗字》《请试他题，得殊字》《柿叶肄书，得虔字》《暮春即景，七律二首》《姑苏怀古，十绝》，课卷请郡城俞书南明经□城定，余列超等，冠首为昆山余君润珊希煩，乃其从姊筠雪希婴捉刀所为，可称女状元矣。沈蓉卿续举醉经书屋诗课，题为《燃糠照读，得欢字》《以稼名轩，得辛字》《酌水励清，得清字》《赐箸表直，得平字》《秋江晴眺，五律二首》《促织吟，七律二首》，归问轩孝廉章阅，容斋师第一，余第四。范朗霄嗣举味蔷书屋诗社，题为《公生明，得明字》《谦受益，得谦字》《金莲烛，得莲字》《碧筒杯，得杯字》《栏影帘波，七律》《白凤仙、黄鸡冠、牵牛花、游龙草，七绝》，归玉溪广文令符评定，朗霄第一，余第三。而文社则首集思无邪斋，题为《有矣夫，未有小人》《纳凉吟，七律二首》，陆采三明经芝培阅，余卷第二。次期题《斯仁至矣》《五月榴花照眼明，得明字》，陆心培文学在丰定，兄卷第二，余卷第三。三期题《子曰骥一节》《声在树间，得秋字》，王蓉村文学禹钧定,余卷第一。四期题《翔》《攀桂仰天高,得攀字》,谭藕香茂才谭廷阅,余卷第一。后乐堂课题《王何卿之问也》《八月湖水平,得平字》,席梅生文学振逶定,余卷第一。锄梅书屋课题《求为可知也》《一片承平雅颂声,得声字》,陶静涵广文阅,余卷第二;吴幹卿茂才廷钥阅,余卷第一。次期题《而不贪泰》《潮平两岸阔,得平字》,王蓉村丈阅,兄卷第二,余卷第一。三期题《苟有用我者》《雨后有人耕绿野,得耕字》,俞见岚郡博焯阅,余卷第一。射涛轩课题《可与言》《秋菊有佳色,得佳字》,冯芸楣茂才襄阅,余卷第二。香草轩课题《若人鲁》,王蓉村丈阅,余卷第二。镜墀轩课题《其所令》,亦蓉村丈阅,余卷第一。自顾空疏,漫登坛坫,徒负诸先生青盼耳。余欲与社中诸子订兰盟,家严止之曰:"所谓心朋者,患难相恤。汝材庸,不能助人,只望人助。负于终,孰若慎于初。"熙始叹先大父不妄交,所往还者不过沈丈鸣皋鹤、陈丈道漪浩、平丈钧磻潮、程丈曙辉继祖数知己,殆以此欤。

十月初九日(11月5日),贺族叔阆庄上舍师闵完娶,与太仓陆选园书铨、卓斋树德、周月峰玉堂、钱绣峰文昕、张梦周汝达诸文学及同里周蓉塘布理国珍、南庐上舍介堂、莲塘茂才朝珍、屈彤庵步青、王莘耕学伊、陈子楷野贤诸上舍连日欢宴,谑笑忘形。族叔范庄少府师曾出紫霞杯劝饮,函有赵文敏跋,云老年吸之,可益元气。族叔子渊少尉师颜复留赏菊花,盘桓数日而返。恭遇覃恩,家君请本身应得封典貤赠先大父母。

腊底,家君服阕,谨扶先大母灵榇,与先大父合葬于祖茔再穆穴。熙以小恙,不克下乡亲送,为之怅然。

道光十年庚寅(1830—1831),二十有一岁

家君延邑增生戴双柑夫子师范课余兄弟。夫子本中表前辈,又为家君高足,家君谓:"一脉相传,庶儿辈获益,教不可歧也。"

二月,随柳香仲父、朱君默斋景潮与大兄县试。题为《克明峻德

皆自明也》《人人亲其亲长其长》《赋得镜不设形，得形字》。初覆题《金声而玉振之也金声也者》《夙夜匪解》《春寒花较迟，得花字》。次覆题《传》，予以《大学》《孝经》分两大比；《摛藻艳春华，得春字》《瓶笙赋，以自然音节出双瓶为韵》《秧针、柳絮，七律》。三覆题《故曰配天》《小栏花韵午晴初，得晴字》。四覆题《吾之于人也》。余与大兄皆覆结。出正案，蒙邑尊征松垞先生良拔取第七名。二覆赋尤激赏，评云："笔致轻秀。"太仓王杏园丈文林亦爱此赋，曾跋数行，不知熙实初学步耳。

三月，家君为先曾祖庆百龄冥寿，追荐先灵，余随双亲与大兄焚香叩拜，数日洁斋。

四月，家君挈予兄弟郡试，与瞿兰圃表叔毓瑛、子英表姊倩、朱默斋姻兄同伴，寓北采莲巷陈兰皋□□家。兰皋为槐川丈□□子，当皂书，屋宇颇敞。试题为《患不知人也》《颂其诗读其书》《暖风抽宿麦，得抽字》。覆试题为《曲肱》《君子以果行育德》。蒙郡尊苏鳌石先生廷玉拔置十一名。试后赴南禅寺，观朝鲜难民，头上小髻笼纱，身被大布袍，足亦缠布，貌如南人，坐卧桐阴下，拾子充饥，亦不经见之事也。次日，陈馥堂丈备画舫载酒，邀家君赵园观剧，余随侍，偕往者有双柑师、子钦丈、子英、默斋、倪视轩□□数人。时三秀全福双班，合演《西游》《绿牡丹》全本，至夜分始已。青楼红粉，罗列回廊曲槛间，扇影迷离，衣香缭绕，诚胜观也。戏弦品花五曲。

春夏交，读书小轩，虽盛暑不出，服中单，汗而烂然。时有亲串往来，若弗闻也。尝作《君子无入而不自得焉》题文，颇惬家严意，即以番银一饼作花红，余自是益奋。课暇，家君辄勖以勤俭，犹忆命予采稿豆一筐，携送戴师家。并谓少年体多暖，不宜衣裘，而丝绡尤不可轻服，故余既冠，而所被唯棉布。仆隶事亦间为之，遵严命也。

七月廿日（9月6日），余随家君赴毛静园表叔谦福之招，观龙舟于排头瀂，同船者为驾兰丈、容斋师及猛将堂僧正明。旋抵相城，妙智庵住持出文皇赐道衍玺书属题，余见有韩桂舲司寇對、张子和观察爨诸名公跋语，不敢妄续貂也。家君四十始留须，已有二毛，居常以药捻之，风采如年少，至沐盥时仍露白茎，余喜惧交集。

八月初旬，北郭桂花盛开，随双柑师及宗君尉乔浩然访普仁寺，承性千悟源、怀初真实、素庵象贤三上人留饮，笋芽、松菌，山厨风味异常。有纪事一律。十八日（10月4日），将赴玉峰试，见家君自梯颠踬，昏晕仆地，余随家慈与兄大声泣扶，阅时始苏，即曰："顷乃一梦耳，尔等胡喧哗若此。"然而惫甚矣。亟延伤科邵安之原培调治。余愿侍汤药，不忍离膝，家君促之行，爰遵命赴试。二十一日（10月7日），考古学，题为《蒲庐萦缴赋，以"蒲庐萦缴神感飞禽"为韵》《文化内辑，得文字》。出场患痢。学宪牌示廿六日试常昭童生，予以抱恙欲先归，不意试期因雨改后，至二十七日进场，寒疾适治。出场急归，与何君卓然同舟。卓然能文而心甚谦抑，拈成句颂予曰："未必重来无我分，已将此著让君先。"余为颜汗。抵家见大人犹在床呻吟，询及试艺，自念风檐率尔，恐益伤堂上心，预改其半以应命。家君略闻几句，笑曰："可以疗予疾矣。"旋蒙学使申镜汀先生取入邑痒第七名。首题为《安仁》，次题为《恶利口恐其乱信也》，诗题为《买石得云饶，得饶字》。评云："首艺前路清顺，中后顾上约乐，词意圆畅。次稳。诗可。"时南乡至戚中同招覆者为朱筠轩表叔、沈得山姻丈也。覆试题为《赤也束带立于朝》，经题为《鞠有黄华》，诗题为《九月筑场圃，得场字》。评云："首艺颇见作意。经艺谐适。"承朱子钦、毛静园两丈及贾君鹿苹送试，同游玉山佳处，数日流连。

十月十一日（11月25日），迎学。家君与邵环林学录渊耀、顾叔真召春、沈锦斋崇福两孝廉陪宴公堂。是日，大兄娶嫂朱氏，即子钦姻丈长女。姻丈旧从先祖游，与家君又联盟谱，金兰之契，重以丝萝，称莫逆焉。越日，领赀封敕命回，熙随父兄后，叩谢北阙。追思先大父品学兼优，七蹶省门，未获一展其志，先大母治家勤俭，接物慈和，遗惠常留人口，至此而俱沐国恩，不胜庆幸。

道光十有一年辛卯(1831—1832),二十有二岁

是年,仍从戴双柑师学。课余,见近人锦囊佳句,爱不忍释,而犹苦健忘,乃集吉光片羽,著《西窗诗话》若干卷,以为观摩。

二月,苏鳌石观察甄别士子,童生题《子所雅言诗书》,余代三叔父撰一卷,取列中权。时朱君默斋从家君受业,余偕读书于后圃幽轩,以地远嚣尘,或可潜心举业耳。每当花朝月夕,听禽声,抚树荫,互相吟咏,觉竹篱梅韵,沁入诗肠,天趣横生,心与境化。

清明佳节,又与王君润亭畴福、周君朗岩陈锡辈游玩山南,以寄雅兴。恒于饧箫声里、卖酒垆头,低徊留之不能去,有《三桥春游词》。家君事繁食少,时借丝竹陶写性情,一时歌儿竞来献伎,予或题诗便面,以当缠头。

四月二日(5月13日),吾家水轩为竞渡之所,士女如云,画舫不绝。戏咏云:"谁似我家烟水近,好花不必出门看。"而西邻王氏草堂又张灯肆曲,以助一时之胜,俱足供诗料也。西庄草堂设文会,兄与默斋屡赴。首期题《君子之道四二句》《熟梅天气半晴阴,得晴字》,予代一卷,潘芸岩文学惟恭、卫黼堂孝廉蔼然均取第一。

五月,舣舟至宝岩。适杨梅初熟,或红或白,点缀山林。松棚中笑语时闻,筠篮累积,有儿女看守。山人丁庆携两篓见贻。

六月,与卢云亭表弟毓溥、陆筠轩表姊倩仁溥肆书于苏竹贤文学林。暇即拈试帖一首,古今体数首,以消永昼。驾兰丈署卷面曰:"子所雅言第一层。"家君谓:"吟诗习字,馆阁中所重,尔等勿忽诸。"予见架上先祖遗诗,凝园先姑丈手钞者再,李息珊丈仁毅有和章,孙子潇丈有序语,能广征大手笔,以阐幽光,庶可并传不朽。乃奉严命送呈邑中诸先达,承世丈言皋云太守朝标、张鹿樵观察大镛、年伯杨砚芬太守、表舅氏俞见岚大令各纂序言。砚芬丈服阕入都,家大人命熙送之以诗。余体素羸,当暑尤减食,乃赴谢家桥就医。时为刘秉南姻兄邀去,同谒陆筠庄上舍焕家祠。见门外朱藤垂荫,晚风生凉,精庐数楹,

步步引人入胜。旋憩双忠庙古银杏下，快嚼雪瓜，觉肺腑顿清，胜于药石。

七月，将赴金陵录科，已定与时、戴两师同伴，忽闻因水改期，雇舟未发。家君终日论文，写试场诀授予，辄提耳焉。是时，家圃中芭蕉忽花，似莲房而斗大。据人云，数十年始一见，俗名琼花，非吉兆也。余初不之信，乃花未残而家君之恙已作。适舟次感冒暑热，胸膈作痛。余与兄遍体抚摩，即候周哂斋上舍朗容、毛湘帆表伯暨凌春台、徐淡成诸先生先后诊视，参苓迭进，并百计祈祷。方冀病势日轻，渐得痊愈，何图挽救无从，遽于二十六日（9月2日）丑刻见背，痛何如哉！熙五内焦裂，昏瞀无知，伤庭训之长淹，念百身之莫赎，惟有伏地悲号而已。幸两叔及舅氏主持丧事，而吾母罄其私蓄，襚椟从丰，稍减不肖之罪。

越月，濡泪和墨，编述行略，而苦次语言无状，恐贻大雅之讥，乃请金坛王晴香文学光鼎删润成文，以存诸箧。家祭日，无力成礼，而两邑令及两学四衙俱来吊，赖言皋云、俞霞城烈两太守主陪宾，言季云刑部朝杞、卢梅坡处士敦仁主回帖，又有双柑师、蓉村丈周旋其间，始克免责。

九月，兄长女生，旋殇。

冬，遭穿窬者纵火肆窃，幸积薪焚尽，余焰自灭，尚未延及栋梁。余赴官呈报，蒙邑侯周介堂岱龄、守营赵晴川云炳两先生委员勘实，即饬汛快会同严缉。念先君灵柩在堂，火若蔓延，罪胡可逭。今幸免大厄，未始非天佑余家也。蓉村丈念西庄滨湖田为贼盗易袭之所，创立栅议，邀熙与潘青舫上舍钰、景瑶圃茂才堉林、黄崧轩上舍培金集存仁堂酌定章程，议得堂之西设一栅，水墩旁设一栅，木料费抽自庙捐，工食油火，七家分当，每家岁出钱六千，遂与同人出名呈邑令，蒙批准给示。越日，同人饮于存仁堂，性千上人设盛馔，中有鹿脯，厨人制水饺尤精，谢以一律。扬威侯庙住持于堂左设文昌帝君像，欲广拓墙宇，增建庙门，以肃瞻拜地，谋于余，为嘱苏士斋茂才文渊为小引，力劝诸信士。承杨砚芬年伯、俞见岚表母舅、周茂园母舅、王蔚宗姻兄□□、家振泰族伯巍、慎斋族叔沂俱为捐资,余亦量力佽助。

十一月初二日(12月5日),姻丈王士修上舍仁显开吊,余与张理斋布理棻、王春江上舍汝玉、徐松岩布衣鹗陪宾,有挽言四律。三十日(1832年1月2日),戴师母平孺人病故,亦挽二诗。徐尚滨茂才丈泰来七十,嘱予寿之,应以三律。

十二月,冰壮。步行至滕庄角谒王蔚宗,主人留宿。晨起引观顾山,见银杏一株如浮图,有诗二绝。

道光十有二年壬辰(1832—1833),二十有三岁

大兄馆王涧桥王氏,东翁为霞帆上舍南金,与余家属姻亲,而尊人士修丈与先君最投洽,有无相济,久要不忘。今霞帆素性慷慨,能继父风,与大兄尤如胶漆。余则从郡廪生王蓉村师学,师与先君订岁寒交,今复联桑梓谊。予时趋谒,屡蒙惠训,故奉慈命执贽从游。

正月底,吴生少卿庆镐附余家读书,自顾荒芜,勉陈一得,恐不能教学相长耳。贾太岳母龚孺人谢世,挽以四律。邹香坪上舍来泰断弦,乞余挽之,亦应一律。殡伽庵住持福参矢愿立关,承同人请,嘉之以诗。许小帆□□以《读书秋树根小影》属题,应一绝。陶莲生观察廷杰甄别书院,题为《公绰之不欲四句》《俭可助廉,得廉字》,余卷列附课。童生题《子曰先进于礼乐至政事冉有》《太液池人字柳,得人字》,余代大兄及吴生应二卷,亦取附课。

清明日(4月5日),偕毛静园丈及朱君默斋、王君梦蘧国瑗、李君小冈镛出北郭,雇轿游破山、清凉两禅寺,得二诗。回与同人饮于镜墀轩,各出酒兵,颠狂赌胜,默斋、小冈吐污茵矣。

七月,静园丈邀余大石山房小饮,得一律,友梅姑丈暨平沁梅、家雪鸿俱有和作。云水居与秀山上人晚话,觉秋兰吐馥,动我吟怀,志一律。

八月,又随戴师报慈桥探桂。重憩铁佛寺,怀仁禅师仍备素筵留

饮,有蜜桃,历久不变。其徒素庵与余谈诗画,得偷半日闲。沁梅表弟检其先人凝园姑丈诗见示,余识一绝。平子迁兄钟豫以白菊诗索和,亦勉应之。

十月二十二日(12月13日),兄长男培禧生。月杪,过钓荡,族伯振泰留膳。旋往水渠,家慎斋上舍留宿,畅观野景,如入仙源,俱有诗。返棹赴蓉村师之招,陪蒋伯生大令因培、须道章运同锦中、王晴香茂才、赵云谷上舍允谦、王古香州倅桂一、瞿子京茂才镐、蒋竹岩上舍中庆、景云坪茂才长华、陶缄斋茂才文彪、俞云挥州倅仁基、王雪艿上舍希廉饮于西庄草堂,设将坛,自午至戌,各尽欢情。席上得诗一首。

道光十有三年癸巳(1833—1834),二十有四岁

是岁,仍从蓉村师游。黄生悦芽庭诰、仲芽庭彪来受业。

二月,陶观察甄别,题为《君子深造之以道四句》《元精耿耿贯当中,得元字》,余卷前列。

寒食前一日(3月4日),王薪之少府家械为余备马,游兴福寺,默斋亦偕行。时梅蕊怯寒,柳梢敛碧,虽春光过半,而游客寥寥,拈两律以纪冷兴。葛霭亭廷荣花甲双庆,祝之以诗。徐穗钦希浩以钱芬莲女史恒芳《吟香楼稿》属题,余赘题一律。

七月二十二日(9月5日),朱氏嫂骤病而亡。嫂性温柔,以感暑成疾,自知不起,犹含笑慰姑,抱呱呱者再四。余见眉间带青,非小小感冒,亟下乡延医,并邀朱子钦姻丈来议治症之法。孰知比归,已闻哭声矣,惨哉! 为挽二律。

八月,予为大兄权馆,下榻王氏漱芳阁。每当玻璃窗外,月明如水,步豆花篱边,络纬萧萧,凉风四起,城隅无此好景,遂信口高吟,不顾衣襟露湿也。归里后,适周心蓉丈镜寓余家西轩,好谈今古,兼善推敲,与予联吟不倦,为忘年交。前叙先府君行状,词颇繁,恐费刻资,乃请邵环林丈删节数条,付剞劂氏。遵先君遗命,以祖茔卑下,欲另觅吉地于虞山,邀堪舆赵建中元煜、查雨山焕同视,得地于刘神浜。

奉慈命购之，营为新阡，向定艮坤兼丑未三分。陈晓霞丈实董其事，遂卜于九月初三日（10月15日），谨扶先考灵柩，安葬主穴，并将先嫂从葬昭穴。

十月，舅氏家因病丐卧门，与之食，不能咽，蔼人表兄诰驮置双忠祠公所，须臾气绝。地恶钩结地总、地保，当移尸索诈。余为嘱蓉村师报凝善公堂，着地方领棺敛葬，地棍不得借口，绝不费一钱。未几，蓉村师疾作甚剧，群医束手。余冒寒风，步至谢家桥，代请徐淡成丈诊治，留饭小斋。幸服药见效，倘亦诚则有灵乎？病起酬神，招余同张子谦广文丰玉、屈心梅少府见复、瞿森潮明经镛等，斗饮至夜分，酣畅无似，席上有诗。适有携李杏江丈《采芝图》索题者，予感活我恩，应一律。

十一月，服阕。与城中诸君子联文社，局设周神祠，一月三举。在会者如张煦涵明经承露、曹和卿敬、屈香坡尧墀、陆心培、徐星卿灏、翁云樵同福、金倬章焕、周兰君厚祺、钱梅庵彦华、少湘福华、季云书觐光、子安德大、苏德卿景韩、士斋、钱霁霞毓骧、方瀛彦登、沈惕泉福堃、史痴型、宗丽生、张松岑鸿翼、蒋元敞嘉球、陶慎卿念徐诸文学，沈敦仁荣恩、周亦然两上舍，皆热客也。首期题《我未见好仁者三句》，钱玉书孝廉毓麟阅，余卷第二。次期题《主忠信徙义》，曾石溪州判福谦阅，余第三。三期题《君子不可小知二句》，俞见岚丈阅，余卷第二。四期题《己所不欲四句》，邵环林丈阅，余卷第三。

腊月，有友馈牛肉，却之。余初嗜此味，缘母亲多恙，遂永远戒绝，合家俱然。

道光十有四年甲午（1834—1835），二十有五岁

正月元旦（2月9日），微雪。初四日，祝毛氏祖姑八十。初五日，饮于朱子钦丈家，在座者贾子良外舅及李湘槎、卓亭方中、王嵩山煌、沈墨轩廷灿、贾词仙、家杏桥近智、亦兰三叔父，斗酒移时。初七日，随子钦丈过狄家坝，为瞿兰圃表叔留饮。初八日，时容斋师邀饮

小有书屋。初十日，王梦蓬完姻。余往贺，并为迎娶。次日返棹。二十五日，同金朗溪澄、凌云溥、蓉塘渭、李梧冈凤、王霞帆、毛芝香培因三上舍饮于蓉村师家。金氏昆仲豪于饮，幸拇战未北，不至醉如泥。月底，黄生炳文廷煜、金声廷镛来学。

二月，范蔼亭司理宗仁七十，祝之以诗。陆芷舫入泮，贺一律。周声闻上舍鸣鹤有骑省之戚，唁以二诗。又为润亭题《黛玉春困图》，应接不暇。

三月十二日（4月20日），家慈为兄续弦冯氏，为昭庠生玉山公照三女。次日，为余娶室贾氏，内子少余四岁，年二十一，有花烛词。二十七夜，母房被窃，失衣箱两个，估价及二百金。余报案未经缉获，恨无以慰慈心。

春夏间，与南乡诸子聚鹿芩会课，除戊子在局诸君外，又有长洲徐望溪璜、姚雨楼坊、张懷堂诰、朱春圃绮诸茂才及徐君松岩、金君实夫□□、朱君春帆盈科、春航□□、沈君登峰鹏飞、金匮华君雅堂□□、同邑俞君吟梅绿书、平super君沁梅、瞿君兰圃、静香大镛、李君东郊欣、锦江鸿璋、张君鹿轫炳麟、笠夫兆麟、朱君半千联芳、默斋、恂如景清、兰坡昌期、竹轩昌龄，请归问轩丈阅卷。生童分两题，人少则总课一题，分超特等，前三名有花红银奖励，倘有文无诗及次期不到者，扣除花红且罚举一课，所扣银汇存局中，备送阅卷先生润笔。同人拈阄轮举，每位分金一百，各人名次、逐期题目均登簿，存局董处。课卷不散，以备选刊。此时容斋师与朱叔华表兄所定章程也。犹记鹿芹会课题《司马牛问仁二节》，问轩丈取余卷第二。益三斋会课题《子曰有德者必有言全节》《一犁好雨秧初种，得初字》，余制二卷，邓尉梅广文谦泰阅取第一、第二。伴闲居会课题《上好礼则民莫敢不敬一节》《学然后知不足，得知字》，问轩丈取余卷第三。小有书屋会课题《如知为君之难也二句》《共登青云梯，得登字》，俞见岚丈取余卷第一；次期题《先进于礼乐一节》，陶静涵丈取余卷第一。养素堂会课题《孟武伯问孝全节》《众仙同日咏霓裳，得同字》，钱鹤墅上舍震青取余卷第三。熙春堂会课题《吾党之直者异于是》，余作两卷，太仓倪亦鲁明经□□取第三、第五。又伴闲居约课题《其为人也》，姚湘坡吏部福增取余卷第四；次期题《君使臣以礼二句》，问轩丈取余卷第二；三期题《临大节》，黄秋湖文学润棻取余卷第一。

秋，邑侯周介堂、张冕堂绶组两先生创议挑浚白茅塘，并修县城，来聘熙劝捐。余缘馆职却之。

七月初十日（8月14日），赴金陵录科，与王煦亭明福、陆芷航两茂才同伴，屈竹溪少府莹偕行，寓王府塘刘炳森家。主人习医，余于试前患痢，请伊与王正田诊治，未得遽痊。迨谭藕香世伯来视，为余诊脉，谓水土不服故耳，不必焦忧。爰书草方，并送松萝茶一匊，服之如神，至录遗时已健。蒙学使廖钰夫先生鸿荃拔置正取第三名，题为《则修文德以来之既来之》，诗题为《袖中进卷总贤才，得才字》，策问《春秋三传及胡传异同得失》。

中元节（8月19日），泛舟青溪，有画船结彩，箫鼓喧阗。僧众诵经说偈，吊无祀者孤魂。晚坐河房，见两岸帘栊，烛光掩映，几家筵席，丝竹时闻。闲倚红阑边，觉清风徐来，蓦送夜来香一味。须臾，灯舫络绎，往来于怡园茶阁间，都有绿衫俏儿清歌侑酒，人面与灯光相映，顿使良宵生色。

三十日[①]，与竹溪、芷舫登清凉山。遇地藏王胜会，彩幡宝盖，前呼后应，拜香者塞途。灯棚一带，设盆花玩器，引人入胜，名"万顺香篷"。亭施茶，道旁渴者奔赴。行七八里，而金鼓之声犹不绝。渐见竹篱曲折，门径幽深，知为袁简斋大令枚随园也。遂同人晋访，见群玉山头，梅枝横卧，嶘山红雪，桃叶纷披，水晶域则玻璃向明，金石藏则古玩罗列，竹请客则笋香扑鼻，树为屋则银杏蔽阴，如入山阴道上，目不给赏。有一庐缭曲往复，颜曰"盘之中"。西廊书版成堆，皆随园著作。上有层楼叠阁，为主人眷属所居，欲登而不果也。抚奇礓石，

---

① 日期疑有误，本年农历七月仅有二十九日，无三十日。

觉云气时来；瞰澄碧泉，叹水流不溢。他若小眠斋、绿晓阁、小栖霞、蔚蓝天、仓山云舍，俱幽折可人。园丁设茶果，小话片时。犹记大令自撰楹帖云："不作公卿，非无福命都缘懒；难成仙佛，为爱诗书又恋花。"颇洒脱。又集成句云："此地有崇山峻岭，茂林修竹，是能读三坟五典八索九丘。"切地切人，尤巧合。他如袁□□□济一联云："名山金石图书，此地可称三绝；循吏儒林隐逸，先生自有千秋。"桐城（王）[黄]啸村□□文炳联云："只一座楼台，占断六朝烟景；问几人诗酒，能争绝代风流。"亦复浑脱。由此而往，见回阑曲槛，华不为靡。山林而无台阁体，柏亭则茅茨不翦，柳谷则彤镂不施，香界则野花乱开，书仓则古馨时发，泛杭则有舟无楫，凉室则有户无窗，可当"古朴"二字。小立渡鹤桥边，俯探回波闸外，觉双湖夹镜，藕花斗大，泛泛波中，固不易见之名种。登南台，徘徊一览，欲寻先生葬处，焚名刺一拜，而绿竹满山，苍烟四起。日将暮，而余亦倦游矣。归见渔人举网得鱼，就船买之，知为江鳗也，约二三斤，洁白如粉。唤承恩寺香伙煮之，味腴而鲜，颇得口福。便赴溧学门斗寓，有丁林、王源诸人，询及余父安否，答以前三年弃养，彼等以受恩深重，叹惜而继以涕泣焉。

八月八日（9月10日），下闱。予初次观场，本不作妄想，故从容暇豫。到至公堂前，流览楹联，见铁冶亭宫保保云："场列东西，两道文光齐射斗；帘分内外，一毫关节不通风。"觉县之国门，不能易一字。程梓庭中丞祖洛辛卯监临时有云："矮屋策高文，九天升，九渊沉，九转丹凝，多士出身，在此九月九日；秋闱感春梦，三艺竞，三场竣，三条烛烬，一官回首，于今三十三年。"对仗既巧，音韵亦谐，盖中丞于戊午科举南闱，故云尔。末场黄昏交卷，缘门闭，仍归号舍。是夜，因寒致嗽，不料枕书囊而露卧者，尚有昆山朱丈惺斋焯，始叹人之肢体不同，真有松柏、蒲柳之别。出场返棹，有行草一卷。其时苏属水发，虞阳田禾多伤。

九月，鲍生湘子熊福来受业。初八日（10月10日），家镜秋承宗子静澜思仁成昏，余往贺，与汤浃园少尉庆治同席畅饮，获闻陕西风土人情。街市见怕羞草，一击则节节灵通，或俯或仰，殊可观也，纪诗一首。

十月，陈晓霞丈太夫人吊期，请予陪客，有挽词四章。夕与李载和少府仁荥酣饮，别后呈一诗。

道光十有五年乙未（1835—1836），二十有六岁

是年，朱生茂城榕、少英桂来学。

新正，扬州范竹泉茂才铮来虞。竹泉精星学，昔在强师处把晤，曾为予推算前程。今于客中被肱箧，衣物一空，聊设砚琴川，冀得斧资，作还乡计。且善书，挥楹联见赠。暇复吟诗索和，相得甚欢。余于其行，送以拙句，且馈赆焉。十九日（2月16日），吴大有日易子小香中杰完娶。余往贺留饮。月底，过毛家桥，一粟庵宝成禅师瀹香茗以待，更治香积饭，余以事不果，留有赠言一律。

三月，应岁试，与兄偕。兄缘郡试时，抱恙未赴，特来补考，获叙对床之欢。试题为《发育万物》，予于舟次代应之。岁考题为《春秋》，经题为《象曰风雷益三句》，诗题为《山不让尘，得先字》，余蒙学使龚季思先生守正录取二等二十九名。是案，时容斋师一等第三，食廪饩。试后，与顾仲达树培、家晓园廷璋两茂才游玉山诸禅林，如周圣庵、舍利庵、胜莲庵、纯阳阁，俱可小憩。散花仙捧茶相款，觉茗香禅味，令人意也消。吴门张春甫文学运颐以"飞絮影落花声"寓意，为二诗，余和之。蓉村师以可琴女士调素诗属和，润亭世兄以《扑蝶图》索题，俱走笔应之。

春杪，奉慈命唤种树许姓于新茔种柏数十株，清阴蔚然。

六月廿八日（7月23日），吴景廷上舍悱亭开吊，余挽以四诗，并下乡陪吊两日。回城，于河东薛氏晤江阴王趾仁千戎兆麟，虽系武举，而却好文墨，录近作质之予，谈诗数夕。

七月二日（8月25日），兄次女月仙生。恭遇恩科赴省试，与容斋师及蒋君余棠世泰、屈君香坡、朱君仙洲瀛同伴，寓钓鱼巷梁氏。

主人充江宁兵房,兼设古董铺。有铁器如耜,边已阙,瞿森潮明经识为戤,是古兵器,解囊购之。是岁,容斋师馆张氏,承张理斋丈备画船以送,并馈酒肴,同人办青珠绒褂以报嘉贶。归渡京江,雨阻几日,纪以诗。

十月初十日(11月29日),皇太后六旬万寿,各街俱有灯棚。南城为最,彩球锦幔,炫目纷华。早蒙恩典,十年前未完钱粮,一概蠲免,宜间阎欢忭,不惜工费也。

十一月六日(12月25日),毛湘帆丈三女出阁,予下乡送嫁,不意丈于是日病殁,贺而兼吊,座客皆为黯然。十六日,表弟平君竹香其绅完姻。余为迎娶,并移花烛,陪朱学成世丈宗圣辈樽酒话旧,心胸豁然。十八日,长子培泽生,口噤艰于食乳,至二十三日殇。

十二月二十七日(1836年2月13日),贾氏次姨出嫁,余往送。除夕,志一诗。

道光十有六年丙申(1836—1837),二十有七岁

其年,宗生镜堂成钺来学,侄培禧始从予授书。从弟太圃缙烈年近弱冠,为贫累,欲谋馆谷养生,二叔父命熙引荐,即荐于表姊倩陶启华介鳌家,妥为料理,俾得糊口资。

二月,毛氏祖姑吊期,余往拜。

三月十日(4月25日),赴子良外舅之招,偕王湘帆姻兄陶金、顾梅江僚婿敦仁、鹿苹舅兄往郡。泊舟北濠,过潘儒巷,游黄小华殿撰轩涉园,即狮子林。中多奇峰,昔倪云林高士所布置。园丁索扫花钱少许,引客徐探。见阴崖缭曲,如往而复。茅亭高下,池馆清幽,宜纳凉,亦宜垂钓。坐朱藤棚下、红板桥边,见有檐牙蹲起者,见有水心突出者,皆怪石也,均与狮子一般,始叹名不虚立。又赴虎丘,经花神庙,见一抔在荒榛中者,真娘墓也,徘徊久之。沿剑池,有好善者买螺蛳数筥,遣渔子放生。复步生公台,有说因果者,游人如堵墙,俨闻说法。至同善堂,觉绿树生香,牡丹吐艳。谒短簿祠,见香烟缭绕,台榭

崔巍。而最胜者莫若白公祠，同人向香山飨堂礼拜。旋登仰苏楼、思白轩、怀杜阁，觉塔影山光，在几席间。晚憩情园，见酒船歌舫，往来于斟酌桥边，茗话片时，而隔溪暮色，悠然来矣。

长夏事幽，为周赋亭遹文题《醉眠勺药图》。为陈晓霞丈题《如画亭》。又为茂园舅氏、外嫂范氏撰《啄木鸟》《反哺乌》二诗，以美孝行。陆素云女士寄便面索题，应一绝。宗稼梅成钧为我绘《画壁图》，亦志数言。石阑点笔，以消永日。

五月廿五日（7月8日），锦文族叔祖应麒家祭，余往陪宾，流连七日，与太仓凌小岩□□辈畅叙忘形。

八月九日（9月19日），外祖母龚太君去世，余侍慈亲送殓，越宿而回，有哭挽一首。

九月，应科试，龚学使拔取一等十一名，题为《臣始至于境》，策问《三吴水利》，诗题为《绕庭数竹饶新笋，得新字》，评云："水木明瑟，风月清华，诗句亦秀。"覆试题《吾自卫反鲁一节》，诗题《荣鞠树麦，得时字》。试后，随时容斋师、朱子钦、李小芸两丈及贾鹿苹、顾梅江、黄晋卿□□、李砚香祖晟游半茧园、见山园、花神庙、顾文康公鼎臣祠，皆玉山胜境也。高祖母马太孺人节孝，先君以请旌格于年例，心恒不安，熙丏廪生王蓉村师、增生屈君香坡、附生朱君仙洲出结，具呈赴学辕请奖，蒙学宪批准，给"荼苦筹清"四字，制匾奖励。昆山宗叔凌霄茂才云瑞邀余暨族人宴饮，会议公呈，欲为族祖安节公诩重建专祠，求文宗给匾也。在席者，吴县刘子香心龙、长洲严子千元镰及崇明家南汀鹤坡、清渠焕猷、长洲家淡安文藻、昆山家少仪成章、子安成业、清如成玉、铁珊锷、野堂铸、与可云纪、讷夫近仁、也可当仁诸茂才。四万荡族中谱系散失，虽自始迁祖以下不过九代，多有昧所自来者。余摹先祖所写宗支图，各给一纸，欲令族人知源本。

十月二日（11月10日），邀席啸岩盐知朗奎、朱蓉江高旭、钱心梅敦谊、王煦亭三茂才、曹诏庭上舍柏霖、王润亭盐知饮于瞿楼，畅快无比。

岁秒事闲,检旧作分年编录,汇为《镜墀轩诗钞》,其他艳体为《外集》。又仿韩冬郎《香奁》作《一笑吟》二百首,分四卷,蒙钱君少湘、王君煦亭、宗君丽生、景君璇圃春芳、陆君芷舫俱惠跋语。每夕灯下观《缀白裘》,各本戏名挨次录于小折,注明净末生旦丑为何人,以备戏园观剧,一查便知。每阅邸钞,其官之升迁辄注于《搢绅录》,以补健忘。更录来往亲友,依百家姓编次,名字、里居、头衔、履历,悉一一注之,号为《肉谱》。且录常昭乡会科名,自国初至今,约有寸许,考官、题目及乡会元、三鼎甲、每人上下三代、仕至何官,胥详注,题曰《千佛名经》。而岁科试入泮及考优等者别为一册,曰《小试题名录》,附以恩拔岁优贡及捐班出仕者。

道光十有七年丁酉(1837—1838),二十有八岁

余从学博江云艇师之升游。师家三代登乡榜,书香不绝。太夫子静萝明经曾祁与先祖同案,夫子又与先君同上公车者再,气谊相于。今以觉罗教习在籍候铨,奉慈命敬追随焉。陶观察甄别,题为《夫子莞尔而笑曰》,余卷取附课。

二月八日(3月14日),为张大帝诞,余登虞山,至乾元宫拜祝。是日,童子放纸鸢者甚多,士女乘舆进香者亦络绎弗绝。初九日,长女昭明生。初十日,余母以命中流年欠利,倩羽士禳星。余为斋戒,日诵《心经》五十遍,冀慈亲身体安康。

上巳前一日(4月6日),祝蓉村师寿,同赵闿乡孝廉允怀、曹小亭明经毓德等晚饮,主宾歌吹,谑笑忘机。越日,蒋伯生丈燕园有贵种牡丹,冒雨齐放,邀常令陈登之延恩、昭令金小庄咸两先生赋诗宴赏,王君润亭为花写生,予步陈公韵题二律。昆山陆景岩茂才开基寄诗索和,次仲父韵柬一律。初六日,侍母下乡扫祖墓。遇药铺友,有真高丽参,每茎重七八钱,知为力厚,即购之煎汤,以供老母,果康健胜常。子良外舅乔梓招亦兰三叔暨予赴郡,仍寓北濠。适大雨浃旬,日往戏园观名班演剧,出神入化,颇遣闷怀。霁后泛棹山塘,谒孙渊如

观察星衍隐啸园，又名一树。见中有授书堂、宝顺斋、壶天小阁，斋壁嵌顺陵碑四十七石，阁壁嵌薛氏旧摹石鼓文七石。其间奇葩异卉，掩映楼台，月榭风廊，参差池馆，美不胜述。赋七古一章。返棹后，新塘金叙山丈学智邀饮，嘱撰寿联，即书云："桂子兰孙绵福泽，童颜鹤发会耆英。"不意翁八十齐眉，曾孙林立，撰句未尽其盛也。其子德安永禄、德明□□、德龙□□、孙庆林裕苍迭来劝觞，有桃源古趣。

　　四月，钱生筑嵘敦钧来学。其祖鹭洲进士大章以文学著，出宰有循声。父晴岚明经廷镛历试南北闱，屡膺荐，亦推宿学。余日以绍家风、绳祖武属望之。陈明府观风书院，蒙取前列，题为《惠迪吉经解》《士先器识论》《得人赋，以"行不由径非公未至"为韵》《拟崔子玉座右铭》《过昭明太子读书台，限七古》《石室、琴川、鹿园、雪井，限五律》《桑葚、樱桃、玫瑰、蚕豆，限七律》《策问南沙孝友、文学、吏治、积贮》，评云："解，援引明晰。论，诠'识'字较诠'器'字更佳。赋，展局舒畅，吐辞明净。铭，知危知惧，语征阅历。七古，学古而力未逮。五律，诗笔不俗。七律，轻清不滞。策问，首条颇实。"陈公为玉方侍御希祖子，书法得家学，余谨藏之。长洲侯友竹上舍桂芳以《秋蚊》《秋蝇》两诗见示，予翻其意和之。室贾氏因产后元气未复，兼感温邪，自春徂夏，两次病笃。屡请张君子槎懋芳、徐丈淡成先后诊视，服药数十剂，恙稍减，余赴金陵时尚未健旺也。

　　是科，与戴双柑师及朱君仙洲、钱君子绳耀祖同伴。舟抵栖霞，戴师与子绳惮涉江，雇驴起旱。予与仙洲喜为破浪游，讵料渡江水紧，石罅喷潮，舟阻长山脚，俗名三刀口。篙师力竭，怒涛簸荡，几覆舟。幸有救生船引缆力扶，始脱险。盖向年渡江，缘水逆，必唤带江船引过。今舟子图酒资，斗胆蹈险，性命几抛矣。抵燕子矶，流览江山，抚摩碑碣，觉眼界一开。欲寻陈妙常梳妆台，而暮霭岔来，不果往也。进城寓王府塘蔡氏，主人苏州籍，为秦淮善才。

　　试前，随双柑师、时眉叔、时益三世丈、沈得山姻丈出水西门，访莫愁湖。祠适新葺，一片红墙，绚烂林际。自佛堂左转，垣曲而门狭，

疑无路。一转旋间,忽得高廊,豁然开朗。板上铮铮有声,半倾城步
屧,茶亭两三,宛倚云际。与同人御风行,陡见湖光涵空,一碧万顷,
藕花齐吐,香风时来。小立片时,得意忘言,不知此身在何处。下憩
水榭,啜一杯清茗,觉烦襟顿除。意此湖与江潮不通,故澄清乃尔。
见淡妆女子绘于屏,即莫愁小影也,两边题字甚多,不胜记。旋登高
楼,知为中山王侍明太祖布棋处,中有须眉丈夫巍然拱立,乃王像也。
有父老为余言曰:"太祖以王为开国功臣,特崇赐第,一湖鱼租悉归
徐,而湖仍袭莫愁字云。"远眺石头城外,风帆片片,从长江来。而城
内清凉山一角,尤苍秀可爱。忽闻欸乃声,见小舟一点,自湖心采莲
归矣。倩画师方秀山图于扇,欲携归以娱北堂。

又闻报恩寺产桫椤树,其子可疗胃气。雨花台产玛瑙石,可作玩
物。上有井水甚甘,可煮茗。每科试官到时,上、江两县令必办此泉
供给。两处均在聚宝门外,爰独步往访。见永济寺规模颇敞,琉璃塔
九层,金碧耀目。其下拜经者声音宏亮,若不遗余力然。出门见有如
栗者,即桫椤子也,怀数枚而行。经长干里,地渐高,有耸然特出者,
两碑亭也。见笠者从高阜而下,挑清泉两筒,即雨花水也。问此井在
何处,答云:"此去有里许,汲取颇艰。"余闻梁武时,云光禅师讲经于
此,感天而雨花,惜未于雨时一来快睹。便从沙沟谛视,见有锄痕中
白如蒜者,知即石子也。攀树枝掘之,更有五色皆备,匀圆可玩,袖归
几颗,备点缀花盆之需。

吴门王曾生茂才复自邢园归,谈及池馆之胜,引予再游。过城北
路迷,正错愕间,忽于柳暗花明中见粉垣十丈,鲁生欣然曰:"是也。"
与阍人百钱,取次探胜。见修廊界水,红阑倒影,如跨虹然。方池数
顷,有金鱼扬波,如泛红叶。又有蜻蜓舸,泛泛于垂丝柳下,知夏日纳
凉时可采莲,亦可下钓。水轩四五,俱铺石片,履之空洞有声。中储
金石、图书,悉汉晋物,而石洞弯环,或自下而上,或自上而下,尤有往
复不穷者。地虽旷而花卉转稀,栋梁亦将朽,园丁曰:"主人宦游久,
多年未修故耳。"有金陵子弟一见如故,替付茗资而去。又忆寓主言:

"白门胜地，莫若笛楼最古，即桓伊吹笛处也。"与邢园邻，爰便道往访，屡问讯，路人指一僧庐曰："此即邀笛步。"见栋宇幽深，中缺一方，四面环高阁。有沙弥引余盘旋，一无所异，唯闻绿树中鸟鸣嘤嘤，犹如笛声三弄。后为永庆寺，有砖塔几层，亦秣陵名刹，时促而不及遍览也。回至朝天宫，见栅阑封锁，两典试馆其中。小憩茶棚，而夕阳西落矣。

　　试毕返棹，泊无锡惠山浜。是日画舫数十，停柳阴边，纨袴子挟歌姬侑酒，清商宛转，芗泽时闻。又有少年女冠，小髻簪素馨花，湘裙团扇，姊妹偕行，徘徊于老桂阴中，亦锡山秋色。岸上列酒肆茶篷，兼卖耍货，游人云集街坊。忽闻金鼓声，询知张中丞庙演戏，班名来凤，自扬州来。予往视，两厢楼士女喧哗，颇为胜览。谒倪云林、朱乐圃两先生祠，兼访二泉亭。亭前方池半亩，红鲤耀鳞，石龙口喷泉似珠，涓涓不竭。移舟黄埠墩，上转楼，觉云影山光、商船贾舶、城郭楼台，俱历历在目，投香钱而下。

　　归里后，又谒张鹿樵丈半野新庄，丈扶杖追陪，遣司董曹梧冈凤书引导，见群玉山头，老梅倒影；补秋亭外，丛桂飘香。从竹篱纡回而出，有茂林修竹山房，碧璃窗外，绿筠围绕，秋声怒鸣。井养堂中有井一，前有长廊跨水，上阻下通，金鱼络绎隔墙掉尾来，如才人之文，无一直笔。而莫敞于飘然堂，金迷纸醉，觉花间设席、竹里行厨，俱是雅人深致。主人欲留饮，余以量浅辞之。

　　更于重九日（10月8日）赴福城禅院，登浮图。甫上第三层，而梯板已倾，遂裹足。第见无胆小儿，缘而上，如猱升木，观者皆拍手叫绝。憩丈室，与聚海和尚□□谈禅半晌，日暮始回。紫竹林住持玉山领天台僧临睿主庵务，时王艺斋观察、言皋云太守、周介然奉政矼、鹤侪司马壬福、蒋诚斋司理嘉珪、云亭上舍嘉璨、钱玉书孝廉、曾石溪州判、小舫少府镕文、翁祖庚孝廉同书、玉甫茂才同爵俱来保送，周鞠脎学师达亦在座。予奉蓉衬师命为书议单，竟日盘桓，宴毕而返。

　　报罢后，知卷出同知衔宝应县尹唐黼卿先生汝明房。是科题为

《博学而笃志二句》《礼仪三百二句》《昔者有馈生鱼于郑子产至得其所哉》，诗题为《人在镜心，得人字》，经题为《九二鸣鹤在阴一节》《厥篚织贝三句》《萧萧马鸣一章》《叔孙豹会晋赵武全节》《播五行于四时四句》，策问《经学、史学、箴铭、钱币、农桑》。房评云："首艺，义理圆足，词旨安详。次艺，气充词沛。三艺，意得环中，神游象外。诗可。"经艺评云："水净沙明。"策对评云："明妥。"主司评云："笔致可观，机轴自抒。诗平。"江师评云："树义立局，语羞雷同，魁选何疑？"时师评云："逐字还他实义，语必透宗，言皆有物，最合时下墨裁。破壁飞腾，定当拭目俟之。"房师唐公，四川剑州人，己卯孝廉，杨砚芬年伯所取士也。未几，自宝应调清河，周亦然欲拉余赴淮晋谒，适为事羁，不果往。

祁醇甫学使寓藻观风苏属，余卷取特等，题为《君子思不出其位》《赋得鱼肠谓之乙，得肠字》《南陔赋，以"循彼南陔言采其兰"为韵》《太湖秋月泛舟，限七古》《林屋洞，限五古》《题香山新乐府，限七绝》以及《彻足用说》《教胄子、驺虞经解》。

二十五日（10月24日），兄三女云仙生。

十一月二日（11月29日），送钱生筑嶅赴郡试，与瞿静香、朱默斋、恂如同伴。泊舟百花洲薛氏宅后，剪烛谈文，颇热闹。次日，默斋引予至采莲巷旧寓，晤主人孙秀贞，携扇索题，缀数句以还之。初四日，诸君进场。家淡安邀予通关坊小酌，同坐者长洲沈君翰香、登峰、陆君子濂□沅、少云□□、同邑时容斋师、张理斋、李小芸两丈、朱叔华姻兄，两席合一，畅饮终日。翼日，陪亦兰叔暨诸同人品剧戏园，移肴至舟，醺然者累夕。复过老皇宫，谒徐秋涛校尉汉，蒙具茶点款留，俱有纪事之作。十一日，表姊婿王万兴少府万钟病故。忆春初，予馈人参视疾，承约病起同游名山，不料竟成永诀，挽以三诗。

腊月，制先高祖母节匾及大父母敕命函，择日敬悬于堂，并乞邓尉梅丈书"慈云下庇"额，悬于紫竹庵。缘室人病时曾服大士灵方，为其酬愿也。高曾祖父母三代遗照向在两叔处，半经蠹蚀，且各成一轴,未尝蝉联合裱,乃倩宗稼梅重摹,装潢一大轴,俾子孙岁时供奉,常得敬睹真容。小女因母恙失乳,寄养胡氏,常得外姑照料云。

道光十有八年戊戌(1838—1839),二十有九岁

景生琼圃春融、祝三铨禧、胡生恺卿观国、王生慎先大德来学。琼圃天分颇优,才成童,诗笔已倜傥,予谓青胜蓝。其大父东亭观察如柏仕宦有名,父阆仙大令,叔绮堂学博炳戊午同登,兄瑶圃茂才南北场屡荐,亦热客也。以生少年英俊,定振家声。祝三即瑶圃子,彬彬儒雅,亦称其家儿,俱得意生徒也。而胡生则悟性较迟,所喜嗜画,能承其曾祖缓溪丈墉之传。嗣祖翠岑广文静之爱熙特甚,故命其受经焉。

予酷好诸诗人名句,如王蓉村师《西庄草堂诗存》、时容斋师《小有书屋吟草》、戴双柑师《艳体诗》、柳香仲父《蕉窗闲咏》、陆友梅姑丈《青囊余事》、景阆仙明府《啸余吟钞》、王五云茂才天庆《白茅小草》、陶逸亭上舍晋《柳塘诗稿》、杨云谷医学《绘余闻咏》、杨遁飞少府希濚《念八居诗草》、宗丽生茂才《揖山楼诗钞》以及周君心蓉《昆湖吟草》、潘君铁塘润《独吟草》、平君子迁《鸣春草》、顾君海粟斌《豆花棚吟稿》、周君乐山仁《映蟾堂诗稿》、陆君筠轩《翠竹斋吟钞》、景君珊圃墒树《烟波画舫草》、徐君子瑜宝商《听春楼吟稿》、汤君宝之大铨《绿满楼小草》、平君沁梅《天心阁吟钞》、宗君稼梅《映绿山房稿》,俱题以拙句,载《诗话》中。近又续邑中诗媛二卷,如许仲云韫辉、赵若韫秉清、苏太素陈洁、戴联珍俶、邵君琬渊润、荣淡庵玉洁、张佩生毓珍、桑竺漪素清、季静玉瑞贞、钱咀霞念生、翁月如光珠、褚节媛□□、钱湘云安、季湘娟兰韵、言静媛德贞、郏三禧禧、钱芬莲、陆静娥芝、赵清芬友兰、王素卿韵梅、董申林妹、方幼琴□珍、吴孟珪琳、许娟娟兰、钱云衣端、吴季珍玖、姚静仪素珪、姚洵芳蕙贞、钱蕙卿九华、宗梦湘婉生、姚芙初畹真、王可琴、吴素畹康承、冯□□孟,俱有才学,与随园女弟席道华佩兰、屈宛仙秉筠后先辉映焉。

杨遣飞丈以其孙《喆慧奇行录》命题，王君润亭视其妇翁周晒斋上舍行略嘱挽，俱走笔应之。

二月赴昆，考诗古，与瞿静香、朱默斋昆玉同伴。为查姻母狄太君呈节揭，学宪祁公给"苦节延宗"额，以奖其志。溧阳强敬甫文学自娄江来谒，幸昔年世好，旅邸重逢，真喜出意外也。偕时湘云坤、陆春雷汝霖两世兄游城东功德林，见编桧作篱，插薇成架，室无点翳，炉有清香，可消遣世虑。晤安、心、正、珊四女冠，婆娑乌发，婉转青瞳，清谈俱娴雅。啜茗松阴中，听鸟语，领花香，觉一声清磬，茶梦顿醒，而诗情亦唤起矣。便道重访胜莲庵，散花禅妙莲乳名秀，出予前赠香扇，字未漫灭，雪泥鸿爪，何福得护慈云乎？闻玉山有七十二禅林，林无施主，俱习纺纻、绣金佛、鬻纸钱为业。唯此庵无蔬笋气，信然。又从圆觉庵上马鞍山，登昙华亭，憩文昌阁。时牡丹欲花，庭阴湿翠，有古缸蓄雨水，瀹茗颇清，为之低徊良久。步山腰，见阑内有石佛三，便欲礼拜，而顽儿辄以青草投其额，亟叱之。暮从半山亭而下。旋里后，偕兄自乌目墩上虞山。过普福庵，短篱修竹，自饶清趣。与山僧茶话片时，旋至维摩寺，憩方丈，见海棠二株，苍老可爱。东去回廊渐低，篱边白桃始华，幽媚如处子。登望海楼，一览百里，见树头苍黄者，即海潮也。从张祠上望海墩，万顷菜花，黄金炫目，为朗诵"白日依山尽"一章。便过拂水岩，谒瞿忠宣公式耜墓，兼访辛峰老民蒋伯生寿茔。觉西爽在襟，而尚湖中风帆可数，不禁吟兴遄飞。回于藏海寺前品汤饼，夕阳在山矣。

三月廿六日（4月20日），又与子良外舅乔梓及湘帆、梅江寻旧约，览胜吴门。过齐门北街，谒吴松圃协揆瓻复园，本蒋棨别业，今售于吴，旧名拙政园。是日裙屐骈集，车马盈门。管园者设柜，每客索钱八十四，而青楼红粉，类借绅士名纸授司阍，可省费。近缘节令较迟，百花犹未谢。度水廊，憩牡丹亭，内有精庐，金玉玩器皆希世宝，悦目者竹刻森立，清耳者洋钟自鸣。转至飨堂，见壁置诗碑，屏嵌螺字，后有石梁，可容车舆。舫亭二三，浮水如笠，小楼窗玻璃一碧，恍到蔚蓝天上。复有修廊如舫形，至此而红妆围坐，颇难纵步。回见山峰壁立，攀之上，觉全园盛景，一览尽之。隔水白藤花齐开，聚雪团云，照人耳目。憩桂阴，啜清茗数杯，而树头残滴犹淋淋湿衣。墙外菜花盛开，近北禅寺一路。凉棚卖茶，往来者多村女，亦吴园之补景也。又至阊门花埠街，游刘蓉峰观察恕寒碧庄。是时肩舆塞巷，几无容足地，园主以雨霁客多，倍增声价，每客与青蚨百四十枚。入园周览，红阑曲折，画廊纡回，壁嵌淳化阁帖数十碑，流连玩赏。上最高台，见怪石当窗，疑蹲虎豹，阴洞盘旋，城市而有山林气。池馆数椽，瓷瓶花香，纱窗竹影，俱幽雅动人。他若宝墨楼、拂石轩、慎独斋、揖峰轩、含青楼、铜鼓书屋，无不精致，而莫大于楠木厅，玻璃屏风，虚室生白。案有十二峰，瘦削堪玩。庭有古盎数架，击之作金声。又有树根蟠结成鸟兽鱼龙形，盆贮金鱼数头，上盖琉璃，下缀芝草，如戏藻，又如负冰。幽赏未已，而一曲云璈宛从天上来，知金阊风雅辈于此斗宫商矣。宦家女公子及吴阊诸女间亦复陆续来，麝香盈路，盘髻如蛇口，簪花作蜻翼，金钗倒插，俱新样妆。水廊边裙皱月华，衣飘风影，如洛水神仙，而池边锦鸳拍拍，交相辉映。仰眺层楼，明灯匀系檐牙，绣幔遮阳，红络索抑扬有致，皆妩媚可人。俄而游人蜂拥，闻有侏离语者，旗下女也。觑其两鬓牡丹，粉脂浓污，远逊吴人丰韵矣。牌悬次日有兰言局，知为女校书度曲，惜雨阻不克往。回里后，偶有所触，撰《勺药》诗六章。

四月十日(5月3日)，陪长洲周星堂上舍维熙暨公子赋亭观水仙胜会。适天气晴和，不唯城乡士女塞遍街衢，即外县人亦闻胜而至。傍晚，张灯满路，如入不夜城。自来吾邑赛会，未有盛于此者。廿四日，侍余母到五渠观周神会。龙舟旗盖鲜明，间以画船数十，俱装亭台，绣幔璃灯，迎眸灿烂，鸣金击鼓，彻耳喧嚣。有力者献技，俗名挡船。游舫并头，齐泊于教场湾，自属邑中胜事。晚至锁澜桥，访钱星庐州同玑东郊小隐，由言燕堂左转有暖房，颜曰"自怡"，是征司理钺养疴所。再进为精舍两间，程蟾香茂才学诗联句有云："也有山，也有水,也有花香鸟语,谁云地之小乎?岂无风,岂无月,岂无酒兴诗情,惟待君之闲耳。"后有小阁临水,似穷于步,而回阑曲折,石洞盘旋,忽开异境。自假山而下,竹篱间五色蔷薇,引人入胜。银墙高下,修廊纡回,璃灯点缀其间,有名人画意。前去湛华仙馆,王艺斋丈题,俯瞰池沼,炎夏可以赏荷。从回廊右转,忽见月洞中白光照人,台榭灵珑,如入水精域,是四面楼也。石梯数武,清风扶人,开小窗可看山,亦可观稼。一转旋间,疑在楼上,而已在楼下矣。缭曲至南轩,屏悬王虞英州同元钟记,见笔墨淋漓,颇能写其妙。飨堂旁有小斋二,亦幽静,庭甚旷,两边种罂粟数塍,鲜艳动人。东有套房几椽,刻画稍粗,原非主人经意处,不欲细观也。移棹联登浜,再谒言耐偲明府朝楣别业,即渔隐园。亭轩纡折,如文与可画竹,笔笔不相袭。东北有小阁,塑明府生像。开轩窗,花影参差,禽声上下,殊觉静境可人。左转有池馆一楹,可避暑;曲池数亩,可种鱼。西北有水楼,净几明窗,可读书。下通渔舟,外有石缸,凭阑片刻,觉水光似镜,荷叶飘香,如在旷野间,人烟永隔。南去红窗隐隐,露于柳阴中,尤觉幽绝。虽不若钱园之新丽,而古雅过之。园丁设茶点,领之而返。

闰四月,侯莲堂上舍桂馨夫人病没,余应仲父命,为挽六章。陪仲父及鹿苹至宝岩观杨梅,得二律。张湘涛姊倩元海以《春柳》廿四首索和,朱子钦丈以《村居》诗见视,俱步之。

五月,卢生器轩栋来学。其祖驾兰丈与先君交好,承父执命,不敢辞也。

六月二日(7月22日),偕大兄谒吴阜伯醝使峻基水园,见鸭栏鱼帘,似江乡风景。茗话小茅亭,隔溪怪石招云,山城倒影,虽近市廛而无尘俗气。十一日,偕兄侄泛舟湖桥。由邹巷登西山,访松泉寺,即白云栖,又名小石洞。阶前山丹花盛开,如紫绣球,色颇幽艳。禅堂西去,陡觉凉气逼人,见石崖如覆釜,湿气浓蒸。其下清流溶溶,即露珠泉也。石穴中列古佛三,昏黑莫辨。僧家以厨馔置潭旁,味可不变,肌肤凛冽,不可久留。由石阶登涵碧山房,霎时又燠,如阅两季。

此房为周松路先生珩宰昭文时,与周鞠塍、方石樵玉坡两广文憩此,捐俸所筑。西北隅石槛一围,岑楼数仞,额曰"天风海山"。下有山房,塑僧雪杭化苇遗像,并施主孙忍斋朝议歧福、震远奉直锦、子潇太史像。西南暖房,雪杭题曰"旅泊",红榴紫竹,掩映窗棂。方丈柏亭□□命徒心源□□出陪,煮茗款留,觉泉味殊胜。时尚早,又从山蹊北去,披蒙茸,寻玉蟹泉。见一潭清洌,山穴中涓涓而来,饮之味甘,唤舟子汲两筒归,以备慈亲烹茗。时小雨霖霂,已递秋信矣。

七月九日(8月28日),邀王煦亭、润亭、景璇圃、瑜圃春韶、钱筑嵋敦本、筑嶵,集镜墀轩畅饮。煦亭折荷花侑酒,得二诗。又为煦亭题《停车爱枫图》,为华晋石丈撰朱节母祭文,和徽州汪莲亭水部留阶《白燕》《白雁》两诗,和同邑王五云《望海墩》一律,他若《西庄八景》《新秋九咏》,《鼠食黍》《蛾扑灯》《蛛结网》《蝶恋花》四乐府,挽毛节母,寿介然丈,俱于灯下为之。予谓虞山西南隅虽已探遍,而东北麓胜迹尤多,犹为展齿所未到,乃于三十日自北郭至铁佛寺,虔礼地藏王。是日,拜香者甚众,黄亭香案,拥挤山门。廊外丛桂齐开,香风扑鼻。东南有小阁,窗嵌紫玻璃,斜阳射时,红光满室。直廊由下而高,渐入佳境。有船亭一,回阑倚人。亭前一池,曰漱泉,山僧以竹筒贯穴,可达茶灶间。上有佛殿数楹,殿东小亭二,翼然树际。下憩丈室,啜清茗一杯,见月始返。

复于八月朔(9月19日),偕兄过修仁堂,即宁绍会馆。堂左亭轩曲折,小池清凉,旁缀湖石,成鸟兽状。红阑桥掩映波心,可观鱼戏。而仙洞缭曲,亦巧夺天工。内有套房,人迹罕到。而堂右则地稍隘,第容桂花数树而已。旋憩三山馆,见圃中蒲桃藤垂,鸡冠艳吐,有老桧倒卧竹篱间,苍劲无比。而沼中观音柳、水蜡梅,黄紫相间,尤觉秋色清华。乡农笼促织而来,纷纷不绝,唤卖鲜菱、鲜栗者亦往来如织。酒家则山肴松菌堆积案头,而桂花球、嵌柏叶翠、百日红,游人买之以为乐。便谒赵曼华宫尹奎昌半亩园,阍人引至贞寿堂,堂前植牡丹,知为其母陆宜人娱老所。左转小轩,壁嵌赵闿乡丈碑记,柱悬郭兰石郎中尚先书联,有云:"百顷梅花千亩竹,半潭秋水一房兰。"庭前松桧苍秀,横卧池边,怪石离奇,卓如人立。其旁修廊纡回,廊尽轩露,颜曰"溪山平远",朱朵山殿撰昌颐联云:"古树成阴皆绕屋;好山如画列当窗。"东轩白玻璃,一览清澈,如入水晶宫。广座两三间,俱有暖坑、凉厨、茗炉、香几,仿京都寓式。东隅过界楼,可通义塾。谒退庵按照元恺乔梓影堂,见碑石所摹,须眉毕肖,知其坊墓伊迩,灵爽实式凭焉。更于望日,由破山之兴福、梅园、三峰、中峰诸寺,觉山鸟呼名,野花欲笑,常少府所谓"曲径通幽处",仿佛遇之。西访龙殿,红墙一角,突出峰头,龙母墓古藤蟠树,宛如龙形。梳妆台两座,芳草鲜美,祠适新葺,额曰"水云深处"。又有摩崖碑,族叔镜秋监修时所勒,山人持帚扫径,缘次日官祭故也。由顶山迤逦而下,往复约廿里云。昭令王兰史先生锡九观风,题为《秋山如妆赋,以"秋山明净而如妆"为韵》《老儒、老将、老农、老渔,限七律》,余卷置特等。月杪,卢生之父雨亭表兄恩溥病亡,奉驾兰丈命挽二律。僦居门房王姓,经旬病危,余见其无力,代请名医,兼办药物,兄亦出资相助,幸即就痊。

　　九月十六日(11月2日),视时师疾。熙坐床下,欲聆冰渊之训,孰知夫子已口不能言,但指画而已。越二日,即捐馆。痛山颓木坏,撰祭文一轴,哭挽六章。令嗣己生世兄宝钊谓一派相传,倩予阅文,执弟子礼焉。

　　十月廿一日(12月7日),张理斋丈骤病不起。忆十八日晤丈于时氏,竟日言欢,视其容颜充盛,似壮年,惟告余近患足寒。不料一月不见,竟成千古,作挽歌七首。祭期与俞霞城、见岚两丈及黄秋湖孝廉、桑砚香州同文浩陪吊两日,不敢却主人之请也。二十四日,项桥家新泉藻成昏,余往贺,与娄东孙月桥别驾、陆艺斋树谷、莲士书衔两茂才、同邑毛息园茂才云飞、小晋幕宾汝源、家古愚奉祀梦熊连饮数日。

　　岁暮,景珊圃以方幼琴女史《九秋吟》嘱和,王润亭以《葬花图》索题,钱筑嵘又乞余为花烛词,徐子瑜且以宴客诗属赓,诗逋累积,走笔偿之。大兄与平沁梅辑《九图小志》，余襄其役，惜未及遍查，颇多遗漏，仅存草稿于笥中，俟他日增补，得为成书，庶少展桑梓之敬尔。

道光十有九年己亥（1839—1840），三十岁

是年，慈亲六旬寿诞，遵命不集亲友，第随兄率一家眷属叩祝大年。正月三日（2月16日），舟赴福山塘，拜钱姨丈六十，又拜舅母翟孺人五帨。冒寒返棹，大雪弥天矣。自初四至十四，雪高二三尺，巷无行人。予闭户无聊，唯以苦吟为事。望日，倩画师陈筠溪嘉猷为余母绘寿容，形神毕肖，喜溢慈颜。十八日，雨霁。偕钱宝斋表兄时珍、朱恂如姻兄直指庵茶话。由半巢居登虞山，赴老君殿，上海岳楼，两湖如镜，分列左右。憩纯阳阁，玉兰几株，向阳欲华。岳峰炼师留坐赏梅，叙谈半晌。始下逍遥游，而银花火树，各庙灯已上齐矣。廿四日，陈芝楣中丞甄别书院，予偕周亦然进抚署考试，泊舟查家桥。是日，大雨倾盆，人数又夥，予颇苦之，迟到者几难觅座矣。试题为《富与贵两节》，诗题为《顾视清高气深稳，得图字》。次日，集金阊第一楼茗话，蓩门沈云庵□□、朱友兰□□两上舍邀至中市观剧，遂与屈君香坡、周君子轩□□、亦然、兰君偕往，适演大盛班。时风雪满天，晚雷并发，小饮画楼，围炉团坐，至三鼓方散。越日，周子骧□□、亦然挈予冒雨寻春，酣饮狂歌，醉吟七古一首。抚军案出，余卷列外课六十，准肄业紫阳，评云："前后稳称，不蔓不枝。"

二月廿一日（4月4日），送入书院，山长为泾县朱兰坡学士珔，时中丞及牛镜堂方伯鉴、裕鲁山廉访谦俱到。余随班叩谒老师，兼谢官长，然后复位作文。晤院长侄朱君秋园荣实，谦谦然如不胜衣，与予谈心颇洽。次日值清明，荡舟虎阜，观各官祭坛。是日，都城隍及各乡土神俱出，彩旗轩轿，鼓吹喧阗，俗名三节会。游人蚁屯于桐桥花市间，画舫名姝，搴帷倚槛，或博新兴髻，或赛留仙裙，蒸成七里烟景，信可乐也。傍晚，兰桡衔尾，纷纷于山塘桥边，船篷都插柳条，儿女半簪桃蕊，知为祭扫归者，亦觉美景良辰不可错过。有《白堤春社》

词。复憩通关坊,赋《酒垆怀旧》诗,盖忆前年小叙数人,而容斋师、理斋丈、叔华表兄已赴道山,能毋黯然。归里后,过猛将堂,伤住持正明已示寂,追吊二诗。文铁山粮储俊甄别游文,题为《多闻择其善者而从之二句》《花树满春田,得春字》,亦蒙取外课十二。

　　三月十六日(4 月 29 日),为杭州之行,与子良外舅、鹿苹内兄、王君湘帆、李君小冈同伴。一路桑阴,知吴越间重蚕事。二十日,泊松木场。从湖滨唤渡,见清波漾碧,芝草萦红,断桥疏柳间,烟痕一带,想见《苏堤春晓图》。登山腰,石路平旷,宜步行。午后,到上天竺,展拜大士,为慈亲祈寿。憩梦泉亭,见石龙喷水,有人投钱中其口,辄喜得福。善男捧竹椅而上,一步一拜。善女持杖微步,不用车舆,俱见诚于奉佛。与同人访紫竹林,见上云栖者轿马不绝。寻龙井,而日已西沉,不得路,但睹山峦两肩,缺处藏丛林,垆烟迷树而已。夕宿白云房,啜雨前茶,品本山笋,香积厨供馔颇洁,一洗浊肠。次日,出山门,见山肴野蔌,杂陈酒家,觉荤秽气大污净界。旋到中、下两天竺,进香焚镪。便道访飞来峰、一线天、冷泉亭、云林寺、岳王坟诸古迹。有卖《西湖十景图》者,遂买置袖中,唤舟依图探访。最胜者有若花神庙、金沙港、湖心亭、三潭印月,次则有圣因寺、老皇宫、白云庵、湖南岸之净慈寺、城隍山之大观台,至若雷峰塔之嫣红姹紫,响水瀫之飞雪喷珠,亦有可观。其妙处俱写于《湖山十咏》。而昭庆寺则近市尘嚣,车马杂遝,僧人贩买货物,男女杂坐其间,此境不足取矣。入城唤轿,谒台州司马陆子范姻家模,留槛联一副、桂珠一盘,兼致翁遂盦廷尉之札。适丈游西湖,公子梅伯司理衡夒再四苦留,同人促予归棹,不克少停也。归途自莺脰湖至堞楼,由吴江塘出太湖,俱有诗。

　　四月,刘生冠卿元福、吉卿允福来问字。初二日(5 月 14 日),偕钱笙陔明经、屈华卿茂才允福暨长洲李浩生上舍钟瀚赴试紫阳,剪烛谈文,甚叨教益。维舟沧浪亭,两岸浓柳如烟,野花媚日,不觉对景生情,口占一律。廿六日,送大兄及钱生筑嵘赴郡试,与瞿君兰圃、陆君筠轩、朱君默斋、恂如同寓周氏。主人小女娉余携扇乞诗,时索钱买花,娇憨无似。笪问樵姊倩礼贵邀饮,同席者为沈次霞淳泰、小亭湘泰两上舍暨默斋与大兄,开樱笋厨,品会稽水,各醺然矣。

五月朔(6月11日),邀戴双柑师及诸同人乘画舫,观水嬉于白公堤,寓主周鲤庭国治亦偕往。见龙舟旗盖,甚密,掠水徐行,彩衣小儿,装台阁像,摇曳空中。游客于白公祠边,掷土罐于水,划手入水相攫,得之乞赏,犹有夺锦标遗风。晤同乡李式斋广文如金携小鬟看花,如神仙游戏。残阳时节,移桡治芳浜,灯舫数十,止则雁排,行则鱼贯,如火龙游然,更有俏女儿点缀其间。余得“水晶宫里坐嫦娥”一句。而山景园、留仙阁明灯百盏,倒映水中。即清节、普济两堂边,酒舫亦复不少。笙歌彻夜,花气撩人,益觉良宵生色。初五日,自郡返棹。送亦然入都,驾兰丈示以八音钟,俱有诗纪。田禾患螟半萎,偕里人投荒呈于各宪,亦志一诗。初八日,得舅母讣音,予随母下乡送殓。余母以暑天跋涉,身体欠舒,越宿即返。舟至九浙塘,潮退如陆,余抱住亲体,唤村人扶舟始过,甚为惊骇。归后,眠食如常。闻水墩庵于廿四日演戏,命熙预期雇舟,以图偕往。讵意二十日患耳后疡,寒热骤起,始犹如钮,已痛楚不堪。时内子方回外家,大兄又在馆,得予信而归省。吾母自恃体素充,不过虑,恒于子媳前慰谕再三。余侍奉医药,刻不离左右,冀得速瘥。乃屡邀姚理堂尚燮、朱香岩楞泰、吴锦章□□诸先生诊治,未有起色。并与兄跪诵《心经》,焚香许愿,百计祈求,一无见效,遽于六月五日酉刻弃养,乌呼痛哉! 不肖惨膺大故,泣血椎心,忽怵晕倒地,为钱文钦丈扶至床上,诊予脉息似无,亟唤挑痧者连刺几针,方得苏醒。当此苫块余生,尚何计议,赖两叔父暨舅氏协力安排,勉治丧事。

廿二日(8月1日),次女生,于七月四日(8月12日)殇。

初七日(8月15日),为先慈家祭辰,大雨如注,来吊者多湿衣,选辰如此,弥益居庐之戚耳。室人因产后元气大亏,寒热间作,致成乳痛。候姚理堂丈诊治,未即脱然。旋往阳湖戚墅堰,就吴仲山先生□□医治,渐臻无恙。嗣后兄患痢,嫂患疟,长女又伤寒发疹,屡痉厥,幸邀幼科项□洲先生□□治之而痊。自先慈辞世后,至霜降节始平安。方悟天竺祈母年,有签云:"户内防重厄,花木未分枝。严霜才过后,方可始相宜。"历历有验矣。王霞帆姻兄赴九华地藏殿荐先,孝思锡类,我先君亦承附荐,赋诗谢之。

九月,权邑令方在亭先生心简观风,蒙取前列,题为《君子学道则爱人二句》《万宝告成,得成字》。

十月十日(11月15日),一粟庵宝成圆寂,予往奠,与顾逸梅□及长源上人同饮。其徒义泉□□设馔颇丰,而予却爱金花菜,嘱其摘以充膳,戏谓此乃和尚家风。留六诗于壁。

十一月三日(12月8日),缘内子又患风,陪其就医严塘庄周氏。医师字赓燮,邑之外科能手,识病极真。便步西徐墅,东西两街甚荒凉,唯文星桥边城隍庙新修,戏楼突兀,大可玩。途中见河阳山、鸷山,参差如列障。归闻顾叔真丈病亡,索挽,应一首。越日,挈朱生少英、大侄伯谦观新生入学,勉以一诗。

十二月十二日(1840年1月16日),紫竹庵住持病愈酬神,邀予饮福,偕王煦亭赴宴。是日,鼓吹腾沸,银灯照耀,肴馔颇精,可无责佛印不烧猪,慧远不设酒矣。先慈停枢在堂,于子心何安?爰候地师刘玉如往视新茔,据云:"今明两年方向欠利,须腊底可无碍。"权卜于二十二日辰时,谨扶灵枢,安葬于刘神浜新阡,与先君合兆。前数日雨雪交集,至是而日暖风和,不胜欣幸。时亲族中有租欠未偿,被业主禀县严追者,予不忍坐视,为补偿米石,代出银券,心始安焉。舅母之没也,舅氏向内人借金环质典,余为索票自赎,犹恐难慰先慈之心耳。

龚又村自怡日记卷二

道光二十年庚子(1840—1841)，三十有一岁

元旦(2月4日)守制，未出贺年，惟文字交不能概绝。瞿生静香与族弟兰泉树英皆请余阅艺，陆生橘怀希绩亦从余游。月杪，邀舅氏赴郡，游玄都观，焚香士女塞遍街衢，久雨初晴故也。夕见郡庙红灯高下，贯作桥形，颇堪悦目。次日，陪士芳伯桂、陈心田妹倩以烜、焕纶弟尚贤饮于金阊酒楼。乘兴泛棹虎丘，春花撩眼，新柳舒眉，白公祠游人寥落，仅有酒舫两三泊山浜口，是帮丁览胜也。至初五日返棹，适宗稼梅完姻，属赋催妆，应七古一首。二十六日，步至西山，监坟丁封先慈墓，坏土方新，春晖安在？为掩泪久之。越二日，随大兄祭扫。念去年上冢时，北堂康健，率儿孙拜跪，如在目前，今睹马鬣一堆，不觉凄然欲绝也。

三月朔(4月2日)，内子侍外姑天竺进香，余不克往，送之以诗。初二日，祝蓉村师诞，和师六十自寿两章。上巳日，秦守仁姻丈在璇去世，挽以四律。景师梅上舍□以游山诗见视，与琼圃和之。初四日，清明。偕朱蔼如景濂由凤尾洞陟维摩寺，谒屈肖岩刺史成霖遗像，茗话望海楼。是时，梅蕊阑珊，余香扑鼻。竹篱间山茶二株，高数十丈，繁花如火齐，百余年物也。升望海墩，眺目飞沙，上下莫辨。复憩瞿留守祠，南风时至，衣襟陡凉。与山僧谈片时，觉禅味茗香，俗尘顿涤。下架剑门，陈芝楣抚军颜曰"倚剑亭"，楹帖录石田翁句云："绝顶云扶将坠石，豁崖风勒下奔泉。"确是拂水岩奇境。至洞天福地，日已旰，而岩祠中翠袖红妆，犹往来不绝。适朱子钦、李小芸两丈挈予侄

来,盘桓至暮,遂同船归。庭前牡丹数本,向未赋赏,今春盛开,咏六律,沁梅和之。闻景瑶圃世丈没于京师,哭以长歌。犹忆去秋书来,略言病况,然而犹下乡闱,窃意其精力尚旺,讵意甫逾六月,竟赴修文。未识旅魂何日能归,对孤子祝三,辄为呜咽。望日,陪舅氏赴壕地,观拜香者上山,游骑亦往复如织。鹤隐庵外,竟日喧嚣。月底,过柴泾庙,见戏楼甚敞,墙边多古碑。庙外菜花齐黄,野香时闻,是丰年兆。

四月四日(5月5日),偕贾鹿苹、梅溪秉文、沈墨轩廷灿、家兰泉憩姚家桥紫竹庵。见绿竹一竿,穿殿楹而上,女冠云:"病者采叶服之,辄效。"便访姚氏红牡丹,奈已零落,莫辨其种之贵矣。晚于小桥浜观剧,细雨初晴,野田卑湿,惊鸿影俱落泥中,为之大噱。初十日,李菊亭上舍赴京兆试,送之以诗。吴君二珍□□属予撰花烛词,华翁瑞昌□□嘱余为六十寿诗,贾君鹿苹属余题生像,悉走笔应之。项桥族叔范庄携文社卷命予次第,题为《三年学》,有一卷文气灏瀚,想是大手笔,爰置冠首,后知为陆燮堂茂才宗泰拟作也。柳香叔父携约课卷命予阅定,题为《而不耻者》,首卷立局新异,亦吴郡时髦,惜余忘其姓字矣。树叔师之官婺源,送以一律。稼梅以《映绿山房稿》来质,余为加墨,并题二绝。二十日,舅氏及平子迁钟豫来订观海之约,遂于谢家桥就医后,移舟浒关,适犁船下水,缘潮泥淤塞港口,仗此耕之,以便舟楫。并见潮中有无数僵蝗,自江北浮来,亦天意也。午膳后登岸,由刘神庙进南门,过游府署及三圣阁、观音庵、双忠庙等处,见市荒风朴。进城隍庙,旁有小园,中池一方,叠石为仙洞。左转有柏亭,亭后船轩一座,花气侵人。时为叶□□游府□□公馆,庙外石磴一围,临水可钓。出北门,赴关帝殿及天后宫,宫中楹联云:"保佑黎民,岁则大熟;慎固封守,海不扬波。"旋憩马桥茗话,复由江海关沿海眺望。滩边多弹子涡,沙草中牛马不绝。北顾有四峰,中为狼山,左为君山,右为剑山,剑山之右为马鞍山。其地凸出,南北遥接,而东西则浩渺无涯。渔船贾舶,帆影往来,若不拘风之顺逆者。上陶山巅,见设炮八座，俗称炮台。南麓有竹林阴翳，树木森然，接殿山之北麓。殿山即福山，土人误呼山前小阜为福山，取覆釜之义，不知殿山为一方之镇，难以区区土阜概之也。山上有古寺，精舍数椽，石幢一座。旁有福泉，涓涓不竭。石壁近渐削，因其屑可为伤药也。后有高楼，江松板长数仞。道士汲泉留饮，小话片时。寺外有岳庙厉坛，坛前有古井，已涸。东有演武地，呼大教场，而小教场则在南城。旋谒禅林，俗名大寺。旁有转幢殿，千佛罗列，五彩辉煌，式如戽水车轮。内有望海楼，禅房数十间，颇为轩敞。佛子几座，多不修清规、争逐撑捕者。前有伽衣庵，惜日暮未赴。与子迁一路寻诗，两相倡和。返棹时，昏钟已鸣矣。

五月朔（5月31日），三女侄霞仙生。午日，邀贾鹿苹乔梓、朱默斋、恂如观鹅湖竞渡。先至甘露，诣武烈侯庙。旋抵荡口镇，见大龙舟二，一青一黄。彩盖半用珠联，或用棉花胎，绣以虎豹犀象，鲜明可观。彩旗数层，高出楼阁，其他妆饰都用丝牵。西洋台玻璃玩器，位置参差。中间丝竹清和，与他处金鼓喧阗者有雅俗之别。而莫妙于夜色，五色琉璃灯千万点摇曳空中，如火城然，自杨树港两边凑合，作火龙交斗形，观者莫不叫绝。是日，画舫颇多，两岸排列如雁齿，棚灯齐上，益助夜光。尤盛于初六日，小龙船绕大龙船，如百鸟朝王。湖口搭龙门，小船飞渡其中。豪家子向网船买鸭几双，碎其肤，糁盐以放，令其忍痛奔飞。划手下水角逐，夺得者索赏，却可玩也。与同人畅游两日而返。闻翁祖庚春官报捷，旋入词林，贺以一绝。新安滕南庐昌龄以《采桑小影》索题，徐子瑜宝商以《离乡草》求跋，吴郡诸菊人奉直宗荣夫人病卒，嘱为挽言，周畅轩倜携其妹妙芳遗照乞题，日不暇给。

自六月初，连日大雨，水高一二丈，田禾半没。余闷坐一室，虽与蓉村师比邻，欲往谒，已须苇杭。乡佃来云："蹋车之声不绝，而水势难退，俱财尽力疲矣。"即下乡往视，知万畦白浪，至此才见青苗者，皆人力也。初五日，英夷船三十一号深入浙江定海洋面，致书张□□总戎朝法,语言狂悖。初八日,登岸火攻,定海城竟破,姚□□明府怀祥、全□□少尉福不屈,投水被害。浙江乌□□抚军尔恭额移札两江制府伊莘农协揆里布及裕鲁山中丞,两公出示安民,并设弁兵严守各海口。迨伊公钦差赴浙办剿逆事,裕公奉旨权制军篆,驻扎上海,常、昭两邑亦为戒严,缘吴越毗连,不可不豫备也。月底,吴鲁斋上舍丈麟书邀余及平沁梅、张竹村□□集吴氏水园。丈善饮,大叫狂呼,务欲醉客。而快谈时事,得半日闲,有《纪兴》两律。

八月朔(8 月 27 日),卢驾兰丈以痢不起,予为承乏一切,并撰挽联诗两律、祭文一篇。十七日,钱姨母刘孺人病殂,亦有挽辞四绝。廿九日,偕陆憩园都阆棠、言稷堂翰博良爱、朱梅汀上舍汝栋等陪吊卢氏,暮同饮于天保堂,畅谭旧好。念先大父《诗钞》,先君欲锓板未果,余与兄丐江云艇师作传,翁遂盦少廷尉为序,兼集敕命、祭文、挽章、行略,同付梓行,欲终先人未竟之志。又因夜不能寐,灯下检宫体二百首,详为注释,分作两卷,以遣闲寂,名曰《唾余》,不忍弃畴曩心血耳。廿八日,闻有夷舶四号,游弈福山港外,夜棹杉板船傍岸。幸调池州水师及本地员弁一齐看守,兼之水浅,难以附岸。上海兵船又来击追,即于次日扬去。

九月十一日(10 月 6 日),俞爱棠连袄师昌病没,成昏才一年耳,大为惋惜,即以挽歌当哭。

十二月廿七日(1841 年 1 月 19 日),三女生,旋殇。腊月初,王希程茂才大昌移居西庄,望衡对宇,时相过从。十七日,长女侄许字于卢雨亭表兄子器轩栋,即驾兰丈之孙,祖与父母俱亡,其祖母奉遗命联姻,幸卜如其志,执柯者为朱楚帆汝龙、王煦亭两茂才。

道光二十有一年辛丑(1841—1842),三十有二岁

新正(1 月 23 日),大雪盈尺,偕大兄及贾鹿苹蹋雪寻梅。石梅一带,如玉树琪花,银山瑶岛,自饶冷致。倩宗稼梅绘《蓼莪辍读图》,狠以鹿苹蟾桂为颂,题诗者有若高邮时古琴雍、金坛王希程、太仓陆

燮堂诸茂才、吴县王蕴香少府朝忠、同邑胡翠岑学博静之、杨遄飞、席梅生、季砺之成铣、钱遒村湄、陶吟湘霞标、曹和卿、翁云樵、钱少湘、屈翼亭、苏士斋、钱心梅、朱芝舫、陆芷舫、孙亮夫汝仪、蒋薇斋敏、范冕卿文璪、佩之文瑜诸文学、李菊亭、周亦然、范朗霄诸上舍、世长景君璇圃、瑜圃春韶、单君魁香恩兰、金君白香文灿、表弟平君沁梅、及门钱生筑嵝、瞿生静香、时生己生、景生琮圃、方外慧生戒定。

二月四日(2月24日),英夷缴还定海,钦差裕制府赴浙办善后事宜。十五、十六两日,余与单魁香、汤宝之作灯谜数百条,悬于厅事,谜赠用香茗点心、文房四宝,射中者自署姓字,以觇会心。一时文人踵至,门庭如市,可破"冷落西庄"之嗤。厥后季砺之、陈湘桥集声、朱冠珊大衔、俞晓霞翰城、王希程诸文学暨景珊圃、范琢卿、宗稼梅、徐子瑜、穗钦希浩、朱少英等接续悬谜,数月不绝。余择其尤巧者录为一编,曰《红灯艳影》,虽廋词隐语,亦觉小道可观。兼旬大雨,先茔倾圮,即于廿二日唤坟丁修墓,并四面编篱,以卫樵牧。雨窗无俚,题查琅山栋《学稼图》、汤宝之《绿满楼诗草》、松陵许竹溪高士铨《梦沤阁图》、高邮时古琴《雁冢碑》、可琴女士《独坐幽篁照》,又和长洲支逸亭《咏菊》三十三首,吟毫屡秃,不自知其疲也。

上巳日(3月25日),随季父大兄步虞山南麓,霪雨初晴,寒气未解,而修禊者转若狂焉。初七日,程晴峰方伯裔采权抚篆,甄别两大书院,予与兄先期赴省。适鹿苹在郡城,邀同山塘桥观剧,班名洪福,声情颇耐观。次日,进抚署试,文题为《居是邦也三句》,诗题为《经明行修,得贤字》。出场尚早,缘苦潦不止,即返舟。既望,下乡扫墓,见祖茔左右已被水淹,用船板铺垫,才得上冢祭拜,为之恻然。廿四日,赴舅氏春社之招,适阴雨乍晴,宾朋群集。翼日,访王浩如茂才万清新舍,尊甫振峰翁具鸡黍苦留,惜事促不能小住,即限"溪西鸡齐啼"纪七律一章。高邮时古琴在天庚舫课读,托杨遄翁赍《采芝图》索题,缀数言以归之,蒙赠墨兰四幅并《金兰集》《课花轩诗存》二本。

闰三月中,又苦雨,日课一诗,以遣闷怀。友人携侯友竹上舍桂芳《行乐图》、李杏江医士纶《采芝图》、黄静园司李□□《洗砚烹茶图》，皆乞予题句，应接颇烦。月杪，黄生菊村庭诠来学，其兄姊均为余徒，一树棣华，足壮门墙之色也。

四月二日（5月22日），龙舟极盛。陪两姑母及朱姻母游存仁堂、东郊小隐等处，虽交夏令，而百花尚有余香。廿一日，与贾鹿苹父子及陆筠轩、伯谦侄拿舟抵菱荡，游北山铁佛寺，与方丈素庵茶话片时。见庭有古柏腹枵，蜜蜂穴焉。寺门外一掌桥、蟾蜍石亦奇绝。路旁有草耸起，如马渤，山童曰："是毒草，马啮之辄死。"复至修仁堂、半亩园，时鸟争鸣，幽花吐艳，别有林麓风。回憩直指庵，见卢橘数株，累累如金弹，采数枚食之，甘鲜异常。薄暮，小饮酒楼，尽欢而返。有《纪游》三律，筠轩和之。

五月四日（6月22日），大雨倾盆，水长七八寸，低区从此绝望矣，作《苦雨叹》一首。晴后，外舅邀看鹅湖水嬉，遂于午日偕从兄锦若缙灿同往。先访华氏义庄及文星阁、三公祠、烈帝宫、火神殿、城隍庙等处，皆去年未及游者。是日，只一青龙舟，稍觉减色，而灯船络绎。杨树港竹肉悠扬，游客却不少。返棹后，适钱赞甫丈廷焘重游泮宫，借乘去，予和原韵贺之。俞吟梅入泮，招饮，遂与朱春溪上舍酣醉东城，席上得句。十九日，小暑。偕陆筠轩逍遥游啜茗，清风徐来，烦襟顿涤。次日，复偕兄侄登望山楼茶话，见檐牙塔影，城角山光，前后池如明镜照人，是佳境也。侧帽归来，小雨涤暑。

六月九日（7月26日），偕兄过七星坛，见士女喧嚣，群然西指，询知是观星也。余谓卓午何来星彩，怪之，即昂首谛视，果有星隐现云端，恒见顿破。十一日，乘舟问外姑疾。水涨桥低，不觉对此茫茫，百端交集。归路见黑龙东挂，顷刻化为白气，大雨如注，志诗一章。陆芷舫母徐太君没，嘱挽，蒋荫农都尉钊以婉宜校书事乞题，又有以桂芳女士之始终索纪者，悉有小诗。二十五日，偕筠轩至普仁下院，访诗僧慧生。适其师祖素庵下山养疴，挥麈谭诗，不知此身在城市。步殷犀君上舍景康韵，分赠二律。慧生又以《金白香诗稿》属题，应以五古一首。

伏日遣暑，恐疏笔墨，忆及曩倩包衙前术家推数，廿一岁云："最喜贵人多荐引，一朝入泮冠群英。"廿二岁云："有刑伤，椿庭无处觅良方。"已事俱验。后日进步，只注三十五、三十六两岁，有云："鹏生六翼，其羽可高飞。"第思辰巳年，例无乡场，尚何前程之可扩耶？爰第先祖刻剩诸作，暨先父古今体诗，敬谨缮录，拟即锓板，不敢以欧公"非缓""有待"二语自诿也。又编龚氏族谱及高祖母节孝事迹、曾王父恩旌题词，他如祖父母、父母寿挽诗、文序、诗序，汇为一卷，颜曰《诵芬录》，周介然奉政为之跋，予纪三言一章。更检先君著作，凡诗文杂记以及尺牍，靡所不登，曰《镜墀轩手泽》。又摘经史子集中秀句，分类录之，以备作散体文料，题曰《撷英录》。杨遄飞丈有《虞邑幽光集》之刻，予以黄元文太师祖士镕、平钧磻表伯祖、时容斋师及金匮金裕原大樟、镇洋胡南华□□、金坛王晴香诸文学、同邑钱晴岚、瞿玉樵宸琥两明经、周约亭兆鳌、程虞耕需、蒋精之嘉璈、瞿吟陶宸瑞、吴皞卿世熙、宗丽生、钱肯堂国栋诸茂才、李息山仁毅、陶逸亭、张秋樵焜、周哂斋、景瑶圃诸上舍、瞿云帆方培、秋涛宸瓒、陈香圃武镇、守愚武钰、周乐山诸隐君、平凝园、陆友梅两姑丈、毛湘帆表伯、陈柳溪表叔星望、贾莲溪内兄、黄瀛筹表兄、沈蓉卿、单伽贻恩炳两世长、卢雨亭、云亭两表弟、锦堂族侄而安、季静玉、钱咀霞、桑竺漪诸女史、薛云叟羽士中、寄尘禅师八九山人各遗稿，嘱其采入前集。又以柳香仲父、张湘涛姊倩、平子迁、沁梅两表弟、雪鸿从兄、社卿大兄、周心蓉、杨云谷、徐子瑜、单魁香、金白香诸同好、钱芬莲、蕙卿、言静媛、余筠雪、方幼琴、宗梦湘诸女士、素庵、慧生两上人及扬州范竹泉、江阴顾海粟、长洲支翼亭，嘱其选入附集。后复以景阆仙大令、钱秋槎学博朝锦及先大父、先君诗，嘱其梓入外集。遄翁旋索拙稿，请邵环林丈选定，题为《琴水弦歌》，欲付剞劂。余屡却之，而竟授梓，不得已略助刻资，赋诗志愧。

七月朔（8月17日），暮，彩霞满天，人家灯烛光为之夺，至黄昏尚如不夜,亦奇景也,有《纪异》一首。初五日,纳凉庭际,仰望青天无云,忽闻霹雳一声,儿女皆掩耳走,纪以五古一章。初八日,与兄侄过仲莲堂师旧宅,见庭户荒凉,无应门童子。子余世兄履仁需次皖城,廿余年始补宣城簿。四世嫂七十婺居,子夭无嗣,相见叙谈,不胜今昔之感。归得陆友梅姑丈讣音,南乡少一诗人矣,为挽二律。十二日,伯兄邀筠轩逍遥游小酌,鸡头新绽,秋笋正鲜,颇助几分酒兴。予携侄亦在座,天伦之序,洵可乐也。便过石梅,见东塔斜阳,红光烛天,绝似火云涌现。英夷又犯浙江,定海、镇海失守,经略裕公旋殉难,予吊以诗。钦差扬威将军奕□□协揆经、参赞大臣特□□都统依顺、文□□侍郎蔚带兵赴越,叠奏肤功,而江苏沿海州县幸未滋扰。余有句云:"江南莫幸烽烟静,便是承平也要才。"大为环林丈激赏。钱友三明经丈福文往金坛,将先君诗稿,浼其乞序于强沛崖师。得师复函,知大世兄希和、四世兄赓廷汝询同入泮,二世兄敬甫又取诗古第一,并惠《宛上同人集》一部。予寄呈二律,以志渴思。又求钱梅溪参军丈泳隶先严诗签,以小稿为媒,蒙丈契赏,援笔立书,并赠以《古虞石室记》。

　　八月七日(9月21日),贾内嫂秦孺人病故,余应鹿苹之嘱挽一联,又七截四首。与宗稼梅舟中觅句,见远村枫叶,沿岸稻香,蟹簖鱼罾,点缀其际,欲其作湖乡秋思图。初十日,今上六旬万寿,弦歌几部,灯彩重围,士女拥挤锦绣街,予作《千秋颂》。望日,大雨,水高数尺,为纪《忆秦娥》一章。十八日,长女昭明祁始识之无,悟性虽优,而读资转钝,不免终日叫嚣。二十夜,偕筠轩集荷香馆,听歌女柯雪兰弹词。适胡翠岑丈先在座,八旬矍铄,辱订忘年交,予随赠两律。与周竞芳承旦、邢月梅桢、钱梅庵诸茂才谈笑而散。年来伏枕不寐,半筹薪米,半营诗文,每于沉思间忽昏晕,有人唤之,乃大汗而醒,始知为梦魇也。昔先君常有此患,不意竟作家传,纪《恶梦》一首。闻江云艇师乞差,便道回里,即携诗就正,承惠序言。翁祖庚编修告假回籍,亦袖诗质之,蒙鉴赏而为跋。

九月四日（10 月 18 日），王师母范孺人辞世，承蓉村师命为挽言，且与潘芸岩、黄秋湖、杨季新希铭诸孝廉陪吊一日。九日，挈大侄登高，路遇钱文钦丈，同至乾元宫。与耀清道士□□畅谈今古，始知其师岳峰已委化，为之凄然。烹雪井泉，以清尘胃。倚楼望远，见两湖双塔踊跃眼前，殊觉飘飘有仙意。廿八日，周亦然招饮，与项典三千戎宗礼、王蕴香少府同席。谈诗及蒋伯生丈，蕴香旋以其稿见示；单魁香知予有《诗话》之辑，亦以其先人师白世丈《海虞风雅录》见投，即采数十人，藏之箧衍。

十月十一日（11 月 23 日），族叔范庄次子少鹤淦完姻，予同侄往贺。与娄东孙子福寿祺、陆蘷堂两同案谈诗品菊，步子福韵，得一诗。十三日，典三留饮钱馆，予偕周亦然、张价人可鳌、陆筠轩、六和道人□□同宴，肴核不多，而风味特胜。乘兴，过歌楼访艳，更设杯盘，倚翠偎红，群花齐笑，或摘金凤艳，或采佩兰香，云英尤有仙缘。璚浆一领，寒绪全消，醉倒锦瑟旁，不觉东方之白。次日，陈晓霞伯母张孺人家祭，与俞念香允若、李升兰芝绶两孝廉陪宾。因索诗，而各赠一律。十六日，项静园文学荣问唤梨园演剧，折简来招，畅观一日夜。同人酣嬉颠倒，扶醉而回。

十一月朔（12 月 13 日），大雪丈余，穷阎中烟火几绝。适饥民赴局领恤银，偃塞难行，甚至有路毙者，见之惨然。次日，亦然、筠轩冒雪过访，小集镜墀轩，痛饮浇寒。归已没路，为作《醉歌行》。便访歌儿于九曲黄河，凄清特甚，女珊瑚竟似孤山梅，赠以《惜梅吟》一首。初四日，四女生，严寒外袭，四日即殇。石桥浜支氏结消寒吟社，题为《补窗、暖酒、曝背、插梅、敲冰、扫雪、烘砚、围炉》，叠成四卷应之。有艳体一卷，取以冠首，但未免涉纤佻耳。长沙诗僧寄尘有《一船书画到江南小影》，久存紫竹庵，余见尘封苔蚀，即付装潢家，截作册帙，而戴可亭新参均元、李宁圃观察廷敬、袁简斋大令诸名公题句，庶不沉湮。厥后珠湖时古琴茂才、吾邑言仲皋太守陆续题诗，予亦赘五古一章，志其颠末，物之显晦有时也。

腊月廿七日（1842 年 2 月 6 日），表弟平沁梅毕姻，为撰催妆诗二首。频年荒歉，米珠薪桂，即蔬菜蘋菔亦倍价。度岁诸务，胥于二十前调停，恐至除夕匆遽也。除夜祭祖毕，内子忽咯血一盂，幸以水果咽之，即止，想为郁热所壅尔。

道光二十有二年壬寅(1842—1843)，三十有三岁

正月二日（2 月 11 日），舅氏七十寿，余随兄下乡拜祝。十八日，鹿苹内兄续弦朱氏，予往贺，得一诗。廿六日，平勿亭表叔病殂，挽以四律。廿九夜，偕周亦然赴郡，寻春歌馆，丝竹陶情，亦然为东道，一掷万钱，博予下箸，觉麟脯、蟠桃各有仙味，为赋三女艳而回。次日，偕俞念香孝廉、项子卿少尉宗城及亦然仍饮金阊，不作闭门羹相待，虽蕊宫仙子、兰谷幽人，各有所爱。予唯于李花香处，调琴语，谱铃声，仙乎仙乎，别占楼居之乐，题扇得十诗。及旦，同人戏园观剧，班名春台，同坐者有范少湖琳、翁云樵、玉甫同爵三文学。傍晚，偕饮雪楼，秋水生波，春荚劝酒，幸拇战连胜，不至醉如泥。灯下和吴竹桥祠部蔚光宫体三十六首。平明登舟，便过朱子钦丈家，畅饮言欢，倍助三分豪气。

初八日（3 月 19 日），亦然、筠轩拉予钱园观梅。暮同陆云泉知事恒福、周二虞布衣□葵买醉酒家。缘亦然前三日诞，设杯酌补祝也。望日，赴招真治探古梅，与邵环林学录小坐树下，畅谭诗学，觉清境可人。厥后，累日春阴，作《苦雨词》十二绝。廿五日，清明。往刘神浜扫墓，并遣人扎篱。其时天气晴和，游人蜂拥。与兄侄憩茶篷，日暮始散。廿七日，偕贾鹿苹、顾梅江及大兄闲步西山，并监坟丁挑冢。

上巳（4 月 13 日），挈大侄山桥祓禊，青天明净，只有白云一朵笼山树顶，如梅花然。由半山亭上维摩望海楼，寺之西路，一带松阴，可以憩息，南望双湖在咫尺间。旋登望海墩，见山北菜麦俱肥，山南湖田则野无青草，如龟背然。至祖师殿，拜香人拥挤山门，游客亦舆马不绝。得"泛湖舫聚烟千点，填路人穿线一条"二句，惜未足成。晚由

拂水岩而下,适室人省墓移舟,一笑同返。有《纪游》二律,沁梅和之。越十日,家雪鸿见过,予为地主,陪往看花。先过毗尼、紫竹两庵,与僧玉山茗话。又憩社稷庙园,池边紫牡丹一丛,花极盛,眄之怡颜。既望,邵环林丈移棹过我,出示咏钱旧作,并索拙草,见惠题词。十八日,尤墩神赛会,偕筠轩及湖州殷淇园□□、吴县周蔼云彝祥、王琴甫汝桐、默卿仁福小话茶亭,谈诗品花,乐事也。默卿为蕴香少府伯子,恂恂敦品,爱友,有父风,其弟慧生亦谦光可挹。见惠《瞿忠宣集》及所刻《海录》等书。单魁香知予好诗,亦饷以尊甫《钓翁草》暨其姑丈华素人白《寄我山房集》,昕夕咀之,颇有余味。廿五日,李君芟林宫蟾举文会,咸集敝斋,乞余出题,爰拈"学而优"三字以应命。如瞿仲才元文、殷文澜福源、景瑜圃、沈幼琴文澍、席倬云鸿锦、童养真步瀛、蒋砺钦湘英诸子,皆绩学之童,争相角艺,令旁观者亦有热心。越二日,陪舅氏憩严公读书馆。有六伶人娴徽调者,团坐栏间,游人掷青蚨百枚,教唱《秋胡妻采桑》一阕,殊堪悦耳。适沙溪陆选园书铨、张梦周两文学、项桥周惠卿上舍承泰俱在座,瀹茗清谈,不觉夕阳下山也。

四月二日(5月11日),水嬉虽减,而画舫时闻花香。黄昏时节,天阙中爆竹喧阗,烟火并发,两岸樯灯团聚,至四更犹沸人声。初十日,大兄挈及门王聘轩国璋邑试。次日,偕平沁梅、爕盦其政、时己生及聘轩至社稷神祠,适米囊花正开,红紫相间。又憩存仁堂,见亭下锦鸳戏水,墙边丝柳拜风,颇有鸢飞鱼跃、水流花放之致。越日,又陪王莘耕上舍乔梓、孙子福茂才及家少鹤同游,觉日涉成趣。十六日,筠轩邀饮荷香馆酒家,即偕平氏昆季赴席。房主为新安张香谷运同廷福,小有花圃,轩额一颜"涤情",一颜"幽趣"。阑外曲水回环,湖石重叠,是佳境也。时樱笋甘鲜,别饶夏初风味。乘醉步至石梅,细雨湿衣。逾三日,外舅及鹿苹来城观社,复偕饮张园,同座者范竹芗□□父子、陆筠轩暨大侄。菜点食单,味皆珍错,斗酒兴浓,虽灯会过门,不欲玩。次日,陪外舅游渔隐庄、三元堂、天龙庵、半亩园、破山寺诸胜。复唤舟至钱园及同与堂,适堂后新筑园亭,一二船轩掩映池上，当兹炎夏，恰便纳凉。四面垣高如城，直与外隔绝。廿三日，总管神赛社，偕平沁梅、朱蔼如、王聘轩及兄侄憩逍遥游，啜茗清谭，非复嚣尘境界。晚接溧阳强师来札，蒙序先君诗，怀故旧，勖后生，兼而有之。即覆书鸣谢，附桂花念珠十匣，祝诸世兄同挹天香。

端五前一日（6月12日），操画舫载外舅看鹅荡龙舟，偕往者鹿苹乔梓及锦若兄、伯谦侄。便登星桥选凉，沿湖石岸都有浪蚀痕，滩边石子匀圆可玩。晚风忽紧，浪花如鹭飞，万顷芦芽，青烟一抹，如披湖乡画图。表兄尤□□言留予不果，领茶点而回。同里宗稼梅于是日病殁，兰契早凋，西庄减色，吾虞断一画手，大可惜也。时为冯□□少府汝瀛题《杏花春燕便面》，潘铁塘题《春晖手线图》，张慰堂□□题《云中采药图》，沈淇园□□题《芦汀放棹图》，吴县郑伟轩□□题《乘风破浪图》，几至日无暇晷。

望日（6月23日），闻宁波镇海夷船已退，驶入乍浦，大肆焚劫。浙抚刘公玉坡韵珂寝食俱废，有十焦虑奏疏。逆夷又从浙江闯入江苏，宝山失守，其令周恭寿逮问。并掠上海、松江等处，提督陈忠愍公化成死难，上海尉杨公□□庆阵亡，总督牛公鉴退守昆山。常、昭两邑令遂与局董议防堵事，一时街坊俱设巷门，同井者用守望灯轮巡，城门悬弓箭刀枪，逻船鸣金放爆，彻夜不休。有宿枢在家者不择日而俱出，城中士女大半迁乡。水城门屡闭，防奸细窜入及土匪乘虚。一带街巷荒凉，几乎罢市。王□□守备大椿巡白茅塘，逐白腹商船，盐徒助商拒官，王公被伤颇，人情汹汹。姻亲孙母七十嫠居，无子嗣，少有蓄积，恐招邻里侮，为择南乡杏桥兄澍家迁之。遄飞杨翁因媳避警去，弃馆株守于家，又无仆可遣，闭门煮粥，淡食者旬余。予恐其年老受惊，况书版山积，虑遭火殃，为择北双浜范宅置之，嘱房主大年包其饭食。翠岑胡丈欲避患居乡，苦乏资斧，予偕兄措办盘费，以慰老人。余家妇女护先人遗照，寄寓外家，唯兄与余守破屋，昼则入市，夜则对床，主馈无人，躬亲炊爨。时复扃门出，赴西山省墓，严慈栗主与遗文恒置怀里。辛苦之状，有不堪言者。

十七日（6月25日），里中悍民因渔船进泊泖湖，讹言寇犯宝带桥，人心摇惑。甚至白昼聚党，劫小坝钱、沈两姓及兴贤桥邵氏，囊橐一空。最惨者城中周氏子，为所亲季氏迁移，在船护衣箧，竟至失手水死。东乡张家墅徐氏典铺，被里奸乘夜抢掠，物失大半。数案并报，幸署邑令孙公觐廷琬、昭邑令蓝公子青蔚文遣武弁拿解数十人，严刑拷责，首犯俱毙杖下。又闻郡城抢案数起，大宪严办事首四人，咸正法，居民稍安，而上海、松江、宝山夷匪亦退。中丞程公示于吴江、昆山等处，招集吴淞溃卒，卒皆悔罪乞差。

旋于廿二日（6月30日）谍者飞报，有无数夷舶自浒浦、徐六泾抵福山，俱悬白旗。望寇者争上虞山，阖境惶恐。游击命以石装营船，勒住新桥门。苏郡报船、福山报马，络绎而来。杨舍都司叶万清又报海口有夷船游弈，牛制军委员察看，见前队皆关东商船，恐惑民心，遂照误报例革其职，委臬宪提审。后果有芜湖商人二，夷将遣其致书两邑尊，要索牛羊、鸡豚、瓜蒜诸物。两邑令邀庞炳文千戎联奎酌议，爰以港口杨金相□□荐，两令遂委任焉。即办牛羊、鸭卵、面饼、大黄、茶叶、王瓜、蜡烛若干，托名沿海民犒劳，将海船装送。夷人未知虚实，放杉板船围住。时薄暮，持灯仰望，见各鬼子发垂满耳，视耽耽有威，心颇惧。有通事曰孔四回，宁波美少年也，身穿小呢短褂，脚缠天青呢，用手左向揖杨，纯是官话。杨能酬之，甫呈礼单，大船上有乌帽夷官奔下云："水牛不食，须换黄牛大耳者。"又指鸭卵云："亦不食，须换鸡子。"并指大黄茶叶云："这种我船甚多，可不用。"余命查收。此人即郭什里，籍广东，前为宁波伪官者。金相以手加额，郭下两手答之，声称江浙官动以浮词邀功，含冤如此，不得不白，引见伪元帅喝麻。楼船甚高，缘皮梯而上，免冠进。伪帅头戴铁冠，额障明角，肩披绣龙帔，身穿红呢袍，脚着乌皮履。见毕，犒银饼一函，每饼七钱八分，中刻龙凤像。郭用鹅毛写凭以安杨，共两纸，一汉书，一夷书。称呼杨老太台，纸角有花押，半存底簿。四回引回船，嘱办金手记两枚、团花履一双。临行，复将红纸书券，欲借洋银二百两。金相回禀两邑令,即备黄牛、鸡蛋、酱面、金腿、蜜桃、杨梅、香瓜若干,月琴两面,仍遣载送。风未顺,至中流而回。

六月朔(7月8日),红黑鬼持军械,护白鬼登岸,约有二三十人。时正日蚀,沿海民大恐,而好事者辄尾而行。见白鬼貌如南人,每行三步必持千里镜一视;红鬼红服,毛发略黄;黑鬼黑衣,面目如墨,俱直胫,不便陆行。见龙王庙前营厂毁之,箭插栅栏上者折之。次日,金相以礼送去,四回引过诸伪将船,先投礼帖。时诸将尚睡,站立多时。始见舵楼有三伪帅,列璃窗间,一穿大红呢帔,一穿金黄呢帔,一穿蒲青呢帔,肩俱披绣蟒爪,询知为仆鼎喳、布尔利、麻孔逊。夷人因船尾难升,呼将礼船桅掉至舱外。适风潮大作,海船难傍楼船,夷人遂投大索缠住,更掷雕花大葫芦将索贯而缚之,且欲提海船及舱。舟子心悸,辞之,遂授梯上,见梯有紫铜钉,甚坚固。进水晶厅,地坪铺红毯,桌设签筒笔架。迨三帅出,用夷礼见之。帅遂领游内房,五采炫目,须臾引之出。案有水精壶贮药酒,色如红玛瑙,注杯诏饮,嫌味苦,斟醴酒和之。又出银盘面饼,劝金相下酒,款待殷勤。座旁洋钟洋表,高下列者百余。其中大樯四面悬洋画,有铜狮顶一炮,用机轴一拨,便有火光。又舞番刀,能伸能屈,可作带围腰。袖出洋枪、火箭,火随指发。别有火枪,是所得中华物,谓不合用,姑赠尔。金相固辞。久之,丝竹并奏,金石间作,而短喇叭尤悠扬可听。鬼子开板起锚,见锚顶有轮,转则船亦潜行,并有深坎。用木杆下插,已知水之浅深。铜梯上易下艰,金相几失足。数鬼子推挽而行,有凭轩失笑者,三将喝之若鼠叫。四回又领至别船,搴帷见夷妇,披天青呢帔,貌甚美,特髻发微红,见外人微笑。四回附耳云:“是三公主,即前被获于浙者,今分娩才匝月。”后有白鬼隐现屏间,又云:“此即驸马也。”谒罢,引归海船。又给回犒一封,另贻私函,言:“有同事羌忠,粤东富家子,被胁在夷舶年余,与我年兄仁弟相称。缘其家有老母,欲归不能,托我存问。决于五月朔由大洋山投海死,有金缠臂衣包等件,嘱我赴船收领,以便寄回家乡。我如期往,则遗物已散,黑鬼诳云彼已置杉板船载去。我重死友言，且嘉其捐躯洗耻，愿公得间禀有司，立神牌海口，以慰幽魂。”且云：“我亦非终老夷船者，入寇乍浦、吴淞，悉郭将一手弄成，此人甚叵测，我羞与同恶。”遂挥泪而别。是晚，夷人又登岸，游城隍庙，入福山城，观游府署。回至杨氏谢步，并告辞，土人观者如堵。即于是夜开船。

余于初四日(7 月 11 日)与王湘帆、陶洪镇至海滨，见夷船驶至通州、靖江两界，排列分明，遥数约有二十七号。桅间装炮三层，隐如塔影。其先行一船，樯上黑烟冲天，港口陶阆卿□□云是火轮船，其去甚速，乃巡行通信者。闻船长十丈余，用车轮二枚，轮以铁叶为之，每十六斤。舱面竖大小烟具二管，管下置煤，旁设灶锅，中蓄清水，火生气腾，冲动管上机盘，两轮旋转，铁叶扒水，船即行动如飞。又云船来共七十余号，今已全开。是日，又见船载肥黄牛二、乌脜牛八，缘江阴令金小庄咸是昭令蓝公内弟，蓝已移文知会，先为办此。福山炮台所设炮移在内塘，连去年所铸，共二十五座，新铸者勒“靖夷”二字。因返棹尚早，便道步萧家桥，见东塘支大炮五，西塘北面支中炮五，南面支中炮五。至陈家桥，见上塘支炮五。至谢家桥，见下塘城隆庙后支炮五。重者千三四百斤，三处俱有扬兵看守。扬州参府继公伦领兵二百，又徐州乡勇一百，行馆在双忠祠。福山游府进寓关帝庙，本营兵亦在谢家桥。夷船虽开，而本地劫案仍复不少。西阳蔡氏、钱巷萧氏苦土奸累，拿解首从数人，邑令锢以重刑，务致死地，奸民怗然。

初八日(7 月 15 日)，吴门笪问樵来，予偕饮逍遥游。闻海口又来夷船三号，遂于次日偕问樵及朱子钦、钱文钦两丈、李卓亭方中、朱默斋、茂椿伯椏、锦若兄、伯谦侄赴福山，谒杨金相。承其引至海滩，果见浒浦口有夷船二号，狼山脚有夷船一号。时港门用木板钉断，商船不通，因臬宪崇公恩来常查海口故也。金相留同人饮，并见视夷凭二、领帖二、夷牒一及孔四回券札各一。适藩宪委员莫公廷埏巡海回，馆杨宅，聚谈抵暮而回。旋阅邸报，知浙江余提军步云因失守褫职，传旨锁解进京，廷审正法。乍浦长都统喜因伤身故，蒙恩赐恤，钦命伊公以四品卿衔署此职。

十三日（7月20日），伊、程两公会奏："初八日，夷船闯至圌山关，嗣常镇道周公项禀报：初十日，有四号逆船在金焦一带停泊，申刻已抵京口。后面大帮船只亦陆续驶进焦山门，即将瓜洲江口用船拦截，系欲阻我南北运河。查瓜洲在镇江对岸，为南北往来要路，该夷堵塞口门，俾文报往来隔绝，粮饷转运维艰，凡商贩米货等物，均难由瓜洲镇江进口。尤恐扬、镇两郡骤被逆锋蹂躏，旋即开帆，直抵金陵，则省门重地可危等词。"伊公由苏驰赴镇江，会同钦使耆公英、齐公慎议将该夷暂示羁縻，为缓寇计，俟厚集兵力，徐图攻剿，故扬兵之在常、昭者调至镇江。不意逆夷于十四日，从镇江上岸，约有七千余人，自北门开炮，连发火箭，内外夹攻，攻破城池。副都统海公龄殉难，满营全军覆没。常镇观察与丹徒县尹俱避城外而免，将军耆公、提督刘公允孝、参赞齐公均退守丹阳。靖逆将军奕公自浙来守新丰，制府牛公先于十三日回江宁，分兵设炮，坚守省城。

十六日（7月23日），有白莲教男女一百九十六人来寓三峰、祖师山两处。邑令恐其闯入城，谕闭北门，给饭食钱，饬差押送出境。月底，李小芸姻丈出贡。其兄达斋明经旋殁，南乡失一文人，惜而挽之。

七月八日（8月13日），四侄女霓仙生。是晚，筠轩邀予逍遥游小酌，适蒋荫农及钱生筑嵘亦在座。山风大作，乘凉而归。世丈周卓斋大令休官回籍，即呈先君遗稿乞序。江云艇师亦告病回里，携课艺求正，蒙示针车。十九日，闻金陵铁瓮夷船已退，于十八日回泊福山，市人送黄牛二头、鲜枣两篓而去。廿四日，在紫竹庵追荐祖父母、父母及朱氏嫂，奉斋一天。

八月八日（9月12日），偕筠轩及王煦亭、徐子瑜赴石梅王祠探桂，小叙酒楼。晚过山高水长丙舍，观徐州兵，清风送爽。翁遂盒丈选刻《考卷隽快集》，分校者娄江季菘耘明经锡畴及同里席梅生、季砺之、殷小斋振云诸茂才，索予文授梓，固辞不获，出二艺以质之。中秋夕，月明如水。随舅氏射谜听经。二鼓时，华月彩云，玩者甚众。次日，赴鹿苹之约，偕往吴塔，观猛将神会、拜香班凡数十起，其余扮杂剧，袍笏庄严。龙舟三只往复市前，又有小龙舟上盖印花幔，前后悬璃灯，划浆人用丝牵动，玲珑异常。朱兰溪兴栋邀余小饮，旋自其家至洞港泾，谒朱西村司马瞻云家园，适朱丈景华为司计，引予游。见宅后池种莲，叶大如盖，旁有小亭，亭南有翠雨轩，四面受风，帘波荡漾，如入水晶域中。轩外奇石，卓如人立。左通祠，祠之后庭堆假山，旁开一穴，水津津然。上种菊数百本，如锦绣台，盆盎中秋兰吐芬，俱饶幽趣。祠中设乐圃先生长文神位，旁祔西村木主。祠前有川堂，直达前厅。旁有高楼，西楼尤精致。祠门内有舞台，台下柱刻镂颇细。徘徊片刻，蒙设茗点款留。并访朱仪周上舍冕家祠。祠尤宏敞，旁通住宅。宅边大池数亩，亦种藕，四围皆石岸，开沟通河，鱼苗不绝。主人岭梅茂才秉铤欲留膳，缘有吴门之行，却之。

十九日（9 月 23 日），偕外舅乔梓及顾梅江虎丘览胜。花市建兰盛开，茉莉、夜来香亦一齐吐馥。日暮，灯舫八九在冶芳浜、普济堂前，流连至三鼓。次晨，舟过狮山茶磨间，一路峰峦，应接不暇。午刻抵木渎，适微雨，虹桥、斜桥边进香船齐泊。散步镇上，见纻布铺十余家，甚热闹。县丞署滨水，甚逼窄。又访钱氏两园。一名潜园，是钱杏圃征君□□所筑，在横街桥南塊，由混堂小衖进，曲折达园门。右转有亭一，亭旁小庭，石笋二，如枯树然，前有荷池。由亭过廊，右有掇芳草堂，钱湘舲阁学枼题，磁联有"清泉涵月影，花馥报天香"二句。古石玩颇奇，桌椅俱大理石镶嵌，屏后案列群书。轩前五峰如削，左转船轩，额曰"不系船"，外临河。后轩题"源头活水"，谈云岩□□师吉书。旁有暖房，柱悬琴囊，案供海石。右转曲廊，前有仙洞，廊右有高阁，临溪。由廊转至花厅，豁然开朗，觉别有洞天。厅甚敞，闽兰满室，秋风吹香。后庭古柏怪石，布置分明。厅上有楼，名花隐现。右转廊轩四五，俱大理石几，竹叶玛瑙桌，供黄玉一座，色如鸡肝。右偏为稻香草庐，主人自题。地铺石，黄色冰纹。前种稻数分，离离垂实。

稻田旁岸，桂树数株，清芬扑鼻。转至回廊，墙嵌花瓷。左转有小池，池旁有倚碧廊，廊后一小轩，联云“爱莲花之君子，洗桐树之高人”，何义门太史焯书。廊右有野适阁，范□□□□允从题。前转有石径，有竹廊，廊转为锄鞠山房，联云“居多闲暇，花有四时”，海虞严□□□□学□书。外有竹篱石洞，洞上盘旋上假山。转至高阁，中设佛座，妙香时闻，额云“静者心多妙”，沈□□□□志□书。檐下悬“天光云影”额，是息关蔡九霞方炳题。由阁下步，墙顶盖砖，高高下下，作马鞍形。下有竹篱，篱内一室有门，由门至石洞。洞凡四五，缭曲往复，石之险怪，不可名言，是奇境也。其一在山塘街盛家桥堍，曰端园，是钱端溪州同照所构。由信古堂进曲廊，右转有轩一，为友于书屋，石琢堂殿撰韫玉题，联云“花绕香溪联客座，楼瞻佛塔揖山容”，是程楞香少卿庭桂书。中有竹叶玛瑙紫檀椅，大理石面红木桌。庭有假山三峰，右转廊有月洞，洞转有双清馆，壁嵌王秋陶□□文浩、周棘人□□孝埙题诗。曲曲至御亭，亭前有池，亭旁五色玻璃廊，高下有致。至石洞，洞上曲楼，颜曰“镜虹”，中有大璃窗六扇。由梯下，一轩有暖坑，有印木屏，有玛瑙台。庭有奇峰，峰下有池，由轩右转，曲廊二。再转有大理石嵌壁，轩名“锦荫山房”，有黄玛瑙桌、大玻璃屏。庭中峰四，右转廊有大理屏，外有假山，有曲池，有红桥。左有如是轩，陆白斋□□绍曾书联，有“扫径试香秋院静，卷帘斗墨竹窗明”二语。设花梨椅，俱嵌大理石。外庭左转为织翠轩，联云“小庭亦有月，高枕乃吾庐”，梅叟题。由轩右转，路砌梅花。由柳下至凝雅轩，俗名桂花厅，因轩前有老桂也。此轩甚精，几供铁三星，桌嵌紫檀六角锦，手扪则块块动摇。旁设诸葛武侯铜鼓，击之有声。右转为藏书所，室有月洞。由石梯右转，风廊面池，有璃窗，有大理石坑。右转有湖石，有月廊，由廊左转，有半轩，窗槅嵌大玻璃，下有月洞。逶迤转至暖房，金守一□□焆题联云“烟云随人自来往，山水使我开心颜”，旁有灯屏。左转曲梯，攀援而上，是为眺农楼，□薇邻□□□□题。后窗俯临阡陌，秋稼如云，穹隆、灵岩、七子诸山，宛在几席。南面有三峰，卓立庭际。由石梯折转，有仙洞，有暖堂。左转又有石梯，梯旁壁四，俱玻璃八角窗，野景一览可尽。南有丝柳拂檐。左转修廊，板声铮铮，比之响屧。旁有十锦橱二，有影木桌，下有石梯，屏上玻璃片俱侧，照梯样之高低也。左为芳艇，又有采香山房，中列洒金漆书桌，大玻璃屏风，联有"阶前鹤引穿花履，座上梅留说剑人"二句，射陵逸史宋曹题。庭左有湖石如笠，旁有仙洞，洞上朱藤罩阴。左转有高轩，四面俱开，前有石凸出，颇秀，中有大理石小桌。轩临荷池，可销夏。左转石阑，有奇石，下有小亭，亭前有石洞。洞外怪石三，一如象，一如狮，一如虎豹。前去有竹雨听秋馆，馆有璃屏六座。左转曲廊，两屏如半月。右转为环山草庐，庐前有石栏，栏前池一方，红桥二，残荷瑟瑟，秋风吹凉。园丁云："此园自乙未年动工，至今始完备，主人煞费苦心，前年监工失足，滨危者再，近已憔悴发斑矣。园中竹叶玛瑙桌面，共有十二块，其余古玩，不胜指数，当春罗列。此时游人较鲜，故未铺陈。"潜园不索扫花钱，而端园则每客取钱七十，茶金十四。

廿一日（9月25日），移舟苏城桃花坞。小饮阊门上塘，品蟹粉面。便访西园，见池中有大鼋数十头，买馒首投之，张口争食，颇可观。寺僧开锁，领看放生羊豕，皆肥大胜常。过北寺，观浮图，适葑溪潘氏新修，朱槛雕甍，殊堪悦目。旋步玄都观，有笼洋兽以索观者，号无威虎，每客掷钱五文，见其头如犬，身如乌牛，足短尾小，毛蒙戎，色纯黑。投以烧饼，即起立捧食，呜呜然，对掷饼者俯首。鸣钲一声，则跪地摇头，作乞怜状。午日方烈，喘声时闻，洵异物也。登弥罗宝阁，全城形胜，俱在目前。时适新晴，游者颇众，茶棚中卖歌者彻耳喧嚣。晚过织局，中贮机工数十人，惜瓦房破漏。明旦，上第一楼啜茗，水关桥买醉，欲访人参会馆。适笪君问樵来，邀至禄荣坊巷永源戏园，名班为鸿福，演《北醉》《三闯》《负荆》《打虎》《玉堂春》《三挡》《夏驿》《衣珠记》《问病》《回猎》《马践》等剧。时因海疆未靖，商旅难通，各馆生意俱减，戏酒价递加。暮憩松园茶话，鸡豆数碟，虽老而尚有余香。昏集笪氏斋，欢饮大醉。主人下榻留宿，剪烛谈深。翼日返棹。

廿五日（9月29日），夷船自江宁回，抵福山港外。两邑令留孔通事弹压后帮，兼立羌忠木主于龙王庙。市人又送黄牛一头，山芋、柿子、韭菜、蘱薂各一篓。时总督牛公奉旨革职拿问，靖逆、扬威两将军亦被召进京。

重九日（10月12日），挈大侄新塔登高，晤方丈聚海，清谈片刻。又诣放生池，晤尼根源，询知其善外科，为拂水方丈佛印所传。次日，浙江淳安增生杨舒柳浚川来谒。缘庚子六月王荆岭起蛟，一家溺毙九口，唯伊与弟济川被舟救起。三世浮厝，冲失六榇，水平仅获其五，母棺未得。五棺停杭州义地，归葬无资，介张雨人学师宗沛携诗告哀，嘱予劝助，略赠旅费，和诗送之。

十五日（10月18日），毛伯雨学使式郇按临昆山，科试士子。时童生补考者每邑百余人，因五月间府试，多避警故也。余于廿四日赴玉峰，伯谦侄偕往。次日，挈侄出朝阳门，上城桥，桥高百仞，不堪俯视。回至樾阁啜茗，晤郡中王韵士司马有庆、也亭文学毓桂及家淡安叔，握手言欢。知韵士之季子养云维镛新入泮，同品蜜货，味美于回。旋与鹿城杜陵余副车彝、钱慕韩□□、杜书岩鼎、饮香斲、家凌霄、讷夫、清如诸文学茶话小楼，流连至夕。廿七日，偕沈得山丈到西寺小园，遇娄县周鞠塍学师，寓斋话旧。复陪时眉叔、得山丈游城隍、花神两庙园。由昙花亭、桃源洞上马鞍山，访华藏殿、凌霄塔。后有百里楼，楼高千仞，下临冶珠峰，东览阳澄湖，南眺吴淞江，北望虞山，东北对娄东城，洵绝顶也。住持却尘遣徒引观文笔峰，有石柱在西隅，甚孤峭。又过文昌宫，门颜"挹翠"，李子仙孝廉福书。僧志坚迎至双桂轩，与苏城顾香轮克起、子和济乾、姚梧村懋锡诸茂才叙谈半晌。见额颜"烟云供养"，联云"花龛滴沥垂清露，珠树玲珑隔翠微"，俱陶云汀制府题。又有"笔彩高腾"额，玉山顾□□□□世绂题，联云"山暖当春，水凉知夜；字瘦题石，诗寒说云"，王椒畦孝廉学浩书。外房联云"岂异神仙宅，唯余松柏心"，徐□□□□树本书。东去有石佛四，邑令孙觐庭立石阑蔽之，题石柱有"佛古写松影，洞幽生玉烟"一联。再东有玉泉井,已半塞。又有真武殿、崇圣殿,香火颇盛。由半山亭下谒岳庙及徐氏义庄、玉峰书院,体倦而回。廿八日,入场,题为《是故君子无所不用其极》《庶以善自名,得真字》。黎明返棹。

十月四日(11月6日),出二等案,知余附尾。是夜,仍挈倕赴昆。次日,过功德林及胜莲舍利两庵,枫叶变红,残秋气凛,游人亦寥寥。自大西门、小西门遍访风俗,健步忘疲。路遇家凌霄,知其倕体劬咏仁招覆,予贺以诗扇,略叙宗盟。初六日,憩新庙花园茗话,晤太仓吕竹岩茂才悦曾,似有夙缘,承会茶资而去。辰刻谒见宗师。午后开棹,至张港泾,酣饮贾氏。越日回城。望日,张二曹文学绣虎迁居西庄,衡宇相望,昕夕聚首,见赠佳篇,日成束笋,并示其阃君查兰仙凤德《小蓬莱仙馆诗》,且赠徐若甫参军兰芬《出塞草》。予自伤孤陋,喜得益友焉。闻东乡顽民,缘旗丁催租,聚党滋事,不入群者被焚庐舍,连毁十余家,甚至白茅尉司衙署俱坼。昭令蓝公饬差拿获数十人,解府,首犯置法。廿七日,蒋公才少府胜吾唤歌姬箫雅云弹唱,邀予品音。时景珊圃、张二曹在座,顾曲之余,各有吟咏。家圃梅杏数株,连年遭水厄,俱萎,橙橘亦然。适二曹问南枝消息,为作《吊花吟》报之。

十一月望(12月16日),契友朱默斋忽遭奇疾,年才廿九,遽赴玉楼,幸已得子,少慰二亲含饴。为作挽歌以志唁。廿二日,得五女同生。同居陈氏产女,断乳,瘠甚,濒死,为令内子乳之,渐能复元。廿七日,平沁梅得子,贺以四绝。

腊月九日(1843年1月9日),贾鹿苹继室朱氏骤膺产难,母子俱亡,予叨居姑婿,为撰挽联。瞿心甫上舍茂昭长子云亭□□病卒,亦以四律唁之。腊底,大佺缔姻江阴金氏,为锵若姻家焕文长女,冯玉山姻丈、戴双柑夫子为媒。往返虽六十里,而土风淳朴,诸礼从简,颇与俭户相宜。王亦周茂才恕以《莱臣初稿》示予,见其笔如游龙,辄惊服,一辞莫赞。江云艇师赠我以秦亦园上舍昂若诗,钱少湘亦贻我以《揖山楼诗钞》,丛积案头,目不给赏。遄飞丈《幽光集》将成,余又以宗君稼梅遗诗,嘱其梓入。前绘《蓼莪辍读图》,因幅狭不能遍题,爰倩陈筠溪另画一册。惠诗者又有俞念香、李升兰两孝廉、钱笙陔副车、司马逸梅、张二曹、钱子绳、沈得山、殷文澜诸茂才、太仓周兰君文学、同里黄静涵上舍朝佐、沁香□□朝恩、家雪鸿上舍、柳香二叔、海盐查兰仙、同邑钱芬莲两女史。岁暮,兄自馆归,风雨对床,诗以写乐,并得《除夕》四律句,一年阅历略见一斑。

龚又村自怡日记卷三

道光二十有三年癸卯(1843—1844),三十有四岁

新正十二日(2月10日),为大侄伯谦纳采,陪朱恂如、平燮庵、王梦蘧辈宴饮。晚同邑庙观灯,适新修园亭,曲槛回廊,朱碧入画。

上元日(2月13日),领从妹等烧香,憩一角园。红绿梅盛放,香风扑衣。

十九日(2月17日),树叔师招饮,与歙县汪春泉上舍□□、长洲朱士远文学康毅、同邑邓协廷广文、庞子方学录、杨砚畲广文希铺、叔京文学希镐、季新孝廉、赵耀山茂才允炤、苏叔慈上舍元禧、陈鹤山隐君□□同座,仿飞英会,以梅花藏杯为令。席上谢一诗。

越日,随朱子钦丈憩福园,听萧娘弹词。时吴厅亦有歌儿王秀兰弹唱,声如雏凤,萧王并称。予俱有赠句。

次日,平子迁携元和高□□上舍镛、眉松茂才石麟两诗,嘱予刻入《幽光集》。鹿苹来城,与游西城,灯市颇盛,马灯络绎西庄,夜分不绝。

廿三日(2月21日),曹生星村嘉勋、钱生伯起绍文来学,勖以数言。廊壁粘诸友新诗,以纪倡酬之盛。

廿四日(2月22日),邀江树叔师、胡翠岑、周卓斋两丈、王煦亭、张二曹、邓升卿士俊诸子小集镜墀轩,酒半观灯,有诗纪宴。叔京,予同案也,属在知己,以亡姬月卿《镜花留影图》索题,吮毫立应。二曹及夫人倡《咏雪》四十六题,又一一和之,吟肠几涸。

二月五日(3月5日)，张观察甄别，题为《此谓唯仁人二句》，予茅塞未开，操觚率尔，取在附课矣。是夕，有白气见于西南，直指东北，月余始灭，有句云："西南喜见星芒白，指日天兵靖逆锋。"

初七日(3月7日)，偕朱子钦、李小芸两丈暨贾鹿苹观梅招真治。饮于李家酒楼，量浅不胜巨觥，几醉倒当卢人侧。

望日(3月15日)，随舅氏过新县署。适昨夜火，西廊毁尽，自瞿桥迄坊桥，两岸连焚三十余家，惟桥塕茗楼无恙。赏罚分明，未知是何功德。是夜，梦中咏即景云"扯篷风战一樯声"，恍有鬼手自帐外乱揪，被余扭住，呼兄助余，为小女唤醒，乃知梦魇也。遂将梦中句足成一绝。

花生日(3月25日)，二曹投诗两首，予赓之，以祝花诞。其夕得游仙梦，似换凡骨，倚枕叙入诗歌。憩徐氏听春楼，少瑜见示冰雪文，率题五古于壁。闻张约轩自楚得仆阮郎生，能书画，主人罢官回，犹恋不去。次二曹韵与诗。

廿九日(3月29日)，偕陆芷舫、苏懿孙煐、瞿安仁桢赴郡。

晦日(3月30日)，游玄都观，茶话凉棚，百花撩眼。欲访钱氏息园，奈以浚池未竣，不招客。登墙外高墩一览，全园之胜，已了然于心。

三月朔(3月31日)，得张眉叔茂才尔旦《种玉堂集》，酬以六诗。

初六日(4月5日)，清明。陪舅氏及兄侄泛舟白公堤。是日，诸庙神监祭厉坛，让王銮仪俱黄色，余若驸马府、都城隍、总藩司、检察使、织造府、郡城隍、春申君、三县城隍，执事俱盛。短簿为地主，异迎各神，日凡数次，十乡土地陪筵，惟府城隍主祭，共计看轿十三乘，而翠羽者为最。每起前队鸣小钲，均有万民旗伞，香表轿亦玲珑可观。乐工俱道装，小伶数十起，巴图鲁背搭，福色小呢袍，尤觉华丽。而女囚傅香粉，械坐篮舆，亦倩盼生妍。自滑石会馆至天王庙、东山祠，不断如贯，胜观也。同人品茗情园，觉斟酌桥边，花香水腻。对河三山馆多酒客,轻裘短袍,气宇轩渠,半皆胥吏。晚至虎丘寺,适花神庙火灾,断甓满路。便憩千人石上,香风徐来。谒思白堂、仰苏楼、怀杜阁诸胜。水轩外,灯船酒舫,往复山浜。凭阑久之,神移心旷。谒周鞠滕先生于罗浮别墅,引憩山房,见庭外海棠,艳如绛雪。出示祁春浦学使、苏鳌石方伯书,一为梅花书屋,一为知止山房。玩赏流连,清谈忘暑,题三律于壁间。抵暮,步山景园,听侑酒歌儿,清喉宛转。复泊舟冶芳浜,见画舫明灯,盆花掩映,喧沸直至五更。

次晨,移舟北濠,访桂馨阁。阁在俞家桥巷,是宁绍人公所,每客索扫花钱卅五。园虽窄,而楼台高下,洞壑纡回,步步引人入胜。有高轩在文星阁顶,岩岩如浮图,惜无路可上。适绅商请客,座中四品衔者四人,揖余留坐,出园时已轿马盈门矣。得五古一首。午后,风阻冶长泾,遇武庙演戏。昏时小乐工鼓吹悠扬,唱《昭君和番》一曲,玻璃西洋台焜耀如昼。与周爱塘□□、华银槎□□倾盖言欢,穷途中偏得此乐境。

初八日(4月7日),送大侄至平氏。夔盦表弟工八法,能接先姑丈之传,觉二王二欧,古今媲美。予兄弟拙于书,乃遣侄从学焉。

次日,拜李载和丈八十寿,晤王蕴香,谈诗片刻。便道答王亦周,和其见赠二诗。周卓斋丈携所撰先君诗序来,亦以诗谢贶。

二十日(4月19日),偕舅氏暨卢器轩过西城,观水嬉。晚步听松堂及花神祠,见白牡丹三花,娇媚可爱,咏之以柬二曹。

月杪,姚理堂丈迁城,设席招饮,同陈湘帆世英、王煦亭两茂才、陈理卿上舍朝夔、潘养斋医士树本斗酒,兴极酣。归诵亦周《红树村吟稿》,书七古一首。又谢芬莲女史题照,少湘点定拙草,直至夜分。

四月二日(5月1日),戴双柑师及长洲李莲士钟灵、同里王亦周、屈华卿允福、张二曹诸茂才、陆笏轩处士小集予家水轩,畅观龙舟。余倡三律,亦周、二曹、沁梅和之,亦周又唱七古征和,并撰序文及《西庄两诗人歌》,谓余与二曹也。

十九日(**5 月 18 日**)，筠轩招饮，与其西宾王慧生少尉畅话。出包山叶眉峰明经承柱《艺兰图》、翁荔艻上舍□□《问津待渡图》、叶渔庄司马承柱《五湖渔庄图》，俱索题句。

廿二日(**5 月 21 日**)，邑庙会。南乡姻戚都来，陪观园花，倍欣三党之聚。

廿八日(**5 月 27 日**)，药王诞。贺钱菊人上舍葇悬壶，与孙浩生茂才蘂照畅饮，酒痕和汗点，湿透青衫。

五月六日(**6 月 3 日**)，偕二曹视慧生病，承尊人蕴香设茶点，留坐静观斋。引其妹飞鸾夫人兰贞出见，又晤其甥严左生良杕，皆诗人也。旋为单魁香拉至逍遥游小憩，榴花如火，助我吟怀。入夏，城中患疠，好事者舞龙灯，为驱疫计，过余家给以烛。倡二律纪事，二曹和之。并简长洲尤静困爕鼎及其叔香圃上舍湘兰，谢元和年伯高皷堂廉访翔麟题照、吴县王慧生少尉京菜，挥汗缮写，手腕几僵。

廿四日(**6 月 21 日**)，陪朱子钦、瞿兰圃两丈访西泾岸酒家，细品蘑菇面。主人陆妪压酒劝客，酩酊而回。

越二日，偕张心梅大钰、朱甸凝廷镇及蕴香、二曹、筠轩、瑜圃酣饮吴氏水园。甸凝善诙谐，二曹好吟咏，新蝉声搀入清谈，宛闻丝竹，觉静境可人。蕴香旋赠碧螺春、白枇杷，皆洞庭佳味。

月杪，二曹招饮，偕周信庵少府□□暨珊圃、璇圃、瑜圃、向五铨福同席，肴核虽简，而精洁异常。主人高歌娱客，并以自制酒筹行令，分英雄儿女，颇新奇。畅饮至三鼓，犹以桃李解酲，洵是雅人深致。

晦日(**6 月 27 日**)，三叔母胡孺人因复病不起，余下乡送殓。适三叔及诸妹均病在床，第四妹呱呱索乳，不胜惨伤。挽歌中曾道及之。

六月六日(**7 月 3 日**)，筠轩招饮花园浜酒池，与蕴香、左生、二曹赴约。别座刘子湘上舍廷勋及陈芝田镛、钱和溪□□、范朗霄、琢卿、学蘧文瑗等俱来劝饮,酣战多时。

初八日(7月5日),二曹设杯酌,招余半野园消夏,遂与蕴香、芝田、筠轩集飘然堂。堂前朱藤垂阴,古桧蔽暑,几上设象牙红、洋栀子,尤幽秀。池边荷风送香,顿清夏气。二曹领游调鹤亭、半匹轩、早春步、小沧浪、载月舫、补秋亭、石径斜、回雁峰、天心阁、归云洞、富春一角、烟波云影、万花深处、群玉山头、茂林修竹山房、绿杨城郭人家诸胜境,觉与丁酉来游时风景稍殊。惜云山经用楼住主人内眷不得登,但见璃窗五色,如天半彩云。园主张啬生司马元禧陪座,买缪家黄娱客,而肴馔出松盛馆,尤多精品。同人摘园桃侑酒,快饮数蕉,如啜琼浆,换躯壳矣。

初十日(7月7日),邀蕴香、左生、筠轩、二曹、瑜圃、向五,并挈大侄,放舟西山,品泉小石洞。方丈寿山□□采青梅供客,蕴香携哀梨解烦,予亦怀碧螺春,以清诗吻。同人敲棋联句,老仆担泉,至夕阳始下山。泊舟湖桥玩月,浅斟低唱,清风徐来,不减河朔避暑饮焉。同人俱有纪游之什。

十九日(7月16日),弱女同生病热,甚至痉厥,幸候谭云溪□□推惊,张启封登圻下药,并饮雪水瓜汁,舌破复合,功效如神。

越六日,二曹与蒋剑吟参军其玢、庞昆圃茂才钟琳、张啬生司马、约轩通守元龄小饮花园浜,来招余,缘事不果往,怅然有诗。陆静香上舍潘过访,知其风尘倦游,年虽近耆,而与谭诗学,尚亹亹不倦。闻翁祖庚主试粤东,是其尊人督学地也,寄贺一律。

廿八日(7月25日),三叔母家祭,予随兄下乡,照料一切。

月底,蓉村师与二曹同作主人,宴客于西庄草堂,啬生、希程、璇圃、瑜圃在座。予自南乡回,蒙招未及赴,志以诗。

七月五日(7月31日),赴李莲士之招,与江阴赵艮廷上舍□□及二曹同饮杨馆。鲜菱碧藕,颇足消炎,而蟹饵豚蹄,尤可人口。邀同人至家瓜战,细雨送凉。

七夕(8月2日)，投左生姬人翁亚芬素乞巧词一首，写其唱和之欢。

初八日(8月3日)，雷雨奔腾。后圃枯桑如劈，始疑天灾。乃于次日偕舅氏五渠问卜，得六冲卦，据云家宅未利，须嗥经礼斗。回视桑中多蠹虫，似为狂风所挠，疑团始释。

十二日(8月7日)，王蕴香尊甫兰水赞藩仲沅病殂，为挽五律。

十八日(8月13日)，谒魏定三大令廷谟呈一诗。旋偕筠轩过花肆，买茉莉二株。途中见卖螺蟹者，即寄居虫，身似蜘蛛，头似蝴蝶，双螯则依然是蟹，寄海螺壳，驼之而行，有时缩入壳中，以一钳扃之，喜啖瓜皮，据言出粤东海滩。买三枚以供观玩。前曾得佛菱，耳目口鼻俱备，产于曲阜文昌湖，小儿佩之可驱邪。又有螺淀块，天成佛形，亦可贴于儿帽。且于徐子瑜处见绿毛龟，壳盘金线，古苔生之。皆奇物也。

十九日(8月14日)，偕二曹饮于筠轩书舍，同访王景田浩，品其手摹《虞山十八景》。旋与徐穗钦谒钱芬莲女史，携其诗归。

次日，二曹闻水关馄饨之妙，邀予与珊圃大啖数十，油白汤鲜，味果胜于他馆。复至致道观纳凉，遇雨，拿舟而返。许伯缄贰尹丈廷诰索余赋，蒙选《瓶笙》一篇刻入《剪雨楼集》。

廿三日(8月18日)，俞翰香允中来谒，知其善唐隶，倩写小影册签。张君才继英自浮梁寄怀一律，步韵答之。

廿六日(8月21日)，先府君忌，遣三官堂僧诵经设荐，并荐曾祖三代，嫂氏附焉。

越日，景田来会，摹余家《水轩图》，左生亦袖诗来，至暮始散。

廿九日(8月24日)，偕二曹及大侄入城买花，并至西地藏殿，适包山杨少梅百戎□□寓此，叙谈半晌。旋招张心梅同饮逍遥游。傍晚观剧吴园，与曾叔岩孝廉熙文、钱葭村少府同座。班名上升，演《捞子》《上殿》《拾镯》《过年》《战长沙》《双打店》，颇足陶情。

闰七月朔(**8 月 25 日**)，景田见过，知我将赴试，赠以《扬帆直上图》并《柳阴垂钓图》扇。

次日，翁云亭同祜为我刻图章，并镌小照册版，铁笔甚古劲。适蕴香馈高粱沛酒、太湖藕粉，谢以一诗。家新泉上舍藻来赆，惊悉其叔仁山少府师冉于前月十二日故，特备礼仪吊之。

初六日(8 月 30 日)，二曹省试，步留赠元韵，以送行旌。陈筠溪来补《蓼莪辍读小影》。周鞠塍先生见顾，设茶点款之，拍案雄谈，精神如旧。

二十日(9 月 13 日)，赴试金陵，与镇洋陆召庵树棠、胡石庵宝书、同邑赵吉甫宗杰、芝香、范冕卿文璪、佩之文瑜同伴，雇韩天官船。

次日，昏时，泊毗陵驿，见灯市辉煌，有"百万市声中，灯摇两岸红"二句。

廿三(9 月 16 日)晚，泊镇江，见北城外寺观民房，半为夷匪所毁。与召庵、冕卿进西门，过兵备道署，极荒凉。旋谒府署，雄镇山城，知为吴大帝故宫，规模宜壮。由头门至大堂，约有半里，路旁草莱不蔚，阒无人声。又经丹徒县署，稍热闹。署近学宫，去年为夷人所占，时适新葺，泮池多植莲。池旁茶肆数椽，纳凉者云集。一带街道平坦，明净无尘。

诘朝，风利，由黄天荡仪征口直抵官驿门，顷刻二跕余。于江北见江豚无数，跋浪夹舟，前船后船，榜女呵风，如水鬼群啸。又有船市，棚悬招牌，承襄阳船隙。唐人诗云"水国舟中市"，于斯信之。帆过燕子矶，有盐差十余人盘查夹带，见我辈坐商船，将船勒住。同人怒叱不已，逼令请官出见。迨官好言来慰，亲为解维，各役始散。

廿五日(9 月 18 日)，进城，寓东钓鱼巷叶浚思宅，同寓者又有吾邑蒋海珊永清。

次日，太仓周少塘鸿沼、陆梅伯来谒。晚为二曹邀去，与吴棣华廉访廷琛之十少君云士金鉴及其孙兰芬清沅荡舟青溪，于红桥水榭间物色群花,小酌忘暮。

廿七日(9月20日),同人游莫愁湖。见高廊朽坏,楼馆萧森,土人云前年为水所厄。而近湖水阁尚可留连,剥鲜菱,啜香茗,赏残荷,自饶清致。复至报恩寺,登琉璃塔。初则昏黑莫辨,一盘旋间,豁然开朗,历五层而力乏,上四层狐妖据之,久扃锁矣。见地遗绿瓦,可为玩物,拾之归。又上雨花台观剧,为百福班,尚可悦目,长干士女拥列如城。便谒方正学先生祠,见联云:"管仲不为,十族凝千秋碧血;成王何在,一言系万古丹心。"又格大章题句云:"义薄星芒,能与半边月儿尽;忠严雀逐,肯随一个燕子飞。"公像则白面乌须,大有风采。揖罢出祠,买玛瑙石数枚而返。

次晨,与家讷夫、也可秦淮清话,同品炮鱼面,得一诗。

廿九日(9月22日),晤溧阳强敬甫世兄,知其在嘉善令李根生先生盘幕,假省试缘。晨夕往来,亦一乐事。其与第四弟赓廷同食廪饩,五弟砚芸汝谌新入泮,其妹倩宋梅评学博邦俊工书,时同寓,其兄希和另寓马道街,走谒握手,得罄十七年离索之悰。

晦日(9月23日),偕石庵及蒋子慎上舍釚泛舟城北,由鸡鹅巷上岸,过小桃源。园在古庙后,宜春不宜秋,未叩门入。适遇地藏会,一路社棚,彩幡绚烂,俱设心缘香篷灯,僧众礼忏,士女烧香,乐工鼓吹,秋山聚成市焉。五里许为清凉禅寺。寺极敞,有僧打钟,声大而远,山深故也。后有地藏殿,欲登未果。茶话寺门前,见芦篷中麦酒山肴俱备,但味不佳。回想袁太史随园,十年不来,规模如旧。由高廊下步,阑边有灰鹤,眼朱砂色,顶微红,嘴甚利,两胫如铁,每足三爪,声如击木。至群玉山头,双湖分列,廊底有亭一。又至回波闸,池边残荷尚花,秋色清朗,香雪海尤佳。低处植梅数百株,一望茫茫,惜不于方花时至。楼上若有美人隐现,知为藏娇所也。便道访隐仙庵,俗名妙相。内有园,建三间大夫祠,悬灵均像,旁附处士金梅峰栗主,想是近人。赵博陵侍郎盛奎联云:"披荒榛以采香草,临秋水而溯伊人。"跋云:"耕生和尚于庵旁扩园亭,建屈子祠,因感其师梅峰悒郁以没,大类灵均。爰设主衬祀,以二句嘉之。"上颜"天日堂",栋宇精丽,由月洞前去,有楼甚宏。又有金龙四大王祠,记云:"王姓谢,讳绪,行四,为宋诸生。闻陆秀夫抱帝昺沉海,知宋祀已斩,遂赴水死。明太祖起兵,王托梦近臣,许反黄河水助战,后果逆流,遂受封。没于金龙山下,故称。"右至水轩,有亭,转达精舍,皆竹屏、竹几。再去有廊,廊上有月台,下有奇石,有大荷池。僧设名茶,清谈良久而别。一路犹闻木犀香云。

八月朔(9 月 24 日),邀长洲朱春帆茂才桃叶渡茗话,以佳点疗饥。夏初,予和其诗曰:"转盼秋闱文战近,秦淮水榭访诗人。"此叙申旧约也。

初二日(9 月 25 日),至闻诗巷,答候太仓杨子谢家树、吕渭塘家璜、孙子福、菊泉寿康、陆燮堂、毓泉。旋与镇洋周东溪□□、长洲李莲士、同邑张二曹、李叔卿鸿文及同寓诸子骑驴谒孝陵。进满洲城,觉荒凉如野,出城一带地甚旷。陵前石将军四,石马数十,已倒地。旁为懿文太子墓,相距匪遥。进紫金城,即御碑堂,堂后大殿俱黄瓦,为明太祖及马太后陵寝。中供我朝六代祭文牌,匾二,一云"治隆唐宋",一云"开基定制",联云:"戡乱安民,得统正,还符汉祖;立纲陈纪,遗谟远,更胜唐宗。"殿可容万人,柱凡两抱,西隅有反坫,外有石阑三层,柱首雕龙像,后即陵。由下升上为栈道,履之有声,想下即隧道。其上高台,黄墙四围,有洞如城门,面面江山,一览俱在目。墙后多古木,即紫金山也。同人前殿小饮,佐以珊枝。复由乱山直达灵谷寺,约有十余里。住持引观宝志塔,塔三层,中塑志公浑身。南去有飞来剪钉地,长五尺余,古铁坚凝,不可动。据云,宝菩萨说法,此剪从空下来。又有无量殿,柱俱砖包。西南有景阳钟,光润悦目,幽室闭之。僧云:"向在台城,是志公移来者。"由南至北,竹径清幽,旁有柱础,大如石枰,是前朝宫殿遗址。有自来泉,下用竹筒盛之。更有玉带白果树,相传明祖围带于树,生果遂有带形。复有大金鱼,游泳池中,纯乎天趣。其他古迹,如挂金版、铁仙足印,亦绝奇。山门路甚长,约有三里许,俗云跑马关山门。自大道过关帝庙,有小市。风雨并作,予自驴上坠,幸无伤。仍进朝阳门,往返约卅余里,抵寓已上灯矣。

越日,谒溧阳周甲生世兄洪锡,为我谈四松庵之胜。乃于**初五日**(**9月28日**)偕二曹、芝香、子慎舣舟莲花桥,三子雇驴中道返。予倩舟子,引过清凉山麓,自小桃源南转,度峨眉岭。沿旱西门城墙,经颜鲁公放生池,进龙蟠里。左首即庵,旧有古松四,岁久化去,故名。一名博山园,又名钵山园。由门入,曲径皆竹篱。盘旋至松门,颜曰"天开图画"。再上为印心石屋,是乙未冬御笔,一勒碑,一书匾。南有廊,由高而下,竹阑曲折,墙有碑,镌英煦斋协揆和《石屋记》,有云:"陶云汀制府家洞庭西南,滨江,江心山壁峭立,有石曰印心,幼随封翁结庐读书其上,因名印心石屋。迨制府述职入都,皇上因问家世里居,即以印心石屋对,上为亲书斋额,示以心画,复为大书,俾用摹崖。"壁上镌恭摹御书墨宝及《资江印心石屋山水全图说》,又刻潘芝轩相国世恩题词、祁春波尚书跋,复有御书石屋磨崖赞,朱咏斋尚书士彦为之,歌则蒋丹林鸿胪祥墀撰。石屋西北有余霞阁,姚姬传太史鼐书,联则刘□□太守耀椿所题,有云:"来看楼外螺峰雨,得试山中龙井茶。"跋曰:"受庵上人赠予佳茗,适听雨山楼,书以赠之。"阁甚敞,窗嵌大白玻璃,壁悬《四松图》,商丘宋□□□端己画,北望江帆,颇胜。东北长廊壁嵌"碧纱廊"三字,亦宋公书。旁有数碑,俱勒题句。左有楼阁,阁有胡曲江□□溁所书屏,三面亦璃窗,虚室生白。庭中桂香扑鼻,秋景宜人。楼额曰"四面云山",联曰"客随流水倏然去,僧趁白云何处归",俱耆介春制军英题。四望多胜景,石城峙其西,钟山列其东,南则万户烟火,如画图焉。品清茗,与金陵子弟话片时,而夕阳在山矣。

初六日(**9月29日**),为家凌霄邀至四景园茶话。此老名心甚热,拍手论文。暇凭红阑干,见两岸帘栊,几家丝竹,风送秋兰香一味,笑谓余曰:"提了文章便俗人。"竹肉之移情乃尔。

十三日(10月6日),溧阳强沛崖师来寓,谈笑如旧,而面癯齿
豁,非复当年之容。拜晤之余,两相欣喜。遂呈头场首艺,荷蒙加墨,
击节褒嘉。并题小影册云:"披图见性。"

中秋(10月8日)夕,出闸开船。

十九日(10月12日),便道至戚堰,就医吴仲山家,承惠牛黄丸
一两,据说予体虚燥,宜服黄精。适王霞帆自青阳回,馈九华黄精,蜜
渍甚甘,食之颇验。

九月四日(10月26日),族叔范庄少府作古。余家向叼厚惠,曾
无北阮之嫌,陡闻凶信,合家失色,不觉涕泪俱零也。

初八日(10月30日),谒蕴香,承惠八呎萨吗香串,自扬州戴春
林家来,其香经久不褪,点铜锡函,鹅油间珠,重价之物也。夕偕王湘
帆、陆筠轩赴苏,厨人邹蓉陪往。月明如水,擘糟蟹,斫莼丝,饮酒半
酣,棹歌四起,洵良夜也。

重阳(10月31日),至南濠,见中水衖口遭火灾,殷实铺户数十
家俱灰烬,茶铺程德泰掌柜二人,焚伤涉讼。

初十日(11月1日),移舟高板桥。时尚早,同人从御道间玩。
两边搭高台,士女杂坐。野外新稻初割,余植篗条数畦,可制栲栳。
须臾,喧声突来,遇三乡胜会,开道牌俱嵌玻璃,中藏通草人物。有两
叟持杖,坐轩轿中,谓为金杖老人,是社主所扮。每社有持油伞者先
导,摇弄有姿,牌颜"总理三乡",或书"洞庭君主"。小轿数乘,装金碧
楼台,或用娇儿,扮刘海和合。骑马者亦多小儿,有符官、太保、出猎
图诸目。乐工着道衣,锣鼓用红呢作围,数人共扶,名满架铺。而神
船一只,竟用百余人牵锦缆,喧呼而运,衣帽俱鲜新。令旗有十二辰、
廿四孝诸样,八旗水牌社悉富家子当差,或被翠呢袍,或被紫绉袍,前
后一色约百余起。妆饰则有洋表、金缠臂、翠约指、杂宝带钩,目不给
赏。他如虎座龙旗,辉煌照眼,看轿供大玉如意更晶明,小巡风、小司

乐亦有色有声。尤妙者，戏班俏儿咸持銮卫骑马，刽子皆粗腰大腹，或用秃子执械，可发一笑。顶马均定制彩衣，无一不齐整。神白面，庙在南濠，廿年始一解饷，胜观也。傍晚，移榜麻布桥，画船塞路，歌吹悠然，而太守为邀头，坐灯舫以同民乐。船娘皆簪蓝菊，秋波照影，觉媚眼纤腰，无不入画。

次日，憩玄都观，见百货纷陈，诸伎毕献，钗裙游女，络绎而来。同人啜茗凉棚，歌吹四起。抵暮归舟，得《纪游》一百韵。

十三日（11 月 4 日），朱筠卿瀚续鸾，金匮华建东上舍、同邑庄浚家□□日照与余斗酒，醉后赋催妆词，以戏新郎。

十九日（11 月 10 日），王雨庄上舍湘病亡，为作挽诗三律。

十月五日（11 月 26 日），鹿苹续弦蒋氏，予承乏账房，为撰花烛词六首。沙溪家莲洲上舍厚增寄《竹里眠琴》《桐阴罢弈》两图嘱题，平子迁携自画墨竹索题，俱走笔立应。

十三日（12 月 4 日），表姊丈陶洪镇母出殡，请余点主，幸有周杏村景春、闻芝庭桂凝襄事，无致失仪。

二十日（12 月 11 日），邑试。时已生、沈鸿章学海、平沁梅、燮庵下榻予家，与之连日论文，樽酒畅聚。季寿之偕舞赐延公子弗卿明珠年十一，已读《十三经》，应试时李□□邑尊蒙泉、舒自庵府尊化民为设肴馔，奇其文，拔置前列，予勖之以诗。

廿六日（12 月 17 日），大樽伯樽病没，哭挽一联。至开吊时，并为经理丧事。

十一月初，王慧生将赴试，为赠魁笔文笺，附诗代柬。

十二日（1844 年 1 月 1 日），二曹招同珊圃、筠轩、向五饮于高阳楼，为暖寒会，旋过筠轩家索茗解醒。填《苏幕遮》一阕，二曹见和，又撰五古一首，予与筠轩叠韵步之。

望日（1 月 4 日），偕二曹、筠轩、璇圃入城，谒亦周。便道过福园,有鹤鸣、素兰二歌者出揖,略酬片语。回憩松园茶话,旋于跨塘桥玩月,见波心如一串珠,良宵美景也,得七古一章。静困书来,并为我镌图章,工细无匹,予爱不释手,酬以笔一函,附诗以去。

十八日(1月7日),彤云酿雪。二曹招珊圃、璇圃、筠轩、慧生,为消寒第二集,适蕴香昆仲馈雉鹜,予移看往陪,主人得蟹螯,且出女儿酒娱客,奇趣也。用三十六奇字缀成七古一首,二曹如数和之。

廿三日(1月12日),雪后,蕴香、雪香希廉、珊圃、二曹、筠轩小饮敞庐,为消寒第三集。盘无常味,皆杜撰羹。蕴香缘居丧止酒,雪艿虽嗜饮亦不忍出拳,默饮而已。余客以八仙古钱为酒钩,并飞雪字劝饮。大侄未成童,已能酬对。围炉暖酒,竟日流连。用东坡聚星堂韵纪事,雪艿、二曹、筠轩并有和章。复分赋席上食品,得糟蛋、醉虾二题,以遣冷兴。

廿五日(1月14日),珊圃挈同二曹、石梅玩残雪。傍晚,泥饮瞿楼,饱啖蒸饼,二曹倡一律,余叠和之。

月杪,二曹馈虾圆饼,附以诗,又叠韵报谢。

腊月朔(1月20日),往省时眉叔,见示人面豆,据云今秋产于关东,眉目口鼻俱备,分明如绘,命纪于诗。

初五日(1月24日),二曹得香茗,邀同人泼寒。珊圃携酒肴往,予亦侑以二篚、一壶、一碟,攒凑而成,仿都中蝴蝶会也。百巡酒阑,太君手制水饺,调腊粥,味颇佳。时初月如眉,暖风吹面,渐有春意矣,得诗二律。闻周鞠人先生于虎丘寓斋偕宓静岩尊贤、朱恂如、王小庄守敬、时己生、平沁梅、燮庵为文字饮,探梅赏雪,宾主尽欢。恨余未为座中人,爰寄呈一律。

十八日(2月6日),太仓孙子福孝廉、陆梅伯司理见过,握手欢然。两君酷好诗,于壁上新题,朗吟数遍。瀹茗谈心,去后补赠一律。《蓼莪辍读图》装潢成册,丐伯缄丈篆书简端,题诗者又有长洲表姑丈陆阆舟逢辰、溧阳世兄强敬甫、太仓姊倩陆梅伯、元和姻兄高眉松、同邑世丈谭藕香谭廷、时益三、世兄张眉叔、表弟平子迁及长洲朱春帆、尤静困、吴县严左生、同邑张约轩、王亦周、时乐亭、昆山族叔凌霄、族兄讷夫、也可诸君。

除夕(2月17日),暖甚,缘先十四日立春故也。守岁得一诗。

龚又村自怡日记卷四

道光二十有四年甲辰(1844—1845),三十有五岁

元旦(2月18日),下南乡,拜外姑六十寿。适莫城拿获东湖盗贼,观者如堵墙。闻连夜妖火不绝,湖口皆设竹栏,为拦盗计,滨湖居民多迁者。

初六日(2月23日),曹晋云少府桐招饮,其兄友梅松、侄子嘉庆祥殷勤劝酒,虽量隘不敢辞。

初八日(2月25日),谒平子迁于昭邑庙寓斋。庙西新构花园,与子迁往复流连,涉焉成趣。同寓陆桂轩士奎善传神,年七十余,为予补《蓼莪辍读图》。用双副眼镜以助目光,而蒲笠棕鞋,作山人服,与他人手笔不同。遇吴门马立斋□□,叙话移时,颇相契合。

初九日(2月26日),从弟梅庭缙杰完姻,二叔命移花烛,与客薛松亭学濂辈畅饮多时。

越二日,朱景华丈邀饮,与华建东庄浚家日照狂斗酒兵,并飞"新正十一日"五字,各尽欢情。

元日(3月3日),与二曹、珊圃、瑜圃、立斋及兄侄邑庙观灯,并探梅招真治,团坐茗谭,兴皆畅快。薄暮,挈侄等赴各庙,火树银花,皎然如昼。见慧日寺西悬灯谜,惜人丛中不克近观。

十六(3月4日)夜,二曹家悬谜招余。

次夕,珊圃又订灯谜之叙。

予乃于十八夜(3月6日)悬灯舍壁,写谜百余条,季砺之、金䂂斋□□道着大半。

二十日(3月8日)，命小女培祁问字于查兰仙夫人，衡宇相望，往回甚便，送以一诗。午后，偕鹿苹赴筠轩之招，肴馔颇精，绍酒亦厚，鸭床豚篙俱古磁，有秋叶、棠花式。姚理堂丈与予拇战，幸未颓然。

廿二日(3月10日)，大兄挈侄赴馆。余亦膺外舅之聘，与朱生少英、曹生星村、陆生廉石磋下乡，书舍明爽，迥异家居。嘱诸生朝暮向上三揖，以习礼仪。晚与沈隆吉表丈栋暨晋云、恂如、家景园锡筹同饮，春气渐暄。

二月朔(3月19日)，予不获于家神祖位前礼拜，权于寓斋焚香三跪，想神无不之，无分彼此也。

初九日(3月27日)，偕二曹赴玉峰岁试，一路桃花村落，动我吟怀。

十一日(3月29日)，二曹缘喉痛，拟觅清凉境以遣烦，挈同时益三、乐亭两世丈谒西禅寺，升楼啜茗。凉风时至，觉肺腑一清。

十二日(3月30日)，进院试，四书题为《巽与之言一段》，经题为《篆簹既敷》，诗题为《舞雩归咏春风香，得风字》，《圣谕》默"和乡党以息争讼"一段，经默《鹿鸣》三章。

次日，返棹。半途买兰十余干，种于瓦盆。

十八日(4月5日)，出二等案，知余卷蒙学使张小坡先生芇取列第九。

十九日(4月6日)，自馆赴昆，少英、星村、廉石及内侄翰才福昌偕行。过相城，谒沈石田征君周墓。度阳城湖，风未利，幸湖有汊，稍杀狂波。见西南一白无边，直达郡城，壮观也。抵巴城，见遍地菜花如金，麦苗如浪。方三里，闻春台戏两处，士女喧阗，自是太平气象。

二十日(4月7日)，闻学宪试武童，同人出小西门观马射，遇雨而归。有土人拾矢，被射者误中其额。据家晓园茂才廷璋云，向例生童习射，圈人拾箭，试日则任旁观攫取，得一矢，值钱卅五，射者阙矢，向其买之。此人缘小利而陨身，可悯可惜。于朝阳门遇包山叶冠山

□□，倾盖如故。邻舟见同乡周莲塘朝珍、陈芹斋廷栋两茂才，篷窗叙谈，颇不冷落。

翼日，游昆邑庙园，小轩额云"静涵万象"，郑明理□□廷燮题，联云"别开曲径堪娱客，顿觉青山不厌人"，沈文悫公德潜书。轩后庭石洞玲珑，循之入，一轩有楼，登之铮然。再进为云根舫，马□□□□植题。水廊曰"镜槛"，联云"山光入座青千仞，池影当窗绿四围"，俱卢夹园明府本淳题。又有楹帖云"水流花放，石韫山辉"，范眉泉明府仕义书。后庭怪石拱立，幽花送香，旁有亭曰"四美"，俞玉溪□□绮霞题，周□□□□如鹤书。又有额二，一云"昆岫流华"，庄文定公有恭题；一云"娄江花岛"，联云"客路俨逢裴叔则，春风最忆庾兰成"，俱曹文恪公秀先题。又有联二，一云"共对良辰，可饮可歌，齐来玩当前美景；静观乐事，何思何虑，几人知墙外赏心"，巧切四美，郝鹤山□□瑗题；一云"几多怪石全胜画，无限好山都上心"，陶文毅公澍题。亭后额云"见山"，联云"亭前老桂香成国，屋后奇峰玉作屏"，李季方明府琼书。再谒花神庙，看奇石三峰。过五贞祠，飨堂供女像五，中为李氏，左为薛氏，右为黄氏，再左为朱氏，再右为郑氏。地铺砖甚大，堂前有碑，碑前有坊。由昙花亭上西山，转至文昌宫，知住持端公已圆寂，其徒某携茗以待，山泉颇清，与溧水林叟晗叙而别。下东山麓，谒顾文康公鼎臣祠。庭前白寿梨盛放，堂供文康像，联云："皇明第一名臣，状元宰相；昭代第一人物，道德文章。"左设其族子懋善公允元像，右设其族忠愍公锡畴像，后堂供封翁桂轩公□□像。昔见堂楼，今已改作平屋。过柴王巷，谒金蓼洲上舍□□，承其款待甚殷。华堂精舍，纸醉金迷，步步引人入胜。复品茶樾阁，偕曹和卿、钱少湘、王亦周、曾伯伟观文、石芝园钟福、丁曙堂云藻、子衡维城诸茂才畅谈今古，乐而忘归。

廿二日(4月9日)，与晓园东城茗话。晤湖州罗叟，问之，乃与晓园关瓜葛，相得甚欢。晚赴吾宗吊，家清如于苫块执手言悲，历述其太君病状。其侄粹生文学纯全再四苦留，缘事遽返。

次日,卯刻,谒见文宗。文宗年才廿八,白皙丰颐,咸啧啧称羡。评予卷云:"以易诂题,尚不肤泛。经文顺。"叩毕返舟,适张君才自江右旋里,朝夕聚首,出其《东海云萍》《西江鸿爪》两集索题。

廿六日(4 月 13 日),时己生挈其弟酉生良钊来,辱备弟子仪,请余阅艺。其文笔清挺,书法亦佳,可为先师庆贺也。

廿七日(4 月 14 日),随兄扫先学博公墓。松楸虽盛,而围篱已倒,心为歉然。归过殿桥,见新造龙舟,旗盖整齐,金鼓喧沸。

越日,上平家坝祖茔。风雨大作,几覆舟。幸祭拜时雨少息,获申展墓之私。赵芝香缘其太翁恒成上舍元推、令堂高太君八旬双庆,嘱为寿言,周蕙溪丈与阃君施氏古稀双寿,亦来乞诗,俱走笔以应。

晦日(4 月 17 日),接高邮时古琴札,并《见怀》二绝,且摘予旧句,书示两页,以志赏心。余覆函寄候,复和韵奉酬。

三月朔(4 月 18 日),与二曹访雪芗于范公桥寓,倾谈之下,不觉日晡,留一律而回。

次日,拜蓉村师诞,与周声闻上舍鸣鹤、曹小亭毓德、王嗣香两文学、张啬生司马、约轩按经、价人上舍及朱甸凝、钱筑峭、周畅轩、徐子瑜、雨田□□、穗钦等畅饮,主人觞政肃,负者罚拜花王。

初三日(4 月 20 日),有邱祖望者,年逾七十,述其母张氏适父锐峰,未逾年而寡,遗腹生祖望,已向公局请旌。殁已廿余年,贫无以葬,将余与蓉村师及赵恒成上舍、屈树滋府经廷銮、潘青舫上舍、王嗣香文学出名募捐,得数十金。予力绵,略助之。徐穗钦主其事,为之张罗,俾得买山营葬。是午,陪茂园舅氏、文钦姨丈及大侄三桥修禊,遇王蕴香、严左生等,倾茗谭诗。天半晴阴,拜香者早下山,士女如云,衣襟俱湿。

次日,邀同朱子钦、李小芸两丈及长洲张芝堂上舍荫松小饮马公书院,品奇石,赏幽花,席多山肴野蔌,醉兴俱豪。徙倚红阑,见走马者不绝。乘兴过半山桥,有香舆数乘自山顶下,片片璃窗,夕阳照耀,颇可观。憩曹祠,后楼面山,前馆临池,西偏紫薇二株,颇古,流连久之,得诗二律。

初五日(4月22日),偕二曹拜恒成翁寿。途中见卖花者,以三百青蚨,置玫瑰十盆。旋谒翠岑学博,时年八十三,谈吐虽未模糊,而状貌龙钟,非复向时之健。

初七日(4月24日),赴馆。鹅湖华竹君上舍文灿为余写小影册签,书法秀逸,昆山余筠雪女史又题小影四诗。璜泾桑氏来寄云轩课卷,题为《挑菜、折花、剧笋、采茶、迎燕、闻莺、扑蝶、养蜂》《蹋青词》《可以赋新诗,得春字》,予应一卷,吴趋徐稼夫文学立方取置第一。

十四日(5月1日),赴顾泾,适孙古来茂才传煜设帐平氏,瀹茗论文,一见如故。

越二日,古来来谒,挥麈谈禅,阅时忘倦,知其崇素业久矣。

十九日(5月6日),亦兰叔父续弦,予往陪客。

二十日(5月7日),还家。龙舟颇盛,添新造者五。予陪舅氏泛棹湖田,见西城湾挡船十余,俱献技。

廿二日(5月9日),沈鸿章表弟学海问业于余。

廿四日(5月11日),君才成昏,以催妆六首索和,信笔应之。

廿七日(5月14日),偕孙芳谱传经、平小亭光履及锦若、鹿苹、沁梅、星村、翰才至吴塌,观郡城隍会。台阁七扛,小轿数乘,拥挤市上,而拜香臂香班尤多。偕宓静岩奉祀访煜洲上人□□,不值,留诗壁间,客僧悦山□□煮茗以待。便过谢商珍琏家,见吴氏罗姬寓,面似小桃,目如点漆,询知即歌者王秀兰也。回憩静岩家小酌,见示兰亭禊帖,眼界顿开。

四月三日(5月19日),闻周亦然没于汴梁,为之黯然,哭挽一律。

次日,陪鹿苹乔梓观二图总管神社。

越日,陪外姑等泛舟宝岩。适周神赛会,龙舟十二只,挡船亦不少,游舫盈千,划手半是女装,贴波衔桨,挡船拳勇,倒挂作幺凤形。昏时犹喧攘湖庄,灯光四射。

初八日(5月24日),晤馆邻苏春芳丈□锦,年八十,尚好为诗,与予唱和者屡。族兄素园湴移居西村,与余寓咫尺,时相往来,颇慰十六年离索。尤静困馆俞氏,亦一苇可杭,承示近作索和。

十九日(6月4日),遇昭庙会,极盛。是夜火树银花,璀璨动人,尤胜曩昔。闻孙子福联魁春榜,贺之以诗,不胜云泥之感。

廿四日(6月9日),到朱鸣阳妹倩家,握手绸缪,欲留不果。

五月二日(6月17日),古来过访,见和赠诗。余姚杜□□司理邦培以其父松乔少尉国祺刲股疗母事乞题,并嘱为始祖祁公赞;范理裁上舍文琛以牡丹画幅索赋;太仓陈耐堂□□铺以《竹梧草堂课孙图》征诗;友人复以奇姑悦屈润寰上舍恩澍,欲嫁不可,服毒而亡一事倩余歌之,皆缀数行而去。

初四日(6月19日),偕二曹谒雪艻,适其妹飞鸾在母家,留诗一律。蕴香馈白沙枇杷、太湖莼菜、碧螺春茗,《鉴撮》全部、《蓟雨楼赋》一部、《考卷隽快》一部、《法苑珠林》全部、蒋伯生赵阆乡张眉叔三稿,俱谢之以诗。

初七日(6月22日),偕二曹、筠轩及大侄过王氏静观斋,蕴香昆仲各具山茗款待。旋挟蕴香、二曹、筠轩及张心梅、殷淇园、缪续芳尊联小饮招真治,张啬生为东道,酣畅淋漓,得诗二律。王尔嘉茂才世珍寄来得月轩约卷,题为《摘梅、食瓜、种竹、采莲、眠琴、弹弈、闻蝉、扑萤》《长夏江村事事幽,得幽字》,克期应之,不暇细敲也。

初十日(6月25日),挈廉石游昭庙园,与平子迁茶话。陆桂轩见陆生团扇,为绘寒雀争梅,不多几笔,苍老无比。

十一日(6月26日),魏定三大令迁居西庄,走谒呈诗。适归,问轩孝廉自京都归,晤言移暑。午后筠轩邀我憩新庙园,晤蔡樵云刺史廷熊、餐霞少府廷勖、曾仲才明经彬文、丁芝亭孝廉云瑞同赏花石。便至汪厅小酌,与平子迁及舅氏、大侄同席,盘有青豆、黄瓜、笋鞭、松菌,大啖之下,觉味胜鸡豚,分赋四律。

十三日(6月28日),偕时己生谒陈芹斋,晤其西宾余筠雪女史,时年六十五矣,煮茗谈诗,引为知己。出其《味梅吟草》及文稿、赋稿、尺牍、杂著若干卷,并其弟讱斋茂才希煌、妹朗仙女士希芬两遗稿,授予校刊,予并有题跋。见示《天寒倚竹小影》,为之装池,赘题五首。二叔以《蕉窗闲咏》命校,附呈三律。雪芗饷洞庭杨梅,二曹赠绣美人扇,又谢二章。

六月朔(7月15日),酷暑逼人,和二曹《苦热》一首。

初五日(7月19日),先慈讳辰。予自馆归,见全家中暑俱卧,亲执爨,勉治豆笾。是日,得雨骤凉,和二曹《喜雨》两律。

十八日(8月1日),鹅湖华□□丹蟾过我寓舍,掺袪话旧,不见廿六年,宛如隔世。

七月六日(8月19日),携余氏姊妹稿质之蕴香,重其才,遣子弟钞录副本,欲助资刻之。吴江张春水文学澐以孝行闻,曾征孝廉方正,三辞不出。今夏寓吾邑,见惠《风雨茅堂集》,予赠三诗,即以和作书扇头,并绘富贵长春移赠。钱梅溪丈为余题小照云:"废书而叹,时年八十六矣。"隶法尚苍秀,谢以诗。言皋云太守九十寿,复撰句祝之。姻兄冯慎于讷出家,送以两律。朱子钦姻丈誉寓斋棣棠,又呈报二章。

十三日(8月26日),过筠雪女史书斋,拟留膳,苦辞乃已,见赏拙稿,叠荷新诗。

二十日(9月2日),二曹公子海鳌仙保患痢濒危,时尊甫已赴试,太夫人爱孙甚,磕肿头颅。因家内乏人,笔墨事俱嘱予代。蕴香撰送试诗,书扇见赠,并惠香茗、巨枣、彩蛋,次韵谢之。

廿三日(9月5日),赴省试,同伴为赵芝香、陆芷舫、司马逸梅、殷文澜、瞿仲才、范冕卿、佩之。余与芷舫、冕卿同船,船为常州蒲鞋式,舱甚宽,雕饰亦精雅。

廿四日(9月6日),泊横陵,得诗一律。

廿五日(9月7日),与冕卿登舣舟亭。园甚幽,老桂着花,香气扑鼻,数峰奇峭,万窍灵通。旁有清池,池上有桥梁,壁嵌洗砚池,是东坡遗迹。中有华堂,设御座,最高一亭有白鸽数百,往复其间,石径列丛篆,娟娟可爱,即俗所称皇亭也。余亭一二,俱峙御碑,宸翰琳琅,敬读数遍。东南墙外,风帆叶叶,江潮如旋磨,益信"帆随湘转"非虚语也。隔溪高岸如屋,滩边悬鱼罾、蟹网,如玩画图,得诗两律。有海门徐应陶附船,叙话两天,询知业花布,赴镇江访友也。自毗陵过丹阳新丰,篷窗灯火中与同人联句。

廿七日(9月9日),微雨。泊七里江,和冕卿一律。

廿八日(9月10日),风利,自新河出江,得七律一首。暮宿燕子矶,有吹角者划船来唤舟子,终夕喧嚷,防盗贼也。

廿九日(9月11日),自金陵水西门步行至寓,寓在火星庙,住持月林、启坤,均朴诚,一见如旧识。金沙王嗣香同寓,相聚甚欢。溧阳强氏昆玉及宋梅评寓对门,昕夕过从,为予书素箑。

八月四日(9月15日),昆山宗兄铁珊广业邀余舟次小叙,遂偕顾兰漪荣奎、张二曹同赴。肴甚精,射覆藏钩,并飞"桂林一枝昆山片玉"八字,联吟至暮。主人,诗豪也,予赠以《袖珍诗韵》全套。太仓吕渭塘工篆,为余题小照册签。太仓孙少彭寿铭、同邑谭小石文寿、王尔嘉亦工八法,为予书折扇数行。崇明张星涛辰枸赠予"一心普度"一簿,家铁珊贻《感应篇诗》两部,足感与人为善之忱。同邑陆憩园都阃因赴督辕领俸,邀余小话篷窗,颇遣场前闲寂。晤上元许敦常,知溧水旧交多凋谢,为之慨然。

十四日(9月25日),矮屋中遇海州汤仁山国泰,两相倡和,并示其《勤业斋集》。芷舫为余言曰:"仁山之女蓝英清玉尤有夙慧,惜年二十遽亡。"出示《紫筠遗草》,纯乎性灵,犹之班氏一门无非才子。

中秋(9月26日),江水大发,号舍半淹,雨复如注,屋漏淋漓,号军但呼圬匠,出场者俱蹋浪行。见王府塘一白无路,的卢跃过沟水,背上健儿兀然不动。狼狈回寓,裳尽濡。

十七日(9月28日),夕阳中望金山,如五色云,泊舟其间而不及上,得一诗。

十八日(9月29日),文澜诞辰。

十九日(9月30日),佩之生日。予于丹阳置面,为两君祝延。抵无锡山浜,同人谒惠山寺,徘徊于第二泉边、琴石亭畔,令人耳目一清。又从上相庙观剧,时将暮,游人渐稀。步至秦园,见方池数亩,左偏有石梁,修而狭,红阑映水,望之如虹。有巨石巍然,作拱立状。御碑亭外,丛桂尚花。阿阁三层,俯瞰邻寺,胜境也。就山家买惠泉酒一瓶,味甘而厚,足助吟怀。

廿三日(10月4日),与赵芝香、陆芷舫、张二曹、王嗣香、默卿、范冕卿、佩之憩新庙园。适园后假山新筑,仙洞盘旋,颇胜。旋过茗园,听马兰卿姊妹琵琶。团坐杨馆赏秋,予为东道,飞中式之"中"、八仙之"八"两字,拇战狂歌,尽欢而返。

九月二日(10月13日),内子侍外姑至罗木墩香山庵礼佛。庵前有亭,亭有井,病者汲水饮之,即愈。外姑患足疾,曾服仙方而减。至是来还愿也。

初四日(10月15日),筠雪遣其侄亦憨墀兰赍送手绘山水扇及手绣扇囊,步来诗韵,谢一律。陶静涵广文贵鉴自金华旋里,把晤依依,呈诗一首。少英携宗倩霞女史遗照乞题,应以四绝。

十月二日(11月11日),殑伽庵墨池和尚邀去议修庵事,即为小引,力劝同人捐金。平沁梅携其先人凝园姑丈法书,嘱志颠末,跋数语以还之。

初十日(11月19日)，洞港泾朱折鹿布经槃云开吊，予以表弥甥往奠，并挽一诗，与李菊亭、时乐亭、华建东杯酒话旧。同过朱又村少府震家看菊，司计朱筠卿引至翠雨轩小憩，见古玩纷陈，目不给赏。晚谒尤静困于寓舍，姻丈俞琢斋上舍璋留饮焉，同坐者史西亭口口及静困，畅谈至暮。主人见其少子师道，头角峥嵘，真乃蓝田生玉。

十一日(11月20日)，静困赠肇庆石函，走笔报谢。

十二日(11月21日)，回城，惊悉王蓉村师于初十日病没，不及送殓，此心阙然。往唁，煦亭昆仲委撰挽言，拈五十韵应之。今秋木棉倍收，禾黍亦熟，交冬晴暖，东舍西邻鸣机，磨谷之声相应，二鼓犹未已，而圣恩浩荡，仍准缓征，幸何如也。歌数诗以志遭逢之盛。

廿三日(11月22日)，地忽震，予卧贾氏书室，床帐俱格格有声。或云地脉疏通，是屡丰之兆。

十一月九日(12月18日)，蓉村师吊期，予与庞子方学录、杨砚培少府希钰、邵环林学录、庞炳文都阃联奎、张约轩按经、胡慎卿宝瑢、苏士斋、孙亮夫、王嗣香诸茂才陪宾一日。

廿六日(1845年1月4日)，为三房长妹于归，予承乏一切。于姻家俞氏晤刘澹园口江，才辩生风，劝饮几醉。

腊月十二日(1月19日)，鹿苹得次子祺昌，贺以诗。其蒋夫人因产后昏厥，予嘱以皂角末吹入鼻中，并以火炭沃醋，令其气冲醒，已而得嚏，遂获无恙。长洲华秋岩丈英到予馆，素精医理，兼善咏歌，与我大谈诗学。投消寒课卷，题为《邓尉探梅、谢庭咏絮、山阴访戴、淮西平吴、旅枕听风、孤舟钓雪、金貂换酒、宝鸭焚香、松薪炙砚、寒池画蕉》，即应一卷。

廿一日(1月28日)，问佩香族叔照病，正患心痛，三子环侍抚摩，见予云："与汝别矣。"互为泫然。越三日，竟逝。念叔中岁游庠，敦品力学，与熙尤有竹林之欢，而苦守清贫，科名不遂，赍志何如。爰撰联当哭,并挽四诗。

岁杪,无事,将少作痛删,冀可问世。题《蓼莪辍读册》者,又有长洲华秋岩□英、陈春谷文学夔之、昆山家铁珊茂才、余筠雪女士、同邑魏定三大令及孙古来、张君才诸子。

廿八日(2月4日),立春。偕珊圃、璇圃、瑜圃、祝三过二曹家,掷状元筹,珊圃得六红,欢笑而散。近缘海疆不靖,奉旨于各要口添设武员,吾邑之福山特增总兵一员、左右中营参将三员,造署安置。海防同知衙已废,亦于今岁一并营建。釜山城向来荒凉,至今官衙栉比,民廛皆充行伍矣。

道光二十有五年乙巳(1845—1846),三十有六岁

正旦(2月7日),试笔,得一律。下南乡,祝子良外舅六十,旋饮于平姑母家。见庭中黄梅盛开,赋一律,以质沁梅昆仲。

次日,时已生留饮,肴馔颇精。其昆玉殷勤劝酒,终日醺然。

初三日(2月9日),送庞宝生孝廉钟璐北上,袖致一诗。

人日(2月13日),吊言皋云太守之丧,其侄□□州倅尚燕自嘉兴回,与余话旧良久。

初八日(2月14日),送周氏表妹出阁,与座客流连三日而回。

十一日(2月17日),小雪。与珊圃、璇圃谒二曹,呼主人出酒助欢,为消寒计。盘有腌菜,去叶存根,连属不散,似百合然,味颇胜。予以糟蛋、风鸡、京冬菜侑之。

廿二日(2月28日),至紫竹庵,为外姑酬愿,拟"婆心救世"四字,制匾悬于堂。傍晚,观灯昭庙。适园中花神祠落成,祠前山峰环合,上有小桥,似真山然。祠左曲廊数洞,作花果式,墙下奇石凹凸,亦肖山根。晚遇陆筠轩招饮,座客沈蓉江云龙、姚理堂两丈及张二曹,皆善饮,豁走马拳,猜一马三枪,并飞席上"橘"字、轴上"玉"字。畅饮陶然,馔甚丰,甫上四簋而腹果然矣。

廿三日(3月1日),微雨。邀二曹、筠轩、少英暨舅氏小酌镜墀

轩,酒半,珊圃亦至。飞"玉壶买春赏雨茅屋"八字及"山水鱼花酒鸟",每人斗霸王拳,甚至舅氏向伯谦拜倒,屈于酒令之严也,更说一笑话。最妙以所对非所问为令,解颐捧腹,乐而忘忧。

廿五日(3月3日),挈陆生赴馆,遇顺风,扬帆张西荡,顷刻廿里余,大是快事。

廿六日(3月4日),佩香叔家祭,予往叩,与时月梅上舍秉钧同席,小话片时。

廿七日(3月5日),金莲溪上舍焕文送公子景岩汝砺来学,同饮寓斋。景岩天分颇优,大可造就。时已生昆仲索余出题,为缄诗文题数条,嘱其按期开坼,自辰至戌务完篇,毋得逾限,并以心虚功实勉之。从弟一轮缙燕九龄始就傅,二叔送以诗,命和一首。

二月二日(3月9日),塾中点心设糕团,即以"撑腰糕"示诸生对,皆默无以应。予以"剃头团"答之,合座叹妙,盖鹿苹公子于是日剃头也。

初七日(3月14日),观梅招真治,晤吴门梁阆斋□□,素工镌刻,与余言古今人书法,气谊相投。旋憩茗园,有湖州人善测字,予拈得运字,为幼女问种痘,听其随机应对,绰有辨才。

初十日(3月17日),沈得翁次子竹屏廷琥从余游。

廿五日(4月1日),赴二叔父之招,陪道望标、士芳桂两从伯、锦若从兄、效坤族弟锡恩小饮移时,畅叙族好。

廿八日(4月4日),扫刘神浜墓。

次日,清明,偕大兄祭平家坝祖茔。

晦日(4月6日),挈翰才、伯谦马公书院品茶。复谒维摩下院,方丈洁崖达之留茗谭禅。又自逍遥游登山,上乾元宫,见山之南北,菜花照眼,春意盎然。是夜,陪舅氏及翰才、伯谦赴郡,适戴渡马灯载道,金鼓喧腾,过华荡,汲泉煮茗,舟子与邻舟迭唱棹歌,听而忘寝。

　　三月朔(**4月7日**)，至潘儒巷，游狮子林。移舟玄都观后，见岳庙烧香者塞途。薄暮，憩沧浪亭，见轩中供苏长史舜钦、韩蕲王世忠两像，额云"中兴伟略"。左设前中丞宋漫堂宗伯荦像，额云"仁惠诚民"，又云"怀抱清朗"，联云"官箴三命凛，经训一家传"，是御赐中丞句，宋公自书。亭颇高，山峰壁立，俯瞰清漪，联云"湖山留一局，林木自千秋"，陈芝楣中丞题。花厅扁云"山水清音"，水阁二三，俱精雅，联云"俯观流水趣，尚友古人心"，陈中丞书。有刷印《苏长公南极图》者，以青蚨百廿买之。便过中州三贤祠，曲阑怪石，如入画图。谒郡学宫，东为白韦二守祠，祠前供巨石一座。西为况守钟祠，前列廉石一块，即陆公纪绩郁林石也。

　　次日，招士芳伯茶话第一楼，午膳水关桥，旋访桂馨阁。移桡长寿浜，谒刘园。其中池馆亭台联额颇多，前游未纪，兹特补钞一二。阁匾云"宝墨楼"，严云霄□□□□书，联云"桐下清琴招月听，松阴崎石倩云扶"，闻过庭上舍诗书。额又云"霞啸"，吴梅村祭酒伟业题。楠木厅楹帖云"闲翻酒券供临帖，静借牙筹记读书"，张□□□□照书。西轩联云"满架诗书小邹鲁，一家和乐古唐虞"，白小山尚书镕书。东轩云"拂石轩"。又精舍额云"蜗庐"。竹轩额云"渭雨淇烟"。又有阁对假山，曰"揖峰轩"。月洞上额云"锦窠"。又一室云"慎独斋"，金□□□□砺书。东偏额云"还读馆"，沈文悫公德潜书，联云"诗情澄水空无滓，心事闲云澹不流"，钱梅溪书。又一室前有梨花、白寿梨、铁梗海棠，甚巨，额云"延赏"，潘诚斋舍人□隽书，联云"欧序标题，空传瑶树；富园移植，应冠群芳"，廊颜"浣花"二字。复有"铜鼓书屋"，郭□□□□绍高书。上有楼曰"含青楼"，于楼中茗话移时。下循水廊，朱阑倒影，五色云蒸。复有旱廊，壁嵌阁帖十余碑，摩挲不尽。昔来游已交四月，陈设无多。今值艳春，觉罗帷红络，璃灯彩缨，缀于亭台高下间，殊称吴娘妩媚，胜境须装点也。晚泊虎丘，晤家竹溪州丞锟于千人石上，谈吴王故事，暮霭纷来矣。二鼓，停舟枫桥，茶楼灯火犹未熄。闻查小山观察有圻故园在来凤桥，拟明晨往访，舟子云："入官后已废，其屋料今造福山总镇署，大木斫小。"良可惜。

上巳(**4月9日**)，棹过狮山，泊途马铺桥。茶棚雇山轿，西至支硎山，每乘一百二十文。见观音大士在石龛，礼拜者纷集。左为星宿殿，宿像如生。后为地藏殿，前有转幢，同人推一二回，投香钱数个。再后西房有骑凤观音，中堂供千手观音。右步山路，憩支道林遁放鹤亭，中有碑，镌御制。上有石壁，诗人题句如林。壁后有石幢，翼然绝顶，怪石矗出，如人立形。下为皇宫，御题"暮翠春泉"，前有琳碧泉，左为范文正公祠。复自洞子门至天平山，谒范坟。山门前，方池数亩，界以红阑桥，曲曲如画。憩后堂，御题"高义园"，中设御碑二。住持省三□□留茶点，风雅可亲。两旁精舍俱植名葩，御碑亭峙其左右。由后门出，玩万笏朝天，有皇亭，半圮。亭后石屏，潘绂庭曾绶、补之希甫、顺之遵祁三舍人勒字于上。山路甚狭，俗名上天梯。陟山巅，约三四里，石笋林立，果属奇观。有妇女穿山过来，向上焚香，喃喃膜拜，谓为拜天。遥望灵岩塔，耸然云际，上为上白云，有莲花洞，阴气森然，题同游姓名而下。半山为中白云，寺中遇佛会，士女如云。石洞供释伽牟尼佛，旁设开山禅师像。山门外有天成石臼。路旁石罅有泉，想即瀫茶。山人盛以竹筒，俗称一线泉。宋龚熙仲宣教明之《中吴纪闻》云是龙湫，虽大旱不竭。麓为下白云，中有白云泉，同伴掬而饮之，颇甘。壁题云"吴中第一泉"。禅房牡丹已花，憩赏者不绝。下山，竹篱曲折，峭壁书"三折坂"。旁有鹦鹉石，右首白云庵，唐宝历二年建，明万历末范参议公允临购为别业。中有蓬莱三岛，引泉为沼，带以修廊，通以石梁。有寤言室、咒钵庵、来燕榭、听莺阁、宛转桥诸胜。其斋联有"门前绿水飞奔下，屋里青山跳出来"，确真此间奇景，惜足倦不及游。回遇郡城游女，俱坐大竹舆，俗名把山呼，往来如织。遥见金山，秃然而赤，行数里，犹闻斧凿声。下舟时舆夫陆龙、陆虎，本山泉，一路谩语，强索多金。欲鸣官革其刁风，被地保劝解，押令跪谢，补与酒食钱，不敢领也。午后，移桡木渎，游钱园，其中花厅为火所毁，佛阁改作小楼，与前游时小异，而精舍中名兰吐馥，却胜旧观。再至端园，与昔游仿佛。惟凝雅轩中，闭置古玩，须买筹进观。有大珊瑚烛，秘不示人。适见园翁少姬，恍遇绿珠于金谷。眺农楼一屏，题句盈千，缘日暮，未及遍诵。是夜，泊舟横塘。

次晨，赴北园看菜花。旋憩吴园，新筑划船阁，颇高，旱船尤敞。东南隅怪石百座，洋枫满抱，古气郁蟠。房中珍玩横陈，有珊瑚杯，颇大；黄玉磬，亦精。复有七巧图桌、琴式板对、洋蝶自鸣钟，俱高手所造。壁悬正午牡丹轴，更工妙入神。茶话远香厅，其中大理石屏天然鹤形，皆前度所未设者。返棹后，殷明远上舍镜六十双寿，来乞诗，祝以柏梁体一首。

初八日（4月14日），晨赴致道观，见有笼黄鹤者，登台交斗，负者出钱八十，买花枝与胜者，并竞者各买花，名为双插花。有一鹤能作百鸟及鸡雏语者，听之怡神。晚谒蕴香，赠予仙草教茎，归植磁盆，余分戚友家，冀其种不绝。据云来自洋船，名雪草，捣汁冲陈酒饮之，可愈血症。晤包山秦介臣□□，叙谈忘暑。

初九日（4月15日），偕瞿静香、朱恂如及二曹、筠轩、伯谦观张园牡丹，憩半雅轩，纸醉金迷，令人不敢唾涕。登天心阁，阁缺两隅，作定胜式，周围四览，觉山色人烟，迩在几席。隔墙书声琅琅，与松风相应。下有乌羊戏草，遥望如鹿。竹径前一亭，孙复生总戎云鸿题云"竹开三径"，书法苍老，有儒将风。盘旋仙洞，寒意凛然，假山旁洋枫初红，数层如锦。盆中洋参试花，紫艳鲜美。铁树翠如凤尾，廊外碧桃落花，游鱼唼影。架上彩石炼成巨块，如累百卵，宝莫能名。前游所遗者，有存陆斋一所，主人跋云："此为十五松山房故址，不敢没旧主也。"与诸君步石梅，走马者纷如，东隅武吏看操，人如环堵。暮饮李家酒楼，飞"四时最好是三月"七字，惜静香斋看薪分列，恂如不能饮，别设小杯，满酌狂歌。步月而返。

十一日（4月17日），访平沁梅于吴塾，见中庭鼠姑齐放，惜一种火轮红含苞未发。

廿六日（5月2日），舟中遇漕湖曹丹山□□，畅谈遗寂。

次日，闻二姑母武林进香归，于兰溪塘被盗，行李一空，几受伤，爰往慰藉。

四月三日(5月8日)，与毛启堂峻德及诸生观辛庄神会，茶话李氏河房，主人瑞棠留点，偕蒋君芝亭□□、吴生少卿小叙片时。见阛前社舫往还，如梭之疾。移舟田垜北，拜香班数十，有女闩担者，又有报娘恩数起，喃喃而行。臂香提香者亦有百人，珠灯陆续，暖轿一乘饰以金，台阁小轿更精致。老小靼披锦衣，举止可笑。马廿余匹，难得之乡间。晚泊吴塌，与尤子琴福荫、家琅斋允文登沈雪梅上舍承猷新舫，锦幕璃窗，炫人心目。往顾氏，观湘蘋少府国宝画舫，雕刻尤精，桌椅屏窗俱红木嵌大理石。其侄梅江少府留茗点，畅叙始回。

初十(5月15日)，挈诸生回城，水边折野蔷薇，插遍篷窗，香风不绝。时兄侄亦归，同观二图神社，尤盛往年。赴学宫观县试全案，静香、燮庵名最前。出邑署仪门，见荷校者，惊为宓静岩之弟取斯銮贤，心为之悯，略赠旅资。

翼日，舟赴莫城，谒城隍庙，与张心涛上舍灝、瞿韵泉参军占鳌及李小冈、沈鸿章辈清谭。上高楼北望，野芳扑鼻，而虞山平远，尤觉可人。瞿君子英出茶点见款，话十五年前金阊品曲、画舫衔杯，乔梓依依，洵为乐事。今我两人，俱伤孤露，不禁感慨系之。其弟子章培元陪观赛社，猎户放爆竹，五方童放黄烟，社首皆宫袍翠带，争奇炫异，不亚城中。时渐暗，馆生辍夜课。书童马大善伺人，予念其无力读书，即授以《百家姓》等书，并嘱诸生教之。弟子有顽者偶相角，重惩之，欲驯扰其性，饬令进馆、出馆各相揖，以习礼容。尝谓礼与理通，知礼者鲜不循理，教读书，乃教人立品，岂沾沾望人能文已哉！每晚讲书数行，先解字面，令其明语助，次揭大旨，令其识指归。书中有须添语者，掩卷讲之，有文者仍开卷。如童蒙未晓处，则引他事以譬之，或援近事以证之。每章主脑于其默写书旁圈出，有书文未甚明者，如"吾不惴焉"，"不"字上添一"能"字；"而易之以羊也"，"而"字下添"何为"二字。课余与诸生言忠孝节义事,谓此乃所以为人,读圣贤书,学此而已。

十七日(5 月 22 日),闻王蓉洲世丈宪成、张宝卿同学春官报捷,益信品学兼优者无不出人头地也。鹿苹养疴沧浪亭,闻慈闱病剧,于**十八日(5 月 23 日)**遄归,赠予亭中《五贤》《七贤》两图。予视其颜瘠,聆其喉低,咳不止响,足蹇于行,代为忧虑。

廿八日(6 月 2 日),金匮马旭斋良携文见质,轻新灵隽,喜其稚齿为之,即示诸生大侄,俾得观摩。

晦日(6 月 4 日),医师李杏江丈来话旧,年逾七旬,而谈吾家事犹凿凿。其徒家安孚□□与予叙族谊,亦颇殷勤。

五月朔(6 月 5 日),盥手焚香,偕诸子钞救急良方,贴于孔道,所谓"不费一钱善事"也。

初三日(6 月 7 日),返里。

越日,得鹿苹上舍凶信,骇悉于初四戌刻溘逝,合家泪零,即与大兄送殓。画师杨云谷同舟往返,谈剧忘疲,不知年已七十三也。予与鹿苹系外弟而又内兄,少同塾,长同游,近复为东道主,过从之密,非比他人。谬叨二年长,觉清浊不同,静躁亦异,处境尤有顺逆之殊。不谓蒲柳依然,松柏竟萎,弃双亲,捐妻子,年才三十四耳。至戚如余,乌能无痛?爰撰哀辞一篇、挽联一副,以质幽灵。

初九日(6 月 13 日),小雨。纬堂、嗣香、二曹、珊圃、璇圃、瑜圃携具集敝斋,战拇继以射覆,轮飞"梅子黄时雨"五字。二曹倡诗索和,蕴香饷白枇杷侑酒,予则设杜撰羹,反胜沽市,卜昼卜夜,乐不知疲。

十二日(6 月 16 日),蕴香赠游龙草,种于盆,日长数寸,鳞鳞可观,尤妙数点紫花,幽艳动目。

十三(6 月 17 日)夜,大兄得女,孪生,旋殇。

六月廿八日(**8 月 1 日**)，金匮马云阶步青昆玉来谒，书斋谈艺，不觉日长如年。

七月四日(**8 月 6 日**)，为沈育万姻丈坤邀去，登水楼，茶话多时，欲留一饭而不果。回念廿年前，读书于此，承丈下榻倾筐，躬视眠食，此恩未忘，不识何以报之。旋谒云阶于吴塔，其东翁朱友竹上舍绍文出瓜茗苦留。过普福庵，禅友松泉□□示寂十年矣，其徒孙一元□□能继其学，教二沙弥肆曲，其声朗朗，可却炎歊。适沁梅昆季借窗丙舍，坐我古桧阴中，紫薇花下，清谭消暑，神与俱移。见堂名五思，孝可锡类矣。邀至家，赐余沥，劝加餐，并出冰雪文章，几自忘褋襫子也。

初六日(**8 月 8 日**)，随时眉叔过雪鸿族兄家，羞以瓜果，齿颊生凉，论文之余，索予诗消暑。见中有"砚"字，俱写"研"，注云："查字书，此字不可写别字。"见"寂"字，误写"冡"，注云："家内无人为冡，不可阙一笔。"足见贶我之深。

十六日(**8 月 18 日**)，蓉江、珊圃、二曹、筠轩至敝庐，瓜茗并战，乘兴舣舟西城，小饮长寿轩。楼前绿阴如幄，适久旱得雨，山气送凉，忽暝忽明，余霞成绮。予作主人，与伯谦陪座，看有鲨鱼明骨，如水晶然，醯拌诸菜亦可口。盘堆菱芡，爽入心脾。隔席招范梅亭□□合尊斗饮，飞"山雨欲来风满楼"七字，二曹以此为韵，得《喜雨》诗属和，大酣狂叫，蹋月而回。

十七日(**8 月 19 日**)，蓉江、筠轩招至五老峰观荷。适嫩日微曛，清风时至，万顷绿云中红红白白，点缀颇佳。采青莲，擘红菱，制碧桶杯，品火蹄、鸭掌。酒百巡，而暮色苍然。归途，见新塔前九莲灯一串，荡漾水中，如坠星数十，板桥竹丝清听，眼耳口三福并修。所谓"落日放船好"，何乐如之。二曹得《念奴娇》一阕。

十九日(**8 月 21 日**)，翁遂盦廷尉之太夫人吊期，予往唁。旋偕兄侄复过荷荡，徐步村落，见出水菱菰，乡味不独莲藕也。

廿二日(8 月 24 日)，倩云水居僧嗾经荐先。

次日，得参须，颇佳。念从父六旬、舅氏七旬，老年宜补虚中，将此分献之。马春郊丈昂挈公子云阶丐余阅文，愧无师资，固辞弗获。书斋置秋兰、茉莉、木犀三种，香气各别，作《三香词》。

八月三日(9 月 4 日)，马心斋维骐昆仲来谒，谈艺片时，秋雨涤垢。静岩言郭眉峰上舍辙楷书为吴门之冠，分居师弟可任取求，代索题贱照签，见骨秀神清，不似八十四老手笔，喜爱逾常，鸣谢一律。

大姑母以经年臌症，竟于**初八日(9 月 9 日)**不起，时年六十一也。余以犹子兼半子向叨厚爱，不胜悲怆，哭挽一联，并以数诗纪美。

初十日(9 月 11 日)，随柳香叔答春郊丈不值，其东翁朱峻山上舍甸邦出陪，年逾古稀，尚能话旧，畅叙姻谊而回。

廿七日(9 月 28 日)，偕得翁赴鹿城。

次日，于家淡安寓得《咏物诗》一部，见先祖《蛛蜘》作亦刻入，喜不自胜。晤相城徐蟾香茂才起凤及夷亭新进朱梅庵泉，倾盖如故。淡安为予题小影，兼书"孝思不匮"四字。旋闻瞿生静香捷音，为之欣慰。

九月朔(10 月 1 日)，静香邀至叶□□老师恭公馆，赍送贽礼，自昏至旦，颇费周章。

初三日(10 月 3 日)，入院科试，题为《不失其身而能事其亲者吾闻之矣》，策问《左传诸例称凡者五十其别四十有九》，诗题为《疑义相与析，得明字》，《圣谕》默"讲法律以儆愚顽"一段，经默"大上贵德"至"则志不慑"。

初六日(10 月 6 日)，出二等案，知予卷蒙张学宪取列十三名。

初七日(10 月 7 日)，大姑母吊期，与李小芸明经等陪宾，而大兄与沁梅、蛮庵司丧房。因承乏，不及于灵前揖客，从主人之命也。

初九日(10 月 9 日)，赴昆，偕鹅湖华长庚龙椿、桐生凤梧两茂才晤语。两君面相似，知兄弟孪生，又同入泮，可谓二难。并与二曹、静香、时眉叔茶话罗汉桥楼，为补登高之约。

初十日（10月10日），辰刻谒见文宗，见予卷评云："清切圆稳，诗工切。"闻太仓陆梅伯弟莲叔廷曦、昆山家凌霄子子明逢辰皆捷泮元，往寓贺之。朱惺斋丈引至长寿庵，见秋花舒秀，幽境宜人。复访敦善公堂、昆新义学，后有小圃，石上茅亭翼然，额曰"三友"，联云"蕉雨竹风松月，茶烟琴韵书声"，钱竹汀学士大昕题。华长庚昆仲拉余书衙品花，群艳出迎，谬操月旦，春兰秋菊，各具幽姿。而静香却爱凤仙，偎红倚翠，谓好女儿无如此种，为解囊留饮。予不能投时好，随惺斋丈、时眉叔假事先行。过晋树棠文学邦基家，追溯东涂西抹，同逐三五少年，不胜惆怅。

次日，同惺斋丈至陆巷徐氏，访筠雪女史，互叙阔悰。

十三日（10月13日），蕴香携千里镜过予宅后，见隔河城脚修船匠赤体流汗，逼近面颜，不禁惊悸。

廿二日（10月22日），问亦兰叔病，适昨夜被窃，予叱令捕快追赃，幸两日间归还，不失一物。

廿四日（10月24日），得翁嫁长女，余往贺，主人殷勤劝饮，与奠舍戴丽川□□、北桥尤子纯□□畅叙移时。表兄平致远冀良夫妇蚤故，遗一女，已逾笄矣，传食亲戚家。予悯其飘泊不安，与王济轩显纲为媒，缔姻戴氏，择于廿六日行聘，即主济轩家。

次日，陪外舅觅山地。适公局诸君奉两邑尊札，招予议恭祝皇太后万寿事，并嘱先列衔名。爰于三十日（10月30日）至邑庙东园，与钱文伯廷锦、曾仲才彬文两明经晤商，略助经坛之费。是晚至馆，闻从弟鞠亭缙煜复病，于廿七日猝亡。方谓丰躯当是寿相，乃父丧未除，遽弃子妇而去，使其兄锦若有断臂之伤，挽歌惋惜。

十月六日（11月5日），王湘帆长嗣怡斋国球完娶，折简招予，与树西林德、张鹿轺炳麟、王云峰宪章、云卿锡章、补勤汝贤、翼亭柱、春园继祖辈连聚数日。主人嘱迎新妇,晤石星桥上舍荣奎、王尔嘉茂才及家惠田丹书等,握手言欢。

初八日(11月7日),回里。知内舍得子培禄,系初七日午时,母子同辰,遂呼厥庆。亲友纷纷来贺,仪物孔多,予愧力绵,不获办汤饼筵也。是晚,玩灯彩于南城街,五色陆离,出奇斗巧,大是胜观。

初九日(11月8日),偕兄侄复入城。见两邑庙墙皆涂黄,权作万寿宫,后堂为慈宁宫。昭庙场悬象灯,颇大。常庙场则置聚宝盆,中供各种绢花,舞台设八仙岛,柱蟠彩龙,夭矫欲活。殿中案列玉如意九柄,意取天保九如。联甚多,唯昭庙楹帖最新颖,有云:"祝慈寿以古稀,庆衍小春,三多五福符尧母;则孝思于今上,欢腾华夏,四海九州乐舜民。"伯谦云:"下句似不叶,何弗云'九州四海乐尧民',但上联'母'上则不可加'舜'。"予叱之,闻者掩口而笑。各药铺灯彩俱盛,如瑞芝堂,则额云"瑞产灵芝",颐庆堂则额云"颐年祝庆",南山堂则额云"寿比南山"。而莫妙于生生、元元、存存三铺,生生有大琉璃灯,六角悬灯数十,璀璨动人;元元则以纱笼仙山,人物悉备;存存则为园亭景,纸假山似真,上有白兔跃然,旁插过时鲜果,花篮灯底贮金鱼数头,潆洄生动。余如城南之庆成店,市心之升昌庄、佩玉斋、县南街之庆华、鼎元银楼,亦不惜工费,点缀繁华。

十一日(11月10日),陪外舅复观胜景,如入不夜城。各寺设坛诵经,栴檀香拂。见街坊粘黄榜,蒙恩赦廿年前十载钱粮,并缓征现年十分之四,民情之鼓舞良有由也。

次日,偕黄崧轩、平远山眉良、毛雅堂峻山赴宝岩湾,为家锦若相山地,遂得吉穴于砚台阡西,定交而返。

十七日(11月16日),闻李小芸明经病故,予念旧怆怀,挽以四律。

二十日(11月19日),偕顾锦帆上舍丈国庆及梅江少府、史西亭、贾翰才畅话篷窗。旋过酒楼,丈解杖头钱挽予小酌,同谒陆利亭千戎金铬,流览精舍,主人劝餐。

廿三日(11月22日)，闻景生祝三以瘵亡，年少英姿，骤罹此厄，殊可叹悕。过南经堂，见皤然一叟，乃胡翠岑丈也。苦陈老况，心为恻然。抵暮，复饮于利亭家，与其兄丽峰上舍□□及侄竹坡廷煌、子懋修廷煜、西席许登云进修拇阵连交，醺然而返。

廿四日(11月23日)，以湖蟹饷蕴香伯仲，因其除服开酒戒，馈此侑饮，附以一诗。

次日，挈翰才登东城，见钟楼孤峭，如翼之飞。惜日暮烟昏，不能辨阁上字矣。

廿六日(11月25日)，静香来谒，缘明日迎学，邀去摒挡一切也。予以媒役，不克往，倩大兄应之。

廿七日(11月26日)，双柑师为鹤亭世兄汝霖授室，予引舆。旋与李湘槎丈及林志云鹏年、平远山、湖桥留良同席，缘量浅，喜缓斟，诸君颇解事，幸免如泥。

十一月初，诸生夜读唐诗，嘱令学其腔拍，见"纱窗日落""故园东望""玉楼天半"诸作，信口乱号，得三绝句。

十一日(12月9日)，小芸丈开吊，请予陪宾，与朱子钦、李菊亭两丈暨沈静溪通敏、张芝堂、朱梅岑三上舍、沈得山、朱卓峰两茂才、沈君轮香□瀛、朱君辛槎组纮饮于最乐堂，畅叙两日。晤长洲张汉槎□琳、尤景初□□、华晴初瀚、张醇夫金照四上舍，浑如故交。

廿七日(11月25日)，祝朱体斋文学根仁之太君寿，与座客曾叔岩中翰熙文欢宴多时。连日苦寒，河冰三尺，以鹿脯下酒，稍遣闷怀。

十二月朔(12月29日)，项典三千戎以出京冒寒，遽尔委化，酒友中少一人矣。复闻余筠雪之三侄履冰而陨，怅惜良深。友人言莫家堰人家娶妇，冒险渡冰，新娘及舆夫送嫁者溺死七人，俱属怪事，纪以诗。

十八日(1846年1月15日)，君才迁居善祥巷，撰四诗索和，依韵报之。昆山家凌霄来札，惠所刻《三榆书屋文集》，典博是经生言，走笔复之。

二十日(1月17日)，节假，闭门多暇，将旧稿分作数编，景生琼圃为校字。

廿七日(1月24日)，珊圃叔侄设一品锅招饮，偕季砺之、魏纬堂、景师梅饮于蜡梅花下，酣战移时，寒消者八九。师梅善吟，为我题《辍读小影》，并示《镜人诗钞》，格高韵远，心折久之。慈溪陈秀章馈蚶，附以川椒，以醇酒和之，味绝美，报以一诗。殡伽庵为先曾祖倡修，日久倾圮，予略助资，并为之领缘，承俞琢斋、顾锦帆、陆筠轩、时己生、范兰畲宗镇、陶洪镇、朱景华、金莲溪、赵芝香、殷明远镜、家锦若、贾翰才、幹才祺昌、王蕴香、霞帆、湘帆、宝君国琛、梦蘧各捐修费，办瓦若干。勒碑嵌壁，不敢没其美意焉。

除夕(1月26日)，晴暖，繁星满天。五鼓后，忽同云雨雪矣。

龚又村自怡日记卷五

道光二十有六年丙午(1846—1847)，三十有七岁

元旦(1月27日)，微雪。

初二日(1月28日)，挈大侄泛舟项桥。

翼日，送锦文族叔祖之殡。谒家西庄曜汝、显明世荣、子延世昌三上舍村居，留茶点，畅叙宗盟。午饮新泉上舍藻家。晚饮子渊少府师颜家。与娄江张梦洲茂才、陆梅伯司理话旧，询悉周蓉塘司理国珍及娄东钱秀峰、周月峰玉堂、陆选园三茂才均作古，为之三叹。返棹时，与伯谦联句，成二十韵。

初五日(1月31日)，挈侄赴毛家桥，送钱氏刘姨母之葬。乘竹肩舆至外家，与缪大章畅饮至暮。

初六日(2月1日)，时湘云上舍病殂，通家中又失一趣友矣，哭以两律，并挽一联。

地诞日(2月5日)，周介然奉政吊期，招予陪客，晤蒋厚田□□、钱仲谦福棠两少府，镇日畅谈。

十三日(2月8日)，邀蕴香、二曹、筠轩、师梅、璇圃、瑜圃、向五痛饮浇寒，令以羯鼓催花，自昼抵昏，终以射覆笑话。二曹卸裘，蕴香、筠轩脱帽，春气融泄，俱玉山陨矣。

次日，钱少湘少府将为燕京之行，暂憩余家水榭，索旧作加墨，谈心两天。

望日(2月10日)，金小庄明府力除积弊，奉李石梧中丞星沉札，大小户归一律办粮，留委员陈登之延恩、何竹香士祁两司马监收，民困

稍苏。

十九日(2月14日)，为外舅拉至西山，便谒先茔拜年。苦风狂，小有感冒。

廿一日(2月16日)，嗽未止，勉赴蕴香之招，同二曹坐双清仙馆。雪艻出姬人周绿君绮相见，煮茗谈诗，引游花圃，览书窝。与海宁许静庵式金、子珊□□、吴县叶秋谷国章诸上舍饮于静观斋，二曹亦在座，酒兵攻我，寒疾潜消。是晚，闻东乡粮户入昭文署，损坏暖阁上房，并毁漕书薛正安房屋。于次日往视，果然。二曹为雅会，同钱笙陔、王蕴香、张君才、季舟之成楣醵饮杨家，予因更深先返。

廿四日(2月19日)，二曹见招，与张荔门、钱少湘、王蕴香、陆筠轩、何鉴堂□□藏花传柑，主人制筹劝饮。旋为家锦若促赴西山，未陪终宴。

廿五日(2月20日)，筠轩招饮，邻厨行炙，盛馔纷陈。与陆维龙、姚理堂、沈蓉江、王蕴香同席，藏阄射覆，直至夜分。

廿六日(2月21日)，挈朱生少英、金生景岩、陆生廉石赴贾塾，示以一诗。

二月二日(2月27日)，陪外舅入城，为欲置篷室，相陈姓女端庄贞静，以金聘之。

次日，泊舟石虎浜，小饮山家。

初六日(3月3日)，湘云家祭辰，予往吊，与陆春雷、李菊亭、时钦斋、乐亭话旧片时。

次日，回里。知昭文令毓公成设线捕悍民，往者钱、陆两姓反被戕，沉之海。

十八日(3月15日)，大樽伯出殡，予陪黄崧轩定向，拜送石虎浜新阡。夕与瞿子行耀祖、毛启堂畅饮遣兴。

廿三日(3月20日)，随时眉叔为吴门之行。

次日，同谒大云庵，乙莲上人定福煮茗留话。莲公俗姓笪，为问樵从弟,本予家亲,披剃后即工绘事,雅人也。进五百名贤祠,见石琢堂廉访韫玉、顾南雅副使莼已厕其末。过抚署,见走马者缤纷,知是日放粮,中军领各武弁到辕也。茶话玄妙观,晤沈培廷钟泰,知郡庙演剧,便道往观,适演《塘河船》,一笑而返。舟次渌水仓桥,见人家迎娶,衔牌数十,灯舆一乘,颇奢华。

廿五日(3月22日),李抚军甄别士子于沧浪亭,试题为《或问子产两节》《奇文共欣赏,得奇字》。予主马氏说,将子西作公孙夏,与子产同祖兄弟,均是郑卿,似较楚子西易于着笔。同二曹及时眉叔围坐绿梅花下,飘飘欲仙。但进场稍迟,几难觅座,舁板扉置于廊之阑干,权作案,辛苦异常,示不给烛,交卷不无仓卒矣。

次日,返棹。过庵基坟,谒周梅亭上舍逎成,时柳香叔馆其家。引至书斋,玩文鱼,观花鸽,赏铁舟道人书画。主人爱客,烹细茗,暖醇醪,野鹜家鸡,咄嗟立办。遣娇容冯唅庭恩缓、贤郎伯峨晋璋迭来劝杯,酩酊登舟,酣歌醉饱。惜其太翁星堂已捐馆,为之唏嘘。抵塾阅家言,惊悉舅氏于十九日病故,痛甚,几废寝。余兄弟饥驱在外,仗舅氏时来我家照料一切,抚甥辈如子,忠直本之性天。新正回乡,犹指禄儿谓予妇须小心防护,不料别才二旬,而已成千古。病不及省,殓不及视,殡不及送,抱罪又何可言!

三月二日(3月28日),唤人于新茔扎篱,并补坞城树。

初九日(4月4日),为寒食,偕兄侄扫先广文公墓。寒阴未解,四望惨然。

初十日(4月5日),清明,祭先修职公墓。见多兽穴,恻然心伤,亟畚土填之,终有狐貉同丘之憾。面责坟丁郁姓,着其守护。便过贾塾,适静因教翰才书法,惠然赠句,为余写亲墓表,并篆拙稿签。得抚宪招覆信,遂于是夜至苏。

十一日(4月6日),挈侄往虎丘,宿雨未干,携屐登河房品茗。移棹阊城,过长春巷,曹君博泉壬福欲留余不果。便谒结草庵,门内长桥跨水,下为放生池,鹅鸭之声不绝。遍历禅房,有僧鸣鱼,听其言侏离,不欲与之通。见曲水四环,围墙外皆绿野,倦坐石栏间,尘心顿净。舟子自盘门进,来邀登舟。夜闻吟哦声,乃同乡席梅生文学也,遂同吴笙谱庆集、翁云樵、陶慎卿念徐、潘南轩栻、许少仙、席贡三鸿镜诸茂才玩月沧浪。世界琉璃,一碧上下,游鱼拨剌,满耳化机,官鼓禅钟,更陆续来,乐而忘寐。乙莲上人治蔬笋招我,走笔复之。

十二日(4月7日),入抚署,试文于清德堂花园,题为《长沮桀溺耦而耕二句》《春色满园关不住,得园字》。风雨闷人,昏昼莫辨,从官叫嚣催卷,遂粗率完篇,出场方日晡耳。

十三日(4月8日),回常。

望日(4月10日),闻拜香者颇盛,偕少英、伯谦憩洞天福地。适蕴香乔梓与陈宪章朝标来,邀同茗话。携千里镜望湖田,心胸顿旷。

十八日(4月13日),外舅拟为虞山之游,陪同泛舟三桥。外舅及大兄惮陟险,甫上数级,惊喘而回。予健步,遂拉翰才、伯谦猛登绝顶。先至维摩寺,品茶望海楼,见楼下竹篱间,残梅零落,碧桃未花。憩丈室,晤源培上人显初,小话而别。西去闻松涛万壑,凉翠扑人。上望海墩,四望苍然,下有一洞,传言前代藏军。抵拂水岩,茶棚人静,但闻怪鸟嘤嘤。自剑门下山,途昏莫辨,足蹑四脚蛇,同人战栗。直至半山桥,始见外舅船,欢然而登,为纪《行路难》一首。

二十日(4月15日),贾梅溪见招,殷勤劝醉,乡味胜于城市,极烹鲜酗酒之欢。

廿三日(4月18日),舟至外家,吊先舅氏,哭挽一诗。

廿四日(4月19日),赴郡。见时眉叔卷蒙中丞取在附课,予先有句云:"冀得龙门登百尺,一家同受李膺知。"此愿不虚矣。犹忆嘉庆丁卯,叔与先君同考正谊书院,俱取附课,至今四十年始一试,叔则精神如旧,而府君已下世十六年。进书院,见题名尚存,为之呜咽。

次日,送入紫阳书院,谒中丞李石梧、方伯郭次虎熊飞、权廉使积□□拉明阿三先生。山长朱兰坡学士、同邑沈尔梅羹和、张朗唫华衔两上舍亦缘肄业来，邀余与朱步云堃、杨受申恩溥、华来章□□及少仙等茶话沧浪亭。旋过金阊，尘市中得蕙数本而归。

　　四月朔（4 月 26 日），贺平也园觐光完姻，尊甫春园丈世勋留饮，与陆用仪上舍廷鈘、姚云坡□锦同宴畅谭。

　　次日，辛庄神会过贾塾，见走马者数队，并有布缚阴马，颇奇。

　　初三日（4 月 28 日），饮于王霞帆上舍家。白牡丹正花，赏以一律。其侄怡斋倩予阅艺，见其笔致高超，拍案叫绝，约以绳墨，取科名如拾芥耳。过东城放生池，毗丘根源善医怪症，欲晤无由。雏尼真如颇娟秀，煮茗来陪，吐属亦雅倩。

　　次日，赴馆。外舅饮我家酿，酷似绍泉。据云得小口古瓮，贮酒封泥，已阅数载。味果醇醇，使我厄量如斗。庭前鼠姑盛放，得三律以呈主人，同人和者几辈。

　　初九日（5 月 4 日），时益三丈来谒，彼此论文，竟忘日之蚤暮也。

　　十一日（5 月 6 日），立夏。梦中得截诗一首。

　　十三日（5 月 8 日），伯谦过寓斋，命赋《四月南风大麦黄》，顷刻即成，亦复清稳。**次日**又来，以"入于左腹，四月维夏"嘱对，随对以"折其右肱，三日为霖"；并出《有事弟子服其劳》文题，作一破承，语助颇顺。同至殑伽庵祝吕仙诞，见庭中木笔未残，绿阴如幄矣。夜以"博也厚也高也明也悠也久也"命诸生对，廉石答以"劳之来之匡之直之辅之翼之"，颇巧。

　　望日（5 月 10 日），平子迁病没。慈亲在堂，有女无子，诗画星卜，无一不工，乃天夺才人，饮恨泉壤。幸其著作已刻入《幽光》，或得附以不朽。予往送殓，并挽四诗。

　　十七日（5 月 12 日），偕时眉叔、锦若兄、伯谦侄、贾生翰才、金生景岩、陆生廉石为吴门之行，泊舟三多桥。适钦差赛大司空尚阿、周芝台少司寇祖培阅兵过苏，馆正谊讲院，以芦席为辕门，昏时几莫辨。

　　十八日（5 月 13 日），为紫阳院长课期，陪时眉叔赴试。晤金匮陆□□□显曾、钱友三庆曾两茂才,如旧相识。戌刻,闻院旁大声如炮,又如推墙倒壁声,知为狐祟吓人,幸伴多而不惧。

次日,访步云于道堂巷,其东君徐寿全□□出陪,煮茗谈文,甚畅快。笪问樵邀至闻桥德源戏园,观麟秀班,演虎丘新剧《丐子乞钱》《伶人撮碗》《健儿打秋千》,俱拍手称快。暮饮于笪氏,馔极精。席有白蒲桃,余酌主人曰:"蒲桃美酒夜光杯,借花献佛。"伯谦曰:"劝君更尽一杯酒,小辈放肆。"景岩曰:"东君此日酒筵开,主人自寿。"因酒量不齐,醇醨分设,以香粳粥解渴,佐以京斋,酣呼至三鼓方散。

二十日(5月15日),招同人复至禄荣坊巷观剧,馆名永源,班名景福,演《见娘》《问路》及《蝴蝶梦》全本。上灯后,更串风月戏,眼波眉语,绰有丰神。昨武今文,两日间俱修眼福,乐何如之。是晚,问樵馈肴侑酒,并以名饼娱儿,戏酬二绝。

廿二日(5月17日),至福城禅院,与方丈聚海及姚啸江大奎、蒋憩棠邦烈两少府茶话。夕饮于红桥陆氏,偕朱植君□□、安应梅□□、陆竹坡斗酒,直至三更。

廿四日(5月19日),陪王聘轩、怡斋观邑庙会。土地社中增上马十将,袍裳颇鲜。午后,同李湘槎丈及沈蕙溪清兰、孙月卿振基、吴秋亭庆行、少卿憩吴福园□□家,畅叙旧好。

五月朔(5月25日),往谒时益三丈,论文片时,出示其倩朱湘帆寅近作,气旺机流,为之叹赏。复答马春郊于朱塾,话旧良久,知其白头亲尚存,致鲜民生羡。冒雨而返,以六绝寄怀,辱承俯和。

次日,陪时眉叔赴郡。从花桥陆行,欲游息园,见门闭而止。便过西小桥景师梅寓斋,访其东翁方子连按知理。适公出,与其徒敏生上舍恩锡叙话。未几,倾盆大雨,蹋湿而回。

越日,为权廉访积公课,甫脱稿,而中丞委员来发膏火银,领之而出。

初四日(5月28日),至葑门西街,访顾辟疆园,园丁尤姓引余入胜。见舞台高朗,磊石离奇。廊间半亭如倚,有仙洞鹤阑,轩窗拓碧玻璃,恰对双塔,五色陆离,俨观洋画。内有岑楼,尤某云:"主人湘洲司理沅为杏楼太守元恺之从弟,酷好奇书,此楼所藏,不下万卷。"其外为三公祠,中列白太傅、苏长公、况太守三像,敛袂揖之。午后,停舟虎丘,徘徊花肆间。复步千人石上,晤同里吴荫棠兴宗、芝亭,邀予至同善堂花圃。见山浜画舫往复,白公祠畔绳伎玲珑。小憩情园,茗味花香,与之化矣。暮过普济桥,见灯舫二十七只,如火城煌煌,四边俱澈,齐声叫绝,不负天中。午日回西庄,见五色新龙舟六,旗盖鲜明,往来游舫如织。杨遄翁两子彝陶英彝、类越膺双孝之旌,属为一言,报以律句。

初九日(6月2日),假赏雨之缘,招二曹、筠轩、煦亭、润亭、珊圃、璇圃小叙镜墀轩,战拳射覆,大笑狂呼。惜二曹戒食鲜鸡,煦亭不喜鲴鱼,盘不能尽,而樽不放空,至三鼓方散。尤静困以文待诏砚嘱题,据说得于昆山市肆,只数百钱,背镌"嘉靖癸巳玉磬山房征明"十字。时待诏年六十四,应以长歌。平沁梅以顾贞女事属为表扬,又集《毛诗》句,凑成十首。

廿八(6月21日)夜,偷儿入室,窃去厨房物件及仆辈衣服,估价不过十余金,遂赴县禀报,批准差缉。而窗户夜闭,不通一丝风,从此如蚕室幽囚,颇受其累。

廿九日(6月22日),桂丹盟郡尊超万同抚藩臬三委员到昭文,缘东乡佃农借苟租名毁业主屋事,访获审办也。总镇孙公亦领兵至城,先发乡勇百人,继调镇兵五百,赴张墅归墅等处,拿获数十人,置之法。

闰五月朔(6月24日),同伯谦、石梅乘凉于翁祠花坞,饱探葡萄。花农陆正方云:"此物经霜,须将其藤解下,卷成一大束,覆以茅草松毛,春至再缠藤于棚,实时忌雨,宜蕑去碍实之叶。"其累累如贯珠,良有故也。晤白须而杖者,谭飞云洞之险:洞深不测,下与地脉通,裹糇粮,携蜡炬走入约十余里,举头不见天,但闻风声呼吸,时而泉泻足间,时而泉从沟泄。中有石梁,字模糊,只有"隔凡"二字可识。旋见人骨一堆,惧而急出。余闻之心寒,问其姓,曰东乡郑,问其字,曰梅轩。又曰此洞为昔年随宦所历,年七十七矣。

初五(6月28日)夜,与诸生乘凉,以"双木林,三木森,林森同韵"命对。景岩云:"五日风,十日雨,风雨均调。"或云:"八月桂,二月杏,桂杏连科。"或云:"一分水,二分土,水土双清。"伯谦侄云:"一曰寿,二曰富,寿富两全。"并佳妙。又云"赤鸟几几",翰才对云"朱帻镰镰";又云"四马成驷",少英对云"五人为伍";与琼圃以"交交桑扈"对"嘤嘤草虫",皆绝对也。又谓:"古今天下,孰可以一字括之?"景岩曰"理",翰才曰"仁",廉石曰"天",俱有思致。又云:"汝等愿学何如人?"或云郭令公,或云张留侯,或云陶靖节,或云诸葛丞相,均见自命不凡。

初九日(7月2日),家晓园招至望虞楼,适演武艺,晤高足沈梅亭□□、朱菊亭时中,一见如故,畅话忘时。

十六日(7月9日),拿舟至吴塔,谒宓静岩,见示新拓赵文敏帖。马生云阶邀去点心。过顾湘蘋丈家,偕其馆宾朱春帆品茗谈诗。见大厦落成未几,已多雀粪蜘丝,不胜今昔之感。过洞港泾,谒李菊亭丈,适朱春溪上舍、卓峰茂才俱在座,正谈文艺,忙到槐黄,愧予逊此热心也。

十九日(7月12日),回四万荡,随时眉、柳香两叔查族中年庚,填入支谱。适李菊亭丈见过,邀予同舟还馆,蒙赠新诗。

廿七(7月20日)夜,暑甚,欲食瓜,锦若兄连剖数枚,快啖之,甜如蜜,肺腑一清。留余更施方便,东邻病人德之。其姨甥毛启堂制西瓜灯,倩予题诗于上,雕之如翠玉然。兄以"雪练瓜"嘱诸子对,有云"天目笋"者,兄自拟一对云"霜桑叶",不谓生意场中亦解文字乃尔。予以"木鱼""铁线莲"呼诸生对,有答以"金鸭""铜盆柿"者,亦颇工巧。家雪鸿以锦若业花布,示以《棉花》《棉布》二诗,余步韵以和。

次日,偕家锦若、毛雅堂峻山游小石洞。露珠泉旁,又添精舍数楹，惟泉亭未告竣。一杯清茗，心目爽然。欲汲玉蟹泉，向寿山上人索汲具。出山门北绕，但见丛墓累累，蓬茅塞道，绝壁如削成，如重访桃源，竟不得路，仅载石洞泉归。暮泊淀桥，欲尽欢，沽酒市肴，而酷暑灼肤，不堪久饮矣。

翼日，陪德荫叔樾、锦若兄及毛雅堂就杨馆，为避暑饮。碟有鲟鳇鱼，烹手颇高。余如鸭舌、鱼翅、蟹粉、金蹄，味亦鲜洁。厌蝇蚋，选凉台，拇战数巡，各颓然矣。

六月二日（7月24日），同毛启堂之郡，泊舟万年桥。桥湾苦水蚊，移桡桥洞，胥江风大，蚊无由集，方得稳眠。

次晨，与吴门沈小兰孝廉祺及同邑张朗吟茶话三景园。复于紫阳书院玩紫薇，鲜丽无比。其日为廉访周芝生先生祖植课，予畏炎，亭午即交卷。晚步查家桥风咏，我意欲仙矣。

初四日（7月26日），访日晖桥皇亭，已敝漏。旁厕闲马数十，风景荒凉。复自朱家庄进闸关，啜茗第一楼，清风时至，一扫炎氛。晚于问樵家瓜战片时。

诘朝，返棹。锦若兄以"连步云梯，高攀月桂"为祝，赠予云履月饼。愧无以副殷望，谢之以诗。

初七日（7月29日），诸生畏热，促我同回城。喜悉大兄得次子仲舒培祺，状貌丰腴，是真英物。冯氏嫂连举六女，始得占一索，幸何如也。

翼日，徐樽葵解元元达来会，缘新铨溧水训导，便问风土人情也。

初九日（7月31日），苏懿孙文学吊期。予痛念旧交，少年摧折，文人之厄莫甚于斯。冒暑吊之，曷胜埋玉之感。

初十日（8月1日），蒋麓樵世丈镜涵家祭，传单将予出名，特往承乏。夏礼堂茂才辰耀为余言："麓樵，予姊倩也，累讼殁吴门。甥□□启瀍痛父冤，忽似疯颠，出外者八日，昨始寻归，病在床蓐。"闻之黯然。便道答樽葵，畅谈半晌。见题《辍读图》一首，予和答之，并书溧邑土风及高平旧作,俾省问禁问俗之劳。

次日,挈侄石梅乘凉,于景春轩品汤面。见树有黄花如萱,不知名矣。其旁清池数亩,竹篱四围,绿荫中闻鸲鹆唤人,化境也。

十三日(8月4日),丑刻,床帐荡摇,家人大呼有贼,予于梦中惊醒,头眩多时。旋知为地震,合家俱起,焚香叩天。晨偕筠轩及兄侄过湖泾观荷,闻采莲者云:"种荷胜种稻,留藕自苗,不烦耕耘,而花实根叶俱可换钱。偿租所余,尽供醉饱,何患催科吏哉。"遂把笔志之。

十四日(8月5日),赴塾。知族弟菊卿尚文于十一夜病亡,亲老子无,大为惋惜。

廿八(8月19日)夜,梦先慈手握辫绦三条,若欲挂于壁间,忽落一齿。次夜梦中即以斯梦禀先严,醒后自思,不知何以萦绕不去。

七月二日(8月23日),随时眉叔往郡,谒浦南安丈楠于采莲巷,得稔近耗,为之咨嗟。

次日,为抚军决科,题为《子贡问友子曰忠告而善道之》《先中中,得科字》,案出在特等,得奖赏银五钱。闻昭文所解首犯金德顺、王二麻已请旨斩决,枭首城门。

望日(9月5日),上元蒋楚亭参军赟来谒,古心古貌,固难得之尘寰,而笔如游龙,尤善诗词书画。示我《三生话》及《碧萝村人唱和诗》,为题数言,录入《西窗诗话》。殷明远丈病卒,其子文澜函来属挽,走笔以酬。

既望(9月6日),知楚亭有乍浦之行,乃往致和观送别,蒙题小影,并赠楹联,予酬以湖笔。便访青阳陈子眉廷硕于文昌阁,见其书法苍劲,入木三分,惜少生动之致。然而来虞数月,已赚千金矣。晤张之平上舍定均,畅谭诗画,亹亹动人。进宾兴局,为先舅氏呈报孝子,疏其事实,求陶静涵丈删润之,冀得请旌合例,陶养斋少府景潮为之玉成。闻陆筠轩病,屡往视,见横卧便榻,热势方蒸,甚为焦虑。秋试苦旅费,幸金邑尊于宾兴项外,更助烛卷资,办装不虞空手矣。蕴香以状元红送行,醉谢七古一首。

　　廿三日(**9月13日**),同钱子绳赴省,雇瞿永和画船。子绳豪于饮,带绍酒湣我,余波更及舟子,各为醺然。

　　廿五日(**9月15日**),小雨。过常州犹闻蝉声。

　　次日,过丹阳。闻横塘闸出水,大声如雷,又如珠帘齐挂。高岸多窑,适与岸平,小屋参横,如棺之枕。乱山沙草,戏满胡羊,如玄云点缀。滩有白鹭,树有乌鸦,残阳中渐入幽境,冷气逼肤,知离江不远。暮泊丹徒,见晚潮拥船,如箭之疾。江面帆两头凑合,如云斗然。

　　廿七日(**9月17日**),渡江。见焦山门有鼋将军窟,据云助明太祖战有功,乃为立碑。舟过其口,甚险,用三四大纤挽之,篙师力竭。欲登焦山,烟雾迷蒙,同人阻之而止。自此至新河口,都设炮台。晚泊瓜资营,风雨大作,见江涛汹涌,果如黄天。晤营卒朱姓,言新河在乾隆四十九年浚,为圣驾南巡也。

　　廿八日(**9月18日**),守雨栖霞,山瀑夹江潮,竟夕喧腾,不得睡熟。晓见牛首山,峭绝如角。

　　八月朔(**9月20日**),雇红船带江,船户姓须,舱甚敞。予憩榻上,见有大愿额,为吾乡钱梅溪书。进观音门,风潮仍如山立。从水西门步至青溪渡,寓陈氏,同寓者为钱芳谱萼庆、施茹生泰禧、季云书观光、萼生文光。

　　初三日(**9月22日**),答拜鹅湖华幹卿上舍廷桢及太仓王心畬鉴元、昆山许生白俊、谨斋堃三茂才。

　　次日,与松江钦晓秋文学钟茶话淮清桥。回钓鱼巷,听瞽者弹琴。旋为家铁珊邀饮,偕心畬、生白、谨斋斗酒,飞寓舍屏联字,为"秋月一江苏子赋,春烟半壁米家山"。晤玉山戴菊人孝廉鉴并其公子敦哉文学统元。

　　初七日(**9月26日**),同萼生四美园品茶。对河水阁有歌儿弄琵琶,娇喉宛转,令人移情。又偕华长庚、屈容斋允升放棹城北,重游妙相庵。谒忠孝节义祠,见有制府牛公鉴、伊公里布、耆公英、方伯沈公兆沄长生禄位,并有耆协揆画像阁。其弟子岱□□总戎昌联云:"纬武经文,多材多艺;出将入相,立德立功。"旁联云:"五百年弥勒同龛,结社都来佳士;三千顷袈裟一展,开山遍种名花。"杨□□粥翁明汾题。是日为粮员宴客,其跟随王姓,吾乡东湖村人。领上诸楼,呼僧出香茗,抵暮始回。长庚昆玉为题《辍读图》,倩锡山施叔愚文学建烈书之,可称双绝。叔愚,□□孝廉建熙之弟也。入闱第三场,晤同号长洲潘荫阶明经澄、金坛段浚渊文学岷,畅话诗文。段君亦沛崖师及门,本世谊也。

中秋(10月4日),二鼓出场,即返棹,与沈西园书祥、陶敬甫寿昌及子绳同舟。

十六日(10月5日),泊燕子矶,游宏济寺。见山外云山,三面环绕,宛如画图。矶石磊磊,有人握钱磨之,谓小儿佩之,可去关煞。永济寺前,山壁嵌空,舟子撑以竹枝,谓可免腰痛。观音阁上断壁,有铁索系之,俗云"铁索链孤舟",岂尚古之铁锁与?一路山穴,俱栖乞丐,大鸟盘顶如轮,阴气森然,使我色怖。暮游上台洞,嵌耆制军所摹吕仙寿字。壁前一亭,柏静涛侍郎葰、张小坡学使苐俱有题咏。复游中台洞,僧人煮茗饮予,投香钱而出。再游三台洞,有破衲僧持烛指引,百折盘旋,赖有板梯可缘。出洞顶,见上有佛阁,置身万丈,非复人间。三处俱因山坳造佛堂,其气蒸如露,滴滴有声。夕偕蒋元敞诸君步月,茶话山园,得铜盆柿、大石榴,以润枯吻。

十七日(10月6日),风未利,诸子厌坐船,遂自新河口步至镇江。旷野中远山四合,由下而上高阜,两旁多牌坊,昭关突兀,适当其冲。过闵子祠,不及谒拜。抵铁瓮城,见隙地有舞女倒立,足顶男子一人,同唱曲者,约半刻方罢。时暑未退,而羊肆已有脯,遂买之。过丹阳,就渔船得大鳗鱼,均以佐饮。

十九日(10月8日),自常州迂途达陈墅。西园上市,得螃蟹、高粱酒,招邻舫许少仙、席贡三酣饮。予不敢溢量,而少仙等已吐污茵矣。

二十日(10月9日)，过黄庄栅，帆风渡尚湖，只一瞬耳。抵里询姬辈，知内子于渡江日焚香礼神，冀得布帆无恙，进场日亦然，非为科名起见也，此意颇与余合。惊悉筠轩于七月廿八日不起，诗酒旧游，方图长聚，乃年仅卅三，遽膺奇疾，为之涕零，哭以一联，并挽四律。方今大疫，厉鬼横行，公子廉石病濒危，祷而愈，君则不信神，竟以吝费死，殊可惜也。近年亲串为鸦片误者不少，如李树卿昌楔、朱默斋、卢雨亭、贾鹿苹俱以少年陨命，可为痛心，而筠轩复然，前车不当鉴乎？

廿二日(10月11日)，同西园、子绳、敬甫步至北郭陈祠，见扎景木犀尚花，银杏参天，遗果遍地，而瓷缸金鱼戏藻，大有化机。过报慈桥，雁来红、观音柳、鸡冠花点缀竹篱下，幽媚动人。买醉三山馆，家酿山肴，颇可口。西园饶风趣，知卖饧者嗜饮，遂与百钱，令其办酒肴，以解锢癖。见樵担中松菌，置之袖而回。便过天龙庵，小姑煎茶留坐，闲玩庭花，韵事也。

廿三日(10月12日)，邀双柑师及蕴香、西园、子绳、敬甫饮于高阳楼，羹炙俱精。扶醉至蕴香家，出本山栗、碧螺茶、牛奶柿解醒。林青来□□、李廷荣家桂、朱奎章宗圣三丈俱亡，属挽立应。

廿八(10月17日)夜，梦中得句云"闲来忆着蓬莱胜，便欲乘风破浪游"，足成一绝。

晦日(10月19日)，得家信，骇悉次女同生骤病而亡。痛念生儿沉静寡言，素所钟爱，自予试归，索铜铃系臂。廿五日赴塾，依恋牵裾，与以买果钱，终不肯用。常衣敝衣，甘疏食。病革，食石榴余半，留与姊尝。临卒，犹向母云"巫载爹爹回来"，母曰"诺"。须臾又云"不及见爹爹矣"，母曰"为汝即去问卜"，答云"不必"，呕吐呼号，医药无及，陡垂双泪而逝。伤哉！始晤前梦三绦，为一子二女，落一齿为损一口，诚有先儿。急回里，措办榇木，附葬刘神浜新阡西南隅，立碑表之。因连夜房户作声，似有鬼祟，即从卜者黄灿章问课，卦得剥之坎，据云："重险可忧，须虔诚斋戒，禳星建醮，可免灾殃。"又延女巫花姓看香,据云:"有树头煞,须急解,还当放生茹斋,乃得弭悔。"念入夏来,大侄患恙甫痊,小婢朱阿梅向陪生儿同眠,忽见黑人,至是病剧送回,鼻常出血,不数日亦夭。家室本不安,谨择日荐先谢土,遣煞保符,冀得转凶为吉。

重九日(10 月 28 日),为大姑母殡葬,予与家锦若、景园两兄治窀穸事。冒雨而回。

廿一日(11 月 9 日),为禄儿寄名关帝座下。执友赵宜园、席贡三秋闱报捷,自慰二章。并稔泾县增生吴□□应魁中式。记三场与予坐剑号,见示头场首艺,题为《子贡问师与商也孰贤两节》,以"中"字作骨,局紧机圆,纯乎化境。予决为必售,果如青铜钱,万选万中乎。

十月二日(11 月 20 日),内嫂王氏乳症已溃,诸医束手。予谓:"苟有一线生机,胡忍坐视?"亟劝外舅延陈屺亭表兄煟诊治。

初三日(11 月 21 日),族弟琅斋允文完姻,耕香族叔焙委余迎娶,与沈云桥塈、云仙庄等衔杯畅叙,竟日陶然。

初七日(11 月 25 日),禄儿期岁,粗具汤饼。诸亲友馈送礼物,予以未办杯盘,一概却之。

初九日(11 月 27 日),陪钱文钦丈至西山,饱看霜叶,茗话山家。傍晚品羊面红桥,小饮半刻。

二十日(12 月 8 日),送介眉叔母之殁,挽以两联。

廿三日(12 月 11 日),锦若兄为嗣子葆初培原病,属余邀装缵禾少府宗复诊视。晤许伯缄贰尹丈,年八十余矣,前岁重游泮宫,而耳目尚聪明,与我谈诗不置。钱少湘出京回籍,予往问,见其新筑小辋川,荷池二亩余,旁堆假山,暖阁凉亭,大有名园景。

廿六日(12 月 14 日),王聘轩、怡斋、家朴园下榻余家,与之日夕论文,猥蒙折服。

　　次日,偕聘轩、怡斋、己生、酉生、少英、伯谦观剧昭庙,适演《朱仙阵》,悦目怡情。是夜,县试诸君进场,予于镇桥候考,晤眼科陈桂芳□□,味茗畅谭,竟致出场者失之交臂。

　　廿九日(12 月 17 日),邀朱恂如、王聘轩、平沁梅、燮庵、时己生、酉生、家朴园小饮社坛酒家,射覆斗拳,并飞"共登青云梯"五字,有云"青青子衿""筑之登登",俱巧艳。予创令云:"今夕何夕,十月之交,厌厌夜饮,不醉无归。"诸君悉应对如流。酣饮尽兴,席上得二诗。

　　十一月朔(12 月 18 日),出邑试案,见聘轩、少英观场俱招覆,颇慰望怀。

　　初二日(12 月 19 日),舟赴西山。缘风猛,自刘神浜步至宝岩。回经西城脚,舟子疟兴肉战。予鉴其苦状,即登岸步归,手无笼灯,几失足堕水。

　　初五日(12 月 22 日),贾伯岳母李太君以膈疾亡,时适冬至,挽以一联。

　　次日,赴常荡观音庵烧香,助香钱一两。见幼时酬愿一匾尚存,惜墙宇渐倾,欲新无力。

　　廿一日(1847 年 1 月 7 日),贾内嫂王孺人竟以乳岩不起。念其清斋奉佛,宁节抚孤,于归廿二年,克勤克俭,临没,犹谢予教子之功。爰纪八绝,以示翰才,俾他年请旌,可照写大略。

　　翼日,闻吴生少卿上舍殁几日矣,哭以一联,并挽一律。

　　廿八日(1 月 14 日),送时己生、朱恂如、少英、王聘轩、怡斋郡试,仍寓枭辕西周春泉国荣家。其弟鲤庭知文,时来谑笑,前八年来寓时,才总角耳,今将成昏,童养妇已能煮雕胡留客,其姊娌余已从人,殊深惘怅,用己亥题壁韵,叠赠二绝。李君东郊、徐君步云凤庚亦同寓,朝夕谈文,颇不寂寞。寓中晤南濠吴子谦仁立,知中乙未乙榜,现以州判候铨,才大心虚,握手如故。其侄绥之厚存、其甥金子兰□□亦以前辈见待。西席乐梧冈文涛有芹谱之谊,一见叙欢。寓楼多包山人士，若姜□□文学湖及秦望之焕、严俊生亨、席耕畲诗、翁潄绿益、叶□□传松辈，尤属言深。途遇人家行香，僧披红锦袈裟，坐大轿，主人亲族亦乘舆而行，吾邑无此奢靡也。

次日，偕己生、怡斋、少英游沧浪亭、郡学等处。过开元寺，见后殿俱琉璃瓦，上无梁，作西洋台样。寺前瑞光塔，翘然云际。

三十(1月16日)夜，诸君进府署试，桂公课士严，先试童生诗赋，又试九邑廪生，向无此例也。

腊月朔(1月17日)，偕毛启堂谒伍相国祠，见殿宇荒凉，有句容剃头者纷纷僦居。后堂见守祠裔孙，取笔录联额一二。飨堂联云"萃云初而假庙，子孙绳绳，抱白璧黄钟之器；洽族姓以燕私，左右秩秩，裕南金东箭之材"，陈钟庭□□璋题。神位前额云"古社稷臣"，联云"浩气英风，驱白马，走银涛，赫矣精流河岳；苦衷烈志，为忠臣，成孝子，轰然雷动乾坤"。又云"为廿载冤沉，饮泣吞声，复父仇者，不仅著孝思于七泽；结一朝知遇，致身殉国，报君德者，爰以昭忠荩于三吴"，里人李□□玉树书。又云"立国资孝本，循忠全令名"。后堂联云"犯颜敢谏，宁召子以偕亡，舍生无非取义；闻命来奔，甘与父而并死，杀身只以成仁"，钱塘冷□□发题。是日，予即在寓焚香礼神。晚于朱家园浴官盆，费四十八钱，不减香汤，畅快无似。昏时，俞月楼上舍席珍及尤静困来寓，知静困为太尊取诗古，叙话移时。

初二日(1月18日)，偕静困、怡斋品吉利桥汤面。复同恂如、沁梅、燮庵、己生茗话鸿园。傍晚，挈同人游玄妙观，小话茶篷。

次日，邀同人渡僧桥观剧，馆名宝源，班名麟秀，为武班之最，伶人□□□、徐秀龄、赵三师及许品三之子小许皆著名。日暮，演《摇钱树》，昏黑中忽见灯彩辉煌，齐声叫绝。

初四日(1月20日)，诸君邀看文戏，班为大章，演《琵琶记》《牡丹亭》《长生殿》《三国志》《渔家乐》《天门阵》，多小旦戏，色艺俱佳。三鼓出阊关，为巷门所阻，几待旦。适遇海门黄静轩上舍□□，引出别门,始能脱苦。闻景向五于是日病殁,少年英俊,兄弟继殂,令我痛呼谁嗣。梓桑游伴,渐如晨星矣,挽以六绝。

初五日(1月21日),雨阻齐门。

翼日,返棹。喜平燮盒、景瑜圃、钱筑嵚试列前茅,赠一绝。

初七日(1月23日),贾伯岳母吊期,词仙昆仲招余主客,陪王敬斋世丈棻、沈茂荣姻丈湜及霍琴山荣桂、沈轮香宴饮,话旧依依。

初十日(1月26日),解馆。壁上留题,谢主人三年之惠。内子缘外姑丧,茹素期年,近又以家口未安,矢斋至腊底始缴。

望日(1月31日),过西山,观残雪,绝顶林阴如墨,黑白分明,颇有画意。午后放棹南湖,背指北山,似不能舍。适和风驶荡,蒲席轻扬,已有春意。

既望(2月1日),催租下乡,见残冬烟景,野烧如磷,四望惨淡。村人云,昨日之雪俱有六出花,似丰年之兆。

十九日(2月4日),立春。闻家雪鸿上舍下世,念其节俭廿年,生事颇足,读书明理,为族中之隽,瞬哭家男敬堂,须发斑白。曩余视疾,见其颜枯瘠,惟指次儿晓山而礼相嘱曰"愿吾弟扶持",予谓可无大患。不谓竟以膈气而亡,吾族渐衰矣。

廿一日(2月6日),己生馈家酿,饮胃大开,谢以一律。小儿辈喜敲背,以钱偿劳,亦家居一乐。

贱诞(2月7日),拟斋一日。内舍背余治面,屠肉宰鸡,示以诗句。

廿九(2月14日)夕,有星坠地,红光中闻霹雳声,说者据韩文,谓天狗坠地,其声如雷,未识是否。吾家例于除夕祀先,念乡居十余房均一时祭,吾祖当应接不暇,爰于小除夕预行祭先。今岁五谷虽熟,而多燠少寒,十家九病,大耗民间财源,岁除爆竹声,非复向时之盛矣。

龚又村自怡日记卷六

道光二十有七年丁未(1847—1848),三十有八岁

元旦(2月15日),谒杨遄飞丈新居,知给邻家读书资,钦仰之余,赠诗二律。

初三日(2月17日),周声闻丈七十,撰句祝之。

人日(2月21日),平夑庵过我,与之斟诗。

次日,挈大侄下乡。王梦蘧出美酝留饮,与其叔霞帆、族弟梅村植两上舍斗酒至昏。

初九日(2月23日),表伯平春园上舍苦留予宴,与马勖斋仁彪、李砚香祖晟、蘋香春林及其子侄大战酒兵。余不饮,而久占将坛,咸呼老拳毒手。

十三日(2月27日),钱□□上舍炳义招饮,与其弟雨亭上舍、公子□□寅塈同席。肴核不多而风味特胜。忆去年此夜同宴者已亡舅氏及筠轩、向五三人,不胜感慨。

十四日(2月28日),折梅送少英赴顾塾,附集句勉之。

上元(3月1日)夜,二曹为灯谜悬门,颇新奇。予拉侄往射,不过十得二三,而赠仪却厚,得端砚、贡墨而回。伯谦知予爱花卉,得洋松一株,青翠可爱,谛视乃假装者,为之哑然。又得红萝卜、千瓣水仙,供之磁斗。

十九日(3月5日),开塾,邀王惠村姻丈锡仁暨秦振扬鸿、钱雨亭、寅塈、王蕴香宝岚效曾、纫兰汝翼、曹生星村、钱生竺卿福基、贾生翰才、金生景岩、陆生廉石同饮,分作两筵,初食刀鱼,羹皆杜撰,自未

至戌,大畅群情。席罢,放花爆以博宾欢,大笑而散。

二十日(3月6日),雨亭招饮,与姚琴绿上舍锡庆、瞿兰圃参军、王煦亭茂才、曹博泉上舍同座。玉梅数盏,香沁酒肠,促席合尊,酣饮几醉。

廿一日(3月7日),毛菊泉坤、公子镜仁鉴来学。瞿子英、毛小溪城同到,畅叙阔悰。星村从予学文,问难不倦,有志士也。

廿八日(3月14日),闻外舅得哮疾,亟往视,与医师李杏江丈谈病情,颇相投洽。

越日,为子钦丈留饮,有高粱酒,绿色如鸟眼,询知陈三年矣。是晚,内子回城,念堂上年高,甚焦虑,急赴各庙烧香,大焚纸锭。至二月二日(**3月18日**)往省,病已减半矣。西庄一带,每夜有猫首鹰,声如雌鸡,一串蝉连,予家及二曹家尤听之最审。

初五日(3月21日),同二曹玉峰岁试。

次日,家凌霄就船来谒,畅话多时。旋偕二曹憩西寺,茗谈高阁,凉风徐至,其喉痛潜消。

初七日(3月23日),陪二曹、静香、得山、步云及时眉叔游昆邑庙园,见玉兰怒放,如雪山然,复品茶花神庙、功德林,欢笑而散。

初九日(3月25日),随时眉叔赴凌霄之招,晤李芹香□□、杜书岩鼎家,与可三茂才茗话。旋与杜饫香茂才嶜、陵余州判彝、家铁珊、也可、子明三茂才饮于杜氏草堂。盘有鲟鳇鱼,俗名着甲,即飞"甲"字为令,飞遍几及百字。嗣又射覆,最巧者如陵余之"曰"字,也可之"然"字,暗指席上盖与超也。予嘱射食物别名,曰陆某某陆,同座有难色,盖谓地栗也。主人不善饮,偏工劝客,逸趣横生,酣笑竟日。

十一日(3月27日),回里。

二十日(4月5日),清明,扫先学博公墓。途遇锦若翰才辈,同于烧香浜踢青。

廿三日(4月8日),祭先修职公墓。便问外舅之恙,知已脱体,为之欣然。

廿五日(**4月10日**)，蕴香招饮于三层楼，大赏菜花，偕席啸岩盐知朗奎、许紫珊上舍暨朱君云湘□□斗酒，见西北虞山、东南双塔如在几席间。筵有包山玫瑰、松江蜜蟹，他若铜锅炖鲜鲫、馄饨拌刺参，亦足添食单名目。唯传餐行炙，累僮奴上下之忙，呼负负耳。旋缘踏勘窃案，陪两邑少尉张滇生士照、项斯若贵三茶话留连。

上巳日(**4月17日**)，挈镜人、翰才、景岩听松堂观牡丹，花颇盛，朱藤蔷薇亦辉映其间。雷部殿银藤照人，戏呼三月雪。旋揽胜一角园，品茗大石山房，清风徐来，大似仙境。泛舟过三桥，由洞天福地上剑峰，闻小儿歌声琅琅。缘崖寻药草，其草像金背茶匙。拜香者拥挤祖师山，有臂香者，有点肉身灯者，络绎黄亭，不下百队。谒辛峰老人墓，祠宇荒圮，大异昔时。登望海墩，薄霭迷漫，不能见百里。下山时见士女倒坐篮舆，既便看山，又防坠地也。是日，天气骤暖，同人各解衣而行。

十三日(**4月27日**)，偕二曹赴郡。

次日，游钱槃溪□□□□息园，主人为湘舲阁学棨之弟。园子引过回廊，有怀苏亭，钱梅溪书。左有修天爵堂，王惕甫孝廉芑孙题，其中兰香袭人。复有半部书屋，翁覃溪学士方纲题。中有寿星方自鸣钟，一大一小，几案俱大理石面。再进为卷石山房，为花满屋，船轩题曰"问津"，红阑曲曲，注射池中，金鱼衔尾，戏荇藻间。而莫古于妙岩台，亭中有石案一、磁座四，登台凭眺，胸次旷然。下为梁公主墓，俗传即今之观音。假山隙，清水一勺，曰"在山泉"。地虽不多，而缭曲往复，无不引人入胜。复登沧浪亭，谒乙莲上人，赠桂花香串。徘徊片时，欲观琉球难民于结草庵，以门闭而止。其时风日晴朗，香车宝马不绝于红桥绿水间，胜观也。

望日(**4月29日**)，为陆立夫中丞建瀛甄别士子，题为《诗曰在彼无恶至君子未有不如此》《一院有花春昼永，得春字》。试毕返舟，守风蠡口,闻鼓吹声,知箬林庙演戏。与太仓陆燮堂、毓泉宗淳、同邑李沁园元瑛、朱炳卿庆镐、瞿小琴锟、张二曹诸茂才偕往,观《邯郸梦》及《盗甲》《北钱》《羊肚》《斩窦》《借茶》《杀惜》《山门》数出。

十七日(5月1日),朱半千联芳、陈梦梅玉书、王小庄、怡斋、平沁梅、燮庵、时己生、酉生来谒,同憩邻园仁月亭,茶话移晷。

十八日(5月2日),为倪廉舫粮储良耀甄别书院,题为《子曰三军可夺帅也五章》《三月春阴正养花,得春字》。与二曹坐至山堂西厢,幽静无似。大侄为予磨墨,并为同人作数诗,敏捷可喜。

二十日(5月4日),偕镜仁、翰才、景岩自太平港步行至西郭,憩陈晓霞丈如画亭,入城观李王会。回至月城湾玩龙舟,是日画舫云集,盛于往年。

廿二日(5月6日),毓泉过我,遂同观道署甄别案,余名在外课第三。向例道宪取士,定内外附课,此次定随课升降,分超特壹三等。因书院新捐田亩,存项颇多,加花红膏火银,广内外课额。生监内课膏火,每期八百钱,第一花红银一千,以次递减。外课膏火每期六百钱,花红银二百八十,四名止。内课定二十名,外课定二十名,童生内课十四名,外课二十名。是期平燮盦内课第二,另得官奖银捌钱。予另得官奖银四钱。

廿三日(5月7日),双柑师出其婿林梓材鹏年艺嘱改,予愧不文,却之不得。

廿八日(5月12日),知中丞甄别案出,予卷取在附课。

四月二日(5月15日),龙舟极盛,沈次霞上舍见过,留话移时。

初八日(5月21日),朱半千、平沁梅、燮庵缘肄业书院来,同谒翁遂盦山长。午后观黄家桥神社、土地社中,扮《水浒》《倭袍》,颇足警世。僦居门房李姓病剧,为延医买药治之,幸即愈。

十三日(5月26日),二图神会,有骑马十将、十二辰旗,极其华丽。

十七日(5 月 30 日),闻庞宝生捷南宫亚元,不胜歆羡。

十八日(5 月 31 日),尤穆堂□□、马云阶同来,茗点流连,不觉日晡。

次日,领诸生观邑庙会,憩陆云泉少府家。晤钱友三明经福文,畅谈旧好,并示我诗律,谓馆阁中试帖,戒连三平声,必仄平平仄仄,平仄仄平平,乃有势,颇的。诸生为诗约课,拈毫斗胜,具见用心。送陆燮堂阅,亦直笔,无一毫徇人,予拟一卷,取第一。自是而听泉、砺之辈,亦竞结吟社矣。

廿二日(6 月 4 日),于陆利亭家观新庙社,夕与其倩陈威卿州同诒孙及吴复香、许登云、顾梅江、竹溪土豪小饮。适灯会过虹桥,四季金花诸类俱纤巧悦人。

廿四日(6 月 6 日),观社稷神夜会,黄亭香亭,俱以水晶为饰。

次日,陪子钦丈观灯,自南城接官亭至东城通河桥一带,约有数万灯,明如不夜,胜景也。

廿六日(6 月 8 日),复观正会,中有五彩盖,每顶用两人扶持,小儿扛多至十乘。銮仪皆新,掮者戴钹帽,衣饰鲜华。

五月朔(6 月 13 日),书院课期,题为《君子无所争全节》《清露点荷珠,得珠字》。与王亦周茂才、魏纬堂少府、季琢之上舍成钰茶话石梅。案出,蒙金小庄明府拔置超等十三,评云:"冕旒秀发,庄重不佻。"另给花红银一贯。

初二日(6 月 14 日),闻庞宝生探花喜信。吾邑自翁铁庵司寇叔元以第三人及第百九十年,宝生继之,文风固盛,且接其叔星斋会元大奎之武,双亲具庆,家运亦隆。

初六日(6 月 18 日),偕二曹、君才西城选凉,品茶致道观,买醉景春园。醵钱三四百枚,而已醉饱。

初七日(6 月 19 日),沈蓉江以其父香郊茂才鼎遗诗属采,谓先君没于建宁,秦板桥大令尔馨为助资归葬,又刻遗稿入三家集。予录其佳者以备荟刊,并题一律。

十二日(6月24日),族侄英泉斌奎入武庠,特来拜谒,恂恂然循子弟礼,吾家千里驹也。其祖振泰祖巍久亡,厥父□□培南久阔,幸中疏复密,不替宗盟。午后,送小庄先生去任,时以办案得力,已加运同衔矣。君才招余饮,与曹景美□□、博泉同席,酣醉而回。

望日(6月27日),伯谦侄为予作书院诗,题《如骖之靳》,颇工细,击节赏之。

二十日(7月2日),伯谦与钱生竺卿、金生景岩拈《无友不如己者》《过则勿惮改》《夫子何为》三题,炊黍许即成篇,均清切不浮,大可造就。

六月二日(7月13日),沧浪僧乙莲来函,并惠自绘山水扇,一面是松江袁泮舟怀祖所书,笔力酷肖颜筋,予颇珍重。

初四日(7月15日),陈心田自休宁回,见赠方秀水日月晷一个、书卷锦套贡墨两桶,有诗志感。

初七日(7月18日),挈诸生访蕴香,登其明远楼四望,荷风送香,烦襟顿涤。见壁间糊予旧作,遂续一诗,并和主人原唱。又谒言园,过湖泾,观藕花。伯谦、竺卿、景岩同作《纳凉赋》,试声已有可观。其夜,命伯谦背诵《学记》全篇,一字不错,而诸生则不逮也。

望日(7月26日),江阴徐仲山文学云来会,话到忘形,解衣磅礴,日暮始回。钱雨亭馈福酒、蜜桃、雪瓜,谢以诗句。

十九日(7月30日),禄儿始能运步,行必合掌,适值观音生日,亦奇,岂其母祷佛所致欤?

廿五日(8月5日),偕兄侄及诸生西城纳凉,登山楼小酌,玉笋、冰瓜,炎氛倏净。联句得十二韵,以纪清游。又和吴门女史周佩兮曰蕙《绿凤仙》四律,题洞庭七龄童子朱运秀《礼佛阁遗草》、同邑席节母《松筠节操册》、俞袖仙司理大球《感秋图》。

廿七日(8月7日),周听泉、钱竹庵彦愉两少府及娄江陆燮堂、毓泉两茂才同来,瓜战移时,暑减八九。

晦日(8月10日),答候听泉诸君,承示介然封君行略嘱校,爕堂亦以其《适适吟》属题。晚陪沁梅、爕庵上王氏三层楼,默卿昆仲出饼饵见待。

七月五日(8月15日),苦秋暑。白昼见新月边小星一点,纪以诗。

巧日(8月17日),钱生竺卿、金生景岩试笔。陈五经于案,率二生焚香拜之。文题为《必得其名亦足以发》,诗题《乞巧,得秋字》。午后,与少英暨诸生小饮,设巧果、状元糕、太史饼及红菱,取红绫饼意,飞"坐看牵牛织女星"七字。夕陈瓜果案上,呼女辈对月穿针,以蟢子覆盒,仿古制也。并撰《支机石》《穿针楼》二律。

十六日(8月26日),侄伯谦试文,予从兄命出文题《故栽者培之》,诗题《木笔犹开第一花,得开字》。设枣糕、绫饼、状元红酒,与诸生快饮数壶,令以射覆"飞"字。钱生伯起年尚幼,能言"借书一瓻还书一瓻"及"促织为蟋蟀"类,喜之,各饮一大白。余曰:"古人麒麟赏凤尾,今以龙宾赏蟋蟀,可乎?"遂与墨一函。爕堂赠长篇,订韵秋之约,多险韵,草草和之。

十七日(8月27日),兄侄苦秋暑,同出北郭,茶话报慈桥山馆。紫薇红蓼,秋色可人。凉棚下,荸桃累累,差堪侑酒。复至破山寺,潭中水蜡梅初花,林际枣栗俱熟,步步引人。寺初修,佛貌装金未毕,新铸钟扣之声宏。登兴福石,憩丈室,谒松龄禅师圆鉴不值,主客僧鹤坪□□煮茗来陪,见庭中笼雉二,得得忘机。回至景春园啜茶,又饮于城南酒家,酩酊而返。大嫂以觋言十七日须戒露坐,适忘怀,至庭忽为蜈蚣所噬,次女侄亦然,知樟柳神亦有灵验。

廿五日(9月4日),翰才患寒热,竟苦两日呃,幸邀褚泰和□□推惊而解。

廿七日(9月6日),外舅领翰才归,不意翰才之弟泉宝以久病而亡,距其祖回时才半刻耳。

八月朔(**9 月 9 日**),少暇,欲了诗逋,如新安汪铁卿上舍糟承索题亡儿事迹,程杏村□□乞题《鹤与琴书共一船小照》,徐穗钦属和《湖田泛棹》二绝,俱走笔应之。

十一日(**9 月 19 日**),胡生恺卿为予绘《水月品诗图》,旁补女弟抚瑶琴、题团扇,寓"流水今日,明月前身"之意,自题五古一章,燮堂、亦周皆有和作。

望日(**9 月 23 日**),雨亭馈绍酒诸果,酬以长篇。

十八日(**9 月 26 日**),与诸生观东城秋社,旗盖俱新,历年来,此为最盛。便游昭庙园,见水亭及假山已构。又过花园浜,观灯会,穷工极巧,系毗陵高手为之。香亭表亭最胜,余亦新奇,所费不赀矣。

次日,复出东城观会,便道游钱园。回经邑署前,闻友人沈西园酒病不起。忆去年是月廿三日同酣杨馆,甫匝岁月,而已哭黄垆,伤何如也!

廿四日(**10 月 2 日**),偕燮堂、毓泉及诸生、大侄憩社稷神庙,秋色怡人。抵晚,同饮杨园,拇战射雕,收场以箸落罚饮,取快乐饮酒意。醉过潘铁塘家茗话,出《隐闲小草》见商。并携孙□□□墉来陪,颇聪明好读,予提"后生可畏"句,彼应对如流,询之,年才七龄耳。得《城南小饮》一首,燮堂和之。

廿九日(**10 月 7 日**),吊张啬生司马之丧,与张雨香茂才承霓聚话良久。晚偕朱云泉□□、钱笙陔、王蕴香、曹石生天麟、张二曹、景珊圃昆仲团饮杨家,兴各畅快。陈芝轩文炳为余补《渡江击楫图》,自题一首,嘱酉生书之。思无邪斋吟社来姑苏古迹三十八题,予如数应之,寝食几废。

[**九月**]九日(**10 月 17 日**),随大兄登高。先于书肆晤许嵩生茂才陈善,谈及其本陈姓,为见复司业祖范七世孙,与予一见如故。过子

游墓,见树头松鼠成群,两两相逐,鸟飞处时落露珠,化境也。憩归氏乡贤祠,旁有"尊贤崇孝"额,后堂设明主事□□公起先、国朝少詹孝仪公允肃、赠光禄□□公崇敬、尚书屺瞻公宣光四主,前堂供教习恩旌孝子迂斋公复佺。谒三元堂,览影娥池、超然亭之胜,晤尊溪道士□□及张芙川司理蓉镜、李升兰孝廉、仲彪文学炳宗,畅话旧欢。继又茶话鹤盈轩,途遇娄东陈似岩庆祺暨陆燮堂兄弟,同至普仁寺,探残桂,浓香袭人,玩漱泉,清流洗眼。方丈初遂上人真禅煮茗出陪,适叶□□学师恭先在座,叙谈至晡。归晤王琴甫、默卿、慧生,暮景匆匆,不及少留矣。得七古一首,叠韵再三,燮堂、亦周、默卿、慧生先后相和。

初十日(10月18日),留翁显廷同禄晨饮敝斋,拇战狂呼,不觉至晚。偕王怡斋登东城钟楼,四望人烟,一碧百里,投香钱数枚而下。

十四日(10月22日),钱雨亭馈湖蟹,金莲溪饷绍酒,俱谢以诗。

望日(10月23日),书院题为《孟子曰人之易其言也两章》,伯兄指某某为易言,予曰:"何但。"伯兄又曰:"余亦然。"予又曰:"何但。"伯兄复曰:"汝曰何但,亦易其言者。"予乃不复言。真成绝倒。默琴携公子遗照嘱题,慧生出叶吟垞少尉廷禧《观钓图》属赋,悉信笔应之。

十八日(10月26日),挈诸生大侄重登钟楼。见书院案出,为昭令毓少山先生成拔取超等第六,另得官奖银一两,是期题为《子路问政子曰先之劳之》《月中桂,得中字》。便过老塔寺,其日诸佛开光,众浮屠鲜衣礼忏,朗朗可听。

二十日(10月28日),存仁堂性公八十诞辰,设长生禄位,予祝一诗,与屈允之上舍廷录小饮移晷。

廿四日(11月1日),为杨砚芬丈之太淑人丧,予往吊,陪树叔师及翁遂盦少廷尉、徐月槎詹簿藻、蒋诚斋司理、施阆生孝廉震福、钱梅庵学博、王叔和上舍宪中、居雨亭文学汝霖畅谈。

廿七日(11月4日),过祝家坞,买菊十余本,置之空廊,如美人并立琼轩,赏以一律。星村以诗课卷属定,为《秋燕》《秋雁》等题,信手评之，颇为社中人悦服。

十月朔(11 月 8 日)，挈诸生、小阮过北城，访修仁堂。旋憩茶棚，遇祭坛会。随至厉坛，读明殉难四李碑，知倭寇犯城，有李登、李望从王令铁力战，李安从其主主簿李□□宗昭同时死难，葬于此。李惕先炳坤邀我至半亩园，一路霜叶如花，可玩也。归叠九字韵，得一诗，燮堂和之。

初四日(11 月 11 日)，过桑砚香州丞文灏家，与其弟雄飞文浚、西席孙月卿振基叙旧至暮。

初五日(11 月 12 日)，戌刻地震。予初就枕，觉灯光摇摇，帐上如有鼠跃。

初七日(11 月 14 日)，内子及禄儿生辰，天气晴和，治面为家宴。

十四日(11 月 21 日)，王养泉表弟源颐、陶□□表甥□□同来，见其身服素，询知王氏从姑及表姊倩陶启华介鳌俱故，为之慨然。茂春伯桂偕沈庭梅姻丈缘事属余调停，稍效劳即解。

十七日(11 月 24 日)，默卿、慧生见过，赠《震泽镇志》、碧螺峰茶，予报以徽墨，并谢以诗。默卿出《锄月种梅小影》，即题一章。仲父示《赏菊》，谨和二律。

廿四日(12 月 1 日)，贺时西生毕姻，得四诗，为移花烛，与时益三、乐亭两茂才、李梧冈、金莲溪、时练江培、张宇卿福滋四上舍、瞿兰圃参军、子英隐君叙欢竟日。昏时，翁显廷就予斗酒，醉卧王氏漱芳阁，蒙聘轩、怡斋亲煮香茗，陪话至四更。

十一月八日(12 月 15 日)，庞宝生探花悬匾，面赠四诗，与翁遂盦少廷尉、归子瑾司马令瑜、赵玉汝少府元成、吴笙谱文学庆集叙话片时。又赴陶静涵博士家，偕曾仲才州判彬文、钱少湘文学晤言良久。午后，子侄俱留髻，以应吉辰。

十一日(12 月 18 日)，题遄飞丈虞山画帧及其先公孝子事略、节母《夜纺课读图》。查琅山为我篆《水月品诗》《渡江击楫》两照签,亦周及绿君女史为予题《品诗图》,宝生为余题《辍读图》。

十七日(12月24日),问胡翠岑丈疾,其舌本已强,徐聆背诵"君子所贵乎道者"三节、"泰山其颓"数句,难在细注未忘一字,是殆知去者耶? 不一日即化。

廿二日(12月29日),谒刘神浜亲茔,以书院花红银得地四尺,扩其西偏。回过邑庙,见卜者龚子奇□□,即春和茶铺主人也,十年不见,屯邅至斯。为问明年家墓可修筑否,卜得比之需,据云:"先冲后合,毕竟无妨,前空须有庇荫,筑墓门乃可。"访亦周环秀新居,留一截句。

十二月二日(1848年1月7日),钱文钦丈过我,馈泥螺一筐,属以酒渍,可为美品。同经慧日寺后,晤郑应云明经德懋,知前岁重游泮宫,年八十一矣,白发垂腮,双耳重听,而却喜谈诗,见我辄呼小友。遁翁绘《五代同堂旌第图》,并系以颂,又题《水月品诗图》。并惠金波酒,据云出自济宁,其色油油,香味醇厚,全家轮饮一杯。慈溪陈翔云馈蚶,沃以椒盐,味极鲜,借以下酒,均有谢诗。

初九日(1月14日),先舅氏奉各宪请旌报到,不胜喜幸,为措资安排,恐累其家费用也。

十九日(1月24日),周卓斋大令吊期,予伤父执往拜,与树叔师及陶静涵学博、周云侪明经谞昌、听泉少府、于蕃茂才翰叙谈片刻。旋谒爕堂,蒙和雪诗一首。

廿二日(1月27日),贱辰,连日雨雪,至此忽晴。室人治面,留曹生星村、钱生竺卿饮,醉后放歌。

廿七日(2月1日),南乡遇雪,与侄幞被拳宿小舟,为严寒所苦,镇夕不安,几为穷途之哭。而老仆及舟子偏能鼾睡,知躯壳非一样也。

廿八日(2月2日),以皂靴与大侄,勖以一诗。

除夕(2月4日),立春,口占四绝。历一年减一分欢兴,如经秋之叶,渐觉萧疏,幸诸亲友纷遗酒肉,度岁裕如,不致北门之叹。自乙酉海运已廿二年,至是而李石梧制军、陆立夫开府建瀛重议举行,奏蒙俞允。虽欲省帮费,而部议已迟,粮艘俱南下,调停旗丁及水手所费巨万。致粮户完漕,每石仍须二石五斗,折价每石仍须四洋五分,小户向以四石完一石者,至此稍苏。而大户每石向加数升,多至二三斗,至此益其一倍,甚难支持。幸历年缓征,不至称贷云。

龚又村自怡日记卷七

道光二十有八年戊申(1848—1849)，三十有九岁

元旦(**2月5日**)，晴冷。残雪在瓦，冰不得消，蹋冻拜年，颇无沾濡之苦。

初六日(**2月10日**)，步致道观，与杨砚培少府、砚畲广文清谭古梅花下。二曹谈命于财神祠，借得沽酒钱，亦文人之游戏。旋过邑庙，有华墅徐童子善相，使相翰才、伯谦，能切中。

人日(**2月11日**)，问时已生疾，听其言不伦，狂未瘳也。余闻其太君奉佛甚虔，自去秋迄冬，已焚纸锭数百万。唯乃父容斋师枢厝田角，爰嘱买山卜葬，以妥先灵。

初八日(**2月12日**)，子钦丈饮我，与马勖斋、王湘坡廷梁、查本良□□同座言欢。嗣往平氏，陪钱新之上舍如铭茶点。日暮回城，钱生筑嵊新续鸾，为留碧螺春一函，以供烹雪。

初十日(**2月14日**)，挈侄下北乡，福山塘车马不绝，久晴故也。偕周蔼人诰就饮钱文钦丈家。

十二日(**2月16日**)，为黄崧轩上舍招去，与谢咏庭参军鹏升、紫庭隐君鹏飞斗酒移时。

十三日(**2月17日**)，郑应云丈顾我，畅谈古今，自称有书癖。晚陪文钦丈观灯城庙，适大香炉中放花爆，拍手欢呼。

次日，又同王怡斋及兄侄憩邑庙园。以内子患腹痛，似胎伤然，向测字者掇一"靖"字，余见(靖)[立]为半产，王则半生，月为阴，想是女胎，而防其小产。据云字面安靖，可无过虞。复探梅招真治，有严

州王姓,年尚少,途穷求助,纪律诗一首、《满江红》一阕,自署能文。予拈"夫子之文章"二句,请其作破承,顷刻立就,灵动异常,遂携以示侄,赠茶资百文。旁观由是心动,纷纷投赠,行囊骤肥。知学院移文,十七日甄别暨阳书院,遂于是夕为江阴之行。同行两船,一为席君佐琪昌、季莆卿、钱筑嵘,一为胡受祉钟瑾、高华卿□□、桑聘斋梓敬。哦文声彼此相应,如两部弦歌。四鼓泊黄庄。予喜舟行,一夜摇簸,如小儿睡粟篮,魂梦俱恬。多带裘衣,虽寒霜不畏,而餐饭亦顿加矣。

十五日(2月19日),巳刻过陈墅,适神祠演戏。午过长泾。未刻过陆家桥及华墅口。申刻过云亭,岸高数丈,两边皆山,从缺中棹过。月明中,见村落人家俱粉墙,一白照眼。过环洞桥二,即江阴南城,城桥庙台悬灯,照耀水中,如灯舫。自西城至朝宗门,即北城,因粮船水手横行,各水门俱闭。停舟郭外,钱生船相失,独自进城,为店伙黄某领至书院,询知其父为学差,时掌书院管,爰付备卷钱二百。旋进靖海伯庙观灯,神姓吴,讳亮,明初为江阴尉,有德于民,没祀为城隍。相传有兄讳诚者,为明太祖功臣,亦并祀。是时虽交戌,而游人塞途。见大门仪门及两庑皆玻璃花灯,戏台悬五色明角瓜灯,前有万光镜四座,后面纱窗外列古玩、洋钟、盆景,中道碑亭二,各挂灯。大堂大珠灯一座,四面围红阑。神金面长身,前悬万花灯四,暖阁用回文罗,绘花鸟山水。堂前有篾丝灯,如黄罗样,堂后有铁灯一架,角皆鹤。后堂神白面,为小法身,非如金面之不可昇。前悬大羊角灯,庭左为福泉亭,中有井,右为焚帛厨,俱垂珠灯。因烧香者众,纸灰如絮,扬遍街衢。庙新修,五采辉煌。两廊十殿王前,塑赏善罚恶状,一一如生。土人云:"一年两大胜会:正月元宵灯、三月廿八社。"又至学使署前,见辕门宏敞。出城已三鼓矣,而诸少年鸣元宵锣鼓,犹狂走四衢,声音不绝。是夜,因泊在荒墟,恒防有贼,呼舟子沈顺为伴,彼颇小心,将被系台脚。予梦中闻推篷声,见月明如昼,有人在船头,惊起揪住,乃是舟子起溺,喊云:"是我!"。久之始分明,不觉失笑。

次日,往春酥馆品鱼面,价廉而味佳。啜茗财帛祠,潮水稍浊,减一分味矣。旋过县署，署甚宽，堂悬"今之召杜""泽润江湄"二匾，绅士及东乡民为金邑侯咸设。途人云："昔夷舶到时，城人迁其大半，幸好官备御有方。微是，则吾侪为夷矣。"署庭东隅，地钉铁锚，据云县署船形，以此镇之；又有人云为铁树，根蟠数万丈矣。复至学宫，规模极大。孔子像镌于石碑，殿后墙朱书大"魁"字。庭中银杏一株，约数抱，余皆老桂，憾不于花时来游。内泮池三桥，外泮池二桥，与屈彬如人麟、朗如钊流连片刻。学对兴国寺，寺有浮图，已古。经盈安、屡丰二仓，后有英济王庙，神面墨。堂亦有大珠灯，其余灯亦不下百盏。遇王童子，引余中街，访季仙九制军芝昌旧宅，其新宅则在南街。憩庙东天一山房，房为羽流所居，分南、北两房，据云二房生意迭兴，如轮年然，是神灵所使。斋供历代道人遗像，旁设潘善士□□遗容。潘为修庙董事，公正老成，去年除夕没，年八十余矣。适佛会士女云集，中有方池养鱼，水流活泼。出门，买马上擒黑鬼泥像，以娱小儿。闻江阴城于丙午新修，较旧高丈余，城河一带如线，潮退辄涸。城女都蚤起，辰刻已有傅粉倚门者，巳刻则焚香念佛，乘轿至邑庙，但髻短妆粗，逊苏人之丰韵耳。城居户上俱贴拜年人姓名一纸条，颇为省便。门中多悬元宝灯及莲花灯，亦新年妙景也。午后，偕翁云樵、邵湘兰渊泉、宗韵生天爵三文学暨陶仲生嘉禄、张敬堂保慈游君山。敬堂是予同窗小云茂才朝鑐之子，视其面肖父，顿触怀旧之思。韵生尤博辩多才，谈故实原原本本。至东平王庙观灯，复访春申君墓。墓即东岳殿基，上有墓碑，碑后有古砖，刻五代时众姓捐修数。岳殿额云"地接蓬瀛"，刘文清公墉书。场左为龙王祠。又谒梅花书院，中有花园，甚幽折，豁崖如斧劈。内有泉，极清。再进为丹桂阁，李申耆大令兆洛题。中供文昌，内廓嵌东坡先生《儋州笠屐图》，赵文敏跋其上。顶有望江亭，修竹古梅，横斜其际。左顾江，右盼海，一望无际，下视沙田万顷，青苍如烟。人云大潮时直至城脚，沿江田俱沦水中。绝顶有祖师殿，欲往访而雨来矣。予缘风大，备风帽，换薄底履，便于登高。迨暴雨淋漓，诸君踉跄，而幸我不窘。回步石桥，下有闸，潮来即开，商船出入者均出钱,如木棉则每包给钱十四。傍晚,人声如雷,不堪少住。

十七日(2月21日),进考棚。见堂有"恩宏厦庇""恩施霖雨"诸额,东西文场颇宽,围以红阑。试桌面厚五寸,板凳亦坚,均石脚。更有新文场,在东西号舍里面,三面尽蠡窗,回阑曲折,如入画中。是日,生坐东号,童坐西号,予与同邑席梅生、曾士常吉章、陶慎卿念徐、曼云嘉栋、归公恒康麟、公临曾同座。而慎卿公子桂森逢吉年仅十龄,已能文,随父赴试。题为《本立而道生三句》《小楼一夜听春雨,得春字》。因昨夜未合眼,粗率完篇,赶头牌出。仪门晤华墅潘□□汝成、北城蔡福堂又新两茂才畅话。二君向馆吾虞,福堂尤以诗鸣,自举奇句云:"隐匿难逃神鬼殛,华堂未必子孙居。"又云:"只恐还西尚读书。"即得意跳舞,自呼蔡痴。且云:"三试一等未补廪,所幸到处有诗名。"白髯一抚,邀我云:"场中无饭吃,且到舍间食菜饭罢。"呵呵一笑。途遇狮灯,引路用角瓜灯,调狮者俱裸裎,玲珑欲活,杂以龙灯,龙口喷火珠,龙尾放连珠爆,往复街前,颇热闹。

十八日(2月22日),戌刻至黄庄,栅已闭,同人以试船尽可请开。谒司管者,即唤栅夫查明放之,而商船则不准。

十九日(2月23日),抵家。胡萼楼上舍□浚来谒,初识面如旧交,谈心半日。

二十日(2月24日),曹耀廷丈溥吊期,予往唁。午后,步至邑庙园,遇叶竹君少府溥、郑迓香明经彦细、归仲才贰尹清第、子谦州倅清华,坐绿梅花下,相与谭诗。竹君拈旧句云:"青枫愁里梦,黄叶病中声。"又云:"人生潦倒愁成梦,世路崎岖醉亦休。"迓香咏岳王祠云:"倘使两宫无忌位,终须一将独成功。杀身不放骑驴老,饶舌犹防纵虎雄。"仲才云:"南渡江山无限恨,西湖风月有余悲。"又咏瞿忠宣云:"化鹤魂归琴水月,啼鹃血溅桂林霜。"又有句云:"春宵月近人。"竹君与迓香髭须虽白,而兴尚豪放。竹君云:"老眼看花雾不迷。"又云:"君亦风流中一子,我无名士外相交。"迓香尤长于试帖,有《豳风诗》已刊。遂同至招真治、雷部祠,探梅花消息,坐石快谈,品茗六朝桧下,大笑而回。是夜,挈侄西市河打灯谜,主人徐云庄士英工画而不能文,故所作未甚切,予仅射着一二,而伯谦却猜着十余条。

廿一日(2月25日),仍挈侄赴陈文彩佾舞振家家,丈善医,公子君修仁爵少年英俊,所制谜俱佳。有"朱批流年,打《四书》一句",予沉思不着,有人一见即云"命也"。盖命中红圈,读为慢。此等事有宿慧者能之,余愧拙矣。偕季擎之、俞菊坡□□、汤宝之茶话至二更。见有白须叟,年近八旬,而步不用杖,雅喜射谜,问之,谢其姓,鉴亭其字,本博览士也,予为携灯送归。闻李学使于是日殁,观风案匿不出矣。

廿二日(2月26日),大兄赴邹氏馆,与周允斋扬俊同舟。允斋亦邹氏西宾也。大侄则家居读书,委余指授。

廿三日(2月27日),拜刘神浜墓,与医生张玉丰□□舟中晚话,知其亦谒拂水先茔,祖□□□□□□得祖师山松林禅院旁基,筑为寿藏,与某粮储交好,助资修禅院,道宪送葬时改为万松山房,至今半纪矣。

廿四日(2月28日),开塾。王生怡斋来问业,与之讲《毛诗》。沈生小休守约、谢生春塘梦连、李生琴仙学海亦来学。其夕,偕诸生宴饮尽欢。

廿五日(2月29日),表妹倩王湘帆元恒来谒,与周蔼人宴于小斋。晚赴雨亭丈之招,与姚琴绿、王煦亭拇战,各斟浅杯,期尽欢,不忍劝醉,洵雅人也。归以"木子"嘱李生对,即信口曰"金夫"。予怪其未读《易》,何以得此,恐为金生所绐,乃惩之,并示金生曰:"木子李,金夫铁,固敏妙,但人能敦厚乃载福,轻薄岂大器哉?勿复尔也。"

廿六(3月1日)夜,偕钱子绳、王嗣香、钱筑嵘赴郡。

次日,谒沧浪僧乙莲。登亭,见石棋枰,抚摩久之。憩玄都观,买美人画帧,大似二八处子。

廿八日(3月3日),陆中丞甄别士子,予进南禅寺试文,题为《且君之欲见之也四句》《春到江南花自开,得开字》。虽属在院,而点名稍迟,室中已无容足处。抬破桌,露坐庭中,幸松桧阴多,少免日炙。

二月朔(3月5日),拜陈晓霞丈七十,与陶缄斋茂才文彪话片时。

初三日(3月7日),为儿侄种痘,延毛卓斋。午后,鹅湖华梅岑仁裕偕朱半千、平沁梅、燮庵来访。

翼日,为权观察桂丹盟先生甄别,侄同生在昭庙试文。桂公委昭令毓公点名,以人浮于卷。各童喧哗,甚至拥倒案台。毓令倾跌,急避出门。幸侄等静观,尚不染此恶习。予与张二曹、王默卿、周幹卿上舍坐书院西室,相与论文,题为《言寡尤行寡悔》《海不扬波,得恬字》。

初六日(3月10日),携近作呈正于云艇师,恐无师则惰也。晚为钱寅塾邀饮,爰挈侄往,馔甚丰,战拇至二鼓。

望日(3月19日),得中丞招覆信,乃于次日赴苏。

十七日(3月21日),进抚署试,题为《流水之为物也一节》,予以《易》诂题,诗题为《聚沙而雨,得时字》。与邵实甫渊颖、季琢之两上舍、邵士文穆、王式南兆申、唐月桥大椿三茂才同坐闻喜堂。晤昆山杜陵余,知家与可文学已殂,为之惋惜。遇太仓郁晓塘文学汝政,一见如故,订忘年交。是日,供膳六簋,颇精,侍奉者俱衣冠楚楚。

二十日(3月24日),见观察甄别案出,予列在外课十三名。

廿一日(3月25日),得苏信,知余覆在外课三十二名。

次日,遣仆孙五监修亲墓堳城。张湘涛来谒,袖其断句,属采入《诗话》中。二鼓微雨,偕苏望之孝康文海往郡。望之神清品粹,不苟笑言,挹其谦光,可消粗鄙,其俭德尤可风。

廿四日(3月28日),陆中丞及李吉人方伯德送入紫阳书院。院长为吾乡翁遂盦廷尉,其主讲游文已数年,今又主紫阳讲席,吾邑自陈见复司业祖范、王次山侍御峻后亦仅见也。是日,游文书院亦开课,不及应试,拟后补之。

廿八日(4月1日),偕诸生听勇凤鸣琵琶,颇悦耳。

廿九日(**4 月 2 日**)，与邢月梅桢、曹石生天麟、季砻之成瑾、王蕴香昆仲饮于李氏酒楼，主人张二曹连劝数十杯，畅聚良久。

三月朔(**4 月 4 日**)，清明，缘应课游文，不及扫墓。

初二日(**4 月 5 日**)，仍与望之入郡。

次日，为内嫂王孺人殡，余因在苏，嘱妇往送。是日，李方伯课，各有司俱到，于书院晤无锡周席山翼墇、太仓张护航元培、钱调甫鼎铭、陆星农增祥、吴县洪铭之鼎、昆山朱缉甫成熙诸孝廉，倾盖如故。

初四日(**4 月 7 日**)，归见仲父，示顾贞女《表洁扬芬集》，知予所集葩经句已刊。

初六日(**4 月 9 日**)，扫先广文墓，便过严文靖公祠，游人寥落，因余寒犹殢，桃柳减色也。

次日，上修职公家，为朱子钦丈留饮，往还风不利，得一诗。

初九日(**4 月 12 日**)，同李湘槎世丈及徐步云、颜心谷炘、朱恂如、时己生、酉生、王怡斋、钱竺卿、平沁梅、燮庵、也园茶话书院衔，晤钱子贤文学丈敦塘暨其仲子蔼村嘉祥，承付茗资，叙旧不已。夜四鼓，偕兄送侄及诸生邑试。

初十(**4 月 13 日**)夕，同钱雨亭候考，晤杨砚培少府、赵宜园孝廉同钧、黄心江金鉴、赵吉甫宗杰、李仲彪炳宗、翁云樵、玉甫、叔平同龢诸文学，话月至二更。

十二日(**4 月 15 日**)，偕刘玉如、时酉生往西山，途遇太仓倪云巢□□，知其为王氏监造祠墓，握手如素交。过马公书院品汤面，倚阑玩景，走马缤纷。进西城，得蕙兰数干而回。

十三日(**4 月 16 日**)，至县署观案，侄及诸生俱招覆。

次日，偕时眉叔、朴园弟憩沈缄亭姑丈金谳家，看核满筵，主人出美醖，令我醺然。

望日(**4 月 18 日**)，送县试诸君入场。

二十日(**4 月 23 日**)，酉生操舟来，邀观水嬉，泊菱荡。久雨初晴,春人蚁集,龙舟九只,旗盖鲜明,挡船拳勇,纷纷献技。是夕,酉生次覆进场,缘雨不果送。

廿四日(4月27日),书院课期,题为《孔子兼之曰》,余宗赵注,上句作孟子语,曰字下作孟氏自言。蒙翁遂盦先生拔置超等第一,评云:"笔意沉挚,绝似文辀。"

廿六日(4月29日),双柑师赘婿,予与周听泉贰尹、童朗宇春沂、戴润卿慰祖两茂才、沈蕙溪清兰、李惕先、蒋星轩雯焕往东城林氏迎亲,旋与童秋亭参军育德移花烛。昏时,陪张绹斋上舍云锦、林晴皋蔚然、李子莲树钲宴饮至夜分。

廿七日(4月30日),王慧生少尉缘赴京验看,来辞行,予撰诗送之,话别良久。

廿八日(5月1日),镜墀轩牡丹盛放,紫色者尤肥。薄暮,与诸生及侄宴赏,飞"富贵"二字,兼命各诵牡丹诗一句。酬酒花王前,祝拜花寿,酣嬉至更余。

廿九日(5月2日),偕星村怡斋及大兄憩听松堂,鼠姑已谢,绿叶成阴矣,唯朱藤花如紫云,压于篱角。旋闻周义山□□物故,哭以一诗。

四月二日(5月4日),龙船极盛,魏纬堂、景琮圃、郑月香□□、周伯山鼎象、沈幼琴文澍、子静宽泰、毓斋文植同来,茶话半晌。钱雨亭馈肴馔一席,遂留缄亭姑丈暨周听泉、王亦周、陆召庵、燮堂、毓泉钱春,将坛大战,各醉如泥矣。

初八日(5月10日),步至普仁寺,时适传戒,见大殿东北隅设佛位,西北隅则兴福方丈松龄□□、维摩方丈洁崖披红袈裟并坐高台,西南传戒,每句下辄云"能持否"。众僧三十八人,排列东西,膜拜云"能持"。闻自三月望始,至今日止。昨夜各沙弥炙首,明日各领牒文衣钵而回。予与陈翔云坐东轩,品清泉香茗,见园中新笋成拱,牡丹未残,真初夏有清香也。复憩屏虞轩,法座边左杖右拂,绢烛瓶花,俱新鲜耀目。外有天王堂，各天将新装金，斑斓之至。过诸楼，红妆团坐，乘舆者不下百人。余为性千、素庵两禅师留饮，与张守清凤仪同座，汤饼甚洁，素馔亦精，一切蜜果悉非常味。出山门见曹伟伯茂才树荣挈诸孙饮于松下石，胸挂大小壶卢数十，俱置酒，小皮盒三四，置肴，亦雅人意想。

初九日(5月11日)，陪时西生、王怡斋、曹星村、钱竺卿及伯谦侄郡试，陆姓船颇宽，水窗清话，时闻野芳，非复家居之喧沸。过吴塔，宓静岩馈水果。薄暮，泊北壕。西生带盛馔，怡斋带陈酿，竺卿带金蹄，咀嚼味佳，胜于沽市。

次日，同人游桂馨阁，憩璃楼茗话，四望旷然。钱生遗鼻烟壶，一移步已查不出，少年粗疏类如此。旋于渡僧桥宝源馆观剧，为景秀班，演《秦琼见姑》《梁山泊访友》及《蔡庄》《军杀》《叹常》《过关》《招亲》《兴龙会》等戏，未甚出神。

十一日(5月13日)，移棹盘门内鹭鹚桥，翁子湘丈心诚送公子显廷及钱兰生□□府试，亦同泊舟，彼此往来，颇不寂寞。谒沧浪僧乙莲，见庭中红薇、黄木香齐放，香气撩人。复访开元寺，两旁古桧成行，大殿左右列金塔，俱嵌玻璃，颇精雅。登无量殿，妙香扑鼻，阴气凛然。其石梯仅容人，暗而复白，俨入洞天。西望盘城，南望瑞光塔，东北多旗杆，大半神祠官署。下殿一览，琉璃瓦五色耀光，恍观洋画。傍晚，偕星村、竺卿憩玄妙观。又同曹诏庭上舍柏霖暨公子芳谷文耀、韵笙庆恩游息园，中多古玩，花卉点缀墙头，如锦屏然。和尤静困，作《重游》二律。昏时骤暖，与显廷话月水次，凉风渐来。五鼓送生及侄进郡署试。

十二日(5月14日)，偕席梅生、周听泉、季寿之、张朗吟出胥门，见浙江织造恩公吉过此，本郡织造庆公年出迎，仪从华丽。旋品茗惠泉楼，见胥江画舫如蚁，修桥似虹，宛然秦淮风景。回至吉利桥，品肉心煎团，每个二文，味却美。

次日，移桡白公堤。得盆花数种，花肆有老桧，蟠成狮子，眼以画蜓,舌以红绡,矫揉亦工。同人茶话汇景轩,晤吴江金勉斋孝廉宝忠,如旧相识。诸生上虎丘寺,登浮图,予则足倦不能陪。复游同善堂,憩桂花亭,香茗可人。恰遇名姝在亭外摘蔷薇,翩如仙袂举。庭中蕉花如斗者二,一因精华过泄,已萎,一丛则甫花,尚张浓荫。坐香山祠外,见有纨绔子挟妓乘灯舫,泊红阑边,妓服五色衫裙,佳丽无比,其余小女儿则逊此矣。日暮,停桡冶芳浜,月明于昼,见灯舟四,往来其间。他如歌舫酒船,俱明灯掩映,歌儿琵琶,酒人拳阵,彼此相闻,至二更未已。怡斋、星村辈舣舟冒露往听,而余则懒卧船头而已。

十四日(5月16日),返棹。

望日(5月17日),案出,伯谦侄招覆。

十七日(5月19日),挈侄赴郡。朱子钦丈馈酒肴,由歌薰桥上岸。见有人担木笼,中置两灰鹤,饮啄甚文。在管粮厅署晤金二如其相,阔别十余年,迫呼余表兄,始能徐省,时二如招覆前列也。旋与李湘槎丈、陆时斋汝霖、沈蕙溪、平沁梅、銮庵品茗宝园,唤舟子泊查家桥,邻船卫协卿若金、朗行文璧时来叙话。四鼓送侄进场。

十八日(5月20日),紫阳书院课期,予往应,题为《景春曰公孙衍全章》,翁山长取列特等。

次日,至百狮子桥,谒家淡安明经,晤徐稼夫明经谈诗学。回与长洲支逸亭、尤静困、唐雨亭棣华茶话。已刻归里,闻昨夜常熟狱起火,延及邻舍,焚死四人,幸累囚无恙。邑署在城心,不通水路,李季方明府琮于署西设大缸数座,盛水无使涸,以备火患,谕令各处仿之。

廿一日(5月23日),谒见张雨人学师宗沛,先生居凉室焚香,而仆隶辈避主吹箫,亦冷衙乐事。

廿三日(5月25日),邑庙赛会,挈诸生往观,一切穷工极巧,颇费资财。

廿五日(5月27日),慈溪孙□□载盛馈乌贼鱼,一名墨鱼,又名乌鲗,出四明海中,性嗜乌,乌啄之不得,卷入水吞之。首有肉须,口生腹下,如鸟爪,背骨即海螵蛸,入药,亦可磨履之毡底。中含墨,相传为秦皇过海遗墨囊所化。呼厨人切片炒之，如海蜇，味无甚奇。

　　廿七日(5 月 29 日)，社稷神演会，旗伞多回回绒织绣，华丽无加。

　　次日，偕诸生及侄观社，茗话东河吴氏，主人又泉少府敩慈、粹亭上舍敩良爱客，欲留膳。旋为吴雨田库使恩需邀去，与席啸岩盐知、钱雨亭、许宾门元恺、周雨亭邦镐三上舍聚谈。暮观夜会，东南城外家家悬灯，如火龙两道。

　　五月二日(6 月 2 日)，往郡，仍泊查家桥。

　　越日，为中丞课，因大雨，委桂观察点名。试毕出院，偕张朗吟、朱步云、王敏斋楸勋、聘珍楸昭茶话三元坊。敏斋为紫纶年伯锡诰之孙，叔仁文学汝寿之子，时冠昭文府案，聘珍第三，真难兄弟也。复憩茶亭，有婺源王林生茂才友煜，询知为月川观察友端之弟，树叔师门生也，相得甚欢，承会茗金而去。闻姻兄蒋憩棠少府于月朔病亡，年才廿八耳，亲老子无，为之惋惜，挽以一联。钱雨亭送郁金香酒二坛，又酬诗一首。

　　初五日(6 月 5 日)，过邑署，见李令斋戒设醮，火灾故也。晤家鸣岐鹤庆，已十余岁矣，回想予邑试寓其家，彼尚未生，不觉有蹉跎之叹。

　　初六日(6 月 6 日)，桂粮储课士，题为《子适卫四章》，予卷取列外课第九。

　　十七日(6 月 17 日)，偕朱恂如及大兄冒雨谒钱少湘，历游其小辋川。适清池气润，荷盖泻珠，与陶氏空心亭为邻，境亦相似。斋中多诸词林笔迹，倾香茗小话，两腋生风。复诣树叔师家，见其课世兄极严，与予堂上谈未久，已屡向书房呼叱云。过桐桥周氏，晤世丈张炳也封君文杰，精神尚健，挽予叙旧不休，不料其越月而已作古。九华山群玉上人怀滨来谒，见饷黄精，酬香金而去。雨窗无俚，题王慧生《明月前身小影》，并祝娄东程太君八十。

十八日(6月18日)，为水仙诞。适予第六女培礼生，呼曰安贞，得诗一律。

廿九日(6月29日)，偕诸生及侄听吴门杜雅兰琵琶，静气迎人，颇有品。

六月五日(7月5日)，先慈十周忌辰，以无力礼忏，为之戚然，内人乃质珥，倩武庙僧唪经追荐。周伯山鼎象起诗赋约课，赋题为《张季鹰思莼菜鱼脍，以题为韵》，诗题为《诗思入秋高，得高字》《马鞍山秋眺，七律一首》，宝山蒋剑人明经敦复定予卷第三。侄辈亦备卷请江师命题，赋为《秋月如珪，以"明月白露光阴往来"为韵》，诗为《雁来红，得红字，七言八韵》。予卷嘱怡斋书之，树叔师定为第一。连日阴雨少事，爰答高邮时古琴书，并和其《感怀》三律，祝其花甲一首。

十三日(7月13日)，谒遄飞丈，赠画笔一函，酬余以砚芬太守楹帖。缘吴门劫案重重，拟防盗数条，嘱雪芗转达李邑尊，蒙嘉美，饬令投呈，允即批准。

十六日(7月16日)，偕张湘涛、王怡斋、毛镜仁、钱竺卿、金景岩、李琴仙、伯谦侄舟赴湖泾观荷，适雨霁，翠盖生香，红粉泡露，南风竞而不觉暑威。遂载酒看游西山，先过家墓，见草滋肥绿，为恻然者久之。旋游小石洞，晤孙子琴文梓，朗夫念屺两少府，亮夫、仲彬焕两茂才，于旅泊轩茗谈良久。坐石屋中，毛发凛然，见上有天竹海棠，藤罗缭绕，绿染衣襟。傍池新构船轩一所，上有舵楼，又筑六角亭，未竣。精舍数间，多名公墨迹，成亲王书为最，余若王梦楼太守文治辈摹琉球国书，亦神妙。庭中百合、夏菊盛开，眄之怡颜。夕阳时下山，岚翠扑人，蝉声四集，如在画中行。唤舟子担洞泉而返。

七月六日(8月4日)，戴双柑师卧病半年，竟不起，犹忆初三日视疾，呈弭盗章程，师细阅，点头者再，与予言，神气如常。第以医生张子槎云："元气大亏，慎防秋节之至。"不胜怀疑，即慰以数言，谁料数日不侍，遽痛山颓。乌乎！师资永丧矣！闻床褥间处家事及后事，悉周详。故临去坦然，身后一切预备，无烦弟子奔驰，予往唯送殓而已。向日师筹吾家事悉心妥理，而今不能报万一，歉何如也。师髫岁以神童鸣，至将壮始入泮，将艾才补增。前戊子壬辰，连膺房荐，乙未尤堂备，而仅以一矜终，年犹五十三，可悲也已。为撰祭文一篇，挽七古一首。

十一日(8月9日)，童质庵州倅文钰没，属为挽歌，应以三言一首。

次日，送侄赴社稷庙园会考，时已第五期，均陈君修仁爵作东道主。在社者如庞云槎钟瑚、屈宝生家珍、席聘侯鸿锡、陆子玉寿光、刘孟瞻屺望、黄韵友文澜、席凤书鸿衔、仲缵璋兆熊、姚屺瞻福均、俞绶卿钟磲、屈峻甫金奏、童叶舟葆澂、胡受祉钟瑾、姚小琴家福并为绩学士，侄亦屡列前茅，足鼓少年文兴也。

十三日(8月11日)，偕周允斋及兄避暑西城，于长寿轩品汤饼，乔木阴森，几忘身在城市。

廿九日(8月27日)，挈侄回祖居，为轮举李王社也，幸偕诸族人畅饮尽欢。自迁城二十年始一会，亦人生难得事。侄辈林立，相见不相识，问之始知，同为哑然。

晦日(8月28日)，随亦兰叔小饮李氏，承主人梧冈上舍、其次君静轩一桂劝酒殷勤，招时己生昆仲陪余，谈文忘暑。

八月六日(9月3日)，赴童氏吊，与周听泉话片时。戴师亦于是日家祭，予往陪宾，偕吴沁香慰椿、薛约亭钧、蒋子琴大钧三上舍、姚心兰、王嗣香、陆芷航三茂才叙话竟日。

初九日(9月6日)，王蕴香嗣母刘太君即世，为撰挽联。

十三日(9月10日)，陪钱文钦姨丈及诸生大侄逍遥游探桂，茶亭啖鸡豆，颇鲜嫩。旋于李楼食汤面，味亦佳。

十七日(9月14日)，赴郡，见高家堰灾民填塞胥门，约有数万。

二十日(9月17日)，偕徐少瑜赴玉峰，考诗古，与季寿之公子莆卿明珠、钱生筑嵊同寓柳宅，主人充新阳漕总，在四柱坊。于新庙遇常州奚竹坡，相余为富家子，曾手挥万金，不甚准。而相莆卿，则谓眉目清秀，今秋可决小售。相少瑜则云悔气满面，将服重丧，如今功名尚无望。迨莆卿获隽，少瑜丧祖母及其舅氏，俱有服，始信术家间有中也。

廿五日(9月22日)，场中晤崇明家子钦茂才□□，略叙谱系。

廿九日(9月26日)，返棹，与长洲陆寄庵清泰、同邑吴治卿廷钊、陆月樵起、王春华福清、宗韵生诸子同舟，皆善戏谑，忘形骸，畅叙终日。

九月七日(10月3日)，大侄随朱恂如、曹星村、钱竺卿之昆。

十一日(10月7日)，入场，侄以幼童坐堂号，学院给汤面宠之，出场颇早。

十四日(10月10日)，闻平燮庵捷音，大为欣慰。念予姑母教育多年，读书不惜费，燮庵又克自树立，善事节母，至此稍得舒眉，可喜也。而大侄遗卷，见文宗评云"尚清晰"，初次观场能不曳白，亦可嘉。

十月朔(10月27日)，蓉村师季子蔼亭康福来学，视其眉眼如画，酷似前人，洵王家鸾凤也。予以先慈行略阙如，特于课暇补编之，仅得十中之一。

初九日(11月4日)，偕刘玉如及诸生大侄祝家坞玩菊。致道观品茶，见七星坛前舞台结彩，因明日皇太后诞辰也。与王景田、蕴香谈洞庭胜景，知其祖茔多古桂，落英尺余。薄暮，二曹饷菊数盆，谢以诗。

二十日(11月15日)，送庞宝生编修赴都，与俞蓉卿上舍钟琨话半晌。又谒杨砚芬太守，时丁内艰，十八年不见，鬓虽如银而貌丰音亮。重年谊，留予道故多时。

十一月五日(11 月 30 日)，谒蕴香、雪艿于圃中玩残菊，长与人等。竹屏上五色如绣，弥重晚香。

初七日(12 月 2 日)，慧生出京抵里，过小斋话旧，见惠京都土宜，并示《北征草》。默卿为余题拙稿，并见示《风雨对床图》及所选《词粹》、所撰《近草》，索予手题。周伯山携宗丽生遗像亦来乞句，仲父示陈节妇华氏略，俱走笔应之。

十九日(12 月 14 日)，新生入学。爨庵从吉完姻，先来寓余家，为之安排诸务，送其回乡。为移花烛，并赋催妆，与座客瞿泰瞻□□、子英两君及徐云涛上舍应祥、瞿兰圃参军衔杯畅聚。

次日，值毛生镜仁大聘之喜，其父菊泉表兄邀饮，挈侄至其家，知并祀吕祖，灯采绚烂，鼓吹喧腾。偕姚鸿飞姻丈□□、陈芸斋姑丈赓扬、秉远上舍国良、高锦堂仁彪、王仲卿□文欢饮，席上听金莲溪、周顽仙澜斗曲，令我神移。

晦日(12 月 25 日)，徐子瑜太君病故，来索挽，应以长篇。

十二月十日(1849 年 1 月 4 日)，随季父谒言稷堂翰博良爰，为平氏调停讼事也。

望日(1 月 9 日)，与尤静困饮于贾氏，惊悉其太君及阆君两子俱于一月中病没，唁以数言。

十六日(1 月 10 日)，从妹于归狄氏，季父命予与爨庵等送之。坐客金莲溪、狄幼成、孙在贤劝杯殷挚，幸拇战连胜，不致醉如泥。

二十日(1 月 14 日)，送亡友陆筠轩殡。

次日，禄儿缔姻陆氏，即筠轩季女，执柯者为周听泉及家大兄。

廿二日(1 月 16 日)，贱诞，天晴而寒，大兄办汤饼以祝。第一事无就，瞬及见恶之年，以喜以愧。

廿三日(1 月 17 日)，为筑墓门计，于亲墓南偏又拓地六尺余，出钱四千五百。

廿四日(1 月 18 日)，陈心田自休宁回里，赠我徽墨三十二函，据云选料监造,感谢以诗。

　　廿八日(1 月 22 日),陈晓霞丈因病未及摒挡岁事,予见其困,折节敬送之。

　　除夕(1 月 23 日),话雨,得诗四首,并和仲父五章,聊写穷愁之况云尔。

龚又村自怡日记卷八

道光二十有九年己酉(1849—1850),四十岁

元日(1月24日),忽晴。东邻元宵锣鼓不绝。老仆孙五服役将十年,视主人家渐婆,遽辞归。

次日,王蕴香添孙,时公子蕙苏宦越,予贺句云:"捧檄贤郎何限喜,新春第一报添丁。"

初四日(1月27日),挈侄下乡拜年,陪狄玉润妹倩□□饮于仲父家。晚又同至贾子良外舅平竹香表弟处小酌。是夜,舟赴郡城,泊北濠周德润□□宅后。

翼日,到家淡安明经、徐秋涛校尉家贺岁。淡安貌较丰,而兴致稍减。秋涛新居甚敞,见其太君年已八十七矣,谈犹不倦,其夫人亦已六十五岁,风致颇似中年,为余留茶点,倍致殷勤。复过笪氏,为问樵留饮。其母为予族姑,其妇为予堂姊,俱因久不相见,命娇鬟于绿梅花下劝酒频频,席有鲜蛤、风鸡、糟肉,味绝佳,临行更以珍饼馈送。予过饮至醉,回舟吐涎矣。

人日(1月30日),随季父饮毛氏。时菊泉表兄、高锦堂姻翁仁彪同请季父课子,予与张锦芳丈士福为之调停。王默卿饷卤虾瓜、炙鱼脍,谢以诗。

初八日(1月31日),江阆仙世妹淑则出阁,树叔师命予送之,陪杨砚畲学博、秦小园上舍尔润及司马君□□熊、苏君□□文业、秦君二宜嘉乐、江君子敬左福、王君菊人辈畅话竟日。

越二日,复招宴饮,与其娇客俞幼兰茂才钟纶及庞子方学正、邓

逸亭广文、苏慎卿鹾尹思诚、钱遘村少府、李升兰孝廉谈时事良久。

十一日(2月3日)，偕朱恂如观灯。于雷部殿晤海宁查少梅□□□□，状貌魁梧，善书画，为眉史大令揆之子，浙西名士也。视陈晓霞丈疾，为余言近遭外侮及长子凋零，为之叹惋，幸季姬一胎举二子，犹足慰情。李梧冈、王湘帆两丈均挈公子来谒，陈霭亭妹倩、福庭从弟缵熊亦来贺年，同饮于小斋，鲥鱼方美，借时新下酒，差可娱宾。连日在丁云坡嗣昌、徐云庄□□、钱缵园祖望家射灯谜，大侄则百发百中，而予神思迟钝，觉精力不逮前矣。

十七日(2月9日)，周听泉贰尹招饮，偕其馆宾陆毓泉及沈幼琴文澍、陆少云凯、钱起堂肇元战拇畅情，筵有雉松等味，剧佳。

大兄家居授徒，于廿二日(2月14日)开塾，其婿卢器轩来从。予编是年诗为《对床集》。

越日，步至毛家桥，钱文钦姨丈留饮，蒙以笋舆扶醉，送我回城。

廿四日(2月16日)，偕王嗣香及季受之乔梓赴郡。嗣香喜掷状元筹，招邻舟钱筑嵊、子纯来遣寂。而受之则善谈果报，谓："不孝者，天罚其绝嗣；好淫者，天折其功名；縻无益之费者，必终身贫窘。"雅尚俭，谓："予能治庖，鱼须油炙，肉须酱煮。笋时，则残肴中须去笋，并可拌以菜干，期耐久也。且物以蒸而味出，尽可置于饭锅。尝煮火肉于饭镬底，盆覆倍香。另煮则费薪，反减元味。"数语可书之绅。

翼日，冒雨应陆中丞甄别，坐沧浪亭东厢，与吴县汪致堂福辰同砚席。自叹精力渐衰，畏文场如战场，致岁科两试连不利。而于今初六日忽落一齿，眼花鼻壅，茶酒之湿遍身，即书院角艺亦灰心矣。出场返棹，见冶长泾枭示盗首四函，知为去年劫航船而伤人者。

二月三日(2月25日)，胡润卿宝璪、曹和卿、邵似文、陶誉之嘉树、屈华卿五文学缘开复酬神，席设周神祠。余往贺，偕杨砚畬学博、受申茂才、曹诏庭上舍柏霖、潘子昭文学欲仁等同拜文昌，倾襟畅话。旋送杨砚芬太守赴新安紫阳讲席，系其门生王晓林中丞植所聘，予有诗赠行。晤吴筱轩明经丈宪澂及俞荔峰文学大文,绸缪话旧。复送翁遂盦少廷尉入都,薄具赆仪。其幼公子叔平明经同龢出陪,谦光可挹。握别之下,留句以当骊歌。自正月望至二月中,阴雨连绵,河水大涨。

十六日(2 月 10 日),倪观察书院开课,与朱半千、平沁梅、季茀卿、平燮庵、金生景岩、大侄伯谦赴试。是日,投考者有千余人,颇拥挤。春寒未散,残梅在枝。题为《孟子曰恭者不侮人两章》《川形其宝,得形字》。同时己生、酉生辈坐于白苏祠,连杯清茗,足沁文心。而予为俞月楼丈席珍絮语不休,文机忽窒,半日不成篇,连吸淡巴菰,精神始振,笑谓文思尽在筠管中耳。李生琴仙留侍磨墨,亦助胜情。

廿三日(2 月 17 日),陪钱文钦丈暨诸生行灶桥观剧。久雨初晴,士女云集,绝无泥中之嫌。同季伯南文学荣棠舣舟回城。适接杨遄飞丈所撰先慈家传,即趋拜谢,嘱余题黄涵园文学应奎《传孝编》,应以五古一首。

廿六日(2 月 20 日),先墓门墙动工,包坟客钱维成措办,共计五十余金,外自添石料,约十余金,爰偕家景园连日监视。

上巳日(3 月 26 日),挈金景岩、卢器轩、王纫兰汝翼、李琴仙、伯谦侄三桥修禊。旋往省墓,闻山半拜香者喃喃不绝,杂入松风中,清音醒耳。因苏城潘氏倡修程家桥,颇厌尘嚣,乃取道中山,谒故人陆筠轩墓。归接杨砚芬年丈札,见先府君传已成,谢以一律。

初六日(3 月 29 日),道宪书院案出,金生与大侄俱取。

初八日(3 月 31 日),贺毛生镜仁毕姻。与金莲溪、王冕卿祖文两上舍、桑砚香州丞文灏、镜仙参军文澌、高锦堂仁彪、瞿子英熙元、毛小溪城诸君陆家村迎娶,适大雨沾衣,笠屐颇苦。旋偕冕卿移花烛,欢饮至夜分。遇宗尉乔浩然、姚醉亭□□,十九年不见,几欲问姓名矣。

初十日(4 月 2 日),雨后寒甚,闭户拥炉,有如严冬。自正月连阴,未到圃中,不意玉兰已落,海棠试花矣。

十三日(4月5日),清明,扫亲墓,得十绝。

次日,祭祖茔。适从弟景山缙炽成昏,德荫叔樾命移花烛,与朱义庄、义田、瞿志行耀祖、周蔼堂维桢同座畅谈。和仲父《炼石歌》《元和塘晚归》诸作。见太圃弟病后成瞽,为之恻然。范兰畲上舍丈宗镇病殁,挽五言长排一首。

廿二日(4月14日),为禄儿纳采。连日风雨,至是适晴,不胜欣慰。有鸽入厅事,获之,余谓其来投生,非投死,爰付存仁堂放生。晚招钱雨亭、周听泉、陈翔云诸君赌饮颇畅,听泉母张太宜人亦来贺,与南乡亲戚会宴,喜气满堂。平燮庵夫人馈顶囊瓶袋,谢以诗。翔云惠土蚨,甚可下酒,亦有诗。

廿三日(4月15日),陪三叔父至西山垄,观新造墓门,并祭大姑母墓。冒雨而回。

次日,忽晴。禄儿赴外家,自生五年始一至,颇博外祖欢。庭中牡丹困雨,花未放而心先绽矣,用前年韵得六诗。

廿九日(4月21日),往闻氏贺喜,与姚于涵际典、周景春□□、朱友康□□等同席畅饮。芝庭表弟桂芳幼失怙恃,其嫡兄企贤又没而无后,闻氏仅存此一支,至是其姊为出钱助婚,年逾壮矣。

四月二日(4月24日),雨。

至次日,荡龙舟,汤寅三医士亮臣、钱华卿少府福钟俱唤吴舫装灯,中流如聚万星。余家以祀路神余烛焚之,借以博笑。

初四日(4月26日),偕周蔼人诰及诸生大侄泛舟西郊。先谒维摩下院,知洁崖上人□□已退院。更访吴王庙,并供西施,联云:"大王十分公道,夫人一片婆心。"盖奉为东山土地也。旋展亲墓,便过王氏新祠,见湖田有"千圣小王"名目,属卢器轩对,应声曰"三官大帝",敏妙无似。复自首云"景岩口授",予重其不欺。

初九日(5月1日),先舅氏之孝已蒙命下,府学斗及官报来,予为代酬报费。苦无力办坊表,先唤石工镌恩旌孝子碑,峙于墓前。

十一日(5月3日)，禄儿自外家归。按时宪书，是日为吉辰，爰命其入学识字。

十三日(5月5日)，立夏。俗言是节秤人，可不蛀夏，婢辈戏以大秤称禄儿，五岁得廿二斤，而祺侄少一岁，其斤两亦同，知人在体充，不在齿长也。余平生并未经秤，故不知身之轻重。室人则去年得六十七斤，今反减三数。而禧侄反得六十六斤，于此知人之盛衰。

十七日(5月9日)，同内子西山省墓，见门墙及石磴俱竣，改旧观焉。回至乌目墩，携儿谒陆祠，命其拜筠轩冢前，九京有知，当喜添小娇客也。童叶舟葆瀓出吟社课卷嘱定，为《群季俊秀》《映带左右》《诗韵清绝》《倚马万言》等题，他如《闻莺待燕》《踏青词》信手涂抹，不顾讹碧成朱也。

廿二日(5月14日)，王宝君国琛母夫人殁，挽以诗及楹联。闻故人周亦然遗稿失于汴梁，乃检其赠作及《西窗诗话》所采诸诗，付其嗣子收藏。王默卿赴杭，访弟于凤皇山公馆，归以孤山春茗见赠，谢以诗。

廿四日(5月16日)，谒黄理斋上舍丈巽，留饮不果。是时，菜麦犹在野，而州泾、龙泾诸处俱演戏，未免蹂躏春熟矣。闻北庄神被震，余执途人询故。据云，有陆巷某家女入庙烧香，下拜时见神带笑容，落手中折扇，而女扇亦一时并落，其姊拾神扇插神手，辄堕，迨女取扇置神手始妥。女归狂言神欲娶我，未几病死。其家卖田产，办妆奁，择日送庙，先塑女像，伴婆每夜扫床，动见双蛇蟠伏。嗣后女像所带珠冠辄毁，似有夫人妒而殴状。近日女夫病危，大呼神派我作马夫，昏晕而死。天忽雷雨，霹雳中神首，又一霹雳，激女夫忽苏，大是奇事。想神座为妖据，肆其邪虐，非真神也。时己生来云，其宅旁老竹试花，他枝叶皆脱，唯此一干交柯垂蕊，如麦穗然。予闻凤皇非竹实不食，倘花而能实，亦家之祥也。

廿六日(5月18日)，观王家桥会，颇盛。丧尸俱披五色呢袄，顶马侍卫俱衣绣袍，土地社扮杜守劝农，呆汉成亲，可发一笑。而莫妙于玻璃香亭,架用紫檀,其中古玩亦夥。

廿八日(5月20日),二图神社,半阴半晴,社中人皆笠屐,有黄呢看轿,颇新鲜。

闰四月三日(5月24日),邑庙演会,陪钱文钦丈暨周蔼人往观。扛玩七座,俱十余岁女子,扮古装,中有五采篷红木冰纹玻璃屏,旁供珠玉器,知自顾山赁来,甚觉靡丽。是夕大雨,至初六日(5月27日)未已。自春初到今,阴多晴少,蚁缘梁上,鼠窜日中,水涨五六尺,野田菜麦俱淹,可悯也。即率子侄叩天求晴,虔诚斋戒。

初七日(5月28日),稍霁。又领子侄焚香谢天贶,并诣家神灶神考妣栗主前礼拜,以展诚悃。入城晤许鞠樵上舍洛,自甲午秋于王蓉洲试寓一会,已十五年矣。是日,又观邑庙会,有骑马诸将,衣装剧华,灯会妆月宫各样,火树数丈,所费不赀。

初九日(5月30日),挈诸生暨子侄泊舟颜港,谒千圣小王庙,神旁列上相。晤僧某,询知小王为唐太子,被唐皇杀以食士,想与张睢阳同时。午后,观昭邑神会,十将数队均闪绉袍,满汉饭有二十扛,风俗之奢莫逾于斯。便访钱园,登假山四望,白水平堤,如江湖然。复进同与堂,涉花圃,满路浮萍,水廊已断,而三面高墙,却卓立如故。谒文昌阁,呼儿辈拜跪。见随粮王后殿有石柱石门限,俱不朽物也。阁中观诸道人小影,笑颜生动,复有总管庙图,亦雅淡。归途见书院陶山长案出,余卷取超等第二,题为《其为仁矣不使不仁者加乎其身有能一日用其力于仁矣乎》,评云:"理解清,文法细,想见面壁功深。"

十七日(6月7日),与大侄讲《而非邦也者》题文,侄见中有"不得谓戣将是,而杙将则非也"二句,谓据《王制》赐诸侯乐则杙将,赐伯子男乐则戣将,似应互易,颇见会心。余更以"九合诸侯"属卢生对,即信口曰"三分天下",亦巧绝,为之拍案者再。王蕴香馈白枇杷,酬以诗。闻其生母孙太君没,为撰挽联。

五月朔(6 月 20 日)，夜雨如注，中低两区俱不能插莳矣。

初二(6 月 21 日)夕，西市河数百童子演灯会，舆马及旗盖剪纸为之，悉工巧。鸣金四衢，夜阑未绝。好事者缘时多喉症，希图扫荡邪氛也。

初五(6 月 24 日)至十三日(7 月 2 日)，霪雨不止。予欲赴武庙烧香，而积潦盈衢，惮于厉揭，遣仆钱炳代之。宅后门内如水田，一望可叹。闻四万荡故居一带，均于是日通圩。

廿五日(7 月 14 日)，常邑尊黄印山先生金韶、昭邑尊毓秀峰先生庆招余至宾兴局议公，与宴明伦堂，在座者有俞霞城中议烈、杨砚芬太守希铨、庞炳文都阃联奎、蒋宜斋大令嘉璋、陶静涵学博贵鉴、杨砚培少府希钰、姚毓芝州倅焕、鲍琅斋司理元琪、杨砚畬学博希镛、徐月楂詹尹藻、曾仲才助教彬文、归子瑾司马令瑜、俞念香孝廉允若、蔡文山学博廷熙、钱絜裁博士慎揆、王虞英州同元钟、席啸岩醝尹朗奎、蒋诚斋司理嘉珪、张约轩按经元龄、曾叔岩中翰熙文、王宝之孝廉振声、屈六皆学博忠谦、谢兰荘孝廉鸿恩、钱遴村少府湄、王叔和上舍宪中、丁芝亭孝廉云瑞、刘恕斋少府瑗、席梅生明经振迻、俞云挥州倅升基、钱少湘少府福华、丁曙堂文学云藻、吴笙谱明经庆集、言稷堂翰博良爰、曹和卿文学敬、张朗宇学博尊衔、李升兰孝廉芝绶、杨季新学博希铭、归菊庄州丞鸿诰、钱仲谦少府福棠、潘秋农文学庆曾、翁玉甫学博同爵、钱仲甫上舍楠、陆利亭千戎金辂、徐励斋文学志壹、杨叔京少府希镐、施阆苏学博震福、赵价人典簿宗德、浦晴川学博鸿书、曾伯伟孝廉观文、庞昆圃文学钟琳、杨钟鲁孝廉泗孙、钱竹庵少府彦愉、杨恂如文学恩湛、归梧冈少府来仪、钱梅庵学博彦华、朱绥之文学曾福、赵振之学博宗望、陶幹卿少府嘉楠、曾士材少尉成章，两令及张雨人学师宗沛陪席。念余家前次失窃，蒙王蓉村师代言于县尊，特为亲勘，今王氏被贼未报，因与黄明府道及，面允饬快巡查。

晦日(7 月 19 日)，不雨而水怒涨，即高区亦损伤矣。计水较癸未年更增二尺余，灾区倍广，待哺嗷嗷。余乃襄理赈局，于六月朔(7

月 20 日)劝外舅输银三百两。禄儿与从侄培原同识字。原七岁,颇聪明,教一二遍即能认,惜口音稍低。而禄儿少二岁,声音反宏亮,锦若兄爱之,赏以百福字钱。原字葆初,禄儿以十月初七生,字以蓉初,咸谓二初俱国器也。锦若与余如同怀,每赠物必思所嗜。余见其伏中内热,以孤山新茗遗之,冀解烦渴。

初八日(7 月 27 日),偕朱子钦丈在外舅家安排贫邻,每户大口给米一升,小口给米五合,得米者俱欢悦而散。舟次见潭荡,田河莫辨,墙宇一空,居人四散,仅存屋架,如鸟笼然。又遇浮棺数十,其破者饥民析以煮粥,有堂董领多船收葬,诚善举也。时禄儿在船温字,虽风浪簸摇,颜色不变。而内子则以下乡惊怖,扇动肝疾,兼感暑邪,手足敛筋不展。延医师张启封登坼诊治,用热汤熨之,至夜分始复旧,然而元气大亏矣。乃遣羽士祷神解煞,并赴各庙烧香。

十八日(8 月 6 日),内嫂蒋夫人来视疾,内人晤谈良久,不觉又动肝风,爰遣大侄南乡请喜。婢媪俱病,觅人服劳,予助操作。

二十日(8 月 8 日),立秋,大雨,天气稍凉。室人恙渐痊愈。余性好生,谓儿时尤不可长杀心。禄儿解此,每于同伴中见手握夏虫,辄放,若已翦翼去爪,则怒叱不已。而见蛛蜘,则争先蹋毙,谓此能网虫,恶物当杀。余最恶轻薄子弟,谓大侄曰:"忠厚为根基,后来诸福方载得住。又自叹半生无德,口过色过,在所不免。今尽力湔除,已悔晚矣。汝等趁今未犯,正可有为,上天赏罚不谬也。"

廿一日(8 月 9 日),杨砚芬年丈回里,赠予以《筹济编》全部。

廿四日(8 月 12 日),赴蒋菊岑锡昌之招,与其弟卓斋晋昌及曹和卿、李韵梅等石梅茶话,并进公局,为其家书捐二百五千。闻郡城设养牲局,每水牛质钱十两,黄牛质钱八两,沙牛质钱四两,刻字于角以为凭,限十月期满,在半年中收赎者不起利,半年外则照典起息。没田之初,有将二十余金之牛,减至三金而卖者。此事一举,民物两利,所全已多欤。邑中致和观设收孩局,刘雨寰学博成霖、周颂三宫尹锡庆创捐膳米百石,其余绵衣、布匹、饼糕等物俱有助者,赵子人宗功、邵绮园起元、赵云衢允亨、钱三綮彦邦诸茂才董其事。余往访,见褓褓、肚兜、衫裤、帐席均全,每乳妪服侍二孩。每孩手锁标字,稍长者胸挂木牌,小者以晬后为率,大者以成童为止。其中或煎药,或制衣,甚扰扰。余孩分养塔院,以济育婴堂所不及,亦救荒一政也。

闻金陵号舍积水,乡试改至十月,余既无斧资,又恐精力不继,渡江之愿当卜之于神耳。乃于七月朔(8月18日)邑庙拈香跪问试事,签云:"渴得凉浆病遇医,梦中有像报君知。立身正道兴家业,文书暗有贵人提。"予但求往返平安,并无分外想也。又问家宅,签云:"已出灾殃祸不招,安身自在性逍遥。旧禄重新迁改吉,是非莫管自然消。"其时另支新灶而旧灶久未炊,家人多病,神示之矣。品茗石梅,有旧仆金宝、县役吴著香来叙前廿年事,如隔世茫然。

越日,为外舅采买平粜事请邑尊给示给照。自八月始至腊月止,接济贫邻诚大功德也。

望日(9月1日),秋暑尚酷,挈儿侄社坛乘凉。见街市迥非昔比,米价腾贵,至每石六千,唯鸡虽不值钱,大都以积水出卖者耳。

十七日(9月3日),年丈杨砚芬太守来会,自辛卯入都告别,迄今二十年矣,重话前尘,各为惆怅。适表舅母俞淑人吊期,予往奠,与同案屈介君学博溱福叙话移时。归闻东邻黄崧轩上舍骤亡。记予为劝输事,屡与谈,见神气如常。近因湖田人众,逼其平粜,闷闷成疾,似气臌,竟至不起。遇灾年,为富者难矣。谊属通家,挽以楹帖。

越日,下乡,见水退将三尺,莘庄一带苔痕几及梁,余家祖茔尚积水,墓树已无一存。

次日,赴毛菊泉家,为季父定馆事,蒙其留饮。舟次感秋暑,大便见血,困卧数天,连食雪瓜而愈。

二十日(9月6日),缘室人病瘵,倩羽士四人禳星谢土。

廿二日(9月8日),外舅入城办地棍。余以行不义者必自毙,勿自我而戕其凶,无如肆行辱骂,攫米自炊,不得已鸣官提究,剥肤之痛自有难忍者。闻瞿兰圃参军病亡,大为惋惜。其性忠厚,与余仿佛,肯折辈下交。犹忆庚寅郡试同伴,有友邀至戏园,观吴阊群艳,彼坚却之,与大兄静坐半日,品端可知。乃年甫四十九,已赴玉楼,天不祐仁如此。挽以联云:"别雁离鸾,戚里同声推厚道;腾蛟起凤,文场赍志剩幽光。"

八月二日(9月18日),赴局监发抚恤银,与少尉张滇生先生士照及陶静涵丈、赵振之、庞昆圃、陶干卿、归梧冈、曾士裁等饮于园中,见桐梓阴碧,抚之怡情。而家圃中水尚浅,花果俱萎,不无黄落之慨。

越四日,到局监赈,陪黄邑尊、陶山长话于石舫。寻晤昭令章子元先生惠,略叙数言而退。

初八日(9月24日),路遇蒋菊岑锡昌、卓斋晋昌,同至寺后街。偕瞿佩声□□及狄懋亭少府简庭、蒋梅亭大使福昌茗谈。回至县署,见外舅为邑尊延接,茶话花厅,问及捐输平粜,称善者三,临出,送过川堂。所禀土恶,或杖责,或枷号,快事也。

十一日(9月27日),范朗霄书来,知其弟理裁上舍物故,索挽,应以二诗。

次日,盛阆盦大令丈泰符自甘肃回籍,见访不遇。旋答拜于县西寓斋,畅叙旧好,亹亹不倦,忘其年之七十三也。闻父执吴伟卿比部赟没于京师,念其力扶寒士,同乡在都者多荷吹嘘,经理会馆二十年,备极周详,累重如山,所施莫报,竟致病骨难支。公子吉甫州倅似汉远宦黔,柩归尚需明岁,诚可惜哉。午后,两邑尊邀余饮,席设常署东厅,同座有管粮通判董汝济先生作楣暨杨砚芬、砚培、蒋宜斋、诚斋诸丈、屈六皆、钱葭村、张约轩、钱仲谦、张朗宇、翁玉甫、李升兰诸君。时黄邑尊勘荒未回,陪宴者为章明府、张学师。昭粮厅茅云洲勋、常捕厅张滇生两公。肴馔纷陈,大半海错。酒次,脱帽解衣,畅快无比。自未至戌,烂漫长筵,始以香粳粥和胃,趣事也。

十四日(**9月30日**)，谒范庄叔母于寓舍，承留点心。悉其家有恶棍多人借灾肆抢，幸邻众协力拿解，速下监禁，大为快心。偕其婿陆子玉寿光、司计新安戴正和□□话久，小雨湿衣矣。又为王小庄撩浮棺事，托屈翼亭茂才报公堂收葬。小庄力歉，尚备多船收浮槥百余，停宅旁隙地，每船给斗米，至其家米困一空，甚可敬也。

望日(**10月1日**)，挈卢器轩、李琴仙观灯忠安王庙。踏月而归，一带街市荒凉，每巷爇香斗者不过数家，未及更余已闭户。

既望(**10月2日**)，谒俞念香、屈六皆，商劝输事。于尉兰茶园见偻背老人携孙谈因果，谓："往尝见刻薄人家某某，非不发财，而不义之物难久据，有及身而败者，有出狼子破家者，不过二三十年，如烟云过眼。"又云："予造过十二桥，遇大灾三次，犹记七岁时，值乾隆三十九年水灾，不若道光三年之甚。今岁奇灾又甚于三年，天留予一老，备历艰苦，何哉？"余问之，始悉为同姓，字凤山，年八十二，虞麓石工也。问余曾以举人出仕者可认识，余曰即先大人也，各为哑然。又见街衢多女丐，想为饥寒所驱，店家不暇给。更闻灾区贫户都食菱梗、荇菜、豆饼、麦秺，田荒二三月尚如此，后日将何如？季雄甫福寰、张雨香承霓两茂才及曹小卿应震来谒，为劝舍棉衣，属予分任其事。第恐无以效劳，姑应之，即劝外舅等助若干缗。闻平远山眉良于月前病故，惜之。远山业花布，眼力甚准，可得重俸，苦奈不善治生，近吸鸦片，予每晤，劝其撙节，为他日成家计，并嘱其戒烟保身，不意其竟以黄瘠死，前言不虚掷哉。

十七日(**10月3日**)，同王小庄及屈琴盦步瀛诣凝善堂，与董事陈蓉堤如松定载棺掩埋事，每具补运费三十，葬费则公堂领回。小庄泽及枯骨，余等忍不分劳？自今新故鬼之遭劫者，各得所安矣。

十八日(**10月4日**)，苏谷生茂才奎照亦为施衣事嘱劝，凶年公事太多，恐富户亦难酬应也。见许真君救饥方，用黄豆、乌芝麻两物，蒸烂捣末为丸，每丸四文，二丸可支一日。价廉工省，所费无多，爰嘱诸生凑钱办料，如法为之，以行方便。及门踊跃乐从，亦小补一法，但施之绝粒之后则可,施之素饱之人则不效,相宜施送可尔。

廿二日(10月8日),偕屈六皆、钱少湘下南乡劝分。

次日,饮于朱又村州丞震家,蟹螯侑酒,肴核甚丰。憩其翠雨轩,后临荷池,璃窗明敞。一时捐户云集,又村怂恿而来。

廿四日(10月10日),朱子钦丈款留。

廿五日(10月11日),王霞帆家设宴,肴馔俱精。事毕返棹,啧有烦言,而捐及二百千以上,止霍琴山荣桂、俞蔼人师道二人。可见南帮少殷富,况值连灾,尤难为力。所谓"舌敝耳聋,不见成功"也。

九月六日(10月21日),贾翰才邀余同曹和卿、伯谦侄瞿楼小酌,蟹粉蘑菇极佳,大饮福酒,已颓然矣。扶至子游坟前品茗,山泉颇清。

近日虽遇灾,而公费不减,录遗诸生宾兴局给钱七千,书院给钱三千,斧资不必多措矣。乃于**重阳日**(10月24日),偕程绘诗瑞楷、瞿仲侪、季莘卿及瞿生静香赴省,莘卿尊甫陪往。一路风利,出鹅湖,泊茅塘栅。

初十日(10月25日),过梅村。

十二日(10月27日),过高山岭,因水浅登陆。旁临池,有担夫退后曰"让先生们过去",足见举子可贵也。暮泊太平港。

十三日(10月28日),步龙安镇,见水痕高数丈,沿河市廛,荡成瓦砾,唯近山有鱼肆,颇多比目鱼。晚泊栖霞。拈"蒲鞋船"嘱同人对,仲侪对以"纱帽椅",仲侪又以"猫首鸟壶"属对,莘卿应声曰"貂皮马褂",皆吉语也。

十四日(10月29日),守风江口。步至石埠,见败甓遍地,露坐者俱食豆秕,或采野苋充饥,一望荒寒,令人酸鼻。回见桥门支网,有无数白鱼兜住,却可观。

望日(10月30日),起早,过栖霞镇。荒山多破棺,误入歧途,踉跄而返。往还约有十里,问田夫,始知从长板桥西行。一带官道,颇可纵步，而足力已疲，乃于半途雇驴。过山田，见大石狮五六，想是古墓。经张王庙、玄武门，十丈高堤，常防失足。见乌鸦纷集，田为之黑，叱而飞，声如雷，良久乃已。自山道纡折达官驿门，统计有四十余里，同伴俱骑行，而季受之则步，艾年如此，矍铄可羡。夕次燕子矶，月明如昼。闻季砺之舟被山尖撞破，濒于危，幸换船始脱险。山行虽苦，犹稳于江行焉。

既望（10 月 31 日），过下关，见潮痕在屋顶。午抵金陵通济门，寓李殿扬芳芝家。主人精医，兼充理问厅书吏。询知五月中雨水与江潮并发，庐舍漂没，居人皆迁，迄今始复旧居，不胜重生之庆。见予嗜饮，贻古瓦烫壶，雅人也。

二十日（11 月 4 日），录科，晤同号高邮吴□□元勋如宿好。是日题为《孙以出之信以成之》，予纯用《易经》。案出，卷取第四。

廿一日（11 月 5 日），同人四景园茶话，听隔水河房琵琶数曲，有女儿倚阑，如花照水。遇张某，含山老诸生也，以箸蘸茶水，写一联云："两江雅士当轩坐，一带名花隔水看。"拉余要招金钩子。金钩子，秦淮藏娇者也，余坚却之。见钓船二，隐于水榭间，其壮者连得大鱼，其少者仅得三四寸小鱼，大判优劣。园主因坐地对歌馆，茶价倍增，可恶也。从东水关过钞库街，甚荒寂，唯夫子庙前百货丛集，五色炫眸。

次日，城北程玉书麟来寓小饮，为我言今夏水劫，老少淹死大半，官长都逃，幸有雨花台寺院可以赁居。有一弟避患争舟，舟沉而溺，至今尸未获云。夜以桌上大头菜、荷包蛋嘱同人对，受之对以"老皮茄"，季擎之对以"葱管糖"。

廿三日（11 月 7 日），同伴品教门羊面，似带牛膻，余久戒食牛，至此而为其所绐，心甚不悦。

廿六日（11 月 10 日），谒溧阳强敬甫文学，知其游幕浙江庆源县，尊人沛崖师为监掣同知童石塘先生濂延去校书，现在维扬。其四弟赓廷新登拔萃科，五弟砚芸新补廪，家运颇亨。同寓狄价人兆藩，是戊寅孝廉福山令春圃先生廷飏之子。闻其姻家宋锡藩中允晋典试中州，出《子适卫全章》题，脱"既庶""既富"上两"曰"字，为监临潘木君中丞铎所奏，奉旨革职留任。谈时出赓廷贡卷，纯是冰雪文，知近来风尚，不取粉饰也。留枣糕、飞凫以颂，仲侪书签云"早高联甲"，剧妙。莆卿偶以"子孙桶"属对，擎之对以"祖宗堂"。余因莆卿已拜堂，戏云："子孙桶进门，自然要拜祖宗堂。"为之大噱。

廿七日(11月11日)，强希和、赓廷、砚芸来寓，话旧移时。同希和金谷园啜茗，彼此各叙近况，别绪稍抒。江宁高小渔文学鳌到寓，知其幕游安徽，曾与仲侪联席，与余畅话如旧交。

晦日(11月14日)，同人游报恩寺，便谒三忠祠，小有花圃，祠祀宋文相国天祥、杨忠襄邦乂、明李岐王文忠。登雨花台，大风吹衣，见江山四面，人烟万户，如披画图。拾玛瑙石子而返。

十月朔(11月15日)，武庙烧香，见座旁周将军像，水淹泥落，募化装金。过北府塘，墙屋俱圮，居人未复旧所。晚与季受之乔梓及瞿静香乘艇子至城北。游隐仙庵，见双白鹤，驯扰可喜，惜年浅，顶犹未红。晤吴县幼生潘□□诵仪，年十四，与莆卿同案，天机活泼，口作金声，真佳器也。同人小憩池馆，馆中多竹器，池边皆芙蓉。登月台一览，胸襟顿豁。旋诣随园，荒凉甚于昔。憩半山土地祠，买火酒遣兴，苦无山肴，唯盐豆、茶干，疗饥而已。

初二日(11月16日)，同人出水西门，访莫愁湖，不意水榭十余间，已为墟矣，碎甓满路，凄绝不堪。

初五日(11月19日)，陆印秋文学正封来合寓，人甚谨饬，敦品之士。为我篆书便面，绝佳。

次日，同观两主试入帘，正为福修元侍郎济，副为杜筠巢詹事翈，气宇轩昂，貌俱丰满。杜尤须如戟，其祖石樵侍郎堮尚健在，今秋重赴鹿鸣，钦加头品衔，父书农尚书受田现任金宪，叔□□进士受履、兄□□检讨翰又官内外，洵家门盛事也。

初八日(11 月 22 日)，入场，与宁国老生陆魁同号，看其精力裕如，年八十二矣。二场同号，有定远凌树勋，询知为东园榜眼泰封之侄，今科顺天中式树莹之兄也。三场皆晴暖，阳月自有小春耳。

十六日(11 月 30 日)，解维，次燕子矶。

次晨，梦中已渡江矣。

十八日(12 月 2 日)，泊毗陵，绘诗往其甥高□□□家，半途分手。

十九日(12 月 3 日)，抵无锡伯渎港，隔岸多窑，烟火四集。同人自试泉门进城，谒无锡县署。前有奎映楼，两旁有廒房，场甚宽敞，一带锦绣街，繁华可玩。过崇安寺、洞虚宫、秦淮海、孙状元□□两祠，地俱清旷。复访东林书院，前庇松阴，幽折入胜。而莫妙于新庙园，给庙祝钱数十枚，始开锁放入，见奇石玲珑，回廊纤折。清池一二，旁植银杏洋枫，黄紫相间。有楼曰"日涉"，有轩额云"绿净不可唾"。有花厅，璃窗五色，纳日最宜。其余亭台不能遍记，东有仓颉殿，缘日暮未登。出南门，下酒以大馄饨，亦梁溪佳品也。

廿一日(12 月 5 日)，抵家。闻从弟太圃于九月廿二日病殁，哭以十诗。又闻方子华大令钺归里旋亡，周鹤侪司马壬福殁于山左，俱有挽章。

廿二日(12 月 6 日)，王宝君国琛又故，挽以三诗。闻陈晓霞上舍丈于九月廿五日病殂，爰赴灵前一拜，哭以数言。两姬人领两孤出帏跪谢，余为恻然。与陶缄斋茂才文彪畅话，离襟而返。

廿七日(12 月 11 日)，赴棉衣局，为极寒之家领絮袄数件给之。

十一月四日(12 月 17 日)，闻沈育万丈坤新卒，予往叩，附以挽言。是夜，送诸生、大侄邑试。

初八日(12 月 21 日)，案出，生侄等均招覆。

初十日(12 月 23 日)，送其覆试。陆印秋来谒，小饮敝斋。

十二日(12 月 25 日)，存仁堂性千上人悟源圆寂，其徒素庵乞挽，应以一律四联。

次日，闻乡试备荐，出第十房，宿迁令任□□司马辉第评卷云："笔气清顺。"予有《自慰》二诗。潘子昭欲仁中乙榜，贺诗一律。

既望(12月28日)，游北郊赵园，一路松涛彻耳，幽景动人。回至陈蔼如姨丈焕章家，见姨氏无恙，廿年一晤，握手欢然。又与陆印秋憩张约轩家园，见自楚带回五峰，石上都有小桧，叶甚翠，供于许亭。许亭者，得许真君小像而名也。主人题户曰："壮游三楚险，归载五峰奇。"又有廊对花窗，颜曰"白驹"，取过隙之义。他若半亭露台，俱胜。茗话寿萱堂，见庭有老桂四五，不漏天光。船式高阁，即衔以约轩，可坐赏雪。步高廊西望，虞山在几席间，为题二律于壁。便道进公局，为亲族中贫者送入赈册。

廿三日(1850年1月5日)，盛阆盦丈见过，自述卓锥无地，境况艰难，乃以二缗为寿。旋偕金竹坡上舍璪若憩钱氏小辋川，俯观池鱼，纯是化境。见邑试正案出，吾友沈幼琴文澍冠昭文案。

月杪，雨雪，连日严寒。侄及金生赴郡试，余患头风不能送。至腊月四日(1月16日)始耐劳，乃答拜阆盦丈，许撰先君墓铭。

初七日(1月19日)，府试案出，时已生昆仲前茅，侄及曹生星村亦招覆。

次日，杨砚芬丈服阕邀饮，其三少君茹初宫尹安顺自京回，令弟砚培丈亦在座。予与姚毓芝州倅、蒋宜斋大令、王虞英州丞、徐月槎宫尹、蒋诚斋司理、曾仲才助教、王宝之孝廉、归菊庄州丞、屈六皆学博、钱葭村少府、俞云挥州倅、潘秋农文学、钱梅庵学博、曾伯伟孝廉、钱仲谦少府、陶幹卿少尉、钱子周文学毓桢先于思无邪斋品茶点，旋宴于善庆堂，锦屏璀璨，璃灯辉煌，两面洋钟排列，精舍也。筵共四，肴馔纷陈，约有数十碗碟，其中乳茶、水饺剧佳，外如蒸苹果，亦新奇。战拇藏花，长筵烂漫。既醉饱矣，而主人呼出腊八粥，煮以红枣香糯，座客俱勉啜一杯，欢笑而散。得七古一首谢之。

初十日(1月22日)，又感风寒，头半痛剧。邀张启封诊之，据云伏火所致，连服药剂，始减痛。嗣又招褚泰和针刺，张子槎、毛菊泉连治，药石俱灵。回念伏枕呻吟，无间旦夕，求医问卜，先意而行者，内唯一妻，外唯一倅，痛定愈思骨肉也。

廿一日(2月2日)，为病止酬神。

次日，贱降。天渐暖，被俞吟梅、吴西亭拉至公局，归来汗湿衣矣。闻翁遂盦丈升阁学，吾乡大为生色，读书者当各奋然。

廿三日(2月4日)，立春。禄儿始读《千字文》。金、李二生节假归，送之以诗。朱生少英为邻姬集一文会，曹生星村为饥民制救荒丸，予苦力绵，俱助不如心，但以诗奖。

廿五日(2月6日)，到翁氏贺喜，澂卿文学曾文出陪，与予话都中事。又偕袁湘亭受□、毛菊泉过曾仲才家，叙谈片刻。

廿八日(2月9日)，季荪卿完姻，尊人受之请余与王嗣香移花烛。晚偕颜印川□□、徐宝成钟英、季砺之、砻之成瑾酌酒浇寒，亦岁底一乐。

越日，过社稷坛，见厂中荒民密坐，染病者多。自月初设厂后，日死一二人，殊可悯恻。且城南诸殷户，腊月施粥，味变酸，不能下咽，想未先祭饿鬼之故，亦属奇闻。大兄以食指众多，灾年难度，拟伯仲各自撑持，乃于小除夕祭告先人，姑先析爨，田房一切，一时不及料理，以为后图。

数日屏当债务，至除夕(2月11日)得暇课儿，掷钱教其识数。见《四书质疑》一书，系瞿菊亭大令颉所辑，爱注讲章之上。予向见注疏中与朱注异者已录大半，至此而得补其全，亦操觚家之一助。念自先严见背后，赖先姚操家，得以守旧。迄今北堂弃养又十年，连遇偏灾，了无生色。低田水没乏租，高田所收，不敷粥米。况迩来为先墓筑墙，为小儿行聘，兼为亲友安排，典券纷积，僮婢减至二人，虽不出工钱，而时当告籴，哺啜亦艰，觉处境之窘，一年难一年也。

龚又村自怡日记卷九

道光三十年庚戌（1850—1851），四十有一岁

元旦（2月12日），日食，微雨。往江师家及各衙门贺新禧。

次晨，荐季受之司计贾氏，同下南乡，昆湖遇大风，几覆舟。至四万荡，知德荫叔母于腊月十二日病故，同曾祖中少前辈矣。得五世同堂嘉庆万年钱，闺人置于饭箩，以为吉兆，至接路神日始收。翁云樵、张雨香刊游文书院课艺，予卷前列者亦刻入，知为翁遂盦山长所选者也。

连日雨雪，至初九日（2月20日）始晴。过邑庙，士女如云，而各铺生意转清，年荒之故尔。

十三日（2月24日），见道署前牌示皇太后于去年季冬十一日升遐，官绅及军民先行摘缨，不剃发、不作乐、不宴会、停止婚嫁。内侄贾翰才本择仲春二日完姻，爰拔前迎娶，恐遗诰到后不及行也。予与沈雪梅上舍承猷、姚啸江少府、尤竹筠上舍思严、黄芝台州丞嘉宾及王湘帆、平沁梅、朱兰溪、王嵩山煌、沈墨轩廷燦、秦蓉塘昱、沈兰溪焘、时西生、王聘轩、沈菊村熊、蓉轩杰、云仙塾同集畅饮，为新郎撰花烛词，颂中带规，庶合长者口吻。主翁命陪新客，谭绍丰□□、王小庄、钱阆仙□□、沈德斋锡琥筵宴尽情。

十九日（3月2日），开馆，生徒中添谢秀东兴宗、宋杏书培基二人。午后送伯谦侄赴狄氏师席，与东翁小川昌豫茶话多时。

廿二日（3月5日），皇太后遗诰到县，阖邑绅士随官长跪接。设灵慧日寺，朝夕哭临三日。是晚，王小庄送公子鲁园捷三来塾，从大

兄游。夕陪小庄及平燮庵畅叙，席上鲥鱼中有金花菜，嘱诸生飞此三字，试其读书熟否。

廿四日(3月7日)，谒盛阆盦丈，惠题《蓼莪辍读图》。与二少君仲美上舍家誉纵论古今，两相契合。

二月六日(3月19日)，偕周蔼人过社坛，见粥厂中毙者四人。闻自设厂后，十去其三，积棺如棋累，义冢不能容。

初七日(3月20日)，道宪牌示大行皇帝于正月十四日宾天。距太后升遐甫及一月，哀毁至斯。况登极三十年，宅心仁厚，未尝轻戮一官，连遇偏灾，发帑赈济，穷黎得以全活。率土臣民，当何如哀感也。

十四日(3月27日)，先帝遗诏到县。挈王鲁园暨儿侄观礼，绅士随官举哀者俞霞城中议、杨砚芬太守、庞子方学录、蒋宜斋儒林、盛阆盦大令、陶静涵常博、蒋荫农都尉、言稷堂翰博。

廿三日(4月5日)，清明。过道辕，恭读恩诏，知今上于正月廿六日登极。

次日，西山扫墓。

翼日，挈侄南乡展祖茔，见树株全伐，篱亦无存，竟似荒坛，为之凄恻。族人幸水淹墓树，砍作薪烧，其补种何人，而予等修理新茔又力不能兼顾，只好留为后图。墓西漆棺倒卧，有刀撬形，余同舟子扶正，以瓦石填其底，始不倾欹。旋知为晓园弟妇沈氏枢也，乃悟厝棺不葬，一启盗掠，一致水漂，诚非细故。去年巨浸中，始祖墓失念先叔母、锡纶族弟两棺，而敬征伯枢因葬浅而漂去。人子葬亲，可不慎哉。

廿六日(4月8日)，旧仆钱炳无以糊口，谋诸余，为奔告有力家。苦难多助，予力绵，略补粥资而去。盛阆盦丈见和四诗，情辞剀切，一如面谈，足见老手之熟。念迩来襟尘日积，书理多忘，爰温《四书便蒙》《合讲》两编，再玩书旨，钝根人不得不尔。然在将衰之年，精神易倦矣。

廿七日(4 月 9 日)，赴塘工局，晤朱绥之，知白茅塘、徐陆泾、福山塘俱动工挑浚，先借库项开销，俟取民捐弥补。

上巳日(4 月 14 日)，偕时酉生、王怡斋西郊修禊。先命禄儿拜陆氏茔，旋憩马公书院茶话。灾年后香市不盛，飏箫罕闻，唯走马者尚如往岁。回至石梅文昌阁，观菜花，湖田万顷，如铺黄金。薄暮，入城庙园，游人已散，但听新绿中时鸟数声。与童冠坐假山，松风飒然，觉飘飘有仙气。出门见街巷灾民犹呼号不绝，或舍粥票，或给豆饼。而莫善于姚理堂丈所施，备救饥丸及糠秕酒糟，错杂施予，每日不下百人。而周神庙亦设粥厂，济社坛之所不及。王小庄为南乡贫户劝捐，得数百金，邀余等出名投呈，请邑令给示买米煮粥，局设莘庄僧舍，领筹取粥者共六图，亦小补一道也。漱芳阁白牡丹水厄复苏，怡斋题四截句，属余和之。

初十日(4 月 21 日)，闻朱家巷钱姓女赘婿于家，因争母家产，殴其叔毙命。予往观，破屋两楹，尸犹在地，凶妇挛于梁下，言笑如常，诚可恶也。乃地保并未报官，私议将妇驱逐，画押了事而已。如此逆伦重案，不置之法，风俗将何整顿。

十四日(4 月 25 日)，偕周蔼人存仁堂观牡丹，有红白二种，红者尤肥。斋中山茶多贵种，其余杜鹃、蕙兰俱试花，色香并美。慧机上人□□瀹茗来陪，坐伫亻亭，见池鱼戏藻，天趣悠然。而余家牡丹放数花，瘦甚，书四绝以遣怀。富贵屈于陋室，当为名花伤不遇耳。

既望(4 月 27 日)，放赈，六街俱菜色饥民，为之蒿目。便过听松堂，牡丹数百，如看《百子图》。隔墙朱藤亦如紫缨络，徘徊半晌，妙香时闻。

十七日(4 月 28 日)，挈曹星村、卢器轩、王鲁园、禧侄、禄儿舣舟西城，登大石山房，玩仙人履迹。石旁镌"觳茶泉"三字，山溜涓涓，茅蹊犹湿。下逍遥游观射，有屡中者。又于文昌宫晤海宁查少梅□□□□、吾邑卫安之□□□□，知其工书画，古雅绝伦。复有吴门吴三畏

□□善星学,名重一时。便赴听松轩,木芍药已谢,雷部殿中古山茶亦残红遍地,唯白藤花尚如旧阳春雪。谒瞿忠宣祠,一揖而退。旋憩三元堂,登超然亭,惜绿暗红稀,春光去矣。茗话茶亭,万象俱幽。

廿三日(5月4日),王小庄见过,予念钱仆托钵者月余,面墨而瘠,嘱其觅一生路,于南城遍寻始得,小庄见之悯然,即领去。次日跟来,已更衣帽,气色霍然,非复蓬垢。乃服善人之务全一命焉。

廿五日(5月6日),立夏秤人,余三十年前秤过四十余斤,今秤得七十斤,大兄亦然,而禄儿则较去年多六斤。人固不如物易长耳。

越日,小庄设粥局于莘庄庵,予往庵拈香。忽有外图饥民,因例不给筹,自行攫取数釜米珠,顷刻而尽。此局遂中止,所谓"善门难开"也。乃与沈得山、李瑞棠、陈福田煜、黄雪梅□□、朱恂如、黄晋卿□□等别筹通变之方。

廿七(5月8日)夜,舟赴玉峰。偕季受之父子及平燮庵、瞿静香、蒋砺钦湘英仍寓四柱坊柳氏。家凌霄为修族谱、建祖祠来邀同议,次日往答,晤昆山家溶川□□暨其子心斋□□,互叙支派。太仓陆莲士茂才衔来谒,十余年不见,须发斑矣。同寓严朗山少府应奎、周士益文学锷廉及邓君赞廷晋昭,时来谈艺。

晦日(5月11日),入场岁试。

次日,返舟。

四月二日(5月13日),邀殷文澜、蒋砺钦、季荪卿观龙舟。小饮镜埠轩,拇战射覆,复飞"果然夺得锦标归"七字,惜诸君量浅,难罄一斗酒耳。

十一日(5月22日),大侄入场。

十三日(5月24日),闻报新案,钱生筑嵘及景君瑜圃捷常昭泮元,为之欣慰。平沁梅取佾生,原评甚嘉,殊可惜。予试场倦战,聊将旧稿编为十卷,取算珠计之,共五百九十篇。谓豪家算钱,寒户算文,自有雅俗之别,不顾取笑于妻孥也。傍晚,禄儿取蜻蜓,欲朱其翼,为写"款款飞去"四字放之,亦游戏一乐。又闻家鸡啼,大侄媛指曰:"此时快意,明日已在釜中。"余视峨冠锦带,心为怦怦,欲舍之,买肴以祭。有从旁解者曰:"古人无故不杀。祭先,大事也,杀非由己,庸何伤?"端午家人竟烹以祭,予不忍食祀余也。周蔼人来,述其春杪,火焚庐舍七间,至今已七火,日夜焦虑,似有怪物作祟,闻之骇然。据云,百年前已遭火,因力绵,墙门未建,讵意劫灰复然,是妖狐牢笼限满,仍出肆虐也。闻太仓陆星农以会魁擢殿元,犹忆前年沧浪亭一面,知文品兼优,今果大魁天下,苦心人自不负耳。其兄少愿增福甲辰同登乡榜,五策进呈,咸目为宋氏郊祀,惜已早世矣。

五月六日(6 月 15 日),挈子侄游新庙园,见书吏跪神前,吁保民生,缘时疫盛行,十家九病也。赁居门房者有李君池,于初十日(6 月 19 日)病故,贫无以敛。未几,其妻高氏亦疫死,遗两子一女,俱幼,尤觉惨然。予苦助不如心,追其孤迁去,姑免历年房金。念其贫不能祀,双亲鱼菽,每节代办,庶地下不至馁而。

廿三日(7 月 2 日),土芳伯殁于郡城,父辈如零星矣。予自月初,杜门谢客,集同人尺牍、赠言,编为若干卷;兼考四书典故,注于讲章;辑经史子集中雅秀之句,别类分门为《撷英录》。致牙痛复作,困卧旬余,得蕴香见贻丸药含之乃止。阅邸报,知强沛崖师宰甘肃安定,寒毡忽暖,可展长才,为之欣慰。

廿六日(7 月 5 日),偕伯兄、鲁园、禄儿泛舟西郭,始闻蜩鸣。茗话东岳下,满衣桐荫,差胜家居之烦。酒人来此者,如慕膻蚁,而予则爱珠兰臭味,顺风而来,觉肴香犹浊耳。

廿八日(7 月 7 日),娄东陆梅伯暨家少鹤来,留连半晌,畅话离尘。

次日,谒家子渊少府新居,有轮奂之美。复访王蕴香,知公子蕙荪补景宁少尉,贺之以诗。

六月朔(7月9日)，蕴香饷游龙草，命小女扎竹篱扶之，以供盆玩。闻朱梅汀上舍汝栋、芝舫茂才昆季同殁，其太君又接踵而亡，为之慨叹。

初七日(7月15日)，久雨初晴，水高数尺。昭邑城隍游街，为驱疫也。挈儿畅观半日，旗盖鲜明，一新耳目。于坊桥茶肆晤徐慎修□□□□，如故交，为我谈御夷事，了如指掌。

初九日(7月17日)，许珊林观察樝甄别士子，扃户亲监，考政严密。予与苏德卿景韩、陶用匏融存、萧仲鸣星鹄、王希程、钱荫堂、蒋砺钦坐于白苏祠。题为《王子垫问曰至仁义而已矣》《吹笛止雨，得吹字》。案出，予卷列内课十一名，得奖银一锭。

十九日(7月27日)，太仓陆子范观察没于京邸，讣来挽之。

廿三日(7月31日)，偕王鲁园及儿侄大田岸观荷，东池如赤霞，西池如白雪，花大于斗，到眼鲜明。回憩茶坊，晤黄子方上舍□□，十余年不见，鬓发已霜矣。

次日，两邑侯因疫甚，捐资于普仁寺建醮，阖境断屠。予家斋戒，恨暑酷，不能日往拈香。迩来生计颇艰，不得不思撙节。有以极早为珍者，冰鲜是也，晚食则与新出时价仅十之一，而味则均也，何必争先得之？有以充实为贵者，螃蟹是也，早食则与深秋时价亦十之一，而物犹是也，何必迟久得之？即鱼肉不可概绝，然亦俟其价贱时得之，乃不类何曾之费。至如西瓜，因水旱，每担动须三四千文，而南瓜则每担只消三百余钱，并可代米充饥，更何必效纨绔子浮瓜为乐？向尝饮香茗，每两必须廿八文，近则惯饮香茶心，每两只须十文，味同而价不侔矣。如此之类，悉宜酌量。亲友喜庆吊仪只好挂号，断难从前。唯寒士向惠厚仪者，须如数答之。至戚节仪，有现成者可馈，否则阙如，因来源无路耳。犹忆先慈处极盛之时，而度荒尚食赢醢，岂今训三四蒙童，每人每节只出六七百文，而可以一朝罄之乎？向时进城，所见肆货每次或费一二百文，若遇戚友则酒楼小酌，更无限制。而今则闭户家居，目无所接，或少能节省耳。惟饭米不可不精，以助精力。

往尝见富家多食脱粟，留廪白米备粜，曾何补于身心乎？但物不可暴殄，常嘱儿女辈碗饭不可剩半，僮婢亦人子，岂忍令食秽余？年少不知饥饱，则将来可知。幸皆唯唯听命。念周蔼人连遭火劫，其所借首饰质典，归券自赎，于心始安。

七月朔(8 月 8 日)，立秋。久旱得雨，天气稍清，而瓜价太昂，可不办以赏节矣。

初六日(8 月 13 日)，观察送士子入书院，与同人揖拜山长陶公，见试卷评云："后二有沉挚语。"

七夕(8 月 14 日)，同季受之、曹星村及伯谦社坛茗点，知老友潘铁塘已故，城南少一诗人矣。课余，得阎潜邱先生若璩《四书释地》、周理中先生柄《四书典故辨正》，披阅忘疲，撮其要于讲章之上。为周云卿大堃题《采芝图》，曹晋云题《把卷图》，走笔匆匆，无敢宿诺。

十三日(8 月 20 日)，散局。同人请两令四尉，设席于燕园，陪宴者三十余人，除归遂伯兆昌、曾士常吉章两茂才，其余悉学宫旧集诸友。余久不到此，回忆前尘如隔世，今已为归氏别业矣。前有挹桂轩，轩前湖石卓立，奇崛万状，是蒋香岩太守元枢所营。后有峰峦仙洞，秋色点缀，大似真山，是蒋伯生明府所构。峰左有亭曰"宝篆"，右有亭曰"诗境"。再左由桥而上，璃窗五色者，赏诗阁也。下有五芝堂，后有童初仙馆，庭多古桂，不漏日光，是凉境也。席有火夹肉、粉炒苹果、占参㸆馄饨，俱奇。

次日，谒单魁香，不见五年矣。向苦无子，今公子已四龄，为之欣慰。见示所著《读易易知》，约有数十卷，巨观也。索其新刻《诗媛大观》，归以遣暑。

十六日(8 月 23 日)，小恙。勉赴书院课，见山长案，予名仍列内课，题为《使之主事而事治三句》。

次夕，恙犹未止。梦李君池妇乞食，邻人来劝与饭，陡然醒。时适房外送新鬼去，岂中元之享不足，乃混入穷鬼中欤？

十九日(8月26日)，黄邑尊以余在局出力，来取履历，详请议叙，辞不获已也。

廿四日(8月31日)，黄邑侯课，予扶病应试。笼灯归时，见石梅丛墓累累，荒草没路，心甚悸，幸与莆卿、星村、伯谦同行，不致颠蹶。然到家余热又沸，以西瓜镇之，较胜药饵。而长女又抱恙，吾庐每于六七八月居人欠安，年年一例。

八月朔(9月6日)，观新生谒圣，年少姿清者莫若杨砚芬太守季子鹤峰恩海、姚湘坡侍御长君寅生锡筹，子侄等旁观艳羡。今岁文生恩广，兼有武生，送学者不下六十人，常昭文风，迩来颇盛。前年膺选拔者三人，为席梅生、俞莲士大润、翁叔平同龢，而叔平今已朝考一等，钦点七品小京官，为国初来仅见事。

初六日(9月11日)，昭邑尊课。予袖先祖诗赴书院，赠章明府及周种云学师彦琛，冀得流传之广。

廿三图因时疫盛行，虔设公醮，乃于初九(9月14日)夜观灯。各坛纷陈古玩，玉如意尤多，而瑞芝堂药铺更添灯采，一路游人拥挤，皆若狂云。

各乡田禾俱盛，闻有并穗者。不料自十二日(9月17日)风雨大作，昼夜不止，木拔禾偃，墙倾屋倒，又酿秋灾。至望日(9月20日)晴时，水长三尺矣。

廿一日(9月26日)，挈景岩、器轩、鲁园及子侄观邑庙赛会。

次日，又领妇女辈泊舟虹桥，两面皆可观社。鲜旗华盖，往复其间，真目不给赏。

廿四日(9月29日)，偕李立夫赴书院，见常课案，名列外课。

廿八日(10月3日)，下乡观稻，自潭荡一带，家产半淹，闷闷而返。

九月二日(10月6日)，周学师月课，试士得题，一哄而散，缘老师只设汤饼,未备茶饭也。予独忍饥久坐,日旴始还。

初六日(10月10日),赴书院课,见陶山长案,名列外课。又拉鲁园及子侄西城览胜,秋色清华。慧日寺前,顽儿纷集,皆以黄雀为戏,衔旗斗巧,玲珑可观。

初七日(10月11日),范石门文琭、姚卿云联奎、程含章锦堃见过,携诗课卷嘱定,题为《晏子春秋》《腾蛟起凤》《小鬟催酒不停筝》《远闻佳士辄心许》,俱帖体;《春萝摆月》《秋桂遗风》,限七律;《虞山晚眺,七绝四首》,限四时。予剪烛阅之,次晨即报命。钱筑嵘又乞为所亲毛杏宾□□祭文,亦信笔应之。

初八日(10月12日),朱筠卿之女出阁,来邀余饮,与鹅湖华显承上舍□□、同里李立夫斗酒,二鼓始罢。

重九(10月13日),微雨,不获登高。乃于十二日(10月16日)挈儿补登城头,见万户人烟,踊跃目前。

十八日(10月22日),偕鲁园及伯兄大儿憩昭庙园,盘旋假山,如入仙界。复陪仲父出北城,品茗山景园。

十九日(10月23日),观音诞。又同憩白衣庵,香市颇盛。过守备署,见宦秋蘋守戎承恩解二盗,其一躯甚肥,询知为盗魁。晚与钱葭村、李升兰、赵价人、魏宝钦茶话子游坟茶室,幽景可人。

二十日(10月24日),与王霞帆至毛氏,为季父定馆。高锦堂姻丈浩邀去小酌,畅斟家酿,乡味剧佳。夕与朱恂如、蔼如、王梦蘧、聘轩、怡斋斗饮小轩,各尽欢趣。

十月朔(11月4日),偕鲁园及儿侄玩菊石梅。复观祭坛,旗伞鲜明,大可悦目。

初六日(11月9日),赴书院,见山长案,予名列外课。

廿一日(11月24日),徐少瑜成昏,嘱撰却扇词,应以四绝。是日,又为周蔼人嫁女挈侄往贺,与钱文钦、缪大章两丈暨王元恒、一帆明心、钱屏斋守珍、雪斋儒珍、□斋裕珍信宿话旧。上舅氏冢,礼拜而回。

廿四日(**11 月 27 日**)，曹生星村合卺，亦制花烛词四首。晚挈大伾赴招，与周□□上舍汝楫、曹小卿茂才同席畅叙。

廿六日(**11 月 29 日**)，表弟平沁梅以呕血不起，大为痛悼。念其有志读书，欲慰慈亲抚育之苦，今年岁试侥得复失，乃仅以俏生终，年才三十六耳。予同侪送殓，且邀胡生恺卿写真，惜已改相，难肖其生。哭挽四诗，借申哀恸。

十一月三日(**12 月 6 日**)，朱生少英完娶，贺以诗，与姚晴江敷荣、李立夫同席畅饮。

初四日(**12 月 7 日**)，陆雪香志铭母蔡太君六十诞辰，来索寿言，应一律。清晨放棹南乡，过徐母塘，顾梅江少府留点。过查家浜，俞韫山上舍福书留饮，羊蹄、佳酿，风味可咀。其父月楼姻翁与予话旧，情意殷拳。

初五日(**12 月 8 日**)，第七女惠吉培褆生。天气如阳春，产母不甚苦。

初八日(**12 月 11 日**)，过学师署观卷，余卷为陶山长拔置内课第五，题为《五谷熟而民人育人之有道也》《人语中含乐岁声，得声字》，评云："篇体雅正，法律谨严。"

十一日(**12 月 14 日**)，贺翰才得女。自往买鸭蛋七十，每枚七钱四毫，掌柜者算钱三百七十，一时不及省，如数给之。归后始知少钱百四十八，人谓错事可幸，予恐店伙赔垫，亟补偿之。犹忆数年前托匠办木，店家错钱若干，匠以之买酒肴，匿而不告，迨岁杪归账，为代偿之。孟子云"一介不取"，读书者当体此意也。缘禄儿好弄，不时鞭挞，乃谓："汝能免笞，每日奖以钱二，不许买果，置之扑满中，以待积多应用。"渠喜甚，稍知敛戢，不敢再触亲怒焉。内兄贾莲溪没廿六年矣，适得其《异闻杂记》，系先君所删润者，为录藏箧衍，并将原书志数语，付其孤翰才，俾知先人手泽，不忍不珍藏也。周伯珊获其叔亦然遗诗，赋谢一律，步韵答之。并闻其阃君李氏遘产难亡，依韵挽之。

岁暮,摒挡尘务,集先君手札及所纪闻见异辞,所著古文杂体,呵冻钞成一大册,手胼指坼不暇顾也。

廿四日(12月27日),因书院课期,眷文灯火下。

次日,右眼忽红,睛中见白痣,急就眼科姚东来医治,据云病在五藏,乃形见于目,即糁以末药,饮以丸药,并煎药水薰洗,嘱屏虾蟹酒肉诸物。厥后刮去红筋,嘱以石蟹磨屑,拌鸡蛋蒸熟,至睡时服之,颇有效验。

廿七日(12月30日),往学署阅卷,见伯谦侄代作一篇,为陶山长取置内课,题为《其如有容焉人之有技》,评云:"笔意明锐。"

廿八日(12月31日),于社坛晤沈琅峰廷堉,不见将廿年,谈旧多时,各伤老大。

腊月二日(1851年1月3日),王默卿惠题《品诗》《击楫》两图,并以《越游草》见示,予择其尤入《诗话》中。

初六日(1月7日),黎明同伯谦南乡收租,虽大半结账,而折减太多,不敷办赋。

初九日(1月10日),过书院,见陶山长案,余名列外课第二。旋于漕房晤恬庄家幹卿上舍鸿雯,序族谊良久。

初十日(1月11日),辕门官报送来傅□□中丞绳勋会同陆立夫制府请奖办赈绅董录条,并奏稿一本,知十月廿六日具题咨部,而捐资者不及与出力者同奏焉。

廿三日(1月24日),晤同案张宝卿于桐桥周氏,一别十二年矣,重提童军角艺时,各为快然。询知其弟珍卿明经斑只遗二女,不胜伯道之叹。

廿六日(1月27日),闻杨遣飞丈以背疽不起,虽年逾古稀而书籍飘零,嗣孙罔知宝守,恐临去难瞑目耳。岁事猬集,未及自谋,而亲戚如贾氏、陆氏皆托以完赋事,谊不得辞,勉效犬马之劳而已。

龚又村自怡日记卷十

咸丰元年辛亥(1851—1852),四十二岁

元旦(2月1日),微雨,不克诣亲友拜年,闭户作《纪元》一律。

次日,始祝平姑母六十寿。

初三日(2月3日),为仲父赴顾氏定馆,承锦帆丈及公子梅江、晓山敦礼两少尉留醉。盘中有丑筋,予久戒食牛,不知误犯,悔无及矣。

人日(2月7日),陪二姑母游两邑庙园,风日晴暖,士女喧阗。憩石梅翁祠,适唐花怒发,鲜艳悦人。

越日,朱体斋来谒,为我题《辍读图》。

初十(2月10日)夜,到东邻丁氏射灯谜。时有数十儿童骑灯马,往来西庄,颇觉热闹。

翼日,同家人掷状元筹,试今年进益,屡不利。忽堂前失一供盆,想乞者乘间窃去。犹忆去年正月初四,与翰才亦掷元筹,其船失雪花豹套,此等废时失事,誓勿再为。

十三(2月13日)夕,家人请紫姑神。予命长女扶箩,问秋成几分,针指灰者三,即画鲤鱼等物。合家问年纪,俱准。灵由于诚也。

次夕,挈儿侄听歌女周雅云琵琶,有伙顾起凤,俗谓雌雄党。起凤喉音虽低,谈谑自饶风趣,而雅云则静如闺女,弹唱矜庄,绝无烟花作态。

上元夜(2月15日),偕时己生、酉生、金景岩邑庙观灯。有儿童放白蛋流星,人声如沸,真元宵佳景也。

十九日(2 月 19 日)，江树叔师招饮，与黄秋涛儒林浩、苏慎卿嵯尹思诚、王虞英州丞、钱葭村少府、王保之孝廉、仲润寰少府澍源、李升兰孝廉及江雪香世丈绍僖同坐，谭笑诙谐，俱有雅致。席上鲕鱼味极鲜美。

二十日(2 月 20 日)，开塾。同平燮盦、卢器轩、王鲁园饮于堂，飞"红肉"二字。禄儿云"红泥小火炉"，燮盦奇之，命其拈"此子不凡"四字，差喜不为所穷。予见稚齿轻浮，恐伤忠厚，即写其记书条云："读书在明伦，厚德乃载福。"其母向以换纱钱买书，至是始读《论语》。

廿三日(2 月 23 日)，赴杨氏吊，挽以二诗。见巂翁嗣孙渭川哲献，嘱以保守书版，上慰先人。是夜，与平燮盦赴郡。黎明，过蠡湖陆墓间，爆竹之声不绝，殆铺家择吉祀神耳。

次日，谒笪氏，适精舍落成，纸醉金迷，悦人心目。复憩玄都观，茶棚中竹肉悠扬，钗裙纷集。过让王庙，王白面乌须，中供大锡筌炉，长与柱等。后堂左有方斋，蒋仙根□□□□题；右有芥轩，郭眉峰上舍辙题。

廿六日(2 月 26 日)，为傅秋坪中丞绳勋甄别，偕长洲华静香维熊、金匮华梅岑仁裕同坐沧浪亭北轩，论文颇洽。

次日，回常。恭读上谕，以建元肇始，豁免前十年各省民欠钱粮，不胜欣忭。

二月朔(3 月 3 日)，陪仲父小憩成义祠。祠为明季筑城义士谭儒溪照、镜川晓所构，裔孙若溪上舍鍴重修。后有迎仙阁，邓尉梅学博谦泰题，屏刻乩仙赠义士诗。南眺尚湖，北倚虞岭，东南植老梅十余本，俯瞰如香雪海，眩目迷漫。下颜"香世界"，杨承吉□□蔼臣书。阁前石镌"小香雪"三字，左有旱航曰云根，前有飨堂，右有方池，中堂悬"业峻虞阳""二难成义""一举千秋"三额。小住片时，人与香化。旋过梅花丘，茶亭适新筑，璃灯闪烁下青衫红袖，列坐四筵，亦石梅补景。

次日，晤陆子玉茂才及小友张纯香世泰于书院，谈艺忘疲。

初三日(3月5日)，陪顾梅江及仲父诣社稷庙园。回与拇战数巡，饮酒极乐。仲父命禄儿飞"豁拳"二字，即云："而一旦豁然贯通焉，则拳拳服膺。"又命飞"刀鱼"二字，即云："铁，莝斫刀也，鱼鳖生焉。"皆为饮一大白。卫扴卿□□□□寄《独立图》属题，应以五古一首。

花朝(3月14日)，偕器轩、纫兰、鲁园游花神庙。闻乐部珠喉清脆，鼓吹和谐。假山上梅花殢寒，尚未凋谢。复憩谭祠，残英遍地，唯池北晚梅尚有繁葩。新补楹联有云："伯仲埙篪，是聪明而壹者；馨香俎豆，能捍卫则祀之。"蓝子青大令蔚文题，语妙现成。便过吾族忠义祠，询知为钱氏赁居，有老妪留坐，言祠裔久旷春秋祭，予家代为焚楮。卷去堂帘，见义士敦礼公景才及忠臣渊孟公立本栗主，俱已尘埋，为之叹惋。

廿六(3月28日)夜，偕卢器轩、王鲁园、大兄暨子侄石梅观烟火，而粮道署园放火花，并相映射，致玩者踵接肩摩，拥挤道路。伯兄因路生眼花，仓皇失侣，觅人引归，已三鼓矣。

三月四日(4月5日)，清明，往西山扫墓。自正月杪淫潦兼旬，至此方霁，而余寒袭人，山涧喷瀑，裙屐寥寥。

初五日(4月6日)，南乡上冢，见祖茔新种松柏，复扎篱笆，稍增气色。二叔及从兄锦若之力居多。薄暮，率儿侄赴郡。

次日，与袁茂塘等山塘桥胜源馆品戏，武班名萃秀，演《州审》《过关》《渡江》《打院》《戏凤》《呆做》《巧配》《辰州会》《草桥关》《水浒串》《铁龙山》诸剧，拳艺极精。

初七日(4月8日)，登弥罗宝阁，又赴北织局观织工。旋为笪问樵留饮，先品铺饾，后设盛馔，席有火蹄、炒猪脑、燠鲟鳇等味颇佳，而雕文荸荠尤工巧。禄儿飞发字，同坐者战拇，各极欢畅。午后，偕焕纶尚贤、兰亭缙煜两弟渡僧桥宝源馆观剧，是大雅班，演《会审》《访普》

《水斗》《断桥》《击鼓》《跑门》《扫秦》《三档》《盗令》《盗甲》《楼会》《五台》《挑帘》《游园》《惊梦》,声情两胜,惜坐远不能谛视,甫上灯即回。黄昏,冒雨返棹。

望日(4月16日),伯谦邑试,蒙黄邑尊招覆,特未前茅。

次日,偕朱恂如、徐步云及子侄憩东城茗楼,观五渠随粮王社。龙船六只,往复于通河桥,而游舫稀少,因雨酿灾,士女减兴也。又往东郊看菜花,黄金万顷,而水畦俱种芹荬,洗雨一碧,野色可人。进城,遇春会报社,俗名摇头总管,惜已回庙,旗盖不全矣。便访谭祠碧桃,红红白白,掩映水中,如美人艳妆照镜。过西城外,渠溪水会过此,十余船明灯稠密,雅乐清和,颇娱视听。杨友梅毓驹病故,其孤乞挽,应以柏梁体一章。

二十日(4月21日),湖田龙舟不及往年之盛,而存仁堂暨西庄草堂俱悬灯演曲。灯舫两三,钱华卿等挟妓浪游,俾良宵生色。予陪钱文钦丈、道望伯标及时生己生、金生景岩饮于水轩,适画舫旋绕,不费一钱,盖西邻俱叫划也。

翼日,大侄及己生、景岩覆试。

廿四日(4月25日),出案,二子俱拔前。

越日,次覆,侄如予言作赋,题为《如日之升,以"举头红日近"为韵》。案出,侄果列前。

廿九日(4月30日),三覆,大侄同己生入场。

四月朔(5月1日),出案,侄覆终。

初二日(5月2日),偕李锦江璋进场。是日龙船颇盛,惜风狂,灯船只二。偕周伯珊小饮水窗,案有闹杨花,援为口令,且飞"同心之言,其臭如兰"暨"向道是龙刚不信,果然夺得锦标归"等字,有诵"其余从同同""心心相印""道其所道""信信信也""曰归曰归"诸成句,悉巧绝。适大侄从衙斋宴后出场尚未初,与禄儿陪座末,酣饮尽欢。西舍竹肉纷来,画船攒聚,伯珊得七绝数首,并序良缘。

越日，见县试正案，常熟案首为陈君修，虽系寒士，却曾捐资会文，固热客也。

初五(5月5日)夜，偕朱蔼如叔侄及禄儿吴厅观伎，牌署姑苏云彩堂，共三人。初撮福橘一大盆，旋撮平安吉庆饼，高约五尺，最妙火彩三盘，笼以铁网，不用毯掩，而手快如飞，座客齐声叫绝。

次日，立夏。余秤见六十七斤，较旧减三星，内人亦六十七斤，如戊申年之数，禄儿只二十斤，视去年减其八。政如家运之退，一年减一年耳。

初九日(5月9日)，伯谦偕徐步云、朱恂如赴郡。

十二日(5月12日)，入场。

十六日(5月16日)，出案，伯谦蒙钟芝龄太守殿选取前列。闻平表伯母陆孺人没于前月，撰联挽之。

十八日(5月18日)，同卢器轩、王鲁园及禄儿观金童会。神寄农家，不过茅屋一椽，而赛会却盛，不减城中。扮五杰颜佩韦等挪赴市曹状，令人可哀。

二十日(5月20日)，挈贾翰才与禄儿观邑庙演会。

次日，又同妇女辈往观，较旧添雪青数色旗盖，满汉饭十四扛，茶童一扛，颇斗新奇。旋游壶隐园，见湖石玲珑，洞天幽折，回环于大荷池边，红阑桥掩映入画。花厅尤清敞，可容百人。而莫妙于雪台及三层楼，俱西洋式，北挹山光，东西观墙外行人，城市山林，兼有其胜。昔吴缦棠礛使费巨资筑此，今其后因装修无力，出租为茗园，可为一掷千金者前车之鉴。便于谭园摘梅，甘酸而脆。憩新绿中半晌而回。

廿二日(5月22日)，知府覆出案，伯谦高标，少年心虽热，而艰于旅费，不待案出先归，亦不得已也。

廿一日①，新庙赛会，偕金莲溪、陈仲卿羲书、金省三印根、时酉生、王怡斋、金景岩、卢器轩、王鲁园及子侄茗话镇桥。旋至县堂，始

---

① 日期疑有误。

见会,有渔者扮五方神,手放黄烟,茶童虽亦一乘,而满汉饭较老庙为多,旗伞尤华美。夕观灯社而归。

廿八日(5 月 28 日),领家人戚党游言、钱两园及修仁堂、普仁寺,绿暗红稀,别开幽境。汲清泉煮茗,松风倏然而来。

晦日(5 月 30 日),枕上闻雨,朦胧中似有雁鸣从空而度,得句云"哀鸿啼雨苦",忽忆畜狗呕血,哀号连夜,乃对云"病犬逐风狂",自谓切近事,醒而凑成一诗。蔡樵云刺史病殁,其弟文山广文嘱挽,应以五排一篇。

五月三日(6 月 2 日),黄印山邑侯书来,提及上年襄赈微劳,褒嘉不置,所呈拙作,亦复叹赏再三,愧无一得以报知己,即书一律答之。

次夕,五鼓,挈妇子舟赴鹅湖镇,自华荡、平墅、黄泥桥一路,鸭阑鱼池,荻芦青翠,如展湖乡图。游学海书院,上为文昌阁,数丈高楼可以遐瞩。旁有佛阁,七岁儿读其额曰"学海春长",旁人称善。前有吕仙祖师二殿,右偏为三公祠祀,明巡按孙□□慎、参政翁□□大立、无锡令王□□其勤,皆有功于民者。前有石亭,亭有井,颜曰"思泉亭"。复过烈帝祠、衍庆道院,俱极荒凉。上星桥望湖,西南华墓,松楸阴翳,秀气可观,即俗云木排坟也。移舫窑湾,观竞渡,仅一大龙舟,而小龙舟自盛,划桨若飞。一带画船颇众,蜂拥市梢。因取道于珠桥,未观夜色。便过甘露,买糟油章饼而还。

初八日(6 月 7 日),得外兄周蔼人之耗,大为痛悼。予家北乡田租向赖经理,即家中琐屑均荷关情。不料改葬父棺,仍难见吉,染痢二年竟至不起,五十二年已了一生,两孤幼弱,可悲也已。随大兄冒雨送殓,凭棺泪零。

望日(6 月 14 日),余兄弟念田产房屋久未定规,合爨廿年,食指渐众,近又各有逋负,且屡觏水荒,完粮竭蹶,拟剖定分当。乃邀两叔父及平竹香昆季酌分两股,拈阄为定,爇盒为书合同议单。于先人栗主前,焚香叩告。大兄拈得福字,归田五十亩七分九毫五厘,住屋定东面;予得寿字,归田四十八亩二分一厘五毫,住屋定西面。各存细账,两相和谐。

廿四日(6月23日),禄儿患白点疯,就医于绍兴刘正元□□,用穿山甲及朱砂为卷,每夜熏肌,以胰子浸陈酒洗漉,数日即销。

廿六日(6月25日),挈儿侄憩吴园西洋台,遇胡生恺卿,茗话至午。见东有假亭二,灵珑入画。南有旱船,适当荷沼,荷未花而叶香扑鼻,凉风吹衣,忘在炎夏中也。闻贾梅溪室时氏前五日病亡,挽以联句。

六月朔(6月29日),进邑庙焚香,为乡试问出门安否,签云:“近来破败欲登途,进退无门失业居。患难未遭忧忆妇,子女悲哀为泣夫。”以故迟疑不决,而亲知送来怂恿,始谋办装钱,以偿宿债。族弟朴园来乞阅文,自问胸无根柢,那敢抗颜,无如固辞不获也。

十四日(7月12日),昭文学师张雨人先生升宁国郡博,贺以四律。吴门郭眉峰丈九十,祝以七古一章。娄东季菘耘丈嘱予觅汤文起进士愈文,乃谒其孙浹园少尉庆治,据云,遗书俱在金氏,当问之。余不晤浹翁十数年矣,见白发丰颐,丰采如昔。王默卿来谒,赠我碧螺春一函。洞庭吴不官时德集,话旧多时。

七月八日(8月4日),答默卿,尊甫蕴翁留茗点。于粒麻写“功盖三分国”一绝,年月款识俱全,其手眼之精,较诸古人写“国泰民安”更觉神妙,特不能离显微镜耳。

初十日(8月6日),偕范冕卿、佩之、童朗宇、养真赴省。

次日,雨泊奔牛,两岸络纬怒鸣,邻舫笛声嘹亮,和佩之诗一律。同姚小园副车一树并船闲话,闻舟子呼老爷,养真云“并肩恰有老爷船”,予曰“开口不除酸子气”,各为哑然。

十二日(8月8日),新丰仍雨。适立秋,同人瓜战,兼掷元筹。

见市上灯火凄凉,无人问酒,得一诗。

十四日(8月10日),游龙潭市,但见沙尘沸路,茶点均不可口,买金银花解炎。晚泊栖霞,同佩之、养真自石埠过渡,径至栖霞寺。进山门,中路有御碑亭,碑书"栖霞"二朱字。有月牙池,形如半月。前有三会殿,已半圮。中为大雄宝殿,两翼为钟楼,为唐碑亭,为伽蓝殿,为库。后为法堂,中储藏经六百四十函。左为禅堂,悬数代禅祖轴。有九华谢艮斋□□正蒙楹帖云"松窗泼墨临摩诘,竹径看花咏少陵",为僧映霞□□书,殆赞其诗画耳。旁小轩楹联云"万山出其下,孤云栖此中",魏□□□□耆书。右为佛房,上有楼五楹,由石级达方丈,颜曰"东桂轩",庆□□□□琳书额。阴气森然,佛香扑鼻。住持广超□□捧茗出陪,年尚少,风雅可亲,言寺为南齐明征君僧绍舍宅所建,中悬映霞遗像,壁挂墨兰,即其手绘也。左为千佛林,竹翠千竿,中供三石龛,罗列诸佛。右房设祖师像,其后左为无量殿,前有石塔,又有紫峰阁,右为般若台。广超指东边丛林阴翳,道是万岁行宫,惜败坏不足观矣。即遣沙弥右引,访珍珠泉,掬而饮之,清且甘,所谓"泉冷无三伏",非欤!再进为挹珠庵,左为文殊庵。沙弥见众僧合掌礼之,髯僧俱答,禅家之重礼如此。住持豁然□□虔捧明太祖、马太后两像,悬于屏,同人揖之。见帝状魁梧,后貌丰满,真奇相也。豁然欲领观最高峰、太虚亭、禹王碑、玲峰池、白鹿泉、叠浪岩、九珠松、桃花涧、一线天、天开岩、彩虹明镜、万松山房,惜日暮,不及遍访,即由石径纡余而回。往返约八九里,秋暑蒸人,皆如牛喘。

望日(8月11日),雇红船带江,同人坐蓬窗,饱看江山。恨风息,泊芦苇中良久,候风始行。舵尾闻画眉声,得"画眉声里渡江来"一句,遂足成之。晚泊水西门,乘凉登陆,仍寓李殿扬家。

十七日(8月13日),邀俞月楼丈、时眉叔、朱卓峰、平爕盦四景园茶点,隔河水榭,闻琵琶声。复同游紫禁城,满兵妻子多蓝缕,如乞人,满目苦状。寓舍东西盛设盂兰会,昏时灯棚香案,伶人轮到各家唱戏,及莲花腔,直至五鼓。

二十日(8月16日)，同人观画舫僧众，于彩栏中鸣螺击鼓，追荐孤魂。于门前问卦，得既济之革，颇为忧疑。

廿三日(8月19日)，入场录科。

廿四日(8月20日)，闻恬庄徐肆三诗达出场病故，学友周耦耕尊能亦卒于水西门，甚可悯惜。到溧阳斗寓，惊悉强沛崖师没于安定任，正月间得讣，视事不过四月耳。一别九年，竟成永诀，曷胜山木之悲。是夕出案，予诗中有"睿鉴"二字，上一字系仁庙讳，当出格抬，奉旨敬避，不谙新例，照旧双抬，遂致被放。

廿七(8月23日)夜，遇地藏会，旗盖俱彩。轿用黄绢，中有大金香炉一扛，拜香数班。前有花面小髻者，笑而舞蹈，点肉身灯者十余人。六房皆捧自鸣钟，兼有执宝盖者。乐工乐器装饰颇鲜，社众均青纱袍，靴帽整齐，旗颜"幽冥教主"，或书"诚敬新会"。地藏佛坐金舆，后有罗汉一乘，热闹可观。晤溧阳狄敬庵觐扬、德庵觐宣，知狄春浦、于□□选两大令已故。

翼日，见人家迎妇，前用红梅灯，每役三盏，中放流星花爆，有家人骖乘，背彩灯，新娘坐花舆，五彩炫目。

晦日(8月26日)，同人乘艇子游城北。莲花桥一带设慈济香篷，盆花古玩，点缀山家，皆地藏社也。憩妙相庵，芙蓉夹路，白鹤尚存。复过随园，陨败非昔，幸双桥间残荷尚有余艳。修廊高下，裙屐如蚁穿珠，山翠扑衣，松枝煮茗，无愧清凉山矣。回谒钟山书院，规模宏峻，时山长王绹斋司成煜新没，不便游观。回寓，见街道泥滑，知经大雨，而城北天晴日朗，游者曾未湿衣，同城尚不一致焉。

八月朔(8月27日)，瞿仲侉携凤英校书来寓，侍者为玉贞，俱广陵籍，平视之下，羞怯可怜，视红粉中作态者自判真伪，窃喜青眼之赏识非虚。

初三日(8月29日)，同人出聚宝门，品雨花泉，拾玛瑙石。旋憩报恩寺，玩琉璃塔，买桫椤子数枚。据僧云，以阴阳瓦焙之，研末冲陈酒,搀广木香少许,服之可治胃气。

初五日(**8 月 31 日**),同陶佐羹念德返棹。佐羹得风疾,不能行动,予陪至戚堰就医,服役无人,力为扶掖。幸日夜行舟,**初八日(9月 3 日**)辰刻已抵里。闻卢姻母于前月廿一日病故,代大兄挽一联。张仲坚上舍定珏病亡,又挽七古一首。

十四日(9 月 9 日),俞袖仙见顾,茗话移时,携桐花仙馆花果诗属题,应以长庆体一首,蒙集表圣句为我题《品诗图》。小圃贴梗海棠试葩,儿辈折同秋海棠以供瓶玩,纪以绝句。

廿二日(9 月 17 日),为范冕卿、童朗宇、季莘卿洗尘,小饮杨馆,时王蕴香、伯谦侄暨禄儿亦在座。缘雨甚,飞"莫放春秋佳日过,最难风雨故人来"十四字,有云"维叶莫莫""从来佳茗似佳人""但见群鸥日日来""得过且过""其雨其雨""以人治人""旧雨不来今雨来"。予以"三某三某"嘱射席上物,须成两字,或覆还,或道上一字何声,下一字何声。莘卿云:"上字平,下字入。"伯谦覆云:"萧某肉某,盖指木耳,三木三耳,森聂也。"予又曰:"劝君更尽一杯酒,且以永日,不醉无归。"朗宇云:"不知谁是谪仙才,一月三捷,怀我好音。"蕴香云:"借问酒家何处有,风雨萧萧,鸡鸣胶胶。"竟日文宴,归以碧螺春解醒,颇为乐事。王生怡斋携漱芳阁会课卷嘱定,题为《生而知之者上也》,随手第之,以应其请。周伯珊袖其《涵云山人稿》就商,摘其警句入《诗话》,即集《诗品》题之。又以其室李萼生杏仙《望杏楼遗草》嘱题,次见赠韵缀两绝,亦采其尤入《女史诗话》。陆生廉石赍近作来质,为改数字,并入《诗话》,敢以初学弃遗。第鄙其寻花问柳,尚少孝思,恐旧蘖忏除未尽,勖以一诗。仁和刘凝香茂才承沛以悼亡小照索题,为撰七古一首。

闰八月六日(9 月 30 日),走答袖仙,兼以《辍读图》浼题,其侄蓉斋钟麠以前辈礼见待。旋闻蒋饮之鹤龄中副车,犹忆张二曹为其推命,据云:"必贵无疑,邑人士鲜有及者。"迨今秋来金陵寓,予即以此语问,彼云:"命之理微,未易言也。益自谦抑,而其光采焕然,早有中像矣。"

十一日(10月5日),倩羽士八人唪经荐先,合家茹素。廉石患胃气,赠秒桫子疗之,投二绝来谢,走笔和酬。

九月朔(10月24日),禄儿始肄书,夜诵唐诗一首。遇恩诏,奉宪采访节孝,乃念内嫂贾王氏守节廿二年,抚孤十五载,居姑丧矢愿孝斋,不可湮没,挈其嗣翰才报于公局,予出名缮呈。

重九(11月1日),契两侄一儿登高。适昭邑庙新修,廊榭朱碧,灯彩辉煌,花园歌台演曲,点缀菊屏。晚上山城,禄儿朗吟唐人"空山不见人""白日依山尽"二绝,声振林木。是夕,沈隆吉丈病卒,挽以楹联。为朱节母贾氏、查节母周氏呈报节孝,与宾兴局司董谈片时。适予议叙命下,给按察司照磨衔,系六月十九日吏部奏闻,奉旨依议。

十八日(11月10日),偕平燮盦为昆山之行,带鱼蟹侑酒,连日醺然。

次日,太仓陆梅伯招至罗汉桥茗楼,述其父观察公于去夏骤殁京邸,为之骇然。并泊者为时眉叔、尤静困两船,话雨篷窗,颇遣烦闷。

二十日(11月12日),科试,题为《民之所好好之民之所恶恶之此之谓民之父母》《策问历代兵制异同》《赋得人烟寒橘柚,得峰字》。坐东文场临字五号,遗去笔囊,幸吴门金俪卿毓桂、同邑陆印秋许借笔墨,出场未及旰也。闻景生琼圃取诗古,其于戊申秋已院取佾生,至今始获隽,甚为欣慰。俞月楼丈邀至春和轩品肝肠面,精洁异常。

廿二日(11月14日),返棹。是夕出案,余招覆第十,缘场作率尔。寝次另拟一篇,录上烛卷。

次日,赴昆,晤长洲华雪梅观淮、支逸亭,水窗清话。

廿五日(11月17日),入场覆试,坐西堂号,与谭小石文寿、俞喆

卿钟遂同桌。题为《白雪之白犹白玉之白与》《赋得冷官不禁看梅花，
得梅字》，《圣谕》默"隆学校以端士习"，"然学校之隆"至"顾不重哉"
一段，经默"一阴一阳之谓道"一章。见正场卷评云："文心静细，骨节
玲珑。策称。诗妥。字匀。稿全。"时杨中丞文定缘公进试院，特地
开门。出场返里，督大侄院试。

十月四日(11月26日)，挈禄儿之昆，见一等案出，予蒙青墨卿
学使麟拔置一等六名。

初五日(11月27日)，闻长洲族弟小安桂入泮，踵寓贺喜。晤昆
山周菊如□□，茶话良久。午后谒送文宗，见覆卷评云："笔意流动，
法密神清，诗亦恬雅。"禄儿带蓝顶、穿皂靴，手持金花，踊跃道上，观
者咸疑试士也。是夕返舟，俞岫仙述其尊公霞城太守之意，延予明年
课孙，以姻亲晚辈，不敢辞也。迨蔡餐霞奉直丈廷勋又托朱少英来送
聘束，延余课子。时俞氏尚未送聘，予因与岫仙已有成言，屡辞不获。
幸俞氏以均属姻谊，肯尽先聘者定局，遂受济阳聘书。是夕赴郡，贺
家小安芹喜，赠楹帖一联。尊人澹安明经尚健，与予畅叙阔悰。适笪
甥琴舫镳完姻，余往贺，见吴门昏礼与吾虞不同。新郎剃面时，掌礼
者披道衣、说吉语良久，新人于堂东西对坐，名为大花筵。拜祖时新
娘立左，缘未卸珠冠，竿有神象，夫家以客礼待也。本家长幼拜罢，戚
党续拜之，天地马不送，眠之而已。女傧送子不用红蛋，用通草扎小
儿两个。三朝宴女客，设酒肴，不饮不食，静坐多时，始移馔房中，团
坐饮宴。越日亲友送音乐侑饮，谓之暖房。弥月回门，乃邀新舅饮。
送銮时，则一茶便退。予偕仰挹溪□□、顾云岩□□、黄梅溪□□、马
西樵□□、□□□□、陈琴梅□□拇战连胜，幸不颓然。

次日，主人留品菊部及戏法帽儿戏，缘事赋归。

十一月四日(12月25日)，闻三叔父疾革，即随兄往视，谁料于
西刻已逝，不及侍床前闻一语，痛何如哉。念叔父自赘胡之后，垂三

十年,困于笔耕,一无聊赖,方喜晚年得子,稍展愁眉,讵意天既厄之以贫,又靳之以寿,年五十二已中道殂矣。稚弟裁六龄,谁为抚育?真有不堪细思者。幸二叔父暨子良外舅同筹殓事,支持过去。

廿七日(1852 年 1 月 17 日),挈禄儿观新生游泮,时刘雨寰广文成霖子小寰屺望、翁玉甫驾部子洁卿曾纯仪从极盛,而年最幼者,唯沈史痴茂才子宝三澡禄,重游泮宫者为陶静涵先生。于显星桥周氏晤季让斋上舍塈、景云屏少府、陶缦云茂才嘉栋、张纯卿茂才瑛,闲话忘暑。旋赴景生琼圃之招,与徐宝成茂才、曹子嘉上舍、周芙轩□□树基、季受之伱舞、砺之茂才同席畅饮,酣战至二更,留一诗于壁。予幼寄名关帝,自是钞书涉帝讳,改四撇为四点,重录《自怡日记》,尤敬谨焉。

腊月九日(1 月 29 日),贺翁洁卿成昏,偕曾伯伟、丁芝亭、单魁香、钱少湘、竹庵宴于陕南仙馆,酒酣耳热,各各狂呼。归为俞蓉斋题《焚香听琴小影》。

初十(1 月 30 日)夜,邻庵存仁堂又失火,自前月廿七灾及停棺所,迄今未及半月复火佛殿,殿前米廪成灰。余与住持素庵为方外交,代为焦虑。幸合城水龙皆出,扑救未迟。

十二日(2 月 1 日),大雪。送城南诗老潘铁塘葬,哀以薤歌。尤静困将解馆,来年寓浒关,不能常聚矣,乃举镜墀轩各种,浼其篆签,庶几见字思人,借笔墨以当良晤。特一滴泉不足润笔,此心缺然。瑞雪寸余,呼僮蓄雪水以为方便地,诚不费一钱者也。

连日为亲友缴赋,碌碌仓场。忽接张二曹书,知其自吴门归里,订我于十九日(2 月 8 日)同祝髯苏,尘俗中尚有雅人,为之喜跃。遂偕何鉴堂□□、土飞卿少刷仁龙集蔚秀居,主恩《笠屐图》,治汤饼宴,围炉呼酒,吟兴遄飞,醉号一诗以谢焉。闻道望嫡伯于十八日委化,年已望八,父行中又弱一个矣。今年八月逢闰,故腊中交三节:朔大寒,望立春,晦雨水。米价大贱,而年谷仍复歉收。两粤猺匪蔓延楚滇,积年未平。广西乡闱停考,经略林文忠公、李□□公先后殂谢,圣心焦劳。况兼黄河秋汛,决丰沛两坝,灾民四散,大车装载妻子,哀鸣嗷嗷,予于吴趋见之,国家之经费不支矣。粮艘以河路不通,苏属特办海运。花户幸有缓征,得踊跃输赋。

除夕(**2 月 19 日**),雨雪。得诗八首。室人以四年陈米作饭,颇似珍珠,亦残年一乐也。

龚又村自怡日记卷十一

咸丰二年壬子(1852—1853),四十三岁

元旦(2月20日),雪霁,余寒袭人,得《岁朝八咏》。

初二日(2月21日),入城贺岁。

次日,挈子侄憩邑庙园,见假山上添石枰一座,颜曰"橘中遗趣",是程小川德章监工所设。望石梅,走马尘沸。复过谭祠,探梅花消息,南枝已试香矣。旋于壶隐园茗话半晌。

翼日,留钱筑嵘、贾翰才饮于镜墀轩,战拇飞字,各尽欢情。继以状元筹,禄儿连得彩,颇饶买灯钱。

初六日(2月25日),时己生饮于小斋,飞"正月初六日"五字,禄儿劝客饮,连说几句,书幸未忘。

十二日(3月2日),拜朱子钦丈七十,撰联以祝,并寿数诗,与瞿竹村少府毓荣及袁庆钟□□、沈仲美□□、瞿永昌□□、李砚香、朱成德桂芳、殿钦□□等话雨畅叙。

上元日(3月5日),偕王梦蘧、聘轩观梅看灯,适雨后泥融,游人未盛。

十九日(3月9日),领子女仍访谭园梅花。登迎仙阁,北望逍遥游,翠袖红妆,往来似织,南面万家烟火,如披画图。袖香雪一枝,满襟皆韵。复进邑庙,春人蚁集,办灯以娱小儿。

二十日(3月10日),命禄儿就外傅,业师为王煦亭茂才,以世谊而兼邻谊,取其便也。予亦赴蔡塾,时大兄馆狄,大侄馆张,一家均被饥驱矣。徐君晴坡耀基、钱君溪梅溱、翁君兰洲振镛、陆君颂甫长庆、

温君绍先在明及朱生少英俱为蔡记室,昕夕聚首,颇不寂寥。并晤陈古香上舍本荣,同席畅谭,豪迈可喜。闻陆生廉石仍食烟火,戒以四律。周听泉贰尹自闽归,见馈泉州神曲,谢以二诗。学生沄江世培、心田德培、古庄厚培俱已议叙盐知事,留心家务,不专读书,而诗笔尚可造,性亦驯良,故指示甚不费力。馆有二僮,供应亦周。课暇便访陆祠,追感亡友筠轩,揖墓者再。并问双节坊陈氏近况,甚觉凄凉,幸晓霞丈尚留一脉,见藐孤,曷胜恻然。晤陶缄斋丈,知其力扶,不令西华衣葛,真所谓死生交也。

二月六日(**3 月 26 日**),挈儿侄翁祠观梅,憩李氏片云楼品茗,倚阑俯视,试马者纷如。

望日(**4 月 3 日**),清明,阴雨。

既望(**4 月 4 日**),兄侄拉禄儿出北郭,半途乘轿,游三峰、兴福两禅林。予则惮山行,闭门索句而已。

十七日(**4 月 6 日**),扫新墓。

次日,下乡,祭祖墓,兼问锦若兄疾。见其颜枯瘠,并痰中见血,抚其手郁热未清,甚为廑虑。

十九日(**4 月 8 日**),与毛小溪、镜仁小饮书斋。为礼、裪两小女种痘。

廿一日(**4 月 10 日**),朱恂如到馆招我,遂与伯谦同至严祠。适晤陶洪镇,携佳点饫我,觉芦棚汤饼,味如嚼蜡矣。

廿六日(**4 月 15 日**),权粮储吴□□先生葆晋甄别,题为《毋意四句》《鹰化为鸠,得鹰字》。案出,蒙取外课第三,评云:“以毋意作主,词意颇觉紧切,后二比再得盘旋,犹佳。”

廿九日(**4 月 18 日**),唤山人壅墓树,俾炎炎日长,庶壮观瞻。

三月朔(**4 月 19 日**),访张二曹,玩庭中碧桃良久。过石梅,晤时酉生、曹星村,同茗话梅花丘。见士女烧香者拥挤白衣庵前,诚胜观也。

上巳日(4月21日)，携子侄憩马公书院。拜香人百队，有点肉身灯者，水有画舫，陆有走骑，兼之水会齐喧，挡船不绝。

十一日(4月29日)，挈儿及次侄石梅览胜，并观听松堂牡丹，数百朵点缀石台，上架凉幔，如入画中。旁则朱藤垂花，红薇试香，恰是浓春好景。

十四日(5月2日)，陪朱子钦、周惠山敦义两丈及朱恂如到长洲渡航桥观剧，同朱筠卿、曹星村茗话芦篷。夕泊关王阁。

望日(5月3日)，由涂马铺桥步行至支硎，进观音殿焚香。回憩茶棚，适微雨，士女进香者，或坐肩舆，或乘山轿，喧沸寺中。便过吾与庵，庵前古树夹道，一路清凉。由门入，见西偏荷池金鱼扬水，门颜"知鱼乐"。池后植老桂数十，新叶敷荣。墙北为梅园，前为披云草堂，彭尺木进士绍升题。旁悬元根上人□□像。庭前牡丹未谢，紫竹初芽。左有小僧，貌美音宏，喃喃礼佛。室颇清幽，为立关所。左偏见山楼，供陈莘田医士文涛长生位。僧某患恙，医愈，建此报恩。中殿为华严千界，后为花厅，左为寿佛龛，供竹根无量佛，笑容如生。后楼为大悲宝阁，额云"觉海无边"。左轩额为"狮山拱翠"，轩后一房颜"觉也"，供佛一龛。右轩额云"如读画"，轩后供查憺余比部□□及李恭人位，想是施主。向晚下船，泊北濠。

既望(5月4日)，自娄门塘过外跨塘桥，雾中见郡城隍领唐山土地赛会，网快船十余，皆有鼓吹，摇橹者呼声如雷，哄然市上。十里为夷亭，南为沙湖，又十里为界牌，为关王庙，又十里为昆山西城，自驷马关陆行。进城，过学宫，于西街品肝肠面，剧佳。游新庙园，乘凉揖山亭，几欲羽化。过延翠轩，玩红白牡丹，瀹茗清谈，不觉骄阳之炙。出东门，在月河下船，岸有殉难义冢，见白塔孤立荒墟，旁有二银杏树。扬帆新洋江，暮泊车塘。登陆至孔巷，谒孔祠，见碑云：宋显武大夫孔端朝，字子工，至圣四十八代孙。建炎初，扈从南渡。居越，召见陈情，改名端越。五世孙之敬，通州监税，家于通。子渊，由通之崇明,徙昆山,学行为士林矜式,称莘野先生。孙克让、曾孙世学,有文行。越十余世,裔孙云畴上舍传鋆与习园州判传泗于乾隆乙亥捐义田二百十亩零,建丙舍,奉显武为南迁始祖,而莘野配食。坊曰"东山钟秀",额曰"垂裕后昆"。旁有池,池后一轩,设云畴、习园两夫妇主祠,凡三楹。

　　十七日(5月5日),下吴淞江,过油车浜徐□□尚书□□墓。再去为四港口,南往松江,东北往嘉定,直东往上海。一路有渡,渡有亭。过白窑,两岸皆芦菔花,白如雪。皖头种靛草及西洋子,俱可染衣。步至黄渡,市稍多靛坑,镇约五里许。进城隍庙,神白面,同夫人坐后堂,歌吹设祭。庭有红粉二色牡丹,紫荆蔷薇各种。出庙,品包子,价廉而物精。从千秋桥下船,夕泊野鸡墩。上有渔姬庙,相传明洪武间由渔妇得名。对河为姚家渡,月中闻唤渡声,子钦丈有"唤渡月明中"句。

　　次日,过新港,有小市。又过曹家渡,为曹旸等设。再经江海关北卡坊,新闸潮势甚紧。旁有金龙四大王庙,闻王于正月十七诞,灯市极盛。前为老闸,亦有大王庙。过黄浦,见夷船两号,铁包铜钉,加火漆,上有篷架三层,两边装炮。又有白腹船数十,舵工头包白布或红凉帽胎。别有画红鱼渡船,舟人悉闽产。由洋泾浜上岸,过禹记茶栈及江海北关,两旁皆西洋台。浦东北皆筑夷馆,而莫盛于浦西。见有数十所围墙竹篱,植各种花,场中短草如罽。馆或二层或三层,高百丈,悉砖石包柱,形方满抱,栏俱白裹,小柱作葫芦形。百叶窗凡三层,窗拓大玻璃,外用木榍,转侧玲珑,内挂洋帘。洞门有五色,或用红粉石砌墙。前有露台,顶有蠧天如烟囱者,或三或四,中有镇风水神。馆后高竹屏中,隙地甚宽,间种百花瓜菜。有竹笼数丈,络以丝,见孔雀雄雉集其中,忽闻一声如刮锅,翠羽洋鸟也。笼外鸟雀飞入其中,颇有天趣。洋鸡雄者,冠红羽白,啼声不扬。洋狗有高脚者,有狮形矮脚者,项系金圈,马多红毛,牛羊亦异状。馆前石岸用木桩实以潮泥,土人挑载者不绝。每馆有长石滩,馆西有放牧所,约数十亩,绕以白粉竹篱。后设白布帐,夷人于此观走马。又有抛球台,马鞍墙上围网,场中侧铺红砖,其余平屋皆货栈。门悬大法蓝国洋货招牌,夷男则蜷须发,色带苍黄;或则剃顶,深目如鸦眼,鼻长而尖。红白黑三色高冠,有边,低者无边,或白帽红顶,额有遮阳一片,或带小晶眼镜,有二片者,有四片者,口吸烟草寸余,焚尽弃之。身穿彩被及哆啰呢袄。手持蓉叶伞,或把洋枪。足穿皮履,步步有声。与上洋人交易,能作苏松音。夷女则用花布裹头,两耳垂髻,肩披印花一口钟。花紧身,五色长裙,腰束纤细,足不缠,亦曳革履。回至东郭,见鱼肆中梭蟹大钳无毛,箬鱼则灰背绿腹,龟鱼则红色肉尾,皆海鲜也。过天后宫观剧,时演富春班,询知后姓林,福建莆田人。父讳愿,官都巡检时生后,尝照井,有神出授铜符,遂着神异。日方织,忽据机瞑坐。母王氏问之,泣曰:"父渡海无恙,兄没矣。"信至果然。盖后援父而兄未及也。后生宋建隆元年三月廿三日,雍熙四年九月九日升化,时显灵异,护庇海舟。宣和五年,敕封为神,赐号顺济。元至元间,敕为护国明著天妃。明洪武、永乐,两加封号,为护国庇民妙灵昭应宏仁普济天妃。国朝康熙二十年,加封天后圣母。庙创自宋,面东,浦潮北来,至此而伏,过则复起。沪渎人自月初至月底,弦歌祝厘无虚日。进东门,过游击署,复憩邑庙观戏,为三元班。神于洪武二年封显佑伯,永乐间县尹张守约以霍光行祠改建为庙。庙门牌楼背有石莲花,甬道有照胆亭,栏石如玉,从偏路至西城,冷落似乡,皆竹屏护舍。见天主堂数处,皆高出城头,上有石幢,前有钟楼,一洞如洋表。出西门下船。

十九日(5月7日),从井亭桥登陆,过万胜桥。旁有万胜庵,夷人赁庵前数塍,种野山芋,以竹枝系素纸表之。又谒罗神禅院,后殿供明目侯,外皆槿篱,植莴苣、菠菜诸种。午后进城,经海防署,又过虹桥,桥旁顺济侯庙有小伶待神,灯彩炫目。诣县署,颇敞。见有"恩普海甸"额,邑人为姚令□□立。旋游邑庙外园,即潘仲履方伯允端豫园故址,乾隆庚辰年构,一曰西园,约七十余亩。南至庙寝西北,两面

缭以马鞍垣,东为通衢,中辟园门,西行有石梁,北为玉华堂。堂前奇
石屹立,相传为宣和漏网。西为得月楼,南达于绿杨春树。稍东曰烟
水舫,居一园之正中者为三穗堂。湖心有亭,东西筑石梁九曲以达于
岸,红阑纡回。三穗堂东北曰万花深处,有轩曰可乐。隆然而起者为
留春坞,其东北为花神阁、听涛阁。西北度溪桥,山石突兀。径西行
转北折而东,曰萃秀。右自巨山而下,循小溪西南行,度小桥,复入
山,由洞中环行而上,至香石亭。复下南入洞行,有亭曰流觞处。自
亭西北行,曰莲厅。厅东南筑亭桥,以通于西南境。由厅而东北,过
凝云桥,望见最高者曰熙春台。寻转而南,抵憩舫,有门曰云边别艺,
有堂曰致远,楼曰涵碧、曰磬楼。南度石桥,入洞右折,有阁曰凝晖。
其从洞南行,出山上,则浥翠亭在焉。亭左立奇石曰奎星石,自王□
□□□陛良素园移来。下山沿溪而南,有厅西面,其后轩俯大湖,东
与湖心亭相望者曰濠乐舫。度小桥,有室面北,曰绿荫轩。室后南
向,曰千岩竞秀,为南尽处,自此而东傍大湖,曰茶墙酒墅、曰清芬堂、
曰鹤闲亭。又东曰飞丹阁、曰绿波廊、曰春禊阁。至吟雪楼,而胜概
尽矣。第廊轩皆洋货铺,或为书画星相者赁居,稍嚣尘尔。复游内
园,或谓东园,地逊外园之旷,而精细过之。花厅中纸醉金迷,中供邑
神像。旁有地台,仙洞纡旋,多武昌奇石。亭馆俱古雅。西南隅一台
高数丈,曹谔廷给谏一士名为小灵台。东北三层楼,足倦不能遍历。
又有北园未开,隔墙遥望,有池馆,砌以梅花石,拟他日补游。同人茗
话湖楼,有卖黄椎头者,皆少女善谑。回过夷人礼拜堂,红粉洋台悉
长玻璃塞门。门上锐下平,层层有纹,如蚌壳样。又有讲书堂,夷人
于三八期讲夷书,两面皆华人,纷纷坐听。

　　次日,复入城,见广东女子首包花巾,身被天青广纱襦,蓝色绉
裤,缠足健步。过淘沙场,谒陈忠愍公化成祠。堂左设上海尉杨公庆
恩像,长面乌须,蓝顶纬帽,年约五十余,从陈公殉节投于黄浦者,周
文之大令沐润额云"江南一尉"。堂右列阵亡弁卒总神位。堂供陈公
像,白须大耳,眉骨显露,两目有威。楹帖云"由来莫要钱,原非易事;

只因不怕死,可以称仁",孙复生总戎书。屏粘吊忠愍诸诗人作。后为文昌阁,左为全节堂义塾。是日,火神、天妃两祠均演剧,而莫妙于邑庙梨园,班名宝和,是最著者。同人坐厢楼品之,《串蔡庄》《长坂战》《花云归位》《别妻》《嫖院》《芦花记》颇佳,其尤出神者曰阿七,人人知名。同往六客,茶资座费只须百余钱,较苏馆省便。晚过鄂王庙,知康熙初张锡怿建,额云"大宋一人"。前有舞台,极轩敞。出城下船,见船已在陆,俟潮上始行。

廿一日(5月9日),移桡老闸市,闻钟声,步至礼拜堂。有老白鬼立莲花柱后讲法,两旁鬼子列坐,末座列夷女,同声而应。地衬红毯,两面大璃窗,照人空洞。外廊停翠呢轿十余,皆夷妇所坐。又见竹篱边小鬼子,衣被五色,身段玲珑,半是中国人矣。自此至渔姬墩,约三十六里,转西北,过江桥市,有永镇、永丰两桥。午泊南翔,从雀马桥过慎德里,品羊面,定窑大碗,每碗面价多至六分,少止五分,五香浓郁,美味异常。谒云翔寺,门内两石幢,前为观音殿,中为大雄宝殿。上有万福洞,蝙蝠群栖,声如风起,僧人于此卖夜明沙。后为白鹤禅院,鹤亭已废,萧梁时僧德齐携二白鹤卓锡于兹,至唐开成间,又有僧行齐双白鹤依之,规模渐扩。后鹤去,至嘉庆庚辰,里人濮□□自辽东航海归,复携两白鹤畜于寺。泊五年鹤死,镇故以白鹤南翔得名。后多禅房,左为三元堂、十王殿,右为九品观,池中有石莲台。又有官廨,为公所。更有古藏经所,额曰"香林堂",董文敏书。住持圣先陪话,见大瓣古兰花一盆、洋朱藤二盎,庭有牡丹各卉。再右为县城隍庙,由庙后出街,过双桥,从小衖至古漪园,额为山阴王海书。园子云:"此本叶氏别业。"花厅额云"华严墨海",董元宰题。有柳带轩,其旁精舍供兰,适有花会。中有花神祠、有仙洞、有竹径、有听涛处,修廊曲折如画。方池旷朗,奇石嵌空,赤阑桥若虹卧水,复有白绣球点缀其间。其中水榭风亭约数十所,不胜纪也。味茗勺药厅,听鸟语,领花香,清风徐来,有山林胜致。左为州城隍行宫,面畦圃,市约五六里,四面街衢,为东南雄镇。过靖海王庙,下船行,顺东南风,顷刻廿里为兴福桥，又五里为全福桥，又五里为永安桥，即嘉定南门，东路往罗店，西路往西门。自南城步行，左转为学宫，有魁星阁在水中。东为当湖书院，新任县令冯□□翰馆此。由龙门过秦氏祠、节烈贞孝总坊、关帝庙，转东至城隍庙。庙前井亭二，右有陆清献公陇其祠，舞榭额云"千秋镜"。园门座石为竹叶玛瑙，上题"水木清华"，砖块雕工甚细。由此进为灵苑，额曰"碧苔芳晖"，钱□□□□秉桓书。旁有西洋式房七所，又有室曰披云、曰池上草堂，多奇峰。假山上窍石曰米汁囊，以泉滴色白而名。又有丛桂轩，额曰"梦鹤"，鄂西林相国尔泰书。回廊纡折，壁雕百花果，额曰"十亩之间"，董香光书。又有洞门曰"品汇昭宣"，周□□□□怡书。旁有花神庙，塑像皆作侧视状，额曰"布利敷荣"，联云"土物重东南，独冠千红万紫；神功参造化，长调十雨五风"，汤敬堂□□万煌题。又有轩额曰"瑶宫"，花厅颜"静观自得"，王良常□□澍书。前蟠槐二，方池一，假山多怪石，四面皆石阑桥。廊曰"可濯"，钱小山□□桂发书。水榭曰小曲江，隔水红阑楼曰迎霞阁。左折为岑崿山房，前有数峰，又有醉月轩，钱竹汀宫詹大昕书。前有竹篱，斋曰"漱石枕流"，睦□□□□文焕书。轩曰"蓉镜"，吴棣华殿撰书。内室有"会心不远"额，诸□□□□堂书。中为即山亭，亦王良常书。复有晤言室，对面有"流觞亭"，山阴王□□□□怡隆书。旁有碧梧轩，池中石桥曰涉趣。洵嶂城胜境也。回经法华塔院，塔二，银沙已废，金沙尚存。同吾乡朱洽德□□到席家栅，游秦海涛运同□□家园。园丁徐某引至延禧堂，屏皆楠木，堂供盆兰数十座，有素心好瓣者。廊外见灰鹤二、小鹿二。再进为长廊，壁嵌黄文节公□观临颜书百余石。内为"餐英精舍"，王西庄光禄鸣盛题，联曰"水清鱼戏藻，花落蝶含芳"，米海岳书。中设大理石楠木坑床、紫檀腔花磁面茶几、灵壁石古树根各一座，漆灵芝树根佛各一座，刻竹楹帖、大理石桌、大玻璃窗各精致，悬万光晶堂红。阶前笋石二三，及朱藤、绣球、芍药、牡丹诸卉。荷池水亭曰拜石轩，俱蓝玻璃窗，楠木花瓷几。一轩曰"餐光饮绿"，倪南塍□□承宽书。前往为地台，颜曰

"鹤鸣堂",梁山舟学士同书题。东西有台,北有琉璃座二层,以备观优。再往为"兰芬斋",程□□□□澄书。上有楼曰"云外天香",潘顺之太史遵祁书。自仙洞而上小阁,曰"观畦小憩",沈笑山□□宇书。由月洞亭过廊,下为"小山堂",王烟客奉常时敏书,堂供海石、昆石两座。套房曰"此静坐",南村居士书。房皆白玻璃窗,又有五色璃屏之暖室,中设印木圆几。前有小斋,联云"佛容为弟子,天许作闲人",陈曼生司马鸿寿书。再折为旱船,颜曰"步霞池馆",董香光书。由花廊而上为五角亭,旁有竹林,由曲廊下,有假山,廊悬铁画十余,题曰"溪山清赏"。复有廊,假山为墙脚,由下而上为西洋台,共两层,四面皆花玻璃。由假山下,为城南草堂,主人自书云:"蒲桃分蔓珠垂架,茉莉吹香玉照杯。"前有大盆洋鹃四座,由长廊迤逦至"玉华清馆",王一亭□□诠书,后有梅竹。自此过桥亭,亭俯荷池,前有秋水轩,诸名士题诗满壁。由假山而下有亭,联曰"四面有山都入画,一年无日不看花",张□□□□照书。东西隔以花墙,一园如三园,令人迷而莫辨。是日钗裙纷集,遥望如仙。园丁云,主人年八十四,二子晚生,长字少园,名兆兰,户部郎中;少字□□,名兆甲,候选主事。对门即其典铺,四邑之首富也。出园由养济院、副城隍庙一路出西门。城上鼓楼重叠,红墙焕然。过护国教寺,坊题"仁里",西去为周家栅、三官堂、西北圣庙、高胜桥。船已移在陈协盛米铺前,与主人裕祺、景山谈片刻。

廿三日(5月11日),行十里为外港镇,有龙德、东阳、中阳、西阳四桥。又九里为前门塘,有聚奎、聚德、钟秀三桥。又九里为岳王庙,庙前有古银杏二株,枝叶尚茂,轮囷数抱,已历几朝。进大通桥,转北为蓬阆镇,直西为万缘桥、三多桥、益善桥。又十里为慈云庵,地名茜泾,左转即夏家河,再转为广子里、永福桥。复由白塔过昆。暮泊蒋泾。

廿四日(5月12日),出新塘,有普济桥,扬帆巴城湖。夕抵家。

廿六日(5月14日),陪杨晓园上舍文诏等饮于姚氏,初品鲥鱼。

四月朔(5月19日)，进邑庙、痘司殿、白衣庵焚香。啜茗梅花丘，清风时至，但闻绿树中布谷数声，洵幽境也。

初二日(5月20日)，水嬉颇盛，与俞鹿溪康禄、朱确甫人吉、张岳生德福、王蔚卿朝烈、贾翰才、卢器轩饮于水榭，拇战百巡，各入醉乡矣。黄昏，酒船灯舫往复于西庄间，足助胜兴。

初四日(5月22日)，偕季受之、钱筑嵋观金童会，扮五人赴市曹像，令人可怜。

次日，贺蔡餐翁迁居，公子菊轩司马祖培、菊亭百戎宗培留饮，导游家园，颇幽静。有古桧压屋，棕榈、罗汉松亦数丈，皆百年物也。船厅极敞，长廊有亭，假山有洞，小池映带，佳境可人。

初六日(5月24日)，挈儿观王家桥会，土地社扮戏谑状，可发一笑。

十一日(5月29日)，陪外舅等观城庙社，只有茶童一舆，较旧稍减色。

翼日，书院山长课，予卷取列外课。

十三日(5月31日)，携儿玩新庙演会，炫巧争奇，胜于老庙。

次日，复偕妇女往观，泊舟颜港、归祠等处。儿女扮杂剧，共七乘，衣被旗盖半从顾山赁来。有冰纹璃屏及孔翠伞，颇新奇。

十六日(6月3日)，闻俞念香、杨钟鲁春闱报捷，吾乡文运大开，念香年已艾，钟鲁年未壮，有志竟成，可以激厉士林。大侄代禄儿书院投课，为昭令任云平先生鲲池录取，庶使名心不灰。入夏来，时闻斗酒酣呼声，乃西城轩酒客拇战，亦足为寓斋破寂，惜匏系不能同作酒楼仙也。

五月三日(6月20日)，闻钟鲁蒙钦点榜眼，吾邑自严宝臣太仆虞惇后又有嗣者，虞阳文风于斯为盛。湖北白莲教约五百余人，至吾乡强丐，如辛庄李氏、沈氏俱被算窃银物，幸入城即为县官给钱，遣役押出。

初六日(6月23日)，吴粮储课，蒙取内课十八名，题为《然则小固不可以敌大至以一服八》《蜂腰鹤膝，得蜂字》，评云："滔滔汩汩，苏海韩潮。"

初九日(6月26日)，酷暑，偕朱少英及儿侄饮于南轩续古，风雨陡来，披襟飒爽，得五古一首，以纪酒缘。

次日，风尤暴，雷霆震地，无论墙宇多倾，即城堞亦有吹倒者。适俞霞城丈家红光满室，火气逼人，焚香叩求始散。据人云水火龙斗，未识然否。

十八日(7月5日)，洛阳山地被勘，谕令迁葬，原告怂县令所致也。予思买王姓祖墓余基，有中有契，且事阅八年，何得诬控盗占？即投禀欲代申雪，苦奈老辈惮烦，竟甘屈服，惜哉。

二十日(7月7日)，代东翁挽顾扶九上舍大展一联。

廿三日(7月10日)，王默卿以望云书屋诗卷属定，勉写次第，首为许逸亭茂才文诏也。

六月初，连晴，桔槔之声昼夜不绝。蔡生沄江为汲睢阳泉，和以盐梅，予频饮数碗，竟体清凉。默卿馈孤山细茗、包山月饼，谢之以诗。

十九日(8月4日)，从兄锦若卧病半年，竟不起。溯其买山葬亲，为两弟成婚，季弟亡又抚孤寡，族人借贷未偿，概不计较。祖居装修窗槅，祖墓补种树株，皆其独力。与予尤心印，洵族望也。昨致书问恙，兄犹展视，并谢所遗苹果、金蕾，不料越数刻而无声矣。嗣子葆初培原甫十龄，中道遽弃，伤哉！为哭挽五律。是夜，西河兴百子灯会，为祷雨也。嗣后不时降雨，高田可卜有秋，非诚则灵乎？

廿一日(8月6日)，平壄庵过宿，茶瓜话愫，颇慰渴思。迩来瓜价极廉，香瓜每斤只消五文，西瓜每担不过三四百文。塾中堆雪沟瓜，予苦暑，日啖一二枚，解除烦热。诗逋丛积，爰题王煦亭文学《课儿图》、琴甫司理《垂钓图》，又和慧生少尉《岁暮感怀》二律。

廿七日(8月12日)，午刻闻聚奎塔顶被风吹堕，其中有珍宝、藏经，柱木煎汤可疗疾。按塔成于明崇祯元年，萧观复备兵应宫创始，钱牧斋宗伯督成，历二百余年，竟尔倾坠，积久未修故耳。近见匪煽粤西，河决丰沛，岁连歉而民生蹙，费太繁而国帑虚，圣主频筹蠲缓，官吏犹急催科，虽直言盈朝而未见施行，不自知吏治之坏也。作《感怀》一首。

蔡塾后枕山，向为贼薮，汛地等连夜巡逻，于七月初获五贼解县，都有军器。嗣又于大石山房获一贼，起赃于吴王庙后。数夕叫嚣，诸生放枪防守，彻夜不眠。

七夕(8月21日)，王煦亭饷素心兰，报以四绝。翁显廷示乞巧诗，亦走笔和之。

次日，送平燮庵赴试，得三律。赠王煦亭茉莉两盆，亦附以诗。

十四日(8月28日)，挈伯谦下乡，问毛菊泉疾，孰知作古将一月矣。念其以医鸣一乡，生事差可，中年貌忽腴，方谓后福靡涯，不料以酒病始，以膈疾终，寿限四十七，时六月十八日也。补挽二律，以付其孤。复赴锦若兄灵前叩吊，借展哀忱。便过三先叔家，虽凄清益甚，而见小弱弟孩笑，一脉尚存，颇为心慰。朱子钦丈以金蹄、卤笋见贶，柬云："步蹑金华，班联玉笋。"予愧承颂祷，谢以二诗。黄昏见有白虹，自东南转至西南，拂月而过，迅疾如飞，未识何兆。阅邸报，知浙江鄞县枭匪戕官据城，旋平旋起。调兵运饷正在吃紧之时，而两粤艇匪、会匪尤肆猖獗。广西全省蹂躏，闯入湖南，郴州甫平，道州又失。经略赛相国及徐制府、邹中泉鸣鹤、罗苏溪绕典两中丞协力会剿，时势颇艰。湖广两江皆添兵防堵矣。

二十日(9月3日)，送张子琛福臻赴蔡塾为予代课生徒，留赠诗句。

廿四日(9月7日)，为金陵之行，与钱子绳明经、兰谱嘉福、筑嵘、瞿秋泉钟彦三茂才同伴，水窗无可消遣，同掷状元筹。夕泊无锡江尖，见酱园浜一路灯船璀璨，人影衣香，可销魂也。市上水阁供张睢阳像，征歌度曲，各处醵分赛神，颇觉热闹。

廿七日**(9月10日)**，过龙潭，见平地突出一石，如盆中假山，玲珑奇特，上有石幢，云是僧龛。夜蚊特甚，谚云"船过新开河，蚊虫大如鹅"，信不诬也。两岸萤火荧荧，飞入船舱，大倍于常。

翼日，自栖霞渡江，雇张姓红船带过。遇太仓张笠峰书笏，谦光可挹，知其祖葵轩先生茂勋为先君同年，后以戊辰连捷出宰鲁楚。父庚垣□□□□游粤东叶昆臣中丞幕，叔□□观畴道光丙午孝廉。其同伴为王跃泉龙及其从兄星桥贵缙，与予倾谈如旧，曾同声云："一帆风雨渡江来。"霸江时江涛怒驶，予船已随波上下，而大船则屹然不动，始信带江船之稳便也。晚泊水西门，偕筑嵘、子绳酒家酣饮，下酒咸豌豆，剧佳。

廿九日**(9月12日)**，自通济门上岸，寓淮清桥马景龙家。主人开屠肆，妪以杀生造孽，长斋诵经，每晨焚香叩天，喃喃不绝。时同伴五人，与言卓林南金、宗韵生天爵、张赞臣宝篆合火食，苏城章守约辰、鹏九志程、同邑宗春苏振亦同寓。前房寓者为扬属人，日以叶戏消闲，叶写字，一大一小，均诗中习用者，斗成三言诗，亦文人雅事。晚偕俞月楼丈及时眉叔、平燮盫金谷茗话。

晦日**(9月13日)**，过问柳园品茶，其中池鱼拨剌，纯是化机。

八月朔**(9月14日)**，武庙拈香，得上海辅元堂印送《道德经解》两部，纸高本大，可为高阁之储。晚与王松存宝镕小饮，飞字射覆，极客窗之欢。

次日，见监临杨公文定示文武各官，倘入闱后有紧急公文，准领匙开门。且闻江西戒严，安徽防堵，上江试士有担囊负笈而归者。

初三日**(9月16日)**，张二曹见赠诗扇一柄，击钵继声，同人醵饮，得大凫，足疗馋涎。

越日，二曹留予旅窗小饮，肴核四碟，剧佳，所费不满百文也。

初五日(**9 月 18 日**)，领潘相府所给士子沉香神曲，香韵异常，云要向西诵佛而饮。午同瞿秋泉、安淳桢游报恩寺，登浮图。旋谒三公祠，揖李忠肃公邦华墓。上雨花台，过高座寺，秋泉有所遇，目送之，予则俯寻石子而已。又访永宁寺、财神殿、景公清祠、梅忠烈□□祠、先贤祠。品茗山家，新栗鲜菱，风味殊美。回于钞库街品茶点，隔水红阑水榭，适斗宫商，扇影与花香相间，诚乐境也。

次日，步至承恩寺，见主试沈子荥少宰兆霖、葛蓬山太史景莱及监临杨安卿中丞、提调祁子儒方伯宿藻、胡□□观察调元、张□□粮储廷瑞、何□□司马绍祺飞舆入帘。

初八日(**9 月 21 日**)，进场，见至公堂有杨中丞楹联云："逐队忆当时，阅廿七载棘院重来，如此秋宵，且谈风月；菲材惭执事，愿上下江英贤继起，原本经术，以为谟猷。"盖杨公定远人，乙酉捷南闱，故云尔尔。是日，与无锡华□□国荣、吾邑谭小石同号，谈艺甚欢。次场偕江宁张□□启源、青阳徐□□桂馨、旌德吕□□桂山同号。三场与石埭杨□□文举、上元李□□逢辛、同邑归冶亭兆良同号。缘填实策，已于中秋夕出场，见城人击锣鼓，狂走街衢，有女子纷纷随后，不用灯火，想蹋月怜光，须灭烛耳。又于钟山书院后池中争摸大锚，以卜得子。

十六日(**9 月 29 日**)，风利渡江，泊龙安驿，得句云"月过中秋瘦一分"，足成一律。

次日，泊张官渡。

十八日(**10 月 1 日**)，筑嵊于奔牛得蟹螯劝饮。旋过丁堰，就船买无角绿菱，鲜而甘，快领江乡胜味。晚同人酺饮戚堰，市约里许，风俗朴淳，长石桥坚而净，可以乘凉。东望横林，远山一抹，烟火千家，遍地黄云，粳香扑鼻，是丰年景象。

翼日，同人游惠山寺，访二泉亭，抚听松石，老桂香浓，秋风飒爽。若孙大宗伯慎行、李忠定公纲、邹忠公浩、范文正公仲淹、钱武肃王各祠及紫阳书院、罗汉泉、龙眼泉，俱清胜。往山家买耍货，有男女对卧坑床吸鸦片者，泥像如生。晚过新塘桥，长堤石铺，坦然如砥。鸭城桥则落落数家，石城桥尤冷落。过九里栅，正苦无酒，舟子于戚堰市一罂，索而饮之，味甘洌，渡江来第一佳味也。过太平桥，水清澈底，久习江水，至此舌底生澜，眼中洗翳。夕泊关桥，并船悉常昭试士，彼此往还，畅谭风月。而桅灯齐上，如聚繁星，良宵美景也。

廿日(10月3日)，抵里。喜内人暑疾已痊，小儿亦稍充实。

次日，邀子绳、兰谱、秋泉、筑嵚、默卿饮于高阳楼，罄其二瓮。肴如八宝鸭、红煨鱼翅，座客称嘉。然予剧爱兰谱所制肉松，据云，将实肉炙干，研成细末，拌以鸡羹。余呼为金屑菜，同伴对以玉糁羹，可惜无才足以当坡翁耳。飞楹字"爱日当午，春风满庭"，禄儿云"节用而爱人"，又"日新""云淡风轻近午天""昨夜风开露井桃""随处充满""八佾舞于庭"，客皆叹赏。旋试霸王拳，甫上二篑，客皆颓然，即呼汤饼而罢。留数篑于家，更侑晚饮。遂偕王煦亭、卢器轩、钱筑嵋、筑嵚、子绳拇战狂呼，兼之射覆、飞字。煦亭覆云"无某则某"，予想暗指盘中双喜，即云"某成某雨"，果然为浮一大白。又盆子曰刘某，烛曰王某，草纸曰小某，某贵，均典雅。飞"且向百花头上开"七字。予云"匪且斯且"，客有醉言"且为沮音"，未识何据。酣嬉至二鼓，为煮焦米粥充饥，畅快无似。张君才悼其室曹媚卿兰荪，为补《篝灯佐读图》，嘱为一言，走笔以报。

自廿五日(10月8日)交霜降，天气反燠，蚊阵蝉鸣，颇似三伏。蔡生沄江出水果，解余烦热。雪瓜经久不败，园柿大胜于常，到口俱成蜜味，亦书窗胜境也。沄江又携五色菊便面索题，菊系曹和卿明经、殷小云司理雯、王乐山参军孟龄、素庵上人等凑成，予念其少年侍封翁，应以一绝。

九月八日(10月20日)，东君餐霞先生招饮于新宅，设席园中。偕庞炳文都阃、归问轩孝廉、李玉汝上舍珏、曹和卿明经、蔡文山广文同座。绍酒已宿十七年矣，味仍醇厚。肴点俱精，主人搜食单而定者也。

九日(**10 月 21 日**)，挈时酉生、金景岩、卢器轩及伯谦登高，憩西城。天暖如春，尚湖射夕阳，晃朗如镜，须臾远树蒸烟，暮阴如画。为王松存拉至张二曹家，主人已醉，坐客言卓林放声大哭，知其契友吴慧生茂才志仁病没耳，犹有古人遗风。

十二日(**10 月 24 日**)，闻报罢，念吾族衰甚，有不堪言者。迩来家人患湿疮，自秋至冬，药炉未熄，衰门无祸即福，敢作非分之望耶？况试场首艺艰涩，即二三篇二三场不惜心力，恐阅者目不到耳。

十三(**10 月 25 日**)夕，三里桥武庙新修，神开光，自骢马桥一路各家点灯，兼之月明如昼，洵是良宵。余携子侄赴庙观灯，游人云拥，笙箫彻夜，楼阁增辉，香火盛于曩昔。蔡氏因后园空旷，照应不周，厨房、卧室、会客、读书之所，俱偏一隅。予素慕其池馆亭台为西郊名胜，而足迹未经，不无闷闷。沄江解意，乃引余遍历。自东北书厅进为精舍，予题曰"挹翠山房"，内有长廊曲折如画。后有景山楼，有半亭，廊后为鸳鸯轩，再进为独秀楼，张镜之少府大鉴题。洞开四面，俯瞰双池，墙外山光，城中岳势，悉踊跃于前。后有荷池分列东西，池边小山亭，吴棣华廉访题。东北为沁香亭，□月樵□□题。右转花房三间，再转为茅亭，前有古桧一株。沿西池而至船厅，额云"米家书画"。旁有月洞，花墙数垛，植花果几种。西为养真书屋，南为桂花厅，西北为乐山堂，其余台榭均置器物，不克游。时白芙蓉盛开，雪柿大于金瓜，皆福地佳种，日涉欲仙。予尤爱亭前湖石，万窍灵通，惜一巨堆未能分缀台池，尚埋秀骨。而园桃约有百本，恐太密则不多实，所赖园丁分布，以遂其天。

十八日(**10 月 30 日**)，闻太仓陆燮堂与高足朱炳卿庆镐同中副车，名下无虚，为之忻慰。余中年已过，前路渺茫，不得不为后计。乃集先父遗产及自己所得粮田，录为一簿，注明契券，俾藐儿识所由来，题曰："馔于斯，粥于斯，子孙慎守毋失之。"又署租簿曰："少收几合，多收几年。子孙守此，永为心田。"蔡生心田初读文，予授以《启悟》

《能与》两集，补添旁批，逐字讲贯，并于要处加双圈双点，令其一览了然。

廿三日(11月4日)，倩羽士唪经谢土，缘合家患湿疡也。闻锦文叔祖母于望日不起，挽以二联。慈溪袁心田天培以《观钓图》属题，应五古两首。盛阆盦大令撰先墓志铭，赋两律谢之。

十月二日(11月13日)，饮于张子槎少尉家，与刘雨寰学博成霖、赵惠孚司狱泰、席寿卿司理振通、陶用匏融存、胡琯卿福龄、李德轩汝贤、陆芷舫、席凤书鸿衔诸茂才聚谈竟日。书院案出，初六期余卷为陶山长拔置内课二名，题为《其身正至自求多福》《怀忠信以待举，得儒字》。

廿八日(12月9日)，大俌邑试，新添默写《圣谕》，又另试性理论一场。案出，俌名稍后，幸"民吾同胞，物吾同与"论为黄邑尊许可，拔取十五名。曹生星村亦列在十四。共取三十二名。

[十一月]初六日(12月16日)，偕平燮庵访钱新之上舍如铭，为仲父定馆，幸其不弃卮言，仍主东道。戌刻地震，窗棂皆格格有声。予跪于后堂，而家人皆奔赴庭心矣。

次日，过书院，见师课案，予名在内课十四，题为《是故君子戒慎乎其所不睹合下一节》《委怀在琴书，得娱字》。见丐子赤体卧城隅，欲解衣衣之，谁知次日又过，已成尸矣。凡事不可需，况救人乎？懊恨之余，徒呼负负。

十一日(12月21日)，冬至。邀平燮盦、李锦江璋、朱半千、黄心兰元吉、王鲁园饮于镜墀轩，儿子陪坐飞字，幸无辱命。诸君不善饮，而以绍酒味醇，俱啜数盏，以尽欢情。杨砚芬年丈惠题《蓼莪辍读图》，谢以诗。许雪梅乃昌寄其《古香诗草》索序，见古峭颇有唐音，亟登数篇入《诗话》。

廿一(12月31日)夕，西河吴、程、周三家失火，予率仆奔赴，而势已不可向迩,室化为墟。念周允斋昆仲素贫苦,今并无以庇身,暂雇船住,乃同大兄送薪米以备旦夕资。

廿三日(1853年1月2日),下乡收租。今夏旱灾,收成俱薄,佃农尚未复元也。

廿七(1月6日)夕,忽有白光如电,俗谓天开眼,或云太白经天,未识何兆。

腊月朔(1月9日),闻苗匪猖獗,江西、安徽邻楚省者皆添兵防堵。福山镇奉檄调兵,常、昭各营共挑六百名赴江宁。差役捉船装兵,借公横索,有舟者苦之。

初九日(1月17日),送时容斋先师殡。大雪忽晴,而寒特甚。事毕,与金斗山照、李少霞仁等小饮。斗山亦游师门,自戊子文坛聚晤,迄今二纪,各增老大之伤。

厥后雨雪兼旬,直至除夕(2月7日)稍霁。有夷人数十来常,上虞山观望,未稔何心。余衣食奔走,终窭兴歌,觉一年所入不敷所出,较旧益少开眉矣。况湿疮未除,妻帑尤甚,一家半呼痛痒,闷何如也。

龚又村自怡日记卷十二

咸丰三年癸丑(1853—1854),四十有四岁

元旦(2月8日),微雨。

初三日(2月10日),晴。下南乡拜年。

初十日(2月17日),又雨。开塾,仍馆蔡氏,伯谦亦仍旧馆,大兄则馆乡,东翁为张心涛瀛。久不作诗,而友人嘱挽杨伯仁文学毓麟、施闾苏广文之母,勉应二首,自觉吟肠渐枯矣。

自元宵(2月22日)后,连日大雪,寒甚于冬,洎廿二日(3月1日)始暖。禄儿开馆,仍从煦亭茂才。俞霞城太守于初六日不起,属挽应之。

廿六日(3月5日),何亦民粮储俊甄别士子,题为《多闻阙疑慎言其余》,诗题为《众心成城,得心字》,未进题为《守望相助》。近闻九江失利,江宁、安庆戒严,时事甚紧,官绅俱筹团练事宜。

廿八日(3月7日),王默卿馈哀梨福橘,谢以诗。又为洞庭王春圃□□□□题《明月照松小影》。见抚藩臬三宪会请关帝临坛云:"又到大江东,偏伤吾道穷。全门岂得宠,五马不称雄。范蠡空花剑,陈平明月弓。天荒与地老,消息问双桐。"又解曰:"急则合,缓则离,不急不合,哀我人斯。"又常、昭两县会请关圣临坛云:"蓦地起波澜,纡回蜀道难。黄金能解厄,八九得平安。"又解曰:"若履虎尾,转忧成喜。不入虎穴,焉得虎子。天理难忘獭祭鱼。"

闻南京盐枭与土匪作乱,首裹红巾。城中奸细于火药局纵火,延

烧有三里之遥,一时惊惶,几至全城俱陷。幸驻防将军福公珠隆阿与藩司祁公领兵捍卫,救熄余焰,即与盐枭接仗,剿杀七八百人,余众逃散,得以安堵闭城,搜获奸细六七百人正法。廿一、廿二日,经略周公天爵、向公荣于太平府地面与贼匪接仗,自廿一日酉时至廿二日巳时,我兵大败,死者三四千人,武弁自镇台以下阵亡二十七员。正在危急,幸得直隶提督陈公金绶新放钦差大臣,带同辽兵四千适至,奋勇格斗,转败为胜,杀死九千余人,伤死其先锋姓李、姓陈两员。徐制军广缙又率广勇乡勇三千、楚兵三千,而河南钦差大臣琦公善亦派员领索伦兵三千至,又复大战,杀贼万余人。贼首洪秀全带伤而逃,又被斩获。**二月二日(3 月 11 日)**,向提督追匪至南京。**次日**,在江中大战,打破贼船数十只。贼兵尽从江北西行,到浦口镇夺驴马车,望破和州、六合二处直扑凤阳,贼匪坐船尽弃江边。而句容、丹阳土匪又猖獗难行。

　　初四日(3 月 13 日),学使何公岁试按临。予与夏砺堂_{辰耀}、孙子明_{兆熊}两丈赴昆,寓北道堂巷姚春亭家。主人年七十余,当县役。同寓者又有严修来_{家瑞}、蒋砺卿、季莘卿。幸季受之送考,诸凡省便。

　　初七日(3 月 16 日),俞月楼丈邀予同时眉叔憩春和轩,品肝肠面。闻恬庄杨砚芸_{朝议}希锡、大义桥黄秋涛_{承德}两家被土匪白日抢劫。又闻英夷移文昭邑,要讨还原旧天主堂。复见粤匪伪示二,一为伪元帅万大洪示,大意欲减轻银漕,向富户借贷足饷;一为伪军师杨秀清示,大意欲为民诛戮土匪,改庙宇为养济所。是日,粮储甄别案出,余与侄名在附课。

　　初八日(3 月 17 日),时益三、俞月楼两丈挈余品茶西寺,青团风味剧佳。晤太仓王耀廷_{茂才}_{春林},长在醉乡,而呐呐然,谦光可挹。晚招月楼丈、时眉叔暨同寓诸子大观楼品汤饼,醺然而回。

　　初九日(3 月 18 日),偕平燮盦、瞿静香茗话森然□□轩,梅香扑鼻,有美人往复其间,倍觉满园春色。而卖歌女虽东吹西唱,不足算矣。

初十日(3月19日)，怡入场，题为《君子不可小知三句》《淠彼泾舟四句》《望杏开田，得开字》。

次日，返棹。

十二日(3月21日)，同徐少瑜、季莘卿、伯谦侄过邑署，见所获匪徒数人，械在囚车，出头屈膝。自初械至今，死已三人矣，颇为快事。其时有乡勇百廿人，手持刀枪，护县官下西乡，前有骑马武弁，麾义勇旗，甚威赫。旋憩石梅品茗，谭祠观梅，香风时来，又一境界矣。

十四日(3月23日)，午初地震。

十七日(3月26日)，伯谦偕李立夫、徐少瑜赴昆。

十八日(3月27日)，予挚子女下乡，问诸亲近况。归后闻大士签示："十九日有悔，唯诵佛可弭。"家眷本茹斋，更于是夕念佛达旦。

十九日(3月28日)，予赴紫竹庵烧香，签示云："人皆愁恼热非常，夏日初临日正长。天公也解诸人意，故遣薰风特送凉。"心颇慰。

二十日(3月29日)，伯谦侄进场。

廿三日(4月1日)，喜悉时己生招覆，其家邀予赴昆安排诸费，仍寓姚家。

廿五日(4月3日)，偕己生、酉生出小西门，观武射。回憩绿云楼，屏几精致，佳茗可人。

廿六日(4月4日)，同陈芹斋品茶梅花馆，寒食转觉风喧。

廿七日(4月5日)，清明。访徒少瑜，遂与昆山陈琢堂茂才垚煋茗话涌泉楼。晚至徐毅泉□侃家，晤其公子少泉文学秉达，丰致娟秀，与少瑜青衿喜色相辉，诚二难也。便与少瑜、己生、酉生憩见山园，山茶似霞，玉兰如雪。茶话花神祠，遇雨，望玉山不得登。晤新进陆云笙懋宗，年十六，丰秀无似。夕同人过鹤鸣楼，听方秋蟾弹词，十余年不见，品益矜庄，能令躁者下气。适闻长洲尤静困院取佾生，可喜可惜。族弟郑叔良入武庠，贺以楹帖一联。

廿八日(4月6日)，回里。不料家眷多下乡，唯大兄子守门户，据云，廿六夜，讹报贼匪直扑福山，各家惊避，哭声满衢，行李之运，水陆不绝,几至难觅舟车。

予因亲墓未扫,乃于**次日**挈眷回城。闻逆匪已于初九日攻陷江宁省城,廿三日又陷扬州、镇江,远近惊怖。西庄设守望局,三十六家均携兵器巡灯,击柝鸣锣,摇鼗吹角,周行四衢,夕凡数次。连别巷四局,灯火缦延,颇张声势。予不避风雨,率仆躬巡,足已生茧。又闻向欣然提军于廿五日抵省垣,贼匪固守城中,上元令刘同缨整冠带,升堂自刎。破城者为伪东主杨秀清。

三月二日(4 月 9 日),扫亲墓。是夜予家值巡,同器轩及大侄周走。闻小东门盐臬放枪,里人齐起鸣钲,合城震动,两邑令俱出城。又见西城山腰,明灯一道,知有奸细在山,土人巡查火也。闻前月廿八日逆匪数十人在丹徒镇焚庙宇一所,锁典铺一家,镇江东南北三门用石堵塞,仅开西门出入。向帅于是日由巳至申在高桥门与贼匪打仗,杀贼千余名,生擒数十名。三月朔,贼在南京通济门扎三层营盘,均系新入伙者住内,被向公带兵冲散,将长发贼数名拿获枭示,其短发者讯明放回故土,有米石自贼营搬出、赴官军营中投纳者。第镇江探报,贼匪仍然盘踞在内,并有贼匪与土匪分窜四乡,劫掠乡镇之事。又探得向提军派兵密先劫营,于廿九日被贼惊觉,开放枪爆,击伤我兵数十人。适值狂风大作,雷雨交加,不能前进。该匪城外贼营均移近靠城,其空营经大军烧毁。向提军先于廿七日督兵集江宁城外,逼近贼巢扎营,进攻获胜,夺其土城,斩获贼首贼旗。其江南可通苏常旱路,经向公遏住要隘,飞咨苏抚杨公,严防苏常镇江后路。其北路浦口一带,亦经琦侯暨直隶提军陈公统大兵堵剿,已抵南京四十里之板桥。又探得镇江停泊贼船,尚有十数只,城内匪仅二三百人。该逆将民间家伙床柜窗槅物件搬运堆满城头,帐棚内尽用小孩被红衣,往来穿绕,并令打鼓敲锣,彻夜不息。又有土匪三人纠约贼撬人家门,查无钱米,只有桌椅等物。贼匪退回,搜出土匪身藏古玩器具,将土匪三人杀死。前次欲赴高宝一带掳掠之贼,到仙女庙即回,知向帅大兵已到故也。又据孝陵卫行营信云,向提军特拔贵州、四川、湖南精兵二千,来常州堵截窜路。天津镇李□□瑞管带已过丹阳,陈提军暨钦差胜公在六合城外扎营,均有二万余兵。署制军杨公在江阴,候师船到齐会剿。阅邸报,知杨叠云漕帅殿邦、扬守张廷瑞、甘泉令梁园棣、江都令陆武曾俱以失守问罪;前运使但明伦、运使刘良驹以畏避革职拿问;湖督徐广缙定斩监候,秋后处决;江督陆建瀛查抄拟罪;常镇道胡调元革职问拟;常州营游击熙昌、泰州营游击奎喜以潜逃正法。

初四(4月11日)夜,南乡朱家宅基张港泾等处,见有数十灯火,飞奔前来,人俱花面,知白莲教及盐枭、土匪行劫,幸合巷鸣钲,哄闹而散,然而麦陇已蹂躏矣。余戚贾氏自是夕不能寐,防守益严。而渡船头沈氏以疏防被劫,银物一空,可恶也。

初六日(4月13日),东翁邀宦秋蘋守府、李梅屏百戎德裕小饮,兼商防堵,予未及陪,乃唤船载儿女回城。

初七日(4月14日),终日晦黑,春寒特甚。亥刻,地大震,余家屋椽歪斜,亟率儿子焚香叩天,良久乃止。妻女矢愿茹斋,同声诵佛。比晓,知城中古屋有倾倒者。

初八日(4月15日),仍阴雨寒惨。自子至巳,地又三震。

初九日(4月16日),见城门抄粘向公示,有云"念我居民受害之端,皆由逆匪散有谣言,所过之处并不扰民,及至该逆窜过地方,不论绅士铺户等,无不掳掠一空。想逆匪乌合鼠窜,并不赍粮接济,则该匪等瓮飧哽咽。若非民脂民膏,从何而得"等语,甚足唤醒愚蒙。旋阅邸报,知本月初六日钦使向公与许乃钊、彭玉雯等商同剿贼,于是夜两路进兵,别选精兵从中路直袭通济门外贼营,派苏布通阿、邓绍良、和春、马成龙、秦定三、刘开泰、福兴等各领军放枪炮,该匪伏营不出。五品顶戴李连升领捷勇出贼营后,砍毙防哨数贼。秦如虎、李若珠从前面,杨瑞凯、朱占鳌、郑魁士从左山梁,虎嵩林、明安泰从右山梁,三路攻剿,抢至贼墙,抛火罐喷筒,寮棚帐房火起。我兵抢入营杀贼极多,破贼营三座。

复于十二日(4月19日),提督苏公等领兵勇四队暗袭七桥瓮贼营,该逆放炮外击,我兵抢入贼营,烧毙贼匪无数。向公复亲自督兵接应,将贼营先后攻破,即因贼垒移踞,救出胁从难民千余。又扬州逆匪,由江宁添兵救应,琦善移营至宝山,陈金绶、胜保亦移营至司徒庙,均距城三里许。贼众于十二日直扑琦侯营盘,爰督镇将员弁,或迎击其前,或抄袭其后,土城内贼拥出接应,镇将督官兵施连环铜炮,毙贼其多,焚毁贼营三处,贼始宵回。

十三日(4月20日),余邀同器轩及子侄往归家圩观剧,歌者唤银宝,年虽壮,而形声尚可。是日,天气骤暖,始见太阳,佐以花船络绎,蜂蝶纷嚣,依然太平景象。

自十四(4月21日)后,湿疮怒发,困卧数天。

十五日(4月22日),大雨,拜香人寂然。邑令缘地震频惊,谕城乡断屠三日。闻林文忠公则徐子□□编修汝舟出资募义勇五百,领来军营。向军门公子世雄、继雄俱智勇绝伦,统兵救援,为作《向家军》一首。

十七日(4月24日),黄昏地又震。闻南浔地陷,压沉九十余家,天地人交变,诚有数存也。

二十日(4月27日),李王回辕,有龙舟六只,游舫亦多。予闷卧未尝寓目。

廿一日(4月28日),徐子瑜来,言及予患疡,是郁热所致,当饮绿豆汤解之,即饷一筐,服之顿效。

廿三日(4月30日),枕上撰己生、少瑜采芹贺诗。是夕,东城盐枭与粮艘水手械斗,几成大患,幸里人解之。予连服俞鹿溪药,内有制军,热毒稍解。见邸抄,知琦侯于廿二日乘大雾迷漫,攻贼不备,派总兵双来、銮仪使武庆、副将松龄、锡纶等三路进攻,又派游击英贵带兵援应。绿营马队分为两翼,从旁抄截,一面知会陈金绶、胜保,一面督兵攻剿,直毙黄旗贼目一名。双来乘势扑北门,诱贼离巢,将身穿黄衣贼目轰毙,获贼目所带宝剑、大小黄旗、炮械多件。陈金绶督兵由司徒庙进攻二十四桥贼营,杀贼百余。胜保督兵勇,由观音山进攻法海寺贼营,毙贼数十,将贼营哨楼二座烧毁,轰毙黄衣大头目一名。贼用骡驮辎重奔逃西门,我兵追击,枪毙百余人。据逃出难民供称,伪将军黄二楚被炮轰毙,伪丞相林姓亦被枪伤。又省城官兵夺踞七桥瓮,将钟山及报恩寺贼营从中隔断,所有报恩寺贼营于十二夜逃走一空。向荣等于十三日饬各提镇五路进攻,以四路分扑别垒,以一路直夺钟山,并预伏强兵出队,同扑贼营,掷火球、火罐。各路贼营欲遁城内,贼众冲出三千余名接应,并有黄衣贼目指挥督战,因我兵呐喊而回。兵勇追杀无数,斩取长发贼级七十余颗,乘胜月袭,烧贼营。钟山贼匪及明陵享殿、雨花台各贼营,惊惶乱窜,先纵火自焚,逃至朝阳、正阳、通济各城门外,为退守之计。我兵遂夺回钟山。

廿八日(5月5日),立夏秤人,予脱衣冠鞋袜,秤见七十五斤,较旧减六,病多骨立故也。内人仅七十斤,禄儿仅三十斤,而朱妈则一百八斤,均是人而大相悬绝。

廿九日(5月6日),琉球国贡使自京回,缘扬镇贼据,路梗不通,乃迂道过常。自是南北文报往来,皆由福山,报马不绝。邑侯设巡防局于燕园,予卧病未赴,伏枕作《闻警》十律。

三十日(5月7日),余以湿毒蔓延,酿成寒热,元气大亏,自料恐有变卦。儿生也晚,不能稔予四十年前事,乃自叙生传,粘于日记中。并见时事日紧,顽儿无知,叱曰:"蠢才,设一旦父母遇难,将寄汝他家,想汝必恬嬉如故。"禄儿曰:"儿万不愿离亲,亲存亦存,亲亡亦亡,'穆穆文王'下有之矣。"似指为"人子"二句,予乃释然。后览京报,知琦善、陈金绶于今日督兵扬州,自西北两面奋勇攻击,连破贼匪土城数处。杨殿邦令淮安守福棽游击冯景尼等,派带兵勇更番前进,扑东面五台山一带土城。四月朔,有被掳者自土城放火逃出,由城北五台山起至便益门先后火兴,兵勇乘势攻扑,歼毙贼匪多名,夺获黄袍、大小红黄旗多件,砍毙黄缎补服头目一名。贼入城闭守,土城悉数踏平。该游击复于初二日带兵勇随同琦侯所派马队往东南各门攻剿，贼势极穷。又奏派肃州镇双来、副将松龄、锡纶、游击王礼、都司文哲珲、署都司常万清、富伦布、直隶提标中军参将鞠殿华、八沟营都司色普哲纳、密云都司黄志配、已革参将张文昭及胜阁学新募四川安徽乡勇钟玉龙等于三十日分三路进攻。胜保亲督兵勇，由都天庙前直扑镇海寺南。贼自土城抛掷木石，并放枪炮。兵勇扑入土城，杀长发贼甚夥，枪毙黄衣帽伪帅黄姓、贺姓。贼众窜出，列队相抵。我兵复毙贼三百余人，将贼营炮台烧毁。该逆由城内拥出数千人，扑我兵后，经胜保添调将弁，由七里甸绕至贼前两路攻轰，三面齐进，复杀贼千余名。余匪遁入西门，我兵用大炮将土城哨楼轰毁。该逆复由北门拥出二千余人，琦善派直隶督标参将李志和、守备王永带兵会剿，由法海桥夺路扑入法海寺贼营，斩擒甚众，将五鼎桥逆匪炮台坼毁。陈金绶督带后路弁兵，将二十四桥贼营三座焚毁。双来带领将弁烧贼木城，将北门一路贼营四座焚毁。次日，分路进攻，将城外余垒尽行烧毁，招出难民千余人，讯明释放。

四月朔(5 月 8 日)，夜梦书一函面云："最难得者，二人无尽之日，犹获以兕觥晋祝，享此椿龄，甚可幸也；所可贵者，百年有限之身，犹得于燕笑亲承，臻兹蔗境，其可常乎？"似"父母之年"一节文。吾父在旁，惨然不乐，予亦垂泪不休。比醒，又呓语曰："大世界未定，小世界未定。"不觉百端交集，万念皆灰也。小世界暗指身，未定则谓有恙尔。寝次有《患疡》四律。

初二日(5 月 9 日)，蔡鞠亭百戎挈翁蔚也同文、陆颂甫、翁鞠樵朝斌、朱少英来观龙舟，留于镜墀轩小饮。予缘恙不获陪，命伯谦斟酒，少伸地主之忱。得七古一首，少英和之。闻是日水师获胜，前月十九日经署督杨公饬令副将李德麟等督办艇船数十，由焦山驶至北固山及大马头，见贼船开炮轰毙黄衣贼目二人，贼船亦放炮抵拒。各师船随击随进，至瓜州江口夺获贼船二只，生擒贼匪廿二名，烧毁大战船七只，并击坏贼船百余只，毙贼数人。今初二日，总兵和春、叶长春、督同副将李德麟乘东风扬帆西上，遇贼船数只，俱被我军艇船烧毁，遂由甘露寺至大马头一带。该逆水陆开炮，各艇船亦开炮轰击，至瓜州口沿岸各水勇驾驶艇船连环轰击，毁贼船廿一只，毙贼匪多名。又周天爵奏，土匪于定远一带朱家湾、张桥等处，抢掠典铺，裹胁饥民四千余人。沿街焚掠，抢夺驿马，至九子集地方，民遭屠戮。爰统带将弁，督带兵勇，四次剿捕，杀贼数百，生擒逆首陆遐龄及其子陆聚奎、陆连元，凌迟处死，并获李邦治等十二名，首骈枭示。

初三日(5月10日)，仍倩张子春代课，赠一诗。屡就陈文彩丈振家医，蒙赠灵药，书方有何首乌、芎术、黄连诸种，服之内热顿解，谢以四诗。晤胡受祉、屈峻甫金奏于陈君修家，君修慎交游，惟二君往还最密，不啻三径羊求。见琦侯奏，贼至六合县，经副都统德崇额带领官兵杀贼四五百人，毁贼船三十余只。初九日(5月16日)，贼匪复至，吉林兵奋勇争先，副都统忠泰、侍卫穆克登额带兵接应，杀毙千余名，生擒二百余名，烧贼船八十余只。初十日(5月17日)，复经守城官兵，生擒贼二十余名。又浦口地方有贼船数十只，停泊北口，分三路上岸窜扰。经山东官兵迎剿，于芦席营接仗，黑龙江马队退回山后，致逆匪越岭，焚扰营盘。经署江浦令曾勉礼会同路过江浦之甘提参将张守仁等带兵接应，贼始回船。钦差大臣慧成督兵至扬，晓谕小民，颇觉真挚。

十二日(5月19日)，书院课，侄代予作一卷，陶山长取列内课，题为《有德此有人》；其自作，则置外课，题为《作新民》，窃喜雏凤声已老成。

十四日(5月21日)，大雷震姚姓屋，自是连日晴朗，世界顿开。

十六日(5月23日)，同□轩与伯谦西城茗话。灯下题李淀堂丈涟遗照、范石门文琭《靖节采菊图》。

十八日(5月25日)，偕张岳生、王蔚卿、卢器轩及子侄钱厅品曲，为姑苏义和堂，歌女三人，喉甚脆，其余四人弄管弦，另四人撮戏法，单中托出《张仙送子》，颇快绝。便过片云楼啜茗，荷风徐来，披襟送爽，池边梅子新熟，绿荫可人。

十九日（**5月26日**），小女索诗绣扇囊，得五绝，亦家居乐境。

二十日（**5月27日**），患痤赴馆。

廿二日（**5月29日**），同儿子观老庙会，清减于旧，亦返朴之一机。

廿四日（**5月31日**），邑令黄印山、昭令任云平两先生聘襄军需局，设席于邑庙园，俱用满菜。与刘恕斋少府、俞荔峰明经大文、徐云涛上舍应祥同座，陪客者为昭主簿茅公，此外共来议事者有庞炳文都阃、杨砚培封君、蒋宜斋儒林、杨砚畲学博、姚毓芝州倅、曾仲才助教、张约轩通守、王宝之孝廉、徐樽葵学博、归菊庄司理、钱絜裁博士慎揆、曾叔岩舍人、屈六皆学博、狄懋廷少府简庭、钱葭村少府、李升兰孝廉、席寿卿司理、丁曙堂学博、曾伯伟儒林、钱仲甫上舍、陶誉之孝廉嘉树、钱少湘少府、朱绥之茂才、钱竹庵州同、赵价人□□、徐励斋少府、魏宝卿上舍、钱仲谦少府、曾士常茂才、庞昆圃□□、翁黻卿茂才，陪座者常令黄公及昭文学师顾南崖翃、常熟少尉查心传奉曾也。适押高邮周道士、休宁职官潘金堂到局，恐是奸细。邑尊命役查搜，并无凶器，亦未刺字，遂释之。晚同人集园东议公，良久方散。阅捐饷新制，从九品衔只消一百六十千，六品衔只消五百六十千，每省核计捐数二千，则广一学额，数倍正额，尚有羡余，则留待后案，十万则广一乡试额。圣恩又以江省惊扰，夏赋缓征，幸生仁宇，当何如报效也。闻安抚蒋文庆、江督陆建瀛、粤西抚邹鸣鹤俱被难，可赎前愆，权江西抚张芾以失守革职，国家刑赏甚公。

廿七日（**6月3日**），挈大倅观新庙会，较常稍盛。晤张竹泾少府定鋆、心涛上舍灝，话旧片时。

廿九日（**6月5日**），谢印山先生诗三首，又书一函。同贾翰才、秦春岩裕湘仍于钱厅品剧，歌儿唱《惨睹》《三醉》，肉声虽未宏，而琵琶却灵珑可听。其男人撮火两盘，鸡鸭数只，俱拍手叫绝。

五月朔(6月7日)，检先严家传墓铭授梓。一因先君没廿余年，将事实广为流传，庶他日邑志重修可以续入；一因杨、盛二公健在，及其眼见刻之，亦不没其赐文盛意。并刊先慈行状小传，以附家乘后，此皆小子之责也。

午日(6月11日)，嘱器轩书救急秘方、行房戒日，粘于街坊。便过言园听曲，观者如堵，不让古之旗亭。吾邑幸免干戈，乃有此乐。见怡制府良、向提军荣、许中丞乃钊示，已请旨将民间所捐之饷抵秋后应征之新赋，善策也。

初七日(6月13日)，同器轩及禄儿憩社□□□□□雪梅，茗话良久。

初八日(6月14日)，赴局，与翁黻卿、曾士常及士昭少府焕章乘凉闲语，园有清香。

十一日(6月17日)，同王霞帆赴园书捐，以银八十两为公子聘轩邀九品职衔，归知兄雇龚妪服役逾十年，缘病送回，即于初七日故，可悯也。晚阅小有书屋会课卷，题为《忽焉在后夫子循循然善诱人》，首卷为李锦江□璋作，功夫纯熟，书法亦工。

十六日(6月22日)，移馆于花厅，画栋璃窗，境尤清朗。卷帘见拳峰壁立，足以怡情。耳畔唯闻鹧鸪、布谷声，洵近山幽境。而新得洋翠鸟，五色皆备，其音类猫，剧可玩。

廿三日(6月29日)，偕邢湘舟永锡往公局，晤张□□□□熠、杨砚芬太守、俞念香比部，叙话移时。适署制府杨公以退避拿问进京，路过常熟。

廿七日(7月3日)，己生游泮，寓吾家，偕兄侄为屏当一切。暮与李湘槎、时益三、练江诸丈及李惕先、时月梅战拇畅饮。湘槎、益三两丈飞"进学"两字，试儿辈，幸应声答之，无辱命。予劝酒云"能饮一杯无"；益三丈云"犹以一杯水"，谦言淡也；湘槎文云"分我一杯羹"，言不饮而欲啜羹也，答语颇妙。

自六月初,有白气见东北,转辗而西,未识何兆。

初六日(7月11日),聆吴娃徐□□弹唱,年虽稚而喉甚脆宏,丰致亦娟秀。

十二日(7月17日),为任姓赴凝善堂谋代葬事,与陈蓉堤、徐蓉村□□妥为调停,俾其家三椓尽安祖茔,而子孙一钱不费。

十三日(7月18日),与姚毓芝、蒋宜斋、王虞英及姚俪笙茂才庆镛庙园消暑,不知赤日行天也。闻河南、山西、直隶、安徽、江西、浙江俱有失利之地,株连藤蔓,甚为忧心。瓜州之战,杀戮无算,幸江阴设收尸局敛埋,未漂至福山口。然水多秽污,饮之生疾。入夏吾邑疫起,婢春荣伏暑屡医未清,爰请张启封换方备药,唤船送归。

十六日(7月21日),过广仁局,晤屈允之、潘少舫如江诸君,赠我菩提丸、寸金丹数种。阅邸报,知三月廿九日邓绍良、文艺进攻镇江南门外之观音山,贼匪蜂拥而出,先踞关刀山上。该提督令湖南兵勇开放枪炮,毙贼八十余人。贼分股抄出我兵后,川楚官兵与京口驻防旗兵,分投迎击。该提督回兵力战,贼众披靡。四月初二日,和春与各镇将督带艇船,由丹徒镇乘风至焦山,见甘露寺镇城一带炮台下贼船三百余只,俱开炮迎拒。各水勇开炮还击,当击贼船数十只,烧毁六七只,贼多落水,陆路之贼亦即退回。各艇驶向瓜州,岸上贼开放大炮,各师船顺风冲击南北两岸,往来迭攻,贼船击破者极多,其败回登岸之贼亦多,击毙生擒贼三名,杀毙无算。初七日,向荣预备兵勇,分作五路,攻江宁之通济、朝阳二门,该匪每门出二三千人,我兵分投冲扑,该匪奔回入营,被追击毙甚多,刺死执大黄旗贼目一名,生擒七十余名。随又逼近贼营诱敌,该逆始终不出。该大臣即于十一日扎营紫金山,贼恐我兵占据形势,出数千人前来攻夺。向荣挥兵分路尾抄,贼即退回,追杀长发贼四十余。是日,长江上游复经卢应翔、会同都司杨焕章、前任长沙县谢道荣选派兵勇分水陆三路进攻,卢应翔督带炮勇绕出夹江,杨焕章带兵分两队,沿洲岸,于芦苇中张疑设伏,以为援应,千总黄秉忠带大小炮船绕至夹江,击毁该逆横塞隘口之盐船三只，其余盐船下窜洲尾，贼营放炮迎拒。杨焕章绕苇岸接应，将贼营炮台望楼踏毁，杀毙十余名，乘机前进。城外贼船林立，上有炮台七座，均对我船开放。卢应翔突出抄袭，杨焕章重兵迎上，黄秉忠复连环冲突，炮击贼船二十余只，并用火筒、火罐烧贼船百余只，川楚兵勇各烧贼船十余只及二三十只，洲上贼拥出驰救。陈喜率勇登岸赴援，毙执黄旗贼目一名，贼始溃逃。各兵勇拆断桩木签，夺大小黄旗、红马褂、紫金冠多件，救出民船一百六十余只，难民二百十三名。又四月十六夜，琦善派委总兵双来抵扬城北面，贼伏城垛，施放枪炮，官兵将城上望楼烧毁。陈金绶、胜保派兵四面攻击，贼避匿不出，均有戮擒。游击岳格等知南门外河岸有贼船七只，装载粮石，兵丁凫水过河，将贼船焚毁，贼俱淹毙。副都统常春及仪征县郁荣森会同奇兵营游击明福在仪征沙漫地方，夺贼船三只，枪毙七人，擒男妇十人，米一百四十余石，救出被掳妇女廿二口，验明安插。瓜州绅董同琦善所派旗人书羲潜入贼营，乘隙纵火，将爪州田闸地方北首贼垒瞭台概行焚毁。该绅董复率兵勇乡民万余人，瓜州开炮伤贼多名，将城河地方贼筑土城拆毁，贼皆登舟逃窜。又二十日琦善督兵出队，攻北门之东城门，陈金绶、胜保督兵攻西门，其东路之冯景尼同时并攻西北两门，枪炮环施，轰塌城垛十余处，毙贼甚多。复将城身洞穿数穴，贼随毁随补，抵死坚拒，现仍留兵轮守炮位，彻夜攻击。又十七日，经琦善派往瓜州之闲散旗人书文会同瓜州绅士内阁中书钟淮等督同民勇烧毁贼之火药船，搜获贼十八名，续又获十一名。二十日，瓜州虹桥绅董等烧毁贼船甚多，水师炮船同时会合，击沉船只无数，复将金山江面贼船焚毁。又向荣、许乃钊奏，江宁城外大营十八座，均移近城垣，于十七夜饬兵勇伏于城边，火箭百道射入城中，继以枪炮、火罐、喷筒，贼匪猝不及防。首逆杨秀清率贼登城，见朝阳门一带牌刀贼匪疑系官兵，开炮轰毙数百人。城中枪炮乱发，人声沸腾。十五日，镇江逆匪千余人，手执黄旗，从东南两门分出肆扰。经邓绍良分派朱占鳌、长桂各带官兵、湖南兵勇分中左右三路进攻，已革副都统文艺亦督兵攻打。贼开炮拒敌,我兵奋勇直前,该逆败退,官兵追近城闉,杀长发贼五名,击毙九名,生擒一名,余皆败走入城。和春于十九日乘东北风知会邓绍良,由陆路接应,并会商叶长春、李德麟等,令各艇船于二十日黎明起程迎剿。和春等饬各将弁由焦山至甘露寺,并镇城大马头一带贼船分泊处所,开炮轰击,水陆两路之贼,均开炮迎拒。我船顺风三面攻剿,击坏贼船三四十只,烧毁十余只,击毙陆路救应之贼数十名。追击至瓜州口,现仍寄程焦山上游,扼贼下窜之路。又江宁城南四十八社绅董绅勇盘诘偷越逆贼,极为严密。又安抚李嘉端奏,逆贼自分窜徐州以后,占踞临淮关,直趋凤阳。署府裕恭、知县黄元吉于四月廿一日在北门外与贼接仗,贼另分一股,从小路窜入东门城内,烟火突起,九华山与龙兴寺前两股贼匪忽向北门奔去,冲散乡勇,以致府城失守。李嘉端及琦善、胜保等攻击歼贼千余名,贼奔回争渡,挤折浮桥,坠河死者无数。东关城上亦有贼蜂拥而出,经慧成督同晋康、查文经等施枪炮火箭烧毁望楼,击贼无算,现在选兵扼贼窜路。又向荣、许乃钊奏,江南观音门外贼船一千数百只,均已用计烧毁,船户水手约万余人亦皆设法遣散,并烧毙押船长发贼甚多。其滁凤一带,胜保已统兵往剿,与周天爵、托明阿、善禄等合力兜剿。又琦善、陈金绶、胜保奏,探贼于城墙偷挖暗门,意图潜袭我师,抢夺大炮,即饬各镇将预备。四月三十日,贼由天宁门旁暗门突出千余人,偷搭浮桥渡河,双来与常万清带兵迎剿。复从广储门北门窜出多贼,署参将李英魁、守备陈昇、杨庆、参将李志和、都司王永各带兵截击。琦善督同游击王贵、王礼,领存营兵丁接应,贼拌死抵拒。双来执大旗先超,众弁兵齐上,毙千余人,生擒四十余人,贼回窜,拥过浮桥,木梁断折,淹毙多人。其西门之贼,虽亦偷挖暗门,并未窜出,城上贼复被陈金绶、胜保用炮轰毙,统计歼毙淹死者不下三千余人。

自交伏后,沄江伺署潘司奎绶均奉旨革职留任。又闻潘中堂以前癸丑殿撰,今予告留都,重与恩荣筵宴,御笔亲书"琼林人瑞"额,以示宠荣。孙祖同赏给举人,公子功甫中翰曾沂虽于去冬怛化,而余子绂庭侍读曾绶、星斋阁学曾莹、玉泫员外曾玮与孙伯寅探花祖荫俱圣眷优隆，全福如斯，古今罕有其比。

自十六(7 月 21 日)后，连日风潮，沿海彭家桥一带多溺死者，木棉亦损伤。闻十三夜戌刻，贼匪窜扰丹阳，闭城三日，幸被官兵击退，仍回丹徒，然而苏常之惊徙者又纷纷矣。予以前刻先君行状太略，爰以未删之稿付锓，冀得广送亲友，以永来兹，岂为不急之务乎？

廿五日(7 月 30 日)，知□□□公以贼匪抢营东窜，并烧去火药房，被□公参革。见邸报，知四月初六日，海澄县有小刀会匪入城劫犯戕官。十二日，同安、安溪土匪入安溪城，抢夺监犯，攻扑县及典史署，同安、厦门均被匪徒窜扰。漳泉之间，民遭茶毒，是粤匪外又添一匪，势愈艰哉！慧成奏，四月二十日贼匪偷搭浮桥，由天宁、广储两门地道奔突而出，经慧成等先期拿获奸细，供出贼情。知会予意，取家园梅李、碧藕、红菱、雪瓜、纬麦、水晶王瓜、济宁香烟，叠陈师案。又制莲蓬杯，注以玫瑰酒，荷梗筒吸以薄荷烟，予呼为青莲盏、碧藕筒，亦消夏一乐。

七月初三日(8 月 7 日)，钱文钦姨丈去世，以天暑未来讣，不及送殓，为之缺然。念姨丈与先君同庚，成童订交，诸凡照拂，克保始终，而于熙尤契爱，乡里以其慈厚好施，到老不倦，称为善人。予哭以二律。

初五日(8 月 9 日)，雷震新塔角。去年大风顶坠，今又遭天灾，未知有怪物否。沄江摘园中蜜桃见饷，状大味甘，有诗纪美。

七夕(8 月 11 日)，秋暑犹酷，同两生作乞巧词。

次日，挈子侄赴福城禅院观塔顶震处，适方丈聚海新故，庭中只见雁来红绚烂而已。过放生池，根源已从人去。其徒真如风貌如旧，而庄静似藐姑仙，不食烟火，暑中相晤，宛置我于冰雪窝。权督杨文定奏，四月廿九日，和春、周士生、陈世忠、叶长春、李德麟等率师船乘风上驶，由甘露寺至大马头一带向贼营开炮，轰贼二十余名。贼奔入营,伏匿不出。我船直由金山至鲇鱼套,进攻夺获贼船五只,游击唐国栋生擒贼九名,余匪凫水逃窜,所遗贼船尽行烧毁。师船至瓜州连放大炮,击坏贼船数十只,贼将船收复瓜州口内。师船即于金山上游下碇停泊,截断江面。

十一日(8月15日),到局,见吴门潘观察筠基自芜湖道署来函云:"有由扬城逃出数人,起意怂官兵破城。□□钟小云□□等饬令引导攻城,不料临时始言未带火绳,贼已蜂拥出城。小云误信其言,不知即为奸细,遂为贼箭射死。向、许二公奏请赐恤,赠知府衔。"闻省城督署被贼改作朝房,选美女数十人,奄幼童十余人,已死其九,猖獗何竟如斯。晤镇江赵□□,据云乡居尚安静,因村村团练,贼匪无隙可乘。而常、昭各乡则不能严备,奈何?张墅郑梅轩少府上十事于何学宪,纳其三,惜年耄不克投效,给匾奖之,亦吾乡有志士也。

十二(8月16日)夜,又有白气自西南贯东北,转至东南,掠月如飞,凡两夕。

十三(8月17日)为成日,两生试笔,沄江作《敏则有功》,心田作《言必有中》,诗题为《两凤齐飞,得联字》,文理尚通,差可喜者。东翁以莲、桂、粽子、雪瓜、红黄蛋饷予,意良厚焉。

十四日(8月18日),偕翰才、器轩及子侄品茗片云楼,鲜菱鸡豆,风味剧佳。复访蔡氏新宅园,菊轩兄弟出王乐山参军孟龄花鸟虫鱼小帧,赏玩移时,陈雪瓜、角黍,以解饥渴。

中元节(8月19日),留曹星村、周古音小饮敝斋,借叙离索,并为蔡生福基题《浣纱图》。

十七日(8月21日),冒雨下北乡,吊文钦姨丈,孝子出酒肉款留,醉归已暮。

十九(8月23日)夜,彗星见于西北,凡五夕。

廿二日(8月26日),同伯谦到局,钞捐户姓字,歉者节之,丰者补之,以备下乡劝输。闻扬州贼于十四日挫锋,为之欣慰。

廿六日（8 月 30 日），先严讳辰，倩紫竹庵僧唪经追荐，竟日茹斋。

廿八日（9 月 1 日），同姚毓芝州倅、朱绥之少府及大侄伯谦于役南乡。晨过莫城、殷庄泾，与陆氏西席高湘帆□□闲话。晚饮于桑砚香州同家，与金莲溪、桑镜仙同座，昭西席钱月帆。

廿九日（9 月 2 日），过东始庄、王涧桥，午膳于王霞帆家。晚过木枸湾，钱朗风上舍如渊留饮，高粱酒剧佳。适仲父馆其家，遂与同席，晤馆宾毛慎斋一麟，谈文良久。钱氏门道颇广，瓦棚石街俱净，是滨湖佳境也。

八月朔（9 月 3 日），过璜泾，晤桑云江灏、翠仑瀹泉两少府暨其记室陆云若□□，人俱彬雅。晚泊草荡张氏。

初二日（9 月 4 日），饮于张季轩上舍贵玉家，主人情重，见其二子，长字绿琴□桐，习岐黄；次字思琴隽楠，习举业，悉风雅可亲。晚往新泾，晤石次瑶毓秀、星桥荣奎、春岩承瀛诸上舍及森岩明经宗泰，话片时。夕泊新泾浜。

初三日（9 月 5 日），过陆巷、南塘，晤张悝甫朝议，其家有精庐。晚泊吴家角，与时雨亭上舍纯熙饮于吴芝亭发宗新舍。

初四日（9 月 6 日），至莘庄，李瑞棠丈邀饮，与沈文华秋田同叙良缘。晚过陶荡、聚马塘、查家浜。夜泊张港泾。

初五日（9 月 7 日），朱子钦丈留饮，酒肴极佳，并邀各捐户至其家同劝，予等省口舌之烦，解事人固应尔尔。

初六日（9 月 8 日），过贵泾及洞港泾，饮于朱氏翠雨轩，不到数年矣，尘梦重寻，为之一快。主人又村缘足疾不克陪，嘱司记张云谷朝尧、朱景华劝酒，辐辏八天，舌敝耳聋，仅及千金之数。二鼓返棹，得陈心田自休宁来信，复一函。

初七日（9 月 9 日），赴局，闻前二日上海为会匪所扰，嘉定、宝山、南汇、青浦俱患土寇，顿失四城。东南之贼不减西北，时事不测如此，为之奈何。便过书院，见黄邑尊课《春秋一节》题，予卷取列内课第六，陶山长课《益者三友至友多闻》题，又取列内课十四。

初八日（9月10日），毛春帆上舍应钟来谒，把晤谈深。

初九日（9月11日），见驿报，知广潮嘉应三帮及夷帮将上海道吴建彰解缚，送回署中，有一样做官之语。惟建帮不允，四帮欲与建帮格斗，未知胜负如何。

初十日（9月12日），辰刻，予得次子培祐，干戈之际，播荡多虞，幸产母安康，能耐劳苦。午与己生话雨小斋，为我营窟以待，洵不愧患难交耳。闻郑梅轩丈家被抢，获犯送县，昭令用刑责，出示安民。

十一日（9月13日），骇闻太仓匪犯之信，钱伯瑜中丞宝琛家掳掠一空。

十二日（9月14日），吴令丁国恩领粮帮义勇与太仓贼战获胜。

中秋（9月17日），小雨，至斋月时已止。阅上海报，知袁令祖德为贼所戕，此系钱唐人，简斋先生之孙，殊觉风骨凛然，有光乃祖。又见怡制军奏，江宁将军祥厚、副都统霍隆武于二月初殉难，布政祁宿藻于贼匪攻城次日，呕血陨命，俱蒙恩赐恤。

十七日（9月19日），己生昆与燮盦等结文社，已举三期，即有风鹤之警，而不震不惊，如此安命信理者，固已难得。是期题为《举贤才二句》，余取一卷遥对格为冠，旋知为燮盦作也。

二十日（9月22日），太仓解围，昆山告急，吾邑又惊惶。东翁合灵效痧药及福寿丸，沄江集百万蜗焙捣成灰，以备疗足上湿疮，分半见赠；禄儿随伯谦至余馆，餐翁贶以梨栗，均有诗谢之。

廿四日（9月26日），闻嘉定克复，逆首周立春、王国初已就擒，青浦、宝山、川沙亦先后收复。蔡子琴上舍□云东归之信也。

廿五日（9月27日），偕张寅山德泰、吉云德熙、心兰德润及伯谦湖田观剧，士女云集，犹见丰乐景象焉。为蔡菊轩题《墨菊》，并为蒋子琴上舍大钧题《把酒图》。平燮盦嘱第二湖渔庄约课卷，首卷即燮盦作，题为《虽柔》《一年明月今宵多，得多字》。予以诸卷多儒生学问

语,忘却对《哀公问政》,且不似《中庸》文字;或又贪照下文,不得摹
"虽"字之神,如题而止,则未肖半面题;或更看坏"柔"字,以"畏""怯"
等字诂"柔",似人为而非天赋;至若专诠"柔"字,神气未能顾上"愚"
字,呆衍"柔"字,不似能此道后语,均非合作。须知为弱主说法,不得
以空滑语了事,草拟一篇以质诸君子,第明书旨云尔。

廿七日(9月29日),翁兰洲病故,余正冒雨往视,不料已作故
人,送殓见其老母,呜咽不止。

廿八(9月30日)夜,九万圩有男女结发投河,一为沈小轩□□
□□子,号彬如;一为沈树亭抢标女,唤招官,未知是何起见。赵宜园
孝廉作《比目篇》,钱葭村少府作《双沈双沉曲》,予亦纪五古一章。

九月二日(10月4日),赴局,喜见禀报南汇已克复,章子元明府
殉难,已有确据,其忠义可风。

重阳(10月11日),节假。为蔡菊轩题《墨菊》,蒋子琴上舍大钧
题《把酒图》,茆浦诗农王艺园廷楷题《独立遗照》。

九日(10月11日),雨。

次日,偕器轩及子侄补登高,舣舟虹桥。由石梅过八仙杯影石,
揖子游、仲雍墓。采野花,看秋稼,满目丰年景,几忘干戈世界也。旋
憩乾元宫,文治炼师□□邀上文昌阁,烹雪井泉,茗香与桂香相杂。
凭阑俯瞩,满城烟火,两湖渔艇,双塔斜阳,俱足供我吟料。足倦,取
道石梅,买馒首以代枣糕。有《纪游》一首。

十六日(10月18日),钱生竺卿成昏,予贺以联句,主人嘱陪周、
顾两学师。午与程运霄文学起鹏、姚琴绿上舍、蒋娱溪少府邦达、张缃
斋上舍、顾协琴州司马念臣、黄如泉少府兆熊、曹博泉上舍、陶式园嘉
栻、梅士嘉杞两文学、钱□□上舍炳义、赵云章□□□□、王煦亭文学、
润亭盐知、瞿竹村少府、季寿之俏舞、毛彦湘焕昭、张□□□□同饮于
船轩。缘节令晚,木犀尚香,是艳阳佳日。归为大侄挽其姨母王湘坡
阃君一联。翁祖庚学士由贵州学使任满还朝,奉钦命协办河南军务,

旋充翼长,领兵扬州,剿贼获胜,升授少詹,适公子黻卿文学病亡,寄唁一诗。

廿一日(10月23日),邑尊奉宪札开征秋赋,派局中绅士经理,常昭共设柜于邑庙寅直堂,分三限,每限廿日,每银一两作钱二千一百;次限增钱八十,末限又增钱八十,票钱四文,作柜书工食费,输者局董给收照。书吏注簿,将照送署倒串。予与诸董议事,竟日留连。时新入局者有邵子谷孝廉琛、吴修来学博庆增、翁洁卿茂才。适昭文任令丁外艰,奉府委常令兼署,印山先生将东乡周、沈两家抢犯,严刑熬审,械于槛车,而麦租花租,始能开限收纳,然而折减不少矣。晤邑尊时,承誉诗学,而种云学师亦击赏不置,予愧不敢当。是日,时西生以小有书屋约课卷嘱第,景岩又携吉止斋会课卷请定,一为《唯天下至诚》,首卷是马心斋作;一为《亦可以即戎矣子曰不教民战》,首卷是李锦江作。随手位置,同社人尚谓公评。

廿二日(10月24日),闻筀问樵丧次子,旋亦得病而亡,念其八旬老母在堂,妻孥寡弱,既伤钱树之倒,又恸石交之徂,哭以小诗,黯然数日。鲍琅斋司理继配张安人没,属挽应之。

十月朔(11月1日),闻直隶保定会垣失守,贼氛滋蔓一至于此。恭读上谕,准雷西垣给谏维翰奏,凡州县浮收勒折激成民变者,着各督抚严参治罪。皇上爱民如此,自可稍定人心。

初五日(11月5日),见陶山长案,余卷列外课,题为《冉牛闵子颜渊善言德行》《漱六艺之芳润,得文字》。

初六日(11月6日),家景伊嫂欲将其孙嗣晓山俌,适遗腹得子成业,致成口角,就予商议,不料雪鸿嫂欲讼于官,已成牒矣。予与时眉叔、瞿协中丈□□为之调停。遵雪鸿遗命,立祭产二十亩,两房轮收租籽。于初十日书合同议据,乃和好如初。夕与孙蕙溪□□、□□□□、李少霞、少坡义、家素园、朴园等饮于陆振德镕家。

十九日(11月19日),姚卿云景奎合卺,承尊人理堂丈招饮,偕俞袖仙司理、潘子昭明经、徐膺三文学璘、范学蘧文瑗、曹惠薰畅叙移时。闻伯谦侄之岳金锵若姻家焕文没数日矣，为之叹惋，年方四十七耳。念禄儿岳故，大侄女舅亡，吾家无姻党之助，运衰何如。

　　廿二日(11 月 22 日)，大兄之岳冯玉山文学丈又没，益形萧瑟矣。是晚，黄邑尊及新任昭文令陈子奉先生庆长来请赴局议公，意欲于吴塔设局，托城董收南乡小户条银，五日一回城，带收照倒串。时以经费不敷，数册未造，且东、西、北三乡尚未定局，答以姑俟徐图。城局公务未见起色，县官惟于问视堂严比差保，日闻敲扑之声而已。阅直隶文报，自月初连失数府州县，贼匪聚河间、天津，甚为震骇。

　　廿六日(11 月 26 日)，陈秉远上舍国良及陆云若□□邀予缴捐完赋，晤施阆苏学博等，话片时。

　　廿七日(11 月 27 日)，陈明府招饮，谢以诗。黄明府见赏骈体，亦报之以志愧。

　　廿八日(11 月 28 日)，朱子钦丈乔梓及绥之顾我，留饮于西窗，倾襟畅话。

　　十一月五日(12 月 5 日)，恬庄杨氏催租，竟被塘桥悍夫周曙云殴差焚船。县令于**次日**领兵勇下乡，不料已拆杨氏房屋，持刀肆劫。因党羽极多，寡不敌众，官船半途而回。

　　初七(12 月 7 日)夕，集福山镇兵及本城义勇，冒雨赴乡。不料将到周家巷，土匪闻信已散，无一人可拿。黄邑令与宦守府乃回城，再议密捕。

　　初九日(12 月 9 日)，见黄邑尊课案出，余卷列内课十八，题为《迩之事父三句》《师克在和，得和字》。陶山长课案亦出，余卷列内课第十，题为《求水火至使有菽粟如水火》《朋酒斯飨，得称字》。前五日，黄悦芽之祖母弃世，来嘱挽，应以一联，评云："经营静细，中二尤精神团结。"黄悦芽之祖母徐太君没，挽以一联。笪问樵母又以哭子不起，予系侄辈，亦有挽诗。

十三日(12月13日),与同局请官谕南乡地保,协同催子催租。缘时将近腊,业户肯格外折让,而顽佃尚同心抗租也。

十八日(12月18日),茂椿伯没,时年七十五,父辈零落殆尽矣。

廿八日(12月28日),李菊亭丈过我,谈及夙蒙先君照拂,所有廿年前会项愿作麦舟之赠,谢之以诗。翟仲璋明经烺于张氏取余诗去,柬来过誉。蔡仲缄茂才亦见投赠诗启,洋洋万言,似六朝骈俪,予和答四诗。见陶山长案出,予卷列外课十五,题为《实能容之三句》《珍裘非一腋,得成字》。

十二月朔(12月30日),陶坝匪烧军船,西洋蔡氏、殷氏被土匪劫物毁屋。

次日,野塘吕氏又被匪徒抢劫,俱持农器,鸣锣聚众,夺人家军械,追差拒捕。数处一并报案,自此各乡租米又中止。

初四日(1854年1月2日),游击赛□□□暨邑令黄公领兵勇下西乡,拿获多人。有鸣金朱关荣,剖腹枭示。西阳又解数人,中有匪首周龙。蔡东翁集族人出资,募勇二百下西阳。

初五日(1月3日),西乡又获首犯陆大坤,枭首示众,复解余从四人。

初六日(1月4日),庙桥乡勇获犯又数起,枭死一犯,为马长。

初七日(1月5日),官兵赴顾沙角及西阳各家义勇齐集,几及万人,颇能得力。勇长钱华卿少府、许子仪茂才玉彬尤著劳绩。

初九日(1月7日),官回城,立将首匪周天茂、龚大昌绑赴市曹,斩首示众。闻扬州贼匪全行出城,为之庆幸。

十四日(1月12日),挈大侄下乡收租,婉言诱导,仅得六七分。

十六日(1月14日),因顾泾孙氏被劫请勘,邑尊委查心传少尉下乡,事主锦秀上舍留予与朱殿扬上舍□钰、绥之少府、陈琴梅□□□□同饮。晚偕绥之赴俞氏、贾氏,为巡防劝捐。缘乡勇乏食,又届岁终,均以现银交局。

十七日(1月15日)，开局征漕，所蠲三分而外，复准缓一分八厘。时米价剧贱，票米每石定折钱四千，九县一律。闻季砺之文学病没，吾邑失一文人矣，为之叹惋。

廿二日(1月20日)，久暖忽寒。李菊亭丈顾草庐，留饮谈诗。伯山挈宗云锄邦达冒雪过我，叙及其叔亦然与菊亭丈都中同寓，订莫逆交，各为黯然，彼此挥毫唱酬，极一时消寒之乐。《诵芬录》刻竣，苦资乏，以书院膏火银佐之。

廿四日(1月22日)，阴雨假馆。

廿七日(1月25日)，表侄周古音成昏，缘岁杪事冗，不及躬贺，志一诗。

除夕(1月28日)，微雨。陆廉石馈绍酒、南腿，取以祭先，亦足助吾贫窭。西窗糊以书画，庭栽天竹，焕然改观。客来尚可坐憩，唯稍局促耳。贫家门可罗雀，冷落益甚。幸祐儿哑哑，昼夜不绝声，少可遣寂。守岁，与家人谈果报。如王小庄遇灾施济，家为之空，困极习医，而其师李杏江丈不逾年而故，人咸惜其运之穷。而近闻其行医辄效，日获数金，子鲁□亦喜放生，品学俱正，天之报善，良不迟也。阅邸报，知前月廿六夜，扬城收复，贼匪全股窜入瓜州。读《独秀峰题壁》诗，系咏粤西事，知贼由道光三十年在桂平县之紫金山起事。前此有李元发、世德两逆，讨平后而洪、杨继反。洪冒称宏光七世孙，取年号洪武为姓。经略林少穆、张寿门必禄由家奉命统师，林抵广东，张抵广西，俱道死。周敬修、李石梧两钦使先后赴粤，李疾终戎次，周引疾还。赛相接办军务，赐以遏必隆刀，所带禁兵甚众。辛亥闰八月朔，贼破永安，至廿五日夜逃，鸡犬皆空，一片焦土。贼退大同，地险不能进战，我军全行覆没。四镇遁回，堕崖而死。贼据省城外，乌都统兰泰率兵三百直捣，惜兵少贼多，全军皆没。邹中丞鸣鹤不谙武备，意主出战，致徽兵三百俱亡。朱伯海侍讲琦总团练设局于家，陈桂舫□□、朱述之□□、邹万甫□□三孝廉设局襄事，气象森严。贼射伪示入城，中丞转以入告，壮丁所掠民物，公然开市贸易。四月朔,贼去,省城中竟无人知。又览《金陵题壁》及《江南竹枝词》,知陈□□侍郎庆镛乘贼未到江南,先上封奏数千言,颇见真切。林□□太史汝舟系文忠公子,练闽勇三千,航海抵吴。节录数条以补前书之阙云。

龚又村自怡日记卷十三

咸丰四年甲寅(1854—1855),四十有五岁

元旦(1月29日),微阴。幸城街未湿,步至师长家贺年,一朝已遍,其余衙署命仆飞束而已。

初三日(1月31日),邀李立夫、朱少英小斋话雨,掷元筹遣兴,继以杯酌,战拇射覆,兼飞"壮士长驱入汉关"七字,儿辈飞"中诗"二字,遵立夫之命也。肴核无新鲜,幸有绍兴酒可劝客,合座醺然。

初四(2月1日)夜,大雪。呼子侄储雪水以备异日之需。

初六日(2月3日),见艳阳。品谢砚卿口伎,兼撮戏法,说《双珠球》,颇佳妙。

人日(2月4日),立春。挈子侄南乡贺岁,大雪打篷。饮于朱子钦丈新舍,暖碗几座,肴馔精洁异常。

次日,平爕盒留膳,痛饮浇寒。回城已二鼓。

十一日(2月8日),陪李立夫、张岳生、寅山、卢器轩集于镜墀轩,残雪剩寒,轮出酒令,延至二更。以"海参"命禄儿对,答以席上"山药",同座为浮一大白。

十二日(2月9日),晴。赴蔡塾,与少英品陈绍酒,肴核亦丰。乘醉领诸生观灯,茶话复兴楼。闻元宵锣鼓,买花爆遣兴,火星所散,如银花四落,颇极欢情。

望日(2月12日),拉子侄观帽儿戏,二八女儿演《思凡》,容步未甚出色。便偕江士美左彦、钱蕴堂国庆品茗吴园,时闻妙香。晚同贾词仙、李砚香邑庙看灯,得胡桃花,转辗高升,诱儿笑剧。踏月而回。

十六日（**2 月 13 日**），将两儿年庚倩吴中徐小香推算，据云："次儿格属三奇，五行全备，可决将来贵显，但有将军箭，究亦无妨。若大儿则远不逮弟，八字中官星不显，功名异途，惟晚年运颇可。第两命均防克母，寄名他姓为宜。"回见咸丰重宝钱，以一当十，约四钱四分，铜未甚高。闻毛生镜仁以咯血不起，已三日矣。生秉性沉潜，爱人特挚，医学亦专，前年为余两女种痘，均属平安。讵料其父丧未终，又归泉壤，其家之衰何如，为哭以长句。

二十一日（**2 月 18 日**），陪浒关周幹卿布经维桢、铭卿上舍维新饮于蔡氏书厅，初品刀鱼。旋挐器轩及子侄观灯，更余始返。

廿五（**2 月 22 日**）夕，快雪初晴。张二曹招饮蔚秀楼下，同坐有王松存、潘南轩、苑章兆熊。其公子海鳌仙保出《宝善堂吟稿》求正，披阅再过，殊有凤毛。又述其兄子谦贰尹权乐平，贼匪破城，仅以身免，为之骇然。酒次，悬灯谜数十，俱新巧，予射其半，与座客痛饮浇寒，买灯回寓。闻楼前有奇石，紫薇、玉兰点缀其间，惜更深未及抚览。

廿七日（**2 月 24 日**），贾氏六柩迁葬，内子以母兄至亲，不忍不送。予则痛骸骨漂零，死者何辜，竟遭此厄，欲送而不忍送也。

廿八日（**2 月 28 日**），二曹又为次儿推命，据云："系双禄朝垣，清贵可喜。廿一岁可小售，三十三岁登贤书，四十三岁捷南宫，名在二甲内。"与小香说相符。如予德薄，焉得生贵子，姑置一说可耳。

月杪，雪而兼雨。新正阴过，口号云："雪已三番白，天无半日青。"霪雨浃旬，正思拨闷，适接陈君修、张君才见怀之作，依韵和谢，并咏新铸当十大钱，借消愁绪。连日与心田讲《毛诗》，颇以郑、卫二风注家多云淫奔，讲者难出诸口，不如小序之义正词严，不误子弟，爰赋一诗。胡受祉见赠新诗，和答一首。语溪吟社有《杏闹》《柳眠》《棠睡》《桃笑》四题，又和海鳌作艳体，并假四题，颂其英特。闻翁大司空以失察属员褫职，均见之诗。

〔**二月**〕十八日（**3 月 16 日**），雨始霁。赵宜园孝廉过我索诗，回念甲午秋试始识面，二十年来人事变迁，不堪回首，今馆东河陈氏，幸文星移近，得时相过从，爰赠四绝。

次日，伯山诗来。予于二十日往订同访宜园，孰知君已于中夜呕血逝矣。骇闻昨午犹出门礼佛，便过宜园书楼，茗谈半晌。呜呼，人命危浅，竟乃尔耶！步来韵哭挽，未忍蔑死故人焉。孤往东市，宜园出其《蕉雨山房诗草》，为采入《诗话》，并题一章。

廿一日(3 月 19 日)，邀王煦亭、朱恂如小饮西窗，天气晴和，拇战为乐，时鲜绍酒，尚可下口，流连至夕阳。于邑署见囚车械二人，皆城南白著也。闻其为粮帮放债中保，放钱者获重利，就中抽分十之二，敛钱已及千金。被其破家逼死者，不一而足。邑令必置之死地，大快人情。而太仓州牧办此等案尤严，放主、借主及居间均斩首枭示，曾纪以诗。杨钟鲁太史假旋，为我题《辍读图》，次韵谢以一律。偕伯谦过谭祠，园梅未残，惜无香韵，想为风雨所漂。花亦如人，不遇时乎？

廿六日(3 月 24 日)，季受之六十诞辰，寿以一律。

廿八日(3 月 26 日)，护粮储乔□□太守松年甄别士子，题为《子夏子游子张皆有圣人之一体》，予宗赵注，作孟子语，言三子犹仅有一体，不得为圣，况私淑者敢居圣乎？诗题《岁岁多收常熟田，得多字》，未进题《子之武城二句》《吴下琴川古有名，得琴字》，赋题《言公井，以"山长水远泉甘土肥"为韵》，惜时促不及为。留平燮庵、李锦江、时已生、王鲁园小饮敝斋，畅叙欢好。锦江嘱定课卷，题为《微生亩谓孔子曰》《杏花时节在江南，得南字》，首卷新隽可喜，旋知为己生作也。

三月初二(3 月 30 日)夕，枕上闻拜香者鱼铎喧嚣，彻夜不绝。

上巳(3 月 31 日)，还家，适朱恂如来，挈子侄陪同修禊，附朱锡嘉成美、时淡成□□舟赴严祠。张岳生饷香茗，遂于洞天福地烹山泉，以清尘胃。惜来迟，游人半散，仅于月池祓尘，兼玩西施舞袖石。买舟回城，得诗一首。

次日,伯谦为金兰雅集,招朱成德、恂如、蔼如、心梅复元、王湘帆、聘轩、瑶林国琨、芙江家蓉、张岳生、寅山、徐步云、李醉亭□倬、竹筠少尉、贾梅溪、狄振家、许□□炳庸、卢器轩小饮升瑞堂。黄昏,朱少英来,点筹呼卢,以尽欢兴。**翼日**,又添席风书一客。连日酬呼,予苦无博资,但掷状元筹遣闷而已。阅邸报,知遂盦先生奉旨赏还吏部右侍郎衔,为之庆幸。安徽抚军江□□忠源以练勇有功,由知县超擢,今果于庐州御贼阵亡。两湖制府吴甄甫文镕、方伯唐子方树义均以剿贼殉难,忠愤可风。

初七日(4 月 4 日),张竹泾贰尹来谒,赠我《四书训解参证》一部,以博古之才,运文人之笔,采辑精简,要以理胜为归。留著点畅话,慰我渴思。谈及吾邑赵畅庵贰尹□泳剿乐平土匪,力战被戕,如此殉难荩臣,吾邑罕见。其父鹤泉贰尹景铭述其崖略,各为咏歌。东翁蔡司马患喘疾,乃偕曾仲才、李玉如、戴竹山文炳、陈厚斋坤□、朱景华、景亭济、吕月如尔珪、翁鞠樵、徐晴坡、曹星村、陆颂甫、温绍先、朱宪章耀奎十四人出名,赴岳请保,喜笤诀颇佳。

初八日(4 月 5 日),清明。挈大儿步出北门,憩修仁堂,适有僧道荐亡,宁绍商帮均衣冠聚集,罗列斋筵。池边绛桃正花,假山旁牡丹以网围之,如纱笼中人。复至厉坛观祭,回于孙祠啜茗,见数顷菜花,黄金炫目。一路舆马杂遝,多扫墓者。旋自桃源涧过结草庵,上山谒陈庄靖公瓒墓。翁仲石马规模宏峻,而万壑松涛与下界人声相应,令人怖惊。再上为李公亭,邑人怀季方明府德政而筑,游人多于此饮茶。亭左逶迤而上,约七八里,始抵破腹寺,又名普福。犹记戊戌春来,已十七年矣。殿宇稍旧,轩外紫竹数竿,尚堪仿佛。中堂有"众妙统宗"额,长洲韩余堂少府俊立。东厢匾曰"寄水山房",孙子潇太史为住持静缘□□题。有老妪云:"静圆能琴诗画,今僧青岩□□是其徒,吾竹□□是其徒孙,能衍丹青之派。"妪即吾竹之母也。出山门见李始花,一白如雪。西北至维摩寺,于望海楼茗话,东风大作,买火酒浇寒。楼添新额曰"妙风阁",中牟仓斯升书。楼北古山茶尚华,林缺观海,颇觉分明。方丈松岩□□外出,未及晤言。又西登望海墩,俯望菜麦田,仅如丈许,余皆沧海黄潮而已。至拂水禅院,憩熙龙上人空见丈室,庭列盆花,甚幽秀,遇谢生春塘代会茶费。由剑门下山,见石壁有"青云得路"四篆字、"果然"二草字,俱孙复生总戎书。至严祠,游春士女犹纷华满目,于程家桥唤舟而回。禄儿仅十龄,能随我跋涉数十里,髫年足力殊胜,而予亦忘疲。

初十日(4月7日),挈子侄下乡上冢,东墓卧棺累累,几成荒坛,而不见纸灰一点。唯西墓新种桧柏甚密茂,篱笆亦整齐,为之忻慰。便问时眉叔恙,见两颊红酣,虚火上炽,目珠亦模糊,即云:"吾几不见尔。"又云:"世界不是,苏州已有失处。"似属梦呓矣,为之忧心。旋饮于仲父处,畅慰渴思。舟中为王宝岚效曾撰合卺词,尊人订移花烛,缘返棹已迟,不果。闻上海官兵欲淫夷妇,致触夷人怒,追杀潜逃,一路抢掠。苏城门闭,追逐回军营,始得安然。

十二日(4月9日),偕霁轩吴厅品曲,歌女三人,长者身段娉婷,貌尚倩盼;次者憨态可亲,喉亦娇嫩;幼则纯是孩子气。演《佳期》一出,舞不如歌。另有人撮戏法,擎出绢百子一大盘,手法颇快。仲父来城,惊悉时眉族叔于十三日(4月10日)故。念其与吾父兄弟中最相昵,彼此关情,待熙辈亦温和,无长者严毅状。迄今七十有三,名心不倦,恒欲寿享大耋,冀得努力科场,或叨一第,盼幼子朴园成名尤殷挚。一生忠厚正直,足励浇风,讵意自俞塾病归,床前数言竟成永诀,非第伤老成之谢,且征吾族之衰。哭挽五古一首。

十九日(4月16日),挈大儿过察院场,得兰数本,归种盆盎,满室清香。旋往观千圣小王会,旗盖俱黄,疏落可喜。便答张竹泾于乌桥巷,蒙留茗点,畅话尘惊。途遇王雪香,惊悉遭罢社之忧。

次日,过双仙馆慰暗。适精舍落成,一白耀晔,宛登琉璃世界,中悬董文敏书轴,神化无方。以碧螺春及佳点留话,肺腑一清。轩外海棠碧桃,春色可爱,折红白桃二枝见贻,归供瓶胆,报谢二诗。是午邀赵宜园及雪香、器轩小叙水窗,子侄陪坐,战拇射覆,诸酒令迭试,并飞"酒花"二字,倾倒数壶。而宜园以茶当酒,雪香亦醉倒绳床。虽水嬉未盛,而阃外游舫络绎,酒气花香,犹令人应接不暇。晤歌者陆秀卿含贞,衣服丽都,用少陵《丽人行》韵,作一首,宜园、雪香、绿君和之。

廿一日(4月18日),李菊亭丈携陆心香□□室时氏节略属题。心香于前岁春病亡,有女无子,其配恸哭,兼旬甫百日而没,其父春雷哀之,索丈为启征诗,以标贞烈。时夫人系湘云上舍之次女,与予家为世交,谊所不得辞者也。路遇石岸神会,神凡五,皆中天王号,小拜香及皂隶班数起,颇盛。前和君才《新柳》四诗,宜园及绿君辈递赓,俱刻画工细。

廿二日(4月19日),有浮尸泊四丈湾,询知为里中席氏箎室。子某系儒童,而误入博场,借粮船重利债,屡来索扰,逼令其母黑夜投河。有人云,狼子鬻田赌博,此时尚在归圩,致令其父气闷欲绝。噫!白面书生而竟酿成大逆,士林不齿,谁实为之。君才辞酒品花,以诗来谢,宜园亦有酬谢之作,雪香饷碧螺春,均有答复。

廿三日(4月20日),宗叔竹溪州同顾我,欲挈同投呈,赎回族祖孝义祠,春秋致祭,拉我往访家子渊少尉,不值,留札而归。

廿五日(4月22日),宜园来会,偕访雪香,绿君夫人出揖,觇以佳茗,半晌清谭,不知此身在尘世。贤伉俪及宜园均有诗,吟筒不绝于道。

次日,雪香招同答拜宜园,茗话之余,适有龙舟过楼,凭阑半晌。

廿八日(4月25日),适谷雨三朝,东厢牡丹试花,虽瘦而艳。器轩为东道,招王煦亭、陆廉石宴赏,予及子侄陪座隅,豁霸王拳,飞"牡丹花酒"四字。煦亭云"脱帽狂呼酒酒酒",殊巧绝。予云"留取丹心照汗青",煦亭云"君有风节",酬呼谑笑,约法各诵牡丹诗一句。具衣冠礼拜花王,煦亭复以酒浇花,为花祝寿。予有纪事诗,煦亭、廉石、器轩、伯谦均有唱和。

四月二日(**4 月 28 日**)，龙舟极盛。江树叔师暨仲润寰、陈君修、范静方□□、胡受祉、家竹溪辈来，憩水轩，畅观往来画舫。晚与鲍文源润余、朱少英、张岳生、寅山德泰、王蕙卿、卢器轩为豪饮，以斗拳拍手飞字为令，欢呼谑笑，流连过二更。

初五日(**5 月 1 日**)，雪香饷太湖莼菜一桶，谢以诗。

初八日(**5 月 4 日**)，雪香招我为留春之饮，偕赵宜园、单魁香、陆小芗家福集双清仙馆，品佳茗，玩名花，看剑抚琴，焚香读画。主人出十年醇酒，握八仙古钱劝饮，飞"留春"二字，射覆战拇，竟日流连。绿君出屏联句，娇女隔帘诵诗，并示范秉之循训所绘双清仙照，宛登仙界，时闻妙香，斋供素心兰、红肉桂，予皆留题。临行见赠黄木香，踏月而返，谢以七古一章。

初十日(**5 月 6 日**)，立夏。雪香又饷莼菜，戏以麦蚕、蚕豆伴之，为三新，缘樱桃未见也。家人又悬秤衡人，余与内子均六十斤，较去年少十余斤，唯大儿仍三十斤，次儿亦有十斤。

十一日(**5 月 7 日**)，江树叔师留饮，与杨砚芸朝议希锡、砚芬太守、砚畬学博、庞子方朝议、黄秋涛承德、王虞英州同、萧□□上舍□□、吴吉甫州倅似汉、钱葭村少府、梅庵学博、翁洁卿茂才、仲润寰少府、俞幼兰茂才、丁曙堂少府、赵价人典薄、严琢之茂才家璘、苏□□□□文业、江雪香□□绍僖、子敬左福同宴于堂，暖风熏人，四座皆醺然矣。

十二日(**5 月 8 日**)，偕英泉倅谒竹溪叔寓斋，见示叔母瞿安人《哀泪遗痕册》，见助夫善举，书不胜书，诚将死言善也。题以俗言，俾老妪皆晓，庶知内助以德不以财。又示其义学、总节祠、恤嫠局诸稿，真义以及驷马泾、蒋泾、戴墟、盆渎、娄县、茜泾各派宗谱，详办义庄各案册，可谓敦本好善者矣。

十四日(**5 月 10 日**)，下乡，视翰才州同疾。据云气逆痰壅，抚其肌焦灼如焚，其势非轻，乃为荐长泾名医缪惇五□□。值周报房在乡报节，喜予所呈贾内嫂王氏、朱太姻母贾氏及查母周氏、邢母、□氏、

□氏数节孝，均蒙恩准旌表，送入总节孝祠。是日，为时眉叔吊期，予留陪客，偕俞月楼姻丈、陈芸斋姑丈赓贤、沈得山世丈、沈景春信泰、季才敏泰两表弟、华省三姻兄□□、潘兰轩□□、朱明扬□□、沈墨轩诸妹倩、平燮盦表弟、宓静岩世兄、李竹溪姻兄畅叙竟日。

十六日（5 月 12 日），书院课期，伯谦领花红银八钱，缘乔观察拔置第五名也。予愧眉样不时，亟思补牢之计。

十九日（5 月 15 日），北郊金童神会，猎户社多骑马，土地社扮五人赴市曹，旗盖新鲜盛于往岁。予偕陆召庵、宾来赐鸿、屈尚瑜明经廷轸、杨春池茂才梦桃、曾仲才、江士美、宗云锄汝济、书锄汝刚、陆毓泉叙话片时。旋接君修、受祉赠句，步韵答之，并和宜园《留春歌》《饯春曲》。

二十日（5 月 16 日），毛家桥神会，挈大儿往观，盛如城社。自十二日观潘墩会后，渐入佳境，想因兵革不扰，时和年丰也。

廿一日（5 月 17 日），邑庙演会，予偕君修及伯谦谒受祉于刘塾。塾在家园，后有莲竹轩，姚受东封翁大勋书额。左有阁曰"枕流"，俞淡斋大令江题。右有水亭，联写"乐意相关禽对语，生香不断树交花"。中有荷池，太湖石作桥，灵巧无似。而莫妙于奇峰卓立，磊磊如朵云之飞。塾之额曰"□□□"，吴竹桥太史蔚光书。茗话片时，尘襟顿涤。

廿二日（5 月 18 日），挈家人停舟小石桥，畅观神会，惜午后雨甚，各败兴而归。

廿三日（5 月 19 日），偕自南族弟谒竹溪叔，不晤，小叙于饼家，离惊稍释。

廿六日（5 月 22 日），为赎孝义祠事，陪竹溪叔及英泉、自南、祖廷、喜廷、义廷谒钱云桥锡华。其子静庵百戎绍勋延坐良久，据云前龚万椿瑞生于嘉庆三年出典，原价五十六千，但有装修当补，时未检出契来，故未定夺。张竹洤书来，附赵畅庵少府殉难节略嘱题。

廿七日（5 月 23 日），新庙引会，挈儿侄往观。小儿扮杂剧共五扛,各社齐全,胜于常庙。

次日,又偕妇子泊舟颜港,五彩炫目,极一时之欢。晚憩钱园,裙屐毕集,花香人气,浑难辨矣。致故友张约轩吊期,遣伻代赴,恐乐以哀间也。连日又雨,和雪芗、绿君观瀑作,兼校钓荡族谱,以遣闷怀。

五月朔(5月27日),拉子侄观王家桥会,有小骑马十将,土地社扮陈州会及一切杂剧。猎户社百余人,皆各种皮冠皮裈,与城社相埒。幸吾乡犹睹太平景象焉。

初二日(5月28日),偕查蔚堂上舍彦华、朱克家少府秉锟、李梦莲上舍恒怡、蔡小樵司马鼎培、伯修、仲坚茂才、朱诚斋州同临、金顺堂上舍堃、蔡叔平茂才大均、清臣少府永昌、逸霞少尉延烜、顾德卿少府道年、赵荫斋上舍同乔、蔡翰卿上舍、曹小卿茂才、周子章焕文、吕月如、戴祝三、蔡叔崖塄、兰轩允文等饮于餐霞翁书厅,拇战酬呼,各相欢洽。客有言昨夜见黑气见于西南,如龙活动,沈蕙溪茂才云"不日有警变",未识然否。

端午日(5月31日),挈家人游小石洞,携碧螺春试洞泉,小憩船轩,胸襟顿爽。儿辈捉金虫相玩,浓绿中布谷数声,红药余蒂,青梅空枝,又是长夏幽景。方丈寿山已故,其嗣传立禅师相逢不相识也。适钱梅庵学博、宗香谷州丞廷桂来,可称不负佳节。为诵偶过竹院逢僧话,又得浮生半日闲。唤舟子汲泉而返。过亲墓,率儿展拜,见门墙堸城均已修茸,树木亦郁葱,赏山人钱二千四百。王默卿馈卤鸡环饼,报谢以诗。又歌共命鸟,书长洲烈妇徐素媖守箴传后。阅邸报,知溧阳宋隽人学博没于扬州军营,琦侯奏请赐恤,蒙恩赠通判衔。强师在九京,当喜娇客之忠义,而书函纸扇、笔墨犹新,令我故人为之鸣咽。敝庐自先慈殁后,久未修茸,已酉年为水荡摇,已多破裂,故西门墙忽倒。自四月至五月大费水工,约数十金,年来阮囊羞涩,甚难支撑。迩因天气稍凉,大儿感受未安,瘦减于旧。次儿亦有寒热,邀褚耀明推惊始健。性较兄慧,予以钱,辄麾,授以书,则把玩不置。姚湘坡侍御福增病假还乡，为我题《辍读图》，鸣谢一律。

二十日(**6 月 15 日**)，偕医生凌省三宪征及其次子仲甫福德话于蔡塾，据云，专治臌疾，不用针砭，止以药敷，使水气自小便出，绝不伤元，与霸道之但取捷效者有别。

廿一日(**6 月 16 日**)，雪艻、默卿俱饷白枇杷，附诗报谢。

廿二日(**6 月 17 日**)，默卿过我，见和《冶春》四律，与雪艻、绿君作并佳，洵一门才子。午后，憩宜园寓楼，承示望云楼旧稿，为采入《诗话》中，并和《集十二生肖》，漫成三首。挈大儿过岳下，闻汪息卿校书琵琶，鬓翻风影，裙漾月华，歌喉亦如娇鸟，方十七龄也。便问景春园汤饼，见树上桃正熟，卢橘、蒲桃亦离离垂实，小憩欲仙。又谒翁司寇祠，珠兰未残，建兰初试，宛入众香国中。

廿四日(**6 月 19 日**)，邑尊为房捐事，招予与同人集议，委以南城市廛，收房金两月，拨入军需，第恐力弗胜任耳。局中闻孙兰缄阁学铭恩于皖江节署殉难。又阅郡信，知法兰哂啰国，肯助兵炮剿贼，但收复上海后请旨交伊掌管，夷情诡秘，许中丞未敢奏闻也。又悉贼扰和州，城被官兵击退，有将窜东坝之信，居人迁延惊惶。绿君为小女书扇，并遣女公子闺卿若士画海棠，题诗其上，走笔谢之。瞿仲章书来，见赠两律，亦依韵答之。

廿九(**6 月 24 日**)夕，东翁养疴，唤吴人汪星岩父子唱《双珠凤》，听之解颐。复于三十日(**6 月 25 日**)请二十四人念佛，音调高朗，声达书斋，而诸善女诚能格佛，为人祈年，亦方便也。

六月朔(**6 月 25 日**)，惊闻贾生翰才之讣。念自承祧其伯莲溪，叠遭本生父母及嗣母之戚，茕茕无赖，至将冠成昏，连举子女，而其祖纳箦，亦得双丁。方喜门庭转盛，况年来设平粜，捐棉衣，创惜字局，力行诸善，悉出至诚。为节母王夫人请旌，孝思尤挚。理家政，御外侮，一体乃祖心。且谨饬自持，不染时下习气，暇则读书临帖，务为雅人，咸谓骨秀神清，是风尘外物。始以助赈而邀议叙，继以捐饷而得州同，当兵荒迭遘之余，出资报效，洵有志士也。乃偶膺怯病，困卧三月余，卒以不起，年仅二十有三。呜呼！祖老子幼，上弃继母，下弃贤妻，宜其目难瞑矣。余以姑婿而兼师，哭以长歌，少申丧予之恸，并撰小传一篇焉。

初五日(6 月 29 日)，查少尉偕局中诸同事集社稷庙园，来邀议事。予缘先慈忌辰，必须躬祭，乃遣大侄代之。唤地保招自业各户，面定捐数，其余出租市房，则地保已报明原数，存局簿中。到月终，着其取缴，可无烦局董纷营。

次日，予往未捐各铺，论定捐数，交局注存。自定于六、七两月收钱，只管本图，缘心思有限，未遑他及也。为东翁酬神，撰各庙楹联，手口几不暇给。连日苦暑，喉舌俱肿，幸以雪水烹碧螺春，饮之热解。自月初大雨如注，水长五六尺，所插新秧半已漂没。大军之际，又酿凶年，将绝民命矣。予自家赴馆，路多断处，恒恃渡船，至十三日(7 月 7 日)始霁，而人家门庭如水田焉。近来钱法多变，既铸当十当百铜钱，又定金钱铁钱之制，再行钞法，缘银少费多也。番银一饼，不过七钱三分，竟值制钱二千，捐监本百八两，今竟八折，只须八十六两四钱，从九品职衔，本九十两，今改八十两，日来又减二折，诚有所不得已乎。

望日(7 月 9 日)，过二曹家，见树有鲜胡桃，承采数枚以赠，状如木瓜而小，肤肉俱青，不可食，唯核仁可啖，故曰核桃。

十六日(7 月 10 日)，为丰二场四十四等都田禾淹没，乃偕朱子钦丈暨朱绥之少府、杨缄斋茂才锡筹、李杏庄上舍焕、朱又村州司马出名，投荒呈于邑令。

廿二日(7 月 16 日)，暑酷。器轩邀我西山消夏，遂偕陆维龙、朱子让汝谦舟过湖田，见沿塘田尚郁郁，而沿湖者一白茫茫，田湖莫辨矣，两边之高低约有四五尺云。泊邹巷，上松泉寺，先谒三高僧塔，一路蝉琴不绝，松风飕飀。住持道荣□□煮香茗留坐，清泉寒且甘，心为之镇。下小石洞，阴气森然，毛发俱耸，较端午来时倍觉凛冽。予频涤手，而同人已不能久停，僧人浮瓜其上，所谓"泉冷无三伏"，信然。憩员炤堂，庭有古桂二株，不漏日影，闻沙弥诵书声，琅琅可听。过丈室，见紫玉兰尚花，月季花一架，亦鲜艳动目。至梅花溪道人弹琴处，见壁嵌米元章数碑及陈芝楣制军募修石屋启，知此寺创于孙朝议公歧福，言管香刺史尚炜重修，厥后钱梅溪参军捐田筑室，迩来陈希三上舍镕亦助田及银，旋为孙子琴上舍文梓缘墓事涉讼，邑令断还田银，不许占地，故洞边亭未告成，而今已坍败。出门见塔院间有孙墓，知赠翰林公锦之妻陈孺人与赠奉直公□钟妻汪安人妯娌同葬，而其夫不与焉，想其素好施舍，节孝又同，后嗣奉遗命为此。上船食瓜解炎，又饮酒斗牌遣兴，百忧俱忘。半途展亲墓，幸大雨以后桧柏并茂，惟墓墙稍有裂痕，为唤坟丁修之。

廿六日（7 月 20 日），偕蒋宜斋、姚育之、曾仲才、屈六皆、狄懋廷、徐云涛、庞云槎文学钟瑚、月樵少尹锡祉暨伯谦侄集小庙园，将一二、廿二、廿三各图自业房捐，全行书定，自廿五日设局老庙花园，先收房金一月，至七月初五日止。时正苦热，觉鸡豚减味，唯五色瓜、薏苡粥差堪遣暑。

［七月］初二日（7 月 26 日），俞莲士明经集选诗题予《辍读图》，诗以谢之。

初五日（7 月 29 日），吕来章文学六符寄诗课卷嘱定，题为《赤壁烧兵》《以雷鸣夏》《君子比德于玉》《文异水而涌泉》，信手涂抹，社中人不怪直言焉。

七夕（7 月 31 日），霖雨初晴。里人兴马灯以逐疫，挈子侄往观，街衢拥挤，骑灯马者扮十二花神，趋走便利。

次夕，余家备灯烛，又易昭君走马，人数更多。

中元（8 月 8 日），苦热。雪芗见赠如君所制蜜货、糟鱼，餐霞丈又饷大瓜，既足消暑。而默卿复送李申耆太史《养一斋续集》，尤足扩我见闻。

立秋(**8月8日**)，稍凉。为默卿题《焚香读易小影》。莱庄见怀二律，次韵答之。周伯山继室□□□□，予族妹也，闻前月杪得遗腹儿，遽卒，距伯山之没甫逾百日耳，哀之以诗，并嘱其家刻《涵云山人遗稿》。

十九日(**8月12日**)，触暑，身不遂，卧床三日，幸服六合定中丸而安。不晤尤静困四年矣，因其曾篆《诵芬录》签，乃寄先人行略传铭，并书一缄，以慰离索。

廿四日(**8月17日**)，宜园挟雪芗暨高足张南卿兆祥、公子韩城元溥舣舟西郊，招予小饮，适一雨生凉，同添酒兴。引游蔡餐翁家园，紫薇正花，后楼见乌目墩老桧，中萌冬青一枝。苏祠池荷尚红，山翠欲滴。主人出瓜茗，玩景移时。遂同沄江陪至天香阁，适对藕花开筵，香生酒次。肴用小碗，颇精美，皆宜园所点食单。拇战射覆，且飞"荷花"二字，剥鸡豆佐饮，各为醺然。半途遇蔡顺卿、清臣兄弟，同访其家园，瓜战晚香书屋，建兰吐芳。栏外池多金鱼，迤逦至丛桂山斋，后有大枇杷树二，其余皆秋色。上妙墨楼，藏书万卷，窗外遥见虞山，壁悬顺卿小影，旁列数美人，悉邑中女才子也。盖主人工诗，补艳友以寄兴。园既绚烂而又曲折，予最爱红阑水廊，大有画意。碧爽亭临水，湖石为脚，异样玲珑，犹是蒋园旧迹。同人玩赏，有纪事诗。

地藏佛诞(**8月23日**)，士女进香纷如，自西城至北山，如白云点缀。月城湾舟楫屯聚，人声沸腾，香烟绕郭，洵属胜观。而铁佛寺中当更如蜂窠耳。闻姚毓芝丈触暑不起，为之黯然。犹忆前月同宴小庙园，意兴尚佳，嘱予办雪沟瓜，予恐其苦暑，即遣人担去。迨闻病欲视，而已不及，人生诚如薤上露也。

闰七月朔(**8月24日**)，予忽头眩手麻，秽气上涌，晕倒塾中，急唤人刺痧，服药得呕，备船送回，时犹肢冷肉战，幸息养五日，渐次复元，向来感冒无有逾于此者。枕上和雪香、绿君、宜园《城西雅集》诗，并为顺卿作《第花仙人歌》，和显廷《折扇》四律。家自南、英泉、杏泉景奎过我畅谈,始知祖祠本末。竹泾丈来,为我言贼窜高淳、溧水,并劫东坝米船,甚为焦虑。默卿饷洞庭南瓜及白露酥,宜园、顺卿题《水月品诗图》,煦亭饷素心秋兰,俱有报谢之作。

初八日(8月31日),又倾盆大雨,水长尺余,低区新补之禾又没。宜园以《闰七夕》及《消夏词》见示,遂同雪芗夫妇和之。

初十日(9月2日),予轮为东道,邀江树叔师暨宜园、雪芗、沄江饮于杨馆,子侄陪座。予自定肴馔,惜秋暑有变味者,幸带五年家酿,少可引欢。战拇射覆,并飞楹联"烟际雾栽□□如绣,窗明几净笔砚□□"十六字,并道藕片"片"字。树叔师云"若烟非烟",雪芗云"如雾非雾",宜园云"体用如如",沄江云"在明明德",予云"赤舄几几",伯谦云"□□□□",禄儿云"子曰片言"。江师嘉其有窍,不然自饮矣。斗饮至晚,将席上玫瑰酱及梨枣解酲,更以汤饼代饭,各尽欢情。见画鹰轴,是鲍铭山明经捷勋手笔,雄健如生。乘兴上西城,品睢阳泉,茗味殊佳,各赋七古纪兴。

次日,谒默卿,始知雪芗大吐,想因触秽之故,慰以数言。绿君正梳妆,不欲惊扰,见娇鬟留诗而返。又因其饷山枣,报以四诗。旋访曹和卿,适钱笙陔亦到,小话绿阴轩,烦襟顿涤。

十二日(9月4日),沄江邀我瞿楼小酌,与树叔师暨宜园、和卿、士裁、南卿同席,呼僮携陈绍酒,味甚佳,更兼鲜看十簋,嘉果满筵,大可下酒,约法默饮,方醺即止。适小雨如酥,秋炎顿解,诚雅会也。便过清和轩啜茗,谈及□云庵、万柳堂、尺五庄,□为燕京胜区,不禁神往。闻青墨卿中丞缘湖北省城失守,竟置宪典,亦其不幸尔。见默卿居本生祖母之丧,不忍降期,一年犹素履,旋因两招不至,嘉之以诗。竹泾丈书来谢招,报诗二首。雪芗饷建兰、茉莉,又赏小鬟云巾,走复七古一章。

十六日(9月8日),雨霁。树叔师订北郊之游,遂偕雪芗、宜园同赴孙祠茗话。鸡冠金凤,五色清华,紫薇未残,早桂尤浓郁,竹篱苔石,幽境可人。便至报慈桥品汤面,笋鞭、松菌颇鲜。嗣予因触暑又晕，就城门针痧，始清。乃随同人修仁堂探桂，复憩王虞英家祠。内有池亭，碧槛红阑，辉煌耀目，落成甫二年焉。"来青阁"额为王烟客太常时敏书。又有"山水清晖"额，是石谷翁经御所题。幽折窈深，实据北城之胜。晚偕王虞英、归菊庄、孙亮夫、赵价人及同游二子小饮钱园，师作东道。精舍中滴漏明灯，可悦耳目，肴核鲜洁，而鱼翅蟹粉及江瑶柱尤精，藕芡亦嫩。别座钱葭村、魏宝钦陪昭文主簿茅云洲、典史张□联芳两先生同来斗饮，喧笑多时，终以汤饼。回造雨泉轩，啜茗解渴，踏月出城。

廿一(9月13日)夕，忽寒热下痢，自塾送回，幸连服张子槎药，渐次复元，然而已淹两候矣。病中得天师占奉玉皇谕："言今年猛虎下界，人民有难，须要七、八、九、十四个月，虔诚斋戒。每月初三、初九、廿四、廿九，吃斋四天。倘有病症，用顺治钱一个、桑白皮三钱、黑山栀三钱、水一杯，煎七分，服之自愈。得此方如不传人，午未申酉之年，仍遇此难。"

予乃自八月初三日(9月24日)起食斋，并虔奉大士灵方云："劳苦木何奇，煎汤病即除。"用凿子柄木煎服之，果效。小女赴邑庙焚香，为予问病体，签示云："门内阴人病未痊，远行不可掌公权。"自是矢心倍慎。闻钱梅庵学博伤寒不起，丰腴之人尚尔，敢不惕诸。又闻吴门徐秋涛少府病殁，年已七十矣，北堂尚在，为唁一诗。同里朱筠卿亦亡，孤孀无依，嗣子未定，悲其遇，作楹联挽之。

十二日(10月3日)，东翁病愈酬神，同王虞英、曾仲才、丁芝亭、曾叔岩、赵宜园饮于独秀楼。时丛桂余香，秋山送爽，洵佳境也。晚与姚炳华上舍钟文、邵子谷孝廉琛、周嵩甫上舍维翰、曹小卿文学、戴竹山上舍、庞云槎文学、潘小亭文学毓桂暨陈桐轩宗保、周子章焕文辈品曲。又偕宦秋蘋守府、陶□□大本、陈登瀛朝栋两百戎、顾蓉裳州司马宗虎、金顺堂上舍、蔡云轩少府大宗、凌省三、陈古香本荣两上舍辈集纯锡堂，合尊拇战。宦公尤豪于饮，与予投治甚欢。

十四日(**10月5日**)，钱兰谱袖其尊人子贤文学丈《纪程草》嘱题，是丙申夏访邵粟园司马元章于东昌，志所阅历也。应以七古一首，并采入《西窗诗话》中。

中秋(**10月6日**)，挈大儿各庙焚香，便憩修仁堂，遇王式南、赵宜园，茗话良久。

十七日(**10月8日**)，下乡观禾，潭荡一带虽多青田，而或则苗疏，或则谷秕，或则水深难割，其余无稻者赔定钱粮矣。外舅留予信宿，分拨奁田十九亩零，虽皆低区，幸可抵偿公赋。

至十九日(**10月10日**)，回里。闻周听泉贰尹以狂疾逝，今年半载三丧，家运甚恶。往慰太夫人，留诗志唁。王蕴香阃君以痢亡，亦撰挽联，并七律一首。赵宜园序先君子诗稿，并惠题拙集，复谢以长篇。

二十五日(**10月16日**)，骇闻周表嫂范孺人以噤口痢亡。念自蔼人表兄没后，日为搏节，清偿积逋，并赎田二三十亩，但表侄古音今春完娶，夫妇不谐，总以邪祟作恶，竟至持家之母一旦遭凶。吾母党之衰，为何如也。

九月五日(**10月26日**)，蔡文山学博三子叔崖少府成昏，予与钱辅廷千戎元瑞、刘雨寰学博、言汇如文学登清、王鳌峰上舍懋福、钱心远文学毓騄、屈润寰上舍恩澍辈小饮书斋，酣畅无比。

初八日(**10月29日**)，陪二叔母至洪泾坝观新造天主堂，系夷人呈式，见有人教乡农来此诵经。

重阳日(**10月30日**)，晴暖。缘少足力，仅挈大儿登南城，以应故事。

初十日(**10月31日**)，往祝家坞观菊，适树叔师为醵饮，招至钱馆，肴馔极精。同杨砚芸、砚芬两丈暨王虞英、赵少琴仲洛、陆小亭少尹、陆□□□畅聚半日。复偕小亭啜茗片云楼，大兄携子侄亦到，复遇王蕴香、雪芗、周蔼云、范秉之及包山叶氏昆仲，茶话多时。前人云"倚楼贪看夕阳山",正此时妙景。

十四日(11月4日),拉大侄、大儿访郁苍楼,楼额为王烟客奉常书。东偏有雪北精庐,姚受东封翁为改公和尚题,又有"鹫峰分翠"额,杨守默封翁书。中供佛,旁室额曰"无所住",左有沈菽山府经金鉴飨堂。复有阁,颜曰"经文纬武",供文昌、关帝及魁星、朱衣神像,亦沈氏捐建。凭楼四望,张园陆墓列其前,辛峰雪井厕其后,北城胜境也。下有船轩,颇幽静。香火何叟云,此系三峰住持带管。茗话片时,尘妄俱灭。出山门,谒姚星岩考功左垣、赵星瞻进士徵介两墓。右有孝子坊,乃星瞻之子贤良方正蓼亭大令嗣孝奉旨建立。旁有围墙,中即其墓也。山道纡折,人迹罕至,予生四十五年才一到耳。便过天龙庵,风景无恙而诸尼年少,皆非旧识,辄深老大之感焉。予以南场贼踞,赴北又苦无资,料此生不过尔尔,爰录历试文,以示后辈,俾风檐心血,不至消磨,既自愧又自慰矣。

十五日(11月5日),听泉贰尹家祭,予往吊,与太仓周云楼文学□□、庐江章□□球、石生玗及同邑周二虞、童朗宇、程含章话片时。晚为王雪芗邀去赏菊,见双清仙馆罗列五色菊,将纸作峰峦台阁状,穷工极巧,乃主人亲自经营。觉两面分开,绝不占地步,张灯悬镜,助花神采,而玻璃窗外,月白于霜,如宴水晶宫里。与树叔师及赵宜园父子、范秉之擘巨螯,味醇酒,畅观秋容。而厨娘烹嘉肴十余簋,俱精洁,而莫妙于八宝鸭,置一品炉中,火候恰好,缀以佛手、白果,亦佳,其他蜜饯诸果尤可人口。终以香粳粥,借解酒醒。惜主人缘恙戒酒蟹,而蕴香居丧持斋,未尽豪畅耳。予本望日茹素,因主人敦促破戒,爰于次日补之。荐毛小晋丈为蔡氏司记,东翁允之,乃择十六吉辰,陪其进馆。

廿四日(11月14日),东翁酬愿,于邑庙演戏两台,予偕器轩及大儿往观,演《双珠球》全本,未甚出色。

廿五日(11月15日),赴王氏吊,为蕴香留饮,与树叔师、赵宜园、汪远亭□□及蕴香从侄介卿上舍□祉坐双清仙馆,畅谈时事,叙半日欢。

十月朔(11月20日)，挈大儿观祭坛会，啜茗聚春楼，见隔墙经霜橘，如金丸满树，丹黄绚然。

次日，赵宜园招同王蕴香昆仲、殷阆仙茂才汝桢东城品羊面，五香酝酿，绝无膻气，为城中第一家，醇醨浇寒，小春气益。旋往跨塘桥及石梅两处茗话，饱看丹枫。更于庙衖品猪肉汤饼，日旰而回。纪诗一首，宜园倒押原韵和之。尤静困书来，并见赠楹联，握笔报谢。

初四日(11月23日)，蕴香邀我奎聚楼尝锅面，遂偕宜园父子及雪芗痛饮消寒，始以青鱼片小炒，继以鼎烹，味俱美。往竹林馆啜茗，畅谭古今，亦复欢畅。仿宜翁倒押前韵，得一诗。

初六日(11月25日)，晚归。途遇上元程积堂孝廉传厚，知其被难，家破妇亡，侨寓予邻王氏，欲订新交。公子叔鲸□□现随其岳张祝三贰尹华封在上海军营，以平定嘉宝土匪功已赏给千总衔，洵有志士也。东翁倩予撰医师凌省三匾字，应以"杏林春满"，凌翁缘不涉江湖气，特来谢焉。

望日(12月4日)，次儿因惊呕恶，邀孙聚奎来推摩。其性古怪，颇类狂颠，然所言间有中处。

二十一日(12月10日)，树叔师公子士美完姻，予往贺，偕杨砚芬、庞子方两丈及殷小斋振云文学、赵宜园孝廉、杨砚畲学博、钱葭村少府、焕堂文学国桢、王虞英、归菊庄两州司马、陆竹林文学筠、杨惺如少府、翁洁卿文学、钱竹庵、魏宝卿两少府、方琅圃上舍世琛、杨履思詹尹、吴县江味梅文学宪曾饮于书斋，畅话半日。见新房妆奁极盛，其姻家黄楚帆司马湘家资素豪，又无子嗣，嫁女自不吝费耳。已生送小有书屋会课卷嘱定，题为《訚訚如也》。首卷八面玲珑，似非拙手所为，书法亦秀，旋知为金匮马心斋作，本老手也。翁遂盦先生升兵部尚书，庞宝生学士署国子祭酒，圣眷优渥，吾邑有光。

十一月五日(12月24日)，州塘水吸去丈余，至新塔前骤长数尺，移时始平，震荡有声，船缆皆断，或云水斗，如古之谷洛；或云太湖水溢,波及吾虞,似有怪物呼吸然。

初八日(12月27日),予自家赴馆,不料蔡氏皆素衣,东翁餐霞丈已于寅刻不起,痛知己之永诀,为挽诗六首,撰楹帖数联,祭文一道。餐翁始以监生入闱,继以董赈邀奖,虽尝缘事被谴,今已得盐知事封衔,旋请五品诰封,未及命下,五子两孙,可慰半生艰阻。盖其貌严心慈,急族难,设义冢,捐书院田,凡遇城河诸大工及军荒之岁,俱助巨资,其余振恤孤寒,亦指不胜屈,受恩者多登堂哭踊焉。惜年限五十五,儿女昏嫁未毕,义庄草创未就,殊为余憾。其新婿吴长卿体仁送殓,主人嘱予陪,见面目清秀,有书卷气,诚佳子弟也。

初十日(12月29日),有太湖兵曹茂,新剃发,自上海来常,强索钱米,被县役解官,熬审来由,认明奸细。黄邑尊宦守府录供出详,押赴半巢居,即日正法。

十九日(1855年1月7日),送杨钟鲁内翰还京,把袖谈心,慰四年离索之况。询知与太仓陆星农殿撰、吴县潘伯寅侍读同行,鼎足成三,亦吾乡佳话。留诗五截而回。

二十日(1月8日),长女侄出嫁,幸侄婿卢器轩赁居吾家东偏,门内迎送,可省一切之费。

廿七日(1月15日),丑刻地两震,余在梦中惊搅,墙壁床帐俱格格有声。

廿九日(1月17日),缘朱克谐表叔秉锟报捐事赴局,偕杨砚芬丈及蒋荫农都尉钊、苏□□□□□□等聚话片时。适茅云洲主簿于庙场监乡勇操演,观者如堵墙焉。

十二月三日(1月20日),吾邑开仓,蠲一缓二,而大小户一律。现定折价每石三洋一角半,制钱约五千六七百文,米约二石二斗五升,连加斛面,必须二石三四斗,又复旧额矣。唯极低之区一免四缓,因租米不及五成,不得不量为轻减耳。

初四日(1月21日),下乡,收未了之租。跋涉三天而米之折减过甚，灾区殊难抵赋，可焦虑也。

初八日（1月25日），餐翁吊期，主人先期觞陪宾者，余占首座，偕曾仲才、叔岩、伯伟、丁芝亭、曙堂、王虞英、杨砚芬、受申、庞云槎、钱葭村、俞念香、施琅笙、王叔仁汝寿、鳌峰、沈史痴、陶誉之、苏凤侪成麟、顾德卿、金顺堂诸君及胡雪帆少府元镇、朱诚斋司理临、少美少府承福、归绥之茂才彭福、张墨樵少府涞福、刘小寰茂才屺望、钱彦帆上舍□烈、瞿甫堂少府云柏一堂畅聚。携所钞试艺呈宜翁，承其序以长篇，惭感交集。闻张宝卿同学补刑部湖广司主事，书招宜翁谒选入都，爰同为劝驾，赠诗三章。

十六日（2月2日），答谢宜园，适俞文澜茂才镜清亦到，与高足陈云卿少府钟宝话片时。连日严寒，几乎指堕肤裂，恐久晴冰冻，有碍麦苗。

十八日（2月4日），立春。得两诗，柬双清仙馆主人。

十九日（2月5日），回暖。谒王慧生少尉，畅话多时。

二十日（2月6日），偕蔡兰轩允文、温绍先茶楼晤语，春气融和。

廿一日（2月7日），得雪芗、绿君和诗，缘冬钞事冗，不暇再酬。谒江宁程积堂广文，适赴上海军营，未获把晤。偕其同乡陈香浦学博世芳畅谈时事，并索题《辍读小影》。假避难之缘，得卜邻之乐，幸何如之。三里桥新设官栅，邑令委周学师巡查，寓关帝庙。余自乡回，已三鼓，飞名柬请钥，始许开放。其余商船不准过栅，其严密如此。岁杪事烦，而素庵上人携徽州胡凤轩□□、包山吴祝封龄两照属题，勉强应之，不能息心也。连月晴燥，诸务早为屏当。

小除夕（2月15日），祭先。

除夕（2月16日），扫地焚香。赠香浦二律。买天竹水仙，以备岁朝之供。唯一年用度，较前更繁，开销良不易尽。邵又村漕帅灿驻扎苏州，催漕严紧，故予家应完之赋，赶早安排。而时世小变，人家爆竹之声，减于往昔。与家人掷状元筹，予最不利，想明年运仍偃蹇也。

龚又村自怡日记卷十四

咸丰五年乙卯(1855—1856)，四十有六岁

元旦(2月17日)，晴和。

次日，偕兄祝外舅七十，同词仙饮于书斋。金陵寓公张云五参军华书自上海营回，与余握手如旧，为新邻焉。

初三日(2月19日)，微雨，大慰望泽之心。

初四日(2月20日)，喜闻上洋克复之信，两邑令奉宪札添兵严守海口及太仓、新阳来路，防贼窜入也。午刻，邀江宁陈香浦学博暨朱少英、卢器轩小饮西窗，杜撰羹不堪下箸，仅有江珧柱一味尚强人意。香浦飞酒字、发字，大儿陪座，幸不辱命。猜拳射覆，酣嬉移时。

初五日(2月21日)，二叔及陈福田姻兄□煜、钱宝斋表兄、王聘轩昆仲偕来畅话，欣慰阔怅。

初六日(2月22日)，县差协同兵勇于接官亭拿获奸细二人，熬审不讳，即斩于香花桥。予挈子侄往观，一头颅甚大，其一稍小，身首分离，不忍久视。旋偕器轩城隍庙看乡勇操演，茗话三茅殿。复憩同春轩，听吴门周素梅琵琶，其夫友兰唱《落金扇》，神情酷肖，惜两人伤寒喉枯。晚登新庙园楼，适王蕴香、周月钼□鉴陪庐江章质夫资政廷榜、上元温明叔宗丞葆淳在座，二公皆避难来虞，与予倾盖如故，小叙片时。东园池已涸，久不雨故也，回视老庙园之士女纷集，迥判仙凡。

人日(2月23日)，赵宜园同陈云卿少府钟宝、家郑叔茂才良来谒，留饮谈诗，颇尽欢兴。

初八日(2月24日)，平燮庵来会，倾襟畅话，颇慰渴私。

天诞日（**2 月 25 日**），独步至兴福寺，惜斋天已过，不及观，仅于半笏轩与山僧耕霞□鉴茶话。比游戒堂及方丈，老桂数株，俱百余年物。住持明山禅师圆鉴出揖，似曾相识，执礼甚恭。至西面君子泉边，古梅始花，轩额曰"廉饮堂"。右边阁颜"翠雨香雪"，又曰"绿香"，内有岭云和尚□清三代塑像堂。由假山而上，有集翠亭，陶莲生粮储廷杰题。又有印心石屋，昔年频游，兹不赘述。自上而下，篱边竹绕，颜曰"竹径"。出佛殿，过东廊，内有缨络轩，轩前为白龙神行宫，是蓝子青、周介堂两邑令祷雨所建。再前有大荷池，池上堂额曰"友净"，昭文令周松路珩题。出山门，见游人络绎，不绝如线。小憩报慈桥，啜茗消渴。入城品汤包子，颇佳。回接香浦赠诗二律，和以答之。

十一日（2 月 27 日），李立夫、朱恂如、俞鹿溪、张岳生、朱茂城集于敝斋，为竟日之饮。豁霸王拳，酣呼大噱，立夫醉吐。同人掷骰试手色，卢器轩最佳。飞"杯"字，以"杯上双喜"为谜，予曰"其成某色"，惟大侄射曰"无某以某"，其余座客弗知也。又以席上青豆属对，大儿以席上黄柑答之。惜少嘉肴，仅有刀鱼可口。

十二日（2 月 28 日），访上元程伯孙茂才肇锦，即积堂学博之大公子也，为我言尊甫奉宪委署铜山校官，行将赴任。是日，挈大儿赴蔡塾，晤通州陈□皋千戎超，人甚老成练达，谦抑可师。晚与蔡逸霞少府廷烜饮于挹翠山房，并同诸生邑庙观灯，适东翁新助大纱灯角灯，价六十洋，颇觉生色。时月明如昼，自是良宵，唯寒气过甚耳。

十四日（3 月 2 日），王蕴香招予同章质夫、温明叔、赵宜园诸公饮，予缘开馆未久，却之。承明叔先生为题《蓼莪辍读图》。

望日（**3 月 3 日**），挈大儿邑庙烧香，为次儿求签，问可种痘否，示以吉语，想神灵不余欺也。是日，士女蜂拥，行不能分左右矣。逍遥游乐工演南北曲，长寿轩更有戏法帽儿杂剧，哄闹异常。予独观梅谭祠，偕潘秋农少府、吴玉屏上舍缵基、敬斋文学协恭、洪德卿文学晋徘徊花下，香气沁入心肠，清境也。

十六日（3 月 4 日），蕴香、雪芗又见招，缘牙痛辞之。午后，蕴香、月钮引章质夫丈顾予寓斋,予陪游花坞。**次日**,又陪至蔡氏新宅,欲为连平颜□□制府伯焘赁房屋也。便过北城,谒温明叔丈,留予茗话移时。知其家太平门外,已被贼焚,为之骇然。

十八日(3月6日),质夫丈过我,畅谈避寇之苦,百万家资一朝遽罄,幸怡□□制军良、吉裕斋尔杭阿、陶□□恩培两中丞帮助银钱,始得度岁。然性不喜告窘,非诸公体谅,安能若斯?予得诗数首,分赠章、温二公,以志投契。傍晚,蔡逸霞丈及沄江陪予致道观看灯,李王神前百果纷陈,经久不变,可玩也。偕蒋宜园丈茶话三茅殿,夕阳在山,人影散乱,较元夜稍觉清闲矣。蔡允文嘱撰村塾楹联,要唤醒愚蒙子弟,予书云:"俭勤始许兵荒度,经济多从学问来。""读万卷书,只识得忠孝二字;观千古事,才能分邪正两途。"颇为雅俗共赏。

十九日(3月7日),权粮储毓□□先生彬甄别书院,题为《诗云不愆不忘一节》《春日佳气多,得多字》,童生题为《诗云不愆》。

廿一日(3月9日),晤孙月卿、吴济川楫、时酉生、金景岩,茶话三茅殿,又品汤包,其时观灯邑庙者尚众。旋过章质夫寓斋,遇明叔先生及其公子寿伯应东,系三品荫生,补太常寺博士,浙江需次通判,改捐知县,执礼甚恭,光彩焕发。并晤潜山熊小松刺史元禧,曾任沧州、景州,现在粮台办公。其祖父俱名太守,兄弟亦多县令,是巨族也。而朴实老成,不说官样话,与予如旧交。

廿二日(3月10日),邑试,大侄进场,不及送。质夫丈与蕴香见过,畅话寒暄。是晚,风雨大作,少慰望雪,惟霰雪旋飘,未免太冷耳。

廿四日(3月12日),县案出,大侄在头圈,诸生亦俱招覆。

廿六日(3月14日),大侄覆试。天适晴,予赠熊小松、程积堂诗两律。陪朱又村州同饮于挹翠山房,细品嘉肴醇酒,寒气顿消。

廿七日(3月15日),蔡生第五姊出阁,以在制不宴宾,予假回送试。是夕,大侄进场,考性理论,题为《乾称父坤称母》,巳刻已出场。见初覆案,大侄名列二十五。连日大风雨雪,又苦冻途。

二月朔(3月18日)，大侄次覆进场，如余命作赋。余谒程积堂，承其题《蓼莪辍读照》，又索程罩叔比部祖诰题照，作五古一首。晤无锡吴誉卿文学声吉于文昌阁，一见如故，嘱其推算流年，据云："宜乎出门，可借异路得功名。明年交运，如蔗境渐佳，今年伏腊，要加慎。"

初二日(3月19日)，邑署出次覆案，大侄拔置第十名，题为《规矩方员之至也一节》《九九消寒图，得消字，五言八韵》《春寒花较迟赋，以题为韵》，余如《尚湖》《方塔》《读书台》《齐女墓》诸题，大侄不及作。黄邑尊大加激赏，训勉再三。是午偕誉卿茗话三茅殿，并晤会稽王瀛洲□□，系相者，并精弈，观棋出神，不顾茶杯坠地也。又引誉卿至长寿轩观女乐，三歌儿貌秀喉娇，少者尤妙，演《唐僧见娘》《活捉张三郎》，声情毕肖。另有男人撮水果两大盆，亦手快如飞。旋登迎仙阁，观残梅，余香犹沁人肺腑。与誉卿步乩仙降坛韵，以志清游。

初三日(3月20日)，大侄终覆，邑尊出作者、以成、皆坐、先饭、食肉、既饱、出曰、礼也，令童生每题作一起讲；昭令陈新泉先生庆溥亦如式命题，有食牛、以羊、杀鸡、顾鸿、驱虎、系马、舍鱼、与鹿八项。便谒誉卿，携近作就商，彼亦以甄别文见示。晤平燮庵、李郁斋蓉镜，遂同茗话雨泉馆。适钱生竺卿与大侄出场，同憩引凤轩，盘桓至暮。次儿于前月廿三日邀沈朝宗□□种痘，至今发热见点，甚属平安。晤程映榴天焘，惊悉其父绘诗已作古两载，追念旧游，曷胜感喟。幸映榴年少工文，眉目清秀，将来必能显扬。

初五日(3月22日)，邑试正案出，大侄名列十一，钱生竺卿名列十八，曹生星村名列四十三，其余皆后矣。晤金伟章文灿、云江凤诏，系叔侄也。□□县试初定第一，旋改第二，云江县试第一，才钟一门，爰赠一绝。于誉卿寓斋晤无锡秦□□上舍□□、钱塘申□□茂才□□，俱昭文幕宾。据云，陈明府亲阅试文，不假人手，而常熟则请辛亥孝廉宜兴周小棠家楣阅荐，其中式才十五岁也。昭文案首曹韵笙庆恩是予小友，年少笔老，工夫纯熟，前年已院取伴生，今能冠军，可慰尊甫诏庭上舍柏霖之望，贺以一诗。蔡氏荐亡，嘱予撰冥亡额联，亦是奇事,姑勉应之。

初六日(**3 月 23 日**),书院案出,予名在附课第五,大侄名在附课中权。

初十日(**3 月 27 日**),挈大儿翁祠看花,知二铭冢宰奉旨紫禁城骑马,祖庚少詹奉旨赏戴花翎。复登读书台,红白山茶、红白碧桃正放,春色可人。毛小晋见示其《越吟草》,题以二律,并采佳什入《诗话》。

花朝(**3 月 29 日**),挈大儿花神祠小憩,残梅未落,红杏始华,神前斋供颇盛。适庙台演戏,儿及诸生往观。予则为陈晴皋丈拉去观伎,演《小别》《问探》二出,长者静气迎人,全无火气,少者尤心手灵珑。时沄江、伯谦亦在坐,与之茗话移晷。复过谭祠看梨花,自石洞登雪台,四望旷然。旋过聚顺馆小饮,晴皋丈作东道,主人量浅,沄江亦不甚饮,予同拇战,勉罄二壶。席上燕笋、松菌颇鲜,其余熏鸡、细脍亦肥美。团坐六角几,春气融和。隔座周子章招食河鲀,予不尝此味十余年矣,喜唊其肋,嫩而腴,俗名西施乳,信然。唯肉味平常,未极鲜美。馆后余地甚旷,古井二,为察院旧基,是沄江所得者。踏月回寓,得三律以谢静翁,并步小晋、沄江《春日闲居》元韵,作二绝。黄秋涛之母顾太君八十,嘱撰寿言;朱少美将成昏,倩作花烛词,俱应之。又和答小晋见赠一诗。

中和节(**4 月 1 日**),赴邑庙及痘司各殿烧香,求签少吉,似合家宜修省弭灾。大侄将郡试,到县礼房处领护照一纸,给钱数十文。因苏城兵差紧急,必须捉船,且盘查甚严,验明是试子,始可勿搜,故童生廪保及送考仆从俱一一书明,较旧颇多周折矣。

十七日(**4 月 3 日**),节假,送伯谦任府试,饭于朱家,主人下榻留宿。

次日,同朱恂如、徐步云到郡,仍寓周氏,主人春圃、鲤庭早留净室以待。十年不到,春圃两断弦,其妹娉余亦已寡,壁题四绝,以寄陵谷之感。晤包山叶清甫司马熊,状貌魁梧,年力正壮。据云,前补镇海丞，今捐知县，加二级，留苏粮台，奉藩宪差委。有仁和方□□太史熊祥来会，知其癸丑获隽，是新科翰林，谦恭特甚。

十九日（**4月5日**），清明。偕恂如步至山塘，观三节会，茶话滑石会馆前双茂馆。适长洲社客于画舫中唤女伶，演《絮阁》《偷诗》，彩衣映水，如戏洛神。又有各会馆祭扫之舟，棚悬灯彩，鼓吹喧腾。是日，天气晴和，卅二起会俱出，各神坐彩幔轩轿，舆夫肩扶手挽，较旧制稍低。中有珠络看轿，比翠毛者更胜。让王用全朝銮驾，炫目纷华。游人拥挤中途，欲至虎丘不果，恐阊关早闭，舣舟而回。为苣甥、琴舫邀饮，偕恂如、焕纶、伯谦同席，肴馔颇精。

二十日（**4月6日**），挈孙月卿、时酉生、吴济川、金景岩及恂如过紫阳书院，中有匠镕铅丸，火药桶堆积，墙垣拆毁，非复旧观，文场竟为武备院矣。经三元坊，有花农赁可园余房，罗列盆景，同人玩赏移时。见邵又村漕帅灿行馆前多芦篷土壁，为兵勇所居，而可园则为怡□□制府公馆。谒沧浪亭僧乙莲，煮茗清谈，少慰三年离思。复与恂如、伯谦过财神堂，台榭宏峻，旁有张□□中丞之栋祠，清净无比。是夕，送大侄踏月进场。

明旦，同平燮盦第一楼茶话，俯望城外多战舰。并过丁家巷等处寻春，楼阁寂然，风景大非昔比。旋访阊桥德源戏馆，适演大雅文班。燮盦喜武戏，乃至中市正源馆，两客费钱五百，为锦秀班，诸伶俱老脚色。近缘无正席，遂得坐厅堂正中，观正面戏。演《天山》《闹园》《侠救》《斋饭》《木阳城》《界牌关》《背凳》《喜凤》，未刻已完。缘城门早扃，有客出城故也。

廿二日（**4月8日**），偕张寄轩暨恂如、伯谦过玄都观，茶话三万昌，俗名妈聚馆。男女杂坐，残阳时节，香气醉人，不恨来之晚矣。吴门毛培卿□□来会茶金，一笑而散。同寄轩饮于酒楼，饱啖馒首，风味剧佳。

廿三日（**4月9日**），陪李湘槎丈锦凤楼啜茗，复答寄轩于新桥。舟次，约同观剧。过同邑翁廷奎公寓，知其在上海督战，力护吉抚，兼擒首逆刘丽川，以茅亭把总奉旨赏戴花翎，准补城守备。闻其曾入雁鹅党，得罪遇赦，旋乃投效军营，出身甚贱焉。午后，到中市戏园，惜人满已无余地，遂回至皋桥，与瞿织云上舍锦孙、赵留余□□□及寄轩、伯谦清话茶楼。阑外软红数丈，殊不觉也。便从南濠进胥门，闻马头满兵演枪，声如雷震。知吉抚军往东坝丹阳，捉船装兵，一路喧沸，致颜心谷试船被埠押去。予同恂如口授数言，书禀投于元和令，始行放还。

廿四日(4月10日)，同人至五龙堂巷尤春帆□□□□寓，候平燮庵、徐英生凤甲、王小庄、鲁园、李湘槎、竹芸芳茂、少芸鸿藻诸君。便谒流水禅居，憩一行轩，额为江铁君明经沅题。中悬黄忠端公□道周字轴，古秀可观。轩前大放生池，巨鱼盈千，踊跃水面，步云投以烧饼，吞唼有声。出门观南园菜花，遍地黄金，春光富丽。复偕寄轩、思琴、湘槎正源馆观剧，为宏福班，演《参相》《见娘》《双拜》《打差》《刀会》及《钗钏记》全本，一一可观。暮为寄轩邀至滩桥小酌，归已上灯，而阊门尚无守者，防堵渐懈，徒靡兵勇之粮耳。到寓，知粮勇同练勇格斗府堂，打坏桌凳无数，印床俱碎，幸管带官松□□司马□寿好言劝解，押出胥城，始得无事，然而赔累不堪矣。常昭案出，伯谦名稍后，而愿留覆试，亦见名心不灰也。恂如失去考篮，窗稿千余，一朝云散，细心人尚如此，而慢藏者更可危。

廿五日(4月11日)，予同恂如、步云自韩家潭子下船。

次日，抵里。托冯柳溪天竺进香，兼还法喜寺旧愿，求签云："孤舟欲过岸，浪急渡人空。女人临水立，望月意情浓。"未知何谓，大抵观音示戒尔。

廿八日(4月14日)，为次儿谢痘神，天适雨。沄江赠蕙兰、蔷薇，酬以二律。并赠蔡逸霞、徐晴坡、陆颂甫三首，以遣闷怀。

廿九日(4月15日)，晚晴。赴西山祭墓，见树木森茂，墓门如新，心为之慰。

　　三月朔(**4 月 16 日**)，大雨。挈大儿赴塾，与小晋作《盆兰》《瓶兰》二律，少英和之。

　　越日，雨止。同人凤尾涧观瀑，如挂珠帘。憩马公书院茶篷，拜香者络绎不绝，上巳日(**4 月 18 日**)尤盛。惜泥泞，不克修禊三桥。

　　初四日(**4 月 19 日**)，内弟厚斋秉堃订姻姚氏，始行聘礼，外舅招予妇，乃挈次儿下乡。而予则因东翁新婿到门，赴其招饮，与同人连浮大白，幸未酩酊。兼旬大雨，排闷无方，乃以吴郡见闻，一一寄之吟咏。颂甫属撰楹联，予以其少游湖北，归隐虞阳，楼居好饮，赠云："楼上醉呼虞岭月，袖中归带楚江云。"苏凤侪击节叹赏，欣然书之。沄江母夫人惠糟蛋炒鸡及粽糖数种，俱谢以诗。又与同社咏花王两律。

　　望日(**4 月 30 日**)，晴。拜香班犹盛。树叔师招我父子马公书院小酌，同坐有梅李钱秀书□□、方梅谷世瑞、琅圃三上舍，初品蚕豆、象笋，缘无大户，只尽三壶。凭红阑遥望，麦秀渐渐，野田翻浪，惜久阴已稍减色。乘兴同至严公祠茗话，适钱葭村、李升兰、曾伯伟亦到，同观走马中山。舣舟回至刘公祠，与孙少溪明经文俊、王仲山医士懋功、陶缄斋茂才、陆晋三千戎兆铨、钱仲谦少府清话片时。遇赵宜园，遂与同人憩蔡园。蔷薇初花，紫牡丹未落，圃植红葡，可为下酒资。坐四面楼，见银藤花如白龙夭矫，小山亭供官瓣兰一大盆，清脒有品。

　　十六日(**5 月 1 日**)，祝周种云学师诞，与沈紫虚少府庭旸、月帆茂才堉饱食汤面。晤扬州史□□□□，周甥也，风雅可亲，询知原籍溧阳，与元甫年伯同族焉。并贺表弟沈子静续弦，欲留饮，以书院开课，不能少住也。

　　次日，心田引观梅瓣、荷瓣名兰，俱新得者，果奇异可观。闻有上海贼党某姓，已捐监生，或云文生，广东人，曾为首逆小镜子派管粮台，适于航船拿获，昭令陈公熬审录供，寻恐身首分离，于狱中吞金而死，或云吞鸦片，或云杖毙，均未可知。

　　十九日(**5 月 4 日**)，沄江邀至聚顺馆小饮，与王柏斋□□、徐晴坡、曾士裁、士常同席。厨开樱笋，咀嚼时珍，继以鸡羹细面，妙不可言。

二十日(**5月5日**)，沄江饯春，饮我于家园之独秀楼，偕章质夫、温明叔、杨砚芬、砚培、曾仲才、叔岩、士裁、周崧甫、幹卿、吕月如诸公同集。初食鲥鱼，而蚕豆、象笋亦美，满筵盛馔，醉饱尽欢。而楼外山翠扑人，将身入画。午后又添曹诏庭、星村、翁鞠樵数客，同憩河房。适湖田接李王，复有柯庄千圣小王会，畅观龙舟，而挡船拳勇，舞枪刀，弄石锁，扮童子拜观音，俱献技于西门湾。便坐小舟，泊殿桥，画舫往来，烟花撩眼，较昨日之田垾会更形热闹矣。

次日(**5月6日**)，立夏。予以日渐衰瘵，脱衣袜试秤，称见七十六斤，较旧转多十六斤，内人亦然。大儿则四十斤，较旧加十斤。次儿则十六斤，较旧加六斤。沽醇醹赏节，海蛳、盐蛋纷然前陈。欲观石岸头会，惜出门已迟，不及遇，逊于儿辈之捷足焉。当十咸丰钱私铸多小者，约减一二分，郡城通用，而吾邑尚未流行，自官示准用，方稍稍流通，可见铜运之绌。

廿二日(**5月7日**)，邀章质夫、温明叔、陈晴皋三丈暨江树叔师、蔡生沄江小叙敝斋，汲雨泉烹雀舌，焚香观壁上诗，流连半日。设席升瑞堂，幸有陈酒时鲜，可娱佳客。诸公各行酒令，或藏钩，或豁拳，酣畅无似。终以双弓米，不致病醒。乘兴同至存仁堂，品荷瓣兰，嫩绿可爱，一室皆馨。与住持谨修□□、司董吴祝封清话片时而散。

廿三日(**5月8日**)，沄江以所得荷兰浸火酒中，活色不变，泂名花也。

廿五日(**5月10日**)，冒雨过路厂，见素心兰，陈古香以剧钱买嘉肴，予亦与于饮啖，眼福口福，连日不绝焉。

廿九日(**5月14日**)，尤墩神会，予同器轩、伯谦往观。小儿持仪仗骑马者近百，土地社扮杂剧，尽相穷形，可发一笑。五鹤绿呢看轿，颇新丽。开面社数十起，俱华装，乡社中此为最盛。便谒屈氏安济堂，晤司董张莲舫上舍恩培，清谭半晌。见张仁卿瑛、屈桂岩炳丰、曹小卿、吴儒钦鸿纶、瞿仲章、王敏斋、钱琴生禄书、徐朗卿土玉等同赴北闱，试船从联登浜过，予苦无资斧，不能追随，马齿徒加，更有何望，姑于此日留须，以应吉辰。小晋叠示和章，予用前韵再答，并赠少英、沄江。徐穗钦以《新月》诗见观，予同少英和之。鞠轩为我画碧桃便面，题绝诗二首。又和穗钦《水底月》《春夜偶占》二诗。

四月二日(5月17日)，为水嬉，苦雨不得游观，仅与少英雨窗局戏，以遣闷怀。念庐州为贼久踞，徽州诸县既复又失，金陵铁瓮以及瓜州贼据如故，而吾邑虽安堵，又遭苦霪，菜麦将烂。每遇赛会，辄事奢靡，风俗之敝何如，宜乎天阻之也？

初八日(5月23日)，温明叔丈邀予同谒戴文泉盐知汝霖，欲赁其祠屋。见栖阁高敞，可观两湖，后堂亦精致。回至敝庐，设茶点畅话。三公子季稣应□随侍，恂恂儒雅，绰有父风。

初九日(5月24日)，五渠周神赛会，予步行往观，而家人则买棹。先过家子渊家，与其父子茗话半晌。复访昭文义仓，知徐墅徐沧亭□□德钰为司董，近因岁歉，经费不敷，仓廒俱未修葺。至大桥，遇器轩、伯谦。谒瞿□□上舍翼谋家园，尚未工竣。至村西啜茗，见十八只挡船俱玻璃西洋台，中有女挡船，扮《塘河船》《水漫金山》杂剧，魔子手舞足蹈，可以解颐。而拳勇飞叉挥戈，以及转盆诸伎，具见巧力。又有台阁两舟，彩衣小儿不过二三岁，卓立竿上，不时啼哭，甚为可危。龙舟十一只，续以水会船数十，鼓吹喧嚣，目不给赏。黄昏各挡船点灯，又有纸扎龙舟，往复数次，游人画舫千余，亦一齐上火，雁排两岸，俱有酒筵。时天霁月明，凉风四起，天时人事并胜，为数年来最盛之会也。

十一日(5月26日)，明叔丈挈寿伯顾我书斋，适雷雨，沄江留坐园楼，烹茶设点，凉气逼人，顿解胸中郁热。

次日，答明叔丈，晤周□□□□□□叙谈良久。

十三日(5月28日)，赴邑庙焚香，缘心扰眼昏，求签问科试应否，示云："三年五载病缠绵，守官失职见迍邅。有动莫行防失脱，且候新春事可全。"遂决意不行。晤陈倬田□□、嵇万湘鐩、陶蓉塘□□

于道署,话旧多时。遇王家桥总管会,有骑马金神七煞,小儿鲜衣华帽,旗伞俱新,十将社有数起,猎户亦不下百人,金黄亭嵌玻璃,可以点火。今年各庙开门,无一不盛。闻前日潘墩刘神及李家桥金童神,土地社扮五人赴市曹状,一社百余人,尤极热闹,惜为大雨冲散。沄江以兕觥三座见观,大者容酒五六两,内外均雕松鼠荸桃,嵌空玲珑,宝光焕发。其余二觥容酒三四两,外刻螭虎,亦纯熟无似。是真犀角所制,古色黝然。据云得自蒋氏,价六银饼。得见古器,眼福何如。

望日(5 月 30 日),过明叔丈寓斋,畅谈过午。

十六日(5 月 31 日),花七里刘神会,予于水轩远观,惜未及往观挡船。便谒章直夫丈,适陈香浦在座,畅快谈诗。丈缘予肠火内郁,致大便不通,嘱饮木耳麻油汤,服生首乌及炒米粉,冀香以开胃,兼之凉润,可解燥滞。予如其言,颇效。沄江家设关帝铜像,日久烟熏,恐观瞻不肃,醵钱以装金,并添左右侍者,嘱予记于卷首,亦见事神之虔。周畅轩以近作见质,予为加墨,采其杰构入《诗话》中。

廿一日(6 月 5 日),邑庙赛会,挈子侄憩黄生悦芽衣庄,畅观至晚。晤张墅周绍芳□□□□,鬓发白矣。忆二十年前西庄草堂会晤,一白面书生,曾几何时,今已问姓,为我言历遭颠沛,两儿俱死,仅抚两孙。其长子朗岩于辛卯壬辰从王煦亭读书,春秋览胜,常同把臂入林,不料其归未几年,早已委化。又晤庞芸圃少府廷铖、敦甫上舍裕□、□□上舍元垲、协卿宫尹铨、朱克谐、岭梅两丈,小话而回。

廿二日(6 月 6 日),予领到自京发出议叙执照,系去年十一月十四日吏部填写,盖用堂印,缘题准已逾三年,去冬始补请也。

廿三日(6 月 7 日),于东甸巷沈氏观昭邑庙引会,中有孔雀盖,骑马小儿多金绣褂,装饰鲜明,扛头五,亦华丽工巧,胜于常庙。与表弟沈云章恭泰、子静、季才、云溪盈泰话片时。过桐桥观奎芸台学使章科试案,见钱生筑嵘常熟一等第五,前俱廪生恰顶补,季君苕卿昭文一等第九,时生、己生初应科试亦录取,为之欣慰。

次日,赵宜园、王雪艼来谒,谈心良久。午后,挈家人泊舟颜港,观昭邑庙会。顶马随朝,易金绣褂为补褂,扛头五座,每扛三小儿,扮《盗仙草》《藏舟》《鹊桥相会》《西施采莲》《文姬归汉》,又异昨日。回至安济堂,两旁老人左男右妇,各五十,俱织屦纺纱,不甘坐食焉。又谒接待禅院,院已古,旁有轩,额曰"超然彼岸",丹徒解元张茶农大令深题。三世佛堂后一殿已圮,有破衲僧云:为道光廿九年大水所漂也。朱蔼如拉余子侄往观夜会,颇盛,惜倦不能偕。

廿六日(6月10日),二图总管神会,过余家,自前六年解后,迄今尤盛。走马者数百,土地社有阴阳判,扛中香童茶童最胜,黄呢看轿亦新。傍晚欲观全会,同卢器轩及儿侄进邑署,县尊因赛会过多,未及备赏,诸小儿俱怫然。旋与陆小兰骑尉廷堃茗话县南。昏时又于缪家湾观灯会,察牌藤牌均点火,太保坐灯轿,余如符官、顶马、出猎图,排灯甚长,每社所费不支矣。

廿七日(6月11日),大侄赴试昆山,予不获送。

五月三日(6月16日),闻常昭新案已出,伯谦又斥,为之慨惜,想误于家事分心尔。相识者如童君叶舟葆澂、屈君峻甫金奏、胡君受祉钟瑾、俞君洵芳福钟或已取侪,或连试十名,均系老手。曹君韵笙又取诗古,又捷泮元,小试四元,尤难得事,功深养到,自不至终遗也。

初四日(6月17日),节假。见书院案,予卷蒙陶山长取列外课,钱生竺卿院取侪生,可慰可惜。

十一日(6月24日),己生到塾,同憩西城楼啜茗,清谈片时,烦襟顿释。

十三日(6月26日),蔡生祀关圣,予拈香礼拜,始食汤饼,继饫芳筵。适阵雨初过,野田优渥,俗谓磨刀雨,可为庆幸焉。

六月初三日(7月16日),偕大侄憩致和观,听郡人张汉明□□说《水浒》,声情入化,其忽喜忽怒处,令人可爱可畏,无愧为书中状元也。在座有顾姓,年二十四,身大如牛,两乳堆如肉山,大约重有二百余斤,如此伟躯,得未曾有,询知为徐墅人。

初五日(7月18日),先慈忌辰,回家祭拜。晚见白虹见于东天,首北尾南,时新月色红,似有雾掩,未识吉凶。

十二日(7月25日),同器轩及子侄五老峰观荷,红江白白,点缀村墟,足怡心目。回憩竹林馆茗话,见庭中老少年、五色鸡冠先秋已红,殊可遣暑耳。入夏,城乡多疹。骇闻襟弟顾梅江少府于前月廿七日病没,年才三十有九,双亲无恙,两子俱弱,可悯之至。想其身疲,误于久食鸦片,此物竟足杀人哉。且知其季弟及从弟亦亡,厉气沾染已甚。

十六日(7月29日),黄邑尊暨公局饬差函致,现办劝捐助饷巡防出力奖叙,特以大侄三代年貌开去,庶连岁微劳,不至湮没耳。

十八日(7月31日),大兄过西城,见雉堞中遗孩,通身有毛,头无颈,生于肩中,口已有齿,手短脚长,而脐生背上,是感怪物而成也。据人云,生时即能行,小石桥处女所产,是女胎,其家怪其形状,毙之。又大侄过荷香馆朱氏,闻炖黄鱼干中隐隐有声,其家亦怪而撤去。有人云,迩来城中有中鳠鱼毒而死者,或非诬欤?

十九日(8月1日),室人因外感寒热,并动肝风,甚至手足拘挛,筋欠肉颤,肌肤霎时冰冷,似有厥象。亟延张子槎诊治,褚耀明搓摩,始得平复。忽廿四日(8月6日)大作,惶急无措,乃遣大侄诣黄灿章问卜,医祷兼施。至七月初八日(8月20日),反覆多端。予自赴颜港黄载扬家问课,并谒各庙烧香,颇能灵感。犹记卜得蛊之鼎,据云:"始得巽卦,巽为风,应挟肝风,蛊则三虫食血之象,当由天癸行而即止。"壅积成痼,今则安而复作,波澜未平,语语有验,即如言斋送,起色霍然,虽瞽者不啻半仙也。

闻杨砚芬年伯病,即往问,不意其于廿二日(9月3日)已逝矣,不及送殓,为之怅然。便询树叔师恙,喜无寒热,胸膈已通,床前晤言良久。南桥姚秀升□□来会,并馈甘瓜,未识面而情已重,自是可人。次日答谒,见其十七岁长君亦恂恂诚厚。自交七月,连日大雨,水长三四尺高，田固润枯矣。而低区又虑禾烂，年谷难十成焉。

中元日(8月27日)，偕器轩暨大儿出北门，观厉坛之祭。先憩王忠壮安节祠园与宁绍会馆，秋色鲜妍，引人入胜。旋茶话孙祠，恰坐早桂花下，香气沾衣，而鸡豆、鲜菱，时味亦胜。自城外一路览胜，觉秋虫时鸣，野鸟驯绕，皆诗境也。

廿一日(9月2日)，拉儿观新生入学。天热人众，不可久留。姑憩宪星桥茶楼，见彩盖彩旗，往来如织。最可羡者，殷小斋文学振云之仲子厚培李垚，年仅十三，貌秀神清，自是出群之姿。迩来十家九病，瘟部靖忠王行香约一月余，而湖田千圣小王驱疫，又有龙舟，目不暇给。

廿四日(9月5日)，往吊杨氏，晤陶彦卿司理景潞、誉之孝廉，叙谈片刻。主人留予陪宾，缘事不果。闻皇太后□□□□氏于七月初九日升遐，官绅士庶合留发素服哀丧。

廿六日(9月7日)，先严讳辰，予假回家祭。

次日，惊接先叔柳香公凶耗，为之泪零。念二叔历试小场，未获一售，四十年村塾课书，清贫苦守。时以吟咏遣愁，间或拟作试艺，下问情殷，品行端方，未尝苟得。犹忆水灾收胔，性极慈祥，善人高士，并称无愧。前初二日闻染三日疟，即往床前问视，见肤革充盈，语言如旧，方谓大势无碍。惟热平仍倦，偃卧经旬，想年老所致。临行以恶梦示予，谓亦兰先叔厝棺未葬，孤子漂零，大为焦虑，欲共筹之。迨后因室人抱疴，不获往省。遣大侄畛视，据云，病久体虚，所防下漏。得予问疾书函，辄为呜咽，谓："有《蕉窗闲咏》数卷，是心血所存，拟交侄辈，他日可向及门攒凑刻资，授梓留名，则吾瞑目矣。"讵意数日间，果以痢不起，年六十有九。三弟虽俱成婚，而习艺糊口，并寄吴门。唯幼弟侍疾，临违又未目睹，伤哉！身后一贫如洗，幸有其婿陈君霭亭自徽回里，为之治丧，并助殓费。予随大兄送殓，诸事已具，与平君燮盦仅事赞襄而已。

廿九日(9月10日)，予缘儿女之累，不得不措钱存息，以为后图。乃偕亲友商为集腋成裘之举，幸皆见允，言定五百两会金，约朱君蔼如、贾君梅溪鞯作四总。久未握管，因诸友催迫，乃为王君霞帆作生传，并见其照有花柳，颜曰《履春图》。

八月初，丁祭，捧先舅氏栗主，送入忠孝总祠，以终其事，一切费皆出自己资。

初四(9月14日)，挈大儿观瘟部会，颇盛。有六角香亭、玻璃旺盆，复有持五色小旗者，俗名收瘟川兵，其余与两庙会无异。同温绍先茗话宪星桥，雀舌既馨，鸡头亦嫩，为流连久之。

次日，陈霭亭来谒，赠我以休宁蜡墨、扬州香囊，遂留饮敝斋。欲偕观胜会，缘事不果，第拉儿赴县前观之。晤族兄召南□□、族弟鸣皋□□，二十五年不见，旧容已改，追述尘惊，彼此皆为惊喜。

初六日(9月16日)，恂如、梅溪见过，遂同憩蔡园，兼于西城轩茶话，日夕留宿予家。

闻姚湘坡侍御于初七日(9月17日)病没，今年速丧邑望，与盛、杨并作三人矣。明叔府丞为予书扇，谢以四诗，并饷酒一瓮。

十二日(9月22日)，晋谒寓园，长谈移晷。适质夫丈亦到，知章寓连丧四人，温寓连丧二人，迩日夭疬之甚，从来未有。出门晤蒋余棠世丈，忆乙未岁秋试同伴，已阅十五年矣。如时师容斋、朱君仙舟久已作古，试伴中唯丈与予及屈子香坡仅存而已。茗话之余，各为感叹。秋暑犹酷，大兄染恙回家，幸外感由汗透发，服药有功。携王霞帆小影乞范朗霄隶签，温明翁题句。

十三(9月23日)夜，疟作，间日一来，水火交至，如栲重刑，幸内舍以朝阳桃叶捉之，医祷始有功，廿二日(10月2日)即止。寝次题王湘帆《抚琴图》。

廿三日(10月3日)，闻外舅于十四日得病，颇剧，遣妇往视。次日，挈子侄躬省。初面犹呼予小字，惜舌强气促，不甚分明，但见火气满腮，喘声叠起。予摩其心坎，稍有汗痕，孰知至未刻已逝。予同其侄词仙昆仲襄理丧事，分不得辞。念外舅秉性慈柔，持躬谨慎，而少孤能干，精明寓于浑厚。每于繁碎事必措置周详，以故克广前业。历年遇赈、遇饷以及修城浚塘诸工，慷慨乐助。而于所亲丧殡，赠衬施棺，体恤尤至。即频遭外侮，不得已鸣官惩治，而不念旧恶，怨是用希。十年来，连丧子妇冢孙，处境未顺，而听天位置，绝无愠心。今虽年交古稀，而侧出二子与曾孙俱幼藐，恨不能假年以抚育，徒令一室三寡哀号而已。犹忆前月杪，与予订来城数日，拟绘寿容，服补剂。言犹在耳，愿不得遂，伤哉！予为小传纪实，并哭挽数联。回里，适康慈皇太后哀诏到常，凡我士民，部定蓄发摘缨。

廿六日(10月6日)、廿七日(10月7日)，大侄行聘，邀朱恂如代媒，与原媒戴鹤亭偕往送币。邑尊黄印山刺史卸篆，赴海州新任，送之以诗。温明叔丈为我书楹帖，谢之以诗。大兄未离床，而大嫂又病，呕泻兼作，幸大侄谙医理，调治三候而痊。

廿九日(10月9日)，为先外舅报身故，兼缴监照，挈禄儿同行。过学宫，适细雨，努力狂奔。进忠义孝悌祠，礼先舅氏新主。旋赴蔡塾，督儿读书习字。至晚舣舟回家，为妇女将奉观音斋，买嘉肴二簋，作合家欢。

次日，亡女同生忌，禄儿制冥锭焚之。讵料其自下乡以来，心神懈散，至晦夕随予同眠，内热少睡，嘱妹安贞放去促织。

九月朔(10月11日)，予缘事出门，回见禄儿已寒冷作疟，方谓小病无碍。

翼日，嘱家人延医，予暂赴馆。晚归，知禄儿寒热未解，屡延张子槎诊治。因多食鲜菱，胸中积滞，连用焦山栀、牛蒡子等药。又邀周蔼云推惊，虽发红疹，未见退机，而听其言语昏瞀。医云："热甚所致，不足患也。"

初五日(10月15日)，禄儿缘心痛，请予往卜，即诣黄灿章问课，据云:"卦象未利,至初七日轻减乃佳,否则凶多吉少。"嘱予今夕叫喜,明早各庙烧香,所断解伤送鬼,且俟过初七之期。而内舍欲儿病速痊,即于**次日**斋送神鬼。岂意病人胸膈痛剧,日夜呼号,口渴惟欲汤饮,乃往白衣庵请仙方。又将子槎原方煎服,嫌苦,仅饮一二口,云:"此药非人吃的,是鬼吃的。"时呕恶吐痰,不能安枕,久隔忽解,始干继溏。

初七(**10 月 17 日**)夕,面色转清脿,但云"输定输定"。想赴乡同舟,以挢捕消闲,禄儿连负,心怀不平。予与伯谦还其钱,至今犹系恋也。

初八日(**10 月 18 日**),忽唇焦苔墨,室人欲进西瓜汁,况病人日呼西瓜不置,而医家则云:"舌边有白苔伏湿,断不可用。"予向灶拈阄,亦不宜西瓜,遂中止。邀女巫花三姐看香,据说:"病人将厥矣,诸庙仅烧清香,须再用阡张元宝,魂尚未归,须再向四方叫喜,再须当天大焚钱粮,冀得保佑。"爰依其语,昼夜奔波。并延俞鹿溪诊脉,而已弦数无神,云将内陷。

至初九日(**10 月 19 日**),禄儿知是重九,乃云:"爹爹可买重阳旗否?"答云:"有,在此。"命长女翦纸与之。而颜色已带青黄,抚其四支,渐觉寒板,鼻息亦不温。亟邀张子槎、姚理堂、郑大钟□□、陶上池□沅、裴缵禾诸医叠治,俱云:"寒热不扬,通体少汗,危险叵测,无可挽回。"予惶急无措,叩天求神,而内人已为其办襚椑。又邀胡恺卿传神,俗云冲喜,冀幸或有转机。陈翔云、冯柳溪、时己生来,问疾荐医。朱少英云:"且兑至宝丹,防其口噤。"王霞帆云:"且进西瓜沥,淡其心火。"均如其言。孰知病人患热,显露两臂,惟扭人衣祛,作起坐状。见烛欲灭,以手握之,甚至右臂烧伤,时复神明洒然。予云:"可要吃葛粉否?"答云:"此与麦饮、绿豆、百合都是好人吃的。"嘱予云:"快书各医师姓,就灶焚香,移置床隅,待我自拈。"遂拈得陈姓,呼为陈仙,误认大钟姓陈。

至初十日(**10 月 20 日**),又邀诊视,书参须、附子、五味子、童便等方。恐药杂，但进参汤，兼以青蒿露、黄梅水润之，已不甚下咽，唯喜吸香茗，并索蜜枣、苓糕食之，曰："枣糕是佳语。"又呼阿娘云："新米饭不得吃矣。"随取新米粥喂之，齿粘不食，曰："食粥，苦哉！"并忆七月三十夕与二从姊嬉戏，被其咒詈，逼令予夫妇痛责，而内人适病后，闻声大号，同予挞之。乃云："此后凭人杀天杀地来，且不关阿娘事。阿娘病好矣，还须补，勿食扁豆。弟弟勿遽剃头。"盖忆及廿九日其在西郊剃头，闻炮一惊，如鸟之飞去也。嘱唤卢器轩来，即云："费心陆家事，似要其聘女一面也。"居顷，又云："陆家须写无字去，是有无之无。"又云："予往山前住东面。"殆以先茔西隅已葬亡女，而东隅尚虚也。又云："京版当十钱五个，小钱百六十个，须交爹爹归好。"即以玩物示之，不忍正视。云："心肝顿涨矣。"又念予之著作云："青楣书，可嘱伯伯大哥写之。"又云："爹爹连夜不睡，予亦十日未睡矣。"又见伯与伯母扶病来视，即云："伯伯、大娘，幸勿记怀，不然有负也。"又云："爹爹为我枉费财力。"予云"并未"，即含泪呜咽。病重时早焚附身之物，其大姊分付绣鞋在槛外，应曰唯。又曰："大哥为我办靴子去。"问之果然，即以新靴示之，曰："好否？"曰："好。"其母曰："月前汝穿幼时绿布裤，汝每憎嫌，今为汝制新绸裤矣。"答曰："此刻自然了。"又顾小婢云："阿妹，日后尔可省力矣。"又云："看见外翁，欲随往。外翁云，尔年小，且回。"又云："翰才哥哥披肩朝顶，身边珍玩有六件，仅记得象牙一物。顾姨夫亦华帽鲜衣，苦被锁押。二公公亦来，卧在外房床上。"又云："且要五千五百余两银子。"其母跪云："如可赎身，即为尔办。"急遣人连夕赶至邑庙，如数焚之。予不忍坐视，且于南乡、西郭、社坛等处请喜，复邀褚耀明推拿，均未见功。床前烧烛三条，侍病者围坐，犹见昏迷似睡，稍露眼白。大唤其名，始应，而声犹达户外。眼光四掠，时带笑容，问云："尔现在何处？"答云："在慧日寺前，半爿店在内，半爿店在外。"岂落魂笔店内忠孝祠耶？惜不及往唤。

至十一（10月21日）夕，气渐微，唯呼爹爹阿娘不已。遂云："爹爹见我辄哭，将来想煞我了。阿娘勿伤，儿亦命尽禄绝耳。"诸医来，屡唤其伸手伸舌，则云："总须死，勿来多缠。"又背"故为政在人""与子游为武城宰"一节，末云："不可以复留。"忽大唤"黄狼来了，快须捉"，两手揪予手，力虽猛而身重如石，不能自起。须臾又云："且往隙地，挨次焚帛。"想其捉蟋蟀时，翻盆动石，或触土神耳，即备楮礼送。二鼓时，陪病者皆倦，朦胧中忽闻啾啾声破壁而出，遂各惊醒。视病人已转侧不安，睁目云："顷何声耶?"又云："刻已半刻头痛，好吃力。吾不知如何去法，如仙人飞去否?"而进汤屡沾唇，犹能自拭，欲溺恐污茵，犹呼扶起，且嘱贾坤妗"为我洗身去垢"。看指爪曰："好长指甲。"又嘱揭去弟弟所卧红衾。又顾大姊曰："尔且与我杯箸，调羹用断头柄可也。"延至丑时，乃瞑目而逝，痛哉！时陪疾者，二叔母、福庭五弟缙熊、伯谦大侄暨闻氏表姊，日夜焦劳，盼得转危为安，至是而皆为悼惜。念禄儿悟性明敏，已读两经，诵唐诗颇能解悟，况已缔姻陆氏，与予日同坐卧，刻不离身。今春携至蔡塾，方喜得亲授受，俾至成人，再阅六七年可代父劳，稍弛负戴。虽蛀夏减食，气体不充，而每睡和衣，未及视其胸腹。中秋侍予病，以"牛奶柿"命对，即应声曰"龙爪葱"。还讲《孟子·陈仲子》全章，几欲解颐，而讲王阳明《瘗旅文》，则又黯然欲绝。更背"北斗七星高"一绝，手舞足蹈，令我怖惊。且为予敲背，甚有气力，窃疑身已复元，可无后虑。不料甫十一龄，脆折如此，谅予造孽，遗累后人，徒呼负负，偕内子、大女不觉恸哭伤神。殁后不忍出柩，暂停诸家。俾厚其漆，俟五七礼忏，少伸哀慈。王湘帆、朱蔼如犹来问恙，见榇涕零。章质夫、王雪艿、赵宜园、徐晴坡、蔡沄江同来慰唁，予泪眼未甚分明，对客惟呆立焉尔。

次儿于前月廿四寒热，近缘兄病，少懈调护，寄卧大从姊房。至裴医来视，已唇燥苔灰，呼号达旦。据云："外焦内生，甚为棘手。舌边尚有白苔，须湿热兼治，冀有万一之效。"连服其方，病势未减。**望日**（10月25日），邀孙聚奎推惊。据云："面色青眈，脉息渐微，恐不结局。"予乃赴颜母处问课，卜云："据卦看来，病已十分，无可判示。姑且叫喜，往诸神处焚镪进香，缓日再来覆课。"乃遍走神祠，碰头虔祷。十七日（**10 月 27 日**）复课，颜母云："仍防痉厥之变，须谢土解伤。"乃往紫竹庵请灵方，得三豆汤。并邀张岳生治以清散之剂，大便稍利。适温明叔宗丞闻恙来书，嘱写病缘，处一方药，遂逐一书去。即示云："病逾三候，亟宜清补，为生地、沙参、玉竹、麦冬、竹叶、梨皮等味。"次儿喜到口甘芳，连吸数瓯，神气渐旺，大解亦多，惟烦躁未减。嗣因温公只辨症，不主诊脉，再延裴医调治，仍用温燥之药，冀化白苔，岂知病复如故。乃邀陆正方推拿，用荆沥钩藤煎服，仍请温公书方，添党参一味，服之少安。厥后，再候陆君推惊，据云："哭已转声，灰苔渐化，可保平安。"陈奉峨嘱以栀子、桃仁、杏仁各七粒，研末调醋，傅于左足底。爰如其法，果能钩出青痕。温公又示燥药劫津，前方或误，力辨白苔之非湿，谓："苔白而干即伤热所致，渴不喜饮是伏热营血中，况便溏色红，显见腹肠郁热。"广搜群书，洋洋数百言，明治症之诀。照前加元参、连翘，望得熟睡，兼清心火。而伯谦侄云："党参未免太滞，拟易西洋参。据药性云，玉竹以代参蓍，既用党参，似可减轻，钱五足矣。况生洋参，其性清凉，于燥热病更宜，不若党参之峻补。"遂少加更改，服之如神。邑庙签云："西北贵人来照应。"公江宁人，本居西北，竟有明征矣。予以豕男夭折，仅余一茅，濒危复安，未始非祖父之佑，乃择日荐先。家口既安，始赴蔡馆。见禄儿之座依然，所脱棉衣尚蒙枕上。向来予患梦魇，赖儿大声唤醒，至此而能独宿书斋乎？回顾之余，曷胜凄惨。

十八日（**10 月 28 日**），本图设公醮，予撰四六表文，焚香叩礼。

廿二日（**11 月 1 日**），所集会友十余人，饮于敝斋，酿金成事，亦诸同人之惠爱也。即以会金代兄赎祖产十余亩，冀取租息，以备下届拥钱。闻曹小卿捷北闱，其父和卿明经尚强盛，福固修来。而小卿慈祥好善，凡收孩施衣，率先首倡，而芸窗之业，亦能专攻，文行兼优者，彼苍必报也。

廿六日（**11 月 5 日**），先岳开吊，予挈大侄陪宾，与沈得山、兰溪、朱恂如、蔼如、时己生、家朗斋辈团聚两天。陈香浦病亡，唁其孤小浦。李立夫亦故，大侄为之助殓。予伤知己之殂，曷禁堕泪。

十月朔（11 月 10 日），往谢明叔丈，适丈为吴越之行，与喆嗣受伯寓园晤叙。其四公子抱恙，为荐张松坡□□治之而痊。

初三日（11 月 12 日），于西城寓斋晤京江陈容明□，诸生留我同宴，肴核满筵，惜无大儿陪座隅，益形凄怆。

十三日（11 月 22 日），内弟贾梅溪续弦，予承招，偕沈得山、朱恂如、时酉生、家冶园尚文往时氏迎娶。夕与李静斋义、醉亭、砚香、蟾香昌麒、时己生、月梅、子金秉钟、渔琴宝针饮于堂，旧雨畅叙，乐而忘忧。初九日始，延慧日寺僧为亡儿建道场三日，兄侄以盛筵设祭，不蔑视其幼貌，感激涕零。候刘玉如视山地，据云利于东方，预为亡儿定穴。

十六（11 月 25 日）夕，予与妇哭儿失声，妇更以头撞棺，额为之肿。检亡儿书箱，见有所临法帖，多半未阅，遂补加圈点，与《新唐书》《三百首》焚于座前。其七岁新正试笔及前月廿九绝笔，挥泪跋之，留存箧中，俾得追摹手迹。

十七日（11 月 26 日），亡儿出殡，邀朱恂如点主，器轩侄倩、伯谦大侄为赞，鼓吹送之，葬于先茔东南偏。即于是日遣羽士保符。

次日，予为亡儿诣诸亲友处谢吊。

十九日（11 月 28 日），大侄成昏，新妇先一日到门，诸礼可省。予苦无心绪，仅陪座客而已。是夕，大侄应县试，案出稍后，而性理论则取列前茅，初覆亦拔置前列。惜廿四晚小病，不克进场。

廿八日（12 月 7 日），俞鹿溪见招，憩张子槎精舍，酒气灯光一齐助暖，同俞季兴布经大昕及屈宝生家珍、俞鲁峰钟岱两文学等酣饮移时。杜砚香赞廉玉成、蔡文山学博、资福寺方文恒钊达明病卒嘱挽，予以悼子心伤，未弄笔墨，辞不获已也。念今岁疠气流行，邑中固表三进士，而孝廉中如杨季新、蔡文山、归问轩、陶静涵、浦晴溪登鳌诸公，明经中如屈尚渔廷轸，茂才中如周蔼春、景云屏、杜砚香、袁楚珩与祖、钱芳谱、周子馨炳奎、俞心竹大科、席寿卿、朱玉台秉钰、俞文澜镜清,上舍中如陆秾村有淳、钱仲甫楠、桑翠仑、陆南浦洪、朱云樵光融、陆秋棠柏林,职员中如赵逸远同福、潘滋园树德、陈希三镕、苏荫园□椿、陈梅斋□□、瞿子祥兆熊诸相好,俱已委化。而顾湘蘋、锦帆、晓山、徐晴坡、张季轩、裴缵禾、张岳生、蒋砺钦、沈云仙、冯柳溪、赵荫斋、家景园、仿城缙煌则又有丧明之痛。予家以稚儿遭厄,想亦在数中也。

十一月初五日(12月13日),文山丈吊期,请予陪客,偕钱南香明经敦礼、姚炳华少府钟文、施筤生学博、言汇如文学登清、朱炳卿副车辈一堂畅聚。为李立夫之妇朱氏托殷小斋、潘南轩两君填入儒寡册,冀月给薪水之费,得以度生。

初七日(12月15日),一轮弟秉先叔遗命,载书来城,因无子读书,嘱为换钱,予留一二种,为之泫然。

初八日(12月16日),谒温受伯通守、仲琴尉司应桐,与陈云卿同话言园。

十四日(12月22日),冬至。受伯见顾,适祭先,谈及中元大儿随予斟酒彻俎,同为黯然。

廿二日(12月30日),大侄随其舅朱恂如郡试,案出,已在二圈,缘严寒即回,未及往覆。

廿六日(1856年1月3日),偕器轩茗话归园,晤赵逸园□□、家郑叔,畅叙多时。过市肆,买泥魔,博次儿笑剧。见函中白鼠五六,或走楼梯,或钻铁圈,踊跃灵珑,甚可玩也。旋遇蔡伯修于饼家,邀我品鸡馄饨,味颇胜。

廿七日(1月4日),闻芝庭公子病愈酬神,留余坐沙飞船,偕周景春□□、朱佑康□□等痛饮浇寒,酩酊而返。晚与朱恂如辈宴于敝斋,陶然竟日。

次日,金陵张桂山长馨见过,午同憩温寓,与明叔丈乔梓长谈至旰。

廿九日(1月6日)，下乡收租，幸年谷告成，尚属省力。而晦夕飞雪，半途忍冻，偃息篷窗，幸催子李小梅□□向所亲借被褥，始得御寒。而舟人俞三寿之子心痛呼号，雇工□金荣足病呻吟，予闻之不能熟睡。至回家后连夕梦魇，畏寒益甚，每至肩背不温，境恶身衰，用自伤矣。

十二月五日(1月12日)，东家为办义庄事，集群从公议，予偕蔡小樵、周俊斋道昌等饮于书厅，谈诗良久。

越二日，答候张桂山，赠先祖遗诗一本。新侄妇于月朔起病，痧疹兼发，屡濒于危，幸邀张子槎、姚理堂、郑梅卿荣奎、温明叔诸公同议方剂，连用犀角、羚羊角、大黄、石膏等药，心火始化。伯谦复偕张岳生商进牛黄丸、清灵丸，服之竟免厥闭。至望后渐次复元，虽寿照、寿衣俱作，不碍豫凶。此亦由福运所致，非系关朝念佛之功也。回想亡儿，不无贻误，悔何及乎！

十八日(1月25日)，蔡小樵司马鼎培见赠两律，次韵答之。随谒其家园，粉屏镌诸名公字，花厅额云"坐花醉月山房"，前群峰壁立，仙洞盘旋，上有小亭，六角式，额云"小辛峰"。南为漾碧轩，俯临深池。转至礼佛阁，开门见五色玻璃。旱舫颇轩敞，徐樽葵解元题曰"秋风返棹"，适主人樵云解组归也。其余精舍数十楹，皆引人入胜。蔡氏共有四园，此为坚致，第较西郊少一山耳。予口号云："亭台池馆虽然备，便是真山买不来。"与西席潘南轩徘徊于蜡梅花下，老桂阴边，觉冬荣之姿，大可仰羡。主人欲留饮，因事辞之。

十九日(1月26日)，赴姚湘坡侍御灵前吊唁，与杨鹤峰文学恩海晤叙多时。

二十日(1月27日)，章质夫资政赘孙婿于寓斋，命长君璧涵运同瑶留予小叙，询知新婿为蕲水陈文恭公銮少子□□司理庆□，与长兄□□大令庆藩皆章婿，颇类朱陈。予偕张静卿少府瑞东及王雪香快谈半响。潘南轩、周俊斋道昌、蔡小樵、毛小晋为予题《辍读图》，虽岁杪百忙,忍冻呵笔,亦见挚情。质夫先生嘱予挽陈振斋州同允增,应以二律。

廿三日(1月30日),解馆,留四诗于壁,以谢主人。为词仙完漕,在仓场料理一切。今年秋收颇稔,租事起色,故粮户亦踊跃输将。但米价不昂,而折色仍须三洋二角,完米亦须二石二斗五升,幸免一缓一四,可不完全额。

廿六日(2月2日),憩明叔丈寓舍清谈,承惠《达生编》善本,后附吴鞠通□□《解产难书》及《名医集论》《温氏慎选方》《小儿初生救急十八法》。晤金陵张南畛□□□□,为温公内弟,据云:自嘉兴钟问斋太守裕署中来,家眷尚在省城,阻不通信。念今年用度浩繁,五月中所粜租米得六七十金,仅赎典物。嗣后家人连病,九月初至岁除,共用钱四百三十七千有零,而修金只四十四千,内除大儿膳金十二千,所入不敷所出。幸假会银安排,有余赎田籴米,会项所亏,尚有抵偿。唯大儿之变,为终身之忧,致妇女辈除夕(2月5日)鲜欢,伤心成病。予姑忍泪祭先,不敢一卧废百事也。

龚又村自怡日记卷十五

咸丰六年丙辰(1856—1857),四十有七岁

元旦(2月6日),晴暖。诣师门拜年。归与家人掷状元筹,试一年手色,较去年稍胜,但得彩无多耳。因秋收颇丰,爆竹之声不绝,而街头贺禧者亦舆马纷纭。

次日,偕两侄长寿轩听书,歌者方秋蟾虽年近四十,而风貌依然,唱《描金凤》,脱口如生,可称书圣,其伙沈二梅亦善诙谐。

初四日(2月9日),三女安贞许字于贾词仙内兄公子,旧姻新特,不断如环,庶诸礼可从俭,朱蔼如及大侄伯谦作冰人焉。

人日(2月12日),留朱恂如、卢器轩小斋赏雪,虽少兼味,而风鸡、糟蛋略可侑酒,拇战至二更,顿解胸闷。

初十日(2月15日),陪金品三、张岳生、俞鹿溪饮于敝庐,家孟为东道,大侄陪座,战拇而继以掷骰,酣嬉淋漓,各无倦色。温明叔丈见招,不及往也。

十一日(2月16日),邀明翁暨章质夫丈、金品三、王蕴香西窗赏雪,席有刀鱼、鲍鱼等味,尚堪下箸。猜拳豁拳,终以射覆,畅快无加。惜宜园计偕,雪芗腹疾,沄江下乡,招之不来,稍觉减兴。明翁用东坡聚星堂雪韵赋谢,走笔答之。是夕,同人憩吴厅,听唱《落金扇》,亦方、沈所歌,与《描金凤》又成别调。

次夕,同品三等观灯两庙,适有黑气环东西,似虹有首尾,未知吉凶。

十三日(2月18日),翟仲璋明经见过,为我谈京师胜概,知热客

争名,终能脱颖出也。晚过社稷庙玩灯,兼听吴门陈锦章说书,二女儿琵瑟亦妙,清歌宛转,良足动人。

十四日(2月19日),吊李梧冈丈之丧,三孝子出堂叩谢,嘱吴翰卿少尉大霖等陪座,盛筵见款,醉饱忘忧。夕与贾词仙昆仲饮于双桂轩,肴核纷罗,惜无大腹以受,半成饾饤盘矣。

上元(2月20日),复领清斋,榆肉蘑菇别饶仙味,一洗胸中荤膻。

十六日(2月21日),西山拜墓,见亡儿新碑已峙,为之黯然。旋赴邑庙拈香,因入春内眷多病,问家宅安否,签云大吉,有云:"求官不久见光辉,旧事重新发旧枝。故人相近添财宝,升霄独上白云梯。"心始安帖。是午,沄江招饮,偕温明叔、朱诚斋两丈及顾德卿、蔡伯修、清臣集于挹翠山房,海错山珍,颇得口福,而陈绍酒尤足平心。薄暮,同人城庙赏灯,道士金泰基煮茗留谭,与明翁载月而返。更余,陪朱子钦丈旗亭顾曲,流连至夜分。

十八日(2月23日),挈朱生竹书元勋赴蔡塾,竹书年尚少,已读古文数百篇。欲试其悟性,提《四书》令讲,字义颇晓,惟章旨节旨未甚会通。且日与讲贯,使文理了澈,为有用之才。承其祖景华丈之嘱,敢不勉竭愚诚耶?连日坐雨,为霞帆撰丙舍联,沄江题书斋额,索温公书之。

二十日(2月25日),沄江仲姊受聘,偕沈玉田、钱竹香振涛、蔡叔平、云轩、顺卿、小樵、清臣、季范坊、庆云登铭等饮宴,雨雪纷纷,各为浇寒之计,轮主将坛,一齐酩酊。

越日,雪深三尺,檐溜皆冰,和心田《冰柱》一首。

廿五日(3月1日),陪温明翁赴小樵之招,宴于樵隐园,偕王虞英州同、徐尊葵广文、潘南轩文学、王鳌峰上舍同席,席多异馔,而乳茶、水饺尤精。历游小辛峰、漾碧亭等胜,适红梅盛放,香袭衣裾。仍叠聚星堂韵得二诗,明叔、南轩、小樵诸公并有和作。

廿七日(3月3日),时西生陪吴君济川朝楫来受业。其尊人沁香上舍慰椿本能文,缘行医而无暇庭训。自愧衰颓无就,敢复抗颜,辞不获已也。

二月初,春寒过甚,作《寒夜行》一首。明翁为吾家医活两命,补谢以诗,俱叠前韵。

文昌诞日(3月9日),侄倩卢霁轩添丁,贺以一律。谒张桂山,赠一诗,并为其先外舅陈香浦作怀旧篇,衍至三十八韵,虽辞费,弗惮劳也。

花生日(3月18日),挈竹书憩花神庙园,残梅尚香,东风送暖,游女如蝶,围绕花间,芳坞清游,胜玩仓场歌舞也。归后,遣婢往双清仙馆乞花,叠前韵纪胜。

次日,张桂山和诗来,予两叠韵再答。晤白下程戟农□□肇铸,知其自贼中来,省其叔积堂,适积堂未卸铜山学篆,暂留寓中,为我言被寇之苦。城中士女,贼派当差,每口每日给二合粮,无论大小。予用前韵奉酬。

十四日(2月20日),于蔡塾遇济宁李俶华骑尉学朴,询悉其祖即吾邑旧令季方先生琮,尊甫为本省试用知县琴航先生幼舆,皆传人也。季方明府仁心爱民,堂悬恕字,人皆踊跃输将,而待士尤体恤备至。犹忆予表弟游庠,公怜其贫,捐廉赠费。其他德政尚多,故没后,士民为之筑亭建碑,以志遗爱。而琴舫大令则于前二年奉委金陵,与裴□□傅诸公一齐殉难,惜骸骨未归,不无遗憾,然已荷赐恤,录其后裔,亦极哀荣矣。俶华为循吏忠臣之后,天必扶植之,以成大器,少年孤露,不足伤耳。予无力,拟疏其祖父行事,授为求援之资,先以一诗奉慰焉。是夕,心田邀至李园,同蔡逸霞、徐晴坡、陆颂甫、李俶华、温绍先、朱生竹书、蔡生福基斗酒良久,饱唼河鲀。

古花朝(2月21日),书□□观察龄甄别游文书院,题为《其心三月不违仁》《二月春风似剪刀,得春字》,未进题《子游为武城宰》。是日,大女赴杭州天竺进香,缘家人连病,了凤愿也。俶华寓蔡塾,与余对床倡和，相对甚欢。见其被难流离，薪水不继，上有重慈，宜筹养生之费，特为奔告亲友，俾润行囊。

十九日（3月25日），顾德卿招同诸老饮宴，因茹斋却之。

廿三日（3月29日），偕季茀卿、伯谦侄赴郡，泊舟沧浪亭。

次日，访沈文悫公德潜祠，御赐匾云"诗坛耆硕"，又云"九帙诗仙"，瞻仰移时，继以长揖，惜为卖茶者僦居矣。同人茗话堂前，雨余清朗。旋过清嘉坊，办鬃儿首饰。又谒郡城隍庙，适演戏，人挤不得观。且进关帝、火神、雷部、茅亭司诸庙，俱新修，殿宇巍焕。午后，啜茗玄妙观，见士女从杭州回者悉来烧香，蜂屯蚁集。而芦篷唱曲，松门卖花，颇觉热闹。于春阳楼食锅面，味虽浓郁，而不如养育巷口之白油馄饨矣。

廿五日（3月31日），杨简侯方伯能格、赵静山廉访德辙代吉中丞甄别两大书院，缘中丞防守九华也。时以经费借垫军需，不特取额膏火较前减半，即士子饭食亦裁，每人给钱四十而已，以故来试者仅千一百余人。是日，同人报名正谊，坐南禅寺廊。题为《子不语怪力乱神》《日掌赏，得阳字》，而紫阳则《子曰为命一章》《主执圜，得天字》。吾乡黄辛竹金简、梦丹金篆、徐理斋、邵湘兰、朱小梅昌林、时炳章文彪、蒋芍峰士骥诸公俱同座。

翼日，返舟，与同伴牙牌遣兴。幸往来顺风，顷刻百里。

廿八日（4月3日），同人饮于花园浜张氏，在座者徽州程□□□□、王□□□□、慈溪袁少猍承奎、同里朱锡嘉、钱枚卿德坚两少尉、许子霞榛、王蕙卿诸君，主人子槎少府劝饮，拇战尽欢。

廿九日（4月4日），清明。大嫂领新妇谒墓，余妇则因哭儿上茔，一样良辰，顿分喜戚。天气晴暖，严祠、曹祠游人拥挤，而多素服，可见去年夭疠遍闾阎矣。

三月二日（4月6日），挈次侄南乡扫祖茔，见族中多厝棺，无力买地营葬，可见吾宗之衰。又忆去年上冢时，仲父携禄儿至家留饭，至今并在泉台。一年之变，不测乃尔，为之痛心。长女自武林归，见大士灵签云："杨柳遇春时，飞花发旧枝。重重霜雪里，黄金色更辉。"旁注："立愿尽心教诲他人子弟，才得福报。"实为吾辈针砭，能毋铭佩。

上巳(4月7日)，领嫂侄妇女为观海之行，一路桃花杨柳，红绿相间，阳春野景，步步可人。先过谢家桥，见双忠庙前古银杏，有节夭矫成佛形，里人构木龛以供，又有别枝相比，如人偶语，路入亦指为活佛。病家来求仙方，采叶服之，都效，故芦棚中烧香者不绝。助砖瓦盈场，因庙前神祠去年除夕火灾，以备重建也。庙左菜花万顷，如黄金照耀，使眼不得开。惜市荒凉，非比曩昔。自城隍庙下舟，旋泊福山之江海关。上岸至关帝庙，庙前百货纷陈，颇觉热闹。复谒天后宫及龙王庙，香烟在炉，风景如昔。至海滩四望，江北诸山隐于雾中，而黄潮渐沸，由远而近。欲上陶山，而风雨适至，不果登，遂引眷属回舟，买刀鱼、面鱼佐酒。海潮已上，回视岸上之舟，悉在水矣。舟多画鱼，用以水战，而渔船之相风旗帜尤鲜明可观。予三过此，尚在未设总兵以前。欲观新造衙署，乃拉伯谦冒雨而行。从马桥回南，便谒城隍庙，庙祝开锁，领游花园。仙洞盘旋，俯临池沼，幽折引人。重游者几不识路，盖十四年矣。由东城门入，有右营都阃衙门，而左营则分驻杨舍。转南为总戎节署，辕门轩敞，即游击署改为者。柱联云："九重颁虎节，万里镇龙韬。"时镇台为叶公□□万清，浙江人也。两旁皆兵房，约五百余所。口占云："一篙潮退舟登陆，三里城荒户尽兵。"再前为中营游府署，近接镇苏门，即南门也。出城，过安镇王庙，王即中山刘永定公加封。自浒墅关下船，将上灯矣，而上塘车声犹轧轧，知为祖师山拜香而回者。欲观颜巷马灯，而雨止又雷，不克往也。

次日，张桂山叠韵题予小影，蔡小樵亦叠韵招予冶春，悉和以答之。

初七日(4月11日)，陪前任黄浦巡司孙菊庄先生承履茶话寓园，池边新植五色碧桃，艳冶可人，如一群美人照镜。泛江分赠二株，种于小圃。画船过此,隔花墙望之,皆指为彩云。妙在一株中半红半白,而红白中又间洒金,山人之工于接木如是。登独秀楼,见假山旁海棠齐放,如粉红络索,而东偏山茶蔽屋,又如天半朱霞。惜近豚苙,孤负名花矣。是晚,予邀蔡逸霞丈及徐晴坡、温绍先、蔡小樵、沄江饮于聚盛馆,伯谦亦在座。汤炒六色,大菜四簋,其余荤盆数碟,费二千二百文。而味之可口者绝少,唯野鸡松、虾包子、红煨鱼翅尚可下酒。同人拇战数巡,春寒顿减。

次日,赴逸霞丈之约,偕温绍先、陆颂甫、李俶华、朱揖庐、蔡伯修、心田、福基仍聚李家园。主人厌常味,出胸中食谱,以授厨人,若江瑶柱、粉炙肉、野鸡松、八宝鸭、水饺子、山药糕均可悦口。围坐圆几,各出拳阵,约数十巡。别席胡小山祖培、王仲仁国栋亦来酣战,颇极欢情。惜小雨如酥,不无笠屐之苦。连日困于酒食,均纪以诗。李氏精制扁豆酥,甘香无比,心田得以饷予。逸翁又谓冰壶卢及剥皮油煎馒甚佳,惜未及品。

十一日(4月15日),溧水失守。

十二日(4月16日),同吴济川过成义园、雷部殿等处,见香雪海前梨花正开,听松堂边棣棠亦吐,唯牡丹、银藤、蔷薇未花,春寒故也。温明翁主正谊讲席,将移寓吴门,特来辞行,爰于**次日**送之。数日中,彭城二子先后撄法网,一则开博场,致人破家自尽,邑令褫其职,抄其家,系身县狱;一则习无赖,甚至肱箧探囊,邑令又研其胫,毁其体,示众署门。不自修省,玷辱家风,为歌《悲彭城》一首。

十六日(4月20日),谷雨。偕张岳生观春会报社,清谈茗馆,小饮饼家,俱伊东道。归见龙舟灯舫如火城然,是花戚里神会也。惜夜色迷离,适逢月食。近日南北警报迭来,泰兴之贼虽为官兵击退,仍回扬州,而浙江常山已为江西贼扰,檄调丹徒兵勇赴衢州一带防堵,恐其飞渡钱塘,入寇杭州,而苏郡危也。抚潘两宪饬常、昭两邑令严防海口,委毓秀峰、周文之沐润两大令查视海防。

吾邑乃于**十九日**(4月23日)集官绅议公,先筹上路兵勇犒赏费，宪派办银四万两须迅速劝捐。予因招赴局，同集者有孙兰溪丰、吴雨田士松两邑尊、刘椒泉长华、顾南崖两学师、刘□□炳黎、茅云洲两贰尹及邑人杨砚培奉政、蒋宜斋儒林、赵鹤泉大令景铭、刘恕斋少府、曾仲才学录、王蓉洲员外宪成、曾叔岩司马、徐尊葵学博、席梅生孝廉、苏望之学博、王叔和上舍、丁芝亭孝廉、钱竹庵州丞、徐励斋茂才、蒋荫农都尉、归仰之尉司令望、丁曙堂少府、姚俪笙茂才、杨谷生詹簿恩润、翁洁卿茂才、屈瑞卿少府振麟、杨书城茂才汝孙、归公恒孝廉、姚颖生茂才锡筹、曹和卿明经、归遂伯茂才兆良，拟择尤先捐，以便起解。是日，沄江第二姊出嫁，陪新婿姚小琴家福及陈晴皋千戎、王乐山参军孟龄、赵荫斋上舍、张墨樵少府溁福、周崧甫上舍、张心斋□□树葵、胡雪帆上舍元晋、周幹卿少府、吕月如尔珪、顾德卿赞府、钱竹香□□振涛、陈厚斋□□□坤、蔡云轩少府、顺卿上舍、伯修茂才、清臣少府、仲坚茂才等饮于堂，拇战十余巡，欢腾四座。晚遇戈庄、田垛两处会，知为上相东平王、千圣小王及周灵惠侯等神。虽是乡社，亦有香亭表亭，拜香班尤盛。

　　次早，又遇华汇神会，而李王社更胜。自湖田至西郊，社客皆步行进城，接神下船，然后月城湾头龙船挡船齐至，往复几回，喧声动地。是夕，山麓更有烟火，热闹胜于往时。曹一如学博文澜之四子印之奎绥成昏，予往贺，与章直夫、归麟卿参军、蒋竹岩上舍中庆、许鞠樵上舍洛、王蓉洲、叔和话时务片时。主人与两公子博泉上舍、丹麟千戎丙森苦留予，缘事却之。过双清仙馆，问牡丹消息，绿君夫人留坐茗谈，兼示近稿，咀味之余，率纪一律，主人和之。存仁堂素庵开士邀钱遘村少府、赵价人光簿、魏宝钦赞廉、王喻梅参军绍沂、杨履思詹簿、周少庄臬掾□礼、归赓九贰尹兆皋、杨鹤峰明经恩海饮于水阁，即席联句，携以示予，叠和二首。

　　廿一日(4月25日)，邀范秉之绘《丘壑啸歌图》，较前数图尚得形似，喜不自胜，他日留遗后嗣，犹见吾真面目焉。内子亦倩其写照，亦颇得神，颜曰《林风散朗》。予照微露假山隙，前为花柳，有二美以素纨扑蝶、红豆调莺，而内子小影则在林下，旁有两侍女焚香煮茗。予夫妇慕二谢高致，故题其颠。又颜内嫂蒋夫人小像曰《抱节抚孙图》，以其左抱竹节，右抚桐枝，故云尔尔。倩苏凤侪成麟补景，工细无加。

廿三日（**4 月 27 日**），小庭牡丹盛开，乃邀王雪芗、曹博泉、张岳生、蔡沄江、卢霁轩镜墀轩宴赏。席有江瑶柱、扁豆酥、糟鹅蛋等味，尚可下酒。合座射覆战拇，负者约法拜花，诵本事诗，举酒饮而起。雪芗以酒浇花，谓为祝寿。余与大侄劝饮，酒数十巡，客多酩酊。雪芗、博泉先返，余客同访曾叔岩司马家园。园新构，颇极华丽。厅西转有回廊、荷池、石舫。转至水竹园林，其上有楼颜曰"西城揽胜"。下石梯，有仙人洞，花厅东转，为湛清华阁。又东为明瑟山庄，中有古铜大彝一座，紫檀花梨铁棱及大理石竹叶玛瑙几案俱备。对面竹篱花圃。转至天香云外居，庭有双桂，其上楼曰"云山无尽楼"。北见虞山仲雍墓，其庭中牡丹有魏紫、雪夫人二种，色韵俱佳。其余亭台不能记忆，悉皆纸醉金迷。主人陪坐茗话，言经营三四载，费万余金，始得告竣。适遇其兄仲才助教，以南乡捐户数交予，始知现定将前书捐数催缴，唯未抵赋者免再输，爰乃致函各家，俾得速缴。绿君叠前韵为赏牡丹诗，见投索和，醉笔答之，并有赏花游园诸作。

廿五日（**4 月 29 日**），诣范引泉玑过云庐，满壁图书，一庭竹木，倏然尘外，居然高士之风。承以茗点款留，小坐良久，偕其伯子君枚循谟、仲子秉之畅话。据云，引翁率家人长斋，自夷匪滋扰日始，过午不食，早起诵经，扫阁供佛，朝夕焚香，唯不强其兄弟茹素，诚恐志未坚耳。

次日，谒刘椒泉老师，并拜其寿。以捐事见嘱，补开未捐各户，以便邀其到局书捐。指教殷勤，欲留点而不暇少住也。造苏凤侪耐寒居，茶话移时，而骄阳如炙，残春宛然三伏矣。

廿七日（**5 月 1 日**），雪芗、博泉见访寓斋，同憩后园，适蔷薇初花，如绣屏，于四面楼眺望，山翠扑人。复同坐星坛古桧下啜茗，与单霞卿上舍恩鹤话片时。便过金源馆品兰,有荷花瓣、水仙瓣两种,颇奇。于文学里食汤面,至暮而回。

次日,寒甚。沄江招予独秀楼赏雨,与蔡兰轩允文、徐晴坡、朱少英等畅饮,品海蛳、糟蟹。见帘前新绿,架上残红,焚名香,挹爽气,而山色渐明,得五律一首。

廿九日(5月3日),为贾氏缴捐赴局,偕蓉洲、叔和、曙堂、荫农、俪笙同饭。午后,砚培、宜斋两丈暨仰之、遂伯、宝钦、洁卿、芝亭、昆圃、竹庵、仲才、尊葵、和卿均到,邑尊孙公、学师刘公及刘、茅两贰尹先后齐集。孙公阅予经劝户数,几遍一乡,较诸同事尤夥,但多零星小户,许面谕局差,协同地保催缴,恐烦局董也。

四月二日(5月5日),龙舟颇盛。卢霁轩邀予同徐月溪上舍元淳及张岳生、陆小轩沄、伯谦侄饮于水窗。适立夏,樱桃九熟皆备。阑外画舫往来,风香水腻,予则视同镜花而已。薄暮,蔡小樵、王鳌峰、陆怡斋□□过访,匆匆不及款留。悬衡秤人,内子七十七斤,较旧多一斤;祐儿二十斤半,较旧多四斤半;予则九十斤,较旧多十四斤。想是小秤,故视去年之数有增无减耳。

初六日(5月9日),进城,遇毛家桥神会。神为金童猛将,俗谓高、刘二老爷,香亭表亭以及各社俱全,唯土地社拜香班手舞足蹈,最可观。于画肆晤王啸霞复、姚雨香□□,一工山水,一工花鸟,皆吾邑雅人也,与予畅谈诗画。

初七日(5月10日),偕金顺堂塈、陆颂夫、蔡沄江、朱竹书出北门,天凉不雨,一路野薇花馥,幽景可人。至兴福寺观传戒,时明山已主方丈,资福寺方丈道洪悟钥为引,明山殿后,戒僧一百八,戒尼六,在家受戒男女二。男为无锡人,年廿九,据云三娶皆亡,算家决其寿限三旬,以故皈依净界;女则年逾五旬,想非女冠,亦是俗中长斋者,俱留发,随诸僧后。先于大雄宝殿分东、西两班,高声诵佛,诵罢周行数回。然后齐集东堂庭心,往来习步,约数十巡,乃归静室少坐,旋又各上大殿，主者登坛上坐，其余念佛下拜，中有聘来客师摇铃击鱼，仪节娴熟，又十余人。此外复有僧尼照应一切，僧陪男客，尼陪女客，各有专司。如维摩方丈洁崖、拂水方丈熙龙空见俱为经理其事。一寺喧腾，观者如堵，肩舆塞满山门矣。适原任黄浦巡司孙公菊庄荐亡，当此浴佛之日，僧众排立，颇为胜观。同人茶话竹香书屋，额为邵味闲主政辨题。中设楠木榻，雕刻甚精。小庭天竹尚红，韶秀无比。复游竹径、君子泉、集翠亭、半笏轩等处，洋鹃盛放，其余盆景亦复可人。与菊庄先生及蔡子安、闻卿九皋、翰卿、邵佩华□□等饮于山房，额曰“清净”。樱笋厨开，其他蘑菇芋肉风味亦佳。终以汤面，转胜荤腥。回过赵氏半亩园，细观勺药，或红或紫，如烂锦纷披。惜南面新筑园亭，门锁未入。又进修仁堂，杜鹃、蔷薇亦可悦目。自北城出西城，颇喜足力能胜也。有以王乐山《孔雀牡丹画》索题，应以一绝。

初十日(5月13日)，偕徐晴坡、蔡沄江、心田放舟西山。观蔡氏所得蒋姓地，约近三亩，而老树数十，石墙一围，塄城墓门、礅岸水站均全，价只三百五十千，诚便宜也。旋泊刘神浜谒墓，见亡儿碑已唤善手重雕。山人领钱，尚未壅树，特为促之。复过蔡岳生少府增新茔，围墙墓道，百步幽深。而蔡樵云刺史祠墓尤墙宇宏峻，多钱固可自怡耳。沄江携肴核，同憩宝岩寺，火酒、鲥鱼、蚕豆、咸蛋皆是时鲜，醉书粉壁，吟兴颇豪。道修上人复华出门，其邻戴翁维天检香茗、烹清泉，尘胸顿涤。大殿新修葺，而山门尚颓。内供三世佛，外供岳帝，庭有木犀、古桧各二株。门外有双银杏，旁嵌萧夫子墓碑，文云：“萧伯诚，讳存，梁时为海虞主簿，迎父颖士至任，没葬于兹。明邑令杨子器记。后令胡巍书石。”殿东北小轩，黄印山明府书联云：“山风鼓群动，湖光涵太虚。”左斋有陈照楹帖，有云：“□□□□观自在，□□接引见如来。”书法秀逸。又有联云：“□□□□□□□，□□□□□□□。”娄东凌□□写。右有佛堂，小坐片时，幽静无比。又访蔡少华赠翁景椿丙舍，旁即其墓。乔木参天，清阴翳日，同人坐石磴闲谈。再观蔡氏所得山地，自绝顶而下，栈道空旷，万仞荒山，但见小松点缀而已。于丛莽中摘野蔷薇,玩野紫荆,色香俱胜。而又有花繁如雪,予疑为白寿梨,而维天告余曰此黄裳花也。见林中有捕鸟者,以驯雀为媒,飞鸣网内,俟鸟来,掩袭之。便过山人高裕昆家,坐凉荫下,远瞰湖光,近观山色,如入画中。而山田二麦皆熟,油油然直接湖田。夕阳返棹,惜粪田之臭一路不绝,迥异山林。口号云:"山塘十里野花香。"误谓草泥香,同伴皆掩口而笑。闻有潘墩神会,时晚不及观,均有诗纪。蕴香馈莼菜嘉肴,雪艼馈碧螺春茗,亦有谢诗。

十二日(5月15日),予家锄圃,于土块中得赤米饭,约一盂许,未识何自来,吉凶莫能卜也。若昔年乡居所得,其时五代同堂,亦非恶兆。然彼一时,此一时矣。午后,观北门金童会,诸色俱全,草野三相多至三起,五杰社尤有百余人,是乡间最盛会也。

十四日(5月17日),与吴长卿及沄江、心田饮于独秀楼,适小雨如酥,山容顿变。蔷薇、木香未谢,与隔城岳庙炉香相杂。山翠中一声布谷,觉麦秋已过,槐夏将深,弥叹光阴如箭。同人联句以遣闷怀,并和长卿《落花》二律。

望日(5月18日),挈子侄观五渠龙舟,泊于大桥西北,见明灯画舫,往复如梭。并船瞿里村瞿氏子弟挟歌姬侑酒,紫粉衫、金黄裙,服饰妖艳,貌如茉莉花,素颐细领,秀色可餐,是石蕙卿也。薄暮,龙船十二挡,船十八,水会社数十,波浪激荡,游舫为之低昂。夜色尤佳,惜月晕不甚分明。戌刻即返。

十六日(5月19日),赴局。适委员钱□□太守步文、省董冯景亭宫允桂芬来催解饷,孰知王蓉洲丈已赴苏,解银二千于协济局矣。是午,于小樵家观王家桥会,走社者争奇赌胜,服重价衣。土地社扮杂剧,尤可取笑,与城庙会相仿焉。灯下和雪艼韵,题毛芝香上舍培因《把酒图》。

二十日(5月23日),偕霁轩看常庙演会。

次日,挈家人泊舟黄板桥,观正会。各社均服时式鲜衣,曾不惜费,满汉饭十四扛,扛头二扛,会颇盛。

廿三日(5月26日),昭庙演会,予往邑署观之。遇庙桥李耕梅□□,鬓发已白,晤语移时。

次日,又于道署观正会,虽扛头止一扛,而解粮扮岳家军,小七伤骑马,又有五方神,是渔船社,为常庙所无。

廿四日(5月27日),社稷神解会,领五弟福庭及俞姨甥女舣舟连登浜,见各社尤极华丽。

次日,正会,偕妇女又次花园浜。桑户社有数十班,土地社亦盛,扛头八扛,满汉饭十八扛,中有大野鹅,状如车轮,较胜常、昭两庙。薄暮,夜会虽不联络,而城内外明灯百万户,游人拥挤,喧沸至三更。

廿七日(5月30日),总管神又会,予于中巷观之,扛头六扛。

次日,正会,偕时已生、王聘轩、芙江往观,憩南关酒楼,满汉饭十六扛,土地桑尸社亦伙,又有黄呢看轿,颇精致。因去年十家九病,四庙多犯人,花舆彩幔,甚属繁华。闻翁遂盦大司马少子叔平又捷南宫,父子兄弟俱以进士出身,门第之盛,古今罕有。

廿九日(6月1日),为沈秋亭维桢、王芙江报捐从九到局。旋赴贾氏之招,偕姚理堂丈、朱恂如、贾词仙、家景园等同议遵先外舅遗命,所有田一千一百八十余亩四房均分,余提长孙田六十亩,公祭田百余亩,书合同议据,俾外庶姑、二内嫂各执一纸,因小辈均年幼也。

五月二日(6月4日),赴塾。后园豢一麇,斑点匀圆,又有雄雉,毛羽鲜明,颇可玩。公局因有力之户前次未尽书捐,亦有捐未足数、捐未速缴,欲凑齐备解,势必另议章程,爰定按亩数,捐每输钱一百,此举甚公。

初三日(6月5日),赴局,蒙两邑尊面奖催捐之力,实属不虞。

端午日(6月7日),翁叔平报点殿撰,与榜眼杨钟鲁、探花庞宝生,吾邑竟备三鼎甲,家门固盛,亦千载一时也。第九华警报失利,吉抚军剿贼烟墩山,登高瞭望,中炮阵亡,京口副都统绷公阔、候补道江宁知府刘公存厚亦随殉难。闻向军门委张总戎国梁领兵到镇,而东坝一带亦被贼扰,宜兴、无锡戒严,时事火急。是晚,翁显廷过我,斗牌而继以赌酒,拇战连呼状元,亦其家时令也。

初八日(6月10日),闻镇江于□□日克复,可为庆贺,惜无确音。

初九日(6月11日),常熟县署东隅井泛红水,似为血战之兆,守土者当忧勤惕厉,以弭兵端。

十一日(6月13日),过族姑沈家,晤表弟云章、子静,知其四弟景春、五弟云溪均于去冬没,三房侄又于今夏殇,人丁零落,不独予家然也。

望日(6月17日),邑中起乡约,有江阴余莲村文学□治年已垂白,存劝善心,邑尊许为约长,与徐啸云文学林垌辈在慧日寺同讲《圣谕》,当道俱公服,席地而听,观者如堵。金生景岩寄来诵铭轩会课卷,题为《吾何执二句》《鸟哢歌来,得歌字》,丐余第之。定首一卷,见神理婉合,心气和平,自是功深养到,旋知即生作,所谓"别三日而刮目相待者"耶。

十七日(6月19日),为醵饮第二集,贾梅溪得彩,予居二分半,与会客马云阶、尤乐山静、蔡沄江、秦春岩、贾梅溪、钱竺卿、狄振扬、振家、周蔼云、仲玙鼎铭、英兴双全、王蕴香、聘轩、芙江、朱菊亭时中、恂如、蔼如畅饮升瑞堂。

十九日(6月21日),憩双清仙馆,主人出碧螺春、白枇杷留话。晤赵宜园,自京回,述宫中有黑□作祟,已食人畜,宫女、太监等皆避在圆明园,未识果否。又闻溧水失守,亦未得确音。

二十日(6月22日),于茗馆晤姚秀升,知其幼儿近殇,与予同叹,倾谈之下,颇慰阔悰。

廿五日(6月27日),吊陶誉之孝廉嘉树之祖母丧,偕杨砚畬学博、钱蘧郇少府话时事,并望云霓,久旱故也。幸**廿七日(6月29日)**得雨二三寸,新秧稍有起色,惜未沾足,田多坚板,各乡禾黍未得插齐。街巷竖祷雨旗,县官步行赴各庙拈香,仍无一效。乃谕令城乡断屠,于六月朔(7月2日)始,斋戒三天。蔡塾诸生请予撰句,书于旗灯,城湾望之,如火龙游冶。而贼氛渐炽,拨杭兵五千守苏郡,又调大营兵守常州,提督衔张殿臣国梁赶赴丹阳,提重兵截匪来路,致令苏常人户迁居吾邑者日凡几家。天时人事,变端不测如此。

初二日(7月3日),同陆颂甫、朱竹书憩长寿轩观女乐,歌者四人,惜长幼不等,演《酒楼》《打球》两出,声情尚佳。继以戏法撮金银元宝两盘,手法颇快,此则男人为之。过中巷,同品蘑菇面,佐以高粱酒,半醉乘凉,而大雨淋漓,直至次夕而止,农田有望矣。

初五(7月6日),为先慈讳日,回家设祭。惜焚楮彻俎,向率大儿为之,今代劳乏人,曷胜凄怆。幸大兄亦归,情话可悦。

次日,翁叔平状元上匾,予往贺,陪江树叔师及庞子方通议、曾仲才学录、徐樽葵学博、曾叔岩司马、赵宜园孝廉、翁景斋封翁、席梅生孝廉、吴修来学博、赵鹤泉贰尹、胡雪帆上舍、杨茹初詹簿叙话多时。见彩亭鼓吹,舁匾至明伦堂,执事颇多,县官躬送。

初八日(7月9日),挈器轩及两倅湖泾观荷,适云阴,万花齐放,红者如毗罗僧帽,虽每朵至十八瓣,而丰大异常;白者如鹭鹚欲翔,若迎若距。藕田少水,尚有荒秽不能花者,花心如金线盘,时有织布娘在中喋露,俨观秋虫画图。器轩折蕊藏袖中,清香竟体。但地属低洼,桔槔之声不绝,而新插之秧犹复枯槁,盖小雨不济事也。闻高乡港中断水,即驾三两踏车,手足无措,即易禾种豆,亦须望云。彼平区低区虽有可图,而贫佃苦无盘费,财力俱竭,插莳不能齐矣。吾家后门前河水已涸,舟不能至,人多搭略彴而行,况水栅久废,难免窃贼之窥也。便过三教庵,尼共七人,中者教幼者读《孟子》,儒、释两道果通乎?见有邻女借窗刺绣,又开方便门,护十方众矣。

初九日(7月10日),偕卢器轩、仲舒倅培祺憩吴厅,听歌女柯素云弹唱,先唱《打斋饭》一出,继唱《双金锭》一回,年逾五旬,而声调尚脆,添入时下语,可以解颐。小技成名,发财颇厚,出入乘大轿,为吴门著名人也。

十三日(7月14日)，东翁蔡餐霞丈出殡，陪点主官章直夫资政、曾仲才助教、叔岩司马及众宾沈史痴文学、金顺堂上舍、周晓庄参军煜文、庞云槎文学钟瑚、查静嘉儒士兆福、王翱峰上舍、张卓如文学葆中、姚小琴少府家福、瞿筠庭参军煃煦、秦二宜处士嘉乐、项□□礼生宗钺、顾德卿贰尹、吴长卿少尉及蔡湘潮茂才、翰卿上舍、云轩少府等饮燕畅谈。

次日，主人请予告祭后土，鼓吹旗盖，迎至宝岩，乃公服坐舆，抵墓拜奠，翰卿、云轩为执事，并读祝文。适山阴王乐山通守孟龄拖蓝翎为顶马，偕予宝岩寺清话，瓜茗流连。住持道修出松花团见待，得闲半日，酷暑顿忘。归与诸君饮，因不雨断屠，素筵益净。

十六日(7月17日)，赴致和观，见设祷雨醮坛，拜忏者均非道家，如姚理堂上舍、马尔梅少府、屈季才上舍恩泰、陆月樵茂才起、朱莱洲上舍藻、单魁香少府、姚秋坪府照尚熙、金卓亭上舍凤诰、姚啸江少府、曹韵笙茂才庆恩、马□□□□履坦等悉道衣象笏，虔诵斗经，知同教者已斋宿一二天矣。午后，因留养难民事，赴邑尊之招。知两邑认留一千六百人，设厂城外寺观。予在局领本图捐户簿，晤何思诚少府□濂、徐子城文学骏良及蒋宜斋、曾仲才、徐樽葵、丁芝亭、王蓉洲、钱竹庵、丁曙堂辈，茶话照渌轩，定每户每日捐钱多至三四百文，少至三文。爰与范朗霄州同、佩之、怀冈国宝、童朗宇三茂才汰其贫户，共得十分之三。拟司董止劝大户，其余责成地保。书捐已定，着地保按日收钱，交于图董，五日缴局。幸厂董已另派人，尚不劳顿也。

十七日(7月18日)，遣伯谦侄陪朗霄等劝输，因馆课久旷，不得不代劳耳。予过荷香馆，见人拈猪毛数茎，据云街上所出，俯视履处，果然旱征已显矣。况闻溧水失守，句容被贼焚掠，江府六邑无一完全，可谓灾害并至，焦虑何如。回家，惊悉王生怡斋于昨夜戌刻病亡，痛念其少裕断才，文笔遒峭，方谓可以造就，为南乡出色人。前年舣舟过我，扶病聆诲，犹抱热心。今夏视其骨立，慰以数言，不料久困腰疽,触暑竟不起。椿萱盼孙情切,婚十二年仅遗二女,年仅壮耳。哭挽数联,曷能已已。

十九日(7月20日),偕吴粹亭、徐子瑜两上舍及范庆门少府廷杰向西市河关帝衖一带劝分,各户浸枯,非复往时之盛。唯吴文明杂货铺每日出陆拾伍钱,邓添兴馒首店每日出五十钱,其余米行多不过十余文,统计一图每天只六七百文。定每日着地保收钱,钱存朗霄处,积五日缴局。难民每大口给钱十八,小口减半,一粥一饭,想可支持。

次日,适水仙庙建祷雨醮坛,予往视,晤孙兰溪邑尊、钱辅廷守戎、茅云洲贰尹拈香,畅言时务,并与黄卓斋茂才奎甲、钱少湘少府、宗香谷州同、胡雪帆少府叙片时。

自廿一日(7月22日)起,偕童朗宇、范佩之等连日奔波,劝金陵来寓诸公各捐留养钱文,凑足千数,如朱书云学博士瑞等均属慷慨,幸不烦言。至施茶亭观难民,知借军需钱四百串,先行给放,俟各图捐户册齐,乃收钱归款。遂于**廿五日(7月26日)**同朗霄带簿交局,予家力薄,欲助药资,官却之。赴曹一如丈家吊,晤寓公张祝三赞府华封、云五参军华书、章直夫资政、璧涵运同瑶、均堂通守平、宋□□少府大□、许子绥文学其昌及同邑张子谦大令丰玉、陆静香上舍潘、归麟卿参军际昌、许鞠樵上舍洛、王蓉洲侍御等,茶点流连,畅叙新故之谊。金陵伍子仪□□振鸿来谒,知为实生中丞长华之孙,亦被难来寓者也。王蓉洲丈见题《辍读图》,次韵谢之。

晦日(7月31日),陈云卿招我,茗点畅谈,为报八月初当赴浙江试用。旋闻溧阳失守,中有吾家师友,不免惊嗟。自五月初至今不雨,西北高壤,无水可戽,苗槁多时,均已卖牛趁忙工矣;其余平区,五六步踏车,财力不继;低乡稍有望。而日夜邀潮堲灞,农力皆疲,以致米价顿昂,日用薪水亦须重价觅之,民不聊生,一至于此。

七月朔(8月1日),官谕断屠七日,延戒僧重建经坛于老塔寺,供龙王求雨,以摅至诚。

初二日(8月2日)，偕大兄及器轩过学宫，适修大成殿，水木工忙。左室晤瞿少卿明经鳌暨□□□、郑稷堂兆馨、薛心耕福田诸文学、钱少书儒士□□，均为漕案管押，苦累不堪。旋见江宁难生周云生世峻、吴季鹏□□、徐□□□□、王□□□□、黄□□□□住宿斋房，虽床帐俱全，而眷口众多，每口十八文，不敷所用。云生工书画，品貌俱佳，据云避难句容二年，今夏始赴苏属。季鹏则前三年先出城，未遇长发贼，避在乡间兴化镇，因孝陵卫大兵移营，故尔远避。其兄□□□□甲辰北榜中式，与昭令吴公同年，极蒙关爱，今其兄以知县需次□□。幸吾邑好善者多，日送饭菜，并可入书院肄业，借得膏火之资。回进蔡顺卿家园，秋兰正香，池中红鱼戏荷叶边，凉风瑟瑟。而海棠巢外，古树成阴，碧爽亭中，怪石作骨，如云活动，可作画观也。主人云此为蒋□□司马大椿旧第，丘壑固非时手所能为。复引游西郊塾园，瓜茗并战，可遣炎蒸。又闻金坛失守，可为寒心。馆中有鸟曰牛郎，善啄苍蝇，南庄庙前有孩儿蛏，旱干则见，俱目所未尝见者。

初四日(8月4日)，偶有感触，作素馨词。

七夕(8月7日)，立秋，天仍不雨。吾乡顾氏、蒋氏搭凉棚于西湖，凡三处，招集善女焚香诵佛，几及千人。予家人亦往，冀得虔诚祷祝，免劫免灾。偕竹步步过三桥，于尚湖庵前舣舟湖南，见北面芦滩干出，止有内港容刀，然深用蒿撑，浅用手扶，船已难运。南面沙田百万顷，约有十余里，昔在水中者，今皆成陆，芝草萍藻、虾蟹蚌蚬并枯槁。踏成细砂，地平如碾，望似黄潮。中有深坎，水清冷，有顽儿浴，并摸鱼儿，湖心仅存一带水耳。香篷中，人浮于座，并无点心饭菜，人皆忍饥，幸茶汤瓜瓢尚可解渴。有东经堂觋马姓、读书里女某姓，在骄阳中磕破头颅，辛苦特至。传言牡蛎街、无粮碑，均涸出，惜未及往观。

次日，善女仍集西湖，期以三日，天鉴苦衷，特降大雨，街衢水漫，田禾改观，惜片刻即止，水泽仅得九分。

初九日(8月9日)，黑云复作，雷雨交腾，湿虫如蜓蜍，皆缘墙壁,游鱼亦跳上河滩,想雨意方兴未艾,非诚求所致欤? 邑尊奉宪谕盘查奸细,来邀予及朗霄主本图编查保甲事,着地保逐户查明,生业若何,男若干口,女若干口,姓名年岁,一一详书。若外来寄居者,并书籍贯,录簿交局。局中存根,余半贴每家户上,以备图董时查。其有形迹可疑者,随时详报,俾奸宄无得潜踪。十家一牌,派牌长留心察访,倘有匿不报者,非唯本家治罪,其余九户亦同坐。时事紧急,断难以奉行了事也。

十一日(8月11日),祭先。念去年此日,禄儿正侍母病,转瞬之间,但见木主,致其母姊哭之过哀。至次日,有蜻蜓飞入寓斋,予朱书其翼放去,想儿在日,恒喜为之,不觉痛欲绝也。

中元日(8月15日),陪大兄及卢器轩过蔡氏樵隐园,适主人外出,其司计陆蓉塘引至小辛峰、漾碧亭、秋风返棹诸胜处,如理旧书,愈温愈熟。复谒白粮仓,左旁有仓神殿,中堂有鳌沧来明府图额,壁间堆火烙斛数张。便访兴福下院,左有友竹轩,耕霞道人□鉴题,后列美竹,前供盆景,竹篱间花卉点缀,幽雅动人,与住持兰溪□□谈片刻。又憩普仁下院,司香火者留坐净舍,并领至培仁堂,言此堂向为施棺所,今费不敷。又言方丈礽遂已殁三年,现嗣法者为山桂本禅。斋有秦海楼□□鹤联。出北门,进修仁堂,见庭中并蒂莲数缸,一茎两头,色深红,多瓣,有老人云是洋种也。中堂宁绍帮祭先,僧打十番锣鼓,间以丝竹,悠扬可听。花圃中木犀未花,与去年携儿来时秋色稍减,感慨系之。旋于孙祠啜茗,山泉颇洁,不同城市蹄涔。惜少鸡头、熝菱,仅有番瓜子、兰花豆,以消永昼。途遇两庙神祭坛,游人蜂拥。闻梅园有盂兰会,惜路远不及观。回城经王祠,晤赵价人、魏宝钦、赵少琴、归赓九、王喻梅、赞卿,匆匆小叙。午后集长寿轩,与许苑仙明经荣曾、管云轩韶成、俞幼兰钟纶、姚禹门继勤诸文学及陈君翔云、高君飞宾、陈君桐轩宗保、李君颖苏明宝茶话。适歌者汪息卿□□唱《描金凤》,虽本城女,而善作吴音,喜笑怒骂,熟脱如真,咸目为书场鼎甲。过中巷,觅素面点心,味尚可口。暮归,惊悉二叔母平孺人于昨午中暑不起，为之潸然。来人云，诸子在苏，俱不及讣，即刻出殡，可无拘礼。况本村大疫，水涸舟阻，缓日赴吊可也。但荷叔母恩爱，痛痒相关。去秋禄儿病夭，尚为留城，岂侪辈翻不送殓？惜闻凶已晚，未及抒哀。忆今四月杪，予陪观城社，见康健如常，不料送归两月，已隔重泉。卌载食贫，未尝展眉，遽以沾染得疾，半日而殂，距二叔之逝正一周耳。

十六日(8月16日)，闻向帅于初九日没于军营，东南半壁，全赖撑持，遽丧长城，士民能无堕泪？恐老谋雄略，此后接替乏人耳。是晚，倾盆大雨，水长寸余，而田禾稍有起色。

次日，偕心田、竹香、颂甫于子游墓茶室品泉，四围凉荫，如出凡入仙，而鸡豆软温，亦令人寻味。旋游张园，适子谦大令养疴于此，陪话旧欢，并及其剿贼苦状，出入虎口，宜其老态婆娑也。池中荷花盛开，水犹不涸，自飘然堂至天心阁、小沧浪等处，疏野空旷，别有洞天。紫薇、洋枫，渐含秋色。东西隔以高岸，旁有廊通，使春梅、夏荷、秋桂、冬松不混一处。予最爱扎景桧枝，翠叶几层，如孔雀舒尾。惟昔年古玩，均未铺陈，少觉减色。而楼阁又住内眷，不获遍游，觉有今昔之殊尔。便过曾仲才家假《袖珍爵秩》一函，知吾友缪少初辈俱登仕版，自愧家居寡闻。回至赵衙问汤面，羹清而鲜，以佐高粱酒，极醉饱之乐。昼长无俚，为王生怡斋作小传，又题王渭塘州倅绍成《采兰图》。

二十日(8月20日)，蔡沄江昆仲邀予李园避暑，偕徐晴坡、朱少英入座。途遇绍兴王乐山、句容丁恒观，凑作竹林之数。战拇尽欢，佐酒有熏鸡、卤鸭、明骨、南腿及飞叫跳诸件，其余子姜、卵蒜，亦复可人，终以汤饼，味皆鲜美。别座沈心裁文标、宗镜堂成钺挟老妇同饮，亦放达人所为。旋于西城轩索睢阳泉，煮茗解酲，携千里镜望远，举天灾人变，一时俱忘。乘凉返时，有长歌纪事。

廿三日(8月23日)，偕大兄及器轩西城纳凉。因岁试在即，河涸不通，骄阳中须走旱路，而身体近又疲乏，内子将分娩，须予在家。

每夜鼠于帐上作求签声，不无疑虑，乃诣城隍庙进香，虔问赴试安否，签示云："如今发禄未当时，休苦身心强执迷。安心且守来春至，恁时依旧发残枝。"再问生产、家宅如何，示云："今年春夏有多灾，官事缠绵又破财。赴任守官防服饰，迓遭小口见悲哀。"见均不利。乃覆求一签云："近来破败欲登途，进退无门失业居。患难未遭忧忆妇，子女悲哀为泣夫。"愈求愈下，神诏我以修省矣。旋于赵衕品卤面、高粱，惜酒逊于点，店家挽杂恶者耳。便过琴翠轩啜茗，佐以鸡豆、露枣，秋味甘鲜。于李祠晤叶敏斋如金、瞿静香、徐少瑜三茂才、邹惺卿少府文濂、沈树亭处士抡标，茶话移晷。

廿四日(8月24日)，偕王乐山、星南麟两参军及徐晴坡、朱竹书、蔡菊亭、沄江、心田游燕园，主人归遂伯文学兆昌留坐挹桂轩。轩前紫薇颇艳，翠桧亦浓，时有凉风扫暑。引上苔岑馆，太仓王子若文学应绶书。西山爽气，延入璃窗，而东见灵公殿戏台，红绿阑干，亦园外补景。下步石桥，临曲池，池边湖石数峰，灵珑古怪。南有船轩，三角五彩璃片凑成一屏。转至仙洞，幽折入胜，阴气逼人。左转至宝篆亭，恰对诗境。瓷花作墙，廊亦曲折。登赏诗阁，梁茞林中丞题。屏壁粘题句，不下百人。西望虞山一角，如展画图。前达双台，席道华女史佩兰题。台形六角，窗槅俱五色玻璃，坐杌作定胜式。下为五芝堂，后为小山堂，今改童初仙馆，孙渊如观察星衍题。右有长廊，墙孔作百果状。前有古桂，间以假山，山上有桥，桥下有洞，惜满山秋色，因旱而减。下憩花厅，顿忘秋暑，与前七年来宴时，境觉增佳。又出东门访赵价人光簿家园，其族子少琴茂才仲洛引过寒碧轩。前为小汇波馆，邵古崟州倅广鈖书。复有恩旌孝义瀹泉上舍同汇飨堂，仰见赤阑楼阁，连属不断，如彩云横空。左转有来青阁，主翁退庵按经元凯自题。转至浣溪草阁，由阁达碧芙蓉馆。馆前竹篱迂回，秋芳不绝。下有深池，池边奇石几座，向人作拱立状。他处则见石背，平平无奇焉。主人自钱氏画隐园回，煮香茗陪话，与座客魏宝钦、归赓九晤叙多时。出见盆中两峰，一如赭，一如黛，分旱湿两景。廊外石笋丈余，有如枯木。主人云："此为瞿留守东皋草堂故址，明季兵民杂处，已成瓦砾场矣。厥后掘地，得石无数，即以作园中点缀，不假外求也。"左达开庆堂，右达义庄丙舍，实据东郊一隅。顾赵园仅有建兰，不若归园之紫缬大榴、翠花桔梗为奇葩耳。回憩三景园小酌，予为东道，席有鱼翅、蟹羹、醋鸡、陈腿、明骨、蹄筋以及苹果、糖菜、笋鞭、毛豆，尚属鲜洁，余如着甲飞鸣走数种，名奇而味常矣。同人拇战百回，以蜜樱桃侑酒，以鸡汤面代饭。有纪游诗。

廿七日（8 月 27 日），徐少瑜以其徒朱懋卿□□遗照索题，见为化鹤归来，应以一绝。因昆山岁试在即，订蒋砺卿、季茀卿同伴，偕季寿之畅谭。

廿九（8 月 29 日）晨，同朱少英、竹书、卢器轩、伯谦、仲舒两侄赴地藏殿，见烧香士女罗拜纷纷。旋憩南轩续古茶话，晤朱云亭奉祀□□、陆心箴文学君泰，知金坛失守，甚为骇然。于庙街食汤面，尚属鲜美。闻金莲溪上舍骤病而亡，公子景岩颇用功，不获应试，可惜也。唁以一诗，并挽联句。表伯平春园上舍年逾八十，儿孙满堂，可慰少孤之戚，今闻寿终。姻兄毛芝香上舍培因之长君翰卿廷璞以霍乱病亡，年裁三十四，幸遗两子，可事重闱。予以葭莩之亲，均撰联志挽。

八月二日（8 月 31 日），器轩挈次侄邀我再品息卿琵琶，歌喉清脆，愈唱愈高，同座蔡小樵、苏凤侪皆为叹赏。旋于庙街饼家小酌，酒点俱佳。沄江见予苦暑，欲借物平心，移洋琴与八音匣置于小斋，其声和平，听之果消烦躁。

次日，见飞蝗蔽天，知吾邑洪泾坝以及戴渡等处稻梢皆为啮伤，幸邑尊请猛将神虔求驱逐，不数日尽徙他乡。然而四乡纷报，有从北继至者，秋收又减一二成矣。

十五日（9 月 13 日），小樵以赠息卿女士四诗嘱和，八叠韵应之。

既望（9 月 14 日），蔡菊亭设宴家园，招客赏蓝菊。梅□□裕祥以蓝纸扎假山，仙洞空灵，云迷五色。予与朱少英赞府赴约，卜昼卜夜，酒饭与汤面迭陈。早桂初香,紫薇尚艳,时有花胡蝶飞集秋葵、藿香之间。同人戏牌鸳鸯厅,借遣秋兴。惜淋漓大雨,盈盈月隐于云端。黄昏,菊山上火,如入晶宫,偕陆管香上舍邦本、顾蓉裳司理宗虎及吕月如、翁鞠樵、陆公子奎煜同坐圆桌,蔡生沄江、古庄厚培陪燕。山珍海错,罗列几筵,拇战飞花,且酹酒拜祝花寿。醉宿楼上,得五诗以谢主人。

十八日(9月16日),下乡,于二叔母灵前叩拜补哀。并吊平春园丈之丧,其公子小园、也园出幕叩谢,唁以数言。晤二姑母及竹香、燮庵两表弟,依依叙话,颇慰阔悰。金匮周芝香□□□□为平氏倩,相见如素交。晚饮于贾宅,与家景园、福庭、贾梅溪畅叙至昏。冒雨返棹,水长数尺,觉中流自在行矣。一路青苗秀实,较东北乡自判枯肥,而间有坍田,则土圻泥松之故,稻苗飘泊水中,殊为可惜。

廿一日(9月19日),东城总管秋会,偕颂甫、竹书、古庄往观。黄香表亭俱紫檀嵌玻璃,各社均全,惟少扛头、满汉饭而已。

次日,同金品三、伯谦侄品羊面,忽患冷麻痧,急回家推治,幸大汗大解而平。

廿六日(9月24日),已刻,八女静方培祎生,产母安康,亦中年幸事。

九月朔(9月29日),为小樵题《枫桥春泛图》。闻前月十六日,郡城潘玉泩比部曾玮、冯景亭中允、吴厚存大令锡麟等在汪氏赏月,有广东帮人打劫钱庄,并奸轿行妇女。太守薛觐唐先生焕禀请上宪,严拿正法,枭示八十余首级,大快人心。

初二(9月30日)夕,偕潘秋农、蒋砺钦、季莆卿同舟赴昆,寓北道堂衖周少云□□宅,主人充县帖书。严修来、瞿静香亦同寓,小楼对榻,畅叙阔悰。送考季寿之欲简省,饭不自炊,就食店家,俗呼转饭。予随同人朝夕奔走,不离弓箭街仁和馆、夹子衖景和馆、大街口春和馆三家。李小湖学使联琇于初三日按临。

初五日(10月3日)，考生员诗古，莆卿入场。同寓曾士常、张新泉润福携竹影轩诗课卷属定，题为《秋窗风雨读书词，七古》《雁影、蛩声，七律》，信手涂抹，恐方命耳。同人品茶绿云楼，上南城老桥眺远，迷津舸舰，颇为胜观。又进景德寺，俗名西寺，前殿为英佑庙。东有茶室，璃灯古玩，甚新丽，惜人杂尘器，乃于西楼下茗话片时。晤道士，徐州人，为我述时事。复谒卜将军庙，神道牌坊题"灵护千秋"。将军讳□□，唐忠臣，明倭寇之难曾显灵。拈香求签，问家宅、功名，签诀为升卦，上上："一生受用福偏高，无祸无灾损半毫。老至只有修善事，遐龄更尔乐陶陶。"家宅注云："汝家无事不须疑，夜梦如何有准期。人眷安然欢与乐，暗中恐被小人欺。"功名注云："目下升高必有梯，因人借力更无疑。若逢己卯方为利，余日占之进步迟。"道士字殿缨，与予晤语。庙后园地甚宽，一白芦花，秋声瑟瑟。东厅亦敞，清静可居。半途晤家清如，知其侄粹生丁嗣母艰。并遇长洲荣醉墨茂才开甲，三十年同会友，鬓发已斑，叙旧之余，各陈老状。又逢太仓胡石庵明经，知其子□□慰曾已入泮，老友陆召庵已作故人，喜戚交至。

初六日(10月4日)，得英夷《新约》一部，其中语意粗率而晦，阅未终而倦矣。同人茶话月阁，晤昆山朱绩斋茂才懋曾，知其敦品好善，虽贫窘，犹刻善书劝人。适听唱《借红纱》，口号云："试问吴歌白纻，何如昆调红纱。"途遇太仓孙菊泉，知其兄子福比部在扬营，洵有志士也。夕啜茗渭园，有元和术者吴鉴林为人推命，算云："可惜三官太过。"予笑云："三官太过，快听说法于昆山；一息尚存，聊肆狂谈于茗馆。"郡中二客改其灯联云："游学多年，术数粗参星学；坐谈片刻，端倪试测天机。"又云："任运委心，达人安命；避凶趋吉，君子知几。"予云："上联似回报主客矣，何不上联加'恁教'，下联加'曷若'？"同座领之。同伴有不欲饮者，七人呼三碗茗，而团坐笑剧，谚所谓"闹门头"，适饭店人满，开通面馆，予又有一联云："闹门头，茶园倒运；坼壁脚，饭店通家。"各为捧腹。

初七(10月5日)晨，同谭小石、屈朗如、平燮庵、沈得山、季莆卿新庙品茶,话雨良久。旋为陈心田拉至渭园,留我鸭面,为述其友陆月湖廷英苦况。前在休宁同事,其妻子遇贼自尽,月湖在署被掳,寻逃出回苏。因补岁考,陪其来昆,又将同往休宁,访汪姓之友,为纳宠计也。见贻巧糖耍货,以娱小儿。

初八日(10月6日),考老案头场,天极暖,予坐西面头号,太阳炙额,溺桶臭气复不可避。风檐之苦,非唯寸晷促人也。

初九日(10月7日),返棹,徐少瑜同舟。饮酒射覆,飞"等第"二字,并斗竹牌,莆卿连胜。

十二日(10月10日),大儿周忌,延关帝庙僧广洪等诵经礼忏。

次日,追荐曾祖父母。闻一等案出,莆卿招覆第四,少年心热,宜其连试优等,将由增补廪也。

望日(10月13日),下南乡观稻,旱伤兼之蝗伤,看来不过五成,即截长补短,难抵漕粮。闻吴门徐涧泉母子于前月廿六七日同殂,距其父秋涛校尉之卒仅及一年,人丁零落,一至于斯,为之长叹。

十七日(10月15日),予因岁试未利,年又过时,南场未得开考,爰措资加监,并捐布政司理问衔。倘精力得支,后年可北场一走,否则姑以结局,亦甚无聊耳。薄暮,朱恂如、时酉生、张思琴隽楠、钱起堂肇元、姚卿云联奎同伯谦往昆。

二十日(10月18日),进场,大雨淋漓,较吾辈之试,尤困惫不堪。

廿二日(10月20日),案出,大倅又黜,而宿学如张君才继英、姚小琴家福、范君枚循谟、陈桐轩宗保、程映榴天焘俱招覆,知功到自见赏也。是晚,闻芝庭公子病夭,窭甚无以为敛,予兄弟助之。

廿三日(10月21日),下北乡观稼,一路蝗虫扑面,无异南乡,收租不无费舌矣。过钱宝斋家,惊悉其夫人于四月中亡,其继母太君及其弟屏斋留予不果。旋为周古音邀饮,念母党久疏,至此复聚,各为欣然。第往反步行,未免茧足耳。自此连日苦雨,稻之在野者大半生芽,收成愈减,以致米价腾贵,度日良难。

十月朔（10月29日），偕器轩及次侄观祭坛会，并于慧日寺听讲乡约。两邑尊、两学师、一守府暨陪拜绅士跪在坛下，讲者为徐啸云林坰、张雨香承霓两茂才，先宣《圣谕》，后讲各善书，观者如堵。邻居朱筠卿继室、黄生悦芽上舍庭诰均殁，伤春歌之辍相，为撰挽联。姚小琴以古学受知于李文宗，示我试艺，附贺诗复之。连日偕徐晴坡、陈古香、温绍先、蔡古庄、朱景亭、少英、竹书轮为消寒会，买醉酒楼，细品羊面，壁上留题。

十一日（11月8日），沄江家园赏菊，同何其香邦彦、吴长卿、朱少英饮于旱船，灯火辉煌，花光闪烁，嘉肴旨酒，佐以清谈，具有雅人深致。黄昏，闻李王宫东首失火，亟往视。自陆姓花爆店起，延烧廿余家，焚死二女。又有棺在灰炉，不及救出，被劫男女，哭声满衢。幸十三条水龙吸井水灌之，四鼓方熄，目击惨然。

十二日（11月9日），偕朱成德、恂如、李醉亭、狄振家、徐步云、毛雅堂、王梦蘧、张岳生、贾梅溪辈醵饮邵馆。诸君默饮，独予拇战。因好友一年不多逢，借畅聚尽欢也。

既望（11月13日），邑侯为赈事来招，予陪朱子钦丈及范朗霄往局。时集者数十人，新入局者若项子卿少尹、季伯南学博荣棠，久疏得亲，叙谈良久。而薛太守又札来催饷，两项并集，敦劝良难。出城，同步蔡园观菊，朱丈虽扶杖，而足力不让少年也。是夕，孙邑尊调任长洲，如此锄莠安良，古称能吏，绅士欲留不得，只益去思，亦吾邑之不幸耳。

十八日（11月15日），赵宜园与王蕴香叔侄见顾寓园，遂同登楼看山，开径玩菊。主人出汤面佐谈，并偕登城，憩蒋氏一角园，携碧螺春试睢阳泉，列坐五色菊边。日暮始返。

次日，答王、赵二君，于徐心恬上舍□彬家晤沈梅卿上舍英，畅谈诗学。适徐公子浩亭骏康、沈公予仲絜矩新入泮，叙话移时。而浩亭两弟子城庚楼骏昌亦少年英发，诚可畏也。复于山塘潘氏晤秋农之嗣君子仁晋昌，和蔼可亲，以父执礼见待，知其文理优长，非浮嚣子弟可比。宜园以唐贞孝传属题，走笔应之。

二十日（11 月 17 日），邀章直夫、星垣□①、王蕴香、蔡顺卿、沄江、心田饮于李园，唯以汤炒侑酒，正菜仅一八宝鸭，拇战狂呼，酣畅无比。以汤饼代饭，一座饱暖，不觉西风似刀也。

廿四日（11 月 21 日），陪江云艇师、章直夫丈及王蓉洲员外、丁芝亭孝廉、王蕴香少尹小集蔡园，观枫赏菊。主人出廿年陈酒，肴馔尤精，鸭床豚俎，诸品纷陈，其他如杏酪、水饺、冰葫芦等，皆奇味也。令以钓鱼，一马三枪，并飞"红"字、"菊"字、"山"字。同人酣呼于书画舫，唯二王量豪，顿罄一瓮。包饼啖，摘园橘，偕直翁舣舟而回。口占一联云："佳客半登科，看枫叶菊花，六逸都来书画舫；主人颇解事，办山珍海错，三冬忽暖咏觞筵。"沄江衔知事，故戏之。而直翁、蕴香另有分赠，联云："齿德爵兼尊，白发醉翁升上坐；书痴酒三绝，乌衣名士压群豪。"以酒代画，稍肖其人，但未现成耳，后又改作"诗书痴并绝"，似较谐。

次日，携《镜墀轩诗》两套就正于王蓉洲丈，并赠三律。适丈丁太恭人忧，主游文讲席，寓斋尚觉清暇也。

十一月十一日（12 月 8 日），陈晴皋千戎因火灾未及，修葺公馆之余，祀神酬贶，邀予饮福，与孟□□百戎兆鸿、言墨卿上舍□、朱绥之少府、张静卿少府清话，因事仅领茗点而回。适蔡沄江之先祖少华赠翁景椿九旬冥诞，予偕陈桐轩茂才宗保暨济阳群从饮于书厅。

次日，又同顾蓉裳司理、言汇如文学登清、胡雪帆少府、曹小卿员外、顾德卿赞府、王翱峰上舍、张墨樵少尹瀛福、姚小琴茂才、吕月如尔珪等畅饮听曲。适莘庄僧洪一□□大声如雷，为方外堂名之冠，拂水方丈熙龙所聘来者。同人流连三日，乐而忘疲。还家，欣悉大侄得子，系十二日申时。大兄年方望五而已抱孙，视予仅弄四岁儿，奚啻霄壤。

---

① 底本仅有"火"旁。

十四日(**12 月 11 日**)黎明，四万荡祖居失火，烧毁门房一所，幸家人从后门涉水而避，得不伤。然高曾祖父母三代栗主俱为灰烬，予辈负罪已多，当补立新主于西庄本宅，庶赎前愆。自嘉庆壬申一火后，已四十五年，重被回禄，岂地运使然耶？

十六(**12 月 13 日**)夜，邑庙又火，道士房灶十余间俱烧尽。何火令旺于冬月如此？

十七日(**12 月 14 日**)，同人醵饮邵馆，借雅会聚诸亲友，亦一乐意之遭。陆少云嘱题《倚椿图卷》，应以七古一章。闻翁遂盦先生拜参知之命，状元、宰相萃于一家，而祖庚宫詹之次子仲渊曾源又钦赐举人，帝眷之隆，近今罕比。吾邑自蒋文恪公溥后百有余年，又得一阁老，诚盛事也。吾兄所受父遗田产若干亩，曾售于王氏，予既代赎，又允兄找价，良以先人遗产，不可转与他姓，况近祖居，可自耕种，楚失楚得，斯于心可安耳。

廿六日(**12 月 23 日**)，挈朱生竹书吴厅观戏，为大如意班，每客出七十文，茶点俱备。演《北饯》《惠明寄书》《磨房串戏》《盘肠大战》，声技颇佳，唯贴旦年俱老，绝无春色矣。吾邑年谷虽荒，而生意不减，贼匪亦远扬，风鹤无惊，况文运亨隆，甲于吴郡，予口号云："一城三鼎甲，九县两中堂。"翁协揆与彭咏莪相国蕴章本同郡也，余如殷述斋传胪寿彭、冯景亭榜眼桂芬、陆星农状元增祥、潘伯寅探花祖荫皆吾郡人，一时辉映，他省所不能及，盛何如耶！其他若陶凫芗梁、李古廉清凤、潘星斋曾莹辈皆为侍郎；程楞香庭桂、殷谱经兆镛、翁祖庚同书、庞宝生钟璐皆为京卿，亦吾吴仕籍之昌也。

腊月初二日(**12 月 28 日**)，下乡收祖欠，虽皆结账，而亏折颇多，通算不过六成，能够一年食用乎？岁寒手龟，而文墨应酬尚不减。素庵上人嘱挽洞庭吴凌乔□□，姚理堂丈属挽黄秋涛儒林浩，俱呵冻应之；蔡生沄江承先志等办义庄，又因火警之多，捐置西洋水龙，均可嘉尚，更勉以诗；为友人代作书院两卷，题为《逸民伯夷叔齐虞仲》，为王蓉洲山长所赏，一列内课，一列外课。

初九日（1857 年 1 月 4 日），新生游泮，予往各家贺喜，晤俞岫仙司理、李蓉谷茂才兆镜等畅叙旧欢。

十三（1 月 8 日），挈大侄赴后泾港，小憩佃农王振兴家。见万顷湖滩，依旧在水，与来观诵佛时顿异沧桑。惜蝻蟄又生，恐伤菜麦耳。归见毛大可□□奇龄《四书改错》，略摘数十条，书于讲章上，以博见闻。

十六日（1 月 11 日），张思琴隽楠携梯云会课卷嘱第，题为《他日至屋庐子喜曰》，首卷运笔空灵，决为高手，旋知是钱起堂召怀作，本以文鸣者也。

十八日（1 月 13 日），提塘厅送到加捐录条，知银到户部于十月杪上兑。惜出力议叙照仅作半价，补找银二十四两，连补监加衔，共计四百四十四两。幸遵京铜局例，照向例减作三成，连部费照费以及报费，约一百廿三洋。

十九日（1 月 14 日），赴局，晤邑尊周文之先生沐润，时以金坛军功赏戴花翎，加直隶州衔，旧尹介堂先生之少君也。两代莅吾虞，亦难得事。乡董钱震甫□□□□与予谈西北赈事，至暮始回。

二十一日（1 月 16 日），馆假。岁杪，将所入之数，开销年务不敷，尚有表亲因苦告贷，特赠白粲五斗，年荒米贵，计价二千五百，亦义不容辞也。

廿六日（1 月 21 日），俞月楼姻丈家被盗，失物数千金，虽报勘未即破案，知沿塘地不可居矣。

廿八日（1 月 23 日），火灾城中老郎庙，小东门外又火。自十月始，屡有火警，谅因风燥使然。

除夕（1 月 25 日），晴暖，得四诗。年来运少利，籴贵粜贱，折耗实多，幸人口平安，胜于往岁，断不欲以彼易此耳。

龚又村自怡日记卷十六

咸丰七年丁巳(1857—1858),四十有八岁

岁朝(1月26日),乘轿拜年,半日一城已遍。送两邑尊先祖遗集,冀广流传。夕试笔,赋一律。

次日,偕兄下南乡,饮于贾氏。回祖居,见德荫从叔因火灾破家,忧焦成病,濒于危,指予言曰:"久苦不能睡,想吃茶点,汝可买少许来。"诺之。

初五日(1月30日),陪王湘帆、聘轩、寅谷国琥、芙江访梅谭祠,登迎仙阁,见含苞怒发,天暖故也。引至西郊寓园,黄梅盛开,香沁诗骨。主人留茗点于独秀楼,徘徊良久。是夕,灵公殿前又火。

翼日,义庄衖孙氏又火。子明茂才与予同伴者屡,稔知其贫窘,复遇火灾,厅楼俱毁,为之忧伤。

初八日(2月2日),三女安贞培礼受贾氏聘,陪朱蔼如、卢器轩、朱□□元烈等饮于小斋。

初九日(2月3日),与器轩看迎春,两邑侯坐轩轿,从者执春球,用全副执事。旋于长寿轩听马雅云唱金凤,询知为陈锦章外孙,年方二八,一味娇憨,天真烂漫。

初十日(2月4日),立春。偕兄拜亲墓,见松柏森然,甚有秀色。归遇加捐监照及户部官照均到,知银两于去年十月望上兑,十一月望掣照。

十一日(2月5日),偕金品三、俞鹿溪、张岳生、卢器轩小饮升瑞堂,拇战酬呼,欢情各畅。

十二日（2 月 6 日），始雨，连月晴旱，至此麦苗稍濡，可慰殷盼。是晚，赴王蕴香昆仲之招，与章直夫丈、赵宜园、吴梅卿廷荣、叶秋谷坐双清仙馆。异味纷陈，约十余碗，而尤妙者厨娘自制细点，如荞面饺、红莲粥，俱可人口。饮陈绍酒，亦能使血气和平。悬小龙灯，主人谓求雨辄验，予为作《喜雨吟》。

十三日（2 月 7 日），微雪骤寒。同人掷状元筹遣兴。抵暮，家人请紫姑神，问岁及家宅，皆得十成，为之欣慰。

十四日（2 月 8 日），晴朗。偕品三、器轩集同春园，聆顾文卿唱《落金扇》，静气迎人，有大家举止，其伙周少兰委婉神情，更极妍态。旋过两庙观灯，买花爆以娱稚子。品面赵衢，佐以高粱酒，香味剧佳。

望日（2 月 9 日），同伯谦赴火神庙、邑庙拈香，问家宅安否，签示："从今体健与身轻，胎养元阳精气成。六贼自从风雨散，升天达地虎龙吟。"伯谦欲改名应试，求签有云："所愿从心所欲如，升职升官达帝都。所为自有阴功佑，行藏兼得贵人扶。"乃改名赓福。午后，偕品三等陈园观剧，为如意班，演《金龟记》《打店》等戏，声势逼真。

十六日（2 月 10 日），挈季萧卿、张思琴、王蔼亭仍于长寿轩听书，歌者张□□，形容汪氏兄弟奢俭之态，笑欲解颐。旋于星坛古桧下茗话，妙香轩品汤包，味俱清美。薄暮，观灯周神庙，纱灯画人物，均高手所为。后殿供神父母及子仆，香火颇盛。便过陆寄庵少尹家，射灯谜。得张氏父子遗诗，一为汉封承汾《鸡鸣小稿》，一为云连树春《沁雪山房剩稿》。踏月而回。

十七日（2 月 11 日），蔡鞠轩之季妹受聘，予往贺，与张心斋树葵□□、姚小琴、蔡仲坚、赵之声元培三茂才小饮。晚赴张子槎之招，同俞季兴司理、汪戬甫贰尹□□、朱锡嘉上舍成美、席凤书、钱心如宗植两茂才、俞鹿溪、朱确甫、蒋葆臣心泰、王蕙卿、鲍湘子□琳等饮于厅事。海味纷陈，佐以绍酿，一堂灯火，欢宴靡加。

越日，湘子具衣冠来拜，询知为余二十四年前旧徒，久无消息，叙述始忆旧容，亦前缘未了。以遗腹之孤，而能由儒学医，志可嘉尚，特贫苦无资耳。

十八日①，赴西郊旧塾，蔡生季范坊从予学制艺，以家学渊源而不耻下问，亦佳子弟也。夕与朱又村丈及陈古香、张墨樵、蔡仲坚、熙龙上人饮于书厅，醇酒泼寒，兴各畅快。阅邸抄，知常熟捐饷银一万一百七两零，昭文捐饷银五千七百五十三两零，奉旨广常熟文武学额各五名，昭文文武学额各二名，应于岁试举行，惜已不及，俟补试补行。所余银并入续捐，递加推广办理。或收得捐输较多，仍遵部议，每一万两酌加永远定额一名。又知向军门恤典，奉旨赏给轻车都尉世职，恤银二百两，荫一子，给与六品顶戴，照例复给葬银二百五十两，祭银十二两五钱。圣上之优恤荩臣为已至矣。

廿一日(2月15日)，德荫从叔病故，同堂前辈无一存矣。

廿四(2月18日)夕，偕蔡氏群从邑庙观灯，并赴宗秋轩文学元培家猜灯谜，予资钝，仅中一条。

廿五日(2月19日)，顺卿、沄江邀予至李园，坐延赏亭小饮，偕钱筑嵊、陆颂甫、蔡清臣、九皋、心田同席，斗酒多时，东风送暖。便过宗氏，复观灯谜，予道着七八，得纸墨而归。

廿六日(2月20日)，偕姚小琴、蔡叔崖、季范、志亭城、心田茗话三茅祠。是夕，延长泾术者沈学兴到家，为亡儿致魂，以小婢替之。先绘舟车人物，连纸锱焚之。冒头熨火，念咒片时。忽闻呜咽而来，如病危时状，小语心事，声态逼真，令一堂听者皆为堕泪。

次夕，为先嫂朱氏招魂，所问能应对如流，不少舛错，而平生口吻亦肖。所焚灯船骡轿，替亡者见之，时乘时坐，颇奇。过雷部殿，遇江宁吴至德□□推命，以予父子年庚付之，间有中处。

廿八日(2月22日)，伯修、季范招饮，偕陶吟湘州判霞标及蔡顺卿、清臣、仲坚、叔崖、沄江拇战数十巡，醇酒嘉肴，颇得口福。乘兴至顺卿家园，与曹鲁亭茂才应泰谈施粥事，品碧螺春，盆梅数株，红绿相

---

① 据上文，"越日"当指十八日，然此处又为"十八日"，疑日期记录有误。

间,茗味杂以花香,人坐欲化。主人示《第花阁诗草》,携归展玩,至四鼓忘睡,摘其佳句入《诗话》中。尤服其古作,词简笔峭,如读唐宋大家文,良由博览之功也。

廿九(2月23日)夜,红光满天,旋知小坝邹氏火,然而百里外皆见,谅非仅火耳,未知凶吉何如。

二月朔(2月24日),顺卿、清臣、菊亭、沄江挈我李园赏雨,肴核不多,风味特胜,佐以汤饼,精细可人。

初三日(2月26日),赴石梅祝文昌诞,杨缄斋锡筹、钱心如两茂才作东道,与殷啸云司理□雯、陶吟湘州判、孙钧堂少尉文鉴、张介臣□□□□、狄懋亭少府简庭、朱炳卿明经庆镐、黄辛竹金简、俞逸帆应遴、朱绥之、邓少卿福增、胡雪岑兰枝、张心泉润福、蒋谨绅土龙七茂才、赵价人光簿、魏宝钦、蔡顺卿两上舍、钱仲谦少尹、徐石英骏声、蔡仲坚□埏两文学、浦晴川学博及胡小山志培、时炳章文彪、宗云锄邦达、周新之鼎铭诸君小饮钱园,共七席,赌酒狂呼,为乡社之最。午后,于局中又饭,连品刀鱼,与蒋宜斋承德、曾仲才助教、庞昆圃学博、钱竹庵州同、姚俪笙少尉、翁洁卿茂才等议劝捐事。

初四日(2月27日),琉球国贡使过吾邑,有建宁镇张□□清禄护送,其人俱缩小髻,如道家装。

初六日(3月1日),寓斋始食河豚。夕陪蒋宜斋大令、狄懋亭少府、朱绥之茂才、徐云涛上舍为协赈事,下南乡劝分,伯谦侄随往。先于狄氏书斋小酌,肴香酒冽,醉饱尽欢。

初七日(3月2日),到陶荡、查家浜、洞港泾等处。朱又村州同连留饮膳,其弟诚斋司理新筑精舍,同人小憩,爽垲可娱。

初八日(3月3日),抵张港泾。朱子钦丈盛馔款留,停泊四日。

初九日(3月4日),至大小潭荡、张家甸、庙磉泾、杨树园诸处。在范成德□□、吴禹亭□□家茗话。伯谦先回城。

十一日(3月6日),移舟贵泾。

十二日(3月7日)，同朱恂如少府到徐母塘顾氏，姻丈锦帆上舍留午膳。晚泊顾泾，孙锦秀上舍设盛席劝餐，公子芳坡上舍传经陪坐，战拇畅饮，竟夕醺然。黄昏返棹。

次日，知余馆中获贼解县，为阳舍人，颇为快事。偕恂如到公局，见蒋荫农都尉钊监收蝗子，约八九十石，每石给钱四千。其形如小麦，蠕蠕欲化，及早收焚，尚可不伤农稼，诚善举也。晚偕张思琴茶话一角园，并品面赵衔，畅聚多时。

十四(3月9日)夕，换赵姓画舫，复陪诸子下乡。徐云涛留饮，海物纷陈。晤江阴筑塘许钧陶□□、□□乔梓，晓畅公事，洵有才干人。

古花朝(3月10日)，到墩头丘。陈憩亭上舍士镆留饮，与高足张师陶元亮、沈静如□□、家廉斋允武等纵饮。尊甫蓉斋姑丈赓扬尚健，拜晤欢然。闻余筠雪女史馆陈秉远上舍国良家，往谒谈诗。询知其年已七十八矣，耳目尚聪明，具见涵养。是晚，到吴家角。吴念椿妹丈继宗留宴，承其弟小香中杰、荫堂兴宗、芝亭发宗、秋亭邦兴迭来劝酒。其子湘瀛君达出巨资，得邀奖叙，乐善可嘉。

十六日(3月11日)，到新泾浜。俞德安上舍世禄留饭，子永初文霆、景初文霡两上舍或质直，或彬雅，堂轩宏敞，俨聚德星。晤王星槎上舍文照、才美□渊、世卿汝谐、春园继祖，雨杂今旧，相叙怡然。傍晚，回吴家角。芝亭上舍留餐，其昆仲之爱友迥异他家。昏时有白气自西南环东北，掠月而过，其行如飞，未识何兆。

十七日(3月12日)，到辛庄。李瑞棠丈留饮，与丁鉴湖上舍潮源等水榭清谈，颇慰离索。是夕，泊王涧桥，王霞帆上舍邀集捐户，并以鸡黍见留。

十八日(3月13日)，偕霞帆到殷庄泾。陆薏香上舍柏贤留膳，与其馆宾曹建才维像同座，雨后菜菅肥嫩，乡味剧佳。旋到东始庄，桑砚香司马欲留夕膳，不欲少住，遂回城。南乡自早灾后，各户俱枯，连劝十日，已得二千四百余千，尚为踊跃。公议五千以内归入收蝻，余入赈济。

十九日（3 月 14 日），同恂如、伯谦赴局，交捐户数。见园中烹蝗子，其气腥臭，古云水族所化，定不诬也。晚偕沈季才信泰、路□□□品茗石梅。走马者往复如梭，兼为观音诞，白衣庵中烧香者填塞。便过王蓉洲丈讲堂，晤季伯南学博荣棠，茶话片时。夕又挈恂如吴厅观戏，为双福部，俱维扬人，演《修缸》《补瞽瓾》及《塘河船》杂剧，合座笑呼。

二十日（3 月 15 日），王蓉洲员外因服阕赴都，来辞行，留钱不果。

廿一日（3 月 16 日），邀蒋宜斋、朱子钦、狄懋亭三丈暨徐云涛、朱恂如饮于升瑞堂，有江珧柱、杏酪、水饺等味，尚可娱宾。自未及戌，拇战轮巡。惜绥之抱疴未来，不无减兴。刘雨寰学博成霖惠题《辍读图》，苏竹贤文学林惠题《品诗图》，均有谢作。

廿五日（3 月 20 日），游文书院开课，伯谦往应。予则因公下乡，未与甄别，不克肆业焉。所寄邻舍杭州烧香，归示代求签诀云："莫犯邪淫，方得福报。"诚大士苦口之箴，吾辈当永奉之矣。

廿八日（3 月 23 日），往送蓉洲丈，知山长之席，庞子方中议继之，皆老成重望也。便诣蒋宜斋丈燕喜堂，遣公子荫农都尉、和轩少府钧陪话。庭有奇峰三座，万窍灵通，玩之殊有古趣。

廿九日（3 月 24 日），偕王霞帆吴厅观剧，演《青龙归位》，声势惊人。同坐有叶秋谷、翁雍芗□□、张砚堂、俞鹿溪、张岳生、钱心如、席莘耕鸿庆诸君，聚话良久。

晦日（3 月 25 日），与孟品南百戏金标等小话茗园，适时酉生、张德甫福培亦至，畅谈文字，指示要诀，因二生将应试也。是夕，伯谦侄入邑署试文。

三月朔（3 月 26 日），三女安贞始识字，命长女教之。

初二日（3 月 27 日），朱恂如、时酉生、平彦卿邦藩出场，小饮敝庐。彦卿为竹香长君，是余中表后辈，沉静可钦，与之论文，颇能默识。

上巳日(3月28日)，大侄进场试性理。予偕彦卿及李湘槎丈根仁、惕先炳坤、朱半千兴桂、张子琛福臻、钱竺卿、王鲁园、马西来逢乐、吴英伯福畴、戴宝卿仁行、润卿汝桢、家朴园修禊西山，并省亲墓。是晚，出邑试案，伯谦侄招覆十名，题为《子路终身诵之至子曰岁寒》，次题亦截搭，文本清爽拔俗，予决其前列，果然。

初五日(3月30日)，大侄覆试，案出，仍十名。

初七日(4月1日)，二侄仲舒缔姻于时氏，为己生茂才之女，执柯者贾梅溪、朱蔼如。

初八日(4月2日)，大侄再覆试，诗赋俱全，案出，十二名。茶园中晤席赓虞茂才思赞，倾盖如故。连夕与徐枂乡□□、汤宝之、季莆卿在徐云庄家射灯谜，得赠物数十种。

初九日(4月3日)，随大兄西山扫墓。

初十日(4月4日)，予邀李湘槎丈暨王小庄、平燮庵、李惕先、王鲁园饮于李氏延赏亭，座客量未豪，只罄三壶而已酩酊，玉笋、蘑菇以及野鸡、酒焖蹄尚可下酒。是夜，偕季莆卿赴三里桥周凤岐□□家打灯谜，着十余条，袖赠物数种以娱稚子。踏月而回。得胡翠岑丈《京都竹枝词》，中多名优伶，以鲁云卿龙官为最，其时嘉庆壬戌，畿辅正极繁华，予采数十章以入《诗话》。

十一日(4月5日)，清明。步出北门，陪江云艇师茶话孙祠，见菜花万顷，春意盎然。遇祭坛会，观者盈路，士女乘舆扫墓者亦倍于西山。回憩王山人祠，园中有县尉内眷，不便杂坐，与主人虞英司州丞匆匆小话而别。夕又射谜周氏，月明如水，天气晴和。遇周震卿福泰，知住居邻近，因其下帷已久，初识面焉。

十二日(4月6日)，大侄进场再覆，邑尊优以盛席，命试士战拇尽欢。予偕兄下乡扫祖墓，见桧柏青翠，篱笆整齐，尚无衰象。晚饮于朱氏，与狄振家、步芸□□同座，适默斋公子望椿豫元行聘也。

十三日(4月7日)，出三覆案，大侄名稍后。是夕，末覆进场。邑尊周文之刺史欲拔真才，始终均截搭题，以杜钞袭。优待士子，尤胜前场。

十四日（**4 月 8 日**），偕俞莲士明经大润吴厅观乐，为全福班，演《彩楼抛球》等戏，皆不遗余力。所苦观者仅十余人，得钱数百，不敷诸伶一餐。

十六日（**4 月 10 日**），观春会报社。是晚，复有华汇水会。

十七日（**4 月 11 日**），常熟正案出，大侄名列十三。

十八日（**4 月 12 日**），妹婿王维新□□挈三从妹来舍，七八年不面，喜极留膳，借纾阔悰。

二十日（**4 月 14 日**），蔡小樵司马招观水嬉，泊舟菱荡，围绕群花。至晚，买醉李园，偕蔡九皋封翁鸣鹤、陆怡斋记室□□同席，野味如新蚕豆，海错如江瑶柱，俱极鲜腴。晤徐英三璘、萧树涛金□、蔡清臣、谭少卿辈，欲饮予，以量窄而止。小樵嘱予撰楹句，赠蝶云、爱宝两校书，运用成语，咸谓吴姬秀韵，笔底能传，然局外人恐难仿佛耳。

越日，小樵为惠山之行，归视《皇甫墩》诸作，予偕王翙峰文学如数和之。于茗馆遇钓渚席晓塘少尹效曾，古貌古心，雄谈惊座，知为敏斋孝廉祜智之玄孙、荫园文学世和之孙。为予言，先君与其祖同试，出丁卯场作质之。荫园公大加叹赏，评云："如不窜易一字，中隽无疑。"榜发，金服其先见。午后，观石岸春社，并偕小樵、怡斋憩长寿轩，听吴女马秀英唱《三笑因缘》，形容华氏两公子呆状，令人叫绝。

廿二（**4 月 16 日**）夕，予投课书院，题为《有民人焉三句》。文思觉生涩，久荒故也，而邑尊还录名准试。

廿四日（**4 月 18 日**），沄江季妹出嫁，予陪屈薇卿家琪、王翙峰、姚小琴诸文学、顾德卿贰尹、张墨樵少尉、蔡湘潮茂才廷鳌、陈古香、蔡湘江廷然、钱竹香等话雨竟日。夕偕苏竹贤、赵之声元培、沈宝三三文学、朱又村州丞、胡雪帆少府同宴，樽酒叙旧，顿拨春寒。

廿六日（**4 月 20 日**），赴狄懋亭丈之招，其三少君文卿嘉琛正回门。予偕吴雨田司理恩需、徐芝山少府应魁、陈松年□□、庞希葵钟球、狄簪卿嘉豫及伯谦侄饮于精舍，看芳酒旨，觞政十巡，各靡然矣。晤其长公子吉卿嘉瑞,恂恂儒雅,不愧文人。

廿七日(4月21日),伯谦侄赴郡试,与朱恂如、时酉生、张德甫同伴。闻薛觐唐太守焕课士严,谕廪生唱保,试卷弥封,各印坐号,不许夹带,不准给烛,从来未之闻也。

四月朔(4月24日),府试头场。赵宜园孝廉自新阳阅卷归,拉王式南茂才兆申、陈云卿贰尹过访寓园,适银藤、紫牡丹初花,蕙兰亦有十余盎,而几上古桧扎狮鹤形,尤奇。同坐香中,俗氛不着一点。旋于刘公祠啜茗,湖田草花艳艳,麦浪油油,丰年有象。阑外走马络绎,上冢船亦有数起,久雨初晴故也。复从西门入,泥饮于中巷酒家,品蘑菇面。日暮始散。

初二日(4月25日),陈古香操画舫邀观龙舟,偕邢月梅茂才桢、赵宜园孝廉、蔡兰轩寓公、王芙江少尹、家静甫上舍澄及王星轩国莹、严□□□□同赴。山肴野蔌,杂然前陈,酒兵轮战,脱帽狂呼,酒尽,复归谋家酿继之。主人呼蔡仆、胡仆上筵,亦其汪度。并船闻爱莲、爱荆两美丝肉,可以释烦,惜肥环稍欠秀韵。座客为东城王姓、江北陆姓,不知何许人也。唤吴舫以载名姬,华烛晶灯,良宵生色,更从何处认饥荒乎?闻乡人言蝗已尽生,因骤暖而继以寒雨,一齐僵仆。此亦天意,吾乡之幸也。

初三日(4月26日),为亲友缴捐项二百四十余千。见庙园魏紫未残,红薇正放,芳气袭人。

初四日(4月27日),得时容斋师母之讣。师母清斋奉佛,心性仁慈,竟因久病而逝。内人系其女侄,为之潸然。予偕兄送殓,知次子西生郡试未回,殊为余憾。

初七日(4月30日),府试案到,大侄招覆,名在王后矣。闻试士有迟交卷者,府尊除其名,不送院试,令甚严焉。

浴佛日(5月1日),紫竹庵僧普静□□立戒期满,乘吉开关,予扶幼儿及侄孙往度。是日,度关者有数百人,拥挤不能容足。而出巨资者东家蔡氏及东城俞氏，外设纸关，众方丈诵经引出，鼓吹喧阗。

次日，并有莲船之会。余筠雪来函，见赠数绝。以八旬老女史，尚能垂念世交，郑重握管，即覆一缄，并和三绝。绿君夫人见其诗，欲舣舟往访，嘱予先容。予过双清仙馆，芝兰满室。缘其女公子闺卿若士于归，将及一月，慰以二诗。绿君陪话多时，茗味兰言，一同清绝。予为所亲缴捐到局，晤周秋溪茂才栋、黄友仁少府嘉栋，秋溪之尊人景亭上舍□□亦在座，是二十七年旧友也。邑尊因南乡捐户，缴钱不过十之四五，爰嘱经劝原董，同下乡催，而予恐妨馆课，辞之。第致书各处，并饬局差紧催而已。

初十日(5月3日)，诣狄、徐两家，因二公下乡催缴也，晤座客徐兰谷茂才应钧，又得今雨之乐。双清馆主人馈桃酥饼、碧螺春，附以和诗，予九叠韵报之，其伉俪又叠韵见酬，诗筒往来，殆无虚日。小女以梅竹、西湖两袖求诗，兰轩以素琴便面属题，皆有绝句。

十二日(5月5日)，郡试初覆案出，大倅名拔前，惜已回家，不及赴试。是日立夏，书斋中九新斋设，独酌怡然。

十三日(5月6日)，陆生廉石成婚招饮，与徐仲卿上达、朱南庐钦云、卢器轩、朱少岩延焮及季苇卿文学同座，酒筵酣战，直至夜分。新郎以含桃羞妇，谓比朱唇，予云："何不怀橘？"醉拈四首，以寓祝规。

次日，蔡伯修嘱寿徐振江□□七十，应以两章。

既望(5月9日)，朱步云茂才墅来访寓斋，煮茗谈心，甚慰契阔。午后，谒潘秋农、家子渊两少府。晤无锡张村王协堂□□□□，知善眼科，为名医逸亭□□□□之子。小女患目疾，曾赴张村，已乃就近医之。

十七(5月10日)夕，沄江唤镇江伶工三人，唱《祭江》《玉堂春》《告御状》《荡河船》诸剧，岳调乌乌，佐以胡琴，颇足解闷。

二十日(5月13日)，大兄联金兰之会，嘱予陪平竹香、李静轩、王聘轩、张德甫、王寅谷、家景园、王芙江、毛□□□□、王□□等饮于厅事，肴核纷列，觞政轮行，极流连之乐。

廿三日(5月16日)，常庙演会，挈卢器轩、福庭弟、仲舒侄在昭文署中观玩。旋访蔡小樵家园，主人不值。晚邀朱子钦丈、徐晴坡、朱恂如、蔡九皋、兰轩、沄江、少兰云鹏暨器轩、伯谦、仲舒小叙钱园，共两席，选看不多，务极精美，彼此拇战，各为醺然。兰轩谈及昨日水园访花，茗香兰语，奚翅半面之缘，嘱为楹联，并纪其事。乘兴观灯庙衒，茶话多时。

廿四日(5月17日)，常庙会期，领妇女辈泊舟黄板桥，天凉人众，颇为胜观，唯小儿扛减去。旱荒以后，固宜勿竞繁华也。

廿五日(5月18日)，沄江招饮，予挈大侄往，与陶岳崧□□、朱□□□□及狄文卿上舍、蔡伯修文学、心田盐知同席，纷陈海错，甚费经营，而水饺、豆酥、冰葫芦诸点尤佳。

廿六日(5月19日)，器轩见招，陪卢咏青文学福祥、陆廉石小轩畅饮，伯谦、仲舒两侄亦在座。山海诸味，择精而陈，劝酒殷勤，未及看新庙引会。散步邻园，绿已成阴，晤福山僧永春□□，谈禅而别。

廿七日(5月20日)，挈家人观昭庙会。舟赴颜港及归祠，社较常庙稍盛。

廿八日(5月21日)，王雪芗邀饮，适其新婚金馥堂□□□□到门。予偕章直夫观察、倪似梅画师桂、赵宜园孝廉、觐三佾舞元鼎、叶秋谷、孙菊香□□、周幹卿维桢三上舍、徐子城、范君谋两茂才、陆小卿少府、王蕴香也三希槐两贰尹、琴甫州丞、默卿、慧生、飞卿三少尉等饮于堂，珍馔纷罗，佐以绍酒，打标掷覆，四座欢呼。锦堂灯火中，倍增光彩。

次日，复来招，欲不具衣冠，以图畅叙，惜事阻不克往也。朱怀萱女史索题棠兰画扇，蔡鞠轩司马嘱题勺药便面，均应以诗。

五月二日(5月24日)，伯谦为东道，邀江树叔师、徐晴坡、蔡沄江、卢器轩姚园小酌。予与仲舒陪坐，食单选味，肴极鲜肥，汤面、豆酥，亦复精美。唯沽酒带辛椒味，未甚和平，故不能多饮。

初三日(**5月25日**)，邢湘洲、俞友兰景昌为所亲捐监事来谒，陪游寓园。绿暗红稀，尚有金雀十姊妹数种，而杏子、枇杷已垂垂可食。

初四日(**5月26日**)，为毛节母题《梅花小影》，应其子□□元泰之请。

端五日(**5月27日**)，挈女培祁为白堤之行，畅观灯舫。

次日，遇兄嫂之船，同泊头渡炭栈。偕大侄冒雨访笪甥琴舫于陈信茂纸栈。旋与卢器轩及次侄茶话渡僧桥三层楼，楼缘火重造，精致胜前。暮停冶芳浜口，复玩灯船，每船皆有美人侍酒，如月中常娥。大酒船上层阁及三景园、留仙阁，又明灯如串珠，倒影踊跃。他若网快船数百，船娘煮茗，厨子进羹，棚灯亦复络绎，蝉连往复，俨移火城。而潘梅溪观察筠浩舱旁添虎豹犀象灯，其余琉璃瓜灯俱五色，花翎蓝顶，掩映其间，豪华特甚。二更后，檀口呼拳，樱唇度曲，犹不绝声。

初七日(**5月29日**)，随兄等上虎丘寺，有吴太子铜像，金手已黑。据僧云："太子善丹青，凡习画者摸之得巧。"予率女抚摩，并观其画兰碑石。僧然烛开锁，引登浮图。上四层，已足底风号，摇摇欲堕。况败坏不能出头远观，遂怖而下。步双井桥，两洞下有小池，俯视深险。过吕仙亭，读碑。诣韦公祠，祠新建，用黑白石子铺作鹤鹿平安吉庆状。东有武庙，坐石阑望东南一角，旷远无人烟。况花神祠仰苏楼，经火已墟，荒凉之至，养鹤涧已为卖花露者所占，可中亭亦圮。欲寻玉兰房，问途人不识其处矣。便谒同善堂，花时已过，但见雨蕉。进白公祠，虽有慕李轩、怀杜阁诸景，而一无点缀。唯长阁临河，陈登之太守延恩题曰"先得月处"，为最胜。家人复游隐啸园，石洞已萦蛛网，迥异曩游。经花市，买花回舟，移棹山塘桥。访广东会馆，欲游玄妙观、狮子林，而观音阁前画舫拥挤，不能出，乃从别河达西汇。

次晨，抵家，得小灯舟以娱稚子。

初九日(**5月31日**)，偕王霞帆为经劝各户缴捐。于局中知蝗出成群，各城门外设收蝗局，西门局则设于蔡宅，沄江主其事，日收二三十担，随即烹，每斤给钱八文。乘其未能飞时，捕打尚易，此举诚佳。

公议按田起捐,每亩出十文,朱绥之司簿。虽属草创,而在城富户已速解囊,恐缓则害稼也。邑尊星征露宿,督捕于西山宝岩,诚能急先务者。

初十日(6月1日),蔡伯修先人冥诞,予往拜,主人留饮,同陈楚卿文学本培、姚炳华上舍两丈、言汇如文学、胡锡蕃少府、姚润泉少尉承福辈宴于书斋。天晴渐暄,不能多饮,而断屠后物皆特杀,鲜味可人。

十一日(6月2日),筠雪女史遣侄半舫墀兰赍诗函来谒,予在郊塾,未晤,次韵报之。又贺蕴香纳姬,谢雪芗嘉贶,题内嫂月娥夫人画扇,以砚函韵折赠双清馆主人,均有绝句,大半叠韵,偿诗债日不暇给焉。

十七日(6月8日),为所亲缴捐至局,晤蒋祐之□□汝霖、邵心斋□□□□,均为赈毕收蝗,料理乏人,而新入局。学院李公于初十取齐,闻望日考常昭生员,而予荒废已久,精力又不支,故未与科试。钱生竺卿居母忧,嘱撰挽联,拈句以应。怀诗访邢月梅,不值,晤其次子绥之国燕,清话片时。旋来答步,陪游蔡园,嘱寿汤梅轩丙燕,应以七古一首。晚陪周文之邑尊寓亭茗点,不拘官场礼数,畅谈时务,相得甚欢。

廿一日(6月12日),伯谦侄同朱恂如、张德甫赴昆山,廿五日入场。

予于廿四(6月15日)清早,同蔡兰轩集石梅李园,适荷池南新筑亭馆,幽折而复清旷,如入画中。设燕听雨庐,心田为东道,叠陈异味,而江瑶柱尤佳。隔座晤汪友梅上舍尚鑅,知为戬甫贰尹之父,适陪委员□□□大令□□及茅云洲少府、钱仲谦、魏宝钦等小酌,互话片时。

次日,复邀邢湘舟、俞友兰及小友朱鹤龄上舍琨饮于李园楼上,案几俱花梨红木,主人玉如上舍以为精庐,向不坐酒客。左见庙园,右临山麓,佳境也。惜大兄避席,仅留侄陪,同坐量皆不豪,三壶酒已觉酩酊。幸江珧、火踵、鱼翅、蟹粉、冰葫芦、扁豆酥等尚为甘美,杖头钱不虚掷焉。归为掌珠校书题《虞美人》一绝。

廿七日(**6 月 18 日**),病目还家。

于**廿九日**(**6 月 20 日**)闻院试案出,王煦亭世兄公子宝岚效曾、仲子余世兄履仁公子稚莲良士均入泮,可慰先师诒厥之心。而李湘槎世丈年近六旬,终得于童子军中,同歌泮水,亦见有志竟成,并慰吾祖当年属望。大侄场作颇稳,而又见摈,自试七回,尚无一得,时运之不利如此。所望益自发愤,为根柢之学,年富力强,犹可大有为也。

闰五月朔(**6 月 22 日**),念始迁祖以下六代木主俱毁于火,唯吾父母神主在城免厄,朔望展拜,曾祖考妣已失所凭依。爰自迁虞始祖至先考妣,绘神位图,命大侄详书节行以及生卒葬所,系于两旁,成一大轴,俟制橱补立新主,以赎前愆。

初二日(**6 月 23 日**),好雨知时,青山如滴,嫩晴凉沁,始闻鸣蜩。晨与卢器轩、陆小轩沄南城春源馆食汤面。旋邀蔡湘潮茂才丈廷鳌及小樵司马、沄江、心田两鹾尹、狄文卿上舍小集听雨庐,有明骨、粉桃、豆酥、冰葫芦、江瑶柱、金蹄躔、火夹肉等味。聚未几,阵雨催诗,荷风散暑,遂添酒拇战,即景吟诗,以志喜雨。酒次,小樵嘱题《渔樵耕读画》,沄江乞题《兰萱荷牡丹画》,均刻烛应之。自此连日大雨,高下田禾得以莳齐,蝗灾、旱灾可以少免。王雪芗饷绿笋粽、白枇杷,蕴香馈碧螺春,俱有谢诗。

初七日(**6 月 28 日**),陪江云艇师、邢月梅茶话一角园,铁画璃灯皆伯生先生旧物,惜主翁去久,台榭仅存,同为嗟叹。和月梅得诗四绝。归见西城夏馆,添设三处,纳凉问酒者络绎于途,尚称乐土。闻溧水于前月收复,喜先人宦迹之所,民气复苏,为之怃舞。苦暑假归,时取馆中鲜下酒,每顿不满百钱,颇觉简便。因长女祁矢食报恩斋三年,内子亦甘淡泊,灶上可不动荤矣。

初十日(**7 月 1 日**),往视冯缄三彬士疾,路过东郊一带,藕花吐红,如火伞高擎,想时雨添肥所致。

十二日(7月3日),偕李德馨□□片云楼啜茗,西南风紧,溽暑顿清,荷池畔掩映亭台,如入画境。晤钱葭村少府、庞云槎文学,清谈片时。旋陪倪协亭俊良小憩寓园,山光入座,高阁生凉。

望日(7月6日),偕邢月梅、王式南、陈古香茗话片云楼,次侄仲舒亦至。闻蝉声,问侄曰:"此何物?"答云:"五月鸣蜩。"又云:"'居高声自远'句最佳,翁中堂可以当此。"予怪其未读《毛诗》、唐诗,何以知此,虽拾牙慧,究亦胸有智珠。又见落叶如蝶飞,同坐以夏气方壮,无凋叶之理,怪之。予云:"望秋先零,但非蒲柳。"侄云:"是榆荚。"同坐犹不解,因诵陶篁村"满地榆钱"之句,脱旧生新,非全黄落,众始释然。又问:"李园何以无酒客?"侄云:"想因斋期。"复云:"古藻可对新秧否?"同人以三十年老友,对此髫童,不觉失笑。侄买大杨梅供客,客曰:"此是君家果。"予谓:"贱姓非杨。"侄云:"岂音同字不同耶?"各为叹绝倒。式南谓十三日以"竹须重醉今朝酒"属诸生对,奈无以应也。予曰:"榴亦能开累月花。"句究未安。古香有画舫,约其移来赏荷,以续前游,均有纪事之作。

十七日(7月8日),往贺王亦周公子驾珊曾谦游泮,贫而好学,不坠家风,吾友有子矣。旋与兄侄暨朱少英茶话七星桧下,清风弄阴,人与俱古。品面读书里口,肴酒俱佳,疑非沽市。

十九日(7月10日),出吊于钱氏,与姚琴绿上舍、瞿竹村少府话片时。主人雨亭上舍欲留饮,以事辞之。

二十日(7月11日),偕蔡翰卿、兰轩、沄江、心田茗话清和轩,继以汤面、汾酒。乘兴至宝成银庄,晤太仓王□□□□、吴县郑梅轩兰田,一见如故。旋为小樵请作《樵隐园记》,顷刻立成送去,恐宿诺也。

廿一日(7月12日),早起,同朱少英、卢器轩到连登浜五老峰观荷,花红含晓露,红白相参,莲蓬亦已坚实,水潦方盛,迥异去夏枯槁,诚胜观也。寓斋连日,唤邵童子树棠唱书,声虽雏凤,而态度老成,不料十二龄已胸罗《玉蜻蜓》一部,貌亦清腴,将来必交一财运。

廿八日(7月19日)，投札周文之刺史，乞题《蓼莪辍读图》。知句容于廿四日克复，两月中连收二县，庆幸何如。

廿九日(7月20日)，予赴小樵之招，偕许鞠樵上舍、王翱峰茂才饮于园中，鱼翅凫羹，以佐醇酒，剖碧奈，剥青莲，浑忘酷暑。鞠樵丈以七十老人尚能健笔，为书《樵隐园记》，又书"引人入胜"额，殊有醉尉风。主人出书画请观，鞠翁善鉴古，以董香光墨迹、恽寿平花鸟为最。并于书斋见佳儿临褚帖，娇女读《幼学》，均有慧根。见所刻陆秀卿女士含贞诗，与翱风小樵和之，复叠韵题其小影。醉归，又题姚子俊明经锡范遗诗，用戚蓉台太守人镜韵，心手双忙，借消永昼。

六月朔(7月21日)，大雨，农田优渥，可免桔槔之劳。

初四日(7月24日)，狄文卿、蔡沄江要至严家场，访歌者袁蕙卿□□，适其往嘹城，不值。便过章家角，晤徐淑容校书，问之，乃即前五年所见淑贞也。风貌较腴，年已廿一。煮茗清话，并弹琵琶，唱词二阕，声细如弦。其兄理胡琴以和，并唤女弟爱卿继其声，琅琅可听。见冰镜中悬小影，题者颇多。李蓉谷茂才兆镜、陈汉亭外委凤章旋到，询及时事，有招降石达开之信，京江、瓜州亦有复机，甚为欣幸。

次日，先慈忌辰，予回家致祭。姻丈陈梅溪少府应祖没十余日矣，其侄文轩廷章柬来嘱挽，应七律二首。

初七(7月27日)夕，苦暑。沄江唤卖歌者唱《斩薛》一出，袅袅高调，和以丝竹，陡引清风。

初八日(7月28日)，为□□陶念萱幕宾□□题《琴书消忧照》，又为沄江撰园中楹联数副，恐负诺，即挥汗不顾也。

次晨，过朱绥之家，晤其族弟云卿昌稔、季皋□□及陶敬夫茂才，清谈片刻。

初十日(7月30日)，俞砚香比部枢回，遵例入城治丧，胡锡蕃驾部为骖乘，执事颇盛，读书人之余荣也。闻瓜州克复之信，未识确否。

十三(8月2日)晨，孤往西城，登弦歌楼啜茗。适疏雨，残虹拖影,山鸟变声,已递秋信。南望两湖渔艇,万灶人烟,俱是诗料。北望辛峰亭顶,微露一尖,更有画意,得一诗。姚俪笙少尹将赴浙候补,狄懋亭丈招同小饮,怕为衣冠束缚,辞之。

十八日(8月7日),立秋。为太仓吕渭塘文学题《观鱼小影》并《团溪吟社图》,因吕来章文学书来谆嘱,不敢方命也。每逢九日,邻女假敝庐诵佛,约数十人,妇女辈亦和之,茹斋竟日。蒋砺钦茂才居嫡母陈太君忧,送节略来,嘱撰家传,予不文,辞又不获,重友谊应之。王雪艼得孙,贺以一律。

二十日(8月9日),周文之邑尊题予《蓼莪辍读图》,步元韵谢以两绝。

廿三日(8月12日),马王庙演戏,为合秀名班。予恶嚣,乃于次日清晓至庙,见神袍笏重新,两厢洁静,隙地秋色正鲜。至廿六日(8月15日),蔡生沄江出钱,复展歌舞一日。

廿八日(8月17日),沄江昆仲邀我集延赏亭,与姚小琴、狄文卿同坐,菹笋、炰鳖,异味纷陈,惜多不饮,三四壶已各酺畅。张灯代月,同为流连,俱有纪事之作。知张二曹贫病交迫,携青钱往问,其太君、如君出陪,历诉窘状,心为之忧,所苦无力耳。

廿九日(8月18日),杨钟鲁太史奉命典湖南试,星使出于词曹,固为吾乡之盛。而封翁齐眉健在,喆兄以军功而加道衔,国恩家庆,运更隆焉,曷胜艳羡。

七月朔(8月20日),新贰尹章均堂先生来谒,予赴其公馆答之,其尊人直夫丈暨其甥张潼生峙东陪话。精舍向北,花木清凉,一洗秋暑。翁氏有仆赴扬,予作札借呈祖庚宫詹,用骈体,灯下为之,双目又病。

初五日(8月24日),蔡生沄江偕徐晴坡赴淮,为抵阜宁朦胧镇油坊盘账,便道过蒋王庙营,托祖庚指示报捐之路,少年心热,吾辈当为劝驾也。于茶园晤邻人钱万成□□,知钱如春千戎大奎、卢梅冈□

□□□皆物故,旧游零落,为之喟然。访周新之上舍鼎铭,出佳饼相待。适季莆卿、张思琴在座,予曰:"请两君预试红绫。"问及亦然伯珊遗稿,云将付刊,不胜欣慰,留一诗于书三味斋。

初六日(8月25日),骇悉张子槎少府病亡,以名医而遭此变,钱树固倒。而为人忠直,又不失一团和气,与予尤痛痒相关,知己忽殂,能毋堕泪? 送殓后,知昭文新令恩□□先生溥课书院士子,予往应。

七夕(8月26日),三更后,予家被贼自后门掘墙而入,由浴室厨房至后堂,窃去灶上器皿及碗、盏、壶、瓶、衣服、铜锡器十余件,估价二三十金。幸家人惊喊,始行遁去。诉知地保汛快,看明属实。思一旬之内,比邻存仁堂及邹、丁、陆姓被窃蝉连,况遗有火煤,椅焚其半,所系非轻。随具呈报县,蒙批准差缉追赃。

次日,知营获四贼,起赃于大王庙,恰对予家后门,当往验物也。挈伯谦谒雨花堂,见有船轩月洞,清净无尘,但闻香气。内设曲局,琅琅可听,惜杂以靡音,不无有亵兰若。

初九日(8月28日),偕卢器轩、伯谦侄唔张岳生,晤陶用匏茂才,谈子槎之为人,互为叹惋。同往永源馆观剧,每客出百六十文,班名双秀,演《和番》《八阳》《游园》《惊梦》《看书起兵》《改妆乱打》《金殿》《五台出家》《思春下山》,尚可看得。适赵宜园孝廉、宗月锄廷辅、屈翼亭、庞云槎诸文学、俞撷云钟骧、紫衢钟骅、幼兰钟纶、屈薇卿诸茂才、王飞卿少尉均在坐,聚话多时。

十二日(8月31日),季莆卿见过,留诗壁间,予即走笔酬和。将壬寅、癸卯两年旧作,嘱其酌选以备刊。闻陆小轩有恙,胸膈作声,医药如故,予属延陆正方推拿,阅日病退,始悟童体不专恃服药也。

十三日(9月1日),家祭。

十四日(9月2日)后,家人连赴湖田观剧。予在家改诗,赠曹小卿员外六绝。

中元(9月3日),雨阻,欲游北郊不果。乃与卢器轩、周新之憩季氏书斋,受之煎茶剖瓜,买饼见待,莆卿陪坐手谈。午后,予为东道,同访酒楼,畅聚至夕,得一诗。

次日,赴塾。心田邀往观戏,偕温绍先、李德馨同舟,雪瓜月饼、香菱交梨,水窗中借消秋暑,而密云不雨,亦无沾衣之苦。唯徽剧多不识,所知者只《修缸》《补甏》而已。练塘金氏传其女庚帖来,系与祐儿同庚,爰倩秦二宜嘉乐占之,颇谐。据云:"乾造三宫,坤造三宫,皆东四福元,中上之婚。乾造壬临午位,号禄马同乡,加以辛金生之,已贵安之,三合成局,由科而仕之兆。至坤造夫星透露,子宿得宜,亦荣夫旺子之造,虽有伤官,不透不妨于事。且堂上皆合,配之定卜齐眉偕老,麟趾征祥。"乃托时酉生致意金姓。况内子赴邑庙问笤,神示并佳,想有缘在也。连日大风雨,秋成减色,而木棉尤伤。闻鹿苑等处因海漫而人多淹死,其余坍墙倒屋亦复不少。

至廿二日(9月10日),始晴。

廿五日(9月13日),又雨。蒋宜斋通议丈见过寓斋,谈心良久。昭令恩公酷好诗,送去先祖遗稿。

廿六日(9月14日),为先君忌,予回家祭。旋往紫渊族叔家,知其侄静甫上舍于前月廿三日没于甥馆。回忆四月初二水嬉同饮画舫,相别百日,已叹千古。年甫冠耳,幸早婚得子,继嗣有人,可少慰藉。

八月朔(9月18日),偕陈古香、蔡心田慧日寺听讲乡约,邑尊周文之、恩□□、学师方云墅其洪三先生坐塾听讲,邑绅鲍琅斋司理、陶砚卿州丞景潞、赵约如上舍元曾同陪。予为失窃事禀周令严追,晤谈片刻。旋于茶园见星士徐小香,为次儿定姻,拈一"驸"字,又卦得"兑"字。据云:"目下稍有停顿,缓期可成。以少女为配,自是两美,利合无疑。"

次日,携祖集谒方老师,留话衙斋。又挈伯谦侄邀陈古香上舍、邢月梅文学、朱炳卿副车小饮钱园,糟鸭、熏鸡、蟹粉、鱼羹以及炒松菌、鸭舌掌、山药糕等味,尚可下箸。惜同人不善饮,只尽两壶。馆主添筑精庐,甚可小憩。

　　次日,古香拉予县南街品羊面,香味逊于昨日所品,盖广济桥精洁羊羔向本有名也。

　　初四日(9月21日)黎明,同陈古香、蔡心田赴郡。未刻泊小王家巷蔡菊轩新宅后,遂偕古香、鞠轩、心田过金狮子桥,访徐懋潮□□□□,不值。公子吟香□□□□谈片刻,缘其设万泰京庄,心田报捐贡生也。并赴玄妙观,登弥驼宝阁,茗话三万昌,大菱鲜嫩,风味可人。旋谒笪氏从姊,日暮不克留,承其厚馈,鞠轩邀同夕餐。

　　次日,同人于卧龙街品爆鱼面。复游北寺,见浮图九层,高大而坚固,适潘氏新修也。大殿留养难民,东隅粮勇试枪,络绎不绝。西旁八字娘娘祠,香火颇盛,有诸善女于此诵佛,大半挂黄布囊,皆乡里妇女。巳刻移棹阊门新渡,访笪甥琴舫于陈氏纸栈,累其为东道,邀至小邾衔口胜源观馆观剧,为全福班,演《写本》《斩杨》《梳妆》《跪池》《闹救》《后诱》《杀惜》《打子》《教歌》《折柳》《胖姑》《打差》及新戏。巾生陆吉祥喉甚清脆,其余净旦声音亦佳。是夕,灯船数百,往复于山塘桥边,颇足称快。

　　初六日(9月23日),同人往卢家巷吴趋坊等处,品茶第一楼,得金瓜、玫瑰酒,色味良胜,吾邑所罕也。见蔡小渔郡守映斗陪朱筱沤粮储钧坐灯舫,为白堤之游。午后移舟齐门,与心田步行街市,招鞠轩上船,五鼓同返。

　　初七日(9月24日),吊张子槎之丧,遇陆芷舫、童叶舟诸茂才,叙谈良久。

　　翼日,到蔡塾,骇闻司计温绍先于初二日病亡。绍先忠厚老成,诚实可靠,与予为莫逆交。自前月杪患痢,犹食饭少许,步至东城,趁船回里。讵意未及一旬,遽至不起,惜哉!复闻福山王市、珍门庙一带蝗又盛,系由江北飞来,集处高数寸,甚为焦忧。

　　初九日(9月26日),李德馨、项芝田邀予品羊面于虹桥,香味兼美。更憩逍遥游桂花下,茗话俱香。适蔡沄江行聘,与冰人戴祝三少府文炳饮于书斋。适沄江自淮上回,见常州飞蝗蔽城,土毛大损。

次日,与兄侄仍品羊面于广济桥。

十四日(10月1日),久雨初晴。城中蝗亦盛。往拜蔡顺卿太君七十,主人嘱陪方云塈、顾南崖两学师、昭文捕厅范湛园先生维璇小话碧爽亭。旋偕长洲周崧甫州同、徐培卿文学人麟、同邑姚炳华少府、言汇如文学、沈经甫上舍荣恩、瞿甫堂少尉云柏、沈史痴文学、苏望之学博、蔡九皋封翁、陶誉之孝廉、王翱风文学、张墨樵少尉、顾德卿贰尹、朱二裴上舍曾度、徐英三文学璘、蔡云轩少尉、杨受申文学、曹小卿员外、李蓉谷文学、蔡小樵奉直、胡锡蕃驾部、蔡伯修文学、苏学泉画师文溥、刘小寰文学、言云岑佾舞景松、翁士服上舍曾来、蔡叔崖少府、张心斋树葵、查静嘉兆福、朱少英少尉、蔡季范□坊、朱少美少尉、蔡心田明经、沈宝三文学、蔡兰轩允文、狄文卿上舍、陈桐轩文学、熙龙上人饮于丛桂山斋,灯采一园,鼓吹两部,极金迷纸醉之观。尤静困馆培卿家,爰托其致书,并赠崧甫、培卿大父集,以为文字交。

中秋(10月2日),小雨。季受之馈乌桴柿,予重其名,连啖数枚,甘甚。偕卢器轩、伯谦侄访季莆卿,假斗牌拨闷,家园瓜子、玫瑰月饼,香味可人。旋为器轩邀至酒楼小酌,鲜蟹肥凫、鸳鸯面均佳,消酒一壶,已觉醉饱。夕往社庙观灯,茗园待月。适有卖卜者,莆卿问来岁保结如何,拈得"呆"字,据云:"人来保著,如木之滋长,得利而且得名。"予问来岁进京如何,拈得"恕"字,据云:"如心字面固好,且一路平安,诸般吉利,费心也可成名。"醉归,一带笙箫,千门香火,凡铺家掌柜、船户长年,俱饮欢乐酒,而斗宫商、诵佛偈者亦复不少,惜未能云破月来耳。得三绝句。

十六日(10月3日),仍雨。季受之为醵饮,同钱橘辰上舍荚、席君才□□琪树、陆□□□□□、钱竺卿佾舞、胡万春□□□□、蒋幼琴上舍昌鲁、范芝孙官俊等集复兴馆,看核甚精。旋为幼琴、莆卿、君才邀至顺兴园茗话,当垆花艳,隐约目前,而予则雾中看矣。

十七日(10月4日),赴青龙桥茗馆,听吴女王秀川、卫月兰□□

唱《白蛇传》。其瞽母善胡琴，工说白，诙谐谈笑，令人解颐。秀川善弦子，貌腴气静，如一座盆花。月兰稍瘦削，而弄琵琶却神化，娇喉尤沁入心脾。始唱小曲，继唱传奇，卒唱柞垃圾滩簧，无不妙绝。予与管云轩、黄竹斋、蒋和轩、狄文卿等徘徊至暮而回。

十八日（10月5日），同沄江、心田出北门，憩报慈桥茶亭，一路桂花，香风醉骨。陈祠洋菊正开，毛栗亦绽。桃源涧瀑布怒飞，积雨故也。惜山田蝗聚，少减秋成。回城，仍于青龙桥品曲。晚为狄文卿拉至瞿楼，与朱少英小饮，鲜虾、肥鸭以及蟹粉俱佳，而予尤爱松菌、笋鞭，奈酒量不宽，二壶已觉醺然。踏月而返。

十九日（10月6日），为沄江撰诗酒琴棋书画六绝，镌之座右，又题纱窗画十诗。城脚见河中有黑物丈余跋水，未识为何。心田聘司计查渭阳寰瀛，人甚沉静，与予订新交。

二十日（10月7日），与邢月梅、李兰亭德馨仍品羊面于虹桥，复集归园茗话。

廿一日（10月8日），狄文卿、蔡沄江邀同青龙桥顾曲，季让斋上舍堃、蒋鲁岩少府亦在座，唱《卖青炭》，笑动一场。又访□素琴宝龄于红楼，如一朵白莲，本色中自有韵致。主人为徐月琴□□，行三，虽名噪甚，而已似秋花之瘦，唯服物器用稍精。其余如吴门穆月娥□□，行四，明净如画，温柔可人。效奔走者为同县人秀香，年较长，乱头粗服，虽善伺人，而似草花，不为席上珍矣。此外尚有数人，无暇遍询其姓字。适善才教小娃度曲，客来亦众，匆匆茗话，不欲少留。

廿二日（10月9日），蔡心田设棉花庄，予见其家醮事已毕，遂留馆课书。

廿四日（10月11日），新生迎学，予往钱晓岚禄丰、赵觐三元鼎、仲稚莲良士、屈达人家璋、李湘槎、屈伯纯春熙、王宝岚各家贺喜，与钱竹庵州丞、赵宜园孝廉、仲卿和儒士良翰、屈香坡文学、铁庵奉直殿楹话旧片时。王煦亭文学留饮，偕景璇圃、王仲仁、周守一思敬拇战尽欢。晤殷小斋振云、胡炳华缵祖、景瑜圃、徐少瑜诸文学、钱筑嵋上舍、姚芝生□□福坤、赵兰圃□□、顾□□□□、吕棣怀□□等，倾襟畅叙，同入学宫，观新生谒圣。而年最少者唯庞禹陈洪畴，为桧岚明经天培之孙。

廿八日（**10 月 15 日**），王雪芗、任瑞棠□□挈洞庭张聚和□□到蔡塾，予陪话，知雪芗荐聚和司计，补温绍先之缺也。

九月三日（**10 月 20 日**），挈大侄下乡，贺李静轩一桂嫁女，又贺朱鹤龄上舍之婚。主人殿扬上舍钰、焕扬少府钰留饮，肴馔极丰，流连竟日。晤长洲王念慈□□□□、同邑孙芳坡鸿勋、顾小屏鸿章两上舍、朱云溪少尹汝霖、李东皋□□、马西来、沈小云□垣、俞友兰等，畅叙言欢。自昨夕邀狄文卿执酒持螯后，连日醺然。第昨话雨，今贺晴，胸襟尤爽。

初五日（**10 月 22 日**），徐晴坡邀我过红桥，品甘酒、羊面。旋偕邢月梅、陈古香茗话复兴楼。

越二日，狄文卿、蔡清臣、沈云庄、钱竹香约予青龙桥顾曲，唱书后继以劝农戏摊，丝、竹、肉均脆。晚同文卿读书里品卤面，颇鲜。陈古香馈红莲米，煮之甚香，所谓"近炊香稻识红莲"，于斯益信。陈浩然□□为蔡庄司计，又得今雨之欢。

初八日（**10 月 25 日**），邀陶岳崧、徐晴坡、张聚和品红桥羊面，中有名件，剧佳。

重阳日（**10 月 26 日**），馆假。

十二日（**10 月 29 日**），到塾。适蔡生沄江于明日完姻，预往亲迎，予偕柯人戴祝三少尉、钱竹香振涛、姚小琴茂才、吴长卿少尉、狄文卿上舍、蔡清臣少尉、朱少美少尉等饮于堂。

十三日（**10 月 30 日**），主人嘱予陪客，晤新亲浦蓉斋少尉廷珍、王似山□□□□、李少园之翰、□□□□暨孟□□兆鸿、钱静庵两外委、姚炳华上舍、蒋宜斋都尉、赵荫斋上舍、狄懋廷少府、姚琴绿上舍、曾仲才助教、曹和卿员外、丁芝亭舍人、王蕴香少府、丁曙堂少尉、钱竹庵州丞、庞昆圃学博、徐云涛上舍、顾德卿贰尹、魏宝钦上舍、庞云槎文学、张子成少尉、刘小寰茂才、沈史痴文学、王翱风上舍棽福、翁洁卿茂才、胡小山志培、周沁芗浩文等，畅叙言欢。夕与查静嘉兆福、钱竹香、张心斋、陈厚斋、胡锡蕃驾部、张默樵少尉、沈宝三茂才、蔡云轩少尉、伯修茂才、小樵奉直、叔崖少尉、翰卿上舍等宴于堂。

次日，姚小园副车一树之太君祭期，予以芹谱谊往吊，遇陶慎卿茂才及苏望之、李升兰、归公恒、浦晴淮登奎诸孝廉，聚谈寸晷，稍慰阔悰。

望日(11月1日)，晤陈福田、周廷栋与家晓园于茶肆，谈及祖墓自水灾后，无树木藩篱，为之心恻。拟责成坟丁扎篱，告知各房种树，并嘱晓园及族人绘祖位图以补焚主之过。

十七日(11月3日)，狄懋亭丈招饮，同王蕴香少府、周菊亭上舍兆鹏、庞希葵少尹钟球及公子吉卿、文卿宴于书厅。精馔纷陈，佐以十余年绍酒，主人以觞政劝客，百巡拇战，客皆陶然。幸蕴香量能容，顿罄一瓮。出新香糯粥解醒，风味亦妙。璃灯夺月，铜漏知更，见闻俱快，不独旨酒合欢也。

十八日(11月4日)，为内弟贾正卿秉义缔姻蒋氏，行纳采仪，予往贺，陪冰人姚士衡文铨暨朱恂如、沈菊村、秦春岩、顾少江椿荣、谢峻山、家景园、福庭等同宴闿庆堂，羊鸭俱肥，家酿亦厚，词仙兄弟殷勤劝饮，各尽欢情。旋赴介眉叔处，携祖位图属兰卿弟如样摹之。南乡田禾虽较旧起色，而间有萎者，不伤于蝗而伤于风，可知四乡皆歉收，佃农来报，又添闷怀矣。

十九日(11月5日)，始起大西风，寒气渐至。

二十二日(11月8日)，王霞帆幼君寅谷完姻，留予迎娶，偕桑砚香运使、镜仙寺丞文滤、张鹿辀、笠夫两上舍、沈秋亭维桢、王芙江、吴翰卿大霖、王聘轩国璋诸少尹、居敬之茂才清绶、王逸亭柱、钱琴溪树梓、吴春江镜清诸上舍及瞿泰瞻□□、景园开业、春泉□□、世良联元、佐卿炳奎、马玉堂□□、袁茂塘、李小冈、静轩、时酉生、毛兰冈培德、荔峰培芳、世卿廷琮、徐鹤斋□淦、袁香樵受达、毛畹香上舍秉钧、金湘坡海涛等饮于诵芬堂，兴酣拇战，座客皆欢。便视时己生风疾，劝其宽怀，延医针灸，并速葬母棺。彼心领之，而口不能语，真怪症也，见者咸为焦虑。

廿五日(11 月 11 日)，霞帆送酒席，予分馈王蕴香昆仲，雪芗报以熏鱼笼蒸，俱妙。

廿六日(11 月 12 日)，存仁堂素庵禅师六十庆辰，属撰寿诗，应以七律。偕吴寿之茂才震、钱葭村少府、刘雨寰学博成霖、许鞠樵上舍、王叔和征君、殷小云司理、范秉之循训同座，人谓诗书画圣，咸集一堂，太史应奏文星聚，予愧不敢当。时鹅湖、莫城两乐部合唱，听《絮阁》《云阳》《闹救》三阕，声俱宏亮。西洋台灯彩，亦极辉煌。与徐月槎、吴雨田、王虞英三州同、王煦亭、屈达泉逢源两茂才、屈允之、曹博泉两上舍、陆云翘少尉、永春□□、洪道□□两上人连品汤饼，听曲至晚而回。

次日，托云翘转求其师寿之先生题《渡江击楫图》，晤江宁许伯蕃□□□□，适借窗课章氏子弟，缘章越群郎中焯寓陆家也。

十月朔(11 月 16 日)，步至莫城，过横浜霓桥一带，新稻登场，人家婚娶热闹，胜于旧年。瞿子英留饮，与李瑞华奎小憩片时。子英季弟世良、公子佐卿劝酒殷勤，佐以汤面。日旰始回，往返二十里，足茧不堪。内子小影因苏凤侪久未补景，爱倩袁屺樵鹤为之，侍女煮茗焚香，点缀绚烂，不合林下风，乃衔以烟云供养。

初八日(11 月 23 日)，王芙江少尉成昏，予撰联以贺，承惠盛筵。是晚，品袁惠卿女士□□琵琶，适唱《白蛇传》，作顾景文病态，令人神伤。终以《卖青炭》戏摊，群呼绝倒。年方笄，已名噪数百里，从此红桥茗楼倍增声价。晤王双溪茂才嗣孝、徐韵兰上舍□漆，皆谓惠卿为女榜眼，陆秀卿为状元，汪息卿为探花。惜秀卿和其诗而久隔其面。

次日，陪大兄及卢器轩复聆王小川等弹词，终以《活捉》戏滩。傍晚,品面读书里口,且与邢月梅啜茗遂悦轩。对门酥饼著名,买数枚食之,果美。

初十日(11月25日),下乡,赴王氏、贾氏送议叙藩司收照。内嫂托办棉衣六十,约十余洋,以备施送,诚善用财也。陈霭亭自京都回,见馈王麻子货物,剧佳。

十二(11月27日)夜,邻人李聚宝获贼锁解,予恐汛快卖放,爰将七夕之案着快追赃,并具呈于新令陈月湖先生楸𦮀,冀其严究。

十四日(11月29日),赴伯谦醵饮,集于复兴园,与朱成德、张岳生、毛憩棠、狄步云□暨王瑶林上舍国琨等拇战意酣。

十六日(12月1日),雨。徐晴坡以尘忙稍息,觅支塘羊脯、海大鱼肝,倩李园厨子烹庖,订予吃名件,遂与陶岳崧、陆颂甫赴席。馆添野鹜、山鸡,味皆鲜美。三君豪饮,我但大嚼,连食汤面,腹竟膨脝,醉纪三诗以谢东道。

次日,陪曹和卿奉政饮于寓斋,忘形畅话。倩绿君夫人衔内子《林风散朗小影》,娟秀颇似簪花,虽不识丁者亦复喜甚。大兄购得张竹坪茂才晋夔遗稿,嘱予摘入《诗话》中,恐其后嗣不珍手泽也。

十八日(12月3日),憩同春茗楼,偕上虞何敏夫上舍树荦,听吴女章月兰、雪兰唱《双金锭》,间以《四季相思》小曲、《见娘》戏掫。月兰目盲而口脆,不遗余力,尚属可人。雪兰则年少手生,琵琶未能合拍,听者哗然而散。唯予勉坐须臾,恐其难为情也。

十九日(12月4日),贺翁荩卿上舍曾荣成昏,时其祖协揆公及其伯经略、其父驾部均受圣眷之隆,而其叔殿撰又以修书得五品之叙,家盛何如。与其兄洁卿中翰谈及,转抱谦冲,知名家子弟不尚炫耀也。是晚,又品惠卿琵琶,说《顾家古董》,波澜叠生,继以《补缸》一曲,亦极熟脱。

二十日(12月5日),赴朱子钦丈家,贺其长孙望椿豫元完娶,为赠楹联,与李竹溪少尉芳茂、瞿静香茂才、朱绥之、恂如两少尹及伯谦侄迎鸾。晚同袁庆中、朱成德丈暨狄振纲、振扬、振家、李竹筠少尹芳荣、成宪□□、贾词仙、梅溪、毛跂堂、雅堂、朱菊亭上舍时中、殿钦□、时西生、王湘坡梁、支启华□□、沈□□□□、□□□□、家焕纶等饮于堂，品曲移晷。唱《过关刀会》，喉俱宏亮，听者怡情。

次日，返棹。

廿二日（**12 月 7 日**），于复兴茶园啜清茗，又观牵线地猴戏，社坛日暄，人如环堵。

廿七日（**12 月 12 日**），同季让斋、朱少梅、沈云章憩同兴茗楼，品吴人姚琴兰、云兰姊妹歌喉，适唱《三笑因缘》，形容各态剧妙。琴兰声遏行云，云兰尤如雏凤之鸣，娇喉无比，琵琶诸乐器亦十分和谐，少年中难得如此熟脱。终以《朱买臣北樵》，章月兰主之，非复生涩之态，书场中原贵有佳伙耳。

十一月三日（**12 月 18 日**），姚理堂丈次女出阁，予往贺，晤曹小卿、陈坤亭廷爵、王蕴香，谈片刻。旋同曹鲁亭茂才应泰、倪翼亭、钱竹香、蔡伯修、顺卿、清臣、菊轩、季范、志亭仍听二姚弹词，《三笑》后参以《三亲家游观》，笑欲解颐。薄暮，顺卿作东道，邀同人饮于李馆，嘱予出拳，兼飞联字，幸胜，不至醉如泥。而南腿、羊蹄俱用大碗碟，惜无大腹以承。

初九日（**12 月 24 日**），金斗山照、宗尉乔浩然来谒，十余年不见，各已髭须，话旧颇如梦境。

十一日（**12 月 26 日**），陈云卿贰尹招饮邵园，偕俞洵芳福钟、家郑叔两茂才同座。拇战更番，数升酒罄。别座徐春霖□□来斗饮，直至二更。

十二日（**12 月 27 日**），大兄长孙祖琛正晬，予陪陈坤亭等汤饼言欢。旋访陶誉之孝廉，茶话书斋，其从弟佑之茂才嘉业、公子□□文炳俱下帷攻苦，不愧书家子焉。闻镇江瓜州于是日克复，贼匪远逃，吾苏庆幸。彭咏莪相国蕴章、潘星斋尚书曾莹建议造贡院于南园故址，书院肄业生潘□□云凤、吴□□邦勋等又投公呈，各宪准奏，自是大便事,唯经费浩繁,恐捐资不暇给耳。

十四日(12月29日),同卢器轩仍品二姚《三笑》,继以《赏端阳》
戏滩,颇佳妙。

十七日(1858年1月1日),同人会集复兴园,偕王蕴香、马云
阶、朱少英、周新之、钱竺卿辈拇战畅饮。陈霭亭见馈京靴铜器,估价
及十千,愧无以报,聊赠楹联。

二十日(1月4日),大兄为醵饮,同王友三上舍尊益、平竹香参军
其绅、王聘轩、芙江两少府、张德甫上舍等行觞政,欢叙多时。为王宪
祥少尹文瑞暨笪甥琴舫撰楹帖,书以表忱。

廿五日(1月9日),大雾眯目,视山城如大海茫茫,日白于月,从
来未有此奇。晚同朱蓉塘庆钧、少英、望椿、邢月梅、张聚和、徐晴坡、
蔡顺卿、清臣、沄江、季范及伯谦侄听二姚竹肉。复集李园,予为东
道,齐排两席,味选食单,如金腿、江瑶、蘑菇鸡、鸭舌掌、野鹜臛、糟鱼
尾、蟹粉、鳖裙之类,俱可悦口,自携福珍醇酒尤佳,而生燂鸭亦极肥
嫩。同人斗酒兵,罄一二斗,欢畅无似,无虑费钱难下箸焉。

次日,天暖而雨,盆梅怒开。第冬行春令,恐民多疥疠、蝗虫
复生。

廿七日(1月11日),下南乡刮租,奔波三日而回。本年租米收
可足额,第折钱太多,因定价每石三千四百,比他家稍贱之故。虽有
风伤减收,而将陈租补垫,唯米粒未坚,不耐碓,亏折甚多。况上忙银
多给串,现年除免一分,平区缓一成二,尚须完七分八粮,兼之年务开
销较前益甚,实属难支。

[十二月]初二日(1月16日),蔡菊轩迁居,予往贺,偕潘南轩、
狄文卿、朱少英、徐晴坡、蔡志亭及黄芝轩茂才□□、张聚和、陆颂甫、
陈浩然□等畅饮。闻翁祖庚宫詹因瓜州克复,奉旨以侍郎升补,赏穿
黄马褂,允为吾邑增光。族弟廷卿欠季氏租米,几至送官,予为调停,
约期缴楚。

初三(1月17日)夜,地小震有声。

初六日(1月20日),蔡季范就婚朱氏,予往贺,与潘南轩、王翱峰等晤语片时。

初七(1月21日)夜,予家后门又被贼,窃去姬等衣被。当此冬防吃紧,尚有穿窬,不知地保汛快何以疏懈若斯? 遂缮呈报县,批饬差并缉。

初十日(1月24日),徐子瑜上舍宝商以喘逆疾亡,曷胜邻笛之感,为挽长歌。

十九日(2月2日),馆假。

二十日(2月3日),同器轩观迎春,买红绿梅两盆。晤曾士常、萧穆堂敬熙二文学于面肆,小饮清谈。

廿一日(2月4日),立春。挈伯谦各庙烧香,斋心一日。见白衣庵住持福溶□□,询知其师□□□□已主寒山寺方丈。

廿二日(2月5日),予诞,天剧佳。晤同案吴一山明经兆铣,久阔之余,询知家境凄清,大非昔比,如见葛陂西华,始悟前辈之奢,贻误至此。

廿四日(2月7日),内人因感冒而动肝风,幸邀张岳生诊治,黄灿章起课,医祷就痊。因镇江瓜州恢复,天颜有喜,宵旰稍纾,乃颁恩典,赦六年以前民欠钱粮,被贼之地赦至十年,江东之庆幸何如!

除夕(2月13日),嫩晴。惜腊中少雪,恐蝗蝥不能除耳。蔡生沄江等承祖父遗命,拨田千余亩办两义庄,呈报各宪,准题请旌,亦其孝思所致,教者与有荣焉。

龚又村自怡日记卷十七

咸丰八年戊午(1858—1859),四十有九岁

元旦(2月14日),微雨,假呼卢消闷。新购琴砚试笔,得一诗。又买红、绿梅两盆,置书斋供玩,如静女侍侧,可平躁心。

初三日(2月16日),下南乡贺岁,王霞帆丈留膳,与其侄梦蘧、公子瑶林国琨饮于漱芳阁,十月白胜于黄娇。旋谒平氏二姑、邢氏从姊,久别之下,各已衰颓,欲留一饭,缘暮告辞。旋憩贾氏双桂轩,盛馔纷陈,颇羡厨人妙手。醉里登舟,老仆但鼾睡,而予借传奇消遣。有以唐时文章四友诬为枕席之交,予怒诃不止,即志一诗。

初五日(2月18日),携儿访蔡顺卿家园,盆梅怒开,小憩香中,神与俱化。又进邑庙园,士女云集,有顽儿放水鼠爆,如鱼之惊,烈烈轰轰,可博笑噱。复过谭祠,梅花逊于往岁,晤席韫山上舍元灿、瞿仲章明经,清谈片晷。值次侄仲舒行聘,同冰人朱恂如、贾梅溪及陈霭亭、张岳生宴于堂,赌饮几醉。更余,同斗牙牌,竟至连北。

翼日,呼家人蒸金蹄,烹刀鲚,煮红莲粥,留同人小酌,惜宿醒未解,觞政不克畅行。

人日(2月20日),同卢器轩、季茀卿石梅品茗,李祠梅花盛开,如入香海,阓外春人试马,往复如梭。于中巷品素面,连日鸡豚浊胃,借此一清。

谷生日(2月21日),徐氏邀予陪吊,偕曾芸溪佾舞钧谦、严修来、姚禹门继勤两文学等饮于听春楼,复与蒋砺钦、卫朗行文璧、季茀卿三文学抟蒲得胜。晤唐蕴岩茂才□钰、季受之佾舞、顾青田少尉、陆月

樵起、王宝岚、陆云生诸文学、周蔼云、刘蔼仁□□、陆乐山兆奎等,畅
谭竟日。暮同徐少泉文学秉达暨朱蔼泉□霖、李少初敦临辈,促席畅
饮。子瑜习天主教,不设祭品,惟檀香橡烛而已。同教者来吊,摘缨
不拜,于棺上将彗被除,哭念经咒,并向耶稣位前讽经十五处,起拜如
数,声声带哭,痛入心脾。

天诞日(2月22日),挈器轩及伯谦梅花丘茗话,见白衣庵前,进
香者颇众。过雷部殿,见星家吴爕堂。过天后祠,晤相者陈九如。过
灶君殿,重遇无锡吴誉卿茂才,适孙菊庄大令、蔡翰卿上舍亦至,话旧
片时。旋于文学里食汤面,集同兴楼品吴素娥、姚文兰清歌,适唱《玉
蜻蜓》,吴虽盲而口音自滑,姚亦玉貌娉婷,珠喉宛转,琵琶尤如百指
弄,继以教歌滩簧,合座大笑。

初十日(2月23日),祐儿定姻金氏,为省三上舍印根之女,柯人
为时西生及大侄。夕邀朱少英、揖庐、家福庭饮于小轩,局戏至晓。

次日,偕西生、福庭、伯谦仍品吴姚弹词,唱《罗梦》,剧佳。

十三日(2月26日),王蕴香昆仲邀饮,因蔡顺卿先来招,不能兼
赴。午后憩蔡园,梅花犹盛。烹碧螺春,设陈绍酒,肴馔数十品,俱出
家厨,而河豚尤美。与浒关周幹卿司李维祯、雅堂□□全彬及陶吟湘
副车、苏望之外翰、钱葭村少府、朱二裴上舍曾度、钱心远、徐英三璘、
曹鲁亭、刘小寰诸文学饮于丛桂山房,唯胡小山后至,卜昼卜夜,战拇
飞字,畅叙欢情,而幹卿、顺卿之公子陪坐,尤出口成章,令人叹服。

十四日(2月27日),往邑庙观调灯,适常、昭两社并集,先采茶,
继云龙,终以走马,每人有五六灯,被斑衣,演八仙三星、十二花神,摆
"天下太平"四字,花爆怒喷,鼓吹喧沸,自初更直至四更。予立露台,
目力足力已疲,而调者之惫甚可知。

元夕(2月28日),骤暖,适月食,挈卢器轩、仲舒侄社坛神庙观
灯,看大侄与许兰泉杠、右山杭六博。复茶话五亩园,妙香时闻,得诗
一律。

十六日(3月1日),留王友三上舍尊益、季莆卿、卢器轩等饮于西

斋,拇战数十巡,各为酩酊。复同莆卿玩灯两庙,赴东太平巷沈氏、周神庙衖陆氏射灯谜,二鼓始回。

十七日(3月2日),小雨。蔡氏开塾,与朱少英饮于挹翠山房。

十八日(3月3日),寒甚。时己生茂才病没。犹忆初三日贺禧相晤,神气如常,惟颜色惨淡,讵料不日寒热,半月而殂。母丧未期,女婴尚稚,年强无子,仅以一衿终,惜哉!大兄以姻家送殓,予亦有师弟谊,曷胜天丧之悲。

廿二日(3月7日),溧水任晴圃上舍昕偕江宁周云生茂才来谒,予与晴圃别卅三年矣,备述城乡两宅,均被贼烧,欲归无家,暂寄学宫庑下。其祖原泉茂才汝霖,蒙恩旌孝,先君旧曾题诗。长子静山文学塏与族兄□□□□均带勇敌贼,受伤身亡,棺厝虞山西麓,各宪请恤,温明叔丈序其颠末,以播士林。幸投柬识名,旧容尚可仿佛,时年五十八矣。云生则工书画,流寓之余,颇有生色,前年于泮宫一遇,竟许知心。为留著点,各赠二诗。是日择吉,命次女培礼、次儿培祐入塾,倩卢器轩授读,可免出门之劳。长女培祁随母勤针黹,习烹庖,且欲报亲恩,茹素三载,诸凡节俭,可纾我内顾之忧。

廿四(3月9日)夕,同季莆卿、卢器轩赴九曲黄河李王宫前等处测灯谜,适庙台调灯,人挤不得进。闻夜航船载钱五百千,舟忽破,沉死十三人。有一妇闻童子语云,有刽子满船,惊惧而上岸,竟免此劫。想溺毙者均有数存焉。

廿五日(3月10日),任晴圃示《公子殉难录》索题,应以七古一首。周云生见赠长篇,即次韵和答。并哭时生己生一首,又挽两联。代徐晴坡作王仲岩□□挽联。为蔡生沄江撰其父墓旌孝坊联。抵暮,仍偕莆卿猜灯谜,二鼓始回。见天有黑气如虹,自北而南,恐是祲象。有人言,元日黎明,见枉矢星下坠,豁然有光,俗疑天开眼,未识果否。

廿六日(3月11日),晴圃、云生顾我寓斋,引游后园。同入城,问酒文学里,啜著清和轩。询知高平旧友如王□□抢缘事斥革,陆□

□鹏程遇诬暴亡，魏□□图南父子身死无后，其余老成人大半凋谢，为感喟久之。是夕，邑庙落灯，同人往观，以畅新年之兴。

廿八日(3月13日)，答候周、任二子。云生托销画扇画幅，予念其情迫，自与以银。晴圃有范叔之寒，又赠以绨袍，不暇顾室人之交谪也。大兄挈次侄仍馆王氏，霞帆昆季待先生忠且敬，下榻将三十年，有无相通，可称耐久。大侄伯谦从张子槎学医六年，药性固谙，脉理亦达，亲承指授，颇有会心。本欲不轻一试，近为衣食计，不得已下乡行医，寓居朱氏。求诊者服药多效，固见渊源之厚，又属时运之亨。而祐儿则好嬉，不能专心识字，偶一坐定，稍有记性，幸其次姊作伴，尚不视学舍为畏途。

二月三日(3月17日)，与蔡生沄江明经赴文昌社，除前同会诸君外，又晤王赞卿、钱葭村两少府、翁洁卿中翰、曾芸溪佾舞、李伯华宫尹炘、孙彦园元瀋、杨吉甫福曾两茂才、归申甫少尉崧年、蔡清臣少尹、狄文卿布经、朱云卿参军诸子，同宴钱园，共九席，归菊庄奉直、赵价人户部作主人。黄辛竹、朱绥之、余逸帆三茂才暨曹和卿奉政、胡雪岑少府兰枝、菊庄、文卿辈与予拇战，饮至数升。肴馔多海味，而予偏爱熏菜、蕈鲜、燕笋等味，倍觉清新。惜旧东道钱心如已故，不胜黄垆之悲。旋同狄文卿、周新之过长寿轩，品李蕙芳琵琶，适唱《双金锭》，年稍长而喉尚清脆。遇姚琴绿上舍锡庆、顾协琴州同念臣，茗话片时。又同钱仲谦司马、施茹生文学及菊庄、雪岑泥吴燮堂谈命，据云，菊庄、仲谦俱富相，惜文星不透，科名无分，须从异路进身，仕可至三四品，现在应得大夫官。雪岑则较优，早年当入泮，虽科名蹭蹬，而家业丰隆，可及早报国，当得显达。茹生则可登科甲，唯家世清贫，冰衔不近于利。此数语颇中，其余多无准矣。

次日，遇夷人投书，俱天主教语，粗浅无味。闻首相广东叶昆臣制军名琛曾以平夷功钦赏男爵，加宫保衔，去年竟被夷匪抢去，置之囊中，固已目无忌惮。今又欲华人习其教，是何居心，吾辈肯受其愚弄乎？书内子年庚，嘱吴誉卿推算。据云，是干支联珠格，印星透于夫星之上，是极贵之女命。诰封命妇，夫宫高贵，恐未必然。惟云子息甚少，一桂传芳，四胎可见，颇合。苏望之学博赠我《小有山房诗钞》，知为其祖有山外翰榛之作，并惠题《蓼莪辍读图》。

初八日(3月22日)，偕卢器轩谒殷小云布经，引游家园，有鸳鸯厅、拜红轩、秋水夕阳亭。其中花卉俱扎本，湖石亦点缀玲珑，而后面西洋台尤妙，其家人凭阑观剧，隐见如仙。池馆数楹，俱拓玻璃，朗敞无比。留大父诗及《诵芬录》，以志文字之交。复经半野堂，谒吴寿之丈，留诗三律。从子游墓上山，登乾元宫，适值张大帝诞，香烟拂衣，人如蜂拥，惜楼危不得登。出山门，见南北菜秀将华，青苍悦目。晤蔡九皋、兰轩及小樵父子，同下山，茗话琴翠轩。又至赵衖食汤面，买兰数干。出城，为季寿之、周秉义邀集陈园啜茗。季莆卿约往西市河射灯谜，得纸笔数种。同吴□□□、徐品梅等饮至夜分。

次日，赵宜园孝廉过我寓斋，同憩刘祠，与潘南轩、苑章兆熊茶话良久。入城，于读书里饼家点心。因宜园劝赴京兆，作三诗报之。

十一日(3月25日)，宜园挈沈梅卿上舍□英、伯门茂才规招予至蒋氏一角园茗话，适玉兰盛开，而伯生先生已作古，同为感喟。宜园作诗索赓，梅卿又举环字韵旧作，予为学步。便过酒垆，以汤饼疗饥，尘世间难得此诗人之聚。闻周凤岐撰灯谜，乃偕伯谦侄往猜，十得一二，自愧经笥不熟，相对茫然。王雪芗丧才女，慰以长言，恐绿君夫人之断肠也。

花朝(3月26日)，微雨，作灯谜数十以遣闲。是晚，小女培祁随伯母赴杭，进香天竺，并到湖州白雀寺礼佛，祈家室平安。

十三日(3月27日)，朱筱沤粮储钧甄别书院，予与钱荫堂国桢辈茶话石梅。

观音诞日(4月2日)，往紫竹庵焚香，适住持普清新没，一龛在后堂。是日，参佛者众，而毗尼庵新悬绣幡，香烟缭绕，善女团坐。因尼福林善逢迎，尤多施主。见有办篾盖数百，掩人家露厕，此举甚佳。

仍延沈朝宗为季女静方培褯、侄孙辰保世镛种痘。

廿一日(4月4日)，访沈梅卿丈于长春衖，见示《生春阁集》及和拙诗，并惠《医品》一部。夙好骨董，斋中古玩纷陈。把臂入樵隐园，主人蔡小樵不值，司计严云溪□□引观红白桃花。适园新修，纸醉金迷，如步水晶宫，令人爽目。予所撰园记，已悬之屏。又过蔡顺卿家园，与《赏梅》七古一首，以谢主人。

廿二日(4月5日)，清明。招季茀卿、周新之话雨，出牙牌遣闷，至暮始休。

次日，赴茀卿醼饮，偕胡万春、项承三宗□、席君才、钱竺卿等集邵园，齐歌醉饱。夕至张思琴、童仲汝蒙泾家忖灯谜，得纸笔数件而回。

廿四日(4月7日)，诣梅翁家，和其《斑鱼》《禁烟》《绣球》《黄梅》诸作，又示诗稿，嘱新之录入《诗话》。午后，梅翁携三子一孙到余塾，引游山园，山茶、桃花盛开，新得灰鹤二，卓立不惊。惜雨来，不获周览。

廿五日(4月8日)，小女自杭旋里，带龙井茶、西湖藕润我诗肠，恰如送行诗中所望。

廿七日(4月10日)，蔡生古庄侍母赴天竺。予回家，适方云塈学师六旬庆，祝以一诗。

廿八日(4月11日)，赴西山扫墓，旋憩严祠，士女蜂拥。又过东经堂，适动工造后面堂楼，住持宣宁与儿辈茶干炒豆。此尼俗姓马，与予为邻，因各处请香治病，观音颇灵，故捐助日众。予家得百文单，为其散给亲友。

廿九日(4月12日)，偕伯谦往饮香居观傀儡戏，演《描容》《观猎》诸剧，神情逼肖，手法玲珑。

晦日(4月13日)，挈两侄下乡祭祖茔。便道贺李生琴仙之婚，吊时生已生之丧。

三月朔(4月14日)，吴寿之丈惠题《渡江击楫图》，次韵报谢。周子丰尉司谷昌没于博罗苏州巡司任，扶枢回里，为挽一联。

初二日(4月15日)，诣沈梅翁书舍，又示近作。见屏钟一座，是西洋人制，柴檀为腔，中绘山水，不用笔墨，糁砂为之，开不须钥，以线抽之，报刻甚准。云是蒋香岩观察元枢故物，向在燕园，邵环翁题小令一阕。又有矾石笔架，可以眠墨，天成山涧，座亦雕成波浪纹，非巨眼不能罗致，奇物也。晚赴陈翔云之招，适其另设京货铺，饮路神酒也。偕慈溪袁心田天培、成立□□、少梅、周殿荣□□、云亭□□、吴县叶运华等同坐杨园，战拇畅饮。

上巳日(4月16日)，同徐晴坡、卢器轩、陆小轩、仲舒佺茗话刘祠，拜香社数十起，黄亭塞路，点肉身灯者亦多。朱少英后至，邀至饮香居，仍观大木人戏，演《蔡寿》《下山》《辽阳关攻战》，较前更极灵珑。少英候品中巷蘑菇面而归。

初四日(4月17日)，送曹蕴生赴京兆，赠笔以祝扫军。

初五日(4月18日)，同陈云卿访沈伯门于胡氏寓斋，清谈半晌。适坛上乡勇戳伤粮帮人，抬验县堂，因赌钱争论所致也。

初七日(4月20日)，甄别案出，代作伯谦一卷，取在附课十四，题为《尺地》，出色颇难。

初九日(4月22日)，偕季荋卿茗话连登浜，遇蒋余棠丈，遂同访钱仲谦司马画隐园，适狄懋亭少府丈及姚俪笙少尹、狄文卿布经俱到，倾襟畅话。时俪笙自杭乞差回里，询悉金衢一带有贼匪自江西来窜，防堵正严，撤回镇江兵，现调至浙，分守杭、湖。主人引游四宜书屋、最珑玲仙馆等处，淡古入画，迥异金碧纷华。壁悬名人书画，均拓碑碣，庭中花石亦佳。其余大理石桌椅、十锦橱中古玩，皆可赏心。旋至言氏渔隐园，水榭荒凉，但闻新绿之臭，不若钱园楼阁，近可观荷，远可看山矣。途遇景珊圃、屈仲豪承懋，谈画片刻。连日暴暖，家中牡丹怒开，蕙兰亦吐，如入香国中。

十一日(4月24日)，季受之幼女出阁，招予饮，偕方承斋继曾、姚少江师瀋、周新之同席捣战，酣饮尽欢。

　　次日，书院开课，予仍代任应之。过西城茗楼，品汪秀芳、素兰弹词，虽双髻，而喉甚娇。素兰年尚少，歌尤清脆，唱《独占》，沁入心脾。

　　十三日（4月26日），约朱少英、季荝卿赏牡丹，不至。仅与器轩饮花下，虽一壶一碟，而豪兴不衰。祐儿陪坐，随予唱牡丹歌，以酒浇花，拜祝花寿。惜花繁而瘦，一种魏紫未开，稍为减色。醉拈甲寅旧韵，得七古长篇。

　　十四日（4月27日），舟下西乡，观慈基胜会，一路朱藤怒放，摇尽青山，唯见渔船放鸭，野水斜阳，可入诗画。偕众香客入白雀寺，烟雾迷人。庭中古碑二座，门外天库一围，规模甚壮。左有岳殿朝房，自刘、李、周、金至陈烈帝十八神，俱异来解锢。青旗紫盖，金鼓喧阗，有拜香十将诸社。唯高跷会最佳，以丈木垫脚，扮八仙十二花神，游行村陌。场约百亩宽，诸神齐列，观春台戏。予初啜茗寺庭，旋问酒桥畔。饭后当场观剧，适演《西游记》，颇觉斑斓，惜风沙蔽目，不能少留。返棹，过大义桥，见黄氏义庄新丽，未及入门览胜，当作后图。

　　望日（4月28日），外家佛会，妇女辈下乡。予在家手钞《同人集》。

　　十六日（4月29日），入城，观春会报社，土地社扮各剧，妆饰鲜新，不让城会。

　　次日，赴塾。闻浙江兰溪县贼扰，衢州一带官兵有劫掠之案，南境纷嚣。

　　二十日（5月3日），厌西城水嬉之嚣，回家静坐。适沈梅翁顾我，留以杭茗、闵糕，谈诗半晌，奈水窗风暴，不堪久留，得诗纪事，索其继声。是日，戈庄水会，亦献技纷纷，不独湖田春社。

　　廿一日（5月4日），石岸神又赛会，水陆俱闹，惜予贺王生蔼亭合卺之喜，不及往观。薄暮，与章璧涵运同、钱筑嵋上舍、曹博泉布经、袁竹亭□□恩科、景瑜圃茂才、章石生上舍玕、周畅轩参军、章月川上舍□□、王仲仁□□宗城、吕棣怀□□□□、袁森兰上舍□科、章鼎臣□□□□、王叔藩□□敦福、章月生州同□□、王月亭□□□□、□□□□□□、王宝岚茂才合尊拇战,直至夜分。撰花烛词,以粘洞房之壁。

廿三日(**5月6日**),立夏,寓斋设朱樱、青梅、麦蚕、咸蛋,细品时新,而蚕豆、鲳鱼尤可下酒。

廿八日(**5月11日**),闻梅里有名班之戏,乃偕王仲章至荣、陆颂甫买舟往玩。先过九里及虹桥,一路麦浪油油,高区生色。迨泊镇西,惜遇阵雨,泥路难行,乃买草履,蹑而登岸。往南街,已积水寸余,游人亦挤,拖泥带水。挨至岳庙场,场甚宽,舞台尤敞。内为圣帝殿,堂高数仞,俱石柱,刻桷颇精。向有拜香社,因戏预过,典商凑钱三百余千,自廿七日始演剧三日。班为大章,适演《游园》《惊梦》《冥判》《□□》《草诏》《追山》《劈车》《跪池》《盗令》诸剧,声情并佳。因时早,便访南市梢法林禅寺。寺居尼,善织花布被。殿宇新茸,俗呼南观音堂。由南而北,过喜雨桥,左转东街,访聚沙塔。据云,造塔时,有相家言利向东北,被仙人故踣其脚,反偏西南,至今下半檐角已经剥落,塔寺亦将颓,不堪投足。塔西即邓素轩州丞仁家,左右多富户。回至北街,为太平里,有二三里长,左为顾进士镇巷,右为莲花井巷,方鳞伯考功春熙之故居在焉。厥后,子华大令铖亦发科于此。欲谒胜法寺,奈路远不及往,仅进阎将军庙及雷尊殿,道士欲留茗话,以日暮而辞。转至西街,经梅里书院,适江云艇师掌教,规模尚宏。仲章沽酒下船,与予拇战,惜仅有鲫鱼一二味,难供大嚼。往回以牙牌遣闲,风利潮来,不觉道远,抵里才二鼓耳。

四月朔(**5月13日**),雨少止。

次日,晚晴。王霞帆挈公子寅谷、小阮、星轩及徐少渔、季茀卿、张心兰德慎、陆小轩寓康、冯缄三彬士来观龙舟,小酌水榭。予为蔡小樵邀去,偕吴门吴署翰玉堂、同邑王叔和、蔡九皋、陆怡斋,篷窗拇战,添酒肴助兴,各极欢情。棹过大灞桥,画舫雁排,颇为胜览。

初三日(5月15日)，周宝玉、宝山两母舅暨古音表侄同来，留饮小斋。

初五日(5月17日)，入城观潘墩刘神会，神讳瑛，封永定公。表亭香亭俱备，马匹亦多。

浴佛日(5月20日)，领家人邑庙焚香，并问黄氏姻事，签示上上，有云："出入行藏遇贵人，舟车水陆亦无迍。去处自招和合喜，更兼旧事更从新。"且问其邻钱仲轩茂才魔之母，始知其家道小康，子弟驯谨。况其曾祖耐庵封公鸿飞与予祖修职公有芹谱之谊，厥祖韵山大令泰以孝廉出宰阆中，伯氏小山大令许桂亦仕闽，摄漳浦等篆，向以世谊往来，门楣尚称。惜乃父砥庵上舍贻桂与予公局一面，未几而亡，早失庭训，为可悯耳。小女培祁赴长洲姚晼香庭松家，谒余筠雪女史，知老而健，如挹仙风。

连日大雨，至十二日(5月24日)始晴。入城，观王家桥神会。回家忽患寒热，内子亦然，不获观邑庙演会。

十四日(5月26日)，又雨。

次日，晴。小极亦脱。不料挈子女往观庙社，于西泾岸下舟，失足堕水，幸天暖，不至酿疾，然尻骨稍伤，良久觉痛，以上海膏药贴之，始安。

十六日(5月28日)，命长女陪内嫂访西郭蔡园。

十七日(5月29日)，雨窗遣闷，代陆廉石挽其长妹四绝，朱揖庐挽其舅氏一联。闻庞宝生光禄新升阁学，吾邑士风极盛，他邑所无。

二十日(6月1日)，陪朱贾姻戚观新庙演会，便游樵隐园、东郊小隐、吾与堂等处。

次日，又同看正会，兼憩老塔寺方丈。晚为朱恂如邀同卢器轩、陆小轩、伯谦侄福兴园小酌，始食黄瓜，以汤面点心，惜无善饮者，只罄一壶。是晨，为黄氏定聘长女，致纳采日期，媒为冯少梅茂才毓金及大侄。

廿二日(6月3日)，同朱子钦丈乔梓、王星轩暨伯谦、仲舒两侄观总管神演会，朱绥之留茗点，晤王仲山丈懋功、张价人、朱岭梅、孙攸之诸君，坐谈片刻。旋同人游蔡顺卿家园，采枇杷数颗。予为东道，买醉姚园，座无大户，仅设甘醴、莼薯糕，数碗肴，二瓶酒，已足遣兴。

越日，又雨。卢器轩、陆小轩同作主，订予与季茀卿、王星轩及两侄饮于南轩，鱼翅、江珧、蒸鸭，均佳，飞“王瓜生”三字，斗酒甚欢。

廿四日(6月5日)，挈次儿观总管神社，土地社颇盛，黄轿亦精。夕又领家人憩徐啸云文学林垌家，看夜色，黄亭扛头及四季金花，俱精美，如游火龙。

次日，小雨。赴塾。

廿六日(6月7日)，族叔子渊少尉招予议家事，恐公子郑叔茂才游手好闲，乃拨授田百亩，命其勤俭营生，书据付执。薄暮留饮，偕吴受谦□□、顾韵梅□□、俞洵芳同席，家酿颇醇，酩酊而回，至达旦不寐。

五月四日(6月14日)，徐晴坡邀同朱蓉塘庆钧、李德馨入城小饮，茗点俱佳，口占三绝赠蓉塘。钱竹香招予长寿轩品曲，为吴人江氏母女，母字秀云，目盲，女字素兰，喉尚脆，唱《玉蜻蜓》及《荡湖船》《雪塘》等剧。傍晚，为徐少瑜邀至逍遥游小酌，与朱介堂□鉴同座，卤鸭、火蹄、扁豆酥均妙，惟酒近鲁，以汤面充饥而散。

端阳(6月15日)，晴暖。回家祭先。

初六日(6月16日)，到塾。憩蔡生沄江蝗虫局，知自四月中始，已收数百担，每斤八文，因局捐未能起色，已垫钱百余千。午后，予为东道，偕徐晴坡、陆颂甫、徐少瑜、卢器轩、章星垣仍饮于逍遥游，自携美酝，拇战数巡。肴如蟹粉卤鸡、鸭舌掌、椒盐蹄、火踵、飞叫跳诸品，颇可下箸。终以甜菜蟹面，亦佳。便道过素兰校书家，并见其两妹，长癯少腴，酬应尚熟，茗话匆匆，不欲少留也。

初八日(6月18日)，所录诸友唱和及题照诗，约有二千余首，分为四卷,以备选刊。朱蓉塘和诗来,为续入《同人集》。余筠雪寄赠四绝,和以复之。

初九日(6月19日),得梅庭二弟缙杰凶信,知因病自郡回乡,于初三夕遽没。身后萧然,几无以殓,幸得一子,已三岁,宗祀可赖绵延。

次日,大兄举雅会,予陪同人饮于酒家,天气骤热,酒不畅销。

连日晴燥,至十二日(6月22日)夏至始雨,农田插秧可齐。

望日(6月25日),陈古香邀至长寿轩观儿戏,名金宝堂,演《跌包》《过关》两出。年近笄者二,一则静气迎人,端庄有度,声色亦佳;其一姿稍次,而歌喉娇细,亦异粗浮。最小一人,技尤熟,音尤脆,惜貌不圆匀。其余二三孩儿,无足观矣。间以戏法,撮金银元宝两盆,尚觉清脱。同古香品中巷素面,味颇鲜,高粱酒、扁豆酥亦复可口。

十七日(6月27日),同人因雅会集于邵园,除前会诸君,又得单魁香、尤观澜□□、王默卿三子,更迭拇战,惜天暑,不能多饮。

次日,久旱得雨,农力稍苏。而米价已昂,至每石五千三四百,幸小麦每石亦须三千零,粜麦籴米,尚可勉强支持。同卢器轩及儿辈仍玩帽儿戏于陈厅,演《盘夫》《荡河船》,戏法亦撮金银元宝。乘凉而归,一带荷田将花,颇饶清致。

十九日(6月29日),为范谷卿文钰题《泉石小影》。姚小园副车一树惠题《渡江击楫图》,谢之以诗。

廿二日(7月2日),遣羽士设荐亡儿,因阅三年,例应撤去灵座,遂藏主壁橱,痛见诗句。

廿八日(7月8日),同李德馨往观帽儿戏,演《拾画》《逃关》,撮水果两盘。德馨招至逍遥游小酌,清风徐来,兼有寻香人点缀其际,袖扁豆酥而归。予家西房出白蚂蚁,书橱地板俱蠹,遣匠装修,颇费钞,幸早觉,不致蔓延。

六月初，暑甚，幸有瓜镇。

初三(7月13日)晨，同李德馨、唐云亭品蘑菇面，并茶话逍遥游。途遇朱梧庭文学绍衣，承其邀至西地藏殿书斋，谈诗良久，知借窗读书，兼课高足四五，山斋消夏，飘飘欲仙。晚偕姚小园、瞿秋泉、姚少梅一桢仍于梨园观女乐，演佳期请宴，戏法又撮盆果。便憩逍遥游，予作主人，解杖头钱买醉，以汤饼疗饥。虽酷暑无风，而树阴庇日，尚可纳凉。归遇镇江陈□□茂才夔□，泣称被难之状。据云其兄夔龄壬子举人，现任如皋教谕，从兄介眉祺龄亦壬子中式，以同知分发浙省，欲航海访亲，求助资斧。有壁上飞白数诗，惜不能记。

初五日(7月15日)，先慈忌辰，予留家上祭。

次日，同陆毓泉、桐君、王式南、徐石英、卢咏清、沈仲挈等茗话李祠，适红藕初花，园池涤暑。复携诗谒朱梧庭，承惠报章，并题《渡江击楫小影》，即酬以先祖诗集及《诵芬录》。今雨之契，又入《金兰簿》中。侄孙辰宝触暑无汗，烦躁不安，病甚险，遣大侄亟为医祷。幸大兄苦暑在家，主持治法，予可不必分忧，然终不忍恝置也。适将赴馆，两手抚摩其胸，觉宿滞已消，郁热未解，即嘱家人进瓜浆，冀得汗出。不料留塾半日，傍晚亟归，而已举家号哭，送枢出门，伤哉！念予向日回家，见面辄呼公公，方谓崭然头角，颜赭发青，非唯长成，且能跨灶，讵意三岁一世，彼苍遽夺奇童。同祖同父中一月连丧两口，亦家运之衰耳，赋诗当哭，以抒悲怀。

连日苦暑，次儿患寒热，三女患腹泻，幸初九日(7月19日)阵雨送凉，暑疾均愈。陈翔云太君于前五日因坠楼不起，嘱挽楹联，走笔以应。闻张君才文学殁于上海，其出继女正在吾家诵佛，仓猝唤回，曷胜黄垆之叹。

初十日(7月20日)，挈次侄观万寿戏，适演《三国》《□□》《蔡庄》，袍帔尚鲜，惜多徽调，吾辈不喜。仍憩逍遥游，品鸳鸯面，颇佳。归途遇大雨，水长数寸，田禾俱增气色焉。

十三日(7月23日)，挈家人五老峰观荷，花减于旧，莲蓬价亦昂，欲买不果。移棹东湖，清风生漪，一碧万顷。因儿辈生怖，回泊塔前。进福城禅院，晤熙梅□□、如莲□□、惠南□□三上人。便过真武行宫，即放生池，住持真如，风貌如旧，其余二雏尼，亦娟静能言。佛楼新构，高敞生凉。据云，其师根源缘负债逃去，仅存药壶数件而已。买红菱娱儿。乘凉返棹，复憩吴厅。偕钱雨亭、宋玉如□□听《描金凤》，唱者为陈锦堂，携其十二岁孙女素卿作伙，琵琶竹肉，悉可悦人。江阴包筱笠文学绍曾见题《渡江击楫图》，赋诗志谢。

十六日(7月26日)，偕徐晴坡避暑逍遥游，茶面俱佳，唯酒味薄。遇苏州王姓，云自严州避寇回籍，刻下江山、常山、遂安、寿昌贼尚据，惟兰溪、龙游等匪扰即退，乡团之力也。旋同蒋元敞文学、薛侃甫份舞善庆、蔡九皋□□封君品居紫云弹词，花貌清腴，笑容可掬，唱《双珠凤》，继以《受吐》一阕，惜喉粗不称妙龄，始信全才难得也。

廿二日(8月1日)，暑又酷，挥汗题筱笠《侍萱图》。

廿四日(8月3日)，为雷神诞。雨后晓行，得一绝。过致道观，进香者蜂拥，炉烟眯目，不可久留。遂同徐晴坡、曹晋云、戴祝山、朱少英、陆颂甫茗话逍遥游，品素面，纳凉半晌。

廿五日(8月4日)，答筱笠，见赠二诗。晚偕徐晴坡、蔡沄江琴翠轩啜茗，与诸钱庄赌钱价。是日，苏信每千换把水银七钱五分二厘。沄江前期买二千千，长二厘，赢钱五千二百零，今因钱价日昂，抬一厘，卖二千千。资郎蚁集，促席喧哗，亦新花样也。旋逢东乡张灿然□□、王似山，邀同天香阁小酌，酒旨肴鲜，佐以蟹粉煎面，沄江为东道，费不过八百余文，亦是便事。

廿九日(8月8日)，立秋。徐晴坡邀往景春园小饮，朱茂城亦偕，蒲桃美酒，继以汤面，酣畅异常。

七月二日(8月10日)，偕陈浩然、李德馨探闻苏信钱价，知为七钱五分五厘。昨沄江照日价七钱五分六厘，抬半厘，卖一万二千。予耕二百，今赢三钱，合钱叁佰八十四文。上片云楼啜茗观荷，兼于金瑞品煎馒、汾酒，余暑尚蒸，不堪少住。

次日，苦热回家，见味梅书屋吟社题，代作一卷，兼题范庆门《携琴访友图》。

初四日（8月12日），骤凉，乃赴各庙烧香，并谒见包筱笠于寓斋，交疏言深，颇为莫逆。

初六日（8月14日），招卢器轩、李德馨、陆小轩茗阁观荷，李园问酒，肴不过鸭羹蟹粉，而鲜胜他家。器轩茹斋，玉笋青豆，佐以蘑菇，治鸳鸯面，聊当夕餐，醉饱而散。

七夕（8月15日），解馆。用丙辰年韵赠范朗霄。又编五年中文稿，为第十三卷。

初九日（8月17日），宝岩龙船至西门湾，同人畅观。念光庭从弟缙辉寄养在外，苦况异常，迄今年已十三，恐无以存活，爰报儒孤局，盼得补缺有期，稍补万一。

十一日（8月19日），溧水任晴圃以其子之房师溧令陈□□先生敦诗所撰传，嘱为补漏，爰掇其事之大者，砌入文中，并悉其将赴毗陵，措资作来往之费。阅京报，知翁祖庚奉旨授安徽巡抚，其弟叔平又放陕甘副考官，以两八座承一中堂，家门之盛，迩来罕有。又悉张宝卿比部没于京师，同学旧游，望秋先零，为之惋惜。连日在吴厅观儿戏，演《补缸》《磨房》《卖胭脂》《荡河船》，戏法撮走洋人数种，观者如堵，杂坐哗嚣，幸歌喉清脆，不夺于喧笑之声。

十四日（8月22日），同卢器轩、曹星村、朱少英、挹庐茗话聚顺轩。倩宗婉生女史婉题内子小影，附一诗。又谢苏凤侪补《丘壑啸歌图》，题独秀楼赠蔡沄江，俱七古。

中元节（8月23日），偕卢器轩及伯谦、仲舒两侄观北郭祭坛，憩孙祠茶话。回见仲雍祠古藤蟠桧，顶有黄花，缀于浓翠，厥名凌霄。旋憩王祠来青阁，晤项子钦贰尹、潘子昭副车、徐砺斋少府、王式南茂才，小话片时而返。

既望（8月24日），挈大侄下东湖南，憩南草荡总管庙听书，歌者为柯素云,年已六十,两目虽昏,喉尚响亮,唱《磨房》及《白蛇传》。至夕,泊舟芦汀,向舟人索帐。凉月延影,清风爽人,一卧颇适。而帐外聚蚊成雷,累舟子露坐到晓,呼负负矣。

次日,偕朱叟鸿儒赴东父号蹋田,旋上璜泾品爆鱼面,馒首亦佳,小饮醺然。乘风渡湖,不觉秋暑。晚为陆小轩招饮天香阁,与季弗卿、张寅山、卢器轩、伯谦、仲舒同座,肴为红煨鱼翅等味,蟹粉炒面颇佳,无善饮者,只罄两壶。回就归园,以茗解渴。踏月出城。

十九日(8月27日),晤李静轩、时酉生、翁显廷、朱鹤龄于梅花丘,品茶小话。归得姚小园、瞿秋泉赠诗,并和《山馆小饮》一律。

廿六日(9月3日),先严讳辰,回家设祭。太仓熊星元□□来常,予嘱其带信陆梅伯,以叙阔悰。瞿子英兄弟来谒,一年不见,留茗点,俾得畅谈。

廿八日(9月5日),任晴圃邀至同兴楼,观帽儿戏,仍演《跌包》《卖胭脂》,有声无情,不堪悦目。唯撮玻璃器中水,一壶卢两碗,中贮绿叶红花,颇极巧妙。晤何敏夫、庞敦甫、童秋亭、李霞轩绪文、蔡小樵、包筱笠、屈六皆、竹堂忠履,小话片时。同晴圃于读书里品酒面,酩酊始归。

廿九日(9月6日),烧地藏香者极众,南乡尤多。予与瞿韵泉、许景园国昌两千戎茗话三茅殿,并谒姚小园、瞿秋泉,和来韵,酬诗两律。

八月二日(9月8日),蔡生心田纳币,予陪赵荫斋上舍丈及沈宝三、姚小琴两茂才、吴长卿、李少园廷珍、蔡清臣、鹤钦□□四少尉、吕月如、蔡鸣鹤、志亭诸君饮于把翠山房。谢宗婉生女士诗一律。闻朱莱洲少尉殉难江山军营,忠愤可嘉,懦夫闻而兴起。又闻天津炮台被夷匪占后,续来夷舶不少,一望迷津。

次儿培祐于月朔食糍团而起病,至初五日(9月11日)益剧,延裴缵禾少府宗复诊治,用穹术川朴。次日服原方。初七日(9月13日),

寒热未间,乃延朱景华丈推惊,仍邀缵禾视症,药如前法。就黄灿章问课,得丰卦,据云:"予命中有克,幸先凶后吉,破财始安。"爰解伤送鬼,赴各庙焚香。

初八日(**9月14日**),复邀景华丈推摩,服原方。午后,季莆卿招同卢器轩品赵衢酒面,旋憩天香阁茗话,买木犀球而回。

初九日(**9月15日**),儿见红疹,缵禾用四逆散治之,有柴胡等味。

初十日(**9月16日**),候张岳生视病,用羚羊角、益元散等药,见白疹。

十一日(**9月17日**),仍邀岳生,用凉膈散诸种,见舌苔由白而灰。家人因卜云"医请东北方",乃于十二日延褚小棠少府濂诊视,用清化法,有鲜石斛、滑石块等药。并邀戴锡洲□□推拿,以药摩肢,法与众异。且延花三姑看香,斋送神鬼。

十三日(**9月19日**),进诸庙拈香。小棠复来治病,仍前法,添鲜沙参。又请紫竹庵仙方,有经霜桃,饮之得汗,又见红白痦,寒热始清,恐胃虚,进田鸡汤。是夕,腹大痛,呼号达旦。

十四日(**9月20日**),肢寒汗冷,通体麻木,舌苔腐脱,脉象模糊。亟邀小棠、岳生同议方剂,一用金铃子、大腹皮、旋覆花、吴茱萸等,一用桂枝、羚羊角等,兼倩周蔼云推摩,咸谓棘手。幸二鼓四肢回暖,始有生机。据教门陈姓云:"有前生冤家,系闺女,打胎而死,现欲报仇。"爰焚冥镪祭送,病人觉从水中救起,魂始附身。

中秋日(**9月21日**),躬赴县华庵请香,凡三服,分三朝饮之,大士签示吉。请汤寅三司理亮臣同岳生诊脉酌方,用蒿薇、桑丹各种,并请虾妾里佛堂香饮之,俱效。病者索食,始进风米汤。是夕月华,人家多礼斗,街巷调龙灯。

既望(**9月22日**),季寿之邀集邵园,同钱梅卿、范芝孙官俊辈畅饮。

十七日(**9月23日**)后,祐儿连服伯谦侄方,加玫瑰花,因呕恶吐痰,又发热痧盈首,伏邪透达矣。其夕有欃枪见西北方,未识何兆。

十九日(9月25日),儿方大解,宿垢甚多。予因久困斗室,至是始与福庭弟登同兴楼,听吴素娥、姚心兰唱《玉蜻蜓》,继以《荡河船》,琵琶颇灵珑,妆束亦丽。晤何敏夫、季让斋两丈及蔡鸣鹤、钱竹香、周俊如□□道昌、黄斝伦金爵、姚屺瞻茂才福均,茶话半晌。

二十日(9月26日),姚小园来谒,留以茗点,叙旧忘疲。瞿秋泉题我《击楫图》,谢诗一首。

廿二日(9月28日),儿恙渐平,邀岳生调理。入秋以来,家中蛇鼠作耗,至是始安。予乃赴馆。

自廿三(9月29日)夕始,儿又患疟,调理尚不可疏。缘儿食蛙腹痛,自是予家戒食,妇女辈并誓心斋。

廿八日(10月4日),走谢问病诸亲友。并贺蔡菊亭迁居,偕赵荫斋同乔、姚琴绿锡庆两上舍丈暨蔡湘潮茂才廷鳌、狄星槎少尹增瑞、徐心梅彭龄、吕月如等饮于双桂花下,香气袭人。

廿九日(10月5日),长女培祁受小聘,力绵不能办酒席,诸项从简,只费三十余金,而黄氏送首饰四件,聘金亦不过十二圆。至夕,请陪病邻友,与之拇战,酣饮尽欢。

九月朔(10月7日),诵经陈姓女为儿恙就痊,领诸信女来念《心经》一天。予往黄氏问家宅课,卜得乾之姤卦,须顺星礼斗,念《玉皇》《火司》《观音》《灶经》《五经》等经。前一日荐先。

次日,同季□□□□、戴耀廷□□、徐少渔、卢器轩断水圩看田。

初四日(10月10日),乘肩舆谢喜。便拜曾仲才助教六十,晤周颂三宫尹锡庆、陶慎卿学博、王叔和征君、徐励斋少尹、顾协琴司马、王虞英州丞、曾芸溪佾舞、庞昆圃学博、朱绥之少府、徐云涛司马、姚俪笙少尉辈,叙话移时。

翼日,徐芝山兄弟嘱为其翁寿联。

初六日(10月12日),赴塾。途遇陈晓霞丈姨君,知老病苦于行,幸有养媳侍杖。公子年已十二,正在邻塾读书,欣慰之至。

初八日(10月14日),狄懋亭太夫人之丧,招予陪吊,先设席鸣恭,偕屈六皆学博、汪友梅少府尚鑅、钱仲谦司马、曹小卿员外及其馆宾苏竹贤文学、娇客庞希夔少府钟球畅饮,肴馔极精。

至重阳(10月15日)家祭,与曾仲才奉直、徐月槎儒林、胡小山别驾等聚谈半晷。回于灯下阅诗课卷,题为《花之君子》《诵明月之诗》《闻有声自西南来》,俱初学不足观,姑为批抹,不敢负范朗霄之请也。

初十日(10月16日),贺蔡生心田明经之婚,晤新客朱雪梅上舍应铨、吴健伯少尹体乾,倾盖如故,各诉慕思。晚同何其香、吕月如、沈宝三、李少园辈宴于堂,酣畅无比。

十一日(10月17日),庞子方荣禄丈吊期,予往唁。江阴季君谋太史念诒来陪,叙话良久。晤新海防朱璞山先生守和,知为桐轩尚书风标之从侄,萧山巨族也。尚书公与季仙九制军芝昌同登鼎甲,为宝生阁学之座师,今又主试顺天,家门极盛。王亦周袖来红村近作,嘱为采择,予录其一二,入《诗话》中。蔽庐多漏,虽与兄同居,修葺不敢推诿,只费五六金,门墙已改观。殊悔前之因循,殊属非计。南乡田禾,间有萎死,予家薄产,仅敷粥米,而各佃尚纷然来报,收租愈觉艰难,而在官银漕紧急,势须全完,殊难度日。

十四日(10月20日),诣紫竹、昙华两庵,焚香还愿。并吊邵环林学录丈之丧,与苏望之广文、徐石英文学晤言片刻。祐儿夜疟频来,次女亦患日疟,邀张岳生医治。无如祐儿不肯饮药,喂之辄吐,面酣肤槁,病根未清,谅因犯风之故,日夕烦躁,累母体欠康。而幼女卧婢床,终夜呼母,致两房之人,均不能安睡,诚苦境也。

十六日(10月22日),拜赵荫斋上舍丈七十,晤其族子约如上舍元曾、子成宗功、松轩允奎两文学、渔溪□□□□,畅话天官世家。

十九日(10月25日),遣武庙僧广洪等四人唪经荐先。

二十日(10月26日),倩羽士八人禳星礼斗。

廿二日(**10 月 28 日**)，祝徐洪声少尉丈大镛八十，主人嘱留陪客，晤江阴洪艺廷太守□□、周□□司马□□、归安毛沚明□□□□等，倾盖如故。旋同陶吟湘副车、孙亮夫、胡雪岑两文学、陆砚香少府拇战快饮，玩菊山，品乐部，锦堂精舍，宾客填满，胜观也。

次日，知吾邑中北榜者先报二人，翁海珊曾翰固处家门之盛，陆云生懋宗尤少年英俊，品貌俱佳，二君均叨荫下之福，良堪艳羡。

廿四日(**10 月 30 日**)，朱恂如长君心梅复元完姻，予奉子钦丈命，同李醉亭□倬、朱菊亭上舍时中等往霍氏迎娶。至晚，偕李望英上舍树勋、霍醉香少尉荣桂、李青来□莲、苑香昌麟辈斗饮合欢。闻家灿然缙燧在浙江李帅营投效，以军功得六品衔，亦可喜事。

廿六日(**11 月 1 日**)，翁参知报大拜喜信，其孙新捷京兆，连得佳音，是吾邑盛事。予谒陆燮堂、朱炳卿两副车于寓馆，畅叙阔悰。朱星轩孝廉曾垣、瞿秋泉文学为余题《渡江击楫图》。申刻，北天有白星，坠火无数，未识吉凶。今年运未顺，马齿虽望五，不敢治汤饼，聊乞师友撰初度寿言，以光陋室，如吾师江云艇学博、世交曾叔岩司马、徐樽葵学博、陶誉之孝廉、苏望之学博、归公恒孝廉、曹小卿员外、赵宜园孝廉，皆有寿章，而寿联则江阴季君谋内翰所书，蒲柳借以生色。

十月朔(**11 月 6 日**)，偕潘秋农、童朗宇养真、范谷卿佩之观祭坛社，晤五渠瞿少山茂才福醇，相与茶话，顿慰阔悰。

初五日(**11 月 10 日**)，王煦亭文学念禄儿曾及门，恐泡影无存，为作小传，书于遗照之上，予谢以诗。

初九日(**11 月 14 日**)，知王翱峰又捷京兆，其昆仲四人均黉俊，而翱峰尤热客，屡试京兆，有志竟成。厥祖紫纶年丈锡诰亦北闱中式，似有例存。唯其父叔仁文学汝寿南北迭试不售，而亲见公郎折桂，所谓"不于其身，于其子孙"也。

次日，本图公醮，予撰表文。

至十一日(**11 月 16 日**)，诣坛拈香。

十三日(11 月 18 日)，送外舅及翰才内侄殡，主人嘱点神主，乃偕姚理堂上舍、秋坪少尉、啸江少府、朱恂如少尉及伯谦侄任其事。事竣，同黄孝培用中、尤竹筠思严、王小庄守敬、寅谷国琥诸上舍、顾杏园敦义、王聘轩、芙江、家小亭稼书诸少尹、黄芝台州丞、平燮庵茂才、朱兰溪兴栋、王鲁园、沈墨轩、云仙、兰溪煮、菊村熊等衔杯品曲，各慰离忱。

望日(11 月 20 日)，送俞霞城中议丈殡，晤其侄孙蓉卿光丞钟琨，叙话片时。

十六日(11 月 21 日)，赴树叔师之招，同王吟香上舍丈暨杨小溪□□□、王蕴香、雪香憩邵园，肴馔不多，自饶风味。

廿二日(11 月 27 日)，为次儿病愈酬神，鼓吹欢腾，小春蒸暖，如章质夫、平士荣贵、周惠山敦义诸丈及王蕴香、雪香、琴甫、霞帆、星轩国莹、朱恂如、张鹿辀、岳生、季受之莆卿、贾词仙、时酉生、金景岩、李琴仙、蔡沄江、钱筑嵊、竺卿、邹德顺、冯柳溪、缄三、姚卿云、赵宜园、陈奉峨、古香、沈兰溪、菊村、胡玉如、李德馨、卢器轩、家鼎嘉钟、竹溪、念祖、寿龄思祖、记言培坊等咸集于堂，借酒合欢，倍极酣畅。

次日，大侄仍叙雅会，为余摇得，半股计数百千。

廿六日(12 月 1 日)，朱宪章耀奎、少英又为雅集，予同仁和诸啸笙少府□□、同邑吕月如、翁显廷、徐晴坡、朱蓉塘等酣饮李园，肴核鲜美，直费万钱。

廿八(12 月 3 日)夕，往吴厅，聆袁蕙卿唱《白蛇传》，口角敏妙，闻者解颐。

十一月三日(12 月 7 日)，乘肩舆赴各处谢喜。晚偕周新之、卢器轩饮于元和馆，肴止一碟，酒仅一壶，佐以汤饼，亦足引兴。

次日，同朱恂如辈访平小园，晤兰卿录事，小憩红楼。便过饼家品酒面。昏时，迎春桥失火，红光烛天，遭殃者约七八家，幸即扑灭。五鼓，伯谦侄进邑署试文。

初六日(12月10日)，陪瞿韵泉丈赴公局，遇少尉莫瑶峰先生钟琳暨蒋宜斋、曾仲才、徐理斋，坐谈良久。并同器轩、伯谦等听袁云娥、周品兰唱《三笑因缘》，歌喉甚脆。于读书里品酒面而回。是夕，大侄进县署试性理、孝经论。

初七(12月11日)夕灯下，俞吟梅文学倩予阅会课卷，题为《富岁子弟多赖》，中多初学，择其老成者冠首。自愧荒落之余，品评鲜当也。

初八(12月12日)晚，出邑试案，大侄名稍后，盖题为《依于仁至举一隅》《既入其苙至布缕之征》，本难措手，况分心医学，自于八股生疏，无怪让捷足也。而南乡之考昭文者，族弟朴园南屏、表侄平彦卿俱招覆，唯王鲁园希曾名最前。

初十日(12月14日)，大侄进县署覆试。

十一(12月15日)夕，挈大侄仍聆袁蕙卿弹词，唱及《白蛇传》中《赏端阳》，描摹许仙、白氏神情，惊心动魄。

十二日(12月16日)，次儿因病后转疟，未能即止，爱倩孙□□推拿，冀得病根净尽。是夜，出初覆案，大侄由五十九名拔取第七名，题为《孔子先簿正祭器至兆足以行矣》《乾为马四句》《破睡宜封不夜侯，得茶字》。

十三日(12月17日)，憩宜园，是金陵人所设，酒菜茶点均全。予食鸡面，价五分，未甚精洁，迥逊吾邑之烹庖矣。

次日，骤寒。拉曹星村、卢器轩赴元和馆，自携醇酒，品锅面，暖入心胸。是日，大侄在县署再覆。晚间器轩邀饮李园，与朱子让汝谦、季莳卿、陆小轩同座，品佳肴及诸小品，醉饱兴酣。回过新巷啜茗，偕潘秋农等话月。适性理、孝经论案出，大侄取列第四名，题为《惟人也得其秀而最灵》《君子之事亲孝故忠可移于君》。

望日(12月19日)，过双清仙馆，绿君夫人见示新诗，中多与吴门女史顾鬟云德华、□□僧觉阿观唱和之作。出碧螺春留坐，香沁心脾。

十六日(**12 月 20 日**),出再覆案,大侄拔置第五名,题为《夫苟不好善至訑訑之声音颜色》《佛手柑,得香字》。

次日,仍举雅集,同人饮于邵园。是日,大侄终覆,题为《鼍蛟龙鱼》《众仙同日咏霓裳,得仙字》《破山寺、拂水岩、洗砚池、读书里,七律》。

十九日(**12 月 23 日**),小雨。姚琴绿上舍丈吊期,其孤小琴茂才请余陪客,偕鲍琅斋司李元琪、归麟卿上舍、丁曙堂少府、顾协琴州丞、潘少岚曾怀、庞云槎两文学、翁云亭上舍、洁卿舍人、蒋少梅预元、王仲仁、黄汝泉兆熊两少尉、华雪帆□、钱竺卿、陈□□□、周勉哉少府□超、沈宝三茂才、蔡沄江齹尹、朱少英少尉等饮于书斋。

廿一日(**12 月 25 日**),县试正案出,大侄拔取第六名。

廿三日(**12 月 27 日**),大兄举醵饮,同王霞帆、湘帆、宪祥诸丈及李静轩、张德甫等痛饮浇寒。惜大雨淋漓,衣裳俱湿。

廿四日(**12 月 28 日**),大侄谒见县尊陈月湖先生,蒙赠款扇扇囊看包擦手,问及家世,即留先祖遗诗,面奖试文,情意殷挚。

廿五日(**12 月 29 日**),冒雪至新茔,监种桧柏,寒威逼肤,徘徊至暮。因向年所植黄柏,不甚滋长,以故补种佳者,冀壮观瞻,且燥土得所荫庇,稍觉润泽,亦阴地最要者也。山规树费,悉予独出,不敢推诿废事焉。

廿六(**12 月 30 日**)夜,仍听云娥、品兰唱传奇,是《三笑》中《追舟》,《叠弄》《棹歌》,良堪悦耳。

自廿八(**1859 年 1 月 1 日**)至廿九(**1 月 2 日**),在乡收租,年虽中稔,而间有坏稻,佃户多枯,较旧转有零欠。银漕则大半给串,支应颇艰,况所亲挪借,面情难却,稍稍酬意,反碍正项开销,为人大不易也。

腊月朔(**1 月 4 日**),仍借旗亭丝竹,遣闷陶情。

二日(**1 月 5 日**),黄楚帆司马湘之太君没,来属挽,应以联句诗歌。

初七日(1月10日)子刻,内子分娩,得幼儿培祉。天气晴暖,母子俱安,拟小名曰新德。缘予积卌九年之非,无一二端之是,至此当自新尔。

腊八日(1月11日),偕兄侄送三叔父母殡,惜力绵,仅助葬钱三贯。念两棺久厝,几无苫盖,幸周杏村□□目睹,连覆以茅,并赖胡玉如重禄经营,凑钱办地,俾一切工食,俱有所资,况为大弟计,亦极周至,是真能不负死生者。予以祖基应归大弟者为支界石,恐被邻占也。又索胡氏分产纸,录存交弟,因其外祖年高也。

初十日(1月13日),范朗霄州丞病没。念其少同文社,长同公局,为城南干事人,伤知己之云殂,嗒如丧偶。缘其兄云涛上舍文珍之嘱,为挽长歌。

十四日(1月17日),东郊观武试,童生仅符额数,而观者夹道,举邑若狂。予幸登台,不至挤倒,然已有人为箭伤矣。

十九日(1月22日),钱文钦姨丈出殡,其子宝斋时珍请予点主,襄事者为王一帆少尉明心及钱裕珍□□。晤归云台上舍洪德、亦山茂才起先、钱震元启源、陆雨香□□、应□□、金□□□□、严鸿儒□□等,畅叙旧好。回接王雪艼、周绿君《不倒翁》诗,叠和四律。

廿二日(1月25日),予诞,微雨。承大兄、卢器轩惠茶面。自觉蹉跎,不敢言寿,第焚香礼神,忏过而已。自廿一日解馆后,雨窗无俚,乃撰王霞帆丈六十寿联,送陆云孙孝廉懋宗会试一律,题朱蓉塘家刘海轴四言一首。缘蔡生古庄不肯读书,欲辞馆以免徒谷,而又不忍出言。沄江见弟书本无多,须一手裁成,不可半途而废,爰送聘束,预定来年之局,义不容辞,姑徇其请。

小除夕(2月1日),雪霁微寒。遇吉祭神祖,恐晦日匆忙也。

除夜(2月2日),接陆云孙题《辍读图》一首,即次原韵。惊悉素园族兄溎于廿九日病亡,深为怅惜。忆初八日,为三叔父定葬向,与予晤言,惟以诸子之殇,悲悼成疾,目渐少神,予方慰以数语。讵料两旬不见,竟成永诀,吾族读书明理者寥寥矣。有人言溧阳西门外之西山,掘濠沟,得刘青田碑记云"洪武甲辰年丙辰日入土",字为:"日升东,月落西,家家户户见高低。红头乱,白头兴,丁丁何曾得太平。三口并一脚,扫尽江南百万家。春元大猪重坐定,太平在数再难存。"粤匪伪号"太平",观其行事,自难久存。其头扎红巾,吾兵扎白巾,职是之故。但其余谜谶难参耳。

中国近现代稀见史料丛刊 【第十辑】

龚缙熙日记（中）

（清）龚缙熙 著

张剑 徐雁平 彭国忠 主编

许勇 徐珊珊 单丽君 整理

本辑执行主编 张剑

凤凰出版社

龚又村自怡日记卷十八

咸丰九年己未(1859—1860),五十岁

元旦(2月3日),晴和。

次日,立春。随大兄拜王霞帆上舍六十。

初三日(2月5日),陈霭亭携京师土宜见惠,遂同江宁周云生茂才、溧水任晴圃上舍及王聘轩、星轩、芙江、毛蓉谷廷瑜等小集西斋,畅话时事。案有糟蛋、风鸡,少可下酒,更番拇战,各极欢情。以苹果脯、红莲米、发蓝镯、糟鹅卵馈周绿君夫人,有诗来谢。

初五日(2月7日),大侄得次儿世增,以辰宝亡仅半年,今已补庆,大兄可遂分甘之愿矣。

初六日(2月8日),蒋砺钦、季茀卿两文学见过,留饮小斋,同掷元筹、乌盆、通庆及升官图,继以牙牌。钱生筑嵘亦来,与之欢嬉竟日。

谷生日(2月10日),同季受之乔梓、卢器轩、陆小轩三茅殿茗话,游人蚁聚,百戏杂陈。观□□余鉴堂□□谈相,金陵吴燮堂□□、□□戚湘舟□□算命。适后雷部殿梅花将放,春意盎然。旋于读书里品高粱、汤面,买骨牌草而回。

初九日(2月11日),拜蔡餐霞封翁冥寿,与蒋荷轩少府钧、姚小琴、沈宝三、蔡伯修三文学、徐云涛上舍、蔡鸣鹤封君、仲坚茂才、小樵司马、吴长卿、李少园、朱景亭上舍等畅饮移时。旋赴王蕴香、雪艿之招,陪章质夫资政、赵宜园孝廉及云涛拇战,肴核精美,不减郇厨。

次日,下南乡拜年,见陈憩亭、毛卓斋等门庭如市,可见医道之隆。

十一日(2月13日)，各庙试灯，陪江树叔师暨谢兰江鸿恩、赵宜园、朱星轩曾垣三孝廉、徐励斋、王式南两茂才憩邑庙园、三茅祠等处，品茗之余，饱看绳伎。

十二日(2月14日)，同卢器轩憩幽香居，观傀儡戏，即所称锦秀堂也。演《张生游殿》《惠明寄书》，变化玲珑，可发一笑，子女辈俱为解颐。

十三日(2月15日)，招金匮华剑东上舍钧玫及赵宜园、王蕴香、徐晴坡、王式南、朱少英诸君饮于李园，席有野鹜、熏鸡、蟹粉、雉脯、江珧柱等味。座客俱善饮，轮作酒将，罄十余壶，侑以汤面，各洽欢情。适邑庙调灯，因人挤未进。予昼饮朱氏，至夕仍复醺然，惜量浅，不胜升斗耳。

上元日(2月17日)，余筠雪女史遣其侄亦憨墀兰以礼来谒，并携其祖父弟妹及自著诗，索校授梓，愿出资数十缗。缘其侄孙銮鈇聪隽而夭，年逾八旬，风烛可虞，不得不有自见之意。予乃商之王蕴香昆仲暨赵宜园、周绿君，分卷雠校，存其十之一，而筠雪稿稍为增益，以慰其苦心。如此孝思，当令其眼见功成也。

次日，周绿君、蒋月娥两夫人见过，留饮小斋，少添精馔，竟日流连。绿君豪于诗酒，惜在座者无其伦耳。是日，范朗霄吊期，其兄云涛上舍请予陪宾，偕俞季兴布经、书庭学博钟麟、丁芝亭舍人、曙堂少府、钱竹庵州丞、仲谦司马、丁蔚霞上舍云□、蒋引之副车鹤龄、屈六皆学博、竹堂奉直忠履、徐云涛上舍、曾士常文学、周新之上舍、童叶舟文学葆淳、季尊楼上舍映宸、庞舜臣茂才钟瑞、倪□□上舍廷赞、曹蕴琛学博庆恩等小饮鄂桦轩，倾襟畅话。夕赴周凤岐□□□□家打灯虎，步月长街，浑忘足茧。

十七日(2月19日)，卢器轩、季莆卿、陆小轩聚于敝庐，虽凑侯鲭而酒兴不减。适蔡氏来邀开塾，领诸生进馆读。又为莆卿招至李园，与徐少渔、张思琴、卢器轩、陆小轩及次侄拇战射覆，并飞"上元佳节"四字。席有青鱼头尾，颇鲜腴，惜酒量皆浅，不能畅饮，稍逊别座之豪。过沈宝三茂才家,同射灯谜。踏月而回。

翼日,同徐晴坡、朱少英辈宴于挹翠山房,酒醇肴香,极消寒之乐事。

二十(2月22日)夕,同项子卿少府宗城谒无锡吴誉卿茂才,适誉卿寓致道观星相,旧好重联。晤其子仲达□□,能继父业。子卿与予红桥茗话,回首前尘,吴门之游将近廿载,如俞砚香、周亦然、项典三、陆筠轩、范竹香、钱邦彦、范少湖辈已作故人,翁玉甫现宦京师,少子捷京兆,唯予碌碌如恒。幸遇其自浙假归,茶亭暂聚,既慨升沉无定,又欣邂逅有缘。两罄积忱,依依不舍,旋逢卢器轩及次倕观灯,一笑同返。

廿一日(2月23日),始雨,旱干月余,菜麦才得苏醒。

廿四日(2月26日),大倅郡试头场。

次日,予往长洲余筠雪寓斋,以选定之诗奉质,委作生传,舟次应之。旋过俞氏,为蔼人少府师道留饮,与其姊婿潘聘之上舍毓玑、从兄吟梅茂才暨司计吴娱泉□鼎同席畅话。冒雨返棹,已及二更。

廿六日(2月28日),府试案出,伯谦倕仍第六名,题为《君子耻其言而过其行至我无能焉》《顺乎亲有道反身不诚》《赋得红树碧山无限诗,得诗字》。

廿八日(3月2日),覆试,题为《而后家齐》《立容德》《赋得日淡风微欲午时,得时字》。

廿九日(3月3日),大雪数寸,似严冬寒甚。馆中书僮瑞兴病亡,自此斋中供应者寥寥矣。予缘雪阻在家,与朱少英、卢器轩牙牌遣闷。

二月朔(3月5日),雪晴。姚小琴买一虎鹰,头面似猫,嘴弯毛软,双足蒙茸,不类鸟族,谁料本山有之。是日,府覆案出,大倅拔取第三。

次日,再覆。予晤同案吴一山明经,贫苦殊甚。自云与姜在寓所，日用无着，欲报贫生，又以捐贡格于例，省城广厦典于徐，徐亦贫，不能贴价。宦家子竟至如斯，物力可不恤哉。

文昌诞(3月7日)，予赴石梅及云水禅院拈香，适俞仲安叔侄举社，留酒面，与屈云溪兆麟、俞寿卿钟礴两茂才畅话，笠屐而回。三儿失乳瘠甚，雇高妪乳之，而室人渐次得乳，彼此迭喂，儿始复元。赵宜园已计偕北上，而其太君病重，王雪艻遣绿君陪侍，而躬自冒雪追舟，至毗陵适值，匆匆挽归。而大君病间，如此信友，不负寄托，较之前贤为母请粟，殆有加焉，吾辈当效之。

初四日(3月8日)，郡试再覆案出，大侄拔置第一。

次日，仍雪，春寒尤剧。呵冻改旧稿，以惜余阴。侄寄信回，知再覆题为《乐则韶舞放郑声》《梅影赋，以"疏影横斜水清浅"为韵》《赋得天地一家春，得春字，五言八韵》。

初七日(3月11日)，郡试末覆。

翼日，晴暖。朱蓉塘归，询知三覆题为《知及之仁能守之庄以莅之》《或生而知之三句》，俱作起讲，性理题《生之谓性》，孝经题《中于事君》。

次日，出正案，伯谦侄蒙蔡小渔太守映斗取定常熟第一，南乡李锦江第十四，朱半千、王鲁园均前列。

初十日(3月14日)，朱筱沤粮储甄别游文，题为《是社稷之臣也》《得句将成功，得成字》，未进题《及其使人也》《红杏在林，得林字》。

花生日(3月16日)，大嫂挈长女陪祁赴杭州礼佛，先绕道湖州，于白雀寺拈香。

十三日(3月17日)，贺俞蔼人少尉师道成婚，主人嘱予迎鸾，兼移花烛。先饮于女家朱氏，肴核精美。遇华剑东辈长谈，主翁匏庵丈秉钧不见三十年矣，同伤老大，话旧殷勤。夕宴于俞氏堂，晤张一峰□、潘桂轩□□、正轩□□、宝也上舍毓琤及聘之、兰轩□□、华心安上舍、□□□、朱诚斋布经、岭梅茂才、克谐少尉、春溪上舍组绅、星槎组纮、士仁锦波、姚畹香庭松、尤容三恩湛、吴娱泉等，合尊拇战，扶醉听歌，返棹已寅刻矣。

中和节(3 月 19 日)，邀王雪芗将《余氏五稿》付刘博文局镌。路遇王蕴香、贾词仙、平小园、郭在中，同憩梅花丘茗话。北观走马，南玩红绿梅，应接不暇。士女杂坐，春意盎然，洵良辰美景也。词仙以厥弟小嫌不能忍，怒欲鸣官，予劝止。致书朱恂如等，妥为调停。**越日**，又亲下乡，幸其兄弟受劝，和好如初。陪介眉族叔、望桥族弟近勇、朱蔼如、郭在中裕丰连饮俱酣。

观音诞(3 月 23 日)，偕徐晴坡茗话梅花丘，见白衣庵进香者纷纮，茶园几无余座，天气晴暖故也。晤吴门高□□□□□、张□□□□□及吾邑蒋□□上舍铭恩，畅叙年姻世谊，小憩移时。旋于中巷品素面，汗流湿衣。

廿五日(3 月 29 日)，小女自杭回，问家宅签云："愁恼损忠良，清霄一炷香。虽然防小过，闲息此时长。"

次日，祭先，挈二侄下乡扫祖墓。饮于朱子钦丈家，品金波酒。

孙莲塘学使葆元岁试按临，已阅半月，乃于**廿七日(3 月 31 日)**陪朱恂如及伯谦侄赴昆山。寓道堂桥程缄三上舍光鑅家，同寓者季蓉楼上舍映宸、雄甫福寰、萧卿两文学、严楚产士杰、张思琴、潘幼南文熊暨蓉楼公子聿修亮畴、雄甫公子慎修亮采、懋修亮功。缘未带仆，炊爨无人，乃就食春和馆，仆仆晨昏，亦省俭之举。

次日，同人品肝肠面于百家衖，颇佳。复邀朱岭梅丈啜茗樾阁，几焚安息香，壶搀玫瑰露，一瓯价值三分。西望庙园，百伎杂陈，烟花撩乱，诚阳春美景也。

廿九日(4 月 2 日)，谒家讷夫茂才于东柴王衖，清如明经于北山湾，宅俱精雅，有花圃奇峰。晤子明茂才，知其尊人凌霄宗叔作古已三载，其族子铁山宗兄广业亦委化有年，为诵"访旧半为鬼，惊呼热中肠"二句，惋叹不置。唯有老铁珊名锷者尚无恙，白首登场，老而益壮，连至寓畅叙离悰。途遇清如舅氏徐洪生茂才家畴，握手如故，知品学兼优,玉山名宿也。回与同人手谈,颇胜。

三月朔(4月3日),同季尊楼小憩鸿园,晤朱蓉塘、言云岑景松,茶话良久。过西寺前,见吴门杨程氏谈相,溜清矙,运慧舌,相王叔藩敦福及伯谦,有中有不中,江湖偏属少年女流,洵仅见事也。是晚,知太仓陆召庵文学季子宾来赐鸿、陆梅伯司马长子幼梅载厚与同寓朱子厚茂才塈、幼子雨锄作榫俱入泮,为之欣慰。同邑戴宝卿留予叔侄茗话半茧园,亦见笃于友谊。

初二日(4月4日),新庙门火,距余寓不过数武,火煤落檐,大为惊骇。闻李古廉少司寇清风家及南门外,亦一时失火。岂时届寒食,不能禁烟之故欤?黎明送侄等入场,题为《执御乎》《夫仁亦在乎熟之而已矣》《酒旗风影落春流,得旗字》。与同人出西城,观马射。项贯三茂才宗留白汤馄饨,味剧胜。过学宫,见庭拱元云石,万窍灵珑,远望如欲飞去,是卫文节公泾所遗。明伦堂支《大学古序》碑,为王文成公守仁书,字大而笔力坚刚,不愧名臣手迹。堂列忠孝节义楄,密密如林,可见俗崇节行,不重科名,有古风焉。左为教谕署,右为堵、何二公祠,前右为训道署,境清而幽,可假仕隐。便谒卜将军庙,仲侄得《身世金丹》等书。庭有唐桧,半枯半荣,枝干奇崛,僵卧山门。其余古银杏,亦元明时植,树大数围,后为将军墓,灵境可人,前游未及细玩,温故如新焉。

上巳日(4月5日),挈王叔藩、季莽卿、伯谦侄春和馆尝鸭面,颇佳。复至花神庙啜茗,见题壁者多,仅有汪□□□芑一律可录,其诗云:"峭壁插天半,烟云一揽收。寺从峰脊露,山与客心秋。人语落寒翠,夕阳衔远楼。愿携双不借,长啸最高头。"又访桃源洞,集昙华亭茶话。上华藏殿,登百里楼,瞻双文笔,惜殿中砖塔将颓,而烧香者仍复拥挤。回至文昌阁,品清茗,半晌流连。过石佛龛、玉泉井,大侄得片石,甚奇。望东北一带,菜花未残,黄金万顷。由半山亭而下,一路桃花怒放,春意盎然。便道东城,知常昭新案已出,伯谦侄招覆第六,同里张子琛福臻常熟第三,范石门文琢府学第一,李佩书玉麟昭文第六,同寓季慎修常熟十三,世兄江士美左彦昭文第四,不啻同怀客共登青云也。念大侄向从予,敏而好学,直至八案,始得小售,可慰十年攻苦,不独大兄色喜,即其嫡母亦含笑九京矣。

初四日(4月6日),同范冕卿等过西寺树间,见有武童携枪打鹠鸹,一发即中,捧去作肴。人方艳其巧力,冕卿则谓:"此子将来恐亦如此鸟也。"喝醒猖狂,痛快无似。旋领伯谦谒方学师。午后同人赴箬帽衖畅园,听吴女徐瑞玉、秀如唱《双珠凤》。瑞玉善诙谐,惜已老大,秀如则年少,明眸善睐,一味娇憨,掩袖而笑,座客怡情,知其为母女也。晤吴江廪生吴觉初□□,如旧交,乃伯谦于吴门相识者。

翼日,微雨。于西寺买蕙兰两盆,价止一百十五。便过江寓贺喜,晤主翁朱诚园茂才映台,知其曾幕游皖省,留话殷勤,极新雨之乐。

初六日(4月8日),贺家子安公子逊斋纯灏游庠,知子安晚年补廪,家运渐亨,有如食蔗。旋进新庙园,玩女班洋戏,一女化为百女,是镜所为,歌吹悠扬,殊悦人耳。又观地猴戏,牵线玲珑,有《寿星骑鹿》等剧。台外猢儿钻圈推磨,佐以胡羊石猴,狡狯异常,引人环聚。

初七日(4月9日),新生覆试,题为《木讷》《星言夙驾税于桑田》《既雨晴亦佳,得佳字》。大侄卷呈阅文宗,指为妥当,其他有犯下者,均面斥其非,可谓诲不倦矣。晨见恩□□参戎□澍进辕门,缘将监射也。予陪江树叔师、季雄甫、王叔藩、朱明纪憩西寺茗园。见有算命两瞽者对语,旋吸水烟,携煤吹火,有如离娄,静者心多妙,不觉暗中摸索之劳也。是夕,偕王叔藩同舟返里,一路玩月,兼听棹歌,乐而忘寐。

初八日(4月10日),陪余半舫过双清仙馆,雪芗夫妇正校筠雪之诗,与予酌改数句,恐有碍人处也。留同赵鸿城等茗点移时。

初九日(4月11日),见新生正案,曾印若金章、钱雪岑、季慎修俱拔前,亦见寸进,更服孙公月旦之精。

十三日(4月15日),小饮文园,园为金陵人所赁,包子松醉尚佳,高粱酒亦厚,唯茗不甚细。遇白下吴方伯家僮沈姓,言家主鼎昌字□□,现由京兆尹丁外艰,侨寓济宁,其四、五两公子,则寓此地小辋川。兄弟十一人,如同胞元昌、鼎昌、吉昌俱两榜,嫡兄继昌亦两榜,其余大半一榜,家颇盛云。

十六日(4月18日),伯谦侄携府院试艺,呈正于陈邑尊。与季慎修偕往,陈公奖励再三,许书楹联以赠。予同李竹溪芳茂、朱恂如、季慎修、卢器轩暨两侄观春会报社,异样新奇,大可娱目。

十八(4月20日)夕,南轩牡丹试花,因久旱,色微淡,而花朵仍繁,与蔡侯伦祠所见一律,爰与卢器轩置酒赏之。伯兄以"天香夜染衣"五字命次侄飞,应声而道,敏妙若流,难在俱出未读之书。惟对长者僮言,轻浮宜戒,予屡叱之。

十九日(4月21日),入城,遇东平王、中天王、忠正王、灵惠侯各社,金鼓不绝,街市喧嚣。乡会尤盛拜香班,一新耳目。

二十日(4月22日),龙舟十只,划手有女装,予年年见惯,颇厌尘嚣,乃与范佩之等赴季莆卿雅集,酣饮邵园。傍晚,留莆卿手谈,器轩为东道,仍宴南轩。牡丹尚未谢,拇战之暇,仍飞"国色朝酣酒"一联。

次晨,闻冯缄三彬士以怯症而亡,其支无继。平士荣姑丈亦没,前辈殆尽。念客冬敝(齐)[斋]小集,迄今已去二人矣,人生如泡,可为浩叹。如姚琴绿上舍、曾叔岩奉直、苏竹贤文学、范朗霄州同辈均一聚如云,转瞬已灭迹,可胜道哉!

廿三日(4月25日),朱观察甄别案出,予卷取列外课十一名。

廿七日(4月29日),送俞氏姨甥女出嫁,偕张汉槎司马□琳、吴庆亭□□、唐少怀宣课棣、俞丕显□、潘淇竹□□、宝也、黄念慈、菊香□□诸上舍、尤君容三、邹君□□、俞君菊如学曾、玉书、韫山福书、煜、潘君聘之、正轩、陆君心斋□□、林君万生□□及朱鹤龄上舍、岭梅茂才畅谈酣饮。又偕朱匏庵丈往谒其师余筠雪,互述阔悰。途遇姚家村神会,拜香以及抬阁小轿俱盛。三十年一观,春社无恙,惜予豪兴已灰。晤朱恂如,为我言支氏火灾,启华病不能出,其妇回寝负夫,竟同堕劫,惨哉! 然如此可比之烈妇,足以风世已。是夕,为姻家黄松涛上舍□□留饮,馔极丰腴,其子竹香□□、芝香□□殷勤劝客。芝香即俞氏新婿也。新筑精舍数楹,颇可小憩。

次日,回城。泊舟玩马泾庙会,多伤尸十将社,神为周灵惠侯,先行者为城隍,后行者为□□。有社客倒地,指作兰花,大声唤地保(捞)[绑]犯回庙,各女犯急跪乞恩。少顷,倒地者跃起,脱上衣,卓立神舆,添人舁去,俗谓扎童子。余从庙至沈浜,一路豆花麦秀,野香扑人,唯渡头野薇尚蕊。

廿九日(5月1日),赴灵公殿拈香,常邑庙纳饷。出西城观蔡氏铺妆奁,晤吴长卿等,茗话良久。

四月朔(5月3日),庞宝生山长书院开课,予得朱观察奖银三钱。

次日,贺蔡沄江四姊出嫁,陪赵荫斋上舍、顾德卿贰尹、吕月如少府等饮于挹翠山房。回于水轩玩龙舟,适张岳生至,与之拇战,樱笋及时,兴各酣畅。

初四日(5月6日),立夏,暴热。大兄秤得九十一斤,予秤得九十斤,仲舒则五十二斤,祐儿则廿一斤,祉儿则七斤半,较侄孙僧保转少一斤。

次日,过学宫。溧水任晴圃欲领其子静山茂才柩回籍安葬,将予兄弟与陆心培明经在丰、徐樽葵学博、殷小斋文学出名劝助,承王霞帆、蔡心田等重其殉难,慷慨捐资。

初六日(5月8日),天气清朗。偕卢器轩及次侄游王石谷翚祠园,五色莺粟正鲜,红白蔷薇亦丽。过报慈桥,见大红粉、白芍药以及石岩花,秾郁可玩。一路池沼,水蜡梅正开,惜不能涉而采,仅摘野蔷薇,嗅香而已。进清凉禅寺,观传戒,沙弥、小尼连俗家共九十二人。

予与谢兰莊孝廉、曹和卿封君、朱楚帆茂才、钱仲谦司马、徐云涛上舍、陆云才□□□小话良久。烹本山茗,观蕉碧泉,清净可洗尘胃。于芦篷饮火酒,食麻团、落花生及茶干、蚕豆,均足疗饥。宝马香舆,喧阗山路,而予等却喜步行。自孙家村程祠下山,啜茗孙园,与江树叔师同赏蒲兰,英红花繁,向所未见。入北门,器轩邀至瞿园小酌,酣饮而回。

十一日(5月13日),下乡,饮于朱氏。

翼日,同恂如、蔼如及大侄赴郡,仍寓周有恒家,每人每日房饭只消百文,自添酒肴数十文,已足醉饱。朱氏带金波酒,可不酤。

十三日(5月15日),同人鹤鸣楼品茗,尝煎馄饨,尚可口。旋憩中市正源馆观剧,为大雅班,演《参相》《下山》《访普》《扫花》《三醉》《活捉》《水斗》《搜杯》《送杯》《换监》《代戮》《呆中福》《偷诗》《惨睹》《搜山》《打车》《吊孝》《做亲》《劈棺》《梳妆》《掷戟》《罗梦》。惜坐地稍远,不甚分明。寓中,晤桐乡朱寿卢参军□□、嘉兴郭秋帆□□□□,尝慕游吾邑,聚话情深,新交如故。

次日,偕蔡翰卿、家焕纶等茶话升阳楼。午后谒笪氏姊,见弥甥闰生已能行,丰美可喜,琴舫可期跨灶矣。

望日(5月17日),李醉亭邀至禄荣坊巷酒楼,同荣季美□□等小酌,碗有糟蹄,味自胜。遂同往三塘桥胜源戏园,演景福班,醉亭作东道,预定地阁,坐既近,而供应亦周。观《参相》《访普》《玩笺》《错梦》《侠试》《赠马》《白罗衫四出》《惠明》《跳著》《哭魁》《佛会》《瑶台》《痴梦》《三挡》《藏舟》《见都》《测字》。净推王松卫德顺,纱帽生推王胖,巾生推臧德,二花面推张锦,丑推赵□□,遇擅场者各名班通串。渡僧桥又遭火,茗楼新建,愈精致,曰鸿园。

既望(5月18日),从胥门过小邾衖及众安桥,小衖中多女闾。出衖为江淮会馆,前去石堤,两旁石阑曲曲。至金谷园,登楼一望,野旷天高。楼额碧天,取东坡"接天莲叶无穷碧"意,王石香云篆,主人朱士罴□□钺自跋,本名乐志园,是水中筑址。拓大玻璃窗,一白不夜。下有荷池数亩,种白莲,叶香扑鼻,竹篱一弯,植众卉,幽秀动人。品玉笔春茗,用白磁瓜棱人物壶,每壶价三分,下悬"荷花世界柳丝乡"额,平樾峰太守翰书,因前有垂丝柳也。唤修发小匠来锤背,凉风徐来,恍若羽化。旋自通贵桥转至岭南会馆,入闉关,过仰家桥。途遇家礼庭缙黑,挈同石岩桥茗话。是晨,伯谦侄进府署,拜谢座师蔡太守,时太守已加运使衔矣。

十七日(5月19日),笪甥琴舫邀饮盛席,并饮玫瑰香茗,口腹俱清。晚至蒋家桥温公馆,不见明翁四年矣,留坐道阔,握手绸缪。

次日,同人步出齐门,登舟返里。

十九日(5月21日),啜茗寺后街,玩常庙演会,问酒炉头。范君枚茂才循谟调《秋波媚》二阕题我《丘壑啸歌图》,徐直方□□谏隶签,王蕴香题轴,书词并佳。

二十日(5月22日),雨。长女受黄氏币。

次日,陪贾词仙父子暨郭在中饮于西窗。午后,过阁老坊观常庙社,较上年清减,而衣装却鲜。贾公子祐昌为予东床选,与儿辈习仪作字,颇异常儿。

廿二日(5月24日),又雨。

至廿四日(5月26日),晴。予赴蔡塾。回遇新庙演会,有茶童一扛,其余衣服新奇,胜于老庙。

次日,五美园茗饮,见有徽人沈余山卖伤药,以百草捣成,名大力丸,出十五钱得两服。其拳勇尤胜,以大铁锤捶头顶、心胸数次,嚼此丸和唾摩之而伤愈。适雨少止,拉卢器轩及两侄入城,于道辕观昭庙会,至暮而回。

廿六日(5月28日),又雨。

至次日,稍晴。憩跨塘桥茶园,观总管神演会。旋同卢器轩、伯谦侄赴朱少英之招,醵饮李馆,与武进陈述堂□□□□及同邑陈亦苏参军耀璨、翁显廷上舍战拇言欢。

廿八日(5月30日),挈家人舟赴西泾岸及虹桥,畅观总管社。

回家启书厨,见沾屋漏痕,大半霉烂,念癸未大水,此书已遭劫,至今又被雨淋,修屋无资,致守书不慎,无以承先启后,罪何如之!

次晨,仍雨。

五月朔(6月1日),书院山长课,予缘雨阻,未亲接卷。适武进家春江少府宝荃、无锡家圣休□□对扬、方暎□□堃为修谱事来谒,约各支送稿惠山节愍公廷祥祠,每人丁费,公议捐足钱三百六十,其出名传告者三君外,复有□□□□耀明、□□□□际昌、□□□□振镛、□□□□振镯、□□□□太亨等。予允将本支录送,并赠《诵芬录》及先祖诗。

初二日(6月2日),入城,观王家桥总管会,费百万金钱,压倒城社。猎户扛大山猫,有如虎状,而土地社尤盛,扮杂剧,衣服丽都,香童一扛,满汉饭十六扛,各色齐全,为百年来最胜。晤陈野苹茂才嘉宾、程墨樵□□□、萧聿修□□□□,皆耆宿,清谈半晌,古貌可亲。

初八日(6月8日),挈祐儿吴厅品曲,为昆山周胜祥、韵仙兄妹,唱《落金扇》。妹虽年幼,能随兄作伙,亦颇聪明。适陈福田、心田至,大兄嘱予陪饮,拇战兴酣。

初九日(6月9日),苏城陈锦隆送蓝呢轿,计钱二十四千,力钱四百,予独出。因先人官轿已敝,借乘又难,不得已挪资办之。

次日,同卢器轩、伯谦侄听方秋蟾《描金凤》,年已四十七矣,而玉貌尚丰。其伙沈二梅善诙谐,其子□□打洋琴赓唱,尤可喜。宜座客众多,不类韵仙之减色也。

十二日(6月12日),予见冯姻母徐氏子亡无依,孤苦无告,爰书其婺况,报儒寡局,冀得他时补缺,济万一之需。又绘四万荡宗支图,付之手民,刊印以送各房,俾知世系,所谓费少益多,吾力犹能给也。

十四、十五两日(6月14日、15日),连赴同兴茶篷,听袁鹤鸣、桂芳、桂香唱《玉蜻蜓》。鹤鸣目盲心慧,前二十年见过,迄今喉犹清脆,唱口越熟,诙谐谈笑,能解人颐。其女桂芳,端庄如泥塑观音,杂伎俱习。桂香则花颜樱口，声细而娇，如良家女，无作态。终以《游殿》《渔家乐》杂剧，聆者俱化，可谓书中圣贤。

十六日(**6月16日**)，又大雨，水高三尺，低圩插莳已艰。予于雨窗酌改初稿，择尤付刻店缮书，以备锓版。缘年衰儿幼，不得不为百年之图，所苦阿堵缘悭尔。

次日，仍举雅集，同人饮于邵园，久雨恰晴，稍慰殷盼。

十八日(**6月18日**)，复雨。

十九日(**6月19日**)，少霁。

二十日(**6月20日**)，拉两倥及祐儿仍品三袁琵琶，终以《和番》一出，颇佳。旋憩一角园，与蔡翰卿等畅叙，朱二裴上舍作东道，酣饮之余，继以汤面。自西郊舣舟而回。

次日，狄文卿邀同徐晴坡为销暑饮，小憩三景园，笋鞭、青豆俱新鲜。小酌二壶，缘炎甚，不敢多饮，以汤饼点饥而已。

廿二日(**6月22日**)，暑尤酷。适平燮庵来，索予题张小筠上舍□□《听鹂图》，挥汗疾书，不计工拙，聊明无宿诺之本心。

廿五日(**6月25日**)，乘轿入城，贺各友入泮之喜。

廿六日(**6月26日**)，大暑忽凉，因阵雨也。午后始晴，新生喜得送学。予为官请陪公堂宴，偕张一泉学博景镒集南华堂，俟两邑侯陈月湖懋蔚、沈羲民伟田两学师、方云壑、顾南崖诸先生到齐，领新进谒圣。然后送酒明伦堂，官面南，绅面西面东，互为导饮，举杯箸之名，无饮馔之实。非科第而与襄大典，抑何幸欤。是晚，大倥拜谢北阙后设席于堂，陪王霞帆、鲍文源润余、高彦文□梧、素盦上人、毛小溪、张岳生、季受之、李竹芸芳荣、平彦卿辈拇战兴酣，兼品宣和堂鼓吹，脚色均佳。素盦知音，合唱《磨房》一曲，流连尽欢。

次日，陪王小庄、家绳祖等畅饮。晚同福庭弟仍聆三袁弹词，继以《活捉》一出，令人色战，虽暑若寒。

翼日，大兄举醵，陪王湘帆、宪祥、聘轩、寅谷、星轩、芙江、张德甫等狂饮几醉。雨又如注，老屋有飘摇之虞。闻杨中鲁编修又放福建副考官,值南书房者类无闲置,其父母具庆,兄咏春太守以军功而加道衔,并赏花翎,弟书成学博亦由军功议叙五品职衔,可谓家门荣盛。

[六月]初四日(7月3日),偕徐晴坡仍品曲茶篷,适广东烟户与土人争坐,聚党欲殴,大杀风景。遇狄吉卿嘉瑞、文卿及江宁宗载之德福,牵帅老夫访藏娇屋。双桂递桃枝扇,许领宝儿司花之香,旋为征歌者促之去。乃解杖钱同人买醉李园,席上得诗七首,载之等和之。

次日,先慈忌辰,予在家致祭。

初六日(7月5日),汤鹤树粮储云松课书院士子,予与黄暨南□□辈荅话清和轩。曹韵笙以悟圆上人□□《闭关默坐图》索题,以三绝报命。

十一日(7月10日),同陈古香、陆颂甫太乙祠茗话,欲观万寿戏,以人挤而止。仍憩同兴园聆三袁唱词,杂以《卖草囤》滩簧,殊乖大雅。周新之邀我金源馆品高粱、煎馒,不觉醉饱。回见赵宜园《洞庭纪游草》、童范《绿杨宜春图》,俱题长篇,以应其请。

廿四日(7月23日),晤张静甫医士朝铁、沈紫虚少府廷旸、王亦周茂才、金二如上舍其相、曹韵笙学博于石梅茶园倾襟畅话。

次日,顾德卿州丞之太君病亡嘱挽,应以七古一首。

廿八日(7月27日),挈卢器轩湖泾观荷,水高路不通,仅于半途遥望,惜大叶无花者多,村人欲卖藕,先剪去其夢也。啜茗竹林馆,人语嘈杂,与童秋亭参军育德晤谈片刻而回。午后,陪江树叔师、朱蔼如暨大侄听袁家母女弹词,终以《补缸》一曲,听者清爽,暑亦如秋。同憩一角园小酌,因酷暑,不能过饮,一壶一碟,继以豆酥汤面,腹已果然。旋见庞宝生山长书院案,予名在内课,题为《曰然许子必织布而后衣乎至自为之与曰否》《响簧,得坡字》。

七月三日(8月1日),陆小轩迁居吾里,招同鲍恂斋□□、季受之、陈坤亭廷爵、卢器轩、姚□□彦伟小酌，肴颇芳鲜，惜暑甚，不敢畅饮，纳凉露坐，磐礴解衣。连日同邻友钱凤鸣、周蕙堂、钱介池局戏消闲，苦于此道未精，不免屡北。

初五日（8月3日），朱二裴到蔡塾，同至逍遥游茗饮，晤东乡瞿静之□□□、马蓝田茂才宗来，叙话忘疲，又得今雨之契。

次日，长女培祁患气痰，兼感暑湿，陡发白疹，连邀张岳生医治，并祭送神鬼，两候始痊。而对门钱氏妇、同居周耀坤俱患欠筋痧，昏厥不测，幸予有红灵丹，亟灌其口，唤多人以热汤巾熨之，始苏。从此疫无滋蔓，同巷安然，知急症不可玩视也。伏中雨泽调匀，米价日贱，余家所粜租籽，不敷日用。

七夕（8月5日）及初十（8月8日）立秋，均得大雨，天气稍凉。关役借巡查漏税为名，盘踞山麓，索诈纸船、棉花船银钱，蔡生沄江、心田谋之予。予见越境盘查，久干例禁，乃拓康熙间粮道示禁碑，同蒋宜斋、杨砚培两封翁具呈抚潘府县，批准严惩，重行勒石，商贾便之。又为朱生少英家连遭贼窃，缮呈报县，批准饬查，贼风少息。

十一日（8月9日），同曹诏庭上舍茶话明园，知公子韵笙偕徐子城、王竹卿毓荪、余伯楠树煐借窗山前丙舍，习静读书，努力乡闱者自当尔也。旋过九万圩，知昨晚大雷震死徐姓十一岁儿。予见两灶烟囱并破，此子裸毙壁间，鼻孔出脑，头发俱焦。据云，其父卖酒肴，其伯业水作，其母现怀妊，未识何故致遭天诛。

次日，雨后，憩长兴园啜茶，蔡馆品画，颇佳。

十三日（8月11日），便谒莆卿于季竹亭上舍滋宅，高堂华厦，轩敞可人，庭中并头莲数十缸，良堪娱目。遇主人侄云亭□□□□，小话片时。

十四日（8月12日），祭先。

廿三日（8月21日），缘城乡疫行，请湖田诸神驱逐，龙舟四只，喧沸西庄西市间。

次晨，忽报中天王与孚应王斗殴，碎其杯，伤其手，延医问卜，亦是奇闻。有人云，神主农家，夕闻格斗声，巫言因瘟稻瘟人，相争不已之故。予挈次侄赴神馆，拈香焚镪，时已更余。复偕器轩、伯谦于坛场茗话，明灯四照，旷朗可以散愁。有测字者上虞范某，据说其祖□□□□嘉庆间官常熟海防，大侄拈得"茹"字，即云："十年苦功，自然笔底生花，荣与鹿鸣喜宴，可中之机。"吐属尚风雅。

廿六日(8月24日)，顾德卿太安人吊期，请予陪客，偕陈鹤汀上舍□□、俞岫仙奉直、蔡沄江蹉尹、陈□□□□□、俞紫衢钟骅、孙士型元浚、薛衍甫善庆三茂才等饮于书斋，肴酒俱美，而鲜莲鲜芡，尤是时珍。自伏初至月杪，米价大贱，予所办廪米出粜，亏钱七十千，财运之不通如是。

八月朔(8月28日)，闻孙学宪录科，定于十一日取齐。予以精力大减，欲藏拙矣，而家人恧恧，呈照起文，出钱二千七百，亦不获已也。于唐姓饭歇，晤族侄茜香少尉枻，因漕案暂拘，被官掌责，据言荒田之累，可悯也。

次日，徐洪声奉直丈病殁，其侄南坡良翰乞挽，应以长篇。

初三日(8月30日)，灶君诞。姚理堂丈设惜谷局，修醮一日，予亦在会，赴坛焚香画押，上疏天庭，期日少减暴殄之罪。

初六日(9月2日)，同徐晴坡、朱蓉塘茶叙清和轩，鲍生湘子琳买佳点馈予，消暑片刻。

初八(9月4日)夕，偕器轩憩金瑞轩，听汪息卿唱《描金凤》，口角清楚，越见老成，不愧女榜眼之目。

次日，得书院花红膏火银，付蔡文艺斋，以作宗支图刻费。

初十日(9月6日)，张寅山作东道，饮我复兴园，卢器轩及伯谦、仲舒、祐儿同座，京冬菜蒸鸭、鱼翅炒蟹粉，味均佳。予携家酿，清而醇，足以助味，拇战数巡。伯谦量不胜，辄作呕恶，过五美轩瀹茗解酲。适遇瘟部会，灯彩可观。回至西庄，又逢龙马灯，喧嚣不绝，冀得疫气驱除，而月白风清，倍觉良宵生色。

次日，大侄同张子琛舟赴江阴录科。是夕，灯骑过予家，助之以烛，自此官示断屠四日，欲阖境平安。

十二日（9月8日），同周新之啜茗五美轩，晤梅李陆建章□□□□小话，知其善（工）[宫]商，城中争聘教曲，风雅可亲。

十三（9月9日）夕，挈次侄、两女进城观龙灯，前有"平安吉庆""天下太平""驱瘟逐疫"诸灯彩，龙门明珠，俱精细。小儿服绣衣调云，尤足动目。花爆齐发，胜观也。

十四日（9月10日），赴季莆卿雅集，憩复兴园，偕朱介堂、蒋幼琴及陈履之上舍敦福拇战酒酣。午后，莆卿、新之、器轩小叙西窗，斗牌赌胜，取红绫饼之兆，出红菱月饼娱之。

中秋（9月11日），清晓，陪潘子昭副车、周新之上舍赴暨阳。申刻上云亭镇，桥南北有街，南街城隍庙外有台，惜过日中，荒凉可怖，人家香斗寥寥。

次日五鼓，泊江阴南门。知十四日扬属诸生约各府贡监生员投呈学辕，请多取科举，以广作人之化。缘学使岁试江阴，等第逾额，出示转云："上下江并借浙闱，惜人浮于号，拟各府属十录其一。"中举较易，录科先难，故多士哄然。提调官商□□观察书不能弹压，竟被拳殴，几乎酿成巨案。幸学使通详督抚潘宪查明为首二人，褫衿杖责，罢商提调，重委贾□□太守益谦代之，顽风少息。同人入城，寓守府前吴赓廷呈书家，即大侄所寓。主人性和爱友，其伯兄思祈明经麟书已故，仲兄羽仪凤书倾盖如故交。与子昭等小话文园，泉清茗细，惜近学辕，人声如沸。便谒溧阳强希和、敬甫、砚芸于三元坊巷，握手齐欢。知敬甫新出贡，频年游幕浙江，赓廷在北闱，砚芸由廪加监，客其内兄溧阳吴晓峰大令江照官舍，自永康来，唯希和家居业田，苦守寒素。晚遇大侄出场，知题为《衡于虑至而后喻》《问保甲事宜》《秋月如珪，得秋字》。

十七日（9月13日），同侄进士坊品馄饨，剧佳。侄与张子琛、姚德卿锡恩先回里，予乃独步万寿宫。宫即广福寺，一直甬道如砥，前为大雄宝殿,后殿供弥勒佛。背后有怀素《心经》碑,离奇诡异,笔如屋漏痕,石工正拓,问其价,须二千。左为地藏殿,有钟楼翼然,鹁鸽纷集。前左为许忠臣远祠,右为公善堂,内有吕祖祠,璃灯古玩,精致异常。旁为集思广益轩,轩前秋色清华,湖石灵秀,几上列自鸣钟,清静可憩。又有延寿、收孩两局。是夕,月明如水,被蔡小樵拉往小校场探秋,陆怡斋、周新之亦偕。一路蓬茅,荒僻如野,仅有鸦片铺数处,陪者俱荆布,不足观矣。

十八日(9月14日),小樵约至张厅品茗点。回赴南街,访适园。主人陈□□毓秀系戊午科北榜孝廉,其父□□□□□善丹青,颇好客,其富甲于一邑,曾创义庄。先过易画轩,有竹叶玛瑙案,古砖琴台,又有响秋轩,旁临大荷池。转至得蝶饶云山馆,为觉□上人祖观题。右转假山,上有石棋台,群峰环拱,应接不暇。轩壁悬杨椒山、黄石斋、铁□□铉、史阁部、黄陶庵、金正希诸忠节手书,令人起敬。晤昆山王康侯明经晋涛、顾松轩茂才裕梁、同邑丁梧冈工部云祥,小话片时。知玉山族兄讷夫因遭案斥革,管押刑房,为之叹惋。园门对面有关西杨氏祠,亦敞,惜未及游。寓斋无俚,子昭言:"世间味甘者不一类,亦不一名,唯咸者止一物。万物生皆圆,而方者绝无。"亦未经人道语,令我解颐。

十九日(9月15日),考苏镇等郡贡监,验照须出费二百。晤丹徒韩梅伯兆元,知为丁酉拔贡。溧阳老生葛□□向荣年八十七矣,知壬子钦赐副榜,长身挺立,不似颓龄,惟耳聋手战,忘写策题,难录送入闱耳。未刻开船,泊长泾。

次早,上市游观,苦无佳处。回船,同人斗牌,颇胜,因子昭未擅长也。未刻渡西湖抵里。骇悉蔡伯修家于中秋失火,四进房屋俱灰,仅存书楼一座,殊为焦忧,乃于廿一日往慰,回至西郊寓斋,堆书充栋,知为烬余也。午后,观上相庙秋社,借以驱瘟,可庆太平矣。夜赴社坛,又玩灯会,精巧可娱,各铺亦悬灯,晶莹若昼。

次日,雨窗遣闷,莳卿、新之同来手谈,新之最利。连日予患目疾，又俗事纷扰，难免出门，以致目力大损，有句云"病眼看灯认月华"，为足成之。

廿三日（**9 月 19 日**），赴宾兴局，领录科费二缗，添入宗支图刻费。便谒潘子昭于曾氏寓园，坐望三益斋茗话。过天香云外阁，庭中平顶桂花正开，其余精舍中古器纷陈，足以悦目。

廿七日（**9 月 23 日**），邀王蕴香、潘子昭、季莳卿、张寅山、卢器轩小饮邵园，席有江珧、鱼翅、蒸鸭、飞叫跳等味，剧鲜腴。缘孔子诞，飞"庚子陈经"四字，又战拇猜拳，极赏秋之乐。更啜茗五亩轩，以解酒渴，眼热顿清。

翼日，舟赴花戚里，访慈教钱松泉□□家，缘贾内嫂恙平还愿，率小女辈礼佛也。见诸善士献茶果糍饭，末班为善女，轮跪三起三伏，各诵《心经》《吉经》《天圆经》，计三日三夜，在会者均长斋。惜为舟子所促，未观开经，遽返。长女培祁茹素三年，以报亲恩，至此期满。乃附贾氏经坛，书疏申缴。

九月朔（**9 月 26 日**），偕福庭弟、畹芳侄文蕙游历存仁堂、蔡园、曾园与邑庙园，早桂适花，香风扑鼻。复憩五美园，晤苑山许登云，十余年不见矣，重遇之余，依然情笃。询知年逾四旬，为叹隙驹之迅。

初三日（**9 月 28 日**），知伯谦侄蒙孙学宪录取，初下场喜不挫兴，可慰老怀。

初五日（**9 月 30 日**），徐氏邀予陪吊，与慈溪邵澄斋州丞□□、句容赵瑞庭上舍□□、仁和刘凝香茂才、吾邑胡雪帆兵部、朱二裴上舍、李简亭茂才壁同席畅饮。胡小山别驾、张敬堂茂才自军营来，得闻皖省消息。时官长俱到，冠盖盈门，芝山昆仲广交所致，可称大观。

次日，入城，观瘟部忠靖王会，诸色齐全，较两庙更盛。邑署照墙西见有投井而死者，系长泾人，业成衣，少年无赖，窘极而轻生，其岳某领尸棺去。周新之祖母张太宜人病没，来索挽言，应以七律两首。

初八日（**10 月 3 日**），为亡儿培禄买丰二场四十四都六图无号田一亩一分一厘五毫，又九图大成号田二亩三分，计钱六十二千，以作墓田，恐日久废祭，忍以幼藐而忽诸？

初十日（10 月 5 日），为长女送妆黄氏。

十一日（10 月 6 日），遣嫁，承朱恂如、王聘轩、芙江、贾厚卿四少府及钱竺卿上舍、王星轩、贾保之祐昌、仲舒侄送之。时王蕴香少府、朱二裴上舍、贾慰椿少府兆丰、朱少英少府暨钱宝斋、时酉生、李琴仙、蒋凤于心翼、金宝之玉振等偕来贺，设席于堂，醰饮极乐。予往致庙见礼，主人倩蒋若峰士骥、黄辛竹金简两茂才陪坐，领访学山楼，楼为韵山大令藏书作画所，权作新房，幽静可憩。

次日，黄婿心耕种福挈女反马，喜房一切，烦季受之与大侄摒挡，予可省力。

十三日（10 月 8 日），内子陪贾氏妇姑子女往观程桥刘神会，颇盛。予同厚斋等茗叙明园。

廿一日（10 月 16 日），步至小毛家桥，饮于钱氏，同钱启源□□、宝斋蹋视倪鸟号田。其一亩五分连荒九年，唯有半亩向为汤祥大盗种，至今禾实垂垂，不得已押其茶坊究诘，渠方低头认过。启源等劝余从宽，着其补陈租一石，自今书租票，九斗租减作五斗，其余荒田觅其族人垦种，庶无赔粮之累。今岁南乡田苗，始被水淹，继又晚禾多萎，其无恙者复经淫雨出芽，租籽减色，予家产少，恐办粮之余，不敷日用。况年来生计毫无，亲友处馈礼，金钱会摊资，动须数百金，恐难支持过去，不独向平艰毕逋也。

上宪以金陵未复，奏请暂借浙闱，奉旨允准，特开万寿恩榜，并补乙卯正科，倍取足额。又因饷捐逾六十万之数，恩广六名，下闱者大有冀望。大侄乃于**廿八日（10 月 23 日）**陪景瑜圃兄弟及季莆卿赴试杭州，送以四律。念昔嘉庆戊午，瑜圃之父阆仙大令燮、叔绮堂学博炳与莆卿之祖云圃孝廉诒孙同伴而又同登，其外有同舟王艺斋观察家相亦同捷。今大侄偕往，倘附龙门，当又添一佳话也。连日大风雨，至此适晴，顺风扬帆，旁观称快。《余氏五稿》梓成，予与王蕴香助印三十部,雪芗复助板架,以终其事。

廿九日(**10 月 24 日**),卢器轩为蒪卿权馆,乃遣儿女附邻友徐穗钦处读书,赖严师以鞭顽石,或可改观。祁女适黄甫一旬,忽患病,因伯谦往杭,不能时诊,连邀瞿诚斋养存、张岳生、褚杏村同治,予日往酌剂。

十月朔(**10 月 26 日**),黄敬铭恭寿、心耕引予谒其家祠,旁有小圃,花果丛杂,而老桂尤多,石秀池清,迥超城市。出门遇祭坛会,同季受之乔梓暨蔡九皋、卢器轩憩归园茗点,至暮而回。

次日,内子又往视女恙,见疹发未透,尚费经营。

初四日(**10 月 29 日**),遣妪问安,幸今午汗彻,疹齐见于肤。

初六日(**10 月 31 日**),周氏吊期,请予陪客,江太师母亦于是日家祭,树叔师面命陪宾,爰乃奔波两地。于江氏晤鲍琅斋司理、吴修来学博、王蕴香少府、庞宝生阁学、胡雪帆兵部、王菊人上舍永年、方梅谷少府、琅圃上舍,于周氏晤胡菊人上舍福润、苏望之学博、钱仲谦司马、云亭上舍□□、范谷卿少府文钰、怀冈明经国宝、佩之、石门两茂才、学蘧文瑗、雨卿循源两上舍、程俊章锦康、含章锦堃两上舍、周月鉏司理鉴、吉甫□□祥原、屈切斋上舍恩澍、张仲枚□□□□、陆少云□凯、沈幼琴茂才,聚谈竟日。夕与童朗宇明经、周砺臣上舍巨、宗思柔维城、周□□兆原同席,主人周二虞葵劝酒殷勤,各歌既醉。自初五夜始,连憩程学士桥茶园,品土人竹肉,歌喉既脆,弦管又和,唱《劝农》《见娘》以及《卖青炭》《塘河船》滩簧,殊堪娱耳。晤溧阳周氏赘婿狄豹仲少尉蔚文,知系春圃大令廷飏之孙,奉之盐经兆祥之子,予曾与其叔价人明经维藩会于金陵,本有世谊,承以前辈见待,亦由宿缘。

初九日(**11 月 3 日**),走询女疾,遇瞿诚斋等,知病有退机,白疹之后继以红疹,热淡神清,大为喜慰。路逢冯少梅,据云,科举全补,唯赴杭者得入闱,余俱不及,出案已迟故也。是夕,仍赴茗园听曲,唱《下山》一出,和尚背《千家诗》半卷,亦新腔。其扮尼者娇喉似女儿,同人欣赏,终以《卖草囤》,则诙谐绝无余蕴矣。

初十日(11月4日),过同兴园,与蔡九皋、鲍文源、朱少梅茗话。适吴门陈杏川、卫秀兰唱《三笑因缘》及《反诳》一曲。杏川虽盲,而气静神恬,口角清脆。秀兰则年少,而音尤娇,工小曲,能令人意也消。回知狄豹仲来谒,不值,乃往遗大父诗一编。徐穗钦见赠两绝,中有"杕杜",予数典而忘,问之,始知李林甫事;次女读"冯夷"之"冯"如字,君为正以"凭"音,爰叠韵和答,借谢教言。

十四日(11月8日),舟下姚家桥,祝余筠雪女史八十,宾朋云集,鼓吹雷轰。与长洲支逸亭、唐少怀、小亭鹏飞两上舍、元和沈子兰上舍□暨及吾邑李耕斋廷标、瞿□□□□等觞于绿杉野屋,主人之弟静斋希炜、侄少耕□□劝酒殷勤,不觉酩酊。见其高足潘顺之太史遵祁寿联、犹子亦憨寿序,颇允当,予遂和韵,补祝四绝,并叠见赠元韵酬之。周畅轩用徐穗钦韵见赠四首,予遂见猎心喜,叠和至百首,神为之疲。畅轩又示徐月霄攀桂诗,飘飘欲仙,爱不释手,爰采入《诗话》,并酬二律,以志赏心。

二十日(11月14日),往吊蒋宜斋大令之丧,念劝分同事姚毓翁而外,又弱一个,曷胜凄怆。与其侄饮之副车、警绅茂才略话前尘。

次日,赴塾。陈桂轩□□嘱题《独立拈花图》,走笔以应。

廿二日(11月16日),伯谦试毕回里,带《顺天乡试录》,喜悉溧阳强赓廷中式,可慰先师于地下矣。

廿四(11月18日)夕,挈儿侄吴厅品曲,始为《白蛇传》,继为《青炭》滩簧,可哀可乐,歌者为袁蕙卿也。

翼日,过菱荡,见南山苍松翠柏,乌桕丹枫,经霜绚烂,倒映水中,可作寒郊画幅。自馆回家,儿女请写记书条,乃书示次儿云:"立根从子孝,成器仗师严。入塾驯顽性,登科植始基。辅仁三益友,明理一编书。"示次女云:"观书知物理,识字免人欺。内政须书计,贤声在德功。俭勤能广业,卑顺莫矜才。"诵之颇能解悟。

廿七日(11月21日),赴朱少英醵会,憩李园,与姚小琴、陈□□

德闻、朱蓉塘、翁显廷、狄文卿等饮不至醉，以故络绎嘉肴，能一一知味。

次日，伯谦又酾集邵园，偕许子霞杠、贾梅溪、张心兰德慎、李醉亭、少仙维新、王瑶林、寅谷、朱成德、蔼如、望椿借酒言欢。次儿陪座，渐识酬酢之仪。儿自附徐塾后，清晨裹头即往，如性所喜，每日工课无间，熟书背诵如流。次女亦能勤读，举前此之讹误，一概正之，足见穗钦之善诱，可为喜幸者矣。第次儿病后体虚，寝寐中时作吓声，致读书口涩不扬，与前竟成两截。

十一月朔（11 月 24 日），次侄女许字于朱，为月香上舍炳之叔子确甫坚，冰人系陆砚香、张岳生两君。确甫善医，不专恃恒产，其品貌亦清嘉，故伯兄允其聘。连日与徐月霄攀桂、周畅轩唱和。并改旧诗，送江树叔师选正，以备付梓。人过中年，心事愈重，不得不尔也。

初十日（12 月 3 日），祁女归省，惜其病后体虚，不时寒热，仍须服药清补，俾得复元。

十三日（12 月 6 日），闻报常昭共中十四人，从来未有之盛。同祖者三人，有若屈翼亭士瀛、宝生家珍、达泉逢源；同井者二人，有若庞舜臣钟瑞、俞寅生钟缵；新案中副车者一人，有若钱雪岑禄恩；其余若卢咏清福祥、季仲涟润棠、郑绍卿懋仁，皆素以文鸣。高材捷足，无有不先得者。侄辈当举以为楷，潜心经术，努力加鞭，为后科地步。

十四日（12 月 7 日），季莳卿作东道，小饮邵园，与张景轩□、师琴、卢器轩、陆小轩同席，拇战射覆，极消寒之欢。归以糕饵娱儿，烹茗解醉。

望日（12 月 8 日），黄婿心耕来视女恙，留于西窗小酌。灯下谢钱芬莲夫人题内子小影，附一诗。

十七日（12 月 10 日），同人会集邵馆，月明如洗，酒客俱醺。闻新举子集郡学，与鹿鸣宴，吾邑人最多，亦荣遇也。

廿七日(**12 月 20 日**),小女回黄氏,适次女侄受聘之辰,一阳晴暖。

次日,伯兄举金兰会,予陪李静轩、王聘轩、毛蓉谷廷瑜等饮于花园浜酒家,酒肴俱美。

晦日(12 月 23 日),南乡诸子来谒,予作东道,邀同小集钱园,在座者为朱恂如、徐步云、黄心耕、时西生、谦吉景和、金景岩、宝之及余叔侄。品江珧等味,战拇射覆,更飞"钱"字,酒数十巡,酣嬉淋漓,亦足助文兴也。

腊月朔(12 月 24 日),邑尊周文之太守试士。

次日,为戴润卿仁荣试船失窃,缮禀投县。

初三日(12 月 26 日),出案,回乡诸君不及覆试矣。蔡君叔崖树荣常案第五,用功人自能作鸿文,见赏琴堂,名下固无虚士也。

初七日(12 月 30 日),下南乡,归租欠,米多白稗,佃户又挽秕谷,亏折甚夥。除因歉收明让,又减一二成,办赋之余,仅留食米,一年用度何存?况来岁家食课儿,毫无生色,殊足縻怀。

十三日(1860 年 1 月 5 日),送蔡氏四代神位入祠,姚峙樵参军□□、胡锡蕃工部骖乘,执事极多。予与沈史痴、姚小琴、赵赞甫、沈宝三、刘小寰诸茂才、曹小卿员外、王鳌峰孝廉、狄文卿州丞、徐云涛上舍、潘子昭副车、李伯琴上舍、瞿甫堂少府云柏、朱蓉塘上舍、吕月如尔珪、朱少英、少美两少尉、蔡翰卿州丞等宴于旱舫,大可销寒。便道贺诸新贵悬匾。小雨如酥,幸坐舆,衣履不至沾湿。

二十日(1 月 12 日),解馆。明年决定家居,便课儿女,即赋闲亦无闷也。

廿二日(1 月 14 日),予五十正诞,大兄与黄甥馈酒面惠祝。自顾犬马贱齿,敢望延禧。第设天地父母位,焚香叩谢而已。

次日,送庞子方封公殡,拜翁相国夫人寿,天气骤暖,酒颊蒸潮,蒋荫农都尉、钱绥卿主政禄泰殷勤陪话。岁暮百通中,得半日闲,亦足解闷。

廿四日（1月16日），遇庞宝生司空扶亲枢出城，仪卫极盛，凡马匹俱武营当差。适余亦憨来谢校刊《五稿》，奉其姑命赍送京靴诸件，不敢固辞，但贫犹以货财为礼，心觉不安。刻稿存小斋者，指送翁、庞、杨三家，以备采录。杨砚培中宪赠我《福建闱墨》，系公子钟鲁编修带回，考官便道省亲，倚闾慰望，天伦之乐，无愈于兹。予兄于书肆得沈华骥孝廉毅残稿，择其尤入《西窗诗话》，归之其孤朗寰书来，不使其先人手泽流落尘壒焉。

龚又村自怡日记卷十九

咸丰十年庚申(1860—1861),五十有一岁

元旦(1月23日),天阴。黄婿心耕来贺岁,同家人试元筹,儿辈颇得采。

次日,晴冷。入城拜年。午后,拉子侄憩七星桧下,偕王蕴香昆仲茗话,承买蟹灯,以娱我儿。

越三日,同朱蓉塘、吴长卿饮于城西蔡氏,晚偕温裕昆往同兴园,听姚琴兰、云兰唱《三笑》,继以《捉垃圾》滩簧,茶篷人满,热闹异常。旋品茶李王宫,栗烈不堪露坐。

初五日(1月27日),侄孙僧宝祖赠期岁,汤饼浇寒。而课祐儿以《中庸》,一闻书声,尘心顿靖。夕与卢器轩、伯谦侄吴厅品曲,为姑苏联喜堂,两男一女。女周姓,字心兰,唱《劝农》及《捉垃圾》,较二姚更多波澜,声调亦脆,有古人绕梁风。

翼日,挈儿侄过长寿轩,聆吴女王汝卿《双珠凤》,拥狐裘而出,似带娇病,琵琶固妙,品貌亦端,唯喉未娇,同人叹全材难得。遇季让斋、何敏夫□树两丈,老趣横生,剧谈良久。季莘卿邀至赵衖品面,伯谦办高粱酒,饮之醺然。

人日(1月29日),捡诗稿付梓,赵宜园孝廉添新序,颇似小传,平生阅历,一一无遗,真知己之语。晚邀黄心耕、季莘卿、周新之、钱筑嵘小饮升瑞堂,战拇射覆,飞字俱换新样,各极欢嬉。乘兴品周心兰大小曲,始以《别弟》,继以《青炭》,或惨凄,或谑笑,哀乐兼至,座客动容。

诘朝，大侄陪黄婿下乡贺年。予赴王蕴香、雪香之招，同仁和汪友梅少府、鄞县张子京州同镐、卢江章石生通守玕、同邑李升兰、赵宜园两孝廉、夏湘舟茂才汝鋆、狄吉卿、李芝挹兆庆宴于双清仙馆，山海味烹炼得法，况兼十年醇酒，色香可人，觞政数巡，竟忘蚤暮。

天诞日(1 月 31 日)，姚理堂丈家设惜谷醮，余往拈香。午后，憩幽香居，品歌女周月蟾《玉蜻蜓》，年裁十九，有全部书，洵不易得，而貌亦秀丽，品亦端庄，不脱良家本色。

初十日(2 月 1 日)，周新之邀集小瞿园，同坐范君枚茂才循谟、佑卿上舍循惠皆善饮，况有蒋勺峰茂才及宗思柔、吴彦生志高、宗墨锄邦礼自别席来，各挥酒兵，欢畅无似，酒美肴鲜，恣我饮啖。旋至致道观品茶，偕张素亭□□、蔡叔平清谈忘暑。

次日，进致和观，品朱春林《三笑》，系梨园子弟，故笑谈神化，情势俱佳，有书场鼎甲之目。

十二日(2 月 3 日)，携卢器轩及祐儿观灯邑庙，茗话三茅殿，仍往品二姚《三笑》，惜间以《偷媳》滩簧，调吾虞人，殊属可厌。晤程尔来上舍遵远，剧谈半晌。

元夕(2 月 6 日)，小雨。挈儿仍品联喜堂曲，唱《断桥》及《扦脚成亲》，合座大笑。

十七日(2 月 8 日)，拉儿辈各庙观灯，石梅多走马者，游人如堵，偕季菏卿、陈坤亭□□、卢器轩茗话古桧下。器轩作东道，留饮李园，火蹄、蒸鸭味颇佳，赌饮移时，惜座客量浅，只尽三壶。便过陆寄庵少府清泰家射灯谜，予心拙滞，只道着四五，得泥魔诗笺各种而回。闻郡试定于十三日，大侄送其舅氏赴苏，至十八日回里。见招覆案，徐雯卿元霖居首，高手也。连夕两庙调灯，缘人挤未往，惟挈儿侄玩赏清灯，二鼓始返。

廿三(2 月 14 日)夕，同子侄仍憩吴厅，歌者唱《送昭》及《卖橄榄》滩簧，可发一笑。

次日，黄倩偕访僧素庵，小话存仁堂花园。素庵以其徒慧生《半芋轩遗草》嘱校,乃补入《诗话》所采诸作,备付手民。禅友虽亡,不忍没其遗墨焉。

廿五日(**2 月 16 日**),朱少英陪朱诚斋刺史丈临来谒,延余课其次子戒甫上舍炯,朱匏庵、克谐两丈之子养吾丈浩、南溪凤池附塾读书。予以家食大难,即受其聘柬,爰遣子女仍从徐穗钦游。夜陪金宪南明昌又听心兰戏滩,为《卖兴》一曲,颇悲凄,令人欲泣。

廿六日(**2 月 17 日**),陪许子霞榛、张岳生、黄心耕饮于小斋,拇战合欢,各各畅兴。

廿七日(**2 月 18 日**),晴暖。大兄嫁次女于翁庄朱氏,倩贾词仙、朱恂如、少英等送之。

次日,佺婿朱确甫少尉人吉到门,予陪媒翁陆砚香州丞、张岳生、心兰德慎昆季、陆云亭鸿章、陈霭亭、李少仙维新、冯柳溪、贾词仙、朱恂如、金宪南、家朴园、福庭等饮于堂。抵暮,同人复品联喜堂竹肉,唱《逼休》《游馆》。回与坐客斗牌掷采,竟夕流连。

晦日(**2 月 21 日**),挈福庭弟及祐儿仍往幽香居听弹词,偕陈翔云、顾协琴小话。旋与徐晴坡、姚小琴、朱少英品茶聚顺园。

二月三日(**2 月 24 日**),同管竹香□、封君□□、朱岭梅守御丈茗话夹槽,知皖北贼氛之炽,盖竹翁自其子华卿恩荣绩溪尉任而回也。

初五日(**2 月 26 日**),雨窗无事,题陆砚香《林泉小影》,倩周新之书之,以应其请。

初七日(**2 月 28 日**),赴乡塾,主人拭几以待,书僮之侍奉亦勤,厦庇欢颜,胜家居之陋。夕与吴门施受卿应铨、同邑朱景华、鹿苹□□诸记室、匏庵隐君、岭梅守千、克谐少尉、又村州丞诸丈及少美少府、星如少尹□焰饮于成德堂,酒后狂谈,兴俱畅快。

初九日(**3 月 1 日**),克谐丈邀饮,同匏庵、岭梅两丈及少美等举杯话雨,行令尽欢。馆童林七,年幼而慧,读书过目不忘,予嘱其伴诵,声琅琅可听。

次日，匏庵丈招饮，仍同前集诸君战拇猜拳，以遣寒气。主人见示尊甫折鹿公企云《北游草》及《虞阳子初稿》，并其自作《觳音草》，或古调独弹，或艳情可摘，录一二入《诗话》中。又索题《桐叶题诗图》，应以七古一首。朱景华丈见我肠中郁火，久不解，乃进菽乳一壶，又馈柿饼一函，每饭添辣椒酱，冀得一清肺热，爱我之挚，无以复加。司计婺源程德中世泰为我作寄书邮，亦甚相得。自抵塾后，日为诸生讲《论语》《古文》二三页。朱生竹书亦馆养正堂，每晚来质疑，颇见好学。

既望(3月8日)，伯谦自昆山回，来馆省予。知十二日生员科试，钱生筑嵲一等第五，可望食饩。而一路踢船装兵，赴湖州四安防堵，因广德州失守也。又闻清江捻匪滋事，进京路梗，会试士子有半途而回者。淫雨连绵，未得出门一步。朱克谐丈嘱撰其外姑查太君挽联，诚斋丈委作公子星如花烛词，走笔以应。张竹泾太守书来，道其饥渴之思，累牍不尽，可见老辈之情敦。

二十日(3月12日)，返里。

诘旦，赴周新之之约，至昆山，一帆风利，上岸犹未昏。寓甲子衖顾绮堂茂才□□家，主翁工画，为王椒畦孝廉学浩高弟，名噪一乡。其子吉甫□□亦能以诗书启后，有品士也。同爨者为沙溪柴颖娄文学培基、陆燮堂副车、毓泉、桐君宗沂两文学，对床话旧，聚首极欢。颖娄之子伯田文杰，壬子孝廉，乔梓俱善八法。晤同寓新孝廉皇甫小轩治，口述清江之寇，皆为骇然。

廿二日(3月14日)，试童生。

越日，案出，金生景岩招覆，拨入郡庠，喜甚。乃留昆，与瞿安仁文学同往张兰舟镜淳、俞□□□榜两学师公馆，讲赞礼，一日一夜自百金减至二十金，颇费口舌，虽受者未厌，而馈者已不支矣。大半书券以应，寒士之不谅于人，竟至乃尔。

廿四日(3月16日)，随队入场。老眼昏花，诗题《蜂喧抱蕊回，得喧字》，误得回字，疏谬如此，如老妇倒绷孩儿，即改正，而满纸涂鸦，尚何希冀有之。

　　越日，移寓，为瞿织云上舍父子款留食宿。

　　至**次晨**，偕屈梅坡明经校曾、季雄甫文学暨新之同舟回常。骇悉大嫂赴杭，几被贼劫，幸闻警即还，退出险地，然邻友钱凤鸣已遭荼毒，不测之变，安得豫防。

　　廿九日(3 月 21 日)，邑侯周文之太守如夫人开吊，予迫于赴塾，遣大侄陪宾。下乡仍阴霾，春寒尤甚。天时人事，悉足伤怀，惟焚香默祷而已。

　　三月朔(3 月 22 日)，惊闻杭州城于廿七日失守。吾郡逼近杭、湖，团练巡防，倍加严密。城中人因苏省戒严，半迁乡僻，而船只被埠捉差，水路往来，诸多不便。

　　上巳日(3 月 24 日)，书塾数间，为东翁之姻家王氏迁寓。予乃设砚养正堂，数椽精舍，幽静如山林。暇与景华、又村两丈及鹿苹、晓春国济畅谭今古，忘其在客窗也。

　　次日，又阴。聊假笔墨以遣闷，题匏翁《五色丛菊图》。闻贼匪扰及嘉兴，各宪移檄苏属，吾虞各城门始支炮，按夜巡查。

　　初五日(3 月 26 日)，回家，城中尚安堵。

　　次日，入城，适芜湖道邓介槎廉访瀛谒庞阁学，议守望章程。跟随扶轿者均五品衔，其自戴花翎，谅已屡得军功，故奉经略之命，驻守虞城。两邑令周文之、王芟初庆元先生来请议公，欲有力之绅董各先捐五十金。予缘馆乡，不获陪末议，心甚歉然。

　　初七日(3 月 28 日)，在书院见两县尊笔示：初五日接张璧田副帅玉良来檄，杭州于初三日酉刻被瑞□□将军昌督兵剿城内贼，张帅在城外进援，歼贼净尽，余匪俱败走渡江。七日中收复城池，可喜之至。见探报云，德清贼已被官兵剿尽，张帅现扎杭城外，饬官兵屯长兴、广德两界，截贼去路。城内之捷全仗旗兵及打箔义民接仗得力，余贼退踞双溪、横河地方。阅杭人王云坪□□信及吴门顾子和文学济乾纪事诗,知杭州旧例二月十八日阖城文武官员俱往灵隐、天竺拈香,奸细王道平习知其事,约贼十八日潜师来袭。□□□先一日,贼至不复空城,道平久历杭州,在城隍山星相,至是败露。中丞欲缓讯,众乃大哗,争殴道平致毙,脔割其肉。是日,贼由径路直抵大关,城民惊恐,中丞谕闭各门。城内有打锡箔者千余赴辕,奋请出剿,中丞坚执不许。城外向多丙舍,棺枢悉被焚毁,延烧至八昼夜,居民靡有孑遗。杭民昼夜登陴守望,而中丞所招复胜勇五百,始则在城骚扰,破城后即从贼戕官杀人。廿一、廿二两日,大僚命师出清波门迎敌,离贼二三里即施枪炮,及贼蜂拥而来,皆已入城闭守。贼据南屏山下,净慈寺中有罗汉五百,贼皆舁出,昼则遍执旗帜,夜则悬灯照人。居民多有缒城避处西湖者,遇贼皆遭蹂躏。清波门外竹西寺贼在寺中敲击铙鼓,暗掘地道,长官故知之,而不思破之之法,反谕添筑土城、建造木城。廿六日,向□□军门奎率援兵抵城,坚请启钥放入,中丞故疑而未许,且不发来师粮饷。廿七日,贼由地道轰击清波门,并由云居山缘梯而入,城遂失陷。阖城内外兵勇皆抛弃衣甲,反戈杀人,旋即城中火起。知罗□□中丞遵殿在署自缢;王月川方伯友端亦殉难;缪楠卿醆使梓被所带复勇破膛;巡道叶□□堃投池;[太]守马雨峰昂霄于廿六日即篆,廿七日投井,旋又为贼缒出碎尸;仁和令李地山福谦于吴山督勇血战,力竭阵亡;钱塘令李心香檀先奉委独松关防守,故未死节;段镜湖廉访光清与贼巷战许久,旋以众寡不敌,败走渡江。城中衙门未毁,惟钱署大堂被焚。仁和县佐王□□金彝于城陷后,即冠服坐堂,骂贼被戕。张星白学使锡庚于二月四日出棚,按试金华。省署眷口,殉难者多。城中上半民房俱成灰烬,下半幸尚苟完。许氏为杭城巨族,一门殉节者数十人。在籍戴醇士侍郎熙主商局政,二月庆古稀,遇贼投荷池死。周竹安观察□□家本素丰,贼逼索财贿,竟遭惨戮。高氏累世行善,贼烧其居,火焰顿息,并见有神呵护,贼众大惊,不敢逼毁。城复后,高姓出资,埋尸数百。方城破之初,张军门来援,至武林门登城抵御,贼众溃逃,满城克保,遂于三月二日克复杭垣。

初八日（3月29日），予赴乡塾，连日大雪。

十三日（4月3日），为东翁次子星如完姻，嘱予同苏城汪蔼慈乃昌、何尹孚志达两员外、吉仪常博志远、浒关周嵩甫州同、吾邑桑砚香醝使、朱岭梅守御、少美少府，到王氏迎娶。主人月峰刺史瓒及公子子廉□□来陪，款接甚殷，连偕吴门何星卿员外志奎、啸竹□□□、程伯卿□□、章海如□□、施润卿应祐、受卿、永昌徐尚宽刺史敞、叔平詹簿敬、同里李菊亭上舍、刘小寰文学屺望、俞葵卿上舍师德、桑宝卿光丞骏思、蔡沄江醝尹、少卿□□耀祖、瞿恒斋镳、朱鹿苹、约礼上舍秉鉴、筠轩、菊溪秉鑐两茂才、匏盦隐君、克谐少府、卓峰茂才、一泉文海、馥堂昌禄等畅聚翠雨轩。旨酒嘉肴，味之无极，且品小乐部，竹肉清谐，璃灯璀璨，致口、耳、目三福俱兼。

次日，清明。解馆回里。见甄别案，予卷取前列，题为《由也问闻斯行诸二句》《说士甘于肉，得甘字》。广丰俞宝森员外绍堂、仲甫通守绍蒸挈眷来寓吾家，与之晨夕晤言，倾盖如故。见惠白莲、御豆，系其乡土产，细腻可珍，并赠其兄兰皋铨部绍型戊戌会墨，冰雪文章，足为模楷。爰呈四律，志今雨之欢。

十六日（4月6日），同大兄扫西山墓。回谒严祠，裙屐寥寥，仅见蔡氏诸生茶棚小憩，买剪松糖以分甘味。时次侄倩朱确甫挈妇回门，予与朱恂如昆季、卢器轩、张心兰陪宴于堂，拇战百回，各为酩酊。

十九日（4月9日），偕俞仲甫、芝轩逢庆叔侄谈其在家遇匪事，知其从兄□□上舍积诚于戊午年杀贼殉节，不愧丈夫，闻之足以兴起。

二十日（4月10日）丑刻，得第四子培初，因坠地受伤，烟熏始啼，半日即变。予年逾艾，左耳病聋，双目多泪，自叹早衰，不分又添通累，昙华一见，虽可惜，不为凶也。但内子产三儿乳枯，至此转润，无儿索饮，未免伤心。向年是日有湖田龙舟，迎接李王，此回邑侯示禁，因东南尚有贼匪，恐赛会一开，奸细易于混迹耳，故城户均书人口，存簿稽查。亭午，偕俞仲甫、芝轩、吉轩司理增惠、卢器轩、黄心耕及祐儿北郊踏青，集孙祠，品清茗，观菜花。晤严敏斋上舍丈光荣及朱少梅、蔡沄江、李少园清达，小话片刻。回憩钱园，予解杖钱作主，斗酒言欢。

次日，赵宜园来会，同至五美园茶话，颇慰离悰。吾里钱仲谦、徐云涛、曹鲁亭俱到省局捐资，往杭收尸，诚善举也。

次晚，俞仲甫饮予，与曹丹麟通守丙森、玉年茂才谷丰、卢器轩同席，芝轩、吉轩陪坐。肴核十余碗，而不用碟，点心仅一盆馒首，而不佐以他物，其中合盘蛋甚费手工，味亦可口，红豆尤佳。其本乡烟草似湾旗，更香韵。主人不甚饮，以甘酒劝客，不至颓然。

廿三日(4 月 13 日)，赴馆。

廿五(4 月 15 日)晚，同朱晓春、竹书观野色，适菜华舒黄，麦叶抽碧，惟红花未开，不能配作三色，春寒故也。幸朱吟陶组□①宅后桃园花盛，殊足赏心。书塾又移在水精庐，因寓公何金波丽生之侄霞卿、常博志□以瘵亡，借养正堂治丧耳。

廿六日(4 月 16 日)，贾梅溪、笪琴舫到塾谒予，主人留茗点。陪游翠雨轩、钓舫诸胜，见池边点缀湖石，紫荆、碧桃掩映水中，洵阳春丽景。朱匏盦丈嘱撰周烈女行，集《葩经》以应。

廿七日(4 月 17 日)，骤暖。偕朱生竹书、二韩步至吴塌，访顾甥少江椿铺及宓静轩参军銮贤、朱兰溪兴栋、竹亭兴梓昆仲，竹亭留茶点。晤吴下顾子和文学，不见廿余年矣，据云幕游武林，在仁和李令署遇贼，被伤头背，乘间脱逃，今额有伤痕未愈，可敬可危。慰以小诗，即蒙答和。知王雪轩方伯有龄升任浙抚，吾邑姚芝亭太守文墉摄篆杭州。予与华赓虞□□、宓静岩、李惕先、贾词仙、郭在中裕丰、朱鹤龄、晓春、家绳祖畅话寒温。访接待寺，已无住持，较煜洲僧主香火时，渐觉荒废。傍晚，黑云欲雨，郡城隍会又因阻不来，遂附李蟾香上舍昌麒船回馆，篷窗偕马春郊、李锦江清谈叙别，顿涤烦襟。

---

①　底本仅有"纟"旁。

闰三月二日(4月22日)，辛庄神会过寓斋，中扮杂剧，颇足引笑。适李锦江携其《虞阳樵唱》嘱为推敲，乃涂改数处，采入《诗话》。惜其有才不遇，连斥小场，题以一律。

初四日(4月24日)，回城。见何制军奏折，建平于三月廿一日失守，东坝、溧阳于廿三日失守。连日闷坐，幸盆兰正花，牡丹亦放，室中香暖，可以悦人。

初六日(4月26日)，得广丰叶辑五瑞信，三月中旬，贼窜丰邑，而宜兴贼匪被张军门同马□□镇台德昭会剿，杀贼千余，余匪奔逃东坝。常郡城外之贼被张总统攻剿，贼逃至溧水，惟关外隘要，尚有贼匪肆窜。又闻自贼逃回之王金和云，贼穿戏袍，戴雉尾冠，小者称将军，大者称大王。掳妇女入姊妹馆，招人去赎。村庄设伪官二人，收牛羊米布，不供者辄焚其庐。伊借探营逃归。又得上饶谭梧冈明经凤来信，知贼在江西者，现窜广信府；在浙江者，现自常山至衢州。系其在无锡县署阅卷，故得确音。午后，俞宝森员外招予，同卢器轩及其从弟东垣茂才绍缸、仲甫别驾、朗如上舍绍葵、小阮芝轩饮于邵园，酒冽肴鲜，醋歌醉饱。乘兴入城，游曾、王两园，红白牡丹及银藤正开，扎本乔松，百孔怪石，俱有古致，使尘眼一清。主人曾君表之撰、王菊人永年同留茗话，得半日欢。路遇江树叔师及徐月槎宫尹、姚小园副车、庞宝生阁学在本图稽查户口，小话匆匆，惜予不能襄军务也。

初七日(4月27日)，邻家晤孝丰县古林庵僧常吉，逃难来常，据云，庵离城三十里，自三月初八贼匪回窜湖州，伊因住居被焚，一路求食，见过吾里钱凤鸣，以后未知存没。又云，贼掠去之人，皆贯其辫，惟僧等圈颈。是夕，与俞氏昆仲斗牌遣兴，伯谦手色最佳，予与二俞俱北。

初八日(4月28日)，下乡。是夕，雷雨大作，水涨四五寸，菜麦均伤矣。朱又村丈委挽何霞卿宫尹，又为其姊蔡太宜人六十嘱撰寿联，皆走笔报命。

次日，章质夫丈自绍兴回，与王雪香来予寓馆，言长兴又失守，句容、溧水仍作贼巢。其婿舒城孙省斋观察观欲觅善地安顿官眷，爰商之予。又村丈留夕餐，挑灯畅话，二鼓回城。

望日（5月5日），立夏，寒雨似严冬。馆中设火酒，予痛饮之。乃计十三岁至今五十一岁，成古今体诗六千八百十二首，抛去许多心血，宜乎头童齿豁也。

既望（5月6日），仍寒，瓦上见霜。孟夏行秋冬令，大非所宜。

十九日（5月9日），回城。

次日，祝蔡鞠轩刺史之太君寿，与王虞英奉直、赵荫斋上舍、曾仲才奉直、钱葭村少府、翁洁卿中翰、潘子昭副车、钱绥卿主政、魏宝卿上舍、王蕴香少府、雪香上舍、胡雪帆驾部、友三常博元益、王翙峰孝廉、孙介臣茂才元潘、顾德卿贰尹、刘小寰茂才、张墨樵少府、庞云楼、姚小琴、曾锡卿诸茂才、狄文卿布经及姚翼亭□□、谭绍卿廷照等燕于乌目山庄。久憩花园，蕙兰余香，蔷薇吐艳，正是晴和时节。溧阳强赓廷孝廉昆季来虞，予在乡不值。比归，溧阳狄豹叔蔚文来会，知强眷因城房多不当意，即赴太仓。并言溧阳城乡人家被焚大半，人死数十万，金坛未失犹失，围困数日，民间烧掠一空，久已罢市。又得公局信，悉江宁大营被贼冲破，军器、资粮悉为贼有，张帅退守镇江。长城不可恃，为唤奈何。

次日，得张翼伯观察景衢信，知荆宜村落多有贼踪，常州亦甚吃紧。又得叶佩纫□□信，知浙省於潜、昌化、分水有贼，窜扰江西南安、广昌、泸溪，于三月十七日至上清宫后，由铅山柴溪小路直窜广丰，于溪社后至玉山乡里窜出华埠，至常山复转至开化，又横至遂安。廿八日失陷。廿九日出港口，至淳安进东源，窜昌化河桥，回窜分水、桐庐。

廿二日（5月12日），邑令因贼势逼近，封福山港门。予家后河水栅亦钉断，统归三里桥大栅进出。

廿三日（5月13日），同伯谦赴金生家贺芹喜，饭于贾氏，往慰词仙家失火。日晚抵塾。

廿五日(5月15日)，闻陆云孙春闱报捷，少年才俊，自尔无投不利，况尊人今春尚赴录科，文兴未减，得此佳儿，可羡也。

廿七日(5月17日)，金生景岩酬神，招予宴饮，同邹蓉舟典术大章、孙学卿振基、金斗山照、尤茂之□□、瞿佐卿炳奎、张德甫、金宝之玉振集于书斋，拇战四巡，畅快无比。复偕居敬止茂才清绶、李小冈、时西生手谈欢聚，博得二百青蚨。

四月朔(5月21日)，于朱塾晤长洲汪慧生孝廉熙、陈仲甫斋长□□、张紫卿刺史荫楠，谈时事竟日。

翼日，回城。闻丹阳于廿九日失守，张帅受伤，熊镇□□阵亡，贼已窜奔牛镇。予往王蕴香家，贺其女孙出嫁。进城见赵孤□□贰尹福潾述云，其父鹤泉大令守杭西门，拒贼殉难，其媳嫂及四姊妹一时死节。贰尹巡守东门，未及难，其弟□□福浵投河被救，死而复苏，连其长兄畅庵死难乐平，一门忠烈，可以表闾。

初三日(5月23日)，得局信，知贼犯常州、无锡，土匪抢掠，城内居民一空，以致吾邑城户迁徙纷纷，有航海至通州、崇明、海门、宁波者，各处难民来虞，络绎不绝。老人骑驴，小儿载担，随路喧呼。又得常州来报，粮台移至江阴，何督竟移节来苏。适有新补江都尹杭州姚邗生太守文到予家，欲招城房寓眷，古道照人，谦光可挹，与予相得如旧交，知为□□中丞祖同之季子也。

次日，闻姚晴江丈虑患，服生鸦片而亡，可悯。又俞仆自苏回，见败兵大掠，有拥妇女在船者。

初五日(5月25日)，送俞宝森昆玉束装回籍，彼此泪零。予挈祐儿下乡，暂寄贾氏。是晚，见西南火焰甚长，直至次日下晚，知阊门上下塘奉官令放火，以便扎营，实误徇假马镇之命，堕诡计中，广勇溃兵乘间□掠，贻害无穷。同寓何氏上津桥房宅典铺顷刻成灰。而金波副戎犹出后门发南京难民口粮，危急之际，不致仓皇，足见好善有素。其家人奔出墓庐，科头跣足，露宿晨征，甚为狼狈。何制府押逃兵至虞，因绝粮而噪，幸庞阁学借道库银千两，给之乃安。时城内十室九空，市为之罢，贾氏载予眷处乡，恐惊悸也。马春郊、华小亭□□来谒，与之书斋话旧，良久始归。

初七日(5月27日)，予赴上塘视家眷，膳于贾宅，复为朱氏留点。至晚，得伯谦信，知逃兵已押回苏城。叶镇万清拨福山兵六百来城防堵，又招新勇五百，城乡帖然。贼匪在白堍，张帅驻扎常州，张副帅驻扎无锡，我军新得降将安天侯。所来难民，徐云涛将米一廪捐给，始戢哀嗷。

初八日(5月28日)，予回城。

初十日(5月30日)，隐隐闻炮声，知逃兵与焦湖船匪纵火肆凶，幸吾虞连斩奸细十六人，悬首城门，城市齐开，稍觉安靖。大兄与予守空庐，对床话雨，然已唤定船只，以备不虞。

十二日(6月1日)，季莆卿、卢器轩、朱竹书邀余归圩观剧，买鲥鱼侑酒，张思琴送家酿颇香，一路捣战，各极欢情。晤吴复香、王虞卿□文，茗话芦篷。旋为支□□、高□□两校书招同水窗清话，时已卸却脂粉作避难妆。画舫数十，博局亦多，几忘世乱。岂料是日辰刻，潮勇逃兵引长发贼抵城，乘张副帅入城之隙，涌进阊关，城遂失陷。徐君青中丞有壬□□，其余官长死者寥寥，唯朱筱沤廉访钧投井自尽。苏省募勇数千，糜饷百万，贼至竟不守城，可为长叹。贼据城后，遍构城廊，改苏郡为苏福省，伪忠王守之。

十三日(6月2日)，偕兄及卢器轩下南乡，携眷寓庄基村李若卿云宅，每月房金三千。时酉生留夕膳，王湘帆馈蚕豆，甚叨关爱，心感勿谖。时张港泾等处桥门已断，水路多阻，连日警报不通，至此始闻常州于初六日失守，无锡、昆山继之。

次日，败兵□陈家墅抢掠纷纷，拿解正法。连前共杀廿九人，幸钱仲谦犒以豕酒，官委员押送福山，勒其北去，皆弃马而上海船。

望日(6月4日)，赴戴家桥茶话，憩戴汾涟上舍容九家，闻张港泾数家被里人持械哄吓，逼令发米，计口给以斗石，方得散去。而贵泾时氏、东庄李氏、朱家宅基朱氏、渡船头沈氏、墩头丘陈氏、庙礁泾吴氏、大潭荡范氏王氏已被土匪打抢,南境荡摇,幸县官局董押兵勇擒获数人,首犯沈三、李加茂、范喜、陆安顺、陆阿大即刻处斩。枭首犯事地方,天竺庄盗薮搜赃净尽,余如加茂之弟投河自尽,沈关荣囚笼致毙,方三等房屋烧毁,杖枷发落,大快人心。以故所取米石,有送还者。是晚,予领词仙眷属,避惊金氏。

既望(6 月 5 日),闻江阴失陷,吾邑城市冰清,各团乡勇多散。

十七日(6 月 6 日),同金景岩往狄家坝,谒朱子钦丈,遇陶缄斋茂才、桑砚香礁使、镜仙司马、王霞帆、金丝纶灿庭两上舍、狄振纲、振扬两丈,议通六图巡防,共凑米千余石,钱数十千,得巡众二百余,人心始怗。

十九日(6 月 8 日),赴莫城。瞿景园开业留茶话。旋谒西王庙,知为乡约所,东轩面水畔,朗如照镜。憩善庆庵,住持万生□□留茗。

二十日(6 月 9 日),诣吉家桥僧庵,适图中发米,晤王霞帆、桑砚香、吴翰卿大霖诸君,贾词仙、时酉生均饷酒,李琴仙、贾厚卿秉堃俱馈肴点,可遣旅愁。

廿二日(6 月 11 日),喜闻官兵克复江阴。

廿四日(6 月 13 日),挈祐儿乘航进城,茶坊晤毛大椿□□,承馈角黍。旋坐车同赴北乡周古音大章家,适陶洪镇夫妇亦到,晤叙甚欢。晚为周宝玉从舅邀饮。

次日,同陶洪镇及古音兄弟集谢家桥镇,酒茗与馄饨并佳。憩绿云轩品茶,双忠祠观古银杏,与陆时斋茂才汝霖晤语移时。旋为王元恒招饮,晤王浩如茂才及其西席邹耀廷□□、公子一帆少府,款我殷勤。偕甥倩陈蓉江□□及陶洪镇辈拇战极欢,乘兴弄牌,乐而忘倦。苦为祐儿□□啼哭,不能久留,遂于次早借蓉江船回南。骇悉羊尖镇被盐枭、土匪以逮广勇,引零星长发焚掠一空。本镇及他处逃难来者,或赴水死,或受枪伤,被祸最惨。焦湖船横截港门,使避难船不得出。里恶守典铺后门,有打包出者,随手夺去,其计之毒,良堪痛恨。

廿七日(**6月16日**)，长女挈婢自城来，同居李氏。夕见红光，知苏城外蠹口、胡家浜及昆山城外被贼放火，未几，太仓城又破。

次日，贾词仙来载三女、祉儿去，乳妪母子相随，甚感亲谊之厚。

五月朔(6月19日)，诣风宪城隍庙焚香，虔问予家安否，投笺三阴，示云："遭刑落劫。命犯罗猴土字星，更兼凶煞吊丧门。连年恶曜缠身定，又恐官符罗计临。"又关帝签示中平，诀云："喜雀檐前报好音，知君千里欲归心。绣帏重结鸳鸯带，叶落霜凋寒色侵。"甚为疑虑，惟忏心过而已。便憩茶肆，晤黄埭难民，知廿五、六日其镇被逃犯、逃兵以及地棍假冒长发焚抄典商、富家，恒以红女裤剪开被身，真成畜类。连日酷暑如伏，斗室闷人，与万翁天来同饮，以蚕豆作钩，藏手试猜。每坐时氏小有书屋，与医生张锦中元一谈心。

次日，为李生琴仙邀饮，偕吴毓之少府维锁、时酉生、陈芝台□□、李小冈、静轩同席战拇，酩酊如泥。见庭有金钩树，颇嘉。适久旱得大雨，水添数寸，垦田省力，秧可插齐矣。是夕，梦酉生在予宅连呼不好，乃亟去，见城脚有贼匪船，衔尾而至，喧传妇去投河，予急持之，骤醒。

初三日(**6月21日**)，夏至，仍雨。

次日，雨窗无聊，向常州邹姓买药酒消遣，佐以鹅卵，终日兴酣。

端午(6月23日)，赴东始庄，与张静安□□等茗话。晤上津桥药栈诸葛某，知其弃家下乡，铺中一切都为贼据。又闻永昌徐氏练勇盈千，暨抚标兵与贼打仗得力，贼不敢北窜，而吾乡可安。中军庆公□□、新守杨公□静俱驻徐家，为大公馆，每日供应钱一百千，毁家纾难，犹有古风。王梦蓬惠角粽、面饼，时酉生惠火酒，借以赏节。晚集小有居，时酉生留饮，与陈介繁□□、卢器轩、李小冈、静轩斗拳为乐。

次日，舟至张港贾氏，并至朱塾，与朱景华、夏凤□两丈谈近事，旋为贾词仙留酒食。

次夕，仍大雨。知吾邑沙勇赴支塘，堵御东路，吴塔亦拨义勇四十,防苏贼北来。接待寺设练局,莫瑶峰少尉钟琳及曹和卿、徐云涛等驻局调度兼便劝捐。闻曾涤生钦使国藩升授两江总督,薛觐唐方伯焕升授江苏巡抚,会剿苏州。

十一日(6月29日),伯谦侄来寓,卢器轩与仲舒侄回城。

次日,伯谦入城与器轩等回寓,知钱仲谦带勇驻东乡,钱琴生押勇堵西郊,□芝亭领勇御西南,蒋饮之督勇赴东北。南路则有吴塔团勇,李菊亭丈、宓静岩同监界泾栅,新支炮四座,况有永昌徐勇、黄土桥马勇、冶长泾张勇接应,贼不滋蔓,县城贸易如初。常尉周葵堂铎署江阴令,常令周文之兼署长洲,日日骑马赴局,威势颇张。城户有米廪者官派充饷,解米各局粜钱,每升止二十四文,唯茶烟等货各店匮乏,即有以应人,价必数倍。是晚天凉,始闻蝉鸣。夕见东南有火星甚巨,宛如红灯,又西北有长星,形似欃枪,想非佳兆。

十三日(7月1日),与伯谦步至莫城,瞿佐卿炳奎留茗点。进城隍庙,适祀关帝,有音乐筵席,同社人集者多。旋憩西王庙,见时酉生楹联轴心,均秀润似董香光,足见临池进境。闻常熟沙兵赴昆剿贼,因队长钱方瀛、少湘等先走散,致大半受伤,余勇败回。朱蓉塘倅舞掌文案,被贼戳伤而亡,可嘉可悯。又有苏城放出布庄某,据云闭住廿余日,因不能充兵,恐再耗粮,始许出城。其时同出者始潮涌,约数万人,幸封刀未曾多戮。是日,次女到贾词仙家,三女、幼儿回李寓。

望日(7月3日),小婢回城。时酉生以酒肴招予,因茹斋却之,乃于十六日补留饮馔。伯谦侄常住吴塔练局,管理帐房。闻东路贼匪退出谢堰二十里,惟南路贼扮难民,该处练董马健安被贼杀死,所以吴塔盘诘加严。

次日,知贼因练勇败退,北窜南塘,渐逼城邑,炮声彻耳,寓舍惊惶。

十八日(7月6日),长女因寓房潆隘,决意回城,然城中究不可居,遂与书黄婿,嘱其领妇避警,慎勿守株,婿即有回信。闻王巷浜张约园上舍荫槐家被贼焚掠,甚至新停三柩被劈戮尸,恐藏银也。其丧心昧良如此！有苏城小杨家巷范氏儿来乞食，据云：向业铜丝灯笼，始避贼时，走上屋背，数绝粮，始下。被贼给差，从抄典铺、富户，身捎衣包，手贯金镯十余围，每夜须归巢，若□日到，即斩。贼给饭，三日当荤，每食三篓。呼伪王称王大人，呼余贼大人。伪忠王李秀成被金黄一口钟，日登弥陀宝阁，观千里镜，或搭高台，探官兵消息。贼在城现不杀人放火，亦不掳妇女，小长发则见人辄刺，每有被伤者。城中府县署无恙，唯三大宪署烧毁。贼缘久旱，城河流血，秽臭不堪，欲载行李出城，适廿七日大雨水冲而又中止。渠因力弱，被贼于初八日放还，给碗一，在路拾钱二百，买竹篮下乡求乞。常熟西乡解到长发一人，斩后悬首庙树。

十九日(7月7日)，知江阴高山脚贼被勇首许子仪玉彬出队，大获胜仗，得贼将一名，庞阁学奏请赏都司衔。又东乡亦有捷音，开炮轰死贼百余人。

二十(7月8日)夕，到王氏澡身，遂宿漱芳阁。得伯谦信，知梁□□观察宝森自粮台来福山公干。

廿一日(7月9日)，挈仲舒侄步至张港泾，约十七八里，足为之疲。朱蔼如留膳，旋同朱恂如往吴塔局，晤司董曹和卿员外、徐子良奉直应科、王渭卿□□□□、晋川□□□□、范君谋茂才及邻近陆耐之□□□□、朱云溪少府汝霖、宓静岩上舍、静轩参军、朱岭梅、克谐两丈，畅谈时务。适伯谦自朱又村丈处诊脉来局，一切嘱其赞襄，予可藏拙。晚同朱诚斋东翁回馆。须臾闻炮声，知吴塔杀新剃发贼一人，系黄土桥所解，又南庄基马局解土匪孙阿长妻子二名，添差押送县城，即正法。

廿三日(7月11日)，喜雨。晤长洲周幹卿州丞维桢、少卿□□国均、高咏霓□□□□、峄梧茂才凤、张瑞伯□□世□，知贼于十二日焚劫阳城，至十七日始息。王巷浜张霁堂州丞□□及拳师钱泰丰□□领勇救火，追贼直至夷亭，杀贼得胜，回至湖边浮桥，被刺坠水而死。浒关周氏老宅有一房被劫，徐石卿学博人凤家亦被焚抄，田泾高氏又遭贼侮，三家避寇在船，泊于朱塾后。苏城避难如汪铁花观察栻、慧生孝廉、蔼慈员外、韵樵通守彦寀、柳门茂才鸣鸾、吟云上舍鈢、仙岑性存、星如□□两医士、何金波副戎、星卿员外、长庚奉直□□、尹孚员外、吉仪常博、咏生画师□□、啸竹□□□□、程春琪□□、祁蔼如□□两医士、张云亭□□、少嵋□□□□、王卤山茂才鼎元、龑若绍鋆、正帆少尉□□、楚舫□□、小峰□□、陆侣松画师侯、翼门澄丰、施君山明经□沄、润卿、吴晋堂□□、树堂□□、许敬涵□□、和卿□□、陈仲甫斋长、殷禹卿□□、杨选楼□□等，朝夕聚首，又得新交。

廿四日(7 月 12 日)，知城中又获奸细，连前共杀六十人。

廿五日(7 月 13 日)，喜悉钱仲谦、蔡沄江领勇三百赴王巷浜，东南有备。奈夷匪又猖獗，闻法蓝国马兵又赴天津。

廿七日(7 月 15 日) 清早，予咯血，想因郁热所致，天气晴燥，书塾虽面北，而背后炙骄阳，不可久坐。且临街负贬[贩]鲍鱼者，均摆摊塾前，市嚣不绝。复有留养难民，杂处祠门，借苦寝地，酿成湿疾，时疫又兴，死者相继，妇哭儿啼，遗溺遍地，难与为邻。适曹和卿来，对床共语，知常勇在双凤得胜，斩贼一人，拿获四人，解县正法。自此又费犒赏银矣。复得伯谦局信，知江阴于初八日又失，旋即克复，勇首徐裕安受伤身死，照都司例成殓。蔡小渔方伯映斗驻嘉定，薛中丞署制军驻上海，许信臣中丞乃钊、吴平斋太守云亦在上海。庞宝生阁学奉旨督办江南团练，其江北则派晏同甫中丞端书督办。闻苏城内皆打元宵锣鼓，奸商结贼，家留食宿，得钱为贩鱼盐。

廿八日(7 月 16 日)，议南乡劝捐，予乃步行抵寓，检前捐数交局。路过狄坝，憩茶棚，查玉章□□留著点。

次日，闻东南贼匪逼近相城，炮声如雷，络绎不绝，又见火气冲天。是夜，蚊蚤相扰，竟夕不得眠，因斗室蒸炎也。

六月朔(7 月 18 日)，挈妇至贾氏品素食，剧佳，始尝西瓜。日旰，赴朱塾，同寓吴人终夕焚香解锢，缘甲子祷天耳。晤高云卿上舍

□柱，知田泾、相城又被焦湖船贼焚掠，夷亭镇被烧殆尽。见伪示，据称："天朝九门御林贞忠保国嗣天豫杨、殿左二伯九十一检点高，为出示安民晓谕事：奉我真圣主天王谕驻守浒关，四乡居民各归各家，各守本业，各村镇有材能之人，赶紧前来，当□□□官。倘有匪徒混充天民，在乡掳掠民财，许尔等捆送到关，以凭天法究办。"其年号为太平，历书无小月，较我朝历日稍差。称金陵为天京，谬呼"天朝""天国"，官亦嵌"天"字，类皆借天尊号，以欺愚民。其詈本土绅士为妖，凡诰命旗匾尽行坼毁，靴冠袍套斥为妖装，搜得科罚。谚云"搅乱天朝"，至此始验。闻翁菉卿上舍曾荣、蔡翰卿州丞、钱琴生茂才禄书、雪岑副车禄恩所带沙勇三百，自陆巷退回璜泾，不能出队打仗，留之不得力，散之或为盗，调度綦难。是晚，沈月帆主政垍、王敏斋茂才橚勋来塾会议，曹和卿带周文之、王芰初庆元两邑令柬，敦请劝捐。予缘天暑身弱，转遣伯谦侄往陪。知吴塔局获丹阳、溧水奸细六人，盘问解县。闻松江于十七日失守，廿八日克复。苏城贼被沙锅党接仗得胜。杭州瑞将军昌、提督江□□长贵督兵追贼至平望。西境荡口华局，系获秋大令翼纶主张，养勇数百，颇著声威，故本镇不致蹂躏。南境徐局勇在阳城湖得焦湖船三号。

初五日(7月22日)，曹和卿、刘小寰、王敏斋及伯谦到朱塾劝输，予从旁陪论。馆中建兰始花，几盎芬芳，可以清暑。闻姑苏某宦走祖茔，衣朝服，拜北阙，先杀子女，然后自经，一门死者数十，墓丁二人亦随死，可悯可敬。但须寄子延一脉，墓丁或是义仆，故慷慨殉主，恐司墓未必能然也。吕厍、莘庄两处，集苏城新出难民，约有数百，朱又翁时往施粥，徐子良出资最多，亦不忍之心所致。

初七日(7月24日)，曹小卿员外、沈月帆驾部来寓畅谈。大侄赴莫城劝分，赖王霞帆奔走尽力。

翼日，予晤陆巷张子容州丞世涵，知小贼王被徐少蘧副戎佩瑗杀毙，投相城道观，得人家寿椑敛之，上贴封条，戒地保毋得扰动，否则屠镇。闻陆云笙钦点翰林，少年步玉堂，良可思慕。西乡磨剪人投王源昌营，连得胜仗，继而其人扬去。越日，提贼首来，再领阵出战，向贼指呼源昌，几被枪毙，幸团勇掖而遁回，各勇溃散。虞城之民恐贼冲下，又复迁徙惊惶。

初九日（7月26日），与吴门王正帆少府□□、楚舫□□、施受卿同舟回城。往黄婿家问讯，其兄敬铭出陪，瓜茗并战，登楼风爽，尘眼一清，庭中盆荷、金凤正开，小女约赏桂花，良久乃别，乘班船至庄村寓。

次日，嫂等挈予子女返城。大雷雨，水长数寸。时月梅上舍秉钧及酉生来会，留茗点畅谈。连夕为蚊苦，彻夜不安。

十一日（7月28日），仍大雨。西乡北涸解土匪八人。李静轩留予饮，佐以汤面。夕宿王氏，盆中红荷花盛，玩之怡情。自予寓李宅，日与王湘帆、陶洪镇、闻芝庭、时酉生、张德甫、朱鹤龄、陈介繁□□、仲卿羲书、兰谷衣锦、李小冈、静轩、心柏丕文、心兰丕贤斗牌消遣，稍慰旅怀。

至十二日（7月29日），晴。予始携眷回城。见徐局解贩火药许姓二男、二女，泊舟接官亭，交莫尉熬审，老男供习刑名，系佐旧令陈月湖幕，其一是伙，其两少女则掳来者。审毕，老者正法。午后，予憩吴厅，适居紫云、雅云唱《珠凤》，姊善说，妹则惟娴小曲而已。惜有翠云名噪吴门，时外出未晤。十二日，西乡又解奸细一人。闻竹塘勇连胜，贼退三舍。

次日，同季莩卿、周新之、卢器轩手谈，食瓜消暑。薄暮大雨，水又涨四五寸。

望日（8月1日），仍雨。季莩卿、钱起堂两茂才暨卢器轩上舍集厅事，与予竹牌赌胜，颇得采。

既望（8月2日），予步至朱泾桥，遇邻友陈三观船，载予抵小潭荡口。与无锡庖人蒋连溪闲话，知其向在三山馆，为余言其乡秦氏住水渠，系大便家，被土寇肆劫，留余献贼，已允不扰其庄，讵意主人方徙，而长发仍到，焚掠一空。予步至贾氏，品瓜食斋，与词仙及王鲁园小叙而别。舣舟赴贵泾,时益三丈留茶瓜。日晚抵塾。

十七日(8月3日),时益三丈同其侄月梅、子金宝锦来馆,为捐饷事也。予偕朱克谐丈诣吴塔局,为时氏书捐。晚与蒋荫农都尉往贾宅劝输,飧于双桂轩。晤苏城徐涧泉之妇,知眷口五人、女使一人被贼于月初放出,唯其子蓉九少府廷荣当差未遣。贾氏因亲串,暂留在家。

十九(8月5日)夕五鼓,得张汉槎司马琳局勇马姓飞报,贼有下窜之势,因谢堰团勇连败也。局主朱又村丈拨钱吴塔,以备行粮。徐子良乃带湖勇赴堰防御。朱克谐丈及宓静轩先后领勇应援。

二十日(8月6日),予雇贾氏船回城,路遇潘梅溪资政筇浩船,知于王巷浜避惊而出,未几,梅翁以忧愤致疾而亡。予因晓起受寒,忽患痢,卧起频仍。两儿一女及乳媪子均寒嗽得疾。

廿二日(8月8日),闻傅□□都阃□□剿贼大胜,收复太仓,驻州城守御。松江贼因居民抽去釜甑,不得炊爨,均已出城。江北粮台委员廖□□解粮数舶过虞,计一千四百石,存东城社仓,茅尉守之,其余过西乡者存塘桥局。

廿四日(8月10日),予龈胀齿摇,红白痢未净,乃就张岳生诊视,据云:"风热上壅,湿邪下注,治宜两顾,用薄荷、杏仁、连翘、泽泻等味服之。"颇效。晤俞岫仙奉直,知嘉兴失利,杭州被围。晚偕卢器轩赴季氏弄牌,稍胜。旋同菲卿小饮元和楼,终以汤面,尘寰余此乐境,酣笑而回。闻西贼逃回江阴,山东梁国泰之功,虞境虽清,而江城仍失。嘉定于六月五日又失守。丹阳民因派捐之累,众怒而冲破十三贼营。

廿五日(8月11日),两儿倩平春阳推惊,外感渐清,全家康健。

予于廿六日(8月12日)趁航到馆,与苏人沈友梅□□、许和卿□□篷窗小话。友梅自城遣出,据云:伪忠王专理苏省军务,别有义王、幹王、英王。英王素勇,眼上有两创痕,人称'四眼狗',好杀人。

次日,吴塔拨勇五十,木排库拨勇三十,赴谢堰助剿。是晚,与李墅董企虞□□闲话,知东路贼为徐医报怨,连犯石牌。

次日,有苏人李姓,因米豆菜油被吴塔局勒住充公,予悯其小本营生,函嘱朱恂如开一面之网,幸即发还。

廿九日(8月15日),得家报,知祉儿病剧,裴、张二医均有积久难治之说。乃于**晦日(8月16日)**乘舟回城,见小有转机,热减声扬,唯咳仍不止。大兄大侄亦到家,参酌用药,并诣连登浜观音堂请香饮之,签云先凶后吉。

七月朔(8月17日),仍请裴缵禾诊治,服药颇灵,寒热日重日轻,略有间断。予借牙牌消闷,与季莆卿、卢器轩、钱介池半日流连。徐穗钦馈桃,用周畅轩韵谢以二绝。

初三日(8月19日),缵禾来诊儿疾,寒热仍作,至晚稍清。赴黄灿章处问课,卜得需卦,据云:"目前未为无咎,俟过初八至十四日,乃可无虞。"爰祭神送鬼,日夕奔波,虔祷之余,寒热乃治。黄婿心耕来视,小女助银医祷,足见至戚关情。闻庞钦使调梁国泰兵至谢埝,顾山须氏子弟有带勇阵亡者。朱茂城、季莆卿、卢器轩就予手谈,勉陪至夕。

越日,进饷局,见邑庙东园设支应军装局,中园设军需官局,西园设督练大臣庞公馆,周令署常州太守。前月杨厍报信,十八至廿一练勇三次得胜:初次系严康保出队;第二次系王源昌出力,杀贼无算;第三次系徐裕安、许宝卿领队。已奏闻请奖。是晚乘航回塾,与王希亭□□水窗叙话,少遣日长。知朱又村丈留养苏郡难民,更出资设同善局,施药及棺,延吴门许沧龙□□、程春琪、汪星如、仙岑及吾族弟廉斋允武、大侄伯谦、其从兄匏庵、族侄孙卓峰治内外症,轮日当差,汪铁花、何金波两寓公各助五十金。仁闻本于仁心,殊深佩服。

次日,予到成德堂药局,见难民已挂二三十号,其余贫户亦多,恐每日两医不暇给也。

初六日(8月22日),曹和卿到馆,言贼窜上海,在渔姬墩与夷人大战，直抵海城，竟于初三日失陷，以致东路沸然，幸官兵、夷兵入城接战，旋即克复。又知西贼东窜，各勇败退塘桥，顾山又被贼放火。

巧夕(8月23日)，小雨。因胸热，畅食西瓜。得城信，知吾邑留养难民，分置两塔院，约有数千，俱抽公局银，间有好善者源源接济。而洞港泾局难民已有五十口，大口给钱二百，每日给米四合；小口给钱一百，每日给米二合，五日一发。有新娠者，朱景华丈以推惊谢银给之，又备小儿履以供其乏，亦见好善之诚。惟无寺院居停，大半露宿，又村丈欲赁房以居，虑乃周密。而犹有邻近移来病者，因限额不能滥收，甚至投河而死，且有因疠气所蒸，十死其二三，其余惧而他往者，无论恶不可为，即善亦难博济也。

初八日(8月24日)，知贼扰阑干桥，庞阁学督□往剿。

初九(8月25日)晨，雨后满窗火光，起视天如蛋黄，混浊无清气。昔汉孺子婴时，黄雾四塞，想同此象，世变可虞。闻我勇杀毙伪官，三战三捷，贼退至杨库，城邑暂安。吴塔勇调至谢堰，未及出队，带回备拨西乡，西北隅仍紧急，乃调勇二百往剿，徐子良、宓静轩领之。蒋荫农押解勇饷，抵大义桥，孰料鹿苑已烧尽，阑干桥、顾山亦扰动，焚掠空空。贼兵正冲塘桥，蔡伯修文学死难，城中望气，由是戒严。

次日，闻旧令沈羲民伟田在吴县任被斫，远胜长洲令李墨缘翰文、元和令冯小云树勋之弃官而逃。通州牧金小庄带勇千一，渡海会剿，徐局、张局俱拨勇西乡，大为欣慰。予谓小乱归城，大乱归乡，乡村僻处，贼有到有不到，城则未有不到者，家人嫌予烦渎，城中警报不令予知。因朱塾迎神报赛，乃往上塘，喜全眷已避惊下乡，寓居贾宅，兄嫂赁潭荡叶姓屋，系贾戚。朱戚唤舟来载，深感关照之恩。晤吴郡徐蓉九少府，知在苏城充胜兵八十余日，窃出城刘草符，伺隙而走，从此骨肉团栾，可为庆幸，赠以叠韵二诗。又答吴趋汪柳门四律、王卤山一律，以志同声。

十二日(8月28日)，谒二姑母，康健如常。平爨庵叔侄留予饮，邀顾子和同集,见示和作,并谈杭城事。归路闻东西金鼓声,知各村神祠赛社,田中禾苗芃芃,秋成可卜,而时事日紧。许子仪都阃探贼枪伤,又失将才,大可惋惜。幸谢堰卢叔韬成尚存,颇有智勇,杀贼数人,获马四匹,贼气稍衰。而昆湖、华荡仍有焦湖船驶入,防堵加严。是晚,予寓另支新灶,以备久留,不敢寄食姻戚也。

十三日(8月29日),顾子和、王小峰□□来诣敝馆,煮茗清谈,携诗而去。阅局信,知王源昌请靖江兵克复江阴,余贼东窜竹塘、湖墅,将及长泾,被我勇追剿得胜。顾山勇首汪月卿□□乞救兵,吾邑曾伯伟孝廉领勇回避,徐裕安、严康保俱阵亡。砂山脚复与贼打仗,杨库失守,将到塘桥。而南路金项桥被伪检点熊天喜安民,欲撬开陆墓坝,又甚猖狂。

十四日(8月30日),解馆回寓。闻鹿苑钱宅、西阳蔡宅、阑干桥陆宅复被焚掠,请永昌徐勇看守阑干桥,徐子良带勇塘桥,剿匪得力,贼退至杨库。庞公奏闻,王源昌、梁国泰赏加都司衔,徐裕安、严康保荣照都司衔赐恤。勇首王玉良□□赏五品衔,褚□□赏六品衔。

中元(8月31日),与贾词仙、毛企堂、朱望椿及吴门相松筠□□斗牌得彩。

既望(9月1日),祭先。邀徐蓉九、贾词仙、家福庭等小酌,拇战尽欢。晤乙莲上人于笪寓,数年不见,渐成老苍,知近为伪英王掳去,充当苦差,乘间逃去,故瘦损异常。

十七日(9月2日),陪时益三丈叔侄饮于贾梅溪家,旋同赴吴塔局缴捐。偕王小庄、施受卿、朱恂如、少美等午膳,知西阳土匪拿解数人正法,西北苟安。

越日,朱蔼如邀去手谈,偕大兄、次侄欢饮。

十九日(9月4日),步至沈家湾兄寓,茗话言欢。先访永丰禅院,戴景清留坐,有唱书华叟,略叙寒暄,晤平明扬成瑞,以亲谊见待。家晓园举秋社,予往礼李王,折早桂供神,香满一室。周杏春□□、家兰亭、廉斋允武强予牌戏,从之。晚陪周蔼堂及家介眉叔、朵云侄荣秀宴乐。适小雨,笠屐而回,有诗纪事。

二十日(9月5日),赴馆,吴门程生为煦选吉入塾。朱晓春属题水村山郭画扇,应以五古一篇。徐蓉九示所见闻云:"四月中省城失守时,城民四路逃遁,不得出城,各巷各城门把守甚严,遇害者十之一二,自尽者十之二三,尸横遍地,臭不可闻。大小民房改为贼馆,市面铺户焚掠一空,井底厕中搜罗殆尽。一见城中人,无论贫富,索取财物,违拗则杀。掳去老少,听其差唤,作工搬运,稍不如意,或鞭责,或刺字,或刑杀,或斩首,逃走遇获者必诛,不独始有倒悬之毒也。伪忠王李秀成广西人,曾经出榜安民,不许奸淫焚掠,群贼不遵令,仍自横行。伪官无数,头扎黄绢,身穿黄缎马褂,足穿花鞋,无名目者,草履敝跣,不能枚举。总之,真长发不及万人,被掳者却有数万。打馆悉依城门左近,城心并无一馆,听其语气,坚志守城。每晚听令回馆,齐集众贼,口念赞美,名曰敬天父。耶稣为天父,基督为天[兄],秀全为天王,其子为幼主。其相见之仪,不揖不拜,属官则长跪。其历书只月多一日为三十一日,双月则三十日,不置闰月。其族不惜米粒字纸,往往抛弃坑厕。小长发尤可恶,杀人放火,是其祸由,每馆十余名,名曰官使。官称大人,妻称正人,王妾称皇娘,兵称圣兵,尊者呼先生,卑者呼兄弟。伪王以下官衔如天将、主将、天义、天安、天福、天燕、天豫、天侯、丞相、参军、指挥、左右同检、检点、拾遗、文武军政、总制、疏跗、文将帅、仆侍、卒长、百长、承宣、巡查、稽勋之类,其他典袍、典鞋、典铅、典红粉之类不一而足。乡官则如军帅、师帅、旅帅、卒长、左右司马、伍长之类,专管漕银等务。新设一府三县,府为总制,县为监军。长洲县监军姓杨,居然出示,馆大石头巷中,书差仍招原人。伪忠王馆北街吴氏,现往上海。委后军主将陈坤书、右同检熊天喜监守苏垣。熊将仍向阳城湖扬去,相城少安。"

次日,贼欲寇太平桥,仍为徐勇击退,杀贼十余人,夺船数号。朱克谐丈及王小庄带勇助剿,颇壮声威。是夕大雨,庭中积水如池。

廿七日(9月12日),仍雨。东路闻炮声。

次日，晴。尤静因左顾，留茗点，畅谈颇慰积愫。

廿九日（9月14日），同程德中入城，各处因县城贼踞，俱往吾邑办货，城市生意加隆，但所进元宝，类出后门置船，肆中货亦不多列。南京人徙虞者，见几他往，十无一存。予于社稷坛茗馆晤吴尊五上舍美锦、钱广涵少府□□，知沙兵二千余分拨乡局。广涵家塘桥被贼抢空，其东家庞阁学现在西乡督勇。城粘瑞将军劝民团示，并王蓉洲侍御请奖常昭绅士领勇克复邻邑之功。城门悬匪首累累，血流渍地。近闻江阴又失，时事不测乃尔。逆氛虽逼，而城中少年出北郭、观进香地藏殿者，仍复纷纷。予回家，开锁进门，见庭中早桂正开，白棠初放，如恋恋于主人，第室虚无人，蟏蛸网户，为之凄然。五鼓返棹。

八月朔（9月15日），高云卿雨山春生、周幹卿、少卿国均自田泾来，周少甫国蕃自荡口来，各处均非安土矣。是夕，常熟城啸，并闻天鸣。

初二日（9月16日），大嫂回城，于莫城得警报，骇悉贼匪已抵西城，辰刻闯入，约数千人，竟至失守。打先锋者，伪将王老虎，王系芜湖人，馆于环秀归宅，即蒋园也。适卢器轩守城房，长女在城未出，甚为焦虑。予于饭后出门，见航船均回，逃难船及败勇船衔尾南下，乃奔告贾寓。晤苏城伍子才□□，叙谈良久，见北面□气冲天。

次日，予到朱塾，悉汪氏、何氏典铺之在常者，焚毁净尽，铁翁、金翁气愤辞客，携孥他迁。闻城外炮声不绝，徐少蘧札来，请筑土城，张汉槎札来，欲议分段防堵，均代又村丈覆函，请速拨锐勇会剿。百万生灵，全系此举，不得作迂阔之谈也。时羊尖、荡口、支塘、谢堰各局，已调勇千余，俟齐进剿。

初四日（9月18日），闻羊尖、吴塔两局勇接战大败，带勇范君谋死之。王霞帆家被逃勇、土匪先后焚掠，家资一空。幸予家所寄五代祖父遗照及迁祖以下六代神位图、大父诗版、《诵芬录》版、予小影三轴、亡儿照一轴皆未遗失，倘亦天佑我家乎！

初五日(**9月19日**)，择莲花浜黄氏草房，以居妇子，每月又费租钱三千。闻自接官亭起直烧至城，南门上下塘房屋千家，悉成灰烬，徐芝山宅尤无片瓦之留，唯西庄街仅存，吾庐无恙。城内死者满万，血涌琴河，盖邑人安土重迁，不能预避，故一网打尽，惨有如斯。殷庄泾张氏、陆氏、东始庄桑氏被土匪焚劫，庙磡泾吴氏、渡船头沈氏被土匪抢空，人情汹汹，几无世界。晤姚理堂丈及蒋永庵心镜于贾氏，俱被难而来，闻匪多东窜梅塘，乃倩福庭弟至莫门塘、下谢桥探信，见有油坊黄某自尽于潒滩，乡勇某被杀倒路，为之骇愕。而姚理翁老宅又为土恶搬空，闻丁芝亭在施桥张氏被土人砍死，悬首门上，投尸河中。予至朱塾，喜悉哨马长发贼被甘露勇追至程巷，为朱克谐、诚斋兄弟擒斩九人，落水一人，夺船一只，梁国泰在内，系新从逆者，群相剖腹，大快舆情。是午，徐勇追焦湖船至界泾，拿获四号，沈秀峰奉直凤威局勇正巡洞港泾。至晚，予挈妇女移寓黄宅。连日大风，四野沙沸。

初七日(**9月21日**)，小雨。两儿一女皆病。

次日，仍回贾宅。欣闻木杓湾钱氏、墩头丘陈氏因家被土匪之侮，请各勇合剿，正法十一人。

初九日(**9月23日**)，仍雨。沈得山、镇山仑两丈、贾词仙、松涛、家灿然缙燧、朗斋允文等到间庆堂，议村团局，予与得山丈劝助，并书规条。夜巡三十人，每日给钱一百，其团首给钱二百。倘邻近贼起，无论昼夜，在图各户，各带器械，齐心堵御，如有一人不出，公议公罚。又因秋收在即，如有强抢抢擅，准在图各家拿获公罚。计共捐钱三百余千，除给巡防之人，余入公用，限定五十日。然近处强梁，黑夜操舟至城，掠货频仍，家家充满，风俗之悍一至于此。

次日，又雨。闻徐局遣勇拿解土匪，夺货归局。木排厍口拨勇看守，东、西两塘筑坝，阻贼往来，亦一急务，徐局之力也。有三峰五僧逃难乞食，知其于初二日遇匪即逃，自梅李一带而来，闻兴福寺已作馆，普仁、拂水诸寺已被焚，想早有奸细为内应矣。

十一日(**9月25日**)，稍霁。走至大兄寓，同陈苦况，如再生逢。

喜卢器轩自城逃乡,相见庆慰。据云,初二晨,平桥广西烟铺业已闭
歇,诸伙引匪抄城,幸飞奔尚早,时三里桥局勇依然。须臾,即有多人
争舟逃命,船至蹋沉,投河自尽者已纷如落叶。贼始由西北两门入,
俱骑马挥旗,得人辄贯其鞴。时同张宝青宝林、陆小轩同行,宝青之
父笠夫上舍在南城被贼刺伤,坠河而死,其家在下油车得尸收敛。小
轩之母姊亦临时逃出,唯其兄廉石被掳。家雪鸿嫂则匿身两日,始下
乡。闻南塘陆巷练勇会剿土匪巢穴,龙泾贼薮烧毁,拿办数人。朱恂
如及伯谦常住练局,欲留团勇,设措口粮,备御州塘贼审。

次日,步至外舅佳城,周览桧柏,篱槿试花,一雨万绿,皆欣欣而
向荣。昔年假讼逼迁之人,已招惨报,先灵可以雪冤矣。

十三日(9月27日),予舣舟之塾,见有无头尸浮于塘,即城贼泅
水被土人戳死者。朱东翁家,市肆已闭。木行金姓等被劫之案,已为
各局勇拿获数人,解吴塔局。

次日,偕福庭弟步往庄村,时西生家锁门上船,未得叙晤。旋去
慰王霞帆昆季,见牛车棚及田屋已烧,场中柴山亦尽,幸正屋祠堂未
毁。晤陈倬田□□,谈半刻,主人留茗点杯酌,徘徊久之。回至吉家
桥,遇金景岩、陈鹿苹、钱竺卿及陶氏表姊,各道苦衷。过戴家桥,见
牛斗不解,以火烧之,久乃分开。鸟枪坝头有门鞯棺,即前日所斩土
匪周方也。又知贼于抵城日即抄西庄,予邻秦振扬鸿掳去旋死,其弟
振远嘉渡水死,李立夫之妇因女掳忤贼被戕,卖糕周叟被杀,其楼房
亦毁。惟王氏最惨,蔼亭之生母、外祖母与小婢同投河死,煦亭之媳
同其母投河,润亭被掳,其妇投池,唯砺亭之妇因新产而免。闻之伤
心。回寓晤陈福田及蒋兰亭上舍邦绍、鉴亭心钰、蟾涵心镜、似春心□、
凤于心翼,畅谈近事。

中秋(9月29日),予往兄寓,见兄嫂俱染疟,为之忧心。惊悉曾
仲才助教在家被刺死,蒋引之副车在街被砍死,屈小农明经茂曾受创
投水死,姚小园州判被掠旋因坠马杀死,谢兰莊孝廉鸿恩绝粒而死,
王□□上舍□基自缢死,程蕙南上舍□□被斫,王亦周茂才恕及其子

驾珊茂才俱以不屈而死。而吾师江树叔广文骂贼被戕，至五渠气绝，尤极惨伤。官无一死，而绅士多殉难，吾邑亦有光也。是夕，贾宅延沈芝亭廷瑞、贾福庭□□讲观音宝卷，姚理翁嗥经拜斗，同人听之。时云破月来，十分清朗，不料侵晓天变，东南红光照耀如烛，未几小雨又来。

十八日(10 月 2 日)，大热。惊悉和尚甸、洋荡于昨日被匪，红旗丈许，揭竿人行走如飞，有渡水二匪为土人所害。

二十日(10 月 4 日)，小雨而寒。家眷迁黄宅，惟予与祐儿留贾氏。蒋小畲参军其玢挈子近园茂才鹏远、族子□□启□避乱寓殡伽庵，相晤告苦，其女出城走失，幸仍团圆。谈振闻上舍德昇及姚啸江、黄孝培用中船泊贾宅前，亦言遇贼之险。又闻王涧桥、东始庄一带于今日被贼冲，予家衣箱寄存时宅者化为乌有，曷胜凄其。同啸江舣舟吴塔局，晤司计王渭卿，询悉宓静轩押勇修坝，与朱半千、卓亭谈片晷，比回张港，但闻两岸呼号，儿女辈已附贾舟行矣。骇悉贼冲至张家甸，幸人数无多，被各局勇截杀数人，里人枪戳人肝，以备合药。而沈浜王氏已被焚，狄家坝、黄土山、蛳螺泾、木排厍等处均被掠，大小户一空。戴云衢归，知其家仅失一羊，余物弃置。

廿一日(10 月 5 日)，东路炮声不断，知各局勇与贼接仗。

次日，晤陈德泰□□，知其被掳放回，为余言蔡生家始作馆，继纵火，已成焦土，其眷大半迁通州。予往陶厍朱寓，知茂城之妇虽经救出，而少英夫妇暨茂城之女掳去未回，因馈面饼，以祝团栾。遇朱介堂鉴、曹小梅成勋、钱德荣及钱凤鸣夫人，知小梅母投河自尽，凤鸣次子被掳。旋同朱景华丈等到洞港泾，邀同人食馒首充饥，适有予邻王大讹言长毛将来，被朱保衍等捆缚大王庙，将行诛，予与景翁力保乃释，勒令神前焚香谢过。回憩朱氏花厅，与黄秀山绣珊、朱翰卿□□午膳，秀山为其东翁张慎甫奉直金照办火药来，小话而别。问渡至莲花浜寓，知张局勇与吴塔局勇挟私斗殴，夺炮船、军器而去，幸曹和卿、徐云涛谒张汉槎始申和议，饬令放还原船。过顾泾，见黄林如上舍必诚、胡受祉茂才,彼此相慰。遥见东路烟火上冲,约有十余里。有人云李墅、石牌、东塘墅等处被匪冲杀,朱星轩孝廉曾垣之子镜芙茂才振金骂贼,投水自尽。

廿四日(10月8日),闻伪将王老虎拥妇女八百,男子数千,带金银出城西走,伪王宗祥天福侯□□裕田、勋臣懔天燕钱得胜桂仁奉命来常安民,遂驻扎城中。侯系广西人,馆金李桥沈宅,钱系桐城人,馆程家巷杨宅,同里地保陶柳村奉派为师帅,复以功加将军衔。曹和卿到贾氏,同饮于双桂轩。有厨人周金德于十六日自城放出,据云,伪官有黄、林、刘、汪等姓。幸遇人多淑,假买马差逃生,见邑庙照胆镜及大香炉俱毁作兵器。所掳常昭人已解两回至江阴,每回千余人。女子美者骑马,其次坐轿,又其次每队以素带缠住,有役押之而行。留者每日每口给米三合,否则就食馆中。

次日,予嘱张港村团赴吴塔局领旗,以联指臂,恐击鼓宵巡,各自为局,无当也。

廿八日(10月12日),赴莘庄,陈霭亭留茶点。复谒时酉生于谢氏,知予所寄物件仅存旧裈一件、小麦五斗、契箱一只而已,可为痛恨。途遇闻芝庭、陶洪镇,知吉桥寓中衣物被贼劫尽,子身权寄查家。惊悉东北璜泾、直北马泾均被贼扰,西面尤见烟火。幸各村民团或青帽、或白帽、或花帽,皆带军械在船,约廿余号,每舟二三十人,吹角鸣鼓,往复于张港间,号为日巡,各插彩旗,声势颇赫,近村借以稍安。贾寓蓝菊、桂花经雨怒开,日坐香中,与黄孝培用中、谈振闻、王小庄、姚啸江辈清言解闷。

次日,见东北烟火分三四处,恐焚庐舍不少矣。据人云,自昨至今,连烧两日一夜,想在东南西郭间。是日,偕蒋风于憩朱氏,承留茗点。祉儿久病以后,郁热发为牙疳,口不能食乳,幸倩姚啸江医治,敷以珍珠散,可勿成走马疳。

九月朔(10月14日),予赴黄寓,视儿女恙,喜其减轻。见虞山东大火,想又焚劫几村。

初三日(10月16日),同福庭弟至吕庌,晨市极器,憩邢氏茶篷,买馄饨、油饺疗饥,不甚可口。晡同城周少庄臬掾礼、汪戬甫少尉及邻人王茂荣、朱关观,述亡命之苦。见邢道华宝林、湘舟等各已苍老,特其生意较隆。旋谒常荡大兄寓,留酒食,借序傧豆之欢。进观音庵礼拜,犹感幼年保疾恩。时小婢倪珠已返,借庵以居。回访顾氏甥,茗话片时。晋吴塔局,喜蒋荫农被□放还,为我言始派担米,继以年老免差,出西城乞食三日,始抵南乡。与其弟荷轩一叙而别。薄暮,回黄寓,适祉儿、三女及乳妪均病,见之愀然。惨闻徐蓉九母、妻一时并殁,蓉九赴上海,乏人主丧,幸其小姑寓近,为之摒挡。贾氏施二棺并钱米若干,托家福庭觅地权厝,诚大方便也。

翼日,东北又起火,拿获贼船数只,民团之力也。又闻北贼冲至平墅,贴安民示条。楼下桥王氏、吴氏行李船只,俱为匪夺,知练塘又被冲矣。晡吴门姻家子盛春坪、同乡俞云卿、朱秋屏、邵彦卿□□、瞿□□□□,知瞿织云、仲璋两家均已焚掠,唯砚香茂才培家无恙。夕偕曾士湘耀章等同膳于贾寓,知仲才两少子被掳至江阴。

初六日(10月19日),见西北陈埭桥一带烟火冲天,知张氏屋全毁,邹宅因封自焚,恐作馆也。张印川少府定玺带勇炮伤。

次晨,烟气仍郁,各局各村义勇俱出抵御。从弟礼庭缯黑亦扎青巾,族弟朴园又为队首,同赴木排庌剿贼,快事也。傍晚,小雨。各村鸣钲,惊报贼撬西坝,众民团又齐出,越坝追剿,贼改青头,登陆氏屋麾旗,见我勇奋击,半隐稻田,半回坝上,旋以村团无笠无灯,并无饭米,回船而行。诸贼追至塘口,悬齐灯笼,连发枪炮,吴塔勇还三炮而返。贾氏诸亲避难者均开船,仅存予与福庭。是晚,予因黄寓无人,乃往守舍。

次日,仍雨。贼冲至项泾,照旧上屋,塘东池巷一带又为焚掠,被各局勇东路抄截,贼无退路,徐少蓬、戊卿佩璠率坝南各村团轰炮齐击,杀贼数人,惜民团退怯,惟徐勇相持不下,贼始于初八日退回城中。予眷及贾眷暂避船上,至夕即回。嗣后连日大雨,北贼尚安,而南路相城匪船又集,徐、张诸局勇出队堵御,时闻炮声。

十三日(10月26日),仍雨。闻平墅起火。予回贾寓,因祉儿病痊,不必内顾也。

十六日(10月29日),大兄移寓长洲乡西南街。

次日,雨仍不止,水长一二尺,田禾不能登场。王霞帆兄弟到贾寓,谈及贼匪抄宅,因室空,但捉鸡羊而去。闻朱茂城女放出,避水中两夕不死,亦难得事。

十八日(10月31日),仍雨。晤长洲林茂时□□、梅亭□□,知其乡恃徐局,颇安。旋遇姚理堂丈,泣报其次君卿云少府于十二日没于寓所,伤哉!又闻季荪卿于八月七日省亲,入城被掳,乃父受之在家苦甚。吴德[余]茂才瑞清被戕于关帝庙。伪前营师帅陶柳村馆程学士桥茶室,室有案台,近移馆于李宅。又有刘军帅永茂绰号青阳二官,系屠户,馆三里桥哺坊。其在莫城设局西王庙,受伪右营师帅者,水西王文仙文奎也。其西塘左营师帅,则木工朱明□耀明也。皆管各图贡献及门牌、船凭事,每图送礼,须费十余银饼,费少,便不准行。其晚,闻贼抵西坝,沿塘人家又难安枕,即嘱人奔告练局,冀得拨勇会村团堵御。

次日,闻贼在苏试士,题为《同顶天父天兄纲常》;二题《禾王作主救人善》,禾者秀截□,王者全截头;三题《能正天所亲》。诗题《一统山河乐太平》。其中式者有"一统天朝界,山河万重新。士民皆欢乐,咸颂太平春"之句。见侯、钱伪示,非弗假仁假义,但其抄扰城乡,显与示背。东西两坝因久雨沉没,公局领团勇畚土加高。

次夕,复阴。偕蒋凤于话雨,嘱以《四书》作对,"愿为小相焉"对以"所谓大臣者","日月星辰系焉"对以"江淮河汉是也"。

至廿一日(11月3日),仍复大雨,滂沱者已经半月,田禾尽淹,非仅生芽,且致糜烂。足不能出门一步,唯以课儿消闲。

廿二日(11月4日),侄孙僧宝祖瑢因热发,得口疳,竟死于寓,年方二岁，哀哉！伯谦侄添丁连丧，运大不利，唁以二诗。

　　廿三日（11月5日），始晴。寓庭中菊花百盎，五色齐开，同戴云衢、贾词仙、蒋凤于及小主人与祐儿对花饮酒，佐以羊面，乱世中得有此乐，亦是赢余。得《英夷和议纪略》，知英夷自上年四月，兵至天津大沽，为僧王格林沁挫衄之后，志图报复。今年六月十五日，英、咈两国舟抵大沽，时僧王早谋拒敌，南北俱设炮台，复于北塘伏地雷、火炮。有土富何姓嫌不利于彼，阴泄其谋，夷人即将设伏之处一一发掘，遂登北塘。或云，何为所获，以刃胁之，乃以实告。二十日，夷人两船进港阁浅，高悬白旗，上书"免战"二大字，旁写"暂止干戈，两国交话"八字，并以和约欺我军，遂不击彼。廿六日，水涨，夷船遽进，轰击我军，已初出队，至酉刻新河德兴阿营失陷，官兵受伤六七百人。次日，夷船由北塘进占新河，在宁河、宝坻之间，大沽之后，僧王之军腹背受敌。廿八日，进占塘儿沽。七月朔，瑞中堂麟奉命带兵一万，驻通州。初五日，夷人攻破大沽，夺北炮台，杀守者一人，余皆惊走，北炮台遂失，乐□□提军善中炮死。时南炮台未动，僧王以失北炮台，欲自尽，上命退驻通州，大沽之防尽撤。初七日，夷船直抵天津占踞，奉命与之讲和。夷酋曰："汝官卑，何足议大事。"复命桂燕山中堂良往议，英夷索银八百万两，约先给二百万，始允，后以需索现银，迟回不决，而夷兵实逼通州矣。于是都门戒严，分派满洲各员在十三门带兵分守。廿七日，上欲巡视木兰，朱谕曰："朕揆时审势，夷氛虽近，尤应鼓厉人心，以挽时艰，即将巡幸之预备，作为亲征之举。着惠亲王传谕京城巡守接应各营，若通州马头一带见仗，朕仍带劲旅在京北坐镇，共相奋兴鼓舞，则不满万之夷兵，何患不能歼除。特此交王大臣闻之。"百官交章谏阻，乃止。翼日，复奉谕曰："近因军务紧要，需用车马，纷纷征调，不免啧有烦言，朕闻外间浮议，竟有谓朕将巡幸木兰，举行秋狝者，以致人心疑惑，互相播扬。朕为天下人主，当此时势艰难，岂忍坐视。若果有此举，亦必明降谕旨，预行宣示，断未有銮舆所莅，不令天下闻之者。尔中外臣民，当亦共谅。所有军营备用车马，着派王大臣传谕各处，即分别发还，毋得尽行扣留守候，以息浮议，而定人心。钦此。"

八月朔，夷兵自张家湾河西移至通州，上复命怡王载铨[垣]、尚书穆荫往议和。初三日，在通州东岳庙设盛筵，请夷酋巴雅哩、艾加略会议，宾主四人并列四席，巴雅哩至，即叱曰："宾主席岂容并列？"命撤主席旁坐。酒数巡，巴雅哩曰："今日之约，我须面见尔主，却不能跪。"怡王曰："我国之礼，见皇上，自王大臣以下无不跪。"巴雅哩曰："我非中国之臣也，安得跪？"久之，穆荫商之怡王曰："事宜从权起立，不为皇上见，或亦可耳。"巴雅哩曰："我国奉天主，是天交我，我是天子之使，与尔中国主，应以敌体礼见，面交和约。"怡王怫然争之，不决。又久之，穆荫请怡王曰："王且退，再议。"怡王与穆荫同出，留恒祺在彼候信。恒祺前任粤海监督六载，与巴习识者也。巴雅哩曰："我须眠，速备好卧具来。"恒如所请。宵分，巴熟睡，乃遣告怡王。黎明，怡王使驰告恒曰："事决裂已，汝速往见额尔唫。"额尔唫者，夷国所谓全权大臣也，时驻通州城外，额拒不见，而夷人已开仗矣。怡王乃密告僧王，禽巴雅哩等九人，絷回京师，黄宗汉奏请杀之。翼午，系刑部狱。初六日，胜克斋阁学中火枪回京。僧王师移齐化门外。次日，齐化门闭。初八日巳刻，上启銮巡幸木兰，扈从者惠王、惇王、醇王、端华、肃顺、军机穆荫、匡源、杜翰、六宫而已，恭王仍留海淀，端华所遗步军统领命文祥署理。是以都门俱闭，内外城隔绝，六部九卿，无能入署办事者，民心惶惧。初九日，诸大臣商之文提军，暂开宣武门及西便门，以通往来，乃开辰、巳两时。次日，正阳门半开，将午即闭，团防大臣周芝台中堂祖培、陈子鹤尚书孚恩、潘星斋曾莹、宋锡藩晋两侍郎集中州会馆，议团勇局于梁家园寿佛寺，司其事者，前侍郎尹□□耕云诸人也。十五日，奉上谕留京王大臣派豫王义道、桂良、周祖培、全庆，始知上暂驻密云之罗山，传小军机曾协均等六人赴行在。十九日，彰义门亦半开，城外米蔬不得入，百物倍价，城中迁徙者十有七八，城门拥挤，不得出者，索钱始放行，大车有索银百两者，近亦需数十两。银每两二十余吊，若以钱易银，并无有也，钱票取钱，六七折不等。次日，商人乐姓开同仁堂者，邀集众商，备牛羊千头，往夷军犒师请和。时夷人驻通州八里桥。巴雅哩之在狱也，恒祺见之，遽请释缚，至是议和，乃馆之高庙，在德胜门内，以礼接之。廿一日，夷人有照会来云："此国大事，岂商人所得与闻，须恭亲王来说话。"又批商人禀云："大英国钦差大臣伯爵额批，据禀分备牛、羊、果品等前来送礼，本国向不收受礼物，若为贸易起见，着本国兵弁照市价公平买卖。至和局定议，该商等如有所见，可向贵国钦差大臣恭亲王禀知商办，因系中外国大事也。"其实牛羊等物皆夷人掠去，并未给价。次日，僧王移军迤北，夷人自朝阳门向北，绕道至德胜门，薄暮经过海淀，恭王避走。是夜，德胜门外，火光烛天，海淀被焚。廿三日，僧王军溃。次日，夷人僭居圆明园。晌午，恒祺送巴雅哩还，夷酋约翼日议和。夷人毁圆明园，尽掠御用器物，移军安定门外，有移文来云："须恭亲王面议，以三天为期。"时恭王避居长（新）[辛]店，瑞麟、文祥亦往。廿八日，夷人以我国无复函，又移文云："廿九日午刻，带兵入城，准开安定门进，代司管钥，否则用炮攻城。"次日，大开安定门，备夷馆于国子监等处，具供帐，请夷人入。午刻，夷酋巴雅哩带兵百五十人入城，不进馆，不赴宴，径扎营门内，遂据守安定门，策马登城，架炮于城楼，皆向内，门外居民尽为灰烬。嗣后夷兵陆续进城，不计其数，夷酋出示城堙，令居民迁避炮火。溯自六月夷人至天津，夷兵及所带广匪不满万，而我军几及十万，乃两月以来，并未一战，展转迁避，以致夷匪深入，开门进城，大抵皆主和议之说也。九月二日，恭王移居彰义门外天宁寺，夷甫许和，仍照原议，又增设条款，其大要有四：一须现银二百万，余陆续扣税作抵。一天津（马）[码]头通商。一都城造夷馆，英臣驻扎。一随往各处行天主教。上已驻跸热河，有旨僧王革爵，瑞麟革职，因夷人突至海淀毁园，不能拦截故也。步军统领改派瑞常，六部九卿会衔奏请恭王面定抚局。初四日，奉旨已谕恭亲王择地驻扎，断难入城议抚。英夷因闻前被俘二十余人，分处各县监禁，内已死二十一人,忿甚,再毁圆明园未烬殿宇及万寿山、玉泉山、昆明湖等处。自初四晚至初六日,火光日夜不息,烟焰蔽天,又需索抚恤银五十万,寻夺怡王府居之。初九日,给抚恤银如数,恭王移进城内法源寺。次日,准在礼部署,恭王与夷人面交和约,夷人忽辞以翼日。是日未刻,巴雅哩先来巡视一周,疑有伏也。十一日,恭王及贾筠堂桢、周芝台祖培两中堂、赵蓉舫光、陈子鹤孚恩两尚书、毕□□道远、宋锡藩两侍郎等赴礼部,留兵正阳门外,止带护卫而入。未刻,夷酋额尔唫、巴雅哩盛设兵卫,夷乐鼓吹前导,乘八人舆至礼部,堂上设氍毹,张灯彩,上方左右设六席,旁设二十席,恭王并夷酋左右坐,各官旁坐。夷酋初见免冠,免冠者,彼国叩头礼也。恭王拱手,巴雅哩立而后言,尚不悖慢。内有女夷三人,乘舆入坐,或云即巴雅哩等妻也。巴雅哩言语可通,余皆不辨,交见后,略叙数言,一拱而罢。十二日,咈夷亦至礼部交和约,队伍整齐,乘四人舆者四人,有女夷骑从,并有女乐,如打花鼓之吹,交见一如英夷。凡夷馆供帐,由顺天府承办,尤为丰腴,夷人又索牛羊约千头,又羊皮衣一二千件,克期索取。及备办后,或收或不收,厥性无常也。按和约给银八百万两,现交一百万两,以两个月为期,其余七百万两,每三个月交一万两,俟现银交出后,俱退兵至天津大沽,从前特派驻华大臣,均罢论。十三日,巴雅哩于国子监设席,宴王大臣,作答礼。十九日,咈夷陆续退兵出京,恭王具奏,请上回銮。廿一、廿二日,英夷亦退兵出京,有仍留四百人之说。廿三日,恭王出示通衢,刊布两国和约。

廿四日(11月6日),予同笪甥琴舫、锦章缮耀、福庭两弟赴黄埭,予不到已三十六年矣。尘市较喧,肉庄、衣摊有卅余处,百货齐集,大似阊门,几忘世变,食用物俱贵,唯旧衣旧器系掠来者方得便宜。泊西市梢朱德顺米铺前,主人吴舜华留饭点,其子燮卿□□陪坐,颇爱客。于酒家晤蔡顺卿,知其太君因惊致病,没于洞港泾外家。同其亲毛献琛□□劝饮,持螯小叙,苦中得乐,亦达人也。进城隍庙,见遍地难民,死者枕藉,多因无棺,头足裹以蒲包,妇人号哭,其余亦病莫能兴,观者色惨。

次日,过庄基,绿柳池塘皆畜鱼,颇饶水乡清景。唯蠡口遭劫火,剩焚余木数堆而已。路遇许和卿,知贼冲陆巷、南塘、相城一路,徐氏、张氏、王氏四典铺盗空,焚屋两昼夜。徐、张两局勇有中炮毙者,吴塔勇亦有死亡,各勇接战,不能撑持,因匪船有百五十之多也。三鼓,回贾寓,知内人附李船,祐儿附贾船,俱已避至塘西矣。

廿六日(11月8日),探报贼掠昭泾岸、新泾浜一带,载物自昆湖回城。

廿七日(11月9日),又小雨。有人来云,廿四夜五鼓,贼劫南塘张典,张慎甫封君投河而死,长子端卿光丞荫楷伤手,其两媳被掳,其余掠去又数人,船亦押去。是夕,因东西坝悉撬通,黑夜有炮声,贾氏及各家仍开船,惟予与戴云衢、福庭弟守宅。

次日,略晴。见虞山北有烟焰,知贼又抄北乡矣。闻徐少蘧请苏城贼兵同伪帅熊天喜下常熟。缘北贼夺去张眷,往理曲直,钱伪官许赔银钱,即送还其孥,因紫卿已派军帅,不得欺凌也。送礼人云,南城伪官胡伯和昌銮系桐城人,以知县需次苏垣,近为贼掳,管文案,有劳绩,得操利权,馆大街胡宅。见其首扎黄巾,巾有帽镇,身穿军机褂,足亦着靴,在馆供事皆本乡熟识人。蔡沄江家已成墟,中开一大池,想因掘藏所致。城内如阴府,街少人行。是晚,贾眷及予眷船俱返。

廿九日(11月11日),苏城相松筠□□甥婿病亡于寓庐,距其妇之死才一月耳,虽人死不齐,同归浩劫,乱世固何如哉!人来言黄婿被掳,长女缢死桂树下,如此死节,可敬可哀!犹忆读书知义,调羹、刺绣、女工皆精,而自奉淡泊,报母恩茹斋三年,因予馆外,家务田租代劳存记,性尤友爱,哭大弟之殂,两眼尽肿,偕中表嫂妹焚香订盟,有如同胞,恒以洁修相厉。于归后,侍重姑,和妯娌,敬夫婿,颇著贤声。至今夏,避乡同居,因时事不测,手制殓履,身怀藤黄,被母撞见夺之。回城先遣雏婢,七月初放船往载,不来,唯因弱弟之疾,赠资医祷,盖其决意殉难,百折不回,惜内人匿不予告。自悔联姻城内,致此惨变,死无棺敛,葬无冢埋。予愧慈父矣,尚忍言哉!

次日,悉青浦、嘉定失守,唯江阴为李帅德禄收复,周文之旧尹奉宪檄署江阴令,因四面郡邑皆陷,困守孤城,已逾百日,上官薄其惩,仍令留营效力也。徐云涛赴吴塔,庞督办札谕局勇勿散,以备羽翼大兵,两塘东西坝局中督勇修筑,尚可苟安。

十月三日(11月15日),予至吴塔,晤金阊汪黻卿司马□□及徐云涛、陈履之悼福,同话局事。

次日,晴暖。贺筐甥女出阁,新婿为朱子钦丈孙汇吉泰元,予亦往贺,遇武弁弁徒王玉良及汪黻卿,同席昼饮。晤狄振纲丈,知贼抄其家,被推倒地,捉去猪七头,见贼胸前有袋插刀,手持铁枪,形状可怖,故旋向稻田躲避,恐其索银不遂以致伤身也。乃未几,丈又因剃发科罚,忧郁而死,此其祸始矣。晚陪周惠山丈、李竹筠少府、徐步云、毛企堂、雅堂等小话,与平湖桥苏琴川家焕纶尚贤同座酣饮,闻东路炮声,座客惊起,时局勇随董来者亦皆投箸而行。徐局奉薛中丞札,请奖出力司董,常昭各局勇已散,惟吴塔局勇与贼相持者六月,附近土匪亦靖,练董固有功,乃开报十二人,为曹和卿、钱仲谦、徐云涛、子良诸君暨朱岭梅、克谐、李菊亭诸丈,余为朱恂如、王渭卿、宓静岩、静轩及伯谦侄,他若朱又村、诚斋两丈当另列捐资主局之例,俟后再呈,如王小庄、蒋荫农数子亦系竭力办公,容当补报也。

初六日(11月18日),又讹传寇至,北路逃者如涌,张港居民家家上船南奔。予苦无舟,步至吴塔局,偕曹和卿、汪黻卿、王玉良、钱芝阶□□、俞儒卿□□、蒋炳之石麟、朱云卿□□、宓静岩闲话。探信勇回,知东北油坊人争斗,以至哄然,时局前炮船九号,齐扬旗帜,犹张声威。予与曹生星村社仓啜茗,晤勇目唐竹斋福寿话时务,旋办羊羔同星村回寓下酒。

次日,戴云衢来,知莫城市极盛,西王庙竖旗,内设案桌,伪师帅王文仙改姓汪,避王字耳。翁卿英□□、高仰霄□□帮写各图民版,有控窃稻者,伪帅委文仙审究。

次日,予赴洞港泾,饭于朱塾,知邹庆和受派军帅,朱养正、蒋致和、毛蓉江守仁、滕春岩元顾受派师帅,李庭钰、朱自成正域、顾秋谷敦智、朱云鹤、俞韫山受派旅帅,因城匪要收粮,选公正者作乡官,辞则招害,一时不得却也。为赋《伪周官》一首。

越日,挈祐儿移寓黄宅,大雨如注,水又添寸余矣。连日大风撼屋,日夜如雷,破房中加冷,茅龙欲飞,有如露宿。

十四日(11月26日),吴塔局勇追缴吕厍铺捐,遇傅弁所散壮勇,两两相疑,又致土人逃窜,蹢沉难民船。予乃携祐儿避长洲界西南街,寓徐凤兰玉庭宅,每月又费房金三千。

次日,家人全到,喜与兄寓只隔一桥,往来甚便。随兄进周神庙拈香,并谒林梅亭家,适朱子钦丈寓内,茗话多时。

十七日(11月29日),伯谦侄来寓,言张岳生及其二子在纬泾塘病亡,同伴俞鹿溪之妻女、鲍文源润余之女先后俱没,一寓死其大半,可为忧危。闻徐少蓬素为贼惮,惜以郡县均失,孤军无援,不能大肆剿洗,为城[贼]帅笼络,强授以同检官衔,白玉微瑕,众所鉴谅。伪帅熊姓逼令同至黄埭安民,给示收漕,每亩定六升,连条银共一斗,业主租收五成,先自办米缴新赋。

次日,朱心梅复元来,请周令带沙勇四十船泊白茅□□□剿贼。王湘帆至,亦言沙勇及村团会剿,奈兵力单薄,被贼冲散。喜悉朱少英自金坛宝堰逃回,惜劳苦不堪,身染湿疾。予同卢器轩及祐儿渡河西,谒徐芸斋丈□□,其子赓乡□□、理乡□□留坐茶话,长君蟾香茂才起凤外出未逢。

二十日(12月2日),连晴,东西邻打稻之声相应。旅寄无聊,惟出门望盛宅荡,空旷如镜,风帆沙鸟,上下其间,可以解闷。归则哦天真诗,味陈家酿,品山羊膏,课祐儿读,诱祉儿笑。所恨终窭且贫,室人交谪,流离琐尾,叔伯褒如耳。

廿二日(12月4日),见军、师、旅帅及卒长、司马麾下烟户门册,称子民某开祖父母暨兄弟姊妹妻女子妇几口，俱注年岁，向例所无。又簿填田产若干，以备收租征赋。

廿三日（12月5日），刘澹园□江局探报庞阁学带沙勇数千，驻彭家桥，遣侦城匪，约二百人，民团助勇杀贼数百，厥后城贼来援，追勇至海口，沙勇出战，贼乃还。然路过梅李等处，焚烧民居几所，转为招祸矣。晚与卢器轩、朱汇吉斗牌，颇胜，羊羔佐酒，继以汤面，极醉饱之欢。

廿五日（12月7日），贾梅溪、笪琴舫因练局捉船紧急，挈眷同来，赁徐照和屋，言局勇至洞港泾踏船，朱匏庵丈行李在舱，竟被强夺，并劫其药铺。乌合之众，横行至此，弹压亦难哉！

次日，同笪琴舫及祐儿品茶河西，闻日昨北贼冲至归圩。晤徐蟾香，知近处派侯省瑕□煊为师帅，徐春畲□□为旅帅，林梅亭为卒长，俱隶张军帅名下，乡户被累不堪。

廿七日（12月9日），笪琴舫之次子忽殇，缘久疟所致。琴舫以播迁而屡遭恶运，连其妹及妹婿已遭三丧，倘家居或可免耳。

次日，得魏宝卿信，知两邑尊及赵次侯、杨书成等向王□□方伯藻请通州勇五百，于望日进彭家桥，随毁梅李支塘贼馆，驻扎支溪，不意十八日被贼冲突，勇俱溃散，死伤甚多，官绅仍回港外。又闻上海夷兵云集，渔姬墩等处俱有官兵扎营。朱茂城回城，见城外到黑旗兵，甚属抄扰，刻已回苏，予家器物都被土恶搬去。季受之患乱，不食死，幸其置椑尚存，蒋子琴、砺钦为之敛，瘗于其家菜畦，其次子徒存，所盼莆卿归来，庶可迁葬。吴塔局现招勇三百，费用浩繁，曹和卿恐饷不能继，欲各殷户认养数人。

廿九日（12月11日），苏人陈某寓邻舍，其妻因产难亡，无棺以稿葬，身自曳短衣，乏御寒具，爰赠双龙裘一袭，同难不得不相怜也。其僚婿陈筠轩元圮时来叙晤，妇亦知诗，每听比舍吟哦，小儿诵读，谓犹是太平歌吹，耳久不闻矣。

十一月二日(**12 月 13 日**)，陈憩亭上舍便道过我，知八月八日被土匪劫掠一空，迁居婿乡，半年废医，了无聊赖，久客思家，现自陈家庄返里。伯谦侄于前月廿八日回城，见家具果空，残书狼籍，仅归父母与朱嫂、禄儿木主及两代诗文原稿。曹和卿因招入城，见胡伪官，邀同见慷天燕钱桂仁，议及设勇防土匪与设局收漕事。伪帅听旧书吏王某言，拟每亩办粮三斗二升，贴费钱二百十四，各乡官经理。余如门牌、船凭，亦须一二千文，统归各帅，生财之门颇多。其详天福侯姓系文职，不理军务，唯钱伪帅操兵农之权。时钱伍卿福钟创议六门设局，留养难民，身司其事，大是善举，伪帅亦乐从。伍卿馆其岳家严氏，伯谦就彼食宿，次日，随和卿还。

初三日(**12 月 14 日**)，予同笪琴舫及祐儿河西啜茗，晤寓邻徐受天、耕香、正中、定华，闲话良久。

初五日(**12 月 16 日**)，予赴朱塾，晤邑中相好。知屈宝生孝廉家珍、张静卿少府瑞东、杨受申溥孙、席凤书鸿衔、胡炳华缵祖三茂才均掳去。陶闰生副车嘉福、瞿诚斋医士养存被贼刺死。归贡三宫尹兆金、屈□□少尹春焘、□□□□□□两家，阖门遇害。刘雨寰学博成霖、杨砚畚朝议希镛、张子谦贰尹丰玉、陶慎卿学博念徐、季让斋上舍福塈、俞岫仙奉直大球、陶吟湘副车霞标、汤寅三司李亮臣、曾砺甫上舍锟文、马尔梅上舍颖、褚杏村少府濂、屈翼亭士瀛、季仲桂润棠、程蓉江国珍、浦松亭钟英三孝廉、沈梅卿上舍英、范引泉玑、袁竹亭恩科、程芝涵荣祖俱因惊病故。若丁□□常博凤池死未终七，被贼撬棺戮尸。又有俞□□夫妇服宫袍同缢，被土匪解下剥衣，尤堪发指。惟屈容斋茂才允升，贼延主计，供奉甚优，吾辈所不屑也。

次日，赴祖居，惊悉前四日一轮从弟缙燕以消疾亡，贫甚，几无以殓，幸福庭、礼庭凑钱治丧。予远迁邻县，愧难经纪其事，力绌又不克厚赙，此心阙然。念弟饼师谋生，力难授室，因乱回乡，忧思成疾。仲父得六子，已去其三，今又弱一个，家运何其衰也，为哭以一诗。薄暮，承朱又村丈留饮，与徐云涛、蔡顺卿、朱恂如、伯谦侄持螯把酒，肴有山羊、山鸡，颇如郇馔。夕宿朱子钦丈家，同张吉云德熙连床话久。闻昭文漕书张燮亭煜经理练局，于石牌被顾某戕死，悬首于门，未几，顾亦被贼杀害。与丁芝亭、张印川之事略同。

初七日(12月18日)，便过张寓，蒙其馈点，偕俞鹿溪谈片时。谒纬泾塘黄氏，晤甥婿芝香，姻兄忆慈□□知近遭土寇之劫，慰以数言。

次日，伯兄自馆回徐寓。

十二日(12月23日)，闻贼带兵船二三十号泊吴塔，居民及局勇皆逃陆家桥刘局，恐犯长洲，发勇堵截，并填断陈渡角桥。

望日(12月26日)，得伯谦来信，知伪帅逢天福刘肇钧、慷天燕钱桂仁均至吴塔，查看情形，炮船暂避陶荡，局收勇散，恐扰乡镇，各给营生钱五千；留余勇数十，移至洞港，以备不虞。

至**望后**，吴塔接待寺设卡，系伪丞相绍兴俞能富为政，江宁林馥生辅之。寺中佛像俱毁，改作官厅，日有审案。而市商闭肆，市民徙居，街如冰冷。朱又村丈家设收粮局，其余陶荡蒋、辛庄李、刘巷时、奚厍滕、张港泾朱、木排厍姚、毛家场毛、洞泾桥邹，皆有分局，各局拨勇十余人，伯谦在张港泾局，佐理帐房。予客居诸多支绌，幸徐凤兰、林梅亭代筹柴米，致八口无嗷，顽儿拾枯枝作薪，乳妪挑荠菜作羹，亦省钱之举。顾姨来寓，见馈陈白粲等物，高谊可风。徐蟾香带和诗来，茗话至夕，可称素心人。其西席周侣芸蕙亦有赠句，彼此唱酬，借消旅闷。并晤徐泰瞻、屺瞻、龙章、凤章、林森立、宝山、景云、向荣，闲话村风，一村唯林、徐两姓，如古朱、陈，问俗固厚。仲舒侄以《黄菊赋》就正，初试笔已有可观，予乃抚时感事，勉和二诗。侄复作《蹋雪赋》，愈唱愈熟，又喜和二章。大兄以哭孙鲜欢，蒙难多闷，迩来连患寒热，疲倦不堪，须服药饵，即致书大侄，到寓诊视。

廿八日(1861年1月8日)，服药少差，伯谦回朱局，讵料兄仍心火内炽，舌绛无苔，气昏神倦，急宜商议药剂。连日大雨，苦无舟楫，不得送信伯谦。

　　至**腊月二日**(**1月12日**),伯谦来省,见舌本干焦,神昏愈甚,乃招侄倩朱确甫诊治,据云:"脉小无力,元气大亏,殊属棘手。"福庭弟秤药量水,服劳颇勤。

　　次日,予往王塾为大兄请喜,唤次侄回寓侍疴。荷花荡遇大风,小舟簸荡,露坐寒甚。伯兄病势垂危,幸心尚清,语言亦有理,予暂往朱塾检书,兼为伯兄置椑襚,徇俗冲喜之例。返寓,与礼庭弟同行,大兄已病革,至兄床前问视,运舌欠灵,眼定气促,唇动声哑,但攒眉摇手而已。次夕,痛益剧,呻吟达旦。

　　至**初九日**(**1月19日**)午,予与侄见其眼昏气微,面朝床内,爰扶头卧正,即刻溘逝,呜呼痛哉! 念兄长予二岁,同处五十年,怡怡无间,料事切中,接人谦恭,同辈皆悦服,惟淡于功名,小试连不利,即裹足文场。持身俭素,不喜纷华,一生破产买书,动至千百卷,手不停披,可谓酷嗜,人问古事,答如响应,不为之所穷。至薪米一切,都不问价,全付嫂侄经营,专心课徒,多所造就,馆王氏近三十年,东西相得。假回聚首,情话缠绵。方冀优游晚岁,安享陔兰;不意时难业空,播迁三度。竟至须发尽白,体弊容枯。前月十九日,至予寓同寝,觉其体暖,喜谓较予转胜,而兄答以时有寒热,非血气充足也。厥后日就疲惫,神气大损,药力难扶,一朝永诀,伤何如矣。即哭号四律,并作小传一篇,以附家乘。陈霭亭、平竹香、爕庵、少梅振麟、朱望椿、汇吉及诸从兄弟送殓,又得聚至亲,稍慰契阔。

　　次晚,扶兄枢厝于始祖古墓,寒风逼人,幸无雨雪。闻虞山前后,家有停棺,□被城匪倒空,恐藏银也。时尚掳人充兵,夺船装兵,不得径上西山亲墓,而南乡祖茔,又苦水田中阻,世变则鬼亦难安,聊为权宜之计。

　　越日,闻同居□增全被掳逃出,自芜湖驰驱七百里,形瘏身疲,现回城居,其妻女在嫂寓中,为之欣慰。予于朱塾晤张焕章茂才乃炳、季祖庚奉直曜奎、朱醇斋□□、徐芝山、桑砚香、蔡顺卿、顾星和廷荣、俞儒卿、李镜皆彦培、杨子衡□□、朱少英、曹星村于粮局,连夕纵谈。

朱诚翁自城回,知管粮事者为仪征陈耕云,豪华特甚,时有姬人艳妆,出屏见客。每图要办米八百石,银一千五百两,仓厅设东市河吴行,米色顶真,须出使费,乃斛收。城匪定于初十日郊天,每军帅办鸡五十、羊十、豕五、牛一。闻西面黄顾泾等处,乱民聚众抢掠,徐、张两局发勇,拿首三人正法。

十一日(1 月 21 日),予又赴朱塾,遇归春门贰尹兆恩及蒋芍洲丕显、汪可斋□□、瞿慎卿锦成、徐怀屺忠义、曹建才惟豫、砚霞惟升于收粮局,皆同患者也。闻吾邑周兰生太守镇殉难寿州,可与赵大令并传不朽。翁祖庚中丞告假回京,两皖荡平,勤劳懋著。若安徽候补之胡小山司马志培、朱绥之州丞曾福、曹慎卿贰尹文廉、严心田少府厚培、管华卿少尉恩荣俱以军功加升衔。

次日,朱生茂城在寓病亡,长才可惜。是晚,予与徐芝山、蔡顺卿小酌,羊羔、美酒,借以消寒。

十四日(1 月 24 日),晤高诚斋□汝、嵇子山□□于洞港泾,不见四十年矣,重认须眉,以喜以叹。午后问二姑母恙,燮庵留茗点。

望日(1 月 25 日),雨雪。偕蔡顺卿、李简廷、顾星和唱和。朱祠黄梅盛开,虽红巾日至,犹幸薪木无伤,而潭水房山,尤足供我玩赏。顾门喧如市,比粮户,办火药,备战船,日不暇给,与我辈之清吟,格格不入,有如冰炭。

十七日(1 月 27 日),小雨。解馆。夕宿张港朱宅,晤苏城周鲤庭,知其被掳旋放,慰之。

次日,偕朱望椿、贾厚斋秉塾、家福庭回寓,见三图兴福寺古桧皮剥有如龙爪,半枯半菀,似有神物呵护其间。

十九日(1 月 29 日),晴。先兄昔期,遣羽士唪经镇宅,承平、燮庵、朱望椿、王鲁园、贾厚斋、王湘帆、梦蘧、瑶林及同堂兄弟来吊,寓舍褊小,幸场装木屋,始堪坐宾。

翼日,同朱确甫、林荣时饮于侄寓。大侄回粮局。

二十日(1 月 30 日),严寒,大风雪。呵冻钞诗,聊以破闷。闻匪冲蚬山王巷及沈店桥,大烧民房,十图中人家船上箱笼都抢去。

次日,雪霁。偕礼庭弟渡盛宅荡,寒风割耳,欲赴相城,因罢市而返。但见南路火焰上腾紫霄,自此至腊杪,西南街一带鸣锣召众,各民团轮流探巡,以便遇贼打仗。

廿二日(2月1日),贱降。天气晴朗,乃择吉祭先。夕与徐凤兰、家礼庭等小饮。

廿五日(2月4日),立春,又阴。乡团船有八十只,徐局给每人米二升,连局勇二三百人,每日约费四百余石。团勇至阳城湖边,排队而走,船从湖行,声势颇赫。在白石港获新留发贼二人、舟二号。然下塘张局左右民团不遵约束,因前聚穷民局,乘间抢掠,被张局擒斩三人,故民心推诿不出,致五龙泾、王家油车等处,被贼夺去牛五头、妇女五十人,烧民庐无算。近来十旬九雨,客中湿薪如桂,居大不易,田身虽高,而住宅甚卑,出门每拖泥屐,一带岸头被牛蹄陷成宎,行路之难,不必在远。幸借《随园诗话》旅窗消遣,而老妻枯坐,十指常闲,稚子啼饥,三餐不给。食唯卜甲,衣唯缊袍,此中苦况,往往寓之于诗。

廿九日(2月8日),闻我家为邻子王大设烟铺,曩尝救其性命,未识能谨守否。午刻,得二姑母凶信,七旬体衰,以久痢不起,予于除夕送殓。□姑母黄鹄早寡,志守清霜;乌鸟遂私,恩酬爱日。两子六孙,亦可瞑目。第犹子客居,不获侍奉汤药,哭挽一律,用志歉怀。晤顾子和、宓静岩、平明扬成瑞、也园观光等,闷话时世,同引领官兵,以解倒悬之苦。旋寓痛饮,醉中自维,今虽抛家远徙,世业一空,而七口平安,亦邀天祐。惟较去年失一兄一女,为怆怀耳。然因乱得诗,又成束笋,特穷愁著作,多不平之鸣,况旧稿刻未竣,版未归,已遭大劫,悔不早付梨枣,迟误至斯。倘生卅年前,如祖父之歌咏盛世,则有乐无哀。何以我生不辰,铤鹿走险,薄福人固乃尔耶?吴下古呼阿蒙,而此地唤人小字辄冠以"阿",除夜守岁,彼此喧器,尤不离此字,风沿古也。予则赓顾子和《祀灶》一律,又用去年此夕韵成五古一首,聊纪今昔之殊云。

龚又村自怡日记卷二十

咸丰十有一年辛酉(1861—1862)，五十有二岁

元旦(2月10日)，晴和。赴周神庙拈香，冻释沾履。房主徐凤兰以久雨未了场功，特于岁朝耷谷，且毡帽布襕，不穿礼服，饮不用茶，眠不点火，勤俭可风。余家儿女辄以元日停读，并欲更换新衣，不知逃难之艰，当以主人为式。旅馆事闲，仍借诗破闷，有云："倘作枯蝉终日哑，浮生闷煞乱离中。"晚为主翁撰春联，并其子稼云闻喜喜联，渐觉温生蔀屋。

次日，遇雨。评点《西窗诗话》，借遣牢愁。往侄寓，同卢器轩等掷元筹，卜今岁之运，而予手不利，为之愀然。

初三日(2月12日)，天仍阴。始命儿读书，恐其入嬉戏队也。

翼日，晴。荒村喜少市声，唯卖饧与黄椎头者往来其间，亦见新年景象。予与卢器轩、徐春畬、凤兰、受天、云亭理富、定华、林森立、宝山、月皋、向荣等掷通庆消闲，又未利。

初五日(2月14日)，闻徐局获长发十余人，锁住仓厅，足寒贼胆。

次日，雪。

人日(2月16日)，又雨。仍与卢器轩等掷筹，以消冷兴。闻沈店桥乱民欲劫太平桥镇，寓旁炮声时闻，谣言叠起，不能安堵矣。

初八日(2月17日)，知曹小卿自兴化来报，江北备兵三千，勇数百，统兵之冯日昇因进兵迟缓，已调赵姓统带；翁帮办同书已遣杨咏春太守带兵到通，以便南剿。复闻州塘、芸甸、余家铺时有贼船上岸，取

薪抄扰,李王庙中器皿掠空,幸未进内港。常熟城垣,塌陷数十丈,亦是转机。

天诞日(2月18日),徐凤兰携酒饮我,借拨春寒,而胸有书卷,不类农家,洵吾益友。盖其先公召棠先生宗奭本系宿学,工诗能文,其饫闻庭训所致。是午,嫂侄回四万荡祖居。

初十日(2月19日),予眷从徐寓回贾宅,别徐凤兰行九禹畴,留四诗。晚与礼庭弟饮于双桂轩,得《客窗杂咏》七首。姻家金省三上舍印根介张德甫来询近况,知其铺亏本五千阡,幸贼抄未尽,尚可懋迁。

次日,贾词仙招同李苑香昌麟、怀英及祐儿小酌,鹅脯、羊蹄均可口,雨泉煮茗亦佳。

十二日(2月21日),笪甥琴舫招饮,又挈儿往,与贾梅溪、朱汇吉同席,糟肉、熏鱼味颇美。季世多故,连假酒缘,以叙戚好,亦大不易,此间犹乐土也,特客囊萧瑟,传座苦无钱耳。

十三日(2月22日),予至朱东翁家,晤景华、又村两丈及桑砚香、李简廷、曹建才、顾星和、徐子良、厚甫忠绳、朱鹿苹、少美诸子,互贺新禧。闻张军门国梁已阵亡,上路无良将,曾督又未到江南,东路统兵大僚,复株守不动,不能和衷共济,决策一朝。遂致建业八年,根盘益固;苏台十月,隔负谁攘。况弹丸虞邑,弃如敝屣,何问半载之无兵哉?然吾邑北临大海,后路镜清,非同他县之四面皆贼,复有虞山俯瞰城池,复之较易。计惟师船从海口轰炮,先毁沿海各卡,俾犬狼皆逃;然后登山扎营,矢石连发,使守城诸贼尽毙,乃可缒城而进,启门纳师,直捣贼巢,势如破竹。虞城一复,借其资粮为立脚之地,则其余郡县可渐次扫平。民苦荼毒之久,日望来苏,何患贼众。每于朋座言及,辄为欷歔。

十六日(2月25日),过四万荡,索陈租以图馆粥,礼庭留饮。

十八日(2月27日),赴莘庄、顾泾、吴塔各亲处拜年,品茶话旧。得顾子和杭城诗,题罢录入《诗话》,又和其《岁暮书怀》二律。自贼匪踞苏而后,吾族被掳者焕纶之次子、晓园之长子,异类可与昵哉!何每图尚捉数人当差,筑土城,造战船,虽每工得钱三百,而贼之肆无忌惮,至今已极。遇家复观云,其子往东路营生,连财货、船只一齐掳去,迄今未归。

二十日(3月1日),小雪。陈霭亭馈嘉肴,毛企堂惠火酒,旅兴复酬。而日写一诗,管秃笺尽,赖王鲁园、伯谦侄连赠纸笔,不致徒手书空。

次日,贾氏开塾,予陪馆宾夜饮,偕朱恂如、贾词仙、家福庭同座畅谈。

廿五日(3月6日),金省三姻家见祐儿惠赠梨栗之资,幸不视为豚犬。适钱伍卿在朱局催粮,晤言良久。

次日,陈霭亭谢步,匆匆慰藉,不及留点即行。

廿七日(3月8日),往吊平姑母,同顾子和、黄南池□□、卢器轩、李岵瞻春熙、家朴园、福庭、礼庭、伯谦、平小亭步青等饮于书斋。子和见示《红羊后草》,予集《兰亭序》题四诗。见平堉林□□被掳得还,发已尺余。并闻季茀卿及朱少英阃君自贼放回,喜慰之至。

廿九日(3月10日),伯谦招集祖居,与家晓园、琅斋、朴园、元嘉缙煌、廷卿缙焻、灿然、兰亭缙煜、福庭、礼庭、绳祖衔杯畅叙。闻朱岭梅丈及徐芝山、朱介堂等捐资买贵泾地,掩骼埋胔,饿死难民不至暴露,诚大方便。

二月二日(3月12日),顾姨领予次女往学女工。到寓甫二旬,而朱蔼如馈香茗、巨蛋,贾词仙馈香糯、洁面,顾少江馈素粉、嘉鱼,俞蔼人馈青糖、米粉,笪琴舫馈香烟,贾梅溪馈醇醪,家锦章馈细茗,患难中得免饥渴,倍感隆情。

越日,家朴园邀予卯饮,与卢器轩、介眉叔、灿然兄、晓园弟、伯谦侄同坐谈欢。旋为苏城徐氏姑媳志字于柩,因久厝义冢,恐局中收埋不能识别,又托朱岭梅丈移埋立石,以备其家领回。

初十日（**3月20日**），龙泾一带被钱伪帅查牌，有四家抢空，男妇又上船避。高妪因常食淡泊，去挑荠菜、马兰头，兼撩螺蛳，亦是水乡清味。

翼日，次女㑴回省，船友言方河池一路积尸累累，城河血腻。王鲁园题予《外集》，又和《落花》诗，写女贞殉难之惨，予次韵奉酬。人见东家贸易，西家居奇，利必倍蓰，况乘乱劫夺者俱成富儿，爰劝予抛书，且襄局务，以博蝇头，或借本资以图渔利。岂知历届在公，我非畏事者；为贫奔走，我亦爱钱者。但已息影年余，犹欲操筹晚节，士林将笑冯妇，姑忍饥寒，从吾所好，为赋《守拙行》。年来晨夕编诗，谓生则祭君，死须殉我，虽不能换一文钱、一升米，而结习在是，万劫难销，倘百年作诗人老，犹可归大布衣中。心血一失，黄金难买，能谨守者是吾儿，特未识将来如何。

花生日（3月22日），曹和卿自城来，言虞山墓木大半盗伐，其祖茔亦被蹂躏，乃禀钱伪官出示严禁，锁解山前军师各帅。贼将普仁、清凉两寺全行坼毁，递及破山，幸和卿劝设留养局，荐殷小斋、曾芸溪等经理，俾名刹保全，各寺山田暂入难民局，以备薪蒸。伯谦赴荡口，知瞿生静香茂才于新正十三日一病遽亡。家无儋石，子一女三，教嫠妇如何抚养。幸儿年十八，聚徒教读，稍可支持。

既望（3月26日），俞兰卿女甥来，乞予悼女诗去，因与长女结拜姊妹，如手足之伤，不忍恝置也。予诵一回，令其同盟之陆闺卿兰淑亦呜咽下泪。

十七日（3月27日），家绳祖之新婿黄□□上门，邀予与计□□、贾誉吉□□、顾春暄□□等宴饮，同席者俱三十年前旧好也。闻钱伪官赴邹军师处索供应费数百金，有人控告私设租局，伪官饬役捆解，杀首犯汤姓一人，其余杖责。

次日，金匮华梅岑茂才仁裕到贾塾，不晤十余年矣，话及时艰，同为蹙頻。偕来者有吴门顾苟甫茂才福昌，系开东汇木铺，至今避难鹅湖，求助不遂，幸有友为集村塾，可免斯饥。连日大风雨，水长五六寸,人家新厝之棺,有漂入水者。

廿二日(4月1日),在曹和卿处知详天福侯以功升安,慷天燕钱以功升福。县西街女馆在程楚帆文祖宅,其中死者投尉署前,犬衔殆尽,白骨日销,可哀之至。念生灵涂炭,欲诉无门。伴食宰相,一遇艰危,惟思求退;封疆大吏,又一筹莫展,弃地偷生。县令失守,犹可文过,仍列军营,转让局董捐躯,乡绅募勇,见节见才,爰赋比体五首。我辈才疏,不能拨乱,若尽首阳之节,亦自可勉,但儿女满前,一死不足了事,转累一家,故且委蛇随俗,冀抚育成人,尝云"刃加颈不避,刃不交颈不投"。自矢有素,非敢求人不求己也。

次日,赴洞港泾,携所录蔡顺卿诗还顺卿,因其稿已失也。顺卿自上海回,言官兵与贼接战,未利,夷人大烧民房,宝山又失。浙江石门于望日亦陷。蔡中丞仅有抚标兵三四百,庞督办带勇数十,清苦异常。旋往查家浜俞局,正在收租,与徐啸云文学、陆意香上舍、姚云洲茂才、俞葵卿上舍及杨子衡、俞甘棠谈片刻。回过猛将堂,遇邻友王茂荣,新充义勇。又到新浜高诚斋宅,适开杂货店,生意兴隆。便谒朱寓,少英夫人云,女馆中晤黄氏婢,告知予女确系自尽。嗟嗟!嫁甫及期,齿犹廿四,未遗人种,已夭天年,一再闻之,倍难忍泪,所怪其家迄无信来耳。

次日,周新之、钱竺卿来谒,知新之太君新没,又稔黄氏敬铭夫妇早扶重慈出城,寓小山丙舍,其母旋病殂,乃托竺卿致书,问吾女死状。是午祭先,留二君饮膳。

廿五日(4月4日),寒食,小雨。次女随姨回贾寓。夕复通宵大雨,水漫柳塘。

次日,清明,稍霁,上冢者尚须着屐。遥望亲茔,为妖氛所隔,不克陈麦饭一盂,殊深愧恨。时益三丈挈其次君渔琴宝针枉顾,茗点留谈,差慰饥渴。晚为贾氏招饮,与词仙、梅溪、家福庭同坐,家酿颇醇,肴亦精洁,借以畅谈。闻聚马塘顾女被掠,为人郎中之弟妻,迎其母弟赴城,轿马出入,赠赂亦多,归来夸耀乡里,为赋《寇婚媾》一章。

次日，大侄邀饮，同陈霭亭、卢器轩小叙。又偕器轩及家兰亭、朴园手谈，颇胜。桑砚香移舟过访，顾子和、平燮庵亦来，携示惠题拙稿，用柏梁体。夕与谢峻山、家福庭、礼庭、伯谦饮于贾宅，山鸡野鹜，风味剧佳。见伪示，欲到处讲道，并禁剃头、霸租、抗粮、盗树，犯者处斩。然其所统官员半吸鸦片，又任佃农滋事，见新剃发者，借法敛钱，随处摽夺，人家祠墓大树，辄封，寺观民房，无人即坼，万事借天欺人，与示正大反。是夜，老宅被穿窬，幸弟侄一毡未失，欣慰何如。

廿九日(4月8日)，洪伪官□□到莘庄查各户门牌，又至洞港泾议店家领帖，并报大小本钱，千金本日捐十千，百金本日捐一千，十千本日捐一百，货殖亦难得利，闭歇者多。见牌示，常昭邑试定于上巳，案首奖银廿两，其次递减，与考者免掠一村。翰林称国士，进士称通士，举人称博士，贡生称俊士，生员称秀士。"秀"书"绣"，或书"莠"，似系避讳。武则有猛士、威士、壮士、英士、毅士之等。

晦日(4月9日)，朱岭梅、克谐两丈暨曹简才同来邀予，订于顾氏议公。乃于三月二日(4月11日)赴约，集顾汉皋上舍云涛家，陆利亭守御主其事。晚与苏人徐□□□□、吾邑朱岭梅、克谐两丈及张□□毓薝、陈兰亭□楣、朱恂如、罗子黻纶纬、陆懋修廷煜、曹和卿简才、桑砚香镜仙、平竹香也园、顾晓山敦礼、秋谷敦智、养斋敦信、竹溪士豪、晴川士杰宴于堂。返寓，知次女仍为顾姨载去，深感教育之恩。近以廪人告匮，□之同人，承贾梅溪慨借二石，伯谦侄亦送一儋，其余戚友并通情，此谊常悬心曲。高增全领妇女回城，言城市生意渐盛，徙者半归。

初四日(4月13日)，李石泉上舍文焕来会，平竹香、也园亦至，贾氏留饮叙谈。是晚，高氏妇自城来报，予家器皿装修被邻掠尽，半卖半烧，大为愤恨。遂于诘朝同福庭弟步至城，见空房有人将拔牡丹，仅存书橱一具，其余三具为馆人舁寄广仁局，即给钱六百，觅人取回，惜俱无门扉。恐屋面复伤，嘱伪将军陶柳村带照。西、北二门，同福庭等将砖甓填没，前大门及西门房，唤木工钉板，其东门房尚有闼，堂上白篆屏少两扇，正门粉红照壁半去半存，幸堂下旧楄尚全，早为增全寄邻舍。余剩西房搁楼、西夹厢拓壁，此外无一留者。门房尚可居，俟床灶添修，托高誉住内。唯予眷不便回，因紫竹庵设卡，存仁堂立栅，乡城船行，多所窒碍。见市上长发蟠辫，赭衣花履，窄袖宽裆，首有银篦，领有银链，腰有银牌，有如囚样，而无耻土奸往往更换贼衣，借凌乡懦，见之可憎。予邻避乱早回，搜刮人家器具，堆积如山，有余变卖，即颓墙破壁，犹竞拾遗，有得资娶妻者，有操赢作贾者。是夕，借宿陆云翘家，增全留膳。县试改至初七日，南乡逼试者若李东郊、朱晓春、时酉生、金景岩数子，恐招物议，均未终场。予赴西郊，见芦滩中髑髅不少，蔡氏家园成墟，殿桥一带尽为瓦砾场矣。城上构板廊，上露丈余，下可行人，外钉滚木，又悬竹棍，新筑台门甚矮。鼓楼上架台三层，高出云际，贼名"望妖"。桥上俱设巷门，仅容一马，一路馆贼，睁目视人。从中山路步至亲茔，查点树木，已失缨络柏二株，桧柏三株，其余扁柏又四株，当扰攘之秋，墓丁不能禁也。予号泣拜墓，徘徊几时。至山人钱氏，知坟丁海大兄弟及长生次儿悉掳去，维城之室已故，与其家人语，同为皱眉。回憩西门茶肆，有姜姓、薛姓云，陆雪香志铭及居陈二姓，皆于城破日被戕。路遇无数难妇，知赴南城总局点名，每日一粥两饭，无屋者常住姚局，有屋者由家就食，系钱伍卿调度之功。晚见钱伪帅查卡，马系银铃紫缨，至存仁堂，爱大船厅，命师帅坼移城馆，扎本松桧两盆，亦随身去。进紫竹庵，见三世佛，呼卫士轰枪，自将观音像拽倒；渡河至蕊香庵，幸水仙神首已扎红巾，免其毁像。钱帅馆前造桥，旁筑花墅，为伪忠王行宫，水木工疲于奔命。其侯帅馆则仍在蒋园。予便访胡润卿茂才丈宝源及谢咏庭、周畅轩、徐穗钦、张思琴、陆小轩诸君，惊悉周允斋病亡，其二子□□邦铖、□□邦翰被掳，畅轩之子宝章楠荣亦被掳，陆生廉石、谢生春塘耀宗、秀东兴宗、钱缵园祖诰、程杏村□□、屈□□□□均掠去，又悉本衔丁云坡士昌、张柏大□□、周□□、通江桥朱子让汝谦、少岩廷焴俱被杀，西市河程□□兄妹、吴锦文□□之母及徐、吴二姓并投水死,国瘁人亡,为之叹惋。连夕,闻城廊巡更,巡船击鼓,与城内枪炮、鼓吹声,况发兵船往宝山钲鼓络绎,声沸后河,触耳惊心,身难贴席。城市食物恶劣而值转昂,其始城匪买物,不论市价,以渔夺之钱,自不重视,土人大得奇赢,嗣因浮店亦须抽捐,不得不抬价。附郭妇女唯制履织布,以博生资。稻柴不到,山树船又往乡,城居惟买圻屋木料,以备日炊。时有番舶往来,系夷人销货,各卡并不阻拦,亦不征税。贼众出城卖衣,多有枪洞,有人贱得之,须臾仍为夺去。见强即让,见弱即欺,固其本性也。

初八日(4月17日),予步回南乡,每日三十里,足力疲乏,困苦不堪。便道谒时酉生,知主试者为军政司陈耕云,系廪生,为青宗师所取士,身披绣蟒黄袍,旁坐监军□□□□,即伪常熟令。试士多贡、监生员,共一百四人,先一日宿署。署庭骷髅遍地,荒草凄凉。

次日,辰刻点名,限申刻交卷,阅卷者为胡伯和昌銮,徇曹和卿之请。出《四书》题,为《足食足兵》《赋得偃武修文,得修字》。昭文题《先之劳之》《赋得礼门义路,得□字》。秀书绣、全书荃、国书国,余如上书尚、王书汪、清书菁、山书珊、贵书桂、玺书□、癸书撰、丑书好、无锡书抚锡之类,临文不讳,唯顺字缺一竖。士子饭食,军帅等办,每席六簋,每人给盘费二两,闻再有总费五番余,花红在外,试者大半为利来。礼房曹竹香欲索卷费,均不应。正案有名,即作秀才,常昭额各十三名,余为广额。择日送学习仪,至圣像已毁重塑。自登学册,文有文装,武有武装,不相混杂,俟端阳再送苏福省试,取中者即作举人,重阳再送伪天京会试。主乡试者为伪状元□□□、伪探花□□□。先期出示,令禁毡冠、缨结、眼镜、折扇,亲丧不必成服,尽准入场,有缟素入馆者斥之。是晚,予过狄家坝瑞云庵,知狄□□新充里正,设局补粮,三斗加一斗,下忙银一百六十,局费解费钱二百,每斗折钱三百。暮为朱恂如留酒点,谈城事多时。

次日①,赴祖居,两侄留饮,品糟干燕笋,酕醄而回。

初十日(4月19日),闻邑试出案,时酉生第三,李东郊第六,朱晓春亦招覆。时固不愿再试,李、朱亦故以语疵致剔,可云涅而不缁。

至十一日(4月20日),闻熊伪帅自丹阳回苏,因镇江有官兵,不得径赴南京也。徐云涛自上洋来募勇,各局捐银。近因各路梗塞,办货者择地,东则往上海,南则往余杭,北则往通州,以及嘉定之黄渡、南翔,金匮之东亭、荡口,长洲之陵墓、黄埭,吾邑之野塘、彭桥,若山塘、金项桥数处则浮摊不成市,时发时收。

次日,胡仲篴太姻丈廷玉来慰破家,年已八十二,健不扶杖,诚地行仙也。福庭弟又至城,欲图生意,不惜奔波。午后,予往沈氏,晤锦川镛、镇山两丈,与及门鸿章学海等话旧。又赴平也园上舍之招,偕包山翁观涛□□及吾邑沈镇山、朱岭梅、克谐诸丈、徐南坡上舍良翰、监兹参军思敬、桑砚香、曹简才、朱恂如、瞿锦成、顾晴川、平竹香、燮庵、小园等饮于世义堂。知城匪章姓、毛姓来查门牌、船凭,以图取利,伪丞相张□□设驿馆于吴塔,委邑人李□□住守,以便文报往来,各师帅每日又贴供应钱五百。

十三日(4月22日),福庭自城回,询知赴宝山打仗者俱返,因官兵连胜,城复严守也。闻邑试初覆,常熟策题为《智者踊跃》,昭文策题为《愚者省悟》。古今体诗题常为《琴囊、剑铗、棋枰、诗筒》,昭为《茶烟、蕉雨、琴韵、书声》,俱不拘体韵。末覆题常为《春草碧色赋,以"金勒马嘶芳草路"为韵》,[诗题则]《经明行修,得明字》;昭为《春水绿波赋,以"□□□□□□"为韵》,诗题则《为国求贤,得求字》。常熟取进谭可大等廿五人,昭文取进吴载尧等廿五人。可大即小石之子。王松存明经代倩进学者二人,新进如谢商珍涟及刘军帅之子恩澍,号为官卷,均与署中人熟识,不必能手也。予为作《新秀士》一篇。

---

① 据上文,前一"次日"当指初九日,此处"次日"当指初十日,然下文又有"初十日",疑日期记录有误。

十四日(4月23日)，为家灿然招饮，适其子厚载培坤出家领回，缔姻行聘。予与葛友兰□□、陆望屺滤、卢器轩、郭在中裕丰、家晓园、伯谦等饮于堂，继以手谈。日暮返寓，晤戴慎卿仁荣于贾塾，话久忘疲。

望日(4月24日)，同俞甘棠、家朴园等憩殓伽庵。时适缴香，众僧齐集，佛前纸锭纷投，每家分金三百二十，来焚香听法者斋厨留膳，鼓吹齐鸣，香火甚盛，尘世久不觏矣。但恐佛遭匪毁，首缠红绢，大士亦致屈辱，可为寒心。

既望(4月25日)，步至平氏，竹香、也园留饭。少梅供兰一盏，饱领清香。便过顾子和寓斋，蒙留茶点，见视近作，与高徒李锦江同观，嘱和两八古吟。李怀英亦在座，清谈半日，旅闷顿宽。其寓庭海棠花谢，霁青瓶中尚有牡丹，予忆及家中牡丹阒无人赏，口号云："富贵从今不入时。"子和云："所以昔人云：'看到子孙能几家。'"同为浩叹。

十八日(4月27日)，骤暖。与尤观澜□□小话书斋。

次日，小雨又凉。家兰亭、朴园来寓手谈。灯下阅族祖希仲宣教明之《中吴纪闻》，为王鲁园所示。长塘鲍氏《知不足斋丛书》共数十种，小庄费数金，又买余书数十部，付其令子，可羡也。笪琴舫自上海回，据云，英夷尚不背化，唯哳兰西则通贼，曾得来往文书。乍浦于十六日失守，金山卫亦陷，沪渎官兵仅守不攻，恐寡不敌众也。

廿一日(4月30日)，予赴刘巷时局，雨亭上舍纯熙留饮，与其西宾徐祝乡□□、从兄雨若上舍义臣同坐，家醅颇厚，苦劝连壶，不觉酩酊。(悟)〔晤〕朱桂□、陈松年，略谈时务。雨亭陪至吴复香曰篁家，主人留膳，呼犹子小香上舍庆文、芝亭发宗、秋亭邦兴两少府及侄孙湘云少尉君达陪坐，畅叙阔悰。

廿四日(5月3日)，赴陈霭亭之招，祐儿偕往，适其家礼佛荐先，连日闻僧道鼓吹，与座客局戏，镇夕忘眠。晤长洲陈憩棠□□、同里沈春园三重、孙翼虎□□、啸冈□□、陈福田煜、小溪煜、培德□□、僧洪一□□、清泉□□、省泉□□、浩泉□□、却尘□□等，畅谈斗酒。洪一声宏，《单刀·训子》是其擅长，惜年老病酒；清泉工击鼓，惜吸洋烟；省泉工书，有雅致；却尘长斋，说法亦妙。予因钱雨亭丈来会，至廿六日(5月5日)回寓，知昨日平局遭土匪之劫，屋庐多毁，器物掠空，局主报案。

次日，局发乡勇捉犯，而逃遁者多，查拿数日，始于贵泾获曹、顾、贾三人，押到俞局，而埋轮之使，犹倡免租之议，胆纵豺狼。

廿八日(5月7日)，予舣舟访时益三、钦斋两丈，茗话移时，知俞、顾两局亦停，所收租勒作勇饷，业户未归。

连日大雨水发，至**四月二日(5月11日)**始晴。城匪示禁鸦片及水旱烟，余如纸马之类，限以三月，村庄小店一例抽捐，从来未有，乡官苦红粉之差，逃避纷纷，因家枯无力备办也。又派办船只，各军师帅垫资供亿，财殚力痛。

初七(5月16日)为成日，祐儿始学书。晚偕礼庭至洞港泾，适徐局勇首顾大山□□来，调停劫局案，曹和卿同拟各佃凑钱赔赃，并起事各图，办上下忙银各三百，外加二百六十文，以赔夏赋，所获三犯释回。朱又村丈留予茗点，晤钱月帆佾舞嘉珍、桑宝卿光丞骏思暨张字卿、德甫、朱恂如、少美、曹和卿、鲁亭、简才、星村等小话，假山旁粉芍齐开，可以悦目，同人赏之。闻余筠雪女史于三月十一日病故，年逾八秩，诗集已刊，乱世得以令终，尚属有福，唯侄孙新殇，稍为余憾。予伤知己，有欲言之事，不及面陈，徒增惆怅，爰步顾子和韵补挽一诗。

次日，福庭弟入城，见予家仍为王大开铺，稍补房金，城外民房坼毁更多，甚为危虑。

初八日(5月17日)，莘庄又设卡，在三官堂，系百长胡长泰作主，欲望远，上搭凉台。若审案，则到天父堂，地稍宽敞。其余小港均有巡船查漏税，货船苦之。

十一日(5月20日)，冒雨过吴塔，见卡旁添南货店，系师帅所设，因市罢，卡官不便，故作此周旋。至姚家桥，赴吊余寓，亦憨留饮。旋回洞港泾，朱又村丈留宿，晤钱月帆、程文泉□□、朱竹书、桑宝卿辈，谈诗至夜分。朱晓春以踏青诗见商，略为改窜。

次日，附瞿甫堂少尉云柏船归寓，于州塘见匪船衔尾，自乍浦回，俱重载。闻北路土匪仍不靖。邹氏设局于神祠，又被圻坏，局董俞儒卿被戕投水，收过租米之局，众佃竞欲索还，于十三日赴俞局哄闹，几欲焚劫，幸发勇擒拿，并遣长发驻局，土人乃不敢逞凶。

十四日(5月23日)，予附王湘帆船，过莫城登陆，与毛贼并途，而行走如飞，终赶不及，此跳梁伎俩，是其擅场，其余未必称是也。回城，见予家后门为柞马草者撞通，旋为邻人钱景培坤荣嵌没，水轩无可补苴，赖高增全雇匠砌厨房门，稍有障蔽。是夕，王大观留膳，权宿家中，将橱横作榻，因无帐，一夜驱蚊，并悯宅旁葬殉难诸人，月下但闻鸥鹢，不得合眼。

次日，从城外转至福山塘，见大小东门房屋尽焚，仅存花园浜、东仓街数处。长发开市颇盛，牌署天朝，掌柜者俱土人，亦辫红履朱，诩诩自得。新塔旁遇新造船下水，遍插旗纛，鸣锣击鼓，舳设双阑，旁划八桨，舟师被彩服，有如龙舟。过北郭，逢无数执旗手，五色俱全，又如赛会。其余零星贼首戴蒲笠，手撑洋伞，元纱衫裤，拖以红巾，镶嵌鲜明，华装炫目，又如演戏。陶家湾一带贼馆有燎[瞭]望台，民房门贴红纸，书"天国太平"，幸免圻毁。至午，抵毛家桥，饮于钱宝斋家，承其次子玉冈银坤送至周家巷。适陶洪镇夫妇寓周氏，表妹婿王元恒亦到，连与斗牌。表侄古音大章、古香大文止予食宿，同人蹋月至蔡宅，听□小大滩簧，唱《倚秋香》，同座大笑。晤表甥王一帆明心，知其本生父浩如茂才万清病故。犹忆去年夏造其家，与一帆樗蒲，浩如陪坐，无恙而带愁眉，询悉其所埋金银，被里人掘去，故心境不舒，讵料遭土匪焚庐，几罹锋镝，至九月不起，伤哉！

予因连雨未能动步，至十七日(5月26日)晚晴，仍往钱宅，蒙宝斋慨借银钱，复留膳宿。虽次媳新亡，世业枯槁，未尝少变初心。盘有象笋、松菌，味胜鸡豚，浊世中难得。茶坊晤钱启源，知福山有马军门兵到，但马镇已因通贼伏诛，想非的信。

次日，步至城，途遇贼兵北走，每队有骑兵，队首衣黄褂，服饰奢靡。过小庙前刘氏，正设难民局。晤钱生筑嵘，知其襄理局务，言当初钱伪帅出费，今则仗民捐，捐有不足，将拨至各乡。欲荐予盐局，因离眷太远，辞之。其同事陈楚□茂才丈本培、姚冶斋溶、范亦能钟俊、陈桐轩宗保诸茂才及姚君少江师潘，俱以同难相慰。下乡，过西王庙，时王文仙□粮局，予与帐房居敬之茂才清绶茶话许久，庭有地棍陆银和荷校，见乡官有权，惜长发杂处，不便谈时。遇王霞帆，陪予至家留点。

十九日(5月28日)，时益三丈来谒，小话书斋。

廿一日(5月30日)，偕卢器轩、家朴园在祖居局戏，两侄留饮。

廿三日(6月1日)，钱伪帅领伪官甘姓、侯姓至莘庄，拿办土匪，欲冲数村，师旅诸帅恐玉石俱焚，哀求始罢。访获周姓二人熬审毁局一案，随带回城，讯明无辜准赎，费数百金始释。贻累良民，而首犯翻得漏网，赏罚何公？其所带兵丁借查验船票之名，随在摽掠，下潭村孙、张港泾朱均被掳物，又夺贾梅溪厚斋家两船，虏去周芳官一人，横行至此，寓中眷口不能不乘舟暂避。予与王鲁园、家福庭守贾宅，幸如雷阵，一扫而去，至廿五日即安。侄婿朱确夫来，言翁庄粮局又被土棍打撒，殴死须旅帅，正在报县验尸，恐匪冲，挈妇暂来南鄙。又闻西乡樊庄亦有杀旅帅之案，顽民之效尤何多也！连日又雨，低田水高，不得插莳，城匪也解断屠。

五月朔(6月8日)，有枪船过吴塔，鸣鼓试枪，硬要过栅，卡众抵御，有馆人未出，被卡主枪毙，又曾杀小仆一人，纵妄党到处诈财，俞丞相之获罪自此始。闻鹿苑有海盗掳掠，杀卡贼二人。伪帅侯裕田领全股下乡，土人误信盗为官兵，与贼对垒，被贼大肆焚杀，掳妇女数十回城。海盗已去，而土人遭殃，可胜愤恨。

端午(6 月 12 日)左右，频与笪琴舫、卢器轩、家焕纶、兰卿、朴园、琅斋、廉斋戏牌遣闷，惜不利。日费百文，米珠薪桂，旅用不支，幸水乡多螺蛳，价较廉，日买佐膳。偶有不给，高姬下水撩之，清苦之况，不堪告人。寓中度日，剩有书院膏火银，但为数无多，不能持久。

初六日(6 月 13 日)，赴李氏，因添灶须补门牌，承菊亭丈情送一纸。

初九日(6 月 16 日)，旧仆徐二自江北来，知官兵齐集，可航海助剿，其主人刘小寰来南劝捐，因军饷匮乏也。浃旬大雨，水又高尺余。

望日(6 月 22 日)，欣悉昭令王芰初及赵次侯等带兵抵白茅口，蔡小渔方伯、庞宝生阁学分领兵勇在徐陆泾，夷兵船泊浏河援应。城内难民一空，其在南郊者，发各乡留养。

十九日(6 月 26 日)，闻兵船在福山海外见贼众多，旋即扬去。钱伍卿由指挥升右十八参军，派留鹿园召募团练。

廿一日(6 月 28 日)，朱恂如留酌，手谈颇胜。

次日，内子延觋招长女魂，间有肖处。

廿三日(6 月 30 日)，往顾泾，饷顾子和杭茗，承题《外集》，骈四俪六，句妙欲仙。闻滨海居民因官兵而剃头者皆遭毒害，欲以杯水救舆薪之火，无益转有损耳，为作《水火叹》。时东、西两路闻有炮声，苏城与吾邑西城，一时失火。

廿六(7 月 3 日)夕，见长星自西北指东南，光焰万丈，或言是欃枪，指兵乱；或言是彗星，指扫平贼寇。盖既乱之地，天不必示变，此星想主除旧更新，但至夜半渐指正南，星在紫微，越旬光减，未识兆何。连日又苦雨，新插秧俱淹，水长三四尺，低圩几通，幸齐力戽水出塘，尚有余望，小潭荡稻莳七分，大潭荡不过三分。

六月六日(7 月 13 日)，闻苏省乡试，题为《天父有主张，天兄有担当，积善之家必有余庆论》《诛残妖以安良善策》。榜出，吾邑中式者三十三人，遗一人，分博士、约士、杰士等第。旧识胡少卿国治为博士，即举人；黄秀山绣珊为杰士，如廪生；约士则为副榜。喜帖书大人或书老爷。连朝为四女侄病，冒炎往视，邀王小庄来诊，两候始痊。小庄施粥、助衣、撩棺，予已为赋三善，近来裹足粮局，惟购书授子，行医济人，形如木鸡，洵是端友，爰赠一诗。见伪示，九月天京会试，准举贡生监、布衣一齐入场，不拘新举子，亦借求才之意，诱进群儒。据人云，苏垣之破，由候补道李少卿，虞城之破，由勇首梁国泰，李受伪职，而梁幸众诛。

十二(7月19日)夕，后军主将陈坤书自上海败回，领兵二百余舶，窜入州塘内港，任掳民财。寓斋左近，又吃一惊，家人燃烛同兴，不能高枕。闻沿塘一路，船只、鸡豚尽为攫去，至五渠，又肆抢劫，被军师帅禀请陈、钱两帅究治，诛十余人，地方稍静。而南乡自朱氏立总局，又得谋主调停，各局皆遵办，一方赖以安。钱帅奖又村丈之劳，派协办军帅事。城议开捐兵饷，每图派三百千、四百千不等，种农田者五亩以外皆捐。乡官虽有余利，而乡户已被累不堪，一有不应，已链条加颈，甚则杖枷，究非仁政。吴塔伪丞相俞能富缘控案夺职，调伪参军宝长春驻卡，驿馆为伪疏跗步瀛舟主持，审案日有几起。允曹和卿之请，裁去洞港西栅、吕厍北栅，片言使狂寇回心，一乡德之。

十八、十九两日(7月25日、26日)，晴久得霖，田禾稍有起色，特低区仍难补稻耳。迩来有白头枪船，系自昆山真义来，借巡查之名，劫夺商船财物，又有长洲小局勇船助之，肆无忌惮。且各镇设博局，奸匪混迹，一味敛钱，大为民患。连日祉儿寒热，烦躁不堪，乃于廿二日邀伯谦诊治，并请贾誉吉推惊，数日而愈。闻吾里陶柳村因劝捐事，被六图众土顽杀之，局勇被戕者八人。又旅帅王和尚载宝在船，被南乡人砍死，投尸华荡。又东乡高军帅房屋被坼，□旅帅房屋被焚，昔缘派捐起衅，乱世多故如此。晤曹和卿，知朱绥之署泗州盱眙，奉宪提控，缘留避难之乡亲，遽以不饬论也。前日，钱帅邀新举子作鹿鸣宴，共四筵，人浮于座，而举子以登第之荣，起抽丰之见，乡官虽送贺仪，心犹未足，动欲强索陋规，不知办公之苦。

廿五日（8月1日），携诗访顾子和，并饷建兰，见示和作。晤其岳陆阆栽学博毓元，予识其名于书院中，课业亦久经揣摩，不料其谦谦不露才，貌清癯，有似古人，可以矜式。次赠子和前韵，走笔奉酬。

次日，陈霭亭来，见赠香茗、佛手，近今少此雅人，同话渴思，胸襟一畅。

廿七日（8月3日），又谒顾子和，示予近作。知陆阆栽丈以名孝廉为巨公所知，浙江学使张星白少寇聘阅试艺已二年，今避嚣婿乡，与予结诗契，似有夙缘。适平燮庵在家，留饮畅聚，归闻桔槔声不绝，因暑雨过甚，畦须泄水也。

七月三日（8月8日），谒陆阆栽丈，承题拙集。王鲁园出其《梦梅小草》嘱削，为酌数字，并题三绝，采其隽入《诗话》中。又服其少年老成，品端学粹，将来必上玉堂，第为妖雾中阻，青云事业，不免晚成，可为惋惜，持赠四章。

初五日（8月10日），见大星自北徙南，纷如火落，未识指何事，纪异有诗。

次日，家灿然祀社王，招予饮，遂挈祐儿往，与群从赌饮尽欢，用戊申旧作韵，得一诗。

初十日（8月15日），祀先。邀贾氏昆仲暨予弟侄尝馂余，小饮至夕。

次日，舟过州塘，见李王祠半毁，被朱局圻卸。移造洞港卡房，古银杏树亦伐去。各港口设木桩，仅开一面放商船往来，网利尽矣，详天安升义、慷天福升安均以催科之功，不次迁擢。施润卿在朱局，汪可斋在蒋局，与卡往还，效其异服，与闻词讼，苦觅利途，借补当差之乏。是午，予到俞亦憨书塾清谈。回憩俞蔼人家，偕吟梅茂才酤饮，索序其师支逸亭步青遗稿，酒次赠一诗。

十二日（8月17日），酷暑。陆阆栽丈暨顾子和、平竹香、燮庵过我,留品雪瓜,继以粉团,倾襟畅话,竟日流连,各有和韵见赠之作。

越日,同贾梅溪等小叙双桂轩,炎威仍炽,不能饮三蕉。

十四日(8月19日),过平竹香、顾少江、邢湘舟各家,顾留瓜茗,邢留酒点,平燮庵更惠诗笺,出其《自怡草》见质,略易数字,采入《诗话》。见吕厍卡主李允发,余干人,一目眇,正在收捐,后因窃妻怀宝而逃,追获治罪。于王省斋守谦处遇周湘华上舍宗珍,谈及同难之艰。于平氏晤陆阆栽丈及顾子和、沈得山、王鲁园、朱琴轩□□,清话片时,子和枉和小诗。予乘风返寓,溽暑一清。

十六日(8月21日),两侄招饮,予挈次儿去,与家灿然等斗酒移时。

次夕,大雨。伯谦留宿双桂轩,同论时事。

十八日(8月23日),仍诣平燮庵家,承留茗点,同其到顾寓,与子和及陆阆翁谈诗。见荡口扶乱词云:"八月十戈,两人寸土,八人撤木,乎不用跃。"是"贼待秋平"四字,未知平系何秋。见示去秋《抚夷纪略》末附《寿佛寺题壁》十六律,想系在京词臣所为,予补和作《咏史》八首。又闻归安赵竺泉中丞炳言毁家纾难,领勇数万,助官兵剿贼,追至平望,有受重伤就医吴塔者。想贼已连败,湖州可保全。第金华久陷,绍兴戒严,嘉兴亦未复。湖境米价每石至十一千,民难生活矣。

廿二日(8月27日),俞亦憨枉顾,茗话未几,触热遽回。朱匏盦丈携其婿汪引之司马昶裕行略,属为小传,并言其女素贞抱主成婚,索予引例以序数言,欢聚之余,为留茶点。闻汪铁花观察、蔼慈员外父子均以愁闷死,不晤半年,竟成千古,离乱之际,生命较蹙,殊可悲已。次日,予往洞港朱氏,与又村、诚斋、克谐、景华四丈及李润生□霖同叙寒暄。于朱一泉文海处见黄颈龟,鲜明可玩,有小鱼虾在盆,以供龟食。旋赴聚马塘顾氏,甥少江暑疾已瘳,可为欣慰。偕其叔杏园、秋谷、养斋、西席李子良大铺清谈至晚,乘凉而归。

翼日,黄芝台报知,黄倩心耕被掠遣还,在虏九月余,驰驱二千里,盗符而走,积疲成痾。此关祖父一脉,天予生归,犹为庆幸,唯吾女闻变投缳,惨罹大厄,为痛心耳。

廿八日(9月2日),往询介眉叔疾,同陈霭亭、卢器轩、家焕纶、朗斋、朴园弄牌,稍胜。晚为朴园邀饮,肴有大鳗,可餍老饕,醉饱而返。闻宁波民变,有因兄为虎扼,弟救兄,并打虎毙。比回,力大于虎,遂聚众横行。幸有王孝廉□□董局,颇严密,带勇往剿,交持日久,刻尚未平。吾乡沈眷避乱慈溪,闻警将返。

廿九日(9月3日),步至新浜,视朱少英恙,泼茗畅谈。闻野塘苏军帅惠嘉局,通图团练,每户五日给三百钱,暗为他时接应;莫城王局,亦铸军器,藏以待时,可谓佣中佼佼。若上塘旅帅钱德祥、李祥茂、翁卿英、金怡,下塘师帅陆关先等,倚势忘情,猥鄙不足道矣。旋过朱祠,晤吴门王敦夫□□、同城邵松圃□□、李菊亭、朱克谐两丈,同言局务,朱景翁留香茗,并惠栉沐之资。适稽勋司吾邑苏惠卿启明来提夏赋,又村丈正筹解款,晤叙匆匆。便答匏盦丈,呈朱贞女纪略及题汪孝子遗照短篇。又至东庄浜,访李蟾香昌麒叔侄,与其塾师李锦江话久,书斋临水颇凉,蟾香以酒点见待。回过猛将庙,已改天父堂,见周某被锁在柱,知系家人殴邻妇,邻请勇船出气,为顾大山押赴局中,以理曲直。周姓商之予,遣大侄往会,越宿放回。

晦日(9月4日),步至莘庄,答陈霭亭,承留酒食。同过小桥卡及粮局,便访颜心谷敦仁暨李瑞棠丈,与吴下丁□□、同里吴秋亭茗谈良久,视我《续哀江南赋》,系癸丑破金陵事,叙次甚详,不堪卒读。两岸茗馆、酒坊、博场、烟铺兼有唱书,颇觉热闹。还寓,啜新秈粥,又嚼菱梗,殊洁清,但须五味调和乃胜。回忆太湖紫莼、塘墅红莲,王雪芗、陈古香时馈予,几成岁例,今则天各一方,犹幸湖乡味尚不绝也。

八月朔(9月5日),顾子和示我《哀江南赋》,吊古伤今,乔皇典丽,允称巨制,跋数语以归之。

次日,廉斋弟乞题吕仙像,爰叙其从师事亲,得陈琳愈风之檄,抒毛义爱日之忱，凑成五古一首，又颂其医学，得三诗。连日狂风暴雨，至第四日白露乃晴，木棉又损。予苦风寒，旧恙复发，头左作痛，似欲脑漏，并到平明大肠作酸，数日不解，解则大便见血，此干隔之症，先君有之，竟作家传，可知渐形衰象。是日，闻通州兵过境，舳舻不少，大约往上洋。又闻黄浦商船覆没数十，类由风潮。又闻湖州官兵诱贼，欲得银百万两，让地罢兵，贼先解五十万，约以彼此轰炮朝天。我兵乘贼船进港，从后攻击，港口竹簰忽起，截贼退路，城内出兵，前后夹攻，贼几歼尽，器械资粮，一齐委弃，仅逃四五人。又贼过太湖见黑龙取水，水路昏迷，即开炮击龙，龙怒，卷船没水。吾邑匪在尚湖水操，炮激水涌，沉舟两号，溺馆主二人。

初四日(9月8日)，同廉斋弟答候陈憩亭，承尊甫芸斋姑丈赓扬留膳饮，借司计陆云若、高徒李仲安□□、谭□□□□同座叙欢。时医道盛兴，疾者约到五六十，长发亦多。便诣张吉云寓，晤心兰之内兄朱□□德祥，面被黥，掩以膏药。据云，从江西调兵击湖州，押队至无锡，乘隙脱逃。闻在逃追获者刺面，而此与朱少英俱未走而黥，幸少英"奉天诛妖"四字已用药销灭，可以出门。闻昭令王芰初因纵兵掳掠，被海口季姓等控宪，下狱论罪。

初六日(9月10日)，偕贾词仙、毛憩堂、家福庭、佩秋文兰舣舟至荡口，镇闹如赛会，杨树港一带，舟填不能再容。酒馆茗楼，均仿苏式，茶食铺有数十家。适贼匪新抄塘栖，得衣服摊卖。便谒华剑东上舍，其长子显承乍亡，犹子念乔祖训，次子心安陪话，屋深如海，迎送颇劳。又慨亲故久违，多登鬼籙，爰往瞿小香□□、尤钰堂清和两家，慰其孤露之痛。见局设文星阁，前集枪船，其余湖口两卡则贼收税，每千钱纳五文，每货值千钱纳钱十五，有收票，出湖呈据，不再完。予偕福庭登迎湖楼啜茗，红妆毕至，香气时来，唤卖黄桩头、番瓜子者纷绕。茶客多剃头，惜有红巾杂坐其间，殊可厌恶。词仙留予高粱汾酒、白汤馄饨以及糖芋、鲜菱，俱可口。予买肥鳗下船，旋泊甘露，词仙又办酒点，酣嬉至暮，载月而回。挑灯静念世态炎凉，昔年诸友来城者,予为东道,辄伸地主之情,今来历访故人,则皆淡漠相遭,几欲问姓,道长时久,不留一餐,杯酒交固尔耶!闻安庆、芜湖俱复,官兵现攻小丹阳。曾帅旧驻祁门,旋移江渚,将近宜兴。金华、兰溪亦收复,大兵正围困嘉兴,分水亦然。张帅玉良背顺从逆,逃在贼中,五伪王群聚玉山、常山等处,扼我要途。有山西苗沛霖一支,徘徊歧路,现踞山东。

翼日,次女随顾姨回寓。族叔介眉以颈疽不起,予往送殓,并拟挽联。晤霍步堂、王石亭□□、朱廷贵、潘□□□□、吴念椿继宗、湘云,同话时艰。

初八日(9月12日),顾秋谷兄弟建雷醮,表书"大清咸丰",被卡匪查出,夺去铙钹等件,勒罚钱文,可恶之至。闻伪示,业户呈田数给凭,方准收租,每亩出田凭费六十。又欲呈田契钤印,图取税银,曹和卿劝止。现设公局于西庄存仁堂,议各乡租米归粮局代收。其盐务则拨各乡着军师帅销卖,领价每斤十八,捐难民局二文,钱帅归四文,各局赚四文,定价廿八。城中最有权者如陈军政□□,专管粮务。其次为□伯和蕴栝,以文案兼理刑名。又其次为汪监军□□,各军解粮须经其手。土官则钱参军伍卿,主留养局,兼司盐政、团防。王将军文奎又以催征有功,书上考。陶将军虽死,而钱帅优恤,仍派其冲子接办钱粮,馆局未散,然其统领多杂品。若汪监军乃卖席出身,向熟虞地,娶王嫠妇,即启贤茂才宪甲之妹,以小民而呼大人,其他多类是。得徐局信,骇悉皇上于七月十七日驾崩,廷议三品以上遵旧制成服,哭临三日,留发百日;其余近贼之区,营员仍吉服,不必举哀,准商民照常剃头,恐奸匪混入也。新主甫六龄,顾命王大臣八人辅政,建号同治。

十一日(9月15日),黄婿心耕冒雨来谒,衣冠脱略,窘苦异常,令予悲喜交集。言自去年八月二日被掳,押至丞署,索银不得,责板四十,至十二日为定南主将王姓解出西城,由江阴一路直走南京,以作献俘。留十二日又行,过安徽之芜湖青阳、江西之饶州浮梁。迨今四月中,自鄱阳窃符而逃,与同乡王某同出,而王被追还,惟其疾走而免。剃发易衣,赴营书路票,由浙之严州富阳渐达杭郡。曾帅给路费钱五百,难民局又给米数升,一路乞食,始抵家乡。五月中至五渠,六月初回小山,询悉其母在乡病故,伯母出城道死,从妹掠去,未知存亡,庶伯母被贼放死,其余媪婢一杀一掳,唯予女投缳先死。当初予女与庶伯姑母女闻变投池,被婿救起,继又同缢,其二人为贼解而苏,唯予女气绝,伤哉!幸一堆白骨为邻人敛藏,可望移埋姑墓,他日膺恤典,附忠祠,庶不没此贞魂。其城屋为赤天燕高姓作馆,园内斫桂搭高台,门前小屋拆毁,改筑围墙。赖其祖所建大痴山人祠托宇而居,省却赁庑之费。又言南京城凿濠沟,街添庐舍,比前改观。其馆主已巾拂,作明朝装,伪号钱亦铸,盖彼处久已安民,不若吾邑之纷扰也。据金陵人云,去年新正官兵围省垣,城匪拚命出战,以至连冲各郡县,其锋莫当,脱再围数日,城狐成饿莩矣。天不助顺,致困兽忽斗,倘亦劫数未尽乎?心耕茧足千五百里,久病甫痊,尚有余倦,爰留三日。两侄与内弟邀饮流连,同述苦况,临行赠以衣衫枕被,并附一诗。去后,始得其兄回音,系为浮沉所误。

十三日(9月17日),予往朱氏,与望椿、心梅及支西园锦铨手谈,颇利,望椿留酒点,终日兴酬。

中秋(9月19日),寒雨。闷课祐儿,恨其昔年连病,竟斫性灵,读书喉涩,往往半句中止,气不贯输,而温故如隔世,大半遗忘,其于世故,亦全不知,似非克家之子。况吾自避难以来,了无生色,一腔戆直,于俗不谐。欲觅蝇须之馆,迄少机缘,觉无才足庇妻子。惟羡大侄之暗中排难,医不望酬,亲友皆感,到处种缘,事育无亏,点金有术,远胜吾父子矣。

十七日(9月21日),晴。次女随顾姨去,贾词仙夫妇办夏秋衣途予次女,东道供乏,感佩实深。

次日,予同词仙及家福庭、廉斋莘庄茶话,以火酒拨闷,水榭忘寒,阑外画舫往来,多是到赌场者。晤张锦芳□□、锡侯□□叔侄,均已衰老，非复旧容，人生何可十年一见。比返，已小雨湿衣。

　　次夕，梦大啖豚蹄，恐于小辈有妨，倍加谨慎。连日大雨如注，谷多生芽，秋成又减一二分。

　　二十日（9 月 24 日），始霁。钱伪帅赴苏祝陈主将寿，又贺其升七天将衔。便道吴塔，着一军供应银百五十饼，五师帅分当，并办筵席，所费不支。兵船络绎州塘，锣鼓声沸。越日回县，知其又加义衔。朱二裴来报，其兄绥之州同于六月廿三日没于盱眙任所，其嫂先亡，尚未得子，二裴亦断弦无子，承祧乏人，家运未顺。予昔连与绥之同事，服其治才，试以盘错，果皆胜任。乃年力强壮，已降玉棺，奇才可惜。若归赓九贰尹兆皋合家殉节，宁又泉少尉国泰又母妻二子俱亡，宦海中多无乐境，诚可悲也。闻徐勇赴海口领军装，系上海所发，阳为匿办，故可向取文凭，复向薛抚领勇饷万余，所豢千人，还须相时而动。第沪渎官兵虽有四万，海关解银虽足供用，而东境纷嚣，守境为急，能越境出师乎？

　　廿三日（9 月 27 日），黄心耕来，馈予菌油、毛栗，山林味久不尝矣。因闲寂同步洞港泾，晤朱景华、又村两丈及邵松圃、杨子衡、朱鹿苹、竹书谈时务，提及杨母为贼支解，子衡泫然。旋为高仁斋留酒点，偕瞿西美□□、嵇子山、施受卿、曹星村团坐举杯，受卿唤舟送回，极良朋之惠好。

　　至次日，偕心耕饮于双桂轩，扑鼻风香，饱领木犀禅味。临去以所撰长女小传，嘱其附于家乘，表厥苦心。

　　廿六日（9 月 30 日），见虞城调兵到湖州，船过州塘，昼夜不绝。

　　次夕，又倾盆大雨，连日滂沱，低区田稻俱淹，谷粒狼籍，撩稻须乘小舠，力疲费巨。

　　至九月朔（10 月 4 日）开霁，已陆路不通。闻嘉兴之战，系苏贼与石门贼争斗，并非官兵。唯上海蹋船当差，想欲出兵，士民欣盼。旋知有溧水奸细在城，闭门搜捕，获老虎灶人，审实正法，非出师也。

卢器轩、家福庭自城返,询悉文武新举人集存仁堂议事,系城中延请为本地租漕也。南门一带火废基,为贼翻造市房,据要路,大可谋利。吾里师帅已换糜□□,俞庆生□□仍为旅帅,其子□□□□新捷武闱,称老大人,颇自喜。卖鸟黄□□□□亦中武举,争趋捷径,极一时之荣。季萧卿在家,据云,除夕自青阳逃出,被逻卒拿解,幸卡贼醉如泥,欲杀不果,留其帮收关税。后又逃祁门之大通镇,适曾帅委陈□□太守□□主厘(斤)[金]局,例给过往难民数十钱,萧卿请益,书禀告哀,为太守留住数天。因亲老妻少,决计回家,太守给钱二千,乘便舟抵里。一路水窗病卧,舟子为谋医药,不望酬劳。今为其族竹亭仍聘课孙,苦后得甘,人缘不浅。又云,青阳、芜湖贼兵强甚,金陵贼颇富,出城者皆华衣。曾帅连复数城,十万余兵悉精锐不可敌。有八不杀谕,如自贼投降、在逃留发诸条,每战大呼被胁者来,贼党渐解散。现正督兵攻太平,桐城亦恢复。闻陈伪帅在湖境被围,各处提兵接战,上海兵集益众,惟金山卫新失,又费周章。骇悉徐局于前月廿七日火药房起火,烧毁五十余间,烧毙五十三人,比邻陈氏,全家遭劫。前已焚过勇厂,拆城屋移造,今又大火,恐有奸匪弄祸,甚可忧危,爰唤回各镇枪船,日夜防守。

次日,闻西南有炮声。

初三日(10月6日),知吾家寄时氏书籍大半蠹霉,祖父所传俱费巨资得来,子孙不谨守,至于此极,能毋自咎,安得诿诸数乎?贾氏书厨亦有白蚁,致蚀大部书,检得翰才州同《种榆仙馆遗草》,采入《诗话》,并志二章,嘱其孤兆丰珍藏手泽。便过东邻,见叶树勋开设布庄,陈心斋□□为记室,生意尚隆,予寓可以破寂。

初五日(10月8日),雨窗遣闷,和顾子和《感旧行》。

至次日,晴,乃走访子和,晤其及门胡慕韩文学毓琦,少年英秀,丰采可亲,知非凡品。得陆阆翁《浙游日记》,归以消闲,览悉去年二月,逆匪用地雷轰破杭城,张学使子果庭□□死难。嘉兴、广德及昆山、太仓、嘉定、松江、青浦俱于去夏失守。是月廿九日,内阁奉上谕:

"前因金陵大营溃退，和春伤亡，广西提督张玉良驻兵无锡，不能力遏凶锋，又复节节溃退，直奔杭城，着即革职，暂留军营，交将军瑞昌差遣，以观后效。瑞昌着总统江南诸军，即日酌带杭省官兵并各路援军，迅赴苏州，力图攻克。署湖北提督江长贵着帮同瑞昌办理事务，该员现驻军平望，即统所部各兵，就近攻援苏城。曾国藩即赴两江总督署任，并统带湖北各兵迅扫贼氛，以副委任。"嗣闻平望经湖州赵竹孙善贤克复，未几又失，瑞将军于六月十二日领兵起程。又探报贼在松江豆腐浜，有船七八百号，抵上海，声言向华夷借饷，夷兵不过千名，求救于香港，匪船即渡外洋到宁波。八月杪，得张总统信，知其退守杭垣，嘉兴贼已被江西桂□□□□击退，窜至乍浦、上海。是日，徽州陷。九月七日，严州又陷，幸即复。闻伪天王死，南京举哀。十月望，闻桐庐、□阳又陷，富即复。阅邸报，知四眼狗被官兵在常州刺伤。又颁示与英国和约，共五十六款，又续增九款。抄报奉上谕："准御史薛春黎奏，将太湖归浙抚照管。"今年二月廿六日，阅王抚奏稿云，太湖洞庭东山被匪攻陷，西山亦被攻。三月九日，失乍浦未几，寿昌又失。又闻逆匪闯入金华城，其所寄物件俱去，由是而长兴、武义、兰溪、淳安、处州、永康、东阳相继而失。五月廿八日，见彗星出于北斗旁。晦日，闻菱湖镇焚掠甚酷，赵竹孙救援，杀贼千人。杭州塘栖实唐栖，志云："有唐人栖止其上。"吴山城隍系南海周讳新，洪武时人，即众所称为"冷面寒铁"者。圣因寺旁行宫内有文澜阁，为四库藏书所，余旧游惜未曾窥。上天竺之泉亭，曰梦泉，门曰法喜寺，亦昔所未详。会稽曹江有曹娥祠，娥封慧感夫人，四月廿一日诞，土人每夜演戏至旦。台州岳庙见大鱼骨，形如凳，阔尺许，长丈余，相传是鱼之尾骨。又得《哀吴都赋》《哀江南文》及《吴中纪变》诗。知和春忌功勒饷，致大营溃退，常州守平樾峰翰城陷殉难。癸丑之警，苏藩联英割须以逃。嗣后王方伯善理财，庚申破城时，库银尚存六十万，九县粮饷汇解省仓，亦不下万石，俱赍盗粮，可叹。何制军潜往福山，欲浮海，被狼山镇开炮击回，更名易服，匿舟子家。蔡方伯微服单骑，由葑门逃出，潜赴云间。局董韩履卿都转崇、冯景亭宫允桂芬、彭南屏楚翘都遁去。唯长洲教谕梁宜之存义自经于明伦堂，系萧县举人。沈翊卿广文赞驻彝亭办理民团，阖门十七人，同时赴难。马健庵乡董□善倡义团练，杀贼甚众，旋以误招优伶，潜伏奸细，竟被戕害。其子春和安澜奋志复仇。昆、新于四月廿五日失守，昆山令王□□、新阳令史□□逃窜申浦。江、震于五月廿二日失守，吴江令田人熙、震泽令孟继尧亦遁去。江阴则屡收屡陷，县令祥和亦避免。后军主将陈姓，自称独眼龙，较四眼狗稍讲理。香山民团颇勇，贼屡扰淀川至胥口，赖其截杀靡遗。

初七日(10月10日)，晴暖。介眉叔吊期，主人邀予陪客，晤沈锦川丈及王石亭、沈鸿章、竹屏廷璋、云仙、朱绍千、廷贵昆仲、金子兰□□、黼平□□叔侄、霍步堂在中、□□吴念椿、湘云乔梓、陈霭亭、朱恂如、琴轩，话旧终日，连饮醺然。

次日，平少梅来寓，致其叔燮盒赠句，留膳畅谭。闻湖州官兵大胜，贼死十之七，人船并失，熊帅至常熟与钱帅议援。

重阳(10月12日)，晴。落帽风狂，惜无登高处，乃偕王鲁园步至顾泾，欲登孙阜以应故事。先过子和寓，适李湘槎丈及姚啸江、王小庄、平燮盒、俞蓉卿俱在座，同到普福庵访吴门顾小香邦鼎。正值谈深，忽闻申士林、窦长春二伪帅来查姚船，因无凭被押，啸江拉予与湘翁随往马泾陆局，晤师帅之弟□□关全暨姚圣卿诚等话片时。回遇蒋竹斋船，邀往剖析，舟始释回。陆局设时宅，高堂数仞，可容万人，是明季所造。据人云，时丢笤从李闯肆掠，得兼金明珠，埋伏各处，厥后时平去掘，遂成富翁，造此广厦，甲于南乡。不料二百余年，又逢劫运，如灵光之仅存。予耐心与胡越同舟，饥寒罔恤，败兴甚于催租。记押船二役，一为六合金姓，一为苏州张姓，少年狡猾，言向业金线，因全眷死亡，故从匪。两帅俱青珍珠皮褂，高底花鞋，窦为吴塔馆主，申则城主委员，馆南经堂程宅。闻城南君子居衖新设馆，黄敬亭主之，系理四乡词讼。南乡三官堂亦有驿馆，刍荛至李主祠圻毁殆尽。

次日，顾子和投重九纪事诗，同人属和。并得平钓磻丈潮赠冯有功序，知予大父每试必与丈及贾丹谷舅祖炳文、余西岩明经同伴，有功则贾仆，每试必随，自言曾塑佛像，募斋粮，并施木石，实好善人，非仅等秦纪萧奴也。丈肯为序，则无弃菅蒯可知。又得其遗草与凝园姑丈稿，采其尤入《诗话》。闻捻匪均系捻船出身，其首通苗沛霖，由山东到徽属。迩来洋银不通，因中华用佛洋，英夷欲兼用英洋，故相争以致减价。连日乘晴晒书，苦无厨放。

至十一日(10 月 14 日)，过平氏，与陆阆翁、谢锡畴□□及爕盦话久，闻西南有炮声，知枪船与匪船太湖打仗。

翼日，舟赴吕厍买米应乏，邢氏二甥留予，缘日暮即返。见匪船重载，系自湖属打先锋回，所掳物件俱摊卖，惜无钱以居之。

十三日(10 月 16 日)，缴平氏家谱，憩爕盦书斋，陪陆阆翁、华梅岑、顾子和、家朴园清谈半日。回遇毛雅堂、蒋芝亭□□，叙旧依依。恭闻皇太后垂帘听政，京邸敉安。虞山老君殿被匪筑炮台，檄永昌徐局解炮几座。

望日(10 月 18 日)，同陆阆翁、顾子和、马春郊、朱恂如、王小庄、李望英、王鲁园、顾虹玉有梁谒朱氏仙坛，见降鸾者书："汝既有客，吾且俟异日来。"第锡一泉法名曰系元，针停即去。见前次仙降，有劝世人出财力以报国等语，真苦口婆心。岭梅丈留茗点鲜菱，清谈水阁。予不到十年，而大鱼池无恙，玩之移情，池旁种稻，野景偏在宅中，可称福地。晤姚心兰，知其公子德卿茂才锡恩新没。又遇张芝堂上舍荫松，知其兄櫰堂茂才诰病废，家业荡然，为之长叹。得华少和仁达遗草，喆兄梅岑属题，阅竟，依子和所选，采入《诗话》。闻塘墅瞿小园文学兆祥骂贼被戕，赵宜园因女字谭某中约士，禀宪毁婚，天地正气尚在人间，可嘉之至。

次日，祐儿小恙。予题华少和诗。伯谦馈蟹螯，乃沽白堕，佐以羊羔，亦雨窗一乐。

十八日(10 月 21 日)，三女为俞姨邀去伴寂。

观音诞日（10月22日），祐儿仍寒热，幸得潘相国家沉香神曲，其母诵佛煎之，服即大汗，病体霍然。

翼日，仍热似疟，伯谦来诊视，连服两剂，又邀周妇推惊。顾子和校予日记，改正数处，躬诣谢之。

廿一日（10月24日），祐儿病间，予往问三女侄恙，侄留食蟹，佐以火酒，独饮陶然。同卢器轩、家朴园、冶园尚文谈谱事良久。

廿四日（10月27日），奇暖。往谒陈霭亭，承留酒点。复访平爕盦及陆阆翁，因其到姚氏扶乩，嘱叩亡女消息，并托王小庄往钓渡经坛，仗道超度。旋得玉京道人沙谕："阅启所叩龚某之女招姐，查得此女素有根基，现已殉难。冥王念其贞节可嘉，送入转轮王案下，已投善门，属男身也，并无罪孽等情。嘱令伊父知之，无庸悲苦也。"

廿六、廿七两日（10月29日、30日），大雨水涨，稻不得登。祐儿服侄剂病愈，唯祉儿久患便血，日解频频，大受其累，曾焙棉子捣灰，酒冲服之，未能即止。

至廿八日（10月31日），嘱伯谦诊治，据云："大肠伏热，中气下陷。"书土炒柴胡、槐花、侧柏、荆芥各炭，饮之少差。予早丧姊，幸有从妹往来，今因视儿恙至寓，留其连日话雨，稍解穷愁。

十月朔（11月3日），仍雨。闻枪船劫南桥贼卡，伤贼一人，未几破案，凶手解苏。王鲁园见假《明季北略》全部，借以破闲。祐儿仍寒热，邀朱景华丈推惊。大侄入城，见吾家墙壁俱损，云是匪来撬砖刮硝，近郊之房洵难保护。旅窗苦雨，乃编支谱，作序言、例言，重录一部。念诸父零落，两儿幼冲，族子多农工商贾，秉笔无人，绝续之交，不得不为此举，冀传钞者众，家置一编，可免兵火之劫。

初五日（11月7日），立冬，始晴。见武军政洪□□示十款，如佃农匿田抗租、兄弟借公索诈等项，本人处斩，田亩充公。

翼日，陆阆翁、顾子和、平爕盦见过，不遇。王鲁园留赏菊花，惜予未陪酒座。子和有诗惠赠，和韵报之。

初七日(11月9日)，邢湘舟馈香粳五斗，无事折腰，而已分养胃，忧患中倍见德也。

越日，笪琴舫自浙回，言萧山、余杭、德清、武康俱失，杭州被围，唐栖罢市，米价极贱，所贩米有七处完税，资本须亏。

十一日(11月13日)，携家谱过平氏书斋，燮盦留点，与顾子和校正数处，甚赖直言。

次日，同家朴园、廉斋往陈氏，芸斋姑丈留饮，西席李清来、司计陆云若及元和韩小瀛□□□□、公子憩亭、文孙鞠书□政畅话时务。见吴语樵孝廉嘉椿自川沙来札，知曾帅自安庆东行，收复太平、芜湖诸郡县。

十三日(11月15日)，往族中查后辈年庚注谱。

次日，过顾寓清谭，子和为题谱签，阆翁许作谱序。舣舟至洞港，见申参军监收租米，朱局纷嚣，定每石收九成，其佃户已完下忙银者，收七折二，加费钱一百十四，除粮三斗二升，局费一斗，田凭一斗，委员监局费一斗，业主约归一斗，出帐房挂号钱二十；自业者完粮连费五斗二升，又钱一百十四。午后，予啜茗街坊，朱吟陶留点，与少美谈片刻而回。

十八日(11月20日)，朱、蒋两师设租粮局，伯谦赴陶荡赞襄。予谒平燮庵，知蒋局监收租粮，为洪军政因常出师，委伪宣传李□□代理，馆设顾泾普福庵。汪监军升任，调邑人王书办□太补之，即窃粮册交匪者也。有枪船劫去莘庄卡船二号，又有炮船斩卡栅而过，莫敢谁何，未知来自何局。又闻匪冲至北新关，被杭兵开炮击退，毙贼数千，惜我兵及居民死亦不少。官兵驻扎北斥，常城所发兵船无一回者。苏匪于虎丘、宝带桥等处扎营防守。匪向徐局借炮数十，败弃中途，官兵查验铸文，系自上海所解，拿获载炮舵工，解营熬审，俱下狱中。卢器轩公子因痉厥转成走马疳，致鼻颐溃烂，于廿二日殇，年仅六岁耳，大可痛惜。是晚，黄心耕至，惊悉其祖母又亡，连丧重慈，运塞累重，致布业母金拔去其半。乱世事机不测，能遂意者曾有几人？

闻予家墓木被伐,仅剩坞城石楠,可恨。

次日,将世系原稿付朴园弟,冀其传抄。旋步顾泾,平燮盦留膳。再至陶荡蒋局,与瞿佩声□□、晓岚□□、顾晴川、俞□□□□、朱恂如、家福庭闲话。

廿四日(11月26日),同顾杏园少府到北桥,访尤秋霞贰尹照不值,尊慈及厥兄星槎少尹烈苦留食宿,记室孙万方、潘梅亭陪话时艰,小阮鹤楼□□陪卧上床,畅叙姻好。并晤元和沈昂若常博维驹,见示新诗,和韵得二律。闲步镇上,晨市颇嚣。憩觉林寺粮局,知每亩纳二斗,时潘淇竹为军师。遇马西来如龙,小话片时。租局则设尤宅,每石收三成,其不归局者业主自收,惜吴县、元和未设局。

次日,过沈氏,谒平小亭。过姚氏,谒余亦憨,茶话匆匆而返。闻绍兴失守,惟西路官兵渐近,东路亦有徐勇三千接应,可慰殷盼之私。

廿六日(11月28日),心耕同卢器轩回城。

次日,过顾泾,陆阆翁、顾子和、平燮盦留坐,适时益三丈及贾梅溪亦至,纵谈古今。闻伪忠王为杭兵所伤,将回苏省。莘庄卡主□姓分局收租漕,议定对折,粮居其三,租居其二,较师帅章程减去二斗,一方有两价,恐舆论不平。

廿八日(11月30日),闻表侄平堉林病故,被掳逃出,手艺颇忙,讵知数月间仍难超劫,一妻二子,何以谋生,为之惋惜。

次日,赴莘庄局,知仍收七斗二升,另费升半。晤周春桥德润、程梅江□□、蓉江□浚、张晓江□翔、李蹈德□□、润生及洪一上人,茗话移晷。旋抵吴家角,谒吴复香曰簹不遇,其公子留盛馔,小阮小香、侄孙慰屺万钟陪座,彼此陶然。晚附王芙江船,宿漱芳阁,湘帆留膳,与次君星轩连床圄话。

至十一月朔(12月2日),散步,瞥面西风,水寒欲冰,足冻不能走。霞帆乔梓复劝素斋,至暮始返。

初二日(12月3日),往新浜高氏,晤吴复香、陆锦云,叙话良久。

旋过洞港泾,于马氏会雪鸿嫂谈及借庑事。舣舟而回,知贾词仙馈白米五斗,甚叨关爱,可免呼庚。

越日,见顾公子虹玉头角崭然,迥非凡品,年方舞象,而诗书俱已可观,爰赠履一双,祝其踢翻黄鹤、连步青云之兆。

初四日(12月5日),王鲁园以其师蒋引之州判殉节事嘱记,率笔应之,并题三绝。闻伪天京会试,吾邑文中三人,武中六人。

初七日(12月8日),骇闻福山下塘归军帅局被土匪大焚,亦山父子堕劫。昭文东乡柴角等处亦有杀师、旅帅、百长案。城帅侯、钱发兵痛剿,土匪出拒,拖害良民,致一方大户及避难城绅均遭抄掠,皆借口加粮,酿成巨祸。幸蹂躏各乡,奉令赦粮,而被累已不堪矣。

次日,观《博物志》,有云:"地动臣叛,川竭神去。"迩来吴地屡震,南河成陆,早有乱征,古人之言非诞也。

初十日(12月11日),往问朱蔼如恙,承留金波酒,佐以粉团,与贾梅溪流连至暮。归得顾子和谢诗,叠韵酬答,并简顾小香、胡慕韩两长篇。

连日雨,至**望日(12月16日)**少止。予因客窗闷坐,着屐访陆、顾两寄公,适平燮盦在座,煮茗谭诗。归来陷淖,不胜泥涂之辱,为赋《苦雨行》。闻新进士文者官统制,武者官□□,防后来试士裹足,不令留京。回籍包揽词讼,阴图局规,怂人捏浮收之弊,诬告乡官,朱局遂至被控,实则七斗二升连租在内,况兑斛大于收斛,欲减不能。城帅过听谤辞,定粮三等,上田办二斗二升,中田办二斗,下田办一斗八升,水没者豁免。局费五升,田凭费八升,余归租款,各局不便更张,权减折价,每石二千四百文。城帅又恐斛有宽窄,定秤米石每担二百五十斤,南乡粮租并收,其三乡但有粮局,业户几不聊生。况翁、庞、杨、王诸宦,注明原籍,田尽入公,伪官目为妖产,设局收租,惟剩东北土匪,良莠稍分,城帅恐借端纵掠,饬报无辜之家,插旗免抄。惜令到时已冲虹桥、柴角诸村,唯落后者幸免。所拿各犯解城讯明,分别诛赦,唯拒敌者即斩。

十九日(12月20日)，淫雨始收，西风方起。恭读上谕，知太上皇崩于热河行宫，顾命王大臣如怡亲王载垣、郑亲王端华、宗室肃顺均以擅改谕旨，跋扈不臣，照大逆律减等定罪，二王勒令自尽，肃顺处斩，额驸景寿革职免遣，兵部尚书穆荫革职，发往军台效力赎罪，吏部左侍郎匡源、署吏部右侍郎杜翰、太仆寺卿焦佑瀛均以听命权贵，不能振作，着即革职。自来专擅者未有能逃国宪者也。

二十日(12月21日)，嫩晴。赴家灿然之招，偕卫大章□□、元文□□、张茂林、受益、平福亭景霞、邢小渊□□、苏顺山、周英兴、陆望屺□澎、郭裕丰在中、葛友兰、孔繁义、笪琴舫、朱望椿、汇吉、家晓园、朴园、兰卿、雅园、景园、葆初、佩秋、湿生文蕙等畅饮。

次日，灿然之子厚载培坤成昏，嘱予与卢器轩陪新客，晤罗氏之亲张向山□□、陈锦芳□□及其子侄，茶话良久。时同堂各房喜宴三日，坐客亦盛于往时，斗彩弄牌，借消永夕，至廿二日始回。

廿四日(12月25日)，顾子和怀诗见投，并约九九消寒会，拟集九人，轮为东道，自头九至花朝，逢九连聚，雅事也，爰叠韵奉报。

次日，谢步，晤陆阆翁、朱半千、平燮庵，茶话竟日。闻吴江费玉珩多造枪船，为逆匪所惮，其声势与徐少蘧(勒)[埒]。虽受伪职镇天侯，而聚勇千人，暗为大兵援应。少蘧亦往江北军营，请通消息，以备南北联络，同举义师。即受抚天侯职亦出于不得已，其胆略过人，尤足以寒贼胆。局勇被夷人殴辱，即饬勇截杀二人，船亦焚毁，殊足壮也。伪忠王自浙回苏，因杭、湖不能攻袭，退守苏垣，防官兵之乘隙耳。

廿九日(12月30日)，为冬至后头九，陪陆阆翁、顾子和、沈月帆、朱半千、平彦卿饮于王小庄家，公子鲁园侍坐，暖炉呼酒，飞"虾桃壶酒瓜腐烟消寒"等字，子和云"水母目虾"，小庄云"若烟非烟"，半千云"村酒嫌酸市酒浑"，俱巧绝。阆翁倡诗一律，予于席上和之，诸君遂陆续继声，尘寰中难得此雅会。骇悉赵宜园孝廉之耗，其太君亦继亡。慨自为文章友几三十年，性情契合，非直杯酒殷勤也，乃一载不逢,遽成永诀,伤何如矣,为补挽六诗。闻朱局因被讦,现定减收八升。李菊翁设酒十筵,以和两造,而粮租壅而复通,然局主已受惩罚矣。

次日,过时氏,同月梅上舍访高仁斋,回为益三丈留食斋,缘是日**为腊月朔(12月31日)**也。午后,彦卿与鲁园来,携王雨庄上舍丈遗照属题,为持螯赏菊,走笔应教。

初二日(1862年1月1日),步至莘庄局,朱霞峰□□、望溪□□留茗话,晤伪礼部中书胡□□,知为六合人。旋过吴家角,访复香不值,其家留膳饮,吴芝亭陪坐畅谈。乘其枪船返莘庄,晤顾浩然丈□□,询知其子鉴堂□□为总领,出资已二百千,每船黑旗,中以飞白书姓,其余如沈姓、张姓、阙姓等约廿余船,共泊河东。枪手共集秦氏,芦棚鼓吹,肴酒廿筵,系醵金祀神,同为指臂之助,禀命徐局而然也。晚与家廉斋啜茗小桥,冻途渐释,见分局示,减收五升,新定六斗五升,粮居二斗二升,每斗二十五斤,加作三斗七升,田凭一斗,局费五升,经造费一升,师旅帅、司马、百长费二升,租米只一斗。费大于租,业主几难糊口,佃家更出费百十,无一不困矣。局中晤郡人汪际唐□□学海,自相城来,少年便给,想是绅家子,与我闲话如旧交。

初四日(1月3日),步至金景岩家,主人不值,其阃君留饮,嘱时酉生、金文德陪坐。夕宿酉生家,承留饮膳。

次日,同到莫城,晨市极闹,米行、酒馆均全。瞿秋塘参军冀朝以馆菜见留。适钱城帅到卡,各馆主迎接,炮船、枪船随尾,满路赭衣,如观春社。馆外贴新壮士喜单,一为张虎彪,一为袁高虎,并三甲前列。馆主姓孙,粮局设城隍庙,军师、旅帅、司马、百长俱扎黄红巾,接城伪官。晤张寄轩丈及黄孝培、高飞宾、童养真、张鹿辂、毛卓斋,话同难之苦。唯狄懋亭丈暨谭松年、陈惇年□□、吴毓芝,尚有余资开米铺。予盘桓半日,仍步而回。于莘庄局中遇沈墨轩廷灿、陈福田,话租事,抵寓已上灯。

初七日(1月6日)，诣陶荡蒋局，卓斋留饭，与西席平燮庵为半日谈。夕宿老宅。

诘朝，于洞港晤朱琴轩，承惠茗点。旋谒朱又村丈，局中与景华丈及少英叙话片时。由新浜而返，西风割面，墨云酿雪矣。适黄婿心耕至，止宿寓斋。惊闻杭州失陷之信，东南半壁全倾，恢复尤不易。

初九日(1月8日)，为消寒第二集，朱半千作主人，予偕陆阆翁、顾子和、虹玉、平燮庵、黄心耕、王鲁园赴约。先得一诗，轮行酒令，或拟一物，下嵌节气、词牌名，凑成七言一句，或拟七言唐诗一句，四子五经一句，俗谚一句，连说须融，或拟七言诗一句，下接席上物名，而阆翁飞"壶"字云"翻身跳入壶公壶"，鲁园飞"月"字云"残月如新月"，飞"炉"字云"炉炉飞玉炉"，并巧。阆翁又云"少壮不努力，老二徒伤悲"，下注"老大嫁作商人妇"。半千云"惟茶无量不及乱"，下注"寒夜客来茶当酒"。予云"八贤毕至，少长咸集"，下注"一过群空"。广座围炉，斗饮抵暮。

初十日(1月9日)，伯谦侄得三子，可慰前两次丧儿之伤，锡名祖望，先兄亦可瞑目九京矣。而诞于兄讳后一日，亦奇。予到莘庄局问租，承李菊翁授以白粲，并省杵臼之劳，体贴亦至。

十二日(1月11日)，匪船打杭州回，因纤夫抱病不前，杀于洞港。枪船群聚，押令剃头，致吕库卡匪逃避吴塔，各局得官兵之信，不专办粮，完粮者观望徘徊，几至中阻。徐局檄朱、蒋两局，速备枪船，兼捐军饷。城匪欲于东南门外筑营，民房拆去，每师帅挑伕子廿名。

十四日(1月13日)，遇胡姓自关西逃回，言有英王(魔)[麾]下零贼百余，苏城不纳，纷纷四扰，人家一空，现捉船押赴无锡。

望日(1月14日)，迎天豫钱□□下洞港朱局，带炮船四五十，一探消息，再讲道理，局供膳百余桌，碗碟壶瓶都携去，黄昏复掠人家，恃众凶凶。幸申参军□①命于钱，亲拿三人杖责，调停一日夜，至次

---

① 底本仅有"言"旁。

日始回。予往慰又村丈，与鹿苹、少英、竹书谈片刻，知钱某年才十六，谕司马、百长饬佃农五日中完清租粮，即桂仁之子也。吴门笪三姑涌莲寓贾氏，据云陷虏一载，制衣履为生，五月中出城，其徒妙清因年少自经，大可嘉尚，彼亦被刺投河，水浅不死。奉师某同出，借庵以居。三姑系乙莲之姊，少失怙恃，与弟早岁出家。以十指所出，积钱三四百千，买地筑庵，亦女冠中仅事。其从子琴舫见其流离，恒留膳饮焉。

十九日（1 月 18 日），同心耕往顾泾，平燮庵备点留话。

二十（1 月 19 日）为成日，祉儿留顶发。

廿一日（1 月 20 日），心耕回寓。予题蒋梅亭布经福昌墨兰。旋偕家朴园赴平燮庵家，为消寒第三集，同座添陆阆翁、王小庄、顾子和、家福庭、主人小阮彦卿。陆直清、王鲁园、顾虹玉后至，不及饮。拇战参以雅谑，满坐解颐。阆翁飞"蛰"字云"宜尔子孙蛰蛰兮"，飞"拳"字云"则拳拳服膺"，朴园飞"鱼"字云"鱼鱼雅雅"，并巧妙。同人酣嬉至暮，和燮庵前集诗，得一律，诸君陆续继声。

廿二日（1 月 21 日），贱辰，晴暖。予过蒋氏，晤同城苏春岩焞耀、钱季文□□、吴月初□□及相城顾树棠□□、同宗龚惠田丹书茗话，半是旧相识，久阔之余，彼此问姓矣。闻吾邑北闱中式有人，未知名姓，而吾友赵次侯、钱仲谦、徐云涛、朱少梅均在上海赞粮台，亦尘世之独清者。又闻匪逼上洋，东南告急，逆焰愈张。杭城王雪轩中丞自尽，瑞□□将军自焚，连失万里长城，可为痛惜。

次日，赴朱局，晤景华、岭梅、又村三丈暨少英、鹿苹，小话片时。路遇曹子嘉少尉庆祥，知其父诏庭上舍柏霖已故，慰以数言。过新浜，于高氏见徐枞乡、瞿芝香廷松，叙旧而别。

廿四日（1 月 23 日），小雨。送灶。骇闻城匪大焚圣庙，猖獗更不可言。又悉杨库被土匪屠城，长发借端肆扰，民不聊生。

廿六日（1 月 25 日），晴冻。予寓祀神祭先。暮与贾氏子弟饮，炉火御寒。

廿七日(1月26日)，借平氏书斋为消寒第四集，同坐为陆阆翁、顾子和、朱半千、王鲁园及燮庵、彦卿。惟家朴园贺沈氏婚，招之不至。战拇飞字，射覆藏钩，酒罄六七升，酣嬉至晚。归途大雪没胫，失足几坠河，然灞桥诗思正不减，得七古一章，同人俱有和作。

次日，晓起，见积雪数尺，可卜丰年，檐头被风吹作白幔，亦是奇观。

廿九日(1月28日)，雪仍不止，巷断人迹，不类小除，玉山成堆，茅屋都为压倒。予拥炉呵笔，作《大雪篇》。

除夕(1月29日)，始晴，寒甚，冰箸几及丈，而银山瑶岛，堆叠万千，想鹤语尧年，不过尔尔。两女未归，寓斋岑寂，视往岁尘忙，自形清暇。惟连日早出，饱受风寒，咳嗽涕洟，胸中积滞，未免小恙耳。况馆少蝇须，租多渔夺，稍得儋石，不补万一。此后薪米无措，一家九口，恐成西山之夷，愧不能身庇妻子。惟是耽书成癖，日假《尚友录》消闲，借扩见闻，并忘忧痰，得过且过，未暇为日后之图。郡县失陷，已及二年，官兵寂然，从来未有，小民倒悬，不知何日得解。所望好生之天，积诗寸余，皆鸣愤懑，安得和铙唱，颂中兴，重复故居，无滋他族逼处耶？今年所编支谱，幸廉斋弟照钞一部，俾得广传，亦敦本土也。守岁事闲，补和平燮庵消寒四集诗，炙砚呵笔，不失词人本色而已。

龚又村自怡日记卷二十一

同治元年壬戌(1862—1863),五十有三岁

元旦(1月30日),晴。虽艳阳而寒不减,檐雪仍如玉山。贺岁多不衣冠,恐招贼怪也。见丐索年糕,声喧话好。人烧利市,例不催逋。壁挂百神,盆开双陆。四民于五日前惟乘间聚饮,爰将琐事杂入诗篇,和子和《新年咏》。祉儿甫五龄,已解扫地,日持苕帚习勤,尤喜敲背,不似祐儿之懒惰焉。闻翁相国仍以大学士衔管理工部,曾奏力保通泰、克复苏常事,欲自江北航海,直捣常熟、江阴,赶速剿贼,不得以招抚失机,可谓朝阳鸣凤。

次日,家锦章叔子文蓉小聘,邀予书柬,与苏琴川、顺山、家灿然、兰亭、葆初培原等拇战尽欢。祐儿则赴贾梅溪之招,其次公子禧昌亦行文定礼也。予与毛企堂、张茂林辈掷元筹,未甚利,灿然手色最佳,六博全红,亦可喜事。

初三日(2月1日),予与家朴园饮于伯谦侄处,竟日流连,同卢器轩及家兰亭、朴园、廉斋、敏斋斗牌掷采。是夕地小震,床帐格格有声。

翼日,予在朱蔼如家小饮,品金波酒,剧佳。晚应笪琴舫之招,偕毛企堂、朱望椿、家锦章、葆初同席,鸡豚鸭卵,俱出糟床,他如熏鱼等味,并是仙品。祐儿则食宿礼庭弟家。

初五日(2月3日),予赴朱望椿家宴集,与贾梅溪、笪琴舫赌酒浇寒。久苦头风,幸贾词仙代办毡冠,稍解首疾。闻伪忠王自杭回苏,各军师帅皆往接,后军主将陈坤书升协天神将,复升护王,熊天喜

升长洲佐将,吾邑详天义侯裕田升忠诚二百十三天将。上海虽患贼逼,而赖夷酋调停,海口尚安静。是日,大嫂邀内子去,衔杯畅聚,筑里情亲。

次日,立春。顾子和招同人为消寒五集,予挈家朴园往,同社俱蹋冻来,扫雪烹茶,围炉暖酒,肴亦多熏糟,飞字八巡,劝酬无算。陆阆翁飞"鸭"字云"惟呼鸭鸭而已",朴园飞"生"字云"往哉生生",予飞"立"字云"己欲立而立人,所谓立之斯立",喜俱双文。席罢,同人采戏,景赛新年,各有纪事之作。

人日(2月5日),河冰未泮,长发船自苏返常,饬乡官唤人敲冰,工食给自粮局。途遇伪军政孙乘篮舆而过,执事俱刀枪,络绎不绝,因塘冰舟滞,起早至城也。

次日,朱恂如邀饮,家鸡海错,鱼脍豚蹄,均可口,与贾梅溪、平湖桥、笪琴舫、朱望椿、家伯谦同席战拇,寒气潜消,醉归得四绝鸣谢。

天诞日(2月7日),东风偏冻。至晚,阳复雪消,老屋漏水。

地诞日(2月8日),余寒入室,未解重裘,而红旭自朗。予赴朴园弟之约,与家灿然、晓园、金园、仲舒同斗酒兵,肴馔鼎烹,火攻寒退。旋偕卢器轩、家朗斋、廉斋、敏斋、焕纶、晓园、兰卿牌戏,并呼卢喝雉,终日畅怀。

十一日(2月9日),从侄女银珠受聘,葆初侄来招,予挈儿往陪冰人瞿慎卿□□及毛企堂、笪琴舫、瞿松柏楹等宴饮,醴甘肴洁,余味在齿颊间,醉挥长篇,以志喜宴。

十三日(2月11日),冻解泥融。礼庭弟、仲舒侄来寓,留饭点畅谭。城市故家,不谈文字,唯兔园先生尚无荒庄。予懒废丘园,借诗消遣,见水田打鱼,雪庭罗雀,田舍礼神迎客,不易冠裳,最宜时世。而新篘白酒,胜于市酤,会食醵金,社开乡饮,男婚女嫁,村似朱、陈,亦田家一乐。唯新正神祠佛宇,荒废者多,纸锭价昂,人不滥用,烧香者寥寥,虽有奉三元斋者。而巷不悬灯,拜年者亦不恒遇,声稀爆竹,帖少宜春,迥非昔年光景。和阆翁《冬日田园杂兴》及《新年杂咏》,皆详近事,恐泛言无关风化耳。

次日,予赴陆阆翁消寒第六集,同人毕至,飞字战拇,继以灯谜,且说药名。阆翁拈"火"字云:"凡火,人火曰火,天火曰灾。"顾虹玉拈"酒"字云:"有酒醻我,无酒酤我。"予云:"脱帽狂呼酒酒酒。"阆翁云:"赢拉搭输,且等天牌开招,打俗谚二句。"举座茫然。自宣云:"有利无利,但看三个十二。"虹玉云:"仲突,打《四书》一句。"客亦默无以应,报云:"忽焉在后,巧不可阶。"遂各浮一大白。予云:"一见便晓,倒像那个,待小弟奉告,打三虫名。"暗指知了、三尾子、叫哥哥,客不能尽射也。又说药名云:"但有远志,不知当归。"坐客饮者四,肴精酒洌,佐以狂谈。阆翁嘱和唐人李嘉祐诗,席上挥毫,咸称神速。醉中分袂,途冻已融,见绿野中蓬蓬春气。回寓,知祐儿代赴灿然之招,殊觉食多口寡。次女随顾姨回省,见貌腴于旧,足感豢养之恩。

上元日(2月13日),偕陆阆翁、顾子和、王小庄舟赴甘露,泊王巷桥,谒问心坛主滕云亭□□,适开坛,单魁香、姚啸江、尤文卿□□、张润堂□□等扶乩,群仙毕集,各神齐降,因元宵庆贺也。晤坛弟子金匮薛秋帆□□、洪采三□□、陈溪岩□□、黎晛南及吾邑杜少愚□□辈,畅叙一日夜。予随班免冠顶礼,特恐心杂,不敢遽皈依焉。录其坛谕云:"何人今夜夺昆仑,灯地笙歌酒百樽。欲倒银河洗兵甲,洞天深处闭琼门。我守沙将也,前期元旦开沙,吾特在此候各祖鹤驭。今本坛刘祖尚在三元宫宴,想少顷即降坛也,诸子且在外静待。""倚马曾闻太白才,画龙未许叶公来。道人惆怅溪头坐,不问桃花只问梅。吾天台道人也,今自上元宫回鹤来此,知坛主于昨宵进表,贺祝紫微,帝批知道了,且令吾等到此传谕诸子。如今江浙地方,因积习淫欲,乱伦败家,秽腥闻于上,而莫之能治,故大降劫数,在祖宗造孽,报在儿孙子女者有之,及身果报者有之,惟能积善及人者免罪。此处虽依然盛世光景,庆赏良宵,而游鱼沸鼎,巢燕栖幕,诸子自当居安思危,无忘灾害,但非忧惧可以了事,总要汲汲于善言善行,固执弗懈,庶乎可度此厄运也。""今我坛下弟子虽诚心向道,皆不能实行善举,或偶有所施,亦甚细微,在皈道者当此时世,宜格外看破,方能免劫。有力者须踊跃争先,无力者亦宜赞成其美,大难到头,自有吉神拥护,诸子细思之。尔自元旦至岁终,那一事有恩于人,那一事有德于己,细细思来,方不至日复一日,年复一年,皈依卅年依然故我也。""来无声色去无踪,问道何人是适从。今夜降沙原有意,此间亦是讲潜龙。吾玉京道人也,随天台祖来此,与诸子会晤片刻,亦是元宵美事。但此番开沙以后,诸子须身体力行,为此滔滔之世,中流砥柱,方不愧吾弟子也。若夫符箓章奏,众皆悦之,究有渎慢神灵处;歌诗唱曲,非不雅事,究无益于身心。惟亲亲而仁民,仁民而爱物,为当世之急务,诸子自问中心可以无愧,则灾害不生,自天祐之矣。吾去了。""修身以道道何修,求福还知福自求。万变烟云尘世事,名场从古等浮沤。吾天台道人也。""若问先天与后天,但将离坎细磨研。会其有极由无极,道在当躬却自然。吾蓬莱道人也。今宵气清月皎,向是天官赐福之期,无如下民自孽,获福甚罕,惟能修心慕道,廓然于人世之营求,则昂首天外,心地光明。若囿于俗习,不克离心,则见忧闷之靡暇,何能开畅襟怀,自求多福乎? 道人遍历尘间,阅尽古今,知生于忧患,未必非圣贤之用心,特庸愚之见忧患,与圣贤不同耳。为人与世周旋,夜而计过,在当日言行,何者为是,何者为非,必能自知一二。若当日自以为是,后来便知其非,则功有进境。此语也,传沙悟道在此也,慧业无边在此也,细寻绎之。吾去。"其中更有文宫敕奖坛主给纪二次,四将护诏语,不及概录。坛主法名谨复,年六十七,辈最尊,养到功深,无烟火气,并以医鸣一乡。承其设斋留宿,情意殷拳。魁香公子丰才丰玉传羹劝餐,亦尽子弟之职。另有仙坛在镇,秋帆、少愚往扶。是夕,同人观灯烈帝、城隍两庙,香火颇盛,犹是升平。戏台两部笙歌,亦足悦耳。后殿有大珠灯,不减吾乡邑庙。庭有古银杏各二株,殊忘尘世。而街市喧哗,百货丛集,较盛往时。华局枪手巡街,旗帜刀枪如胜会。月明若昼,夜光春意,心化欲仙,同卧薛氏书斋。

次日,再游市上,憩品荨茶坊,见壁挂星堂居士飞白一联,系赠爱卿录事，有云："爱月迟来歌舞地，卿云吹散绮罗<u>丛</u>。"子和曾有联云："爱河波暖春千尺，卿月光圆夜二分。"予亦有联云："宜爱香从挥扇觉，对卿语怕隔垣听。"悉系为爱卿作，未识三卿即一卿否。顾作上指情深，下指年少，与予题美人折扇"衍波千叠起，新月半边虚"同旨。地主华梅岑来，邀品焖肉爆鱼面，颇佳。魁香言绿君夫人在何墅病故，如此巾帼奇才，彼苍遽夺，匪唯奉倩神伤，即双清馆中旧客亦不免涕零也。啸江别设正宗坛，守坛系玉京道人周□□，乃康熙间常熟诸生。若问仙方，则席祖手锡，席为吾虞孝廉，榜名亮，字耕阳，本潜心修道者。此地守坛将则糜祖讳竺，三国时人。予回寓，适黄婿亦到，言城中圣庙被贼焚字纸，投火延烧，仅存明伦堂，可为浩叹。是晚，留时酉生、卢器轩、家廉斋、福庭草具叙欢。

十七日(2月15日)，补叙谒坛诗，得四十二韵。

次日，挈黄心耕及祐儿饮于逸品轩，贾词仙为东道，与王鲁园秦香锦荣同席，主人劝酒，拇战高呼，余寒转暖。惜别席朱望椿、汇吉早登饭颗，弗克同斗酒兵。

十九日(2月17日)，同黄倩过顾子和寓斋，清谈半刻。途见农人罱泥，新年已无暇日，可味《豳风》《无逸》篇。午后，为仲舒侄留坐，与卢器轩、家兰卿、廉斋打牌，继以欢饮，酩酊而归。念自贼踞吾吴，十家九破，往年家家画米囤，贴门神，拜年贺寿，一例删除。但见野田鸦噪，雪屋雀巢，而《流郎歌》又云："今年大疫，人患未平。"况武林一陷，东南路阻，唯余北路江海开一面之网，安得中兴命将，一救哀鸿耶？爰借诗纪事，借遣闷怀。晤沧浪禅友乙莲，慰以一绝，并叙其姊涌莲实顺被难之状，而捐躯殉节，尤壮妙清□□之苦衷。闻何金波学博已作古人，想以毁家之故，忧愤成疾，老成典型，不能再睹，惜哉！

廿二日(2月20日)，适与黄婿谈及二年又交甲子，下元运终，上元运始，可望承平。天公假手于狂寇，一扫繁华，定可复古，所以艳阳气和，若非兵戈之世，劫运将尽欤？喜作二诗。又见城匪有四不惜，若米粒、绫罗、屋舍、字纸之类，作《四愁吟》。

廿四日(2月22日)，顾子和乔梓过我，邀同王鲁园、卢器轩、黄心耕赴朴园弟家为消寒第七集，主人嘱先倡一诗，因骤暖不设锅，醇酒三巡，嘉肴五簋，鱼大鳖，裙厚五分，宜令食指之动，斗拳说字，敷衍半天。虹玉飞"羹"字云"毋喂羹，毋絮羹"，鲁园云"而今未问和羹事"，主人云"虽蔬食菜羹，俱非肤语"。乘兴同过东村，予口号云："休怪世情都尚臭，酒人个个避河泥。"各为大噱。便至平氏三节祠，见额云"岁寒三节"，翁相公题。石柱联有"三坟鼎峙"四字，亦佳。庭中山茶海棠，犹忆童时所憩，徘徊久之。归路风狂如虎，鲁园帽落，阳春几似重阳。连夕呻吟达旦，拥被冥搜，如春蚕抽丝，不僵不止，爰作《苦吟》一篇。迩来一雪连晴，一暖骤冷，炎凉不测，天时与世态相符，特筋骸一弛一束，人病易生，春行冬夏令，非宜也。纪《天时》一首。

廿七日(2月25日)，春寒逼人，书赠单魁香、姚啸江数首，砚冰胶笔，手指几僵。

次日，诣朱半千家，谈诗良久。旋至蒋局，晤曹小岩裕增、平燮庵、钱仲文□□、吴月初□□、瞿佩声□□、□□□□、晓仑□□、顾桂堂□谑、树堂元彬、晴川士达，茶话多时。回憩吴塔，沽酒消遣。晚偕黄心耕谒朱子钦丈，蒙留茗点，南风熏人，渐有春意。闻城匪欲筑元和塘，以便兵马，势必苛捐扰民，且使沿塘人家有蹱蹢之苦，非唯肤箧发囊，便于鼠窃也。其中利少害多，因作七古一首。旋知按亩捐钱，每日亩捐四文，半年合算，每亩出钱七百廿，役夫自食，每工五十文，已兴工矣。塘边厝棺被烧被毁，投尸田中，将神祠砖石移作堤根，封各家墓木，伐作坝桩。且圩岸筑宽，以作马道，动至铲削民田，将来纵马啮稻，任役借宿，掳农当差，在所不免。据路人云，下塘乡官借公便私，预请取路上塘，欲免抄扰，即南北两路无人允筑，遽先动工，每师管五旅，约二万余田，所捐不少，而只认一二港门，挑费不多，公局又得赢余之利。予作《塘工叹》中，曾道及之。自杭城失陷，困于围城者饿死大半，以至采办米粮每石价至十千，涧溪沼沚之毛，搜寻殆尽，况三潭荡多半白田，出米颇寡，铺户每往西路办粮，以备接济。予寓向食白粲，至此欲得脱粟，尚苦无钱，乳妪仍挑荇撩蛳，佐我清苦。

次日，始小雨，麦陇得苏。大嫂嘱题侄孙小名，予呼以椿寿，因命中缺木，伯谦三十得之，故云尔。今上建元伊始，一月连晴，景运之重新可卜，非唯瑞雪兆丰年也。

二月二日（3月2日），偕心耕到吕庳，邢湘舟留饮，并设糕撑腰。回憩顾子和寓舍，与陆阆翁、平爕庵畅谭。顾公子虹玉丰颐明目，沉静寡言，而诗作金声，字如铁画，已见老成，用奖一律。

翼日，心耕附子和船回城，姚啸江家开沙坛，予缘心绪不佳，未赴。

初四日（3月4日），予观挑塘，知张港及小潭荡派毛师帅经理，川泾、顾泾派朱师帅，善长泾、界泾派蒋师帅。闻薛中丞被潘伯寅学士祖荫奏参，奉旨革任留沪。庞阁学升少司农，仍留营办事。上海为英夷扎营，官兵缺饷，难再增益，不得不借助于夷兵也。张军门玉良殉难杭州，东南长城无人可作，时势溃败，竟有若斯。

翼日，予憩蒋局，卓斋留饭。旋同至吴塔，朱竹亭兴梓留茗话，晤顾峻高上舍云山及平爕庵、朱半千，承其调停租事，颇有世谊亲情。

初七日（3月7日），时益三丈挈公子渔琴、贾君梅溪来寓茗谈，借悉时事。桑砚香为租务禀城，各军师帅诬以他事，欲陷之，而卒雪其冤。委员督役到各局，押令领租，一切供应，着各师承办，赏罚尚明。又欲重建圣庙，以重斯文，尚知补过。侯帅卸任，调黄天安伍□□来常，诸师又添接风之费。钱帅改官慎天安，莘庄卡主调伪伯长丁□□，日有审案。是夕，予以海带、兔肉下酒，异于常味，与去冬所尝龟肉，均令人三日思也。

初十日（3月10日），赴顾甥少江椿铺之招，嘱予承乏喜房，偕李子良大铺、沈兰斋锡璜、陆德卿□□、顾杏园、晓山、秋谷、养斋敦信、晴川士达、心存金荣等斟酌诸务。

花生日（3月12日），为少江合卺，与沈蕙斋锡瓒等到朱氏迎娶，适春雪初晴,余寒渐减。所嫌栅夫索诈,竟视新人为奇货,诈钱四千,乃放船过,毛贼之横,一至于此。连日同贾梅溪、家维新、朱琴轩兴□,琴斋兴□及顾小屏上舍鹤章、景亭士豪、□□月箫少府士英、竹轩畅话,并陪新客朱克谐丈、望溪□□、锦波文澜、一泉文海、养吾文浩拇战尽欢,旨酒嘉肴,尘世中难得此隽味。予贺以四诗。

至十三日(3月13日),回寓。幼儿趁春和,倩陆望屺滮种痘。闻时眉叔母黄太君于初十日病没,挽以三联。

十八日(3月18日),旧仆徐二回江北,爱缮亡女殉难揭,托其带至海门,以备就近投报,下慰贞魂。乙莲上人绘赠《春郊遇雨图》,走笔报谢,更有志怪五律,补犀照之遗。陈霭亭携香茗、湖笔饷予,小话寓庐,甚蒙厚爱。

次日,始雨,菜麦皆得沾润,大慰望云。吴僧省泉移锡殓伽庵,见访寓斋,喜其书法香光,与乙莲之画并成双绝,穷乡得此雅友,可忘乱离。

二十日(3月20日),顾姨送次女、祐儿回,倍叨云谊。

越日,从弟光庭缮辉因其外祖胡仲篪丈廷玉新故,邀予往议析产。三叔向赘胡,为岳母服三年丧,成半子礼,造屋亦助银,本有应得之产。爱偕李召棠丈及顾鹤松、沈永昌、胡寿山□□、进业、芳梅建业等公议两股均分,为书合同议单,各执一纸存照。晤周维新□□、爱堂维桢、桂亭维城、子安□□辈,畅叙竟日。回见花额鱼跳上河滩,祉儿正种天花,欲觅鲜味,不啻天赐也。连日小雨,评点旧作,聊遣长春,恐定我诗无大法眼耳。祉儿痘只数点,健能地行,良可喜慰。

廿六日(3月26日),在南邻茶室招修发匠栉沐。晤吴门刘怡然方坤,少年风雅,妮予谈艺,知其素走文场,不似货殖中人,询悉开蒸粉坊,本素封也。为予言南京逆匪败逃丹阳,城帅不能约束,甚属纷嚣,其原籍丹阳,有信来报云尔。陆阆翁拈素隐行怪题课士,予谓:"左道固惑民,而冯道伪中庸,尤足误世。即日讲乡约,无当也,第崇正道,辟异端,亦所以维持世教。鉴白莲、青莲之祸,诚足寒心,红巾长发，传宣口令与天主教同，世道之衰，究由隐怪之不灭。"姚啸江创文社，倩阆翁校阅，月凡一举，应课者数十人，课卷、花红与每月请仙供应之费，俱主人自捐。当兹时世，遇此有志之士，洵庸中佼佼哉。

廿七(3月27日)夕，有匪船遭风，泊贵泾口，到时氏、陈氏索饭，约百余人，旋为百长张□□局帐房施受卿请吴塔卡主弹压，权留食宿，次日强夺被褥而行。闻城西村巷被外来匪掳掠一空，城帅不能制。小市桥镇人杀江师帅□□，因其追粮太苛，积愤而成。城帅又下兵擒土匪，二图半大打先锋，玉石不分，被累者众。

廿九日(3月29日)，予往洞港，托吴协廷□□将小女殉节禀结转求徐芝山昆玉，报大宪宪辕。晤姚畹香庭松、王惠卿、朱景翁及二裴、少英、一泉茶话，其时师帅派朱吟陶组□①出场，租事尚归旧帅，乃为贾氏领租，得米五石五斗。

三月二日(3月31日)，李锦江来谒，遂同访陆阆翁、顾子和、平燮庵，茗话半日。便谒普福庵，适乙莲借庵居，为我言被掳情形，颇觉辛苦。锦江有诗，不及和也。予昔丙午馆乡，曾咏牡丹，今王鲁园次韵见示，慨地主之云亡，喜庭柯之无恙，今昔异致，爰续旧吟。姑苏汪氏子被掠二年，托寻亲走出，是夕回寓，倚闾慰望，破镜重圆，孝思格天，乃得团栾之庆。倘迟一日，其妻嫁与房主人矣，巧会如斯，代为喜幸。

上巳日(4月1日)，陆、顾二公与平燮庵过我，陪往朴园弟家，品茗观碑。回憩村店，沽酒品糕，醉中得一律，子和和之。阆翁试驱疟免劫诸符及治疾各方，施送邻近。路拾字纸，门粘神咒，诚好善人，而平矜释躁，令对者敛容。日阅异书，不耽茗酒，唯喜啖杏仁，其嗜好固与人异。阅课卷直笔，不徇俗情，其古谊可为师法。

次日，予过顾泾，平燮庵留膳，适宓静岩自慈溪回，同席畅话。据

---

① 底本仅有"纟"旁。

云,绍兴于去年九月杪失守,宁波则十月初三,杭州则十一月廿八,迩来如严州等处又失。中丞王雪轩有龄因城中绝粮吞金死,将军瑞□□昌自焚死。慈溪山北尚安静,有范绅团练严密,与贼面定勿抄,故各市照旧贸易,不比山南孔道多差徭也。静岩住宓家堡,较吾乡尤安,缘黄伪帅法律森严,不专图利之故。又云,诸暨包立森有妖术,聚党万人,曾有白鹤飞来,爱白衣、冠红顶,布作鹤阵,削竹刀焚灰,遇匪撒之,匪皆失明晕倒,死者累累。欲定出兵之期,请事师父,以元宝投路,私议有拾者即斩,借端起义,岂料数日无拾遗者,知逆贼数犹未尽,不便动兵。是晚,予祀痘司,拜酬神贶。闻冯子才提戎日升、李蔼堂副戎恒嵩克复松江,焚毁匪船二千,何制军已就地正法。

初五日(4 月 3 日),祀先,偕家福庭、湿生文蕙、仲舒及贾婿月卿祐昌小饮。天气骤热,单夹尚嫌重焉。

次日,礼庭弟邀儿女去。

初七日(4 月 5 日),清明。予与子女饭于伯谦处,大风吹寒,迥异前日。王小庄闻李石泉室人窘迫,出钱千五百文,嘱予家乳媪送与,令勿宣明,自来阴德固尔,近今久不闻矣。闻城帅按田捐盐资,外添火药诸费,农力不支,而徐局广养枪勇,派捐尤苛。枪船日如梭织,划桨扬威,人惧其拳勇之众、刀枪之威,多破家勉应,两途交迫,被扰不堪,情极自尽,如张仰衡□□、马子良瑞麟等不一而足。熊帅天喜曾牧寿州,竟失身事贼,为苏省主将,现升谨天燕。费玉珩升镇天燕,我朝亦赏三品翎顶,惜已病亡。徐少蓬由抚天豫升赵天燕,我朝亦赏二品翎顶,其弟峨士文学佩璋、戊卿参军佩瑞并赏加道衔。马春湖则在上海军营,赏五品翎顶,可谓铁中铮铮。

初九日(4 月 7 日),予步至莫城,遇钱枚卿少府德坚及马玉堂。舣舟至城,为庐州丁公子会舟金,似互乡童,尚知礼节。见报恩坊新造,在丰乐桥堍,是匪党及乡官为伪忠王而建。晤王松存,知其中伪举人,其弟□□并点伪翰林,误投可怪。旋憩张厅,同蒋卓斋、钱季文茶话。晚往城东九里,访蔡生沄江,时寓其岳李春园少府光祖家,询悉蔡菊轩长子敬甫少尹镕被掳未回，可惜聪颖子。又知黄似山□□新亡，三年已成永诀。与浦芸斋廷珍、戴竹亭文坡挑灯闲话，主人留膳宿，沄江赠斧资。次晨抵五渠，于钱家桥晤旅帅许蔼堂增镕，知卢器轩寓瞿宅，爰往会晤。回城遇雨，宿于家，见堂额无恙，而已失敕命函，四壁空洞，无一完者，围墙一二丈，为大雪压坍，惟牡丹、碧桃花仍盛，见之愀然。门房有厨司李□□借住，其眷新自城出，二年外，鹊镜复圆，良堪庆幸。承高增全留饭点，钱景培留香茶。路遇败匪无数，俱自七堡逃回，询知洋鬼子助顺，毙贼二万人，逆锋大挫。

次日，雇舟回乡。闻薛中丞奉旨为五口总统，新任巡抚为李公少荃鸿章，带兵一万来沪，翁遂盦相国加太傅衔，彭咏莪相公病痊起用，补兵部尚书，江苏学院放梁少司寇瀚。

十二日(4月10日)，挈祐儿往洞港，局中晤朱景翁父子，谈片晷。复品茶芦棚，朱竹轩昌龄作东道，见姚云洲、麟洲寓其家。午后返寓。

越日，三女自俞氏归。陆阆翁、顾子和、宓静岩、沈得翁来寓，叙话匆匆。晚为贾词仙邀饮，妻子二女亦赴招。予同叶文彬、王鲁园、朱□□乾元、毛企堂等宴于书轩，共两席。

十四日(4月12日)，仲舒、冶吾镕钟两侄来读书，皆聪隽可教，予喜与祐儿同塾，或得观摩。倩静岩、省泉书法帖，备儿辈临摹。予为二侄讲四子五经，兼习威仪，并添《左传》、唐诗以作晚课。闻无锡金阿狗系狱中逃犯，今为乡官，钱粮从向例，不允分外需索，统属十七图，聚村团，领勇逼城，与贼打仗，惜夜为贼袭，后无援兵，被贼大冲。李伪王发兵至荡口，毁神佛像，乘华获秋不家，哄局索食，欲扎土营。

十六日(4月14日)，顾甥少江、丹楼清福在寓午饭，同观殓伽庵香会，热闹似往时。

翼日，次女侄回省，邀同贾梅溪夫人、笪氏女甥饮于寓舍。

十八日(4月16日)，闻城匪于十六日县试，伪历正上巳焉。题为《赦小过举贤才》，昭文题为《知我者其天乎》，策论为《广大无边》。

上、下塘应试四人，除不完卷者皆取进，幸早报病，未覆试，除名。钱筑嵘、陆少怀甘棠又入伪庠，误投可惜。有人自上洋返，言青浦克复，东路渐通。

廿二日(4月20日)，徐二渡海来，知沈月帆为递予女死难折，存没均感。

次日，时挹山丈同贾梅溪来寓快谈。

廿四日(4月22日)，雨窗观《尚友录》，知翁仲姓阮，慧远姓贾，孤竹君姓墨胎，名初。且周有两公孙龙：一字子石，孔门弟子；一则著白马、坚白之论，孔穿辨之，战国时人。李密有二：一为晋人，字令伯，上《陈情表》；一为唐人，字法主，归唐封邢国公。欧阳询有二：在唐则字信本，善书；在宋则字全美，出使至深州，恸哭不屈，为金人焚死。郑众有二：一字仲舒，汉人，持节使匈奴不拜；章帝朝又有宦者郑众，字敬序，每班赏，则辞多受少。耿秉有二：在汉则字伯初，弇侄，勒功燕然，封美阳侯；在宋则字直之，著《春秋传》《五代会史》，仕终焕章阁待制。王孙贾有二：一为卫大夫，善治军旅；一为战国齐人，攻杀淖齿。李纲有二：一唐人，谏高祖以舞胡安叱奴为散骑常侍，又谏欲斩元吉相窦诞、宇文歆，官太子少保；一宋相，字伯纪，夔子，屡却金兵，谥忠定。汉有两王商：一字子威，乐昌侯子，拜相袭侯；一为禁之子，平阿侯谭弟，大将军凤兄，封成都侯。又有三王霸：一字儒仲，王莽篡位，弃冠带，建武中征到，称名不称臣；一字元伯，诡言滹沱冰合，以功封淮阳侯，绘象云台；一为梁人，渡江入闽，凿井炼药，能化黄金，岁饥则售金市米，遍济贫者。晋有两王浑：一字元冲，昶子，济父，与王浚伐吴，以功封大将军；一为祥侄，雄子，乂兄，戎父，少有令名，官至凉州刺史。王珪有二：在唐则字叔玠，太宗时为谏议大夫；在宋则字禹玉，为相封岐公。卧龙有二：一为汉诸葛亮；一为晋翟汤，字道渊，张元称之云云。赁春有二：一为汉公沙穆，为吴祐赁春；一为梁鸿，居皋庑，为人赁春。割席有二：一为公沙孚，因荀爽仕董卓遂割席而坐；一为管宁与华歆。墨池有三：一为汉张芝，字伯英，临池学书，池水尽黑；一为晋伍朝，字世明；一为王羲之。草圣有二：一为韦仲将目张芝；一为杜甫称张旭。悬榻待宾有二：一为陈蕃见周璆，特为设一榻，去则悬之；一为蕃待徐稚。金兰簿有二：一为汉戴和，宣帝时人，每得密友，焚香告祖，书于简编，曰金兰簿；一为唐戴洪正。白衣宰相有三：一为梁之陶宏景，一为唐之令狐滈，一为李泌。倒屣迎宾有二：一为皇甫规，解官归安定，雁门太守谒规，规不为礼，惟倒屣迎王符；一为蔡邕迎王粲。金莲炬有二：一为唐相令狐绹，字子直；一为宋苏轼。石头有二：宋王宏之钓于上虞之石头；不独王浚直抵之石头，金陵有之也。窗前不除草有二：一为周子，言与自家□意一般；一为大程子，谓常欲见造化生意。碧纱笼诗有二：一为唐王播，一为宋寇准。前授生徒、后列女乐有二：一为汉张禹，字子文；一为后汉马融，字季长。一蜚冲天、一鸣惊人有二：伍举谏楚王，王答之云云；梼杌则作士庆谏，而再见于齐威王答淳于髡。守口如瓶、防意如城：一见之梁皇忏，再见之富弼座右铭。想予友王雪艿《孪史》中俱载也。

　　翼日，暴暖。闻王源昌胁入匪中，因周文之约其领勇赴营，勇至而军装无备，被贼招降也。

　　廿七日（4月25日），赴下塘，雨阻，为时挹山丈留膳，归途泥滑，几倒田中。闻申参军升仕天预，与桓天侯罗□□专司前营各师帅事，设局庙桥，定议筑海塘、造牌坊、修塘路及上忙条银，每亩征钱七百廿，佃农疲惫不堪。况添过匪供应三厘，下忙银三百，复闻有免冲钱六百四十五，师发役五十名，以备追索。吴塔窦卡主卸任，新换参军常□□、杨□□二员，驿官步疏附瀛洲升丞相。城帅委员托名造战船，封各家墓树，行贿于书伙者揭去封条，否则不能免。予戚平氏戒子孙之自伐，任其芟夷，亦无可奈何也。又粮局闻屯米家夺米代枭，枭尽不给钱，则曰奉令罚薀利者，或曰汝有捐，簿已填姓名，或曰借征下忙，留此备抵赋。噫！有此蓄租，胡弗指困为仁粟，而致令劫夺乎？若假威之狐，借肥私囊，不足诛矣。予见吴门戈申甫茂才清祺《蠡湖异响》，知专讽永昌徐局，骈四俪六，叙事详明，可以醒世。闻上海已经刻板，似怨家所为。予三谒殑伽住持省泉不值，知其谨守戒律，不似前僧之荒淫，里人重其品，故香火复盛。日赴道场，遂留诗疥壁。

晦日（4月28日），王小庄携谱序见商，喜族中无一失身者，不愧清白。祖父之诒谋欤，抑子孙之自好也。

四月朔（4月29日），营员冯子才奉委来永昌，曾副帅国荃亦到上海，东路节节有官兵卡，渐振声威。予憩贾氏书斋，陪朱子钦丈观牡丹。雨后，新绿满庭，月季始放，八十一老人对之怡颜。张港桥新修，便步至邻庵，见诸善女喃喃拜佛，省泉留茶话，徘徊片时。

次日，予于课余钓得大土附两条，亦居乡一乐。闻吾邑俞子嘉大令大猷卸临安篆，在杭城公馆被掳，未知存亡。

初三日（5月1日），朱蔼如病痊建醮，邀予品素斋，偕贾梅溪、毛企堂共饮，笋厨颇精。

次日，复治肴馔见招，偕笪琴舫等同宴。席罢，同人斗牌，有绰号捉小老虫者招予入局，答云："予非猫也。"遂以"长猫惟捉小老鼠"属对，有云"雌鸭亦伏大雄鸡"，各为狂笑。昨燠今寒，予因感冒发热，痰吐不清，幸得汗而减。见历城传来一纸，云北京胡进士死后还阳，言遇关圣帝君，谕及今年五谷丰登，人民多难，瘟疫流行。瘟神于四月初五日下界，人民要死一半，至九月瘟疫更甚。今有灵符"◎◎◎◎"【见图1】四字，用黄纸四张，朱砂写好，焚化，黄酒冲服，可保平安，三日内大便不可入坑。又正乙龙虎元坛赏罚司使天师真人占得一卦，上帝谕旨，敕赐诸神下凡，又差猛虎鉴察人民灾难，用咸丰当十钱七枚、桑白皮一钱、黑山栀一钱、净河水一碗，煎八分，服之疾愈。小恙则身佩咸丰钱七文。今有丙申、戊申、辛酉生者，死最多，须要每月初三、初四、初九、廿一、廿四、廿九日焚香斋戒，可免刀兵、瘟疫之灾，不信者但看七、八、九、十月便有应验。包元帅传言，必须诚心奉行，每日清晨要念诸神咒，庶可防患于未形。观音咒云："婆哈一目浑般哈，帝帝新婆哈,波罗波罗,观般帝,因般,婆婆娑,观音妙知力,能救世间苦,若有逃命者,离苦得安乐,南无白衣观世音菩萨。"关帝咒云:"娑诃一目浑般,娑诃帝帝新波,娑诃波罗波罗,观般观般,因般帝,因般,娑婆诃。"又有驱疟令云:"勃疟勃疟,四山之神,使我来传,五道将军,收汝精气,摄汝神魂,速去速去,免逢此神。"疾发时朗诵,汗出而愈。又免刀兵瘟疫符"◎◎◎◎"【见图2】四字。又免疫符,用黄纸朱砂写"◎◎◎◎"【见图3】。又禁疟灵符"◎◎◎◎"【见图4】。自是儿女辈如谕佩钱,妇女辈逢期茹素,侄辈钞贴广传。闻曾副帅驻扎浏河,冯副帅扎营嘉太界,孔尙可歌。而伪文将帅李少卿已为伪忠王剖心,因机事不密,熊帅援据呈伪王也。而当初引入苏垣之罪,不至漏网,殊快人心。

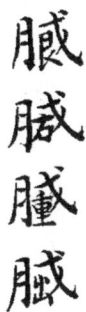   

图1　　　图2　　　图3　　　图4

初五日(5月3日),予病未艾,勉食粥,陪陆阆翁、顾子和茗话寓斋。至夕,念上海仅存,守以重兵,利薮得保,关系国家经费,岂等石田,唯鸦片来源不绝,任令以金易土,命吏之威权何在? 闻嘉定于初二日收复,力役虞城者皆回乡。

次日,赴家光庭之招,为定出租房屋事。半途呕逆,痰随积滞而涌,喉气几不通,返寓止食,扶病赠叶文彬一诗。

初七日(5月5日),俞吟梅、朱半千、戴润卿来谒,勉陪茶话,仍不可风,胸秽未清,姑服药剂,倩叶文彬、家伯谦写方。闻夷兵攻城,官军外应,东路势如破竹。本城伪帅虽下乡讲理,掩饰耳目,而苏垣伪王则已寝馈不安,放出农人数万。熊帅在外,航王在内,抢扰非一朝矣。况夷人乘长龙船,连泊城外,防堵綦严。予缘晦日上桥面,忘忌出门,爰削木煎汤饮之。枕上忽思妻孥团聚,去家又得成家,城市远离,日用尽堪减用,唯呼儿扫地,唤女烹茶,如鹅肠、虾蟆、诸草,老妻亦知其味,天赋忧患,乃所以玉成也。顾病榻看书,眼力较逊,甜乡觅句,心神又烦,一一形诸歌咏。是日,嘉太土豪同支塘民勇因苛粮起衅,烧乡馆,杀土官,戕卡主,恃官兵密迩,或得应援也。不意城帅闻报,大打先锋,自梅李塘桥直至李墅、何墅、徐墅、老吴墅俱成焦土,轻举惹祸,可鉴前车。

次日,立夏。见新豆如绿珠,略尝一二,又享食新之福。伯谦来诊脉云,尚不可食,故口淡思腌菜不果,焦米粥亦仅吸汤。耳边听儿女上秤,嬉笑喧哗,而江鲥、海蛳以及象笋、莺桃、麦蚕、桑椹、甘蔗、青梅一例难觅,称我病中忌食也。强起,遣剃发匠敲背,并跋王鲁园《落花诗》。

初九日(5月7日),予恙大减,宿垢得解,适得陈黄酒、鲜鳇鱼,乃始一饭。

越日,草圣祠尼巧姑到寓,三十年不见,垂白如仙,善知未来事,谓内子云:"虞城即复,勿遽回,尚有反覆。"病中阅《潘文恭公年谱》,知其世与汪氏姻,犹有朱陈遗俗,而以文章报国,圣眷优加,不愧太平宰相。论者谓此为恩荣谱,犹非知人论世也。

十三日(5月11日),晨服沉香神曲,尚是潘相家所贻,饮时合掌向西,诵"阿弥陀佛白衣观世音菩萨",愿一日斋。内子潜买鳇鱼,欲引余胃,次女培礼乃代斋一天。昔人云"身健却缘餐饭少",予得此旨,每食留余地,颇效。家朴园来问恙,虽赏奇析疑,喜聚素心,而多谈伤气,郁火又升,良久始复旧。内人率二女纺纱织带,得棉子换油,乳妪就月光碾花,亦度难之诀。

翼日，毛企堂馈火酒，贾词仙、梅溪馈黄酒，瓜葛多缘，又客栖之幸。唯闻杂匪南来，西乡冶塘、黄庄等处大肆焚杀，老幼靡遗，蜂拥及城。钱城帅遣其子迎天豫弹压，岂料大言无惮，仍剥人衣，爰戮其尤，枭示丰乐桥上，方允放还胁从。城帅饬兵押匪东行，白茅一带又被焚掠，幸南路邀天之福，未被蹂躏。或云，此股恶匪系属伪英王、护王麾下，因忠王兵丁曾犯其地，故尔报仇。或云，艇匪、盐匪因海防严紧，不得在海劫财，故拦入内地。予恙已减九分，可以出门一步，念同堂老弟兄如锦章者，有无相通，亦族中矫矫，乃往视疾，唇焦气逆，惟神识尚清。卢器轩自五渠局回，福庭弟自庙桥局回，俱因时事纷纭，不敢寄食。据云，野匪大抄附郭东仓街诸处，幸径过渠溪，未曾上岸，而局散人逃，街市已闭矣。伯谦自荡口归，言西徐墅赵仰之观察□□于北桥团练，为徐氏分局，宋锡藩少司寇晋保举周文之太守及吾乡赵次侯宗建帮办团练。华勇至严家桥堵截野匪，而枪船聚赌演戏，花船、酒舫犹回绕于甘露、相城间。予有时口甜，有时口苦，喜伯谦送京冬菜、金柑饼诸味，亦香亦鲜，大足开胃。

望日(5月13日)，晤省泉之徒萍溪□□，颇风雅，酷似其师。旋过殡伽庵，适诸善女拜经，栴檀沁鼻，省师留话，匆匆遽行。至四万荡，与胡竹峰□□、芳梅谈片刻。回寓命儿捶股，胸滞稍通。

既望(5月14日)，艳阳胜前。朱恂如、家伯谦来寓纵谈。叶文彬因予嗽甚，见赠海带，谓食之消痰。惨闻锦章从弟于酉时不起，伤哉！念其迁郡以来，开玉器栈，颇得赢余，买地葬亲，广植松柏，新居精丽，可以栖迟，四男半婚，三女未嫁，方冀渐次毕逋，讵料避难回南，典屋枝栖者裁二年，而已厌世，年仅四十四耳。乃撰挽联，于次晚送殓。

二十日(5月18日)，天晴薄暖。予唤船，邀贾词仙父子、卢器轩、家廉斋、雅园尚文、敏斋诸弟、厚载培坤、葆初培原、仲舒诸侄暨祐儿到相城闲玩，品馄饨，颇鲜。回泊西庵，观女优演剧，一衣雪青衫，一衣梅绿衫，云肩彩络，月华绉裙，妆饰固新，而貌秀音娇，尤悦耳目。

予未询姓字,但记服色,戏呼为胡蝶、天蛾。中央峙舞台,旁环花舫,并有真色村花,足为补景。茶棚与朱鹤龄等谈笑,喜各枪船竖旗帜,鸣锣击鼓,回绕其间,贼不敢问。惜余匪冲昆山东郊,逃难船叠至,未免乐中生悲。词翁得肉饺下酒,厚载办馒首,雅园带蚕豆,一路大嚼,稍解闷怀。祐儿蛀船头眩,屡欲呕,唯我醉兴剧佳,得诗五首。乳媪采野薇窨茶,香入诗牌,令我得天清气,亦解事人。

次晨,予赴祖居,偕郭在中裕丰、卢器轩、家灿然话旧欢,仲舒侄留饭。适太圃弟妇自浦东回,补祭祖先,邀内子食祀余,得聚诸妯娌。留予小叙,祐儿亦随,鸡豚鱼菽,家厨风味异常。竟日厌厌,乘醉与陈霭亭姊倩、朴园族弟等斗牌消永昼,暮归衣汗,积疾全消。

廿二日(5月20日),往谒顾子和,适朱鹤龄亦到,同坐快谈,谈及处乱世不如死,予云:"一为妻子不可死,二为知己不忍死,三为今上不必死。文人手无拔钉之力,只好俟澄清后再勉力从公,赞襄善后事宜,不欲死者,盖有待也。"集《四书》语作对云:"仍旧贯,作新民。""见其二子焉,作者七人矣。""君子胡不慥慥尔,群臣无得泄泄然。"皆为叹赏。留角黍、笼炊等物,承报四六谢启,弥觉汗颜。归路闻炮声,见洞港口红旗排列,上有白烟冲天,是匪船试技也。

廿四日(5月22日),家朴园、雅园鱼鳖、烧猪,备酒饭、茶点、船只,载予赴归圩,卢器轩及春桥培垌、蕴辉培增、鼎荣培埈、厚载、仲舒、冶吾诸侄随往。舞台女乐,至日晚始上[场],演《双望郎》,两假女,一真女,形神毕肖,惜声俱不扬。惟酒馆肴香,芦棚茗净,点心亦可口,不似接场。新炮船彩旗高下,俨观龙舟,而试枪之声不绝。遇刘小寰、沈玉屏,谈片刻,汗蒸夹衣。器轩、朴园、春桥于博场得采,爰作东道,引予上歌舫,始逢倡女秀宝,因有客,嘱分坐别船。晤韵兰校书,陈姓,娄东人,朱粉不施,尚无作态,提壶劝酒,举箸送肴,甚属旖旎,强予并坐,拇战连输,幸同坐者替饮。予厌膻荤,喜鸡豚外佐以象笋、蚕豆,胸膈一清,惜先饮火酒,旋饮黄娇,酩酊至吐。扶过小舟,见东路火光烛天,想为恶匪冲突。须臾风阵拒舟,暂泊里泾金氏,品茗解醒。三鼓返棹，带盘果娱儿辈，尚是美人之贻。醉中作《纪兴》六章，并填《望江南》六阕，顾子和戏以一诗，予继声奉报。

廿六日(**5 月 24 日**)，时渔琴、王星轩过我，留茗点，同览新诗。

次晨，闻支塘、白窑、双凤、浚仪等处被零匪焚掠，水多浮尸，翻掘秧畦，寻觅财物，致令农散田荒。

廿八日(**5 月 26 日**)，偕叶文彬茶话，旋为毛企堂留饮，同张福堂炳文、家灿然笑谈，闻者呼绝倒。

五月二日(5 月 29 日)，同王鲁园访刘怡然，茗话谢氏河房，颜又亭晫、芝生模及怡然留酒点，颇佳。旋过陈霭亭家，古碗茗香，几忘人间世，得怡然《落花》近作，效颦三叠，同人俱有和诗。

次日，王翼亭柱偕元和陈吉甫茂才曾灿棹舟来谒，邀同王鲁园到顾泾平氏，爨庵留角黍，陪陆阆翁、顾子和闲话至夕。吉甫夫人破城殉节，已报上海忠义局，贞烈可风。闻徐少蘧至军营，欲发勇接应，介陈培之主政倬代宣，为李中丞斥退，派捐一百万，仅允十之三。喜闻浙江宁波已克复。见曾经略、都将军兴阿檄示："僧王征剿山东流寇，登莱一带肃清。本帅曾攻复安徽各属，伪英王陈玉成、伪顾王胡孝如等各股剧匪，俱已授首。其伪护王陈坤书窜过长江，本帅都札饬总兵李同兴会剿，生擒于天长贼窟中。僧王带兵二十万，从九伏洲进兵，以围金陵北面。本帅都札饬毛总戎、冯都统带兵二十五万，由镇江进兵，分取丹阳、句容一带，以围金陵南面。包经略带兵十五万，由长江顺流而下，会合上海夷兵，攻克杭省。海总戎带兵十余万，由江西一带进剿温、台、处、衢、金华一路。本帅等亲领大队，由常、无一带进取苏州。已先期伏兵各处，一俟大兵临境，俱接应无违。但大队克城以后，该匪无地容身，定即窜入乡镇，纵情焚掠。为此先行檄示，凡各乡镇，务于见示后齐心团练，如遇贼氛下窜，共实力追拿。"并有解散歌数首。现元和之(角)[角]直迟亩俱有官兵，惜麟廉访趾被擒解苏。翁祖庚中丞被曾帅奏参与苗贼交通，廷议秋后处决，迨苗沛霖投诚，始复原官。骇悉湖州于昨日失陷。

初四日(5月31日)，刘怡然偕其同乡顾金台仁镜、吴既安绍丙枉顾，留酒点谈欢。陪至朱恂如家，伯谦在末座，知金台与其同案，倾盖而得世交，亦有前缘在也。

端午(6月1日)，家人因仙谕奉斋，予则赴刘陶然方元昆仲之招，偕吴门俞小波涛、汪际唐学海及顾金台、吴寄安谈宴寓斋，用子和韵鸣谢，同人和之。闻海寇十四舶于初三日袭福山镇，初四日袭徐陆泾，卡匪出御，遇炮败奔，两镇贼寨被焚，波累市廛不少。

初八日(6月4日)，俞亦憨见过，与之话旧多时。

初十日(6月6日)，见天久不雨，例破黄梅，农夫望云益甚，致米珠粟玉，度日大难，而追呼仍如火急。予寓买米，每石价至六千五百，乃未几而增至八九千，谁能堪此？均纪以诗。两倅自塾归，予出对云"天中"，冶吾云"霜降"。又出对云"皆兄弟也"，仲舒云"如父母矣"，予云："何不言'敬叔父乎'？"然寓意亲切，已是有窍人。

次日，访顾子和不值，留近作一卷，与公子谈片时。返寓，适刘怡然至，带颜晓霞焘、心谷敦仁和作及其诗，为之加墨。骇闻嘉定仍失，东路骚扰，逆锋竟尔难当。

十四日(6月10日)，答刘怡然不遇，为颜心谷留酒黍，适其兄晓霞、倅又亭、芝生俱到，相与说诗，得诸君叠和作，略改袖归。陆、顾翁婿来访，适予未回，悉用狂韵纪事。

望日(6月11日)，赴吊锦章弟家，陪周惠山丈等小饮，嘉肴旨酒，清味偏得之尘寰。

十七日(6月13日)，暴热。往陆、顾寓庐谢步，子和赓娘韵诗。

十九日(6月15日)，始雨，农人得灌田插秧，天无绝人路也。予因暑清得熟睡，觉甜乡有味，不比乱世之鲜欢，作《说梦》六律。

廿三日(6月19日)，雨窗清暇，沈得山丈过访，携见和新诗，乐与茗话。闻朱岭梅、克谐两丈因捐饷未足，兼往上洋剃头，被人唆城匪提审，以通我军营论，勒罚千五百金。又旅帅顾秋谷被匪逼完夏赋,始则就食,继则封门,累及兄嫂,掠物空空。爰遣妪问顾姨消息,知衣箱交局,大半抽散,画舫、木屋亦被夺去,殊属鸥张,况缘日久未偿,拘挛其弟妇,淹留局中,迨徐局遣人调停,出千金而消案。

次日,躬往慰问,甥辈半逃。旋答朱半千,未遇。闻客匪三百余,借巡查为名,到洞港局,宰猪供应,不胜其烦,想自南京败逃,故未先谒城帅。

廿六日(6月22日),予往朱局,知伪巡察使鸢天福刘翰飞为总队主,自云本姓史,系孝廉。其下有泯天(预)[豫]唐、丞相张等十队主,每日局供米五石,菜钱四十千,十一馆伪官饭菜,局中另送,外加纸笔、朱墨、烟烛等件,修船、制衣诸项以及程仪百余贯,所费不支。朱、蒋、毛、杨四师帅承办。昨讲道理,今晚备船送至莫城,三日供亿,固已浩繁,而户户寓人,让灶让房,连夕防守,亦复疲惫不堪。予为朱景华丈留膳局中,与伪委员张姓、杨姓同座,晤朱又村、诚斋、约礼秉鉴诸丈及顾星和、施润卿、汪可斋、曹简才、朱二裴、辛槎组纮、竹轩、一泉、少英、竹书同话。知邹巷邹师帅前忤野匪被戕,蔡顺卿在王庄寓被掳,家资一空,其次子少卿耀祖出身代父,始放父还,而少卿已被押至嘉定,一时未得脱逃,可为愤恨。少英赠予痧药,保燕宝贤会予茶资。日旰回寓,知族弟企禄锷病亡,贫无以殓,予赙缨帽一顶。前五日族侄寿龄思祖方故,今又弱一个,连从弟锦章,两月中三丧,年俱未满五旬,远逊前辈之寿,亦见吾族衰微。

廿八日(6月24日),颜心谷到寓,携其叔侄和诗下问,烹茶说饼,半日流连。

次日,黄心耕来,据云,自崇明甫回,其祖祠被恶匪冲过,帐被、锅镬以及布铺中存货均失,估价约百余金。

晦日(6月26日),予欲视城宅,步至王涧桥遇雨,乃宿王氏,霞帆、湘帆留膳,其子侄聘轩、星轩陪话。观其父子叔侄相对围棋,惜予不解其趣。夕与娇客李芝馨树滋同榻,话从先兄受经事,令我不怡。

诘朝,梦蘧借屐,步至城,见敝庐无恙,借作行馆,喜不自胜,曩有人报为墟之说,至此始解怀疑。后门泊匪船,邻园存仁堂为天军主将曾姓馆,系管水军。新塔前开濠沟,深数丈,闻拆东岳行宫造圣庙,城内寺观半成丘墟。旋过社坛,品素斋。抵星桥,沽烧酒。憩北乡周古音家,承留食宿。陶洪镇挈眷寄寓,聚晤言欢。主人陪卧田庐,牛喘蚊鸣,各如雷响,幸凉风四起,水田蛙声如鼓吹,不嫌搅眠。

晓起,小雨。予决意南旋,主人送过危桥,始免颠踬。惜足为新履所苦,于颜港买草履,方得步行。高地潮泥,经风即爽,不似水乡之泥粘,尚觉跋履之苦。绕城见诸匪被五采纱衣,并有油绿汗衫,雨不沾湿。南郊瓦砾堆已造市房,一街又添锦绣。舣舟塘东,时已薄暮,遂宿时酉生家。主人外出,两公子烹香茗,擎汤面,留客殷勤,寓客陈文轩廷章与予畅话。

次晨,已生夫人制粉团、角黍,见待甚优。途中遇陶缄斋及酉生,分手匆匆。卓午回寓,往返约百里,幸分四日,然腿筋痛楚,不便行动,作《行草》十章。予于王氏见饭搀蚕豆,当米贵时不得不然,又于周氏饮夏枯草汤,与薇叶、柳芽均成清品,何必多钱买茶乎。沈得山丈携严修来和诗见视,时渔琴亦来谒,清话半天。闻卡匪到各家查米,除数口可给外,勒令交局出粜,至索米钱,或半价,或竟不偿,恃强凌弱,民间得高枕乎?

初五日(7月1日),闻捻匪苗沛霖在寿州授首,殊快人心。

初七日(7月3日),微雨。黄心耕赴苏家尖访戚,欲径往崇明,寒士不能家食类如此。

次日,予过莘庄,谒刘怡然、陈霭亭,均不遇。旋过颜氏,晤晓霞、又亭、芝生,论诗移晷。心谷留膳饮,见示其先人归真翁绥丰遗草及谢兰墀丈觐文剩草,嘱入《诗话》,又得高勿斋浚和娘韵诗。回憩茶肆,陈培德及家金园、春桥与予快谈,清风时来,胸襟一畅。

十一日(7月7日),东南风起,予沐发,仿佛襄阳散发乘凉,惜有风无荷香耳。

十三日(7月9日)，家礼庭、伯谦自城回，言予家为武经政司统下张姓所占，堂上仅存节孝匾，若赐额及家堂已被匪撤去，狂暴如此，心殊不平。

次日，涌莲之师慧觉□□来，言前寓山塘度凡庵，伪将熊病，曾来求药方，迨疾愈酬佛檀香一担、鞭爆二千，施红绫等件，致各匪信从，香筵极盛。常城匪疾亦祀神斋佛，原拟摈废纸马，各店仍卖者坐罚，至此禁弛，与鸦片之愈禁愈盛，同一具文。米价腾贵，予与妇谋向邢湘舟处果麦，陈霭亭处办豆，杂入饭中，御穷□此。两君亦鉴予乏，不必阿堵付清。予不惯食粗，食豆吐壳，食面去肤，幸家人不择美焉。

望日(7月11日)，天雨雪，夕更见月华，有似中秋景象，亦奇。

既望(7月12日)，家朴园来招手谈，乃与陆望屺、卢器轩、平福亭、朱望椿、家伯谦斗牌，瓜葛弗嫌，亦一乐事。连日牙龈肿痛，不能食饭，乃以汤泡饼、陈米粥充饥。

十七日(7月13日)平明，予往顾子和寓，谓："与农人居必早起，与士人游必明理，与贾人交必好利，习使之然欤？"主人首肯。问渡至洞港，晤朱少英于公局，旋憩茗馆，偕朱竹轩、松朋昌明小叙，陈松泉书沂来会茶资。回谒时挹山丈，蒙留酒面，同至李锦江村塾，茗话流连。带两公诗返，与王鲁园和之，并用锦江韵，题时彦昭师祖文炳遗照。

十九日(7月15日)，蔡仲坚茂才过我，言其女被虏死，狼狈之状，与予略同，爰留膳深谈，予赠诗而去。闻钱筑嵊、张素阁中伪文举，蔡菊轩、陶□□□□中伪武举，代为寒心。并悉浒关周嵩甫州丞作古，想因家毁财亡，致一病不起，乱世人如泡影，可为痛心。时钦斋子侄浴河，有卡匪过巷，戏言官兵来杀长毛，被匪拘其父兄，杖枷痛责，并罚多金，无动非利矣。

廿一日(7月17日)，小雨。久旱后情殷望泽，高乡能插莳，低乡亦省桔槔，可为庆慰。

廿三日(7月19日)，晴。平燮庵见过，留点畅谈，潘南轩、蔡仲坚亦来告苦。旋赴火神殿拈香,晤却尘上人□□,茗话良久。出门见稻苗蓬蓬,新绿肥润,经雨故也。西北乡三部踢车方灌田莳稻,而予寓万寿菊,伏中已试秋花,不知节令之早晚。

次日,沈得山丈、李锦江带和诗来,并得时挹山丈及李青来万选和作,略为删润,入《同人集》中。予见得山丈蕉扇诗,与修来、青来同步元韵。

廿五日(7月21日),步至莘庄,东南风大,凉气逼肤,几忘三伏。过访李瑞棠丈,留茗谈,互陈近况。旋谒颜氏昆仲,晓霞谢改诗,心谷留饮酒,醉吟七古一章。回寓,和答李菊翁乔梓诗,并用娘韵赠陈憩亭、尤文卿。适平彦卿来,小叙片刻。闻西北乡蝗虫如雨,田稻受伤,幸过南鄙不停,有秋可望。而苍蝇蔽目,较昔倍多,谚云"蝇荒蚊熟",恐田禾未得十成。见伪将谭□□示:"奉忠王谕,禁各处枪船,着令速缴军器,枪勇留营,倘逾限不能如令,即派慕王谭□□剿洗一乡,如嘉兴近事。"因拳勇而波及良善,不可不防,所谓匪我族类,其心必异,能恃以无恐乎。

廿九日(7月25日),予往顾寓,与子和及平彦卿畅话,并吊陆阆翁夫人。得虹玉暨韩仲乡□炳和诗三首。复到洞港谒李菊翁,适有恙未见,晤朱景华、匏庵两丈及少英、竹书、张心斋等,克谐丈留笼蒸。见局中集十余老妪,系史家甲人,因夏赋未完,被匪役杨姓押来,师帅因欠解亦管押在城,时事之难如此。昔鸡林求欧阳询书、白居易诗,唐时外夷风雅乃尔,非等今日之跋扈也。予家高妪子金福寒热腹泻,伯谦与王小庄、陆望屺潋同议方剂,少英送六合定中丸,服之少差。

七月朔(7月27日),始热。金福腹痛心焦,爱进西瓜汁,斋神送鬼,解伤叫喜,不胜其烦,幸遣仲舒上市,贾仆帮忙。王鲁园见惠素笺、丹药,诗以谢之。

初四日(7月30日),族侄虎观培堉自贼中逃回,掳去三年,得生归以慰父母,喜何如之。唯晓园之长子锦焴锕钟尚无消息。

初六日(8月1日)，小雨。闻氏表姊来寓，互话时艰，但相怜不能相恤，度厄殊不易也。

七夕(8月2日)，阴。时交正伏，而凉气转甚，家多病人。

初八(8月3日)夜，大雨如注，水长二尺，西北田禾得苏。

连阴，至十一日(8月6日)稍霁，而青天片云中忽洒雪花，可怪。予往四万荡礼社神，主人朱焕若留饮，偕朱玉屏、家效乾锡邕、绳祖少渤、厚载斗酒尽欢。乳姬子病剧，医药无力，幸贾梅溪遣仆载往裴缵禾医寓。据云，病久体弱，恐难支持。

次日，沈得山丈及刘怡然、吴既安来，得蒋砺钦、严修来赠诗，如数和答。

十四日(8月9日)，解馆。予赴平氏，与顾子和言笑畅怀，燮庵留点。

中元(8月10日)，赠诗时挹山丈。午后，赴朴园弟之招，与□卿、冶园同席酾饮，并偕卢器轩、家朗斋等手谈，颇胜。暮为伯谦侄邀去，祐儿随往，与厚载侄等同饮，终日醺然。

既望(8月11日)，大雨。田禾有起色，可卜秋成。

十七日(8月12日)，半晴。祭祖先，豚鱼间以蔬品，聊尽慕忱，流离时力难备物耳。

十九日(8月14日)，课暇钓鱼，击鲜以佐夕餐，亦足遣闷。

次日，赴顾泾，谒陆阆翁、顾子和，清谈至午。旋至吕库，憩邢湘舟家，瓜茗并战。遇顾甥少江兄弟，同听花鼓，时杉屋齐排，花船四集，惜骄阳炙人，少江引至茶篷留汤面，尚可口。武军政杨□□谕云："蝗不伤稼，因唤小班谢天恩。"亦亵甚。见有负乌衣船妓周走戏场者，知其欲悦卡匪，故作时妆，无耻之极。至晚，戏始出场，仍演《双望郎》，即归圩原班。日暮与笪琴舫同返，适儿侄钓大红鲔鱼，侑予夜饭。

廿一日(8月16日)，闻胜帅假苗沛霖之力生擒英王，东路厅县次第克复，官兵近太仓，支塘匪均出御，城中胁从之众逃出者多。

廿二日(8月17日)，高姬子病笃，销瘦骨立，寒热便泄依然，乃买水鸡煎汤，神气尚清，孰知甫下咽而口噤，下开气药，已不及救矣，年才八岁。其母抚孤四年，方冀成立，乃父宗祀可绵，而竟一梦成空，可悯之至。予破家借庑，徒手无资，而尚有此累。忆日前求吕祖签，示云"嫩草经霜终欲凋"，至斯验矣。

翼日，予助棺，厝于大来号义冢。夏秋以来，无家不病，病必数人，数人中必有一二莫救者，始信神传帝旨，历历不爽，可勿慎哉？见州塘匪船络绎上苏，皆重载。据云，钱帅出师，伍帅居守，而捉船掳人，又纷纷滋扰。

次日，陈霭亭来，留茶瓜谈久，陪至祖居视礼庭弟恙，喜其寒热已退，虽有小痢，元气不亏。

廿七日(8月22日)，王小庄、平燮庵来，带沈月帆江北信，系六月中发，言庐州、芜湖、溧水、句容、高淳、东坝、丹阳、浦东、川沙、南汇、奉贤及浙之宁波一府六县俱收复。曾副帅国荃由太平驻扎雨花台，彭帅玉麟带水师下太湖，冯总统扎营奔牛。五月间，上海楚勇在虹桥大胜，浙抚左宗棠扎营衢州，防江西后路，伪英王投苗沛霖，送往胜帅保大营，讯明正法。其口供云："我系广西藤县人，十四岁从洪秀全，自广西至金陵后，历受太平天国指挥、检点、成天预、燕福安义、前军主将。自咸丰四年五月同韦至俊攻破武昌，回打岳州。五年七月至湖北德安，打破营盘数十座，旋即回攻庐州，后至芜湖解围，将吉抚军打败。六年五月攻扬州，回至金陵打破长濠，将向军门打败，官兵退守丹阳，我追至丹阳受伤。七年打破江北地方。八年将李孟群打败，攻破庐州、天长、盱眙等处。九年三河地方将李续宾打败，攻破江浦、六合、定远等县。十年攻破金陵长围，将张国梁追至丹阳，落水而亡。其余破黄州、玉山、随州、浦口等处，均我在内。今应楚师围攻庐州，城内乏粮，又因派挟王陈得才、沃王张落刑并马(和融)[融和]、倪隆淮、范应川等攻打颍州、新蔡及往河南、陕西一带。我由庐州北面攻破营盘三座，连夜走到寿州，亲带陈、张两帅分兵扫北，不期中计遭擒,然非胜帅不能收服苗沛霖,若非苗沛霖亦不能将我擒住也。久仰胜帅威名,我情愿前来一见,天国主去我一人,江山也算去了一半,我受天朝重恩,不便投降,败军之将,无颜求生,但我所领四千之兵,皆系百战精锐,不知尚在否?所犯弥天大罪,刀锯斧铖,我一人受之,与众无干。"然苏属一带,贼氛尚恶,现又借征下忙,以助军饷,各户无租,仍复苛捐,知不归城主,均军师帅取肥私橐。吕厍戏场、博局亦系师帅爪牙所开,日往花船,消耗不少,悖入悖出,此理究不爽也。

次日,陆阆翁来谢吊,顾子和亦到,余暑未净,不能着长衫,挥汗而语者良久。

廿九日(8月24日),得曹和卿上海信,知青浦确系克复,前徐局托招勇三百到泰州,口粮月需千金,总领周召甘□濂身故,爰同泰牧许□□应垫三月,奉委到沪,请宪行文永昌,徐局仅允遣散银一千,余无着落,因此赔累不堪。笪琴舫到荡口,倩其兑首饰以开销旅费。自乡居三载,债负累累,连兑金银器,囊箧一空。夕见妖星在西北,有白光东指,未知吉凶。

八月朔(8月25日),予附陆阆翁船至莫城,时顾子和、王小庄乔梓俱在舟,篷窗同话。登陆访平少梅,适病,逢同难陈芝轩文炳、厚斋□坤话苦多时。谒瞿景园开业、世良联元、佐卿,适佐卿之母新丧,慰以数言,世良留茗点。晤谭静园汝和,知其父松年新殁。遇宝山李洁莼茂才宝生,为言沈宝三茂才溱录前年破城时投水死,其父史痴茂才型病故,胡雪岑孝廉兰枝、翁云樵学博同福、管华卿少尉恩荣、俞蓉斋郡倅钟麐均亡,寅生孝廉钟缵被掳逃回病没。国瘁人亡,可胜浩叹。唯钱兰谱茂才掳去仍出,许少仙文学文弨被胁二年则未放还,张□□乃湉、□□乃□、□□兄弟、屈宝生孝廉家珍、孙古来传煜、姚伯云应镐、胡炳华缵祖三茂才仍掳久未返。旋诣王湘帆家,晤石霪岚钟浩小话,访时酉生不值。舣舟高泾,憩张氏根心坛,寄轩丈与宝青宝林扶乩,病家求仙方者纷集,每人出挂号钱廿八。童养真、孙悦卿、高飞宾光斗、瞿秋塘胥在座，晤语流连。便寻王霞翁新居，即孙亦簪丈□□旧宅，高堂旁有净室，为翁诵经所，檀香扑人，偕同城戴西泉、包茂荣叙旧。翁遣舟人送过河，步至徐蒲溇桥，唤渡到龙泾毛氏，承卓斋留膳宿。时延医者多，生意方盛，惜其好吸洋烟，糜费亦夥。偕厥兄小溪城、从弟裕泉柏及高锦堂丈仁彪、寓客姚若卿茂才寿朋闲谈忘倦。

次日清晨，东南炮声不绝，同人披衣出门，见匪船载宝南行，未识何故。小溪遣次子送我墩头丘，诣陈氏，与憩亭话片时。渡河西至沈得山丈寓斋，访严修来，见留汤面，相与言诗。又往周氏，再溪渊、莲村□熙兄弟医道盛行，其太君亦健，苦留予饮，偕其西席姚冶斋茂才镕酒醋狂语。予见青莲藕曰"濂溪割爱分甘"，主人劝食月饼曰"祝诸君团栾"，亦属韵事。莲村唤舟子送至塘西，日暮始回寓。

初三日（**8 月 27 日**）黎明，见窗有红光，起视天色如蛋黄，混浊不清，仍如前年七月初九。东南尚有炮声，伪忠王出师东坝，伪慕王代守苏垣。是夕，金福昝回，遣羽士二人唪经礼神，安镇寓宅。

翼日，闻师帅蒋卓斋吞烟土而亡，可悯可惜。其故则由城帅行文，着办米三百石，钱三百千，四分承当，兼之帐房亏空，致情极捐生。军帅报城帅，并同朱、毛两师帅禀伪忠王，发委员黄帅提审。见正宗坛守沙将羊叔子谕云："犬吠鸡鸣不忍闻，谁知三界共纷纭。由来劫会人难解，我有仙心独出群。吾闻帝旨，谕仲由维持圣教，带领历代英贤护卫儒门宗派，韦驮带领金刚力士护卫禅门，王善带领雷部将护卫道门，肃清凶恶，其在皈依弟子等。着吕大祖另拨洞府神将，吾亦在内，保护各处，以防天魔地煞大扰三界。本祖又传谕封沙两月，凡闰八月本来运会底里所忌也。诸弟子，吾有要言，凡性光透露，正气横胸，则魔鬼皆不能为患，邪逆亦不能陷身也。"内子自夏秋日日奉斋，冀消灾疠，实有先见焉。闻初四日嘉定仍复，可慰望治之私。

初七日（**8 月 31 日**），往顾泾，同陆、顾两寓公畅叙。膳于平燮庵家，偕徐小澜培原闲话。旋与燮庵乔梓暨谢锡畴□□憩邢湘舟、王小庄两家。便至戏场，两班同演《赵先生卖女》，凄楚不堪。河干花舫雁排,童女唱小曲,和以琵琶,绿杨中清风徐来,另有一番境界。同人坐木屋,瞿锦成会茶资,锡畴会酒肴资,予会汤面资,价虽昂而味尚胜。晤吴松乔□□、王济轩、张心斋、马西来如龙、罗楚兰□□、朱鹤龄、李兰溪瑞昇、子良、顾心存、少江、家福庭,立谈甚欢。归闻菱歌四起,不知秋阳之骄。闻东南官兵大胜,申伪帅败回,辎重尽弃。窦伪帅出征,寄物人家。城馆主胡伯和,榜名昌銮,系徽州人,丙午孝廉,江苏拣发知县,被掳掌吏科,今病亡,木主书本朝官衔,托吴芝亭发宗董殡事,厝枢吴家角。其子仍袭父官,而合城唤衣匠制缟素军装,未知何意。是夕,祉儿甫起床,而幼女静方又病。

初十日(9月3日),高妪又病,伯谦来诊,带厚朴备用,并请朱双喜挑痧。

十二日(9月5日),女病转重,倩家金园廷琥推拿,仍遣伯谦诊治。夕为焚锡请喜,旦暮不安。

翼日,又延朱景翁推惊,伯谦下药。秋暑酷甚,斗室如火蒸。况闻伍帅欲下冲,上下塘居民雇舟备避,而匪船络绎州塘,朝夕掳人,致塘无舟楫。张家甸黄、余家铺张均有子弟被掠,行旅亦稀。

十四日(9月7日),予与内人又病,倩伯谦诊视,兼延朱金奎挑痧。全家半在床,乃招族妹服侍。

中秋(9月8日),予服药汗透,略啮糕饼,并食焦米粥,自恃无恙。适王鲁园谢予笔墨诗,扶床勉答,补送玉墨床,并附一绝。夜不能寐,枕上作《上好礼》三段文,以应约课。不意热根未净,呕吐频仍,自悔无以慎疾,矧妇苦肝风,女炽心火,仍是危机,乃祷送神鬼,兼之唤魂。倩伯谦书方,次侄及四侄女皆来承乏,稍慰病人。西厅讲仙卷,听者云屯,檀香扑鼻,惜予负此良宵。

既望(9月9日),女恙加剧,添东邻陆妇陪床,内子亦有寒热,予则因寒而热,得汗而解,仍倩伯谦用药。陡警贼匪八船将冲港内,巷人或备船只,或匿稻田,而余家铺已遭肆掠,当场煮饭洗澡,火光烛天,幸即挂帆南去。洞港乡官诬控伍帅,帅怒,欲打先锋,旋因里妇在馆服役，哀求勿累良民，始免抄扰。

十七日(9月10日)，伯谦仍来诊脉。

次日，予缘叫喜吃惊，中宵又闻匪伤张氏病母，并声言供应不丰，将劫其媳，牵马进港，势欲来冲。平明，又闻打门，急呼贾氏下橹开船，因朱氏人船俱被押去也。三次惊惶，予热又作，饮薄荷汤及葛粉，至夕汗出而清。幼女得大解，内子亦收风，伯谦来视，勿药也。惟祐儿、两女又感冒，未能服劳。

翼日，遣人到毛氏索债无偿，幸金省三姻家印根命子宝之玉振视恙，慨赠饼银，借此应急，斯谊难得之今人。

二十日(9月13日)，予仍寒热，陈霭亭、朱望椿来视，如在梦中。服伯谦剂，始得汗。厌喧哗声，借榻双桂轩，留连信宿。庭中秋色斑斓，长过人首，朝旭夕阳中，五色齐舞，如仙家瑶草琪花。

越日，予内热仍沸，伯谦来诊，劝省心思。适腻汗浃肤，紫血下降，不欲饮苦口汤也。而祐儿连患寒热，似有疟象，恨其不能止食，为之怒号。秋暑仍酷，夕与祐儿卧书房，心焦口燥，宿垢不行，致不得睡。

廿二日(9月15日)，惊报幼女唇焦肢冷，形木声尖，头重眼昏，病甚危笃。幼儿、次女及陪病陆妇又患寒热急痧，内子镇夕不眠，予亦烦躁。伯谦按脉，仍嫌耗费心神，乃书五禁于柱云："要命莫作诗，保病莫翻书，求静莫较辞，改性莫食脂，安分莫焦思。"至午得汗而热解，大便亦利，连饮绿豆汤之功。幼女则牙根火郁，微有血，乃向洞港泾朱锡瑞处兑牙疳药吹之。祐儿痁作旋汗，傍晚已平，饮驱疟符灰汤，颇效。

次日，幼女因母病分床，连呼阿娘，而起病以来，眼无一合，汗无一滴，神昏语谵，人面莫辨，其象不佳。予则服药热治，夜得三梦，一梦到蔡东家，撞到双酒瓮；次则自知有疾，偶拈一"侣"字；三则亦知在毛界，迁徙进城，半途醉酒家，跌倒泥沟，呼大兄扶起，旋进灵公殿，喜庙台巍焕如仙界。窃思酒为水鸡，祐儿食此而厥，金福食此而亡，今早欲觅水鸡煎汤,特停之。又想梦多反征,迁徙进城,是由城徙乡也。避难以来,深得犹子之助,故先兄手扶。今夏祀火神,家家用纸钱,予家仅香烛,今特补礼,命子代叩神前,而一人叠口,又岂吕仙早示女疾无可救之方,当信此欤?抑或当视病女口疳,当防合家口过欤?午后,朦胧中又见一块生肉,量来方七寸,幼女恰七岁,恐非吉征。是夕,复梦巨室延我课儿,书斋用点后,有干仆引至堂,见堂设五席,旁席已阑,而正席尚未坐,仆云,留蒸豚等俟黄昏炖食,师爷尚饱,不必多品也。旋闻女呼而醒,女呓云:"走出罢,总归白来讨。"于是又焚冥锱,冀免厉鬼之凌。

廿四日(**9 月 17 日**),幼女牙龈口辅腐烂日增,亟就朱锡瑞医视,据云,非走马疳,尚可救。夕闻南京逆匪被官兵攻城,浙江衢州克复,狂喜之至,予病霍然。五鼓惊闻哭声,系壁邻叶文彬病故,如此良友,萍缘何浅,曷胜朝露之悲。

廿五日(**9 月 18 日**),微雨。坐双桂轩,与王鲁园清话,谓:"吾邑若复,粮额也要变,文体也要变,风俗也要变。吾当为'天随子',君当为'乐天翁',穷达各自得而已。"因忆试院煎茶诗中"小雨桂花天"句,为之寻味。而猝惊幼女静方培袆之变,目蒙风起,弥留至戌刻,竟应黄昏食肉之梦,年仅七龄耳,惨哉!痛念女性柔顺,食物让兄弟,临饭先自抽箸,俟人给付,残羹冷炙,绝不生嫌,夜不溲,昼不哗,衣必穿敝,入小儿群往往伤首啮臂,忍痛而归。向尝多病体瘠,五六岁始能步,而自逃难至今,忽健饭体肥,家人莫及。讵料得病十九日,唯呼吃茶、小解,余无所言,致余热上升,毒延齿颊。前廿六日生,今廿五日死,命矣夫!讵夫妇病方差,而又哭女,不获营殡事,幸伯谦侄能代劳,至次日厝棺于祖墓。连日阴雨,静心养疴,虽甘食善眠,而不生气力。内子又难脱病根,叠觏鞠凶,首饰、布匹都罄,人生到此,几不聊生。

闰八月朔(**9 月 24 日**),始晴。适陈氏妹来视疾,带梨、藕、京冬菜、芡食糕,他如俞蔼人馈米粉、香粳,贾词仙馈鲜肉、团笋,梅溪馈糟油、青豆,厚斋馈糖芋、桂花,家朴园馈绿豆、鲜菱,伯谦馈谏果、香茶,并足开胃。是日,莘庄庙祀神,爱遣人进香焚镪。中夜念业户二年无租,饿死不少,幸而降价鬻田佃户,十得二三,何以延命? 特拟禀稿,请照金匮、长洲、昆新例,准业主收租,与同人商酌,或动公呈,俾批示遵行,则业户不绝生命耳。惜现定粮重,再加民租,已复全额,而明年上下忙仍无着落,故恐窒碍难行,无人出禀,致徐局把持各粮局,军师帅皆恃若泰山。闻慈溪于前八月廿五失守,三日即复。钱城帅领兵受伤回常,升天军佐将,未几又升主将。黄天安伍领队出境,想其属张帅亦行,吾庐无守矣。

次夕,忽梦挈儿游北关外,访禅友素庵,归伴大兄卧,内人忽报船带鲜鱼,是次侄所钓,问如何烹法,予未及答,陡为祐儿鼾睡声惊觉。是时祐儿有寒热,多食不化,又受风寒,乳媪病不能护故也。迩来室人诅祝,儿女违拗,约法自今力除,妇女遂痛剿前非,服勤忘瘁,祐儿亦读书知乐,声朗可听,予喜养心得力,尝谓和气致祥,一不谨慎,灶神上奏,三尸神上闻,至连丧二口,故梦拈"侣"字,虽悔可追乎?

初四日(9月27日),祐儿寒热烦恼,因招伯谦医视,带沉香神曲,言须得畅汗,垢浊下行,病乃脱体。服药才半,忽呕蛔虫两条,急延周妇推惊,据云:"受棺木伤且失喜,须到墓唤回。"始悟小女出枢时祐儿不及避,属马本忌也。爱如其言,往请喜,饮芦菔汁及钱伴慈菇汁。至夕,肤润热轻,内人与高妪病后力歉,勉强扶持,乃唤郭妇陪病。予坐至夜中,誓每晨诵包元帅传宣《观音咒》及《关帝先天神咒》一百八遍,焚香膜拜天地神佛祖宗;每月朔焚镪一角,拈香礼天;每逢斋期,茹素三月,或可净心慎口,稍赎前愆。因王小庄来寓,书阄向灶君前敬拈,拈得合议一阄,遂同伯谦公议一方,仍遣周妇推拿,神气较振,惟宿食未化,尚未大解耳。两姨来省,话及家事,同为攒眉。闻上、下塘周汉山、朱又村两师并局,设吕厍广福庵,上塘则长洲刘澹园

□江为政，汪可斋出场，可斋隶申帅统下，授文军政使；下塘仍朱吟陶帮办，施润卿出场。是日，祀神开局，适闻天鸣，未稔何指。

初六日（9 月 29 日），天仍鸣。祜儿汗少便阻，烦躁如常，伯谦来诊治。适亡女旹回，倩道士二人迎旹，诵经追荐，兼靖寓房，福庭弟来襄事。

次日，祜儿寒热，日重夜轻，幸能熟睡。

初八日（10 月 1 日），又日轻夜重，烦躁依然，爰候贾誉吉推惊，据云寒湿交滞。晚乃伯谦来诊，见甫发白疹，嘱饮薄荷紫苏汤。是夕，斋送神鬼，并祀男女亡人，当天请喜。

次日，祜儿白痦略增，汗尚未畅，伯谦来下药。予缘嗜食少力，大便久阻，伯谦请服鲜首乌。子和于去秋索寒衣豆，今始补送一筐，附二诗去。午后，强步至顾寓，与阆翁、子和谈近况之恶，各有慰言。二鼓，俄闻适陈从妹珍之耗。念朔日来问疾，面腴润，毫无病容，自谓头风未来，家中唯予健，不比子妇之染时疾也。岂料初四日即病，经一候而痛厥不起，哀哉！予寡姊妹，惟从妹往来，亲谊甚笃。避难三年，馈问不绝，方冀嗣子成昏，侄女作媳，得以代劳享福，骤膺此变，如断予手。与大侄送殓，哭以长篇。晤画师陈芝轩及酆瑞泉□□、陈憩棠、孙小江□□、程荣江等，谈两日。

初十日（10 月 3 日），祜儿得汗，白痦亦繁，伯谦来诊，盼得大解乃佳。

次日，热退神安，唯大便仍未达，又进泄滞之方。

十二日（10 月 5 日），始大解，病减八九。沈得山丈来视，为我言镇江官兵遇贼众退进城，被贼填尸城口，城内火药虽尽，幸将药桶投出，焚尸轰贼，贼始逃。又言伪（义）[翼]王石达开据陕西，陷其三郡，因近京，追回胜帅兵，不然，将至江北矣！江南救援无兵，殊堪焦虑。前营师帅局除七百二十外，续收下忙，又三百有零，为刘澹园取缴徐局，备还上海所发兵粮。城帅若追此款，反无以应，师帅又必赔垫多金。邹玉韶告退，升周汉山为军帅，张葭汀□筠为师帅，旅帅邢小缘

亦斥退。受伪职者唯朱、毛为绅富,余皆编户穷民耳。见无名氏《前营伪乡官传》云:

最先授旅帅者,前营师帅统下李庭钰,初为吴塔乡董,旋受派伪职,虽系寒儒,然尚无肥家之计。前营左师帅朱又村,为同知街西村之子,始畏贼不入城,后因其女被掠,使弟诚斋同婿长洲中五军帅张紫卿,恃检点徐少蘧之力,入城索回,至辛酉二月,始入城受伪职。右师帅毛蓉江,毛家场人,监生葵村之子,性最黠,得内兄王鲤庭扶助,早为里中巨擘,自授职以来,外沉默而内尖刻,所辖之地,民无遗利。前师帅蒋卓斋,陶荡富户,为人懦弱无能,第迫于贼之铺派,勉强受职,故事权旁落,城内言传涣号,风雨奔走,身不得避;乡间搜粟追银,昏暮赂金,他人分享。至今而始知瞿晓岚、钱季文诸人之侵蚀,已无及矣。况所用之书伙汪可斋者,大奸慝也,蒋不能去,后必有害。中师帅则木排厍陆炳南也。炳南一拳教师耳,与里中陆孝思、浦维新、姚宏如等为钩党。夤缘土奸受伪职之钱伍卿,于辛酉四月夺分中营前师帅朱木匠耀明统下三图,又在前营中割分二图,与姚、陆、浦三人严刻峻厉,穷极其技,而屡受贼众之先锋,乃退授其职于杨义斋云。后师帅滕元顾者,钊元之子也,长春岩,次秋岩,为人皆长厚,年俱少,家亦小康,非有朱、毛、蒋之富,并无陆、姚之能,虽有姻亲沈伯门为之辅,而终屈于众师下,所入不敷所出,以至囚牢半年,通狱馈金,始得脱祸。壬戌夏,剖分其地于四师,滕始无遗累,而滕之破家,乃前营军帅邹庆和之所害。邹号玉韶,行四,长兄竹亭早挈家逃,贼遂派玉韶为军帅,初亦不肯入城。辛酉夏,贼举朱又村护理军帅,交纳印信,朱既假权柄,事颇欺邹,邹乃受职。滕有良田五十亩,邹所欲也。辛酉夏,伪天王有诏捐资,邹以巨富不捐,致滕赔累,后邹又大索其家,滕所积田禾在场,邹尽夺以与贼,云补欠项,倚势作威,几致滕春岩于死地。辛酉二月,邑绅

曹和卿具禀钱伪将，悯城士流落于各乡者，度日艰难，每亩酌收
三斗，立租局于吴塔左近。而业户之来领租者，概约期不付，至
四月初旬，有贫民奋击之变，致分局平氏房屋半为丘墟。而曹遂
于一夜中将各局租钱移作勇饷，佐将钱札田分上、中、下三等，上
田每亩粮收二斗，中田一斗八升，下田五升，虽官斗加五而上不
过三斗，乃五师合租粮为一局，竟收至七斗，至有三十六人之投
禀。而朱又村之局几岌岌其殆，上赂下馈，费及几千，向所剥削，
惜亦无多留也。后至残冬，绅衿各业领米者盈门，迄无所给。上
忙各款，佐将钱札，上田每亩七百二十，中田六百二十，下田五百
二十，而今概收七百廿，犹以收数未清为憾。填款之捐，二师捐
至数千，犹不满意，封米数百石而不给人钱，则曰申帅罚项。若
退有后言之俞浩然兄弟，则立拿提究，定计处死，而幸赎镊以免。
自军师之重利，而所统属之旅，若毛之有凌凤梧、毛文香，陆之有
姚宏如，蒋之有邢小缘、周汉山、张葭村等，皆以利为义，以刻为
能，厚敛讹诈，以肥其身家，下及书记诸人。若朱之有施润卿，毛
之有王鲤亭，蒋之有汪可斋诸人，皆寄食门下，今无不鲜衣华乘，
奴婢指使，妻子衣服丽都。前营二十五旅图，应二十五旅，而五
师皆未备其数，朱又村统下唯李庭钰读书明理，尚未丧厥良心，
故人称其平允。朱自成家道小康，是强派为旅帅以代时雨亭者，
与李旅帅同局办事，以不费己钱为幸，亦不在刻剥一流。毛蓉江
统下除凌、毛二人外，并无旅帅。陆炳南统下，师旅合一。若蒋
卓斋统下之邢、周、张外，有蒋松年、顾绍周、周念椿，皆挂名旅
帅，入城应点而已。近又得蒋卓斋之耗，询知被徐局爪牙刘澹园
逼死也。海塘绅董徐少蘧与常熟海塘董事毛蓉江皆通于佐将
钱，钱临去任，将海塘银款尽属毛付徐，徐因令刘逼追，共欠一千
三百六十千，蒋已付交一千矣，刘与毛日日逼索，蒋乃服毒死。
岂知长洲林军帅局早有忠王缓征塘银之札，蒋之死亦枉哉。然
目前之死，皆异日之生其子若孙者也；今日之腴民以生者，吾不

知其后日之若何而死也。论曰:李庭钰,一冬烘先生耳,能安贫而不重利,始未信,至人咸称其庚申冬收粮,与师帅所收每减一斗,又于辛冬劝朱勿收租,让业户自收,真所谓庸中佼佼者。若邹与毛与朱之富甲乡里、素称巨族者,而甘于媚贼,相为苛刻,虐齐民,灭祖德,惜哉!而蒋之殒命,滕之破家,又不知天之报施何如也。

此传颇详细,虽属口孽,亦系公论正言,故摘录之,以昭炯戒。闻曾帅驻扎东坝,伪忠王领兵往御,屡屡受创。

次日,祜儿寒热未净,而白㾦已透,可卜平安。

十四日(10月7日),时热时凉,而正气渐旺,始食葛粉。

望日(10月8日),长侄女来谢灶。祜儿得大解,惜尚伏热根,予为诵驱疟令。有周泾汤乐山□□、仲贤□□来云,海口夷船被卡匪轰击,劫货逾万金,恐夷报怨,徐陆泾镇又危。

既望(10月9日),祜儿因余热未清,牙龈肿腐,时见血痕,王小庄与伯谦同议泻黄法治之,并吹凉药。陈霭亭与家焕纶尚贤、礼庭来议侄女姻事,因中馈乏人,不得不使子妇团栾耳。

十七日(10月10日),舟赴龙泾,膳于毛卓斋埈处,少润阮囊。晤金朗生□□、高彦文□梧小话。卓斋适感冒,予亦痧发,即回。伯谦来诊祉儿恙,口疳药则索之小庄。笪琴舫自黎里归,饷雨前茗、重油饼,予久思龙井春芽,生禄佳点,至今始得饮啖,犹有渭阳情。

次日,元嘉兄缙煌到相城,发陈坤亭廷爵、汪际唐两札。祜儿牙根毒蔓,特遣仲舒赴沈一纯钟福处取吹药,煎药则仍伯谦书方。予往贾誉吉家报谢,适晤家朴园,同至祖居,询福庭弟疾,幸已退热,见其渴,留香茗而回。

十八日(10月11日),次女又寒热,唇干口燥,未得即凉。

十九日(10月12日),里中祀瘟部,予出分金,虔诚往拜。夕憩芦棚,听曲三鼓,踏月而回。

翼日,次女恙未减,而书生来读,斗室难离,未得静养,甚为忧心。祜儿虽热有起止,而牙疳仍炽,厥势非轻,贾厚斋代祀灶。午后,时渔琴来视,与之谈深,携其尊甫诗见质,带予近作归。予欲陪祜儿就陈氏医,讵意是夕次女谵语云:"风大,断不可出。静宝病犯实矣,此儿须把细医治,切弗任意。"临行拍床一大声,似其外祖母行状,故欲行中止。

廿二日(10月15日),伯谦来诊次女脉,言须发疹、汗畅乃安,而祜儿可勿药。

次日,李菊翁枉顾,煮茗畅谈。知其次君赴上海,因粮局为徐氏监掣,刘澹园作主,动多风波,欲拔淤泥而湔洗,亦见知儿。祜儿口毒渐清,喜得食风米粥,唯次女仍寒热,时有谵语,仍服伯谦剂。

廿四日(10月17日),次女热盛,见红白疹,伯谦下蝉蜕、瓜蒌、枳实等剂,而祜儿则咳嗽吐痰,牙症稍减。

越日,女仍焦灼,因汗未畅,疹发无多,仍遣伯谦书药。予与礼庭弟赴莘庄,以百福钱、三元笔赠颜公子,附以诗。尊人心谷及刘怡然均有族中丧事,往谒不及畅谈,知今秋无家不病,素衣盈途,与咸丰五年相仿。回憩颜晓霞家,晤施受卿、张晓江、沈墨轩、朱柳江等小话。旋为陈霭亭留听道曲,与陈福田、程荣江、家焕纶手谈至三更,主人劝饮,鸡豚鱼蟹,佐以芳醪,颇多食福。同家福庭宿西厢。

廿六日(10月19日),途遇朱彦卿茂才庆镰,知与其兄炳卿副车庆镐同寓丁氏,互述砚田无缘,来日大难之苦。观四六图公醮于佛庵,装严极华,朱霞峰□□、柳江□□留予茗话,适伪宣传丁□□唤醮坛道人进卡唱曲,名为敬天父,虽得赏银,究亵道教。午后,予赋归,伯谦来视次女疴,见瘄疹渐布,惜汗少热郁,病未得清,遂备酒肉解伤,以循俗例。邢湘舟送白杜稻米五斗,厚惠频加,全家感浉。

[次]日,次女汗仍未得,胸次郁纡,伯谦来下疏解药。祜儿牙疳未止,咳嗽见红,爰赴陈憩亭处医治,下羚羊角等剂,承其却看封、送凉散。

廿八日(**10 月 21 日**)，往候笪琴舫，其在南路，知杭州仍为伪听王□□□所踞，南京则有佳音。伯谦来诊次女疾，喜得汗布疹，大有退机。祉儿则连服原方。刘怡然、汪际唐来谒，相与畅谈，家人不能行厨，沽村酿，买羊膏，敷衍至暮，仍用狂韵纪一诗。

次日，西南闻炮声。

九月朔(10 月 23 日)，次女热未净，伯谦仍来写方。

次日，祉儿牙根仍血，伯谦改陈方，用鲜生地、生石膏。闻嘉定于是日克复。

初三日(10 月 25 日)，次女疹发遍体，而热仍来，伯谦下药。祉儿则就陈憩亭医，仍用羚羊角。予往省平燮庵阃君疾，半途适遇燮庵与阆翁偕来询予家病，彼此同心，可称休戚相关。同回顾泾，茗话书斋，燮庵留品糖芋。见其夫人病余瘰甚，况经半产，又哭爱女，未得复元。留诗二绝。直省开恩科，闻吾邑杨钟鲁太史放山东副考官，正则吴县潘伯寅学士也。

次日，始起西风，天气连晴，不妨收敛。

初五日(10 月 27 日)，偕王鲁园答问李锦江，不遇。旋谒时挹山丈，承留晚餐，把酒持螯，嘉肴盈案，醉饱而归。拈狂韵赋谢，鲁园和之。陆阆翁、平燮庵来，未之倒屣。闻伪忠王抵东坝，被大兵围困，并有南京逃出难民，讹言金陵攻克。冶吾侄寒热，倩仲舒负归。

次日，祉儿牙疳稍退，仍连服陈方。次女亦病间，至夕食陈米粥。

初七日(10 月 29 日)，顾金台来寓，畅叙阔悰。

翼日，挈祐儿赴田垛沈氏、吴塔顾氏，少江留膳，与其叔杏园、秋谷共品醇醪。承陪至吕库，到邢湘舟家，喜其勿药有喜。旋集戏场，演《李黑心占妇》。偕朱汉阳□□、鹤龄、丹腾逢泉、晓春、竹书暨杏园茗话芦篷，鹤龄为东道邀饮，刘陶然少尹自别座来，添酒战拇，言共醉菊花杯，醪香肴洁，继以汤团，各歌醉饱。陶然言谢锡畴已故，回想八月初七同饮此间，貌腴似少年，不料未及两月已痛先零，曷胜黄壚之感。均纪以诗。遇朱诚斋丈及张葭汀、施受卿、顾晴川、朱少英、松朋昌明，半途小话。祐儿为少江留宿，予则薄暮先回。

重阳（10 月 31 日），阴晦。水乡无高可登，予亦茹斋，故未出门一步。吴塔杨、常二帅俱领队出境，唯留申帅驻卡，兼管前营诸师。闻金匮界照旧收租，亩收□□，除粮尚余四斗有零，长洲、相城一带因徐少蘧之请，亦准收租，连粮收七斗，徐局抽捐斗二升，业户归二斗四升，如顽佃抗欠，交局代收。而吾乡前营漕粮，则定亩收五斗四升，折价钱二千七百，次限五斗七升，折价钱二千九百，三限六斗，折价钱三千二百，外加盐捐二升，解费钱一百四十，田凭钱五十，斛身加三，洋价作一千零五十，递增至一千一百九十，定于廿二日开仓。唯租米不收，业户如何度厄？

初十日（11 月 1 日），大雨。正苦无人上市，顾甥及家朴园、伯谦适送蟹来，以佐饭菜。祉儿尚有余热，仍服憩亭方。

越日，开塾，冶吾犹病，唯仲舒来。

十二日（11 月 3 日），偕王鲁园访刘怡然、陈霭亭、颜心谷、芝生，半有小恙，茶话匆匆。归途遇沈小云□垣，彼呼我而我转茫然，几欲问姓，叹予衰甚矣。是晚，顾少江送祐儿回。

十四日（11 月 5 日），于朱景翁处知城宅户槛俱无，一望空洞，非唯旌额神堂俱撤，即高祖母"荼苦筠清"匾亦化劫灰，因张伪帅已去，本局师帅不放留一物也。前后无关锁，诚可忧危。

望日（11 月 6 日），祉儿仍有余热，耳后生疖，幸敷凉药而散，仍候王小庄诊视书方。贾词仙馈鲩鱼，顾少江馈南腿，病人得以佐餐。莘庄一带，病者多作李王城隍言，一则因庙圮无依，香火久废；一则因身毁不备，装塑无时，爰入人家索钱粮。家人允之即愈。余家铺张受益兄弟得李王庙梁，均遭疫死，其圮毁人反无恙者，将与长发同尽，又当别讲耳。

既望（11 月 7 日），赴陈霭亭之招，承乏丧房。

十七日（11 月 8 日），与妇子送从妹殡，时僧道同坛，偕诗友高匆斋、刘怡然等听笙歌，品肴馔，继以斗牌。晤新安戴彭年暨谢润梧□□、李心轩庭栋、沈春园、鄞瑞泉□□、程荣江、陈耀祖森、永全□□等，竟日畅聚。主人留宿斋中，内子先回，送朱姻母殓。

次日，予往访勿斋，并携儿谒颜心谷、又亭，承惠茶食诸物。霭亭留精馔，招刘陶然等与予赌酒，携樽寿菊花，醉中仍用狂韵，以谢主翁。

十九日（11月10日），贾词仙夫人骤病濒危，予偕妇往视。并唁朱子钦丈丧偶之哀，嘱撰挽联五副。闻王霞帆、童养真家遭盗，俱花面进门，劫掠一空。高泾三面皆水，尚有此失，无可居之地矣。

翼日，往平氏问疾，兼慰燮庵丧明。适宓静岩自家乡来，询知宁波未失，眷属不惊，讹传顿释。午后，时挹山丈暨李锦江左过，设茗点留谭，同憩贾氏双桂轩，玩赏菊花，秋芳满庭，如五色云现。王鲁园翦黄华数枝，供二公瓶玩，有一种玉梅，庄静见品，尤如玉树之在庭阶，遂同次狂韵作歌。予拈此韵，已凑百篇，不遗余力，恐才尽江郎，得诸君和诗亦百余首，为《娘军斗胜集》，编次跋之，呈陆阆翁鉴正，同人点定，远近传钞，亦尘世中雅事。

廿二日（11月13日），予往问朱心梅、卢器轩及仲舒、冶吾侄恙，见稻堆蔽场，无路可走，知水田皆成熟矣。丰年景象，未免垂涎，惜租籽不收，于我无分耳。闻平燮庵夫人之耗，代为焦忧。燮庵家故贫，所入馆金不抵一岁之用，乃连丧子女，又复断弦，殓费从何而出？

次日，冒雨探丧，同为堕泪，恨家破一无赙资。晤顾子和、瞿超亭□溁、宓静岩、王鲁园、李春熙、颜晓霞、心谷，话雨移时。

廿四日（11月15日），桑砚香乔梓来会，陪话于双桂轩，把酒赏菊。李锦江亦来，未及畅叙，向鲁园索玩菊唱和二诗，匆匆即去，言须早回炊饭。村师苦况，大率如斯。灯下为刘怡然作《惜字小引》，夜半方眠。

廿五日（11月16日），赴平也园、邢湘舟、王省斋家会话。并赴收粮总局，晤李菊亭、朱诚斋两丈及俞吟梅、张葭汀、施受卿、瞿锦成、

邵松圃、朱少英、竹书，见粮米已解，粮户赶头限，拥挤仓场，博局多
败。戏台又搭朱宅后，花船齐泊，小市喧阗。回遇顾杏园叔侄，略酬
数语。过田垛沈宅，菊村留醇，设点，畅叙阔悰，酕醄回寓。知时渔琴
带诗来，未及趋迓。日用不支，托笪琴舫至吕厍兑手钏应急。

廿七日(11 月 18 日)，西风始寒，俱用袭服。李少山□□、顾少江
到寓，茗话移时。

翼日，予往莘庄，与刘怡然叙于陈氏，适霭亭往鹅湖，其家人留
点。复谒李□亭丈爱棠，又病在床，公子心轩出陪茶话。闻雨花台营
盘为贼夺去，官军退屯太平关。东路太仓、昆山等界均为贼冲，夜夜
见火。王鲁园馈参须、彩笺，适予病后，又乏纸田，大慰所需，仍用狂
韵报谢。贾词仙、梅溪均系病余，予欲广友惠，将台参须分半饷之。
平燮庵来谢唁，朱克谐丈及顾少江兄弟亦来，留茗点谈久。

晦日(11 月 21 日)，陈霭亭、时渔琴见过，留茗盘桓。

十月朔(11 月 22 日)，笪琴舫病痊建醮，并举佛会，予全家见招，
是日素斋。至次晚设酒席，与苏顺山、毛企堂、邢桂山尚仁、贾词仙、
梅溪斗饮，山珍海错，异味满筵，乱世中难得此欢宴。

初三日(11 月 24 日)，托陈霭亭销卖衣裙，备缴药账，而债重尚
未全偿也。

次日，遣高妪问俞姨疾，知朱匏庵丈家重丧，次子养吾文浩前岁
从予学，口音清脆，体状丰腴，童年早世，可惜可叹；而其次女又自缢，
家运之乖乃尔。是夕，陈憩亭家又被盗打劫，想皆土恶服匪衣，开花
面，黑夜横行，主人受伤，即赴粮局请发勇搜捕。两月间已有两案，不
得不严治也。

初六日(11 月 27 日)，时渔琴带诗来，叙话至夕，索予《外集》《尺
牍》暨《同人尺牍》，函而归。

次日，往朱氏，望椿言嘉定之复，夷人之力。当时雇土人推炮车
四十六两，只四十六夫，分为二队，逆匪连追连拒，到城开瓜炮，逆匪

退入城,夷兵缒而进,开门接应,为大队攻克。据此则夷兵可用,特其好利,不能一心辅我朝,究不可仗耳。

初九日(11月30日),内人往视俞姨恙。冶吾侄病痊来塾。闻黄理斋、俞月楼、钱雨亭诸丈俱委化,不堪世乱,致老成凋谢,为之长叹。家人至今康健,病中各项未了者须偿,爰将赤金佩签嘱笪甥出兑,虽债务粗完,而薪米尚无所出,年丰不免啼饥。

十一日(12月2日),雨窗和答时月梅、渔琴两作。

十三日(12月4日),胡芳梅建业长子厚坤完姻,予往贺,偕新客王友三上舍尊益暨周惠山丈敦义、念椿、子安、廷幹贤亮、谢峻山、朱日新鼎元、家伯谦等宴于木屋。嘉肴旨酒,异味满筵,主人欲博下箸,不惜万钱也。

次日,赴吊朱氏,子钦丈倩予陪宾,祐儿随往观礼。晤沈墨轩廷灿、平也园、李竹溪芳茂、少仙维新、怀英树功辈,叙话终日,主翁设盛筵见款,饱领而归。

十七日(12月8日),沈得山丈来,知西路逆匪败逃,大抄横陵、洛社地界。夷人攻克嘉定城,即造夷馆。而近处各卡匪伙仍酷,假托伪慕王命,有船者旧凭不准,着领新凭,每船费钱六七百,又开一利途矣。闻上海发兵三千赴西路,周文之邑尊往曾帅营办理文案,常昭两令俱换人。庞督办卸事进京,山东捻匪不靖。

次日,予赴陈霭亭之招,见留酒食,适其父子患疡,行坐不便。其弟小溪自上洋返,为言东土情形。晤颜晓霞、刘怡然,得其和作而归。予久不作香奁,灯下见怡然《闺情》二首,辄复效颦,借消长夜。闻华获秋大令徙居上海乡,为高隐计,局务交其叔朗亭孝廉学煦,公正而欠胆略,威望少衰。

连日重雾大雨,至**廿三日(12月14日)**始晴,西风冻甚,霜陨水冰。时嫡侄女安庆受陈氏之币,弟妇推予主婚,陪月老周顺昌夕膳,蹋冻而还。

次日,予往川泾,谒贾耕传丈□□暨誉吉、平景钊世曾、华云卿。

又过顾泾，与陆阆翁、顾子和、平燮庵、徐小兰叙话，冒雨而还。家朴园来，谈心半日。

廿五日(12月16日)，雨后严寒，点数十年日记，指冻几僵。

自廿六(12月17日)至廿九(12月20日)，寒威犹烈。时闻东南炮声。米价大贵，洋钱则价贱，因匪党粜米满万，限定每石三千内，又着每师办米千石，而天阴不动砻，农家出米甚寡，致铺户粜空，白粲价至六千而不能多籴。匪闻上海、余杭米价十千，乃严禁商船出境。佛洋、英洋并行，英洋重一分，银虽低而价长；佛洋虽净银，故意捺价，每个作钱千二百文，进出不得一价，往往伸缩至七八十文。荡口钱每百通用九十七，腰串减六文，余镇则仍九十九。匪收粮毕，又示每亩出红粉捐六十，农力不支。

十一月朔(12月21日)，从侄女出阁，适陈霭亭公子念堂培基。

次日，合卺，可慰太圃弟于九京。时雨雪，遣祐儿陪贾文星□□、家礼庭、伯谦送嫁，内子陪弟妇将庙见礼，予则先往贺婚。主人留宿，盛筵连设，与徽州汪云堂□□、太平戴彭年暨同邑谢润梧□□、高勿斋、鄞瑞泉、平湖桥留良、吴耀明□□、程梅江、孙小亭□□、啸江、陆卧山介福、凤池□□、家焕纶、兰卿等宴饮。醉吟花烛词四首，粘于洞房，且偕同人手谈遣兴。

初三日(12月23日)，反马，又陪新婿及沈春园、周顺昌、贾银涛□□、文星、平燮庵、景剑辈宴于故居，连日醉饱。

翼日，天仍阴。城匪开虞山门，于山顶造炮台，砌马路，于城外筑土营，浚濠沟。民廛拆尽，捉人运木石，师旅帅督工，卒长、司马疲于奔命，朱子钦丈家小舫亦押去当差。

初五日(12月25日)，陪陈霭亭父子饮于祖宅，苦寒闷人，借酒消遣。贾词仙又饷粥米五斗，馈贫粮竟作岁例，感何可言。

初七日(12月27日)，往田垛，谒沈锦川丈，承留茶话。问年正六十，头无二毛，胜予衰惫。公子鸿章、鸿文明德亦鉴予困，代为筹维。复赴新浜,谒朱景翁,见留饮膳,陪予往会吴复香,吹歔特挚。晤稽子山、华云卿,小话片时。过贵泾,往时挹翁、李锦江处答步,彼此谈诗,几忘日旰,而水田冰壮,冻不得融。

次日,汪际唐、沈得翁来寓,嘱和严修来《枕上口占》诗。并用余半村□垚韵,慰陈憩亭家被盗。际唐言庞宝生外放山东巡抚,圣眷甚隆。得翁述昔年事,予和韵答赠云:"此日暂教开绛帐,他年还看换青衫。"予反忘之。是年有岁试,而曰他年,似欠圆。然次年始同入泮,乃诗谶也。并及先兄兼赠家雪鸿句:"名题太学人争羡,诗继归愚品不凡。"先君怒叱云:"国子生何足羡,决汝不生不监矣!"又雪鸿赠得翁云:"座寓文星增气焰,人沾化雨脱尘凡。"未几,其徒开毅弟殇,亦是诗谶。又谓予祖曾大病,医师华西岩云:"外感已清,第须人参补之,不然将陷。"时力绵不能办,其祖鸣皋翁鹤出钱卅千,代买煎服,始得复元,非有此举,吾祖病不保,吾父亦废书,后来登科入官,皆公之赐。故公葬日,家君自城下乡,冒雪躬送,感旧恩也。

十二日(1863年1月1日),步至莫城,访陈翔云不值,晤慈溪张秉均。据云,来寓半月,今已赴海门,恨存款无归,废然而返。便过王氏,湘翁留膳,其子侄陪话至三更,适仲舒侄亦到,同宿漱芳阁,用前韵,留二诗。

次日,仍往莫城,瞿世良留点,遇宝山李洁莼、同邑张仲宾兆兰、俞调卿钟燮、马万和、勖斋、陈荣福、惇年□□、芝轩及伪监军朱云亭、伪生员陈芝茸肇文、伪举人钱筑嵝。进城隍庙粮局,陈福田、居敬止留坐小话。谒瞿佐卿未遇,与其岳孙湘帆鸿海叙旧片时。旋憩平少梅杂货铺,承留膳饮。又为瞿秋塘邀至酒馆,猪脑、鱼肝以及肥凫、皱肉均鲜美,椒酒亦芳,同世良等斗饮良久。秋塘怜予窘迫,并赠朱提,不愧古谊。于茶坊值黄婿心耕,知其在城馆办事,同诣金生景岩家,承其补送贽礼。与时酉生谈心,少慰契阔。暮偕金园弟蹋月而回,往返三十里,疲惫不堪。闻广勇三四百冒充官兵,乘海船泊福山口,与卡匪打仗,匪死甚多。常熟六门俱闭,北乡民又惊惶。吾里童朗宇明经病故，其弟养真被劫，忧闷成疴，卧床已数月。皆吾同伴试友，一经世变，人命难长，为之太息。途遇倪耀山上质，知迩日贩烟，书生而能为此，亦是大难。陶缄斋丈任其少子应试，中伪武举人，而其长子心一茂才维城当虞城未破，已见几而隐于卖菜，近尤不近污流，英雄当乱世，如古之邵平，可谓独清独醒。

连雨，至**望后**始晴，颜谷枉顾，苦无物待，略叙数言，不俟茶熟而去。

十七日（1月6日），心耕仍回城馆，馆在周神庙衖，主人凫天福孙□□，安徽人，管粮务。心耕以寓中两被贼冲，无力家食，有人荐去造册，得辛俸养家，亦不得已也。闻陆筠轩夫人以闷死，其长子廉石被掳，仅存次子小轩，貌秀神清，读书有望，但茕茕独立，有田无租，何以度日？为函嘱其姊婿陈坤亭廷爵、姨丈朱楚帆，协力扶持，俾存陆氏一脉。其外舅方承斋继曾倘能领去教养，尤妙。惜路远，不便寄声尔。

十八日（1月7日），陆阆翁与宓静岩来，欣然为予递信相城，冀坤亭早得，且托致谢瞿秋塘一诗。静岩云尤静困于去年病故，一年不面，已邈若山河，曷胜感喟。

次日，到吕厍，憩邢氏茗话。又赴粮局，晤朱又村丈及朱焕扬钰、顾晴川、瞿慎卿、张锦芳、锡侯、葭汀，聚语半天。邀陆印秋、俞吟梅两茂才暨朱竹书茶坊小叙。旋为竹书留同张晓江、施受卿、朱鹤龄小饮，熏鸡、煴羊，甚可下箸，以汤饼疗饥。便过王小庄家谢医，日暮始返。吟梅携其师支逸亭《硎石山房遗稿》嘱为序言，灯下诵之，手泽如新，恍与故人相遇。其中有《金谷园》二律，次韵补纪前游。谨按吟梅所撰小传，与顾子和同跋，归之喆嗣少逸□□、子卿□□。印秋得杨咏春观察信，知翁□□钦放山西正考官，鲍镇军超领兵东坝，陕西省渐次肃清，都将军已回江省。

廿二日（1月11日），谒陆阆翁、顾子和，寓斋谈久。得阆翁所编《殉难录》，如吴门董幼琴上舍世牐、吴少山文学本翰、俞书南明经之侄芑生□□，皆与我家有年世谊，其忠义可以励俗。唯吾虞之死节者，尚未尽录，为补入数十人，倘得汇报忠义局，请旨旌表，俾忠节士女，吐气九京，则此举非无益耳。

次日，陈霭亭来谢喜，茗话多时。闻王巷师帅程子明埕因亏空而逃，贼拘其妻，有倒悬之苦，解下，愤极自尽，贼仍为毁室之鸮。石桥浜旅帅周东梅□□亦以欠缴逃匿，拖累司计，致卢器轩被押于旅帅家。粮局之多风波如此。

廿五日（1月14日），朱生少英来寓，馈白米一挑，据云，与施受卿同赠，当米贵之日，倍感隆情。迩来十日九阴，地无干土，想杀运不休，天公亦多泪雨也。

廿八日（1月17日），赴家晓园、朴园、灿然及平竹香、陆阆翁各处，晤谈近况。知卢器轩往寻平小亭，可免缳系。曩诣昆山卜将军庙，不知何神，近阅《广舆记》，知倭寇犯境，县令祝孔寿竭令守城，围困三旬，城不下者一版矣，得老父教沸桐油杂厕秽下之，擒其二大王，围始解。所见老父，乃土地卜将军现身也。闻徐尊葵学博自江北回乡省母，被师帅周富荣挟嫌，杀害投海。解元公如此结局，可为痛心！

十二月朔（1月19日），礼庭弟自城归，喜报匪党乘钱伪将出城，于廿八日内叛归降，剃头扎白，唤修发匠绱而入，钱帅馆抄物殆尽，城外居民纷纷逃窜。惜予家已毁大半，无可庇身。是夕，北面有炮声火焰。夜分，下大雪三寸，至晓天晴，有人见陆墓竖大旗，书"打进江南，克复苏省"八字。人过城市者，匪伙辄驳其衣，服之。城外钱庄封几家，皆匪所设者。据王小庄自谢桥回云，城将移文徐局，出队守塘，各粮局均改练局。吴塔旧卡主俞能富因不肯剃发，断头，新卡主申士林适抵城，剃头免死。闻太仓收复，亦由内变，诚天意也。沧泾获逃匪六人，杀死，并劫其财。相城奉徐峨士令，诛卡匪廿三人，米价骤跌二千，每石四千，洋价骤长二百，每枚千四。而吴塔牙行因迁居速粜，每石减至三千七百。惜予寓早籴，费七洋尚不能办二石。闻杨义斋、朱

□□粮局被土匪焚抄，其余卒长、司马被粮户报怨、抢物毁房者，不一而足。而东路白头枪勇打劫货船，如湿生侄文蕙被夺裘衣，且击刀背，赴上海者多遭殃。卢器轩自五渠回，据云，福山总镇鞫立三领兵二千，馆梅林书院，城将固守，仅开小东门。姚啸江家正宗坛守沙将，于月朔谕云："画蛇容易画龙难，鹤唤风声又不安。要识蜀江多险处，一滩过到十三滩。"又玉京道人云："隆冬天气以风鸣，肃杀严威岁又更。不是人心有变易，只缘国事尚能平。现在邑中贼欲革面，尚未能洗心，防有他变，吾遣护驾将三员护本坛各弟子。"

初三日(1 月 21 日)，阴，残雪尚冻。吴塔卡亦改白头局，塘河多浮尸，潭荡百长朱昆华家被粮户抄扰，因积怨所致耳。闻昨日马勇、徐勇与苏匪接战，匪死无数，回炮仅毙华□□一人。惟今日徐勇攫银四散，蠹口桥门不及填。时少蘧不家，致有此失，盖人控少蘧外通，被押审问，通贿未尽过割，故久拘在苏。夕见冶长泾火，人云，张汉槎不发勇饷，被枪手烧屋一间。钱伪将自苏返，被马春和拉至永昌，遂遁迹璜泾。朱又翁禀见，归述其言云："苏城下兵五十万，常城兵只有四五万，怎能抵得我来三年？前营中并未杀一民，尔处向仗徐局，今则为徐勇所累矣。"是夕仍雨，董委员领勇船欲驻吴塔，设局团练，闻徐勇已溃而回，幸毛蓉江能聚村团，一心报效，稍激士心。如陆阆栽广文、顾峻高上舍、子和文学、沈得山、平爕庵两茂才、宓静岩少府、朱半千儒士具呈请发兵御寇，城将批准，札谕速即团防。

次日，吴塔来示云："抚宪委员督办招抚事务、协镇都督府周通谕剃发，以报圣恩而保身家事，照得良民被胁，例予自新。本协镇前将兵常昭，熟识被胁将士人民情形，禀奉统宪李札饬，并奉抚宪李札饬前来兹土，招抚良善，剪刈梗逆。已经本协镇与骆镇将、董潘佘各协镇等会议定约于二十八日呈毁伪印，剃发献城，并传谕通城官绅兵勇人等均允遵照，全行剃发。此后自必各安各业，守法安分，不得恃强抢夺，致罹法网。所有在城梗逆广匪经本协镇与骆镇军捕杀净尽，是城厢内外军民人等均已遵令剃发，唯有该乡镇离城弯远，僻处一隅，诚恐该乡民犹徘徊观望，致生疑忌，合亟出示通谕。为此示仰该乡镇团练居民人等，一体遵照，限三日内全行剃发，同心杀贼，大义共伸，切勿迟延，自招咎尤。本协镇实有厚望焉。"光庭弟自城回云："骆将本跳天福衔，是倡变之首，其余诸副将亦受过伪职，唯周将□□是我朝官，进城已数月。城中银米俱足，县南街等处店亦开齐。"闻潘淇竹、宝也两家被里人焚毁，因其曾为军师帅也。

初五日（1 月 23 日），予赴吴塔，草拟四条：一速拨兵勇州塘堵贼，二严禁土匪聚党焚劫，三着旧乡官捐饷团练，四请各上宪调兵接济。同吴门王敬卿□□、顾子和及同邑沈得山、李湘槎两丈、瞿镜湖□□、李耐村礼、平燮庵、宓静岩、罗楚兰、姚宏如、贾梅溪、孙子琴梧、贾松涛、朱半千、兰溪、琴轩、鹤龄聚于朱竹亭家，议请炮船，筑塘坝，惟乡民剃头宜缓，因时势未定也。时毛蓉江已赏五品翎顶，受派练董，陪四品翎顶申土林至吴塔，馆于接待寺，红绿旗帜，插遍镇南，拨兵约百余人，各图地保俱到。是晚，张汉槎家又被土奸钩结贼匪焚掠一空。永昌徐氏因枪勇猖獗，赴苏报抢，伪忠王下乡蹋勘，搜出红顶花翎，遂封房屋，掠资财，搬去火药两载，余匪馆纬泾塘黄家。闻西乡一路黄芝台欲起练局，募勇堵御，莫城乡团则王文奎招集，已立局城隍祠。

次日，乡农聚吴塔，欲伐树挑泥，为设堑之计。陡闻炮声，见苏垣伪慕王、听王领兵全股南下。家眷避警，附贾厚卿船，予同王鲁园、家福庭守宅。其时钱桂仁匪璜泾军帅徐芝江家，被慕王查着，钱伪将跪求免冲前营民家，迟久始允，遂拉同上舟去。

初七日（1 月 25 日），姚啸冈、胡和梅□□来，知谢桥莫城大打先锋，焚劫一路，于练局中搜取令旗。局勇与土人出御，杀贼数人，旋因众寡不敌，练众遂散。

翼日，苏匪攻城，炮声不断，沿塘人户如新泾、谭泾、贵泾、大潭荡、王家宅基连被抢掠，陈姓妇、沈姓女俱投河死，界泾尤枪毙七人。西南又见白烟，近城留发者，日前斩首枭示，今又专察剃发之人，杀毙不少。

初九日（**1 月 27 日**），莫城、相城苏匪设卡。予困守空庐，无肴下箸，幸朱恂如馈猪肝，毛跂堂带醴酒，得润枯喉。闻初五、初六两日，我兵出城迎战，连不利，厥后贼逾城垣，被虞山门大炮轰毙多人。丁伪官在莫城讲理，据云："虞城久不下，必有百姓助妖，须冲四十里，如即下，犒赏兵丁，亦在尔百姓身上。"是何言欤？

次日，知予眷过贾词仙船，予同词仙往南庄觅寓，虽离塘不远，而地属长洲。尤德亨树基、虞松亭引至沈宅，定房屋三间，与词仙内眷租住，言定两月，每间出房金二千一百五十。是晚，予步回，贾梅溪留夕膳。四鼓，闻城外炮声喧沸，西北有火光。

十一日（1 月 29 日），毛企堂设酒肉留饭。次女回张港，补带行李，予雇沈玉珍船送往南庄。项泾、贵泾、川泾俱钉断，唯通顾泾、洞港泾。因向患土寇，寓舍旁设栅巡更。房主沈春圃家祥与予言契，为查失物归还。贾梅溪、笪琴舫移寓杨巷，贾厚斋则移寓北湖桥，地属金匮，比予寓稍远。唯江阴零匪抢难民船，一带骚扰。

十三日（1 月 31 日），晴朗。见虞山新筑城，一白在目。

次日，步至莘庄，沈墨轩邀去茶话。旋进佛庵，听伪雳天福巫宣示安民，此子系安庆武优，竟披黄巾黄褂。闻城有夷兵，善火攻，有烟龙、地雷、落地梅等制。

望日（2 月 2 日），冒雨舣舟南庄，昭沈玉琳、建中、春园、绣峰畅话。

既望（2 月 3 日），仍阴。呼儿读书遣闷。枕上得四诗。

十七日（2 月 4 日），立春，天霁。三女自北湖桥来寓，予附梅溪舟回张港。舟子待匪船过，于渡口坠河，因不能泅，险极，幸攀竹篙扶起，予急与缊袍，始免冻。蒋如卿嘉霖来，言官兵与变匪彼此调防。

二十日（2 月 7 日），予附贾船至南庄。

翼日，携祐儿由木匠桥抵甘露镇，谒武烈帝祠。憩品葶轩啜茗，孙锦秀聚庆、李醉亭□倬会茶果资，与玉珍同返。幼儿寒热呕吐，嗽久不止，乃邀查定鸿推惊。是夕，予挈儿宿贾舟，见城内火箭纷落，山为之红。自初旬至今，夜夜间闻猫头鹰，如歌珠一串。

廿二日(2月9日)，予诞辰，略具汤面。

次日，阴。予同高永年、沈德龙长春、尤菊亭继鸿、菊□继勤坐谈。

廿四日(2月11日)，予回张港，毛家桥遇俞蔼人，见留茗点。半途又为高诚斋[汝]留饮，与瞿庭兰、嵇子山、华云卿□□、高云山汉同座，醉归纪诗。便经朱寓，承少英撮钱，俾得度岁。遇邻友钱渭溪□□，知吾庐已拆后二进，园地葬难民妇，曷胜蹙頞。待渡许久，日晚始抵上塘。迩来因匪船衔尾，渡塘如渡海，吴塔渡船，每客索钱至三十五。

廿六日(2月13日)，雨。予寓祭先，福庭弟为之烹庖，差了心愿。同贾梅溪、笪琴舫、家伯谦食祀余，汲泉烹细茗，壶置谏果，味美于回，迥异南庄之秽浊矣。与王鲁园同心守宅，对床话雨，颇不寂寥。

廿八日(2月15日)，晴。予附笪氏船赴沈寓，屋低打头，并无余地可设榻，窘苦异常。予借杌钞诗，每籍地坐。闻吴塔馆匪烘火，连坼市房，张家甸、芸甸亦然。

除夕(2月17日)，雨。为沈德龙、春圃、锦章正元撰春联，各房东馈年糕，予报以香茗。黄昏闻北路炮声，幸近村打元宵锣鼓，稍忘世变。唯闻城外民房恐藏奸，拆毁净尽，一望白地，欲归无家，萍泊蓬飘，乱靡有定，终难脱然耳。补记：虞城倡变者董名政勤、佘名拔群，董阵亡，游戎刘启福尤有功。

龚又村自怡日记卷二十二

同治二年癸亥(1863—1864),五十有四岁

岁朝(2月18日),雨霁。主人接路神,不同吾乡之拘于初五。予与沈建中、玉珍、玉琳、春园等采戏,手色不佳。晚偕贾词仙访梵典庵,士女进香者众。晤里人葛楞香荣椿,如素交。

次晨,同词仙返上塘,与朱匏翁、馥堂、竹轩茗战。渡口见匪船重载,如嫁女运装,更有将器具扎成木排撑而过者,知谢家桥一带又被焚抄矣。闻毛生卓斋于去腊病亡,医道方亨,天年不假,未生子女,寡妻孑遗,大为惋惜。毛企堂饷酒,畅饮醺然。

初三日(2月20日),连晴,暖甚,菜豆俱花。予为伯谦侄邀饮,陪侄倩陈念堂培基及诸族子宴于堂,兴酣拇战。席罢,同朴园弟等斗牌,并偕侄辈掷元筹,喜连胜得采,遂留夕餐。伯谦诊病已忙,邀请者几处。旋晤颜巷蒋云桂□□,知其族半被匪烧,逃者手无一物。钱雨亭、姚卿云柩被撬倒地,马勘斋之母因病烧毙,而芸甸李氏有守宅人呼盗,亦被贼戕。

翼日,侵晓,闻州塘枪声,知匪船过此者不少。午赴福庭弟之招,偕陈念堂家虎观培垿斗拳畅兴,复同手谈,又胜。回贾寓,因守屋无人,亲自烹茗煮粥。是夜,北白畦获匪船,抢散货物,杀毙一人,匪欲报仇,声言冲廿里,甘露镇左近惊惶,贾梅溪、笪琴舫又迁毛庄。

初五日(2月22日),艳阳如三月。词仙携酒肴来,予亦略备饭菜,同酌陶然。旋为沈得翁招饮,偕时渔琴、朱琴轩同坐尽欢,有纪事一律。午后,与卢器轩、朱心梅、日新鼎元斗牌,颇胜。唯掷洋盆不

信,为毛企堂、孙子琴梧等牵帅摊钱,见桌多鹅眼,不欲以大易小,费少许遂止。

次日,毛企堂、卢器轩、家朴园来,相与打牌,予略胜。张岳生夫人自城居逃出。据云,在贼中当苦差,如拔芹挑蔬之类。城头官兵掷骰为嬉,颇示暇豫,连出城追贼,至东郊总管祠。

人日(2 月 24 日),予步至南庄。

初八日(2 月 25 日),葛楞香来谒,煮茗谭诗,带艳体四卷去。是夕小雨。

厥明,玉皇诞(2 月 26 日),即晴。回南匪艇多载尸,攻城屡败故也。

初十日(2 月 27 日),尤德亨招饮,品嘉肴宿酝,与吴子琴上舍焕及韩瑞春、沈玉珍、春园畅斗酒兵。主翁因病淡食,以蜜蹄分甘。临行,易衣冠远送,遣两郎继鸿□□、继勤□□扶醉,并以谏果娱儿。

次早,复饷菜薹蚕豆,如此爱客,近人所难,濡醉笔鸣谢。同德翁春园答候葛楞香,承其留饮,甘酒如蜜,豚鱼带糟,可称新春来佳味,得四绝奉酬。见示诗稿,袖回讽诵,采入《诗话》,并跋数言。途遇余静斋希耀丈,知医□方嘉,风采胜旧,寓邻舍查芹香□□家,时得过从。

次日,偕楞香余寓茗谈。复至毛家桥,一村皆龚姓,欲访旧识沧湄茂才洽,已作古数年,为之怅惘,爰以宗支图嘱楞香送其族。嗣子竹君□□初识如旧,会予茶资。归路蚓笛频闻,暴暖之故。

十三日(3 月 2 日),尤如盛暑,春行夏令,恐人多疾。是夕,予耳肿胀,身有感冒,遂唤妇刮痧。

次日,停食,天气骤凉。未几,贾词仙来。尤德翁又招同余静翁、葛楞香暨其侄尔云□□欢饮,仍是醇醪。楞香嘱飞菜菅"菅"字,静翁云"露彼菅茅",予云"无弃菅蒯",楞香云"白华菅兮"。又出对云"医和医缓,医寒医暑不医心",为静翁说法,予答以"多福多寿,多子多孙还多禄",为主翁说法。作长篇纪胜,借谢主人。

廿四日(**3 月 13 日**)，贼匪窜北庄，同伴俱移舟东避，贾词仙许寄衣包，平尚信□□许寄被囊，洵可与共患难。予眷则附沈氏舟，补费一贯。

至廿九日(**3 月 18 日**)，贼氛愈迫，予苦乏舟资，幸平尚信又挪洋钱，始唤船迁北甲荣宅，稍缓一日已罹焚劫之殃矣。主人醉梅茂才开甲本旧相好，赁庑之金不敢多索，同其馆宾许春宜茂才文藻及马心斋、朱竹君肇基、一泉文海、沈枕经钟祥、余静翁连日唱酬。时挹翁等亦有和作，积成卷帙，遐迩传观，题曰《鹅湖风雅集》。晤毛庄朱霞城介宾蘷元、菊坡上舍福培、召亭茂才福增、云峰□□涣、叶封少尹晋圭、树荣□□晋林、陈少卿□□、朱梅亭□□、介堂□□、云谷、王凤和、朱云亭□□诸君及甘露华麟仙□□、北桥尤朗垣炳奎、塘北吴湘蘋□襄、济川□楫、房东之兄荣致堂中和、侄协卿□□、式卿□□、子慎卿鸿宾，茗酒连聚，排遣旅怀。时往西禧，王甥蓁香垄、叶香培留酒膳、沈君炳文□烜留名茶，亦觉散闷。王鲁园迁鸿升里，带予书箱去，先人手泽与予数十年心血赖以保全。奈二月中旬，州塘贼横，顾甥、俞甥家被坼，朱又村丈、邢湘舟家被烧，贾寓为贼馆，予所存器皿、书籍劫掠一空。朱子钦丈宅被火，仅存前面庄房，贾氏三宅，门窗户闼，几案床榻，均被攫尽，搭营贵泾余铺间。况有丹阳人阿菽随贼掳掠，薛六、贾二、陈湘涛靧善之妻王氏、贾明珠茂生之妻陈氏俱被贼戕，而姻戚中如王霞帆、顾晓山敦礼、沈卧云承奎御贼被杀，尤觉忠义可嘉。

至**三月中**，北甲亦有警，往尚书院家朴园寓，欲移居，而伪潮王领众过此，持戟执旗者昼夜不绝。问尤观澜□□、王小庄，又言近无乐土，乃惆惆而归。

十八日(**5 月 5 日**)，见东南火光，咸言贼近。北甲后难民船约数百，人情汹汹。时挹翁馈米，贾梅溪借银，乃谒杨巷马翁春郊昂，荷其留饭。

次日，备船来接，赁河南华氏房。不料谢埭桥贼又放火，距杨巷里许。

二十(5月7日)至廿二日(5月9日)，连朝避贼，予走陆，眷寄舟，盘缠、心力俱费。幸春翁与予酌酒赋诗，借忘兵乱。本巷属金匮，号称仁里，投物麦田，越宿无恙，予颇安之。屡赴荡口镇，门生马云阶维驹、表侄尤钰堂□□辄留酒点，此谊勿谖。而米价腾贵，旅食维艰，内子出金钗换黄粱，并遣高妪至甘露卖布，荡口鬻衣，始得度日。每日一粥一饭，每食惟挑草头野荠，清苦异常。迨太仓、昆山先后恢复，李霭棠副戎恒嵩带洋枪小队至洇泾，黄昌岐提戎翼升领水陆全军，李□□观察鹤章又统淮湘各军，先后来常，贼氛稍远，而南境流民四散，官兵尚未扎营。恐田地荒芜，不得插莳，爰偕沈得翁、平蠻庵、也园、家伯谦历禀各宪，设团防局于吴塔之顾泾，集枪船十一只，义勇数十名。延李湘翁□□、顾子和为司董，季茀卿、时酉生办文案，平竹芗、张晓江翔管账房，宓静轩、家晓园带枪勇，值差则韩小亭、沈芝亭、尤竹亭，值账房则沈炳文，厨房则朱六，五品军功蒋四、六品军功徐六及尤龙为队长，宓静岩、家朴园、仲舒则奔走内外。因不能请饷，姑派伪师帅周汉章□□垫资，余着附近十一图卒长等捐助。虽苏贼不时北窜，而督勇追剿，贼船不敢越吴塔，常境赖以肃清。

予眷乃于**四月望(6月1日)**，移寓庄基村时氏，与陈文轩上舍廷福、徐监兹参军思敬同居。酉生不较房金，诸烦照料。知所寄王祠物件，若先代遗照、名人书画，大半被掠，仅存书板两束于兵燹之余，殊堪痛恨。

越日，步至谢家桥，诣旧令周文之太守、新令王茇初司马两公馆，面乞差使。进善后局，晤季荨楼映宸、孙钧堂文鉴、陆时斋汝霖、曾仲瑛绍文、翁士服曾来、程映榴天焘，谈抚恤事。时本镇营盘已移鹿苑，常阴沙亦已扎营，刘省三总镇铭传尚馆关帝庙。是久，予宿于周古音家，本巷大被贼抄，掳去数十人，尚未全返，其族中房屋多毁，唯其宅仅存，各房男女群聚后堂，时闻啼哭。卧床让我，被褥俱无，以破棉胎盖体，蚤虱纷扰，眼不得合。主人并无床帐，寝地而已，蚊声如雷，其苦尤甚。

诘朝，予赴星桥茗点，绕城回寓，往复六七十里，疲乏不堪。

嗣于二十日（6月6日），赴委董长洲、马春湖安澜之招，在莫城总局拿办巡防，兼襄书柬，各大宪端阳贺禀，多出予手，又撰《西王庙募修小引》《顾泾祀瘟部疏文》。寓城隍庙楼，近挹湖光，远观山色，爽朗畅怀。时往吴塔平墅，稽查局务，其可增损者，复致函商。适吴门汪少甫常博沐楸、同邑朱炳卿州判庆镐均奉刘松岩方伯郇膏檄，共馆城隍祠，同事者刘雨时司马沛霖、周森叔盐经敦然、居敬之文学清缓暨金君伯谦梁、邹丈菊亭炳虎、吴趋汪班生司马鋿超、同里徐子良奉直，亦时相聚首，对床话旧，有若弟兄。伯谦侄则董平墅局，常来议公。时王荫堂参军文彬在港口局，陆砚香州同贤在湖桥局，李德卿少尹□谦在璜泾局，张亨衢茂才伟、王文轩参军宗德在塘墅局，同议防剿诸务，咸尽厥心。他如庞少冶詹簿钟珍、陆轮香少尹桂芬、张师陶□□元亮、潘子仁上舍祖惠、俞调卿司马钟燮、苏培之少尉长福、吴健伯少尹体乾、金省三上舍、翁箓卿孝廉曾荣、徐芝山参军、云涛司马、钱玉舫茂才禄咸、晓仑中翰禄丰、屈琴盦上舍步瀛、吉士少府咸庆、刘伯钦茂才钟爵、朱子和□□人立、吴郡胡吉甫文学长康、梁溪浦轮香茂才士铖及带勇六品军功王炳贤顺发、陈天发瑞龙，悉以公事面商。同人盘查难民船，计数存簿，遇有奸细，讯供解城。而各局之拿贼党、斩首级，解于本局者，亦复不少。公暇，为王霞帆上舍等书殉难事，报上海局。又为时己生夫人等报名善后局，得馈贫粮。王令至莫城安民，予同桑砚香观察陪话，茗点流连。李升兰孝廉、杨茹初宫尹、陈伯生茂才森孙亦来会议捐事。

至月杪，杨艺芳太守宗濂亦以督办团练设局，同寓庙楼，司董绍兴钱杏甫少尉敦泗、文案许楼仙司马国瑞、薛味三文学书香恒来议公。晤吴伯英宗洛、杨藕舫茂才宗洛、秦燕堂□□申培，皆才干人，不肯赋闲者。金坛吴铁君茂才时泰为潘玉泩廉访曾玮荐往周将幕，予附舟至城，到报慈桥王令馆，因前日芰翁至局，面索荐书，今来问消息也。便过善后总局，偕钱仲谦太守、胡雪岑孝廉话片时。步至小毛家桥钱氏，宝斋留膳宿。

翼日，诣谢家桥粥局，局设双忠祠，晤庞璪卿钟琛、冯少梅、范佩之三茂才及杨他山□□、黄敬铭，略叙契阔。步回永济桥，适新筑营，从营门进出，连遇濠沟，不得渡。纡途至朱家巷，立斜阳中良久，始得农船。渡至朱泾，幸各港木栅已撤，水路四通，日暮回局。本镇瞿秋堂世良时邀予饮，酒家美馔，味耐人寻。夷官萨燕来富自油泾来局招勇，予陪宴两日，与杨州高祖堂参军景照、李敬堂练长志元及徐芝山等畅饮。肴核精洁，不惜万钱，每顿具鸡子冰糖，投夷人所嗜。夷俗厌热喜凉，盥匜唯设冷水。予等虽大嚼，而夷曾酒量食量倍于华人。马春翁因周文翁网去乡官之捐，不准本局科派，虽有王文奎自新、徐蓉村□□诸人垫饷，而局费无着，姑自备斧资，恐日久不继。欲缴抚藩两札，投李副将营，嘱炳卿禀知潘宪，藩批："团练亦善后中事，何得为无米之炊？仰常昭两令妥议章程，立即覆夺。"邑尊始准于善后局中拨饷，本局不遽收，第地步太窄，难容宾从。

至六月望(7 月 30 日)，移局璜泾，仍将火药拨给各局，春湖赠予薪水，嘱回吴塔分局。时李湘翁已亡，予同顾子和等进城，请兵船巡哨，蒙周步瀛、孙性天善成两副戎面允，两巡州塘。继又入城请兵扎营，蒙黄提军、王总镇□□躬相地势，调邓仁舟长里、张笏堂学仕两协镇，统领淮扬水师，驻扎吴塔。本局与谈家巷、冶长泾两局轮当树柴之差，每旬二百担。朱荫涯参军士彬主谈家巷局，张兰舟参军汝翼主冶长泾局，两局禀单，恒倩本局主稿，子和擅长。厥后三局随营助剿，先扫塘角贼卡，继焚蠡口贼营，旋又剿荡口、黄埭诸贼巢。两镇以功，中丞请旨赏加巴图鲁，本局宓静轩奉本营赏五品功牌。予绘水程图，拟报捷单，日不暇给。间访南庄诸友，承尤德翁留膳饮，又与葛楞香、岩香正坤叙半日之欢。

七月四日(8月17日)，闻吴江克复系程方中军门学启之力，南路渐清。况潘玉翁奉委办长元吴练务，设局浉泾，陈异材□□□□又设团巡分局于永昌，荡、甘两镇及相城沈垫桥亦有局，节节防御，俾逆匪无隙可乘。

初十日(8月23日)，予同各董祝张镇笏翁寿。

次日，来邀饮燕，偕泾县汤伯勋□□、长沙朱召霖□□□□、吾吴朱荫涯、顾子和、张兰舟、咏莪茂才□□同集顾厅，共六席。堂下列巡捕哨官，大声战拇，脱帽兴酬，主人与邓、孙两协台陪座。席有元鱼，系湖南土产，羊蹄、兔臑，俱佳。唯每食不撤腊笋，并设鳝鱼，殊难下咽。迎送升炮，宾客皆惊。适顾大山□□、兰芳□□、刘春泉□□诡称李总统将扎营塘角，治长泾局可撤，来提张局枪船十八号，移至北雪泾摆局，以便随营进剿。兰舟答以北雪泾在治长泾北，非近贼巢，何得勒此益彼。即禀两镇，两镇谕将三人劣迹着三局访查补详，以凭拿究，并令被诈者告发。爰如谕公禀，事主褚也能□□暨朱、张两姓控告到辕。孙副戎巡哨西塘，遇顾字旗号枪船，即拘兰芳面讯，交吴塔营。又将枪船十只解城，李总统谕令六船留用，其余交孙将，以助巡查。批示匪首顾兰芳着即正法，两镇如谕斩之，并查封其家。其余匪首顾大山逸去，刘春泉则提讯取保，匪党王文玉□□久不到案，爰抄其寓所资财。又遣朱、张两局拿尤少愚□□□□于荡口，少愚走匿委董杨林墅太守宗澍船，各勇拥上，林墅叱党羽一一捆绑，并锁枪船。两镇闻信大怒，即发炮船四十号，会同三居枪船，往缚林墅解营。林墅之兄艺芳禀李统宪，即移文索还，因张局一禀，强予等出名，致日后纷纭，几成巨案，而无心中置人于法，问心何安？犹忆四月杪吴塔局获唐姓一人，讯明奸细，未解而先正刑。时予在总局，奉查已不及救，倘不在公，可告无罪，擅杀之孽，谤所当分，自此不愿预人世事矣。惟奸商往来，盘诘仍密，土恶之贪诈，风俗之淫乱，闻知者无不劝惩，而凶邪之心稍戢。李中丞督兵西来，予同人禀见，发枪船应援，追贼至望亭一路。公余编《金兰簿》，如谈家巷思董朱松堂□□、华赓虞□□、陆直清清瑞、孙西庚□□、冶长泾司董薛星桥光钊、董丽泉□□、张文舟汝霖、莲舟汝□、丁煦亭□□，外若陆阆翁、荣醉梅、华梅岑、王犀香森桂、高诚斋汝、薛敏斋□□、蒋芝亭□□、邢小渊□□、瞿超亭□淶、范景园□□、陆寿昌□□、颜静园□□、李锦江、惕先清培、郁斋蓉镜、尤静困、秋霞照、□□□□、朱绩斋懋曾、云溪汝霖、鹤龄，天遣良缘，萍水欢聚，亦难得事也。自顾子和罗致张幕，局事渐乖，门如市哄，日夕不安。始派伪百长助饷，今因经费不继，又令出雇替钱。火枪队向领工钱三百五十，局中给饭，其余旱队减五十，近乃概给三百。每卒长每日认一名勇粮，至油坊米店，贴补饷需。货船过局，抽补巡防之费。此举系奉营谕，予不与谋。有邢协义米铺，局友出票拘主，硬派多捐，予察其挟私逼派，乃谓："各行捐饷五千，此独派捐数十，法不公平。"爰嘱其仍助五金，同事瞑目，姑劝其捐痧药费十千，调停颇费周折。又有百长胡姓，局友欲其多助，遣勇保往提，予谓："同罪异罚，不可从。"乃令其照例捐资，局规少饬。七月初，有带勇者交结营弁，惯索横财，性又骄矜，辄乱局务：怂其兄辱骂司董平也园；总局所给炮药，私自销售；扫卡带回船只，擅自估价变卖；地方讼事，不解县审办，辄自提询；见司董禀单，擅敢越职增改；里人之到局者，往往不谒局董，径与此人耳语。其恃营挟局，欺侮乡愚，大率如是，以致物议沸腾。为长洲沈秀峰凤威访拿土匪沈花，拘禁在局，予察出争论，斥其越境私拿，饬令送还长洲公局，乃兄又出言顶撞。及于**十四日（8月27日）**入城禀县，批候密访确究，其人惧，出局投营。沈花旋因其兄弟用刑熬审，不堪痛辱，乘各勇睡熟，借刀自刎，几乎绝命。贪暴如此，波累同人，予幸禀明在前，同事服予先见。

　　越日，沈花之兄桂锡赴诉潘局，秀峰等拘到，捐饷结案，而带勇兄弟各受杖责五十，辱由自取也。前此沈秀峰恐伪官招嫌，冒称局董，邀同沈得翁、平燮庵、苾静岩禀报李总统。李公旋委督办军务符介臣观察信发本县王公提讯，时沈花已经保出，料理愈难。予见局事日非，欲禀县收局，便为王霞翁墓木投禀邑令，批准给示，有云："殉难忠坟，理应保护，不准地棍游勇伤损树株。"因委员吕仙洲贻桂设柳炭厂于东始庄，各家场树俱伐，不可不豫防耳。

廿五日(9月7日)，贾词仙公子祐昌以痄殇，念其神清貌秀，年幼老成，曾聘予次女，咸称玉润，岂料十四龄即夭，惜哉！

八月二日(9月14日)，子刻，江阴又复，系骆镇父子之功。时马局移至太平桥，邓营移至塘角，张营移至大桥角。李中丞又来常督兵西剿，得寸得尺，渐复舆图。

初四日(9月16日)，朱子钦丈没于石桥浜寓，重逢癸亥，例应重谒泮宫，乃播迁兵乱，不再延龄，撰联以挽。内姑氏沈母病亡及朱岭梅丈断弦，亦挽联额。莫城一带，时疫流行，寓邻李若卿家丧三口，李小冈家丧九口，王湘帆家丧十口，适朱次侄女淑亦以疫亡。西乡之陆砚香谙练公事，群称出色人，南乡之李锦江、王鲁园向称文章作手，今俱以暴疾死，良可惋伤。

初七日(9月19日)，同平也园入城，报销局捐，晤华荻秋大令翼纶，偶谈时要。坐枪船回顾泾，得"双桨秋波交燕尾，一弯夜月印鱼钩"二句。

十三(9月25日)夕，邑尊为局不交出沈花，添差转票。

至次晨到局，票云："始则禀请办匪，继则私行取保，今且庇匪不交，着该役立提局董四名，到县严讯。"讵意局友与差争执，恃保人马心斋已交沈得翁带县，四役仍复空回。予因报销树柴营差，已于上昼同平也园登舟。过莘庄，风浪大作，得"缆掣狂风拖石走，桡挑险浪打篷飞"一联。夕泊时寓，半夜粥后开船入城。

于中秋(9月27日)之晨，茶话学西，猝遇四役，得翁与心斋脱逃，予与也园被押。自度本非应讯之人，尽可申理，因索纸笔，同具禀单。旋被引至王公馆，又过符公馆，门丁混称该董不交出沈花，与其同罪。至晚，见王邑尊，袖呈禀帖，王公带原票三纸交阅，并无予名，见李批："据禀大干法纪，仰该县立提讯究，据实申详，如果属实，将该犯沈花立即正法。"邑侯以予有七月十四之禀，系不肯为沈案立名者，且与也园均不预闻此事，责役误押，饬送还乡，又转票补提四董到案。念秀峰捏称局董，累及事外之人，雨途跋涉，寝馈不遑，致恶役张大时出嫚言，局事尚可问哉？乃决意出局，不愿与魑魅争光。是夜，同四役回乡。

平明，在四万荡唤船返寓。

十七日（9月29日），晤殷春泉尔源闲话，知官兵抵无锡之高桥、望亭、东亭贼踞甚众，黄埭亦多匪营。又遇钱琴溪树梓自浦东回，知中丞已返沪。李静轩留予茗话，风清气爽，时闻桂香。

次日，阴。牙痛两旬，唤湖州妇剔牙虫，痛少减，及盘牙脱落，痛乃平。

十九日（10月1日），与李生琴仙晚话，知官议地总设小局，每亩收饷捐一斗五升，余归业户自收，大约半租，徐理梅邦燮总其事，用三连单，一存簿，一交业主，一给佃。清粮局则抚委庞昆圃学博、翁菉卿孝廉董其事，督办善后。周文翁病故，抚恤事暂停，团防亦递撤，故庙桥练局已改文报。

翼日，过王氏漱芳阁，主人留酒点，为霞翁作家传，又和星轩《对月有怀》诗。晤钱秋涛少府祖培，同话时艰，并悉次公子芝香上舍树棠病殁。数月不见，已作故人，可叹！旋至莫城，见西王庙赈局，易米以粥。周神庙则为陈委员□□公馆，专办抽厘，而店捐、房捐则聚局城隍庙。是晚，长洲潘玉亭□琥、云亭□珪设茗点见待，又为瞿秋堂、世良留陪彭泽高云浦刺史梯、吾乡曾伯伟孝廉，宴于庙局。时云浦自福山来，系辛亥孝廉，分发安徽，今奉委督办船厂厘捐，伯伟则奉札另办房捐。两筵并设，盛馔纷陈。与张仲彬兆兰、杨仲华□□、沈仲甘□□等酣饮至昏，遂宿于潘寓。

诘旦，沈得翁等入城，喜沈花已解辕，诸公可脱累。平少梅留予茶点，为潘同泰、陆协兴定捐，每日抽厘竟至三千五百，房捐则今年要抽两月，军需浩繁，不得不尔。各营树柴现定拨房捐，交地保采办。便过善后分局，晤季萼楼、严杏村□□、张雨香，晌午回寓。

廿二日（10月4日），内子挈祐儿舟赴贾氏。闻苏贼因徐峨士兄弟在巡湖营督兵，立将徐少蘧杀死。吴江之捷，徐营有功，而程军门旋参其逗留不进，未知究竟若何。锡金总局金玉山□□、薛伯时□□带百十枪船，时泊莫城，妙清寺一带竟无隙地。本镇代南城之市，兵火后多添阛阓，商贾、兵勇以及逃难士民，蜂拥于恩桥、虹霓桥，市声如雷，遥传数里，生意热闹，倍胜常时。而平桥间花舫雁排，烟馆博场亦不一而足，小市遂成雄镇焉。戴云衢、陈文德惠德来写田数，据称经造田册多失，现拟石外租田，注粮三斗二升，斗则租田，注粮二斗三升。予谓："非是。不如有据者注之，无据者阙之。今年粮额难定，况蒙恩蠲免，只就租数抽捐，此事尚可从缓。"

翼日，呼儿入塾读书，久荒心放，幸时公子世康、世泰、陈公子康贤同展卷，稍鼓意兴，凡事不可无伴也。予则阅沈归愚宗伯德潜《归田》诗，借消旅闷。

廿四日（10月6日），朱焕若、家浩然缙□①来，欲偕予入城，答以自今不谈公事，却之。

次日，幼女静方忌辰，室人设鱼菽，予为凄怆。过王氏书斋，聘轩留点，为星轩改《秋夕》诗。复往莫城，晤朱景华、狄如卿嘉瓚、陈梦梅玉书、李简廷、陈玉峰□□、周湘华宗珍，谈片刻。时徐云涛、庞震卿廷镫、赵□□同城均造新房，较东市更高敞，十分殷阗。予买大鳗鱼，归以下饭。补写同人诗，入《娘军集》。又默写普福庵所失日记，撮其大端，余不能悉数矣。

廿八日（10月10日），挈祉儿就医莫城。据裴菊村应崧云："久疟脾虚，湿热蕴结，致腹满便溏，急宜调养。"服药两剂。少差，戴耀廷□

---

① 底本仅有"火"旁。

□、瞿超亭留茗点，晤平少梅、张晓江于瞿厅，知委员符公审沈案，以阿花未认焚抢，不便拟斩，俟秀峰书捐，可结案矣。时西生自局回家，知吴塔局于明日撤防，自四月初五至今已一百卅五日，局较他局为长，幸而无累，得以有终，良堪庆慰。是晚，王瑶林、星轩邀我东始庄茶话，至昏始归。

翼日，天愁，如雷之响。

晦日(10 月 12 日)，予到东始庄，籴洋籼煮饭，杜籼煮粥，价稍廉。闻锡城贼众，下乡四掠，夺去大桥角头营，仅存六营，张营失炮船十一号，后归三只。笏翁被劾镌级，以守备衔留营效力。荡口杨树港被兵火，连烧数十家，贼认其党焚劫，全股突来，被官兵大杀。

至**九月朔**(10 月 13 日)，黄军门调兵接济，贼匪火轮船被炮击沉。伪王熊天喜本守石门，至今献城归顺，奉旨赏知府衔。

次日，予步至莘庄，陈霭亭留酒点，晤李春岩□□等话久。旋抵张港，朱蔼如留酒蟹夕餐，宿于笪寓。

初三日(10 月 15 日)，至聚马塘顾氏，吊杏园少府之丧，甥少江留点。嗣为伯谦侄邀饮，同沈得翁、芝亭、平竹香、爕庵、季茀卿、家[朴]园集于祖居，雉脯、蟹羹，胥堪下箸。迩来族中多丧，如佩香叔母、景园兄锡筹、效坤锡恩、效艮锡范、晓园廷璋、景春缙烜、景山缙煜诸弟、元嘉兄嫂、菊亭菊卿弟妇、嫡侄培□、侄女银珠、侄媳沈氏霍氏先后病亡，凋敝之至。便憩殓伽庵品茶，偕黄埭胡静溪茂才春煦、萍溪上人小话，旋与季茀卿、笪琴舫、家朴园手谈，甚利。琴舫留餐，偕焕纶弟□□、侄培墀、郭甥茂香□□欢饮，仍宿寓斋。

翼日，予过狄家坝，查玉章□□留茗。复过东始庄，时长春□□、李琴仙留饮酒家，与酉生同集。至午返寓，适福庭弟来，联床畅话。

初六日(10 月 18 日)，憩莫城瞿厅，晤董少梅守府连升，留予茗点。据锡人云，城不戒备，贼尽审乡刘禾，壮者被掳，老少饿死室中。惊悉陆筠轩次子小轩澍霖病没族中，其母新亡，其兄被掠，本支几绝，可悯可悲。

初八日(**10 月 20 日**)，挈儿赴市，办早杜稻米，会谭景陶锦涛。回遇邢湘舟、王芙江来寓，设茗点谈欢，知莫城祥号钱庄、叶姓货铺被盗抢劫。时酉生为贾氏邀去理租务，闻贼船火轮进漕湖，逆风自焚，亦天意也。

重阳(**10 月 21 日**)，大雾。王梦蘧招饮，同包茂荣暨翼亭、星轩、芙江畅叙移时。闻夷奸白齐文在苏登城，与城外夷官相约投诚，厥后夷官又助兵器，未识何心，幸齐文不久归顺。

十二日(**10 月 24 日**)，雨。闻南面多炮声，知太平桥有贼，苏城紧闭四门，仅开阊、胥两关，陆墓搭营帐，蠡口填桥门。午后，与陈文轩、吴勉甫国琛话于李宅，适琴仙行聘，留饮，缘事辞。

十四日(**10 月 26 日**)，予赴殷庄泾潘寓，陆葆卿文辉留予不果。舣舟至莫城，见水西一岸，新搭茅篷，俱金、锡逃难人开店，一路喧嚣。晤范鸿章，知浙江曾沅浦中丞国荃、向□□提戎奎同心剿贼，围困杭州，镇江则有鲍□□镇戎超坚守，惟金坛得而复失，时事不常。近来老成凋谢，如金匮马春郊，吾邑姚理堂、邹菊亭，俱予所心仪者，数日不面，已成千古，惆怅何如。遇瞿超亭，知沈花案未结，仍提原告质讯，须秀峰捐饷千金。瞿世良因修恩桥、水西桥，乞予作引，灯下应之。

十六(**10 月 28 日**)夜，予梦在酒楼啖东坡肉，舍大取小，未知是吉是凶。

翼日，伯谦侄馈螃蟹、腌肉，室人已三年斋，唯予与两儿不耐淡泊，疏水之余，曷胜忻喜。

十八日(**10 月 30 日**)，陈文轩自城回，知善后局设翁宅，曾伯伟、翁箓卿等主其事。两邑清田局则设归宅、曾宅，现议每亩佃代业户出费九十文。李琴仙续娶金匮曹氏，邀予饮，陪新容杨松堤□□连宴。主婚小冈来拇战，偕李心田□□、陈文轩、吴粹亭教良、雨岚教章、勉甫、敬之维铭辈畅斗酒兵，山珍海错，异味叠陈。欢叙之余，忽报其继母邹太君病殂，贺继以吊，予撰挽联。是晚，徐监兹参军自沪回，陈养亭少府廷浩亦在寓，皆素心人，乐与晨夕。忆自扫卡带回诸物，局友估价发卖，予苦无钱。勇目陆梅溪、族弟朴园，稔予嗜好，见贻金面纸扇、毛筋烟筒。近复得王星轩所赠鼻烟壶，时时取玩，可以忘忧。陈文轩馈建烟，徐监兹馈名笔，当兵革之余，又处荒庄，得此倍加珍重。

翼日，雨窗检四六启，曾为黄印山刺史、王芰初司马称赞，欲留什一，钞入《镜墀轩集》中。陈养亭自浒浦回，言海口盗风甚炽，近劫三处钱庄，幸即擒魁枭示。遇被掳逃出之人，言官兵已围杭郡，因上路吃紧，伪王提兵到南京，乘隙走出。苗逆尚在据邑，误保之胜京堂拿问进京。吾邑翁仲渊曾源虽步乃叔之踪，新点殿撰，而其父祖庚中丞亦因苗案下狱，美中犹有余憾焉。薛觐堂中丞现办通商，冯子材日昇现升河督，吴仲宣棠则授江藩，刘松岩郁膏则以苏臬署藩使督办全省团防，昭令为梁次谷蒲贵，常丞仍邵虎臣泮，昭簿仍茅云洲勋，常捕厅仍莫瑶峰钟琳，常学师方云壑其洪亦到。地方有官，士民情慰。

廿一日(11月2日)，仍雨。时寓多鼠，致绢衫啮坏，自悔慢藏。闻钱雪岑副车禄恩病故，念六月初来莫城局谈笑如昨，不意未及三月，遽哭少年。其同榜如庞舜臣钟瑞、季仲桂润棠、浦松亭钟英、屈翼亭士瀛、程蓉江国珍、俞寅生钟缵、陶润生嘉福悉已物故，连雪岑共去其八，仅存六人，而屈宝森家珍尚为贼掳，五年中变故乃尔，极盛中固伏衰机也。自平墅、黄庄、塘墅、谈巷、吴塔诸局先后撤防，而西北一路防江锡贼窜，故北旱门扎营，湖桥又有水营，南门紧闭，仅开西、北、东三门，小东门则旱闭水开，进出仍须路票。

翼日，吴门陈吉甫茂才及王翼亭、星如灿、星轩冒雨来访，言十九日上海兵到齐，于二十日出队，程总统等获伪归王，各军打通蠡口陆墓，直捣虎丘，贼匪逃退，李蔼堂总戎、潘玉泷廉访均极出力。星如年少神清，亦复好学，乃父翼翁出其窗课见商。闻委员商□□观察书及吴郡章□山学博安行司忠义局，所报王霞帆死难已批。予复书亡女节略，托徐监兹带至沪渎，恐前托沈月帆不免浮沉也。闻旧识长洲钱友三庆曾、元和章鹏九志程两茂才俱殉节。钱工诗,晤于吴门书院;章能文,遇于金陵寓舍。书生能赴忠义,悯恻之下,继以赞叹。

廿四日(11月5日),西北风紧。王湘翁带蟹魁来,泼茗畅话。晚为陈养亭邀至东始庄啜茗,同陈文轩、孙玉泉□□、陈芝台□□小叙。时酉生自张港归,留饮酒家,寒威顿减。灯下,编辑《鹅湖风雅集》,诸友珠玉,不敢唾弃,权作兰谱焉。

廿七日(11月8日),始晴。王聘轩邀叙,托翼亭送聘束,同梦蘐请予明年课子,遂流连至昏。

廿九日(11月10日),西北风大,得"树头吹尽鲤鱼风"一句,遂凑成《即事》一诗。

十月二日(11月12日),偕时酉生乔梓往莫城,邀同陈芝台、金宝之玉振蒋馆小叙,炒蟹、糟鸭以及蘑菇鸡、酒焖肉,尚可口。归后,同手谈,颇胜。抵暮,酉生留膳饮,竟日兴酣。

初三日(11月13日),予赴祖居小酌,邢湘舟馈蟹螯,伯谦侄送薪米,日夕始回。

翼日,陈文轩请伯谦诊疾,邀予与朱恂如等衔杯话雨。知伯谦医运大好,西来避难□□请纷纷,每日可得酬资四五贯。张港一带家有赁屋之人,致贾厚斋家挤若蜂窠,房金山积。

初六日(11月16日),同金宝之东始庄酒点,旋留宿寓庐。

翼日,附王氏船至城,偕聘轩、星轩、芙江暨时酉生、金宝之、张润夫福华赴清粮局报田数,晤徐理梅。缘书手忙甚,领空白由单,自填租数。缴局用印,大约饷捐每亩一斗五升,费三升,或折钱九十着佃户办。各图经造催收解局,业户除捐自收三斗二升。诣王令公馆,为邢氏造屋动工,请县给示。又赴礼房平氏,为俞永初文霆、景初文霍兄弟报丁内艰,新例要书女三代,注监照号数及何款捐输。便过善后总局,遇管少溪、钱仲谦、徐云涛、曾士材、钱琴生、翁士吉、范勉之□□、居敬止,叙别多时。途遇时子金宝锦、渔琴,招同茶点,共到湖田下船，诸君膳宿时寓。

初九日（11月19日），王聘轩、星轩陪金湘坡海涛来寓，缘金公子丽生维仁明岁附读，预致意也。适徐云涛亦到，畅叙阔悰。旋赴莫城，知徐子良代吕委员督办杨树差，馆西王庙。王聘轩留予洗澡，芙江邀予夜饭，偕吴竹坡庆信等话月，星轩送回庄村。

次日，予憩莫城茶室，与徐步云谈上洋事，知刘澹园被控，同马西来如龙等质讯，抚军委员连审结案。澹园仍收监，未几死于刑房。

十二日（11月22日），殷少卿□□来，言官兵已扫黄埭、望亭诸贼，浒关亦扎水营。予闻五鼓炮声甚密，知在西南，确系好消息。《鹅湖风雅集》录全，倩西生题签。往视李小冈恙，神识尚清，而痰涌喉间，声达户外，甚为忧危。

十四日（11月24日），同时酉生入城，先过西庄废宅，见草莽丛生。邻人钱氏留予坐，新搭矮屋，入门打头，为余言徐穗钦、黄仲芽及对门邹妪俱病故，而张绚斋丈云锦为贼拷死湖田，邻翁邹德顺学山亦遇贼害，尤可怜也。到金谷园，晤曹博泉、王菊人永年、俞蓉卿、张子琛、丁再香思榛。惊悉江士美世兄新没，先师以殉国难，奉旨赐袭云骑尉，孰知不及拜恩，先赴玉楼之召，老母藐孤，流寓何墅？为黯然神伤。又往南经堂仲子谦福畴家，时设常册铺，向俞质夫□□买易知单，每单二文。再过王公馆，与家静澜思仁闲话。适王芰翁乘马出，红盖罩头，文员竟似武职。回抵莫城，憩文园啜茗，已交二更，步月返寓。

望日（11月25日），惊闻李小冈病逝，未及三月，其家已丧五人，可胜浩叹，挽以三联。

十六日（11月26日），王氏因营弁黄某来伐墓树，嘱往与理，孰知其一见县示，即开船。已斩梿树二株、桧树四株。予为补书禀单，令聘轩续呈县主。

翼日，狄吉卿偕谭儒谷燮元、周映帆□□来戏牌，予稍北。

十八日（11月28日），往答儒谷，知吴治卿廷钊、谭冶卿镕两茂才殉庚申之难。邢湘舟、朱耀卿光荣、鹤龄来谒，留茗点清谈。旋晤俞书庭学博钟麟于王氏，得新式租票板，芙江为我印百余张。金景岩送蟹，与儿辈品之，围脐已饱湛，不在大也。

次日，赴李氏吊，静轩、琴仙留饮，与吴粹亭、雨岚、王桂芳□□、邢竹斋希勇、朱耀卿、吴月波维鉴、勉甫夜宴消寒。

二十日（11 月 30 日），卢器轩、家兰卿、福庭来寓止宿。

平明，同到莫城品酒面，时西生同座，竟日醺然。途遇王宝岚、钱竺卿，述其家人之变，稍慰渴思。

廿二日（12 月 2 日），予步至城，过故宅，见阶沿尚存，而草与人等。西门品羊面，晤坟丁钱大金万□、长生，询知墓门坼坏，石版仅存，幸石凳、堛城无恙。路逢俞幼兰钟纶、墨卿钟绶、童叶舟葆澂、蒋云亭□□，如再生缘，彼此庆慰。进清粮局，与潘子仁、顾湘涛□□、程逸梅荣泰、陈松亭福基、贡小香□□、蒋仁夫振麟、姚似香震□、左生震堃谈片时。过学前，见大成殿已毁，方学师馆王叔藩敦福宅。出大东门，舣舟至小毛家桥钱宅，时宝斋不家，其从弟□□裕珍、公子玉冈□□留食宿。

次早，酒后即行，留限票托宝翁付佃。复至周古音家，嘱其催租，惜收成歉薄，农户多枯，殊难为力。抵北水门，见筑营盘，遍插旗帜。大东门外，新搭小屋，鬻鱼盐，皆通州海门人。晚憩莫城，朱恂如留茗面，有无锡芙蓉圩人孙鹤亭□□要往李墅省父，予为指路程，承作东道。灯下，忆昨夕梦中得《放舟雨霁》一绝，录出以质同人。

廿四日（12 月 4 日），同王湘帆赴莫城，憩聚福园茶话，晤赵赞甫元骏、季荓卿、居敬止、周新之、季聿修、朱竹书。回倩王芙江印诗格。知汪少甫在泖泾，周森叔在塘墅，刘雨时在黄埭，居敬止则在城中厘捐局，马春湖在黄埝桥带勇防剿，太平桥局已收。

廿五日（12 月 5 日）卯刻，大兵克复苏城，属县士民皆为忭舞，慕贼为麾下所杀，已悬首城头。李抚军入城公座，不许夷兵进城，诸伪王力屈归顺，始赏顶戴，继恐非族心异，仍斩市曹，唯土人被掳者给资放出。是午，予同顾甥少江、丹楼清福憩杨家坝天兴庵，晤住持贞祥谈久。旋于莘庄品馄饨,颇胜,唯包子不佳。夕宿四万荡旧居,两侄留膳。

平明,至张港朱氏,恂如昆季留点。复往顾氏,两甥出巨鳌下酒,与陆质卿□□同座畅饮。卢器轩亦到,予为定馆书聘,并拟顾心存金荣禀报其父晓山殉难稿,嘱友带往上洋。晚赴邢湘舟之招,膳宿其家,适火基造宅,美奂美轮。朱梅亭兴柏留予茗点。

廿七日(12月7日),步行回寓,路遇家福庭,同憩东始庄,食爆鱼面。

翼日,予往莫城,偕王湘帆、朱恂如、家焕纶、陈培德□□、养亭同聚茗园。

晦日(12月10日),为王星如改两艺,与狄吉卿、王翼亭、李子馨谈于漱芳阁,知莫城祥号钱庄又被盗。徐云涛方扎营齐门,而苏垣适复,际遇大佳,旋知其兄芝山、侄监兹、寅生忠绳均保举,赏戴蓝翎,而本身赏换花翎,令我有先鞭之羡。

十一月二日(12月12日),舟至张港,陪贾梅溪、朱恂如赴洞泾桥。过华荡,大风,舟几覆。访邹恂卿少府文濂不值,晤其司计高雪堂福泰,略酬数语。见邹宅焚尽,其义庄丙舍亦半坼,华屋名园化为灰烬,惜未于盛时往观。夕宿塘北王湘坡廷梁家,承留茶点。其叔薪之少府家械昔为忘年交,今缘哭子而陨,予备礼吊之。适毛蓉江采办石灰,据云,无锡可破,备灰修城。

次日,回张港,同时酉生、蒋云洲□□、家福庭饮于间庆堂。旋为邢湘舟邀去,偕李小梅、吕廷源、朱半千、笪琴舫、家佩秋酌酒言欢,遂止宿。

至初四日(12月14日),三鼓始回。晤王小庄,知其董留养局,搭厂给米,出入戴星,虽丧才子,善念不灰,诚可钦服,然致喉痹声哑,又为忧危。

初六日(12月16日),予步至城,赴常昭清粮局,晤曹敬止少府

文熙、徐蓉江，并遇景璇圃、瑜圃，询知其母妻俱亡。又诣王公馆，侯
王墓伐树批，抄移营文及地保谕。往礼房平氏，为陈梦梅上舍报丁
忧。旋憩胡厅啜茗，晤东翁谢紫庭，知其兄咏庭已死，一子一佺被掠
未归。周畅轩于今年被贼杀死，殊觉惨伤。见城河正开，工人麇集。
遇翁士服于庙前，承留点。喜悉初二日午刻，无锡克复，官兵现打洞
庭山。与邻友周□□成业、地保萧海朝□□小话匆匆。日暮回寓，得
羊羔下饭，香而肥。

初八日(12月18日)，狄吉卿、周渭塘、荫卿□□来局戏。旋往会
善后局董季莘楼，因李耕畬欲捐义田，掩埋难民骸骨也。

初十日(12月20日)，赴高泾，张宝青铭润留饮，偕张思琴同坐畅
谭，为笠夫上舍兆龄缮殉难禀单，报上海局。晚至莫城，晤张西亭景
翰、陈玉峰□□闲话，知相城饷局被游勇抢散，因折价每石三千八百，
佃农贪其便宜，缴者如市，故有此劫。长洲定议每亩收五成，业主归
成半，余作饷捐经费及抚恤捐，锡金亦尔。

十二日(12月22日)，予步至渡船头，沈墨轩廷灿留茗点酒饭，案
有糟鱼、糟蛋，剧佳。公子佩卿锡璠陪予往视中表云仙庄疾，已痛弥
留，唯太君康健，留坐谈深。卧云承奎之次子嘉甫朴嘱写父兄死难
事，禀忠义局，知卧云于今三月初八日遇害，其长子□□锂被贼追杀
投河，一门忠义，可嘉也。暮抵东始庄，周映帆会茶资，见月而返。

翼日，小雪。闻江阴有贼窜，官兵出御，狄如卿嘉瓒、周映帆来，
遂与局戏。

十四日(12月24日)，予踏冻至莫城，喜快雪时晴，与庞少冶、徐
监兹小话。王氏备船送回。旋赴李小冈灵前吊，偕殷春泉、时月梅、
狄吉卿、吴月波饮于堂。

望日(12月25日)，谭儒谷、狄吉卿兄弟来寓茗叙，知皇甫□□
百戎魁驻扎莫城，巡防盗匪。

既望(12月26日)，招俞书庭学博、王翼亭上舍、聘轩、芙江两少
府及星轩与伯谦佺集莫城蔡馆，祐儿陪坐，痛饮浇寒，肴尚鲜美。旋

进西王庙，适钱晓岚、张雨香、庞少冶、屈润寰、琴盦陪莫少尉谕催地追租，订予在南乡相会。

爰于次早步行至四万荡，两佽留饭。朴园弟首先缴租，亦佣中佽佽。舣舟洞港泾，与朱岭梅、克谐两丈及卫寅谷□□、曾士廷云章、钱晓岚、徐子良、朱少美陪莫尉在猛将堂谕话。舆从过市，路人谓久不见官仪，无不欣欣举首。旋过朱祠，幸仓厅未毁，谒又村丈，承留点，晤朱景华、诚斋两丈及施受卿、钱季文、朱少英、星如、竹书，互叙饥渴。回遇时挹山丈，遣舟子送过塘。夕饮于朱蔼如家，设暖锅御寒，遂下榻。

翼日，步至莘庄，与陈霭亭、沈墨轩、小云□垣话久。抵东始庄，俞书庭留茗闲谈。

十九日（12月29日），本图地保陈惠德来报，有米业尤慎斋于前夕堕南头浜，捞救仍死，乞予写单，报收埋局。局董即托予验尸，同认识陈梅村□□验得口边有血，右臂有青红色，余尚完好，想因敲冰扶起，肌肤不无擦伤。遂给棺收敛，置于北首义冢，棺位均书姓字，以备尸属来收。午后，过漱芳阁，王湘帆留饮，偕俞书庭、王翼亭、梦蘧、聘轩品陈酒，寒消八九。星轩携灯送归。

次日，往吴祠，谒狄懋亭丈，耳目聪明，容颜亦腴润，几忘为病废，唯舌本稍强，为予言时事，了如指掌。谭儒谷陪予至暮，寒气逼肤，河冰益壮，不通舟楫，宜乎租务迟迟也。

廿一日（12月31日），至高泾，晤钱秋涛、童叶舟、方少浦仲禧、包茂荣、张宝青、王瑶林，畅谭租事。为秋翁次媳查氏书抱子投河禀单，报上海局。时予因感风火，牙龈肿痛，唇燥不堪。幸转东风，内河冻解。

廿三日（1864年1月2日），赴莫城，遇蔡季范、志亭城，知伯修茂才殉难报迟，未得世袭，可惜也。

新左营统下刘良材貌视县示，于廿四日（1月3日）伐王墓桧树一株，并用斧背打聘轩。予同招地保李瑞华廷奎与理，辄扯暖帽，脱号衣,持木棍,欲扭到营。如此悍兵,安能容忍?爰于**次日**偕俞书庭、王聘轩、星轩进城禀王令,移营请究。讵意悍卒寸步不离,跟至公馆,被门丁汤□□叱退。予乃过善后局,晤曾芸溪丈钧谦暨魏宝钦、翁士吉、曾伯伟、士材,述骄兵玩示伐木,咸为攒眉。唤舟回莫城,餐于漱芳阁。孰料刘良材又于次晨砍王墓桧树五株,聘轩恐殴,未校横逆,邀予夕膳,又书禀单。至**廿七日(1月6日)**,带去诉县。予过莫城,见树有雾凇,亦是奇景。

廿八日(1月7日),时挹山丈父子及贾词仙来寓,留膳宿畅谈。

翼日,同词仙及周廷栋弼亮东始庄小饮。旋陪挹翁回南,承借船刮租。到四万荡等处,两侄设膳,止宿故居。惊悉陆阆栽学博丈及王小庄上舍俱没,为之泪零。

十二月朔(1月9日),贾梅溪留膳饮,同顾少江小叙。复赴毛泾、顾泾收租。午后回寓,知刘良材又引营弁到王墓,伐桧四株,营盘未撤,悍兵恃势,县官亦不能制也。

初三日(1月11日),见苏城放出难民数千过境,言俱江北人,欲航海回里,惜已病瘠不堪。

初五日(1月13日),挈祐儿赴后泾港,舟过尚湖,大风浪,濒险。招朱梅二发租票,孰知佃农半死,仅存孤寡,房屋多为贼毁。人家固贫,民情复悍,田租一概未偿,与朱仁和、潮镛略谈数语而返。

翼日,步至城,进清粮局,为亲友领印单。复赴王公馆,为王氏投禀,与家静澜话片时。回憩兴兴馆,品茗点高粱,晤王虞英丈暨庞昆圃、蒋芍峰士骥、杨书城汝孙、徐理斋、励山邦煜,互叙近况。

初八日(1月16日),朴园弟来寓,留酒食畅谈。

至初十日(1月18日),予唤舟收租,到小潭荡,夕宿贾梅溪家。

次日,冒雨到莘庄。又赴俞氏吊,丧主蔼人留饮。夜宿顾氏,晤霍朗卿。

厥明,赴善长泾、顾泾,仍宿贾宅。

十三日(1月21日),回寓。两次共收租廿余石,力竭米少,幸价昂,尚可补亏。

翌日,赴王氏聘轩留浴,并夕餐,偕俞书庭、王翼亭畅叙。是晚,黄婿心耕来,言将收亡女骸骨,归葬兴福祖茔。内子同二女制襚,予力绵不能多助。北润人来,言金品三于今夏遇贼被害,殊可悲,无怪伲妇之哭弟不休也。

望后,雨。同寓陈文轩复病经旬,幸服家伯谦方痊愈。

十九日(1月27日),小雪。

次日,晴。心耕回顶山寓舍。

廿一日(1月29日),予送王霞翁葬,与长洲张约园上舍荫槐、同邑沈琅峰儒士廷埼、秋亭少府维桢、张字卿上舍福滋、徐梦亭兆麟、王翼亭、张宝青、俞得之源逢、金湘坡、李静轩、心柏等畅聚半天。是夕,卢器轩来,留膳宿。

翼日,贱诞,艳阳如春,聊备汤饼以馈同舍。遇朱竹书于东始庄,匆匆叙别。

廿三日(1月31日),运米至王氏碓坊,晤钱秋涛、毛彦江金德诸君。予旋进城,途遇曾芸溪丈及俞蔚霞士桢、陆心箴君泰、归仲华□□、曹鲁亭应泰、胡小卿绳祖、景璇圃、家英泉斌奎,知丁黻廷员外禀刘方伯,请谕催租,昭令梁次翁亦下乡谕佃。憩泰园,茶价大昂,朱心梅来作东道。又访蔡沄江于九里,不值,李春山耀祖、少园清达陪茗话。暮仍入城,宿沈汝卿信泰家,与项景山□□同榻闲话。

诘旦,过黄氏故墟,吊小女殉节处,黯然神伤。询悉心耕收葬,骷髅及背骨仅存,良堪痛悼。复憩瞿桥啜茗,每壶价三分,奢华似苏省。谒钱玉舫,未遇,晤言琴庵□□、钱子建禄豫,谈片晷。闻钱伍卿押赴上洋,因罪拷死,失身从贼,本由自误,不足惜也。途逢高增全,喜其妻女圆聚。于莫城茶室晤寿州刘德明、沂州杨锦文,倾盖如故,来会茗果资。

廿五日(2月2日),朱子钦丈殡葬,其孤恂如订予点主。乃至张港泾，时酉生、家伯谦襄事，偕朱春涛、周吟香等饮于木屋。夜与笪琴舫宿贾梅溪家。

次日，朱氏备舟送予返。

廿七日(2月4日)，赴莫城，与平燮庵等茶话品园。访徐子良于庙局，知旧同事刘雨时、周森叔已保举五品蓝翎，予惜到吴塔局，不得列名。

翼日，立春。予往王氏，晤毛浚川丈秉镛及吴小香庆文、毛世卿廷琮话旧。邢湘舟、陈梦梅、朱恂如、鹤龄各馈年盘，度岁可无烦费。

除夕(2月7日)，晴暖。办鱼菽祭先。频年微服，始换补褂，家人团坐，较胜去岁之流离。仍用己未守岁韵，作一诗。回念先父年五十二，先兄年五十三，而予马齿已交五十五，瞬逢上元，亦属幸事。

龚又村自怡日记卷二十三

同治三年甲子(1864—1865),五十有五岁

元旦(2月8日),晴而风。室人仍长斋,逢朔仍焚锣,设香案拜天。旋赴天兴庵礼佛,问眷口可安,有"当头炮""马来追"等语。又谒莫城神祠,问家宅、婚姻,尚利。近处各局试炮代爆竹,欢声非比去年。喜村居少贺客,又胜城户之飞帖成堆,得《岁朝八咏》。

初二日(2月9日),邀吴秋亭邦畿、时酉生、陈肖轩康贤、王梦蘧、瑶林国琨、芙江饮于寓斋,战拇飞字,并以"上元甲子上元节,上上大吉"属对,有云"恢复常昭恢复苏,恢恢有余"。费酒五升,已各畅快,而野凫山雉,亦觉味胜家禽。是夕,同人掷元筹,予与祐儿俱胜。

至初四日(2月11日),时酉生留饮,偕李若卿□云斗酒,渐散春寒。

次日,往答王氏叔侄,晤俞若泉源达、毛荔峰培芳、蓉谷廷琮、世卿廷瑜。是夜,家人请紫姑问年成,则画鲤鱼水车,似水旱各半。

初六日(2月13日),步至城,往徐监兹家,太君煮茗陪话。进邑庙拈香,求神签,问人口下下,房屋、昏姻尚吉;覆问人口,又大凶,惜签诀失去。见路列衔牌,知曾仲才恩旌忠义,并恤葬银,今将衣冠瘗墓也。闻已追赠都司衔,与蒋饮之、丁芝亭、范君谋、俞岫仙辈并袭云骑尉,恩礼有加,可励世俗。途遇严敏斋丈兆荣,知公子心田厚培在寿州,以功赏六品翎顶,即补知县,惜将以母忧回籍;朱体斋明经根仁已赏加同知衔,亦以知县用;曹润卿则赏知府衔,以同知用,均在安徽;润卿之侄景庵□灿则以按经历分发江西。又晤陈桐轩宗宝、蔡仲坚、

潘子仁、归洪德□□、曹敬止、周兰江大煊、钱仲文、景璇圃、曾士廷，互贺新禧。出北门，为废营所阻，自水滨转至报慈桥，荒凉非昔。抵九里桥，憩倪文奎家茶话。复往钱氏，宝斋欲留予，旋知所托租米颗粒未收，闷闷即返，仍穿城走。因日暮赶至渡口，竟遗钱囊、租簿，毡冠亦失。是日为破日，果然。蹋月至王氏，湘翁留醇酒，遣仆送回。

人日(2月14日)，雨。余芝香来谈时务。晚赴李生琴仙之招，天已晴朗，与李心田、陈芝台、时长春、朱鹤龄、吴粹亭、雨岚、悦之等拇战合欢。吴公子逸耕世滋以"黄甲"对"青鱼"，语颇吉。肴核精洁，与时俱新。几有盆梅，亦乱后所仅见，均志以诗。

谷生日(2月15日)，予挈祐儿附王聘轩舟，偕王谱琴汝贤叙旧。自潭荡陆行，至四万荡，访胡芳梅，喜其病愈。旋饮于祖居，伯谦陪坐未几，邀看症者纷集。晚为贾梅溪留膳，与笪琴舫对酌，遂宿其家。

天诞日(2月16日)，家佩秋招饮，馔甚丰，与蔡□□、苏顺山、家伯谦同座。邢湘舟冒雨来邀，偕族人赴饮，时设两席，嘉肴络绎，陈酒尤佳。晤绍兴余向荣永锡、金匮殷云亭□□，同斗酒兵，时马兰亭□□等亦在座，知苏州太守调钱公瑞生□□，莫城抽厘委员调元和吕小书中翰一凤，戴浜卡员为绍兴余芳莲。伯谦偕同余、殷诸君采戏，竟博十番，予则与朱汇吉高枕而已。

平旦，大风雨。笪琴舫见招，亦盛馔，偕李玉庭、邢湘舟、王心斋、朱汇吉等醉饮。

次日，茗点尤精，尚是苏派。予拉儿蹋冻回张港，平福庭留手谈，与贾词仙、苏梅溪义成同坐遣兴。午为朱蔼如招饮，甘醴可人，暖炉尤宜小雪。饭后携祐儿冒雪回寓，又日走二十里，辛苦异常。

十二日(2月19日)，大雪，至上元(2月22日)夕始晴。陈文轩甫起床，而其阃君又遘奇疾，呓语连宵，致比舍俱不得安睡。

既望(2月23日)，金宝之来贺岁，留茶点清谈。

次日，赴东始庄，晤狄润身□□，同座茗话。午后，周莲村□熙来寓，设酒食言欢。晚为王聘轩留饮，同沈琅峰、秋亭小叙，知常州广匪攒聚，无锡之西北行旅不便，已人食人。

十八日（2月25日），挈祐儿至莫城，瞿秋堂馈点，偕沈琅峰、绣峰廷珍、时子金、项芝亭、冯大泉茶话瞿厅。所报张、顾、沈死节，忠义局已寄批来，接徐监兹上海信，喜悉嘉兴贼已投顺。

翼日，陈文轩夫人病不起，同居者俱为分忧。伯谦佺来拜年，留餐话久。予旋过王祠，与俞若泉、王翼亭晤语。

二十日（2月27日），王星如、朱日新来寓贺岁。午后，王氏候予开塾，遂挈祐儿往，率诸生罗拜先师，然后展卷。时梦蘧两公子家炎、家苞、聘轩一子家葰、两侄家葆、家葰在塾，王星如、陈晋三康贤、时叔和世泰附读，金生、丽生维仁因湿疾未来。学舍设于祠堂，较住宅尤静。聘轩备盛席，宴于堂，时酉生、金湘坡、徐梦亭、俞若泉、王翼亭、李子馨同坐，共三筵，兴酬战拇，各各尽欢。

翼日，梦蘧又具三席，劝饮家酿，肴馔亦精。见示宝砚，径一尺，博八寸，系宗牧崖贰尹德懋之物，刻"景星庆云"，星有白眼，云亦离奇，细腻异常，一新老眼。卧房稍暗，予谓正可窥心。

廿四（3月2日）晚，折庭梅回寓，衣袖生香，以"且向百花头上开"嘱星如赋，谓："状元宰相，君家故实，须效之。"遂自拟三首。知周古音家培基来，不及陪话。

次日，张宝青到寓，煮茗快谭。

廿六日（3月4日），王芙江设馔承招，与毛芝香培因、荔峰、王翼亭、钱寿卿树瀛、俞若泉、李芝馨等品香醪，亦三席，肴俱特杀，味特鲜，为歌醉饱。翼亭与予联床，言其亲金理卿大椿、蒋云洲澄于咸丰十年九月殉难，若泉亦言其族季良少尹钟骝于咸丰十年八月遇害，中表屈桂岩上舍炳丰父子亦投水死，并可悯伤。

廿八日（3月6日），钱景培、陆橘怀希绩到馆会话。

翼日，俞蓉卿来，言两邑令因佃不还租，有人霸横，乃面禀抚宪，即发告示，有"霸租地棍""照乱民论"等语，以故福山塘左右，设总租局。是夕风狂，芙江放八角鹞，缝以布，大于筝栏，红灯一点，如大星摇摇,各拍手称快。

二月朔(3月8日),金振奎乞挽其祖母联额,即撰句以应,嘱王生星如书之。梦蘧善饮,日以美酝劝酌,得润枯喉。

次日,食撑腰糕,写蜒蚰榜,吴中风俗,俱纪以诗。小雨,闻檐溜滴于铜盘,恍如鼓吹。出"不远游游"题命星如作,见笔气清利,可造之材。周莲村来谒,嘱予荐西席也。吴门蒋少梅庆镇来,言宜兴于正月廿四日复,溧阳、金坛、高淳亦复,现在大兵专攻常州,兼及湖州,闻喜曷胜欣慰。

初四日(3月11日),俞俊卿源岷自宁波航海回,据述尊人莲洲少府钟麒奉檄办保甲,近欲告假葬亲,特遣回里,视家乡景况何如。二千里洋面,一夜飞渡,未带仆从,孑身往来,难得之年少,泃天涯若比邻也。其从兄得之竟问姓,四年不见,问客何处,又似贺监之还乡。酷好诗,与予谈艺不厌,爱赠五古二首。

初六日(3月13日),俞书庭收租回寓,幸同舍,其楂梨兰玉,时聚文星。雨窗投一律,承惠报章。

初八日(3月15日),为王生改孟艺。忽俞星河锡琮、又澜钟颖来报,贼匪自海道来,馆江阴之杨舍,竟冲祝塘、华墅、顾山、西徐墅、阑干桥等处。莫城之卡员已闻风而避,两邑尊坐船被总办魏荫庭太守□□锁住,决计守城。予闻时事日蹙,觉方寸一乱,万事兴灰。

平明,予回寓。

初十日(3月17日),到塾。惊闻逆贼已到湖桥,登山窥县,并窜湖田放火,逃难船蜂拥南来。予乃自塾返,星如亦归。

翼日,闻炮声,知官兵到数十艇,同力追剿。贼退至大义桥,从虞山背抄至北门,欲越城,被官兵击退,杀贼多名。贼自东门走梅塘,又为兵勇追杀。未几,而福山城已为贼踞,鞠镇远走崇明,被参革职。人言贼自海程往来,乘马而无船,手持枪刀,未能带炮,多剃头者,然皆两广老贼,强悍倍常。予因久雨泥滑,寸步难行,正在焦急,幸伯谦侄于十二日(3月19日)诊李静轩疾,来寓面商,乃嘱其南路觅舟,为他徙计。

次日,稍霁。焚香祷天,拈两阄,一书四万荡,一书西南街,拈得西南街。而伯谦带舟来言,时尚安,可不出乡远徙,姑回四万荡,再看时势如何。内人遂于十四日载行李往,予因器物未及全装,暂留时寓。见山北烟火,知官兵大毁民房,恐贼走匿耳。下晚大风怒起,猛雨又来,行路之险,不比居室。果见练塘人逃至殷庄泾口,覆三舟。据人云,贼匪已到石泉。如此四窜,恐官兵不胜堵截,幸为华荡所阻,无舟不得南来。

望日(3月22日),晴。闻贼由福山至城,围东西北三门,为贾□□协戎□□击散,杀黄兜伪王一名。家灿然借予舟,乃挈儿女至四万荡,徐监兹两妹同船。赁嫡弟光庭缙辉之屋,胡芳兰德业叔侄为我洒扫,始得居。惟门户未全,难蔽春寒,并防宵小。是夜,张港潭荡鸣锣,乃炮船兵丁借名捉差,蹋去张姓船,连钱米衣包而去,失主逃回。

次晨,又抢无锡难民物,带兵官在后船,船主喊禀,乃拘抢手,严审杖责。泊李王庙拈香,见从弟兴隆缙□①亦在官船,想已补黑衣之数。而邓营刘哨官借乡导者,蹋笪甥之舟,出五十银饼始放还,吕舍船户共凑送洋银二百枚,方免骚扰。如聚马塘顾氏、桑氏舟,猝不及赎,竟被押至城。官兵之借公济私,甚可恶也。同居周桂亭维城痛述去年三月初,妻黄氏避难二亩塘,被贼追至河,堕水刺死,闻者心伤。据苏人云,忠贼移文城中奸细,欲发兵攻苏,订为内应。带伪檄者径送抚辕,乃闭城拿获奸匪无数,立正典刑,姑赏伪使四品顶戴。故六门尽闭,添兵戒严。

十七日(3月24日),知官兵自羊尖剿贼,因贼众如云,退至荡口,而徐云涛自溧阳恤局回云,洋枪小队亦到,贼已远扬。予为家少渤绳祖留著点,复为贾词仙、毛企堂邀品火酒,竟日醺然。

---

① 底本仅有"火"旁。

翼日，予往川泾贾氏，晤耕传丈安行，留茗话。适家朴园馆此，侄辈年虽幼，而见予拜跪，已谙少仪。旋舣舟下塘，贺朱星如续弦刘氏，其伯又村、尊甫诚斋两丈留予连宴，与吴县汪实甫太守绍辉、长洲张紫卿司马及陆翼门、顾甫山□□同席。适六安申翰香刺史士林自余总镇拔群营来，为余言贼势。并晤刘小寰少府、徐寅生参军、高诚斋、朱鹿苹等畅话。傍晚，偕余亦憨往东庄浜，访顾子和、季茀卿，见高足长洲家湘兰守元在塾，今年已构七八艺，学颇精勤。夕宿朱氏书斋，与西席亦憨同榻。朱吟陶、晓春、恂如、少英及陆翼门、家伯谦团坐掷骰，竟夕喧嚣，不得安枕。途遇元和陆直清暨同邑姻家朱月香炳、金省三两上舍，与陆轮香、朱步瀛、金瑞堂印铭、尤观澜、竹芸、吴健伯、长卿苦述被难情状。吴觐宸夫人遇掠赎还，翁庄、练塘被贼蹂躏，而王庄更苦官兵之累，家室一空。贼习避炮，唯短兵毒矢贼不及防，故水队不如旱队之便捷。予过洞港，便候李醉亭，欲留饭，以事辞，而前十余年吴门所遇之荣季美，又获重逢，彼此欣慰。次侄馈青团，寓邻送菜菅，均是阳春野味，差胜城居。闻福山、杨舍两城已复，官兵炮船停泊吾邑六门，余船自冶长泾抵荡镇，守西南界，防堵綦严。

二十日(3 月 27 日)，予挈儿赴塾，路过猛将堂，谒周莲村，公郎子福文台送予渡口，屈西生家瑜、绣生家琥见惠渡资。抵善庆庵，晤胡雪帆、姚似香震基，匆匆茗话。知徐云涛重集乡勇，在莫城防御，各大户输米助饷，而本镇可居，况璜泾亦有局，钱仲谦等招勇巡防。

翼日，闻逆贼麇集杨舍，欲回常州，被官兵截住，而顾山等处已无贼踪。

廿二日(3 月 29 日)，星如到塾。

次日，惊悉李静轩一病不起，距其母兄之没未及数月，家运之衰败何如。东家设忏，追荐父母，俞季兴、胡雪帆、范兰孙官保过塾，未及细谈。莫城到游兵，托名捉船，殴人索诈，局勇携灯试枪，彻夜巡查，镇人惶惧。幸季萼楼、徐云涛饬勇赶船，暂可安堵。而西路则仍苦官兵，其实皆俗称毛里光，致逃难船不得回去。又闻市桥黄楚帆司马□湘被戕，其妾□氏亦遇害；钱生竺卿在内家被掳，距其妻之死才半年耳；恬庄杨亮臣希浏家阖门遇难，其族共丧四十余人。逆匪如此猖獗，殊足寒心。

廿四日(3 月 31 日)，小雨晚晴。有兵丁自南旋，言嘉兴于十八日克复，贼负固不服，至于歼尽乃已，较他郡更费力焉。

次日，张宝青来塾。

廿六日(4 月 2 日)，奇暖。洗澡。

翼日，雨。伯谦侄载予回南，权作节假，与群从手谈，饮于祖宅。至晚，予夫妇率侄辈拜祖，缘四女侄将出阁也。

廿八日(4 月 4 日)，晴。侄倩朱确甫暂寓族中西宅，来迎新人，予陪新客朱映堂少尉人俊茗话。幸继室以姨，诸可从简。

次日，反马，又陪冰人俞国华钟瑞及朱少英、望椿、汇吉、日新等宴于堂。侄婿确甫好酒，与行觞政，约十余巡，尚不酩酊。席罢，同季莼卿、家效乾、朱少英、望椿、汇吉斗牌，颇得采。是夕大雨。

至三月朔(4 月 6 日)，半晴。挈侄扫祖墓，见曾祖及两伯祖冢尚净，唯祖父母茔丛生秆稞，爰唤坟丁郁姓柞去，恐复萌，并拔其根。周莲村来会，嘱予送聘于朱竹书。

翼日，雨。予往莘庄，旋饮于贾词仙处，闻前月廿八日，官兵剿贼杨舍，小有折挫，后添精锐，贼始披靡。又闻前月廿四日，官兵攻克杭州。

上巳日(4 月 8 日)，细雨。妇子赴内兄词仙之招，观化冥房。

次日，兵船廿号泊塘口，伐鼓试炮，竟夕张威，吴塔为之罢市，因前此已攫元吉铺米也。

初五日(4 月 10 日)，始晴。王氏载予就塾。便视福庭弟恙，知湿热未达，服确甫、伯谦方，尚未得汗，其势非轻。又谒时西生，借书数本，苦乏一瓻。闻刘抚军督兵往杨舍，务扫贼巢。是夕，王芙江留饮漱芳阁，同毛芝香、俞书庭等品刀鱼，其他鸡凫，俱由家畜，异样鲜胅,咸喜食福。座有包茂翁,系公门中人,然三年不食虎余,亦庸中佼佼,予戏属对云:"此差不比那差,羞吃长毛饭。"适见书庭桥梓,品貌酷肖,即言:"公子亦犹老子,可称式谷儿。"同人各大噱。

翼午,王湘帆留饮,陈酒鲜肴,不似馁余,与馆菜迥异。俞书庭言其舅母张氏为屈云溪文学兆麟之太君,于去年在乡遇害,云溪之三女则于咸丰十年十月遇害。屈氏多死节,不独玉亭锡麟之随父投河也。闻逆贼于前月十四日搭浮桥华荡,幸为大风吹断,不得渡南,天意如斯,吾乡之幸。

初八日(4月13日),见王祠外菜花万顷,亦大块之文章,同俞得之、俊卿、王星轩、张宝青等作七律四首。予荐朱生于周莲村处。

次日,公子开塾,招予饮,偕西席朱竹书、邻翁苏旭斋□□拇战尽欢。月中返馆。

初十日(4月15日),朱恂如、家伯谦载我南回。路过殷庄张氏,晤居敬之、金景岩、张仁夫,谈剧良久。至四万荡,适黄敬铭、心耕在寓,话雨信宿,少慰阔悰。

平明,舣舟洞港泾,朱吟陶留茗点,知贼聚江阴之青阳镇及青草沙,潘帅亦犹董帅,始则变清,继则殉难,可称考终。收复虞城者,唯余□□协戎拔群尚在,今加总镇衔。午后祀先,邀贾梅溪、周桂亭、朱恂如、望椿、胡芳梅、芳兰、家光庭、仲舒食祭余,一堂欢聚,斗室暖蒸。

十二日(4月17日),次女安贞培礼许字高氏,行文定礼,冰人为朱少英、家伯谦、诚斋。姻家汝以货殖起家,公子维岳亦清秀,尚无非耦之嫌。连日狂风,幸连阴方霁。时渔琴来会,留茶点畅谈。

翼日,黄氏兄弟回寓。予携祐儿至莘庄,与李馥园□□暨吴下丁丹瑚□清话。半途遇雨,憩陈氏,太圃弟妇留点,唤船送往张港。因时氏欲控伪乡官索诈事,与朱恂如、家伯谦备酒二席,为其合欢,陪时挹山丈及月梅、渔琴上舍逢源、朱岭梅丈及吟陶、少英、少美同饮,肴鲜醴厚,大斗酒兵。

十四日(4月19日),过张港,朱氏昆季设茗点。乘伯谦船到塾。

闻程总统受伤,鞠总戎正法,李中丞升制府,刘方伯升抚军,金坛已复,常州围困,杨舍贼巢多杀灭,余党赶回江宁,杭州之捷,钱桂仁投诚。

望日(4月20日),予偕王聘轩贺张字卿上舍祀神,缘其被掳半年,回乡无恙,故借饮福以聚亲知。先与居敬之、瞿秋堂、查瑞龙、钱寿卿、邢馥堂手谈,颇快。旋同陆意香上舍柏贤、范雪庵少尉士烈、金景岩茂才、沈一纯上舍钟福暨徐鹤斋□淦、张玉方□□、程心涛□□、王文奎、李芹香□□、谢志云振虬、金振祥□□、张润夫、陆葆卿、钱恒昌□□、玉岐□□等连饮,盛馔八席,酒令百巡,而老拳未已。予借品曲离席,为秋堂拟醮表,并纪二诗。冒雨返棹。星岩言同事周春江□□于庚申秋全家遇害,一纯言江阴张子佩孝廉玉墀适遇贼窜华墅,自缢于祠堂,谊关戚友,曷胜惋伤。

既望(4月21日),陪一纯饮于漱芳阁。连日困于酒食,牙痛又来,勉阅《挹芬阁遗诗》,选入《诗话》。

十七日(4月22日),金湘坡挈公子入塾,吴慰屺亦来,而予因过饮感寒,殊不欲食,勉陪小话。

次日,步至莫城,与瞿秋堂、陈文轩谈时务。回遇难生卖书,予以三百青蚨得《纲鉴正史约》全部,惜少南渡后《宋纪》三卷,然于兵火后得之,已为快事。王祠有牡丹正花,同人约赋二律,予遂三叠,以质主人,属而和者有俞书庭、俊卿及王星如诸子。

翼日,俞书庭留赏牡丹,珍馔纷陈,纯乎仙味。偕王翼亭父子及梦蘧、芙江战拇数巡,予约法,胜者斟酒,不胜者拜祝花王,取觯立饮,惜别席湘翁等不善饮,未得陶然,而已各染天香。即席吟一绝,书庭、星如、俊卿等均有和章,以彩笺粘屏上,如五色云蒸,亦雅人事。

廿一日(4月26日),予诣天兴庵,晤云峰、□□文学问月两上人。回憩东始庄茗点,吴小香来塾畅谭。

次日,张寄轩丈来会,并与钱秋涛、俞书庭饮于梦蘧家,雉鹜鱼鳖,味耐人寻,惜遇雨生闷。

平明,仍霡霂。

廿四日(4月29日)，俞仲安骑尉及用宾文学大观夫人卜葬西山。

至次日，书庭、俊卿留宴，醉笔酬一诗。徐监兹自上海回，赠我紫毫笔，并带钱查氏死难局批。言东洋人在沪，颇重文墨，弹压夷人，使不得逞。张思琴到塾谈剧。予过莫镇，市清于旧，茶食亦不佳，遇孙□□、陈玉峰、瞿秋堂闲话。晤马玉堂，知尊甫勖斋新没，虞乡失一诗友，益复无聊。购《孟子》一部授钝儿，犹恨舒祺晚生，手培不能得力。

廿七日(5月2日)，同人吊李静轩之丧，晤杨倬云贰尹莱庆，互申饥渴。与吴雨岚、陈文轩、朱鹤龄等饮于书厅，返馆酩酊。

次日，俞书庭自海门回，言去冬孙学使如仅试士，近又邑试方终。是夕，予梦伯谦中乡榜，喜不自胜，继思无与于我，何为如是之折屐齿也。而已为蚤虱所扰，惊而醒。

晦日(5月5日)，立夏。予秤见七十二斤，祐儿则四十五斤，较逃难时差重焉。

四月朔(5月6日)，雨而风，菜麦俱倒。王星如镌图章赠予，其心灵手巧，暖帽亦自为之。

初三日(5月8日)，陪王星如至莘庄，于丁丹瑚处晤汪际唐，见留茗点。知十三日湖州贼投降，可免大杀，南路渐清，唯浙江之常山、江西之玉山尚有零贼窜扰。是日，闻西路大炮声，知官兵攻常州不克，退回高桥。适莘庄神庙解锣，音乐两部，士女拈香者拥挤庙场。旋唤渡渡至洞港泾，星如集朱祠文会，时鹤龄作主人，分金一百，到者寥寥，唯吴门黄菊香□钟、刘怡然及同里陆懋修□□、时酉生、朱一泉文海等数子。予饮于文社。便过又村丈书舍，见留茶点，偕余亦憨小叙，见惠《连珠集》、五云笺。舣舟回寓，知高妈因子殇无倚，从道业周桂亭，亦觉得所。王赋梅赠玫瑰，朱楚卿荫福赠荼蘼，香袭襟袖。

至次日，雨。徐监兹到寓，言苏城四伪王伏诛，伍□□亦在内。午后，同星如唤舟回馆，雨已停。而黄昏至晓复大雨，水长尺余，菜麦伤损。

初九日(5月14日)，喜悉常州于初六日申刻克复，刘总镇铭传之功。贼自杀妻，从南门走出。金坛、句容亦复。逆贼恶贯满盈，自无不灭之理。吾生复见太平，业可安堵，庆幸何如。

十一日(5月16日)，俞书庭以甘儿子佐予饮，据云自通州带回，形似葫芦，小者如海蛳，味若慈姑，甚脆，惜酱而不蜜，稍不悦口。此江北土产，南人罕见者也。是夕，王星轩觊我玫瑰鼻烟，几上更供此花，浓香醉鼻。兼受小寒，忽呕吐麻冷，幸梦蘧、聘轩赍痧药，星轩更为针刺，晕状顿平，卧已得梦。

翼日，觉郁热未清，眼红酿肿。阅曾帅奏折，知陆军程学启系曾中丞国荃拔诸降众之中，谋勇寡俦；水师黄翼升系本帅奏统舟师之员，忠诚可恃；余如潘鼎新、刘铭传、张树声、吴长庆、张遇春等皆与李抚商同遴派之将，惜程军门于嘉兴受伤身故。据鲍超来牍，探得侍逆李世贤将亲率悍党，裹二十日粮，由长兴、广德、宁国一带，上犯江西，先据产米之区，以俟忠逆李秀成续至。由广宁上窜江西，约有两路：西路由旌德、太平、石埭，以窜饶境；东路由昌化、淳安、开化，以窜玉山。西路之防，已派兵坚守泾旌、太平、青池五城；东路之防，必由浙境经过，已飞咨浙抚左宗棠、西抚沈葆桢分兵扼守。是日，黄心耕来，知同寓徐眷回城，予寓更寂寞矣。

望日(5月20日)，以"相城"属诸生对，陈晋三答以"官路"，颇佳。经书古文，读得澜翻，每日背诵近百页，惜悟性尚迟，予戒曰："学而不思则罔。"如王星如者，喜作文而不肯多读书，致出语如黄口，予戒曰："思而不学则殆。"又出尺牍题命晋三间日拟之，亦应酬中不可少。其余小生，则于课暇习洒扫应对，口讲指画，不顾体之备焉。

既望(5月21日)，黄倩偕范梓桐广尧、陈友峰□□、黄丽才□□来塾同饮，王翼亭、春园继祖亦到。知宜兴已无贼，溧阳、丹阳亦肃清。

十八日(5月23日)，予陪王生星如赴文社，与张师琴、宝青同舟，一路闻野薇香，雨生新绿，幽景可人。社设洞港猛将堂，除前会者，添吴修之宫桂等。晤住持月亭□□及沈得山丈、顾子和、朱节斋懋曾、平燮庵诸文学,膳于局中。高诚斋邀去茶点,见前期题《吾将问之》,予和"拔星如冠首",得花红银三钱。此期题为《行己有耻》,公议分金一百,五人一名花红,十人倍之。除里人如长洲黄菊香、金匮华、竹楼元镰,皆高手也。是晚回寓,半途与时酉生访家朴园。

翼日,寓中支灶。予过莘庄,候刘怡然、吴秋亭、颜心谷、芝生,小话片刻。抵塾适午炊焉,久不食鲥鱼,东家买得侑我下酒,剧鲜。

二十日(5月25日),同俞书庭、王星如赴莫城观社,时为狄家瀍庙神赛会,鼓吹喧沸,旗盖鲜明,一新耳目,风清气爽,忘却首夏辰光。途遇王湘翁、姚啸江、孙学卿、李子馨,邀同茶园闲话。见杂货铺招牌,为两洋海味,书庭云"可作灯谜",予举《孟子》"水信无分于东西",各为首肯。即景得一诗。偶拈"县城无会,莫城有会赛城隍",倩同人对,良久无一答者,适见东南星光大如轮,旋又明若月,即云"星宿重光,妖宿韬光沉宿海",书庭言:"本地风光。"有人来报钱生竺卿自贼逃回,其父被贼开棺,业已重敛,为之喜慰。唯单魁香、顾德卿、范庆门等俱故,未免哀伤。

次日,邢桂山到馆,因游兵捉船诈钱,捆解魏总办处也。

廿五日(5月30日),周新之来塾,言胜克斋京堂自尽,翁祖庚中丞问流,为苗逆仍反耳。

翼日,陪俞若泉兄弟、王芙江等往莫城,玩城隍水会。为桑砚香、陈福田邀至瞿厅茗点,晤陆寿昌、李培达,话片时。

越宿,又陪俞季兴布经大昕、芝轩学博挺芳观水社。芝轩言,其内弟李叔卿茂才鸿文于庚申年在九里投河殉难,周森叔盐尹一病而亡。去年此日,同事剑城,今春复晤于南鄙,甫以军功保举,遽作古人,可叹。城女黄息香安因鬻贩女子,出入贼巢,为委董邵莘卿瑨拷死,去一妖孽,殊快人心。

廿九日(6月3日),因时酉生疾于贾宅,偕其公子仲平往省。便过洞港,访朱岭翁,知李菊亭丈新亡。又晤朱景华,承留茗点。

翼日①，步至东始庄啜茗，与陈芝亭、金景岩话久。晚回王祠。

五月朔(6月4日)，金湘坡海涛来谒。

初三日(6月6日)，挈王生赋梅舣舟塘东，自分枪泾、陆胜泾过北埭，憩大悲庵，有二尼陪话。旋至新泾浜王氏，适星如举会课，除前会者，添蒋若洲丕显、平彦卿、家朴园，题为《吾闻其语矣》。予拟一篇，竟三易稿，质之子和，承其加墨。时子和暨新阳朱绩斋、许挹庭□□两茂才拈《子之所慎齐战》《赋得万里初回舶趁风，得风字》为题，作约课，予亦应之，送邵子谷孝廉琛评定。主人翼亭留膳宿，晤邹羡云茂才兴鑫、吴秋亭少尉。

翼日，小雨。同翼亭乔梓赴陆巷，谒瞿子行纯祖不值，西席沈得翁留茗话，瞿甥鲁峰□□出陪。复访吴下陈性之上舍曾煋、徐拱山□鳌、张檅堂诰两文学，茶话多时。是夕，仍下榻王氏，与张宝青连床。见星如镌图章，绘兰竹，又制玩器，工巧胜人。斋中书籍，未遭兵燹，翼翁赠予《左绣》全部，喜若奇珍。

端午日(6月8日)，始陪王湘翁冒雨回塾。

次日，平燮庵、彦卿为顾泾庵举文昌会，到馆写缘，予劝东君助费。

初八日(6月11日)，解馆南旋。过莘庄，得书桌书橱，费钱三千四百。自予赁光庭弟屋，装修已二十余金，用物在外。

翼日，祭先，招侄辈食余，天伦乐聚。

十三日(6月16日)，送家焕纶尚贤殯。回至张港，家佩秋留饮，同张晓江、邢桂山坐片时。

十四日(6月17日)，偕家朴园赴顾寓，子和留点心。遂拉子和及季荪卿憩洞港酒家，团坐共饮，高诚斋留茶点，俞亦憨会酒资，终日

───────────

① 本年农历四月无三十日，据上文，"翼日"当指五月初一日，然下文又有"五月朔"，疑日期记录有误。

醋嬉,顿忘小暑。便订次日手谈,莆卿及家兰卿、朴园赴约,膳于伯谦
侄处,醉饱尽欢。

既望(6月19日),又与卢器轩、家朴园、葆初局戏,连胜。翁显
廷、管云樵□□来会,陪饮半天。

十七日(6月20日),赴塾。

次晨,顾子和唤舟来招,与俞书庭同赴大王庙,偕高诚斋畅饮。
适童生会文,晤今雨华昂云□□、勉夫□□等,皆梁溪作手也。向晦,
宿于禅房。

诘旦,朱一泉留茗点。王楚舫上舍澧泉来报明日抚军甄别,乃偕
顾子和、俞书庭、季莆卿、朱一泉、王星如上省,陆直清及楚舫附舟,泊
于西大街坎镇离坊。新设正谊书院于雁门桥邵宅,赴院报名,知须自
备桌凳,同人拔门屏,权作书案。

二十日(6月23日),赴试。见院东有花园,湖石玲珑,时延冯景
亭宫詹桂芬掌教。遇长洲荣醉梅、戈申甫清祺两茂才、同邑邵子谷孝
廉、湘兰司马渊泉,知王煦亭及公子宝岚两茂才十日中同病亡,曷胜
哀恸。念蓉村师春风煦物,子孙不应如此凋零,天道诚难知也。是
日,郭远堂廉访柏荫、薛世香太守书田均到,李中丞留院多时,题为《若
臧武仲之知五句》《日长如小年,得长字,七言八韵》。出院时,忽群雀
噪于庭树,人声不能敌,可见文运重启,鸟亦知欢,为多士莺鸣之兆。
薄暮,饮于酒楼,乃金陵人所设,看酒平常,而角灯垂檐,如入不夜城,
未免烦费。

翼日,诸子遍走城街,繁华如旧,而阊、胥、盘三门都堆瓦砾,不如
齐、娄两门矣。憩云仙阁啜茗,价太昂,有卜相及卖衣者往来其间。
旋因酷暑回舟,不及访友。

廿二日(6月25日),移舟齐关。往瞻中丞新署,系吴、汪两宅,
曾为伪忠王府,境界极宏,余如各辕门,亦富丽。访顾慎生光辅于狮
林寺巷,同友啜茗河房,适朱节斋来,遂同返棹。

廿四日(6月27日),伯谦侄到馆,邀予入城,谒方云墅学师,互

叙阔思。旋憩泰园品茗，晤姚若卿茂才，惊悉其丁外艰。犹记前年与尊人冶斋茂才聚于周氏，不料一年不见，已增宿草之凄，可胜浩叹。又言福山口泊夷船数号，不销货，不上岸，而干橹森列，未识何心。景璇圃仍卖卜，丧妻挈子，颇觉孤凉。城市未哄，远逊吴门。

廿七日（6月30日），王翼亭、居敬之、蒋勺洲、屈小卿少府到塾谈文。

六月朔（7月4日），顾慎生自苏来信，知甄别案出，同伴俱录取，朱一泉代伯谦一卷最前。晦日，耕香族叔培病故，从父行中无一人矣。

初五日（7月8日），金景岩来，言湖州贼匪北甯宝带桥，苏省戒备。

初七日（7月10日），挟王赋梅及祐儿至莫城茶点。回出对示诸生，陈晋三对"暴虎"以"迎猫"，对"新蜩"以"硕鼠"，颇雅。又提《三字经》，芙江公子森宝熟极随背，赠以果钱。

初九日（7月12日），俞得之行文定礼，尊甫书庭邀予父子饮，偕屈松侪参军汝柏、俞福庵佾舞等同席，有红煨鱼翅、自烹极佳。

次日，王聘轩邀予至城，金湘坡、吴月初、孙蕙圃同舟。集姚芝亭观察文塘宅，晤姚小琴、屺瞻福均两茂才暨朱荫泉汝桯、赵芝湖□□。饮于同庆馆，馆设程松谷少府百龄家，假山花木无恙，因申翰香尝馆此，早保护也。席有江珧、虾包、糟鸭、椒蹄，俱美。日晚，乘风返舟，知湖田等处有强盗劫杀案。是夕，大风雨，龙阵，撼屋震惊，茅屋倒而树木拔，城外有压死者，秧田多白，又烦桔槔出水矣。

至次夕，月明如画，天气甚凉，予乘凉有云："月明星稀，天宇清凉秋入夏；风发水涌，地维摇动屋如舟。"时锡蕃世康来塾，其弟仲平则往贾塾，受训于其父酉生。

既望（7月19日），予假旋。高诚斋同予访朱星槎，视其厢房，惜卑湿，予不欲偲。更往东庄，谒李苑香，言金茂昌印昌、尤观澜、竹筠均病故。今年三月曾晤此,而未及三月,已无见期,泡影如斯,能毋悼叹!

十九日(7 月 22 日),抵王塾。

翼日,予赴藏泥溇踏田。回至东始庄,偕陈子美□□茶话。

廿一日(7 月 24 日),黄婿心耕与陆景山、钱兰谷□□、邱瑞玉到塾。

次日,暑甚,移塾门房,喜有花木,稍避西阳。延凉时以“百足虫”命诸生对,祐儿云“九头鸟”,又拈“珠兰”,王赋梅云“玉树”,祐儿云“玉竹”,尚有灵思。

廿三日(7 月 26 日),俞季兴来报,十五日官兵攻破南京外城,唯东夷儋国人在上洋,欲造会馆。

廿六日(7 月 29 日),俞翼云茂才钟骥及公子小云泰成来,对床话旧。是夕,同俞书庭父子等至莫城品园,时王胜皋唱《水浒》,予所不喜,未终而归。

明旦,赴天井坝看田,偕婺源俞凤和、同里金渭兰东始庄茗叙。喜闻金陵于十六日收复,曾九帅国荃之功。因伪令城外各馆银物移进城,诸伪王解体,官军乘间而入,遂克会垣。

七月初四日(8 月 5 日),邀俞书庭、朱日新、王湘帆、瑶林、赋梅、星如莫城避暑。旧邻尤氏、李氏开设酒店,大似河房,同人品高粱及汤面,糟凫下酒,味尚不恶,水榭风凉,尘襟顿涤。旋偕俞调卿等茶园小叙,疏雨凉飔,已递秋意。晤俞心和、赵锦堂□□、裕卿□□于米铺,有如旧交。夕于王祠外乘凉,闻前庄庵笛声,知沙弥肄业。见王家桥灯采,知村民设醮。新月一钩,凉风四起,诚佳景也,成二绝。迩来田禾长遂,唯少甘霖,疫疠虽不行,而亲友多变,朱匏庵丈暨徐云涛司马均殂,为之惋惜。

初六日(8 月 7 日),张寄轩丈来,言庞宝生阁学钦放湖南正考官,为之忻慰。

初十日(8月11日)，恭读上谕："据官文曾国藩由六百里加紧驰奏克复江宁，全股悍贼，尽数歼灭，洪逆自焚，生擒李秀成、洪仁达等逆。已明降谕旨，将曾国藩、曾国荃及单开平逆首功之总兵李臣典等，酬庸锡爵，普沛恩纶。因思军兴以来，各路统帅疆臣，公忠体国，共济时艰。督饬官军扫穴擒渠，将各路逆氛次第扫荡，江宁贼势日孤，卒就殄灭。现在红旗奏捷，东南军务，即可从此底定。良由各该统帅疆臣，不分畛域，全心剿贼，调度有方，允宜特颁异数，以昭恩渥。江苏巡抚李统领中外水陆全军，由上海一隅转战而前，连克苏、常郡县，并派兵出境，攻拔嘉兴等处，复协剿湖郡，扼守高、溧一带，使江宁贼匪进无援兵，退无窜路，实属谋勇兼优，着加恩锡一等伯爵，并赏加双眼花翎等因。钦此。"闻李中丞前已赐袭一等轻车都尉，加宫保衔，丰功懋赏，大慰人心。又阅曾九帅与李三统信，有"伪首棺柩，将加焚斫，大慰伏身后之诛，稍舒东人之愤"云云。

十三日(8月14日)，钱兰谷、宗药锄汝成、邱瑞玉同来瓜战，予连蒙梦蕖、聘轩款以盛筵，日形酩酊。

次日，予节假。晚赴大伲之招。

既望(8月17日)，仍不雨，桔槔未停，黍禾多槁，西北乡尤难施人力。三伏凉甚，至中元暑转酷，斗帐闷气，扇至夜阑。本村祀瘟部，乞予作疏，因东南已染疫也。

十七日(8月18日)，偕朱恂如、望椿、家朴园、廉斋殨伽庵小憩，镇日手谈。

翼午，祀先。晚招沈得山丈及毛企堂、胡芳梅、芳兰、家朴园、佩秋、葆初、仲舒、少谦祖望小酌欢聚。孙子琴属题仁济堂屏，集《四子书》成五百廿字。徐芝山又乞挽其弟云涛，应以二律。

十九日(8月20日)，复同朱日新、家朴园、廉斋牌戏。

次日，留贾梅溪瓜茗并战，稍浣烦嚣。

廿一日(8月22日)，访朱恂如，其弟蔼如留茶瓜，伲望椿留酒面，与日新、望椿、支西园锦铨局戏，少得采钱。

翼日，赴洞港，朱一泉留坐水廊，复为朱又村丈留膳，朱景华、施受卿、余亦憨陪话。景翁因予内子受伤，送上洋膏药。晤瞿锦堂□□，叙旧多时。陈少卿言，许春宜已故，遗孩子立可伤。予赴朱匏庵丈灵前拜吊，渡水抵顾泾。平彦卿检出去秋所失日记，冒雨而回。朴园弟嘱选文，并索删润近作。

廿三日（8 月 24 日），赴塾，偕俞书庭、包茂荣饮于漱芳阁。

次日，又与包茂荣、金湘坡同席畅谈。

廿五日（8 月 26 日），回寓。

次日，先父讳辰家祭。时挹山丈来会，茗点流连。闻永昌徐氏家产查抄，因昔年兵炮助贼之故。

廿七日（8 月 28 日），伯谦伳载予赴馆。

翼日，王聘轩邀同俞书庭入城，遇陈翔云、姚禹门、俞云卿、屈少卿家璐、吴澄士汝清、漪卿汝涵、胡□帆、程松谷、狄吉卿、屈琴盦、张西林、徐芝山，叙话良久。小雨时至，天气骤凉。

廿九日（8 月 30 日），沈琅峰、陈兰亭楯来，言湖州官兵失利，苏郡戒严。

月余少雨，至**晦日（8 月 31 日）**始滂沱，枯苗皆立。

八月朔（9 月 1 日），王翼亭、金湘坡到塾，言前月十六日，大兵克复湖州，东南逆匪歼尽，吾邑无虞，同为庆幸。闻望桥族弟近勇以呕血病亡，吾宗凋残益甚。

初三日（9 月 3 日），王聘轩因周姓诬控事，欲申雪，乃介予进城，就商于曾伯伟。俞书庭、王翼亭亦偕，宿于祝家坞屈氏，小卿家琨、少卿家璐留茗点。往清粮局，晤屈达泉孝廉、李蕴之学博宗弼、魏宝钦、屈荫香□□、翁士服、胡小卿、曾士材，小话片晷。知曾帅请旨，于今年十一月中金陵乡试，偃武修文，亦大喜事。旋遇黄竹斋奎甲、曾锡卿、浦晴坡、俞幼兰、守璜钟磻、宝岑钟磙，互诉阔悰。进邑庙，与道士陈□□晚话。

次日，赴徐监兹家。午刻返棹。

初七日(9月7日)，同俞书庭、王聘轩入城，缴粮单，附田册一本。总局设徐氏，理梅经办，单书向居现住都图、粮田租额、佃户催子及方单契据有无。晤陈曳卿绶、程逸梅、潘子仁、少庄□□、顾湘涛、宋阆村□□、贡小香，话事良久。途遇钱长生，知亲墓门墙尚完好，喜慰何如。入清粮局，晤王宝之孝廉、曾叔彝参军宪文、庞献卿上舍钟璇。又诣徐氏，芝山兄弟欲留饮，因暮雨即回，晤张西林、曹星村小话。夕宿于屈宅。

平明，会曾伯伟、蒋芍峰，坐谈至午。傍晚返舟。冒凉郁热，忽肿牙龈，王梦蕖煮绿豆粥，烹稻叶露，亲送至塾，饮之食之，如仙味，中热骤解。知己之感，时泐寸衷。连雨不霁，禾黍油油，南乡可卜有秋矣。

十四日(9月14日)，沈秋亭同饮漱芳阁。

至中秋(9月15日)夕霁，月明如水，寒重添衣。

十七日(9月17日)，偕俞得之、王聘轩、星轩、星如舟至洞港，观猛将秋社。陪顾子和辈饮于朱岭梅丈家，遇时把山、沈得山两丈暨张芝堂、刘怡然、蒋芝亭、平燮庵、余亦憨、吴既安、李子馨、望英、怀英，为平彦卿留茗。会极盛，看轿四乘，台阁七座，黄亭香亭小轿数乘，拜香六七班，龙船四只，中有鼓吹，挡船二号，献技百出。而妙在轮车七捐，一人顶小儿两三，有翻筋斗者，以致里人若狂，十分热闹。夕回寓。

翼日，又步至吴塔畅观，水陆并行，大悦耳目。朱半千、王燕山师闵、卢器轩各留茶点。憩顾氏，为顾心存、少江书聘束致器轩。附朱雨庄□□、戴润卿舟至洞港，遇时西生、李苑香、金宝之、朱一泉、王星轩、家朴园，饮于芦棚，陶然返寓。卢器轩赠茗，家雅园馈菱，清味颇胜。一泉自城回，言海盗劫货船，并上福山岸，黄提戎带兵往剿，吾邑闭北门。

十九日(9月19日)，同王聘轩、朱恂如、家伯谦舟诣高家桥，高雪堂州丞留膳。旋往洞港猛将堂，高台歌吹，听者四环，街市仍复拥挤。谒朱又村丈伯仲,晤高诚斋、刘小寰、陆直清、丁艺林□□①、余芝香、平也园、湖桥诸君。朱一泉欲留饮,辞之。薄暮回寓。

次旦,再憩高氏,雪堂仍具饔飧。黄昏始返。

廿一日(9 月 21 日),留聘轩、得之及胡芳梅小酌寓舍。舟过莘庄,与孙子琴、刘怡然、颜晓霞、心谷、芝生茗话。闻孙□□学使如仅丁忧,现□差宜春宇侍郎振,泗安、广德州亦复,上江肃清。

廿三日(9 月 23 日),天青无云,忽闻雷震,如连珠。

廿五日(9 月 25 日),书常昭士女死难者五十四人,托顾子和及沈小兰孝廉祺补报忠义局。

次午,金景岩来见,同饮于书斋。往莫城,晤张寄轩丈,茗馆流连。

廿八日(9 月 28 日),偕俞书庭、王聘轩、星轩入城,赴庞太夫人吊。堂前翎顶兵勇森列,颇壮规模。丧主少冶宫尹留盛馔,居敬之、胡小卿、葛寿芝□□陪座。晤曾伯伟、李升兰、赵少琴仲洛、李蕴之及赵少华少府宗耀、屈小蓉上舍维琳,清谈片刻。遇陈怀之□□、翁士服、钱仲谦、汪友梅暨屈薇卿学博家琪、俞叔仪茂才来翔,茶园小叙。旋谒新令汪汉青司马祖绥于公馆。其祖孟棠廉访云任系先君丁卯同榜,曾守苏州。其父小棠观察根恕亦需次吾吴,尝署织造,今出差泰州。以世谊接见,呈二诗,彼此绸缪,极承推许,称予前辈,自忘名翰林也。门丁吴柳江、玉书均杭人,亦风雅,即来答拜于屈寓,不及迎。暮与瞿甥佐卿同舟回塾。

九月二日(10 月 2 日),高雪堂、霍步堂、范冕卿、童翼周来会,畅叙移时。闻庞宝生侍郎钦差顺天学政,以府丞而兼职,圣眷加隆。

初五日(10 月 5 日),黄敬铭、何小岑□□来谒,遂陪俞书庭乔梓往吴塔履亩。

---

① 底本仅有"钅"旁。

次日，回馆，书庭劝餐。家云桥锡灿到塾，商金甥析箸事。

重阳日（10月9日），挈王星如入城，邀顾子和、陆直清、平燮庵、少梅、颜心谷、时酉生、朱鹤龄、一泉、家朴园及星如小饮邵园，两席欢呼，酒令络绎。共费三千五百文，而尚无海物，唯鸡凫、豚鱼而已。幸非鲁酒，各各醋情。

越日，奇□□粮储克坦泰甄别士子，在明伦堂发卷，题为《子曰士志于道》《鹭立芦花秋水明，得明字》，己未进同题。晤薛小梅、浦晴川、沈伯门、俞寿卿、翁显廷、朱映堂、瞿秋堂、蔡菊亭、曾琢如含章、璇甫景陶、钱用宾□□、竹艿，知城中诸友半在鬼录，不胜长叹。宿花园衖蔡庄，心田、见心留膳两日，师弟言欢，不忍分手。司计陆颂甫、朱少英亦陪话月，颇慰阔思。访蔡生沄江于小辋川，互申饥渴。

十一日（10月11日），伯谦倅留饮酒家，与季荓卿附舟回塾。得江北稌粳，食之如青蔗，亦清品也。

十四日（10月14日），节假。同王星如返寓，持螯对饮，玩月神怡。骇闻表倅周古音大章溺死，妻亡子幼，伤外氏之衰，曷胜鸣咽。

望日（10月15日），偕星如及时酉生、家朴园赴荡口，舟次手谈。别船平燮庵、颜心谷、刘怡然、吴既安、平彦卿同泊义庄场，心谷留佳茗，朴园遗大柿，俾予肺腑清凉。同坐石阑，玩明月，如濯魄冰壶。

既望（10月16日），陪诸君赴学海书院，时宜兴潘□山太史曾钰为山长，课题生则《可以速而速四句》，童则《其至尔力也其中》，诗题《中必叠双，得双字》。每期一粥一点两饭，给烛一枝，每卷弥封，过酉刻与无诗者，取而除彩，己未进均有花红，视人多寡而定。晤金匮华柳桥文学宗均暨元和吕荫芝□□，如旧相识。闻是日北桥有盛会，爰与燮庵渡湖往观。由市梢步至小圩，见起马衔牌皆玻璃，猎户悉放抬枪，拜香班有数十队，小轿数乘，抬阁四座，满轿两顶，鬼役数百，皆噤口而张手势。又有活鸡，面不花而鲜衣华帽。执旗者尽鸣锣，皂帽者围金玉链条，万名伞及十二辰旗均华丽。他如女囝担、女犯人之引人笑玩，似属亵渎明神。神为武烈帝，前行为城隍。社约千数，排齐有四五里之长，而里人犹谓此是演会，仅两日，拟明年大举胜会，限七日，走卅里，直达山塘。四十余年一解，故执事者多翎顶公服，报赛虔诚。此镇向未贼扰，宜土人之踊跃争奉神也。晚憩尤挺斋廷梁书室，见留茗点，与其西席华祥谷□□话片时。又饮于芦篷，同尤竹亭、荣协卿小叙。旋回书院，已夕阳在山，始动笔，酉末交卷，乘月登舟。

　　翼日，遍走街衢，殷阗如旧。知茶推景湖楼，饭推三山馆，南北货推孙如号。晌午返舟。

　　十八日（10 月 18 日），往顾泾，问平竹香恙。

　　廿一日（10 月 21 日），予赴莘庄，颜心谷留饮。旋贺周顺昌嫁女，遇毛企堂自江阴回，知官兵自湖州来，有武弁在戚堰弹压，李三统渡江，至曾营乞差，吾邑始无兵扰。

　　廿二日（10 月 22 日），陈霭亭、孙子琴来寓，言苏城造学院考棚，在定慧寺废基。予与霭亭、家廉斋、湿生手谈竟日。周顺昌邀予连饮，偕谢润梧、陈福田、胡芳兰同席，畅叙言欢。夕改时酉生、卢器轩、家朴园课艺，不遑安寝，灯光中渐成目疾。

　　翼日，与季茀卿、家朴园赴塾，主人下榻，陪话至夜分。

　　廿九日（10 月 29 日），订金景岩等同伴赴省，定胡月亭船。

　　至十月朔（10 月 30 日），回塾。

　　次日，同俞书庭入城，蔡生见心留膳。途遇陈古香、文川汝渊、严修来、蒋若洲，知翁玉甫新放湖南盐法长宝道，加运司衔。晚为屈小卿留点，暮与陈梅村、谭静园同舟而回。王梦蘧以盛馔见待，竟夕醺然。

　　初三日（11 月 1 日），周子福文台来馆。

　　翼日，予又进城，晤张墨卿、心泉、季尊生、曾芸溪、徐石英于金景园。旋过科房公寓，托礼房俞德如办文赴试。又往公局，偕曾伯伟、庞昆圃小话。途逢陶曼云嘉栋，询知陶佐羹三兄弟均堕庚申之劫，庠序一空。晚与周敏斋□□、胡寿元、陈锦堂雇舟返塾。周子福又来，言奉严命邀饮,缘事却之。

初五日(11月3日),王聘轩设两筵,予同俞若泉、毛云亭静贤等酬饮。桑砚香、陈福田来谒,茗话移时。

次日,王湘翁秋报社神,留予与若泉等饮于书阁。

初七日(11月5日),范冕卿、童翼周来订试伴。

翼日,赴东城王虞翁家,领宾兴局票。过蔡心田义庄,托收湖南租米。复向俞礼房归部照,出费三番。薄暮回寓。

十一日(11月9日),在城诸君到四万荡,留夕餐。

次晨,同顾子和、平燮庵、范冕卿、童翼周、范佩之、季莆卿、范石门文琭、屈达仁家璋、家伯谦登舟赴试,夕泊荡口。华庄前,同人星桥玩月,兼观义庄会文,晤华柳桥、勉夫。

十三日(11月11日),过马塘栅,虽备本学护照,而卡未验,试船非比商船。过无锡,见城外成墟,荒凉可怖,皇甫墩仅存榛莽,予已两见废兴。风利,直行百余里。晚次戚堰,塘有官营,彻夜巡更,予与同伴斗牌,稍遣岑寂。翼周携红豆索赋,走笔应之。

翼日,过常州,舣舟亭已废。同人贳酒马头,纯是尘气。暮泊奔牛,小市荒甚,就饮唯浊醪,即虾菜亦难觅。差喜海船相傍,时递烟香。

望日(11月13日),风仍利,惜一路水浅,坐客全上岸,舟始得行。晚泊丹阳,同人入城,城市甫复,尚多瓦砾,品汤团疗饥,不甚可口。见城河尽涸,舟楫不通,斜风细雨中踉跄上舟。与子和倡和,连夜辏宿。客多舱窄,不无足加于腹,况天气暴暖,气闷篷窗,苦境也。

既望(11月14日),泊丹徒,同人因无红船,具禀赴巡司署。晤西席朱姓,卒无从办舟,市中同饮高粱,食羊面,剧佳。

十七日(11月15日),缘内港不通,出江经焦山,泊京口,上镇品蟹黄包子,颇鲜。江边正造夷房,拓基数里。访昭关,定王姓红船。

次日,舣舟江北,次七濠口,镇多新造洋行。旗亭有女乐,歌者字宝珠、蕊珠,同子和品曲泥饮。土人云,此地属江都,为扬州雄镇。回舟见两旁夷舶十余号，篷架每号有二三，窗嵌大玻璃，夕阳照耀。并有火轮船数只，船凡二囱，烟气冲天，其行虽若止，而浪激邻舫，多震恐者。江市须唤渡而上，因舟不能傍岸也。舟次，同冕卿斗诗。

十九日(11月17日)，傍红船渡江，费七洋四角。时李雨人殿撰承霖公子赴试，雇此船，风极顺，顷刻间行二百里江面，奈小舟傍大舟，两旁相触，如人撞肩，况中流断缆，荡舟濒危。自乌龙山剪江，夕泊下关。

平明，闻兵船鸡声鼍鼓，陆续水中。过江宁旱西门，见炮船百余，旗帜五色，如赛会，所谓"舸舰迷津，青雀黄龙之舳"也。闻西城桥门呼号动地，乃官遣数百兵勇扒去砖石。而予舟逆水进桥，同人背纤，足不能前，往往连人退后。步至水西门，沿岸多骷髅，如田瓜累累。同子和城外沽酒，西望莫愁湖，已无片瓦，琉璃塔已被贼炮轰平。同人入城，适曾制军回署，署即伪英王府，门高大，顶描金，有水浪纹。到淮清桥王府塘等处，都已无屋，唯钓鱼巷左右尚有数家。爱寓玉河房巷吴宅，房金廿六番，下使及送礼，酬钱一千九百。主人海秋、兰亭干城，当藩司户咨房。其时上江学使为平湖朱九香侍郎兰，正考官为昆明刘韫斋囧卿琨，副考官为山阴平景孙内翰步青，江藩为□□万□□启琛。

廿一日(11月19日)，押行李上岸。

至次日，偕翼周、景岩走北府塘、闻诗巷一路，皆剩残甓，满目凄凉，如入无人之境。旋从内桥三山旗望两街回寓，一带铺户鳞比，尚似往年。同憩四兴园，茗点未佳，而乐部徽腔，尚堪悦耳。

廿三日(11月21日)，同景岩出钞库街，由南门走北，热闹异常。

翼日，又同冕卿、石门等浪游。知宜学院到省，各贡监生员，要备文具结，同学五人互保，颇费周章。

廿五日(11月23日)，安徽学院录科。酒肆晤丹阳荆书农之炳。姜楚卿试卷，景石臣树放，但须自书卷面，填年貌、籍贯、履历。予因写误换卷，仍出费一番。

次日，赴评事街万寿宫缴卷，得贴三场菜钱三百。回至状元馆，景岩会茗点酒资。

初六日(12月4日)，赴状元境，遇阜宁诸生杨省皆宗亿闲话，知捻匪抄其家，曾大焚数日。旋看主考入帘，前行为内提调庞□□盐巡际云，外提调禹□□太守□□，内监试王晓莲观察大经。正考官刘，年逾五十；副考官平，面白而丰，年可三十；监临李，则清秀无比，年方四十余。随行者多乘马，红顶者十余人。回寓逢上元程子生明经诒孙，系署吴邑训导，送考到省，是子和门下士也。路经东观楼，购《小五经体注》，费一洋三角，惜未装钉。自吾乡匪窜，亡去书史，约四五百金，迄今只检热书添补，犹苦阿堵无缘也。

初八日(12月6日)，雨雪。入场，因误发如皋二场卷，各生归号始看出，赴堂纷纷换卷，致苏属午初点名者，直至上灯始进。其先或躲破房，或伏营帐，或露立半天，满足涂泥，肩背皮裘考具，又重二三十斤，各嗟惫甚。幸坐西龙鳃服字大号，稍得舒眉。同号有吾乡叶敏斋如金、朱彦卿，俱惨淡经营，而予则不耐劳苦，赶头牌而出。见文德、利涉两桥已于三日中修好，履若坦途。唯秦淮水榭，百无一存，河干成陆，了无生动之趣，真沧海为桑田也。

十一日(12月9日)，进二场，淮清桥堍已成水田。予坐姚家衖之字小号，大雪寒甚，幸对号无人，风炉置于空舍，而号帘沾湿已冰。闻场中老生冻死者数人，号军亦多僵者。

十四日(12月12日)，进三场，雪晴而寒更甚。监临饬送炭团二枚，试士颜欢，可谓体恤周至。而笔尖呵冻，墨沍不融，手僵难运，困苦不堪。予坐东文场菜字大号，号军对予战栗，予虽见其单衣，奈无纩可给也。

望日(12月13日)，出场。

十六日(12月14日)，子和最爱占春园烧卖，谓金陵佳味，恋恋不舍。乃同人往品，味固鲜腴，知面细而料全，制原精于吾邑。又诣金谷啜茗，有客言城人未尽回城，来开肆者皆江西、江北人。贼坼城房大半，而试院仅存，因曾作女馆也。然贡院前尚无考具店铺，试士考具被贼掠尽，欲重办綦难，每出城远购，价倍往时，而物反粗劣。饭后下船，子和言十一人又要排班，同为蹙頞。傍晚开船，至水西门。

次日，仍雨。闻邻舟箫管，触我诗情，与子和联句。惟桥门水竭，阻滞两天，至十九日午刻始通，夜泊关口。

二十日(12月18日)，抵燕矶，登御碑亭，访铁索崖，曩昔形胜，今作荒墟。茶坊品锡壶香茗，稍御严寒。得江鲶鱼，骨柔肉嫩，颇似鲟鳇。近日连食白鬐大鲢，皆江乡美味。与徐朗卿士玉、居敬之、朱彦卿、夏眉仙尔寿雇江船带江，长年王姓来定，自此带至丹徒，各费洋钱四个，酒钱六百。

次早，开江。午后至泗源口，地属仪征，江镇喧嚣，约二三里。同人饮火酒，食汤饼，借以浇寒，得酱鸭二对，价颇廉。

廿二日(12月20日)，黎明走江，过瓜洲蒜山，惊悉丹徒港涸，暂泊江干。子和遇木客欧阳朗风，招饮冬至酒，伯谦等登陆，予嫌路遥风冷，不能偕焉。

翼日，欲出越河，而又须候潮，舟之抵此者不能进退，乃仍用江船带江，又凑费六洋四角。由越河过圌山关三江口，群山络绎，小有曲折。顺风直抵孟河，须庚四百里江面，如飞渡然。奈潮落舟挤，竟夕喧哗。投禀江海关，始放舟过。

廿四日(12月22日)，上小河镇，偕荸卿茗酒消寒。

平明，解缆，逶迤三十里，至奔牛，同人登陆，舟才运行。镇较前稍哄，略造市房。翼周于前夕渡江作楹帖，书示云："长至夜，泊长江，愿乘万里长风，看万顷波涛长浩荡；大寒节，逢大比，谁把一枝大笔，焕一天星斗大文章。"气宇颇胜。午后抵常州西门，皇华亭已毁，花肆亦稀。同人进城，觉逊城外之闹。回至马头万兴园，香茗与鳝面均佳。又往浴堂洗皂，骨体若仙。夕移棹东门，见市渐如旧。

廿六日(12月24日)，自皇亭基顺风扬帆，走百余里，泊无锡南

门。上岸入城,见房屋尽毁。于马头品惠泉酒、大馄饨,剧佳。茶肆
晤朱节斋、华梅岑,知其由越河起旱,至谏壁。旋上轮船渡江,船系李
宫保所备,未出分文。

翼日,开帆,过坊前暨洪昇里,径达荡口。上市品羊面,味渐清。
夕至东庄浜,夜半抵家。家人喜慰,谓谣言南京被围,李抚所带兵均
变,应试士子遭殃。五百里中尚有捏造妖言,何况别省,想系佃农所
造,欲租事瓦解,为赖租地耳。此回船寓日用,赖伯谦经营,每日船钱
一千一百,每客饭钱三十,酒肴、茶烟、灯烛自备,予共费洋四十余枚。
幸贾梅溪挪移,诸亲友馈赆,得敷开销,此谊不能喧也。

十二月朔(12 月 29 日),颜心谷以文嘱改,见其进境,嘉之。是
午赴馆,移席潄芳阁,因祠中屯米无余地耳。

初四日(1865 年 1 月 1 日),随王湘翁入城,送江树叔师及士美
世兄殡,幕设邑庙东厅,晤孤孙已九岁,可慰贻厥之心。偕王蕴香、菊
人、曾士常、士材、李升兰、云阁、赵少琴、庞昆圃、江子敬小饮畅怀。
首座王虞英丈问及《肉谱》尚存,代为色喜。旋访童仲汝宝源、翼周新
宅。日暮回乡。

次日,王梦蘧以橘酒劝饮,连日颓然。闻饷捐每石租米,缴米二
斗五升,折钱八百零八。南乡租定八成,因佃户出丈量钱,让米二升,
倘田禾伤旱,则递减。唯西湖南七成,虞山北六成,断难收足。予家
除捐,能余饭米,已比昔岁籴粮胜矣,何奢望焉。

初六(1 月 3 日)夕,俞莲洲贰尹钟麒自镇海假旋,言漳、泉二府暨
龙岩州有金陵漏网伪小天王及义王窜扰。予闻洪逆久已被获,未知
此股何来。

翼午,居敬之来,谈艺忘暑。王生星如到馆,予书功课单付彼,冀
其日起有功。李子馨见之抄去,亦见切实工夫。夕同人饮于书斋,梦
蘧出美酝,下以大鲢鱼腹,蟹炒肉丝,欢然醉饱。

腊八日(1 月 5 日),梦蘧以羔羊美酒劝予饮啖,予觉四体温和,

血脉流动，可当药饵，诚解人也。星如因家政辄辞去，予嘱以心虚功实，岁杪不能潜心，可于新正二十日始依每日课程。两榜功夫，须于童生时做就，明年服阕，可一试而捷，非独小售已也。

初十日(1月7日)，同聘轩、星轩、赋梅入城缴饷，与钱秋亭□□、秋坪□□及盱眙於芝泉□□、吴邑王立人□□话久。时定每石米折价三千三百。是晚，聘轩邀同顾绥之上舍福培及俞书庭、莲洲饮于如意馆，肴馔剧佳。夕宿于包氏，灯下应昭文梁课，作一卷。

次日，晋汪令公馆，与汉翁长谈。午后，俞书庭作东道，仍饮杨馆，汤炒极佳。旋陪汪令，莫丞话于饷仓。晚回乡塾。

十四日(1月11日)，又上城，晤王雪芰、蔡小樵，道中互叙饥渴。复遇赵少华少府、屈云溪茂才兆麟、陶心园常博嘉祥于饷局。至晚，监斛王氏米，与严翰卿□恭、吴景云□□等言事多时。是夕，同殷时斋□□、张字卿、范冕卿茶坊小叙。宿于童氏。翼周见视仙谕，言近时墨程，只要浅熟华三式，观今科顺天乡墨便知。记室计甘棠□□为我述被掳情形，直至五鼓。

蚤起，赴蔡氏，带回租米，半摖秕谷，西南乡佃户本顽，不在收歉也。晌午，王芙江邀予小饮县南，与张字卿同座。回至仓廒，补斛王氏米。日暮返舟。

既望(1月13日)，金生景岩邀予父子及时酉生饮，酒芳肴洁，战拇忘疲。晚偕金湘坡、王竹芰□□集于书塾，同席畅谭。

十七日(1月14日)，知常昭中式四正一副，同伴季莘卿报捷，可慰先公受之于地下矣。犹忆次场有人在仪门，闻点其名，即以头场首艺起讲出验，谓予替填失写题字，并格外写清，欲索酬，而莘卿茫然，盖房东之友，适供誊录，知其姓名故也，亦一天缘。近日添丁，又值良运，况科名心热，非比予辈精力之衰。若曾君印若金章既承家学，又在少年，北闱报罢，而走南闱，今终中隽，诚不利东北利西南者。叶敏斋则与予连号，见其不苟下笔，翔凤有根柢，宜其出一头也。犹记录科场中遇试士红顶花翎者数人，可见举人之贵，但须养到功深，方可问世。如予之倒绷见黜，亦意中事，不足怅也。是夕雨，久旱之余，田畴得润，良慰农心。

十九日(**1 月 16 日**)，同王聘轩入城，往汪公馆，会李耕年_{庚年}，为亲朋缴饷。途遇蒋海山、钱少湘，互慰生全，并申契阔。旋偕范冕卿、屈达仁茶话，返棹已昏。

二十日(**1 月 17 日**)，解馆。贺季莆卿苹喜，得诗五章。

次日，往贾氏斛回租米。梅溪劝餐。

廿二日(**1 月 19 日**)，贱降。喜晴，办汤饼御冻。

次日，朱鹤龄来寓清谈。予赴季寓，适莆卿不家，便谒顾子和、马云阶，李公子式卿绍宗留膳饮。知吴县诗友王卤山鼎元中乡魁，亦文品兼优士也。

廿四日(**1 月 21 日**)，舟到潭荡、莘庄刮租。

翼日，赴吴塔刮租。

廿七日(**1 月 24 日**)，往吕厍，饭于邢氏。

廿九日(**1 月 26 日**)，为岁除。钱竺卿来，留饮寓舍。予因光庭弟去家，四时旷祭，特设鱼菽，代祀先人。黄昏，招伯谦侄同饮。内子因难茹素已五年，至是酬谢大士始破戒，共幸厄运脱离。唯买宅无钱，频年萍泊，致祖父神主无依，殊属余憾。午夜，闻锣声四起，因神火遍野，故然。

龚又村自怡日记卷二十四

同治四年乙丑(1865—1866),五十有六岁

元旦(1月27日),微雨。缘寓无神堂,爱焚香当天拜觇。欲悬先人遗照,叩奠椒觞,而母像仅存,父像已失,不孝之罪,谁实贴之,深憾贼氛之毒。朱鹤龄、少美、日新、望椿、支西园锦铨、家伯谦、佩秋、禹门乃普来拜年,穷巷向无贺岁者,至此见衣冠客,惊讶者多。予与邻人掷会筹,虽得元而未甚博采。夕仍见妖火无数,直逼屋后,想厉鬼乘家家新焚冥镪,纷来劫银也。幸鸣钲伐鼓,放枪穷追始扬去,古云"爆竹惊山魈",信然。

次日,又雨。邀周桂亭、胡芳梅、芳兰德业、芳池蓉、家光庭暖炉小集,掷采为欢。

初三日(1月29日),仍雨。祐儿赴伯谦之招,予因牙痛闷卧。

至明日,沈得山丈暨贾梅溪、朱蔼如、家朴园来邀,均未往,祐儿代之。平燮庵、梅生大有、时勉夫上舍会源来贺年禧。予往邻近谢步。

初五日(1月31日),晴。陈古香父子及朱少英、曹星村来寓,留膳畅谈。颜心谷、又亭亦来贺节。日晚,沈秋亭、王聘轩、星轩、星如、赋梅、贾梅溪、陈霭亭、平彦卿络绎见顾,小叙谈欢。

翼日,晴暖。到贾词仙、毛企堂、家佩秋处贺小聘之喜,又答拜时挹山、沈锦川两丈。亭午,就饮词仙家,与邵万方、沈佩卿璠同座,酒酣解衣,有如小暑。晚为朱望椿、汇吉邀去,偕杭州沈秀山□□手谈,颇得采,遂留畅饮,盛馔纷陈。蹋月回寓。而祐儿等则就企堂、佩秋之招,朱确甫、陈念堂两侄倩来,不及躬迓。

人日(**2月2日**),沈菊村、陈霭亭来招,为风雨所阻。

次日,晴。留蔡生见心、家福庭、仲舒饮于寓舍。旋往答朱、陈二子,招饮不果来。

初九日(2月4日),立春,又雨。家人请紫姑神,频画鲤鱼,似示水兆。

翼日,晴。祐儿至城视废宅。

十一日(2月6日),予唤舟答拜陈霭亭、颜心谷、沈秋亭辈,晤韩竹坡□□,如旧相识。遂入城,索饮东关。市声尚沸,唯县南街肆多闭,知因捐费巨也。旋赴北乡问租,钱宝斋托归氏代收,米已载回,可省周折。唯佃户叠经贼抄,农具、耕牛俱失,蒔稻无资,况遭干旱,虽有种豆者,而所偿不过三成,余则颗粒未缴,诚无可如何也。是夕,宿于钱氏。

翼日,宝斋及公子玉丰陪饮,谈及王浩如、陆寿毅、金顺观、周宝玉、顾寿冠各亲友,均家破人亡,曷胜惋惜。昨夜雷雨,至今晨嫩晴,而潮泥已可步,盘桓至暮。小舟渡昆湖,闻飞凫拂水,拍拍有声,见落日如火球,红光震目。载月回寓,犹闻邻舍六博,其音铿然。

十三日(2月8日),大雾。予赴吴塔,访李小梅。复过吕厍,视筁氏从姊恙,甥琴舫留汤面,佐以美酿嘉肴,颇得食福。归途遇顾江楼□□小话,觉是雅人。

次日,风雨苦寒。偕邻子掷元筹消遣。

上元(2月10日),仍阴雨。厥后连日大雪,冻甚严冬。予唯困卧,起应周桂亭醮疏,而冻不成书。周爱堂见招,姑遣祐儿赴宴。

十八日(2月13日),雪晴。予饮于伯谦处,与家兰卿、朴园、廉斋斗牌,甚利。

翼日,又往局戏。卢器轩留午膳,家朴园留夕餐。

二十日(2月15日),周桂亭留饮,与沈鸿章、时道中□□、贾梅溪、万方同席,战拇藏钩,极酣嬉之乐。夕为其兄爱堂招去,复偕时春圃□□等猜拳,并飞"新岁"二字。予见座客半儒半道,曰:"日新日新日日新，万岁万岁万万岁。"一时浮大白者多，同为赞叹。

次日，高诚斋姻家来贺新禧，留茶点小话。因寓庐卑浅，不便囤米，爰载寄贾梅溪家。俞姨来省内人，得聚姊妹，慰频年睽隔之思。周松轩杏和、竹轩□□邀饮，胡芳兰亦来招，遣祐儿代往。闻贼窜闽浙两界，金严告急，苏省拨兵。灯下改仲舒侄文，喜其说理圆畅，特欠文法，并少读书之功，字迹亦潦草，宜习八法。予因平旦肠酸，大便艰涩，解则见血，连食炒米粉、脂油团以及柿饼等物，颇解郁热，利便溲。

廿二日（2月17日），午晴。王氏放舟来载开馆，祐儿仍带往读书，星轩亦下问，旦夕研经，务求实学。夕与俞书庭、王翼亭、徐晴湖兆桢等细品海味，聘轩殷勤劝酒，乃拇战数巡，酣畅无比。

翼午，偕毛浚川丈及王受昌国玺赌饮，彼此陶然。夜同张字卿、俞书庭、莲洲、王翼亭宴于漱芳阁，梦蘧作主人，缘席有福酒，飞"福"字并斗拳，旨酒嘉肴，纯乎仙品。与王湘翁、星轩、俞若泉、得之手谈至晓，寒气袭人。

廿四日（2月19日），梦蘧仍主东道，陪俞莲洲、王翼亭午饮，东坡肉颇佳，恣情大啖，同歌醉饱诗。晚为芙江留饮，偕毛芝香、俞书庭、莲洲、俊卿、王梦蘧、瑶林、星轩战拇为欢，肴核亦美。

次旦，寒重。补书日记，手腕几僵。

廿六日（2月21日），出《君子上达》《且向百花头上开》两题，嘱星轩试笔，思清词顺，诗亦寓意不凡，尽可造就。惜星如在家送艺，负笈时疏，未免独学无友耳。

廿八日（2月23日），予缘事回寓。洋银每饼只值九百三四十文，开销一切，总觉不敷。知伯谦侄诊病日忙，仲舒侄亦就小馆，不致驰心博簺，自是正经。亲老家贫，全在勤俭营生，力求上进，不愧儒家子也。胡芳梅馈斋菜一筵，品之得清肠矜。

翼日，又来邀饮，因迫于赴塾，辞之。

是日，又雨。到馆将昏，闻李蔼堂总戎带兵赴浙，吾邑店捐概减，各肆尽开。

二月朔(2月26日)，仍雨。命王生赋梅暨祐儿默写《四书》。星轩能早起晏眠，日温五经、古文，先解后诵，本于至诚，可谓好学。赋梅亦效时习，稍胜去年。自来有志者必成，可为忻慰。惟蠢儿尚荒于嬉，理书如蚁行山，久诵不熟，后顾无人，有何开颜之日。

初三日(2月28日)，雨霰交集，继飞雪花，菜麦笋芽又损，且寒燠不时，必酿疾病。

至初五日，未霁。王星如携艺呈阅，予忍牙痛，灯下改之。半夜，大雷电，风狂如虎，枕不得安。

平明，始见霁色。是晚又雨。连日阴寒。

初九日(3月6日)，仍霰。王湘翁设盛馔见待，与群从同品，镇日沉酣。书斋清寂，幸童翼周、朱鹤龄来，话雨谈文，可免孤陋。

十三日(3月10日)，同居敬之、王聘轩、星轩入城，途次遇潘榕岩维恭、李升兰、浦晴江登奎诸孝廉及黄婿心耕，匆匆叙别。返棹已昏，敬之宿于塾，剪烛谈文，顿开茅塞。

连日阴雨，至十六日(3月13日)，邹羡云茂才鑫森偕王梅修松鹤、星如到馆，痛饮消寒。

翼日，同入城，应奇粮储甄别，题为《举直错诸枉能使枉者直》《春风吹动柳条新，得新字》，予应两卷。晤吴长卿、赵韩城元溥及南乡诸君。是晚大雪，为翁显廷留膳饮。始食刀鱼，酒酣耳热，谈剧忘形。主人出古炉，爇名香，倚楼玩雪。夜半，挈时西生烹粉团疗饥，如菱蒿亭豆粥，倍见情重。主人云："尔汝交，不淡不甘，才得如此耐久。"

次晨，西生招同曹□□鑫等品坊桥酒面，便访钱仲谦太守，于其画隐斋见旧令王芟翁难毫书兼各古画，恍坐我于仙壶。又到沈宅，会家朴园、伯谦。并晋蔡氏义庄，沄江兄弟陪话良久。而街衢积水，苦笠屐之劳。童翼周见示读本，皆予所旧诵者，承许借钞，实叨知己之益。日昳回塾，挽曹和卿奉直敬一章。

廿一日(3月18日)，往访金生景岩，瀹茗论文。

廿五日(3月22日)，沈秋亭、金湘坡、李子馨来谒，饮于书斋。

次日，挈王聘轩赴洞港，沈秋亭馈酒肴，便回敝寓。

廿四日①，同王聘轩进城，遇庞昆圃学博、丁黼亭员外钟藻、席韫山上舍元灿、蔡复生耀祖于邑署。送《镜墀轩诗钞》二卷于汪邑尊。途遇瞿秋泉等。互慰契阔。时南乡饷捐，每亩八成七折，定五百六十文。予为亲友费辞，仅减至五百十二，殊难为力。晚与顾介甫上舍景福同舟归。

[三月]**初四日(3月30日)**，又偕聘轩入城，见甄别案出，俞书庭内课第一，予第六，伯谦侄外课十四，王星如暨祐儿列附课。予卷评云："拈一'类'字诂题，扫除一切习见语，清思健笔，相辅而行，真惬心贵当之作。"夕宿于包氏。

翼旦，出城，省旧址仍荒寂无邻，不便架屋。诣李心葵嘉榕家，为亲故饷捐结帐，晤王虞英丈及归公临康文、屈达泉逢源、李蓉阁、蔡沄江、朱梧庭绍衣、谭子敬□□、潘子仁等。午为童翼周留饮新居之楼，楼面虞山，隔墙有古银杏三，传为仙人手植，园为黄利东□□家圃也。席上冰鲜旨酒，野蔌山肴，颇胜。同范佩之、吴英伯福畴飞"诗家才子酒家仙，清明无客不思家，春城无处不飞花"二十一字。主人见示新诗，嘱同人和。雅兴方浓，忽有役追饷，押其侄去，诗酒之兴顿败。旋问桑砚香观察、家宝廷司马忠清于尉署，两君为欠饷管押。晤塘墅徐晋卿上舍廷□，话旧多时，砚香留茗点。是晚，附平竹香船回塾。

次日，游文书院王保之山长振声开课，寄三卷，予剪烛应之。

初八日(4月3日)，王生星如到塾。

翼日，为寒食。时酉生、邢竹斋来谒。

初十日(4月5日)，清明。馆庭玉兰、绛桃齐放，惜为疾风所苦，如抱病人。东君祭先，以盛筵见款，偕瞿春泉、王翼亭畅饮合欢。

十一日(4月6日)，节假回寓。

---

① 此日期有误。

次日，祭先。招贾梅溪、周桂亭、朱日新、王叶香、星如、胡芳、池桂荣、家伯谦、湿生、仲舒集饮寓斋。旋扫祖墓，狂风撼舟，幸松柏成材，藩篱无恙。惟茔上尚苫杆棵，嘱礼庭弟、仲舒侄携锄砍之。

越日，清明。挈妇女子侄祭西山亲墓，见桧柏无存，唯堮城石岩树，刈去重萌。墓坊缺盖，唯衔版与墙垣尚完好，石磴亦全。呼坟丁斩荆棘，填兽穴。念麦饭之久旷，愧无以对先人，然劫运已过，佳城依旧，较诸阳宅，犹幸有郁葱之观。入西城，进邑庙拈香。晤魏□□天申、姚□□彦伟，五年不见，总角者已成人，彼虽识予呼父执，而予已茫然，问其何以素服，则曰系先父。予念纬堂观经、少江师浚与予为邻三十年，酒食时相聚，不料避乱一隔面，竟怆邻笛，仅见两孤，痛何如矣。遇时挹山丈及李青来、时子金、家朗斋，道左慰言。朱恂如见馈佳点。日暮回舟，已小雨，幸风利，抵寓夜未分。

十四日(4月9日)，阴雨困卧。

至望日(4月10日)，祉儿入村塾，从王甥叶香□培，奈资蠢艰于识丁，姑嘱馆师约束，或能知识渐开。午后，胡希九少尉庆龄来谒，予陪茗话多时。旋为家廉斋邀去手谈，遂同卢器轩、家兰卿、葆初聚至夜半，伯谦留餐，器轩下榻。枕上代伯谦作月课一卷，代祐儿作思文课一卷。

十七日(4月12日)，平竹香留膳，为公子彦卿改会课文。傍晚，毛企堂邀饮，偕贾梅溪、蒋柏英、陆竹亭等拇战兴酣。旋与贾词仙、平福亭、家葆初局戏。

至平明，到洞港，访顾子和于朱祠，得文社题，拟一卷。同至酒家酤饮，贾词仙送笼蒸。便访朱岭梅、克谐两丈，日暮始归。时挹山丈来，未及拥彗。

十九日(4月14日)，予赴莘庄，与颜心谷论文，承留佳点，并会枏沐资。陈霭亭赠予团扇，为陆月湖学博英书十三行，杨柳桥□□畊画《溪山载鹤图》，予宝之如双璧。

次日，舣舟访朱鹤龄，承示近作，留予午餐。出见七龄公子，神清貌秀，早识之无，与以买饧钱百个。回至平氏，燮庵以月课文见质，为删润数行。

廿一日(**4月16日**)，拉祐儿诣朱恂如新居，公子汇吉出茗果陪话。一路野芳袭人，潭荡虽低洼，而年丰水退，菜豆麦胥向荣。大伓妇自北涠归，骇悉其季弟锡成于去春被贼剖腹，与其兄品三均为烈士，可哀亦可嘉也。

次日，予赴王塾。

廿三日(**4月18日**)，书斋牡丹正开，王梦蘧邀同俞书庭、王翼亭父子衔杯赏玩，笋蕨鸡豚，别饶隽味，亦雅集也。是夕，大雨翻盆，二麦起色。

翼日，偕王湘翁等赴前庄庵，祝包茂荣寿，并撰寿联。同毛芝香、荔峰、袁静斋、香樵小话。

廿五日(**4月20日**)，和童翼周《病起登楼》两律。

次日，县试，南乡入场者不过朱半千、时酉生、颜心谷、戴慎卿、平彦卿、张思琴、宝青、李郁斋、吟白、家朴园数人。北庄神会过双浜，儿辈往观，予惮作邀头也。

廿九日(**4月24日**)，偕王湘翁、聘轩入城，见陶洪镇、闻芝庭已造新房居处，而予尚萍寄，曷胜自伤。爰招赵宝山仲□往视赵远卿仲溥、沈史痴两宅，惜典价太昂。晤赵东琛□□、蒋静香镕，谈试事。旋为包九仪邀饮，与童翼周等赴之。午后，观邑试案，蒋鉴亭钰、潘幼南文熊皆前列，吴长卿辅仁、俞若泉源达亦如骖之靳，中权则朱半千、张宝青、平彦卿、颜心谷、家朴园。县墙悬示云："顽户张福滋抗欠饷捐，自恃监生，顶撞官长，即斥革枷示等因。"想字卿欲省租捐而误逢官怒，亦其不幸也。

四月朔(**4月25日**)，贺俞书庭续弦。旋挈祐儿附沈秋亭船至莘庄修发，陈福田会东。日晡回寓。

次日，儿女辈乘舟观莘庄神会。予则赴贵泾，答时挹翁。又往莘

浜,问高婿疾,诚斋不家,其弟云山汉、心斋泗留同瞿芝香廷松、周俊甫
□□小饮。便随朱晓村□□过洞港,访朱又村、景华诸丈,小话片时。
复至俞、顾两姨家,甥辈欲留膳,缘天热即行。晚为贾梅溪留点,毛企
堂留饮。听猎户枪声、社船鼓吹,犹不绝于张港桥头。

初三日(4月27日),拉祐儿莘庄观社,六房俱骑马,十将衣锦鲜
新,军夜班仿苏式,烟花撩眼,一乡之人皆若狂。适朱半千、戴慎卿、
平彦卿、家朴园自城中覆试回,遂邀同平燮庵、吴秋亭茶话河房。旋
遇沈秋亭、王聘轩等,同憩张葭汀家。更访颜心谷,谈文片刻。便谒
李瑞棠少尹丈仲琳,承留茗点。晤沈得山丈暨毛香岩□□,叙话倚水
阁,玩龙舟挡船及抬阁黄亭小轿看轿,各船均有乐部,往复百回,异常
热闹。附聘轩舟到沈宅,秋亭劝餐,偕其馆宾陆白庵如圭为文字之
饮,晤秦鹤汀鲁璠略叙旧谊。回塾已昏。

翼日,王山长案出,见予卷列超等八名,题为《宗族称孝焉二句》
《学者山渊,得书字》。

初五日(4月29日),马惊庙会过王泂桥,各班悉备,不让城中,
顶马三四,皆被宫袍,十锦牌等亦鲜衣乘马,香亭表亭大轿,妍丽胜于
莘庄。乱离后人竞奉神,故不惜费,亦升平乐事也。

初八日(5月2日),俞书庭招予父子饮,汤炒似城馆,肴酒并佳,
同王翼亭、梦蘧、瑶林、芙江及俞莲洲拇战至二鼓。

次日,偕王梦蘧访李生琴仙,相其房屋,欲典居,承留茗酒。

初九日(5月3日),立夏秤人,予得七十八斤,较旧多三斤,祐儿
得四十八斤,亦然。

翼午,同王聘轩、李琴仙往顾泾,平竹香留叙,偕王受昌国玺、方
□□□□等集于书斋。黄昏,与仲舒侄蹋月回寓。

十三日(5月7日),赴洞港,观胡家浜神社,亦盛于往年。朱岭
梅丈留酒肴汤面,与高诚斋及公子一泉畅叙,步月而归。

翼辰,自莘庄抵塾,骄阳可畏,幸憩猛将堂,洪海上人留茗,晤沈
方侯,清谈半刻,稍释烦襟。知邑试正案出,案首为管近仁纯熙,乃吾

同案云轩韶成之子，英年绩学，貌亦清华，其品本不凡也。昭邑冠军则为黄伟庵承基，前已院取佾生。南乡诸君唯平彦卿前列。

十六日(5月10日)，久旱得大雨，枯麦忽苏。

至次日，晚晴，水添数寸。

十八日(5月12日)，又雨。

至廿二日(5月16日)，始霁。有人来言，高邮有捻匪，匪北窜，将至天津。山东德州属，失而即复。苏城又有男女匪徒，号为背娘舅、背娘妗，每于黑夜荒场，以绳索拽人颈，害命劫财，俱破案枭示，殊快人心。是午，三家村神会过塾，同人畅观。便憩前庄庵，与吴僧拙修谈禅良久。

翼日，入城，遍视城房，无一当意者。谒郑稼村布理棠及沈季才、吴英伯、徐芝山、子良、范冕卿、佩之、谷卿、蔡清臣、心田、见心，互叙阔悰。路遇陈云卿、吕月如、闻芝庭、狄懋亭、柏银，彼此庆慰。西城见向公馆，系向□□总戎顺福在海捕盗遇害，入城治丧。晚与朱恂如、瞿世良、家伯谦茗话泰园，见香花桥斩凶犯蒋大年，传首示众。知系西徐墅人，曾杀朱伪师帅全家，被其族人告发，固难逃天刑者。予与洞庭叶巽斋及吴景贤、陈锦章同舟畅话。

廿四日(5月18日)，王梦蘧、邢桂山为我说合李氏房屋，共六间半，典价一百七十千。

廿六日(5月20日)，雨晴。予憩荷花浜，观狄坝神社，有骑马锦牌，台阁满轿，与城社无殊。惜晚又大雨。

至廿八日(5月22日)，郡试始晴。

次日，王聘轩设肴核见款，同陆桂山□圻、俞得之辈酾饮书堂。旋邀桂山视李房风水，系丑三未向，唯门嫌直达，灶须重支，余俱吉利。

晦日(5月24日)，王星如来塾，梦蘧以嘉肴见待，始食鲥鱼。

五月二日(5月26日)，莫城赛社，天尚清凉，王氏佣工皆入猎户社。同人茶话水榭,见各社齐排,旋过王宅,看轿及香表亭俱全,各班锦衣,俨观城会。吴郡鲁聘玉□□、竺琴舫访予,主人留茶点。是晚,贺李佑之裕昆仲姊出阁,晤姚念庭锡恩、黄申甫话旧。偕陈松亭福基、王瑶林、赋梅、吴雨岚、毓之、敬之、朱茂斋豫桐、耀卿光荣、映泉汝怪、李琴仙、心柏、心兰、棘卿祖福更番拇战,至酩酊始归。

翼日,又赴前庄庵观社,坐古树阴下,畅快异常。旋与金景岩答居敬之、张字卿、润甫,承润甫留餐,陶然竟日。悉府试案出,钱生竺卿福基第九,时生西生头圈,余俱附尾矣。闻洞港会课局中诸子邑试俱利,如黄俊卿钟长洲第三,吴既安丙、刘怡然方坤元和十名,顾虹玉有梁亦外十名,唯郡试前列者仅有黄、顾。子和提唱后学,一片苦心,惜南乡寥寥数子,童不成军,有负盛心耳。然文运绝而复续,小生兴起,致穷乡如邹鲁,伊谁之力欤。

初四日(5月28日),赋梅获猫首鹰,日捕蛙饲之。其声忽磔磔,忽爵爵,忽角落角落,如一串珠,两眶极大,如盘金线,驯熟不惊,亦可玩也。奈食饱扬去,野性固然。

端午(5月29日),暴暖。王梦蘧以盛筵见待,偕俞书庭及群从酌雄黄酒,镇日醺然。

次日,又为王湘帆丈留饮,鲟鱼正鲜,鸡豚亦美,均似麻姑麟脯焉。

至初十日(6月3日),雨后始凉。予解馆。

次日,赴聚马塘,顾姨留酒肴汤饼,偕卢器轩、平明扬、朱锦荣国瑜、顾秋谷、养斋话久。

十二日(6月5日),贾梅溪来寓,闲话半天。

翼日,将所存米为予出粜,每石四洋五角,价虽不甚昂,然贫户告籴,已不易矣。予赴新浜高氏,诚斋留酒点,与瞿芝香、周俊甫小叙谭欢。

望日(6月8日),赴碓坊浜金氏,湘坡、屺瞻□□、淇瞻□□、云瞻□□留茗点酒肴。旋过王塾,梦蘧设膳饮。回与时渔琴同饮贾氏,高诚斋同饮毛氏,随在多酒缘焉。

既望(6月9日),至吴塌,朱半千乔梓以酒点佐谈。乘舟晋苏省,见齐门改东向,外城已墟。遇顾子和于郡署东,遂同钱雪崖儒士允明、严起云茂才承健、沈筑岩文学清桂、公子祐安□□茗叙渭园。夕为子和邀饮酒家,止宿寓舍。便访蒋鉴亭、时酉生、吴长卿、张宝青于旅馆,承过答话月,翦烛迟眠。

十七日(6月10日),谒邵湘兰、恂卿于桐坊巷口。途遇严蔚生大令家承,系丁酉北榜中式,宰象山,丁忧在籍,今春阅吾邑卷,本高才也。又晤顾绥之有本父子于狮林寺巷,惊悉其宅失火,仅存旁屋,迥异去岁规模。旋到齐门北街钱天丰银号,晤钱开元□□、芝廷□□兄弟暨杜得中,为王生赋梅家炎、高婿崧生维岳、金生丽生维仁报捐监生,主翁留膳。复游玄都观,见三清殿弥罗宝阁均被贼毁,而西南三万昌茶坊新造精丽,士女往来如云。东西街尤花团锦簇,已复旧观。更玩新考棚,极宏敞,惜南面辟疆园已废,东面定慧寺半圮,双塔寺则只存浮图。回寓晤朱如兰清骐,观其三覆之作,颇恬雅,但不如顾公子虹玉之笔气耳。虹玉少年观场,郡邑俱覆终,喜英姿之特达,旋将撞破烟楼,回视吾家豚犬,弗如远甚,可为子和庆贺矣。晚拉子和父子及钱雪崖小饮酒馆,画师顾云亭源挈儿来,亦延入座,迎风弄月,拇战数巡。夜仍宿顾寓,子和让上床,自眠无帐之榻,厚待如此,不比元龙。

翼日,偕子和观长元学宫,大半为贼坼。憩学书张紫轩□□家,观平江书院案,王星如、吴寄安、顾虹玉投考俱取,黄俊卿尤前茅。旋同钱雪翁出齐门,下船回常。舟次遇吴下盛畏之大琛,风雅可亲,询知与伯谦侄同案。又晤鲁聘玉、陈云亭,作半日之叙。闻钦命李宫保督兵北路,刘松岩方伯署抚篆,郭远堂廉访柏荫署藩篆,王竹侯观察大经署臬篆。

十九日(6月12日),予往新浜,高诚斋留酒点。连日奔波,小有感冒,致内热下泄。

至廿一日(**6 月 14 日**),贾梅溪来省,始陪清话,胸热渐消。

次日,赴塾。邀王梦蘧、邢竹斋、时酉生、家伯谦至李氏,立典房契,琴仙留酒肴。回于王氏洗澡,暑盛汗流,旬日风燥。

至廿三日(**6 月 16 日**),始降甘霖,秧可莳齐,农人省力。

廿四日(**6 月 17 日**),时酉生来塾,乞予出题。

廿六日(**6 月 19 日**),金湘坡、周新之来,叙谈至夕。

闰五月二日(**6 月 24 日**),携祐儿到莫城,知城提炮船抵釜山,守海口,恐江北捻匪南窜也。与毛荔峰、世卿话于青州桥埌,承惠栉资。

初五日(**6 月 27 日**),予返寓。连朝好雨,高乡亦可插秧。

次日,晤曹茂堂□□、吴俊甫桂福、慰妃万钟于朱氏,茗话忘疲。

初八日(**6 月 30 日**),乘航至塾,偕华方成□□、蒋□□、徐□□闲话,查凤祥会舟金。遇石霁岚钟浩于漱芳阁,差慰阔思。兼旬阴雨,始做黄霉。见驯猫午睡,伏牡丹之阴;猛犬宵巡,噑昏黑之境。秧田新黾,水调纷来;草阁暗蚊,杨花乱扑。虽久不作诗,而目前无非吟料,况茗碗香炉,瓜盘饼盒,郇厨肴馔,为我翻新,主人情重,不可无诗,破戒成二律。复咏隐灯镇纸,以遣日长。因久阴,日吐即隐,得句云:"日如昙花亦怕羞,不得令我常常见。"惜未足成。

十七日(**7 月 9 日**),所钞天崇国初及近时墨选,已得百篇,装钉以为读本。又欲祐儿知五言格律,以予试帖命钞,日日诵之,以惜寸阴。并为俞书庭阃君沈氏,酌改其家传,以合款式。读翁宝林司寇年谱,最重亲友,勒笔不忘,爰于灯下纪居停情渥。如湘翁者,性情相契,不拘礼文,一味之甘,必分,为予筹食用之资,亦不惜心力。梦蘧则度量宽洪,无疾言遽色,日寻酒中乐,劝予饮,务尽欢,与予交,淡而有味,不我瑕疵。聘轩则小心谨慎,谦退恪恭,和蔼近人,胸无城府,遇事恒与予商榷,知予嗜茗,必亲捧以进,怜予贫,体恤周详。况同学星轩去浮崇实,好学不倦,恕予狂直,唯唯听从。赋梅又性体温厚,质实相乎,久耐服劳,侍奉周至,是皆克全忠敬,无一点机心,不同末俗之易聚易散者。予爱黍，自入夏来，日以粉团进，可谓谐食性焉。兼旬凉甚。

至廿三日(7月15日)，暑酷。予牙根肿痛，幸以瓜汁清之，血出痛止。

廿四(7月16日)夕，场角纳凉，见小圃风物殊胜，乃以"扁豆棚，长豆架，乡村景胜胜市城"属诸生对，无有应之者，爰自对云"散花女，拈花禅，释道功成成仙佛"。又云"白扁豆"，祐儿对"紫熟菱"，予曰："不如黄香梨。"又云"前庄庵"，祐儿曰"后塘庙"，尚非没窍人。赋梅则悟性稍逊，然有智巧，镌螭章，造蝇笼，敏妙异常。三鼓，雷电大雨，庭际成渠，水长四寸，又愁低壤没田。

至廿七日(7月19日)初伏，雨仍如注。况兼浙省出蛟，淹没数县，南路水雍，竟高三四尺。田无圩岸者，不能出水，青苗变为白浪，为唤奈何，作《雨淋铃》一曲。

至六月朔(7月23日)，始晴。然各路不通，必需舟楫。闻海塘坝坍，水冲绍郡，山为之崩，沉溺人畜无算。

次日，见稻田气色蓬蓬，口号曰："绿秧经雨倍精神。"奈初六日仍复滂沱，水长如故。夕戏为对云："李白桃应，岂真桃李不言；山简关平，谁谓关山难越？"

连日厌闻淫雨，至初九日(7月31日)始见日月。书房虽无水，而遍地潮生，又得一对云："浸三尺洪波，离水地亦蒸水气；放半规明月，救人天欲慰人心。"闻刘抚军率属斋戒，冀得上格苍穹。惊悉毛芝香上舍培因病亡，与予交四十年，敦厚周慎，使家无外侮，老成人胜有典刑，可叹。

既望(8月7日)，桑砚香、朱少美来，适立秋，瓜茗并战。言苏城有巡官，被洋烟铺主拒敌杀毙，黑夜埋尸，幸获凶手正法，严禁鸦片，并扫博场。

十九日(8月10日)，大雨雷电，震伤莫城汛官张□□，不知有何阴骘,可为鉴戒也。连夕为时酉生改艺,镂心刻骨,直至忘眠,结习仍未忘耳。然马齿增加,精力大减,时有梦魇之苦。间出《四书》句嘱诸生对,如"不问马,有牵牛""有众逐虎,其父攘羊""霜露所队,日月有明""譬如北辰,可使南面""赫赫师尹,穆穆文王""作新民,仍旧贯""作者七人矣,见其二子焉""所谓大臣者,愿为小相焉""日月星辰系焉,江淮河汉是也""使之一本,执其两端""动乎四体,思以一毫""参乎吾道,回也其心",均巧绝。

七月三日(8 月 23 日),同王聘轩入城,访童翼周、范冕卿,晤翁厚斋少府宗元、毛心斋上舍□□、曹子嘉、赵宝卿话久,包茂翁留饮。知曾侯赴山东剿捻匪,李伯署理总督,福建长发歼尽,所调营兵凯旋,汪令上苏议漕事。先慈寿照于纸堆中检出,惜已残缺,交陈鸿文□□重为装池。并索曹蕴琛学博庆恩书镜墀轩额,悬于新宅书斋,故居虽鸥毁,而心仍恋恋,爱志先君所颜三字云。

初六日(8 月 26 日),节假。知家灿然参军于前月廿九日故,同堂雁序,渐如晨星。便谒陈霭亭,承留茶点。

初八日(8 月 28 日),内子挈儿女往顾、俞两姨家问近况。予则憩顾子和寓斋,见留酒食,为季苇卿、朱一泉、顺之坤元留同手谈。余亦憨见惠痧药。冒雨附沈芝亭船而回。奉考妣栗主,安奠新居,俾得朔望展拜。

初十日(8 月 30 日),祭先,招王叶香、胡芳林及家伯谦等食馂。

次日,过祖居,伯谦设膳饮,与礼庭弟、绳祖、瑶阶培墀两侄斗牌。

越二日,卢器轩、朱望椿、日新又邀去局戏。

十三日(9 月 2 日),家雅园祭社神,予往饮,家朴园、朗斋、禹门成宪又留弄牌。

十四日(9 月 3 日),伯谦侄招饮,与朱蔼如、支西园凤麟同座畅谈,家兰卿等又强予牌戏。小寓不可读书,同人谓:"饱食不用心,为此犹贤乎已?"然究非正经,乃于灯下作文两篇。

中元日(**9 月 4 日**)，往查死难男女。季莆卿、朱蔼如、望椿劝予破戒，复斗竹牌。蔼如留夕膳。

次日，雨甚。书庚申死难者若秦大宝、家锅钟，癸亥死难者若薛禄、贾金福、金银福、周二观、陈金福、周黄氏、陈王氏、贾陈氏诸人节略，报苏局，以慰贞义之魂。适与金学明、家瑶阶谈及所报男妇，大半死于河，而猝闻邻子来报小婢失足坠河，幸为莘庄王妪救起，而入门时发濡衣湿，寒极而栗，予悲喜交集也。是午，东君遣舟来载，适内人心疾，次女痧起，幼儿患惊，候家金园推拿，予不能留也。过莘庄，忆及昨为颜心谷改艺，尚有犯御名处，即上岸酌易，而心稍安。

连朝雨，泊十九(**9 月 8 日**)晚小晴，偕诸弟坐场圃，得"水蒸千顷色，云漏一星光"一联。每夜挑灯作诗文，感寒多涕，精力疲乏，课暇静卧而已。

至廿四日(**9 月 13 日**)，顾子和寄有恒会课卷属定，乃扶病涂抹，旋知冠首即公子虹玉，原有家学渊源，题为《则民不服季康子问使民敬忠》《得天下英才而教育之》《蟋蟀声中一点灯，得灯字》。予废寝忘餐，为朱鹤龄、王星如改两艺，困惫不堪。频日东家礼醮，予偕俞书庭、瞿世良、范秋华廷桂、屈吉轩□□、俞莲洲品素筵。

廿六(**9 月 15 日**)夕，又尝珍错，惜病小愈，不耐大嚼也。闻宜学使于此日取齐士子，后日按临苏省，试士俱踊跃争先。愧予投闲，不能望等第。往年出学免岁之报，非徒无益，而又害之矣。知新太守黄印山先生到苏，先生自吾邑迁海州牧，今自通州牧升署首郡，仍是旧游，与吾吴良有缘在。曹小卿员外，其所取士也，聘主平江讲席焉。

廿九(**9 月 18 日**)晚，出门闲步，见粳稻穗长，收成必倍，而遥闻天鸣，无风而不绝响。

晦日(**9 月 19 日**)，有大蛇蟠于斋梁，予吃一惊，星轩以铁叉刺之而未中。

八月四日(**9 月 23 日**)，伯谦侄自郡来函，今秋试并补壬戌岁试，又续行科试，两场三案，且有恩广，连丁卯科举，一并预考。常昭新进，必须百余名，颇为风云之会，历来未有如此之盛云。生童诗古案出，居敬之、时酉生、顾虹玉俱录取。

初五日（9 月 24 日），试常昭老案，题为《去圣人之世四句》《八月剥枣二句》《所谓伊人，得伊字》。案出，大侄列二等十二名。予附周震卿福泰、黄羿伦文藻试船回寓。

翼日，内子携儿女观猛将秋社，祐儿忽手麻筋缩，眼暗神昏，幸邻舟时挹翁、桑砚香送木香根、冲天散，遣仆俞二来推摩，始苏。而予则已赴新浜，未目睹也。午为高云山留酒点，与时雨亭醉饱欢然。旋同周俊夫□□、高心斋泗、朱竹坪□□、竹书及高婿崧生洞港泾观会，晤华竹楼、颜芝生、顾秋谷、长洲张云谷上舍世钧、子容世涵辈，互道阔惊。晚为李苑香奉直留饮板屋，偕金匮华小亭□□、忆萱□□、长洲沈少峰□□、吾邑季莆卿、瞿兰亭□□、少兰□□拇战百回，兴各酣畅。席有白蹄黄鸭，味尚佳，而火功欠，惟赖软饱，乘醉唤舟。朱一泉欲留夕宴，不果也。

初七日（9 月 26 日），复赴吴塔，同家绳祖、春桥、禹门啜茗茅篷。遇龙舟六只，抬阁四座，挡船十余号，往复州塘，而陆路会亦胜，暖轿两乘，黄亭香亭小轿均全。拜香班报娘恩者数队，猎户又枪炮齐施，红黑帽金玉链，杭绉衫颇仿苏式。途晤沈得山丈及曹俊英茂才元燮、徐俊卿□□、吴秋亭少尉小话。为宓静岩昆仲留茗点，偕昆山朱节斋、金匮华耕香□□暨朱鹤龄同坐畅谈。步行回寓，闻是日试常昭新案。

翼日，拉胡芳梅观禾，七九图有三分没白。

初九日（9 月 28 日），舣舟抵王塾。

初十日（9 月 29 日），见新案已出，常熟连拨府广额，进三十七名，昭文连拨府广额，进三十二名。时生酉生良钊招覆，大器晚遇，上绍父兄，可慰苦学矣，即贺三律。而日前同舟之周震卿以宿学而录取，所遗鼻烟壶谨送还，亦见诚悫。他如蒋若洲百龄、李晓江大文、曾君麟宝章、钱云程福源、蒋鉴亭钰皆壮年积学者,用功人断无沉沦也。李子馨乞改近作,见其清简轻松,尚堪造就,唯学力不足,未能充沛耳。

十三日(10月2日),王生赋梅纳币,兼报纳监之喜,与官报房周兰江大煃、梅岑大炘暨俞书庭昼饮。适王瑶林挈倅迁新宅,撰楹联贺送,同徐梦亭、张宝青、润甫福华、毅甫福荫茗点叙谭,复偕沈枕经、金湘坡、瞿景园、钱锦峰宝珍、俞书庭、莲洲、孙锦坤、学卿燕于诵芬堂。

次日,王梦蘧、聘轩迭为东道,复同俞得之、俊卿等饮于漱芳阁,连日沉酣。喜闻王生星如元灿入元和庠,念其貌秀神清,天资明敏,作文纯乎性灵,非特副尊人翼亭之望,即两年教育,亦不徒劳。难在县府补试,于五日中一战而捷,省却许多周折,热心人应有此遭逢。且与吴既安丙、家湘兰守元、黄俊卿钟均报捷,连虹玉、酉生文社中一顾群空,亦子和提唱之力,贺以三诗。

中秋(10月4日)夕,王聘轩设果盘,偕俞书庭畅谈风月,香烟缭绕,如入兰室,睡已夜分。

十八日(10月7日),王瑶林邀饮,陪西席孙学卿及俞莲洲、张宝青、徐梦亭宴于润德堂,战拇数巡。并提书问诸郎,幸皆响应,不辱命焉。席上糟炽各种,颇餍老饕。乘醉登舟,浑忘夜之近午也。

二十日(10月9日),访金景岩不值,于其书斋玩会课文数百,直至眼花。回遇周莲村来谒,因祐儿小恙,请其按脉书方,留膳而去。知此日学院奖赏岁案诸生,此后再行科试。

翼日,予同王聘轩、李子馨入城,贺翁显廷祀神,并备文呈照,以便往赴录科。遇王叔和、汪友梅、苏叔慈、陆寿昌、瞿世良、翁云亭同祜、雨峰曾来,又于六科公寓晤徐品梅□□、程仲良家润、俞德如、馨堂□□闲话,至夕而回。

廿四日(10月13日),贾梅溪到馆,与可尘上人心田同夕膳,留宿深谈。

次午,偕梅溪附翼亭舟南旋。

廿六日（**10 月 15 日**），乘班船上省，由齐关步至贡院西，与顾子和父子及长洲谢介如文学锡圭、元和钱雪崖、刘怡然、江小筼廷璧、吴既安、王星如、吾邑朱一泉同寓。主人王爽亭□□，当织造房。知子和连试高等，公子与星如均有科举，高足既安以新生拔一等，尤可喜也。而介如则一等第二，凤工书，为我写楹帖，性亦直谅，可以取益焉。夕偕朱恂如、家伯谦茶叙塔影居。又同子和陪元和顾冠山茂才元塘夜饮，冠山健谈，可遣旅寂。是日，常昭童生正场。

翼日，同平彦卿、朱一泉、王星如游玄妙观，品茗芦篷。回寓，逢元和新进许鼎甫逢时，询知为也秋先生**大铉**之孙，达泉刺史源之子。祖父皆名进士，而达泉与予同案，承呼予世丈，邀至沁园，渝茗谈文，朴诚有古谊。见示试艺，评之。阅殿试题名录，喜悉诗友汪柳门鸣銮已点翰林。当庚申避难，其侍祖韵樵别驾就医，同寓朱祠，与予唱和者累月，讵意去年捷北闱，今又陟木天，可羡之至。

廿八日（**10 月 17 日**）黎明，予往玄都观，见官绅拈香，系玉帝开光，僧人建坛礼忏，喃喃可听。旋出闉关，登飞丹阁茗饮，遇旗枪兵勇，拨到金陵，约数百队，拥挤城桥，有如赛会。回过都陵桥，品羊面，剧佳。又与王星如茶叙碧云天，香味亦胜。经吴晴舫侍郎钟骏宅，见其孙□□国杞新进喜单，有奉旨随带银顶及座师宜学院报条，甚属体面，吾虞所无。

次日，与朱一泉、刘怡然、江小筼仍往问羊肉汤面，下以高粱。旋于绿云深处品佳茗。有华亭诸生裴伯生世保善相士，视一泉面清鼻大，是福相，当以孝廉终，但目前运未通。是午发案，果见黜。而钱生竺卿福基、蔡生季范培则招覆，予喜桃李中无一弃材，各贺三律。他如赵韩城元溥、吴长卿辅仁、季丰修亮畴俱高手，果遭冰鉴之知，英才岂淹滞乎？晚同钱云程及季范话于茗楼，畅叙至夕。元和施□□明经□□、顾申甫□□、蒋清如锡恩、吴县尤南堂家炳诸文学，同来晤谭。又遇徐蟾香公子东伯震，以幼年入泮，星如之内兄陶菊岑**文江**，以老宿受知，均可艳羡。夕与李苑香沁园茗话，膳宿寓斋。

九月朔(10月20日)，王翼亭来邀予塔影园茶话。午后，又与王爽亭、谢介如、俞书庭、王翼翁乔梓步碧云天品泉。

初二日(10月21日)，考贡监，予入场，时一府九县，试士只四五十人。晤王静山仁培、曾士常两学博、丁梧冈云祥、王赞卿两主政、俞蓉卿员外钟琨、钱芹生上舍等。予同俞书庭连案论文，文题为《孝者所以事君也》，策问《保甲》，诗题为《雨洗芭蕉叶上诗，得蕉字》，《圣谕》默“重农桑以足衣食”一段。案出，予名列第三。二等案出，伯谦侄第四，题为《才难不其然乎》《续儿读文选，得文字》，王生星如则三等前十名。

翼午，同屈松侪骑尉汝柏、俞书庭父子回常，若泉取佾生，可惜也。

初四日(10月23日)，霜降。挈伯谦往诊邢湘舟姊倩永锡疾，床前酬答，神明洒然。不意予出房领膳，而已闻哭声，如坐化然，乃善人之结局。念湘翁以货殖起家，而厚于戚党，予避寇南来，岁馈白粲，永诀之际，曷胜泪零。所幸三子克家，六孙森立，春秋已六十有六，良堪瞑目。予于挽联中及之。

初六日(10月25日)，雨中赴塾。适提塘官报王霞帆丈暨张笠夫、顾晓山已奉旨入忠义祠，春秋官祭，建坊旌表，而晓山系九品衔，例得世袭，窃喜前缮之禀单，不至虚掷。而予长女培祁亦恩准建坊，入节烈祠官祭。念其闻变自尽，惨不可言，今犹邀恤典，可含笑于泉台矣，而予则反增悲恸，终日不怡。

次日，西风大作。予偕俞书庭、王芙江上城，偕包九仪等于市前街食羊面，又品茶三万畅。旋至曾芸溪丈暨君表上舍之撰家小话。夕返棹，适伯谦诊王生荫槐家苞病，挑灯谈艺，至夜深。

重阳(10月28日)，寒雨，至次晨晴。

十二(10月31日)夕，朱恂如、李子馨、家朗斋、伯谦来，同饮于漱芳阁。

十四日(11月2日)，周莲村遣公子子福邀予饮，偕朱生竹书同席快谈。旋与家朗斋、伯谦回寓。

次早,抵塾。王湘翁、聘轩连以鳌酒见待,苦无一诗。

廿五(11月13日)夕,王星轩得女,予慰其尊人湘翁,作一诗。

廿七日(11月15日),赴时酉生家,与李琴仙、姚似生观澜等话久。是夕,大风寒甚,呵冻挽俞季兴奉直大昕七律二章。

廿九日(11月17日),入城,途遇王菊人、钱竺卿。赴蔡庄,托心田兄弟收西湖南租,书记徐晴坡、朱少英留膳。欲往北乡,为大风所阻,雇舟而回。

十月二日(11月19日),往东始庄,晤桑砚香、陈福田、朱少美、陶叶舟□□、瞿鹤亭□□茶话。

翼日,赴吊邢氏,主人留盛筵,偕长洲王□□德泰、谢清泰□燮、□□宝树、同邑姚似香震基、筥甥琴舫同饮。步回寓庐。

初六日(11月23日),迁居庄基村李宅,时送者贾梅溪、朱望椿、家伯谦、仲舒,天尚晴暖。夕邀时酉生、张鸿范介寿、金丽生、王聘轩、瑶林、星轩、芙江、赋梅、李琴仙、心柏、棘卿祖福、祐之等饮于堂。承亲友送糕馒、酒肉者纷如,路远不能招致也。检翁遂盒相国、吴伟卿太史赞、刘鸿甫大令枢、邵兰风贰尹广铨、周远香明经敩濂所书条幅,悬之斋壁,惜已霉坏,聊存父执法书云尔。

次日,周古香大文表侄来,南北隔绝者数年,今喜母族复亲,留宿慰望,彼此叙近况焉。同来者关松侄培基,即当时报五代者,亦已斑白,无怪予辈之衰。

初八日(11月25日),予为太原昏礼序。

十一日(11月28日),贺王生斌梅完姻,适小雨,偕座客吴毓芝、沈枕经、朱鸿宾、瞿世良、顾心存、俞运洲、屈小卿、金丽生、包九仪、吴翰卿大霖、砚卿大荣、张字卿、宝青、润甫、孙蕙圃振藻、克昌元哲、凤梧宝树、李琴仙、心兰、棘卿、瞿景园、春泉、德泉□□、毛荔峰世卿廷琮、蓉谷廷瑝、王翼亭、养恬炳焯、蔺屏裕沅、少梅诒孙、湘兰怡如、德成、养

芝炳辉、小亭炳熙、僧雨泉□□、家伯谦、月老孙学卿、新客时悦清观光、
春晖□銮、瞿锦堂、霍远林一桂等连饮畅怀。

廿六日(12月13日)，王生星如祀魁星，同王湘帆、梦蘧及祐儿
往贺，晤卡员徐培之奉直国霖及张缉圃常博世熙、槐堂文学、芝堂上舍
荫松、福堂少尉荫棠、邹羡云、平燮庵、家湘兰三茂才、沈又村上舍桢、
蒋蘋洲少尉需、黄杏园梦弼、朱成德桂芳、袁香樵、瞿子行纯祖、陆寿昌、
颜心谷、陶省三贵镛、王子卿源松、补勤、春园继祖、杏林杲、养恬、梅修
畅叙。满堂灯火，两部笙歌，座客皆兴酣品曲。其一为宣和堂，著名
者如陈耀之生、徐芳之净。夕偕顾子和、陈吉甫、钱雪崖、张字卿、朱
顺之宴于书房，庭前月季正开，小春气暖，品佳肴，味旨酒，飞花射
覆，并轮说"元和"二字。予曰："子元元，元之又元。"星如曰："知和
而和。"难在俱重字。予又创席上应说语曰："吉甫燕喜，因吉甫醉
而欢甚也。"战掷之声，直达厅事，厌厌至五更，主翁翼亭喜豪，故不
厌恶宾。留诗于屏，以志雅集，子和自署虞阳酒徒，为予书之。翼
午始返。

十一月三日(12月20日)，王梦蘧以盛馔见款，同孙克昌等畅饮
浇寒。

初五(12月22日)冬至夕，聘轩又设肴馔，偕王翼亭、俞俊卿辈
飞"冬至"二字。予曰："知至至之。"咸叹为巧。

次日，解馆。

初七(12月24日)，同时酉生、李琴仙、心柏戏牌，酉生最利。

翼日，与张小园□□进城，因适黄小女死难荷旌，往会黄倩，安排
报费，讵知其已纳妾丁氏，得一子矣。闻西门卡勇踢还租船，踢死佃
农一人，县官讯明定罪。夕附沈芝亭船回莫城，瞿秋堂遣价送予
返舍。

初九日(12月26日)，憨东始庄茗园，偕沈琅峰、张鸿范、金湘
坡、景岩晚话。晤李晓园树芝，承其招呼，予已不复认识，回忆昔年在

毛氏送亲，君为新婿，三十余年不见，如隔世缘。前月于省寓逢金俪卿文学毓桂，已别十五年，提及辛亥场中借墨之缘，各为忻慰。久别重逢，倍增惊喜，类有如斯尔。是夕，为景岩留饮，同时西生为觞政，纪一诗。

次日，西生邀予父子饮，板屋明灯，荒斋忽暖。同姚似生等品十月白，翻胜黄娇，又赋诗纪兴。

十一日(12月28日)，微雨。为西生续弦黄氏，并祀文星，予往贺，遇戴竹溪增奎、俞莲洲、金斗山、谢瑞达、沈菊村、吴勉夫、朱恂如、周廷幹贤亮、顾锦堂□□、朱鹤龄、吴慰屺、王翼亭、李少霞仁、陈芝亭希勋、仲卿、兰谷、芝台、梦梅、石泉、孙世昌、学卿、克昌、李竹溪、惕先、子馨、张字卿、宝青、润甫、思琴、金梓材玉成、宝之、时挹山丈、子金、月梅、长春、汉麟、仲卿觐尊、渔琴、谦吉景和，互谈别况。夜陪新客黄申甫茶话，并与朱云卿及兰谷、宝之手谈至晓，留贾梅溪父子宿敝斋。

十四日(12月31日)，天霁。予赴馆。

既望(1866年1月2日)，入城，为包氏留食斋，途遇周新之、黄芝台、敬铭，匆匆小话。同王星轩、赋梅晋县署，缴条银，便观傀儡戏。回至县南街，饮高粱，食汤饼。俞书庭留宿新居，下榻未卧，竟夕同公子品牙牌。

次晨，赴酒家品羊面，书庭作东，并留午饮，酩酊上舟。见市有四鳃鲈，据云来自松江，腮金黄，形肖土附，遂买一筐，以豚肉塞其腹，烹之侑酒，季鹰后又添佳话矣。醉纪七古一章。

廿二日(1月8日)，雨雪。得王氏喜单，欣悉蕴香两孙聘华叔宝、次安叔贞同入吴庠，无惭龙凤，善有余庆，洵不诬也，即贺一诗。

廿四日(1月10日)，岁科两案新生游泮，予随王湘翁至城，到各家道喜，晤杨书城奉直汝孙、徐蓉村司马□□、郑梅轩藩丞□、庞伯森上舍鸿湛、王翱风孝廉、翁云亭少府、两峰、士良曾俊两茂才。为蔡生季范留膳，平碬卿上舍□□、蔡鸣鹤封翁、志亭司马城陪予饮，互叙阔思。时入学者杨正甫同烽、沈莲生祖康年最幼，貌亦出色，而二毛者亦有李晓江、芮韵轩梦麟诸人，宗氏三兄弟墨锄邦礼、云锄汝济、思柔汝刚，陶氏三兄弟巽行炳权、笠山炳言、乙生炳威，庞氏两兄弟锡九鸿□、叔廉鸿治，黄氏两兄弟伟庵承基、果亭秉钧，孙氏两兄弟禹权秉钧、宝卿秉铣，均雁序同登，而武生则有城守王庆余公子□□。骑马而多执事，百余人蜂拥泮桥，未及谒圣，而大半扶奔出学矣。晚为钱生竺卿请宴，予与陶枚士嘉杞占独座，卜昼兼卜夜。同吴门陆鱐庭司马承恩、吾邑曹煦谷奉直□□、汤銮卿福铭、姚小琴两茂才、黄友仁少府嘉栋、钱心培栋材、绳卿福荣两茂才、梅卿少府大练酒兵，肴罗山海味，既悦口矣，而乐部云璈，更饶耳福。夜半，黄芝台州丞嘉宾、顾介甫上舍景福、周安谷茂才幹、新之上舍召歌姬侍酒，而钱雪岚上舍青选弄美人琵琶，如私语，转胜掺掺，纪三女艳二绝。同瞿竹村少尉、蒋实卿上舍邦墀、朱恂如、家伯谦清谈待旦。姚小亭□□邀品羊面，同庞希葵、沈枕经又聚茶阁。拉祐儿附李舫回乡。

廿六日(1月12日)，同王星轩、薏香家莲、赋梅贺平彦卿合昏，偕季莆卿、朱恂如、王星轩、平梅生、家伯谦迎妇沈氏，倩新生吴既安及赋梅移花烛。夕陪新客沈琅峰、李吟白兆庚、冰人李惕先、坐客王友三、颜心谷、贾词仙、朱鹤龄、沈琢屏廷璋、李岵瞻、王叶香醋饮尽欢，席上羊蹄颇美。返棹已雨雪满天矣，得即景一首。

翼午，王湘翁办大鱼头，设陈黄酒，留同包茂荣、孙佩香饮膳，寒气顿销，而天亦晴朗。连日平彦卿、张宝青来讲艺，予本直情，纵谈移晷。王翼亭自苏回，为我置花玻璃灯一堂，尚堪悦目。且言常州院试只有一案，较苏大有径庭，试士之不幸也。予及门今秋捷其四，能文者无一遗，而以能武叙军功四品衔者，复有钱生伯起绍文，小名柏银，亦宦途之捷径。闻广德被匪冲突，幸未破城，巢穴远在沛县，有金钱顶名目，混入捻匪发贼散兵游勇，鲍提戎超不能平，有自尽之说。苏省办船运火药，水驿嚣然。

十二月二日(1月18日)，吾邑开仓，连条银并征，定六折，下田重粮者减轻。三斗二升田完米六升一合，银六分三厘；二斗三升田完米五升八合，银四分七厘；原荒三斗二升田完银二分七厘三毫；三升荡完米九合，银八厘八毫。漕米每石折钱连费，合四千五百五十二，每洋钱作九百四十文。

次日，钱宝斋载租米来，原拟北乡收租八成，不料半豆半米，多有未清，裁得对折，承其两子玉方□□、玉冈自运米豆，亦见体谅。宝翁与予同庚，而貌较予少，固有蒲柳松柏之分，留宿深谈，次午而去。为钱裕珍、归耀文□□撰楹帖，均切其姓，王聘轩代予挥之，庶借光藏拙。

初六日(1月22日)，贾梅溪见过，留宿新居。

翼午，小雨。赴莫城，瞿秋堂留同王梦蘧、瞿锦园小酌，公子价藩上舍祖福陪坐快谈。旋送梅溪归，并偕李琴仙、王蕙庭家兰往平氏，竹香留宴，其弟燮庵、侄少梅陪话。夜半回家。

初八日(1月24日)，琴仙之继母殡葬，邀同金斗山照、时酉生、朱鹤龄、胡逸耕世滋饮于堂，拇战数巡，幸未烂醉。忽闻王生序兰为雇工烘枪，轰伤手掌，即乘舟赴塾，以南瓜捣烂敷之，方散火毒。迨沈一纯剔去竹丝，医治始愈。

十一日(1月27日)，下南乡刮租，核计七九图，不过对折，连欠六成。顾甥少江留点，贾梅溪、家伯谦留膳，晤平明扬、张福堂、卢器轩、顾秋谷、晴川、心存。

次夕，返棹。

十四日(1月30日)，到馆。遇冯日宣三德，三十余年不见，须发各斑矣。是晚，雷雨陡寒。

望日(1月31日)，入城，为亲友缴钱粮，往来于东城北市间。天暖地潮，苦于着屐。午膳后，憩瞿桥茶园，古壶佳茗，香味可人。晤管少溪副车、屈华卿茂才允福暨桑砚香、周勉哉、朱岭梅、克谐两丈，互叙阔思。赴沈氏，见族姑年近八旬，康寿依旧，由其诸子孝养也。夜同金湘坡乔梓、王聘轩叔侄回乡。

十七日(2月2日)，雪。王生星如来，重与论文，同为欣慰。

十九日(2月4日)，立春。下南乡收零租，并送嫂侄迁居西宅，连饮陶然。

廿一日(2月6日)，解馆。

翼辰，贱降，艳阳似新正。留时锡蕃世康、李琴仙、心兰、佑之、棘卿祖福食汤面，酌新醁，欢叙至夕。

廿三日(2月8日)，同时酉生、李心柏、佑之手谈遣兴。

次日，骤暖。王星轩来，留同时酉生及李氏昆玉负曝戏牌。送灶火红，卜来年不仍患潦。

廿五日(2月10日)，陪王湘帆丈暨聘轩、芙江、赋梅入城。予为亲友缴赋，晤徐鹤斋、陈□□、陶洪镇、金景岩、蔡沄江、菊亭、见心、家效乾茶话。

翼午，时酉生、金景岩同来，留著点畅叙。

廿七日(2月12日)，遣祐儿南乡归佃欠。俞俊卿、王星轩、李心柏招予斗牌，百忙中勉从其兴。适李棘卿行聘，卜昼卜夜，邀予连宴，偕柯人李少芸仁、时酉生暨姚巳生、孙克昌、凤梧等挥拇畅怀。肴仿馆菜，花样一新。

小除夕(2月13日)，同陈生肖轩进城，慈溪邵□□留饮高粱，下以慈菇雪苙，剧佳。旋憩三万畅茶室，味黄桩头，亦胜，且价廉，较之游人掷糖抽蛋、办花爆纸灯者，省钱不少。饭于漕书李心葵、瞿秋亭寓，晤童翼周、蔡沄江、翁士服、屈达泉、梅坡闲话。时需五千石粮米，嘱经手亲友，勿再折钱，惜糙未多碓矣。晚遇大西风，荡舟甚险。感寒闭热，舌肿数天，不知食味。

廿九(2月14日)，为除夜，晴暖而少太阳。王聘轩留午膳，予戏云："累君终岁为饭主人矣。"与俞俊卿及群从掷元筹，未甚得彩。祭先后，悬灯斗室，团聚家人，不作寒酸景象。但今年租田半白，仅敷馔粥，而夏秋冬三赋，未易措办，甚为焦心。手无余资，致子女均阙礼服,犹为细故焉。幸安乐得窝,生徒多赘,东道主亦体恤,可免索逋之惊。至如名心已灰,而科举幸录,恐垂白难邀选青,况两儿蠢顽,后起无望,阅世愈深,牢愁又增几许矣。仍步昔年守岁韵,得五古一章。

龚又村自怡日记卷二十五

同治五年丙寅(1866—1867),五十有七岁

元旦(**2月15日**),晴。俞莲洲、张宝青及王聘轩、瑶林、星轩、芙江、赋梅来贺年禧,留同贾玉堂兆丰饮于小斋,拇战二巡,客皆畅快,惜芙江善饮,缘事先归,未显斗酒学士之量。夕偕李琴仙等试元筹,转逊顽儿得采。

次日,金景岩来贺岁,予因舌痛懒眠,未遑倒屣。

初三日(**2月17日**),答拜里中诸君。于景岩处晤桑砚香次公子侣芳骏修,眉宇轩昂,固是佳器。聘轩留馔,梦蘧与予拇战甚欢。旋赴高泾,张宝青、宝华艺润坐我伴闲书屋,盆中山茶、红绿梅齐放,春意盎然。王瑶林欲留膳,辞之。时勉夫会源来,未及迓。归遇陈念堂来舍,留同李琴仙、陈松泉□□小饮至夕。

翼日,又赴金景岩之招,盘有大青鱼,颇肥。陪杨锦斋凤翔、时酉生、范□□及金振玉、振扬出酒兵,飞"高升元宝"四字,予云"无曰高高在上",连饮二客。又与金文贵、文荣等掷牙筹,先胜后败。

初五日(**2月19日**),晴暖。至夕始雨。时酉生邀饮,席有鲭肝,出厨娘手,味甚浓郁。同黄申甫润森、陈肖轩康贤、李心兰、祐之畅叙,醉饱兴酣。午后,偕来牌戏,留同饮于堂,酌陈酒,酒令十巡。李氏叔侄能胜大雅,惜予量窄,不能陪。夕复掷元筹,祐儿开首便五浑,难得于路神诞辰,各称妙手。

翼日,王梦蘧、顾心存来,欲留膳不果。予与时生锡蕃、陈生肖轩试手色。

人日（**2月21日**），小雨，雷雹。邀金景岩、李琴仙、金丽生小酌，苦无异味，惟宿酒娱宾。午后，李祐之见招，肴点均美，偕冰人邹松冠暨时酉生、黄申甫、邢桂山、李琴仙、心兰、棘卿等轮出拳阵。予性恶醉，虽遇酒将，劝其节饮，而已流连至夜分。是日，牌骰俱戏，而手运不佳。

初八日（2月22日），仍阴。李琴仙留同黄申甫饮，又行觞政尽欢。金省三姻家次子玉丰纳采，来邀未及赴。黄昏，新月悬空，讵意至玉皇诞，仍听淋铃。予于梦中得"东船西舫织如梭，让与维摩引大罗"，下二句但记有"仙娥"二字，未知何谓，或指戒杀远色，又须努力科名。予元日奉斋，早存此见，久不寻花问柳，矧在衰龄，十跻棘闱，心仍眷眷。但远庖厨，仁；近女室，蛊；淡名场，又非象贤，吾辈究宜法戒。是午，李心兰留饮，偕时酉生、吴逸耕、李棘卿、祐之赌饮消寒。同人强予连比手色，欲静坐半日不得也。

初十日（2月24日），微雪。家伯谦至，留与李棘卿饮于镜墀轩，陈酿颇厚，棘卿竟醉吐，倒地如泥。是夜，雪深三寸。

诘朝，王瑶林女公子受聘，载予饮宴。先憩根心仙坛，观扶乩，沙手陈仲芳镇奎、张思琴、刘培基□□皆仙师弟子，以端攀伽为行，各锡嘉名。守坛者逸镜散人，姓姜名基修，时请鉴青祖师金道衡、真妙道人赵元同。守沙仙传二祖谕云："今弟子伽鹤缔结朱陈，欢吟周召。凤凰对对，祥征鱼梦之占；蝙蝠双双，瑞洽燕飞之庆。必有美酒好果呈座。"见初三日逸镜仙降坛诗云："爆竹声声聒耳边，星移物换自年年。玉皇功过开编纪，方寸何人正不偏。"真妙仙和云："香焚宝鼎袅帘前，济济求丹忆去年。燕子未来莺欲啭，绿杨一面受风偏。"逸镜仙再叠前韵云："心香共爇此坛前，弟子衣冠拜我年。毕竟春光私有属，山茶开放一枝偏。"予免冠拈香，叩和四叠。又逸镜仙今日元唱云："声声檐溜滴晴空，残雪盈庭草际融。一路纸鸢飞不定，绿杨影里递回风。"予又四叠原韵。至夕，陪张寄轩、陆秋澄□□、毛彦江、孙学卿、徐梦亭兆麟、晴湖兆桢、张宝青、宝华艺润等饮于书厅，四筵八簋，大皂剧腴，最堪下箸，战拇欢呼。二鼓始罢，载月而回。

十二日（2月26日），晴。挈祐儿乘小舟南行，到诸亲友处拜年。胡芳梅留喜筵，肴甚丰，偕吴受福、王叶香辈战拇藏钩。大儿则赴宴绳祖侄家，均有婚嫁之喜也。晚拉次侄回家。

翼日，又憩伴闲居，书疏投坛，引端义、保端素俱画押。逸镜仙师谕云："龚君沉潜温厚，和蔼谦恭，其豪兴有不可企及。然人非圣人，谁能无过，过而知改，善莫大焉。回首香添红袖，公子情深兴寄，青楼美人意倦，曾几何时？而花花世界，草草光阴，陈迹难寻矣。阅历韶华，可喜老成之在望；讲求史册，无虞童子之何知。而燕喜一堂，松柏凛操于媛女；鸿庄卅载，荆布守朴于贤妻。而芝兰绕室，花木栽庭。把酒而读奇书，问字来贤郎之讲究；剪灯而留佳客，调羹欣爱女之商量。宜乎诗酒陶情，湖山寄志也。而漱芳阁主人情重，培子弟之精神；镜墀轩名士才豪，呕生平之心血。坛有名人而青云蹑足登者，余拭目望焉。今锡名曰'伽椿'，君其勉旃，余有厚望焉。"又为次儿病后心蒙，求灵方补救，俾得专心诵读，上继书香，守坛将转请鉴青道人看症。传谕云："椿子祉儿非病也，是精气不足，心血有亏，宜常服枕中丹，每朝空心服二钱，用莲汤送下。"真妙仙师降坛一绝云："暗香三径湿烟拖，细雨蒙蒙春意和。几度流莺呼待和，绿杨影里鸟声多。"鉴青仙师和云："轻烟一带绿杨拖，室静香焚笑语和。燕子将归帘预卷，主人毕竟胜情多。"着椿贞步元韵，再和初三日鉴青师真韵七律，原诗云："年华阅历又新春，霄汉仙凡不系身。百炼语除牙慧拾，半生诗爱性情真。鸟啼开卷清烦虑，花放持杯净俗尘。夜静篆香飘一缕，窗前细雨润苔茵。"予走笔立和。旋为张宝青留同陈仲芳镇奎、张寄轩乔梓斗饮言欢，而子侄则为王瑶林邀食汤饼。返棹已昏。

十四日（2月28日），为王氏缴赋入城，街如水渠，着屐颇苦。包茂翁留饮，酒冽肴鲜。途遇钱玉舫、仲卿华、张雨香、师陶叙别况，知张二曹被虏未回，曹□□□鑫因逋自缢，为之叹惋。过邑庙，未暇观灯。至暮归棹，王聘轩留膳宿，仲舒侄放花爆博欢。

　　予至上元日(3月1日)回舍。接逸镜仙师鸾谕:"有临沙七古长歌,着伽鹤送与伽椿,依韵和来。"原作云:"怒云一片天际堆,欲雨不雨尚徘徊。长天溟蒙拖湿雾,万木停声作势催。浩荡一气积岩谷,山与云连郁不开。烟里忽舞柳千条,风声拂拂沸松涛。涧谷流出龙舞爪,天上白日如遁逃。树色苍茫天罨画,梅梢流莺相对话。狐裘不暖高阁寒,水晶倒向屋檐挂。我骑黄鹤来人寰,踏遍千山与万山。君不见,日月弃我而走不能停,春去春来草复青。又不见,苍狗白衣情不测,安得扫空心地侍我侧?"此十四晨作。予连和二章,并为"姚巳生为父掳未还求示消息""王聘轩为父死国难叩问冥安"两疏。是晚,大雪寒甚。夕点明灯,爇名香,开考妣木主之祐,庆赏元宵。连日传座,幸此时家食,可静参仙机。捧到真妙仙师谕:"赠伽椿龚君,学宋元人体,速步元韵和来。"诗云:"胜概吟添翰墨场,摊笺拂拂笔花香。镜埠诗稿堆盈架,锦绣撑肠吐玉光。剪裁花木见精神,几卷书开气味真。吾自吻花生一朵,荆妻问字静无人。一盏青灯证苦甘,廿年事业快高谈。今朝诗有天真趣,沽酒吟来意已酣。人在诗中过卅年,花香酒盏共流连。半生知己无他物,只有高轩稿几篇。"鉴青仙师赠五七律,亦索和云:"瞥眼一天雨,夜深课不疏。半生诗里过,廿载醉中居。帘卷迟归燕,开编校鲁鱼。儿童来问字,索果步庭除。""半生踪迹类飘蓬,乔木迁莺西复东。收拾湖山诗卷里,消磨岁月酒杯中。挑灯夜读儿童伴,汲水晨炊妇女同。盎盎天伦真趣在,陶然共乐太和风。"逸镜仙师长歌索和云:"一枝笔,一壶酒,写尽胸中块磊事。天下之大何不有,奇奇怪怪殊纷纠。我吹铁笛到瑶坛,新著奇书号转丹。烟雨迷离衣带湿,梅花一曲阁中寒。对花饮酒与花语,花魂酒魂并一缕。白鹤踏破玉霄花,左有金童右玉女。路遇葛真仙,褣裘翩翩美少年。为我琴弹风入松,海外云气相蒙蒙。高谈蓬岛三山之胜境,渴龙掉尾到海东。蟠桃一熟三千岁,王母瑶池宴未终。振衣万独立山顶,但见九州城郭参差影。天风吹我发狂吟,云山苍苍烟水青。君不见,富贵浮云一瞬间,北邙之上古坟如青山。"此俱十四日作。又十五日古作谕和云："富贵不可得，我心清且闲。朝酌茱萸酒，撑眼但看山外山。夜弹明月琴，梅花一曲谁赏音。静观会心处，溪草常青青。春风毕竟私，荣枯各有时。我闻瑶池之边有媚草，服之令人颜色好，君盍求之为至宝？又闻蓬壶洲中有佞花，佩之令人慧舌夸，君何采之增妍华？然而神仙骨不俗，视为邪蒿岂佩服。春风拂拂海上来，驴背吟诗寻古梅。雪花满地手可掬，古渡桥敧支一木。吾到瑶坛旭影寒，曚昽晓色露零团。主人高卧梦正酣，梅梢流莺相对语江南。"鉴青仙古作谕和云："春风拂拂入座好，庭前梅花先知道。欲晴不晴天气殊，白鹤避雨来看书。蓬莱之书人不识，奇文奥句蝌蚪蚀。有人把酒问书义，吾有长歌君须记。不见历代帝王去不还，铜钱年号留人寰。世人宝之骄且吝，一心劳碌发已斑。又不见南山有人高士裔，松花零乱门长闭。安居一室寿且康，不爱臭铜身不忙。"又鉴师《遇雪》一绝索和云："檐雨声声滴未终，夜阑鹤梦正惺忪。广寒宫里初开宴，云幕深深锁几重。"又谕："快雪盈庭，偶成一律，随意写来，不计工拙，椿好诗，即以奉赠。"云："水乡曲折隔尘埃，寄傲南窗一卷开。喜卜莺迁觇夏屋，醉扶鸠杖步春台。荒村雪积诗难和，太古风遗税不催。吾自寂寥望君至，好临屐齿共衔杯。"既望，逸镜道师谕赠索和云："一家长住水云乡，太古遗风俗虑忘。绕屋绿杨莺百啭，主人终日著书忙。梅花万树柳千条，聒耳声声弄玉箫。蝴蝶双双飞不定，谁家儿女样新描。"并谕云："和章具花笺，须用心经营，不得草草。"予如数和之，伏枕呻吟，几几酿病。奏云："传钞锦字，手腕几僵；盥诵瑶章，心胸顿化。江文通倾囊才尽，难和百篇；陈无已拥被病来，伏祈三宥。小诗补呈削改，大度幸恕迁延。"

十六日(3月2日)，晴。太原氏载予开塾，祐儿病未随，新添王受昌之孙恩桂，余皆旧徒。梦蘧设席于家，同陈仲芳、张宝青、王翼亭父子、张巳卿兄弟出令拳，海错山珍，悉堪下酒。

次日，仍以盛馔见款，偕孙学卿等品美酒，不作喧宾，予戏云："今朝还有汤兼炒，为谢多情贤主人。"傍晚，同往根心坛。仙易名转丹阁，予缮写和作，如束笋，主人珍重留壁，故今年集亦曰《转丹》。王瑶林留肴核，绿酒红灯，胜于绮罗堆中，金钱买醉也。

诘旦，仍雨。自居李宅，荒村残雪中，落落无可语。幸叨讲席，与星如、星轩把酒联吟，续呈仙座，群真见之，得毋谓椿龄未艾，号寒虫犹傲凤皇耶。

十九日(3月5日)，王聘轩公子纳采，饱享万钱之餐，与月老张润甫、王梦蘧暨俞莲洲、张字卿、沈秋亭、金湘坡、徐晴湖兆桢、包九仪凤来等乘酒酣谑笑，四座解颐。因王涧桥圮，遇座客劝输，便于沿门托钵，幸皆允从，无一老悭阻善举。

翼日，偕王星如入城贺岁，俞书庭留茶点。旋引星如谒王翱风孝廉，从其受业，主人留宴，始品刀鱼。与黄雯轩耀文、姚颖生锡筹两茂才及居仲簃□□、黄新轩□□、陈叔皋□□同席话时事，知湖北黄州失守，九江戒严。其兄聘珍文学楸昭为予云："二老尚健，荫下之福何如。"司计章云斋□□云："租收五成，特西乡租额小。"便晋邑庙观灯，虽规模依旧，而已毁大珠灯，未免减色，况花园亦坼，游人无纵步之地，何论露天生意，今非昔比乎。遇卢器轩、俞俊卿、家金园小话。又登三万畅茶楼，饮白莲汤，咀黄桩头。其时青衫红袖，士女杂坐，缘久雨始晴，各鼓游春兴也。楼下逢朱恂如、家伯谦，话半晌，而已暮色苍然。买海鲜，乘艇子而返，聘轩以酒肴劝醉饱。适接逸镜仙索和一绝云："阴雨逼人寒，山深不知历。煮石梅花间，莺啼破岑寂。"又谕："太原氏国璋叩先父让冥中消息，待二月初二日示下，倘请降鸾谈事，必须预约日期，备茶食素果等。大约国殇者无大罪过，以如素父在板衡司文案，亦降鸾谈事，我等在中界，故下界之事，概不知道。且待初二日开沙，约期临坛可也。端让，王霞帆坛名。端素，张宝青坛名。"又鉴青仙赠《龙凤两高足》，并着和来伽凤，王星轩；伽龙，王赋梅，云："男儿壮志在千里，破浪乘风投笔起。置身唐虞间，益禹皋夔同燮理。学贯天与人，怀抱舒知己。我生年已晚，世俗奢华流不返。安得种田十顷虞山阳，布衣粗食心倘徉。朝驱黄犊出门去，夜归一醉不知曙。两生此愿亦已足，美酒盈缸仓盈粟。课余戏着老莱衣，娱亲偶唱房中曲。君不见，高祖功成韩信死，从古英雄等闲视。又不见，既贫且贱梁伯鸾，举案齐眉相盘桓。赠君长歌共消遣，孰得孰失必能辨。"予一一和之，恐方命尔，虽凡骨俗胎，肯被诗仙难倒哉？又谕："椿具四六惜字、放生启到坛。"予亦急就呈削。

廿一日(3月7日)，又大雨。俞莲洲招予父子饮，肴酒俱仙味，与张寄轩、宝青、王翼亭、星如辈射覆斗拳，并飞"芹鸭"二字，赏灯赏雨，兼而有之。自新春来，日得口福，可补吟苦，然困于酒食，不能早起，难免误书生矣。

翼日，晴。呵冻写诗，手形麻木。午后，王聘轩以专席待我，鱼翅海参，火功俱到，继以大凫，鲜而肥，齿落者可啖。饮酒半曛，血脉俱和，浑如羽化。是夕回家，料理尘务。

廿三日(3月9日)，王梦蘧来，邀同李琴仙访金景岩，缘王涧桥重建，预拟章程，予为募捐小引。赴塾已午，王受昌请予酒食。晚又宠以盛筵，肴馔俱大碗，惜腹小不能容，与瞿景园、马许昌等酣饮至昏。

次日，李芝馨至，剪灯谈诗。

廿五日(3月11日)，王芙江设酒席，卜昼卜夜，餍我老饕。等是山珍海错，而妙手一调，觉异味倍常，盖火候既到，汤水亦多，以大器承之，可谓沉浸浓郁。客皆大嚼，彻馔者笑空盘。旁座毛荔峰、王瑶林皆赌饮，而予不胜杯酌，与俞莲洲、瞿景园等辨味而已。

次日，为王星轩补《周礼》，祐儿则资钝不能添课，况祐儿九岁无知，虽送吴塾读书，而顾君松溪□□年老，恐难凿混沌之窍也。

廿七日(3月13日)，挽霍琴山少尉安仁一联。

晦日(3月16日)，余静斋丈来谒失迎，留陆菊亭上舍耕耀之女素贞事迹属题，备入彤史。予适为王涧桥劝捐，陪金景岩、王翼亭、梦蘧、星轩赴桑氏，砚香观察留酒点，引观新造精舍。堂有盆梅数座，几案多异木，书画珍玩亦古雅，茗香花韵，迥异尘寰。楼为两公子读书，外可看山观稼,花圃小池奇石,尚可枕漱,惜火后未修,有老桧玉兰,尚是旧物。室未题额,仅有日新又新之斋。晤记室陈福田、庄旭堂□□话久。主人提及祐儿舟次患疫急奔来救事,予苦健忘,至此始谢活命之恩,歉何如也。便过陈梦梅上舍家,剪灯茶话。归同饮于书斋,闻城外炮声,想因盐枭不靖,防堵加严。

二月朔(3 月 17 日),小雨。陆念慈宗绩至相城,学钱庄业,钧是子弟,而缘母没家贫,离乡习苦,为之恻然。回顾祐儿安居坐食,劳逸何如,而尚不潜心读书,恐错此机会,父母就衰,阿蒙如故,不能克家,适滋戚耳。

越日,同王翼亭、梦蘧、聘轩、星轩、赋梅往根心坛,见鸾谕中有白门凶耗,群真吃惊,总由人心不平之故,似金陵余孽复萌。并示王星如应日诵《心经》,超度先妣;钱霞江树椿当力行善事,拔除病根。予为次儿服药,仍形麻木,请仙示方,谕云:"椿禀祉儿精神麻木,服枕中丹而依然者,因药肆未能精选故也。今宜置药,自己泡制,再服三两,常服加辰砂苓灯心,用汤代茶。"又为长女死难,问冥中消息,谕云:"椿再叩女殉身国难,冥曹消息如何,我即禀太虚宫,行文东岳府,通饬各殿冥王。或前生孽障未清,或轮回他处,大约殉国难者未有大罪,即可轮回,且待三月朔日,再行示下消息如何。"真妙、鉴青两仙撰惜字、放生两序,谕云:"着伽椿两启,次于后。聘轩投坛,锡名伽玉。"谕有昔贤云"守身如白玉,一失足,即粉碎,时当顾名思义"等语。并为钱氏兄弟不和,劝其合面,着予抄录劝悌文,宣讲于文昌帝君座下,有"枕边莺语娇啼,天上雁行断影"云云,又引高文忠□□联曰:"世事让三分,天高地阔;心田培一点,子种孙收。"张宝青爱予诗札,装潢疥壁,殊觉汗颜。逸镜仙作诗四叠云:"手卷湘帘爱我庐,清香一缕篆空虚。半生冷作寒梅伴,倚石携看太古书。""暂向人间小结庐,一宵灯火课无虚。琳琅卷卷都看遍,新著名山未见书。""数竿修竹野人庐,一点灵台净太虚。环祝帝君新岁月,手携羔酒献金书。""红尘不到圣贤庐，功过开篇课不虚。潇洒风流羊叔子，朝廷慷慨独陈书。"予与俞莲洲、王星轩和原韵。是日，金逸仙人铭、义方、孙学卿、克昌、钱琴溪、寿卿俱到，相与看花。夕饮于王诵我家。舣舟而返。

初三日(3月19日)，文帝圣诞。又同王氏叔侄至根心坛祝寿，撰表文，随班晋爵。时诸仙毕集，若理妙道人、元妙道人、机妙道人、清妙道人、飞妙道人、兢学道人、真蕴道人、观化修明道人、玉蕊馆主汤其相、洞庭湘水云中仙子及琬妙道人、真妙道人、鉴青道人、逸镜散人均有寿诗。而最妙者如神妙道人云："山水清音静里听，携琴一曲万山青。凤凰骑出游尘境，万籁停声领鹤行。"化妙道人云："高烧银烛问奇书，拜舞瑶阶月一庐。帝子新成金凤阁，五云拥护注虫鱼。"宏妙道人云："喔喔雄鸡报晓声，惊人好梦到三更。醒心暮鼓晨钟韵，一棒愚民药石箴。"毓真散人云："焚香一缕证同盟，几度翱翔下玉京。口祝君王千万岁，天风吹落步虚声。"琳琅主人清河氏云："几度沉吟祝寿诗，蟠桃盈座酒盈卮。侍臣新荷君王宠，特赐金龙笔一枝。"云根外史云："一水潆洄景象新，小桥曲折绝红尘。无端香气来何处，一室中藏太古春。"聊尔散人云："煮熟琼花口试尝，鬓边早已暗回霜。灵丹一粒无人问，且唤青鸾捧玉觞。"克和散人云："清香一缕共云消，气味氤氲酿一宵。旋祝帝君筹满屋，蟠桃今日侍臣叨。"镜善观主掌司秘书卷帘使云："黼座新开万岁觞，侍臣群祝寿无疆。君恩优渥荣臣奏，手赐红袍绣凤凰。"芙蓉馆主石曼卿云："杏花时节雨丝丝，杨柳千条傍玉墀。鹄立静听鸾诏下，红云一朵护追随。"洞庭主人柳大文云："四面净纤尘，花香不知处。欲辨已忘言，观书不知曙。"不羁无才主人云："天风吹我浩荡来，林际湿云郁不开。小树拔起大树振，松涛摇落梅花积一堆。我祝帝诞游人寰，太虚方寸早除删。欲吹铁笛发长啸，门外青青千万山。忆昔宴瑶池，王母赐我笔一枝。笔花拂拂无其数，教我能将万笔一手持。金童玉女劝美酒，教我推敲诗。太古诗词不可读，佶屈聱牙音断续。我已醉，发狂吟，不读横渠东西铭。霞觞进祝千万福，延龄美酒赐臣族。今晨开化宫中拜祝寿无疆，赐酒犹存齿舌香。帝君新赐科名草,延年益算人不老。海屋新添万万筹,一人有庆寿无休。我今乞取一蟠桃,赐助诸君饮兴豪。"理安散仙云:"大块噫气撼林谷,排空卷水俄顷速。怒云万片布长天,白日遁逃何处伏。吹我屋上千重茅,坠瓦声声屋不高。杏花时节天不惜,无数落红堆岸坳。我今欲筑避风台,长与群仙相往来。下界红尘不得染,作诗攘臂争仙才。安得胸罗星宿才八斗,凌风直上九霄走。奇句忽从天外来,但见雨师风伯笑口开。"天平山护持巡视神云:"千山万山势相合,一峰入云云不纳。蜿蜒曲折如蠖蛰,一峰出云云揽入,山山势共相连环,中有老龙甘闭关。兴云降雨泽苍生,不出则已出惊人。有时排空任游戏,群鸿戢翼甘退避。人不知,知己相逢吐奇气。君不见,卧龙高卧卧龙冈,潜修终岁梦羲皇。帝子三顾来闾里,破浪乘风奋袂起。鞠躬尽瘁同爕理,一朝怀抱伸知己。"真机观主毓秀林道人云:"踢破红尘路千里,虎啸龙吟来足底。手握长剑斩鼋鼍,听我酒龙唱大歌。蓬莱之山千万丈,奇峰拱立邀天赏。振衣绝顶狂奔呼,仰视星辰如指掌。万星罗列光摇摇,摘来下界当棋敲。匣剑在手酒在口,酒酣舞剑蛟龙吼。霎时狂风猛雨天惨阴,上帝有命旱魃擒。扫尽万千世界腥膻气,风师雨伯争功纪。我今胸罗星宿来遐荒,西望巫山东扶桑。扶桑日出光若炬,光芒烛天天不拒。留我拔剑纵酒恣遨游。"护诏将军周遇吉云:"驰驱百万督军门,手斩蛟鼍带血痕。创痛万般期殉国,忠心一点答君恩。"护诏将军睢阳子云:"身统雄师百万精,一门危坐守孤城。军粮无继难筹策,姑杀名姬励万兵。"太虚宫左侍金童侍香内使云:"香焚宝鼎沁心脾,花雨缤纷拥碧墀。玉诏新迁官一级,泥金报捷艳门楣。"太虚宫右侍玉女侍花小使云:"水仙清绝渺凌波,以水为家净若何。莫爱看花频火逼,花开花落霎时多。"玉淑宫左侍金童捧香内使云:"潆洄一水绕村庄,几度沉吟步玉闾。今日广寒真个到,满身亲染木犀香。"玉淑宫右侍玉女侍花内使云:"落落人寰不问名,花间月下笑吹笙。怪他蜂蝶争花蕊,回首螳螂意不平。"真妙道人旋咏云:"云驾齐回碧落天,诗词句句艳花笺。姓名馥郁千金价,何

幸凡人见万篇。"予同俞莲洲、王星轩搜索枯肠，仅赓一二。补录朔日
鉴青道人长歌云："世界忽然大奇怪，玉帝天仙群一惊。鬼哭啾啾声
未歇，白门寥落墓纵横。墓纵横兮人谁游，世情不测水自流。双眉蹙
兮心烦忧，烟花梦里欢不休。欢不休兮花劝舞，笑声相对联肺腑。不
知岁岁苦薄收，流亡相继盈门户。天下兵氛何日清，东来强贼西击
城。人世朦朦梦未醒，水流不返山长青。安得闭户南山南，朝朝沽酒
意长酣。闲吹短笛发长啸，世事茫茫何时了，春来仍旧生芳草。"中寓
悲欢，未知何指。又逸镜仙云："细雨愔愔湿绿杨，一庭花气递清香。
主人应待归来燕，手卷重帘纳夕阳。两两飞禽两两鸥，水矼清浅荡轻
舟。一声玉笛吹何处，知有春愁上画楼。"有李敬祝寿表，剧佳，未及
钞录。时联惜字放生会，开炉焚纸，立愿戒杀。鉴青、逸镜两仙有贺
方贞女诗，索和，走笔报之，俱书红笺条幅，送至曹家。原唱云："有夫
未夫终处子，冰雪心肠洁如此。忆昔谯国缔婚姻，百年连理同生死。
女之有适已同闻，媒妁言词犹在耳。茫茫大劫叹红羊，到处皆惊鼠跳
梁。一朝夫婿从军去，天上人间两渺茫。将军忽然从天落，红巾奔窜
尽骇愕。寰海镜清方隅平，夫耕妇馌同欢乐。男婚女嫁纷联谊，老母
心将别适议。女知守一大义垂，令适他族心怒恚。双流眼泪对高堂，
此身已属曹家郎。夫婿若归为之妇，夫婿不归为之孀。老母闻言心
暗喜，松筠节操世无比。潜嘱媒来送女归，堂开筵酒笙歌起。纷然百
两烂盈门，簇拥香舆别闾里。舅姑既喜暗心伤，笑慰声声酌酒觞。预
协团栾刀环兆，花烛双开吐瑞光。女心只知冰霜洁，不识于飞凤与
凰。座客相闻皆叹息，有女如此真难得。我闻此事更欢忻，不惜诗篇
为表式。君不见，武昌有石名望夫，至死靡他泪模糊。又不见，断臂
截耳奇妇人，心如铁石情形真。从一而终圣贤语，作诗大书方贞女。"
此鉴青仙作。又三律则逸镜仙作，诗云："红羊大劫叹茫茫，室迩人遥
各一方。此去好修榛与枣，几时能遂凤求凰。欢吟连理情何在，喜结
同心念暗伤。守我十年贞不字，天公或佑婿还乡。盈门贺客尽亲临，
聒耳笙歌送好音。鸣雁今朝完凤愿，乘龙何日证同心。百年情切金

钱卜，半世愁慵玉盏斝。寄语蝶蜂休绕树，此身誓与井同深。莫言薄命累家门，色相原来幻六根。蘋藻于今修妇德，松筠终古沐天恩。孤灯子影心难白，泊凤飘鸾事漫论。他日旌扬坊建日，姓名不愧传中存。"真妙仙补作祝寿诗，命和云："手写经篇祝寿书，蟠桃今已列庭除。酒尊茶盏陈仙座，万岁亲呼拜玉墀。"并示魁星为苏子瞻，虞山主为黄子澄，且评论古今名士，如钱牧斋、龚芝麓及国初鸿词诸老，近代袁子才、吴竹桥、孙子潇辈，互有褒贬，不离重德轻才之意。洋洋万言，自昏至晓。予偕张寄轩丈及陆吉甫、陈仲舫、梦梅、孙学卿、克昌、钱琴溪、寿卿、王聘轩、星轩、张宝青、宝华等奉派执事，予为缮录使兼祝寿使。

至翼午，文宫始颁诏，诏曰："奉天承运，文帝制曰：福善祸淫，天道昭彰不爽；洗心涤虑，人生趋向无差。纵暗室亏心，毫发难逃神鉴；即闲居向善，隐微已格天知。朕职司禄籍，位列星垣。显一十七世之行藏，无非孝友；证千三百善之感应，随露端倪。咨尔真道根心坛弟子暨转丹法坛弟子，推圣贤敬字之心，鱼鳞成社；体天地好生之德，虫蚁衔恩。钦哉，无废朕命。同治五年二月初三日敕命之宝。"太虚宫主为汤文正斌，使则真妙仙，玉溆宫主为于忠肃谦，使为鉴青仙，逸镜仙则别立转丹法坛。我侪属门下，各仙谕手不胜书，予眼未尝合，而腕已欲脱，周旋两日而回。

初五日(3月21日)，移沙盘于王宅，予为亲墓新居前程后起，缮疏问仙，谕云："椿禀多端，容俟细谈。"又焚疏坛前，求诸仙指引先父还家示训，逸镜仙谕云："伽椿叩事，后月朔来坛示消息。今已专奏玉溆、太虚二宫，移咨东岳三法司，通饬各部属冥府，或孽障未清，或轮回他处，查明备细。"而聘轩则请其父临沙，至三鼓始至，谈家事琐屑不遗。第字小而多草，肖其生平，其子弟奉为庭训。逸镜仙见石榴，谓为非时之物，贺《多子兆》一绝及《乞花》《种花》两律属和。《种花》诗末未下三字，予猜是"抵千金"，谕云："椿先得我心，着再和。"又临去留一诗云："鸡声喔喔唱花阴，长夜招魂语最深。叮嘱主人须向善，半治家政半修心。"予急就塞责,而琬妙仙师评云:"历观椿佳什,《种花》诗确有仙心,字字切'种',而斠韵尤匪夷所思。'橐驼'对'胡蝶',何亲切精巧乃尔。可谓青出于蓝。命侍儿手录以归,作什袭之藏,并与诸僚含英咀华,合宜传诵。此非我谦,实洛阳纸贵耳。当以碧纱笼之,间时一咏,有吹竹弹丝之乐。麈战南闱,荣膺鹗荐,桂花馥郁,香挹蓝衣矣。即锡字曰镜芙,知之。"予有谢诗,均挤坛壁。《多子兆》元唱云:"富贵花开富贵家,一门太古乐无涯。主人乌鸟私情重,果献红榴兆不差。"《乞花》原唱云:"名花一见便神钦,乞得携归意不禁。割爱应招风雨炉,分香定慰燕莺心。他时灌溉诗频咏,此日栽培酒满斠。寄语主人休护惜,琼瑶报答抵千金。"《种花》原唱云:"红妆乞得意先钦,手把鸦锄快不禁。一片云霞都着手,几番风雨最关心。地因位置泥频选,酒为经营醉又斠。此日不辞筋力苦,开时玩赏值千金。"琬妙仙赠主人云:"魏紫姚黄万种殊,玉兰新放两三株。海棠若得添庭隙,一幅天然富贵图。"两仙索花石,予献玉蕊兰花于玲珑馆,奇石则包九仪进焉。

初七(3月23日)夕,梦见大奎从伯于舟次,并见浮棺,未识吉否。

次日,陪王氏叔侄入城,结算银米。晤李升兰、屈达泉、俞书庭、张墨樵、吴英伯、沈子静、包九仪、屈朗风□□,流连竟日。至夕,同饮于如意馆,鱼翅、宝鸭均嘉。醉里登舟,鸡将唱矣。

初九日(3月25日),长女生忌,予因婿未鸠居,代设鱼菽之祭。瞿惇裕□□、王维新来谒长谈。

十一日(3月27日),吊翁祖庚中丞之丧,又索汪厂青邑尊书楹帖。陈霭亭来舍,未及陪。

花朝(3月28日),有献花诗启云:"春到二分,晚吟三律。笔花又放,才未尽于江淹;坛杏同参,唱差等于郢曲。仰祈青照,俯鉴丹忱。"

中和节(3月31日),又问琬妙仙姓氏,谢真妙仙宣谕、鉴青仙锡方、逸镜仙题名，作古今体数首，枕上更取戒诗勤课意凑长篇，呈于仙馆。

十六日（4月1日），王翼翁以画舫载我，膳宿斋中。骇闻王雪樵汝嘉之妇，投河绝命，予赴唁，其族长王星槎上舍文照陪话，知因反目致此。即赴陆巷，劝其父沈得山丈勿抄其家。翼翁挈公子同予赴省，由南塘相城沈垫桥五龙泾至娄门，一路桃红柳绿，春色嫣然。而近城多坊墓，祭扫者多画舫，钗裙明蒨，掩映春波。得三诗，嘱星如和。泊舟胭脂桥，进贡院报名，遇顾子和、钱雪崖、平燮庵、季莼卿、朱一泉、顾虹玉，茶话碧云天，陶云江文沂作东道。夕膳后，又往啜茗，晤曹小卿、俞蓉卿两员外、张雨香承霓、许小岩家瑞两茂才，同观仙谕。小卿言，方贞女系云坡州丞羢之女，其族一新茂才鼎勋之媳，因夫□□被掳未回，又无兄弟，贞女之嫁，关系非轻，所愿刀环慰望耳。有喜联云："之子于归，伦以义起；征夫不远，福自天来。"又云："星彩支机，先秋问渡；月华对镜，至望重圆。"予咏即事一首。

十八日（4月3日），以青巾拭面，面带蓝痕，予云："竟似奸相，又似黥徒。"星如云："乃魁星耳。"可称绝倒。辰刻赴院，应刘中丞郇膏甄别，同人坐官号，题为《有若无三句》《鸾翔凤翥众仙下，得歌字》，时三大宪暨汪□□太守又勋均到。未及暮而交卷，可免给烛。第内发四馒，不足疗饥耳。晤王卤山孝廉，话旧良久。夕仍憩茶楼，伯谦侄陪坐话月。

翼日，冒雨赴玄妙观，茗话绿云深处，谈及三节会之胜，惜二十日清明仍雨，不克往观。闷坐王丹生溶家，吟诗消遣，承留酒食，席有大鳗，颇腴，偕龚少卿□□等酣饮。午后解维，夜泊太平桥，上市沽酒，醉哦三绝，星如又赓。

诘朝，送翼翁回家，而予同公子到漱芳阁，改仲舒侄和仙诗一首，复用原韵，以励其志。

廿二日（4月7日），高诚斋来谒，留酒点畅谈，而祐儿则为王湘翁邀去。

至**次日**，又因祭祠，招予连饮。适有逸镜仙诗谕和，承赞醮疏，中嵌太原四弟子名，如龙凤鹤玉，予走笔效颦。元唱云："一门舞鹤与吟龙，宝鼎香飘瑞气浓。才子亲题黄绢丽原注谓伽椿作疏词，侍臣捧奏绿章恭谓端本拜表遣牒。心常爱日祈千岁谓伽凤孝思，志已凌风达九重。今日凤书真个下，金声玉振度从容谓端本兼玉皇敕赦颁下，而玉等亦荷福矣。"

廿四日(4月9日)，王梦蘧同予入城，予偕星如到明伦堂，时为奇粮储甄别，题是《有所不行一节》《松竹有林，得交字》，童题为《立不中门》。俞书庭留盛筵，下榻谈文，惜予作两卷，未及眠。

诘旦，与朱小梅昌龄、屈松侪畅叙，同星如于县南品汤面，便游老庙。午后出城，同俞莲洲雇舟回。王梦蘧留珍馔，偕星如、星轩战拇射覆并联句。承梦蘧、星轩携灯送予归。

廿六日(4月11日)，开馆，附伯谦舟赴塾。王湘翁又以盛馔待予，适周兰江来，同饮于漱芳阁。

翼午，家祭，留朱恂如、沈芝亭、家伯谦等食馂余。

晦日(4月14日)，次侄仲舒缘博局输钱，托名向亲友挪移，竟至皮裘作押，销费一空，仍复城市遨游，罔知廉耻。伯谦遣多人要路，絷缚而归，来邀予饬械于家。如此作为，理应禁锢，以绝后累而纾母忧，予亦不愿养痈也。一春大半滂沱，水长一二尺，菜麦又减成数。

至**三月朔(4月15日)**，始晴。根心法坛开沙，予陪王子卿、俞旭初文铺、王钰堂有樛、湘兰怡如、蓉阁□□、张芝堂、芸阁世钧、子秉□翼、陈景岩锦铨、仲舫、孙克昌、凤梧、钱琴溪、包九仪、王翼亭、星如辈观仙谕。首云："椿叩先父学博公引至家中，谈论一切。前晤琬妙仙师于小有洞天，言及龚某不克到家，而有灏字海涛者，又字苇江。彼生前和蔼谦恭，有一大善，完人节操，并救人急难，而堤防遏水，救济生民，废五百金。与权奸对手，究竟今日何如，试问谢氏子孙，其有济济否？苏子曰：'好兵犹好色也，好色者必死。'惟口兴戎，掉三寸舌，颠倒雌黄，陷害良民，不知其数矣。固一世之奸也，而今安在哉？今已罚入畜生道受苦。而灏虽七踏省闱，非其罪也。今着逸镜同灏在初四或初五日到君处，而灏非让比也。灏胸中文源百斛，蕴蓄深而一归平淡，本不必到君处，在坛亦可，奈十八子陶情烟花酒博之场，终岁陶陶，毫无实在。祖宗德泽，愈铄愈伤，吾不知伊于胡底。君莺迁乔寓，朝夕相亲，此孟氏三迁之旨，有自来也。圣人云：近朱者赤，近墨者黑。吾故汲汲不遑。到四五日借灏归家，检束一番，苟能听改，子孙之福，亦祖宗之所日望者也。夫发蒙启悟，我之责也，安得不汲汲？"停。为间又谕云："椿叩未终，续笔再谈别事。一叩家宅。前已言之，姑待我劝谕后再行酌之。二叩坟墓。前与机妙师谈及，大凡风水一事，总在德泽为转移，祖宗有十世德者，必有十世子孙守之，有五世德者，必有五世子孙守之，上而至于百世，等而下之则有一二世，无不皆然。其斩然无后者，德至薄也。君不见郭汾阳乎？其祖墓为朝恩所掘，焚尸削棺，孑无遗类。而汾阳公荣华富贵，簪笏满床。即一宫也，文、武居之而兴，幽、厉居之而亡，无他，德至薄也。于风水乎何尤？三叩今科乡闱去住如何。君不见周舒翁、袁了凡乎？与俞净意尤昭然可证者也。若皆谓彼等尽属子虚，则天地亦块然而已，玉皇之教，不行于今，孔子之道，早斩于昔也。君不见雷电乎？赫赫震怒，百里驱车，若谓阴阳相搏，何以霹雳所到皆是忤逆之子、暗昧之人耶？此是目前燎然可证者也。有《感应篇直讲》，每日心体力行，演讲于朋友亲戚，大凡不能入金门、登玉堂，岂果文章不佳，主司冬烘哉？无他，有神明在，不可强而致者也。德与孽在，不可混而一也。君但以《感应篇》中之宜忌自行之，而与人共行之前程亦不问可知也。四叩令女节操未知罪孽清否。夫女子所重者惟节，而今人或因爱惜而不婚，后又聘嫁浮礼不全而不婚，遂旷夫怨女，寡守年年。幸而秉性贞良，犹无可虑，不幸而邪言绮语，锢蔽膏肓，而伤风败俗之事不可问矣。是谁之过欤？或割产，或典借，争一瞬繁华，不过外人赞一声曰好，而孰知大不体面之事接踵来前。曷不及早省无益之浮费，早为子女完姻，积德积财莫此为甚。大凡今之世，不得拘古礼。《曾子问》所云"男子三十而有室，女子二十而嫁"，何以女嫁早于男娶？盖女子一生全在节操，覆水难收，前车已鉴，圣人定礼，岂偶然哉。古礼女早于男，良有以也。今世情更薄，四五岁小儿已秽言满口，遑问其他哉。此亦国运元会之所致也。奉劝君子早为子孙计之，女年及笄，即可出嫁，勿因聘礼未全或家资不裕因循耽搁，年复一年。此为当世所最忽略者也，故特提出，君等婉转劝导，获福无量。前东岳帝会送节烈女妇册，一面通饬各属巡察使逐一亲查，一面申详各宫，汇议赏典，已故者给与职役，即各庙之观世音大士等神是也，其生者另注册。而节更重于烈，盖节则年月凛凛，非一朝一夕可成志，烈则激一时之悲愤而成，或有姑，或有子，此其中差等悬殊也。前诣东岳，见方家之女与椿之女俱列册中，天曹重节如阳世之状头，荣显无比。故因椿叩而纵笔及之，望君等转相劝善，则不虚此一日到坛之工夫也。"此鉴青仙师谕。而逸镜仙师则云："有题镜墀轩序与诗篇，俟暇示椿。"时投坛者王星如锡名伽金，湘兰则锡伽源，孙凤梧则锡伽谷，俞旭初则锡伽涵。

次日，挈伯谦侄西山扫墓，堘城树有萌蘗，而石则稍有坠地，久未修也，门墙有黄沙痕，雨淋故也。时天晴人众，拜香上山者，吹笛鸣铙，虔参各庙，黄亭精巧，金鼎氤氲，蜂拥于洞天福地。惜祖师殿及灵官土神诸祠悉毁，严公祠亦成瓦砾堆，仅有西施舞袖石无恙。而善男多江金两界人，船插黄旗，鸣锣停泊，烧香浜内外，无空隙矣。若土人则由乡入城，由城出郭，一步一拜，走遍街坊，不能遽上山焉。内子访故墟，邻妇云，有废井被震，想下蟠毒物，恐伤人也。西城游春士女倍于平时，酒馆茶楼如赛会时，坐无余地。与朱恂如叔侄遨游至暮，买兰而归。

上巳(4月17日)，予赴仙坛缮录，鉴青仙师诗云："春光已到九分九，时节恰逢三月三。天上华林争试马，人间柘馆竞祈蚕。舞雩舟荡歌频咏，曲水觞流兴易酣。约伴今朝修禊事，蹋青裙屐遍江南。"谕云："今日北极祖师圣诞，诸神朝贺，着龙具几焚香。椿在此，有一段家事,须大警戒,不然大累家声也。"至午,张宝青留膳饮,酩酊而归。王湘翁设五簋劝饮,偕王翼亭、李子馨同坐,谈时节之佳。适宝青、仲舫至,奉仙谕觅人缮录,因两日中问事丛积,答付无片刻闲也,乃以子馨、星轩应之。

初四日(4月18日),王湘帆、张寄轩两丈及宝青、孙学卿、陈仲舫、包九仪、黄申甫、王翼亭、星轩、赋梅移沙盘来舍。逸镜仙师诗云:"家居酒国酒常香,捷报高悬满画堂。偶为招魂来别墅,羹汤妇女细商量。"示云:"余奉谕到此,恭候琬妙祖师引灏归来,诸君酒后哓哓,殊觉扫兴。西面设镩,宜移在中间,吾岂贪口腹而来哉?茶点,昭虔也,不论荤素。至于杀生,则断断不可。今着龙仲舫、嘉九仪轮为下沙手,凤星轩、嘉为缮录使,义寄轩为巡视使,龙赋梅、柱翼亭为侍香剪烛使,化为校对差误使,降鸾诗命主人和我。不得高声嘈杂,如违,问巡视。今宵诸君环侍一堂,皆可造材也。少年英俊,耕读传家,饶有太古之风。长呼牧犊,不染童时之习,宜除涂鸦,日月深长,勿抛却蹉跎而老,吾为深望也。吾与诸君长谈,或一旦豁然通悟,尔祖宗何乐如之。我有数条约束规程,诸君子心体力行,未行者须防失足,曾行者及早回头,庶不虚我到此之功,即君等宗祖亦含笑九京也。勉之,余日望之。一曰莫狎妓。盖烟花宗祖,尽是嗜色之徒,彼祖宗且受苦九泉,欲悔无门。而高文忠公云:'自妻妾而外,皆是非己之色。'吕祖降笔云:'劝君莫作风流债,借得便宜还得快。家中自有还债人,你要赖时他不赖。眼前债主能宽待,头上原中偏利害。淫人妻女妻女淫,一报还报真爽快。要知天律森严,万恶淫首,杀人只杀一身,淫人杀人三代,丧祖父声名,被人嗤笑,是上而杀其祖宗矣。伊夫恶名被身,唾骂万般,众人不齿,是中而杀其夫矣。子孙被人骂曰百父种,是下而杀其子孙矣。盖淫心一生,始生机械心,旋生刁诈心,挑而不得则生诱骗心,强而不从则生杀害心。幸而人不知则促寿,或人知之即丧名,败贞洁于妇女,损阴骘于生平,试问强壮而少年夭折,善良而身后不昌,其故可想也。大凡淫尤重者祸尤烈,或乱伦则少长相聚,或好男则顽童相狎，幽发炮烙，明受绞斩，阴阳律例相同，人何苦不自悟耶？至于青楼妓馆，自命风流，要知均是人耳。彼特祖宗淫乱，故罚娼妓偿还，见之当生怜悯心，生恻隐心，豁然悟曰：彼祖宗淫乱，故子女亲偿，倘我复如此，安知我子女不如此耶？况绸缪相爱，无非笼络权谋，恩爱相亲，尽是赚钱圈套，一入其中，虽聪明伶俐，亦难测机谋。且迎新送故，舍旧怜新，久狎之则春夏郁蒸，必生杨梅广疮等症，其毒最深，染之不可救药。以父母金玉之身望汝立身振业，而岁月消磨于无用之地，身败名裂，家业消亡，可叹也。罚入畜生道受苦，我有虚言，厥罪惟均，历劫不赦。’此段谕最明白晓畅，妇孺皆知，因此地最为切中弊，即着椿、义、化、柱汇讲房主人听，依谕遵行，方不虚吾此日之来也。二曰莫吸烟。夫烟从何来？昔外英用柔弱计杀害中华也。而染之者，始则玩弄而以为无妨，旋又渐染焉，而谓为无事，继则自夸本领，以为定不上瘾，后则上瘾而不思戒，且自暴自弃曰‘我不能戒’。呜呼！岂真不能戒哉，特不思戒也。夫烟之为害大矣哉，今试言之。晨昏颠倒，废时失事，一也。将吃烟之资财或为家中用度，或作善事，或生意，在在俱可。今乃未愁黄粮，先愁黑粮，刁谋生于一盏灯，毒计布于一枝枪，作千般罪孽以谋财，亦势所必然者，心险罪大，二也。烟最升火，上铄心肝，多成咯嗽虚痨，更能助火生欲，如火添油，势必生滑精等症，兼能生子多病且犹艰嗣，三也。烟又多毒，试思生食者即死，即熟食之有何益处？且燥体而得痢疾，无药可救，四也。而况其价昂贵于米粮茗酒，更必助以水果点心，水旱潮烟，是犹助纣为虐，贻寇以粮，屋漏遭阴雨，船破遇狂风，速穷之本，五也。犯此五者，人犹恋恋不舍，而曰‘此中滋味甚佳’。我不知有何佳味也，但见面日黄，容日悴，形日槁，身日瘦，背日偻，肩日竦，身当劳而反逸，心当逸而反劳，一朝告匮，涕泪随之。即豪于资者，横陈嚼蜡，久必百病丛生，晨痰涌而难出，夕津润而愈干。好咸者嗜甘矣，耽酒者节饮矣，健饭者减餐矣，阳者变阴、勤者偷懒矣，犹曰‘得气则神旺’。殊不知火逼花外强内干，早荣早瘁，非但速穷之本，实速死之药也。始吃烟时固有受用处，但能如大禹之绝旨酒，美中防恶则可，否则愈溺愈深。后人效其尤，严责不服，一二代遂延烟种，无一寿根。况以一拳粪土，易百两黄金，烟室必精，烟具必美，调烟者必选名姬，装烟者必买俊僮，如是则家必速破，偷儿乞丐之根早伏于此，而其形状尤可怖，头边一盏灯，先作死人样，人亦何取乎尔？吾见食烟者皆聪明之子，往往比匪智昏，明知故犯，且以为入时，一至痼癖已深，欲割爱而又无全力，毋怪行尸走肉而不自知也。遭大劫之后，人家尽枯，而烟风偏盛于往时，岂皆富家子耶？倘必依人作计，央媒娶妻，一闻其风，无不面辞，一念差而无非绝路矣。以烽火余生，不念上天之祐，仍欲入地之速，吾不知耽耽鸩毒者何心。飞蛾扑灯，不死不休，人亦何苦类此。吾愿犯此者，即翻然憬悟，曰'仙人之言，不我欺也'，我之欢喜何如哉。有秘方在，君其行之，广传之，幸甚。三曰莫好赌。赌之为害，速穷之本，若使赌可起家，亦何乐而不赌哉？今赌风极盛矣。我坛弟子，身立名教中，卓然扶万世纲常，犹津津不倦，醉里呼幺，梦中喝六，中情所嗜好，夫固有牢结而不可破者矣。今试言其病。夫天之生人，各有分业，士农工商，养生送死，靡不望振家振业，安分守己也。乃忽有害人之技曰骨骰，曰竹牌，曰双陆，曰马吊，其名纷纷不一，无有不害人者也，士犯之则业荒，农犯之则田荒，工商犯之则生意荒矣。其始即败，或以囊罄而止。患在当初即胜，愈高兴愈大胆，自谓一掷百万，而博来之财究非家当，况局中人不放其独赢，不许其赢而即退，退而不来，或推或挽，势必百倍其本资而偿之，家不落不止。且无论骨肉亲戚，同局必共相谋骗，生妒忌心，生贪夺心，生觊觎等心。是视骨肉亲戚为路人，其罪一也。语云：'画春宫则子孙淫，猎禽兽则子孙劫。'其势然也。好赌家子孙，习惯自然，偶乏一人，即奴仆与主同坐，妇女与男同席，幼少与长同局，体统全无，是谓家索，其罪二也。在家赌，则偷盗俱可入局压宝，夜深门户不严，奸淫等事，乘间窃生，火烛偷盗，在在多有，其罪三也。出外赌博，则家中相望主归，门户虚掩，盗贼留心已久，一知某人出外，或闪入门而隐黑处，或借因到门而窥伺虚实，或假主命以取财，或乘机而奸淫，其罪四也。父母生汝，原望汝成家守业，不料汝以祖宗辛苦之钱财作如此浪费，岂非忤逆不孝哉？况开赌家捉头，招赌者抽丰，奉承赌客者乞赏，即能连胜，曾有几钱到家？一不谨慎，即土奸告赌，衙官访赌，子弟背父兄而私赌者，致追捕逼命，讼端不息，连累多人，厥罪尤大。盖不便劫财，而设计谋算，赌有盗心，难近女室，而借端狎暱，赌有奸心，心术固已不正，抑且处室者赌，至旬日流连，则家事废而启弊窦矣。居官者赌，至案牍丛积，则国事废而被弹劾矣。况一人赌而一家效之，一代赌而数代延之，能有诗书之种、勤俭之子、孝弟忠信之人出其间乎？是立身尤贵自正，陶士行谓'牧猪奴戏'，而以樗蒲之具投之清流，亦见贱品不登大雅堂也。以有用之光阴消磨于游戏，以有限之资财耗费于俄顷，甚至昼废业而夜废寝，亦非所以保家保身。且好赌必有赌流，赌流必无良友，朝成群，暮结党，欢呼歌唱，某人赢则某作东，将所赢之钱大家吃得酗酗然，终岁终身，陶陶自得。家中柴米也不问，妻女疾病也不知，祖宗家业也不计，坟墓祠堂也不修，屋宇器皿也不管。彼盖自有一辈狐朋狗党，不论风霜雨雪，不惮追寻，以手招招，虚扬钟盆之手势，即吃饭穿衣有迫不及待者矣。始则无钱，大家相劝卖物，继卖物而复输光，大家相劝割产，继割产而复输光，大家相劝卖屋，继又卖屋而复输光，大家相劝卖妻卖子女矣。富者赢钱则赌流有忮心，必合党以谋夺还，夺还不得则寻隙以倾陷。贫者输钱则赌流无慈心，必放债以图重利，重利不得则泄忿于詈殴。始则情逾兄弟，继则忍为仇雠，势必至贫富同归于尽，目前纷纷可证也。明有律条，幽为饿鬼，奉劝君子具慧力之才，一刀割断，不留枝叶，则祖宗含笑九京，亦不虚我到此之功夫也。此三则切中房主人病，着椿、义、嘉、化等汇集同族，汇讲可也。我去迎琥妙师到沙，着龙为右沙手，凤宜守默，勿得言笑，且暂息一刻，鼓起精神，勿得曚昽睡态。"熙按，三则俱是座右铭，我等当奉为准绳，同人拟锓板流行，以垂久远。琥妙仙师来，诗云："半生消遣有诗歌，一室春风坐太和。今夕镜墀轩里住，云山烟雨画中摩。""匆匆一别，已越月矣。岁月蹉跎,少而壮,壮而老,从古如斯矣,故学力当兼程而赴,勿谓今日不学有来日。圣贤云:'若待有余而后济人,必无济人之日;待有暇而后读书,必无读书之时。'昔梁灏八十二中状元,是勉励老成之语,其实灏中状头则二十四岁也。今一堂英彦皆年华可畏之时,堂上椿萱忘老,俗氛不侵,稽古读书,重以镜芙之栽培,后日奋青云而直上,鹏程岂有量耶?今日余因有事,故引灏归来已晚,只可稍叙家情,若把酒剧谈,姑俟异日。宜煎茶上献,然后开沙,诸君滋润诗喉,和我元韵,灏所写字用正体,必须迟缓,盘不必换,乩可换来,知之。"至四鼓,吾祖修职公至,诗云:"记得同堂五代时,一门蔼蔼与怡怡。升平人瑞恩荣渥,阖第均沾雨露滋。"又云:"潆洄水曲一层层,携杖柴门力未胜。秋雨时撑花屿舫,春风常歇柳阴罾。酒因缱绻亲斟盏,诗为推敲屡剪灯。笑我机心仍未忘,夜棋消遣静招僧。孙熙可和我。亦贼匪扰扰而后,所念不到此者也。熙儿邀请坛友,援手引我来归,一叙天伦之乐,犹仿佛尔祖当年婆娑于椿萱兰桂间也,宜煮酒烹茶,以待坛士。祐儿十四龄矣,我有一诗题课汝,题曰《安得广厦千万间,得欢字》。并有一对,是'调白鹤,唤苍猿,在在啸歌自得',可对来,以娱我书香有继。"祐对曰:"侍双亲,携一弟,时时孝友存心。"祖云:"祐对斐然可观。序天伦之乐,菽水承欢;敦手足之情,埙篪切谊。至性至情,流露于一对中,甚合我意。命熙将几上福橘蛋糕给与祐儿,以奖励读书上取,诗后日做可也。余潇然物外,尘俗不囿胸襟,惟祺儿不佳,宜恩威兼济,禧儿谋利太重了,贼匪时谋财,尤其甚焉者也。余生平无所好,恋春晖之乐,居四万荡,足迹未尝到城市,年六十有三去世。门人时容斋,声名冠重一乡,乡闱失利,赍志抑郁而没。余亦七踏乡闱,终未能一膺鹗荐,命之定而不可强也如是。犹喜容斋、贤契两郎君,俱获青衿,可传我语一贺。余生平最重道德,见有才无行者,心必非之。所有贫困到门,无不解绨袍以赠,可为诸儿孙式样。而棨之获功名,未始非我之栽培也。贾氏外孙太油滑,宜戒戒。平氏外孙处,代我问好,贾处亦然。我潇洒婆娑,俗事不记心坎,今偶一谈，作闲话可也。焘儿与我时相往来，彼生平功过两平，不若我多功少过也。诸兄到舍，淡茶共酌可也。余自供役以来，即未曾搜索枯肠，偶尔洒翰，不过绝句而已，七律则罕为焉。熙儿长女所适门户还当，而孙子游荡，亦祖宗德泽尽也，此乃无可如何之事。次女可惜门户太悬殊，古语云'嫁女必须胜我家'，此是确论。在亲亦无愧于心，后来贫富，付之天命。尽人事以待天心，诸葛武侯之明亮，亦不过如此。武侯早知三分鼎足，魏必吞蜀，势固然也，而鞠躬尽瘁，六出祁山，七擒孟获，彼岂好为劳哉？无他，尽人事以待天心，至逆料事之成败利钝，非特武侯不为也。我孔子知道不行，而栖栖陈蔡，仆仆齐宋，其事即武侯之事也，其志即武侯之志也。圣人间世而出，若合符节，关夫子在上，亦当首肯余言也。熙以后如我之心，将仙师所谕《感应篇直讲》自治治人，每日课祐儿四五行，将此中道理彻底讲明。语云：'欲高门第须为善，要好儿孙必读书。'夫读书与为善相为表里者也，究竟重在善一边。盖为善而不读书，如农工商贾，苟能为善，自有读书种子生也，如翼亭兄令郎之事可证也。若读书而不为善，恐终日咿唔，终不得黉门之趣味也。翼亭兄令郎是我小门人，今又翼亭来舍，我虽未经谋面，我前在汇校巡查科名录，注明熙之门人，国柱之子，母树氏，及年甲生辰，我因是熙之门人，故记在心，可叮嘱令郎，宜乐善不倦。青云本有路，在人自登之耳，登之者要梯，梯者何，善也。徒恃文章，矜夸渊博，天未必即赐以梯也。兄宜辅相登梯之路，善根尚嫩，登梯犹恐目眩，兄可扶携之。善根尚薄，登梯未免力怯，兄可振提之。日复一日，年复一年，而目不眩焉，则扶携尤觉得力，而力不怯焉，则振提尤觉有功，从此而鹏抟万里，吾乌知其限量哉。凡事已定者，不可改易，语云：'英雄何论出身微。'汉高祖起于亭长，淮阴侯受漂母一饭，司马长卿酤酒临邛，此数人勋业炳炳，昭垂千古，在未遇时，有谁物色风尘耶？余前言门楣，是据目前而论，然子弟奋扬，岂在门楣耶？有世裔弦歌之府第，诗书礼乐之家声，其子孙奢华蔽锢，酒色流连，以青楼为住宅，以赌博为栖身，然则门楣究何如耶？因余偶尔归来，纵谈及之，余亦不过乘兴而言，原非确论，遂致汝夫妇勃溪，女儿恚怼，吾心甚为不悦。以后务须一室雍和，自能默化潜移，后日夫贵妻荣，齐眉举案，诰封覃恩貤晋，岂定无之事耶？若怨怒恚怼，乖戾一门，即佳事亦变为不佳事。苍狗白衣，纷幻迭出，前程如漆，安可预决哉？望汝夫妇和欢，勿以此事为念，汝婿女和鸣偕老，勿以此事存心，若翻覆乖戾，即有大不祥事在后矣。事有天命，非人力可争，婚姻天定，非媒妁之能，所谓成事在天者。朱柏庐先生云'嫁女择贤婿'，未言'嫁女择门楣'也，不然普天世界男子万万千千，何今独配与此人？则知有夙缘无疑矣。大凡人家须要有小不如意事，若事事如意，即有大不如意事在后。故家人交谪，在柴米则急切之事，情有可原，若事外生波，是不安本分，故最当切戒。凡人不可一日无常业，一日无常业则游闲放荡，恣情恣欲，在在俱生，而少时尤宜切戒者也。人但知爱惜小儿，己未食怕儿饥，己未衣怕儿寒，而不知以《阴骘》《感应》之理培植身心，是犹拔本而求木茂，塞源而欲流长也。盖小儿虽幼，上承祖庙宗祧，下示子孙模范，一身关系非轻，苟不倍切提撕，示以修身齐家之道，后来纵有万斛泉源，是犹被文绣而作享祀牺牲，其去死亡之地有几何哉？故庭训最为至急之事。人于前妻也，宜虑蔽子之过，于后妻也，宜虑诬子之过，苟于此而漠然置之，自相颠倒，卒至身败名裂，祖宗所有余德消铄无遗。其故皆原失教起见，溯其由来，皆无常业，日日游荡故也。祺儿渐入下流，原非无因而至，无常业而失教也，命熙恩威并用。子太叔问子美为政，子美曰：'宽以济猛，猛以济宽。'齐家治国，原一以贯之者也。余来别无所嘱，命熙劝侄禧儿，谋财虽不可缓，宜盟心公正，举头三尺有神明。熙学渐深，功愈进，有四善焉，即在目前之事记之：创捐修桥，一也；笃信鸾谕，二也；广劝同善，三也；常谈因果，四也。修行不在钱财，其有谓'家贫不能行善'，真大谬不然者。余再有一段话，诸兄夜间未睡，心火上升，命熙进清盐汤，每位一碗，清盐最能降火。余别无所恋，潇洒游行，犹如我生平景象。至嘱祐儿每日攻书，辅以栽培心地。昨命熙将《感应篇》及《阴骘文》

《觉世劝孝经》等,每日上两三行或四五行,上时即讲与彼听,念熟则背。夜间上试帖《青云集》一首,又上单师白先生《感应篇》试帖诗一首,到端午节即命试诗两韵。至于日间功课,须限以条程,倘不完课,虽夜深亦须补完。读书不可太爱惜,此关一身大事,不得草草。倘出外则留对条,待归来阅改,须问彼如何解识,若解识则非代倩,不知解则代倩矣,须严行申诫。盖自己对虽不佳,究竟自己性灵所发,若代倩,于己漠不相关,虽至皓首,究竟无成,此学生之大忌也。书法宜讲究,若出外,或喜庆有事,朋侪簇聚,胸中虽未深,倘书法灵敏已胜人一筹,况今尤最重,学使阅文,先观书法试帖,倘有绝妙文章而粗画倒竖,阅者心已先厌,以为此必小儿语也,在在如是。至于洪武正体,不可不留心也,俗字破体,即非应试,往来酬酢,终贻识者嗤笑,此事尤宜汲汲。习惯则自然,庶不致临时差误。汝馆课太疏,从此后着实加严,及门一切子弟皆然。恩威并重,一于威,则畏葸战悚,非开悟后学之道;一于恩,则因循戏玩,亦非精进后学之功。故宜威也,则夏楚加之而不足;宜恩也,则春风煦之而有余。庶不徒叨馆谷,获罪于神明也。今无别嘱,惟嘱祐儿身有常业,修身与读书并重,倘能依我言,我岂不大欢喜哉!祉儿前已服枕中丹而依然者,熙所言疯痰,可针灸,故枕中丹不能立效也。常服仍用枕中丹,张大哥寄轩言加白矾同饮,甚好。须择好针手,勿听野老农人所荐托,张大哥最明此道,可有好者,乞烦鼎力援手,余将何以报答耶。熙叩我职役,上帝因灏笃信诚实,布衣菜饭,养亲抚子,五代同堂,蒙圣典隆恩,给予'升平人瑞'匾额,实为熙朝罕觏事,亦和气致祥,孝友一门,融然泄然,故天帝尤为欣喜。校我生平功过,余功多于过,且完人夫妇一节,大饥年也,熙言尤姓,即此,然不但此也。余现在玉蓉宣观中掌文墨案,官虽不大,然缺简事疏,安我生平朴素,和乐无涯。惟嘱祐儿修善读书,为最要紧,余别事均置度外。至于熙所定渤海氏高姓之姻,若常喃喃,真无谓之极,切勿在心,以乱潜修之志。熙所著《镜埠轩全集》,半生心血萃焉,虽未为名士之书,然作一家言已无愧矣。不忍淹没,必须镌梨,嘱太原氏、清河氏等暨平、贾两外孙等，均宜赞成，望各留意焉。余见枇杷一株，待我作诗一律以赠别，后日邀我，更可剧谈，熙所邀诸君子及房主人等，均赐和。传语李三哥，抄扰华屋，报答良难矣。我且敲诗曰：'遄归化鹤话三生，往复深情证凤盟。杨柳阴中飞乳燕，枇杷花底语流莺。硬黄净写黄庭帖，昼白闲吹白玉笙。寄语主人三有戒，好修善果振家声。'吾去。"停。"乐事天伦过半生，香焚宝鼎证诗盟。横琴石上宵呼鹤，携酒林间晓听莺。何处飞来千里笛，有人吹出一枝笙。嘱君善果勤修得，长夜招魂笑语声。吾乃逸镜散人是也，次海涛先生韵一律，诸君须和。今可移盘归坛，诸君屡夜无眠，可归寐，不然恐生疾病，知之。"

卜夜卜昼，直至翼午始停。所有仙诗、祖诗，同坛弟子俱和。见日前太虚宫颁发执事单，开列真道根心坛兼转丹法坛弟子，内十使，左十使，右十使，外十使，拔予为内十使冠，衔曰："遇功升授黼黻扬善使，实授劝善书捐、联集众善、创建善会、默化豪富、广谈善恶报应因果、歌咏、缮写、演讲、校对、誊发、广传、护坛使，兼理传宣事务龚伽椿。"予实不副名，益滋惭汗耳。并谕："椿与嘉、玉、龙、凤、鹤有创修桥梁之功，已详禀在案注册矣。"又制坛真妙、鉴青两祖师谕："奉太虚宫紫真真人、玉溆宫纯宣真人谕曰：凡人只知赴庙烧香，入山问佛，而不知家有至灵至显之神，曾不爇一瓣香，供一杯水，且刮锅日忌，善书历历，有谁身体力行？更有诸毛诸骨入灶，捣蒜捣薤居灶，烹腥宰膻在灶间，赤身露体在灶间，恶诅毒咒在灶间。或小儿嬉笑，或男女杂坐，或不洁手，不洁身，或秽柴，或虫树，或热水油水泼地，或粥沥饭沥委地，甚有生米抛弃，熟米践踏，刀斧向灶位，鞋袜烘灶门。种种罪案，难以悉数，本真人心实悯焉。一面据灶神禀，据实上奏，一面申饬绅民内外坛士知悉，将刮锅日忌，恭楷录出，贴在灶楹。更置签筒签诀以决疑，再将以上罪案，作疏一纸，发露愆尤，前非痛改，如有所求，即行立誓立愿。除六月、八月六三日，十二月二十四日，更除夕、元宵，及有事祈祷，照例虔祀外，余朔望日，须清香明烛，日日洁净，遵谕奉行。庶几阖门清泰,百福千祥,从此萃焉。本真人拭目以待。着游翼使赵元同、监察使金道衡广传,凡贤士大夫、农商人等,咸使闻知,谨此。制坛祖师谕坛左右前后,着椿及义、孚、本、鹤广传。"

初六日(4月20日),入城,贺蔡生见心厚培完娶,晤镇江陈殿邦暨吕月如、张心瑜□□、邓少卿□□、徐晴坡、陈古香、也方联秀、朱少英、星如□焰,主人以盛筵待我,同人战拇藏钩。殿邦握栗子云"百子连魁",拈瓜子云"瓜瓞绵绵",货殖中难得如此文雅。临行,蔡生以巾包茶果送予,亦解人也。姚小琴云,刘松岩开府甄别案出,常昭前列八名,内课八名为曾君表上舍令章,改名之撰,予与王星如列附课。途遇吴健伯少尹体仁、长卿茂才,托其送款对于金省三,系汪圻卿邑尊所写,翰林书想必珍重也。舟晤陆振庭□□,询知是惕如之子,予表甥也。三十年前,其母于归,予送嫁,其时吴宾谷□□□□、张惺甫朝议金鉴同座,如昨日耳。而毛氏表姊及吴、张两君久已作古,曷胜慨然。又逢孙蕙圃等闲话,瞿景园会舟金焉。

初八日(4月22日),和俞旭初、徐培之答王星如元韵。见菜花,而出对云:"菜花遍地黄金,地成富媪。"无人能对,予曰:"柳叶摇风绿带,风织封姨。"未甚浑成也。

初十日(4月24日),张寄翁嘱予改诗,朱竹书来乞予阅文,并袖其东家李泉垒□□艺索评,予正钞仙师三戒,手不暇给也。

次日,大雨,水涨尺余,恐低田艰于插莳。

至十三日(4月27日),晴。庭中牡丹正开,惜经雨花瘦。主人设肴馔,予偕王翼亭、金湘坡等衔杯赏之。席罢,与王生赋梅、金生丽生讲仙师烟色赌三则。回舍,又送李氏兄弟观,遵仙命也。是晚,蛰虫振吟,融融春暖。以"富贵花开富贵家"属生徒对,无有应者,予曰:"平安竹报平安宅。"又曰:"科名草长科名族。"口头语何以并无耶?

次夕,天暖。以"今夜偏知春气暖"命赋梅与祐儿作两韵,幸皆清通,但未出色耳。

望日(4月29日),同王聘轩贺金女甥出阁,甥妃瞻□□、淇瞻□

□、云瞻□□先设茶点酒饭,敬逾常客,心甚不安。至晚,贶以盛筵,陪新婿陆福堂尔楠暨张海桥□□、李晓园、金景岩、家云桥锡灿、星桥锡圭、朵云荣秀、金福堂世禄、大德□□、世安、世良等拇战狂呼。至二鼓,酒烬酒阑,醉号曰:"喜色一双灯灿烂,佳期三五月团圆。"须臾小雨,返棹。

　　既望(4月30日)后,日与诸生讲《感应篇》,且自省前愆,如床上点饥,始起净手;途中遇丐,曾不痛心;挖误字于诗书,辄投疏篦;恣戏谈夫闺闼,不防属垣;或有不可告人之端,或为不堪见日之状;或思倾听,腾口失于虚诬;或欲沽名,抚躬究无实际。爰乃誓不再犯,凛以四知。况历劫初苏,偏灾屡告,十年中家难复元,愿事事归于勤俭。见城馆之茗酒昂价,烟花扑人,而游冶者反甚往年,心窃不以为是,惟一腔愚直,不少贬焉,诚恐模棱误人事耳。且味和气致祥一语,禁家人咒诅,劝亲友敦睦,戒弟子侮慢,而世事让三分,心田培一点,尤寻绎无穷。姻世中待我多厚,偶有非意之诟辱,念其前辈,不介于怀。有拙婢不识钱数,入市被欺,姑使妇女教之,怜其贫而豢之。客来不宰家鸡,代以海稿,室居不越废井,护以几筵。愿与儿辈存心以忠,待物以恕,毋背神仙宝训,庶少减罪孽乎?

　　十七日(5月1日),王子卿躬收字纸,王梦蓬亲监桥工,其任事实心,皆可师法。闻伯谦侄蒙中丞取内课第七,顾子和父子皆外课,季茀卿附课。

　　十九日(5月3日),留朱鹤龄小斋茗话,并观仙谕,率赠三章。李祐之纳币,邀予午饮,乘便与讲三戒,琴仙、棘卿俱点头。晚更挈祐儿赴宴,馔丰盛,家酿厚于沽。虽黄申甫、时酉生、朱饮泉、胡逸耕及李氏叔侄频来劝酒,而略酬拇战,不愿同座如泥焉。

　　廿二日(5月6日),立夏,晴暖。同人观马泾会,中扮梁山好汉,彩衣绚烂,香表亭看轿都全。惜王涧桥改高,马不能过,十余骑皆下水渡河。

　　廿四日(5月8日),骤暖。闻予与王星轩皆取入游文书院。是日，山长开课，乃入城领卷，偕星轩及伯谦侄宿于包氏。

次日，憩社坛聚盛园，香茗颇佳，晤陈古香、义方、一仙暨朱恂如、俞书庭、姚小琴、钱竺卿、殷厚培李尧、钱琴溪、徐芝山、瞿柏庭、周映帆小话。小雨返舟。

四月二日(5月15日)，同人往仙坛，偕黄朗轩廷栋、罗筑庭协簏、马峻德、陈仲芳、小倬赞恒、张芝堂、思琴、俞旭初、王子卿、翼亭、星如、小亭、孙学卿、克昌、凤梧供职。鉴青仙师示坛弟子提助钱文，备办应用物件，予亦捐若干。所叩雷击井事，谕云："此乃妖邪作祟害人，饮水即昏迷不醒，虽水久竭，而迷人则水自来。前据日察夜巡等使禀饬未能即除，余毒未净，今有血痕可证。着椿用大青石一块，命有力者盖上，将六字真言'唵吽呢叭呢吽'用黄纸朱书，净砚净笔写好贴上，任风侵雨蚀，自获平安。中称修省等情，夫修省乃士人之常理，即不雷击，亦宜修省，若能戒慎恐惧，《周易》所以风雷为益也，余无妨事。"至暮回塾，留星轩在坛。孙学卿、陈仲舫、张宝青均有次先祖韵见赠诗，予如数酬答。

翼日，偕王翼亭、聘轩及祐儿莘庄观社，白田荇花如黄金铺水，清风送野薇香，凉爽可喜。沈秋庭留膳饮，陈霭亭留茶点。惊悉颜晓霞病故，高勿斋久亡，叹诗友之凋零如晨星矣。与唐进之□□、时南溪□□、谦吉、家虎观培埒、元嘉、礼庭茗叙。遇朱春涛□□、周莲村、时雨若天成、雨旸乂卿、陈念堂、程蓉江、吴修之、慰妃，互叙阔思。颜心谷以沈得翁《牡丹》诗见示，惜未录归。泊舟李氏水榭，耐安丕基、仲卿丕勋留话，晤蒋芝亭、李子廉福林。见桥下社船往复，旗帜飞扬，而船船箫鼓喧阗，尤悦心耳。晚与沈氏馆宾陆白庵返，秋庭仍留饮，闻牧童笛，观白庵诗。适其尊人印秋继至，陆望妃、朱阆仙汝梅亦来，茶话匆匆，新月已上。次白庵韵，得三诗疥壁。

初四日(5月17日)，莘庄仍赛会，且有龙舟，儿女往观。而予则与张寄翁、王翼亭、陈仲舫、孙学卿、克昌、张宝青、宝华、俞旭初往访王子卿新宅,公子杏林留茶。旋移沙盘至陆巷张氏,主人留酒食,偕徐润卿□□、王星如、张约园、徐培之、陆□□□□、张槐堂、福堂、云阁、子容、子范世福、瞿子行等憩爱吾庐,饮福珍,品佳点。庐颇高敞,纸醉金迷。是日上昼,济真人降坛,先有金童玉女,俱有诗有话,而真人则歌云:"花亦好,石亦好,花石移纲忙不了。诗亦好,酒亦好,诗酒陶情无烦恼。书亦好,画亦好,书画名迹古人少。好好好,几家欢乐几家恼。恼恼恼,昔时美少今朝老。老老老,青天无情偏不老。不老兮何能求,昨日花开今在不?我来醉酒消烦忧,浩气勃勃贯九州。我来醉酒且狂歌,不限诗韵自吟哦。忆昔灵隐寺,大木独架井底住。长绳百尺乱取来,一声曰住即不来。我今恣游沧海东,一指撑破天鸿蒙。我乃醉颠狂客是也。"撰放生小引曰:"盖闻人皆爱命,物各贪生。回忆鹤警烽烟,处处风霜避祸;即看鸿嗷道路,时时雨雪偷生。此人情物理,原有胞与之相同也。况力难周疾困之饥寒,情何忍生灵之宰割。虽放物终难尽活,亦慰情聊胜于烹。用是布告同人,襄成善举。或一愿,或二愿,量力慨捐;或百文,或千文,随缘乐助。安吾素断葅之乐,何须虎噬狼吞;体彼苍爱物之仁,各遂鸢飞鱼跃。将见叫通天耳,万命欢呼,各竭婆心,千人踊跃矣。谨启。维年月日颠道人题。"先是真妙仙示济祖师到,坛弟子须跪接,跪录诗启,乃以金逸仙应,为其娴熟于礼也,予则唱报校对而已。逸镜仙谕:"今日侍济祖师弟子,蒙恩加一级,知之。"又真妙仙师谕:"在坛弟子,计开升降职衔,龚伽椿仍着原职,与化皆力学者也化是孙学卿。椿赖乃祖(裁)[栽]培,青衿早获,而至今日,尚不能蜚声鹗荐,无他,汝少年之作事,可历历扪心,自思自察。咸丰后不愧完人,咸丰前可称浪子。我真人以汝冠首一坛,是弃其前而取其后,并欣苇江之诒谋燕翼,积厚流长也。"逸镜仙降鸾于张氏,诗云:"家居终日爱吾庐,华屋高堂景不虚。记得同开花四照,早衰究是出头初。着椿为缮写歌咏使,询知张湘云先生乘万四子,长虚堂早亡,故诗云尔。"有玉霄珠蕊宫源品道人来看症,宅神土神均临沙。琬妙道人来,诗云:"烧残秦火尚精庐张宅曾被贼焚,钟鼎图书两不虚。一室亲饶怀葛趣，心同太古结绳初。"谕云："今宵奉谕到此，和前韵，并视镜芙子十叠前韵，酒兴偕诗兴，不择地而涌出，真万斛源泉也。所谓'词源倒流三峡水，笔阵横扫千人军'，何敏捷如此，不愧老师。除镜芙子之外，何更无一人和我，夫子曰'才难'，诚哉是言也。"自是而主人张槐堂暨俞旭初、徐培之、陈仲舫、王星如连和。予方为张缉圃世熙拟求子疏，愿捐绵衣钱十千，孰意仙命专传世熙，索宗谱，查与主人何辈。湘云子还家临沙，又首引百行孝为先，次言阴监剥皮解体刑状，指明皆忤逆之人，然后斥侄孙熙之罪状，劝其改过迁善，免绝嗣速亡之忧。着诰与荫松作保，押其皈坛修愆，予亦有劝颂一诗。逸镜仙复叠前韵云："从来天地一蓬庐，竟夜招魂事岂虚。万善源皆从孝起，早知后日悔当初。"湘翁言即今湖广民案，有上谕一条，一时无人得知，迨初五晚返棹，始见传钞圣旨："同治四年，湖广总督官文奏湖北汉川县武生郑汉桢殴母一案，奉上谕：'朕以孝治天下，山陬海隅，无不道同风一，又加意整饬，激励愚顽。今据湖广总督奏，汉川县武生郑汉桢妻黄氏夫妇忤逆殴母一案。朕思不孝之罪，别无加于剥皮扬灰。族长不能教训子孙，问拟绞决。左右邻隐不上报，各杖八十，充黑龙江。教官责属师傅，不能教训，杖六十，流千里。服内人等上不报官，又应治罪，桢叔祖文魁斩决，桢叔才美、桢兄汉祥、汉禄均绞决。府县不能善教化民，削职流籍。黄氏之母脸刺"养女不孝"四字，流七省地方示众。黄氏之父英原系不第秀才，杖六十，流三千里。汉桢与黄氏发回本县，对母剥皮，挂四城门示众，尸骨烧灰扬散。汉桢之母陈氏着湖北布政司每日给米一升，银一钱。汉桢之子方将九月，姑留汉川县抚恤，改名学善。桢家田产永荒。仰湖广总督饬将此案刊刻遍流，通知各省，倘有不孝忤逆者，遵依朕旨，毋许轻释。钦此。'"

　　初六日（5 月 19 日），李氏昆仲投坛，予与黄申甫力劝之故，棘卿锡名伽良，祐之锡名伽昌，王聘轩让产，星轩谨言，仙皆叹美加级。是晚，予陪时春晖□鋆、李芝馨饮于梦蘧家，钞上谕寄张芝堂处。

　　翼日，王翼亭侍仙驾入城，到方氏。星如来和济真人诗，予亦仿其调，作《劝孝歌》。金匮钱芷升钟藻同和，复作《劝农歌》。予又仍前调，拟济道人《饮酒歌》，并用仙师庐韵，连赠王湘帆、张寄轩丈及俞旭初、徐培之、陈仲舫、钱芷升、王翼亭、梦蘐、聘轩、芙江、杏林、孙克昌、凤梧、学卿、张宝青、宝华、槐堂、芝堂、李琴仙、祐之、棘卿，合前共凑三十七首。

　　十二日（5 月 25 日），伯谦侄来塾，知游文山长开课，予卷取外课，题为《子曰里仁为美两节》《花妥莺捎蝶，得捎字》。

　　十四日（5 月 27 日），梅雨酿灾，幸**望日**（5 月 28 日）即霁。颜心谷来，嘱挽其兄晓霞，立而俟，走笔应之。东君留膳，获罄阔悰，邀至家酒点而去。

　　十七日（5 月 30 日），邀俞旭初至舍，谈诗评画，以茗点叙欢。晤金景岩、吴翰卿、黄申甫、吴砚卿，述仙坛事。

　　至翼日，张寄翁、宝青因散捐钱放生折，出钱者归坛买放，或带物造坛自放，以朔日为期。予谓："亲亲而仁民，仁民而爱物，宜先人后物，例固活也。求子者可恤幼年之丐，暑施扇帐，寒施棉衣；求名者可周少孤之儿，读书助资，就傅给脯。量力而行，如愿而止，聚沙集腋，毋庸出自一人耳。"

　　十九日（6 月 1 日），往莫城神庙纳饷，晤恒芳上人□□，知其师祖□□已故。回访钱芷升于东头村塾，叙其曾祖绣峰孝廉文炳，乃先君受知前辈。童时鹅湖文社，以《舜有天下》题文置第一，蒙先生逢人说项，先父亦时铭心版。今予与芷升以诗交，两家自有缘在，不以异郡而参商也。其东翁王湘兰又同坛道友，欲留予饮，辞之。闻小洪贼在福建肆扰，被官兵生擒解京。

　　次日，贺黄申甫续鸾，晤狄如卿、张寄翁、邵松圃等，衔杯谈剧。主人嘱赋催妆，予先得拗体两绝。回遇王翼亭、陆省斋文光、金景岩于诵芬堂，同坐茗话。旋同王氏叔侄赴家伯谦金兰之会，一路野荸桃香，星轩、赋梅剥荽根咀嚼，谓有甘味，予则齿脱不能胜。晤金省三、陈憩亭、王友三、季莳卿、笪琴舫、朱成德、鹤龄、恂如、蔼如、贾词仙、梅溪、玉堂等，话至二更。同时酉生回塾。

廿一日(6月3日)，予憩仙坛，请移沙盘于润德堂，王瑶林再欲其先父临沙也。时偕孙学卿、张寄翁、润甫、李棘卿、张思琴、宝青、金逸仙、王聘轩、星轩、芙江供职。逸镜仙师诗云："布谷一声喧，新秧绿成罫。蔷薇夹岸香，酿酒清如画。命椿和来。前和济真人《好好歌》，关系世道人心，为此坛压卷，亟须装潢，以为诸弟式。"降王氏谕云："香飘几缕隔墙回，阁阁蛙声竟夜催。记得乞花如一瞬，招魂又赋鹤归来。诸君能诗，即步元韵，须切第二次。着椿为缮写兼歌咏使，并着校对讹字。今日椿儿祐来，我有一诗题课之，即询芙江子，以为何如也？《新样二红饭，得新字》，又题曰《几日秧田绿似针，得针字》。""二红饭"，苏子瞻语也。予撰疏问玧妙师姓名，至五鼓云："隔宵预约主重回，喔喔鸡声报晓催。墙角海棠添也未，一编须记补修来。修来出《尚书》，霞帆子嘱孙辈读书上进，故云。我乃玧妙道人刘相玉式金氏是也。前到方君家，镜芙子未往，故无一章诗赠和，今可和数章，以纪一时之盛。祐已斐然成章，近体诗不时，今可课赋得二题，以蚁术勤修，功收英锐，元宰根基，日培日厚，勿负令太祖芙江先生之培养，余有厚望焉。今定二题，一曰《半学修心半读书，得心字》一首，再《得修字》一首，此句我最爱；二曰《修竹压檐桑四围，得书字》。诸弟子同作可也。"平明，霞帆子回，引"日间不作亏心事，半夜敲门不吃惊"二语，曰："余近接本主王谕，谕我专视校对各册，事体日烦，我今烦诸神道保我日中归，少谈家常之事。"语毕，逸镜师来，仍前韵云："化鹤缑山又一回，流光如矢鬓毛催。半生块垒都销尽，秋水曾经洗眼来。"予偕思琴、聘轩、星轩连和。

廿三日(6月5日)，沈秋亭、陆白庵来塾，书放生愿，并谈诗，同饮漱芳阁。

翼日，偕王聘轩入城完赋。为祉儿买天竺黄，陈憩亭言此物研细，以竹沥拌之煎服可化痰通窍。遇潘子仁、姚似香、曹云亭□□、蔡沄江、瞿秋亭、汤学仁、金丝纶、湘坡、逸仙、萧少□，话片时。适山长课期，领卷回乡，与张宝青竟夕构思，至晓缴卷。

廿六日(6月8日)，城庙解锢，惜未及观。书斋多布谷声，予连夜废寝，正在甜乡，而聒聒不休，殊可恶。星轩云："布谷一声惊好梦。"我续云："可知我不是农夫。"长洲侯硕卿同松来，询知为德溥姻世丈洽之曾孙，年少风雅，可望亢宗。

次日，张寄翁见答卢韵，补入《同人集》，俞旭初、徐培之、王杏林和答诗亦然。

晦日(6月12日)，好雨沾足，可免灌田，平区皆耕莳矣。

五月朔(6月13日)，俞旭初邀同到仙坛，时家湘兰茂才暨毛亦美福增、砚渔福庆投坛，罗筑庭、孔其坤毓发、黄菊坪继唐、王杏林、家心兰□□均到。张寄翁招予夕膳，惜奉斋，累其备豚鱼也。镇夕录谕，手战眼昏。

至晓，王瑶林邀品黍粥，张宝青又留午餐。鉴青仙谕予云："椿最爱我等诗，称道弗衰，我等岂钩心斗角者耶？亦不过随兴随笔写来，初未尝搜奇溟漠也。椿可楷录所为。仙人九障，名居一焉，我等虽不爱名，然闲时一观，亦有吹竹弹丝之乐，即和章亦不可轻视。即着龙装潢悬挂可也。今之读书士，奉随园一集为圭臬，诩诩然谓风流公子，言论丰采，极意描摹，犹如鸩酒止渴，漏脯救饥，其不死者几希？有随园之福分、才气则可，若自量不能企及，只可奉少陵一册，终岁呻唔，虽不能仿佛，而孝弟慈爱心肠油然而生。毛西河诋朱子不遗余力，西河岂能胜朱子耶？熙朝惟西河著书最富，有诋朱子之事，故不能称纯儒。宋朝严有翼诋奎宿东坡，摘出诗文集中二百余条，至今人但知苏东坡而不知严有翼。椿一变为道学中人，自云路招君矣。所著《镜墀轩全集》缺诗话一则，若当年之《一笑吟》作为诗话，相去何啻霄壤哉？但诗话须有议论，且发潜德幽光，即吉光片羽，只句残吟，苟能醒目，自宜加意留存，功德岂浅鲜哉？《同人集》虽同意，究不若诗话之足可传后，君所著诗话，宜与年俱进，不可间断，多则传世愈远。若日记，作功过格可耳，若作年谱，只可传子孙耳。君又无奇功伟绩足以照耀青史，而半生捻断吟髭，只在《镜墀轩》几行墨耳，故不忍作无用之书。若《肉谱》等，兴至则偶尔挥毫，倘钩心斗角，亦太劳矣。《诵芬录》是孝思也。《礼》云：'有美弗彰，是忘祖宗矣。'故泷冈作表，笔与泪同流。今读其文，缠绵悱恻，一往情深，可为《全集》压卷。如椿《好好歌》，作诸诗压卷，当亦无愧矣。《镜墀轩集》可删定后鸠刊，必身前为之，若后日，何能如愿相偿耶？随园所谓'自爱诗如百炼金'，究竟自己比他人加一等，夫人之传名后世，不在位高职大，凡在闺阁、方外之流，比凡人易传且速。而世之位高职大，湮没无闻者，岂少哉？韩昌黎，人共知也，而其孙韩衮状元有谁知之？反不若孟郊、方干啧啧人口哉？君但鸠刊，以副苇江子之望，慎勿以名位为疑，且后日乌知非一螘冲天耶？删定后，吾等作序题诗。"熙按，此论与江师序"著作必由科名而始重"，彼一时，此又一时矣。又谕云："新状头文章不知起承转合，居然魁多士于虞阳谓翁仲渊钦赐举人进士而擢大魁，镜芙子饱学宿儒，未克题名雁塔，洵知主司衡命不衡文，君等慎毋以积功累行为佛老迂谈，则修身扬名不远耳。"因予应仙命，连作试帖十余。又云："镜芙子何诗思靡穷耶？余摘古今诗话数条询君，以为何如？"惜言长不及尽录。迨张思琴献《博浪椎》《荆轲剑》二律，谕云："贞诗，即命椿润色之。"逸镜师降鸾诗云："晚风吹动雨珠来，群木苍苍势欲催。天气轻寒轻暖好，小童报熟几枝梅。"又云："新秧簇簇绿如针，到处田歌送好音。梅雨廉纤衣欲黦，一帘香雾瀼庭心。"鉴青师有和作，予与思琴、湘兰次韵报之。祐儿投坛，逸镜仙锡名伽复，愿其身复元而心复礼也。予乞仙座水果，归娱幼儿，食之倘生智慧。

初四日(6 月 16 日)，因放生届期，差坛友王南山泽□传知各弟子。予赴坛，时王湘兰、金逸仙、孙克昌等俱至。所发坛士劝捐放生四十余折，已捐二三十千。予为次女恙请仙方，鉴青仙谕云："椿女心境不佳，身又虚弱，欲免于病也，难乎不难。倘病小愈，可服补剂，苟能豁达胸襟，随遇有相安之乐。易占云：'无妄之灾，勿药有喜者也。'今姑定清邪方以应。"方来，大豆卷三钱、小青皮一钱、青木香一钱、荆芥穗钱五、防风二钱、羌活一钱、刺蒺藜二钱、川朴一钱、冬白术一钱、广霍香三钱、福泽泻二钱，加陈香橼一片、冬桑叶三钱，忌田鸡、黄鱼等物。常服吃清补方，洋参、茯苓、熟地炭、当归身、女贞子、川朴、泽泻、青皮、白术、制半夏、白芍等煎胶。待病愈后即可配药分两，煎时抄方来定。先一刻，予女在家闻檀香，想仙来诊视，予用针韵谢之。真妙仙云："近联放生会成，蒙恩加广讲善使，随升三级，纪三次。放生是此会之总名也，宫议已有条章，不专泥于一事，所患者钱数寡耳。坛议增广，小则合痧药、膏药，大则施衣施材。"逸镜仙填《临江仙》一阕云："料理菖蒲献酒，安排芷术烧香，天中又届正农忙。艾人红线缚，绣虎绿绒装。　　几度龙舟预试，连番角黍先尝，榴花时节好风光。熟梅刚一半，先摘树头黄。"真妙仙和以《南乡子》云："境静意恬和，一犁黄牻一声歌。花谱亲钞加意惜，谁知。心事难明问橐驼。

一桁夕阳多，垂杨影密绿婆娑。那比风吹香气远，欲将。野外池塘尽种荷。"予叠和数阕，又用原韵咏惜字放生。

端午日(6月17日)，王聘轩以盛馔见待，同人飞"黄鱼"二字，继以射覆。为星轩出文题曰《待先生》，诗题曰《望梅止渴，得梅字》。坛中寄来真妙仙《减字木兰花》一阕云："雄黄酒熟，蒲剑新磨高挂屋。时节天中，草草光阴景不同。　　新秧环绕，一水护田青不了。布谷声催，卖果人来又熟梅。"予步元韵和答，并谢各仙师。奉差孙克昌、王芙江带钱至城，买生物，倒念揭谛咒，放于附郭官河，惜鱼肆因遇节卖空，仅有渔船龟鳝，费二千文买放。而予则备水果素盘、蒲酒、角黍，晋仙坛贺禧。逸镜仙云："酒馔花果，一室香腾，对佳物而遇佳节，觉此身飘飘，非复人间烟火气耳。"

次日，真妙仙云："昨镜芙子以枣糕酬我，作诗鸣谢曰：'枣糕酬我抵琼瑶，愧我新诗又一朝。节届天中尝角黍，诗从镜里长心苗君著有《镜塆轩全集》。狂歌欲喝青山倒，醉舞还呼明月邀。柳汁于今衣遍染君常有事叩我,半生块垒不须浇。'"予次韵即答。见升降弟子长单:"龚伽椿着特加悟入善使衔,仍补原职。"张寄翁欲倩陈仲舫摹元妙、真妙、珫妙、鉴青、逸镜五仙像,嘱予赋诗代疏,问诸仙修短肥癯、老少黔皙及所嗜好,以备依样补景。

初七日(6月19日),解馆。晚同时酉生仙坛拈香,偕孙学卿、张宝华小话。

翼日,予入城,翁显廷留同王敬斋□□饮,席上风鱼剧美,据云,来自北路,先熏后糟。他如冰鲜、面筋,亦精洁。赴学师公馆,遇庞□□元垲。见游文苏望之山长课,予卷列内课十六,题为《子曰为命合下一节》《茶歌才了又田歌,得歌字》,评云:"赴节投袂,应弦遣声,后路映拂自然。"登三万畅茶楼,品清泉,不知市尘之沸。回与吴翰卿同舟,为予出船金,并馈熏凫佳点。晤黄俊卿□□,话中表之好,彼此犹初识面焉。闻江北太和镇地陷六七里,在崇明、海门之间。

初九日(6月21日),祭先。同李琴仙午饮,暑甚如正伏。

至次日,夏至。予赴东始庄,始凉而雨,家人多恙。雨中时闻炮声,知淮徐■匪仍炽,发兵船防堵镇江也。

十一日(6月23日),晴。米麦菜豆及一切食物价俱贱,洋银每枚只值千文,夷洋不满千,渐复旧规。惟雨水过多,低田颇难插莳。予家荒产落潭荡,殊可焦忧。

翼日,又雨,寸步难行。偕李琴仙、心柏、祐之手谈遣闷。

十三日(6月25日),雨虽少止,而河荡秧稍已没,秧田开水,鱼孕上腾,溪痕又长一尺矣。

至望日(6月27日),晴。米价腾贵,前值四洋钱者,今长五角。予挈儿南行,吊颜晓霞上舍之丧,其弟心谷、侄又亭陪话,其孤芝生欲留膳,辞之。见其新造书斋,颇轩敞,惜不能拔宅去也。见潭荡及四万荡莲花浜,薄产水淹,为之闷闷。往谒贾词仙、梅溪,茗话良久。于伯谦侄处食斋而返。

既望(6月28日),同时酉生、李心柏、棘卿斗牌消永昼。

十六日①，开馆，连雨。

至廿三日(7月5日)方晴，转寒而暄。为祐儿改《灯花》诗云："不让金莲炬，寒灯也吐花。他年红照榜，喜报读书家。"亦选吉语云尔。遵仙师命，自选《镜墀轩集》，十存二三，得二千五百七十六首，预备镌梨。

廿七日(7月9日)，得田鸡五十斤，同王芙江等报坛，棹舟监放，既全百万命，而跋浪之乐亦可观。惜予力绵，不能多助也。小暑后，炎炎如正伏，予属对云："潮地气蒸烟，小暑居然大暑；晓天光误月，初更倏尔残更。"因苦暑，废寝到明耳。又冲口云："左耳听鸡叫，右耳听蛙闹。恼得先生黄昏，不睡直到晓。"颇似词调。闻狗哭，未识缘何。

廿九日(7月11日)，偕王聘轩、赋梅入城，为亲友结银漕账，宪定六成，除白田，净完九折。晤季仲辉茂才运熙、陈砺卿茂才若金、蔡沄江闲话，知江北盐枭滋事，伤镇将一人。包茂翁留饮，挥汗登舟，瓜李解渴。

六月朔(7月12日)，王氏又得蛙廿斤，如仙师谕倒念揭谛咒，放于河。予欲速合痧药，乃与沈秋庭、王翼亭、德孚京镐、芙江、赋梅诣坛拈香，为桑□□廷琥被掳问存亡消息，王湘翁女孙染恙请方，以及秋庭覆申病状，均缮疏。并同俞旭初、金逸仙、孙克昌录鸾谕，长衫蒸汗，不可久留。幸仙命天暑早停，各弟子薄暮即散。见前谕云："椿信善益诚。"第一馆系鲍，弗克分身劝善，欲行方便，又苦乏资，虽逢人讲因果事，仅有沈秋庭、李佑之等投坛，当之能毋惭泚？晤孙学卿、王湘兰、陈石泉、梦梅、仲舫，茗谈销暑。接徐贡山茂才鳌《放生》诗，偕王星如同和。邑尊汪圻卿公子□□瑞高新拔萃，瑞曾新婚，于初四日反马，贺之以诗，并赠先祖诗及《诵芬录》。

初三日(7月14日)，与包九仪等赴坛，为徐晴湖兆桢、张毅甫福

---

① 此日期与前文"既望"同，疑有误。

荫书疏乞名，并偕孙学卿、张师琴录谕。鉴青仙师题桑砚香小影，命予和，乃次韵得七古一章。遇罗筑庭雪堂玉衡、李德卿谦、静轩文彬、黄朗轩诸君，言欲移坛璜泾，拟于望日，爰书疏问仙。

翼日，毛亦美、砚渔、孙克昌、张师琴入城放生，投于资福寺池。

初五日(7月16日)，王星如、陆润生肇基自城来，嘱应约课，题为《逸民四句》《吴市箫、博浪椎，七律不拘韵》，走笔塞其请。以《辍读册》乞仙师题，仙谕坛主曰："所有《蓼莪辍读小影》，有暇当题，姑缴还，不可遗失损坏，盖此图已不知几许心血矣。"

初八日(7月19日)，偕王聘轩、赋梅入城，到柜归串，并应李心葵告借之言。便呈小照册，请汪邑尊题，聘轩亦丐书楹帖。便谒邑庙，地净于沐，幽静无暑氛，比之泮宫中鸟粪盈场，草为之白，固判司阍之勤惰焉。午同小酌三景园，精舍已为贼毁，花木亦少，仅有旧轩四五楹。席设珧柱、明骨、鱼翅、蟹粉诸品，惜聘轩斋唯供蘑菇、鞭笋、新豆、丝瓜、胡桃而已，幸藕豆酥、糖杏仁尚非秽味。与赋梅略饮二壶，已觉胸蒸火气。王生序兰随往，观虞山，仰浮图，谓一扩眼界。晤陆蕭庭、程松谷、周绍帆□□，提及王亦周被掳死，其子驾珊闻乱投河。昔年诗友遽堕浩劫，为喟悼久之。乘凉风回塾，王湘翁以西瓜疗予烦渴，才得熟眠。

初十日(7月21日)，许宾门上舍元恺与陈仲舫来，见祐儿便面，一书隶，一画兰，并见雅人深致。同饮于漱芳阁，畅叙前尘。

翼日，俞书庭至馆，挥扇清谈，借销酷暑。

十七日(7月28日)，包九仪得大鼋，出一千三百文，载送仙坛。予为缮疏上报，遣祐儿陪王聘轩、赋梅带至昆湖放之，以遂其生，洵是快事。

二十日(7月31日)，偕王星轩唤渡，往答许宾门，出其《选青古钱谱》，见名人题跋百余，皆可传之作，钱印则王蕴香已刊。临行更以其父伯缄少尹廷浩丈《硕宽堂诗钞》及自制《蕺雨堂诗集》属校，爰与张德孚骥材遗稿，均采入《诗话》。述其遇粤匪之难，次公子大准被贼戕于汇圩之北村,厥后一妻三子、媳妇女孙相继病殂,八口仅存其一,老而无依,姑就顾氏之聘,可悯也已。主人介甫留予瓜战,汗如雨珠,口占云:"稻乡三日蒸炎暑,从此衣衫汗带酸。"

廿二日(8月2日),王聘轩出醉虾下酒,颇为仙味,村庖所不能为也。

廿五日(8月5日),殷庄赛秋社,有龙船两条,往复于王宅,主人赏以酒钱。予畅观,顿忘盛暑。是晚,阵雨凉风,喝人抱爽,可免时痧,不特绿烟扫暑,稻苗芃芃也。

次日,复雨。贾词仙来谒,瓜茗并战,邀同李琴仙小饮。薄暮凉生。

廿八日(8月8日),立秋,仍热。人家鸡翼生爪,腹生蛇,飞上蔀檐。自道光初年后再见,主大疫。

乃于**七月朔(8月10日)**,同许宾门、徐晴湖诣仙坛,书疏叩询凶咎,作何消弭之方。鉴青师判云:"今秋疫气,高乡为甚,城中次之,此地水区亦不无沾染。刻下宫主,奉玉帝遣查一方善恶,为善家可免灾。坛弟子向善有心,列名上奏,吾等当保护也。但与复城后大同小异,不可不思患豫防。今遵古方,用阿魏黑豆,盛囊常佩,饮水须煎百滚,加白矾条降于水缸,取水须清晨,凡晚夜以及日中雷雨等都不可服。谨依《景岳全书》,参用宗法、灵素内论方,略为加减:川朴一钱、宣木瓜一钱、小青皮一钱、广藿香三钱、制半夏姜制一钱五分、陈皮一钱,用盐水炒;焦栀三钱、枳壳三钱、老郁金一钱五分、山楂炭三钱,加益元散绢包二钱,明矾、皂角灰合三分,生姜汁少许,佛手、荷叶半围。此方阅三日一服,最妙,唯孕妇忌服。"有降坛诗一绝,同宾门和之。又谢宾门隶书鸾吟堂,哀其妻子死难,嘱其著述早刊。复谕曰:"所有买放大鼋弟子,奉旨各加两级,纪两次。"予偕张寄翁、包九仪、王芙江等谢恩。时金逸仙、殷□□、俞莲洲、王湘兰、孙学卿、克昌等俱来缴捐,徐湖溇桥亦修,高泾渡船亦换,诸子恪遵坛训,善举告成。又谕:

"择中秋悬扁,请各弟子宴于堂,以昭庆贺。"予充膳录使,因秋暑方酷,仙谕早停,宾门和韵见答,予留新印先祖集呈坛。是夕,偕王聘轩纳凉,为序兰提书,祐儿联句,偶成二诗。

初二日(8月11日),庄村祀瘟部,予赴拈香,李琴仙留饮,与陈雨亭□□、吴翰卿、金振扬等衔杯品曲。二鼓后,翰卿与李祐之辈弹丝吹竹,唱《北饯》《惨睹》诸曲,音胜乐工,惜暑酷,不能引凉飕也。

翼夕,仍热。予乘凉南陌,以"萤火乱繁星"命祐儿对,答以"鹊桥成巧日"。

初四日(8月13日),仙师谕:"着椿撰盂兰会榜文。"爰挥汗立应。

初六日(8月15日),暑盛。人人病痧,幸黄昏阵雨洗车,凉风扫暑,人心俱快,田禾亦欣欣向荣。

七夕(8月16日),诸生以阴阳水氽针,东家出甘瓜,较夏日所进,味判仙凡。观许宾门试帖,录其什一,以为儿辈楷模。偕王星轩赴仙坛,知前三日又放生。李静轩来,请仙谕,分坛璜泾,设兰盆会。而本境则设坛前庄庵,坛士与众姓醵金。予又撰楹帖,并以四绝投张宝青。是晚,得洗泪雨,云气中不见女牛矣。

翼日,同王芙江、姚巳生入城,于社坛品茗点,尚可口。旋晋汪邑尊馆避雨多时。适书院观察课,领卷而未及为。前期李山长课,名列超等,题为《子曰知者乐水全节》《复嶂迷晴色,得晴字》,评云:"用经句,尚见穿穴,不同獭祭。"

初九日(8月18日),时酉生自仙坛回,带仙师所改榜文,有曰:"伏以阴阳虽判,不闻尽属虚无;生死即殊,到底深关痛痒。光阴同石火,路泣青燐;身世若浮沤,坟堆白骨。况狐悲兔死,尚关充类之思;而物与民胞,原有同仁之视。忆自千村鼙鼓,劫遇红羊;三载烽烟,魂飞白鹤。纵有西山节操,庭坚之祀忽诸;矧多东郭流离,若敖之鬼馁矣。鸟飞兽挺,游魂逐逐类萍踪;雁断鸿沉,新鬼啾啾悲梓里。顾兹目击,能不心伤?嗟乎!青草迷离,谁辨蒋侯之骨;白杨萧索,难招穆伯之魂。爰乃金釀同人，玉成善举。值聘史会仙之日，目连救母之辰，菩萨慈悲，天神欢喜。孟兰会设，三途八难解倒悬；贝叶经宣，六道九幽登集福。施我佛如来之大法，困济金钱；祭汝曹无祀之孤魂，饱餐玉粒。从此咒莲生钵，速超地狱之门；掷米成珠，共证天堂之路。谨此榜闻。"又赠许宾门诗五七绝六首，均精切其生平。评予所拟作云："伽椿榜文非不佳，但无灵气在行墨间，故考试之不列前茅，职此故也。此文无次序，有先后参错之病。"长洲姚新之茂才□金与何□□□□皆来投坛，仙道南矣。前庄庵鹤松上人文参携扇来，予书禅家宗旨以质之。姜仙师改名镜融，刘仙师则到云贵巡查。坛弟子有七十人，如放生、惜字、合痧药、助孤寡、祭孤魂，悉慷慨乐从。唯予贫窭，力不从心，只好以笔舌劝善而已。

十一日(8 月 20 日)，节假。连日与时酉生、陈芝台、李少霞、琴仙、祐之、棘卿手谈遣闲。

十三日(8 月 22 日)，祭先。邀时酉生、李琴仙、心柏、棘卿小酌，肴少悦口，唯煨鸟、蘑菇尚鲜。拇战流连，馨五升酒。复陪时酉生、李心柏、祐之、棘卿斗牌连胜。夕为李琴仙留饮，予恶酒兵，早呼饭颗，仅观黄申甫等酬酢而已，李祐之竟醉吐。席有糟鳜，剧佳。苦炎歊，露坐至四鼓。

次日，仍偕时酉生、李心柏等局戏。

中元(8 月 24 日)，喜雨稍凉。晨赴前庄庵拈香。午为王湘翁留素斋、瓜茗。旋同王聘轩、星轩、芙江、张寄翁、宝青、金逸仙、孙克昌、毛世卿、孙锦坤诣醮坛礼拜，领纸锡船，沿路焚楮，鸣锣击鼓，旺以蠹灯，载月而返。祐儿则留听焰口，主祭为天元和尚□□，余僧如心田可成能书，了尘□□能干，均异众沙门。此地风俗，节前荤祭祖先。于望日午前，又蔬祭，制馄饨、茄饼，舍乞人。

十八日(8 月 27 日)，往祝汪邑尊之祖母九十，即孟棠廉访云任之夫人，小棠尚衣根恕之母，予之年伯母也。庞宝生侍郎联云："八座起居，九龄上寿；四传科第，五代同堂。"诚熙朝盛事。邵虎臣、贰尹泮、莫瑶峰少尉陪予饮，时均以守城善后功，赏加六品衔。斤卿刺史大计卓异，已加州衔。苦留予，与同邑李升兰、曾伯伟诸孝廉、赵少华少府、次侯朝议宗建、少琴学博仲洛、庞叔廉鸿治、曾君表之撰、杨正甫同榷诸茂才、钱仲谦太守、王赞卿、胡雪帆、杨鹤峰三主政、俞蓉卿员外、魏宝钦臬掾暨方云壑郡博等畅观梨园。为□□名班，武艺可观，身段亦玲珑，衣饰亦新丽，唯伶人多吸鸦片，声气不扬，演《送昭》《出塞》《戏凤》《劝农》《缴令》《蔡庄》《请师》《斩妖》《闹店》《夺林》《背娃娃》《天门阵》。薄暮，黄申甫留同时酉生、张宝青、姚巳生、时仲和世泰宴于李园，汤炒颇鲜，卤鸭、椒蹄亦美，蒙赠佛手，香染衣襟。上昼暑蒸，幸憩燕园奇峰间，又小雨风起，所谓"歌台暖响，舞殿冷袖"兼而有之。至二鼓，渡湖乘月，风浪荡舟，至家已嫌衣薄矣。夏秋之际，内子患乳痈。女及婢又肘掌生杨，热毒所致，冀得暑减而平。惟祐儿性梗，祉儿识蒙，终日扰亲心，无安居之乐耳。幸假竹牌消闷，聊免饱食无所用心。

二十日(8月29日)，开馆。李心柏留予同时酉生午饮，李琴仙、祐之、棘卿强予拇战，酒半醺即止，恐误课期也。女姝庆送次女回，知侄孙祖望大病濒危，幸有转机，况伯谦明医，庶调理得效。是日，俞莲洲销假赴浙，予不及送。厥后，秋雨连绵。

至廿七日(9月5日)，家人唤舟载予归，因先父忌辰，荐鱼菽也。其时祐儿生背疖，寒热频仍。内人乳痈方溃，坐卧匡床，幸王聘轩频送灵膏妙药，得以减轻，予可无内顾。东君款我盛馔，予每畅饮，微醺即吟，俚句不欲足成，有云："隔窗风送焖香妙，刚有村娃卖鸟来。"又云："清白澡身蝉解壳，闹红回首蝶飞魂。"又云："胡蝶弄风仙袂薄，一双飞上藿香花。"

三十日(9月8日)，半晴。李芝馨来馆谈诗，撰四六尺书及谢宴四绝，嘱其入城致汪令。

八月朔(9月9日)，赴坛。鉴青仙师将移鸾城中童氏，嘱弟子各撰骊歌,予呈一绝,承和三章,许宾门、金逸仙、陈仲舫等亦续吟以送。据云,琅霄摩荡宫易简仙师荣光奉调主斯坛,号爻机真人,择日驾降。各弟子备茶点,定于初二日饯行,张灯设宴。惜予未获祖道,将为吴门之行矣。以先祖诗赠陈仲舫及俞旭初,旭初见惠手绘《山水三猿》一幅。归于灯下拟约课作,题为《冉有问闻斯行诸至有父兄在》《莲芡柿栗,五律四首不拘韵》。

翼日,偕王湘翁、翼亭、星如赴省,舟次得"岸头鱼网黑如城"一句,星如联曰"云里鹏程青有路",兴比予佳矣。晚泊胭脂桥,于悬桥坊巷访陈性之上舍,送苇江公集。途遇顾子和,亦送一卷。夕宿王丹生家。

初三日(9月11日),挈星如应紫阳书院郭权中丞柏荫课,向借贡院试,因前任云抚林勿村殿撰鸿年馆此,仍于书院点名,王方伯大经、勒廉访方锜暨汪太守、蒯、陶、张三令俱到。缘几案茶饭未备,试士领卷外作,限申刻卷齐。适同伯谦侄等桐一楼茶话良久,交卷于汪提调处,已不收。时山长为俞荫甫侍郎樾,正住院中,正谊院长则为冯景亭宫允桂芬,专出经解诗赋题,有诸生四十,肄业其中,皆少年黉俊。冯公许人以米券换书,以券发留养局作捐,亦行善之妙术。予于寓中晤尤梅卿□□、陆小云□□,剪烛深谈。湘翁卧舟,致宵小窃去布裤烟筒,慢藏可戒。

次日,翼亭父子接王爽亭之聘,订来岁延星如课儿。予则同人游玄妙观,茗话雅聚园,遇俞德安世禄、谢清泰、钱雪崖、王叔和、陈吉甫、蔡清臣、贾词仙、朱恂如、郭在中、陈霭亭、朱一泉、吴既安、顾金台、曾琢如、黄俊卿、殷厚培李垚、家兰泉树英、少卿、礼庭与今雨姜云亭文学文弼小话。

初五日(9月13日),陪湘翁出阊门,啜茗飞丹阁,见北濠旧寓已堕劫灰。旋游山塘,徘徊花肆间,百花罗列,唯素心建兰香气袭人,而价亦不贵。上虎丘山门,丛莽荒榛,一望可怖,如白公祠、隐啸园、同善堂、短簿祠、花神庙、韦公祠、仰苏楼、木兰房、可中亭均化为墟,仅存二仙亭、双吊桶、试剑石、真娘墓而已。登千人石上，见豁崖如劈，危径如栈，不过四五乡农登眺。予努力至塔下，风大不可留，有僧二三在塔内焚香，惜各县进香妇女踪不及到，冷落不堪。隔河三景园、留仙阁及斟酌桥、边情园、三山馆亦毁，惟普济、清节两堂尚存数楹，近已修葺。自桐桥至通贵桥一路，渐入繁华，若山塘、渡僧两桥，尤觉热闹，已复旧观。回城，见观西有照相招牌，系西夷人传授秘诀，俗云拍像，取人神气，手拍于四寸笺中，须眉毕肖，装作玻璃小镜，彼画与捏者无此玲珑。爰进而问其价，曰须二金。旁人云，黛色易褪，且拍时惊魂，人减精采，故湘翁不欲售其欺。

翼日，返棹。

初七日（**9 月 15 日**），赴塾。张寄翁来，知仙坛已有升降弟子单，予仍旧职衔，但不无功过。南乡诗人颇寡，幸寓公许宾门往来唱和，赠以修职公集，日日朗吟，不特旭初画其诗意也。

初九日（**9 月 17 日**），奉鸾谕："着椿撰中秋礼斗文疏。言以椿冠阖坛之首，不可不稍见其长以服众，不然，余虽才薄，一疏犹能为之，何必定属椿耶？"予恐方命，勉应之。镜融仙师又谕："荣祖择于十四日午刻宣偈到坛，着该弟子在玲珑馆先诵照派诸经。一切坛用着预备。所有临坛日，照各宫调任例。所有缮写使，合行再饬该派人等速速传齐，毋得临事掣肘，自贻后悔。"真妙仙师颁升降长单云："泽字内坛龚伽椿，情甚真切，检孟兰会榜文入细，其功甚大，今着加遇功升授广讲善使衔，加三级，纪二次，赏望日疏一纸、线香一箍、熟檀香各一枝。着具灶疏一、坛疏一、月府疏一，置香斗，并备十四日接荣祖讳光禀单。"灶疏式云："真道根心坛前兼转丹法坛，为庆贺中秋，祈求下览事，据大清国江南苏州府常熟县积善乡郁泽里天道仙王土地界内，泽字内坛弟子遇功升授黼黻扬善使，实授劝善、书捐、联集众善、创建善会、默化豪富、广谈善恶报应因果、歌咏、缮写、演讲、校对、誊发、广传、护坛使，兼理传宣事务，加悟入善使、广讲善使衔，历加九级，纪九次。龚伽椿率子幼坛弟子伽复、次子培祐暨阖家眷等入谢恩求事意，用全表黄纸。右疏：上奉东厨司命全衔，下写坛士全衔，线香上用梅红纸，工写小楷，上书真道根心坛前兼转丹法坛给坛弟子龚伽椿，恭于灶帝前薰沐叩焚，烧檀熟香亦用梅笺写坛名，恭于月府上达，椿薰沐百拜，告斗长疏则只写自己坛名。"又奉谕："童弟子龚伽复着赏线香一箍、果子一盘。"又谕："十四日通饬阖坛恭候，各更衣沐浴拈香，用全衔禀报姓名。"是日，奉荣祖命，阖坛加一级，纪二次，随班恭侍者加三级，纪五次。告斗日，随坛竟夜者加三级，纪五次，定紫光斗，讽经一夕，用细乐。予奉派检字对疏使，补录鉴青仙师谕云："诗之规矩在层次，不在韵偶。椿学浮于才，束缚之诗无锐气，可以干禄，不可以传世。"

初十日(9月18日)，为阖坛弟子撰灶疏。适贾梅溪与阆君偕来，互陈近况。闻卢器轩得子，可解昔日之丧明，家人俱为欣慰。

次日，拟谢仙师恩赏、迎荣祖莅任两绿章，灯下目昏，不胜困惫。

十三日(9月21日)，撰迎易简仙师二绝，即用送金祖韵。

十四日(9月22日)，纪善缘一诗呈仙坛，晤吴仲梅□□□□、罗筑庭、金逸仙、许宾门、方少坡、顾介甫、毛砚渔、徐晴湖、李德卿、静轩、王星轩、芙江谈净业。

中秋日(9月23日)，延羽士礼斗，同人谒坛，接易简仙师。师系节制各鸾坛、万宫门下、充协修历代实录、汇办巡察五瘟案吏，初到即宣偈，语不可解。其时闻告斗而下降者，有二十四仙，奉本师命，弟子用一跪二十四叩礼，设茶杯、酒杯亦如数。沙派予为校对磨勘歌咏使，始予公服，在斗坛礼圣，继奉仙师谕，以王瑶林、孙凤梧两上舍代之。其时张寄翁为巡察使，包九仪为茶酒使，祐儿为跪接使。嫌道家诵经尚少，派张寄翁、包九仪、李祐之、棘卿服道装，补啐斗经。除昨到诸君，又添沈秋庭、俞旭初、时酉生、黄申甫、倪□□□□、陈梦梅、黄朗轩、孙克昌、学卿、张润甫、稚纯、王翼亭、茂兰绍基、菊坪、聘轩、赋梅。真妙仙师云："荣祖系摩荡宫主派出。主姓陆，讳贽，字德舆，唐德宗时历官宰辅。"来坛吟诗，有管理医宗观事太虚宫门下行走吏融妙道人、机妙道人、瑶妙道人、开妙道人、璇妙道人、心妙道人、无固道人、摩荡宫门下理遂道人、炁一宗观主、元元道人、化盟进协道人、吴元进，理医宗观门下吏及太虚宫门下女仙素彩，本师真妙、易简、镜融，予一一和之。璇妙真人云："镜芙子屡和鸾章，不愧全才绝艳。"又有无固真人赠予一律，有"乱后妻孥皆入道"句，予次韵奉酬。自昼至夜，自夜至午，因差多，未尝假寐。仙师命与同坛值夜者各加三级，纪五次。

既望（9 月 24 日），回寓。夕观月食几尽。

翼日，到馆。录仙诗暨许宾门、张师琴、王星如、星轩和章，入《同人集》。

十八日（9 月 26 日），陪王翼亭、俞书庭、乔梓赴洞港，观猛将会，祐儿随往。高诚斋留饮膳，家伯谦馈笼蒸，偕吴念椿、严啸铃□□、王耀南□□同席。晤南庄旧友尤继勤、葛楞香、沈春园，办点心叙话，畅慰阔悰。往朱岭梅家玩大鱼池，顾子和寓会众友，如沈锦川丈、钱雪崖、贾词仙、马西来、云阶、季莆卿、金景岩、吴修之、寄安、张紫卿、选卿、瞿春泉、兰亭、顾秋谷、养斋、心存、朱又村、克谐两丈、恂如、蔼如、鹤龄、少美、家琅斋、敏斋、雅园、虎观、朴园父子。学生朱南溪、戒甫□炯与李苑香、俞蔼人均顶帽骑马，列六房。卡员有□□□协镇□□与宓静轩参军，皆翎顶军装，为顶马，前导兵勇，马共二十三头。又有龙船六只，抬阁六肩，满轿二乘，香亭表亭小轿各一。有解粮官狂言坐轿，阴地保呼喝随行，可发一笑。余与向年仪卫同。憩朱氏东祠，得玩水陆胜景，因年丰人和，疢疠不作，故报赛不惜巨资。予见莆卿之东家驰马曰"马上东君"，平爕庵应声曰"鳌头西席"，剧佳。同朱节斋、一泉阅会课卷。李醉亭等来叙渴思。高婿崧生欲留予宿，辞之。舟次遇查玉章，彼识予，而予已问姓，愈老愈健忘矣。

十九日（9 月 27 日），钱梅卿来会话。王生星如带约课卷来，予卷列超等第七，题为《逸民四句》《吴市箫、博浪椎，七律不拘韵》，为吴门王润之斋长逸阅定，评云："通体无懈可击，以'类'字贯串，亦佳。"

次日，王湘翁、聘轩补中秋宴，予同王翼亭、沈阆峰廷秀、金湘坡及群从团坐圆桌。醉纪一诗，星如则补和诸仙人作。

廿三日（10 月 1 日），朱竹书来谒，茗话片时。

翼日，王翼亭为东翁送聘柬，定来岁之局，添芙江公子，共六人。

廿五日（10 月 3 日），钱梅卿又来，谈务至暮。

廿七日（10 月 5 日），陪时春晖宴，酕醄尽欢。黄昏，俞书庭至塾论文。

次午，陈松泉来，闲评书画。

九月朔（10 月 9 日），诣仙坛，仙师派充校对磨勘歌咏使，适延医宗观楚通真人锡仙方，时病家纷纷来请。先有七律一章，仙师命予唱名而上，叩和鸾章。仙医姓侯，讳协铭，为玉淑宫遣出。仙师谕云："随侍侯祖新莅弟子着加一级，纪一次，注册备查。"予又与王星轩和镜融仙师《白菊》一律。前五日，李九睦上舍烜请仙引其先灵，有修映道人姓汪名道远，降其丙舍，连倡数诗，予补和，又用其韵酬楚通道人。知九睦之父邦瑞如珍已为都土地，回家怒斥子孙之烟赌，痛快非常。予缮录数则，与罗筑庭、孙克昌等谈未几而日暮，赠先祖诗于金逸仙而回。

次日，李子馨来，同王星轩赴坛，带回易简仙师赠作，谕曰："镜芙子屡和鸾吟，即题《虞阳山水歌》以赠，奇句络绎，足以惊天，问我何人，遽以李杜见许，惜无才气以报诗豪，舟次匆匆，勉酬一首。"

初三日（10 月 11 日），附子馨船到祖居，观低田稻，伯谦侄留膳宿。灯下阅仲舒侄文，题为《以王季为父二句》，清折可喜，点易数句，尚堪附童子军。并和荣祖一诗，亦亲切。得仲父《蕉窗闲咏》及王鲁园《一日三省轩遗草》，藏以待刊。

翼日，贺朱蔼如公子曰新坤元纳币，陪顾子和、查玉章、贾梅溪、狄振扬、振家、李少仙、少卿维城、蒋景园清泉、子芳益元辈，始以拇战，继以手谈，流连至三鼓。朱恂如少子震元、筸琴舫长子映庚年幼颇慧，以楹联琴字试说,连举《四书》十数处,应对如流,予同徐步云赏以果金。予因朱氏新造华厦,又将合昏,拟喜联云:"肯构肯堂,燕雀来贺;浸昌浸炽,凤凰和鸣。"子和赞其现成。更以顾公子与张氏联姻,爰谓"张家妹、顾夫人,清心玉映",下联嘱子和自对,答曰"且为后图",遂同子和扫榻而卧。

初五日(10月13日),返棹。路过杨坝,进天兴庵拈香,晤住持庆祥真祥小话,知一方感大士之灵,香火极盛。见前日镜融仙师见赠诗,有"琴水弦歌秀自钟,松声渐老听吟龙。头颅莫讶如霜雪,醉看泥金捷报重"等句,又楚通仙师以《感怀》诗见赠,中有"酒胆豪时思吸海,诗魂狂处欲登天"一联,予俱和答。奉太虚摩荡玉溆三宫大真人钧谕曰:"一坛济济,谅多父子叔侄之侪;三教源源,尽是虞夏商周之裔。于戏,正名定分,何须面命耳提;觉昧开迷,岂必父诏兄勉。谨将行字四十字,得五律一首,恰符四十贤人之数。律曰:'大道心通应,修能志更坚。循环符至理,来复守真诠。丹悟金经旨,文名玉局铨开化宫玉局忏,本名玉局铨。提摩征妙果,德行并圆全。'从此梓乔同茂,善功与世泽俱长;花萼生辉,德业偕年龄并永。猗欤休哉,侯其祎而。万宫门下与闻鸾言秘监事、准许节制各处鸾坛同提命事弟子赵元同、荣光、侯协铭,同前署理坛务金道衡、守坛时兴周、现守坛吏姜基修、护坛吏萨哈克保等簪笔恭记代宣。如龚伽椿着改为镜行泽字内坛弟子龚心椿,其子伽复,着改为通复。"盖辈行最长者从第三字心起,余为赵祖锡曰真行,金祖锡曰鉴行。

初七(10月15日)晚,解馆。

次日,入城。舟次晤苏默卿□□,倾襟畅话。适昭令沈公课书院士子,同王星如领卷。又偕俞书庭谒昭文学师唐默卿先生天成,缘开采访节孝局,领所刊式例,即填钱雪岚之母苏氏、王梦蘧之母马氏、陈兰谷之母李氏、孙元良之母邹氏、金廷标之祖母袁氏、家芝庭培垓之祖母贾氏、葆初培原之母瞿氏,填报请旌。是夕,膳宿书庭家。

重阳(10月17日),偕王星如登高,从子游墓上乾元宫,观新筑石城,山路崎岖,非比往日。文治上人□□留话,投香钱数十枚。后殿向祀老子,旁阁向供吕仙,今已圮毁,庭中青牛亦成断石,为感喟久之。俯望城邑,西北为墟,唯东南有人烟庐舍。下憩白衣庵傍文昌阁,星如拾赭石备画,据顺泉上人云,须桃源涧边者佳。予与席童子□□评汪令公子□□斋长瑞曾、□□明经瑞高及钱少湘奉政、翁菉卿孝廉曾荣、宗云锄茂才汝济诸联额,而宗书为最。又过石梅,品茗山馆,清泉沁心,迥异尘味。遇胡雪帆、屈达泉、王蕙荪、潘少仑、蔡鞠轩、居敬之、庞希葵、刘雨洲□□、支西园,叙话片刻。适杨咏春观察沂孙、钟鲁奉常泗孙扶封翁砚培先生枢自京回葬,聊备一刍。午后归棹,偕马万安□□、孙学卿闲话至家。

初十日(10 月 18 日),过王氏,聘轩留酒点,与翼亭小叙移时。

越日,访金逸仙不值,张寄翁留话祠堂。

十二日(10 月 20 日),往会时酉生,论文至夕。

翼日,金逸仙、孙克昌来谒。陪时酉生、李心柏、王星轩斗牌遣兴,小饮敝庐。

十四日(10 月 22 日),葆初侄续弦沈氏,载予承乏,同贾梅溪、蒋柏英、家伯谦迎娶,陪新客叶廷华等饮至三更,晤陈丽春□□、将廷升□□、王松亭、瞿慎卿□□、竹卿□□、鲁峰畅聚。又以楹帖上算字提笸氏弥甥,即答云:"四子只有,何足算也,而无算者两处。"予仍酬以青蚨。朱汇吉、家礼庭、湿生强予局戏,予不能却也。第念同巷朱、苏二姓由贫而至小康,无非勤俭,而予族多吸鸦片,久停亲枢,致祖墓浮厝近百,有如义冢荒坛,忘天亲而征逐匪人,坐是丁稀算折,家业萧条。其愚拙者尚安分,其乘巧者辄逞强,反不如蔀屋之邻,犹知理财敦品。予苦口屡劝葬亲戒烟,不顾触讳,座客毛企堂、苏顺山皆以为然。是夕,伯谦侄下榻留宿。

次晨,予引廷卿弟绲煟至仙坛,为其子瑶阶培墀虚痨,缮疏请方。楚通仙谕以猪肺加减丸,并示煎剂。时廷卿患疟,寒冷倒卧,予请锡方,奔波半日。而顾子和、朱一泉、刘怡然、朱顺之、王翼亭、陈小竹适至，又引问事。怡然名镛，赵祖早列其外坛，中秋赏香，时蒙齿及，实则并未投坛，不识何因。且子和亦未书疏，而荣祖已有赠言，谕曰："南乡名士，顾君其领袖者也，不可无诗以赠。诗曰：'越尾吴头快壮游，花天月地尽勾留。一方我愧司牛耳，三绝君能继虎头。目击红巾增感慨，身依绛帐自风流。一菶雏凤冲天去，家学渊源品更优。'"字字亲切，非凡手所能为。又谈时务云："一则内患可忧。须教子弟敦本根，戒烟色，使伦常无憾，心术永端。二则外患可忧，发贼捻匪扑灭殆尽，唯犬夷咆哮，和议成则徽钦之已事可鉴，不成则江海之居民可危。其祸根自沪始，则罹祸亦于沪为甚。"子和以旧徒李锦江撄时疫暴卒，所遗双馨寡妻、六龄幼子，无以为生，留折嘱予劝助，予偕翼亭稍效微劳。主人张宝青留膳宿。

既望（10 月 24 日），销重九之假，挈儿赴塾。

十七（10 月 25 日）晚，宝青拉陈小竹过我，知带去《诗话》，已钞一二，庶少年早夭、笃学不偶者，可以广传。如周心蓉镜、杨云谷森、平子迁乃豫、李锦江、周乐山仁、王鲁园、张德孚辈，须镌梨行世。

十九日（10 月 27 日），又采俞仲安奉直《桐华仙馆诗钞》，入《西窗诗话》。吴翰卿来，同饮于漱芳阁。

翼夕，王梦蘧出橘酒、蟹螯以及精制难豚，厌我老饕，领群从拇战，予至酕醄。

廿三日（10 月 31 日），小雨。邀王湘翁、李琴仙及王赋梅、荫槐、序兰到舍持螯，拇战良久。庭中新植金桂尚香，即云"桂花开到菊花天"，惜少对偶。黄昏，改星轩《辟如登高》文，欹枕不能睡，爰补《登高》诗二律。

次日，王翼亭来，以亲族节孝嘱报，如翁之祖母王氏、王德孚京镐之祖母赵氏、王汝清之母金氏、王鸣岐凤泉之祖母徐氏、王小亭炳熙之母张氏、王□□松元之曾祖母唐氏、王学章之母周氏、王增荣之母吴氏、王春园继祖之母孙氏、王才美渊之祖母徐氏、王幼泉汝仁之母计氏、王才美之母支氏、王鸣岐之母龚氏及其母朱氏。

廿五日(11月2日)，同王聘轩、孙蓉亭家书抵城，赴汪公廨，吊其祖母吴夫人之丧。时承重孙□□祖茂已为州牧，常学师方云錾、昭捕厅潘益斋□□两先生来陪。晤汪辅周司马□□、莫瑶峰少尉，谈事移时。旋进宾兴局，报亲族节孝。唐老师授予总局知照单，予赠以先祖诗钞。遇钱雪岚、归云台、吕月如、黄芝台、家静澜，彼此叙别。憩钱琴溪、谭静园两家，风色已变，冒雨开船。进莫门塘，而风阵大作，又雨又电，篙坠缆断，船几击翻，幸泊江湾船坊。有黄传二，送膏油枕被，并煮茶解寒，因前向王氏贷钱让利故也。犹忆日前族子抛农忙而帮喜事，言其兄死，家锦若曾助五金，遗惠久铭心版，忍坐视其子之婚耶？可知冯煖市义，今日见之，受恩者不皆木石耳。俟风小解维，回馆告人，人皆喜贺。

次日，桑镜仙至，同饮于书斋，彼此酣畅。

廿七日(11月4日)，张宝青到塾，带王鲁园遗诗去，俾得钞刻，以存其人。

翼日，顾子和五十寿诞，不及躬祝，第次仙师韵，以伴汤饼之仪。瞿景园来，与饮旨酒，嘱其采访节孝，冀南乡列女，尽入网罗。夕和镜融、楚通两仙师作。

十月朔(11月7日)，诣仙坛，呈诗具疏，求仙师重引先祖临沙。易简仙师先示一诗，有"孝思蔼蔼趋庭俟，友谊亲亲扫径开。缑鹤重归应有兆，瓣香祝罢首频回"等句。晤张寄翁、金逸仙、孙学卿、克昌、凤梧，知前日在新阳曹仰之震荣家扶乩，云吾乡季砺之成铣为新庙城隍，有青霄璇应府机进宫门下妙通道人□□引其先灵，诗颇超妙。主人暨馆宾苏士斋文学文渊、殿卿公子桂芬皆有酬和，录入《同人集》中。路上见骷髅犬衔，石马踣于荒坟，银鹅叫于隔浦，林枫正紫，畦麦又青，野景幽绝。临渡，遇王湘兰之子，为我牵缆。醉中纪事，复和侯祖诗。王星轩留派右沙手，赋梅侍香，予缮录。日暮同归。

翼旦，乘李棘卿船至城，赴沈氏族姑灵前吊。任仁卿□□陪予宴，言及苏竹贤昆仲事，知两房后嗣共一丁，茕茕可悯。沈小亭上舍湘泰家虽小康，而未得子，避乱后，老而且癯，唯谊笃胞姊。忆佩香叔母死难，棺薄于纸，迄今尚厝荒阡，须速合葬，嘱予转致两甥，愿助一臂，在叔母生前，久已就养弟处，兹更筹及埋葬，古谊可风。沈云章恭泰、子静宽泰、季才信泰言粮定八成，业户收租每石九八。予出城憩茶坊，遇朱恂如、家伯谦，谈及奉宪减租，永远为例，额租一石收九斗八升，石一者收一石零三升，石二者收一石零八升。回舟，与陈念瞻寿年、狄步鳌□□两上舍闲话至家。

初三日(11月9日)，赴塾。见倪家浜毛氏火，茅屋成灰，幸即救熄，未延邻舍。俞旭初至，谈坛事片时。

次日，真妙仙师诞，易简真人示："今晨上界遣使祝贺。午后，中界祝贺。晚间，祝贺。明日，余等合宫门下，普天仙史环祝。今日或明日，阖坛弟子等宜恭楷贺疏上祝，着派龚椿。"爰走笔应命。又谕："初六，李应昌祐之坛名黄道吉日，理合恭贺，速备红笺对两幅，明日题诗。着王玉聘轩坛名、王凤星轩坛名写录送去。"王梦蘧即出笺对，如谕书之。所请引灵，答云："须俟刘祖回，示期明年四月。"又谕："嗣后诸弟子家有婚丧，须报。"灯下，予撰祝寿诗。

至初五日(11月11日)，诣坛叩贺，先用线香二十四炷，拜进迎驾疏，再进祝疏寿诗。易简仙谕："着包嘉熏焚两疏，真妙祖因普天储宫仙史群贺，未得到坛。阖坛祝寿诗着椿用黄纸另书焚化，随疏到宫存案。我护疏诣太虚宫，诸子恭候批示。"居顷，又谕："真妙、真仙亲笔批曰：览疏甚为嘉悦，准禀合坛加一次，亲祝仪祝加二级，纪二次。椿祝文祝诗独献，着加四级，纪录四次，连第二次放鼋一级，共加五级。里言奉谢十弟子，即烦易简真仙赉捧下。后日得暇，按名题诗奉谢。今因鱼鹿，率笔疾书，不计工拙。来酒茶果等，分赐十弟子可也。"诗入《同人集》，予用元韵报诗一章。校鸾谕簿，见示疏式："迎驾则加右疏上禀太虚宫真妙祖师、摩荡宫易简祖师、玉溆宫楚通祖师，下一行写'鸾吟凤翥瑶坛太极生生万宫门下、守坛同提命事姜，◎【见

图 1】，某年某月某日吉时具'，着镌石圆小印花押，用顶上朱，求丹疏后添一行，字略大，曰'丹霄玉淑宫与知鸾言秘监事妙德宣化圆印永济于大真人'。"又奉谕："升守坛姜为三宫门下传奏司使，同节制鸾坛，一体称道人，升萨哈克保为守坛，仍兼护坛。姜修因未曾分发实官，凡余等不到，仍代宣事务。萨保，武将也，不善书，故不得临沙谈事。镜融虽升，故仍权守坛，代萨保行事，萨字亭玉，以后勿得呼名，称萨亭玉

图 1

仙师可，或萨将亦可。"见易简仙和予即事行吟五古一首，语语解颐。又同镜融仙祝寿，一今体，一古体，予和之。是晚，李氏来邀，往与王湘翁、张寄翁、黄亭梅、金斗山、孙克昌、黄申甫、吴翰卿、姚巳生、吴逸耕、王梦蘧、芙江、序兰等饮于堂。

初六日（11 月 12 日），到李氏贺喜，罗筑亭至，不及请仙方。易简仙贺佑之合卺词二律，嘱予和，爰即继声，奉谕换笺，倩王星轩、张宝青代书，悬于厅事。傍晚，吴毓之捧进洞房，予偕俞友兰、殷凤台、钱雪岚、朱鹤龄、邢竹斋、吴砚卿、敬之维铭、桑宝生骏荣、孙锦坤、蕙圃、蓉亭、凤梧、王聘轩、瑶林、芙江、诵莪、家伯谦等酒座纵谈，流连昼夜。又陪新客钱葵初元熙、时梅亭□□、□□□□、谦吉景和茶点小话。朱荫泉、李心柏等与予拇战，幸连胜，不至沈酗，而李棘卿已吐污衣矣。唯桑侣芳骏修年少量豪，百战不倦。

初九日（11 月 15 日），俞书庭、乔梓来塾快谈。李棘卿行聘邀饮，命祐儿代贺。张润甫上舍亦纳币，来邀喜宴，予往赴，并呈二诗，一则劝刻其兄遗编，一则嘱报其嫂烈操，与予儿有娅谊，当共阐扬也。晤徐鹤斋、沈友竹维城、陆建堂元兴、春圃元发、秋澄、邢桂山等聚谈，张字卿出拳劝饮，酣畅无比。连日品旨酒，领嘉肴，俨占食福焉。

十一（11 月 17 日）夕，题陆素贞女士死状，用余静斋丈韵。素贞之祖殿明上舍廷宪已瞥，其父菊亭上舍耕耀先亡，予与其前辈交好，理应表扬。闻其被侮幽郁，暴疾而亡，时甲子□月也。王翼亭又因买地

作义冢，嘱予立名募捐，且撰小引，见善事不可稽迟，立应之。

次日，又得孙学卿之曾祖母金氏、张□□绍业之母金氏、朱福之母王氏、唐受香之母宋氏四节填册。而祐儿则赴祖居，因伯谦举兰会也。

十三日（11月19日），见王聘轩、星轩急人之难，有佃农被犬啮，为送医家治之，又有口生疗，为出妙药傅之。长洲家冠卿少府鹏寄其《琐尾集》见商，予悉心酌改，采二十四首入《诗话》，并赠三章。表侄陈如山翰诏□政将合昏，为贺以四绝。

十八日（11月24日），朱甥椿山望椿完娶，遣祐儿往贺。予则于次日赴陈氏道喜，系如山合昏吉辰，尊人憩亭上舍留予镇日。晤长洲支少逸□□、马□□□□、侯殷甫□□□□、爵廷□□□□、沈侍卿□□、子兰暨两上舍、□□施虹桥□□、张缉甫奉直、紫卿运同荫楠、家莲峰茂才倬、昆山俞少耕堃、半村□□、亦憨、芝香、吾邑朱鸿宾思纪、李青来、吴芝亭发宗、□□□□、陆云若、望屺、桑砚华少府松沅、宝生明经、周墨芸雨时、子福、张师陶元亮、陶逸洲、时雨若、汉麟两上舍、□□□□□□□□、陈□□国荣、霞卿□□、家廉斋，畅叙言欢。又与长洲姚新之茂才金、施诵芬□□□□暨同邑金斗山少府、张葆之上舍□□同席战拇，兴冠四筵。夕附包九仪舟而返。自乡居后，始知稼穑之艰，稻甫上场而麦畦已绿，黄昏乘月磨谷，至次日上灯未休，因日短赶紧也。闻江北高邮、扬、泰，被开坝冲散难民各郡留养，吾邑派百余人搭厂施茶亭。而苏城难民厂大火，所留三四百人，除老幼妇女疾病焚死者，仅存百余人。不死于水，仍死于火，亦其数也。

廿九日（12月5日），入城，谢汪明府题照书联。又晋唐学师公馆，报节孝数人。见故人陆燮堂上刘中丞前令沪渎时两书，薛中丞、庞督办两禀，痛快异常，已刻于忠义局，其略云："陆宗泰，太仓州沙溪镇人。咸丰壬子副贡，就职直隶州州判。咸丰十年，在沙溪办理附近民团。八月，州城失陷，后率团打仗，几被贼戕。意在规复，旋诣璜泾局，会商赴沪乞援。十一年春，联络昭邑诸镇，拟大举剿贼。在局往来筹议,极见周密,其忠义之气尤能固结众心。后以事溃,忧愤疾发。有伪官慕其才,知其贫而且病,送米以笼,遂大声呼曰:'何以污我!'令掷门外,绝食而死。时咸丰十一年九月二十七日,年四十九。有《讨贼檄》,万口流传。局员详请赐恤,恩准奖以云骑尉世职,入忠义总祠,春秋官祭,自行建坊,可慰忠魂矣。"是日,晤王飞卿少府仁龙,叙别良久。

十一月朔(12月7日),夕梦落二齿并观戏,恐非佳兆,志以修省免灾。惊悉颜心谷敦仁病亡,为之痛惜。念其隐居酒市,铢累成家,而庚申城陷后,盗泉未尝染指,惟与吾辈往来唱和,为心交,曾以其父归真翁绥丰诗草嘱选。今年其嫡兄晓霞之丧,又为屏当一切,孝友出于至性,予所服膺。乃十战童军,不遇,弃佳儿健妇,地下修文,岂非命欤?予挽以一联。

初四日(12月10日),得仙坛劝善文,系孙真人撰,命同社书作字课,以广流传。文曰:"电光易灭,石火难留。落花无返树之期,逝水绝归源之浪。人于一世,万事皆空;正气常存,庶堪不朽。试看金银满案,少能富及百年;衣食不周,其子成家一旦。何用刻薄奸凶,贪嗔嫉妒。妻孥无百岁之欢,愚暗有千重之苦。一朝枕土,命掩重泉。空榜扬虚假之名,黄土埋不坚之骨。田园万顷,开子孙争夺之端;罗绮千箱,启子女淫靡之习。稍有灵明,急宜猛省。回头是岸兮未为迟,百年易尽兮时光逼。美酒艳色兮常促寿,爱子怜孙兮有尽期。家财万贯兮携不去,生死轮回兮迷不知。苦苦苦,气逐东风形归土。转壳移躯去复来,改头换面何所止。"附录陆燮堂致沪渎令刘松岩先生郇膏书云:"松岩明府大人执事:杪秋晋谒,岁纪已更。矫首福星,钦驰靡既。固知绥戢四境,行筹旁午;莹镜在抱,徽弦不惊。洵从读书养气得来,断非百里才可称量而屈缚也。履端以来,一切宜与更始。草野视息之辈,亦复蓄愤易向,蹩躠奔走,相与指发茹血,延颈跂踵,以俟天上将军之下,助地中鼓角之鸣。而诸城狂逆,坐据晏然,爪牙睢盱，宵昼四出，方将责供张，急征税，略夫役，夺舟车，搜墓木，凡所以敲骨剔髓，致人于死地者，视曩昔殆加酷焉。闻诸左右，虑滋怛伤，度亦未必不在悬鉴中矣。吴下诸邑，计被蹢迄今，阅月凡九，其间民人掳而死，戕而死，不屈而死，虑见辱而死。稍稍休息矣，又以朘削死，以敲朴死，以伪土官逼胁死、恐吓死。幸而未死，则转徙流离，疾病冻饿者比比也。屈指私亿，若荐绅巨族尽室先行，富商大贾挟资远遁，得不死。否则佃田之农，浮家之渔，负贩之细民，虽不免于头会箕敛，而什一之利犹可逐焉，得不死。不然则掾吏书役、里胥党正之桀黠者，市井之游手无籍者，衣冠之族之丧心而病狂者，投身贼中，倚其声势，以恣所欲，未免犹死耳，而形魄俨然存也，亦竟得不死。若夫中人之家，略有门户，岁恃租入以为食，而沾沾自好，不敢妄有作为，大率濒死居多，然犹不必尽死。其万不可以尽死，而又万无可以不至死者，独寒素士耳。寒素之士，其学问未必贾、董，其材略未必管、乐，其文章未必欧、曾，其道德经济未必韩、范，上之不过为庠序之秀，下之或仅足效占毕之能，识一丁字，不如挽两石弓，语虽激，亦良足为酸腐病。然要皆读书种子也，圣贤之所留贻，国家之所育养，州里乡党之所视听而矜式，灯帷砚席，往往遇焉。且异日者，克复一邑，即有一邑之事宜，克复一郡，即有一郡之事宜，约略言之。若搜访义烈，若招集流亡，若抚恤凋瘵，若履勘粮亩，若稽核册籍，自余修举废坠，不一而足，茫如梦如，率仓猝不易措手。斯时也，设令上官督其纲，乡宦司其纪，而擘画指使，半属屠沽驵侩者流，求其胸目间稍有睹记，可以任钞胥之役、效一得之愚者，寥寥不过数人。窃恐张者少而弛者多，左方支而右已绌也。器使不求其备，需材务集其成。夫士也，而恶可尽死？虽然，由今日观之，欲期其不尽死而不可得也。寒素之士何恃乎？曰授徒，曰佐幕，曰囊笔游。不死之道，大都不外乎是，今则三者俱歇绝矣。顾乃不能执干戈，不能荷耒耜，不能学灌园叟，不能作抱布氓，飞而不能高，走而不能远，不能奴颜婢膝乞怜于里豪，不能蚁附蝇营纳交于当轴。其所能者，藏之胸中，发之腕底，非尽腐木湿鼓，无用于世者比也,而不能以之易一炊之米。今日者,发将渐长,气则未短,辄复览国士登坛之策,诵儒先致命之书,慷慨悲歌,唾壶击缺,而一家仰食,不能吸朝露以为饵,煮晚霞以为飧,即欲不死,安得而不死?过此以往,郡县诸邑贼不灭,则士不生,贼之死缓一日,则士之死促一日。为爨下桐,固其命也,为沟中瘠,不皆其命也?以上无救援之者也。侧闻大兵将次云集,鞭虽长不及马腹,虑旦晚不可期。其可以朝发夕至者,则犹为魏博之屯,效子墨之守。想谋定后动,定必不忍外视疮痍,特恐迟之又久,将举读书种子而尽剥亡之天乎人乎?杞人之忧,固不必愚者而后出此矣。夫人不能无死,士穷乃见节义,即亦可以无憾于死。顾非死于殉国家,死于殉城社,死于殉父兄,而仅仅死于饿,鸿毛、泰山之分,孰贸贸者。且天命未改,何效夷齐,若竟至于号呼而莫我闻,垂绝而莫之睹,其在死者则亦已矣,抑独不能为上之人惜也。操纵在手而饥溺无关,无祖龙之坑,几有清流之网,天下后世,其谓之何?执事,读书人也,白之裘,杜之厦,力不能至,心必同之。方今春时,草木萌动,嘘枯生荣,物之望于天者,即寒素之士之望于当道者也。意激词詟,不知所裁,伏惟执事垂亮而鉴察之,幸甚幸甚。宗泰顿首。"

又为太仓州璜泾镇团练局董顾福谦等上刘令书曰:"某等公同上书松岩公祖大人执事:溯自逆踪东窜,吴江娄水,稻蟹靡遗。沪城当津要之冲,屹然固于苞系,非执事赤心保障,俾诸大吏将佐擘画有资,曷由转危为安,杜绝窥伺?逖听之下,钦颂奚如。敝邑僻处海隅,地瘠民贫,城垣略同莒陋,所恃昆山、嘉定为东南两路掎角,借作声援。不意四阅月以来,唇齿无依,孤城再厄,其败坏决裂、辛苦垫隘情状,有不忍言又不得不尽言者,无可控诉,敢负越境之罪,为执事沥陈之。四月二十八日,州城之陷也。由局饷不支,团勇溃散,官绅先行避走也,凡八日无攻贼者。贼忽一夕遁去,子女玉帛,掠已殆尽矣。八月十四,州之复陷也。由将佐内畔,兵勇外通,启门纳贼于仓猝也。自邓都阃殁,忠勇可倚实为蔡、杨二公,干城之佐者惟彭守尉一人,及祸变既作，奔救亦无及矣。嗣是而后，城狐窃据，豕突狼贪。计男女之被略者，陆续三千余人，村市之被焚杀劫掠者，周遭百数十里。州之东北境则海也，其西北境则贼所据之昭文邑也，万户仓皇，闻风鼎沸，降之不甘，拒之不敌，待之不可，避之无从，率至所过为墟，户罕炊烟，野惟夜哭。此虽积戾所致，劫降自天，要非巨奸大憝有若卢循、张轨者流，亦何至贻害若此？屈指敝邑所存之地，惟最东北璜泾，镇方十里一区，自经设局团防，努力捐资，久形凋敝，以外各村镇荒凉景色，更何待言。所望大兵风发云集，迅扫逆氛，而旱岁云霓，尚虚瞻盼，贼匪恃其无警，愈肆鸱张。风闻一二乡镇，已有受伪土官胁制编校户册者，彼亦大清赤子，岂甘心为化外顽民？夫亦残喘仅存，呼号无路，万不得已而姑出此下策，冀缓须庾之死以待援手于当路者也。执事以神君之慈，具良将之略，威望所播，遐迩共闻，而守土躬膺，势不能分忧域外。窃念署制军薛中丞驻节贵治，距敝邑百里而近，不难洞悉情形，想垂悯疮痍，断无膜视，特军机重密，或有未便轻举之处，故犹不遽遣兵。某等亦以粮饷度支，未由供亿，且援往者覆辙，不无顾虑，未敢造次径请。第就敝邑被残景况，具禀胪陈，伏祈于因公晋谒之次，袖呈观览，迅赐批示，以慰调饥。某等幸甚，阖邑士民幸甚。"

又为璜泾团练局上署两江总督薛中丞焕禀曰："某某等谨禀为阖境被残沥情环诉事。窃州城自四月二十八日被贼攻陷，子女玉帛财物，掳掠一空。续于五月上旬，署藩司蔡会同州牧杨带勇收复，旋经副帅富奉檄到太，招集民丁，派随诸佐领协力固守，除西南两境为贼占据外，余存各乡市镇赖获安全。讵于八月十四日，贼自西门拥入，城又猝陷，时唯宁备彭泰忠勇可倚，亦已奔救无及。即日民丁被掳，不下二千余名，自东北两门逃出，互相践踏，死者无算。而闻州牧赴水殉难，民皆痛哭失声，续又讹言不一，其余将吏兵勇均各散避无踪。嗣后贼匪分扰各乡，横行无忌。太镇民风向来怯懦，又地势不当冲要，兵革从未见闻，因此各乡镇虽经召募乡勇，干办民团，屡次支持，苦难抵御，卒至听其蹂躏。所存璜泾一镇，在州城东北四十里，外濒海一隅,设局团防,经五阅月之久。地既迫蹙,力更难支,幸贼匪望风逡巡,欲至辄回,未遭荼毒。然驿骚震动,久已旦夕不安。以外贼踪所过,若浏河、茜泾、鹤市、浮桥、老闸、沙溪、直塘、双凤、茅市各镇及乡村,周围百五十里以内,悉被焚烧掳掠,户无烟火。前月二十三日等日,自辰至酉,贼匪大队由城向北,或绕道东北,折西齐赴常熟,亦不知贼情为何。至州城踞守之贼,去来更换,出没狡狯,多寡无常。各处逃匿人民,昼夜惶骇,号哭遍野。日闻大兵将次云集,延颈企望,尚无确音。风闻浏河一带已被贼逼胁,设立伪土官,攒造户册,勒索丁银,似此情形,伊于胡底。某等为大清赤子,自与逆贼不共戴天,惟垂尽余生,万不能支撑拒敌。窃念被残待救情况,实属控告无门,惟有迫赴大公祖大人麾下,沥忱环诉,幸赐哀怜。所有冒昧干渎之处,不敢避罪,伏乞电鉴,激切上禀。"

又为璜泾团练局上督办江南团练大臣庞阁学钟璐禀曰:"禀为情迫求援事。窃本年三月间,董等接奉州牧杨照会,设局筹防。续于七月初旬,由州发到钧谕,遵旨督办团练,饬示规条。仰见大宪大人保赤殷拳,上纾宸廑,敬诵之下,感佩倍深,当即恪遵,公同办理。惟自四月底,州城失守,贼匪据无多日,城中被掠已空。旋经官府收复,协同将佐招集民丁,撄城固守,东北两境,赖获安全。至八月初三、四等日,贼股窜出城北,有前署镇洋县吴梁带勇赴剿,仓猝遇害,一时三里庙、茅家市一带民团先后接仗,被戕多名,余即惊溃。时州城防守颇严,惟度支不敷,用物缺乏。董等因于团费外复竭力措资,输助城局,需用物件并随时接济,以坚捍御。不意十四日,西门忽启,贼众登时拥入,城又失陷。各乡闻信怔骇,团勇散者纷纷。嗣后贼屡下乡,虏掠杀烧,无所不至。近益肆行无忌,遍发伪示,促造户册,勒索财物,甚至设立伪土官,号称军帅,勾引匪徒,招摇恐吓。虽贼踪未到之处,居民闻风惶避,亦几无地自容。董等住居州邑东北境,与昭邑东境毗连,信息相通,情形如出一辙,跂踵望救,彼此皆同。窃念贼匪据有苏郡,复得昆山、嘉定、常熟、太仓四城,羽翼分张,盘踞益固。近十日间,迭有近地人民被掳至丹阳一路,乘间逃归,均称官兵已过镇江,贼众由昆、太、嘉、常络绎赴拒,想四城贼匪无复充斥,似可乘此机会,就上洋酌遣兵勇,分水陆两路,绝其接应,首尾进攻。苏城股贼虽多,方图西应关外,谅无暇分股东救。董等当率团勇相机堵截,贼匪下窜无路,不难一鼓扫除,庶使未尽生灵顿解贴危,重睹天日。目下太镇两邑仅存璜泾,镇方十里,尚孤守自全,所筹团练经费,万难支持日久。董等蒿目近状,诚恐大兵入关尚需时日,海隅数邑尽被沦污,为此急迫求援,并揣度现在情形,略抒所见。联名具呈大宪大人麾下,伏求电鉴,恩赐允准,迅剿狂逆,以苏民命而肃地方,激切上禀。”

又为璜泾团局举义讨贼檄曰:“自古无捜击民命之真命,更无绝灭天理之天朝。恶逆粤西长发贼者,同戴一尊,忽成异类,非人非畜,无父无君。始则芽蘖未除,久而羽翼转横。蔓延十百郡县,荼毒亿万生灵。夺我江南,竟比负隅之固;嗟兹吴下,并罹糜血之灾。焚烧、劫杀、奸淫,滔天肆虐;贡献、捐输、征税,掘地穷搜。篡古制而设乡官,编户胥归钤束;开伪馆以招土棍,屠民辄被鞭驱。贱文字,则粪秽泥污;蔑神圣,则焚祠毁像。凶顽甚为盗之孙卢,狂悖过称王之闯献。实旷代所罕有,岂并域可同居。自我大清二百年以来,仰惟列圣六七传之久。湛恩汪濊,薄海乂安。凡有血气之伦,孰外生成之泽。讵意蜂屯小丑,辄敢狼籍中原。谁无骨肉,存不敌亡;谁无宗祊,祀不胜餟。城有庐,榱栋则薪;野有垄,松楸则斧。田为之芜,市为之闭。行路为之恇骇,寝食为之烦忧。如此生不如无生,是可忍孰不可忍。爰念寇仇必蕲之义,正值神人共愤之时。涓吉誓师,克期扫贼。顺风呼而万人应,浩气鼓而群魔摧。凭此忠肝义胆以齐驱,孰非铁额铜头之劲旅。方今大兵将集,逆魄先寒。凡属同仇,急宜戮力,或解囊助饷,或负弩从征。若有奇才异能,谨虚左以待宾客;所历山村水市,务练团以结声。援兵过处,安堵无惊。城破时,投戈即宥,惟兹衣冠禽兽,必寸脔以快人心;请看京观鲸鲵,岂尺土可留逆种。布告遐迩,咸使闻知。”

又散贼檄曰："盖闻生路不外反求，义师必无好杀。蠢尔群丑，实我同仇。罪已贯盈，理宜骈戮。惟念入党不皆顽悍，庶几分途可予招来。值讨逆之有期，虑见几之不早。特伸晓谕，同觉沉迷。往者劫网方恢，狂锋正锐。声势居然张大，颛愚未免惊疑。十年以来，万恶毕备。岂有残民之巨盗，能为驭世之真王？剟复摧戕百神，践踏五谷。秽溺文字，毁裂冠裳。作孽如此之深，游魂安能不蹙？尚欲苟图富贵，窃附威权。冰山非可倚之城，社窟即无逃之狱。祸将立至，事岂难知。尔等或因城陷而遭擒，或在乡居而被掳。早经胁诱，难脱牢宠。虽羽翼之谬充，岂腹心之真结？况乃室庐尽夺，囊橐胥捐。思骨肉以难逢，望乡闾而不见。田园虽好，孰话桑麻；墟墓犹存，谁浇麦饭？举念皆堪陨涕，事雠讵复甘心。至于游手之民，或竟投身于贼。想受欺于穷鬼，遂妄助夫凶魔。岂知役使偏烦，鞭棰转酷。设复编充为伍，必至迫令前驱。锋镝先撄，金银安在？是真浴沸汤以取快，奚啻饮鸩酒以消忧。扪腹自思，噬脐何及。今为尔计，试听吾言。本非披毛带角之群，当知革面洗心之义。倘投戈而效顺，庶解网以推恩。其有杀贼立功，献城纳款。施反间以滋仇隙，约内应而泄贼情。凡兹实效之可观，不独前愆之尽宥，定加优赏，决不食言。呜呼！面目依然，何苦屈身于毛畜；头颅幸在，尚期归骨于首丘。方今春色更新，草木早含生气；须识天心悔祸，风雷会扫魔氛。特此布知，亟宜猛省。"

予于是午乘程□□云凤船南行，饮于朱氏，下榻于伯谦侄家。

次日，贺朱蔼如公子养之鼎元合卺，撰催妆四诗。与长洲周云亭□□、金匮华青岩□□、元和顾子和斋长、虹玉茂才、吾邑瞿竹村参军毓荣、季荪卿孝廉、徐步云上舍凤庚、蒋子芳、王蓁香利宾、笪琴舫、宁□□受禄、支西园锦铨、邢桂山、狄步雄□□、步英□□、李少卿□□、锦阁树滋、平湖桥留良、梅生上舍大有、查本直、德章□□、玉章□□、贾词仙、梅溪、厚斋秉坤、玉堂兆丰两少府、朱菊亭上舍、确甫少府人吉、仲甫同福，连聚两日。适周廷栋弼亮、苏成山之子俱完姻，留饮不果。陪新客沈晴涵上舍澜、刘湘泉湘舟、尤乐山上舍企侗、维贤□□话旧良久。主人以六博消长夜，予素不喜，勉应片时。予所采访忠义，如季受之□赠翁、张绚斋上舍云锦、周畅轩少府倜、谭冶卿镕、吴治卿廷钊、德余瑞清、王亦周恕、驾珊曾谦、沈宝三溙录诸茂才、王润亭盐尹畴福及秦振远嘉、陆雪香志铭、丁云坡士昌、张柏杜、瞿诚斋养存、金理卿大椿、狄振纲、黄小岩美才、陈金福、贾金福、薛陆、秦大宝、金银福、周二观、家锦煏鍴钟、朱子让汝谦、少岩廷煏、沈卧云承奎、□□铚、黄小山大令许桂之室严氏、李立夫复亨之室朱氏、曹友梅松之室□氏、钱芝香上舍树棠之室查氏、陈芝冉茂才肇文之室谭氏、马来源尚英之室狄氏、冯玉山茂才照之继室王氏、周桂亭维城之继室黄氏、陈湘涛靝善之室王氏、贾明珠茂森之室陈氏、何陆氏、王蓉村师之副室周氏、媳润亭盐尹之继室周氏、孙媳宝岚茂才效曾之室张氏、谭儒谷燮元之女谭氏、沈绣峰廷珍之女沈氏，共为一册，托顾子和报苏省忠义局。

初六(12 月 12 日)晚，附瞿竹翁舟回家。

初八日(12 月 14 日)，王聘轩出盛馔劝饮，偕翼亭及群从欢聚销寒。

翼日，沈阆峰廷堉来，同座衔杯，相与谈少年事，彼此兴酬。

初十日(12 月 16 日)，同王聘轩、金丽生入城，晤吴健伯、陆子庄、陈镇乡□□、徐耀山□□、瞿柏亭、潘子仁辈。谒唐默卿学师，不值。为所亲缴条银，与李心葵谈片刻。今年予产白水未蒔者十居其一，其余禾被水伤者亦多，循例全熟之田一石额者让二升，石一额者让五升，石二额者让一斗。寄王氏收租，尚属振作，特水淹歉收者，虽看稻减收，终不免饶舌耳。回想销寒社集，暨《娘军斗胜》《鹅湖风雅》两集，酒友诗朋已去其十矣，如元和陆阆栽广文毓元、吴县许春宜茂才文藻、金匮马春郊昂及吾邑高勿斋浚、李菊亭上舍仁、锦江璋、王小庄上舍守敬、鲁园希曾、颜晓霞泰、心谷敦仁，四五年间，溘如朝露。且索其遗稿选刊，以慰旧雨。

十六日(12 月 22 日)，王湘翁留饮，因是日冬至祭祠也，同瞿景园、王德成、翼亭、张宝青、李芝馨等拇战销寒。连霜并无雨雪，旱干月余，菜麦减色。闻今年折漕，每石定价四洋五百五十八，与时价不合。目下净米价每石不过两洋二三角，粮户较旧更艰。

次日，仍为湘翁劝餐，偕孙蕙圃等细品米鸭。是晚假归，欲息养一天，而斗室打头，顽儿聒耳，囊中金不敷日用，又为攒眉。念当时逃难，日食升米，饭量加焉，日走廿里，足力健焉，日赋一诗，吟兴豪焉。至今允清，而三事偏逊，岂艰难险阻，乃见真欤？唯戆直之本性，清介之褊衷，仍如往日，不合时宜者坐此。又谓我生有三憾：不得科名一，不保城屋二，不生佳儿三。犹幸有可喜者三：一居停有缘，二妻女耐苦，三老迈不病。否则积逋累累，后路茫茫，不免愁城坐困矣。

十九日（12月25日），赴馆，借课读之缘，纪见闻之事。自辰至酉，握管手胼，著述动百卷，吾乡如是者有几人耶？苦无随园先生辈提唱，恐后嗣谁珍，徒供蠹饱，此又自悔心力之枉抛也。见易简仙师谕云："久晴干燥，须防火灾；难民纵横，须防盗劫。"其挽孙刘氏二联，对仗颇巧。有云："振编柳之声，承燃藜之训。纵身居绿野，而丸熊教子，弋雁箴夫。年登大衍余三，争拜针神者，已尽邻里乡党矣。赴西昆之召，追南岳之踪。虽志厌红尘，而雄雉悲辛，皋鱼泣母。月正小春逢十，哀称壶范者，岂惟宗族亲姻乎？"又云："当年东作课良苦，饁饷备尝犁雨况；今日西游征善果，广寒争迓婺星回。"予连校《周礼》《仪礼》《尔雅》，眼花手战，不能作蝇头字，徒叹颓唐。

廿二日（12月28日），同王聘轩入城，于官廨归银串，晤姚心梅□□、似香、左生小话，并与刘雨时、庞希葵、周新之、潘子仁、李耕年、心葵、蔡心田、见心、温裕昆、朱少英、张文起聚半日。知条银每钱二百零五文，税银每两一角四分，折漕每石减至四洋二百。午饮于西郊蔡宅，适新厦构成，城湾渐闹。回舍接余静斋丈札，来贞节两状，嘱余报局。一为程琴斋之室司马氏，一为陆菊亭上舍耕耀之女，为改正另书。

廿九日（1867年1月4日），闻张字卿少府福滋物故，家资虽厚，而孤儿尚幼，亦征清河氏之衰。戏作挽联云："天教虎穴逃归，三年力御风波，何碍生前为贼掳；地近鸾坛不附，二竖灾侵雪月，可怜死后始仙游。"谑而近虐，以作谈笑，非敢书送灵前也，当另撰以质知己。

十二月二日(1月7日)，王梦蘧出肴酒，留同王翼亭等暖寒。

次日，庞希葵光丞钟球、狄友良上舍嘉瑜到王宅会话。

初四日(1月9日)，偕王翼亭等入城，昼饮于俞书庭处，夜饮于狄懋亭丈家，调停聘轩田务，庞希夔、狄文卿陪座快谈。

翼日，舟赴洞港泾，贺朱生介甫炯完娶，诚斋丈留以盛筵。午与王月樵上舍□□同席，夕与冰人周益三上舍□□及朱□□□、桑侣芳、蔡易侯耀祖、葵倾心诚两少府同座。主婚又村丈，嘱同张紫卿运同荫楠、徐达余司马朝经、程桐生奉直琛陪新客将少眉芹奎、胡仰铣祥桂两奉直、胡惠生朝栋、少卿祥林两少尉茗点，得稔吴趋之风。遇章海如、张芝堂、陆建侯、桑宝卿、朱克谐、千戎丈、少美奉直、景华、鹿苹、约礼。二鼓回祖居。

初六日(1月11日)，遣祐儿、祺侄到佃家刮租。予为伯谦侄留膳。

次日，王、霍、金、毛、贾诸姓运米上仓。予同王翼亭、陆寿昌、李芝馨往领米船护照，始过三里桥卡，近议漕例，每石米贴一洋钱。时借汪典铺空屋，堆米如山，粮户争斛，半夜不绝声。午后，久旱得雨，麦田可苏。王芙江邀同张寄翁、宝青饮于徐德兴酒馆，拇战言欢。黄昏，同寄翁、芙江、祐儿宿沈云章家，留茗点，其弟子静季才信泰、□□公子小章文枰、文梁□□、培庭钟泰，挑灯陪话，直至夜阑。

初八日(1月13日)，晴。李子馨、霍幼兰国柱邀至坊桥酒楼小酌，共两筵。是晚，始与俞莲洲、张宝青米同斛，斛身、行斛加二合三，因同人大声疾呼，故免淋尖。夜为王氏群从留同鲍润轩元琏等买醉酒楼，仍二席。予同宝青连饮福酒，舌底余甘。晤曾芸溪丈及郑□□□□□□、桑砚香观察、赵少华少府、毛蓉江参军、魏宝钦枭掾、严菊村□□□□、居敬之斋长、朱映堂人俊少府、霍醉香少尉、朱岭梅都阃、克谐、千戎两丈、季苒卿孝廉、童翼周斋长、周新之上舍、陆子庄少尉思恭、蔡沄江蓗尹、管春蔼正熙、徐阆卿士玉、蔡季范、赵韩城、李简廷诸茂才、□□□□、钱□□显仁、潘□□□□，倾襟畅谈。

越日，于王宅载租米回家。

至初十日(1 月 15 日)，瑞数寸，可兆丰年，而风烈水冰，隆冬寒倍。

十一日(1 月 16 日)，赴塾。

十三日(1 月 18 日)，孙世昌、钱芷生来谒，赠《诵芬录》、先祖诗，同出酒兵，痛饮。暮偕沈一纯上舍剪烛深谭。

翼日，偕孙佳舒蹋冻到北双浜，视田之高下。因安号为膏腴，欲得数亩，作祭产也。时河冰不通舟楫，庞希夔、曹月锄□□从半途步至漱芳阁，衔杯泼寒。

既望(1 月 21 日)，冰泮。同王氏叔侄及孙云亭介书入城，见常仓移翁府前曾宅，即蒋韵泉刺史嘉瑞旧居也。晤潘子昭副车乔梓于聚福园，询悉马春湖太守已作古。知己云亡，曷胜悼惜。旋赴瞿秋亭家，与王映如□□叙话。偕王翼亭、聘轩憩钱氏蓉泉上舍树漾处，立契得田作鱼菽之资，与陈仲舫、钱琴溪、寿卿、锦峰、根桂宝麟辈聚半日。回遇王星如来，谈文至三鼓。

十八日(1 月 23 日)，挈祐儿至北乡，膳宿于钱氏，宝斋陪话。骇悉其弟屏斋守珍新没，子尚垂髫，雪斋儒珍之子被掳未返，唯宝斋三子二孙，差为天祐。其侄振峰言祖父俱故，殊少老成。一粟庵为贼烧，僧众俱散，光景迥异曩时。

次日，风雨。载租米回，舟出支港，适潮退，钱公子玉冈、玉方唤人尽力扶过，出塘候潮，万分辛苦。口号云："风雨迷漫不见山，福山塘险抵严关。龙王不放波臣逸，早晚黄潮两往还。"今冬虞山之北，均定九二收租，而种豆田尚不少。晚泊西城兴龙桥，是予幼居之所，为李氏上仓。夕宿舟，有被无褥，拳缩舱中，不胜其苦。

二十日(1 月 25 日)，憩虹桥茗楼，晤屈根廷□□、余翰卿□□，话雨良久。舟过水仙庙卡，被卡员潘姓勒住完税，幸米余无几，因予辞顺，放之。寻赴东市河粜米，时价贱，净糙每石不过两洋二角三分，除行用八分，捐钱七厘，代上岸五厘，仅两洋一角三分八，洋作一千零廿。偕陈古香、李□□、陶湘如叙片时。申刻回家。

翼晨，抵塾。

廿二日(1 月 27 日)，贱辰。霜而雾，幸日出天清而寒减。岁杪手空，未克治汤饼，只焚香拜觌而已。是晚，李琴仙邀饮，美手烹庖，肴多仙味，虽白堕非黄娇，而家酿究胜市酤。偕孙克昌、王聘轩、梦蘧、星轩斗拳劝酒，寒夜兴酣。

次日，撰坛弟子谢仙觇疏，并祝时挹山丈七秩。

廿四(1 月 29 日)为成日，解馆回，躬自送灶。

翼日，王星轩、家伯谦至镜墀轩小话。予赴仙坛，拈香辞岁，钞鸾唱回。

廿六日(1 月 31 日)，憩东始庄茶园，与金振奎、张鸿范闲谈，戴孟扶德会栉沐之费。

越日，同李琴仙上城完漕，将经手之帐目交李心葵。遇胡雪岑、俞蓉卿、姚禹门、钱琴溪、周春桥德润、程蓉江、狄懋翁、如卿、霞卿□□、尤湘云标、茂之□□、包茂荣、九仪谈久。夕附李心柏、姚巳生舟回乡。

廿八日(2 月 2 日)，偕王翼亭、聘轩、星轩、芙江、赋梅吊张字卿之丧，晤范雪庵少府、沈枕经上舍、居敬之、金景岩两茂才、徐鹤斋、孙学卿、张宝青、时春晖、钱玉琪□□、殷云亭□□、陆森源文炳、邢桂山、王蔼屏、梅修等，作竟日之叙。丧主润甫留盛筵，便访其家祠，颇幽静。

翼日，闻仙坛拨米给本图极贫之家，予因雨，未克襄理。

除夕(2 月 4 日)，立春，晴。傍晚，酬神祀先。豚鱼馈自东翁，并见予窘，既赠小帽，又赠靴鞋，可谓饮之食之，戴之履之，但不知何以报答。守岁口号一律，以志村风。闻城中寒士，大索陋规，漕书瞿秋亭推诿李氏昆弟，致心葵出门避辱，不得逍遥度岁焉。挑灯览《殉难赐恤录》，常昭则五品军功附贡归贡三兆金、按经沈也樵廷煜、童生家桂、千总徐汉亭春泉、训导刘雨寰成霖、举人屈翼亭士瀛、□□曾□□尚谦、九品衔增贡蔡伯修垌、从九张燮亭煜、议叙八品姚景德陈锡、九品屈□□春杰、附生沈宝三臻禄、王亦周恕、驾珊曾谦、附生朱少芙振金、蒋谨绅士龙、廪监瞿小园兆祥、俏生朱蓉塘士琇、训导张秋卿承湛、八品衔附生李叔卿鸿文、监生吴紫岚庆衔、五品衔沈经甫荣恩、州同沈养斋国瓒、附生张赞臣宝簶、从九李芝挹兆庆、武举陆静山兆铨、民人周仰山泰望、焕章增禄、千总衔武生许景园国昌、从九刘恕斋瑗、浙江候补司狱萧□□炳麒、吏目屈桂岩炳丰、童生玉亭锡麟、州判副贡姚小缘一树、议叙九品钱叔成福浚、附生周质斋耀、陶佐羹念德、八品衔附生俞月卿钟进、附监陈寿兰鸿培、廪监管云轩韶成、训导附生范君枚□循谟、监生方□□世第、训导萧穆亭敬熙、监生张朗吟华衔、附生议叙九品衔吴让之国瑞、安徽候补从九李保留经道、童生张守清凤仪、从九陶彦卿景潞、监生徐韵兰濚、附生苏德卿景韩、监生赵恂卿同祺、附生蒋小岚光銎、童生邵□□树元、六品衔黄楚帆湘、九品衔庞□□廷鉴、监生庞敦甫裕明、廪生候补衍圣公司乐屈小农茂曾、民人陆□□桂桢、助教五品衔曾仲才彬文、举人中书丁芝亭云瑞、举人教谕江树叔之升、副贡蒋引之鹤龄、从九张印川定玺、蓝翎都司许子仪玉珍、武生徐□□浩、蓝翎都司严□□康保。厥后所报者另录，如父执陈馥堂贰尹基泰、老友马健庵藩丞善亦堕劫中，可悯也，亦可敬也。余若被掳未回者，有俞子嘉大令大猷、钱葭村少府湄、张静卿少尉瑞东、许少仙斋长文弨、周德芳上舍□礼、姚伯云茂才英镐、屈宝生孝廉家珍、谭子坚茂才金城、席凤书茂才鸿衔、沈渭溪茂才清兰等，未知存没。

龚又村自怡日记卷二十六

同治六年丁卯(1867—1868)，五十有八岁

元旦(2月5日)，艳阳。同人乘李氏画舫赴南乡，祝时挹山明经丈七十，偕殷春泉上舍、李竹溪少府、狄友良上舍、贾梅溪、王星轩、朱云卿、吴慰屺、蕙亭□达、□□、李琴仙、心柏、祐之、棘卿、时子金、月梅、酉生畅行酒令。适沈得山茂才丈亦七旬庆，予往拜，见自作寿联云："杖国逍遥辞绛帐，板舆奉养侍青衿。"其太夫人尚健在，白发朱履，有老莱子风。便过朱恂如、贾词仙两家，贺新禧。并至祖居。仙坛传谕："缘折愿未及报销，字纸缺收两月，阖坛弟子降四级。其余自犯之过，另镌几级。予因公罪准复，岁朝庆贺，各弟子加一级。"

次日，王氏叔侄及贾玉堂来拜年，留饮战拇。晚挈祐儿赴仙坛，王瑶林、诵莪留酒食，共两筵，同张寄翁、陈仲舫、孙学卿、克昌、贾玉堂饮甚酣。朱新之、家伯谦来舍，不及陪。予撰四六贺启，拜焚而返。

初三日(2月7日)，楚通仙师奉宫谕锡予二诗，有云："文衡砚北金针度，诗话窗西铁网搜。"又云："采访穷乡倦不辞，纲常赤手替扶持。半生岁月诗中过，两字功名榜上迟。题集心徒伤雁影，绘图情莫补乌私。"自注详细，颇多颂祷之词，不胜感悚，即具词谢贶，答和两章。黄申甫、金景岩、笪琴舫、家葆初来贺岁，茶点留谭。

翼日，张寄翁、陈仲舫、孙学卿见过留点。予往王氏，答贺年禧，旋同李芝馨到仙坛，录鸾谕，为王湘翁拟请灵谈事疏。易简祖师传宣台议三十六款，第一款曰："龚心椿所辑《西窗诗话》一书，发潜德幽光，真莫大阴骘。当大加裁汰，已刊稿者不必，或另辑亦可，然可缓之

事。未刻稿者，或厄穷介士，当得意挥毫，未始不抗心千古。一旦声澌影灭，溘然付之何有何无之数。虽吉光片羽，必珍惜如金。或红粉名媛，生前饶秦嘉、徐淑风，镜奁命笔，绣阁摊笺。推敲夜静，催寝有小鬟；歌咏晨清，同吟来夫婿。当得意之句，亦愿人知。而人事莫必，或视作薪烧，或用为酱覆。倘有人宝而珍之，诗魂有知，定当泥首倾心以谢。此皆不可缓之事也。今着心椿迅速具稿来坛，我坛当提唱刊资，集腋成裘，谅同心人无不欢喜也。"又楚通祖师谕曰："余苦口药石，盖因君等英才不可磨灭，苟能留片言只字于人间，后人称道弗衰，否则与草木同腐耳。或采芹折桂，翰苑流芬，亦不负我真人殷殷属望。不然帝阍万里，何由知尔之鲰生者。《西窗诗话》之刊，必不得已之事也。士君子躬逢盛世，为国家立功塞外，置斯民衽席之安，门庭生色，史策流芳，而徒兀兀穷年，守一编不置，其心不大可悯哉？我故曰《西窗诗话》之刊，不得已而为之者也。"予即书覆疏曰："为谕刊《诗话》恭请钧裁事。伏读台议第一款，有曰：龚心椿所辑《西窗诗话》当大加裁汰，着具稿来坛，助资刊板。仰见大真人发潜阐幽，不弃刍荛之至意。窃惟椿何如人，敢借辑诗以自显？第其中厄穷介士、孤苦寒闺以及方外之夭折颠连者，不可湮没。况所录诗人，殉庚申之难者居多，尤足生色。苟得玉成，使心血常存，并为他日修志之助。已刻稿者不必存，业大贵者不必存，隶外县者不必存，他若年代久远、有才无行者亦不必存，兹就本邑举贡生监，下逮布衣，末附方外闺阁，或死而无后，或生而奇穷，借诗存人。前后系以小传，编次分其年代，约十余卷。诗繁不及备刊，拟十存其一二，或录全篇，或摘断句，务令简括。因乱后家枯，不克集巨资也。惟椿幼年所辑，仿渔洋、随园之例，话多诗少，徒博解颐，而零星琐碎，颠倒错综，例难画一。故又重编，就近人有专集者，撷其菁华，叙其梗概，于每卷前列其姓名，以便查阅。当送法眼之先达，作手之时髦，酌改一番，免贻笑柄。所嫌诗多话少，拟改作'西窗诗萃'。序尚阙如，还望大真人赐光，庶可行远传久。辑诗之人，原署尚湖狂客，可否径显姓名，诸祈裁夺。专函上覆，伏候训示施行,曷胜感戴之至。"易简祖师谕曰:"拜进词文一函,明日批尾定夺。凡字迹端楷,自始至终无一笔苟且,首推心椿,足征后来之福泽顺境。自设坛定例以来,合式者十之三,不合式者十之七,无他,皆粗心浮气故也。故君子贵精细。"是夕,张宝青留膳,王瑶林留宿。

初五日(2月9日),又同徐寅生饮于张氏。傍晚,回家接路神,因昨为火日,改至正诞也。平爕庵、时敬甫宝源来,不及迓。补读真妙祖师元旦谕曰:"弟子亲拈香贺禧者,着加两级,纪两次,赏檀线三枝。"夕请紫姑神、针画鲤鱼及聚宝盆,问予年,针指灰者五十八。再请司户神,神书"福"字、"好"字、"有子"二字,均为吉兆,唯"相"字、"一品太夫"四字,不称余家。

翼日,阴。王瑶林、张润夫来茶话,不果留。邀时酉生、李琴仙、心柏、棘卿小酌,连出酒兵,同人掷元筹,稍胜。夜梦锣声报过,予自悔根柢未深,幡然欲攻经学,不知老之将至也。惟契券经理不清,颇为俗累。醒而始知我辈宜舍利求名,专治制举之文。不复囿新年俗例,耽酒博簺焉。诵镜融仙师谕云:"金通本之母孙氏挽联,姑命龚心椿代撰。"即遵谕录呈。

人日(2月11日),王湘翁留同王朗屏裕渭小酌。予于途中得"风劲鸽铃脆,雨阴蚕豆肥"一联,为足成之,适与易简祖师今日降坛之作同韵,亦异事也。回遇时渔琴上舍叔侄,不及留,而雨雪交至。坛寄易简祖师批阅椿词函一宗:"惟秋韵一联最佳,余俱平善。谨此。"又奉宫批龚心椿词函谕一道:"据椿词称,《西窗诗话》因话少诗多,改名'诗萃'。又称,已贵者不录,已刊者不录,异邑他省不录,身败名裂者不录,所录者不过厄穷介士、红粉缁流与夫学究村民、高才不遇等。本真人披览之余,知尔之心亦可悯可敬。因申意而告曰:千古文章,传真不传伪,凡人能诗,谁不思传? 虽然有天焉,未可必也。但梓而存之,公之于世,而诗魂慰焉,采风者之任亦毕焉。本真人谆谆劝梓,良有以也。第尔所辑之诗,既话少诗多,可仿沈确士《别裁》诗例。彼有名位之诗,尔无名位之诗,并行不悖。所谓山峙而峰分,水流而派别者非耶？但其中须专以诗为主，收菁华而弃糟粕。与其滥为传名，曷若精而传世。诗人传，而尔亦传矣；诗人不传，而尔亦不传矣。夫梅兰清品也，倘中杂蒜薤，虽无害于真，而有识者必笑主人无目，良莠不分，中藏亦不过尔尔，不亦大可惧哉？若他省有好诗，亦可登选，楚材晋用，亦足为诗编生色。选诗非选土，何必此疆彼界，自囿硁硁。至于前后，则依年代为次。诗人而识面也，不妨历叙生平，证交情之契合；诗人而不识面也，又不妨阙如，圣人犹阙文借乘。至若身名败裂之辈，圣祖皇帝已详言之矣，兹不赘。至于名媛，须叙明某女某室，或有贞节者，尤须细叙，另用小传，则一举而两得矣。即着再具覆词，倘有不合处，不妨切坩细陈。教学相长，教学半，书有明文，非比属词比事，发号施令。《易》以风雷为益，岂可怠慢哉？谨此。三宫门下紫台吏制坛同提命事弟子赵元同等熏录谨传。"予缮请仙引灵疏，手冻欲僵。

至**谷诞日(2 月 12 日)**，晴。李琴仙招饮，遣祐儿赴之。予适有寒疾，不可以风，致顾心存、时勉甫来，不及倒屣。

玉皇诞日(2 月 13 日)，贾梅溪、陈念堂、邢桂山、金丽生来，留膳点畅叙。

地诞日(2 月 14 日)，风雨。困眠至晚，胸腹才清。

十一日(2 月 15 日)，雨停。张宝青来，设茶点留话。

翼日，同王聘轩、芙江贺桑镜仙司马文澂嫁女，偕张紫卿运同、侯晓园上舍□□陪新客徐安斋国簿□、张端卿光丞荫楷、程莲舫奉直□□、张□□、庄旭堂□、姚□□□□□□、顾小坪奉直鹤章茶点饮宴。嗣承砚香观察之请，公然占首座，与王聘轩少府、俞葵卿上舍凤书同席。别筵郭渭滨上舍□□、李简亭茂才蜇、周文标□□等来张拳劝饮，幸不颓然。晤金景岩茂才、苏默卿上舍、吴纯甫少府恩桂、李镜晢光丞彦培、湘梅少府□□、陈福田、赵步云□□、邢桂山尚仁、计景春□□、王世卿上舍汝谐、德孚京镐、梅修松鹤，叙新旧之交。时四品者数人，五六品者十余人，未尽问姓名，类皆豪富。予戏作联云："满目貂珰，可奈正途少客；熏心鸦片，难乎新婿随时。"盖座客多蓝翎，侯倩有烟癖也。蒋简廷斋长钰云："名器之滥，莫甚于兹，难免续貂之诮，然皆失于尖刻，又滋口孽矣。"钱越凡侑舞嘉珍为我言，同案钱映岑如玉遇庚申之变，与子仲枚□□俱投河，欲倩予报局，惜难详其年岁耳。举惠山昭忠祠李宫保鸿章联云："大丈夫报国以身，万马丛中，舍生取义；圣天子酬恩优典，九龙山下，列表观忠。"又曰："死事念诸君，只落得一席名山，千秋俎豆；封侯惭我辈，倒不如频游云岳，钓隐湖滨。"且言邹中泉开府鸣鹤失守回籍，掌教东林，有鹅湖狂士戏作联云："抚院不归归掌院，桂林失守守东林。"亦觉舌锋太锐。予仿李伯句拟王祠联云："干封墓，容式闾，圣天子褒忠昭节；孔成仁，孟取义，大丈夫报国捐躯。"但以赞王霞翁，似太阔。砚翁两公子，侣芳骏修新捐府同知，宝生骏荣新捐通知加三级，貤封二代。两妇周氏、贾氏未入门，已得宜人封典，可谓善于诒谋。唯堂颜大夫第，似未称多财翁。东西两宅，纸醉金迷，犟飞鸟革，书画多古，花石亦奇，俨享神仙之福。第润屋尤需润身，从此修德未晚也。回知李祐之邀宴，祐儿代赴。

十三日(2月17日)，朱鹤龄上舍来，未及倒屣。午后，同王星如、星轩诣仙坛，王瑶林设暖炉留饮，嘉肴旨酒，味美于回，偕孙学卿等畅行觞政。醉笔书刻诗覆疏，不成为骈俪矣。俟醒解，归舟载月，得一律诗。

次日，答拜王翼亭父子，午为王湘翁留饮，夕为王聘轩留饮。同孙世昌辈出酒兵，飞"长生果"三字。星轩云："一生二，二生三，三生万物。"星如云："是生两仪，两仪生四象，四象生八卦。"序兰云："生财有大道。"予则云："往哉生生。果然夺得锦标归。"乘酒兴，与太原叔侄斗牌消遣，终日畅怀。拉祐儿踏月而返。改正常昭死难男妇清册，已报者删除，以免重复干饬。忠义局委董陆月湖学博廷英嘱再缮清册，以便据册转申。

望日(2月19日)，胡坤荣兄弟来拜年，予因茹斋，遣祐儿陪饮。午后赴坛拈香，贺上元，叩焚请引先灵议覆诗刻两疏。知今早发米，本图穷民，每口给一升。张寄翁、宝华陪话，舟往步还。晓梦失足坠水，自思幼时，道人相予有水厄，信然。惊而醒，从兹过桥倍慎。

十六日(2月20日)，天霁艳阳。内子挈二女一儿上城观灯。予则附王氏叔侄船赴县，进汪邑尊公馆暨方少坡、陈仲舫、李心葵、包茂荣处贺禧。王遨风孝廉以四言题我《蓼莪册》。路遇浦晴川学博鸿书、叶敏斋孝廉如金、蔡鞠轩司马、叔平茂才大均、朱少美奉直、沈枕经上舍钟祥、吴秋亭少府、翁士吉斋长曾禧等，彼此道喜。入灵公殿城隍庙观灯。午后，贺俞书庭学博次公子得之源逢完娶。先同俞调卿司马钟燮、屈小卿少府家琨、少卿□□家璐膳饮，豚蹄蜜炙，颇佳，称予老饕齿豁。继又张灯宴饮，偕屈云溪兆麟、席宝书琪森两茂才、顾绥之司理文□、俞莲洲贰尹、撷云茂才钟骥、寿卿斋长钟碟、小云伲舞泰成、墨卿少府钟绶、王翼亭、菊人永年、赋梅三上舍、芙江少府、星如茂才、星轩、菊如元煦辈合尊促席，捔战高声。主人以大白浮客，惜量不胜，陶然便止，而已覆酒渍裘矣。堂外红梅艳开，如助喜色。千金一刻，人月团圆。席上得二诗，复吟《游春》两绝。夕宿漱芳阁，因同王聘轩先归也。

次日，赴时酉生之招，与李琴仙、心兰、祐之赌酒兴酬。晤李少霞，话片晷。

十八日(2月22日)，留邱瑞玉同饮小斋。内人则赴南乡祖居，兼拉祉儿就医吕厍，缘病后呆木，读书声不扬。想其窍塞心偏，不得不遵先祖临沙之言，神针救正也。王医，太仓人，针后配药，据云："痰迷，须服药见小便绿色，神识乃清。"

翼日，王生诵莪招予春宴，共两筵。自入新年，已造饮四次，主人不嫌恶客焉。陪孙学卿、张寄翁、宝青、毅甫福荫、王翼亭、梦蘧、星轩、芙江、菊如等以拳斗饮，饱尝薯蓣糕，不致腹虚成醉。而梦蘧则已如泥，烛烬三条，尚不罢战，予强劝餐，归时危坐船头，送我上岸，还访酒友李琴仙，几有采石矶捉月之状，予纪以二诗。梦蘧称寄翁"老大爷"，予谓可对"小二相"，盖人呼梦蘧尔尔，同坐叹绝倒者三。

二十日(2 月 24 日)，赴东始庄，与徐文华茗话。适王瑶林又召饮，连困酒食，聊命祐儿代应，归言四汤炒中有冰壶卢，耳食胜于口食。夜间妇女梦番瓜子落，与予梦同，自是倍加修省。

次日，小雨。王氏来请开塾，荫槐赴钱庄习算，余仍读书，添芙江公子少芙恩楙、湘翁女孙菊贞祖培。是夕，芙江设宴，席有红煨鱼翅及桂花山药糕，剧美。王翼亭等与予赌酒食量，醉饱尽欢。予每饮兴酣，见人必忠告。闻有少年，动公呈控人盘剥，戏云："便有实迹，究非应告之人；若不指明，合坐诬控之罪。其家非无儋石，翻为此穷凶；其族向读诗书，甘蹈此不肖。陷人非挟怨，辇造无端；蔑祖竟昧良，身将不齿。乡懦亦无损一毫，国法已难邀三宥。仰学师掌责示惩，以杜恶习。此判如何？"其人闻而惭沮。又因张宝青嗜阿芙蓉，予谓："君少年英俊，将来功名事业，必盖南乡，倘不断此烟癖，予当作《绝交论》矣！"王星轩亦云："第忠告不能善道，亦戆直之过也。"

廿二日(2 月 26 日)，王湘翁卜昼卜夜，又待以盛筵。予曰："难民流落困未苏，传座新年不到我。"曷胜汗颜。席有火踵、炙蹄筋、蘑菇鸡、八宝鸭，均鲜，而桂花霜梅、蜜渍青梅，尤香韵。同人射覆，为文宴，而稍稍出拳。除我父子及翼亭乔梓，皆其四代本枝，已满三席。

翼日，王聘轩又主东道，午膳继以夜筵，而天渐晴朗。亦用鱼翅米鸭，而热炒中葛仙米，和以猪油，最腴美。约法默饮，始得专品嘉肴。外客唯瞿景园、毛彦江、金丽生，余皆族子，乌衣郎不啻螽斯。

廿四日(2 月 28 日)，往贺李棘卿祖福成昏，晤李竹溪、金振玉、姚巳生、黄申甫、一帆炳德、朱耀卿光荣、陈□□廷福、佩璋、张寄翁、宝青、稚纯毓凤、鸿绪、戴毓祥、吴毓芝、逸耕、翰卿、孙克昌、蕙圃振藻、蓉亭振业、时月梅、长春、锦堂、冰人李少霞、时酉生，畅话竟日，并陪新客毛云阶、李□□丕勋、仲卿文标、吴召南□□茶点。席罢，偕戴竹溪增祥、王瑶林、吴翰卿辈掷元筹，陈兰谷衣锦、芝台文锦斗牌。主人劝酒，予不准出拳，细味佳肴，胸饫仙味。

次日，懒睡一昼夜，神气始清，而天已晴朗，不似昨日之淋铃。

廿六(**3月2日**)夕，李心柏以盛筵见招，吴毓芝、朱耀卿、陈兰谷、芝台暨李氏叔侄来挥拳试量。予饮过三蕉，时主人请两新弟妇强予敬酒，夫妇各饮两杯，翻累拜谢。毓芝掌礼，客嘱棘卿、祐之屈膝献席赏，一新妇回面避，一新妇竟安坐受，满堂齐笑，仿佛戏台。

廿七日(**3月3日**)，阴晦途泥。张宝青纳币邀饮，柯人童翼周又送札招叙，李琴仙请年酒亦坚请再三，予以小雨俱辞。遣室人应陇西之召，而孰知同室有斗，不及撄冠，幸金省三、陈芝亭同来排难，可免未同之言。

廿九日(**3月5日**)，王梦莲出郇馔见待，同孙世昌等张拳赌饮，彼此兴酣。醉草赠钱芷生两绝，苦口不无逆耳，然问心无愧，特不谐时耳。未识狂直之性，何时绕指柔。拈《不易得也》一题，嘱星轩试。予于谈笑间，奋笔捷书，拟一篇，烛未至寸，盖亦由酒兴然也。

二月朔(**3月6日**)，俞书庭来，挑灯谈艺。王翼亭在城得信，言郭中丞于初三日甄别紫阳。孰知**次日**同书庭往郡，于半途知顾子和、家伯谦昨晋省，今日已是试期矣，遂废然而返。予梦先君命予看戏，授银作赏，正在领受时，为鸡鸣唤醒，未识吉凶。路过莘庄，赴颜心谷灵前一揖，唁其谢夫人，见眼泪，而予亦黯然。

初三日(**3月8日**)，同人赴坛，祝文帝圣诞，缮贺疏，呈寿章。并为芙江卸经理捐资，请仙师俯允，出分金二百。羽士诵道经，厨人治汤饼，予领阖坛公服，行三跪九叩礼，金逸仙熏疏焚进。三牲中有活鲤，莫之即放。坛移守暹语室，又往缮写鸾谕，校对豕讹。跪叩三事，一为今科又逢丁卯，虽未能绍承衣钵，终须努力入场，恳赐平安，俾得竣事；二为先君弃养三十六年，恳请仙师指引还家，饫闻庭训；三为幼儿未克扬声读书，有似病瘝，针砭总难即效，求赐灵方。读前月廿六日镜融仙师示云："坛事最勤、信道最笃者，莫如椿，其余多浮泛。"本月初二日易简祖师示云："奉谕，龚心椿着改为龚心传。"本日谕云："今期收字颇多，阖坛各加二级，纪二次，祝疏合式，俟宫判如何。"又跪接宫使孙真人傅庭时捧文宫谕,先有祝诗,未及和,据云:"坛士躬祝者,着各赏信方一簁。"晤俞旭初、陆寿昌、吴仲梅、时酉生、包九仪、曹俊英元燮、毛亦美、砚渔、孙世昌、克昌、学卿、锦坤、陈仲舫、梦梅、王湘兰、翼亭、瑶林、张寄翁、宝青、稚纯毓凤等,聚谈至夕,鸡豚酒食,四座尽欢。罗筑庭以其先公蔚廷先生枋遗诗嘱采,得廿余篇。予见陈念瞻公子,年幼已出学堂,衣污领缺,谓:"谒圣,衣裳须洁,冠领须全。养不教,父之过,非宜也。如王生赋梅,室已授,衔已捐,尚禀父命而入塾。"同坐以为然。黄昏,又撰谢恩疏,身惫不克留。祐儿好嬉,又未能剪烛添香,代予奔走。遂冒雨而回,笑云:"请看今日之淋漓,尽是文星之化雨。"惊悉同居李棘卿厨房于昨夜被窃,器皿肴馔一举而空,后当慎防宵小。又闻堂侄培墀于前月晦以瘰疾亡,妻少无子,谁奉二老,亦见吾族之衰。

初四日(3月9日),周莲村来话雨,王芙江留同小饮,菜菅甘荠,乡味足助鸡豚。

翼日,题罗蔚庭先生诗集,知其与潘榕皋京卿隽、陈立堂廷尉秉德、吴编山刺史□□友,不妄订交,惜小试不利,遂专力于诗,恬雅清新,足继昭谏,诚昆湖大布衣也。接钱芷升和章,八叠前韵再酬,不减松陵倡和。补读初二日鸾谕,易简祖师曰:"近日外省逆氛,甚为猖獗,官兵不能取胜。今此处幸遇升平,须努力回头。予忝列内坛,祖师又奉宫谕,改内坛为内科,内十使为内十参:证提大经文、证摩大纬德、空蕴大爻熙、圆觉大易纯、了无碍大孝懿、大妙通大悌道、慧净大忠学、璇圆明大信礼、阐玑大恕廉、补理精进大义耻。其余左十赞、右十选、中十化,外附各十使,均换衔条。改正三宫衔,为碧霄权效太虚宫事、留护鸾言秘监司官、紫真汤真人,琅霄权效摩荡宫事、留护鸾言秘监司官、爻机陆真人。丹霄权效玉淑宫事、留护鸾言秘监司官、纯宣于真人。文帝全衔,则为九天辅元开化主宰七曲灵应梓潼司禄职贡举真君、保德宏仁大帝、谈经演教消劫行化更生永命天尊。"又读初三日孙祖师傅庭降坛诗曰:"文运天开洞性灵,一堂满袖桂花馨。榜悬龙虎荣登甲，声颂鸾虬喜遇丁今日恰上丁。万国介眉瞻霁月，百僚拜手祝长星。凫趋鹄立钦承切，依旧嵩呼下殿庭。"言："余因三真人请，奉帝命辅周、猛二将，考察阖坛功过，兼奉批祝题额旨。"猛将如虎乃明总兵，殉张难，载在《纲鉴》。又读初四日乐安氏赚花馆主人谕云："近日逆氛甚恶，武林有防堵之事，而贼势张皇，断难猝定，官军不振，甚焦灼也。拜礼天竺者，宜稍缓行旌。"留诗二首，一古一今，予和《春日即景》一律，原唱入《同人集》中。恭读文帝谕："前书稽察院磨利司、充德懿熙正士、两衡题奏司使、加十三级臣孙傅庭，坛汇印南厨理协部内科副士、飞捷通灵、兼督粮饷、充各路当察当实殉难吏兵民役、提奏留驳录收分授事务、权摄特达将军臣周遇吉，护法九云大理部中行走监保统查各路殉难实迹、留驳分授事务、兼射马府巡按吏、稽功录过将军臣猛如虎，臣等戌刻恭接御旨，内宫抄出颁赐咨尔真道根心坛、前兼转丹法坛旨谕一道。钦奉旨谕曰：'天心惟德是辅，《易》曰"积善余庆"，《书》曰"惠迪吉"，《丹书》曰"敬胜怠者吉"，六经皆劝善书，靡不若合符节。朕以凉德，蒙玉圣不弃，承乏开化飞鸾之职，常兢兢乾惕，诚恐有负圣心。兹届母难之日，虽不知年，何敢忘哀哀生我。故因诸天表祝，僚属盈门，朕亲三令五申，谆谆谕以孝弟忠信、礼义廉耻，勿因小善而弗为，勿以恶小而为之，崇俭黜华，去邪尚节，俾诸神飞鸾昭告，觉世牖民，销大地之烽烟，体上天之慈恺。兹览各宫表奏暨尔真道根心坛、前兼转丹法坛祝奏，汝传求功名者也，锡曰闹红馆；汝义、汝信销罪孽者也张寄轩坛名心义，包茂荣坛名心信，一锡曰寄味淡轩，一锡曰红赚庄包宅即钱东涧旧居；汝素家设坛者也，锡曰团和居鸾谕屡劝张宝青以和；汝龙坛功称最者也谓陈仲舫，锡曰箑楼为所亲记室，如小屋之傍堂楼；汝元新功称可者也应元是王星轩坛名，锡曰蔗香书屋；汝本笃信好善者也金逸仙坛名通本，锡曰近水村居；汝方、汝珠湖东表表者也，一锡曰生春小圃毛亦美坛名通方，善医，一锡曰蠹香室罗筑庭坛名通珠，好读书；其余若震、若振、若嘉、若孚、若涵、若颐、若玉，皆有用材。近因坛功稍懈，并知有阖坛总一切事之数，尚未报销，而三宫该制宫，因此而罢职。朕恐该弟子自贻伊戚，故着院臣孙傅庭等考核功过，详晰降福降殃，以明天道无亲，惟德是辅之意。该弟子各革面洗心，常如亦保亦临之鉴视，以悚神明。德因培植而深，过以消除而绝。一腔阴鸷，时时皆省察之功；满腹慈祥，在在皆防闲之地。该弟子努力前功，朕将观厥后焉。钦哉，无废朕命。时同治六年二月初三日，宸翰之宝。'"读竟，镜融仙师吟曰："鸾吟凤翥紫泥封，丹诏亲颁下九重。万里前程原不远，灵台一点贯心胸。今奉孙祖传谕御旨，加亲祝礼祝弟子每二级二次，今夜亲谢弟子四级六次。御旨上有名者，俱赏信方一，檀熟降各一。俱到家亲自谢灶，口祷忏悔，准销十过。钦此。"蒙赏者三跪九叩谢恩。予即次赚花馆主人韵，作谢恩赉诗。今日楚通祖师师庚子山古意，即用其韵，诗曰："闹红馆，读书声。团和居，六根清。一轮明月悟前程。燕燕莺莺声娇好，花开花落谁知道。"予走笔和之。又曰："心传函，乃引灵谈事，急急。然日月甚长，不妨迟待也。所有历期降鸾等诗，先着素等抄出，要谕亦然。或后日付梓，庶无遗失，君等亦可并瞀传名。"

初六日(3月11日)，易简祖师诗曰："合璧连珠锦绣文，词源笔阵扫千军。新诗欲祝花王寿，野草无名也自尊。"恭读文宫旨谕曰："天地无心，惟以生物为事。夫子曰：'己欲达而达人，己欲立而立人。'朕演之曰：'己欲寿则放生，己欲贵则惜字。'千万种劝善书，不若我夫子以一'恕'字包罗众有。该阖坛弟子等日积月累，万千罪一旦销，万千功崇朝注，与其锐而暂，曷若精而长，汤盘所贵日新又新也。祝谢两表，朕俱览知。而俪红妃白，浓熏班马之香；琢玉追金，高摘屈宋之艳。古奥中有蓬勃气，微才人其谁与归。兹赏酒三爵、笔一枝，以润吻花之口，并酬笺草之劳。钦哉，无废朕命。时同治六年二月初五日辰时，开化宫宸翰。"荣祖又有诗曰："听卖花声声满街，红楼预绣踏青鞋。陌头杨柳枝头燕，托出春光分外佳。"是日，王受昌国玺设筵宴贶予，自午至夕，与瞿景园及其群从行酒令，如量而止，不至酕醄。飞"细粉"二字，聘轩云"重与细论文"，星轩云"莺声细雨中"，皆切时事。

次日，偕王星轩访钱芷升，步赚花馆主韵，赠一律。又有自课一诗，亦原韵。又拈章字韵云："三径菊松陶靖节，一船书画米元章。"惜未续尾。主人王湘兰怡如留饮，昼夜流连。芷升嗜烟减酒量，予与拇战，叠劝连杯，戏云："酒将来伏烟魔。"桌有鲜菅甘荠、糟卵嘉鱼及东坡肉，颇可下箸，而味过咸。予谓有盐水之契，又谓自无盐邑来，蒙设形盐虎盐，愧欲退避。主人不上席，正思酒友，而孙世昌乘一帆风掀髯入座。我已上饭颗，而添酒再战，彼此畅怀，谈笑诙谐。踏月而返，醉号三绝诗。

初九日(3 月 14 日)，为亡女培祁生忌，内子备冥钱、鱼菽，遣祐儿归奠，予亦诣东厨，默忏近愆。

翼日，仍用赚花馆主韵，赠时酉生。其因酒得湿疾，两公子已弃儒，力劝节饮，并后嗣续书香，于诗中三致意焉。李芝馨来，又怂其用功应试，勿埋没清才。孙世昌来，留饮漱芳阁，同王梦蘧、芙江行觞政，而世翁拳连胜。然升斗之量，容易沉酣，归已玉山颓矣。

花生日(3 月 17 日)，偕王聘轩入城。路遇蔡菊亭、见心，承送盆兰。过包氏，观花鸽。进邑庙，而花神祠已毁，无可游观。憩瞿秋亭精舍，晤宗月锄、翁士服、毛蓉江，叙寒暄。适朱恂如、蔼如及伯谦亦在城，约至复兴楼茶话，久俟不来，幸俞书庭、黄菊坪应贻来品泉，聚谈至晚。晋昭文学官廨，上海曹海林老师树珊新莅任，见赠先人雄山通守洪梁《宜雅堂集》，并以所刻近作索和。归来即赓，并用原韵自述二律，复缮四六一启，颂其莺迁。时以团防修志功，已议叙司马。

至十七日(3 月 22 日)，偕王星轩冒雨至时氏，与酉生谈文，拟题一二。承以课作见质，随手涂抹，不自知为荒疏也。其阃君出角粽以祝，而予谓："益我智耳，若命中之技，当推主人。"回舍，知周新之来索会项，李琴仙因予在城，代陪留膳，弥感东道之情。自新正至今，王芙江设馔，日劝我饮。乘酒兴，每自作文，兼改生艺，红友助我文思矣。

次日，以先祖诗集送曹学师，并呈所刊旧稿，即蒙复书。金逸仙用赚花馆主韵，见赠一诗，予即报命。

　　至十九日(3月24日)，同王翼亭访张寄翁，承留粉团，称予食性。适逸仙、宝青在座，言李郁斋蓉镜病故，家贫子幼，与李锦江同。宝青欲索其稿，授梓存人。路经孙孝子谷升墓，翼亭言，出三百青蚨，唤人封露厝，因其裔式微也。孝子，明季人，为贼寇掠母，夺母伤臂，可谓忠孝两全。九京有知，当为翼亭结草。又闻王星轩言，壬戌腊九日，伪雳天燕巫姓安民，尊甫以乡老被召，适擒异党悍贼到馆，枭示数人，逮问舟子。湘翁言，此乃被胁良民，并未从贼焚掠，拚命保救，脱斧锧者三人，皆蠡口农。至来春贼打先锋，霞翁杀身，而湘翁仅伤胸刵耳，岂非报欤？人能如此存心，必享福寿，我辈当书绅。

　　次日，闻内嫂贾词仙夫人病殂。回想予眷城居，特遣佣舟载避寇，致一家未陷贼锋。沐緊起之恩，涓埃未报，此心缺然。

　　廿一日(3月26日)，因寒疾回家洗澡。寝至翌午，胸块始平。因仙谕，嘱内人缓武林之行。季女谓："母有奁田作游资。"次女谓："如果杭郡戒严，则舟人先重躯命，不待坐舱者忧。"似较豁达。盖一识丁、一不识丁也。又料楚通仙"燕燕"二句，必寓机缄，岂予曾欲得名折寿，如言南坡，爰示此兆乎？而内子则言："寿重于名，子少家寒，倒底多活几年才好。科名听天，毋庸兀兀为也。"而予则守先严治命，谓："历一场必试，精力可支，慎毋先作废物。试而不售，非尔过；健而不试，乃不孝之尤。"以近作示时酉生，欲互相切磋，为计偕地。金逸仙寄来《春日即景》及《咏梅》诗，步韵而和。迩来风俗愈靡，有居父丧而被玄绉褂者，唯逸仙母故逾年，衣仍如雪，予有庶见素衣之叹。而吟诗又承下问，信笔直改，辄恕我狂。

　　廿三日(3月28日)，贾梅溪来塾，王湘翁留同夜饮。宿酒下以冰鲜，稍稍行令，而醺然即饭，令人血脉俱和。蕑烛观鸾谕，如"烟、色、赌三戒"，尤宣讲畅快，使将信将疑者亦服膺。

　　翼日，遣祐儿陪至家，午膳后去。

　　廿五日(3月30日)，正陪金逸仙谈善果，适得伯谦侄来函，嘱出文题。并言郭护抚甄别题为《后进于礼乐君子也》《农人告余以春及，得春字》，今招覆及正案俱出，内课三十人，常昭取曾君表之撰第一覆十六、徐宾于观昭第三覆第一、沈仲絜矩、吴蓟生似璘、张新泉润福、殷厚培李尧；外课六十人，常昭取陶缦云嘉栋、沈伯门规、李玉舟士瓒、俞蓉卿钟琨；附课二百三十名，常昭取十三人，而侄卷置附课前列。

十六日，游文甄别生题《纯如也皦如也绎如也以成》《望杏瞻蒲，得徐字》，童题《始作长春节，得春字》。予复书云："祖墓可有干棵，须及早除根，父主倘未留存，可设位礼拜，本根之事，当留意也。"大嫂至闹红馆，叙妯娌之欢。每岁不过四五会，苟得源源而来，则钟郝仍如一室。是晚，王芙江谢痘神，留逸仙与孙锦坤共饮，予又快谈，闻者捧腹。

至次日，寄《辍读图》及王霞帆丈死难事略，索曹海林老师题。并改时酉生和作，评云："通体减色，亦少腹笥，非入时之作也。迩来风尚，应酬诗须斋皇典丽，如五色云，方为国瑞。入词林，值史馆，应试尤宜属对工丽，不然如白地光明锦，主司不留目矣。孔子言：'多识鸟兽草木之名。'殆为此也。"王芙江家祭，出酒肴款予，偕其族子酣饮。乘诸生扫墓之隙，访时、金二子，适值不家。追寻西往，一路菜花万顷，柳浪千家，野色野香，醉人心目。仍用蒹花主人韵，得二诗，又和金逸仙感怀一绝。旋于东始庄茶园相遇，纵谈至晚。晤瞿竹村丈，慰阔惊，狄步鳌来作东道，惊悉其兄步英已于月初病逝，不见两月，溘然朝露，可悭可悲。景岩随路折桃，酉生因臀困蹒跚，予亦缓步，而天气骤暖，汗浃中单。归觉触秽胃恶，唤婢烹香茗，呼儿锤背股，胸膈才清。夕至馆，挑灯纪事。

廿七日（4月1日），内子赴杭州，进香天竺，予当茹斋。而王聘轩谓："先斋三日，可俟来朝。"予亦谓："戒重于斋，年来却不止七日。"爰徇其请，饱享馂余。得时酉生和作，仍原韵答之。又咏漱芳阁即事，诸生放鸽，小厮钓鱼，及庭中玉兰桃李，备见之诗。金丽生、张毅甫福荫暨周莲村乔梓同座酣饮。莲翁屡觇郁厨，兼医子疾，曾未一报琼瑶，今闻幼儿麻木，欲背予到家诊治，古谊可风。

次日，接张寄翁咏梅柳二律，绝佳，稍有肤词，略更数字，入《同人集》中。复云："咏物须寓意，平生阅历，借题发挥。赋体不如比体，如义山咏柳、沂公咏梅，句句有我在，方不是公家言。不然，唐宋以来，咏花者盈千累万，各人有各人寄托，若家居而言离别，山林而言科第，男子而言巾帼，晚境而言少年，则可刻入他人集中，非现在真面目矣。"随和二章，均自写照。夕挈祐儿回家，缘主妇出门，同居新被窃，防夜不可缺人也。

次午，雨后赴塾。

晦日（**4 月 4 日**），为寒食，阴寒特甚。呵冻赠周莲村一诗，又附一启托俞旭初带往。

三月朔（**4 月 5 日**），清明，雨。

次日，叠曹学师韵，再呈二律，并附一函。以先祖诗集赠常学师吴璞卿先生凤昌，附以小柬。乞两老师题《辍读图》。时酉生来，与谈文字。旋陪俞旭初、王翼亭、孙克昌、王星轩到坛，舟中得古体诗，献仙座，又和姜仙师一绝。拟举文社，求仙命题，上一疏云："窃思自设坛以来，种种善事，次第举行，唯会文一节，犹尚阙如。向闻鹅镇诸坛，每设文社，一时济济群英，加功角艺，春秋两榜，中隽者多。今当文运重开，儒生努力于风云之会，独剑城一路，尚是天荒。全仗诸仙师提唱，俾穷乡为邹鲁，野夫尽衣冠，非特游庠登榜，科名有阶已也。谨援例上渎，仰求俯允，届期出《四书》题一、诗题一，以兴起人材，曷胜感激之至。"庭中绛桃未落，海棠正开，儿辈剪数枝作瓶玩。予缮录鸾谕数则而回。王梦蓬祭祖祠，留旭初、酉生、克昌及瞿景园夜宴，强予止斋，遂同默饮，大品八宝凫。

上巳日（**4 月 7 日**），晴。仍有盛馔宴客，留祐儿陪时觐宸□□、孙世昌。予则同王湘翁等往沈氏贺阆峰廷堉嫁四女之喜，承留盛筵，偕李蕴之司马宗弼同座，陪坐者为吴秋亭少尉邦兴、王聘轩少府、颜芝生、金宝之，晤陆勉卿振銎、李竹亭、叶兰谷□□、朱晋升少尉渭、允升上舍滨、吴慰屺、竹坡、俊甫桂福、沈湘龀廷宪、香泉上舍奂美、香岩□□、蓉圃上舍登瀛，叙谈半日。晚贺张润甫合婚，留同筜琴舫占首座，晤吴江顾子云□□、金匮殷时斋兆霖、居敬止斋长、范爕庵少府士烈、时酉生、金景岩两茂才、金式如玉成、陆建堂元兴、春圃元发、秋澄州丞、邢桂山、福堂、徐鹤斋淦、梦亭兆麟、张□□、木□、砚屏毓凤等畅叙。

初四日(4月8日)，入城。憩社坛茗馆，观打前跕，马快如飞，晤慈溪袁希尧，承其作东道。复上曹学师舟寓送行，蒙赠诗跋及题王霞翁死事二绝，并与吴老师题《蓼莪辍读图》。璞卿先生已拣发知县，壬子北闱中式，武进人。适李升兰山长芝绥、赵少琴学博仲洛与海林先生同到吴公馆，品茗快谭。海翁言其从兄□□树奎壬辰进士，从孙吉云骅□□翰林，授编修，惜皆早世。并及刘鸿甫年丈枢自闽令归田，曾道先君契好，今其孙玉延至喜甲子、乙丑联捷，待补廷试。与我分手，依依不舍，互订后缘。时新任杨镜泉老师清泽亦武进人，系廪贡，翰诏衔，选授昭文训导，先署吴江教谕。旋往会瞿秋亭，同蔡沄江、王云溪映如、毛砚余、亦美、陆蕙香柏贤、爕堂、寿昌等小话。又诣汪公馆，晤姚引之锦章。复晋邑庙，知常昭两庙暨总管庙，均开门纳饷。仪门见戏法者，大变金钱，手极清脱，如学其术，须出教钱百四十文。晚附王亦陶船回，同陈念瞻寿年、孙蕙圃一路谈笑。沈氏、张氏又来邀，辞之。

翼旦，内子自武林归，带大士筊诀，问家宅，下下，云："家道主荆棘，儿孙防虎威。香前祈福后，方得免分离。注解：主宅舍生灾阴，小有失，宜求六神，速还旧愿，可免。霍光谕：千方百计立天涯，怎奈时乖未立家。跨虎必逢人举手，中间虚禄岂堪夸。"问婚姻，上上，云："月出渐分明，家财每每兴。何言先有滞，更变立功名。注解：求名利者，当有更变，必得光显。庶人占之，求谋称心。越王谕：贵人执邰进云程，稳意非常禄渐成。欲问前程何处好，望前望后有名声。"问人口，中平，云："凿石方逢玉，淘沙始见金。青霄终有望，但恐不坚心。

注解：主营心费力，方有成就也。乐毅谕：士人得吉步青云，白玉阶前沐圣恩。福禄前程知远大，从今枯木又逢春。"语多不可测。为幼儿请大士灵方，签示："天门冬并麦门冬各一钱，钗斛相并与木通二钱。藕节二个蒲黄共煎服，只教闭郁一齐松。"周莲村诊祉儿脉，案云："前五载大病后，遂神识少灵，不时惊恐。刻按脉形虚弦带数，舌质红尖刺，善饥，卧则气粗痰锯盗汗。此系心肝两脏虚阳挟痰热，为伍为隧，团聚膻中，不克泄化，是属痫症，非阳痴阴癫之所比。治法拟和阳豁痰，参宁神归舍为治，然非旦夕所能奏效。羚羊角先煎钱五分、酸枣仁打五分、九节菖蒲五分、郁金钱五分、粉丹皮钱五分、小川连同酸枣仁二味水拌同炒三分、朱茯苓二钱、橘红七分、陈胆星溶化冲五分、瓦楞子净生打五钱、焦栀仁钱五分，加赤金五钱。"迩来银漕紧急，昨见汪令馆前多木笼，有经造数辈，因欠缴钱粮，坐此刑。

初七日（**4 月 11 日**），解馆。同王聘轩、芙江、赋梅入城，包茂荣留膳。进邑庙，遇张砚屏毓凤，承会茶资。于瞿秋亭处，晤赵少华、童翼周。于汪公馆内，晤姚似香、潘子仁。向李心葵归前年银串、去年米串。与李芝馨、王蓁香、朱椿柏瞿桥茗话。而内子、祐儿亦在城，赴各庙焚香。

翼日，家祭。晚邀时酉生、李琴仙、金式如玉度小饮畅怀。

初九日（**4 月 13 日**），拉儿女扫平家坝祖墓。过张港，暗贾词仙不值。憩祖居，劝卢器轩戒烟，送周莲村、俞旭初款对等物，以酬盛情。

次早，挈家人扫西山父茔，适先慈生忌。天气清和，子侄掘桧尖，呼坟丁畚山泥备种。遇张岳生夫人及其子雅峰绍康，话别多时。便道进西门，遣旧乳妪高姓引内子出南门，会故居邻妇。而予同祺侄、祐儿避雨青龙巷茶园，偕张晓江、陈念堂品李默卿姊妹琵琶。姊静如玉梅，貌清喉脆。妹艳如海棠，年幼姿娇，绣帽红绦，尚作木兰妆束，小曲尤极自然。旁有胡月州，弹瑟和之，谈笑诙谐，群呼绝倒。遇顾叟斐若□□，询知唱《玉蜻蜓》也。自何敏夫、季尚斋二老没后，又见顾翁,老兴可羡。予得诗两绝,纪耳目之缘。寻晋汪公馆及瞿宅,同秋亭暨李耕年、陈镇卿、徐耀山、姚似香、王映如、钱绍卿叙谭,归去年银串与折漕串。晤曹小卿、蔡沄江,闻六合五洑洲被捻匪残毛跕踞。查地近安徽天长,窜入下江,势防滋蔓。

十一日(4月15日),倦游闷睡。至午后,伯谦侄来,订孟夏赴苏投课。知王蓉洲观察宪成才放汀漳龙道,而病故京邸,公子葆史光丞恩载扶柩回籍。徐子良奉直应科又以瘵疾亡。知交零落,可叹。

翼旦,晴。送祉儿入时氏学舍,嘱酉生启蒙。而祐儿则陪王翼亭、李琴仙舟赴东湖,收暴露。琴仙旧收枯骨掩埋,今又捐田六分。翼亭领培心堂札,收露棺瘗之。两君自捐酒食,手亲检骸,可谓与人为善。王聘轩亦愿助地,堂董张子容奉直世涵来勘,惜予不及效劳。

十三日(4月17日),销假赴塾。咏漱芳阁瘦牡丹五绝,又撰请仙引灵一疏,代霍心香幼兰拟醮疏,改俞旭初进坛疏。

至**次午**,王星如来,喜星轩得论文之益。附录坛启云:“伏思传廿二岁时,先严见背,虽一衿幸掇,而庭训早违,未得弋名之诀,遂致乡闱十上,说书不行。况先人积三十载之辛勤,始克买城南一椽,而不肖难守敝庐,伤心鸥毁,迄今蓬飘乡曲,无力以复旧观。不孝如斯,尚何面目见先君子。唯是禄儿夭折,祁女死难,幼子培祉又病后成癫,虽祐儿附塾读书,而资钝难延书种,是皆传之积愆所致,又何怨尤。所望吾亲化鹤归来,畅聆严谕,或得晚盖前愆。近已屡恳祖师命日指引,蒙示日月甚长,不妨迟待。第当三十六年之旷侍,日夜焦思,寝食几废,务求一闻謦欬,以慰全家。敢援王南金、张乘万之例,再渎瑶宫,伏乞俯鉴哀忱,饬查先君行止,能否还家。速示好音,俾得届期焚香以俟。恃爱妄渎,祈恕小子之狂,曷胜盼切。”

望日(4月19日),偕王聘轩、星轩、星如、芙江、赋梅及祐儿入西城,解杖头钱,同于文学里口饮高粱,食卤面,颇佳。上白衣庵,为进香人所挤,坐文昌阁片时。方下,路遇拜香人,皆呼至心皈命。自城上祖师山，旋啜茗石梅，观走马，晤李升兰、曾士常、陈云卿、蒋砺卿、顾介甫、钱玉琪□□、孙世昌、金湘坡、陆秋澄、瞿景园、秋堂、俞莲洲、翼云、小云、俊卿，匆匆小话。寻过汪公馆，收漕米串。到瞿秋亭家，结漕米账。芙江作东道，仍至茶馆听弹词。晚邀俞书庭暨王氏诸郎，买醉李园，大啖薄饼、薯蓣糕。肴唯鸭舌掌、虾包子、鱼翅蟹粉尚可口，余则不甚鲜。座多不胜杯杓，稍稍拇战，只罄三升。而善饮唯芙江，又苦疟至，未能饮食，爰带残肴而回。主人李三，掳去未回，其子锦章，言之色惨。

至**既望**(**4 月 20 日**)，王星如归，托其书院报名。闻祉儿呕吐、鼻血，虚汗依然，甚为焦虑。袆女又患游风，面肿蔓延。予回视，一服周莲村剂，一就沈一纯治，方能平复。

十八日(**4 月 22 日**)，同人观葛家庙神会，多托香女，而伤尸绫罗衣服、皂班金玉链条，悉仿苏式。舁神五，不外刘、李、周、金，而武烈帝为主，驱瘟逐疫，各社若狂。憩吉桥永兴庵，住持道荣留话。旋陪张寄翁过东始庄，茗园小叙，李心柏会茶金。遇陈石泉、毛荔峰、张鸿范、毛彦江、彦湘，快慰阔悰。归途，张宝青向殷氏土墙拔高良姜，备行方便。回塾，而王翼亭适来，仍为收埋事，可谓种德不衰。

翼日，舟赴张港，吊贾内嫂词仙夫人之丧，偕徐步云、尤乐山企恫两上舍暨李醉亭、笪琴舫、周廷栋、邢桂山、毛企堂、陆竹泉、顾丹楼清福、俞□遗福、朱恂如、望椿、王蓁香、叶香、沈墨轩廷灿、佩卿锡璠、鸿章学海、鸿文明德、□培元、贾厚斋秉坤、敬轩秉义、玉堂兆丰、家固亭培坚、伯谦连饮，又陪时渔琴、朱云卿等手谈。黄昏返棹。

廿二日(**4 月 26 日**)，补作观社一律，又代挽沈阆峰第四女□贞联额。张宝青见过，留饮漱芳阁，互谈诗文。灯下，祐儿连作数诗，清稳而间有稚气。

至**次晨**，食粥，予谓："东君知我齿动摇，每顿不离烂豆腐。"星轩闻之哑然。出口便成七言章，倘亦习惯之故乎？是日骤暖，孱躯不耐春夏气，时觉肠酸。适马泾神会过此，八仙十将，斑衣俱鲜，看轿前多彩仗,藤牌手护饷亦夥,惜未观全。

廿五日(4 月 29 日),小雨。补偿诗债,酬吴璞卿学师三绝,札一函。

至翼日,晴朗。因予老态渐增,头童齿豁,事在旁而不觉,友久别而错呼。廉将军之溺遗,曾无长梦;向子平之逋积,每有畏心。爰作《老况》一首。

廿七日(5 月 1 日),补祝沈得山丈寿诗,预撰张宝青却扇词。适北庄城隍、潭荡猛将社过前村,不及全看,但见十锦牌、女托香几队而已。

次日,凉爽。李琴仙备画舫酒肴,邀予父子观社,与姚巳生、李棘卿同伴。先到猛将堂,徐方城、周文元留茗话。旋访北庄庙,后殿东房供城隍夫人,西房供小夫人、小公子,均有床,有伴婆铺床叠被,住宿庙中。途遇李竹亭、瞿小亭增益,彼此招呼。午后抵相城,泊舟祖师殿前。上陆至岳庙,已有油泾、西庵、姚村、太平桥、跋陀庵诸神暨堂印司路神、本镇土地陆大将军云、采宝大王在朝房,鼓吹迎神,声灵赫濯。路遇布马一队、小轿数乘、台阁十余扛,未识是何庙社。于市中饮火酒、啖馒首、汤面,接场之物,不能果腹,爰下船再餐,始尝樱豆。琴仙谓:"北庄神好色,惜社中无一美人。"而背后酒壶即翻,可知神之作威,能毋缄口? 复于观桥南芦棚啜茗,观猛将、北庄两社。女巡风托香有一二百,皂隶成对,衣服鲜新。伤尸中,十黄最佳,旗帜明丽。唯猎户惹事,扛抬枪,担火药,往来如潮涌,约有数百,拟打仗。而北庄扎洞主者,言不许早行生事,故不与郡城隍社客为仇。官道旁搭看台,竹篱土壁,时闻荼蘼之香。便诣妙智庵,右有寿椿堂,韩桂舲尚书對题。再右为静园,予最爱庵前古桧三,庵后古桧七,暑天可搭茶篷。晤顾小香、季聿修两茂才及侯晓园、黄申甫、丁□□□、时雨若、毛蓉阁、张缉圃、紫卿、桑砚香、镜仙、朱鹤龄、少美、王翼亭、松亭、春园、芙江、平有方之宝、也园、彦卿、少梅、枚生。复憩昶记钱庄,晤鲍量之□□、王菊如,承留茗话。见王荫槐、陆念慈,活泼泼地,生意精明，曷胜欣慰。又过张氏米行，知主人小云亡久。陆省斋留茗，言向有七十二神会，今因乱后家枯，解饷者不过十余庙。日暮返棹，小雨打篷矣。

至廿九日(5月3日)，晴。

四月朔(5月4日)，同人仙坛拈香。解灵鼋一个，系王梦蘧买，命儿辈放之昆湖。梦蘧又与王振明省三、湘兰捐修恩桥堍。理应报明，两疏皆予撰。镜融仙师沙谕云："前函请命题课士，因未有成竹，故迟迟有待。今拟生员《根于心至盎于背》，童曰《大哉问礼与其奢也》，诗通场曰《杂花如妾如婢，得晴字》，一八韵，一六韵，此出杜牧之《晚晴赋》。"又有降坛五绝一首，予连和，并拟张宝青花烛词四律，俱入《同人集》中。复云："今得疏一函，理合存簿备查。灵鼋宜亲送江湖，不可诿诸仆隶。"予缮写鸾谕，宝青留酒点，缘茹素，不遍尝也。傍晚，挈祐儿往祖居，伯谦侄留斋。夕宿舟次。

翌日，湖田龙舟，莘庄神社，予因欲赴苏，不及玩。闻贾词仙病，便道往视，而已痰涌舌强，惟神明如旧，连诉心事数端。仍邀伯谦诊脉，嘱其买梨。出访沈得山丈，见视全集嘱题。旋偕伯谦舟赴娄门，泊新学前恒永盛米店河沿，主人蔡书云□□如旧识。往会王星如于馆舍，晤杭州胡□□巡司□□、公子谨甫□□、定甫□□，谦退见儒雅。同星如及子侄诣玄妙观，品花露香茗于赛金园，茶价每碗十六，颣面二文，水烟十四。夕同饮于舟。

初三日(5月6日)，立夏。为勒少仲权廉访方锜课紫阳，予赴贡院投课，并代季芾卿代应一卷，时李墨缘太守翰文暨三县一司马、监院杨□□学师庆孙均到，题为《足食足兵》《赋得绿杨阴里换纶巾，得来字》。适新方伯丁雨生日昌观风并考各令，故长元吴三令先行。晤昆山朱节斋、长洲黄菊香、元和陶菊岑文江、吴寄安、吾邑潘子昭、陶缦云、曹小卿、沈伯门、曾君表、殷厚培、庞云槎，匆匆小话。出场尚早，啜茗沁园。因河浅水臭，宿舟触秽，彻夜不安。

俟旦，移舟北濠。步进阊门，置货。复出城，登鸿园层楼，啜茗良久。唤舟子移桡山塘，于饼家品白汤馄饨。缓步至花肆间，时蕙兰、蔷薇已谢，唯石竹、洛阳、长春、六月雪尚花。予无所爱，惟买玫瑰四盆，伯谦亦办月季花，带回赏玩。一路即景，以诗纪之。抵四万荡，骇悉贾词仙已于初二日黄昏遽逝，不及送梨矣。二鼓回家，知今日胡家桥胜会，前夕七图花园有烟火，正游玩良辰。而二女乘李氏画船，观社吴塔，稍补一年苦辛。犹记试院堂额云"秀挹湖山"，联云："文学景先贤，乐淑礼陶，烝我髦士；科名甲诸郡，江襟湖带，宅此奥区。"皆李宫保题。又联："文教开言子，曰学道，曰爱人，愿诸生无忘所本；乡贤式范公，为师儒，为宰辅，从此地先植厥基。"后有景范堂，联云："登泰山而望阊门如练，□□□□□□□□，□□□梅花香雪；□□□□□□□□□，□□□□□□□□，庶无忘啬粥流风。"亦李抚题。

初五日（5月8日），至塾。知连得大鼋三个，计一百四十八斤，王聘轩、星轩、芙江辏钱三千六百，买以放之昆湖。予为补疏呈坛，以昭郑重。复有徐朱氏，守节十年，凭十指以抚子女，而病臌，腰大如轮，因无力医药所致。予商之星轩，欣然愿助，救人一命，诚大功德也。

次日，遣祐儿到坛钞谕。镜融祖师于初一夕示云："心传叩引灵事，据词称梦寐来通，可谓虔诚极矣。容准未可知，今期人或无暇，后期逢暑，大约秋余。"

初七日（5月10日），观三界村猛将社，除十将牙班外，俱土地社，其中扮酒色烟赌之徒，可发一笑。

十一日（5月14日），同李芝馨、王湘翁、聘轩、星轩、芙江、赋梅入城。谒吴璞卿学师，倾襟畅谈，见题王霞翁殉难事。又赴花园衖张宅，晤夏湘舟文学汝鋆，托报名苏局，俾得送主郡邑忠义祠。复到瞿秋亭家，晤张杏芬□□，瞿兰亭，嘱其结算漕米，与黄芝台、蔡沄江、季萼生小话。又进汪公馆，向姚似香归串。便过曹小卿员外、李升兰孝廉、蕴之学博三家。路遇屈梅坡学博校曾、归公临文学康文、赵少琴学博、胡雪岑兰枝、屈达泉逢源两孝廉，均索其题霞翁事。又欲送约课卷，致意于范冕卿、屈峻甫金奏、钱竺卿。经总管庙，适蔡氏敬神，上袍点灯，有音乐全部，同人品之。访蔡顺卿家园，稍稍修葺，渐复旧观。晤朱少英、邹雪卿□□、顾星和、蔡菊亭、傅岩恩霖，茗话片刻。王星轩邀至邵园小饮，席有八宝鸭、煨鱼翅、鲥鱼等味，而予最爱冰葫芦、玫瑰酱。六人唯芙江善饮，故虽拇战，仅罄两壶。别座见瞿柏庭。庭中花事已了，唯胆瓶白芍未残。旋憩引凤茶园，晤钱雪岚、屈小蓉维琳、丁琴山□钊、艺林□□及画师沈质生淇，谈六法。徐膺三斋长璘为我言，内兄张敬堂保慈已知府衔。其尊人小云茂才朝镳与予同窗，可谓有子。又偕俞书庭啜茗聚福园，清泉颇胜。遇言兰阶斋长忠曾、毛蓉江奉直，略叙阔悰。

翌晨，欲观狄坝神社，便道访王氏祖茔，中为翰臣翁主穴，佳城郁郁，风水剧佳。诣周神庙，则游人蜂拥，不得少留。两旁皆茶篷，喜晤故人蔡仲坚、周友兰□□、朱蔼如、家朴园，遂与茶点。经查家巷，为查玉章留坐，偕王友三晤语，而会匕行。乃回东始庄，为李琴仙留茗酒点心，金景岩复馈点，醉饱至日斜。见社中八仙、十将、十武松、十二花神、香亭表亭满轿，衣服鲜新，不输城会。与陈石泉锦书至金宅，晤高芝亭，同景岩和石泉近作，且赋《观社》一诗。踏月过市，公馆有雅乐，遂醵钱品曲。偕琴仙、景岩及陆意香、李祥茂□□、张小园□、孙克昌、时长春、瞿小亭增益、宓寿卿南江、戴竹溪增奎、季良、李心柏、姚巳生、狄步鳌、张稚纯、吴翰卿、砚卿宴于市房，共三席，出拳大战。归已夜分。

十三(5月16日)晚，王星轩出陈火酒，甜如蜜，赋梅又送鸽蛋下酒，心胸顿清，亦书房一乐也。俞若泉、得之到馆，蓺烛谈文，洵诸生益友。予选沈得翁《遗经书屋吟草》，得十四首，惜纯是七律，无五言及古体，题以三绝还之。

翼午，同王翼亭、菊如暨俞氏昆仲在王祠手谈，俞莲洲太君留饮。

莫城神会过祠旁，香表亭各一，看轿二，土地、判官至十将、五方童服饰妍丽，各色俱全，为南乡第一。

迨望日（5 月 18 日），又同人憩王家桥桃阴玩正会，东翁办鲜鲥宿酒，连日醺然。

既望（5 月 19 日），贾词仙家祭，予赴吊。其弟梅溪言："兄于寝次言：'纯甫来视予，汝好待之。今朔日素斋，可添荤菜。'"虽属吃语，而次晨熙适至，半日即诀绝，可媲张范之交。晡时渔琴、俞竹山遗福、沈墨轩乔梓、王蓁香昆玉，同饮于逸品轩。夕至祖居，适家伯谦举金兰会，晤金省三、陈憩亭、季茀卿、朱鹤龄辈，应接不暇，略叙寒温，而倦甚，未能陪宴。书王霞翁事略，索杨滨石奉常泗孙写"寒翠后雕"四字，嘱范秉之补图。并发各处约课卷。是日移乩盘于李氏，因张氏办婚也。

十七日（5 月 20 日），李琴仙以药酒留饮，与时酉生、姚巳生品嘉肴，糜烂称予齿脱。脂膏润肠，始得畅便，而心体又虚，时觉伏病。

次日，小雨即晴。贺张宝青完娶，晤新客顾燮堂炜文及桑砚香、倪翼亭、□俊良、王少梅诒孙、俞莲洲、李德卿、静轩、吴云岩忠成、有孚烈、童翼周、毛亦美、时酉生、金逸仙、孙克昌、风梧、陈梦梅等，镇日畅谭。陈仲舫嘱题白莲画扇，应之。罗筑庭见酬两绝，和之。同人宴于既翁堂，天暑解衣，胸背蒸汗。

十九日（5 月 22 日），周新之来索会项，致心绪恶劣，寝馈不安。洞港泾约课题为《其舜也与二句》，予代一卷，取第四，系曹小卿员外所定，老马愧为驹矣。廉访课，予代季馘卿作一卷，取外课。予为新之牵帅至三总朱蔼如、四总贾梅溪处，酌付钱文。

次晚，始返。李琴仙留饮，偕胡毓之谈笑至二更。旋闻新之回城，被昭文地总算银米，口角挥拳，致衣衫裂碎。过刚则折，非处世之道也。

廿二日（5 月 25 日），同王聘轩、赋梅入城，途遇瞿秋堂、金湘坡、沈玉圃冠瀛闲话。俞书庭留膳，晤西席冯小濂□□，许久不见，致问姓名。旋到瞿秋亭家，遇季尊生、王翱风、姚颖生、蔡沄江，谈久。与王云溪、颖如、瞿兰亭、张杏芬算漕米账。又访蔡菊亭，观各种名鸽，吕月如陪话多时。过包氏、俞氏，晤记室许心田、瞿世良、顾斐若、振之。憩鹤岭泉茶园，会王喻梅、翁士服、徐理梅、姚□□来作东道。二鼓回乡。

廿四日（5月27日），久旱喜雨。代沈阆峰撰家醮绿章。

廿六日（5月29日），补咏朱蔼如止宿、贾梅溪留饮二章，又题王霞帆上舍丈遗照。补录三月五日镜融仙师谕曰："四时最好，厥惟三月。村村赛社醉鸡豚，树树飘香歌莺燕。踏青郭外，飞白斋中。锦鞍挥名士之鞭，画舫响佳人之佩。红雨暗桃林，绿烟萦柳岸。一年中最快时也。若夏之酷烈，秋之萧条，冬之寒冷，何啻霄壤哉！一年犹一世也。春光明媚，万物萌芽，熙熙然如登春台，犹人总角时不识不知孝弟，油油然自生，乃最乐时也。夏则万卉争荣，人当壮岁，气概万千。至于秋，飘零蒲柳，萧瑟商声，如人当中年以后，百感交侵，然志气从此灰矣。冬则暮景桑榆，久阳西坠，一年又欲换矣。古人云'最好是三月'，真先得我心者也。初六夜，九霄奏设瑶坛制坛紫府仙官同提命事，臣赵元同、荣光、侯协铭等，钦奉文帝颁发普天率土心律，颜曰'蕉窗心课'。臣等恭缮黄册晓谕。主人自序曰：'昔太微丹篆洞天仙君，有功过格流传人世。后韩文公、魏公、苏文忠公皆果力遵行。第代远年湮，其中赏罚轻重，久与天律参差。爰命宫臣重加厘正，颜曰"蕉窗新课"。'除颁发三界外，急命制坛臣飞鸾宣示，俾得率土咸知，羽翼圣教，上接韩苏之武。心纲一曰划贪，二曰去伪，三曰除妄，四曰黜侈，五曰止慈，六曰绝骄，七曰克私。各纲淋漓痛快，存簿备刊。"至四月望日，镜融仙师谕云："今正坛教极衰时也，诸祖灰心，须大整功过，逐日详注。近接三司部院牒，每月详定功过，注销凶荒刀兵册，正如各邑忙造乡贯年貌册呈，故与庚申册同进。一则报销，一则详请故也。近有李邑尊仪仗过，献香案。天师府、莫城有衙门衔，放李公讳昉香火，实李公亦不在此，犹之道署驻常邑，而道宪则在省城。其余小庙，天师府无名，皆义夫节妇降临。义夫节妇分十等，此乃第七等。最上者列九霄，其次下界桂霄衔，盖下界亦属诸霄统。若去岁引灵在周府，方君云坡下界职役衔，称琅霄真境宫命吏，方君所居之地与衔乃琅霄真境宫管辖，非居宫也。"

五月三日(6月4日)，同王聘轩、芙江入城。会瞿秋亭，晤赵仲通上舍元俊、范佩之、蒋吉庵鸿、邵曼如震亨诸茂才，嘱题王霞翁照。作约课卷文。是午，王梦蘧添孙。迩来放鼋修梁，自应有余庆，况欲移三朝宴客资，合痧药，既免杀生，又能救急，人宜效之。同时酉生等贺四绝句。

次日，节假。内子赴南乡，问顾、俞两姨近况。予则往候顾子和、钱雪崖，品茗长谈。又过平燮庵家，其叔侄留角黍、火酒。醉中赴祖居。伯谦自郡回，带予前期代作之卷，勒廉访评云："见解亦超，较胜平庸。"薄暮返棹。见张宝青携果点祀仙，始动沙盘，予不及承乏。主人李琴仙留坛友饮，予则观鸾谕。镜融仙师诗有曰："记得填词尝角黍，一年风景又端阳。"自注云："去岁今日，镜芙同学馈角黍以辛盘，报以小词，蒙依韵答我。"楚通祖师及予均和阳韵诗，祐儿亦学步。仙师又云："予奉命改基修为修敬。近西乡瘟疫已见，鉴前金祖定方于转丹法坛，盍求之，亦保身之一助云尔。近奉谕，阖坛善心太懈，过与日俱进，各摘降四级，镌过一次。"

天中节(6月6日)，祭先，兼侍鸾，撰诸款报销疏，又为徐朱氏臌疾请仙方。留张寄翁、孙克昌、金逸仙、时酉生、李琴仙、张宝青、王星轩食馂余，鸡豚鱼鳖，佐以蘑菇。合席拇战，取尽欢不忍劝醉。率笔咏事，并赠宝青一诗，和楚通祖师一绝。侯祖谕曰："夫世界不外乎假字，而为人不可犯一毫之假，孔子所以痛恨夫乡愿也。假字多从罪孽人一边去，自己不知觉，并以此作快心之举。家中犯假字，势必割产借债，无益波靡。身中犯假字，势必狂言欺众，诩智售能，不得其当。虽华门贵胄，百岁期颐，殊不知一生皆梦境也。"予平生恶无根之言动,与仙意略同,承赠一诗祝颂。又曰:"王国瑗喆嗣修龙弄璋大喜,适届榴红呈瑞,乃多子吉征也,理合杯酒劝我。镜芙原诗是元东韵,先阳韵,今拟能诗者毕赋,唱和成帙,亦门庭盛事。后日传诵,追想当时之名士才人风流豪迈,以视拥赀无文者,相去固霄壤矣。"予因报销久稽,约聚刻刻,作自责一诗。又批云:"再阅五言古体,叙述今日事,追思庭训,依依孺慕,其诚有不择地而流露,固非浮光掠影者所得而比拟也。报销事宜从明日核起,不过两三日功夫,诸款清楚,胸怀洞开。如酷暑午行,忽进华屋,林木荟蔚,觉置身蓬岛,扑去俗尘三斗。又如除夕诸务,交迫万难,济急燃眉,苟能努力敷衍挪移,不匮安乐饭团聚欢呼,爆竹一声,消释胸中几许烦恼。此二境,我谓报销后当仿佛,试环议参定之。"

次日,复动乩。侯祖有长庆体诗属和,走笔以应。并示《惰民箴》,篇长不及录。李琴仙留同诸友夕膳,日夜流连。

初七日(6月8日),早坛,和楚通祖师祷雨二绝。谕云:"近亢阳用事,杲杲晴明,倘逢奇荒,为之奈何。凡麦太盛者,稻必歉,有若成例然者。今十家九空,即岁岁丰收,已难敷衍,谁能受此大困?吾观当地最难过去者,陇西、清河两氏。其中最长者推义耳,又不能量入为出,步步留心,专事口腹而浮靡,空头不顾,区区田即十倍收,无奈前此耗去者业已大半。若此屋主人良昌辈者,更上一层矣。孔子曰:'人无远虑,必有近忧。'此吾所以汲汲提醒也。坛中有文才者分三等,上则龚传、时中、张素、许基、王金、张廉,中则张义、□溥、龚达、罗珠、孙化、王玉,下则王元、金本、俞涵、李敦、陈龙等,其余无论矣。今得心传疏,据称江夏黄郎诱嫠不法,无续弦意,恐宗祧无祀,欲引亡女归鸾,一剖心绪。此皆泰山泰水所不忍言,而无可如何者也。夫以嫠为妾,律有明条,乃以衣冠华胄作此伤伦伤化之事,且有妇如此,何忍再娶?即为宗祀计,再赋好述,心中尚有难堪,况心不在祖宗血食,甘心无耻作为。宗祀绝而弗惧,不仁;贞烈亡而顿弃,不义;害人名节,瓦破不能复全,不仁;伤风败俗,衣冠无赖,不义。此皆现在之孽,随数之,已有种种,何况乎无行者之无耻更多耶!风流之恶魔,此吾所以为贞烈者酸鼻、淫荡者而怒发也。即汝夫妇往劝,彼迷而不悟,比耽花柳者,更昏而更作孽,徒劝无益,况如此作为。佳子弟早已收去,即后再育。刘景升豚犬之语,无乃信而有征,汝夫妇不必过虑。此种闲愁恶绪,宜付之酒一瓶书一卷,浮云流水而已。我以为女在则翁婿,女亡则丈人冰清、女婿樗弃,两不相关,往来可置之何有何无之数。母家盂饭盘蔬、纸钱胡蝶,时节招魂,谅来飨者欢受,非比婿飨,魂其吐之也欤。汝夫妇思慕綦殷,招魂之事谅不成。江夏后日之事,亦不必为他人无礼,歌相鼠而添我烦恼也。至于亲接高堂笑语,书已十上,心亦良苦矣。须于七月凉日,雨余风动,星月交辉,四壁秋声,残暑不起,与俞君家先后移盘。故先事晓谕,庶不悬望空虚。但鹤归来一事,不过吟诗消遣。知庭闱无恙,偶亲杖履,稍慰乌私。若因家室不和,招魂剖判,或分财争竞,或贪心疑藏,凡此种种,乖引灵之旨,一概不准。”又云:“张素洞房元唱,确是新婚后试笔。镜芙和韵,寓劝规于颂扬,朋友忠告,于此益信。我偶成一绝,委时中用花笺一挥,自是而酉生与寄翁俱继声矣。”王梦蘧以喜蛋、喜团、佳果、佳点酬诸仙,祉儿言:“仙执团扇,岂童子之目胜于壮老人耶?”李祐之留坛友夜宴,予以坐满未陪。

　　翌日,为梦蘧孙请仙题名,锡以榴瑞。又叩引灵日期,谕曰:“心传孺慕深长,无愧图《蓼莪辍读》。今日与七月尚远,不可预定。在秋试前,雨余风凉,室无蚊扰,庭有萤流,焚栴檀香,进芙蕖酒,此乐何极。若预定日期,或酷暑汗雨,衣冠梏桎,岂非扫兴事乎?到七月间,倘有凉日,走鸿约咫尺同好,所有开沙必备物件,剑城皆具,走伻以置,无难事也。族中有培禧不信,往往有不满意,并有谤讟,亦不必令知。彼盖机权万变,视财太重。夫子曰:‘道不同,不相为谋。’亦处世圆通道也。”有祷雨诗二绝,予立和,并为农祈。闻西乡有悬耜待雨,甚至卖牛弃业、负耒出疆者,予忝地主,聊以蒲酒、枣糕祀仙。连日缮录,手腕几僵。仙命停乩,有敕赐灵符◎【图 1】、玉敕龙镇护道灵符◎

【图2】，末圈与画，并用"游光厉鬼"四字涂写。符下再有小篆◎【图3】，用黄纸朱书，随书随念金光神咒，用以驱邪。

图1　　　　　　　图2　　　　　　　图3

初九日(6月10日)，午后得雨，农可耕田。

次日，重撰约课文。灯下，作节假遣闲、追述严训二律，又谢祖师五律一首。且以刻诗无力，质之仙师，作七古长篇。旬日积劳，不胜困惫。

十一日(6月12日)，赴馆。

次夕，命祐儿试蝉始鸣诗，尚可造就。

十三日(6月14日)，大沛甘霖，俗称关帝磨刀雨，及时插莳，大快农心，惜至晚又霁。予简顾琴友夫人淑逑二诗。

翼日，予以室虽小而邪魅不容，家虽贫而偷儿不侮。度乱离而心胆愈壮，经羸老而发肤尚全。健妇眉齐，课自严于织女；顽儿肩及，年将及于成人。朋友忘形，仙舟许共；女奴寡智，弊窦不生。屈才士之舌锋，勤求理胜；印仙师之心画，俭备年荒。一年未用药炉，三尺惟添芜制。文坛鏖战，难形白首之衰；书籍散亡，转省青灯之苦。爰撰知足三律，上献仙坛。王星如随侍来，又得樽酒论文之乐。

既望(6月17日)，入城，与沈义梅、吴翰卿同舟。造候曹小卿、李升兰、蕴之、瞿秋亭、兰亭，闲话良久。以先祖降鸾诗付刊。

十七日(6月18日)，王湘翁留与星如午饮，陈酒剧佳。乘兴作约课文三卷。

翼日，张宝青送家谱来，嘱校，又以旧吟社中菊花诗，嘱采。闻邑尊捐廉，结坛祷雨，合城断屠，躬至顶山礼龙神，限至出月二日止。

至廿三日(6月24日)，雷电大雨，高田得苏。亲友以老爷见呼，志愧作二绝。并有笑予衣敝者，作诗答之。又构梦悟、忆亡女二诗。

迨廿五日(6月26日)，连雨。

而廿七日(6月28日)，尤倾盆滂沛，水长三尺，四乡插莳可齐。天转凉爽，五月寒不必江深。李芝馨来，相与话雨。饭后回舍，见庭有小蜀葵，花千瓣，红如山茶，长不满二尺，眄之怡颜。

廿九日(6月30日)，拈香仙坛，求祖师示期请灵，并求题王霞翁照。满路湿泥，往来颇苦。

晦日(7月1日)，始晴暖。

六月朔(7月2日)，又小雨。同金逸仙、时酉生、杨锦斋、张宝青、王星轩赴坛。楚通祖师谕曰："历观镜芙诗草，讲究用韵，尤讲声调。如押十灰韵，首韵用灰字，第二韵不押开、来等字，取声调相同，易于吟咏。予以为不必。诗取戛戛独造，不在韵音同异。况土音各别，流传于万载万里，安可必我读某声，人人读某声耶？即浅近者言之，予读味同谓声，读微为帏声，昌读张声。声音之道，从古莫明其奥妙。倘叶土音，取口之便，已开词曲小调一门，既限于韵，复限于音，佳句眼前错过，桓伊所以唤奈何也。韩、苏不讲声调，欧、柳不讲笔法，超以象外，得其环中，岂如村家学曲，束缚焉而无灵气，诸大家全集具在，可证也。"冒大风雨回塾，几堕泥中。灯下，偕宝青谈文。

次日，小雨风凉。王聘轩送予与宝青、星轩至坛，时酉生亦到。楚通祖师谕曰："龚镜芙同学携高足王羹才、张宝青等冒雨来坛。"并柬寄聘轩，诗曰："阴晴不定熟梅晨，从古清闲境最真。难得多情贤地主，载将风雨送诗人。"予父子俱和。又曰："近日阴晴不定，地湿难行，扫几许访仙之兴。霞君节略征诗，即收好。七月期题赠，此千古难得之事，传万世而有荣，安敢草率涂鸦，贻笑遐迩？时君芹香后而味莘香，不可少此笔墨。今坛功有劳，即题别篆曰'味莘'。前尔师抗疏拟题等语到宫，奉此除存案外，理合条拟如左。拟秋闱之相近者，首曰《子张问崇德一节》，次题曰《君子素其位而行两节》，三题曰《此其大略也一节》，诗题曰《珊瑚碧树交枝柯，得歌字》。余经策，场中不重，不必拟。二场甫进，中文已刊，但须明顺无疵，即可过去。再拟论曰《韩信严光论》，同有钓台，须辟真境，乃为的当。约课不重，不必拟作。凡文课须注明花红，则人人钩心斗角，否则一卷送去，付之一笑而已。生童约课，更无鼓兴之人，何则？ 胜之不武，不胜为笑，故淹留卷者极多。如我镜芙子勃兴真切不浮者，尘世中有几人哉！此命题之所以迟回也。再疏称来鹤一事，后提因秋试告迫，同人心绪忙乱，未能境地清闲，意欲易期从早等语。本宫据此除存案外，合行批示。今晨又疏称，今夜天气清爽，人闲境清，限日归来等语。除启宫存案外，合同前疏汇批。批曰：王哀心切哀哀，求此日魂归；刘阮踪稀落落，想余音佩杳。焚香而书十上，几同殷羡之浮沉；溯武而迹重来，不等令威之绵渺。自宜限期十日，先命三申。订秅侯康侯之俱至谓金人铭，约束綦严；通彭城维城以偕来谓俞通涵。俞维城出令，官声清美，蝗远人安，有颂德碑，趋跄常肃盖金君处和、俞君旭初书亦将十上矣。待雨余风来，月皎人静，予将请牒风行，君将开盘星夜，所有承役职事等，走伻约定可也。"又曰："君等环侍一堂，英济材华，切勿与草木同腐。或劳碌争不义之财，或蹉跎致暮年之苦，此皆一懒字中之。究竟功名中人，传流为易。试观周、程、张、朱、韩、苏、欧、柳，谁不从少年科第而来？ 苟味不遇苦，曷能回甘？ 此心血之不可不用真实也。予等于名之一字，久已付与东流，君等此等地步，断难造到，不得不向书堆中觅生活。自文运初开，至圣代而昌明倍盛，著述万万种矣。苟不开新辟境，力除人云亦云之语，满纸陈言，非但试官不收，即密友贤师展卷欲睡，安必名世而寿世耶？ 大凡独开生面，戛戛标新，非此心入木三寸不能。古诗曰：'欲穷千里目，更上一层楼。'工夫愈入愈深，若一暴十寒，不但孟夫子所告齐王也。"居顷，又曰："据疏称今夜鹤来，后日恐炎热而周折等语。本坛据此除启宫存案外，合行批示。批曰：今夜宫中尚未知会，安敢曰'将在外，君命有所不受'乎？ 如果允，必一面火牒行下,一面通饬坛士齐集。至早定于本夜子刻开沙,到初四日清晨护盘同归,因本宅叠有添丁故也。命下着议覆再禀,然后予等到宫定夺。大约予等子刻到,刘祖明日。若鹤归则过午,覆单名氏下用亲押,各执事皆然。着速具单覆。提诗韵便览,平仄俱要。覆单合同印式曰:某坛为某件愿遵立约事,今将遵约坛名开列于后,谨遵立约,两夜一日承职,愿不私走私睡、推诿等约,上沙手某。余同上。末书:倘有前项逾约不遵,除领责外,公同议罚。卯金氏到,预备花果。今已亥正,予等襄理行牒事。回鹤一事,乃千古不易得者也,即留片语,亦能使子妇心安,载之家乘,光荣何如。勿因易而忽视,暂息劳筋,勿睡,或吟咏最佳。"予乃同宝青长歌倡和。子刻,镜融仙师诗曰:"彻夜烧银烛,三更鹤梦深。茶枪消渴吻,酒盏聚同心。帘外雨声细,砌前虫语沉。魂归时尚早,诗句耐清吟。"琬妙祖师到,诗曰:"东方起视星尚明,欲白未白鸡初鸣。万家酣梦忽催醒,一道晓光飞出城。我今引鹤到华屋,捷报悬墙皆绮族。仙禽封对清晨啼,梁燕双双隔夜宿。农父同耕杨柳烟,诗人齐食桃花粥。主人豪气吐天外,白发种种非少艾。犹记秦淮荡画桡,同心双结芙蓉带。而今转瞬槐花黄,烟水茫茫念暗伤。一片荒凉金粉地,寻踪谁记夜游娘。今朝忽报孝廉至,红杏一枝从古香。此中消息有天机,喜兆今看汁染衣。升瑞堂开苹鹿宴,霓裳先后饮留恋。传人相与争千秋,构诗人已遍荒甸。"谕曰:"近时夷匪势张,上通王侯,滋蔓各郡,甚为目前最虑之事。今逢暑日,而凉若三秋,最易起病。刻逢涨水节,其水直从下而泛上,波面每有聚秽团绿。人中此,尤能起痧呕泻。黄梅水至毒。四季中水,以冬为最,瑞雪盈庭,捧置瓷瓮,可以疗牙毒心热,治与西瓜略同。"又曰:"雨水连绵,势尚未止,近年将有荒歉,宜思患豫防。若不早崇节俭,到极处,身何能舒?虽有富贵之家,奈无《周官》之保富,亦岌岌难存。不如看透此情形,预为立身大事。刻下西路疫气,尚多蔓延,宜置好痧药。荒势将定未定,不出梅花数年内。我今立法,有人能立誓永不作恶,具单报者,受上赏;立誓永不亲蛮土产者,受中赏;有人能诸事节俭者，受下赏，即许开单报明。另用顶皮，照六人数阔，盖印编号，以福、缘、善、庆、临、深、履、薄为号。余二人号，以便续。将各号裁开，给赐珍藏。此疏加年月日封，拜进可也。添字号，录底簿，再将厚纸折八行，书某号等语，下亲押合同，半在疏上，半在条上，然后将印盖六行誓上，每行裁开给藏。着迅速遵行。"诗曰："阿谁鞭起卧龙卧，万顷甘霖朝野贺。雨淋铃曲声复声，池水刚添三尺大。诗人冒雨谒仙忙，葛巾道服袖飘香。入座多留知己感，披襟快睹野人狂。忆我去年来逢夏叶，堂堂岁月纷代谢。招魂秘诀我独探，此事可否千金价。一堂寂寞静无人，华表归来是后身。半仙半俗半儒士，是非绝口超红尘。我今同到君家屋，渤海清风绵似续。即今终岁苦薄收，江北江南家不足。一片农心乞帝恩，但愿年年共庆丰成福。"时张寄翁、金逸仙亦到，予同立誓，或愿不吸蛮烟，不近外色；或愿知过即改，节俭正直。予则悉遵仙谕："六人齐画押，沙派中本对录使，传为内外周巡戒声息使，上沙手着素，下沙手着义元，兼侍香拭沙。将苇江降册提阅，印誓条分给。再为扫坛，待两三刻换盘等。着叩事用手禀，不得口禀，照谕恪遵奉行。"

初三（7月4日）夕，李琴仙帮忙，祐儿扫地拭几。至戌刻，先君降，曰："诸君子光舍者，须将贵衔尊籍、榜名大号，一一告我。三十六年，如梦如泡，英才迭起，谋面犹初，尚祈勿吝珠玉。"夜午有蝉飞集坛簿，先君又谕："诸君子望静，至嘱至嘱。归家长歌，示次儿并两孙诗曰：'豪气直吐千万丈，小儒见之不敢仰。脱帽露顶狂奔呼，声落群峰作异响。我蒙仙力赋归来，榴花开后荷花开。仙客飘飘多仙气注:谓坛中君子，青钱学士非凡才注:阅名柬，知左沙手乃张理翁理问孙。卅六年华如一梦，子孙能否肯头埋。犹记当年首蓿盘，栽培如当在家看。迎送最怜贤地主，匆匆三载梦难安。而今往事空追忆，教我难逢贤宰官注:谓强沛崖先生。半生事业眼前熟，一回欢笑一回哭。安得我家科第长绵延，书生上被苍天无量福。'我乃杏花村主人是也。笔墨荒芜，与前如出两手，汗颜以吟，呈仙坛诸君子敲定。作近体诗一律，命孙培

祐步元韵，诗曰：'略将家事说粗粗，从古功夫学愈愚。卅六年驰魂梦
杳，万千语隔路途殊。焚香何幸聆鸾训，传德犹欣见鲤趋。笑我今番
无用杖，入门先倩竹孙扶。'此数韵颇不易押，因非此不能见心思。尔
曾祖说，尔斐然成章，予不敢信。与尔初次相亲，或者黄吻试声，一鸣
惊人，亦未可知。爱孙逾爱子，人恒情也。试面试，今日倘果成诵，予
书香不绝，予心从此安也。和孙培祐七绝，诗曰：'一编讽诵递晨昏，
万事从来要性真。须记读书明理耳，姓名容我号完人。'予生平作达，
不学村妇叨叨、乡婆絮絮，今夜虽千古难得之事，安敢将红尘俗事而
废却清谈耶？试观史策，未有创诗夜招魂之典，以示将来。即汉武见
李夫人，临邛道士致玉环魄，或曰圆光，或曰方术，皆因男女之私，以
辟荒唐之议。事远年湮，邈哉不可考矣。至如方平子晋，另有仙骨，
非儒门之教；令威化鹤，有谁亲听而亲笔，即实有其事，白鹤开言，子
孙有不骇走？此等事，诗赋料耳，姑不具论。予家世居四万荡，烟波
渺渺，云树苍苍，一大村落也。相传发地得白银四万，遂以荡名。予
尝考厥形势，按其村墟，大抵皆茅檐蔀屋编氓，徒见足胝手胼，作出入
息。盖发银之说，由来远矣。自我祖我考，德厚泽深，一家融泄，如太
古皆春，荣旃五代同堂，升平人瑞。予虽壮岁，子犹总角，嘻嘻索果牵
衣，此乐何极。苏子曰：'好景一失后难摩。'能不令人仰而留连，俯而
叹息也哉？自予二十一岁采芹，继捷秋闱，大挑二等，后选溧水训导，
其间离合悲欢之事，与夫激昂慷慨之忧，固难一一言矣。犹想弃旧卜
新，西庄椽舍，非郭非村，十丈软红扑去，一山晴翠飞来，高楼酒酣，小
婢捧稿，雨余月照，湿岚仍飘，击节歌'大江东去'，吁！壮志远矣。乃
人事莫知，天事莫必，趋庭二子，桐竹生孙，五十二载光阴，有不自知
不自信，飘游太虚之境，列子御风，茫茫千古，其间莫可得而名状矣。
自予归山后，世界治乱大关，作虎口余生、万死一生事。知孙女坊表，
洵足光荣门第，不朽传人，苦一时荣万载，亦不易得事也。知伊婿与
予长房幼孙，同是不受约束，逾闲荡检，名教罪人，婿乡固甚于我裔。
然婿异姓，犹可缓商，我裔乃一家人，与时君世谊而姻戚，同为关切之

人。闻今尚未娶，予以为速婚为上，时君何如适酉生缮录？宜覆我。孙既幡然悔悟，不必再论。此事予前年听说，恋恋于怀，不得不一吐心事。长儿生平无大功过，不过游民耳，无事无拘，替神下作禀帖。今孙儒医，成败不须忧矣，闻少正直二字，谋太多，与叔氏相反，今犹不弃儒，亦为有志。今汝典居此地，虽有不合宜处，还可使得。盖人情于今更薄，只重势利，此与王氏近。租米即可托收，往来亦便，在此方钱财彼我之清，除王氏外已少。科第无定事，遇考即考，放大襟怀，愈关切，愈矜持，反不如前科之卢与叶。大抵少年须心果，壮年须心达，晚年须心宽，此遇境而易，不独汝也。予归山后，亲串音怪多疏，最甚者北周南贾，甚因区区财帛，况皆陈案，到此拍案高呼，是何情耶？予所以叹人情愈薄，无有亲情，反不如朋友世谊，留有余不尽之欢。予谓人无情与无品，均不可近，如怒蛙彻夜，螳臂将擒，身后多不快。汝于世事，逊于尔侄，汝每事出至诚，固是好处。何南园曰：'老尚多情获寿征。'此情字，指涉世而言，为事真切，并非指花柳烟酒而言。汝侄天资素敏，故人未言而彼已知，彼之言并非彼之意。理财涉世则工矣，其如德泽何。汝著书不为少，刊梓宜精，不可如此本四五篇一样注：适见《诵芬录》，梓既费巨，人不耐观。其实只须合传一篇，何必请大官府作牌面，于己无干耶？《明史》贺逢圣曰：'借衔陋习耳。'传真不传伪，真知言哉！刊著作，须着意经营，多删不得，少删不得，刊诗之心，原欲望传也，不然呕心费财，何苦作此等事，唯选择尤者先之。祐儿虽未见大敏，质本不愚，太粗心，故不能骤进。谅年渐大，学渐增，自然理也。祉儿近类呆木，知他不言不语，终日默坐，然今面色春回，与昨年曾祖观时大异。昨岁白无生气，两眼不正，今此等已无。须望他到成人十六岁左右，精神元气既足，智慧自开，一定理也。今如此形状，皆内元不足，所谓外强中干，故身不瘦，不内热，而如此半木。盖内元不足，子弟必有偏害，或内热消肌，或面黄膨胀，种种不一，医药不灵，总待成丁时候，气旺神来。今祉儿之症，是内元不足之一端，苟非木象，虚病必非一二，谅有人早如此说也。最难者，嫁女之得所耳。子弟贤矣，而又虞昆仲之繁；昆仲稀矣，又虞门祚之衰；门祚盛矣，又虞门楣之下；门楣尊矣，又虞子弟之顽。待至百两盈门，二老之心血已不知吐出几许矣。据禀季女未字，当择书香积善之家，不太富，不太贫，与我家高一倍，则父母之心愿已完。倘日后之贫富，父母不受咎也。已字同郡渤海，不必再论，后日荣贵，女之福也，即父母欢心。已聘彭城，读书生理之家，积善累德，忠厚相传，而岳与舅氏，有品有学，可谓令士，唯财多于我家。祐儿苟得勤书，必拜下风于徐淑。现伊家运正盛，财源万斛，祐儿安可宽一刻攻读光阴，不如此，未免轻看。西庄旧址，霆击井邪，已过不必虑。至于起造一事，自然独造为妙。古语曰：'华屋两家居，不如茅舍一家宿。'同居难处，虽贤妇佳女，不能旦旦调和，安必两家中，人人皆贤者乎？与其日后悔，不如在前谋。同居之最不佳者，纷争有性命之虞，微忿开嫌疑之渐，一家尚不能调和，而欲调和两家，难乎不难？况同居欲分出，而势不能分，天下岂少此等事哉？亦得过且过而已矣。桂程安好，无俟予言。予近蒙掌钱镪案史，本主是东岳府下加刑曹巡查使衔掌各道征钱镪使司总十二库司，予为记录职役，不劳亦不简，称中缺。两茔俱安，汝母亦安，大抵妇人之孽，终少于男子，世间高寿妇人，较男子居多。禄儿早已生人间。至于镜墀轩著作，择尤先梓，若徒恃己资，刊不成也，不得不集腋于书家，梓成送报，理也。今所居屋主人，本我生前素友，今贤公子推亲亲之谊，乌爱情深，况好客乐施。贵族如我裔禧儿者，其君之大侄乎，曲拆入细，无粗粗过去之事。幼侄还仿佛一二，嫡堂侄则少年贵公子气度，合族无多。惟君最豪，余尚有浮啬不匀之偏。今与聚首，亦有宿缘。至问汝侄桂程，亦有稳，侄孙谅得育。今日一坛济济，无非姻亲世谊之俦；余梦依依，当续儿女孙曾之望。言不尽意，费神难酬。我子孙勉厥功名，仙友士规无推诿注：有同誓条程，共勖共爱，予将观功过焉。叠祐孙韵赠诸君子，诗曰：'无多时刻已清晨，魂梦今知总不真。难得霓裳同日咏，一堂名士半仙人。重洒扫，等因停，今朝不必问刘晨注：刘祖已去，时初四晨，如听当年治命真。灯火影残诗味涩,满堂尽作倦游人。'""予乃镜融道人是也,奉谕今早回盘。杏花村主人家训一册,宜誊真,摘入家乘,摘诗附刊入集。即作记一篇,名曰《迎仙化鹤记》。古文,大集中古文寥寥,宜多作付梓。蟾宫飞步,佳兆也。尤应在丁卯孝廉公回家示训,所有约单等焚炉,放蝉最高树。蒙地主多情,扰已两期,今锡曰梦祥,其实君年正盛,迟速有时,何必性急耶?着本义将地主之家神、灶神、祖神,各具香一箍,烛一对,心传家亦如是,命下迅速奉行。"先君初降时,予呜咽泪零,迨谕毕,而转悲为喜,因亲闻无恙也。晨扫耕余堂新坛,遣祐儿送盘归张宅,予倦卧在家。

初五日(7月6日),先慈讳辰,正家祭,而常熟令汪公、学师吴公专差下乡,请议乡约事,言:"奉藩宪丁通饬各就城乡,选举品学兼优之士,每逢五十期,宣讲《圣谕》,所有讲生薪水,每月致送五千文等因。绥等现当举办,久仰阁下品粹学优,足为乡间矜式,用特专斗赍函敦请,万勿推诿,是所至祷。"张宝青、李琴仙馈西瓜,时旱价昂,可以清暑。午后,苦热如焚,蚊阵作雷响。

翌日,伯谦侄来函,知紫阳连考外课。

初七日(7月8日),同时酉生、金景岩、王星轩入城。谒范冕卿、朱步瀛、狄味霞、翁显廷,晤徐哲卿忠智,谈文片刻。曹小卿题我《辍读图》。又赴学廨,会吴老师,时赵少琴学博亦在座,同商于望日城中开讲《圣谕》,乡则于二十日起。予认南乡,时公举城讲者为张雨香承霓,东乡则瞿安仁桢,北乡则潘南轩□栻,西乡则王素园汝钺。予领《圣谕广训直解》二本回。俞书庭留膳宿,与冯小廉叙谈,知黄婿随其舅丁逯澄大使钟文赴浙,洋烟渐减,差可慰心。

次晨,书翁取吉征,以莲桂见待。旋谒胡雪岑孝廉。并与伯谦侄晋县署,应两令决科,题为《子曰修己以敬至下句安百姓》《榴实验登科,得登字》,与试者近二百人。开燕园游玩,奇峰如旧,阴气逼人,池中水溢,湿气上蒸,缸内红荷如斗大,亭前老桂如盖张。予本无角艺心,常散步闲眺。邑尊供馔颇精。傍晚出门,阵雨街湿。路遇画师范秉之循训,未冠时逢,今已壮,况经离乱,欢慰胜常。于俞氏品嘉肴,饮火酒,偕俊卿拇战畅怀,惜酉生、星轩斋,未克多行觞政。

初九日(7月10日),晤李蕴之、支西园,匆匆小叙。遇屈梅坡于广仁局,承送痧药。并往会曾仲英绍文、时锦甫养源、吴英伯、许小岩家瑞,连叙契阔。予赴汪令之约,入署议乡约,请示发莫城、练塘、洞港、莘庄四镇,设坛寺观中,遂立传该处地保。适王湘翁、聘轩来城,同饭于俞宅。出城,乘凉社坛,与吴毓芝等茶话。晚同王翼亭、孙凤梧、李心柏、棘卿等,舟次剧谈。

次夕,憩李氏,偕朱鹤龄谈艺。

十四日(7月15日),金景岩来塾,同观约卷。适雨,笠屐而回。连日见虹。

至望日(7月16日),大雨如注,又酿水灾。天气太凉,恐人多疾。

既望(7月17日)之夕,时酉生、金景岩自城回,知决科案已出,同伴均在壹等矣。两令仅送乡试卷资,不同超特等之另有奖。

十七日(7月18日),晴。蝇蚊纷集,甚于往年。

翼日,交初伏,炎炎气盛,绿苗改观。

二十日(7月21日),常学师吴璞卿先生到莫镇,来招予,遂公服同赴西王庙。住持朗泉福林出迎,时酉生赞礼,王聘轩、星轩陪官,三图地保当差。予陪拜万岁牌,用三跪九叩首礼,登坛首讲"敦孝弟以重人伦",次讲"完钱粮以省催科"。官长坐地趺听。继而再讲"乩仙"、烟赌两戒。市南有殷二,家虽小康,而辄詈殴其父万兴,学师谕地保传到,跪聆《圣谕》。流连逾时,即着具永不忤逆结,画押放回,合镇人大快。予同聘轩备瓜点,陪话半天,傍晚始散。面请吴公阅约课卷,其言:"近阅会文《子贡曰子如不言两节》题,'小子'误指自己,不曰'赐'而曰'小子'者,指凡弟子而言。不然,子贡既闻性道,何作此语? 认清'小子'者四卷,列超等。"吾辈可志在心。

廿三日(7月24日),瞿世良到塾,托其寄函于吴璞卿大令、许小岩茂才，续报节孝四人，幸不浮沉误事。

翼日，检王鲁园遗稿，搜遗珠补入《诗话》，跋以付伯谦，赖其检出劫灰，须珍藏以俟授梓。长洲朱枚厂孝廉洤题我《蓼莪辍读图》，用也字调，亦风骚之遗，同中见异。

伯谦侄上省，于廿六日(7 月 27 日)应郭中丞决科，予虽报名，而旧例不在院者不与，故未行。是晚，往访钱芷升，主人王湘兰留饮，适公子读《[吊]古战场文》，请予指讲。阴风骤起，四座变容，口号二绝。并至莫城，偕瞿协廷、孙凤梧闲话，得《望江南》小令二阕，王星轩暨祐儿和之。

次晨，赴汪邑尊之招，躬缴请柬，知奉丁方伯札，拟修常城石营，欲开局劝捐。所邀三十六人，唯予与曾伯伟到，余皆辞，故未便议公，一谒而退。又往学廨，领约卷回。见生超等第一名为顾虹玉，略用《说文》，以博洽见赏。予代作一卷，取第三。童上取第一为次侄仲舒，笔致深稳，自应出群。超等共十名，据云可出房；特等八名，上取共十名，据云可招覆；次取八名。与吴老师茶话半晌。路遇钱竹香，不见八年，离乱之后，互相惊喜。旋同王聘轩、孙晓村□□社坛啜茗，品雅乐，系衙胥所集，丝竹调和，唱《儿孙福》中《别弟》《势利》《下山》，为戏滩，颇妙。凉棚风起，飘飘欲仙。谭静园留瓜，聘轩送佛手柑，口鼻清爽。

廿八日(7 月 29 日)，李琴仙祀瘟部，遣祐儿去拈香。

晦日(7 月 30 日)，瞿世良至，仍托带信学中。

七月朔(7 月 31 日)，偕张寄翁至坛谒仙，呈吴公所定约卷，因主人负米入城，遽返。

初二日(8 月 1 日)，暑酷回舍，同时酉生、李琴仙、心柏手谈消遣。王翼亭递平燮庵信来，相与茗话，即覆一函。闻氏表姊来谒，同内人叙阔。母氏之亲，除周大文，唯其姊弟，有似晨星，年已六旬，彼此均叹驹隙。

　　翼日，王湘翁上县，托其问吴学师讯，连得两覆函。前月日日狂风，水长复退，至今赤日焦灼，每夕幸有凉飔，斗帐可不闷气。予口占云："南国观光惭老耄，北窗高卧梦羲皇。"散步田间，又云："两顷稻分深浅绿。"俱未足成。

　　初四日（8月3日），沈阆峰来，乞予撰公醮疏，走笔以酬。张宝青自城回，见道署移文，知捻匪滋扰山东青州，李宫保汇东豫皖三省全师进剿。运河西堤，虽惊未碍；清江一带，防堵綦严；桃源宿迁，黄提台驻沙会剿，以致谣言四播，米价减色。

　　次日，偕王星轩、赋梅及祐儿东始庄茶话。旋于三元堂宣讲《圣谕》"训子弟以禁非为""解雠忿以重身命"两条，时酉生仍赞礼，金景岩读《广训》。予则依《直解》演讲，兼述仙师"戒色篇"暨"古今善恶果报"，"修身""治家""涉世"之格言。查玉章、孙锦堃、张鸿范、李琴仙叔侄俱来，听者如堵。吴学师因送试未到，仅发谕单。而里正王云章、张小园仍上手本，供茶点。景岩邀至家，剖雪瓜，烹香茗，同张栗岩□□等，饮于水榭，观鱼听蝉。一角远山，露于柳阴之隙，北窗一榻，好风时至，盛暑中陡觉清凉。同人联成七绝五首，时主人将赴试，大半颂辞，拇战数巡而罢。晚至时氏，酉生未回，为金式如玉度讲《长恨歌》《琵琶行》等篇。至舍，出茗点娱宾。乘凉回塾，惜张宝青、陈石泉、梦梅于金氏一面，遽以他嗜先行，不得与雅集。

　　初六（8月5日）晚，王梦蘧以海燕、鸽蛋供我下酒，一鲜一清，喜尝仙味。

　　瞿秋堂之弟曾将三十三图王氏沿河地基二分五厘，谓为风水有碍，垦作月弯。王氏载瓦砾修驳，又喝住未上。聘轩欲鸣官，予劝止，又欲捐作义冢。予告瞿协廷曰："中元前将来支界石矣。"秋堂乃邀孙世昌、王翼亭及予，愿将里面自产二分五厘，割半补足，书合同，议补笔据，俾得两全。时**初七日（8月6日）**也。予与瓜茗并战，谈笑半天。是晚，得小雨润苗，不嫌洒泪。夕回舍，则已月明河皎。祐儿作《七夕诗》七律一首，又赋《坐看牵牛织女星，得星字》五言八韵，尚浑成，无烦斧凿。

张宝青书来，嘱于初八日开沙，爰致意坛友。不意翼午挈儿到坛，仅有张寄翁、孙学卿、王瑶林在座。楚通祖师赠坛中试士云："文章从古寸心知，才子扬鞭得意时。送汝登龙上天去，卷中光我饯行诗。两江心血吐重围，明远楼高号令威。此去白门风景好，载将苹鹿一船归。"予走笔和韵。又送时子味苹通中云："桂花未动意先香注：套用梅花诗，同伴人多意气扬。织女隔宵谈絮絮，嘱郎名遂早归乡。半生求醉不求醒，村有名人地亦灵注：家庄基村。岳母早知婿清贵注：母女同居，夸将家学外人听注：君为容斋长次公子。"又曰："镜芙高足，荣行有期，赋诗以送，诗曰：'今番努力榜留名，可喜文星照户明注：汪圻卿太史、吴璞卿广文同官吾邑，与君称莫逆交。难得重开丁卯例，蟾宫继武兆飞鸣注：令尊杏花村主人，丁卯金陵应试前，有蝉飞鸣集襟上，即于是科高发，今重逢丁卯，鸣蝉复至君家，蝉其预贺耶，抑有使之者耶。''棘闱风紧柝声严，吉语朝传尽卷帘。始信天心非草草，要留蔗味老来甜。'今照例题二绝。当此天步艰难，戎马在郊，哀鸿遍野，虽属抡才大典，朝廷官吏，皆视具文，不得已之事，意欲止而例不可止。试官冒险，各郡戒严，江湖浪恶，宜偕伴群舟共进。国事如此，太平何日庆耶？"又云："当此时势，变幻万端，虽居乡曲，亦须就正名贤，洞悉当今世务，不可安心贫贱，动作欺人语曰：'出入不知，理乱不闻，往来皆吏胥辈。'白丁满座，偏诩诩自矜。居家而笑出游，出游而笑居家，是犹瓮鸡井蛙，乌可与语哉？君等既不能如曾、李旋乾转坤，证仙班，名流史册，亦须干些事业。功名与生理，皆须念兹在兹，俟有出人头地之日。若一事不精，一身如寄，庸碌太甚，酒食有余幸，退而潜心学道，又皆皮相，不几虚生天地间乎？"是日，琴友夫人剖甘瓜，制油饺、酥饼，出点客饥。暮又为主人张宝青留饮，面筋固佳，而虾圆尤妙，中拌鸡卵菽乳，恰宜脱齿老饕。闻俱纤纤手造，自绿君仙去后，又尝第一味，奚翅郇公美人耶。酒次，见邸报："内阁抄出文渊阁大学士臣倭仁跪奏，为同文馆延聘夷人，教习天文算学，恐滋隐患，恭折奏陈，仰祈圣鉴事。昨见御史张盛藻奏天文算学毋庸招集正途一折,奉上谕:'朝廷设同文馆,取用正途,原以天文算学,为儒者所当知,不得视为机巧等因。钦此。'数为六艺之一,诚如圣谕,为学者所当知,非歧途可比。惟以臣所见,天文算学,为益甚微,西人教习正途,所损甚大,有不可不深思而虑及之者,请为我皇上陈之。窃闻治国之道,尚礼义不尚权谋,根本之固在人心,不在技艺。今求六艺之末,而又奉夷人为师,无论夷人诡谲,未必传其精巧,即使教者诚教,学者诚学,所成就者不过术数之士。古今来未闻有恃术数,而能振衰起弱也。天下之大,不患无才。如天文算学,必须讲习,博采旁求,必有精其术者,何必夷人,何必师事夷人?且夷人吾仇也。咸丰十年,称兵犯顺,凭陵我畿甸,震惊我宗社,焚毁我园囿,戕害我臣民。此我朝二百年来未有之辱,士大夫无不痛心疾首,饮恨至今。朝廷不得已而与之和,岂再能一日而忘此仇耻哉?议和以来,耶稣之教盛行,愚民半为煽惑,所恃读书之士,讲明礼义,或可维持人心。今复举聪明俊秀,国家所培养而储以有用者,变而从夷,正气为之不伸,邪风因而弥炽,数年以后,不尽驱中国之众,咸归于夷不止。伏读圣祖仁皇帝御制文集,谕大学士九卿科道云:'西洋各国,千百年后,中国必受其累。'仰见圣虑深远,虽用其法,实恶其人。今天下已受其害矣,复扬其波而张其焰耶?闻夷人传教,常以读书人不肯习教为恨,今令正途从学,恐所习未必能精,而读书人已为所惑,适堕其术中耳。伏望宸衷独断,立罢前议,以维大局,而弥隐患天下,幸甚。"又见京信中语云:"恭亲王奏请设立同文馆,招集天下正途出身、五品以下中外各官及进士举人、恩拔岁副优五等贡生、少年款悟子弟,共入此馆,以西洋夷人为师,太仆寺卿徐继畲为总裁,专学算法轮船等事,厚其廪禄,重其奖励。定议之后,御史张盛藻上疏,极言其不可。奉上谕:'以朝廷设立同文馆,所用正途学习,原以天文算学为儒者所当知,不过借西法以印证中法,并非舍圣道而入歧途,何至有碍人心士习耶?该御史请饬廷臣妥议之处,着毋庸议。钦此。'上谕既下,御史张盛藻即日乞休。出都时,倭中堂亲送之行,谓其品学兼优,朝臣第一。次日,中堂上疏力争,留中不发。今入馆者,翰林院六部官不及十人。江西会馆大宴三日,设立罚规,凡江西京官有入此馆者,不准出同乡官印结。山东人亦无入者,大有中止之势。"

初九日(8月8日),立秋。暑尚炎炎,同人瓜战。补和侯祖见赠二绝,叠元韵。又谢团和居主人留饮,得三绝。祐兄亦补和支微二韵诗,并拟邀友赏秋札,大致尚稳,惜四六欠流动之机。偕星轩互相切磋,庶有进益,唯读性迟钝,深为之忧。时生酉生、金生景岩于今早开试船,选新秋第一日也。祐儿复与王生作《唯有新秋一味凉》诗。闻北京于五月望,半日昏黑,至晚始明,正江南大雨时也。

十一(8月10日)晨,陈石泉带《石岸观荷》《山房避暑》两作,嘱予推敲,即酌改数字,率儿辈和之。午后,张师琴、宝青、宝华冒暑来,主人出龙井茶、东陵瓜解渴,挥扇清谈,流连半日。迨王梦蘧为孙请方,始回仙坛,楚通侯祖诗曰:"夕阳冉冉下楼台,两个诗人问字来。炎帝替侬辞热客,柴扉虽破不轻开。"

至翼晨,予拉祐儿至莫城,顾介甫送红灵丹十服,并会茶点资。回知内人患痧,并夹肝风,手足麻冷,腹痛便红。乃倩李琴仙挑痧,服红灵、如意二丹。即邀江阴唐镜清得时医视,下制朴、郁金、建曲、左金丸等药,始闭汗,至此肤润,唯畏间壁罗筛声,大便仍见血。

十三日(8月12日),入城,领宣讲薪水盘川一月,饭于官厅。复往狄懋翁、俞书庭、朱少英处会话。途遇平燮庵、少梅、朱恂如、蔼如、家伯谦,同憩石梅茶话。并赴包氏吊,暑酷不便衣冠。出城乘凉社坛茗园,晤查凤祥,同玩兰盆胜会。昔宿于陶氏,洪镇夫妇自进浴盆,留瓜扇帐,**次晨**复设白糖豆浆,备感隆谊。

晨入城,与徐监兹、支西园等彩月居茗点,鸡豆蒸香,新秋可味。晤归公恒、姚似香、陈振卿、顾湘涛,匆匆叙话。旋逢蒋子方、景园于西市河,彼此道阔。知中丞决科案出,超等第一蒋芍峰士骧,第二潘子昭欲仁,第三陶桂森逢吉,第四姚屺瞻福均,均常昭人,文风颇盛。王生星如超等三十三名,伯谦侄与吴既安、顾虹玉已在平等。超等至榜尾,每名给卷费一洋;超取第一,另加花红四洋;第二至第五,另加三洋;第六至第十,另加二洋。阅邸报,知江南主考为刘缙三通政有铭,直隶南皮人,丁未进士;王玉文编修荣瑄,山东乐陵人,庚申进士。至午,附朱恂如船回里。留平燮庵等膳于敝庐,始食著甲。内子服仙方,麻冷寒热已除,惟仍腹痛红痢,爰倩伯谦诊视下药。是日,仙师谕设经坛于金氏,邀羽士炼度,普祭孤魂。予未及拈香,仅助冥镪。

中元(8月14日),赴馆。适有流言诬地保孙锦坤允中得殳万兴贿,被押至城,县官讯无索诈情弊,再提万兴。予恐有阻挠公事者,诬保而来,此系风化攸关,理难默默,爰致函汪公,力雪允中之冤,请即释放。表侄王峻庭松元、□□松柏来请仙丹,为其历叙病由,并为内子请仙转方,托王星轩代上疏。

既望(8月15日),节假。

十七日(8月16日),入城。米价大贱,予家白粲,每石仅粜二洋五角七分。于社坛遇李小梅,承会茶资,与瞿晴霞、蒋景园、罗楚兰、陈石泉茗话。复邀陈石泉至毛馆,饮火酒,啖汤面。适有大衙缪姓小女,噤口病危,爰说石泉善推拿,其人喜而请。予以短衫假石泉,往而推惊,渐有生气。复偕陆寿昌啜茗坊西,见偿茶费。晚同戴景松大彬、王晋卿□□、吴砚卿、孙佩香等回乡,一路聚谈,甚遣闲寂。

十九日(8月18日),予食油酥,大呕,妇女亦触秽心闷,祐儿尤麻冷,服红灵、如意丹,兼刮痧推痧。李琴仙、时锦书先后摩掌,颇效。午后,乘凉东始庄,偕顾松溪茶话,陈石泉来会东。便观龙舫。

翼晨,唤张船往载王星如、平燮庵、家伯谦,俞书庭则由城自来。予赴莫城,回舍祭先。晤孙锦坤,知其经官释回,幸一纸书,尚不至空上。傍晚,留同伴俞书庭、平雪庵、王星如饮于堂,元鱼、头贡、玉笋、海燕,聊以娱客。卢器轩、家伯谦亦在座,相与拇战,兴各酣。暮送器轩权馆。天气清朗,月明星稀,虽时有好风,而胃热仍沸。家人多水泻疾,予则门牙忽脱,衰境渐形。勉陪诸君赴试。

二十一日(8月20日),吉时早发,乘张关和船。过钓渚渡桥,口占一绝。酉刻,抵无锡北门。蓉湖间,米市复旧,新屋巍然。有吴翁曰:"贵县杨滨石太常,聘主梁溪书院讲席。"舟中五帐骈列,气闷不怡,闻锣无人自鸣,风荡之故。予曰:"可谓天报。"

次日,过雒社、戚堰。遇有裸下体而戽水、中厕一处女者,风俗之陋,竟亵三光。泊乎雷声一动,幸皆衣,何不警不知省耶? 是晚,泊常州西门。

廿三日(8月22日),过奔牛、吕城。申刻,抵丹阳朝京门,即北门。同人入城,经四碑坊、嘉贤坊,即古双井巷,进普宁寺。右有小塔出屋上,后为学基,适造大成殿。诣县署,时令姓连,悬誓条十二,每条下注神其殛之,想是清正官,故以功赏加运同衔。城市荒凉,非比吾邑。回舟畅食西瓜,稍解胃热。

翼日,朝晴暮雨。晓泊镇江西门。同伴进城,啜茗松涛园,盆有酱姜、毛豆,色甚鲜明,奈无味。旋栉沐钓桥,雷雨怒至。比晴,乘凉步至江口,多洋行。观京江关、英夷馆、领事衙门、红粉石墙、西洋台,颇敞。辕门牵牛花绊,矮篱雄鸡冠开,秋色清华,夷人偏耽幽秀。途遇旗妇及土妓,如妖怪百出,步步引人。书庭买白洋茄,大如瓜,亦罕见物也。抵暮又滂沱,街积水,为土人驮而过。且困于新筑外城,误走歧途,问讯始出,而衣履俱湿矣。星如并堕泥中,踉跄而返。是夕,船篷漏雨,帐被悉沾濡焉。

廿五日(8月24日),大雨如注。同季慎修、聿修船并泊,予曰:"群季俊秀,皆为孝廉;吾人咏歌,独惭老宿。"又诵茶园楹帖云:"虎尾春冰真学问,马蹄秋水大文章。"江干与诸子拇战,渴有西瓜,馋有南腿,何快如之。又曰:"今夕只可谈江山,不哦文字,恐雅间以俗也。"然邻舫多呻唔声,又笑老伧饶舌矣。因雨霁,重步江岸,观火轮船,板皆垩白,旁画彩轮,烟囱后有天秤,一低一昂,船过涛沸,停舟皆加紧系缆。

至次日,步行抵新河,舟则过七里江、蒜山麓。见焦山林台依旧,而金山楼阁半墟。陆路有水淹处,幸渡船舣上座船。昭关半为夷官

踞,有提督公馆、借夷房。遇常镇道布政衔许珊林先生椹,谒太湖总
镇。适东北风,一路通利。芦荻萧萧,时作雨声,得"窗隙芦割面"一
句,足成之。过瓜资营,江缺涛涌,忽闻演炮如雷。戏云:"登龙不可无
此声势。"岸有无数牧童,骑牛而歌,雨笠烟蓑,依然画景。迨近龙潭,
复有或立、或跪、或卧、或横坐于牛背者,且有鸲鹆集牛背驯扰不惊者。
一路峰峦,青紫万状,令人应接不暇。经龙安驿,口占云:"山到龙潭揖
客来。"盖前路之山,距水尚有数里,至此乃沿江也。夕泊栖霞。

　　廿七日(8月26日),风顺。唤孙寿全江船带江,连赵心卿仲纯
舟,合出五洋三百钱,酒钱一百六十。抵官驿门,只两时耳。暂停燕
矶,缘星如起早登车,叩须故耳。孰知茗园话久,引领不来,舟子恐风
转,随帮解维,直达石城。伯谦书帖,粘于茶坊,致意星如,不敢谓风
利不得泊也。过龙江关,见五色轮船,如纸扎,亦方正,亦鲜明。晚泊
金陵南门,入城觅寓不及。喜遇星如,憩长洲侯少耕英寓,谈片时。
晤金生景岩,知十八日鲍学院试苏属遗才,已出案,景岩府学第五名。
与书庭过江宁府公馆、凤池书院,出城回舟。

　　廿八日(8月27日),移桡通济门。晋城,于茶园值金陵李松泉
小话。有松江吴松樵,引至旧织造府前,定段姓房,主人字后之,幕游
娄县,赁金七洋。途遇同乡孔玉庭上舍宪模,如旧识。进贡院,玩新
号舍,较旧长半尺,共二千余间。登明远三层楼,夕于店家酒食。予
家衔灯被焚,书庭云:"烧尾之兆,文光直射斗牛星。"适书庭失长衫,
予曰:"释褐之祥,利市襕衫抛白纻。"互为哑然。

　　翌日,雨。偕燮庵至百叶巷,访顾子和,适其足疾,床前慰语移
时。晤公子虹玉,送约卷。遇钱雪崖、吴寄安及新阳顾仰周秉礼。经
曾制军署、滕中军馆。见学宫移在朝天宫,城心突出。由状元境买书
而回。知时西生补取遗才,慰甚。逢季伯英肇熙、陶德华文焕、顾小香
闲话。托学友纳卷,官价定钱二百八十,写钱二百,拣卷缴卷六十文,
若换卷面,费钱廿一,官给三场折肉蛋饼钱二百。途遇曾仲仁上舍麟
文,如素识。

八月朔(8月29日)，赴关帝庙拈香。庙貌崇宏，有联云："三国旧江山，虎踞龙蟠，何处英雄吴大帝；九天新雨露，翚飞鸟革，依然庙貌寿亭侯。"旁设卷局，前为昭忠祠，暂立总位。祠新造，远望如天半彩云。同陶德华、金景岩联升楼啜茗。有相者，怂德华与相，据云，气色佳而未及时。顾虹玉、吴寄安见答，留膳寓中，均茹素，予亦斋，惜同伴逢朔仍肉食。闻有常州船过二岛口，撞石柱而沉，前月廿七日事也。

次晨，偕时酉生兴兴园品茗及皱肉面、嫩馒首，剧佳。旋出聚宝门，登雨花台，憩木末亭，瞻李忠勇公□□祠。进永宁庵，品雨花井泉。井圈一石三洞，有绠损痕寸许，知历数朝，汲者多矣。买插劍沙，得石子，惜少五色，乃买彩石子半升，给青蚨六十。路遇燮庵、书庭、星如、景岩，乘凉同返。买山栀，比糖球略小，食之不甘，据云，可疗潮疾。留时、金二子饮于寓。至陶誉之寓，领宾兴费，仅两洋余，筹别款足成四千零廿。又汪令卷费钱七百七十，视甲子科大相悬。晤丁麟廷、蒋芍洲、陶桂森逢吉、屈朗如钊、瞿仲章。夕往会旧房东吴海秋隽、兰亭蕙、禾生譆，知其弟南金奋新入泮。同寓为镇江驻防春风池光丞元，系登卯举人，送两公子福广、福宪应试，蔼然可亲，时来清话。邑人姚少溪澍、严琢之家琳、宗云锄汝济亦寓内，出入得相友之欢。有上元丞江西郁子唐大令杰送善书全套，且亲写"孝弟忠信礼义廉耻"八字，及摘古人法言为联，俱有跋，悬遍茶坊，如此好善，亦难得。

初三(8月31日)清晨，坐门外，见负贩者往来，担有数尺长丝瓜，吾乡所罕觏。同人仍憩酒楼茗点，爆鱼、炙鸡，未甚洁。自顾楼街、新藩署、党家巷回寓。因昨从雨花台解衣受凉，至上漏下湿，涕零痔发，静卧才平。

至翼日，房主馈连鱼、猪甲、高中、雄飞，恐杀生，将鸡作赵璧，回使金一洋。遇朱惺斋茂才焞之孙竹溪，谈及老友仙去已二十一年，胡孙辈坠书香，屈为舟子，无读书资也，代为悯惜。吴兰亭言，上科寓其家者，又中江北一人，不独季苐卿，洵吉寓也。

初五日(**9月2日**),同金景岩等步至城北,游妙相庵。近改"妙香",将屈三间、耆中堂英祠改供曾沅浦中丞国荃、宜春雨学使振长生禄位,想皆捐资创修者。园池中有藕花,大如斗,旁有古朱藤一株。风廊水榭,云阁露台,较前更胜,但少古玩名花、珍禽奇兽耳。出门茗叙金凤园,境颇幽雅。而星如则骑驴往还,比步行更捷,无怪马塞园门,游人斗速也。回寓,见吾乡王惠宗来,略谈布价。燮庵、伯谦所带布匹,铺家估价每百匹三十洋一角五分,均折本销矣。

次日,步至评事街,访江西会馆,门署万寿宫,又祀许真君,戏台宏敞,五采辉煌,两厢楼俱华丽。旋憩承恩寺品茗,岳王市周丹生茂才福浚会资,据云,因其祖丹崖指挥□□而号,尊人即云楼茂才□□,本旧交也。茗价每碗五文,而水味转胜。复躲驴子市口茶园,人挤窘甚。遇顾仰周、吴寄安、顾虹玉,同观主考入帏。刘缄三通副、王玉文编修,相皆魁梧。内提调为盐巡道庞□□际云,外提调为江藩司李□□宗义,内监试为十府道王晓莲大经,外监试为宁国守孙□□翼谋。鲍花潭学使源深代为监临,年逾六旬,而腰身尚挺。晚由文思巷至大中桥,憩万福楼,听土人唱书,全然不懂,唯茶点尚可口。闻池州老生某一百一岁,领十三孙同试,康健似中年。见妇抱幼孩,含饭哺之,余有五岁女儿欲卖,予给钱买饼疗饥,苦少斧资,不能多助。惟服星如于北门舍丐,每人辄数十文,遇吾邑范□□少尉汝诚自蜀枢回,慨助一洋,以寒士而好施,度量不可及。邻船崇明考客暨同乡王仲达毓荪家人、季少焉召棠舟伙,皆暴死,暑酷故也。

初七日(**9月4日**),书庭令舟子以红茶煮蛋,备带入场,惜秋暑易败,枉费百枚,至不可食。见曾帅示,添点名红灯十四盏,作十四起。常昭在第九牌,悬第八灯方准吾邑人入栅,恐后来挤上也。又多搭芦篷,以备风雨,绘刻灯图,粘遍坊巷,甚费经营。

翼午,入场,果免拥挤。奈大热,汗流如雨,蜡烛炙消,予带寒热兼脑漏。有多少人报病,逾墙而出火坑。时坐西龙腮德字大号,同号长洲尤光祖、江阴仰悦芬怡曾、盐城高嵩。是夜卷帘挥扇,但闻虫声唧唧，蛮语哓哓，未得睡。姑忆关帝是幼年所寄名，祈梦得昵卑二字，颇自悔，而题目纸已来。闻有数人因热而致死，各老生均昏晕停笔，且有少年缢死者，系曾谋害其父，事在幼冲，故全尸未入凌迟之律。同号家湘兰闻之，急出往观，致墨污其卷，被贴蓝榜，波累不堪。予心胸焦灼，粗率完篇，亟欲出睡，适见监临示，初十辰刻始放牌，不及交鸡鸣卷。出场见兴化诸生，年八十三，负筐尚能自若。同燮庵、伯谦怀清桥茶话，茗味不苦，竟似苏州。

十一日(9月8日)，仍热。进二场，坐状元新号良字号，同号婺源石梁、宝山凌荣生汝燧、崇明丁用行、上海李筠孙曾铺、天长贡生薛心兰，从别号来者，上海潘伟琛、天长许昭枢。许君年少，头场三艺俱佳，而李君之弟曾珂已中。予缘号短臭多，常服痧药。

至翼晚，阵雨如箭射于矮屋中，衫裤鞋袜俱湿。

十三日(9月10日)，仍赶头牌出闱。奉监临谕，因首场土人纷纷接考，失去物件，故大门外、浮桥边及栅栏内俱有官弹压。曾中堂准常州人禀，添设芦棚，故不畏秋阳，而雨后地亦无潦。龙门晤徐蓉九，询知前年岁案入吴庠，已续江北夫人矣。其妹近嫁上洋，为之喜慰。予唯以其母妻之棺久埋义冢，嘱其迁葬祖茔。回寓郁蒸，心焦颧痛，乃饮井水一大碗，颇有功。昭文贴去张粹庵廷球因扯碎试卷，胡酿泉兆鳌因脱写首题，严琢之家琳则因病，未入二场。至第三场愈热。进场尚早，中段开一路，应名者列两旁，官之办考政愈得法。坐东文场之首大号，同号溧水赵子樵敬胜，韶年风雅，言先君遗泽，庠士犹铭，城中施颜几家，经乱，富成贫户。又吾邑潘幼南文熊。予忘带蜡烛，幸子樵送占烛，幼南送洋烛，燮庵、星如、伯谦又送烛，敷衍两夕。官因热甚，昼开号门，大声唤试士乘凉，三场一律。晤朱体斋司马根仁之少君介堂上舍寿祥，自皖北来，问徽省近事。

中秋(9月12日)，似正伏，同伴悉晚间出场，予因身多腻汗，浓痰怒涌，咳喘不停，欲静养假寐，夜不放牌。

至既望(9月13日)清早交卷。见张卓如葆中头场首艺，以仁义礼智纳入敬中,简洁老当,是锦坊花样,未识考官何如。唯钱竺卿误写三抬,恐犯贴,挥汗出场。徐蓉九屡来,托予寄函贾氏。邻寓邹心葵上舍云杓能医,沙溪人,系陆燮堂副车高足,时来清谈,言看症颇忙。同乡范冕卿亦然,唯伯谦未贴招纸。饭后下船,宿通济门外。

十七日(**9 月 14 日**),凉,小雨。开船泊下关,诸君上岸,而予则因湿未行。

翼晨,仍阴。为潮生日,曾督、鲍监同示,是日士子勿过江,俟次日发兵船护送。故因风逆且停,与诸子手谈消遣,颇胜。夜间炮船击鼓,巡船吹角,高声狂喊,防守极严。

至十九(**9 月 16 日**)黎明,口号一律。傍晚上市,茗话联元馆。晤仪征武生李锦堂长标,将应试,据云,阮中堂元寒俭,宣宗赐以理事洲,方百余里,每岁收芦课千余金,亦荣宠之至。年伯陈仲云方伯嘉树已故,唯晏同甫中丞端书等现存。市约二三里,比燕矶为长。冒凉回舟,肛门又脱,急加布袴方安,晚年人多病乃尔。幸书庭赠柿,胸块方融。偕陶德华、金景岩、时酉生等斗牌,略胜。德华背头场首艺,警醒异常。适轮船进港,开火门,有火老鸦,如猪叫,声大而远,其行如飞,顷刻百里。书庭得翠玉,爱玩不释手,予曰:"其人如玉。"回见景岩,对云:"厥贡惟金。"

翼日,小雨。移舟燕子矶,因泊北岸。江市隔河,不便渡,第唤舟人上渡船,办伙食焉。仍招陶德华辈弄牌,颇得采,口占曰:"江干风阻思排闷,不是看书定弄牌。"燮庵所带《劝戒近编》,系长乐梁□□观察恭辰所记,长洲家胪卿茂才麟等所刊,共八本,日夜披览,足收放心。晚惊有人从予船走过而坠水者,舟人大喊,同别舟人扶起,已周身淋漓,饱受寒湿,旋知为无锡人也。

至廿一日(**9 月 18 日**),始晴。雇江舟带至镇江,费四洋。及中流逆风鼓荡,水溅船中,舟与水上下,约三尺许,耳边似闻迅雷。古诗云:"大声吹地转,高浪蹴天浮。"于斯益信。乃同人上江舟,晤镇江陈君钧、戴君鼎元、尹君允荣、张君选青、潘君汝霖。询悉左孟莪先生增埫后起,答云:"二少君辛楣云达远宦未回,四少君子木铎后游庠,与七少君□□钰俱故。先生则年逾八十而终。"过栖霞,收新河。廿里余有摄山渡,荒不成市,第有无糖糕等而已,同人一顾即返。越龙潭里许,吾邑屈洵芳肇荣、严楚产士杰船,与江船相撞。江船人言有儿堕河,水溜不起,唤老妇过船,将船锁住,始疑伪。赴官与理,旋得尸,乃罚银洋廿二。幸其船有僧资助若干,得不累讼。路遇演剧,不及观。夕泊高山庙,为蚊所嘬,不得眠。

次日,过瓜资港,两岸俱泊炮船。上镇江西门,骇闻世侄许鼎甫逢时出头场得病,没于寓舍,可怜。予船夜泊丹徒镇桅子桥,同人上岸,在聚乐园茶点,味恶不堪。曾士廷云章舟子病,伯谦往诊,已无药可救。见直隶州衔署丹徒县王赏格云:"据事主候选训导陆杜香廷魁、陆伯云世泰、长洲附生龚胪卿麟、元和附生张□□承胪呈报,七月廿五夜,船泊高资港,突有群盗多人,捆手涂面,入舱施放火药包,各执利刃,声喊杀人,竟将同伴四品衔议叙同知长洲附贡生陆曼卿廷荫逼胁,落水身死。舟中衣箱行李,并各人考资,一抢而空。尸捞未获等因。倘有拿获真犯者,赏银四百元;报信因而拿获者,赏银一百元。"咸谓因船载丝,自苏被盗留眼,故行凶。家胪卿原拟与予同伴,因人多而分,时与曼卿同舟,而无恙,想是刻善书之报。时予船依大帮泊,幸未独过七里江。

廿三日(9 月 20 日),五鼓开棹,过新丰、黄牛闸、丹阳、陵口、吕城,泊奔牛。同人手谈,甚利。步上镇,约二里许,至浴堂,见人赤身而进,攒聚小池,如总燂三牲。予唤其主人换浴盆,在别室独澡,敦料室无余,盘置庭心,又造露浴之孽。况舟子唱小曲,浼予说笑话,又犯言语不庄之愆,从今当缄口矣。

翼日,风逆。过常州,品红芋,颇佳,蟹黄包子尤适口。由丁堰、戚堰、横陵、五牧抵洛社泊舟。上市食爆鱼面,尚可口。

廿五日(9 月 22 日),风静。四鼓开船,叫开卡栅,至无锡惠山浜。买耍货,品惠泉酒。游昭忠祠、惠山寺,饮第二泉,买沉香菱,抚李少温阳冰听松石，恭读今上谕祭忠义御碑。园亭曲折，湖石玲珑，绝顶有精舍，器具悉红木紫檀，百灵台尤巧。复登最高处，为三官宝殿，无锡全城形势以及城外帆樯，一览可尽。同陆印秋、姚禹门茗话多时。出门，憩华氏四面亭，载科名节行，旁有池，五时莲、金英齐放，亦幽境也。惜于忠肃祠已毁，唯倪云林、朱乐圃、王文成数祠尚存。时张庙有戏，不及观。买熟菱，味似沉香，殊胜。寺中石龙，仍喷水如珠，而红鲤无多，非比昔日。移舟皇甫墩，甲子年尚为墟，今见金碧辉煌，如五色云掩映水上。土人云，杨艺芳观察出资所造。晚过鸭城桥，夕泊九里栅。

次日，风静。四鼓唤开太平桥卡栅，由苑山、陆家荡、钓渚渡、佳菱荡、庙桥、陈埭桥、木排舍回庄村，时未午。骇悉书庭继配桑氏于二十日产难亡，宜夫婿之神伤尔。知十二日，有淮安难生掣眷到予家，内人助以棉衣，始得遮盖。夕又有蝉飞入厩，古无预泄天机而得功名者，吾不喜也。从行毛四，长年张关，服侍颇勤，诚实可靠，奈力绵，不克厚酬。予因湿热所积，患肚泻，王星轩来问，茗点叙谈。房主延羽士荐先，邀予素斋，不欲扰。

廿七日（9月24日），孙学卿、时雨亭、张寄翁、宝青来，适李琴仙家醮，茗话移时。闻曹鲁庭乡试回家，于今日不起。予于十六日同出场，见其脑贴膏药，言为痢疾所苦，每场频频登厕，精力不支。予见面未减色，慰之。而伯谦往诊，辄云："棘手，得没于家，犹其幸尔。"盖以吸烟燥体，反得湿疾，本非宜也。予挽七律一章。又闻陈桐轩宗保试毕回棹，没于越河，至丹阳成殓。同伴蔡生季范、钱生竺卿，挪资办棺，襚服齐整，柩即停船头带回，为谋必忠，可对死友。

翼午，小雨。偕时酉生、李心柏、姚巳生手谈。而又患红白痢，昼夜登褕。李琴仙邀饮，并惠嘉肴，祐儿代往。不意**廿九（9月26日）**五鼓开筵，道士金姓乘醉与醮头金振玉口角，致主人挽翻桌碗，罚其重设醮三天。而醮头走李祠自缢，幸被李松救解，几酿命案，宾主何可过饮哉？午后，王聘轩、星轩来视恙，勉陪茗面。幸胃尚佳，以炙麸皮熨腹，稍能出汗稳眠。

晦日(9月27日)，王梦蓬带玫瑰烧酒来视，予又饮玫瑰冰糖汤，复以热汤熏洗下体。

九月朔(9月28日)，祐儿赴仙坛请方，楚通祖师示云："传患痢疾，是路途跋涉，湿热互犯，兼之白门鱼肉，最足伤人。今拟通利法，先服福寿丸四五粒。"方来，焦茅术一钱、制川朴钱五、焦山栀三钱、赤苓三钱、车前子绢包，二钱、青皮一钱、炒香菱皮三钱、盐水炒陈皮一钱、银花炭二钱、枳实一钱，加茅芦根肉合三钱。先有即景诗云："秋光如画柳萧萧，路出西关好系桡。一带稻花香不断，夕阳红过第三桥。"张宝青、王星轩为我扶乩，并赠丸药；李琴仙为我掘茅芦根，均承关照，时铭于心。

至次晨，腻汗畅发，痢稀而见宿垢，足见仙方之灵。正思食味，李琴仙连馈肺汤肉面，胸胃顿开。因肠红，食柿颇效。

初三日(9月30日)，予痢稀便利，惟大解多血，力乏于前，幸尝脚鱼助胃。

至翼晨，王湘翁冒雨视疾，留茗果清谈。王芙江送苹果、百合，香味沁心，顿令汗发如雨，饭量增加。

静养至初六(10月3日)，始赴塾。天阴而热，改王星轩文，心火上升，大便仍血。喜王翼亭挈公子菊如到，谈笑遣怀。

次午，王湘翁留宴，偕俞旭初、王翼亭、竹塘□□及群从饮。惜病余恶酒，只领一二杯，而肥凫却能咀味。夕闻天鼓鸣。

重阳日(10月6日)，同王聘轩入城。迩来米价太贱，予粜白粲，每担不过两洋二角五分。谒吴老师，订于十一日为练塘之行，并请发各镇谕单。承赠和中丸，据云，专治痢，以枇杷核为军，缘花实贯四时耳。并给丁方伯所发《小学》全部，以备宣讲。苏局寄来采访第二次知照单，嘱贴各镇。适瞿安仁桢来，同商各处讲期。旋于影凤园品莲茗，偕陆印秋、包九仪及聘轩畅话，蔡菊亭作东。路遇季苐卿、慎修、蒋幼琴、沈伯门、曾季豪达文、时敬甫、戴大彬、陈念瞻、家仲舒，匆匆叙语。复晋汪公馆，请出洞港、吕舍、莘庄告示。便会瞿秋亭，晤浦晴川、毛蓉江，欲登高而足力不支。日暮返棹。

初十日（10月7日），孙克昌来，同饮于漱芳阁。闻沈得山丈以病不起，上有九旬老母，下无视含佳儿，虽寿届古稀，未得瞑目。而予三十七年同案，渐似晨星矣。

翼辰，陪吴老师赴练塘，于城隍庙讲约。三图里正均来当差，时西生赞仪读谕。始讲"敦孝弟以重人伦"，继讲"明礼让以厚风俗"及仙师"莫好赌"一则。观听者蜂拥而来。金省三姻家留茗点，其子宝之陪话，时带酒肴，往还衍饮。于华荡玩月，兼论文，予曰："劝善固雅事，畅谈风月亦雅事。"璞翁曰："团鱼、馒鱼，雅言、雅境，可谓鱼鱼雅雅。"扣关送吴公回城。二鼓旋里，留李琴仙畅饮长谈。

十二日（10月9日），予以饮多胸热，未克熟眠。服和中丸，以砂糖汤下之，白痢稍止，而大便仍未畅。勉步到馆，聊当养疴。

次日，接吴学师信，洞港、吕舍、莘庄三镇已出谕单，转委予独往宣讲。据汪邑尊定每月宣讲六期，除朔望在城，只能周历四乡，每月每乡官只一到，一月四乡，给舟金四千。六月廿四赴璜泾，本月十六赴东塘墅，廿一赴鹿苑，廿六赴恬庄，俟后月初再下南乡。

望日（10月12日），包九仪送松菌，适家人奉大士斋，可助蔬笋。予病后力匮，未克陪同人到坛。是日禀仙师命，重定章程。夕知报罢，予已十一试，年迈学疏，自分被斥，聊且游戏文场，虽往返平安，而庭桂去年试花，今秋不花，已示落第之兆。如中丞决科第一蒋芍峰、邑尊决科第一殷厚培李垚，尚落孙山之外，况余子耶？汪圻翁拟题，即乡试首题，诗题《榴实验登科》，今科常昭全榜十一人，副榜一人，汪令果有先见。

既望（10月13日），大热如伏。予挈眷赴南乡，旋往洞港泾宣讲，在大王庙。地保沈克明值差，家伯谦相仪，朱恂如读谕。讲"和乡党以息争讼""务本业以定民志"两条，暨仙师"烟、花两戒"。时余亦憨、高诚斋、李苑香、平彦卿、朱岭梅、克谐两丈、晓春、少美暨顾子和父子来陪。而顾虹玉捷报适至，知为七十四名，年十九而学册仅十七，观场连中，如此英年，亦难得事。迨观其二场五艺，五色陆离，或写《说文》奇字，或仿六朝赋体，根柢蟠深，古气朴茂，本万选青钱也。又闻吾友新阳朱绩斋懋曾中二百七十二名，亦宿学，且向来讲乡约、劝善捐，屡司其事，本善士也。书法与虹玉并佳，可望馆选。二君同季茀卿俱自城寄居南鄙，借才亦破天荒焉。

至十七日（10月14日），仍同恂如、伯谦往吕舍讲约，在广福庵。里正濮兰亭洒扫伺候，笪琴舫来陪。拈"重农桑以足衣食""讲法律以儆愚顽"二则。适讲仙师"戒烟说"，而带王梦蘧所施戒鸦片药，有许多人来索，遂交地保给之。是午，邢桂山兄弟留饮，晤芦墟张莲溪。复到莘庄，憩圆应庵。地总程蓉江、地保姚俊章迎候。讲"息诬告以全善良""尚节俭以惜财用"及仙师"戒赌"。吴秋亭、顾秋谷等来陪。晚饮于伯谦处，屡品羊羔。亲族多馈鲜菱，亦水乡清味。各房近多添丁，取年月日时，书于《谱》。乘月回家。

十九日（10月16日），孤馆灯下，自思年衰运厄，无望科名，从今只好严课小儿，盼得早应童试，且尽心训徒，嘱其早眠早起，于卯正进塾，予起听背朝书，以补夜课之旷。唯半生著作，无由借功名以显，所望犹子成名，集资刻其一二，庶心血常存，贱姓名亦借以不朽耳。天气连阴，诸佃以稻萎来报，殊足恼怀。非遇水灾，尚有此变，况今米贱如泥，谁欲置产耶？

廿四日（10月21日），仍雨，田稻都霉变出芽。阅题名录，知溧阳强研芸世兄汝谌中式三十九名，兄弟孝廉，先师可慰。契友太仓陆汇泉宗源中式一百六十二名，亦兄弟一榜，俊才果不沉沦。又同寓满洲善广亦中，春凤池先生之教育不虚焉。二场同号天长薛明经心兰艾齿登科，亦晚成之大器。

次日，又阴。予赴莫城，孙世昌邀同钱芷升小话，并留饮膳，可称莫逆交。

洎廿六日(**10 月 23 日**)，晴。同王聘轩、瑶林、星轩、赋梅入城，吊俞书翁阃君之丧，范秋华上舍廷桂、俞聘廉署正钟鹤、屈小卿少尉来陪宴，晤屈云溪茂才、陈文川上舍汝渊、俞寿卿斋长、冯小廉□□话久。惊悉俞翼云又以秋试跋涉，得病骤亡。旋晋学宫，会吴老师谈艺，遇毗陵孙燮堂□□□□。偕包九仪茶叙鹤岭泉，陈仲舫作东道。薄暮回乡。

翼午，予往时氏，同黄申甫清谈，酉生夫人煮香茗相待。金湘坡、家云桥到馆，互叙阔悰。

廿八日(**10 月 25 日**)，赴黄申甫饼筵之招，偕王锦帆□□、时酉生、张寄翁、宝青、李心柏兄弟拇战合欢，约法不过饮。

十月朔(**10 月 27 日**)，携香烛，同王翼亭赴仙坛，谢两次灵方。楚通仙师有诗曰："连日浓阴积不开，今朝新霁满楼台。小春何遽输春色，霜信催诗次第来。"谕云："宣讲《圣谕》，虽无实功，毕竟不同虚度。何则奉大府钧批，体我皇上孝思，以周浃乎间阎，草野诽谤者罪，其罪云何？彼目中无君父，意中岂复有君父哉？士君子读圣贤书，为一乡表率，正宜赞叹宣扬，或地主，或随行，均无不可，此乃至重至雅之事，不愈于茶坊酒肆之逐队如狂乎？士君子读书，谅无诽谤，诽谤者，乃贫贱寒穷耳。至于临期宣讲，则又在随机应变，无一定章程。尤妙在本地风光，说得痛快真切，自然如响斯应，不同庸庸者之视为具文已也。"张宝青留福珍酒、菌油面，予戏曰："贤主预开汤饼宴，恶宾频冒老饕名。"偕孙学卿、张寄翁畅谈，掌灯而返。见沈用宾茂才济所刊《丁卯报应录》，俱记闺中异闻，可以鉴戒。得吴璞卿先生札，委予明日南行，谕条已发。

至次晨，适金危日，同李琴仙舟赴吕舍，因邢桂山、笪琴舫、家佩秋祀元坛，来邀品曲也。便晋广福庵宣讲，朱望椿赞仪，朱恂如读《圣谕》。拈"训子弟以禁非为""息诬告以全善良"，及湖北郑汉桢殴母奉旨剥皮扬灰一案，复施戒鸦片药。旋憩邢甥家，听中万和堂音乐，晤绍兴余敬之□□、吴江张莲溪□□、长洲陈向荣□□、朱艺圃□□及戴观岩□□、朱春涛、马兰屏□□、贾梅溪、顾小坪、张润卿福荫、陆绍芳、澄江、家浩然、朗斋、伯谦、兰亭，欢叙良久。鄷佩香□□、平湖桥、朱翼卿国宝暨金匮华方成□□，连来陪宴，汤饼酒肴，日夜醉饱。闻名香，系自峡镇来，可消烦虑。回里已鸡鸣。闻昨夕南城庆盛缎铺、泰成钱庄被盗，各劫去数千金，每店门均有盗伙站住，庄伙某坠楼，盗疑其有力来拒，竟乱刀杀伤。幸今晚过蠡口，被卡兵拿获，赃未全散，乃换碗人也。首犯处斩，文武官免参，厥功非浅。

初三日(10 月 29 日)，晴暖。桑砚香中宪次公子侣芳授室，招予宴饮，偕王聘轩、星轩、芙江、赋梅往贺。适其精舍落成，花圃亦筑，屋五进，前有巷门，自偏门右转，有茶听，中为敦礼堂，后为留余堂，左为爱日轩，右为日新又新之斋。东有高楼，北对虞山，东北有隙地种菘，甚旷。房设大理石红木坑，书画古玩，罗列纷如。予最爱池馆精雅，旁置古窑琴台，为虞阳第一胜境。假山前颜曰“山不在高”，惜非湖石，不如东宅之峰峦灵秀焉。与长洲王幼庵司马承基、俟佩瑜光丞□□、家安卿茂才凤暨朱又村州丞丈、月老王□□司马钟福、郭渭滨上舍、吴纯甫少府、瞿世良上舍、钱越凡佾舞、邵默卿上舍、鄷佩香、邢桂山、张宝青、蒋简廷、金景岩、李聿修亮畴三茂才、陈念占、梦梅两上舍、福田、心田、念堂、桑翠亭明经文渊、镜仙司马、莘农□□□□品两部乐，其一为老万和堂，净旦丑皆妙，鼓吹亦一一动人。昼与张寄轩上舍、李镜皙光丞、陈似山待诏、王德孚处士同席。夜与朱少美奉直、张紫卿运同、俞葵卿上舍、李简亭茂才同席。香茗香醪，嘉肴嘉点，均似城馆风味，较昨日之所听所食，更上一层矣。晤新客孙凤梧上舍、周映帆少府□□，谈片时。至四鼓而返。

翼午，暖甚，小春胜于阳春。晚则雷电交发。有莫城魏家妇，买毒药欲害其叔姑，因叔姑无子，授田依养，欲得其产而省其膳也，幸即自宣而免殛。

初五(10 月 31 日)，晨瞿世良来，夕则冯镒宣来，皆小叙漱芳阁。

次日，小雨。俞得之到塾。黄昏，西风大作。

至初七日(11月2日)，艳晴。为内子诞辰，不欲治面。

至次旦，见霜寒甚。胡雪帆主政元晋来柬，并递善缘折，言有张朱氏，老苦无靠，嘱劝同人恤嫠。爰丛东道四房，各书一愿。旋知南门盗案，究竟未破，幸店伙伤而未死，前闻卡兵拿获之说，未确也。时菊香景和以制艺见质，为删改一二，幸不哂予荒疏。

十二日(11月7日)，吴老师同孙燮翁下莫城，予同憩西王庙。王星轩赞仪，予宣读，讲"隆学校以端士习""黜异端以崇正学"，暨《报应录》。时来陪话者，张寄翁、瞿秋堂、孙世昌、学卿。适汛官王锡卿守府振长馆此，询知即父执舜年千戎鉴之孙，系武生投营，以功赏五品翎顶，欢然道故，辱以前辈见称。吴公欲租房，陪视张宝青旁屋，主人留饮，星轩、祐儿亦在座。唤祐儿随同人护沙盘，往俞氏。予则偕宝青赴莘庄，集圆应庵，陪吴学师拜圣牌，讲"敦孝悌以重人伦""联保甲以弭盗贼""完钱粮以省催科"，暨湖广办殴亲一案。李瑞棠上舍丈仲琳与张晓江来陪。晤吴正卿□□、慰屺等话久。西北风起，寒似隆冬。夕膳宿伯谦侄处。

翌晨，挈侄到洞港泾，在大王庙宣讲，拈"崇节俭以惜财用""务本业以定民志"两条及《小学》数则。住持慧遭其徒鹤松寿卿迎接，朱克谐千戎丈及少美司马、楚卿尉司膺福设茶点。吴公即上省，予则旋往找头圩。孰知仙师因未预行疏请，不果来，临时拜疏，仅有俞氏宅神同莫城镇铆大王。传谕云："守坛姜祖，现办采访赴余姚，不及越境追请，姑俟行文，缓一日夜，订于望日在坛请仙。有日察功曹过往，言人家露厕，须遮盖，五年中须淘厕，十年内须换灶基，否则罪不赦。自署为匹达都。留诗曰：'秋水剑新磨，凝成血点多。长虹疑欲化，终日作摩挲。'"旭初奉母命请仙，待客丰腆，洒扫尘清，惜未速遂其愿。予便上陆巷镇，觅点充饥，偕坛士乘月而返。

至十四日(11月9日)，包九仪来，借报金朱氏节孝。王锡卿见过。东家留茗点酒肴，邀予于望日品乐，知其寿诞，惜茹素，不便赴筵，但送面去，而其使频来敦请，嘱王星轩应之。予则赴俞旭初之招，承乏仙坛。镜融仙师一绝云："三更灯火静如僧，无限诗情夜气凝。村僻不愁文墨少，一庭明月当吟朋。"楚通祖师诗曰："灯影三更到晓鸡，夜寒人静析声齐。哦诗不睡烛光炮，门外露浓残月低。"予吟和。至四鼓，引灵仙来，左侍侍香，右侍侍花。联句有云："疏星淡月映阑干，人语深宵烛半残。蝴蝶宿花香梦醒，露零金粉不胜寒。"琲妙刘祖题化鹤谈册首云："一声薤露赋西游，廿八年华去不留。遗世梦难醒九地，盖棺论已定千秋。新坟累累悲高下，故鬼啾啾好唱酬。难得乌私情郑重，大招天问话绸缪。"命予和附册尾，奈匆遽未遑。盖旭初请其父德昭丈受禄临沙言事，随带金光神放身，故灵魂在日中无碍。德翁娴文墨，唯字迹糊涂，不易揣。谕旭初勿居陆巷，以彼为烟赌之乡，恐孙辈沾染也。予偕张寄翁、董兰溪□□、孙学卿、王南山终夜劳动，缮疏录谕，宣读新课，连品素斋汤品，以酒御寒。张宝青之爱友笃甚。

　　至**既望**(11月11日)，予因神困先归。遣祐儿赴伯谦雅集，并送贾词仙夫妇殡，祝笪氏从姊六十寿。缘昨宵废寝，弗克躬往也。

　　十八日(11月13日)，贾梅溪家佛会，操舟载妇女去。

　　二十日(11月15日)，附袁香樵受达船入城，与王翼亭、时竹坪敏、黄俊卿福治、袁香泉受天、文华□□谈事，不觉途长。往汪公馆，适厈卿邑侯下西乡勘荒，留函致候。复诣学署，吴老师又回毗陵，亦留札。更赴包宅，托九仪领宣讲银。晤季萼楼、沈阆峰、俞书庭、王冕卿、支西园、家伯谦于茶肆，匆匆小话。黄昏，始回乡。

　　廿二日(11月17日)，余芝香便道来谒，同饮于书斋。

　　廿四日(11月19日)，贾梅溪、家伯谦各馈蟹螯，予归以下酒。妇女为内弟厚斋辈留住，内嫂蒋欲释前嫌，款待如旧，至今始送回。

　　次日，伯谦侄来王氏看症，同饮于漱芳阁。知南城盗案，在苏台倡家拿获，系皆游勇散兵，讯明正法，于犯事地方，枭示三首，官脱干系，而城乡可安。

　　廿六日(11月21日)，陈芝轩、包九仪来，谈画学。

翌日，伯谦复来，言鲍学使行文，将邑试，乃以王生星轩名报学。

廿八日（11月23日），王湘翁夫妇合寿椁，予祝之，偕王翼亭、石霁岚、贾玉堂品汤饼，夕又同宴。

至明午，仍享大烹，连日醉饱。家胪卿茂才赠予《劝戒近录》八本，日夜圈点，以备子弟观摩。并钞《纲鉴》宋钦、高三卷，补入《正史约》中。呵冻强为，右手力乏。

十一月朔（11月26日），王芙江母孺人没，予送殓。晤袁香樵，因其与内兄王梦蘧有小嫌，彼此不睦，予谓："香樵不来，则蔑视死妇；梦蘧不往，则莫慰亲心，均非理也。"爱苦劝其和。偕毛世卿蓉谷、吴秋亭慰屺万钟、张宝青、孙锦坤及香樵之子□文明连饮畅叙，稍御严寒。代毛荔峰培芳挽其姊一联。

初三日（11月28日），朱一泉文海、张宝青赴邑试，王生星轩随之入城，均报名昭文。而次侄仲舒则与朴园弟同伴，考常熟，泊舟宅旁。

次早，上城，始知试期改后。乃挈祐儿谒吴学师，请宣讲谕单。复到昭礼房周维新泰处报名，俞书庭处问疾。途遇曾士常、姚少溪澍、李青来、时谦吉景和，舟遇黄景亭□□、毛荔峰、沈义梅，叙话多时。知壬戌所见武弁董□□，为盗主谋，今已正法。

初六（12月1日）晚，回舍。骇悉初四夕，浴堂失火，几及栋椽，同居惊呼出避，幸邻人见之，共来扑灭。陈念堂培基得女，李祐之得子，均来邀饮。予就近赴李氏，偕吴毓芝、黄申甫、时西生、姚巳生暨琴仙叔侄战拇消寒。

初十（12月5日），同王星轩访黄念乔绍裘，不值，遂留报节式于其馆，劝其书前两代节略，以备请旌也。毛荔峰、世卿、蓉谷、菊庄廷瑜留茶话。

次午，邢甥桂山来，留著点小叙。走谒金景岩，未晤。

十三日（12月8日），偕金景岩往杨家坝天兴庵，时住持庆祥新圆寂，其徒孙问月文学出陪，地保张鸿范、沈义美上手本供茶，沈建美、周文玉、戴大彬来叙话。景岩宣读《圣谕》，予讲"崇节俭以惜财用""训子弟以禁非为""联保甲以弭盗贼"暨仙师"烟、赌两戒"。地主李祥茂留酒筵，与徐培元、金丽生等同坐，文元、鸿范来劝饮，几醉。回家倦眠。

至**次晨**，赴塾。

望日(12月10日)，挈陆念慈孝思、王生序兰、利宾及祐儿倒秋浜观戏，唱声使技均佳，惜衣装未鲜，徽调亦不谐俗。偕陈石泉、张砚屏毓凤、陈念堂、孙蓉亭、佩香、桑侣芳、宝生茶棚欢叙，周子福来会东。于旷野中立凳上，适张宝青、孙学卿、家仲舒来，同登高处仰望。演《劝农》《修缸》《鸿门》《角带》《天门阵》《刀会》等剧，奈略短，全本不及终。遇陆寿昌、张雅琴□楷、毛小溪等，互道寒暄。金湘坡父子留予盛筵，卜昼卜夜，与其西席王秀亭□□、侄倩陆芗菱尔楠、小阮云瞻等挥令拳，飞"羊"字，子弟幸不辱命。主人备舟，乘月送回。

十七日(12月12日)，因王湘翁继室病故，爰押米回家。

次日，送殓，偕张宝青、毛世卿廷琮、时墨泉涌源、贾玉堂、石霁岚钟浩、新泉钟熙、冯日宣三德、镒宣缙瑜、锦山缙琥、王春园、梦樵绳祖、蔼屏裕沅、星如、菊如等晨夕晤叙。

十九日(12月14日)，同人连品羊酒御寒。接吴学师札，订予为练塘之行。

翼日，王聘轩家祭，予同王翼亭、金丽生等品嘉肴旨酒，醉饱频仍。

廿一日(12月16日)，为王氏两房撰联额。天气较寒。

次晨，又为张黄氏撰恤嫠小引，手腕欲僵。

廿四日(12月19日)，节假。领朱卷，见誊录舛错，致不成文。伯谦侄备荐。

次日，赴练塘宣讲，为姻家金省三上舍留饮，遣公子宝之陪至城隍庙。讲"和乡党以息争讼""训子弟以禁非为""崇节俭以惜财用"，及"戒烟""戒色"两篇。地保孙桂荣、尤湘园、陶振芳备茶点供应。便过镇西,见练塘寺甚崇,惜破败与城隍庙等。临行,省三复馈多品,情意殷拳。

廿七日(12月22日),冬至,祭先。

翼日,至塾。

廿九日(12月24日),俞若泉兄弟过我,剪烛深谈。

晦日(12月25日),为吴璞卿老师致函金省三,嘱其令催子吴银押佃缴租,以免开递。邻人李良桂、淑卿,以同祖兄弟而互殴,有地保办祭菜,为其祀先,断事不公,索酬逾分。予以律例宣示,劝其两平。

初二日(12月27日),包九仪来,言翁氏家报,有京城戒严事,或云回匪蠢动,未识究竟如何。

翼日,久旱得雪,菜麦回青,惜未优渥耳。

初四日(12月29日),王芙江之母开吊,予与毛荔峰、世卿、兰谷、吴荫堂兴宗、芝亭发宗、秋亭邦兴、梭甫桂福、慰屺万钟、□□万镛、竹坡邦彦、翰卿大镛、□□召南、王翼亭、春园、蔼屏裕渭、朗屏裕沅、星如、袁□□文明、贾玉堂、时酉生、张宝青、孙锦坤、瞿景园、家伯谦等畅饮竟日。

翼日,太原氏祭祠,又品肴馔。适金湘坡被其嫡侄福堂□□殴辱,折发受伤。予念其罪名重大,勿令鸣官,嘱王聘轩、李祥茂、金丝纶为之调和,使侄告罪。

初十日(1868年1月4日),予往殓伽庵宣讲,家伯谦读谕,贾梅溪、朱恂如、王叶香赞襄。讲"敦孝弟以重人伦""联保甲以弭盗贼",缘吴学师函订同送曹孝子匾于石岸头,并闻张端卿司马家被劫也。又讲"烟、色、赌三戒"。便召佃户找租。两侄留膳宿,**次晚**回家。

十二日(1月6日),久晴降雨,连日滂沱,春熟得力。

翼日,赴馆。因雨未赴吴老师集庆庵之约。

望日(1月9日),节假。始知吴公领屈兰坡通知承斡、许小岩茂才送孝子匾,游莫城,来招予,惜尘忙,未获襄盛事。据云,曹孝子大宝兄弟系佃农，赴火救母，母子俱全。因储米成灰，重籴以偿业主，其人孝义可风。汪令同吴公给"孝感荧台"额，船只酒筵，俱官绅所备。同时昭文又有□孝子□□，卖生果为业，得钱养亲。丁方伯私访得实，奖以"啜饮承欢"额，亦吾虞佳话也。

既望（1月10日），入城，会新漕书，遇尤乐山、朱菊亭、颜芝生、时翰周志忠、心谷志良，互叙阔悰。晋汪公馆，领辛俸。晚赴北乡，膳宿钱宝斋家。

次晨，载租米回。朱恂如、日新及伯谦侄来，留饮厅事。

十九日（1月13日），黄念乔绍裘至，托报其母吴氏节孝。予答往毛氏书斋。暮偕时酉生赴王湘翁之招。

翌日，往王氏吊，留予陪宾，同沈枕经、冯镒宣、包九仪、瞿景园、毛荔峰、蓉谷、菊庄、王蔼屏、星如、孙世昌、克昌、锦坤、介书、李棘卿、芝馨树滋、张宝青、润甫福华等连饮，肴馔颇精，为南鄙庖人所不及。

廿一日（1月15日），进城，为亲友缴漕米费。便谒吴学师，见示本县移文云："江苏常熟县为移请传谕事，本年十一月十六日，准江苏补用县正堂方，移开窃照敝县前在贵县，禀复潘宪奉委密查常熟县月报公文词讼羁歇犯证，由兹奉藩宪批开，据禀各情，均悉。至讲生张承霓、龚缙熙二人，既据查明宣讲尤为详晰，仰即传谕嘉奖，以资激劝等因，奉此合就抄批，移知查照等因，过县，准此合行移请，为此合移贵学，烦为遵照传谕嘉奖，以资激劝，望切切须移。"遇朱少英、毛慎斋一麟、赵韩城、尤乐山、吴健伯、长卿。饭于包氏。

次日，为予诞，晴暖如春。复陪金湘坡、霍友兰灿文、徐晴湖及王氏叔侄赴仓完漕。时贡砚亭□□为廒书，每石贴公费水脚钱一千零五十二。复到柜，时钱秋坪□□、宋阆春□□为漕总，每石折钱三千四百五十二。遇翁士吉茂才曾禧、钱绥卿孝廉禄泰、玉芳茂才、朱朗岩司理□焰、归公恒孝廉、张芝堂上舍、杨书城司马汝孙、朱映堂少府、金梓材、陈念瞻、狄步瀛□□、朱柳江□□诸上舍、景君璇圃、朱君恂如、马生云阶、景生琼圃、家伯谦、仲舒，立谈片刻。适新造仓，较旧稍敞。

包九仪又来招饮,黄昏始归。

　　廿三日(1 月 17 日),又上城。因祐儿将成丁,买缨冠以鼓励。路值朱望椿、支西园、朱日新,承会点资。舟中同庄旭堂□□、时维新□□、蒋少伟□□闲话。连日城乡往返,身似劳薪。

　　廿四日(1 月 18 日),王梦蘧邀饮,与其群从畅叙言欢。傍晚送灶,天甚温。

　　廿六日(1 月 20 日),始寒,呵笔撰仙坛辞岁贺岁两疏。

　　翼日,送王氏两殡,同人连宴。冒雨而回。

　　廿八日(1 月 22 日),钱梅卿来,留膳而去。予积疲困卧,兼之敝裘改作未竣,寒不获御,客来不速焉。

　　小除夕(1 月 23 日),诣仙坛,拈香谢觇,兼报各款。小雪蒙头,岁务纷纭,屏当不了。自冬至到大寒,又费七八十金矣。

　　除夜(1 月 24 日),晴。祀神、祭先后,燃灯守岁。同人掷元筹,未利。肖予四十年蹭蹬科场,为之愧恧。闻腊月中旬,捻匪被李宫保兵追击,窜至扬州,焚仙女庙,六合又有奸细混入,至今渐次荡平,深为庆慰。唯予年近耳顺,而左耳转聋,齿牙脱落,遇甘脆不能嚼,赴宴止食一二种焉,渐觉衰败。而诗兴仍健,和顾子和《志喜述怀》四律。

龚又村自怡日记卷二十七

同治七年戊辰（1868—1869），五十有九岁

岁朝（1月25日），霜重日晴，东南风软，而寒冰未泮，试笔手仍似僵。午后，诣仙坛贺禧，与张寄轩丈、金逸仙、王瑶圃、孙克昌、张雅琴隽楷等互叙佳语。楚通仙师降笔云："颂椒闺阁献新诗，报道东皇驾莅时。装点花花好境界，春风嘘到蝶情痴。"惜未及和。又谕云："天曹最重五腊，理应禁忌荤酒嗜欲，如四月初八、六月二十、二十四日、端阳、重九、中元、中秋、腊月二十四日，均须斋戒。今逢天腊，茹素者尚多，余皆不察，特揭示之。《周官》荒政，一曰保富，富似与荒无涉，不知富者贫之母。去冬米价顿短，富户置货十千，不无减半，贫民愈少活计。今岁无甚大歉，约六七成而已，流贼东奔西窜。外此受害者，已难屈指。此不过掠货以偿万姓之孽。今心腹患者，其夷狄乎？"此仙师因今值英夷换约，故切指之。张宝青、宝华留品素斋，而未断酒，又犯仙师之戒矣。

初二日（1月26日），王瑶圃、星轩、芙江、赋梅、序兰、补蕉、诵莪来贺岁，留同贾玉堂小饮，半素半荤。酒罢，掷状元筹，未得采。黄申甫、金景岩、王星如、家伯谦至，不获少留。

翼日，留瞿世良乔梓及黄申甫小酌，世良见惠参须。午后赴莫城，憩西王庙宣讲。拈"重农桑以足衣食""训子弟以禁非为"两道，及《家庭讲话》中"立言""作事"两条，仙师"戒烟"说。便过孙世昌、王振明省三、湘兰、瞿景园、秋堂、世良家拜年。晤陈瑞发，不见四年矣。

初四日（1月28日），由航至城，诣县署、学署贺年。便至俞书

庭、包九仪家，皆不遇。值陈仲舫、家仲舒，同茗话影凤园。是夕，侄辈邑试进场，缘事未及送。晤蒋芍峰、翁士吉、陆雪堂炜文、徐理梅、钱秋亭□□、陈文轩、吕月如、郑鸿宾，互陈契阔。闻丁方伯升任中丞，新藩为杜公文澜，护抚郭公升两湖总督。自慧日寺至城隍庙，士女喧杂，而生意究逊当年。返棹，偕陶元章、吴翰卿、孙蕙圃、云亭闲话。归接路神，新月如钩矣。

次日，阴。陪沈阆峰饮于王氏。至午，留时酉生、李心柏、心兰、祐之小叙，拇战兴酣。夕又赴祐之之招，同吴毓芝、逸耕世滋、黄申甫夜饮。而祐儿则往南乡贺岁，膳于贾厚斋、沈阆翁两处。

初六日(1 月 30 日)，知常邑试题为《周公谓鲁公曰两章》，恐大题非小生所能举；昭文题则为《焉用牛刀至昔者》。予挈时酉生赴张港泾，在殑伽庵讲约，家伯谦来赞襄。讲"务本业以定民志""黜异端以崇正学""息诬告以全善良"三条。午为伯谦侄留酒食。晚为朱恂如留茶点。而祐儿则应李心柏之招。余静斋、陆瞻云国兴、贾梅溪、时渔琴、朱望椿、顺之来，未克迓，祐儿代劝餐。知吴学师到高泾，招余不及赴也。

人日(1 月 31 日)，时酉生邀饮，遣祐儿应之。王聘轩、黄申甫招饮，缘李芝馨、王星轩至，予为东道主，辞之。同人掷元筹，连得五红、一门三鼎甲，想今岁运不恶也。

初八日(2 月 1 日)，朱生少英、蔡生见心、金生丽生暨张润甫、时锦甫来拜，予因积劳倦卧，未获陪。李心兰招饮，遣祐儿代往。

天诞日(2 月 2 日)，小雨。张寄翁、宝青来会，留饮消寒，并同掷筹，颇得胜。暮为李棘卿招去，偕时酉生、黄申甫、李琴仙、祐之战拇畅情，并飞"天"字、"新"字。

初十日(2 月 3 日)，陪二张入城，雨余泥滑，足为屐伤。便谒吴老师，看两邑试案，常案首为胡尔炽，昭案首为张渊，张宝青则昭案廿六，师琴三十六，而次侄仲舒试常，已一百廿九矣。晤朱少英，话片刻。夕为谭静园留饮，偕徐□□同座。惊悉戴鹤亭汝霖已故，双柑师后嗣凋零，甚为悼惜。二更回乡，知祐儿为李琴仙邀去。

十一日(2月4日)，立春，天阴而寒。周莲村熙来，失迓。予为张寄翁邀品盛馔，与张东藩廷璜、王瑶圃两上舍、孙学卿、云亭等猜拳战指。归遇桑侣芳、陈念堂、王星轩过我，留同李琴仙饮于堂，并与李棘卿等掷元筹，未利，而祐儿则得彩。

翌日，雨雪。李心柏又来招，未赴。

十三日(2月6日)，仍雨。遣祐儿赴李祐之之招。予同人掷骰，未利。因祉儿读书声低，眼力不准，大怒，重责数十，心胸郁伊，至夜不平。

次日，阴而寒。沈一纯上舍钟福来拜，未克留。同时酉生、李琴仙、心柏、心兰手谈解闷。灯下偕家人弄元筹，予得六红，亦一快事。

上元节(2月8日)，晴而寒甚。点灯接灶君，儿女喧笑。

既望(2月9日)，同王聘轩、芙江、赋梅、祐儿入城。至学前观覆案，常第一为杨同武，昭第一为瞿福昭，南乡朱一泉文海拔取十六，余俱后。复会漕总钱秋坪、宋李村，找漕费。晤程逸梅、屈朗峰、归云台、李养初葆贞、范佩之、季慎修、蒋海珊、徐鉴兹、陆雪堂、俞得之等，立谈道贺。便进邑庙观灯，过石梅，看走马，于寺前街品高粱、卤面，买蟹灯娱儿。游人拥挤，久雨初晴故也。暮为谭静园拉去茶话坊园，并同人小饮酒楼，芙江作东道。

十七日(2月10日)，又雨。夜于梦中得句云："野风吹彻不知倦，篱上红开新槿花。"复题画云："一杖白云挥不去，西风寒峭瘦山花。酒香引过溪桥路，知到前村第几家。"前于城中遇一人衣敝缊袍者，向予索钱，予初不识，迨自表姓名曰许炳，"伯谦先生是余师"，随与茶资。谭静园曰："其父子霞榛为其在岳家盗米，而投河死，其外舅汪□□亦因此事，投缳自尽。伊本罪人，饿死不足惜也。"乃叹自幼娇养，鲜衣华帽，以致此极，人子可勿教戒乎？

翼日，阴。邢桂山来拜，适王瑶圃邀予春宴，弗获留客。径赴筵，偕徐晴湖、孙学卿、张毅甫、金丽生、张雅琴、王梦蘧、张宝华、王聘轩战拇畅叙,各各兴酣。

十九日(2月12日),赴东始庄啜茗,兼访周神祠、长灵殿,致俞旭初、王翼亭来贺失迎,归即答拜。

次日,入城。舟中同王金奎、邹□□、陆□□闲话。进学署,谒吴老师,观两邑再覆案,常则姚锡麒居首,吴英伯福畴第二;昭则俞钟颖居首,张师琴十三,朱一泉十七。往访范秉之循训,欲补予夫妇小照也。遇朱恂如、映堂俊、陈芝亭、尤乐山、王晋卿、沈阆峰、家伯谦,匆匆谈事。复至总柜,补送由单,与钱秋坪、宋李村、程逸梅、徐慎之小话。过城庙观灯,士女蜂拥。憩复兴楼,孙晓村会茶费。出翼京门,王少恬□□会舟资。买花爆,博儿欢剧。

廿一日(2月14日),晴暖。王氏来载开塾,赋梅不读书,添其从弟瑞唐家莆一人,除星轩外有六童子,足张我军。奈年衰,恐精神不能周至,宜古人怕作猢狲王也。是夜,聘轩设席,汤炒、鱼翅俱全,珍酿亦厚,与王翼亭、瞿景园、吴翰卿、砚卿斗饮。酒次,放花爆,并出对云:"昨日棉花生日日。"星轩云:"今年麦穗熟年年。"又拈"葛仙米"索对,答云"罗汉松"。

翼日,寒。芙江传座,肴馔尤精,予偕孙世昌、吴翰卿等行令畅饮。

廿三日(2月16日),聘轩又以盛筵宴客,卜昼卜夜,连饮尽欢。同孙世昌、张润甫谈至夕。

次日,王梦蘧以值金危危,祀元坛,请予竟日畅饮。夕尤盛筵,汤炒则蘑菇、榆肉、鸽蛋、葛仙米,大菜八簋,橘酒亦陈,共四席。偕张宝青、毛蓉谷、李琴仙、时觐宸、吴翰卿、瞿景园、孙世昌、克昌、王翼亭、受昌等挥令拳,说吾乡成数地,以雨前茶解醒。别座童子六七人,亦张一军。

廿五日(2月18日),得吴学师信,即舟赴殓伽庵,其时璞翁已久待。姑倩伯谦侄代讲"黜异端以崇正学"一条,予接讲"敦孝弟以重人伦""完钱粮以省催科"及劝勤俭、戒烟等事。讲毕,与胡芳梅、王蓁香、贾厚斋、家朴园自兴上人茶话，薄暮始回。闻邑试正案出，常案首为杨伟堂同武，谷生上舍思润之子；昭案首为俞又澜钟颖，文澜茂才镜清之子，皆少年笃学士也。

次日，雨。李芝馨来谈艺。

至廿七日（2 月 20 日），晴。简汪斤翁诗三绝，兼附讲约诸诗。

至翼日，偕李芝馨、王聘轩、星轩入城，结算漕米。包九仪留午膳，晤俞芝轩、莲洲、陈云卿、晋三、徐问卿朝鋟、□□□□、姚小琴、吕月如、程景春□□、徐朗吟邦煜等，叙话良久。旋至杨萼铭家，观常昭正案，知朱一泉昭文十二，张师琴十八，陈生晋三康贤常熟廿一，为之喜慰。

廿九日（2 月 22 日），遇朱妪言，刘玉如怀宝遇匪，匪得银而更索无酬，被斩数段。其子元福以船为家，仍业珠玉，惜无从面晤，不获为乃父报局，死者赍恨矣。伯谦侄云，许子霞之父汝梅淦曾以媳妇忤逆，致自经，而子霞亦以子故投河，报何速也。不肖子为祖出气，天乎人乎？新正试笔，为星轩拟《而止子游曰吾友》题文，颇觉生涩。及改笔转熟，可见文贵多作，勉强可臻自然也。又撰祝文昌圣诞一表，举俗易南荆，兵销北地，皆归狱降之灵，稍切时事。夕又大雨。

二月朔（2 月 23 日），作《述怀》五古一首，上献文宫。并编祖父临沙两谕，剃其闲文，存其要语，重录成册，备付梓工。

次日，欲赴丁中丞甄别，因雨不果，遂就近诣仙坛。张寄翁、宝青、陈仲舫、包九仪举文昌社，因郡试预祭，每弟子出分金四钱。制坛仙师派予为歌咏缮录使。易简祖师有诗，予和韵二首，并呈三绝于文宫，用朱书焚进。祖师命设万岁位，用黄纸书。予作一对曰："文宿祀升中，万岁连呼功配帝；武侯忠翊汉，三分早定恨吞吴。"又自作楹联云："年近六旬，大布衣驰名郡邑；集成万卷，野经济效力兵荒。"虽年迈不官，而能功被乡间，亦减罪孽。录祖师谕："祝圣须唱三愿，分心通应修四班，用三跪九叩礼，理宜洁蠲。而道士金姓拜忏，辄昏晕倒

地,予进以瘀药,始苏。祝厘大典,能视同儿戏乎?沙谕引志公语云:
'曾见孙孙娶祖母,六亲锅中煮。女食母之肉,子打父皮鼓。'安见祖
母不转为女身,六亲不堕入畜道耶?"又阐圣贤精义,谓:"身为假,神
为真,神借气而行,身有败时,而神则不敝。人但知生为乐,死为苦,
一死足以了事,而不知生前为善,魂随善而登天堂;生前作恶,魂附恶
而入地狱。淫昏忤逆、刻薄虚诬者,即膏粱醉饱,生乐而死仍苦,则无
乐之非苦也;正直孝顺、忠厚诚实者,即生苦而死仍乐,则无苦之非乐
也。讵生即乐而死即苦哉?换形易壳,或为神仙,或为禽兽,皆由自
致,不得以一身之富贵贫贱为定论也。"原文未钞,为衍大意如此。偕
罗筑庭、金逸仙、时酉生、毛世卿、陈念瞻、康侯德孚、李德卿、静轩、王
翼亭、聘轩、星轩、赋梅、孙学卿、克昌、佩香话雨镇日。本派予宣讲鸾
谕,因风雨昏黑,为舟子促归。

　　初五日(2 月 27 日),钱□□太守桂森试九邑童生,伯谦送考,予
免派差。沈一纯来,畅谈果报。寒甚,惟拥炉。

　　至初七日(2 月 29 日),晴。改初稿,选定备刊。沈秋庭来,嘱其
采访节孝。

　　逾日,大风又寒。

　　至初九日(3 月 2 日),长女生忌,遣祐儿冒雨归祭。

　　初十日(3 月 3 日),稍晴。

　　次夕,陪李琴仙、孙克昌痛饮消寒。

　　花生日(3 月 5 日),得浇花雨。

　　十三日(3 月 6 日),重钞"烟、色、赌三戒",附以小诗,备刊劝世。

　　中和节(3 月 8 日),嫩晴,寒剧,至夕雨雪。米价始昂。

　　连日阴,至**廿一日(3 月 14 日)**雨甚。昏时正在钞诗,而祐儿惊
喊前面厨房火,予开窗谛视,已红光数丈,急唤全家人起,幸即扑灭。
予父子亦属大喜,主宾均邀天祐矣。嗣后宜曲突徙薪,倍加谨慎。

　　翼日,仍小雨。偕东翁贺王振明省三之次子凤来□□完姻,镇日
欢饮。孙世昌、钱芷升钟标与我拇战,幸不全北,未至酕醄。晤蒋子

琴上舍大均、钱琴溪州丞树梓、范□□□□、瞿砚卿炳钟、王井香德昌、湘兰、孙克昌、汉洲、凤梧等连聚。小主人凤楼上舍宝琛并约为明日之宴，惜事阻，不获往品弦歌。芷生为予隶书《醒世录》及《诗集》两签。

廿三日(3月16日)，晴。因室人小恙而归，知是痔发。

次日，惊悉太圃弟妇没于陈氏，幸侄女侍奉，侄婿调停，而霭亭以亲谊两重，为办殓具，财力交尽，而同堂如我等力绵难助，甚为歉然。

诘朝，予往送殓，与福庭弟、伯谦侄暨贾氏叔侄同议一切。惜五六两弟未得子，嗣亦虚悬，仅有梅庭二弟缙杰之子培生寄养张氏，爰与伯谦侄贴钱五千，领归成服，议定两祧。年已十三，可以学艺，陈霭亭愿留给衣食，俟明岁交还，礼庭愿领习艺。关两房祭祀，岂可为他人有？二叔亦不可无孙，此举甚美。紫阳甄别案出，大侄取列外课，题为《诗可以兴三句》。借院课用功，亦寒士省便之举。

廿六日(3月19日)，同太原叔侄进城。谒吴学师，请选诗。并会漕书结账，遇俞蓉卿、李心葵、吴健伯、景璇圃、瑜圃。知直隶保定失守，计偕入都者多回，并有轮船破卤之变，沉溺浙江试士多人。予因斋，于寺前食素面，颇佳。是夕，大雨如注，水长尺余。

翌日，内子陪大嫂等赴杭州，进香天竺。

廿八日(3月21日)，游文书院开课，仍风雨，不获遣诸生应试。

次日，晴而寒。伯谦侄赴苏，丁中丞等送入书院，紫阳院长为程楞香副宪庭桂。赵少华宗耀、少琴仲洛两司马带次侯常博宗藩名柬来谒，因三峰方丈玉峰业田，被原佃王姓葬棺，王姓田转过朱姓，朱姓转过江姓，江颇小康，嘱其贴钱，勒王姓迁葬，地保吴桂堂亦以为然，而土恶怂王姓勿允，欲嫁祸于催子张□□，行将涉讼，爰倩予调停。经友王晋卿又以被徐姓殴辱，金生景岩保徐不服，两不能平，一欲解官，一欲鸣官，恐累及无辜，乞予劝解。

晦日(3月23日)，张寄翁来，茶话良久。

三月二日(3月25日),接吴璞卿先生选定之诗,灯下报谢,作七古一首。

上巳(3月26日),阴。航寄酬璞翁一函,聊代瓻酒,并呈小传请裁。每逢佳节,风雨寒惨,不获虞麓踏青,观拜香之盛,扫兴何如。而俗事偏夥,十五图经造王晋卿、九图经造沈芝亭、三图地保吴桂堂俱以事来托。沈生竹屏廷璋亦到,知已得二子,得翁有知,当喜孙能捧砚也。傍晚见太阳。俞旭初来,见馈香茗,携其先人化鹤谈册,嘱校字并节闲文。王翼亭言,曾制府来苏阅兵,去岁漕银缓征零欠,奉旨准至今年秋后,察看年成,再行征收。东路三港口扎营,防夷匪滋事也。

初五日(3月28日),入城。适武童邑试,县尊学师皆公出,未晤。阅府试文童正案,常案首为吴英伯福畴,昭案首则仍是俞又澜,张师琴第七,其余亲友俱后矣。以《诗集》二卷,交刘博文老店,刻价颇昂,每字须一文五厘,较旧加五。以陆孝女事迹,请吴老师给匾。复访杨滨石奉常泗孙,不值,留札与笔资,倩书王霞翁"寒翠后雕图"五字。且晋炳灵公祠,拈香谢贶,笤示云:"腹心有疾是谁知,扁鹊还生亦莫医。直待阳和回土脉,不须祈祷亦宽舒。"乘航往来,一舱悉烧香妇女,与吴翰卿闲话。船重风狂,转侧甚险。途遇方少坡、陈仲舫、俞书庭、潘少仑、宋李村、姚祖生、陈小竹,叙旧片时。

次早,内人自武林回,问家宅,下下,诀云:"残月未还光,樽前蜚语伤。户中人有厄,祈福保青阳。"又:"身在西边心在东,行船又遇打头风。犹君更有拿云手,运未通时总是空。末注:苏秦。"问终身,大吉,诀云:"枯木遇春生,前途必利亨。又得佳人荐,乘车鹿自行。"又云:"禄在重山喜气多,功名切莫叹蹉跎。一朝金榜题名后,识得前呼有后呼。尾注:马孟起。求名后得。"是日,王受昌留饮,旨酒饱尝,几及酩酊。

初七日(3月30日),许肖岩来札,言五年分所报节孝,已于去年十二月题奏,现题稿已接到,二次节孝尚未送清册,尽可补入。夕为浩然弟及堂妹邀去,酌议方便事。

　　翼日,王晋卿又来,应接不暇。沈阆峰至塾,主人留膳宿,茗话良久。提及其师李湘翁于戊子秋书施阆苏震福朱卷云:"去岁小春前,犹是夫人自称曰;今年重九后,居然君子不以言。"仿郑五之歇后,巧妙天成。是夕,内子回洛阳。傍晚又雨。闻荣醉梅因族中命案,拖累褫衿,年老拘禁,可悯可悲。

　　初十日(4月2日),冒雨入城。答赵少华、少琴二君,请将擅葬事从宽免迁,拟江佃为王佃助钱,交业主完粮,书据了事,一免死者翻掘,二免生者不测,三免佃催口角成讼,实则予与二赵同免造孽,为不可已之端。旋谒吴学师,承题拙集。交诗刘博文斋,嘱即写刻。复往杨氏,滨石奉常留予话久,见赠封翁传与墓记。滨翁丰采如旧,而鬓已斑,虽文学侍从之臣,而两放考官,毕竟心费。且覆许肖岩于屈塾,知节孝题奏,提塘官报亦须领费。予俟命下总给,因贫户多也。

　　翼日,寒食,始霁。予解馆回家,祭祖先,以雉代鸡,俾生灵勿自我杀,得句云:"雉代家鸡怕杀生。"薄暮邀时酉生、李琴仙、祐之饮于堂,鲙残鲥鱼味俱鲜,惜家酿带酸,祐之带陈酒畅叙。

　　十二日(4月4日),清明,阳艳。两儿装鸽棚,二女莳菊秧,亦闲雅事。祐儿赴祐之之招。予则为王湘翁邀饮,偕翼亭等品佳肴。

　　次日,伯谦约载予往西山扫墓,久俟不来。李琴仙、王瑶圃俱招饮,予就近赴李,遣祐儿赴王。

　　十四日(4月6日),又承王聘轩之招。及午,嫂挈两侄、侄妇来,予子女附舟,至西山扫墓。守墓新添钱坤荣、坤金二人。见堁城渐坍,势须给钱修理,而墓门缺盖,所费尤巨,只好缓图。入城会许肖岩,报太圃弟妇节孝。到总招瞿柏亭、程逸梅,为太原氏税契。遇邹羡云文学,话阔悰。又赴杨氏,滨石为予书《诗集》签。镇桥啜茗,张浩然来会东。便至狄氏,访杨蓉村不遇,其女主人出来会话。

　　望日(4月7日),寒。王聘轩留饮余沥。

　　既望(4月8日),葆初侄来,问报节,留茗点畅谈。晌午赴塾。

十七日(4月9日)，观葛界庙会，神为城隍、总管、瘟部、周神、武烈帝，有五色万民旗伞、十将社、绿呢看轿，为乡会开首。因春阴已久，菜麦减成，以故春祈未盛。

次日，孙学卿来谒。王蔼屏送其侄少兰树功来学，系春园上舍继祖公子，性既沉潜，貌尤秀澈，可造之材。

廿一日(4月13日)，进城。函致汪邑尊云："轮转到洞港泾，知左近开博场，演花鼓戏，一恐奸匪混迹，二恐钱财靡费，且淫哇之音，伤风败俗，请出示禁止，以复敦庞。幸蒙饬役下乡，查明开赌之人，到案惩处。再南乡佃户葬棺租田，不一而足，恃租米无亏，不告业主，致日后晓晓，或押还，或成讼，亦请出示晓谕。似已葬一二代者，可免翻掘，自示之后，不准擅葬，以靖纷争，亦蒙示禁。"回谒吴学师，领讲约谕期。又到潘子昭、杨滨石、许肖岩处会话。过访胡雪岑孝廉，憩其双桐书屋。前有花圃，扎本黄杨，已二百余年矣。湖石森列，杂花乱开，洵是胜境。遇石岸会，不及观。金湘坡托予税契，于四丈湾茶坊以酒点款待。晚附黄申甫船而回。

廿二日(4月14日)，伯谦侄来札，言师课列超等，潘课列特等。省垣狎热客，蔗境渐佳。是夕，时酉生邀饮，遣祐儿赴之。

翼日，遣坟丁钱长生修垛城。

廿四日(4月16日)，嘱王聘轩报李范氏节孝。

次日，同王星轩、少兰、序兰、祐儿赴东始庄，憩三元堂讲约。地保翁湘英当差，张小园、单显昌、宓宏德、戴竹溪陪话。拈"和乡党以息争讼"一条，星轩赞仪宣读，并讲仙师"色、赌两戒"。地主欲留点，不果也。午后，又到杨家坝天兴庵，住持文悦出迎，周文玉陪话。讲"息诬告以全善良"，及仙师"戒烟""戒赌"。地保沈义美、李振山上禀揭，供酒肴，徐叟培元来陪宴。小斋幽雅，书画花香，令人躁释。返棹，留诸生饮，野凫鲜笋，味尚可人。

廿七日(4月19日)，拉诸弟抵油车溇，观北庄会，女托香巡风班，多至百余队。访孙世昌、克昌两宅，偕张寄翁、雅琴、宝华、孙学卿、佩香、陆松乔等小话柳阴下。孙凤梧留儿辈饮，山珍海味，主人自烹。而予则至王泂桥，再玩扬威侯社，十将等均装饰鲜新，有女流扎泂主，傍于神舆，殊属狂妄。是夕，大雷雨。

翼日，王生星轩往相城，观洪福名班。予以半阴未赴。

廿九日（4月21日），嫩晴。高氏送大聘吉期。朱竹书、家伯谦来舍，陪饮深谈。晚留李琴仙、棘卿小酌，而馆中则留祐儿代课。王生少兰初试笔，出《得天下英才》题，文笔清简，尚无时下习气，惜未全篇。而星轩之题则为《闻弦歌之声夫子莞尔》《赋得正是江南好风景，得南字》。祐儿晚课，添经书《左传》、时文，以年长书少，读资甚蠢，不可不兼程而进也，幸于吟咏一道尚近，稍纾老怀。至昏，又大雨。

晦日（4月22日），着屐赴塾。李棘卿苦留予饮，缘迫于馆职，姑却之。谷雨已三朝矣，而斋前瘦牡丹仅试三花，为雨所伤，不足赏。唯丙舍中人迹罕到，牡丹肥润，数十朵如锦绣堆，余如海棠韶秀，梅豆清腴，绿阴中可以动眹。

四月朔（4月23日），暖而仍阴，潮蒸如梅节。

初二日（4月24日），骤热。挈家人泊舟潭荡口，观莘庄神社，盛于往年，排齐约三里许。次偅列六房，小轿、满轿俱鲜丽。唯乡无官道，走马颇艰。移桡吴塔，接渡以竹筏。两岸如五色云，荡漾水上，而水中台阁拳船，往来如织，可称胜观。道上逢戴慎卿、笪琴舫、顾秋谷、邢桂山、李怀英、贾玉堂、家佩秋、宓静岩、静轩、朱琴轩、琴斋，舟中值时挹山丈及马心斋、支西园、贾厚卿等，叙话良久。左转至吕舍，谒余静斋丈，不遇，留札于其寓斋。女公子烹香茗见待，庄雅称其书家。回至莘庄桥，画舫毕集，社船出水嬉，鼓吹悠扬。室人过贾氏船问好，内嫂、内娣各送果点，比过渡船头，沈姨又馈茶点。予则访李瑞棠丈暨沈氏族姑、墨轩僚婿，互叙阔悰。

初三日（4月25日），午后，诣根心坛，主人留饮。易简仙师诗云："夕阳已过粉墙西，满架蔷薇渐放齐。燕子也知春色去，故巢勤补落花泥。"谕云："夷匪将蠢动,惟善稍挽天心。余自沪渎查勘善恶回,其恶者已注灾册。又因贫户生男女,无力抚养,致多溺弃,谕各弟子立愿保全。自本图始,拟于产时呈报,给米二斗,钱三百,为恤产,以后按月给米一斗,钱二百,为保婴,凭折支领,半年为止。先书具领钱米状,央同地邻诣坛,邀看确实,然后具领。倘限满仍不能自养,听司事代送苏郡育婴堂,不准借端生事。"偕张寄翁、宝青、王星轩妥议章程,仙师各赏香一箍。又禀复遵谕刻诗,并宣"烟、色、赌三戒",及愿将咸丰十一年以来,仙师仙谕,选择重钞,以备刊布。仙允于后期批示。同王少兰等录谕校书,日暮回塾。天气奇暖,更甚昨朝。

翼日,见汪邑侯示云："为出示严禁事,照得有佃户在承种租田内盗葬棺木,前据业主禀控,业经出提究惩,押迁在案。近闻东南乡亦有此风,殊不知葬者藏也,以土周于椁为宜;鬼者归也,以魄归于地而止。若以先人骨肉,葬瘗他人田地,一经业户控发,势必翻棺另葬,不特徒滋讼累,且揆以入土为安之义,问心安乎?除随时访查外,合行出示严禁,为此示仰各乡佃农人等知悉。自示之后,尔等承种各业租田,务须力勤耕作,不得再有盗葬棺木情事。如敢再违,一经查出,或被告发,定即严办,毋稍宽贷。同治七年三月廿五日示。"

初五日(4月27日),小雨忽凉。偕王聘轩、瑶圃、芙江入城。赴汪公馆,为沈秋亭、谭静园税契,诸亲友算结漕米账,约九一折。晤瞿柏亭、王颖如、程逸梅、张杏芬。又会周芙轩、范秉之,订补《抱琴看鹤小影》。谒归公恒孝廉、绥之文学彭福,领《蓼莪辍读》题签。向杨滨石奉常取王霞翁《寒翠后雕图》签。潘子昭副车亦为我题照,字古诗古,卓卓可传。于京货肆与王遨峰孝廉叙别。遗忘水晶眼镜,出城不省所在,迨进城遍问,有曾使沈姓始言见予置在柜上,嘱掌计收存,予乃寻得之,此真细心干仆。薄暮,买兰而归。适沈一纯、李芝馨宿漱芳阁,畅谈古今。

次日,仍雨。连品家酿,黄娇白堕并佳,与昨尝沽酒迥别,唯市脯则尽有鲜美。俞书庭留予肉面,风味正嘉。闻童薇砚学使华于今日进苏城贡院,岁试生童。伯谦、仲舒两侄赴省。

初九日（5月1日）,包九仪、房子珊□□、陈少梅培荣来塾。适观马泾庙赛会,较旧稍俭,而十将等衣饰尚新,亦有看轿。予家祖墓,向患干棵,如刀刃,爰唤人垦去,不留一根,重修鬎封,此心方慰。

次夕,大雨如注,水长平堤。

十一日（5月3日）,小吴墅王蕙田□□暨俞进初来闲话。

次日,金丽生到舍,予为调和金景岩与经友王晋卿滨小嫌。李琴仙留同王梦蘧、聘轩宴饮。

十三日（5月5日）,立夏。始尝蚕豆、麦蚕。时酉生自郡回,知昨试老案,而新案则明日试江震常昭昆新。

十六日（5月8日）,始试长元吴。祐儿始读赋,间以古文、时文。

翼日,知老案出,元和一等九名为王生星如,常熟一等九名为景生琼圃,先取诗赋。新案则今岁极盛,连永广、暂广、拨府,常熟取五十八人。表侄平彦卿邦藩入泮,二姑母又捷长孙,书香不绝,亦可慰于九京。及门曹星村家瑞亦招覆,家贫攻苦,不坠青云之志,洵足张我一军。昭文取四十四人。姻兄张师琴寯楠报捷,剑城可破天荒。世兄江子敬左安亦小售,树叔先师后,不致赋式微。若朱映堂俊、范栖云钦曾、陆懋修来泰、翁显廷同箓、景璇圃寿祺等,均以宿学取进,人可不有志哉!

十八日（5月10日）,知新生覆试。

次日,上三县童案出,知有恒会课中,又进陆直清清瑞、马西来逢乐、江小筠起鳌、华竹楼元镰,连师琴、彦卿,仍六人,益见顾子翁提唱之力。是午艳晴,恐芸窗局趣,挈诸生、祐儿散步野田。布谷声中,新绿可爱,采野薇,行吟得句。携访钱芷升,同诣城隍庙,观江宁黄慎之茂才思永书圃,适卡员王□□大令汝霖公出未逢。复过妙清寺,古木参天,惜多枵腹。登高岸东望,湖光如镜,风帆云树,历历在目,足以怡畅胸襟。憩凉棚茶点,脱帽清谭,几忘尘市,与殷万兴、瞿景园、超亭、秋堂、孙世昌、蕙圃、兰亭叙久,祐儿得一律纪之。回忆幼年会课在兹，瞿子英作东道，迄今晨星剩我，而大堂余残础，老树亦无多，曷胜惆怅。

二十日(5月12日)，骤热。同人赴顾泾，至平氏贺喜，兼于普福庵讲约。地保虽预给谕单，而届期他往，未来当差。爰自办香烛，香伙搭台供牌，王聘轩承乏，星轩赞仪。叩圣后，开讲"尚节俭以惜财用"，暨仙师"戒烟"说。听者仅二三十人。长洲蒋月卿□□陪茶话，平竹香留酒肴，借《青云集》课儿，遵先祖鸾谕也。旋赴伯谦之招，偕金省三、季黻卿、朱望椿捬战，晤李青来、王友三、邢福堂、陈如山、蒋柏英、支西园、贾梅溪、玉堂、朱鹤龄、仲甫、蔼如、汇吉、楚卿膺福、家佩秋，畅叙至夕。返棹，又雷电大雨，达旦不休。

翌日，半阴凉爽。

廿二日(5月14日)，挈妇子舟赴南城，谭锦涛、静园留茶点。入城至范氏，适秉之出门。予乃往刘刻店校字。又同王聘轩诣汪公馆，时斤卿刺史出福山，接曾节相国藩阅兵观海。予与李耕年、程逸梅及门功扬州张海山小话。又过包九仪家，留名片。出南城，视西庄故墟，邻友俱来慰问。惊悉旧邻金天瑞父子俱毙于粤匪，致若救馁而。便过朱生少英家，其阃君留内人点，令爱已长成，于屏后刺绣，纯乎闺秀，足见家教之严。夕访陶洪镇，知下北乡，其女公子留室人宿，予则同祐儿回舟。遇沈生竹屏来告失迎之罪，欲跪街头，予扶起，嘱以公事不可玩，属在姻世，姑从宽。

次日，闻芝庭来候，承惠水果、海鲜。至西门，候蔡生季范及志亭懋元、□□汉章，见留茗话。复出城，蔡生见心留饮，设隶酒，馔亦丰，惜齿落，唯品鲋鱼、猪脑而已，与温裕昆、张文卿树熙欢叙。邀同朱少英至李金福旧器铺，置箱橱两座，价九洋。进王令铁祠啜茗，途遇蒋荷轩少府钧、潘苑章少尉楣、曾士常斋长、蔡心田明经暨顾甥丹楼、族弟效谦锡惠、族侄少渤绳祖、侄伯谦、侄孙勤斋成业。回经青龙巷，见二女唱书已散，买鲋侑酒而归。钞回汪令示云："为出示严禁事，照得赌博为耗财之具，淫戏乃奸盗之媒，因而匪类麕聚，生事扰民，败俗伤风,莫此为甚。前奉大宪暨本县节次剀切严禁在案,兹本县访闻各乡,仍有棍徒勾结匪类,演唱花鼓淫戏,开场聚赌,甚至有纠众打降、践伤春熟情事,实堪痛恨,亟应严禁,以安正业而维风化,除饬差严密查拿、尽法惩办外,合行出示严禁。为此示仰阖邑军民地保人等知悉,自示之后,务须痛改前非,各务正业,倘敢仍蹈前辙,一经访查得实,定即严拿究办,不稍姑宽。地保邻佑,知情徇隐,察出并提究惩。其各凛遵,无违特示。"知庞宝生宗伯今科会场知贡举,吾邑进士中赵□□林是戊午北榜,寄籍盐山,咸安宫教习,为辛卯孝廉视璇学博元琛之侄。

廿四日(5月16日),李生琴仙留同吴毓芝、孙克昌、王星轩午饮。旋冒雨赴馆。

翼日,知学使考文武生童毕,今晚启行。予出文题,适提《冉求曰》《子贡问曰》两题,询诸生如何作法,而所对未当。予曰:"须蒙上章,试观非隼何如神理。凡审题始可立言,识文方能构艺。自有天成妙义,速则工,迟则拙。小题贵放活灵机,一笔挥洒,勿如研京炼都。"于讲章下注字使晓,如"小人之中庸也","中"上加"反"字;"而有宋朝之美","而有"是衍文;"无分于上下乎",上加"然岂"二字;"吾不惴焉","吾"字下加"安能";"量敌而后进",上添"若"字;"质犹文也","质"字下添"亦不过"三字;"而易之以羊也","而"字下添"何为"二字;"求之与"二句,上句须重读;"韫匮而藏诸"二句,"或谓寡人勿取"二句,下句须重读;"徒法不能以自行",上须添"犹之"二字,上句重读,下句轻读。圈出眼目,始了然于心。《孟子》"人之患在好为人师",今则下"人"字可易"医"字。闻者哑然。

廿六日(5月18日),嫩晴。王芙江家醮,连品厨斋,胃浊顿清,翻加饭量。

次日,谒张寄翁闲话。回接钱芷升和作,稍易六字,以应谆嘱。并撰平彦卿喜联。

廿八日(5月20日),次芷升韵,作《初夏村居》一律。暂冷忽暄。

窃思王氏数房均好善，有邻子陈荣母没，有丧匍救，各助殓银，故能财丁两发。张寄翁生日，入市买鲤放生，而公子适报捷，予贺联中有"登龙"二字，盖谓此也。连和芷升诗，几废眠。

至晦日（5 月 21 日），倦甚。而王芙江设馔，同其族人快饮，兴复酣。

闰四月朔（5 月 22 日），李芝馨、王翼亭、星如来馆，予挈祐儿让榻回家。

翼辰，偕钱芷升赴莫城，观风宪城隍社，撰两联，倩芷升书悬庙柱。遇仲舒侄，同归。适贾梅溪、家效乾来舍小酌，偕观全会。土地社二百多人，所扮杂剧，可博破颜。神须有蜻蜓飞集，挥之不去，号飞来城隍，果不诬也。

至初三日（5 月 24 日），又雨。停会。

翌日，晴。始续解，家人放船往视，予又拟一长联。挈儿侄憩莫镇冯氏，瞿世良招饮，辞之。遇高诚斋父子，同抵孙氏社棚，品吕舍小乐部，与包九仪、王星轩点《冥判》《书馆》等戏，雏凤如老凤，颇中自然。主人锦坤留酒食，与诸子拇战高呼。乘酒兴，再赴莫城观转会，徘徊良久，晤毛蟾香、张寄轩两丈、孙学卿、克昌，话片时。返舍骇悉李棘卿夫人产后暴亡，致予妇女回顾呱呱，悲悼失色。

次日，入城，毛兰谷会舟资。书钱若干之母周氏、黄家赐之母陆氏、黄关之母吴氏三节略，交司董许肖岩。旋赴汪公馆，晤税书程逸梅、门丁江宁曾姓，知其主赴苏谒曾制台。今科状元为吴县洪□□钧。翰林吴清卿大澂、刘廷枚、吴子硕宝恕、主事冯芳缉、皇甫小轩皆吴人。又过学前，为祺侄领郡邑试卷，改张宝青县考文。是夕，宿于包氏。

初六日（5 月 27 日），谒范秉之，以所绘内子小影嘱补《拔钗救蛾》，予又倩摹寿照，甫创墨稿，因往观邑神解锸，不及经营。与医师周芙轩树基、画师华秋霞□□话旧。更偕许宾门、时渔琴叔侄茶叙鹤岭泉,遇童翼周、徐石英、朱峨亭、蒋硕卿邦埠、季慎修、家伯谦,未暇畅聚。出城觅舟,有武弁唐惠兰□□晤谈甚欢,欲会予船费,示其臂,连被贼斫,有刀痕,其叔长胜,尤以杀贼得官,可敬可羡。

翌日,赴塾。傍晚,王聘轩出盛馔,惜予齿痛,不能饮,饭后即睡焉。

十一日(6月1日),平竹香来塾长谈。自此连晴凉爽。

至十三日(6月3日),又燠。张寄翁、宝青至,论文忘暑。

次午,得家信,知祉儿患惊,连日火升眼红,至此而四肢麻冷,乃遣王星轩及祐儿往请仙方。时张寄翁、孙学卿来录谕,楚通仙师诗曰:"太古境偏静,小年日正长。柴扉夜不闭,有客借诗忙。心传次儿急延推拿医士,再用提刮法,服红灵丹,药吃广藿香三钱、宣木瓜三钱、青皮一钱、山楂炭钱五、六神曲钱五、钩钩二钱、大连翘钱五、江炽壳一钱、焦栀一钱,加银花露冲服。"适家中先已提痧,倩陈尊一推惊,并服顾介甫所送红灵丹、王聘轩所馈如意丹,大汗而寒热渐退,随服仙剂,胸热解而肠滞利。予因汪令准禁博场淫戏、租田葬棺,寄函致谢,并叙及地保沈义美、李振山等勤慎办公,请官补偿供应。闻桑砚香观察因访案府提,押送到省,富户可不慎欤。

望日(6月5日)黎明,予梦眼镜被祉儿敲破,大怒扬声,而家人呼魇,未识吉凶。

十六日(6月6日),挈家人入城,闻芝庭留观二图总管会,适大嫂及侄孙亦到,陶洪镇馈水果佳点,冯慰屺缙琦亦赠枇杷,冯柳溪复留茗点,连与金振奎、家勤斋成业品福酒海鲜,主人情重,更以嘉果见遗。时南门上下塘多社馆,递听菊部,大乐工胜于小伶,社中多顶马,符官六房出猎徒亦全,香亭八轿前,有小巡风鲜衣华帽,小兵勇白顶军装,尤可爱。他如八旗、什哈、解员、太保俱骑马,看马三,对马八,渐复旧规。闻人言莫城社不及练塘,练塘有三看轿;练塘不及谢桥,谢桥有满汉饭;谢桥社又不及此。唯十将伤司猎户土地各社,官禁未行。晚偕朱恂如、蔼如及伯谦侄,茶话鹤岭泉。途遇蔡鞠轩,欣悉其公子敬甫镕被掳,为和州刁氏抚养,得信领回,自由祖德所致。又晤童翼周、陶德华、徐芝山、俞蓉卿、潘志仁、王冕卿、王颖如、蔡沄江小话。过刘文学斋校诗版。包九仪家寄令函,欲倩范秉之补图,因无暇而止。暮观夜会,店铺各张灯,游人若狂,拥挤不得纵步。至二鼓,雷电不雨,同王湘翁等回舟。满月渐明,南薰送爽。留顾甥丹楼清福宿舍,嫂氏与祖望亦留新居。予每见侄孙勤斋,辄劝其多读数年书,并嘱其祖母,勿苛童养孙妇,今幸其为祖考买山,尚急先务。

次晚,伯谦领母子归。连日清凉。

至二十日(6月10日),好雨一犁,农人庆幸。

翼日,官报周兰江来,喜悉顾晓山少府蒙恩世袭云骑尉,予昔代报,颇有功,要亦忠义之精爽,其子心城,当何如慎重欤。

廿二日(6月12日),晴。因西王庙少万岁牌,爰与王聘轩等唤木工、漆匠制成送往,只费数金,而寺院之观瞻以肃。张宝青以积年鸾谕,嘱予去取,重录备刊,为之删存数千则,大费朱墨,手腕几疲。况子弟八人,敏钝不一,不无为之叫嚣,每日课程,命其遵守,然而一齐人傅,众楚人咻,倍难为功。

廿四日(6月14日),晨雨晚晴。张师琴祀魁宿,贺以青钱,签书"万选之敬",用其家佳话,较新,并以四绝志喜。借品曲团饮,晤新阳顾仰周茂才秉礼、罗筑庭、黄申甫、包九仪、金逸仙、桑侣芳、时酉生、陈仲舫、小倬缵常、王松茂、翼亭、小村诒孙、孙锦堃、学卿、蕙圃、蓉亭、克昌、李静轩、心柏、祐之、家湘兰辈,畅叙一日。

芒种(6月15日),喜雨,贫农省资,耕牛省力,未及端阳,秧已插齐。纪诗一绝,有"鸟自催耕牛自暇,桔槔闲着绿杨滨",嫌"自暇"是文中字,方欲改,而祐儿云:"可换'不喘'。"固典雅,渐肯费推敲矣。贺曹生星村游庠,沿旧贺四生例,亦衍三律。包九仪来覆汪令寄声:"宣讲供应,每月六期,准给地保钱三百。"真为苦差。

廿六日(6月16日),朱恂如昆季赠两雌花鸽,王赋梅又送一雌灰鸽,因贾梅溪所馈二鸽俱雄也,贾玉堂则假鸽棚。小儿戏玩之物,皆因人成事,抑何幸欤。

次日,葆初侄来,予嘱其先人三柩勿久停,即择吉安葬,不必求子,只须不费钱功德,以培根基。缘同堂丁乏财空,皆坐亲柩不埋之罪,不可不自异也。

廿八日(6月18日),雨猛,又恐没田。闻潭荡农思患豫防,已堙濡。偕王翼亭、包九仪宴饮长谈,皆善书方便事。犹忆为桑侣芳言:"昆玉咸工书画,尊甫筑广厦园亭,创田数千亩,捐职三四品,兼为两郎聘媳请诰封宜人,可谓慈父。第君家所寡有者义,亟宜市之。且报父之慈,须孝,盍务诸?"砚翁欲建养老堂,恐其中辍,故云尔。至若医生观症曰"生意",士子赴举曰"功名",听辄驳之。然能味"生意"二字,不敢误下药矣;能绎"功名"二字,不徒掇巍科焉,即不辨亦可。

次夕,与诸生讲《劝戒近编》数则。

五月朔(6月20日),偕王翼亭、星轩诣坛拈香,叩谢仙丹。易简仙师因报销未果,被三宫参劾,有题毛砚渔《采药小影》曰:"上山山接天,朵朵芙蓉秀。下山山崎岖,白云满衣袖。"命予足成。予缘砚渔精医,图有童子,爰接二句曰:"呼童采药踏雪走,百万生灵一筐救。"仙师嫌不合身分,嘱再吟。惜文通才尽,不敢复续貂矣。升降则内坛均无大过,可不移。而校刊鸾谕,则言须细检重誊,择尤备梓,尽可从容,无欲速。金逸仙欲追荐考妣,以其资转刻心功。按蕉窗新功过格,动辄万言,如阳间律例,矢此大愿,便人日课,亦世俗所难。同人更捐助邻近贫妇,愧予力薄,不克从心,只愿办大蕉扇舍乞儿而已。回遇俞书庭,灯下叙欢。

至翌午,王少兰假归。

初三日(6月22日),解馆。知两花鸽飞失,一灰鸽啄死。草鸽猛鸷,与文鸽不伦,养鸽自有谱,能拂其性乎?

次日,入城,往汪公馆贺节禧。又倩范秉之补图,有五六分肖处。晤医师周符轩、查一峰□□、画师周兰谷□□、华秋霞□□及吴馥庵懋荣，聚半天。旋会包九仪小话。奇暖汗蒸，幸返棹风凉，烦胸顿解。枕上得五古一首，贺平彦卿游庠。

端午(6月24日)，天爽。祀祖先。李锦堂少府瑞园、顾心城骑尉见访，留饮言欢。李棘卿阃君之丧，来招，祐儿代往，遣二女诵《心经》，为制冥锭，尚愧邻丧匍救也。

翼日，阴。王星轩来，留酒面。与李心兰、时锡蕃手谈，予略胜。

及**初七日(6月26日)**，小雨。同时酉生、王聘轩等泊舟莘庄，李瑞棠丈留茗话。纱布庄中晤施小园□□，即旧识杏园□□之子也，询知尊翁已故，为之慨然。旋诣圆应庵讲约，拈“息诬告以全善良”“务本业以定民志”两条，暨《家庭讲话》中“祖宗”一则。地保姚俊章未到，唤人扫地搭台，自焚香烛。迨里正之弟来，责其玩公，反不认过，藐视学官谕，不得已批其颊，恐各图效尤也。移舟顾泾平氏，贺表侄彦卿祀神，主人竹香留宴，陪王湘翁、聘轩、蕙庭、时酉生、李惕先高声拇战，与乐部金鼓相应，热闹异常。晤俞静斋丈、钱雪崖、李岵瞻春熙、王叶香、贾玉堂、宓静岩少府、朱绩斋孝廉、恂如少府、云溪少尉、鹤龄、仲甫同福两上舍、顾子和斋长、虹玉孝廉、心城骑尉、蒋养安雯、砚池春煦两上舍、□□、王星如茂才、朱一泉、平湖桥、也园上舍、新生马西来逢乐、江小筠起鳌，应接不暇。家伯谦为帐房。借西宅开筵，倍觉宏敞。便进普福庵宣讲，徐步云上舍读《圣谕》。揭“敦孝弟以重人伦”“明礼让以厚风俗”二条，及《家庭讲话》中“经营”“耕织”两段。里长王蓁香、沈竹屏升炮迎送，稍知大典之重，萌悔心焉。薄暮归，尚霡霂。

至**次日**，晴。予饮参须汤，静养镇日。

初九日(6月28日)，凉甚。与陆惕如海、李晓园树芝、吴翰卿同舟上城，予作东道。过曹氏，晤星村之母及弟鹤村家球，久不相见矣。又往周兰江处，缴顾氏骑尉报费。经范秉之家，品白杨梅，为宝岩土产。旋憩彩月居，与惕如暨顾松溪、戴利东成祥茗话，狄步鳌会茶资。李琴仙、祐之招上蔡楼，呼酒馔见待，松菌豆酥、鸭雄猪筋以及蘑菇熝鸭、虾子拌鸡、桂糖白蹄味均美。偕朱鹤龄、姚巳生战拇兴酣。惜雨来，未带笠屐，向蔡鞠轩公子敬甫镕借伞。九年被掳，犹得呼我为翁，为之欣慰。至包氏，嘱递汪邑尊名片。于十家廊与谭松岩、静园话雨，适王云溪等来弹琵琶，扯胡琴，和声入人人坎。暮附李船而回。

翼日，风雨更甚，如倒天河。三潭荡多白，水来过早，又酿偏灾。

十一日(6月30日)，嫩晴。开塾。幸连日不雨，赶出车塘除低洼者可补稻。

十四日(7月3日)，同诸生作覆簪约课文。适平彦卿来，以试草嘱改，直笔批抹，承其心服，遂偕论文，日旰忘疲。王少兰未解搭截题作法，爰悉心指示，多授巧搭截锦中艺，俾得揣摩。

十七日(7月6日)，水退二寸。

次日，又竟日雨。低区力无可施，理应求晴断屠，而县官犹不斋戒，但知催科。

幸十九日(7月8日)即晴。天气凉爽，予乃唤舟入城。会包九仪及张雨香文学^{承霓}。旋往翁氏贺芹喜，显廷见示试文，翁士良曾俊、宗墨锄邦礼来陪，皆黉俊也。便赴刘店校刻诗版。并访汪邑侯，与幕友於君茶话于燕园花厅，假山矗天，阴气逼人，夏可销暑。知斥翁奉檄调署川沙厅事，未得即行也。出为所亲检粮串，同钱雪岚、王颖如小话。至蒋氏，适曹生星村馆此，承邀城南馆品茶，奎聚楼品面，以试草嘱改，纯乎性灵，命儿辈录为模楷。

翌日，沈义民司马伟田来摄常邑篆，予贺二律，并以四六启志颂私。自己未陪宴公堂一面后，将及十年，两莅昭文，又来旧治，洵与吾邑有缘，无如治属水区，鸿嗷又起。余芝香来会时，尚噪乾鹊，抵暮忽雨。

追廿一(7月10日)晨大来，有如天漏。仙师云："今有奇灾，不出梅花之数。"恐指五月，能毋修省，冀减天殃。

廿三日(7月12日)，始晴，不见日。水长尺余，中区亦没大半，各陆路不通。巡水者，坼人家门阃，硬作坝桩，凶恶殴人，仍土匪行径。嘻！每年圩不加高，致成水患，非惰农之咎欤。闻昨日新令沈公祈晴禁杀，一念感召，天气连晴。吴学师札来云："沈公祖阅到大著四六，赞不绝口，嘱移驾上城一见。前日仅回名片，所有要言，须面商耳。"

廿七日(7月16日)，八图地保高上德来，询知大潭荡白田过半，小潭荡则荒四分。晤谭静园，为我言水灾如此，而米价不昂，禀白不过两洋六七角，囤白不过两洋三四角。

次日，伯谦侄书来，知勒臬使课，其文在外课。亲炙官师，胜于从乡先达学。包九仪来，知汪令于出月三日赴川沙。邻吴银山妇得子，食口众多，贫不能育，予请坛主张宝青遵仙师命，酌给钱米，俾母子安全，不蹈弃婴之罪。风晴数日，报荒者邑尊俱准，始定人心。旧令汪厈翁将去，予送以七律三章。又书陆素贞女士节略，请沈邑侯书额表扬。其呈报请题，奉旨旌奖，本出予手，不敢有初鲜终焉。

廿九(7月18日)夕，西北大风，水退五寸，水淹之产，可望补禾。

六月朔(7月20日)，予因眼病，食瓜解热，乃遣祐儿陪王聘轩叔侄赴仙坛拈香，并呈校鸾谕三律。王星轩性殷急难，屡为人冒暑冒雨，奔请仙方，至昨夜王翼亭病革，尤跋涉水田，不嫌昏黑，予心服焉。是晚，楚通仙师谕："合痧药，在坛弟子各捐千文。"一呼百应。降坛诗云："深宵灯火满楼台，万卷奇书醉里开。豪气半生惊俗客，手投豺虎海边回。"颇豪迈。予虽无力，勉捐痧药资一千，送吴产妇米一斗。

初二日(7月21日)，同王聘轩入城，送汪司马调任。便过狄少英□□家，承留著。冒暑至北门视船。又晋翁府前新令公馆，沈司马迎接颇殷，果赏诗启，并叙十年阔悰。问及南乡之灾，告以大潭荡十没其六，小潭荡十没其四。呼其舅兄洪子佳□□□□出会，洪杭州人，因其管帐房，后日向领薪水，须识面也。留《蓼莪辍读册》暨王霞翁小传乞题。莫城王振明，缘街路积水，遣伙到城载瓦砾填高，不料三船被埠踏差，予见因方便而拖累，理应手援，连禀新旧令，均蒙出票，饬埠换船，而埠役张金、蔡四覆以时促难应，官怒杖责，始放船还。旋憩虹桥茶楼，与朱恂如、徐步云、姚俊章等茗话，陈耀祖父子作东。晤伯谦侄，知内弟贾正卿秉义病未脱身，尚虞翻覆。抵暮回乡，骇悉王翼亭上舍于未刻病故，念其秉性忠直，善谈名理，为培心堂司董，广收暴露，尤培植贤郎，一采芹，一殖货，冀有受封之日。乃自初二日一别，十六日起疴，匝月不见，竟成永诀，年限五十八，伤哉！即挽以联额。

次日，命祐儿送殓，云有青盲孤老树金德，系翼亭叔岳，挈孙而至，因其出米养活，痛哭恩人。其外母树西林德夫人，亦为迎养，至今号踊失声。予回家避嚣校诗版，室人焚香诵《心经》，借销酷暑。

初四日（7月23日），在家祀灶，热不可袍。至戌刻，惊接内弟贾正卿之耗，泣念其清姿玉立，情性温和，好读书，工八法，正从朱绩斋孝廉游，不信异教，不比匪人，恂恂儒雅，系洛阳兴衰，乃自端阳鹅湖一游，得病盈月，竟至不起，弃老母聘妻，年方十七，惨哉！内人拉子女于平明送殓，予则因先慈忌辰，留家主祭，仅哭以一额三联。闻族侄嘉福□谟患疫，先敬斋一刻亡，年二十一，亦已定姻，满面聪明，固是族隽，惜弃儒习农，不遂其志。朗斋弟允文曷禁丧明。毛趺堂云："贾氏自习教，家运转衰，其记室同教陈松泉书讯问正卿病，病人云：无脸人不许进房。近来陈君似有神附，有时为土地神，有时为长毛鬼，狂言尔阻施舍，用拳乱殴，且自披其颊，家人跪求乃醒。"是午，偕李琴仙小饮，溽暑异常，每帐有蚊哄，扑灭不尽。出乘凉，有道家金文开教陇西叔侄法曲，如闻鱼山梵呗，飘飘欲仙。

初六日（7月25日），室人回家，予始赴塾。

初八日（7月27日），热如火，连食瓜，惜少甘者。偶拈一对云："大暑何如仍小暑，西瓜只怕似南瓜。"张茂林至，言吴塔人来张鳝篮，被邻近匿起数十，追嘱其查问，始以十二篮堆其场角，茂林送交吴塔地总，有本图地保派其为贼首，着即赔补其余，欲借炮船来踏缉。予谓："大水圩松，擅来削岸支篮，事关田稻，至鳝篮之失，乃微末耳，彼固不便鸣官，特以尔之径还，未尝报知之故，尔若谢过，彼自释嫌，可保无事也。况此人系予瓜葛，若要诈钱，予当晓谕。"王生赋梅馈鸽蛋十余枚，予烹海燕汤，与两儿食之，良堪清补；沈阆峰送五色瓜，亦解胸热，均知己也。

翼日，回家视祐儿，幸已无恙。于**初十日(7月29日)**，同至馆。

十一(7月30日)夕，大风雷雨，顿减炎敲，人之胸热以解。

十八日(8月6日)，偕王星轩访金景岩，适其感冒卧床，不克陪话。旋憩东始庄讲约，王晋卿、陶逸洲、戴季良、成祥来陪。拈"明礼让以厚风俗"，兼《家庭讲话》中"勤劳""俭朴"两则，《法戒近录》数条。来听多童叟妇女，想为农忙。饭后更挈子弟赴莫城，汛官镇江张益三守戎德鹏时馆西王朝，公服出陪，倾盖如故，邀予东轩茗话，近水凉多，可以避暑，同拜圣牌，谦居我下，并欲留汤饼，辞之。讲"解雠忿以重身命"，暨《家庭讲话》中"警戒"一条、《天诛奇案》数事与《戒鸦片歌》。闻者皆呼绝倒。唯有切纸匠邵增福偶有后言，予以阻挠公事，欲禀官惩治，迨地保王三奎批其颊，因彼伏罪，来请从宽，予乃止。祐儿缘昨夕受风，今午胃炎，有寒热。而**次日**立秋暑减，已能作《六月徂暑》《蟋蟀俟秋吟》二诗。

二十(8月8日)晚，仍寒热，恐成疟。

翼日，同王聘轩上城，舟中与沈义美、李振山、杨云亭□□闲话，清风徐来。赴沈公馆，领薪水及地保香烛费，晤门功冯芝田暨张、冯二幕友，均吴人，风雅可亲，唯门槽三小子索茶资，可恼。出门见街坊都贴"沈大老爷，官清民乐，万代公侯"，足见廉明之实。告示云："近有人讦告乡官，希图索诈，但胁从罔治，久有明文，后勿准。"出城，茶话坊馆，赵国贤会东。回舟，孙亦陶□寿又会东，王松茂、孙蓉亭更为扶掖，邻近多缘。是夕归家，新秋凉甚，稻露垂珠。

次早，赴塾。

廿四日(8月12日)，因祐儿患疟留家，予带蜜桃归视，知热来神晕，阵过如常。李琴仙馈福酒，就船买鲜鱼，佐以虾子酱油拌菽乳，肠胃一清。兴酣回塾，瓜战解酲，得《秋斋漫兴》一律。

次日，时酉生来，论文半日。伯谦侄抱恙而至，见馈家凫及粉果月饼，留覆箕约卷，知为朱绩斋孝廉阅，题为《忠信》《子曰圣人》《敬胜怠，得铭字》，第一是散作，予为王少兰捉刀，评云："古音古节，古调独弹，是真食古而化者，洵为此题绝唱。诗亦沉着，冠冕群英，夫复何疑。"又有约课十卷，题为《虽圣人上句》《沟浍皆盈，得沟字》，倩予评定，首卷为吴修之□□作，第二则时谦吉景和，第三则李青来□莲，予皆涂改。其余则自桧无讥。第三期为《不如学也至学也》《惟有新秋一味凉，得凉字》。予回家养疴，转拟二卷，致魂梦不安，仍有痢象。

廿八日(8月16日)，勉强就塾，而祐儿则疟止又泻，尚不耐劳。刻店刘雨洲带所刊二卷诗来，约费二十余金。予偕其访金逸仙，说定镌新功过格二十余页，活体每字一文半。便路到戚氏桃园，买蜜桃而返。

七月朔(8月18日)，又采蜜桃供仙座，同王星轩拈香录谕。晤孙学卿、李静轩清谈，主人出百合点饥，闲玩庭花，忘秋暑之剧。摘楚通仙师谕曰："龚心传呈刊诗二卷，当汇阅赠诗，刊价昂贵，余诗择尤。至禀无力续刊，请示遵行等语，予以为诗文集久必出售，不若托包通嘉寄售，以其余资，仍渐逐刊。此卷若售百文，百卷则十千文矣，仍可续刊，须书肆为妙，不落人言，书肆议定售一卷，分钱若干，自己节缩衣食或移讲约资作此费，每岁增刊，不必限期。刻书本非容易事，宜预编卷数，钞成定本，自己即力有未逮，有定本则后人尚可补刊，否则头绪如麻，心血不属，何能如愿哉？此诗可传，固不可不刊，不如逐渐而为，出财亦逐渐，自能不知不觉，可底于成。刻他人诗可鸠资，刊自己诗不可，或人爱而刊之，乃千人中一人也。故有钱则刊，无钱则止，俟稍有余而再动板。若《诗话》中无刊本者，或人已亡，或人存而贫困者，谅必淹没，宜精核择尤，鸠资付刊。先具定本，倘卷帙繁，则立折分捐，若如此卷页数，不必立折，只在相识诸君劝助。但劝助须有法，须说得他人心悦，方可成事，否则六辔授人，自己费力矣。夫人未有不好名者也，如沈君钟福等，皆称善士，倘劝以助几千，吾为君立传，与此集同垂不朽，传附卷末，如此，则人出钱留名，自能响应，所称立传，是辑者代捐者立传，不然究非善书，人必狐疑，有谁知李穆堂先生之语耶？狐疑一起，吝财者多，责任在一身，力量何如乎？捐财立传，亦是权谲之计，非然者，捐自己之财，以成辑者之名，虽愚者不为。即有好世谊、好亲戚，恐无如此之便宜也。若不鸠资，终必淹没，不得已而出此计，须立定例，捐若干立传，捐若干留名三字，如此或底于成。《诗话》定本，如常熟龚某编或辑，某人校，序必须俗套，理应请冯林一先生，还候主裁定夺。"予覆云："日后刻诗，谨如教。蒙许赠言，停雕以俟。此系未校之本，尚多豕讹，待改雕挖补，重印再呈。惟《诗话》十余卷，择尤付梓，动须百金，况但叙事略，并无古致雅言，不足问世。似依前谕，仿沈大宗伯《别裁》之例，每人于姓名下注明字号、爵里，间以小圈，附小传数行，已故志其结局，存者留其余地，用小字，才品俱优者，多刻几首，亦不得逾三十之数，品优才绌者，仅刻一首，尚须删润，品绌才优者，酌刻数首，亦不得逾二十之数，邑人为主，分显达、布衣、闺秀、方外四等，间附外省外县，其中以潜德未曜、逸材未扬兼之孤贫早夭与无后者，为必存，倘富贵而工诗，亦可刊一二，惟已刻专集者不赘，即刻集而版失，亦须补刊一二。序似不必请名公，仍希仙师赐撰集名亦乞光题，当言志而后，将及百年，于绝续之交，不可不备志乘之采，卷帙颇繁，势必立折劝助，但品污才庸者，断难因多助而贡谀，似传不得滥，俟有定本再献法坛，谨陈管见，伏候钧批，曷胜感激之至。"

次日，周新之来索会项，横逆不情，予味《孟子》之"三自反"，偿以钱粟而去。

至初三（8月20日），出《与之釜请益曰与之庾》《此亦妄人也已矣》二题，与太原两生作，仍为是也。连夕鼠哄床顶，瘄痲不安，至昨夜阒然，才得眠熟，痢势亦平，保无神仙祖考，借鼠示警，未始非天佑也。王祠早桂试花，插之瓶胆，香沁诗脾。是晚，吴璞翁寄用印谕条来，并约廿五为练塘之行，谓监讲本校官职，缘初五日起已定轮转恬庄诸镇也。

翼日，予舣舟莫城，茶点梳沐，朝爽涤烦。回寓，喜祐儿耐劳到塾。

初五日(8月22日)，挈家人赴吊贾氏，慰其生母陈太君。便瞻新构丙舍，堂轩颇宏。与司计陈松泉衔杯畅叙，喜悉西席朱绩斋孝廉奉旨派礼部磨勘墨卷，加看有"立言有体，吐词为经"二语，因其年近服官，恐不及大挑，着苏抚饬其进京补覆，看验签省，此固旷典也。未会试而已得知县，其遇何奇。膳后，憩歇伽庵讲约，地保升炮接万岁牌。拈"讲法律以儆愚顽"，及《家庭讲话》中"教子""训女"两条，《戒烟歌》《天诛奇案》。伯谦侄读《圣谕》。旋到洞港泾访顾子和，见案有洋柿一盆，予曰："一门桃李，满砌芝兰，尽铸成珊瑚顶，不愧河汾。"相为大笑。见示婺源程杏楼大令龙光《八樵吟草》暨《湖山策马图》索题，即步主人原韵，得二律。又阅伯谦侄书院官课数艺，连博奖银。又观仲舒侄会课文，闲置第一，颇能老成，倘无捉刀，芹香不远。唯祐儿率意胡言，未谙文法，与诗如出两手，难跂诸昆，为之闷闷。闻有南四四十八都十二下图经造程九思、地保程喜，借端欲索诈严钦斋、马锦园、施弟观、龚成业，系彼邀过看戏，难诱缠头，竟声言如不出钱，须禀县查访云云。予为诧异，传语慎勿在外招摇，欺诬良善。晚诣猛将堂宣讲，朱一泉赞仪，朱恂如读谕，适神自社回庙，予拈香后宣圣谟。老人如霍嘉茂、幼童如家勤斋成业均到，李耐村丈礼陪话。讲"训子弟以禁非为"，及《戒鸦片诗》《家庭讲话》中"济人""报应"两条。暮于贾厚卿秉塾处用餐。抵家已新月沉矣。伯谦来，戊辰会墨，蔡以瑞元作，句短味长，是弓燥手柔之候，学养可征。

七夕(8月24日)，王翼翁家祭，偕俞书庭、张宝青、王聘轩、瑶圃、芙江赴吊。睹孝子星如摹其遗像，神肖可呼，足见五思真切。王子卿源松、德孚京镐、荫堂□榛、养怡、蔼屏、小亭、梅修来陪，晤袁香樵、陶云江父子及张芝堂、缉圃世熙、□□，互写阔衷。王生少兰陪往陆巷，散步镇之南北，不觉尘嚣。遇公醮，有花玻璃欢门，背可点烛，相城法师陈桂香魁梧状貌，以朱笔画符，用朱砂笺。途遇张槐堂抱孙，略叙数语。瞿子行留香茗，俞旭初赠鼻烟。晤朱岳生同福、侯硕卿同松于水廊畅话。招王晋香同舟而回。是夜，云气模糊，双星未显。

次日，以蜜桃赠俞书庭，带归娱公子。沈阆峰送痧药来，陪其谈宴，畅食甘瓜，伏暑顿解。闻内子患肝风，儿女留洛阳未返，予还视，亦令其啜瓜汁，连夜不睡，至此稍得安神。

初九日（8 月 26 日），张宝青以金祖牧马塘降笔吟乞校，半日清谈，欲同玩龙舟，缘秋暑却之。

翼日，祐儿等回家。

十一日（8 月 28 日），到塾。

次日，节假。入城，舟次与李琴香□□、孙晓村、赵国贤、问月上人文学闲话。谒吴璞卿学师及范秉之、包九仪，茗谈良久。周新之收会钱七千五百，而坚不书收据，并将前揿其嗣父吉人会钱不肯承认，出言不逊，予不计校，姑告其嗣母，幸鉴其欺。为王聘轩会瞿秋亭兄弟，并致札庞昆圃司马，嘱其更正三十二图粮额。到刘店付刻资，兼存先君诗钞，托其写宋体样本。遇朱克谐丈、吴毓芝、蔡沄江、王少兰，略叙数语。晤陈松泉，询悉贾梅溪患噤口痢，日凡四五十次，唯仗鸦片为医，甚为厪虑。

十三日（8 月 30 日）清晨，上莫城办祭菜，王梦蘧会茶金。周仲康见视《小学千家诗》，皆劝善语，为加朱以还之。午刻祀先。

次日，朱竹书带伯谦侄信来，知高姻嫂病笃，卜曰须冲喜。予谓："凡事固有机缘，亦须体人情，此系幽郁疾，只好勉从。"曹星村寄函来邀，拟于入泮日再放舟，予辞以自唤船来。夕为李琴仙留饮，偕时酉生及其群从同座快谈。

中元日（9 月 1 日），晴朗。挈祐儿赴西王庙，玩盂兰会，亦仙坛作主，将予名列前，惜未克多助。太原氏办冥锱最夥，时通三图，延羽士炼度。晤张益三守戎、张寄翁、孙世昌、克昌、佩香、王晋香、瞿秋堂、毛彦绅、钱芷生、王晋卿、周仲康、金逸仙、张雅琴、宝青等畅谭。祐儿与王氏昆仲留观施食，予品酒面后先回。

既望（9月2日），偕时酉生问贾梅溪疾，系频痢拒纳，身酸元亏，代为焦虑，候陈憩亭及大侄诊治，胃尚呆。同沈墨轩、鸿章、时渔琴、王蓁香等酌请仙方，兼立善愿。遇李醉亭、苏兰溪、时锦甫、沈佩卿、王叶香、朱云卿、望椿诸子，未及长谈。急赴仙坛，书疏求丹，楚通侯祖诊云："贾子噤口痢，况年老身弱，恐变端不测，终难化吉，勉用古方，田螺一个捣烂，用麝香一分打和贴脐，再方开青皮、制半夏、车前子、藿石斛、木通绒、盐水炒广皮，加鲜佛手、生谷芽。"伯谦来直省闹墨，大抵皆根柢经史，言短味长，多心得语，与前风尚迥殊。

十七日（9月3日），往东始庄，晤顾松溪、宓宏德、戴季良、单显昌、张小园。逢有汤姓、吴姓病，无力医药，予嘱其就朱生竹书处指名请诊，庶可省钱。李祐之家醮，延金景岩主坛，夕同黄申甫、时酉生听步虚声，道家金文开年迈而声如洪钟，直达霄汉。

翼日，妇女往视贾梅溪恙，而次女则赴渤海问安，知高婿岳生为母疾削小指肉，煎汤以进，前已割臂疗母，诚至获瘥，未识如今效否。然能作此等事，天性必不肤，予所心折。高氏张宴请客，所费不赀，而予则诸礼未备，幸病人一见心欢，不食月余，忽起床动步，诚不可无此行也。梅溪则胃仍未开，身瘁弥甚，恐有内陷之虞。张宝青嘱挽其伯岳顾耀如库使炳，应以联二、额、轴各一，无敢宿诺。予赠拙集，宝青假去《幽光集》，装钉还来，足见珍重。是夕，李祐之留予与金景岩宴，直至三更。

十九日（9月5日），新生迎学，予赴曹生之招。便过吴学师处，倩书陆孝女额，送新刻诗一编，新进陆懋修、屈瑞生其刚处亦以诗作礼。又往会范秉之、包九仪。诣沈公馆，赠《诗集》，见《蓼莪照》已题，王霞翁遗像亦有诗一律。而羲翁为丁中丞邀诊病留苏，送入学者权请海防司马梁次谷先生蒲贵，常昭陪宴苏望之、胡雪岑两孝廉，均须白如银矣。是案年幼者有归清士赓良，其余多鬈鬈者。用执事者唯屈仙舟肇棠、宗幼谷嘉树，余多步行焉。予偕张寄翁、王湘兰怡如、凤楼茶话致和观，二王沽酒买肴以待，惜腹果，分与别座之人。王□□寿观来言田事，予同著点畅谭。旋憩显星桥茶阁，快遇王默卿少府仁福，因其题过小诗，赠以刻本。据云，洞庭周蔼云彝祥已殉难，严左生良枨已物故，贡监生员死节者，新例得邀恩骑尉。予嘱其探访故人，搜罗遗什，叙事迹函寄，以备汇刊。锡纶族弟尊贤妇新亡，予因其年满五十，报其节于探访局，初未商诸其孤也。晚宴于曹氏板屋，星村谢师劝酒，偕江宁陶菊溪司马湘龄、吾邑徐春霖潮、庞仲文□□两上舍居上座，陪客者为朱少英少尉、顾星和□□、曹子嘉少府、芳谷上舍、蕴琛学博、简才上舍、小卿员外、鹤村少尉、一曰隐君寿，频行酒令，返棹犹醺然。蕴琛酷好予诗，留一本。

廿一日(9月7日)，星村来谢步，留饮寓斋。命祐儿陪王星轩为梅溪请仙师转方，缘坛主不家而止，孰意梅溪已于夜半不起，惜哉！念其笃于至戚，予避寇时借米，赴试时贷银，诸事见委不疑，彼此同心，淡交有味。爰挈内子号赴幕中，冒暑送殓，陪时挹山丈暨毛跂堂、吴彦璋俊达、陈松泉、蒋柏英心福、达卿调元、王蓁香、叶香、时渔琴、达夫、李醉亭、苑香、怀英、沈墨轩、佩卿、鸿章、朱恂如、蔼如、望椿、云卿、尤乐山、筥琴舫、贾厚卿、家芝亭培垓、固庭培坚、绣媵培坰等淹留两天。撰额一、轴一、联五，以展哀忱。晤殓伽住持自兴禅师□□清话。荡口画师徐俊卿□□为古香□□之子，惜笔妙逊于乃父，仓卒间不及择尤，亦梅溪遗憾。然较诸正卿之并未传神，此犹胜之。伯谦患三日疟，而看症转忙，予嘱其省心简出，留刻稿以供吓鬼，苦无少陵魄力耳。

廿三日(9月9日)，憩莘庄，孙子琴梧、陆□□德和留茗话。遇吴念椿妹婿，互叙渴思。乘航至徐蒲溇桥，舟中偕□□□、陆吉甫小话。登岸回家，便问时酉生小恙。午后赴塾。

翌日，吴璞翁来函，改至廿七日下乡监讲，因避仁宗忌辰也。

廿五日**(9 月 11 日)**，谭静园、朱□□、冯柳溪来，留膳饮，为半晌谈。内人日渐瘦削，次女患肝气，祐儿患腹泻，予又虚怯，乾疬中时有白痢，所望勿药有喜耳。

次日，为先严讳辰，设鱼菽之荐。

廿七日**(9 月 13 日)**，舟赴练塘，吴学师带所书陆素贞匾来。金宝之出迎，王星轩赞读。因地保朱□□伺候稍迟，饬吴仆诘责。讲"完钱粮以省催科"，及《家庭讲话》中"存心""立品"，《戒烟歌》，仙师"戒赌"一则。地保设茶点，未及留，老师缘事先回，委予他往。先访练塘寺，乱后半圮。回过金氏，兰亭印昌、省三延坐新书房，庭花碗茗，香气和融，清幽之区，顿忘秋暑。移桡黄泥桥，又十余里，地保凌文达来接，诣周神庙拈香，地主凌正阳上舍渊泉衣冠陪话，仍星轩襄事。于二门台上宣讲，拈"息诬告以全善良"，暨仙师烟花两戒、《家庭讲话》中"教子训女"、《天诛奇案》数条。观者如林，妇女尤众。讲毕，凌翁省三宪征来，握手叙别，提及其子月樵参军明德死难事，忽挥老泪，年七十三矣。薄暮返棹。

翼晨，挈祐儿到馆。钱芷升送还逸少圣教序，附一诗，予和韵酬答。

八月朔**(9 月 16 日)**，石酉山钟浩来，询其家世，注《肉谱》。午后赴仙坛，晤孙学卿、金逸仙、张寄翁、宝华等清话，宝青留点。易简仙师诗谕曰："光阴草草又秋风，水国凉生蓼欲红。天许芦中老名士，销磨岁月短檠中。心传疏乃传后之事，岂可速批？呈集叩题，须阅过乃可，集留五日，今将疏稿录底簿熏焚，后期酌妥以覆。"留刻稿赠诸坛友而回。

次日，范秉之缴予夫妇两照，一为《抱琴看鹤》，一为《拔钗救蛾》，周兰谷补景，请钱芷升隶签，并书予题四言两首。留坐漱芳阁，纵谈古今。湘翁、聘轩出紫菱，梦蘧出桂糖烧酒，色香味俱全，与之斟酌。

及暮,将困米五十石斛粜,竟亏五石一斗,价仅两洋三角八分。端阳已还过两个五角半,连热折要少二十余洋,予不善理财,故至此。而人口平安,省医祷之费,亦彼苍护佑,不可谓运恶也。李心田□□来会,六年不见,快慰离思,而风貌转腴,知其两郎被掠均回,况居停华腆,故心境宽舒。顾子和约诸生赴文社,朱一泉订予观龙舟,予各赠《诗集》、前呈坛刻稿,并请题辑诗集名,俱附七律一首。未得批,因仙师方谕中秋礼斗事也。

初三日(9月18日),金湘波来,赠诗一本。童翼周亦索诗,嘱宝青致之。

翼日,沈阆峰至,因其婿凌仲甫福德为弟月樵剿贼被戕,欲托予补报,予嘱其叙事迹来;时酉生书陆素贞额款,均赠以新刻之诗。

初五日(9月20日),又送沈邑侯先祖诗集、先君传铭,附一札,谢其题照,兼颂其公暇活人、上游延揽之美。金生景岩乞诗,馈之以博一辞之赞。苏州府发下善书数种,中有《学堂讲语》甚备,而《学堂日记绘像》尤可为不识字者观摩,属于乡约时带讲,予乃研朱圈点,先讲与小生听。

次日,王春园到,相与快谈,托其送诗于俞旭初、王星如。是晚回舍,李心田与予叙谈,亦赠诗一本。

初八日(9月23日),至塾,复以诗寄张润甫。王星如来,为太原氏送聘,予承东道主见爱,淹留已六年,况带子弟,所费不赀,能毋勉图报效。

翼日,托星如致书于包九仪,与诸生讲鉴,定次日讲史,以后一日讲五经,一日讲律例,庶几共作通人。灯下记事数条,备入《法戒录》。久晴始雨,禾苗得力,蚱蜢亦少,可卜丰收,第水田则早为茂草矣。

初十日(9月25日),王星如为聘轩留饮,予陪品醇酒嘉肴,席罢而去。吴修之来,谈文数刻,赠以所刊之诗,兼送李青来一本。

十二日(9月27日),始晴。订吴老师十六日下乡,附刻稿托寄上海曹海翁。张宝青寄其所撰顾耀翁墓志铭索改,为删润以还之。

又点《遏淫编》等书，以备讲习。

翼日，光庭弟缙辉偕适狄次妹来，知其订姻黄氏，于中秋行聘，倩予主婚，惜是日设斗坛，领班祝祷，不克分身。

十四日(9 月 29 日)，甘雨。沈秋庭少府来，闻其家不点牛烛，用柏油，不以浆面浣衣，用山芋粉，不以草纸拭污，用裱青纸，阴行方便，亦近人所难。予赠以小稿，与其性相近，中多劝善诗也。

中秋(9 月 30 日)，晴朗。同人赴仙坛，集羽士礼斗，予撰告斗祀灶祭月三疏，又为沈秋庭书卜迁一疏。偕俞旭初、罗筑庭、李德卿、陈仲舫、毛世卿、黄朗轩、孙锦坤、学卿、张寄翁、宝青、雅琴、王梦蘧、聘轩、芙江、少兰襄事。姜仙师访问心坛，以桂圆数十，置于沙盘，画符皆古篆，乩不起而蟠旋数刻，派孙克昌拜跪，乩停香烬始起身，复派包九仪诣邑庙拈香，而沈秋亭之为善，仙已褒嘉，特升内坛第二。予赠筑庭、九仪、仲舫诗三本，又托送杨滨石、俞书庭。予于酒面后，缘事先归。厥后三宫祖师全到，紫霞宫果达荆真人捧斗姆敕下，有谕有诗，予蒙赏佛手一枚、龙眼一颗，言啖之可销百病，遂与祉儿食。湖东分坛为正心，移置塘墅，另委仙吏主持。是夕，月明如水，天无片云，虫声唧唧中，陈香斗，拜太阴，自是乐境。

既望(10 月 1 日)，赴张港泾，同沈鸿章、王蓁香、沈连城□璠、时墨泉涌源饮于贾氏逸品轩，赠时挹翁、朱恂如叔侄、高诚斋父子及鸿章各诗一编。旋往吕舍讲约，适广福庵有佛会，正殿已烧，新构芦厂，场前有亭，供观音，据云，请丹颇灵，香火日盛。有果担货摊，竟如赛会。时余静翁、朱恂如、家伯谦陪往，讲"尚节俭以惜财用"，及《学堂讲语》中"事亲"、《天诛奇案》、《戒烟歌》。听者数百人，咸呼绝倒。以陆素贞區交与静翁，并馈刻诗。便访适笪、适邢两从姊，笪甥琴舫、邢甥桂山均留茶点，各赠小诗。移棹顾泾，于普福庵宣讲，平梅生、家朴园、萼梅上人□□陪话，赠朴园以诗。拈"讲法律以儆愚顽"，暨《学堂讲语》中"治家"。惜日暮人散，来者寥寥。地保升炮迎送圣牌。乘月返棹。

十八日（10月3日），抵塾。沈氏寄凌月樵参军事迹来，予为其父省翁缮禀，并地邻亲族结，托伯谦侄报苏省忠义局，并寄局董陆月湖学博廷英一函，送诗一部。陆琴堂□□、张宝青至，闲话多时。晚赴李邻坤喜宴，偕时酉生、姚巳生等夜饮谈欢。

翼日，王星轩得子，乃父湘翁久盼添孙，至今获遂，且承长房祧，怡斋亦瞑目于地下，喜慰何如。星轩遇孤寡善折，一诺不辞，吉庆随念而来，天道无不福善也。予家低区荒产，除白更多风伤，佃农来请视禾，心殊烦闷。张寄翁以鸾谕簿嘱校，知易简仙师改予题毛砚渔《采药图》"白云满衣袖"下云："呼童踏云归，洗药静参究。不学神仙寿一身，灵根要益苍生寿。"楚通仙师云："王君柱大为米汤所误，且言各疆奉帝敕遣天魔神将一万，剿绝逆匪游魂，凭送东岳分别区治，天魔乃骁将，问心封坛，恐到坛即制坛亦难理谕，果达道人自署名纯中，字理通，号石艻，元吴都隐士，业儒，适兵乱，避难山谷，屡易居矣。今奉委到坛，据崇铉道仙考察牒文，晓谕坛要。"复有生机清元道人代侯祖司医。荣祖赠罗筑翁诗自注云："君钞令先尊诗稿百篇，嘱镜芙子校选，行将付梓。"中秋荆祖奉谕予赏，言："心传虽不勤职，而城中宦绅，独力吹嘘，或有善事，必须告示，或另有事费力，固不可概视，赏以佛手一枚，以偿日后之劳。"

二十日（10月5日），贾梅溪家祭，予挈祐儿往吊。陪新姻蒋达卿少尹调元午宴，偕邢桂山、笪琴舫同品盛筵，晡时挹山丈及徐步云、时渔琴、沈鸿章、墨轩、连城□璠、□□、朱春涛、恂如、蔼如、望椿等，应接不暇。便同贾厚卿往洞港观秋社。先访朱一泉，慰其丧明。旋谒顾子和，以中秋诗见示，并为缮札致忠义局董叶公。遇长洲陆杏村□□、钱雪崖、元和许济臣茂才逢良、张云谷、子容世涵、□□、金匮马心斋、云阶、吾邑朱莼甫丈秉銕、少美、吴长卿辅仁、平燮庵两茂才、戴慎卿、孙学卿、蕙圃、李怀英树功、锦阁、张宝华、家勤斋成业畅谈。一泉欲留膳宿，辞之，赠诗一部，并赠心斋。社颇热闹，看轿三，抬阁四，龙舟八，香表亭各一，挡船无数。拳勇精强，鸣锣者臂穿网络，提香班手悬花篮，俱新样。回至贾氏留餐，邀厚卿同舟而返。

翌日，次女受大聘，朱生竹书、大侄伯谦为冰人，高氏聘金廿四番，予缘力难办装，爰归赵璧，唯礼衣不备，首饰不珍。内人溪勃，致小女涕泣，予劝慰之，而气郁几病，真愚妇也。姑招金景岩、冯柳溪、李琴仙、心兰、祐之、王梦蘧、星轩、少兰、序兰、利宾喜宴。予缘牙龈肿胀，不克陪，第劝以酒令而已。是晚小雨，而黄昏已星月皎洁矣。

廿二日(10 月 7 日)，步至东始庄，访常灵殿，轩甚深，时木工齐集，正在装修牖户，并构仙桥。与单宪昌闲话。邑令幕友来勘荒，诸经地悉到。予同沈芝亭、胡竹峰叙谈，迟至午刻回家。祐儿陪厚卿提鸟出游，致祭先不及躬奠，内子挈幼儿代之，能毋自咎。

越日，赴塾。为次侄改乃所愿文一篇，不觉费力。

廿四日(10 月 9 日)，送贾厚卿归。夕雨滂沱，虽碍收割，而菜麦含滋。

次日，改王星轩约课文，并陪瞿世良话久。牙根仍痛，惟思静养早眠。

廿八日(10 月 13 日)，得小鼋放之池沼，又买夷菊，洋红圆瓣，叶似牡丹，折半带归，供作瓶玩。

翼日，西风挟雨，渐作重阳。

九月朔(10 月 16 日)，伏枕拟一诗一文。

至**次夕**，又拟一诗一文，辗转不寐，腹稿屡更。比晓，又为里正催赴莫城，不无困惫。讲约于西王庙，王聘轩陪拜，王星轩赞仪并宣读《圣谕》。拈"息诬告以全善良"一条，及《学堂日记》数事、《学堂讲语》数则。城中胥吏偕来，听者阗门。孙锦坤留茶，孙世昌留酒点，与钱芷升、包九仪、王晋卿、凤楼、周立之□□、仲康□□等叙寒暄。适沈义民邑侯陪何□□司马绍丙勘荒，并来谕各经地禁烟赌，领田单，予偕张益三守戎陪话，请其出乡约告示七处，且言地保孙佩香榴荣、沈义美办公之勤，住持朗泉、福林、□□清修之苦，望其嘉奖，冀其布施。

见各图里胥,预给学师谕单。回家小息。

至**次晨晏起**,百病始消。往约时酉生、金景岩后期同伴。张宝青至,共论诗文。东家因农忙蚤起,予不能熟睡,仍于四更构思,撰杨灞天兴庵楹帖送问月上人,有云:"天兴烧笋新乡社,地近垂杨古灞桥。"更题壁一律,颔联曰:"地远烟花僧守戒,天兴土木佛钟灵。"亦劝善体。致札吴老师,欲其下乡监讲,谓:"有数处士民失望,地保渐有懈心,似捐廉作盘费,劝化一乡,非唯上考可书,亦见盛德。现恐田功愈忙,故拔前并讲,届期恭候驾临。嗣后租务又忙,不敢屈驾,可俟腊初,熙惟有勉效赞襄,以图无负委任而已。"出门见新稻登场,如高屋,上锐下方,叠者固巧,所谓其崇如墉,不虚也。

初六日(10 月 21 日),暖似阳春,不知霜降节至。是夕雨。

翼日,西风即晴,遂节假。

重阳(10 月 24 日),同李琴仙入城,往谒吴学师,适赴省未值。明伦堂前,秋色清华,浏览久之。旋办首饰裘裙铜锡器,惜小雨未及登高,仅品羊酒汤面。晤王朗轩、张雅琴、宝青于致和馆,张寄翁会茗资。

次日,仍阴。同人赴杨家灞,于天兴庵讲约,王星轩赞仪,金景岩读谕。拈"尚节俭以惜财用"一条,及《天诛奇案》《学堂讲语》《日记》数则,兼劝住持问月守清规,里正沈义茂、李振山谙律例。有陆廷表来陪话。见邻佑沈氏兄弟均七八十岁,真寿门也。回至东始庄三元堂,地保翁湘云招集多人,伺候已久。爰升坛,讲"务本业以定民志",并劝人知足、知礼貌。有住庙者邵姓,惯开场聚赌卖烟,予谓:"百般术业可为,何必此? 况夫勤生理,妇赶女红,二口尽可度日。倘乏本钱,可集资借助。"其人颇以为然。

十一日(10 月 26 日),雨。

至**翼午**,晴。

十三日(10 月 28 日),上城,半路接沈邑尊邀柬,知于十五日进署议公,予因是日赴潭荡讲约,兼之侄女遣嫁,将主婚事,辞以缓期。

托孙佩香送去。旋得回函云："顷诵手示，聆悉壹是，奉邀来城，盖缘社学一事，望间既有喜事，不妨稍缓。惟现在各乡镇奉宪饬设义塾，延请品学兼优者为师，议立章程，刻须举办，是特屈驾来城，面为奉托也。"予乃致札姚啸江少府大奎，因其曾与王霞翁议设义学于西王庙，有施主捐田，遇乱而事寝，今太平日久，尽可照原议举行，况此系宪谕，或筹款，或捐廉，均未可定，一切出示覆详，立碑备案，经费俱可省，想不借民捐也。嘱其来会商议，岂意其推诿力辞。旋诣学署，见吴老师，知月底要下南乡。又往城西蔡氏，太宜人留酒点。托朱少英发南北乡限票。晤温裕昆、钱用宾□□、张文卿诸司计谈深。途遇童翼周学博，互叙阔悰。舟次，偕顾葆卿□□、陈石泉等闲话。归知祐儿自初三日莫城感冒，寒热逾旬，两足发瘰疹，二便不通。就沈一纯上舍医，据云："伏邪内发，兼感时疠所致，议和解宣泄法治之。"承惠敷药，兼用药水洗足。

次日，赴莫城，晤孙世昌、张毅甫、瞿秋堂、朗泉、福林、天荣□□三上人。回得吴门陆月翁覆信，知忠义总局虽撤，而蒯府尊德模近设分局，诸殉难者尚可补报，爰致意凌省翁。

望日（10 月 30 日），偕时酉生、金景岩、李琴仙、王星轩赴天竺庄讲约，拈"敦孝弟以重人伦"，暨仙师"戒博""戒色"，《学堂日记》《家庭讲话》。地主范成德□□、王友三两君来陪，晤计□□、沈湘舲、秀峰。地保顾裕德伺候，悬灯敬圣，观听如云。回家见祐儿表热渐轻，瘰疹渐退，惟因稍饭冒寒，脉情弦数，舌苔白腻，脘中痞闷，小腹痛剧，亟邀沈一纯来视，据云："暑湿内伏，新邪触发，体气素亏，邪未能从表外达，而内踞三焦，兼之病中强食，肠胃积滞可知。暂议和解导滞一法，用淡豆豉煨木香等药。"甫饮即吐白痰，脐下痛如刀刺，呃逆又来，呼号达旦。兼请陈石泉推拿针刺，紫血已凝，而食滞上升，甚为焦急。

乃于既望（10 月 31 日），倩李淑卿入城问课，黄灿章卜得泰之小畜，卦象大凶，示以解伤谢土，斋神送鬼，进本县本社土王星宿各庙焚香，过二十日减轻方吉，百日方复元。爰集二羽士虔祷保安，并招伯谦侄议治法。清晨，自往仙坛请方，楚通祖师诊云："通复久疟变症，夹食寒热，三焦不通，阻滞气分，其势方张，先消导表散为宜，用大豆卷、小青皮、车前子、建泽泻、煨木香、煨葛根、防风根炭、建曲、楂炭、炒香薷皮、前胡、姜煮半夏，加刀豆子、陈麦须、姜汁炒竹茹。"服之甚得力，汗发痛稀，神气顿旺，大便亦通，间有呃忒未净。伯谦接诊云："脉形弦数，按之少神，舌边红苔铺白，中糙微燥，显系邪滞内蕴不宣，痛则伤络，疾逾两候，势在鸱张，素体亏弱，最易厥陷之险，姑拟和络彻邪宣滞法。"未及煎服。留仲舒侄陪夜，缘三女侄后日出阁先归。乃托王星轩于十七日将伯谦方呈坛请酌，仙师谕云："诸邪阻于气分，食虽渐通，所云痞块，亦见得是，盖痞因身弱而作，见症上升是痞，大小便阻，明是食滞气分，呈方亦是。今参用平气止痛法，然势未定，须防变端不测。用前胡、大茯苓、余仍福泽泻、炒香薷皮、小青皮、刀豆子，他如金铃肉、山楂炭、老郁金、炒香豉、角沉香、姜汁炒竹茹、老枇杷叶、川通草，均依侄剂。倘口燥，用鲜石斛润口。着张心义等往视。"

十八日(11月2日)，又托李琴仙走请转方，因祐儿胸膈仍痛也。仙师覆诊云："通复病势虽轻，而余邪未净，身原渐弱，肝家脾家仍不和洽，非大慎寒暖口食，防因虚生变。仍拟前法，加旋服花、炙甘草、枳实炭、制香附，余仍旧。忌口，藕葛粉、冰糖调，少食可，米汤仍忌，须宿垢下而神气旺，诸恙尽化，方可放怀。服后呃逆谅止，而余邪非克日可净，调护乃第一紧要，否则恐还病。"连日王星轩、金景岩、时酉生、张宝青、李心柏来陪病，张寄翁、黄申甫、陈松泉、贾慰椿、卢器轩、李棘卿、金振玉、李祐之、朱心梅来视恙，而李琴仙经营医祷，昼夜煎药，尤属关情，甚为感佩。而王氏如梦蘧、聘轩、受昌、芙江亦更迭来问，备荷盛情。予则百事丛集，抽忙阅覆簉会课文，题为《则能尽人之性》《九日题糕，得糕字》，取新隽一篇列首，旋知为吴修之作也。

次日，三侄婿沈子兰少府暨偕三侄女回门，予挈两女往理内外事。晤陈如山待诏□政、徐步云、朱翼卿国宝、时月梅、渔琴、勉甫会源、王瑶圃、卢器轩诸上舍、时酉生茂才、邢小缘□□、朱蔼如参军、李竹溪芳茂、朱恂如、少英、王聘轩、芙江诸少府、蒋桂芳、沈竹屏、支西园、邢竹斋、张雅峰绍康、笪琴舫、王星轩、朱春山望椿、望椿、心梅、汇吉、顺之、沈连城、少仙嘉猷、李青来、顾丹楼清福、贾稚梅禧昌、家效乾、琅斋、浩然、敏斋、松观培垲、勤斋成业等畅叙。偕坐客拇战，幸连胜，未至醉如泥。复与表兄邢义山锦堂、表侄周古香大文道阔疏之欢。送朱绩斋孝廉、陈憩亭、念堂两上舍、朱确甫参军、贾厚卿少府、李琴仙、徐步云、卢器轩、余亦懋及新婚沈子兰刻集各一本。月出始归。是日，妇女缴观音斋，予不及躬叩。

二十日(11月4日)，倦卧未起，幸李琴仙陪儿病，服转方，呃止胃清，宿垢亦下，惟胸满微痛，白苔转糙，体虚耳鸣，口燥气滞，仍服原方。

至翼日，偕李琴仙赴坛，请仙师再诊，谕云："通复本原因病而弱，少不慎即生阻滞，故又胸满痛觉，下焦余热虽微，腹中尚未能平复，仍宜紧要调理，偶不慎还病更重于初病，不可不虑之于始也。下香青蒿、制川朴、大连翘、枳实炭、大腹皮、小青皮、肥知母、焦山栀、大茯苓，加生熟谷芽、川通草、前胡、制香附，用生谷芽汤代茶，仍忌口食寒暖。"王瑶圃、张宝青连留膳饮，与张寄翁、孙介书谈久而归。黄申甫公子晔，来邀饮，同时酉生、锡康、李琴仙、裕之畅食汤饼。适申甫小恙，慰问之。王梦蘧馈神曲，朱恂如馈南枣，孙世昌馈楂糕、寿眉，王聘轩馈野凫、越饼，贾厚卿馈桂圆、桃球、大鸭、鲜蹄，因病转费戚友。

廿二日(11月6日)，伯谦侄来诊，据云："伏邪病将三候，表热已淡，里热尚炽，痞升作痛，时攻时止，口渴不甚引饮，刻诊脉象左部寸关俱弦，右部细弦而数，舌红苔白边，中罩灰糙，此系热处湿中，湿淫热外，素体亏弱，病机尚非坦途，须防痛紧成厥之患。用左金丸、延胡索、姜半夏、老苏梗、炒米仁、广郁金、生楂肉、干佩兰，加阳春砂仁、淡竹叶，余仍金铃肉、香青蒿、小青皮、川通片、炒谷芽。"黄昏煎服，痛稍缓，解亦爽。祐儿朦胧中，忽呼有人拍首，未知何因。金景岩来陪夜，李琴仙仍煎药，殊觉不安，乃倩陆□□连夜陪疾。

　　翌日，延蔡觋视香，年八十余矣，断舍身飞来城隍，斋送神鬼，当天请喜，祭外亲四，水客三，病愈后要虔诵《玉皇经》。爰延羽士二人，如判祈祷，嗔经保安。李心柏襄事，金景岩缮文，李琴仙尤承乏厨馔，犹古人同井疾病相扶持焉。是夕雨。

　　廿四日(11月8日)，次女回，言自广福庵桃观音处问签，诀云："钓月眠云不计年，自甘白发老江边。无端偶应飞熊梦，奠定周朝八百年。"为祐儿请香水煎饮，喜得大汗安眠。况服伯谦方，灰苔渐松，大解愈畅。再来诊云："腹痛已稀，舌苔将化，唯湿热邪滞，尚属逗遛，更兼厥阴肝木未和，务宜加意调摄，勿致反复。下鸡内金、陈香橼皮、橘络、炒赤芍、焦山栀、云茯神，加玫瑰花，余仍金铃肉、延胡、姜半夏、全福花、川通草、青蒿、生楂肉、阳春砂仁。"贾内嫂蒋氏来询疾，承惠多仪。而内人日夕陪病，眼皮红烂，已觉不堪。是日，翁文端相国心存、文勤尚书同书两枢回籍，奉旨入城治丧。庞司农钟璐夫人周氏亦枢回，遵例入城治丧。讣俱来，予兼送绋敬，并赠叔平同龢、仲渊曾源两殿撰、宝生司徒父子刻集三编，有答谢名片。

　　次日，沈阆峰来大厂参三枝，言自苏发，重九钱四分，其价三洋二角九分，即买以备用。予缘馆事久荒，姑到塾，托伯谦侄致书沈邑侯，缘儿恙，须缓日晋见，并荐家朴园上舍，候其主裁。

　　廿六日(11月10日)，小雨。伯谦侄来，诊祐儿脉云："痞痛已止，里热得淡，小溲亦畅。唯白痦布而未足，口渴不甚引饮，舌苔边白、中罩灰，薄而未化，脉情弦数，右部濡数，体虚易汗，此系湿邪挟滞尚蕴，未曾肃清。当此九仞，愈宜加意调摄。药方仍焦山栀、炒香豉、枳实炭、小青皮、焦楂炭、老苏梗、沉香曲、朱茯神、川通草、福泽泻，加干佛手、炒谷芽。"卢器轩、家效乾、朱恂如、蔼如、仲舒侄亦到，下榻纵谈。提及朱梅亭之子、家晓园之次儿，均未孝顺，理应族长惩治。而金景岩之邻，亦有逆子。予膺劝善之责，当为苦口也。

　　翌日，西南风，阴而暖。太原各房馈家凫，意甚厚而不忍杀生，分与亲友,岂意病人不便食,而家中畜鸽先烹,未免造孽。

廿八日(11月12日),西风,晴冷。沈菊村熊来问儿病,予赴馆失迎。

次日,钱兰谷□□为已绝之产来借钱,姑赠洋银一饼。闻翁叔平学士告葬,暂假三月,爰寄小照册嘱题,并索书楹帖,因状元笔迹难购也。暮归视儿,喜灰苔已化,腹饥胃开,及旦睡熟,爰进风米汤。

十月朔(11月14日),赴风宪城隍庙拈香谢贶,救祐儿犯人,愿助清道旗一对。投笤卜家宅,见阳阴阳,诀云:"一生夫妇永谐和,只为恩深孝悌多。独客远闻贤孝妇,晨昏定省奉公姑。"系中平,夫唱妇随之象,平生不合时宜,坐戆直之病。前请吴学师下乡监讲,语言过激,致哓哓分辨,兼有匿其不逮之谦词,此心歉仄。昨晤钱兰谷,稔知其以游荡破家,其叔母颇拥资而无后,应嗣兰谷。予谓:"书生贵敦品,倘安分攻苦,有志显扬,则叔氏之产安往。否则,尽可别立远房。"又如邢甥竹斋、金生景岩、卢生器轩近吸鸦片,小阮伯谦及门时酉生复以洋烟治疾,予每劝戒,虽属逆耳,但至亲究当尽心,不忍贡谀贻误焉。

次日,小雨。正撰仙坛谢疏,而王星如适至,少兰因节假而侍母疾,迄今始来,欣与樽酒论文,并简翁侍讲一律。连日王湘翁、聘轩式燕,羊羔美酒,肥蟹嘉鱼,醉饱乐甚。所忧祐儿墨苔未化,中气大亏,喜静厌烦,时有郁热。而予为黄申甫撰谢恩疏,为王星如拟引灵疏,且为阖坛覆两家病痊疏,手无暇日,兼督七生功课,弗能公私兼顾焉。

至初四日(11月17日),嫩晴。

翼日,回舍,知顾姨、时生均送儿礼来,视儿疾,予未及陪。伯谦侄来,按脉云:"大便通而未畅,积滞仍未清,口渴不甚多饮,夜难安枕,多梦纷纭,宿痞有时隐痛,脉象左部细数,右部弦数,关后更甚。舌红边白,中罩灰,松而厚,此乃邪滞尚阻,中焦肝木未平,但病久体弱,难任直攻。仿吴鞠通增水行舟法,参以降气平木意,必得苔化便畅，勿使反覆为幸。细生地、玄参心、炒萎皮、朱茯神、生楂肉、肥知母、香青蒿、炒香豉、老苏梗、小青皮、川通草、滑石块，加范志曲、白蔻仁。"午后，同时酉生、王星如、星轩赴仙坛谢恩，并陈病状。楚通仙师诗云："欲雨不雨天半阴，林间鸠妇故作音。冷烟带湿花气重，铃索一声惊鹤梦。通复已觉病可，仍观定方，所具报可疏存，汇视报可疏存。"须臾诊云："通复借兄培禧调理，日就平复，余热尚存，因虚苔墨，阳明症显然也。仍希尔兄调护商酌，拟方议服，香青蒿、嫩白薇、小青皮、木通、生楂肉、红山栀仁、赤苓、川楝子、福泽泻、大连翘，加六神曲、茅根肉。"

翼日，入城。到城隍庙拈香，问家宅，签示下下，诀云："财宝须防奴婢偷，是非口舌见勾留。更防邻里相侵犯，万事休因莫就头。"又赴土皇、星宿两殿焚香，兼晋邑署会沈公，据云："义塾已定六处，唯南乡尚缺，见嘱向亲友劝分，捐足六十金，庶可成事。上三县官捐修金二十四千，已有成例。"予因南乡祠庙，向无施田，只好向邻近攒凑，举张寄翁、王聘轩、金景岩、李琴仙为乡董，荐家朴园上舍为师，拟设塾莫城，俟捐输如数，再行覆知。提及七处地保已传到，面谕讲约日认真伺候，毋得仍前玩公。又问祐儿疾，谓乡少名医，可请仙方到底，庶一手医痊。适翁杏园总戎廷奎至，同话军务，其仆亦五品翎顶，仪甚盛焉。复过翁相府，叔平殿撰允书堂联，唯回京在即，无暇题诗。门房见钱三粲茂才彦邦，向予长跪曰"体面得很"，识其狂未已也。出门见绅家命妇烧香斋神者颇众，因人多病，天甫晴，又值修斋日也。送刻集于曾伯伟中翰、庞昆圃司马、瞿世良上舍。途遇黄卓斋茂才奎甲，别二十年矣，重晤倍欢。又逢闻芝庭、黄冕卿小叙。于庙衖品羊面，风味剧佳。憩城南茶肆，孙蕙圃会东。小雨又来。薄暮返棹，知时挹山丈来视恙，贾稚梅禧昌、王瑶圃俱送礼，重视小儿，曷胜衔结。黄昏，李琴仙留素斋，正宣香山宝卷，邻里俱来诵佛，予同李淑卿宣讲半卷，主人续完，直至旦。

初七日（11月20日），因祐儿仍痛不寐，爰唪《心经》，制冥锭，再祭其前生冤女,痛稍定,睡稍安。午后冒雨抵塾,拟《吾闻其以尧舜之道要汤》文一篇。

次日,仍阴。招莫城地保至,缘西王庙旧有桌凳,后为伪乡官局用散未补,爰嘱其致意王引恬日新捐办如数,以备义学之需,幸其慨允。而孙□□亦愿助几筵,玉成其事。

翌日,仍雨。拟《非助我者也于吾言》一篇。

初十日(11月23日),又拟《子曰由诲女知之乎知之为知之》一篇。天晴而冷,连陪时酉生、李心兰、金丽生饮,耳热寒消。家中来信,悉病儿觉饿,已食糜,喜慰之至。至暮归视,以卯便胃凉,稍有寒热,而灰苔已化,痛势亦平。

次日,诣大王庙谢神,适住持入城,予自点香烛。见庙后有土山,庭中有古银杏,秀气干霄。回憩东始庄茶室,李心兰会资,偕时酉生、陈少卿、张□□、戴竹溪增奎小话。抵塾,见朗泉上人暨王三奎增德在座,欲伐西王庙枯树,添作修庙之具,来告知也。予以义塾事同商,拟约日同乡董劝助。灯下,沈芝亭来会,因春赋事也。

十二日(11月25日),大风,寒甚。金湘坡公子丽生上舍纳币,来邀喜宴,爰同王氏四代往贺,晤媒氏钟玉昆及顾松溪、李祥茂、吴廷禄、时礼臻□□、心谷□□两上舍、金淇瞻□□、云瞻□□、顺堂□□等,把酒言欢。旋同人赴天兴庵讲约,王聘轩赞仪,王赋梅陪拜。讲"笃宗族以昭雍睦"及《学堂讲语》《日记》数条。于禅房评书读画,品香茗浇寒。夕仍饮于金氏,酒美肴精,颇饶食福。甥婿陆芎林尔楠来拇战,畅快异常。赠芎林及平竹香刻诗。三鼓始返。

越日,金湘翁更馈嘉肴、喜糕,盛情难却。

十四日(11月27日),伯谦侄来诊祐儿脉,书调理方,以洋参代茶,法宜清补也。带来金如意、蓝绉衫,系高氏补送。

望日(11月28日),往会张寄翁、宝青,酌定禀单。途遇吴宝顺、瞿秋堂小话。归撰莫城义塾小引。

十六日(11月29日),陪张寄翁、王聘轩赴殷庄,为义学劝输,瞿秋堂、金景岩亦到，张润甫留酒点，不待烦言，而其族与陆氏、吴氏俱乐助。晤居敬止明经与陆逊五上舍森源、秋澄州丞文炜、张毅甫，谈半晌。接童叶舟学博札，知为清理荒冢收管给年例禁止烧毁暴露一事，已与李养初茂才葆贞、屈达仁明经及邹氏昆玉捐田五十余亩，为永远经费，零费须续捐，欲动公呈，将予与徐月槎詹尹藻、范冕卿斋长出名，予思南乡收埋，已与闻其事，不能兼顾他处，且俟入城会商。闻是夕李氏仓厅起火，棉胎米筛几案俱焚，幸即扑灭，亦邀天地祖宗之灵，况夏秋蛇鼠示警，从今当修省弭灾。

次晚，归视祐儿，知受惊痛作，肌肤愈瘦，元气大亏，想因多食茶点，痞结不平。其母抚摩废寝，时以身熨，慈恩洵如昊天。李琴仙、金景岩馈问不绝，甚荷关情。

十九日(12月2日)，偕金景岩、王星轩莫城劝捐，冲风冒雨，苦不辞也。夜撰为病求神保安疏。

翼日，晴冷。同张寄翁、王星轩高泾坝劝输，晤王瑶圃、孙学卿、徐晴湖、张宝青、王松茂暨倪蓉江上舍廷赞谈久。录易简仙师联句云："生不报恩施，奈黄泉追逐而来，愿为宋鹊韩卢偿夙负；贫能严取舍，纵白户凄凉已甚，预看荀龙薛凤兆先声。"命诸弟子铭座右。机妙道人精地，自署姓陈名湖，字海士，明永乐间山东济宁州人。路逢金逸仙、毛荔峰小叙。

至廿一日(12月4日)，复陪张寄翁、王聘轩、李琴仙到沈小云家。晤西席韩仲卿□炳，忆避难时，早已神交，承和诗，今始面会耳。其父万高翁已没五载，故人竟多在鬼箓耶。复同伯谦侄至贾氏，厚卿留饮，苦奈舟中已饭，难加餐，姑嗑嗑以应主命。晤司计陈松泉、憩棠□□，彼此叙阔。伯谦据相家言，新茔前不合埋幼殇，恐累累似坛地，小女静方只好瘗始祖荒坟尔。同人又往朱氏，霞峰少府钰及其子云溪少尉汝霖、阆仙上舍汝梅、其侄鹤龄上舍、西席朱半千来陪茶话。夕访沈秋庭少尹，因仙师有文帝晋功敕，令其焚香烛，衣冠跪接，且谢恩，使者亦衣冠陪拜。并赉移居批，言虑极周密，第须售居出典，乃可

迁,否则心分两地,非长策也。主人留酒食,与馆宾周再阳□□同坐,
挑灯畅叙,月出始归。

次日,偕姚巳生等入城,同李琴仙赴沈公馆,托冯芝田递义学公
禀,送捐簿,留小引请裁。沈公因城塾独捐,不能再顾乡塾,书十千,
用印交还。便候翁士吉斋长、宗思柔茂才汝刚,适张新泉斋长在座,
互叙离悰。取翁叔平书联回。途遇童叶舟,知已将予出名投呈矣。
又值张心兰德慎寓童氏行医,吴英伯茂才仍馆童氏。晚憩显星桥,晤
地师秦□□□□,知为二宜嘉乐之子。周兰江来会茶资,言沈承奎、沈
鉒、钱查氏已蒙旨下旌奖,予所报死难诸人,无一遗漏矣。夕为谭□
□锦涛留膳,用馆菜,同李祐之等畅饮。送蔡顺卿、朱鹤龄刻集各一
编。知朱体斋司马根仁自安徽扶生母柩回籍,入城治丧。翁杏园提
戎于初八日丁外艰,前二日在县相会,其父锦斋封翁已病革矣。

翼日,赴塾,适王星如来,匆匆未暇畅话。

廿四日(12月7日),回家,为祐儿完愿,延道士八人,诵《五经》
《玉皇经》,卜夜禳星。病人先三日斋,而予则自今始。承金景岩诚于
法事,李琴仙熟于坛规,不致支绌。至鸡鸣始寝,困惫不堪。

至次晨,家朴园来,又被催起,订定义学教书,脩脯三十六千,零
费共补四千,午饭而去。知前日俞姨来视祐儿,多备嗜好之物,李琴
仙又馈荤素盘,以一病而累亲朋,弥形歉仄。

廿八日(12月11日),同金景岩到桑氏,砚香观察谈其受县胥之
侮,竟在省质讯半年,立冬始结案。陪到其弟镜仙司马处,茶话多时,
苦留膳,与其馆宾季懋修茂才亮功、记室庄旭堂□□、陈福田、念堂饮
于精舍,承其兄弟及陈心田均助义学。因离镇稍远者,不便就塾,欲
拨资各处孤寒子,使就邻近村塾,庶不偏于一隅。但经费不敷,姑俟
异日。于东始庄问谢桥姚姓,惊悉家万荣兄弟及侄被掳未归,为之
扼腕。

十一月朔(12月14日),王星如到坛,予未及陪,据述易简仙师

许其父临沙于明春节。

初三日（12月16日），李芝馨、祐之因祐儿病起思食，馈以野禽，有费亲朋，自惭阙报。

初五日（12月18日），伯谦侄来，朱恂如又饷家凫、茶食，以博祐儿欢。

至初六日（12月19日），节假。

次日，入城，同李琴仙办货，动辄三四十千，幸南货未付现钱。王芙江慨借廿洋，粗备物件。

初八日（12月21日），小雨，冬至。祭先。

次日，留李琴仙、心柏、冯柳溪饮陈酒，王聘轩馈嘉肴，借以销寒，酣畅之至。

初十日（12月23日），挈妇子诣广福庵焚香还愿，并为三女病目请香水。签云："龙子龙孙同一室，四海安宁仁寿域。奸邪扫尽见忠良，天下太平欣且悦。"便访余静斋丈、笪琴舫、邢桂山、家佩秋、朱恂如、蔼如、家伯谦，为贾厚卿、慰椿留酒点。冒雨而归。

翼日，天霁。拟嫁礼序以骈俪，颜喜薄曰"喜叶乘龙"。是夕，李心柏邀饮，遣祐儿赴之。

十三日（12月26日），雨。托李琴仙入城办物。

望日（12月28日），雪。呵冻撰李氏楹联及予家喜对。

既望（12月29日），寒甚，幸快雪时晴。李琴仙又上城，冒冻不辞，可谓耐苦。而予则烘笔头冰而书札，手指欲僵。

翼日，王芙江为我挪银，以备喜房之需，有无相通，颇有古谊。而李生琴仙自陪儿病至今，经营周至，心力交瘁，伯谦侄住居稍远，而诸凡关切，不惮服劳，俱予所铭渢者也。张竹泾丈定銎于三十里外见寄尺书，历叙旧好以及想望之私，直至三笑，并送良酝暨《四书训解参证》正续两编，可称耐久。

十八日（12月31日），晴朗。高氏先期迎娶，适大寒河冻，恐舟楫不通也。予勉徇其请，媒氏朱少英遣其侄竹书代，家伯谦倩其弟仲舒代。迨昏，次女培礼于归，而冰犹未泮，苦少衾赠，荆布从宜。

翼日(1869年1月1日)，高氏应吉合卺，予家邀集邻友喜宴。孰知李姓诸郎乘醉互殴，即往劝解。是晚，李心柏、祐之、顾甥丹楼清福、大儿培祐往送上亲，随带庙见礼，四鼓敲冰回。有王湘翁等来贺，因酒筵未具，仅供炉羹。

至二十日(1月2日)，高婿反马，嘉宾满堂，乐部八人鼓吹喧沸，幸李氏借大厅仓厅、夹厢卧房，得容亲友。若朱恂如、金景岩、时酉生、李心柏、祐之均经理账房，而李棘卿尤一手出纳，上床让客，寝馈不遑，意何厚也。俞蔼人假予画舫，为冰棱所伤，有累修理，毫无吝色，亦荷隆情。戚友多踏冻来，寒冰一阻，致徒步远行，不安益甚。送礼者有二百家，倘无冰沮，城友偕来，更食不暇给，缘多乃尔，愧予未能先施。留邢竹斋、陈念堂、顾丹楼、贾厚卿、慰椿、朱恂如、望椿等信宿，畅叙欢情。邑侯沈羲民先生亦备仪贺喜，其下胥吏皆送分，不隔城乡焉。

廿二日(1月4日)，吴老师札来，因唐镜渊被东家殷铁匠打伤，嘱予同金景岩调停，奈铁匠冥顽不受劝也。李琴仙为地保翁湘云所忤，批颊以惩，予又排解。迨其族翁吟舫□□心摖命仆下乡来谢，予不敢当也。

次日，缘金兰旧集停九年矣，至此补举，借杯盘以叙良朋，并使拚钱者得渐次归款，幸重会解囊，不敢负义，唯予屡空，况以儿病女嫔，力不从心耳。陪狄振扬丈、步雄、步杰等痛饮驱寒，留钱梅卿、周新之辈下榻寓斋。

泊廿四日(1月6日)，同李琴仙入城还账。便覆吴学师。又晋沈令署谢喜，适羲翁以监视河工，不值。

翼日，赴塾，骇闻张师琴茂才寓楠于邢氏馆庭跌中，顷刻气绝。嗟嗟！老父在堂，孤儿尚藐，谅难瞑目也。忆仙师"黄泉追逐"云云，今其验矣。半年中一喜一悲，谁能遣此？为挽七言一联。

次夕，朱鹤龄上舍来，言欲访学海书院，与一泉捐产买庐，以备会课,甚善举也。因夜长不寐,予陪手谈,稍得彩。忆昨于朦胧中,以"喜而不寐"命诸生对,旋自对云"乐以忘忧",想非恶梦。

廿九(1月11日)夜,大风。

晦日(1月12日),又雨。

至腊月朔(1月13日),阴而寒,呵笔改少兰二艺。

翼日,稍霁。张润甫、包九仪来,挑灯话久。

初三日(1月15日),挈王星如、祐儿仙坛谢恩,带檀香焚拜。适主人不家,未获请谕。据倪蓉江廷赞云:"仙谕兵氛复起,二三年后,梅花数可避否? 仍宜循例施送图中赤贫过年粮。"予力绵,略助白粲,幸王氏诸房各输五斗,以为创率。便喭张寄翁,不遇,与其叔子雅琴询师琴颠坠之故。晤孙学卿、王瑶圃、徐晴湖、陈少梅荣,谈片刻而回。傍晚旋舍,知昨日遣婢赍送肴馔至高氏省女,颇称宜家,慰甚。

次日,李琴仙送佳点,并邀午饮,因恶酒辞之。天气晴暖,有似阳春。

初五日(1月17日),又雨。王晋卿送还李氏金约指,予即交去,俾释前嫌。

初七日(1月19日),微雪。陈石泉、桑侣芳来索刻集,各赠一编。

翌日,晴。城中开仓,完十足,自业白田不准注荒,每石约完石三,折足大钱三千四百五十二,有云,外加积谷捐,每亩钱一百六十。虽米价稍昂,而出米颇少,未易办粮。予赴北乡归租,各户十成,而予家九八。钱宝斋陪至归氏,亦山夫人留盛席,惜时促,不暇细品。偕钱裕珍、万珍话旧倍欢,二鼓返棹。南乡零租,则祐儿与李琴仙往找。沈邑尊寄公文来,一为义学照会,一为义学章程。即于**初九日(1月21日)**覆片,俟查明贫户学生几个,再开单呈览,请定束脩。同包九仪饮于漱芳阁,寒甚难浇。

次日,又雨。

十一日(1月23日)晚,偕王星轩赴十三图长灵殿讲约。天稍晴,时朱生竹书陪拜,老人单显昌迎送,地保张小园当差。讲"联保甲以弭盗贼""解雠忿以重身命"。唤铁匠殷元来听,缘其殴塾师也。并阐"天地君亲师"义,诵《劝孝歌》,闻者首肯。

翼日,仍雨而寒。应张寄翁之嘱,呵笔集范经作挽歌,以慰西河之痛。又缮禀沈邑尊书,提及南乡仁贤,如时挹山明经、王湘帆诸丈、沈阆峰隐君、李瑞棠上舍仲琳、沈秋庭少府、朱鹤龄上舍、张宝青辈,胪列事迹,以备夹袋之收,谓:"或老成典型,可应乡宾之选;或少年练达,可任乡董之司。将身励俗,薰德善良,愿明公留意焉。"岁务倥偬,姑走笔以偿诗债,和答钱芷升贺嫁题图两绝。

至望日(1月27日),晴。荐王生星如于吴学师,札云:"家寒羊瘦,可否渎尊,附课艺俾知笔性,教可因材。"

次日,寒剧。和张润甫一律,祐儿继声。

十七日(1月29日),内子因劳寒热,肝病复发,饮食久停,延朱竹书诊治,据云纠缠,致王翼亭殡,未克亲送。

翼日,仍寒。冻笔拟阁坛辞岁、贺岁四六两疏。

十九日(1月31日),小雨。遣婢往高氏送满月盘。祐儿乘便刮租。内人卧病至旬,仍胃呆拒纳,舌苔白边灰中,病未遽退。

翼日,阴寒。县主寄名片于所荐七人,据地保云,以备保举。

廿一日(2月2日),解馆。同王氏叔侄入城,会吴老师,提及欲举乡饮,嘱予将时王李沈事实呈注。旋上仓,为亲友缴漕项,陈念瞻、徐晴湖、金湘坡父子俱到,晤俞书庭、归云台、翁士吉、朱荫堂、尤乐山、季慎修、曾士廷、钱竺卿、吴健伯、慎甫。至夕始回。

次日,为贱诞,小雨。陈霭亭、高诚斋、朱确甫、沈子兰、贾厚卿、家伯谦暨李氏叔侄均备礼来祝,不敢当呼杖乡翁也。

廿三日(2月4日),立春,雨甚。

至廿五日(2月6日),晴。同人上漕米。傍晚,饮于如意馆。归知次女来问母恙,尚属宜家。

廿七日(**2 月 8 日**),挈祐儿同李琴仙到王氏,梦蘧留同孙克昌、包九仪酌于书斋。旋偕王聘轩至西王庙相学堂,得学生六名,若王义生,年十岁,住东头村,陈大观,年十二,王小美,年九岁,俱住陈家浜,为南三场四十三都三十三图地保孙佩香报;若李金和,年十五,住莫城镇,邹满官,年九岁,住殿头,王东年,十二,住大溇,为三十四图地保王仲德报。连塾师家朴园,一齐开单呈县学。晚又得抚藩府批及本县覆禀,禀云:"莫城一乡,据绅董龚缙熙等,拟在本镇西王庙设立义塾,俟延定业师,明正即行开馆,应需器具等项,现今劝谕殷户乐输,以期集脮成裘。"批云:"该县现议于城乡拟设义塾六处,延定塾师,于明正开馆,办理尚属认真,其塾师脩脯等项,除有款抵支外,其余应由县暂行捐办,俟筹有定款,再行各归各塾支给,仰苏藩司转饬督董实心经理,俟明正设齐后,将生徒姓名人数,开折通送,仍由该县学随时赴塾,督察勤惰,分别奖黜,以期观感奋兴,尽知向学。"县移文云:"为此照会贵董,烦为查照,希即预为筹备,一俟明正,即行择吉开馆,仍将师生姓名人数年岁及开馆日期,造册复后候转报,望勿稽延。"来役催覆,即于灯下缕陈。陆瞻云国兴为其姑素贞上贞孝匾,备筵来候。且得余静翁寄诗,与祐儿如数和答。沈公缴捐钱十千,并附覆函言:"鄙意拟每年照章致送义学脩金廿四千,按月支取,其不敷之数,尚祈另行筹付,想诸位兄台慷慨为怀,定荷乐从也。"便询时酉生恙,下体漏管,增烟减餐,身弱痰多,骨立可虑。

小除夕(2 月 10 日),带照会传知同事、亲友。自祐儿痾,次女嫁,至年节,俱馈多仪,愧无以报。李棘卿邀饮,祐儿代赴。守岁,覆沈邑尊书,并用己未年旧韵撰五古一首,至晓未寐,不无冒寒。

中国近现代稀见史料丛刊 【第十辑】

龚缙熙日记（下）

张剑 徐雁平 彭国忠 主编

（清）龚缙熙 著

许勇 徐珊珊 单丽君 整理

本辑执行主编 张剑

凤凰出版社

龚又村自怡日记卷二十八

同治八年己巳(1869—1870),六十岁

元旦(2月11日),雨。虽周花甲,未办饼筵,第洁斋一日。偕李琴仙暨祐儿赴仙坛,拈香贺正,时金逸仙及王氏叔侄亦到,主人留素筵,并赠茶点水果。为时酉生书疏请方,楚通仙师云:"时通中病根已久,兼以去岁赋闲,了无生色之故,焦熏心境,致化血为痰,宜服猪肺丸,但用人乳童便,工费难办,唯油梨青蔗芦卜汁为便。"又云:"诸弟子各抒所见,可问事来。"予乃叩询数事云:"年迈颓唐,今年可赴科举否?祐儿近诗不近文,但年交十七,必须试笔,拟一面补读经书,一面令攻制艺,可否?幼儿呆木,仍不肯出声诵书,当以何法治之?衰妇肝风屡发,常在病中,未识当服何药?义学垂成,集资恐难经久,当作何长策?"果达将军权考察事崇□铉降笔吟曰:"半生功过寸心求,劫避红羊福预修。更上一层穷目力,姓名二字要千秋。"委闱宣事荆□□敬书四六诏文,未及录,升降谕曰:"龚心传年未周甲,何灰远志?科举之赴,何待叩也?沈公归愚六十六岁捷南闱,后日官一品,予告荣归,赐诗无算。古人重仕不重隐,隐乃避世避地之时,今非其时也。特加广进善使黼黻扬善使出身,实加广讲善使,加实三纪,加四级六次。"谕赠曰:"近今保举人材,表扬耆旧,功冠阖坛,谕赏笃守使衔。又龚通复黼黻扬善使出身,加广讲善使衔,遇功升授监察使,署悟入善使,实加一纪,加二级三次。"区谕曰:"汝当英年力学之时,绳武书香,尔父母朝暮心期盼汝奋发,汝宜穿经洞史,汲汲不遑。一切闲务,非汝之职。县试虽近,摩厉待后科可也。他日能鲲化鹏飞,为法坛生

色,予有厚望焉。"

次晚,晴。时酉生来招,予因寒热卧床,遣祐儿代往。

初三日(2月13日),暖甚。予父子到坛,与祐儿补和元旦降鸾一绝。过桑砚香家贺岁。旋往杨树园,憩余静翁处,公子芝香以金鱼蜡梅诗见质,承留茶点,赠亦憨以刻诗。正欲赴陆氏贺悬匾之喜,而春亭耕祥及瞻云以双红灯来迎,午陈汤饼,晚设华筵,予留贺诗一律。其适吴寡姊为儒童清坡室,守节已四十年,见嘱报局,乃为书禀,托吴学师转交许肖岩。晤周福华、沈一纯、吴芸台□□、□□承宗,畅谈竟日。归命祐儿赴黄申甫、李心兰之招。黄昏与家人掷元筹,内子较胜。

翌日,桑砚香、张润甫、宝青、雅琴来,予因赴王氏失迎。时芙江令爱受聘,其姻即朱鹤龄,予偕袁香樵、马润德、吴翰卿、王凤楼、吴秋亭父子畅聚,战拇之余,飞字射覆。赠吴慰屺以刻诗。有薛少梅亦慕予诗,不能藏拙。而祐儿则赴朱氏之招。

初五日(2月15日),于枕上述老状,作《头童》《齿豁》《目瞆》《耳聋》《手胼》《足胝》六绝,博笑方家。是晚,接路头。遣祐儿赴李心柏之召。仙坛寄来候祖谕:"心传能整顿风俗,表率一乡,奉论录实四次。夫为善第一在交游,若交逆吏胥庸碌辈,不可为善,交游而必士大夫,固难,即一二缙绅,通往来,孚气谊,不特门庭生色,即自己身分,亦能自重,为事而人易从,而善乃大。心传能与名吏往来,大为我坛生色,义等讥之,甚无识也。前传疏诸叩,一科举,理应赴试,一乡饮,理应赴聘,一义塾,理应竭力干办。副大吏贤侯弦歌之治,惟永远之事,先与在局诸董张义、王玉、金砺、李海等,汇议单覆,待批后,请邑令定夺。一如室人肝风、稚子胆症,请方另用疏进。前岁刊诗疏等叩,待五月清闲日示,先将片禀手覆。"又有五问,第一问,问当地风俗何者最敝。予对云:"乡镇开烟铺赌局,诱良家子弟,尽流下愚,此较提鸟相聚为尤敝。"第二问,问目今大吏极意澄清,所行之事,何者最便民。予对云:"今大吏极好名,如溺女淫戏等禁条,美矣,但须实心爱民，能于水田注荒，不准地总移荒作熟，扰累乡农为便。"第三问，问今当直省肃清，宜乎弦歌先王之道，乃未能间出大材，何故。予对云："今当贼氛四靖，自应宣讲《圣谕》，荐举乡宾，但有品尤贵有才，似宜特举才干有为之士，外而剿夷，内而刷弊。"第四问，问目今处世，以何者为先。予对云："大乱以后，风俗固需勤俭，而尤在教子弟读书、敦品，晚出学堂，一则有本匡时，一则无暇比匪。"第五问，问今连年大水歉收，生意清而民困，何故。予对云："虞阳连水，计唯及早修堤，而生意之清，总因收成之薄，究之米布人不可离，择业而为，何少生意。店家不在热闹，而在撙节，少用伙计，少放帐目，亲自检点，亦能日进纷纷，何问年成荒熟耶？唯外强内干，务要体面，忘流民之苦，而效大贾之奢，故民日以困。"

次日，高婿崧生及次女来拜年，侄倩沈子兰上舍、朱确甫少府、陈念堂上舍亦到，爰具酒筵六席，邀孙凤梧上舍、时酉生茂才、朱鹤龄上舍、金景岩茂才、王瑶圃上舍、吴翰卿少府、王芙江、赋梅、贾慰椿三少府、朱望椿、吴砚卿、李琴仙、心柏、心兰、棘卿、祐之、王星轩、补蕉、序兰、家福庭、伯谦、仲舒小叙，拇战合欢。席无珍品，仅有冰葫芦、薯蕷糕，足以下箸。惜李子馨、金丽生到而不留，余静翁、陆瞻云、周莲村、王少兰又一饭即去，未得联夜饮之缘。至夕张灯，客弄竹丝，主放花爆，剧笑逾恒。子兰乞予撰其祖妣朱节母传，而其叙事简当，不须改张，读罢，即加墨还之。

初七日(2月17日)，送家朴园聘柬。遣祐儿陪崧生于亲族中贺禧，家伯谦、陈霭亭留宴。黄申甫来拜失迎。午为李祐之留饮，同人细品羊羔。晚贺金景岩女公子受聘，偕瞿春泉、陈石泉、芝台屡交酒兵，二鼓始罢。适顾心城、丹楼来贺年，即留膳宿。

翼日，晴而寒，薄冰又结。子婿均为贾厚卿留饮，薄暮方回。

初九日(2月19日)，拉高甥仙坛问事，因主人入城，未动沙盘。见侯祖谕有曰："龚心传创兴义学，与捐田收骸童大利，同擢首功。"傍晚，王瑶圃幼女受聘，留予喜筵，同孙学卿、陈仲舫、徐晴湖等欢饮，并与王聘轩等试元筹，稍得彩。而予全家则为李琴仙留宴，设馔颇精。

次日，候李淑卿、陈仲舫、黄申甫、张宝青午饮，海味野羹，各歌醉饱。旋偕王聘轩、金景岩、李琴仙赴西王庙，会张汛官，承留茶话。彼已提及义学，本欲迁居，而邑尊覆函适至，言："顷接环云，知尊处义塾现定于二十二日开馆，学徒六名，蒙师修膳，除照禀定章程由县致送外，不敷之数，司董即当凑足，具征急公好义，钦佩良深，容俟各乡一律举行，再行汇齐转报。惟此事系大宪培植寒畯之美意，尚祈会同诸君设法妥筹，以为经久之计，是所切嘱。至西王庙系属公所，现须设立义学，似应谆劝张姓迁让，以全义举，谅张汛亦可乐从也。率泐布复，祗候春祉，并颂新禧，惟祈雅照不尽。"即书覆函，于十一日（2月21日）入城递送，因请见而又躬诣，品茗长谈，蒙奖特甚。至吴学师署，留片订其下乡。偕李琴仙、吴逸耕、高崧生及祐儿，邑庙观灯，石梅观骑。于茶篷遇俞紫衢、箓溪谈久。于书肆买块字小书，以助义塾子弟。并游蔡园，小主人孟云芝孙、仲诒□□陪话，翩翩雅度，拜跪如式，皆英才也。夕与同伴憩邵馆小酌，予作东道，鱼翅炒蟹粉、南腿燔野鹜，颇佳。二鼓始返。

次日，婿女双回，遣祐儿送之，主人留宴宿。罗筑庭来拜年，不及迓。午后奉仙师命赴坛，录荣祖诗曰："阳春有脚到门庭，和气熏人睡不醒。万紫千红争意闹，春风邀客访山灵。"仿佛昨日山城光景，遂步韵补《山城游眺》一绝。晤罗筑翁、毛砚培、李静轩、包九仪、金逸仙，清谈半晌。

十三日（2月23日），风狂。予养神半天，而九仪适至，设茶点叙谭。

翼日，同张寄翁、王芙江赴莫城。进西王庙，见张汛已让迁门房，塾师已另支新灶，与学堂卧室毗连，甚便。即覆知沈公。李琴仙钞县定章程，俟悬学舍。予亦拟莫城义学规条，以备遵照。

上元日（2月25日），使女阿妹领去，室人愈劳，况予诸务丛集，祐儿至今始回，析薪难荷。表侄周大文来，喜母党之亲热，言因粮厅甘□□□误听人言，诬其与蔡金恒、丁恩奎合开赌局，出票查拿，嘱予进丞署雪冤。予乃于**次日**同入城，面斥地保赵全，欲会甘公，而厅书周抑强劝止，允为调停，乃代出茶资一星，以释其累。便晋吴学师署会话。又往漕总家算结亲友冬赋。王诵莪招饮，命祐儿赴之。晤王元恒、吴荫堂、金云瞻、包九仪、家仲舒小话。复进邑庙观灯，附孙蕙圃、蓉亭船而返。

十七(2 月 27 日)晨，小雪即晴。赴金景岩、王聘轩处会话。

翼日，偕王氏群从及祐儿入城。同赋梅、荫槐、序兰、少芙跨塘桥品高粱、馒首。复同聘轩、芙江憩包氏，并会漕书结账，晤张雪泉。夕膳于酒家，玩庙灯而返。得吴学师札，饬地保唤李天成逆子于天兴庵听讲。予父子宿于太原书斋。

十九日(3 月 1 日)，福庭弟自上海来，喜留膳宿，对榻谈深。知其积辛俸而修房屋，亦同祖有根人。遣祐儿陪往莫城看灯，一年一会，恨饥驱，不得常序雁行。

次日，沈阆峰、王春园来贺禧，太原氏载予开塾，添内侄孙贾慰椿少尹兆丰一徒，与诸生讲《大学》一页、《曲礼》两页，幸皆会心。夕同阆峰及瞿景园、沈□□家仁、吴翰卿、砚卿、王□□、少兰等宴于堂，共四席，四汤四炒、鱼翅、海参、八宝鸭颇精，火候亦到，始信北厨胜于南厨。惜小雨又来，拇战三巡，客皆笠屐而返。

廿一日(3 月 3 日)，仍雨。因小试在即，出《狂者进取》与《狷者有所不为也》，命二生分作。

翼日，大风。晨贺吴翰卿公子纳采，承留饭，晤黄□□上舍宝稣、时雨若大成、雨亭纯熙、翰周汉麟诸上舍畅谭。晚遣祐儿赴宴。予则偕王聘轩、李琴仙迎家朴园开义塾，兼讲乡约，琴仙赞仪，聘轩陪拜，讲"敦孝弟以笃人伦"及《戒赌歌》。陪塾师暨张益三守戎、孙世昌、朗泉上人等夜宴，拇战高呼，各歌醉饱。

廿三日(3 月 5 日)，嫩晴。陈念占、王瑶圃两上舍来谢，予据仙谕直谈，幸蒙首肯。芙江设盛筵见款。闻朱生竹书暴卒，为叹丧予。

次日，王湘翁留珍馔，火功烂熟，利我脱牙，偕张宝青等酬饮。而祐儿则应吴砚卿之招。

廿五日(3月7日)，王梦蘧复设筵席，卜昼卜夜，同包九仪、毛荔峰、王星如等合欢。

越日，嘱星如至学署拜师，而吴学师适到莫城观义学，复赴东始庄长灵殿监讲。予偕王聘轩陪拜，李琴仙赞仪，金景岩宣读，讲"训子弟以禁非为"及《戒杀歌》、《家庭讲话》中"父母"。地保张小园设茶点。又至杨家瀹天兴庵，地主金丽生、瞿小亭陪话，讲"敦孝弟以笃人伦"、《小学》数则、《学堂讲语》中"事亲"。学师饬地保李振山唤逆儿李大，惜不家，着地保传语劝戒，若再犯，地保禀知，否则坐其包庇之罪。傍晚，留吴公宴于诵芬堂，景岩、琴仙、星轩陪座。大雨破块，官舫乘隙回城。适时挹翁父子来，联床畅话。

廿七日(3月9日)，阴。沈阆峰来，遂陪阆翁、挹翁暨王湘翁入城，便道吊徐芝山参军应魁之丧。然后晋县学署，沈邑侯、吴学师款接甚殷，惜李瑞翁晚来，不及进谒，而沈公已往接李□□太守铭皖矣。有旺泥桥殷佩香船，被埠踏差，浼予向沈侯求释。视舟子臧德衣，经雨寒甚，假以绵袄，荷沈公饬埠放还。挹翁、阆翁宿王氏，剪烛话长。

次日，晴。余静翁挈陆瞻云以礼来谢，遣祐儿陪其上城，进学宫，谢吴公书匾，并报沈陆氏节孝。其夫沈蓉卿步瀛与黄瀛俦本予同门，力学早世，表扬之责，予不能辞。

廿九日(3月11日)，遣人备礼招次女，俗名唤归。陡于清晨得时西生茂才凶信，到馆甫一旬，竟以痰涌绝命，伤哉！两子皆出外，习纱布业，未及视含，家窭无殓资，予谊属师生，赠番银二饼，幸戚友有缘，均能赙助，可见其和蔼所孚。予上其船抚视，见两目尚张，如不死，想顾其家，未能瞑耳。随语其家人曰："除衣衾棺椁外，尽可简省，唯遗照不可缺。"即作札邀陈仲舫绘之。他如馆职须觅人代，出嗣长儿，须除服即婚，皆谆嘱焉。哭挽二律、一额。王德孚、春园送少兰邑试，与王兰生松云、张宝青、宝华同伴，均到书斋，奈予坐馆甫定，不克送试到城。

至**晦日(3 月 12 日)**，送时生殓。晤姻家金省三上舍，叙阔之下，承赐祐儿押岁金一枚。其侄梓材玉成与吴砚卿、李淑卿、朱望椿、陈仲卿、梦梅、康侯、家伯谦、时挹翁、子金、渔琴、勉夫等，筹其家事，就中出力者唯李琴仙。

二月朔(3 月 13 日)，为邑试期。贾梅溪夫人为造屋定基，被鹿苹夫人责其僭，欲鸣官，爰来哭诉。予劝以"祖同一本，须和为贵，能令检出原契，依四址量准丈尺，自然心平"。童翼周寄清厘荒冢县批云："据禀捐资清理无主荒坟，殊属乐善可嘉，所议规条，亦均周妥，候饬差传谕各地方，赶紧呈报，并出示严禁，俾得覆查造册，立石报案，永禁刁风，以全善举。"自此而山枭不敢盗卖焉。知是夕，丁中丞勘白茅，沈令开后门往接，前因误开塘坝，浚塘又未深，暂摘顶，至此复还。

次日，知县试题为《鞠躬如也屏气》《彼所谓豪杰之士也》，昭文题为《执射乎吾执御矣》《子曰麻冕》。予拟三篇，请沈邑尊阅，承其奖饰过情，来札云："展诵手函，并佳作三篇，拜读之余，不胜佩服。想文坛老将，犹然健饭，弟一行作吏，此事遂废，未免有遗矢之憾矣。"其语甚趣。并呈吴学师，承其改正，差喜点铁成金。张润甫出场，来塾谈艺。

初六日(3 月 18 日)，入城。为时酉生报身故，并缴漕银。送沈公祖书，附以所拟莫城学规，并补送李瑞翁名片。常邑案出，陈生晋三康贤第二，而南乡诸子俱后，且有文才高而未招覆者。晤吴修之、时锦甫，知赴昭文补考。予同张宝青、宝华、王兰生、少兰饭于包宅。旋往问陶氏表姊疾，留青蚨而回。

翼日，王受昌留春宴，始食刀鱼，家酿力厚，令吾血脉融和。

初八日(3 月 20 日)，连拟试艺，达旦未眠，为祐儿作楷模，非老益壮也。

至次日，初覆案出，仲舒侄拔前。

初十日(3 月 22 日)，沈邑尊遣役送信云："前承枉顾，畅聆麈谭。

项间又展华翰，辱荷奖饰逾恒，祗诵之余，感愧交集。即惟又村仁兄大人，祉随时懋，德并春和，为慰为颂。附来义塾规条，极其妥协，已附卷存查。所需告示谕条，容饬书缮就，发交该图地方领贴。手此奉覆，即候台安。"

花朝(3 月 24 日)，雨。邑试次覆，仲舒奉沈公之命，祝其太恭人寿，嘱予代为，姑作七律二首。试士均与汤饼筵，其征诗引曰："奉舆侍母，三至名区；制锦惭予，一秉慈训。兹届花朝令节，正逢萱室长春。燕寝胪欢，彩效莱衣之舞；兽环扃试，文推宋艳之香。假珠玉以增辉，尺笺分递；祝期颐之衍庆，寸草摅诚。幸尔多士，各赋佳章，是所厚望。"

十三日(3 月 25 日)，金生丽生上舍成昏，予往贺，其父湘坡留宴。同金景岩、王聘轩、赋梅、时翰周汉麟、礼臻往张氏迎娶，晤主人承业□□及西席李青来，其他如高显邦凤仪、吴儒村□□俱初识面，知其前辈为故交。其送嫁为时兰洲上舍志贤、韩秋泉□□诸君，予陪坐，畅谈古今名理，承其服膺。青来、秋泉，本予诗社中友，爰赠刻集。夕与陆味廉上舍以濂、金丝纶、王瑶圃、时熊周志正汉洲诸上舍及顾松溪、李晓园、沈义茂、赵国贤、钟玉昆、陆芗林宴于板屋，金甥云瞻与予拇战，斗饮甚欢，连述新婚谑语，四座呼绝倒，热闹异常。品珍羞佳点，喜享大烹。至诘旦，又邀祐儿补觞，主翁情重。

既望(3 月 27 日)，王聘轩留同金丽生品盛筵，亦老饕之福。表姊陶闻氏病亡，母党凋零，存者无几。

十七日(3 月 29 日)，入城。访新建社稷神庙，旋会张宝青等于包氏，晤李晓江、陈仲舫、张寄翁、家仲舒。

十九日(3 月 31 日)，解馆祭先，留贾慰椿暨李氏叔侄小酌，夕同局戏，颇胜。

翼日，赴平家坝扫祖墓，兼祭幼女静方，瘗于老坟。便道至吴塔讲约，憩文昌祠。吴老师先到，领真文忠□□义学规条。宓静轩参军、朱晋升上舍国珍来陪拜，家伯谦宣读。讲"尚节俭以惜财用"、《小学》中"敬身"、仙坛"烟、赌两戒"。地保冯奎榴供应。听者二百余人。朱竹亭邀去茶点，晤朱克谐丈、平培卿邦梁、宓云台彰达、顾丹楼，复膳饮于侄家。归为李琴仙留饮，祐儿代之。

廿一日(4月2日)，挈妇子两侄祭山麓新茔，见堺城已修，石岩无恙，唯墓门缺盖，甚为湫然。偕陆□□文翰等就船午饭，而内人坠失翠玉如意。犹忆去年上冢，侄妇失银花簪，几为成例，知出门不须真首饰也。便往蔡氏，晤温裕昆、钱用宾，承心田捐义学洋银两饼。入城，知常邑正案出，案首言良鋆，而陈生则第九名。谒吴学师，为书王芙江斋对、陈霭亭寿联及篆李祠联额，字句皆予所撰，并集经。呈薪水领据，请其用印移县。夕同王聘轩、星轩、星如、少兰膳于包氏，宿于太原。

次日，遣祐儿赴王生诵莪之招。

廿三日(4月4日)，高婿偕次女回省。适金湘坡次君小聘，来招，不及赴。

翼日，清明。高崧生先归。

廿五日(4月6日)，留王星轩、李琴仙小酌，同谒张寄翁，茶话多时。

次日，王瑶圃补祝文帝诞，予往撰表拈香，兼在仙坛缮录。为高婿母请仙方，侯祖诊云："均痨症，用生三七等药。"又曰："高君叩请决疑，张肆习医事，拜疏前来，除存案外，合行批示，此二事不难决也。为人在世，不过名利两字，日精月勤，心有所专，体因之健，岂可长此空闲，百事俱废乎？心课所以特严，一日闲，一日过也。今据汝意，因闲思事，因迫思钱，仍继货殖业，从此心专业永。心专则正理营生，匪僻畸邪不入，而身体健，所谓心广体胖也。业永则身有专属，不去嫖赌，亦不赋婆贫，家康身泰。此渤海氏一大转机也。速开张勿疑，至于为子成艺，第一要紧事也。身弱缠疴，农商俱不能任，思习医养病，大是大是。但今胸中尚少文墨，须在即自立功课。功课二字，人人成败关头也。有功课，虽愚必明；无功课，纵明亦败。败则无成，一生落拓矣。今汝非急功名之比，功课不妨少宽，原为养病习艺计，又不妨读《三国》《列国》等书，起取开悟心思，冀由渐贯通文理，谚称一窍能通百窍也。文理通，然后从外科医师，必须案头指授，方得其传。世人重内轻外，犹之治天下者，兢兢乎皇畿，疏忽乎封疆，奚可哉？今汝自立功课，先从开悟文思起，借文墨养疴，君子以为雅。今视高汝同子维岳竭诚，照所叩事行，勿疑勿虑，勖哉，予有厚望焉。"夕同金逸仙、包九仪、孙克昌、锦望、学卿、陈康侯□□、王聘轩、星轩、芙江、赋梅、张寄翁、宝青、润甫、砚屏毓凤等祝圣三献，口宣开化宫万岁万岁万万岁，并矢三愿，一愿室人肝风不发，二愿幼儿读书开悟，三愿次婿瘵疾不真。俯伏听声，闻履曳声、炉爆声而起。始食汤面，继宴于润德堂。奉谕："躬祝者赏加二级，礼祝者赏加二次，龚通复着列外坛。"承乏多时，冒风归棹。

廿七日（4月8日），内子赴杭州，进香三竺。予偕王聘轩、李琴仙至义学稽查功课，开单送学移县。是日为奇粮储甄别，因雨未赴。至午，聘轩留同琴仙、润甫饮，有上元诸生张敦夫乐仁来告哀，留诗二律，予信口和之，自愧弗如原唱。予最爱"事到求人先自馁，泪非知己不轻弹"一联，赠以刻集，并怂王氏昆玉送旅资。

翼日，次女缘事暂回。

至廿九日（4月10日），开塾，东家设席以须，家鸡、野鹜以及口蘑、山笋悉鲜腴，而陈酒尤韵。因亲友连请，到晦日始斋，天寒似腊。

至三月朔（4月12日），雨晴。李郡尊取齐试士。

次日，到时氏，与黄申甫、李琴仙、时子金酌其丧事。

上巳日（4月14日），晴。贾生慰椿与祐儿西山修禊，观拜香。予则吊时酉生之丧，陪翁瑾甫茂才同篆等，品素延，谈文良久。瑾甫自致楮仪，自出舟金，回款俱却，犹有古风。其孤口伤继母，不受他人之劝，予押其赔罪，幸唯唯听从。夕又同王聘轩、陈少卿、李心兰等，聆道曲，啖嘉肴。祐儿则于五更送殡。

初五日(4月16日)，王生少兰郡试。葛家庙会过，不及观。东始庄邵端缘长子邵二辱殴来诉，予曰："汝老，子宜供养，即品有玷污，而天下无不是的父。唯有妻在，苟合之媭，汝子自不认为母。虽有存项，俾子赖成家，族中已议偿四十千，理应追索，并非名分攸关。汝不当作配，可邀地保调处，向父赔罪，向媭缴钱。"

次日，仍雨。拟《令色鲜矣》文一篇。内子自苏回，言先赴杭之天竺，旋往湖之白雀，两妹一姒，欢聚九天，布帆无恙。唯于白云房，梦从舟次以三钱买里光桃，旋为卖者荡舟，予夫妇俱溺。观音签中平，诀云："愁恼损忠良，清宵一炷香。虽然防小过，闲虑觉时长。注解：忌妇人交语，恐是非。文书未成，求事未遂，作福保之，阴助。人生万事总由天，急急巴巴自枉然。富贵荣华有注定，劝君守分莫忧煎。赵贞女。家室，有喜；住基，重新吉；求名，先难后得。"回日之夕，更闻鼠求签，乃思患预防，匪人不用。

初七日(4月18日)，李芝馨至，嘱撰霍氏喜联，应以十六字。

诘朝，又寒雨。遣舟人往省高婿。因祐儿盗汗，煎参汤，予亦试尝一瓯，味甘而厚，胸膈一清，似有效。第昨暄今寒，自入春来，无两日晴，阴湿恐酿病，能毋小心。

初九日(4月20日)，始艳晴。府试案出，常案首为潘□□欲达，王生少兰招覆中权，题为《舜有天下选于众》；昭案首为浦□□□奲，侄婿卢生器轩前列，题为《汤有天下选于众》。予挈子弟赴西王庙，为义学小生讲《三字经》，见学徒六存其四，嘱地保住持押其全到，勿事虚名。遇屈酉生参军家璇、陆秋澄州丞文炜、沈友竹□□小话。家朴园留茗点，陈念占寿年会楮资。

次日，晴暖。偕王生星轩、大侄伯谦抵洞港泾，于猛将堂讲约。星轩赞仪，顾子和陪话，朱少美司马、顾虹玉孝廉陪拜，伯谦侄宣读。讲"务本业以定民志"、《小学》中"明伦"、《学堂讲语》中"治家"。听者百余人。地保嘱香伙代役。便贺朱克谐儒林丈嫁女，承其留饮，同子和及朱纯夫丈秉銶、陈□□医士□□、家勤斋拇战，晤钱雪崖、朱锦波、云卿、南溪、介甫叙话移时。复往贵泾，谢时氏惠祝，承挹翁暨月梅、渔琴两上舍陪至福宁庵，即魔魔堂，中供刘、李、周、金四神。先拈香礼拜，旋讲约。星轩赞礼宣读，地主霍步堂在中与时氏昆玉陪拜，李芝馨陪话。讲"息诬告以全善良"、《小学》中"敬身"、仙师"烟、色、赌三戒"。听者二百余人，山门填塞。地保程云凤当差。庵属南四场四十七都十二上图程家巷，虽有富邻，而荒废无僧住。又贺霍幼兰国柱合卺，主人设独座，予辞之，引时竹坪□敏并坐，李岵瞻春熙、吟白兆庚及王星轩陪筵，嘉肴佳点，餍我老饕。霍步堂主婚，率醉香少尉荣桂辈敬酒殷勤，幸不至醉。觐时钦斋丈廷锡、霍□□、毛芝山玉璇、吴□□□□小话，乘月而还。祐儿则赴张润甫之招，适其弟毅甫纳币故也。

十二日(4月23日)，晴朗。送李琴仙前三代位入祠，品华筵，聆雅乐，自晨至昏，与张寄翁、黄申甫、邢桂山、陆竹林、陈松亭、吴翰卿、逸耕、朱耀卿光荣、荫泉汝桎、王湘翁、聘轩、芙江、赋梅、黄□□炳德、时月梅、渔琴、勉甫会源、锡蕃、仲和世泰、孙克昌、启昌、继昌、正昌、照岩上人道荣聚久。祐儿等更听焰口，直达五更。琴仙于曾祖父兄神位，俱自雕字，祠成十数年，一意继志，装修祭奠，可见孝思，尤喜先君附荐，小桃李犹复情隆。

翼日，祐儿陪贾慰椿入城。予赴塾，家朴园携其次子蕙宝□□、王生燕堂□□来，予以《尚书》"孳尾希革毛毪氄毛"及《学而》首章问蕙侄，均能解说，奖以一百大钱。祐儿云："行见青钱万选。"为讲唐诗一页而回。灯下同程惠斌、陆桂山又谈久。

十四日(4月25日)，张子容、王星如、菊如为培心堂修理募捐，东家应其请。因张槐堂索诗，爰赠拙集一本。

望日(4月26日)，晴。家家洗帐。蕙侄于课余作《月出之光》一诗，为改正。并背诵前讲唐诗，问其作者姓名，尚能说出，更上数页，嘱王星轩引吹。来揖去揖，幼知礼仪，而座旁两生均思教学，洵佳子弟也。

既望(4月27日)，挈祐儿往祝陈霭亭六十，偕谢美中□□、颜芝生、陈憇棠□□、邓瑞全品酒面。旋至圆应庵讲约，蒋仲宾茂才印鸿陪话，陈念堂上舍培基赞仪，李瑞棠少府陪拜，颜芝生宣读。予讲"明礼让以厚风俗"、《学堂讲语》数则、《小书》中"戒诸般作孽"。听者塞寺门。瑞翁邀至家，留盛筵，点心尤妙。公子耐安丕基暨芝生、念堂陪饮，拇战十巡，醺然而返，已霡霂矣。

十七日(4月28日)，仍雨。连与陈松廷福基、胡逸耕、李棘卿、祐之手谈消闷。

至翼日，赴塾，天始晴，而庭中瘦牡丹经雨零落矣。王芙江赠我纬帽，愧无以酬。

十九日(4月30日)，摘《诸儒四书别解》于讲章上，因前辑各说已亡，补录备用也。俞莲洲之母张宜人将迁城，爰邀予饮，王氏三代俱在座，共三筵，山珍海错，馆菜胜常，偕张寄翁等细品良酝。其侄紫衢斋长钟骅代作主人，赠以拙集。

次日，晴。湖田胜会，祐儿陪二女各庙进香，兼观龙舟。予恐旷馆职，不克往。为高氏叔侄不和据理直断，兼问崧生嗽疾，嘱其来舍养疴，作札托李琴仙带去。

廿一日(5月2日)，又大风酿雨，菜麦减成，寒暖不时，人亦多病。

翼日，三女因风疹就医沈氏。

廿三(5月4日)，得高甥崧生信，知咳嗽不止，吐血二瓯，想逢节增剧，幸扶病缮札，文理井然，想神思不减。遂命祐儿同张宝青请仙转方，并遣次女归奉汤药。祐儿往视，见血仍不止，甚为焦忧。况其母久病，家无女奴，更为支绌。李琴仙赠以香秔，王星轩为其扶乩，均见友谊。马泾神会过宅后，就便观之。

次日，内人回贾氏，贺东宅竖屋、西宅嫁女。适立夏，予秤见七十五斤，祐儿七十斤，祉儿四十二斤。

至廿五日(5月6日)，挈两儿应洛阳之请，见满堂锦红，妆奁颇盛。

翼日，新婿桑侣梅奉直骏荣亲迎，主人请予夫妇开礼收礼，取齐眉也。复陪新客李简廷茂才堃、朱少美奉直成福、张瑞伯参军□□、桑侣芳司马骏修、媒氏姚士衡文铨、王晏如师冉茗话。迎娶用旗锣扇伞，乡僻罕逢。晚同瞿静斋上舍容之、季黻卿孝廉明珠、俞蔼人少府师道、平彦卿茂才邦藩、顾虹玉孝廉有梁、吴梅坡上舍熙、蒋达卿调元、陆叔明文焕、蒋惠棠科元、顾甥丹楼贞、贾生慰椿兆丰送内侄孙女出阁。既游洞房，复观花圃，门深如海，数楹灯火，若水晶宫，而后堂曰“留余”，尤有木天之高峻。遇张子容参军世涵、瞿世良上舍、桑镜仙司马及张宝青、金景岩，匆匆未及畅话。举酒听乐，有陈松谷善唱闹救，声如洪钟。归已三鼓。遇新阳朱绩斋孝廉懋曾、元和顾子和斋长、虹玉孝廉、黄芝台州丞嘉宾、瞿静斋上舍、沈阆峰耆士、朱恂如少府、陆逊五上舍文炳、王星如茂才、张润甫上舍、宓静岩参军寿仁、陈松泉上舍书沂及毛憩棠峻德、蒋柏英、程惠斌、施心香国梁、陈伯仙有孝、姚啸江大奎、秦鹤汀鲁璠、朱□□滨、王少兰、蒋容洲、支西园锦铨、姚□□曜奎、朱蔼如、沈菊村熊、朱复生□□、沈鸿章、邵煜明、俞□□承业、张晓江翔、沈锦川镛、韫山昆、定山尌三丈、沈甥连城□璠、王甥叶香□□、笪甥琴舫鑅、家云亭缙烨、固亭培坚、伯谦连聚。

廿七日(5月8日)，同顾子和等憩殑伽庵讲约，顾虹玉、平彦卿陪拜，朱恂如赞仪，季黻卿宣读。倩朱绩斋讲“务本业以定民志”，予则讲仙坛“烟、赌两戒”。地主皆公服，席地而听，士女如云，亦一盛会。住持自兴□□因修庵，出百文单，同人助钱以应。子和云：“可以酒徒出名。”颇趣。沈定山丈尌因侄有过，欲鸣官，就商于予，爰以大义谕之，令其赔罪，幸其侄允从。时北庄潭荡两庙神会过双浜，不及视。内子赴高氏问婿疾，被留盛筵，至**次日**返。祐儿附贾氏船，祝桑砚香六十。而予拉眷回家。

廿九日(5月10日)，太原来载赴塾。

晦日(5月11日)，沈秋庭来，言对河有沈某，因借磨不遂，挈妻子推倒叔母,因伤致死。何风俗尚悍,不顾逆伦,此乡约之宜急讲也。

　　四月朔(5 月 12 日),诣风宪城隍庙,拈香纳锧,兼缴旧愿清道旗。投筶,圣阴阴,诀云:"下下。逆妇回家。败坏门风悍妇人,公姑教训反生嗔。东邻西舍常招妒,伯母亲房积恨深。"不知何指,总须小心。犹忆黎明祐儿喘逆心痛,予按其胸,瘅而板,足筋复挛,想犯人未赴谢恩,特教踵至叩谢。便进义学,将规条与家朴园。复憩瞿厅,偕查□□柏、瞿□□茶话,福林上人来会东。闻前月廿四夕,城中丁再香部郎思榛家被火,焚死适钱妹氏及男女二甥、小婢一人,其弟仲兰思铨新没,枢亦半焦,其妹并怀娠,惨也何如。咸谓其有隐慝,何以转累戚党,天道诚难知矣。

　　次日,挈子女湖田玩水嬉。舟俱新造,共十一条。有大官舫泊中流,挥旗叫划,龙船四面巡绕,如百鸟朝王。旋进城会吴学师,订下乡监讲。又晋县署,领薪水,颇艰。始则学书开单,老师用印,继则铺递送文,承发收验,再交稿案门丁,然后呈县主开坼,一经上宪精严,不无周折。

　　初三日(5 月 14 日),为莘庄神会,又率眷往观,李琴仙同去,晤韩秋泉□□、吴秋亭、高□□、金丽生、家勤斋等小话。复移桡吕舍,询筶氏从姊近况。又赴朱梅亭兴柏、邢桂山、王心斋守谦处,为义学劝分,幸蒙慨诺。梅亭留茶点,桂山、琴舫苦留予,缘事不果。遇朱半千、马西来、朱恂如、蔼如、家伯谦等,叙话匆匆。遂回莘庄观转会,晤家勤斋,知其附平彦卿处,有志读书。又放棹田垛,幼女因目疾就医,眼科为吴人钱益明。沈菊村夫妇欲留予眷,因日暮而辞,承送角黍、青团、青蔗。二鼓始归,同李棘卿小酌遣兴。

　　越日,表侄周大文来招观社,留膳宿,遣祐儿陪。予则缘旷课抵塾,见王春园、星如来,递小友金子昂义根札,即伯谦也,蒙叙剑城寓楼对床旧谊,书法既工,骈体亦丽,学问大长,洵俊髦也。吴老师寄所书琴舫楹帖,予复以一缄。夕为王湘翁留膳,家酿无火气,但有古香,饮可引睡。

初五日（**5 月 16 日**），金逸仙来，嘱撰报销收字放生四六表，草拟应之。因其欲刊蕉窗心课，久未续完，恐成虚愿，乃劝其改刻仙诗，缮疏请三宫定夺。盖新课万条，阅者恒不卒卷，不若天半鸾音，以雅言劝戒，反引人目，交之刻局书坊，并可换钱，勿致有愿不遂也。况诸祖师氏讳、爵里以及年代，早已详署，原欲传世行远，以光法坛，此事似更亲切耳。遂商之宝青。

翼日，季女感冒寒热，高婿咳嗽盗汗，爰遣祐儿赴坛请方。王梦蘧为孙谢痘神，以盛筵见待，初食鲥鱼，偕陆桂山、李芝馨行酒令，畅快异常。乘兴拟约课卷，题为《富哉言乎》《蘧伯玉使人于孔子至使者出》《天骥呈才，得年字》。至鸡鸣始睡，老眼昏花，心火又炽。至夕，陶蓉江文沂来，予略叙数语，而倦甚早眠。

初七日（**5 月 18 日**），同人赴莫城，观狄坝神会，为猛将周侯同巡，看轿表亭八仙十二花神以及各社，装饰俱鲜，排班亦整，莫妙于珠盖十余顶，夜可点灯。始憩王井香德昌布庄，晤谢芝阶□□、高□□□□，皆故人子也。旋憩东街凉棚，晤孙少湘焕文、吴□□□□，与张宝青等茗点。便过义塾，遇蕙侄，以唐诗"银烛秋光冷画屏"一首问何人作，答云"杜牧"；以"西王庙"属对，答曰"南京城"，尚可。住持留茗，与家朴园话片时。回知内子、幼女俱病，煎药司馈无人，乃挈祐儿归视，请长灵寺妙福看香，唤邻妇行厨，焚镪送鬼。

至浴佛日（**5 月 19 日**），内人强起煮粥，而肝风依然，仍须静卧。

翼日，俞旭初来闲话，张宝青以狮园记索改，略为删润，俾有古音。适三界村猛将会过此，大小十将及各社皆华装，而土地社尤可博笑。

至初十日（**5 月 21 日**），同人至罗家浜广福庵讲乡约，吴学师先到。李琴仙赞仪，金景岩宣读，王聘轩及吴秋亭少府、近三上舍陪拜，张桂亭□□、吴芝亭发宗、筠风宝善三上舍陪话，李青来□□、吴慰屺□□、儒村□□亦在座。讲"息诬告以全善良"、仙坛"戒赌"说、《家庭讲话》中"父母"。听者如堵。庵新翻造，芝亭之力居多，里中文社，每聚于此，承吴荫堂上舍兴宗领群从书捐，使义学可支持二载。地保吴桂堂当差，颇勤。秋亭邀至其家，精舍临池，清朗无比。既留香茗，复设酒筵，世交情重。次公子又咏乡约盛典，不啻长吉之赋高轩，文人聚一门矣。频呼添酒，惜量不能胜，幸有李棘卿大户。移棹吕舍，集广福庵，地保王寿伺候，陪拜者邢湘塘□□、桂山，陪话者卢器轩、陆澄江。讲"训子弟以禁非为"，仙坛"戒淫"说，《家庭讲话》中"朋友""耕织""经营"。小僧□□能迎送。桂山邀饮，筐琴舫陪筵，盛馔纷陈，奈齿缺不能啮，咀液而已。旋赴陶荡劝捐，蒙蒋蘋洲霈、养安□□、嵩年启明均乐输。晤平雪庵、王燕三师闳、蒋达卿、子敏兆元、子方益元，互申契阔。回至墩头丘，陈憩亭上舍士瑛留茶话，亦助义学资。下船续饮，佐以鲋鳖，酩酊而还。

　　次日，骤暖。妇女病痤，爰唤舟载高倩次女观会。遣祐儿陪李琴仙至西王庙，贴捐户姓名及出入账于山门，俾众目传观，毋稍含混。

　　至十二日（5 月 23 日），莫城赛会，予暂归，喜高婿至，面虽黄瘠，而兴会尚酣，乃同于李祠观社，亦有香亭、看轿、土地社，特未全。留王星如、家朴园暨芳、蕙两侄酒点，贾厚卿亦至，信宿敝庐。瞿世良折柬来招，未及赴。至塾答金子昂书，并赠刻集。

　　次日，同王少兰过莫城，观新造神舫。回至馆，见沈秋庭、李芝馨来玩社，惜雨不行。去年三日会，中间一雨，今复然，有如成例。奉宫谕移盘漱芳阁，因王星如请仙引先灵临沙也，嘱撰迎驾、谢恩四六两疏。时左侍鸾张宝青，右侍沙张寄翁、王星轩、包九仪、王赋梅，缮录使孙克昌、王少兰、金逸仙，兼歌咏使予及王星如，侍灯侍香兼宣读使祐儿，内外周巡戒声息使王湘翁、梦蓬、聘轩、芙江。当境职臣司镆锣事吴□□先禀见，继而驻扎剑城行城隍事、督理水道随粮、总科场巡察事、委监督真道根心坛放生收字事李昉传单见，自署曰修妙道人："予一行作吏，此事遂废。吟咏事辍焉不讲久矣，且与诸子闲谈。宫奏该司莅任剑城，能泽物爱民，为民请福，并力驱阃境游魂，俾民间无横逆致死，上能保国，下能安澜。虞城克复助剿，红灯驱贼，该司亦与有劳焉。并片奏该司水利，实竭力用心，诸神员在官祭者，前抚李宫保已同绅士汇题，奉上谕该部知道，准奏议行。钦此。而该司任在僻土，题奏常遗，臣制宫行太虚宫、摩荡宫、玉淑宫事臣等，谨汇折请旌。二月十五日，奉至尊玉敕谕，三宫汇奏称剑城隍司能为国为民，而阳世遗封，愈属可嘉，着神霄旌典曹速照加一级封可也。钦此。予衔主持一切会解钱镪事，惟孙君焕文人品可嘉，尚能自拔流俗，夫会意主解镪出巡，原是与民同乐，所称扎童子一事，原在真伪之间，真者神量未宏，神职未大，伪者乡俗耳。孙君虽好，惜未闻道耳。近处家业首者，黎阳氏耳，家业大则世守难，郎君非大才不可，正宜宏此远模，以绵世祀。次则此地耳，亲贤近仁，喜读书士，苟不替此心，后必能大其家。龚君尤能主持风化，成义塾，讲乡约，举饮宾，力保荐，称誉人材如庞士元，代人谋事如汉季布。郎君报名犯人册，今何不到行坛一晤？"予乃唤舟人载来，拜谢神貺。又云："自甲子年起，至己巳年止，郁攸册告成，予忝检校官，犹记六年中，主人王君宅，夏日注火一椽，予力求得免。尔元励志读书，宜凡事加笃实功，下笔不苟，后福必佳，况当年少，尤须事事刻刻存畏惧心，倘能一举登科，庭椿未老，乃为至孝，苟迟迟有待，而风木兴悲，即步鳌头，乐已逊一衿其故可思也。尔敏少年无事，吾当问父师伯叔何故。尔复具颖姿，应对可不患不达矣。尔父著述等身，尔宜着实用功，书香不替，著述必传，真大孝事，反此反是。尔传能行奉公之事，苟不视虚文，即是善事，尚宜淘尽风流才子之实。尔素创坛于穷乡僻壤之中，挽颓俗，引善路，坛谕高尺许矣，必须梓行，方不负仙凡劳苦。素为恭编，传为恭阅，元、金、玉、本为恭校，刊者为恭刊，并注明榜名，坛为何职，如文选式，庶开卷了然。坛中唯传、本、素、金能存敬畏心，可嘉之至。近地读书家，已故者如坛宅张君炳麟、兆龄、行坛王君通让及令先人士修、宝君等，俱无罪孽，而龄与让且恩旌，今有职吏衔。张君福滋急思回家，着龚传、王玉等婉劝彼家行真实善事，方可早赋鹤归。传、玉宜遵饬在心，不可虚言无补。"

予领众拈香叩谢毕，守坛仙师姜修敬至，诗曰："一窗灯火酒樽香，锦帐罗衾好梦长。明月窥人凉影坠，鸡声催我过虞阳。"须臾易简荣祖师光至，诗曰："三更灯火证生平，万卷诗书拥百城。始信天心仁厚甚，醒人春梦有鸡声。"刘祖左侍侍花金童至，诗曰："一枰平若砥，人争竟反此。到头败与成，皆从一著始。"右侍侍香玉女至，诗曰："鸟本能鸣者，胡为以斗名。始知时尚武，鸾凤尽千城。"盖王氏喜敲棋、笼鸟故也。予与星如、星轩叠和数绝，祐儿则和两祖师香韵、生韵诗。追琯妙刘祖师相玉至，诗曰："数士之富以书对，书香一闻我心慰。太原公子褐裘来，美秀而文擅异才。华表令威寻迹至，缑山子晋成仙回。吾为招魂屡到贵胄屋，车马不喧烟霞足。有酒盈樽花满枝，恍入桃源远尘俗。荆楚仙人领众贤，骚坛老将称诗仙。时当清和初过雨，绿天太古静无语。哦诗不睡松为侣，吾欲眠琴鹤不许。"谕曰："尔传称功名、婿病等事，此不难决也。功名一途，迟早安能预定，苟有故例可循，天亦退处于无权，卫武公耄而好学，沈归愚暮岁成名，皆有一往直前之志，苟有一毫优柔，是自馁其气，与自甘暴弃者同，君子不为也。婿病在清心寡欲，行搓摩诸法。通本今已除根，大凡人无病不可死，亦无病不可生，苟持大烛于大风中，若伤风不慎，酿成大症，如王君柱是。极危之症而今且身壮，与前更觉强健，如金通本是。谕焚金光符二百张而换乩。"有亭翼然主人到，言金儿性愎当除，长媳病狂难治，社卿龚世叔常见，近仍训蒙，怡斋王表弟亦逢，将脱拘系。惜予大半遗忘，正在钞谕，而错过胜会，唯高婿及全眷往观。

　　望日(5月26日)，偕时锦甫□□、贾厚卿到漱芳阁茶话，因诸生倦，暂息一天。回与李祐之、吴逸耕、高崧生手谈，甚乐。不料崧生至夕，又呕血一升，咳嗽仍密，急磨金墨，煎万年青根，服之稍止。予向王聘轩处钞神方，甚为焦虑。而堂前钱雪岚、朱耀卿、陈松廷、李琴仙弄丝竹，唱曲斗酒，喉啭如莺，拇战如虎，别有一番胸襟。便赠雪岚拙作一本。祐儿潜和仙诗，差幸不离文墨，较胜乃舅之童心矣。

　　十六日(5月27日)，高婿仍咯血。予抵塾，张寄翁以《断肠词》

十绝见商，一字一泪，均本至性来，触我当初禄儿、祁女之悼，半日不怡。念前夕馆中老鼠求签，昨日堂前雌雉集屋，自后当修省弭灾。晚间崧生又吐血不止，予续钞经验良方，先煎坛中仙方，药有生三七，种稀价昂。并请长灵殿妙福上人□□看香，据云："祖墓垦伤，冤鬼报复，且其先代有亏心事，波累后人。"内子为其诣殿焚香，李琴仙又竟夕煎药，难觅仆妪，支绌良多。

至十七日(5月28日)，仍喷鲜血，元气大亏，乃报信其家，尊人诚翁来视，即日载归。予赠二星，以代水果。兼因其酒次狂言，屠刀旧孽，爰为缮疏，嘱其当天烧香，真心忏愆，量力行善。

次日，有陆姓带止血草根来，据云以蚕茧新绛煎服，是秘方，以青蚨二百买之，专足送去。

翼晚，始回，言到家仍呕血数次，乃父欲以金汁童便疗之，甚为忧闷。张宝青以历年鸾簿交阅，嘱检仙诗，爰乃摒挡尘务，日夜披观。读楚通仙师谕："诗谕副本，照别裁式，而以年代为先后，名已定《阆苑咏霓集》，命陈应撰绘图，篇首为常熟张应素名某恭编，龚心传名某恭阅，同坛校刊。定本成后，着传、素各一序，拟撰例言，前一页写坛中承职姓氏，再一页写恭校姓氏、恭刊姓氏。"

二十日(5月31日)，包九仪来，言太仓有鬼挝鼓鸣冤，苦无姓字，县官出票拘人，于茶坊风起，吹票坠河，往撩而为人发绾住，下见一尸，尸系于磨，乃遍查各豆腐店，并无半爿之磨。咸云有一肆新闭，爰往搜得磨，与水中之磨符合，即拘犯讯实。据云，有异乡客来买浆，开银包，露二百洋钱，谋其财，始下毒手。官即录供申详，请旨正法。可知冤冤相报，理无漏网也。是晚，蕙侄来，请讲唐诗，适雨，留宿书斋。予为其兄芳宝改"夏雨生众绿"一诗，适闻布谷鸟，命诸生对，祐儿曰"吐绶鸡"，而蕙宝则曰"吐丝蚕"，所读书少，故所知仅此。然与同侪讲易，阴阳之理，奇耦之数，则已了彻，可见一斑。

次日，小雨。祉儿患紫樱疯，且有寒热，爰就沈一纯处医治，据云："先天禀薄，近感恶风而发，为葡萄疯，用羚羊角等药。"是午，高氏邀伯谦诊病，据言棘手，服药不多。

至廿二日(6月2日)，高诚斋来，招同李琴仙往问妙福消息。妙福晕倒良久，灌清水而起，狂言其祖有冤案，现向长房孙索命，已向东岳鸣冤，将勾到质对，册已有高燕昌姓名。又云："十四岁时，手扶元宝银钱，致伤出血，非唯附骨疽也。"拍案大呼，旁观胆颤。内子步往焚香，至翼日又去请仙草仙水，躬送高家，琴仙亦往视。而崧生仍嗽不止，痰中见血，面瘠神疲，心胸焦灼，唯神气尚清。留邻妇服役而回。予归，于路上见晴云在天，麦黄树绿，乃出对曰："上白云，中绿云，下黄云，云分三界。"诸生无以应，爰自对曰："海咸水，河淡水，泉甘水，水灌九州。"然未现成也。

廿四日(6月4日)，暖甚。

次日，蕙侄来，与讲唐诗、《鲁论》。张宝青催阅诗谕，日夜研朱墨，无得少闲。而王振明邀饮，同王生星轩、赋梅、利宾往应，盛馔糜烂，陈酒芬芳，战拇射覆，趣语纵横。孙世昌、钱芷升陪坐，脱帽兴酬，继以丝竹陶情。予六十几化，醉吟一律，同座和之。

廿六日(6月6日)，为总管神会，城社久不行，至今始举，乃挈祐儿上城。舟中晤倪蓉江廷赞、张寄翁、陆揽之以澄、陈梦梅玉书、吴翰卿诸上舍，团坐畅谈，人众不留余地。惜午刻雨甚，乃偕王瑶圃、孙凤梧、李棘卿憩社稷坛长兴馆，品茶点。继向张鸦峰绍康借笠屐入城，会学书陈梅岑云藻，催送领结，兼附讲条。据云，办文费手，自二月起，每月须贴钱二百，连县仆健班钱二百，门功节规钱五百，每年须出钱五千八百。托人领薪水，又须谢礼，约钱二千，舟金连饭，又须十四千，较在城费倍。继复为钱雪岚邀饮酒家，同吴砚卿、李心柏等小叙。夕至闻氏，芝庭留膳宿。遇时渔琴，茶肆间谭，并同人手谈遣闷。

翼日，晴。拉祐儿啜茗彩月居，晤顾星和□□、朱少英桂、蔡见心厚培、钱用宾□□、吕月如尔珪、家伯谦话久。便进报本道院，观义学，塾师为钱梅卿少尉德坚。又访西方殿，观新塑诸佛，金彩颇华，堂高数仞，榱题数尺，虽所费不赀，而捐数盈万，所谓聚沙成塔也。更品鹤岭泉,观金鱼,张宝青、陈松廷、童翼周同来茗话,晤张芝堂、云阁。经西泾岸,见季女陪大嫂、长侄、女侄妇在船,喜甚,订日晚同归。随到周勉哉超家,门前榆荫,新绿蔽日生凉,遇陆印秋父子、方少均伯禄兄弟及黄芝台、陈仲舫、蒋芍峰士骥、宗思柔汝刚、蒋若洲柏龄,互申饥渴,桑侣芳亦在座。同玩总管胜社,香亭表亭均细,而金黄亭、鹅黄轿尤佳。土地社扮诸剧,服饰鲜新,五色绉纱呢羽,辉煌各社,功费价昂。茶童、香童共两扛,小轿廿余,中坐太保犯人,年俱冲幼,装以彩幔、璃灯,奢华无比,此可甲于江南矣。日暮,祐儿留城玩灯会,予则挈眷回乡。

廿八日(6月8日),又上城。舟次,听陈念占太君自叙苦节,为之钦敬。见其颐丰耳大,相本发财。而三十守节,抚三岁孤,操持家政。又卅余年,至今古稀,孙行林立,可谓福人。予劝其勿再操劳,勿仍放债,且广行善事,多买良田,贻子孙以厚德。即唯唯以应,愿助义学资。游社稷神庙,观开面,转至东市河,米行尚少,而坛场观序会者,立如堵墙。茶点恶而贵,予爱啜腐花,枯肠得润。是日为二图总管神会,乡社与城社斗胜,倍极繁华,銮驾立造,及解锢神将,俱上马,土地社尤长,中扮《水浒》《水漫》杂剧,弗惜工本,令人色怡,余如城会。三日中城郊灯市,有如火龙,而柳仁仁药铺尤有铁花篮供鲜花,古玩亦夥。予于闻氏盘桓半天,主人情重,兼留家朴园、瞿世良等茶点,临行更赠茶食,愧无以酬。晤王颖如、时子金、毛跂堂,匆匆话别。新友如钱介甫□□、瞿晴霞□□,又一见如故,到处缘多。归舟偕李祥茂、振山一路闲话,到家尚夕阳。

翼晨,以课疏抵塾。虽幼儿染蒲桃疯,两次就医,寒热未净,而弗暇顾也。

五月朔(6月10日),风燥。水退尺余,低田可插莳。予缴鸾簿至坛,主人他出,回至张寄翁处,承留火酒、糕面,与倪蓉江、王星轩、金义章□□、逸仙谈事而归。适宝青自城还,剪灯谈艺。

次午，小雨。陈春畦上舍来，带其祖母曹氏节略嘱报，漏注父名，为写格式还之，以待填补。抵暮为诸生讲《阴骘文》。

至初三日（6月12日），王燕堂□□挟义学生徒陈祥和□□至，予问陈氏子，知读《中庸》，乃提祥字、和字，对曰祥未读到，和则有致中和。随与以面饼，并劝其勤读，为人上人，譬喻多方，致其点头乃已。且讲《八佾》两页，推阐尽致，口舌俱疲。陈念瞻上舍寿年携其曹太君节揭来，予为报局，愿出资助义学，是孝义中人也。予因老宅衕堂上漏下湿，虽不居，未忍坐视，爰偕同堂群从辏钱修茸。

初四日（6月13日），赴东始庄，金景岩会栖沐茶费，小话片时。因高婿病笃，遣祐儿入城办水果、枕扇。午后解馆，挈妇子往视，知服金汁而血止，第心火上升，唇焦苔墨，神气虽清，而容颜甚瘠，咳痰不爽，气浅元亏。按其腹微板，抚其手尚温，隐有白疹透肤，特干燥。自榻运床，几至昏晕。其家起煞谢土，礼斗送鬼，无所不至，多解冥镪，磕破头颅，而病势危急，恐风波不测，留内人陪病，而予父子缘家祭，一宿先行。

端午（6月14日），路遇伯谦侄，嘱其往诊。便道至洞港贵泾劝输，承朱克家丈及少美、一泉、时挹山丈及子金、悦梅均允书捐。闻苏城获奸匪七人，俱首逆，审为吴江卜小二、费阿玉之党，供云意欲于午日午刻捣城，初七下掠，爰即正法。而吾邑亦获奸细，郡县戒严，仙师云"梅花劫数"验矣。幸谋定即破，尚不肆殃，莫非天神之佑？仙坛传谕弟子："公具牲酒钱镪，择日贺莫城隍司加封，并谢灵贶。"命予撰四六疏，为具疏使，仓猝立成。傍晚祀先，同李琴仙酣饮。

次日，晏起，以补历来欠睡，身颇安舒。至夕，赴李琴仙之招，偕朱鹤龄、宓寿卿南江、戴竹溪增奎、季良□□、利东毓祥斗饮，拇战七巡，兼行射覆。席散更以状元筹遣兴，乐而忘忧。

初七日（6月16日），好雨，省灌田之力，农家大半莳秧。祉儿葡萄疫未平，仍就医沈氏。兼赴高氏载内子，据言崧生神明尚清，见伯谦侄求救，临别犹订后日再来。孰知翼辰高婿已长逝矣，痛哉！方谓两割指肉,医母疾,天或怜之,胡以如此孝子,不留世间作楷模,令人莫解。上弃重闱,下抛新妇,况一贫如洗,丧殓何资?一丁未胎,继承何借?呜呼!负吾女矣。即遣妇子带酒米往哭,余俟躬至徐图,闻其叔云山汉气闷几绝,幸以沉香水灌苏。其母抢地悲号,额肿见血。以一人之死,致全家轻生,家运恶甚。虽少年夭折,而今生无罪,命不应短,嗣不应绝,乃伉俪仅缔五月缘,在数者难以理论。今惟为其报孝子,庶邑乘中罥一二行,俾得瞑目。撰联以挽,未足抒哀。

至**初十(6 月 19 日)**夕,予返舍,见东天有灾星,如明火下坠。而内人适回,言不独一母二叔哭晕倒地,而祐儿见姊麻衣泣送,亦大号而厥,幸唤人挑痧,用开气药而苏,扶上船倦甚,稍睡始安。讵料上岸,手足麻冷,仍起波澜,急邀陈珍仙推拿,多人摩弄,李琴仙尤用力展筋,渐能熟睡。而予因陪陆揽之及桑砚香父子,多言伤气,兼缘心境恶劣,闷伏匡床。

俟明旦,乃诣风宪城隍庙与关帝殿,拈香焚锭,交神谕于卡员劳□□大令承庆。便晋义学,将续捐之户,补书粘壁。王生少兰到塾,托以代课小生。予为卡官嘉兴钱伯声卿鉥留茶话,知系咸丰戊午孝廉,先君受知师敱堂宗伯橄,乃其族祖,令侄莘士茂才宜秉,翩翩公子,倾盖如故交。张益三守戎正在饬保盘查烟铺,恐匪党藏匿也,为我言苏城屡闭,近获贼党有百余人,放炮船剿太湖白龙山盗薮,幸队主卜小七已正典刑。王梅修松鼎书来,并捐义学费,可谓达人。

十二日(6 月 21 日),夏至。往候金景岩,不值。张寄翁、李琴仙来议公。吴学师寄丁抚书刊《治家格言》暨《二十四孝图说》,嘱与义塾师会讲。

十四日(6 月 23 日),俞旭初至塾,见义学捐簿,不劝而自输,且现缴,并出公分贺神。本为买米而来,偏肯行善,难得之于市井中。陈仲舫亦能于百忙中抽身到坛,包九仪又不顾公私,连下南乡办斋献,坛友之务义敬神如此,吾辈当观摩。若熙则好直、好名,见桑砚香辄谓将营室,庙为先,劝其重建丙舍;晤钱莘士便欲叙通家,诗作贽,愿其相引为曹,不无欠涵养矣。

望日(6月24日),挈祐儿诣风宪城隍庙,见斋筵供案精工,乐工已奏迎神曲,同事亦齐。主祭者本镇汛官张益三,予为具疏使,王聘轩为读祝使,金逸仙为赞仪使,孙克昌为祝献(事)〔使〕,陈仲舫、王芙江、包九仪为钱镪使,张寄翁、宝青为内外周巡使,祐儿为侍香侍灯使,地保孙佩香、王三奎当差。予同孙世昌、王湘帆等照例一跪三叩首,上香献爵,俯伏听祝。晤坛内罗筑庭、孙学卿、沈秋庭、毛世卿、亦美、张润甫、砚坪毓凤、王湘兰、瑶圃、星如、陈念瞻、梦梅、康侯,坛外殷万兴、孙锦坤、项顺之、张□□、周月亭、钱芷升、瞿价藩□荣、王松茂、井香、家朴园、僧□□庭福,与之叙久。倩江宁黄慎之茂才书"加官晋爵"四字,分金每人五百,除开销外拟制區。时治酒面,不具膳,日长腹枵。王梦蓬留夜饭,半荤半素,共三席,真解事人也。神为宋太宗时宰相,以善人鸣,谥文正,子讳宗谔,亦名臣。

既望(6月25日),王生星轩因夫人扑女致啼,翻案碎碗,予谓:"此等作为,尊翁见之,安否? 妻子好合,父母其顺,汝读书谅知之。况未分箸时,初无反目,一析箸而即然,尤显汝妇之不是。士兼学养,未涵养者,不算通人也。"幸其默受不辨,尚知悔心。伯谦侄来,谈及高婿事,予谓:"亲则福薄难招,己则债清便去,唯累吾女耳。"侄欲拨产作食用资,予曰:"七终可回,然省视翁姑,亦不可间,特二老不能顾妇,其责在父母防闲。俟十余年小叔妪生男,自尽长房承嗣,不必忧也。至于拨田之说,俟岁有铢积,得以增田再定可耳。"姑改挽联云:"截指疗慈亲,三党哀号真孝子;伤心抛少妇,半年遽作未亡人。"祐儿盗汗身虚,感寒带呃,倩伯谦诊治,用西洋参、生绵芪等药,稍得补元。天气凉爽,予有"一轮明月白于秋"之句,知将发水。

至十七日(6月26日),好雨滂沱,望云心慰。沈阆峰、陈仲舫、包九仪来塾清话。

翼日,雨尤破块,农可卧耕,而日夜如注,犹恐有碍低区。

十九日(6月28日),水长尺余,潭荡秧头半没。

至廿一日（6 月 30 日），始晴。水高二尺半，欲返舍，路已不通。贾生慰椿来，祐儿附舟回省。而予则乘李心柏船赴莫城，因吴学师札言，晴则要来义学访师，并监讲。爰唤地保预先洒扫。同钱苹士、徐晴湖、家朴园、瞿价藩市坊茶话，嘱晴湖致意张氏，须行真实善事，以便予与王聘轩覆坛。

次日，吴老师至西王庙，予引家朴园及义学小生出揖，受绛州李子潜先生□□《弟子规》，系癸丑翰林瑞□□联所书刊，又兴国万斛泉所著《童蒙须知韵语》，程氏逢源所作《性理字训》。予即为加朱，以便授读。继而陪拜圣牌，王聘轩、家朴园同席地听讲，王星轩宣读。讲"尚节俭以惜财用"，因月前城乡两社，好胜斗靡，所费血钱百万，天降霆雨以警，又成水灾也。又讲《小学》数则，《家庭讲话》中"济人""爱物""孝亲"，《阴骘文图注》数则。汛官张益三来陪话，惜吴公遽回城，局中设茶点，同人领之而返。闻十八图有俞坤，为逆妇所殴，遍诉亲串，予嘱学师饬传地保劝戒，如不悛，着其报县押解其子，治其纵妻逆父之罪。

廿三日（7 月 2 日），仍阴，风狂雨细，水退亦难。

廿四日（7 月 3 日），仍小雨。偕包九仪、孙佩香酒次谈天灾视乎人心，适十八图地保王某来言，俞坤之媳，因翁薪乏，取子薪炊粱，遂詈为偷贼，由是口角，已饬其子妇赔罪。予谓："嗣后再有忤逆，惟地保是问，慎勿得贿隐瞒。凡妻之忤父，皆由夫之纵妻，不得谓长舌之波累也，须以此例告知。"伊唯唯而退。

翼日，晓晴。同金景岩、李琴仙、王聘轩、少兰赴南埭土谷寺讲约。饭后登陆，住持真海上人、地保唐韦成出迎。见两边皆低田，离河水不过二三寸，幸多人戽出田水，大圩未通。予领耆老朱成德桂芳、查静能□□拜万岁牌，年皆八旬外矣。琴仙赞仪，聘轩陪拜，景岩宣读，邻友沈能贤□□、查砚耕□□来陪，土人下车聚观，骇为创举。讲"联保甲以弭盗贼"，恐乘水灾抢劫也。又讲仙坛"烟、赌两戒"。有醉汉昌言，此地不比城市，烟赌绝无。予谓："尔能出保结否？"彼不能对,予乃面叱其狂。众谓阻公不便,掖之去。成德为义塾乐输,可称寿富好德,福备其三。移桡新泾浜,访王星如及金子昂。憩俞氏精舍,轩敞可喜,主翁德安世禄慨助义学资。王春园邀去酒点。复诣居家圩青龙庵宣讲,地保曹云停供茶甚勤,与土谷之圩甲打扇,俱属解事。四面皆水,来听者皆舣舟。王兰生松云陪拜,吴英伯茂才福畴、江□□骑尉作霖来陪话。骑尉为江师之孙,六年不见,已如成人,惜少孤失教,恐刺芃兰,幸英伯严师付托得所。今遇世交小友,亦有天缘。晤王德孚、小亭、梅修、竹虚松虬、菊人松贞等护从,足张我军。予谓:"百行先孝,万恶首淫。"爰讲"敦孝弟以重人伦"、仙坛"戒色"一卷。此处河东即长洲,土霸惯演淫戏,亵彝伦,不可不惩劝也。旋为梅修招去谈文,春园又留夜饮,烹鸡炰鳖,有累杀生,而主人兴豪,嘱行酒令,与德孚、星如暨同伴畅斗酒兵。庭有古棕榈,誉为嘉树。闻星如阃君狂疾已瘳,而久留母家,绝不一问,予同德孚劝其亲往载回,勿生嫌隙,否则不和不育,犯大不孝。即雇工司馈,亦难经久,或纳簉室,更非宜家。幸其愎少除,尚不逆耳。临行,春园携族谱索序,予校正其讹,俟刊再跋。返棹已鸡鸣。曾与星如、少兰约陪王星轩赴文社,彼已具舟,孰知星轩名心不热,未获践言,致令予失信于友。

廿六日(7月5日),张宝青以《阆苑咏霓集》嘱为取舍,予略更张,研朱圈点,于《同人集》中择尤补之,日夜劳心,遂致病目。

厥后又两日雨,水涨三寸许,低区危矣。幸廿八(7月7日)晚晴,尚不大碍。

至晦日(7月8日),投邑尊名片云:"霪雨伤禾,赖神君祈祷之诚,吹笛即止,亦治下之福也。"王梦蘧示走洋马,系昭君过关,机械一开,旋转如飞,可供儿玩。

六月朔(7月9日),雨仍不止,水长更甚,有通圩者。王生少兰来,贾生慰椿返。

初二日(7月10日),阴。

翼日，始霁。同王湘翁、金景岩赴城。于南关食汤面，因断屠乏鲜，继啖糖糟饼，颇佳。连到陈梅岑、包九仪处叙话。复进县署，会瞿秋亭归串，陈振卿税契，偕范奎之、程逸梅谈久。遇王静梅千戎文达，询知家慎斋之子已贫不能支，而性尤诡谲，不如前辈之忠厚，人事不常，吾尤目见其兴败。因王星如被役索诈，代鸣不平，幸秋亭允饬役缴还。归接李升兰孝廉寄来《虞阳旌表姓氏录》二本，见周茂园舅氏鼎、贾王氏内嫂行略俱刊，他年定入志乘，欣慰奚如。新居屋基低下，水浸潮蒸，故一宿而赴塾。祐儿则以足疾留家，染湿之故。

次日，骤暖。李琴仙、陈兰谷到书斋，谈及田事，予托王梦蘧协同往观。

于**初五日**（**7 月 13 日**），立契，得田四亩八分一厘，不惜重资，聊备刻诗之费，故户立诗田。于案头见高婿所钞帖式，祐儿跋之，知观社来时，将借去原本与自录之本一并交还，始不解其故，迨其死而谁嗣，乃悟早知逝期矣。

至**翼日**，为五七期，予办祭筵挽联，由城往唁。询明啮臂截指疗母病者年月，拟其父禀暨里邻亲族结，以便报孝。偕瞿芝香酒次纵谭，归已四鼓。

初七日（**7 月 15 日**），雷雨兼雹，节令不时。李芝馨、王星如来，挑灯谈艺。

次日，霁。谭静园领客买米，价不昂。予家囤白每石只两洋四角二分，收运筛硾费烦，除存无几，幸荒田未尽完粮。

初九日（**7 月 17 日**），暖。王星如自城回，清谈销暑。夕见西南天有彗星。

翌日，交初伏，暑尤隆。祐儿始到馆。予苦脑漏心焦，连日止酒。

十一日（**7 月 19 日**），陪谭静园、朱□□到舍，留茗点，予则好啖香瓜。

次日，暑酷。祉儿痧起，倩陈珍仙针之，大汗而清。刘刻店寄来先君诗宋体样本，三十一页，计字一万一千一百八十个，每字一个半，连印钉工料钱，约二十余千，爰校后付梓。亲恩未报，小费不足惜也。

十六日（7月24日），沈邑尊来书，见委访查莫城瞿小弟事。予于次日赴莫城，问公正老成，知小弟开银匠店，汛丁钱福海嘱制银箍，付一洋，尚少手工钱一百五十，屡索不偿，致扭殴不解，击破柜台，张汛官闻之，将福海戒责廿板，小弟自愿修柜，事已消释。旋因张汛索谢未果，移文请县饬提。所禀弹唱小说，乃其遣暑自娱，并非开场聚赌也。爰唤其父瞿四向张谢罪，张允申请免提。即据实覆县。祐儿身瘦苦热，时患痧，回家调养。而予则挥汗弄笔，不暇追凉。

十八日（7月26日），张宝青撰张师琴、时酉生两传，送来嘱改，即删润复之，附高婿节略，转乞宝青发挥，服其笔力千钧，词锋百炼，得随园之真传也。连日暑甚，终日食瓜，小便不利，汗如雨淋。闻大侄看症忙甚，南边人口欠安。

翼日，阵雨风凉，胸次热解。惟河泛水腥，傍晚回舍烹天泉。李祐之嘱挽其适朱伯姊，为撰联五、额一，而天已明。

二十日（7月28日），清爽，可衣。赴练塘镇，往候金省三姻家，而公子宝之丁嗣母忧，吴健伯兄弟又居父丧，往招未出。须臾地保邀集多人，然后讲约，偕陈仲卿拜圣牌，讲"完钱粮以省催科"及朱柏庐先生《治家格言》。方午返棹。黄昏，听瞽者查晋说因果，为方卿何文秀事，予因昨夕废睡，听未终而先眠，儿辈直至鸡鸣矣。将张、时①两传与金景岩、黄申甫观，均惊宝青之笔阵。

次日，赴塾，贾生始来。天暑如故，茶水仍恶，暂饮井泉。拟咏霓约课《求为可知也》一篇，目昏手腻。

廿二日（7月30日），移塾丙舍，诸生得以静专，唯地滑潮蒸，恐生湿疾。聘轩自进甘瓜，日常数枚，可谓忠敬。慰椿初学诗，笔可造就。

廿四日（8月1日），祐儿陪王星轩往请仙方，饭于张氏。予则偕

---

① 时，原误作"陈"，据上文改。

王氏群从及小生至西王庙,晤家朴园,以六月讲单托其同义学功课封寄学署,并致沈公祖一函。见蕙侄时寒热面瘠,乃馈以瓜。适庙建雷醮,法师金逸仙诚心伏坛,众道人亦不遗余力,同王井香、钱玉琪话片时。

翌日,清早讲书,出《三嗅》《三咽》两题,诗题则《瓜田不纳履》,予谓:"三嗅,可将前说后说作两板股,破题云:'圣仁而物智,闻气闻声可数也。'三咽,亦可切三字本地风光。"

廿六日(8月3日),家朴园来,同玩龙舟,长谈过午,聘轩留膳而回。

翼日,王湘翁当秋社,留予饮,南腿、蒸豚俱美,余则予不能啗矣。是夕骤凉,回舍。

廿八日(8月5日),高婿终七,唤舟载次女回,而哀毁成疾,寒热频仍,予夫妇时为劝慰。内弟贾厚卿来省,留膳宿,至**次晚**去。予挈祐儿赴塾,晤金湘坡、李祥茂、芝馨,匆匆小话。

晦日(8月7日),立秋,大雨寒甚。正伏盖棉被,亦所罕闻。闻丰二场四十四都十八图地保张受禄得贿庇纵,且诬吴学师与予罚忤逆之钱,爰叙曲折,请县官饬差提究,以儆凶顽。

七月朔(8月8日),晴暖。张宝青以高孝子传来,叙得离奇,与前两传又一格,才子之笔,诚不可端倪。

次日(8月9日),雨。王寿南松琥来,同饮于书斋。

初三、四日(8月10、11日),连雨如天漏,水长尺余,中区稻亦没。王涧桥塊水深路断,回舍颇艰。而李宅井溢,水浸室中,雨淋帐上,不可居矣。闻江阴顾山出蛟,故雨小水大。又云,白茅开塘不开坝,故水壅回西南,未识然否。

初六日(8月13日),晴。入城会吴学师、沈邑尊,为张地保投禀也。唯义学捐少十四千,沈公不缴,司董又须垫亏矣。包九仪留瓜,晤李晓江茂才大文,云湖南水漫,高与城等,淹没数县,太仓陆心农殿撰增祥宦楚溺死，地运渐薄，而吾乡之水灾，犹小焉者已。便往屈兰圃詹簿承幹家，亦留五色瓜，托其西席许肖岩茂才家瑞报高婿孝，话别良久。旋于总上问串，柜上问契，偕张子琛福臻、曹星村两茂才及王颖如、姚似香、瞿秋亭、陈振卿、程逸梅、曹敬止、家静澜闲话。知予以声音宏亮，讲义详明，县学出看语；昭文杨学师因奏报乡约不符，奉宪记过；汪厈翁为督讲乡约有功，调授金山县，抚藩之重乡约如此。适沈公自邑庙拈香回，如入火窖，不便畅谭，门丁吴姓携片道谢。进城隍庙，见张灯人哄，知今日悬御赐匾，官绅俱贺。与谈振文及福清禅师小叙数言。乘西风返棹，夕宿于家。

七夕(8月14日)，赴塾。微阳而燠。命两生作《有牵牛》《七八月之间》文，祐儿作《何取于水也》文，诗题则为《支机石》《曝衣楼》二艳。祐诗文尚可，不费斧斤。王德孚、星如来，脱巾谈艺。吾吴盗风甚炽，闻劫狱出十余人。西北乡有大盗，入太仓陆状元家，抢物杀人，伤其内眷数口，波累县官。

次日，雷雨。拟《君子者乎》约课文、《郝隆晒腹》诗，则祐儿作十二韵。闻张受禄已传至县署，未稔讯究如何。

初十(8月17日)，贾生慰椿节假，钱梅卿来会话，命祐儿回舍应酬。沈邑尊书来，云："地方张受禄诈赃一案，昨已提到。据该保供，只得洋二元，系为备办酒菜之用等语，似恐狡滑，当将该保重责，饬令将所诈俞坤之洋钱，照数缴还，延则比革。惟所诈之洋，究有若干，禀内未曾叙及，用特奉询，即望阁下查明示知，以凭究追。"予托张润甫唤俞坤、俞万福来，问明确实，即于**次午**覆县云："张受禄惯为鬼蜮，始则指官哄吓，谎言学老爷与讲约者着其具结，须五十番，继又讳饰前情，托办酒菜，讵知父子名分攸关，从无备酒合面之理，况实系八洋三千，有黄金虎见付，俞万福亲口来诉，何得狡赖只供两洋？且受禄得钱之后，并未代办酒肴，唯于三界村神庙屠猪卖肉，广播流言。倘上宪委员误听风闻，县主既蹈失察之愆，学师等又蒙不赀之议，所系甚大，理应重惩。如俞万福已叱妻赔罪，俞坤霁颜，似无庸议，唯求再提该保严比，着将诈赃全数缴还，能枷号莫城示众，以儆贪诈而杜效尤，则更快人心，一乡顶祝神明矣。"是晚，王生少兰假归。

十二日(8月19日)，予解馆。内人因浣衣跌伤。经造袁饮香松、赵楚珩、地方张鸿范、孙佩香为张受禄事来请从宽，予谓："自作自受，并非被诬，既已经官，只好听处。倘学师欲办，须往赔一不是，始可释愤，予则何仇焉。"是夕，内子闻虚室三叹。予梦观戏，系《时千偷鸡》，而唱滩簧调，颇疑焉。缘向梦观社观剧皆不果，今忽显见，不可不慎也。

翼日，祭先。偕李心柏、棘卿、祐之手谈消遣，夕留饮于堂，琴仙亦在座，畅叙欢情。许肖岩来书，附《旌表录》二本，马心斋亦寄通问信来。

十四日(8月21日)，次女回省翁姑，兼办祭事，祉儿往陪。予寄时挹翁、平燮庵两信。仲舒侄带蘋婆果、佛手柑、银针茶来，乐叙片刻。沈公祖信来，云："昨展还云，具悉一切。地方张受禄藐法妄为，实堪痛恨，当又提案重惩斥革，枷号莫城示众，一面出示晓谕，俾众咸知。所有诈去之钱洋，限令三日如数缴案给领。知关雅念，用特奉复。"斯诚神明宰矣。见易简仙师谕云："莫城隍司庙联，仍着龚传撰进。"即录前降行坛神谕，缀成五十四字，曰："生为宋相，没作明神，驱阖境之游魂，司水利，救火灾，碧落飞来捍民患；秀挹昆湖，灵昭莫镇，降行坛而弼教，正人心，拯物命，红灯助剿晋官阶。"录降鸾作云："沙飞蝌蚪字惊天，自署清凉第一仙。醉后不知尘世界，碧梧影里抱琴眠。"

中元(8月22日)，晨雨午晴，秋阳燥烈。连为李祐之、心柏、琴仙留饮，大鳗、椒蹄、糟鱼、焖肉、南腿、专参，均为齿缺者特办。夕复雨。

既望(8月23日)，晓晴。地方王大观、孙佩香托言张受禄痧起，欲卸枷，予谓："当报县验明，予不能私擅。自作之孽，尚其悔哉？倘全赃缴楚，县主容开一线之恩，勿他求也。"即唤陇西画舫南行，琴仙、心柏、祐之、祐儿同往。朱鹤龄留食斋,示以近艺,晤元和画师李子香□□及俞少如□□、朱半千、云溪。旋往伯谦侄、厚卿内弟两处。仲舒侄陪至殓伽庵讲约,时陪拜者为毛企堂,宣读者为朱恂如。讲"和乡党以息争讼",下逮《小书》"劝孝""戒酒色财气"。时谦吉、朱顺之、贾慰椿等来听,与话阴晴。晚与心柏饮于贾氏,同李棘卿载月而回。

十七日(8月24日),时渔琴上舍宝针于昨晨病故,奉尊甫命撰挽联云:"日永高堂,方挟双雏聆祖训;风凄上舍,遽惊七月赋仙游。"圩甲李星耀缘地保之欺,来诉不平,予为致书经造沈芝亭云:"近来秋水大发,如南九图低区,稻已半没,全在赶紧泄水。风闻尊伙始则夺圩甲之锣,继欲索圩甲之贿,岂知水灾时节,理应地方协同甲长日夜监车,严催出水,何得从中阻挠?该保虽已谢罪,而仍复张大,欲押李姓之船。如此贪婪,势须喝止,恐公禀到官,经造亦未免波累。现在和尚甸地保因索诈诬官,已请县主追赃枷示在案,幸勿尝试。望即约束尊伙,勿诈圩甲,速来覆知为嘱。"

翼日,半雨。遣舟往招次女,知高孝子传为其所知周莲亲手镌矣,又存一篇于局董许处,备刻《旌表录》中。内子往候大嫂。祐儿因嗽就大侄医。予入城会吴学师,并往谢沈令。便谒许肖岩,赠诗一本。至刻店,付先君诗集雕资。过族弟静澜思仁家,悉其母八十寿终,唁以数语。并因经手诸节孝命下,会官报周兰江。兼访钱竺卿、周新之家,致意会事。回棹风利,与蒋□□长谈。

十九日(8月26日),阴而热。葆初侄来,予又催其速葬本生及嗣母、伯母,幸其亦以为然,留夕膳而去。内子起痧,季女寒热,幼儿头眩,而莫甚于祐儿,虽服药稍清,而始寒继热,心胸烦闷。前月因浴在锅边挫伤臀骨,时形酸痛,其身弱可忧。夕更头痛腰酸,牙龈肿痒,咳痰不清。予梦立破楼观城街行会,心甚疑焉。爰于次日偕李琴仙、王星轩往请仙方,楚通仙师诊云:"传室内郁气不舒,外感邪骤袭,兼之素患肝胃,时形痛疼,况当夏退秋来,正易病时,急宜调养。用广藿香、川朴等药,令似新凉客感,内热尚炽,间疟象也。咳嗽伤肺,拟清热止嗽法，用鲜石斛等味，常服茅根汤。"诗云："天气新凉雨气昏，水高三尺外河浑。田荒莫恨无佳味，多少人家未午餐。"醒世语难在蕴藉。王少兰昨到，贾慰椿今至，予缘病人未即开馆。张宝青留饮酒，晤包九仪、金逸仙、孙学卿、克昌、元良、佩香闲话。

至廿一日（8 月 28 日），赴塾。而陈霭亭适来，带苏省珍奇见觊，留饮快谈。提及其家事，俟暇拟往调停。薄暮回塾，时妇子尚卧病在床也。

次日，晴。偕王星如等诣三界庵，陪吴学师讲约。王聘轩同拜圣牌，金景岩宣读。拈"讲法律以儆愚顽"及仙师"戒赌"说、《学堂讲语》中"公门积德"、《学堂日记》数则。孙世昌、僧朗泉来陪。学师闻保伙于张受禄案内亦得贿，着其跪招，供得两洋，其父瑞歧磕头告罪。并悉莫城地保王三奎擅将受禄白日放枷，其子王大伏求。老师怒欲带两人禀县杖枷，予为请免，着其悔罪，跪谢而兴。午后返棹。而王三荣赃未备全，谬托张受禄病求请放枷，予谓："当禀县官，予不敢闻。"

廿三日（8 月 30 日），俞芝轩学博挺芳以生挽诗见寄，嘱为寿言，予应以七古一首。黄金虎□□欲以张受禄赃银，就近交来，嘱予缴县，即叱退："此系县断之事，理应躬自堂缴，何预旁人？况邑尊现提受禄追比，速缴庶可免刑。"

至次日，贾慰椿因喉癣又发，寒热旋来，爰送归医药。予回视病人，幸皆轻减。

廿五日（9 月 1 日），遣人往邀伯谦。午后大雨寒甚，竟着绵衣。

翼日，遣人送曾伯伟太君吊仪，致官报周兰江、学书陈梅岑两札。瞿世良来小话，予缘先君忌辰，回家致祭。而大侄适来，诊祐儿脉云："脉象细弦而数，内热尚炽，舌苔薄白，小溲短赤，此系肺邪未肃，湿热逗留所致。但气体极亏，勿令久咳为是。"下鲜石斛、款冬花等剂。

廿七日（9 月 3 日），冒雨赴馆。倩人往问贾慰椿。是晚予腹痛，停食早眠。

翌日，复辍粥。勉起课徒，命三小生默书，少加夏楚。泊午强饭一盂，圈点《明鉴》以备讲。

晦日(9月5日)，侄婿汤月卿□□、吴耀明来，因严姓捏月卿名，卖其南郭地基，欲与理论。予知盗卖者系其表弟，当顾亲谊免讼，倘能略还洋钱，尽可消释。唯唯而去。

八月朔(9月6日)，雨。得沈邑尊信云："前复一缄，亮尘青照。革保张受禄骗诈俞坤一案，昨经提案比追，当据该革保将所诈之洋十元，照数缴案，即经练释，所缴之洋，应即传领，用特奉布。祈阁下转饬俞坤投案具领，最好由阁下给函，备具领状，来县径领，免由书差经手需索，想吾兄定以为然也。顺请台安，立等回玉。"洵是体恤民情。即覆一函云："前荷复函，即呈谢束，正拟登堂聆教，乃蒙华翰重颁，铭感之私，何可言状。刻下筹救荒之策，抚字心劳，中泽嗷鸿，当又沾恩溉矣。至如张受禄一案，蜃幻迷楼，既蒙昭雪；鲸吞欲壑，复革顽风。过客至剑城，咸指荷校者以为戒，且啧啧于冰镜之清，属在棠封，奚如忭舞。况体乡懦之心，免经县胥之手，饬俞姓躬领还金，将官清民乐，遍贴乡镇间，考察定书上上也。唯莫城义学捐仅百金，而缴未及半，欲为经久之计，须凑多钱。以公祖大人体恤孤寒，谅善作者善成，弗使义举不终耳。下半年能如见许之数，补拨廉泉，否或筹款酌支，更为长策。因灾区未便劝分，二三亩瘠田，又无实济，不得不仰主裁。专此复候德音，并颂升吉。"李琴仙欲集资挑高王洞桥西岸，第水深三尺，颇难动工。予连改二生诗文，积劳愈甚，腹满废餐。

次日，又得沈公信，系为保甲，词云："径启者，现奉宪札，以保甲为弭盗良法，饬就地方情形，参酌定章，悉心经理，不准稍有扰累，编查完竣，造册申送等因，具见上宪保卫闾阎之至意。第思保甲事宜，原恐玩法者留藏奸宄，故必挨户编查丁口，书立门牌，使宵小无从匿迹。若仅饬差协保挨查，非虚应故事，即借启需索之端。因思贵绅董为一乡表率，耳目较近，稽察易周，且素仰襄事精明，不辞劳瘁。除谕饬差保查编外，希念事属因公，督同实力举办，俾得村无暴客，户不藏奸，是为至要。顺候时祉，惟祈澄照不备。"适沈公到莫城勘荒，予小病不克陪，姑托孙佩香投名片，倩家朴园应酬，见赠笔墨。又覆云："驾临剑城，因恙未能拥彗。见谕保甲一事，理应勉襄，俟耐劳再出。应有宪定章程，祈示备遵。但南乡之图，或向有甲长，或向无甲长，必须饬保查田多而公正者，报明备请。若董事则如李瑞棠、朱恂如、张宝青、朱鹤龄、张润甫、朱一泉、吴秋亭、家伯谦，才品兼优，可备委任。"再因吕舍人情，多以讲约为非允，爰向吴学师云："此地信佛，借桃梗以惑一方，烧香如市，而闻讲《圣谕》黜异端，恒有忌者，必须监讲官同为指迷。"是晚回家，而又不能静养，拟《孟子曰子路》题文，且题俞芝轩《遣怀词》七古一首。

初四日（9月9日），挈祐儿抵塾，仍复寒热带痢，盗汗不止，身弱可知。连雨水涨，微论白田，即秀实者亦垂头淹水，米价腾贵，艰食可虞。

初六日（9月11日），始晴。遣人吊家静澜之母。夕张砚屏来。

翌日，连晴。翟景园因与赵楚珩小嫌，同来诉愤。予同王聘轩、梦蘧为其排解，着地保王三福交还门扇，修还门闳，而两造告歉，各自心平。瞿秋堂亦来，小叙而别。庭有天竹，被雨压偏，予谓："可翦去其半，惜有子，奈何。"祐儿曰："不可非时而断，且留以护棠。"遂得句曰："呼僮莫翦窗前竹，好借秋阴护海棠。"

初九日（9月14日），小晴。同俞坤入城，附张砚屏毓凤舟，与司记范梅亭闲话。至县署，知邑尊连日下乡，回已倦眠，未及会。嘱幕宾扬州张植之少尉芳付还俞氏被诈之钱，并晤陈振卿云藻领回经手之契。便过许小岩处报陶氏节，周兰江家取各节妇报单，至钱雪岚家取报费，托张吉云德熙送俞芝轩处寿诗，订吴老师下乡监讲。砚屏作东道，留予父子点。祐儿往听马如飞说书，谓为独步。而予则偕金景岩、闻芝庭话寒暄。归已月上矣。

次日，赴馆。俞芝轩遣使馈礼，并以近作见商。

十一日（9月16日），雨中发棹，挈祐儿赴吊时氏。旋赴吴塔，俟吴学师，遇卡员绍兴陈心斋少府□□及宓云台彰达茗话。朱晋升、宓静轩留点并陪拜，拈“联保甲以弭盗贼”暨《阴骘文》《学堂讲语》数则。吴公因官眷在船，径上省，嘱予独赴吕厍。憩广福庵，招卢器轩宣读，朱翼卿国宝同拜，讲“黜异端以崇正学”及《阴骘文》引案。便候邢氏堂姊，晤家伯谦，舟次稍叙。晚晴，至张港泾，问贾慰椿恙，报轮香勋叔母节孝。又往杨树园余静翁家，托致程节母、陆贞女报条。载月而返。

次日，集《易》作《今夫水搏而跃之五句》题文。

十三日(9 月 18 日)，童学使按临苏省。复大雨，水愈汪洋，室中亦着屐。唯盈庭秋色，如凤仙、鸡冠、蓝菊、老少年，俱绚烂如锦，惜葫芦为雨渍早凋。李琴仙刻书画，备置秋虫。予附周莲村舟抵塾。

翌日，晴。出《功必倍之》《与其进也》两题课二生。

中秋(9 月 20 日)，祐儿试笔，借诵芬堂陈《五经》，领拜孔圣、文帝、魁宿，题为《亲之欲其贵也》《月桂高攀第一枝，得枝字》，两生题为《至于用力之久》《至于日至之时》《八月枚乘笔，得乘字》《一鸣惊人，得鸣字》。构《中秋竹枝词》四绝，子弟仿为之，唯祐儿得艳体。天气暖甚，半阴半晴，而夜分月愈皎。东家供圣神袯马，修斋唪经，见贶饼果。

既望(9 月 21 日)，晴。遣人赍束送两侄赴试。惜祐儿艰涩，好诗不好文，读资又钝，未及《书》《礼》《春秋》，成何文字？而身更虚怯，难下苦功，督课只好宽些。是夕回舍，欲挈祉儿上苏针灸，爰订魏船。

翼日，晤俞友兰、黄申甫，附朱鹤龄舟赴馆。俞书庭自郡寄来考信，足见至好关情。

十八日(9 月 23 日)，张润甫来，谈艺良久。夕为李祐之邀饮，适其幼妹受聘，偕媒氏俞友兰、姚巳生及吴毓芝等畅叙，遂宿于家。

次日，到塾。遣祐儿答候桑砚香，承留点饭。予则品期岁汤饼，因王湘翁令孙晬辰也。

二十日(9月25日)，晴。挈妇女二子上苏省，风利水顺。未刻过齐门，见网船有人投河，口称"子不养吾，故尔"，幸被其妇女援手，得不死。又见夷人及通事上白篆板船。申刻进娄门，泊胭脂桥南堍，见案有默经二名，亦新例。是日，常昭生员科试，常题为《禹吾无间然矣菲饮食》《策问春秋三传得失》《赋得一声何处寄书雁，得声字》，昭题为《而尽力乎沟洫禹吾无间然矣》。付值路范云亭卷费钱二百十，学书陈梅岑领薪水文钱二百，礼房平亦堂备文送文钱两洋二百。便谒吴学师。过仓王庙总节祠，访俞书庭。复于大郎桥巷会家伯谦、仲舒，同陈蔼亭、郭在中、朱恂如、卢器轩、家礼庭茶话望月楼，楼上书画古玩，坐榻观灯，繁华之至，茗价亦昂。下则每碗连盥资只消八文，茶味不必减也。旁为钮家巷，潘东园员外仪凤之家园在焉。左为迎风阁，赁作酒馆，右为延月亭，中养金鱼，皆有楼台池馆，竹篱界为两园。外有红阑桥二，真若双虹落彩焉。

翼日，出府长元吴老案，喜钱生竺卿一等，足张我军。同妇女两儿到乌鹊桥俞竹安□□□□家针灸，据云，内子肝风，祉儿痰疾，悉针不脱根。晤昭学杨公子少泉茂才保孙侍母宜人，暨同邑赵少琴司马仲洛、徐寅生参军忠仁俱就医，叙谈至午，留看封二，共钱三百三十六。复偕朱恂如、卢器轩、家伯谦、少谦饭于宫巷酒楼，蟹粉、风蹄颇佳，绍酒亦美，而予最爱红汤嫩腐，齿豁无虞。旋同伯谦到府东陕捐局，会司董吴江吴幼甫□□□□及其侄娱堂骑尉□□，为王聘轩报捐贡生、张毅甫报捐监生。时委员为吴江谢达人太守定通，前宰宁国。而祐儿力乏，近憩玄都观，冒雨踉跄而返，已受寒矣。路遇钱竺卿、曹星村、吴修之、时镜甫□□、王丹生、兰生。回憩郭在中寓。买陆稿荐糖蹄、野荸荠、饼饺送王少兰及张宝青兄弟。陈霭亭借郭宅请予父子，馆菜全筵，同恂如、器轩、两侄、一侄孙品之，有海藻蟹羹、专参八宝鸭等味，点心为荷叶卷，包肉丝，惜无大腹，带半回舟。

廿二日(9月27日)，试常昭童生，出常昭老案。雨甚。便赴玄妙观前办货。兼于郭寓观伯谦场作，圆润似可前茅，惜入手但伏食缺饮，其法稍疏，预决其二等，果抑置二等十一。曹生星村、景生琮圃亦在二等，差喜来岁可径入乡场。是夜因啖羊肉、鲟鳇，恶心而呕。

次晨，已平安。进干将坊巷，诣让王庙，旧见大铜笠已失，唯庙貌较新，旁多耳消息店，有名。路中高旁低，停雨即可免屦。出卧龙街，由东观桥进捐局，时早，局董未齐。缴找银于吴□□□□□，即幼甫子。由西美巷过织局，出西街，转至濂溪坊巷，自白蚬桥南行回船。后复从葑门夏侯桥至陕捐局，领王张两照及饬知本县移文。同家人啜茗观场，于观西玩照相，看洋人，由间道而返。因舟小人多，遂迁行李于俞寓宿焉。

廿四日（9月29日），试长元吴昆新童生。予领眷从醋坊桥大树巷出元桥坊巷，巷多织锦栈、清音堂。由陈公祠后门进，重游花园，今改安徽会馆，为倪廉航方伯良耀所捐。适有委员某太守寓此，见予幼儿掩耳，曰："因惊胆落，痰踞其中，故呆木畏声，有秘方可治。"而予因官在座，叱令妇女避之，惜未请问。给园丁钱三百。祐儿有诗。进元吴学，见宫殿衙署已成，墙贴书院案，超等半常昭人，为省垣士子所畏。偕郭在中等苑桥品高粱、面点。自兴市桥下船，移棹官太尉桥西南，途遇平燮庵，知其取二等。予附俞书庭寓，在百狮子桥北，晤张槐堂，主人为家春山銎，欲留饮，因是夕进场不果。其子少卿与予叙旧，惜其耳重听，非复旧形。五更同书庭至俞寿卿寓，晤张西林景翰、姚少溪。

廿五日（9月30日），贡监录科，封门近午。同座者有花翎蓝顶一人、蓝翎蓝顶一人，其余五品翎顶者不计其数。正途坐东大号，俊秀坐西大号。题为《故汤之于伊尹学焉》《策问屯田得失》《赋得见客惟求转借书，得书字》，《圣谕》默《和乡党以息争讼》"是故人无亲疏"至"不必望报"。未带策料，臆说了事，况墨浆不浓，纸涩多沸，眼又昏花，殊难匀整，老状如此，复何望哉？晤黄雯轩明经耀文、曾士常司马吉章、徐石英明经骏声、沈月帆驾部堉、潘少仑明经曾怀、童叶舟学博葆澂、居敬止明经清绶、王赞卿农部绍俊、翁士吉学博曾禧、瞿仲璋明经福煐、屈薇卿学博家琪、赵少琴司马仲洛、屈朗如上舍钊、蔡小樵司马鼎培、俞蓉卿员外钟琨、庞伯森上舍鸿湛、俞凤梧上舍钟纪、庞献卿上舍钟璪，谈笑良久。知金匮杨艺芳宗濂已保举藩司。付验照费票钱二百，未末交卷，其他有给烛者。出场知新案进陈生晋三康贤，南乡相识者俱屈，如天荒焉。路见时风，行长顶短袍，深蓝衫，辫重，根用三绦，衣多用羽绉、少湖绉，取其价廉也。祐儿因跋涉不安，咳嗽寒热，遂于**翼日**返里。半途视贾慰椿恙，知经月始有转机，清减已甚。与桑侣梅同茶点倾谈。抵舍悉次女幽郁生疽，犹复忍痛制鞋，买物以献舅姑，可怜可敬。

廿七日（10 月 2 日），东家遣舟载予到馆，同李芝馨畅谭。

晦日（10 月 4 日），课罢，回视祐儿，惊悉咳嗽见血，痰滞气浅，腹板力亏，仍患盗汗，幸寒热稍平。见有《莘庄道中》诗云："病体醉眠帆影里，吟魂摇破橹声中。"如此费神，宜乎虚弱。次女痈溃体疲，内人肝胀肢冷，致予心绪不清。托张宝青与寄翁请仙方，据楚通仙师云："龚通复自冒雨起寒热，至今伏热肺家，以致咳嗽见血，痰壅腹坚，病势未能即已。拟清润豁痰化食疏利法。淡豆豉、前胡、二青竹茹、细石斛、赤苓、小青皮、山楂炭、青蒿、炒香荽皮、焦栀，加鲜佛手冲服。节饮食，慎寒暖。赐焚香致斋日期、刮锅忌日各一纸，谨录仙谕。弟子恭立心愿，誓永不食灵物畜牲，弟子龚心传、龚通复誓戒食灵鼋、灵龟、牛肉、犬肉、田鸡、鲤鱼、黑鱼、黄鳝、螺蛳、鲶鱼、鸽子、兔子，无事不杀生。"次女于予不家，犹办肴祭妹静方忌辰，其厚于同胞，深可嘉尚。

九月朔（10 月 5 日），予回视家人，欣悉祐儿服仙方有效，咳减热清，胃亦无恙。唤周妪每晨将稻叶露，炖热饮之。遣人邀伯谦侄来治。王生星轩自新泾浜始回，呈近作如《禹思天下有溺者一节》《至于用力之久》《于是始兴发》三题，渐近自然，可谓一旦豁然，阅之喜甚。王菊如自上洋回带八音匣，只须两洋二角，星轩买之，日以娱耳。

初三日(10月7日)，伯谦侄来诊妇子脉，据言内子则肝阳不潜，是以头眩心悸耳鸣，夜难安寝，胃呆口干，不甚引饮。脉细弦，舌苔糙腻，此系肝胃不和，兼之湿热内留。经云"胃不和则卧不安"，况九窍不和，都属胃病。肝藏血，心主血，脾统血，今营血亏耗不寐之所由来也。务宜怡神静养，以冀心肾渐交，庶可复元。下炒黄半夏、朱茯神、夜交藤等药。祐儿则咳嗽时作时止，痰浓带红，气逆频频，鼻塞口干。脉形细软，舌苔微糙，两胁引痛，此系虚体易受客感，肺邪不肃所致。务宜避风寒，戒食酸为嘱。用冬桑叶、软前胡、丝瓜络等味。托其寄会柬，兼发吕舍谕单。接沈公祖札云："驰启者，案奉宪札饬办保甲，查造门牌申送等因，当以贵绅董为一村表率，稽查易周，函恳督同差保举办，想精明襄事者，定能查察周详。兹奉上宪札催，用再渺函驰布，务希诸君子俯念事属因公，克期查造，是为切祷。顺候时祉，惟祈澄照，并盼还云，不备。"予即复云："见委南乡保甲，理应面请教言，但地广不能熟悉，诸友又有喜事，俟重阳解馆后，邀同于莫城两三图先查，其余须另嘱也。空白户册，祈饬贵役带下，以备挈保查书。"是日，贺张毅甫上舍福荫成昏。主人请与王聘轩明经、桑侣芳奉直、陆秋澄布经、徐晴湖兆桢、张砚屏毓凤往陶荡蒋氏迎娶。船过王涧桥，水高樯断，惊骇异常。晤平燮庵、王燕三、蒋蘋洲，回已酉刻。陪新客施雪樵州同登鳌、顾树堂上舍□□、吴舒诚上舍□□、丁鹤龄□□□、蒋养安□□□□、砚池□□□煦、□□□□□□及媒氏陆澄江启明、蒋子方上舍益元等茗点，旋又同宴饮，拇战言欢。偕孙世昌、金景岩、姚似香震基、时觐宸□□、范梅亭□□、沈一纯、毛云亭、徐鹤斋、贾厚卿、瞿价藩荣、邢福堂、王瑶圃、张玉方、家伯谦拇战合欢。附吴翰卿船回舍。

翼午，张润甫又来邀品两部弦歌，南局是小清音，北局为老雅乐，正曲杂以摊簧，彼此斗胜。同嘉善顾□□、张莲溪、宋蔚彬、耀初暨吾邑瞿士兴、徐梦兰兆□、梦亭兆麟、邢莲湖□□、陆莲三□□、梅园小春、家佩秋文兰、葆初培原等，连饮盛筵，以拳为令，欢笑一堂。讵意张氏有老仆徐二，从灶下至河洗手，时因病眩坠河，撩起已死。主母请予调停，令其两子载回成殓，幸为徐鹤翁晓谕，邻人不敢阻挠。新郎欲于明日仍用乐暖房，予以遇事不顺，况费烦人愆，又丁水灾，理宜节省，此流连之乐，长夜之饮，弗可为也。辞之乃已，拉贾厚卿回宿寓斋。

初五(10月9日)，晚归，知伯谦侄又诊祐儿恙，病势减轻。

次午，家朴园来塾长谈，而金逸仙、张宝青又札嘱撰仙坛礼斗疏，系奉祖师命，不敢他诿，心手双忙。孙蕙圃为予领薪水，肩负出城，情重可感。邑王氏新刻《觉世格言注解》，分类劝戒，美备无遗，赠予两部，日为观摩，津津有味。

初七日(10月11日)，晴燥。予节假。俞书庭遣使送贡监案来，知予卷列第五。

次晨，往候书庭，茗话良久，谢其试事知会，有始有终。晤福山沈眉峰□□，乃其家司计也。灯下禀沈邑侯札云："见委查造户册，应较向来户版加详，如男几人，女几人，所习何业，同居何姓，均须细填。俟每图草簿备齐，台役协保下乡，当会同诸董先向剑城附近村庄，逐户细查注簿。第各路水阻，须用船只，其费似须预筹。且南乡向无甲长，倘地保将图中殷户邀请，彼必力辞，将如何办法？晚所知村主多畏事少年，老成练达者绝少，间有能干者，又饥驱在外，无暇办公，似可暂请同各图地主稽查。而晚近寓莫城，略知风俗，其余南路及下塘，多未熟悉。唯其中才堪司董者，尚可约举，待面奉训辞，再开单呈览。顾此保甲一事，今与古异，常与变殊，当相时度势，合于土宜。想上宪颁发章程，公祖亦晓谕各镇，祈示备遵。晚系匏一馆，不能广采风闻，惟邻近毛氏浪子因吸烟无资，时为宵小，能设法令其改行，勿碍保甲，全仰大仁人化导深心，希留意焉。草此上渎，诸候钧裁。"

重阳日(10月13日)，入城。承邀晋署，面请一切，言已谕各保择日奉烦，甲长亦不必强人，总期就近查察，各董分劳。毛氏子着保带来，准当堂劝化，或设法措资，俾其生理，庶不陷于下流。诚蔼如仁言，不惭循吏。吴学师订予明日会于莫城。又应许肖岩之嘱，将王霞

翁传交采,补刊《旌表录》中,且备登邑志。晤洞庭陈步轩□□、王晓
山□□于道生铺。日暮下舟,李晓园会东。王蕙苏欲留饭,不果。

翼日,吴老师来监讲,予赴莫城,王聘轩赞仪,倪旭楼□□陪话,
周□□同拜。讲"黜异端以崇正学"及《觉世格言》数页。遇方少坡仲
禧、顾介甫景福话片时。回至王氏,芙江留膳。偕赋梅至坛请仙转
方,而主人不家,遂返。

十一日(10月15日),复往,呈伯谦两方。楚通仙师诗曰:"柴门
收拾稻花香,一带腰镰预筑场。吹醒西风梧叶下,满庭蛩语咽银墙。"
诊祐儿脉云:"通复本原素弱,当秋燥之时,肺金受火,内热酿痰,必须
连服药剂除根。倘其根不除,后必为害。呈方甚好,即用此意加减。
细石斛三钱、蛤壳打四钱、款冬花三钱、前胡钱五、茯苓三钱、西洋参
一钱、青蒿三钱、沉香五分、杜苏子三钱、焦栀三钱,加辰砂拌灯心一
钱、枇杷叶刷毛去筋净三钱、茅根肉五钱,常用茅根代茶。"见莫城至
水西桥水阻路断,时向孙世昌、王湘兰嘱填,幸皆闻言动工,三里中无
烦跋涉。唯王涧桥西塂北至善庆庵后水深五尺,此为东西往来孔道,
男女涉者日以千数,而皆濡下裳,理应米肆、油坊、药铺、布庄凑钱填
筑,而久无人问。予愿捐两洋填此水缺,请仙师训示遵行,批曰:"禀
愿捐洋填路,甚好,须在即迅行。盖既捐,则早行一日,人免一日之
苦。到斗期用钱数覆宫。"予随唤村农装载瓦砾七八载,克日填平。
晤黄瑞歧、孙学卿、蕙圃、介书、张宝青、宝华话久。王瑶圃留同张寄
翁、砚屏、王赋梅午饮,醺然渡河,抵王氏开馆。于郡得《觉世格言》两
部,据云,吾邑东城王姓印送,分类劝惩,案断明备,即圈点醒目。见
张宝青逢诸神佛诞斋戒,好善好修,世俗所罕,遂分一与之。复以剑
城隍司庙额"保障剑城"丐吴学师写。

十二(10月16日)晚,返舍。祐儿连服仙方,颇效,热清咳止,良
可解忧。

翼日,抵塾。

十四日(10月18日),送次女回。便往霍氏谈保甲须领查,惜醉

香司理荣桂不家,为心香国柱留茶话,承书义学捐。旋至祖居,伯谦、仲舒两侄留点。偕胡芳梅四万荡、小潭荡观禾,大半没坏,颇难办租。归已细雨。

望日(**10 月 19 日**),留馆。人生易老,昨于霍氏见族姊,别四十余年矣,言长我一岁,鬓白颜苍,几不复识。伯谦侄来诊祐儿恙,据云:"势来不轻,慎防滋变。"薄暮步行回舍,喜王涧桥西堍已筑成陆,计工食、船只钱二千五百六十。有烧香诸姬,祝颂再三,为之心慰。夕为李祐之家待媒氏,留予素斋,陪俞友兰、黄申甫谈久。昨夕梦在乡场,努力完卷,而先君携玩多时。迄今又梦与大兄啖馒首七枚,兄往会东,而予挽住而醒。父兄久不入梦,而今并见,其日有所思欤?

既望(**10 月 20 日**),为祐之季妹出阁,予往贺喜。旋同王氏群从诣仙坛,时补礼斗垣,奉荣祖沙派主稿缮写使,各锡衔条红笺一纸,俟明春社期带来,查验功过,再换。并赏信芳仙果。即撰四六谢疏,并将填路工竣疏覆三宫。见水滞天寒,涉水人病,商之王梦蓬。孰知其将用余瓦砾,再补徐蒲滏桥堍,并添钱填附近水缺,可谓同心之言。仙师问各弟子何者为易行真实善事,予对曰:"恒见乡村露厕秽气冲天,且不无谷麦抛入,传愿裁减衣食,量施篾箸坑盖。第力绵不能多办,倘好善君子仿行,则一方周遍,可无亵两大三光矣。未识当否,请示备遵。"晤罗筑庭、周月亭□□、倪蓉江、金逸仙、孙学卿、克昌、陈□□□□、春畦□□、李德卿、静轩等畅叙竟日。而卜夜则予为尘事牵,不得不请假。禀云:"复儿寒热时作,气体大亏,须人防检。况同居李氏有喜事来邀,理当承乏。去冬次女之嫁,仗其叔侄调停,礼无不答。用敢告假先回,伏祈俯允。"适沈一纯、张润甫至,不克陪。即赴李氏之招,偕时月梅、长春辈叙话。而忽闻李琴仙次女之变,罢兴而归。遣季女为制毷鞋,呼周姬陪其长女之病。正祐儿起痧,幸倩时长春针刺。

十七日(**10 月 21 日**),内人复痧,又赖长春挑治,深感神工。午为朱鹤龄伉俪反马,又往陇西道贺。新婿因舟子胡言,不肯上岸,予往劝之，乃登门夜饮，偕其拇战，遂忘小嫌，盛筵至三鼓始罢。陈生晋三札来，骈四俪六，风雅可观，书法亦娟秀，附以试草。评云："上下截纯以灵思贯串，轻挑浅逗，神妙异常，与劳拙者奚翅霄壤。诗亦精巧，宜其见赏宗工。"又跋云："晋三性至孝，曾刲臂肉疗母疾，虽幼年失恃，而克自树立，贫不废学。禀尊甫命应试，辄列前茅，洵文行兼优者。从此云程发轫，早遂显扬，可操券耳。生其勉旃。"即附一缄以复。伯谦侄来视祐儿恙，据说尚宜静摄慎调。晤金景岩、黄申甫、吴逸耕、翰卿、砚卿、时长春、月梅、勉甫、陈兰谷、松廷、松岩等，连聚畅饮。

十八日(10月22日)，予补举金兰会，诸友罕到，唯贾厚卿、钱梅卿、狄振扬、步英、王梦蘧、星轩、芙江、序兰则来。惊悉王生蔼亭已故，其妇飘零，知蓉村师难瞑目。幸有长房一曾孙承祧，然而以一顶诸房，亦孤危矣。予为太息久之。

次日，祭先。命祐儿陪李受之□□、琴仙、心柏、心兰、贾厚卿小酌，而予则南行，赴三总朱蔼如、四总贾□□培祉会话。复邀伯谦观证，适入城不遇。便过小潭荡观稻。另换小舟，自白田中去，漂没甚多。回家骇悉内子口燥心迷，大便纯血，想因两边喜戚，不无暗伤。乃于二十日，请马似村□□起课。内人则卜得临卦变睽，才爻为用，神官临螣蛇，痧疾作痛，大势不可轻视。过廿四日，不增为幸。祐儿则同人之渐归魂，子孙为用，神水官临白虎，劳力所致，更兼风寒受重，大势不妨，宜服药清化为安。嘱于今夕解伤送鬼，诣观音庵、水仙庙烧香，并定二十五日倩僧道修斋，念《玉皇经》八部、《五经》全部、《观音经》二十卷、《金刚经》三十一卷，顺星发檄，礼斗，荐先，须用铙鼓，缘驱煞也。予乃预撰疏文，两赴仙坛请方，而上沙手入城不果，第为李琴仙长女书病缘疏而回。欲问药缘，写沈周禧三阄，向祖先灶帝位前焚香叩祷，拈得禧字。

至翼日，如卜斋送。而伯谦侄始来，连诊母子脉，下药煎服。

廿二日(10月26日)，张宝青遣人送仙方至，诊云："夫人贾湿热入脏腑,邪感乘之,肝病间之,势甚危迫,非调治有法,难克应手。拟通利平气法,用大豆卷、地榆炭、防风炭、银花炭、山楂炭、侧柏叶炭等药以治。"又云:"令郎复久患似疟,偶然衣食失调,症即他变,而食尤见咎。拟消食导气、清邪化热法,用大豆卷、细石斛、山楂炭、青蒿、橘络、辰砂拌茯神、丝瓜络泽泻等味。"钱梅卿来索会项,姑付钱一千七百八十文,留饭而去。金景岩来视疾,陪话多时。

次日,王湘翁亦来问恙。予随抵塾,家事交祐儿。伯谦侄复诊,大嫂亦来。义民周兰江至馆,带县行饬查文,着捐生补结。王聘轩出录条备文费伍洋,报单费四百,张毅甫出费四洋,报费五百,并来各节孝录条,为义贤族兄妇贾报节孝。偕张润甫谈片时。是夕予宿馆内,弟贾厚卿来省姊病,不克陪。

廿四日(10月28日),大侄仍来诊疾,欲回晤,而为王氏邀来。据言:"叔母血止转痢,祺弟可勿药,唯女徒王菊贞连药,病依然。予见其面红苔灰,嘱饮西瓜汁,而胸膈顿清,颇有捷效。"

次日,内人出汗思食,遂饮葛粉。大侄来覆诊,改换三味。据云:"勿多食,尚宜慎调。"为前课所断,谨延羽士金振玉等六人,祀斗禳星,用铙鼓谢土解煞,方外照岩等三人唪经,荐曾祖父兄四代及出嫁长女培祁、亡儿培禄、亡女同生、静方、外姓高二姐,共一日夜。差遣乏人,幸李琴仙、心柏、时锡蕃、贾厚卿来襄,得无阻越。

廿六日(10月30日),以宿酒留时锡蕃、贾厚卿、李琴仙、心柏、心兰、祐之小酌,始以拇战,继以手谈。将酉生小传讲与锡蕃听,即令其钞去。祐儿为祐之覆其舅氏一缄,文理颇通,可不易一字。是午抵馆。

次日,阅王星轩《何必改作子曰夫人》一艺,渐近自然,为之心喜。予借科试作老年消遣,本无心于入闱,而如今花样究不可不知。伯谦侄来湖舫社课,王星如来时尚揣摩,遍观而录其一二。薄暮回舍。

廿八日(11月1日),与伯谦同舟入城,赴水仙庙、白衣庵拈香。晤陈文轩廷福,缴其公子文。徐俊卿司马□□将其友朱自成正域书捐义学。访王默卿于程塾，见小友次安茂才_{叔贞}，知馆同居薛氏，年仅十七，与蕙荪之子聘华_{叔宝}同入泮，皆英隽也。到陈梅岑、包九仪、家仲舒处会话。过刘博文店，知先君诗将竣，爰付刻资。于书坊售杨蝶楼《赋钞》，以授儿摩。记大士签示家宅云："上中。相处卦。长阪坡赵云救主。服药好。放生平平。田财多。"经云："招接经商事贴然，交关买卖两平安。所谋暗昧虚空事，总有文章未及全。"断云："求财是有贵人招，病者无妨不用焦。幸有福缘来凑巧，行人定至到明朝。"便憩钱生竺卿书斋，见视场作。朱少英邀至清和轩茶话，值徐晴坡、蒋硕卿、顾星和、张子琛、钱梅卿、曹星村、俞书庭、陆大昌，叙阔至昏。递沈邑侯一札。回至漱芳阁，王湘翁留膳，为禧侄评改试文。返舍，知内子病退，祐儿又寒热盗汗，白痦布胸，兼有暗病。又闻侄孙椿宝痉厥，幸伯谦四鼓已归，急治而愈。

翼日，嫂氏望六正诞，惜家人病不能往祝，仅送寿面去。予困甚，暂息一天。

晦日(11 月 3 日)，至塾。王少兰久假甫来，出《为间不用》题，文已生涩。张寄翁以近作二律见商，笔意超然，居然仙品，想得力于熏炙者多，欣赏而入《同人集》。是夕大风戒寒。

至十月朔(11 月 4 日)，小雨。

次日，晴。送余静翁信一纸。遣季女往祖居省椿宝，又载次女回。因朔祭已过，可暂离穗帷也。陆澄江绍芳来，嘱书纱船准税切结，呈莫城卡员。

初三日(11 月 6 日)，严寒呵笔，拟《为间不用》一艺。

翼日，乘航上城，晤姚润坡□□，询知为炳华先生钟文之子，本世交也，老成和蔼，与予及其族巳生一路畅谈。旋会家静澜，喜悉新进龚福履即少鹤上舍淦公子，字仲培，犹见范庄宗叔师曾余荫。复会周兰江，领沈卧云承奎父子恩旌忠义报单，即寄与墨轩廷灿。又访周新之、蔡生心田、钱生竺卿，算清会项。承竺卿补贽六千，划除缴本，与新之均捐义学资。陆懋修茂才亦乐助。新之来会面金，欢然而散。出城，航已开，爰另唤船而返。洋荡张黄氏矢志守节，同社中曾联恤嫠会令其凭折取钱，讵意其夫兄张桂纵妻殴辱，欲其去帏。正欲禀县，忽又有周爱棠、单宏道来谒，言单之甥沈芝亭谬以张姓妇许嫁其舅，出洋七圆，旋知为有夫，毁议，索还四洋，而沈辄唆其同姓不宗之张银和，将此悔议，飞与爱棠，言自再醮不成，其夫又远出，妇人之心浮动，恐一旦私奔，其衅开于谋主，逼其写保寡结。如此吓诈无干之人，闻之不胜发指，岂知盗卖有夫妇女，律有明文，夫在何寡，有人拦阻不成，极是正道，欲索诈而托以秽言，诚为不法。如有逃亡，主名有在，能售凶恶之欺乎？即寄声大侄，嘱其就近指陈是非，以破鬼蜮。仲舒侄以捐施棉衣折属劝，因浼王氏、张氏，略助若干。

初五日(11月8日)，张宝青乞撰恤产保婴小引，沈一纯情拟病痊礼斗表文，走笔以报。

次日，沈阆峰来，谈善不倦。李芝馨劝吴墨香上舍仁谦、霍醉香司理均助义塾，足见口角生春。予最爱红芋，星轩移来一大碗，予于饭后大啖辄尽，报云："红芋居然一碗全，先生从此腹便便。"

初七日(11月10日)，艳晴。办汤饼，为内子寿，致女侍叩首，以欢病颜。差幸一室春和，药炉已息也。

初九日(11月12日)，接县来保甲章程以及照会，见嘱保举图董，即复一缄云："南乡上下塘地广不能周知，姑就所知者以闻。其余之图，或图大董少，须饬地保补请，庶无漏遗。"是夕以来文与同事递观，备覆县主。

次日，余芝香到舍，有失倒屣，祐儿欲留不果，匆遽即回。张寄翁携施袄折来，予苦力绵，略助数件。

十一(11月14日)夕，灯下为李琴仙阃君病书迎驾请方两疏。祐儿患疟少力，尚未能到塾读书。

翼日，张宝青来小话。

十三日(11月16日)，得吴学师信，约予明朝为吕舍之行。陈生晋三来拜，兼呈县府十名场作，即为加评。复以南乡四十二图可膺图董者，开单呈县，如有请不肯出，姑听之。又附议保甲事宜一折云："公阅保甲章程，悉臻妥协，仰见贤侯筹划之精心。第保甲不能无长，而派长又极难事。南方风气柔弱，闻保举图董则乐从，一闻派当保长、甲长，鲜不畏避者。无他，一好名，一惧累也。倘地保挟嫌故报，或图人贿嘱免派，兴一利转滋各弊，即绅董查出，已烦扰不堪矣。且为长者，须具结画押，难保日后无虞。地保疏防则有责，而村主非在官人役，设派而不应，将何法以处之？此事自当预筹。若图中有恒产者，凡遇公事，理应赞襄，况附近户口，素所熟知，请为图董，谅亦不辞。但须平生清白，终岁家居，而又能干者。始则督保查户，继则押保时巡，各有身家，谁甘不防盗贼。此无保甲长之名，而有保甲长之实焉。至如巷门之设，只宜城市，十家牌亦然，若村落数家，似但悬门牌可矣，亦不合巷门。锣则有船之户都备，或再集资连梆添设，一家有警，则比邻鸣锣梆以应，同力追捕，不出者坐罚，获盗者立赏。乡镇少客寓，而赌场烟铺容易藏奸，似须扫除净尽。庙宇庵堂，不无寄宿，亦须查诘精详。至稽查船只，自宜照章严密。惟给牌立总，恐吏胥埠役借端苛索，须谕禁在先。僻路向立水栅，如来往总河，立栅多不便，况其费浩繁，民力有所拮据，惟黑夜行舟，地保及村镇之人俱宜盘问。每遇冬防，各户须出丁轮巡，或支更警夜，贫而乏人者听，其余三时，似可照常查察，以顺人情。敢献刍荛，统祈裁夺。"是夜归省，而内弟贾厚卿适来，伯谦侄亦至，诊祐儿脉云："日疟经久不已，盗汗不寐，头眩心悸，苔糙腻脉郁数，是营卫不和，心肝二藏病也。用法半夏、制首乌等药。"

　　翼日，赴吕舍，陪吴老师讲约，卢器轩赞仪，邢湘塘、笪琴舫陪拜。讲"联保甲以弭盗贼"、《小学》"实立教"数页、《二十四孝》大半、《觉世格言》数则、仙师"戒赌"说。地保王柏荣易冠投禀，尚知重大典，嘉之。旋奉委至洞港，兼收义学捐。访朱一泉，适病后，与谈保甲，犹不耐劳。晤顾虹玉，酬数语。旋憩大王庙，晤李耐村丈及钱雪崖。朱生南溪上舍凤池来陪拜。亦讲"联保甲以弭盗贼",《觉世格言》数则，《家庭讲话》中"经营""耕织""勤劳"。予欲整顿风俗，恐广福新塑观音惑众敛钱，谕吕舍地保："如烧香还愿，数百文则可，勿多索。众姓捐钱，不如捐工料，不为经手人所吞。"又闻朱姓开赌局，输赢极大，嘱洞港地保亟须劝止，毋致官访，连累多人。李芝馨代收捐钱，并欲留饭，以日短径还。见陈晋三备礼来问，以悦病余之人，心甚感焉。

望日(11月18日)，次女患幽郁之疾，腹痛有痞，倩伯谦侄医之。沈芝亭来，言单、周所诉皆一面之词，实则说合娶妇，事由爱棠，唯过付洋钱，是出其手，且三洋不足，渠尚垫应一番，怒欲向爱棠索烧利市，否则必须批颊。予谓："作媒固谬，经付亦谬，派烧路头尤谬。理宜追还四洋，以脱尔累。此事不成，是吉非凶，何烧利市之有？"仍托伯谦就近调停。星轩入城，少兰回家。予奉仙师命，诣坛听谕，助檀香柏烛，以谢医仙。

十六日(11月19日)，为王芙江夫人病写迎驾请方两疏，偕王赋梅赴坛代求，缮录仙谕。一路冒大风，几吹人倒。玩前月十六夕荣祖谕曰："龚心传虽未竟夜，而连撰两疏，颇有功，着赏赤柿两枚，以医其痔。"又诗云："丛菊花开香满庭用成句，酒多薄醉倦难醒。灶烟凝雨摇窗户，山影随风落画屏。深巷无人猿问字，荒村太古鹤听经。心斋静坐捐凡俗，钟磬声声和塔铃。"次晨赠沈一纯钟福云："青霞世裔谱虞阳，椿寿欣看老益强。寝侍绛纱年算绛，地居黄土术岐黄。钟灵早挹辛峰秀，福后先征子舍昌。难得交荣荆树好，各将肘后授奇方。"又廿二日侯祖诗云："刀圭一卷路迢迢，我住琴弦第几条。冶荡木棉潭荡蟹，一年吃着福难消。"又十月六日诗云："黄橙绿橘影参差，况是茶香酒熟时。眼底风光吟不尽，斩新红叶又催诗。"又今日诗云："严寒信紧手频呵，扫去膻腥唱沛歌是日风烈。击筑酒酣豪士气，古来磨炼出才多。"

十七日(11月20日)，伯谦侄到李氏、王氏看病。顾姨来省姊甥，留叙离索。惊悉金园族弟廷琥因吸鸦片过甚，得痢而亡。毒物之耽，一至于斯，可为前车之鉴。四兄弟仅存朴园，亦形孤子。予依贺及门例，咏陈晋三入泮四律。

二十日（**11 月 23 日**），赴东始庄，自水阻后已将五月。宓宏德父子留茶，招呼我者颇多，予俱不识，自嗟老眼昏花，致半面缘，无从摸索。抵塾始见有孙佃还租，熟田尚有揉碎黄粱，岂能截丰补歉？蕙侄偕王燕堂来，予与谈诗律，讲唐律十余首授之。

翼日，入城，与王湘翁、李心柏同舟。艳阳奇暖。谒吴老师小话。旋进县署，晤幕友张植之，提及保长甲长事。据云："堂翁遵教免派，拟责成地保，俟上宪批文回，再寄信知会。"时沈邑尊为漕事赴省，不及面商。访胡雪帆驾部元晋不值，留信托其司计朱耀卿。适陈生晋三祀文星，往贺留饮，偕吕聘宜斋长珍、吴雨岚少府敩章、李洁莼茂才宝生、陶缦云孝廉嘉栋、冯月亭茂才熙成、吴毓芝少尉维锁、赵愚溪茂才濂、陈云卿贰尹钟宝等畅叙，各道离悰，留《诗集》一编。文轩上舍廷章嘱申赞敬，并留夜饮，缘事固辞。途遇王喻梅少府绍沂、曹舜卿少尉文林、瞿安仁斋长桢，立谈数句。祝翁相国夫人张氏八十寿，虽玉甫方伯同爵宦楚，而叔平祭酒同稣犹得侍养京师，孙辈如仲渊殿撰曾源等亦获随叔称觞，福泽无比。归接张宝青四六谢柬，并馈盛仪，即复一札。家伯谦来诊女恙，张润甫、金丽生亦至，俱未及陪。

廿二日（**11 月 25 日**），张寄翁以《村居》二律见质，爱加评，入《同人集》，以志服膺。

廿四日（**11 月 27 日**），家朴园来，茗话至晚。

廿六日（**11 月 29 日**），贾生慰椿病愈来馆，惜主持租务，未克留。

廿八日（**12 月 1 日**），沈秋庭、家朴园来，同饮浇寒。予为李琴仙撰家醮疏。

晦日（**12 月 2 日**），偕王湘兰入城，茗话社坛三景园。旋谒吴学师，见订于出月初五下乡监讲。复往包氏，托九仪领讲约薪水，承其应钱办绵袍、松凳。日晚，晤戴润卿汝桢，知为讼事留城。归与平竹香、家朴园舟次闲话。李琴仙阃君病愈，而其雇工王寿又暴卒，家悔频仍。而予次女呕吐时病，想居室未利焉。为祐儿拟《放于利而行多怨》一篇，冒寒起写，枕席不安。

十一月朔(12月3日)，小雨。至夕，大风始寒。

初五日(12月7日)，同张寄翁舟至大潭荡口猛将堂，住持祖□出迎，周莲村邀茗话，适陈如山待诏政、家朴园衣冠而来，遂偕陪吴学师、地保沈义茂伺候。须臾人集者众，始与寄翁、如山恭拜龙牌，朴园赞仪。予宣读《圣谕十六条》，讲"敦孝弟以重人伦"及《学堂日记》数则、仙师"戒烟"说。移舟西坝，又诣墩头丘积福庵，金生、丽生亦衣冠来陪老师话。仍偕如山等拜圣牌，朴园赞礼，寄翁宣读。予讲"完钱粮以省催科""添粮从租出"等话，以劝佃农缴租。因此间有学田，而多顽佃，催子苏□□、刘□□无能为力，故璞翁授意云云。并讲《阴骘文图注》数页、仙坛"戒烟赌"、《小书》"戒酒色财气"。地保陈三荣当差，耆老陈□□与少年周子馨□□俱到，男女之听者约百余人。地主陈憩亭上舍士镇邀饮，缘自带羊羔鱼肉福酒，同人借庵一饭。便至田垾吴念椿继宗处劝捐，承允书簿，晤公子湘瀛少府君达与惠亭、彦璋、芳亭、□□，皆古朴可喜。又赴刘巷时氏，雨若、雨旸义卿、雨田义明、雨亭以及翰周、心谷、礼臻出陪，煮香茗留话，亦捐义学资。抵暮如山要至其家，设盛筵斟郁金香酒，言出自南翔，向为贡物，能令人血脉和融。予自钱雨翁一馈，已二十二年，一旦重饮，香沁肌骨，仿佛当年紫霞杯中注绍酒。主人如待神明，我辈又占食福，席次快谈，保甲互有见解。醉里登舟，归已三鼓。补录沈明府札云："前接手书，并所举图董单一纸，具征筹谋尽善，虑事周详。惟保甲两长，有稽察牌民良莠之责，似不能置之不立。果难选举齐全，得半亦可充数。该保长等如能办事实心，事竣自当择优奖励。希再广为劝举，以卫村庄，是为切要。至所保图董，俟门牌造齐，当择填布闻。专此泐复，即候时祉，不一。"闻县书徐润之□□奉派办保甲，据祺侄述其言曰："刻下城内各门暨东西北乡，均未定董事，惟南乡已举行，所以县主于各绅董处道及又翁可称老成公正、诚实可靠，真卑县转移风化之名贤。"又据润之云："命盗案与保甲无涉，只要按户开清人口，督保一查。"

初八日(12 月 10 日)，朴园弟、仲舒侄来，同饮浇寒。遣祐儿陪至高泾张氏。留侄宿于家。而予则难旷馆课，即内人寒热不暇顾也。

翼日，祐儿送仲舒回，请伯谦诊视，书补剂方。

初十日(12 月 12 日)，小雨。菜麦滋生，无忧枯旱。

至十二日(12 月 14 日)，王少兰节假。予覆沈公祖札云："前接台函，知保甲两长尚须举报。今悉各图地保缴门册时，已将田多而能干者开报，无俟暗中摸索矣。但能不具结、不画押，则更踊跃乐从。此事当责成里正，理难波累图人也。近沾膏雨，菜麦滋荣，可慰慈父母之望岁。唯月初寒早，灾区无力置衣，忍冻多病。幸张寄轩上舍、王聘轩明经施送棉衣，晚苦家贫，弗克多助。莫城一带，租事照常，而潭荡以南，佃农观望，冬至在即，仅缴十之一二。粮从租办，恐误大漕。祈饬保紧催，兼于吴塔、辛庄发示劝谕。南乡历届在公者，近无一存，而地方辽阔，仅晚一人稽察，未免疏虞。况精力衰颓，系鲍一馆，子幼不能代劳，尤难得手。第壮强之岁，亦尝勉竭驽骀，自办赈邀奖后，饷局练局俱未及备文，爰叙阅历一纸，冒渎镜堂，得一知己可以不憾，伏希鉴察焉。泐此布复，敬贺节禧，不宣。"祐儿疟未止，而好吟，赋寒气总至云："岭云吹不动，潭水冱成团。"赋日短至云："分阴珍白璧，寸管应黄钟。"为同社所称。

次日，仍阴。莫城汛张公来报，有乞者毙于西王庙厕中。爰将所存施材，嘱地保及土工丐头收殓。即请张守戎就近验明年貌衣服，填尸格备查，异于义冢。旋知为湖南人姓王名霸，是炮船哨官周芙江□□乡亲，张汛官协同周都司相验无伤，更属周至。古人云："志士惜日短，愁人苦夜长。"予撮日记之要，共数百条以备请人作传，而仍有漏叙，随改随增。日不暇给，至夕不能睡。每忆故旧凋零，如姻丈冯玉山茂才照、世丈陈晓霞上舍庭辉以及王亦周恕、张二曹绣虎两茂才、周允斋俊、陆筠轩仁溥、徐穗钦希浩、胡恺卿观国、李立夫复亨数家，或遇害,或病亡,全家俱登鬼箓;他若屈云斋允升、王希程大昌两茂才,一出不知消息;世兄戴鹤亭汝霖、及门鲍湘之琳,一面不获重逢,想有死丧,为之歔歍太息。

十四(12月16日) 晚,饮酒食羔,忽患头半及牙龈俱痛,颇似脑漏。回家静息,兼含参条,始止。

至望日(12月17日),眠过午,赴馆安然。

既望(12月18日),解馆。

十七日(12月19日),晴。乘航入城,王梅岑希永与予叙旧,承会舟资。到陈梅岑处,呈报讲约单;包九仪家,托开追顽佃。于金李庵桥品汤团,剧佳。市前晤王聘华叔宝、次安叔贞两小友,握手怡然。于显星桥茶肆遇沈伯门,来会茶东,言其父梅翁诗集已亡,欲借予《诗话》《同人集》一录。偕王默卿、沈仲絜矩及新进褚翼亭宗亮茗话。伯门昆仲连试前茅,皆中隽之材。褚又气宇轩昂,亦晚成之大器。过胡锡蕃宅,晤姚润坡、朱耀卿。途遇姚允升□□、家朴园,仍憩茶点肆,允升会茶金,予会点金。时正新生游泮,同观鸾旗之盛,两旁士女如云。陪公堂宴者为归公恒孝廉康麟、胡雪岑司马兰枝。于周官报家遇陆懋修来泰、顾小坪鹤章,酬数语。晚为吴毓芝少府令爱受聘招饮,其娇客李伟卿炜正采芹。予同陈文轩上舍、李心柏、棘卿、吴雨岚敎章、敬之维铭拇战,主人暨公子逸耕劝杯无算,分袂醉中。附李氏舟而返。

次日,孙佩香来报,沈邑尊至莫城催租,邀予往陪。遂同王聘轩就舟畅谭,言前见履历,颇体面,俟办文详请议叙。所嘱催租告示已发各镇,凡义学冬防诸务俱见委焉。聘轩因陈正卿云藻受银报税,搁契不还,面禀请谕速缴,俾后有凭。晤幕友章肖山茂才□□,即□山学博安行之子也。

十九日(12月21日),午后往高泾,访张寄翁、王瑶圃、孙学卿、徐晴湖,承留茗话。将平生事实丐张宝青作生传,归祭祖先。

翼日,冬至。遣次女回家尸奠。予至东始庄,于瞿春泉肉庄、宓宏德药铺算店账,缴钱米若干。晤陈念瞻,谈保甲事。

廿一日(12月23日),积疲静养,遣祐儿课弟。天暖又寒,雨雪交至。王骋轩载我至高泾,为消寒第一集。偕孙学卿、徐晴湖、张寄翁、宝青、润甫、毅甫及王氏群从大斗酒兵,三席喧哗,似聚星堂雅会。予曰:"以主人之大烹,供恶客之大嚼。"归已夜午,知沈侯已提陈税总,有人来请弥缝,但印契不归,以虚言塞责,究非据实,转属欺官,难强从也。

至次日,开塾。喜《杏花村诗草》梓成,得二诗,丐吴学师题签于首。王聘轩设盛馔,偕梦蓬、星轩品之。

廿六日(12月28日),贺张砚屏之姊出阁,适新婿王梅修上门,偕沈一纯上舍、范爕庵少府士烈、姚□□上舍□□、居敬止明经、陆秋澄州丞文炜、毛□□、李芝馨、徐鹤斋洤、梦兰兆□、梦亭兆麟、晴湖兆桢、小斋兆□、时觐宸、春晖、范梅亭、王聘轩、陆叔明文焕等,畅叙一日。

廿八日(12月30日),南三场四十三都三十三图地保孙佩香报义学生徒三名:陈大观年十三,父陈二观,住陈家浜;王义生年十一,父小荣,住东头村;王小美年十岁,父振兴,住陈家浜。三十四图地保王仲德报:王东年十三,父阿大,住陈浜;沈天荣年十二,父奎观,住水西;张阿二年九岁,叔凤楼,住水西;邹满年十岁,四荣弟,住殿头;李阿大年七岁,父三观,住莫城镇。共八名,即开单呈学。是夕自王氏载米回。

翼日,蕙侄来,讲唐律。暮为王芙江专诚请予,同其群从品米鸭、专参、羊羹、蟹粉以及鲭鱼、皴躃,均佳。王星轩苦温《诗经》,予在梦中听,已逾夜分,可谓好学。

晦日(1870年1月1日),憩东始庄,偕张小园、金文开、陆桂山、陈芝台、瞿小亭茗话。

十二月朔(1月2日),挈祐儿入城。送礼于常学。并赴生生堂合补剂。见大雄鹿，似驴而歧角，毛无斑点而纯灰，知非春夏间，故麤毛莫辨。其一雌者，小而无角。会慈溪旧友叶安华，惊悉孙载盛、叶体乾均故。复往许衖访沈伯门，遇方恂卿孝廉鸿绶，言："伯门在徐塾，予与其朝夕相见，曷弗将书本交予？"爰以《同人集》三本、《西窗诗话》一本嘱其转交。便过沈云章恭泰宅，晤沈小亭上舍湘泰及家朴园。旋至瞿秋庭家归串，周新之家收捐，蔡心田家载租。又会胡雪帆驾部元晋，承捐义学资。于邑署晤王兰亭上舍廷珍暨王颖如、程逸梅、徐润之。复于金童子巷遇归云台上舍洪德，托其致意钱宝斋送租米来。到包九仪、钱竺卿处小话。

次日，祐儿以跋涉力乏，虚火上升，馆课又间。

初三日(1月4日)，细雨而暖。陆瞻云国兴合巹，弗克躬贺。陈念占上舍来会话。

翼日，微雪，大风苦寒。

至**初五日(1月6日)**，水冰而霁。

初六日(1月7日)，仍晴。祉儿诞。有西徐墅医师孙□□来，见祉儿近增涕唾，身重头眩，谓血淤所致，出飞银丸药，又书药方，制南星五分、制半夏钱五、天竹黄二钱、大川芎三分、真川贝三钱、甘遂五分、炒生地钱五，用雄猪心一个，将竹刀剖开，纳入药料，用陈黄酒煮熟去药，食猪心七回可愈。

初七日(1月8日)，钱宝斋载租米来，留宿畅谈。外家姨表兄弟如此往来者少，与予同庚而较健，忘其年之周甲也。

次日，吴学师来函，因一年告终，嘱写讲约大略以及南乡风俗人心，备报上宪，恐封印后不便办文也。

初十(1月11日)晚，小雪。由昨日太暖，暴风鼓寒所致。

至**翼日**，已晴。灾区田租，化为子虚。而儿辈号寒，想披裘服，闻居敬止有羔皮褂欲售，爰以六洋易之。家朴园来，青珍珠皮褂已用残，又截旧皮补缀，添呢面制成。岁事安排，益形支绌，至如妇女之凄其，不暇顾也。

十三日(1月14日)，家朴园因炊爨不便，别受沈氏聘，忽辞来岁之馆，乃延定孙克昌先生元哲主义学讲席。孙君敦品，复工书，学生可得教益。

次日，憩东始庄。缘辰良，倩修发匠留髭。偕陆惕如、王梅岑茶话。回塾，拟《子曰贤哉》《子曰大哉》两篇，尚不费力，而无如腕冻欲僵。

十六日(1月17日)，包九仪至，同饮书斋。遣差友蒋坤追租，如顽佃蒋金三连欠二年，不得已报官出票。

翼日，偕王氏叔侄入城，为亲友缴折漕洋钱，共十四结。如李琴仙、陈念占、金湘坡、贾熙春、毛浚川秉镛、云亭□□、时锡蕃世康、王湘帆、受昌、梦蕹、聘轩、瑶圃、澄记等户由单，交总瞿秋庭、严翰卿恭。旋谒吴学师，呈讲约义学两单。又向沈伯门归《诗话》《同人集》。晤朱荫堂茂才、张云阁上舍世钧、毛慎斋上舍□□、蓉江奉直守仁、徐俊卿守戎□□、吴慰屺万钟、筠风宝善两上舍、袁□□文华、家伯谦、仲舒，应接不暇。同人品高粱、锅面，严冬冻销。

十八日(1月19日)，遣祐儿陪李琴仙往南括租。予困卧竟日。

至十九日(1月20日)，抵塾，而王少兰已归，家朴园解馆。同王聘轩检点物件，与张益三守戎谭半晌，给住持、地保节费而回。

二十(1月21日)晚，节假。

次日，领亲友入城缴漕粮，王星如亦到。于漕房晤归铨之大令□显、吴慎甫少府等。与账房姚似香、范奎之□□、张杏芬、沈叶舟□□、曹梅江□□、杨芝昌□□、厮书严惠卿□□、钱秋坪暨姚叔英□□、钱仲谦朝议福棠、张铭斋少府恭寿、翁士吉斋长、胡锡蕃驾部、翁瑾甫茂才同篆、王梅修明经辈话久。挈祐儿连饮包氏。

廿二日(1月23日)，贱降。虽六十正诞，而戒杀不集宾朋。天气晴和，皆大欢喜。

翼日，碓米完竣，值吉上困，仅得五六十石。因荒大亏，而租欠仍夥。至夕送灶。王梦蕹陪瞿春泉学成来，为陆伙事，张汛官欲当贼办。予谓："缘债重而窃主人衣裘,欲变卖了逋,尚属初犯,况年幼,而物寄袁氏者未散,似可从宽。倘显暴其恶,其父子或情极捐生,不如着保取赃归主,将伙交其父领回,严加戒责。俾来年仍可觅主营生,否则成绝路矣。"爰即此意劝张,幸蒙允许。

次晨,自莫城回。狐裘经雨,而久旱之下,菜麦滋荣。

廿五日(1月26日),晴暖。偕吴翰卿等乘航入城,人多船窄,如昔逃难之苦。钭中舱皆女,予坐船首,尤冒寒风。到仓为李氏缴洋,遇徐月槎宫尹藻、方恂卿孝廉、庞少冶詹簿钟、朱恂如少府、季慎修斋长亮采、蔡叔平守戎大均、邓少卿斋长福增、钱竺卿、蔡季范、仲稚莲良士三茂才、朱耀卿参军、陆懋修茂才、张寄翁、雅琴、宝青、家仲舒话久。李棘卿邀至鹤岭泉品茗。匆匆出城,而各航已开,趁高家浜周姓舟与赵南材骑尉标栋畅谈,邂逅如旧。上莫城,瞿氏遣二仆提灯送予返。

翼午,到东始庄还各店账,王氏缴义学捐。贾慰椿至,不及陪。

廿七日(1月28日),又过吉家桥,招十三图地保张义德问蒋佃租。次女为高氏载归度岁。各亲友送来年礼,有二十家,予之馈出者亦如数。

小除夕(1月29日),懒卧养神。至晚沐浴,因祀神祖宜洁也。李琴仙留予父子品暖锅,同金文开及其群季欢叙。予为王春园作楹联,俾雅俗共解,有云:"世守三槐,厚德载福;庭培双桂,读书成名。"为吴老师赞叹。又集谚云:"哀老怜贫,明中去,暗中来;截长补短,寸里宽,尺里紧。"循例放贫户度岁粮,复兑卡钱给工钱,庶几此旨。

廿九(1月30日),为除夜,天艳晴。因暇读文数篇,以清心境。品大鲭鱼头尾,以养老饕。饮谏果香茗,惜少梅花。所幸尘务安排,卒岁尚觉恬适。得野凫山雉,借祭祖先,亦不背思其所嗜。唯《杏花村诗集》,梓未告竣,难慰九京。

龚又村自怡日记卷二十九

同治九年庚午(1870—1871),六十有一岁

元旦(1月31日),闻鹊声,有旱兆。艳阳奇暖,如夏令然,解重裘而更单夹,客来尽作牛喘矣。予虽龄周庚午,而健不扶鸠。挈儿诣仙坛,易简祖师有降笔一律,予步韵和之。又谕心行书阄卜岁,丰一至丰十,歉一至歉十,共二十阄。设香案叩天,予拈得丰一丰二,此乃吾邑场分,未识究竟如何。同人上贺疏,奉沙谕:"弟子躬贺新禧者着各加一级。传文墨有功,扬善不懈,谕实笃守使衔。"撰谢恩表,用四六。见壁间有张孝仲艺润自叙一律,和者纷纷,择尤录归,备入《同人集》,效颦次韵以赠主人。张宝青留晶饭嘉点,临行更馈蛋糕,亦用前韵答谢。偕金逸仙、孙克昌、黄申甫、李琴仙、祐之、张寄轩、雅琴、王梦蘧、聘轩、星轩、赋梅、瑶圃、利宾饮椒酒,品枣糕。予素嗜荠味,诗人所以谓甘也。是晚留星轩、赋梅、利宾、琴仙欢饮,惜予斋不便陪坐,遣祐儿劝觞。

初三日(2月2日),往王涧桥及莫城贺岁,晤石霁岚、吴翰卿小话。以《蓼莪辍读册》索卡员秀水钱伯声太守卿鈜题。狐裘太暖,于水榭迎风,日落始返。

次日,吴慰屺、周莲村、张毅甫、瞿世良乔梓来贺,弗果留。午后家福庭及伯谦父子至,喜序天伦,劝饮良久。

初五日(2月4日),立春,始清凉。往会金逸仙,嘱誊谢觊疏。又谒孙克昌,致开塾日期。过横界小桥,板破可危,作小引怂同人集资重建。李琴仙招饮,命祐儿应之。晚留黄申甫、吴逸耕、李琴仙、心

柏、心兰、棘卿、祐之饮陈酒，虽有奉斋者，而拇战六巡，尚不减兴。唯于路神诞日，试手色不佳。

翼日，小雨复寒。遣祐儿南乡拜年，历为贾厚卿、胡芳梅、高诚斋、云山、家朴园、伯谦留宴。朱鹤龄、时勉夫来，同饮于李氏。主人祐之因天寒而用暖锅，出拳斗酒，冷绪顿消。至晚，又以盛筵见待，佳点如冰壶芦、薯蕷糕，绝胜。予节饮而嗜味，齿颊回甘。偕张寄翁、黄申甫、一帆炳德同席畅谈。李生琴仙久赋闲居，至是而遵仙谕。就沈锡店账房，寓斋转寂。

初七日(2 月 6 日)，云亭弟缙辉合卺，适小雪，嘱福庭代主婚，命祐儿与祺侄移花烛。予以积劳，致黄申甫、李心柏见招未赴。王星如来拜，留点即行。

翌日，晴而寒。予上城，同李琴仙寺前买灯，品鱼面馄饨于兴兴馆。因泥途，未便往各处贺岁，傍晚即回。金丽生、时锦甫来贺，未克陪。是夕仍雪。

初九日(2 月 8 日)，晴。予幸清闲，拥炉高枕。

次日，祐儿回。贾慰椿陪内侄孙婿桑侣梅奉直骏荣至，张灯宴饮，用火踵、鸽蛋、全鸭、刀鱼，六点六炒，颇堪下箸，酒亦宿二年。偕王星轩、少兰等飞"地生日"三字，祐儿说"天一地二"至"地十"，饮五客。星轩说"是生两仪"至"吉凶生大业"，饮四客。均巧。祐儿又云"苟日新"三句。少兰云"或生而知之"，以饮侣梅。因其裼裘而来，未免恶谑，不如星轩之"羔裘如膏，日出有曜"为厚重矣。酒阑，杂以拇战，各各兴酬。席罢，更以元筹博采。

十一日(2 月 10 日)，陈念占上舍以领田价事见商，李芝馨亦来拜年，皆设茶点而去。唯贾祉昌、家念亭培坚得小坐而留午餐。傍晚，坛友孙克昌、陈仲舫、包九仪、金逸仙、张宝青来，出酒肴遣兴。以"新正十一日"为令，予云："心正则笔正。"仲舫以梅字为令，九仪以东字为令，皆出口成章，有雅人深致。文饮未已，继以酒兵。

次日，困于应酬，又眠却客。

至十三日(2月12日)，雨霰交来，春寒复甚，晚更飞雹。应张寄翁、包九仪之嘱，撰募修横界小桥启，呵冻笔僵。

十四日(2月13日)，晴。张益三守戎暨朱心梅来拜，留著点畅谭。表侄周大文、从侄爽轩培垲、姨甥顾丹楼偕顾心城骑尉亦到，留饮长谈。爽轩因弟视方培垣于去年腊月廿二日聘定曹天恩女，受过折红两番，送过龙门八字，至今月初十日将行纳采，忽欲索还庚帖，据云年纪相悬。第古人男子三十而娶，女子二十而嫁，况仅七年以长，两家相距只三里，已早为相攸，何以既聘后悔，致媒帖不足为凭？且垣侄系恩旌五代同堂，先曾祖之玄孙，世代清白，天恩又自主婚，理难任其玩侮。予系族长，须禀官饬保传谕，俾得全婚。便询爽轩家眷年齿，补入家乘。并嘱心城制其父忠义神位、大文制其祖孝子神位，入忠孝总祠。至暮，沈邑尊遣役贺禧，给茶金而返。

上元日(2月14日)，诣仙坛祝贺。观初九夜宫谕："遣礼科中传奏使衔授巡察府事唐巡视各弟子家，赍敕书一道，并飞鸾宣示宫文，勤职者为灵光汇册，修行者为瑶光汇册。奉谕龚心传心存敬畏，矢念有恒，扬人之善，心口相符，历久不懈，无一毫骄妒心，恭遇恩典，加不逮使，谕实笃守使，谕实一功，谕实二级，署实二级，加四级四次。"录渺沧一粟人诗跋云："予姓唐，名赓旦，字缦卿，有明沛县人。曾举乡闱，时宣德元年也。后游黄山、桂林，因爱雁宕之奇，结庐小住，三十年于兹矣。作令数年，尘容俗状，三径就荒，急戢影田园，入山志定，咏沧浪一什，从此悟道。始知圣经贤传，真若万古江河一天星斗，随在可以见道，不必修炼，即能入圣超凡也。"荣祖元宵词云："一堂小叙尽知音，难得诗人着屐临。天晚看灯人闭户，拥炉闲与鹤评琴。"主人出粉团，颇美，偕陈仲舫、孙学卿、蕙圃、佩香、王梦蘧、聘轩、芙江品之。为陈念占写覆单领状。归舟为大风所荡，濒于危。恭接灶神，并于家神祖先前焚香拜觋，点鲤鱼灯，以娱佳节。是夕复雪。

既望(2月15日)，踏冻至东始庄，与瞿春泉等小话。

十七日(2月16日)，偕王聘轩、星轩、芙江、赋梅、荫槐、序兰、少芙及祐儿入城观灯。往吴学师、俞书庭学博、张雨香明经、陆懋修茂才、瞿秋亭、陈仲舫、包九仪处贺年，饮于包氏。复晋常署，适沈公上省未会，与稿案幕友张植之谈久，托送曹姓赖婚禀及陈念占覆单。诣邑庙，晤顾子和明经、王植三□□、时谦吉□□、朱克谐千戎、一泉、晓春叙阔。遇曾伯伟运副、屈达泉、方恂卿两孝廉、沈伯门斋长、狄如卿□□嘉瓒、文卿奉直嘉琛，彼此道贺。薄暮为王氏群从邀同九仪、邵园春宴，五大汤炒，一蒸鸭，轮巡战拇，酣畅尽欢。二鼓返棹。

次日，寒甚。笪琴舫来贺禧，不及留。予往答陈念占，授领状，承留茶点，遣公子春畦上舍□□操舟送回。旋往莫城，会卡员钱苹士茂才，茗话良久。晤张鸿范，托其发八图谕单。吴翰卿邀饮未赴。

十九日（2月18日），留王聘轩午饮浇寒。晚赴吴砚卿之招，与赵国贤、吴翰卿及太原叔侄赌拳射覆，并飞"灯"字、"皮"字。王生序兰云："岛夷皮服，尚能记书。"鱼翅、占参及米鸭等，厨人善煮，可餍老饕。

次日，晴暖。偕王聘轩赴油车溇，迎义学师孙克昌开馆。先于莫耶大王前拈香，旋领诸生胪拜先生，交揖同塾，设茶点，与张益三守戎、朗泉上人同陪。折塾师酒菜钱一千，给住持四百，赏两保四百，因经费不敷，聊从省便。至夕，周大文、家培基至，因前禀误写场都，嘱改正重缮。

廿一日（2月20日），舟赴小潭荡，答沈秋庭，承遣娇客蒋仲宾千戎印鸿陪至永丰庵讲约。王永福、沈□□来陪，地保朱望桥不早伺候，责之。久候吴学师不到，爰同朱春涛□□、霞峰□□及仲宾拜圣牌。读讲《圣谕》"完钱粮以省催科"，及仙师"戒烟""戒赌"两说。听者二百余人。旋至张港朱氏，贺蔼人公子顺之坤元完姻。偕蒋子芳上舍、李锦阁少尉树滋、时墨泉涌源、家念亭同宴，拇战合欢。晤朱成德、狄振扬、陆澄江、陈春帆元吉、平湖桥、笪琴舫、邢竹斋、张毅甫、贾慰椿、徐步云、尤德村□□、菊村□□、新阳朱恂如茂才、吾邑查蓉村训科□□，镇日清话。便载次女回。知陈梦梅上舍、张雨香明经柬来答拜。王春园上舍引陆生铭山柱来贺，不及迎。家培基带县批来，云：
"联姻出于两愿，既凭媒妁，又自主婚，应听择期迎娶。曹天恩何得嫌
婿年长于女，辄思悔赖？如无别故，殊出情理之外，更与定律有违。
候饬差保协同原媒理明复夺。"

翼日，陈念堂来拜，留午膳叙欢。下昼王氏来载开塾，添陆生铭
山、王女玉贞二人，余俱旧徒。聘轩具盛筵，同沈阆峰、张润甫、瞿景
园、金丽生、孙世昌、克昌、王星如、少兰等飞"寿"字、"科"字，间以射
覆斗拳，十分畅快。儿辈陪掷升官图，予则倦甚思睡。

廿三日(2月22日)，又偕阆翁、丽生等小酌浇寒。呵笔书札致
马心斋俏舞。仲舒侄来，家中留馔，馆次谈文，颇快天伦之聚。至夕，
祐儿同次侄归宿。予则应王瑶圃之招，与孙学卿、陆念慈、徐梦亭、晴
湖、张寄翁、宝青、润甫、砚屏等酣饮，命诸幼生飞"松"字。

次日，王士械代父来拜，予与之习礼，兼题其字曰似兰，因尊人号
湘兰，取式谷似之之义。孙克昌写义学功课单嘱报，爰同月报讲约
单，倩包九仪送常学。王星如自学回，带吴老师札，知订予吴塔之行，
并接沈令劝孝、溺女两示暨保婴会规条数十张，托予给各图地保遍贴
村镇。晚为克昌邀饮，共三席，陪金逸仙、孙世昌、汉洲、凤梧、张寄
翁、宝青、王湘兰、聘轩、星轩、赋梅同坐言欢，止酒而品肴，一清肠胃。
培基来催下差，爰托包九仪致意。王仆三德因在孙家夜饭，舟中失去
衣裳，贼风尚炽。将上隍庙联额、祝文帝圣诞，连撰四六表文。

廿五日(2月24日)，杨咏春观察沂孙、滨石奉常泗孙、书城司马汝
孙之太夫人讣来，予备楮仪去，回行述一编。王生诵莪来招，因困于
酒食，辞之暂回舍。

至次日，贺平竹香次女出阁，不克留。旋往顾甥家答候，见少江
面清减，迥非旧颜，想因吸烟之故。晤顾秋谷上舍敦智、朱半千、竹
亭，茶话移时。迨吴学师至，乃偕戴润卿上舍汝桢、宓静轩参军、朱晋
升上舍渭等，陪拜圣牌。予宣讲"训子弟以禁非为"，及孙叔埋蛇、于
公治狱故事，《家庭讲话》中"济人""爱物"，《戒酒色财气歌》。听者百

余人，笑颐几解。陪吴公茗点。至午解维，回贺周桂亭维城子焕文□篁合婚，承设独座，茶点继以酒筵，与沈鸿章、任松山贤明、周爱棠、贾慰椿、家云亭同坐，略行拇战。席未及终，遂往会伯谦侄，济济诸生，如安定弟子，皆知揖让。返馆而诸宾已俟，为王湘翁邀宴，肴馔极精，陪钱芷升及孙世昌、克昌、吴翰卿、砚卿、张宝青、润甫、瞿景园、金丽生等四席。予惮饮而喜行酒令，飞"瓜"字、"酒"字，继以斗拳，谈笑而散。

廿七日(2月26日)，又为王芙江请春宴，卜昼卜夜，酒旨肴嘉，每席有万钱之费，仍与同社细品。致金湘坡之招，不克分身。

次日，撰四六柬，送秀水钱伯声太守。令侄莘士覆札，言其叔赴蓉江。书法娟秀，不愧名家子。王梦蘧又留盛席，六点八炒，愈食愈佳。惜寒儒未能传座，且作后图。同俞莲洲贰尹、紫衢斋长钟骅、孙世昌、克昌、李琴仙、吴砚卿等拇战，直至二更。

廿九日(2月28日)，同人入城，送王霞翁、张笠夫两主入总祠，王聘轩、瑶圃、赋梅、张宝青会点东。陪陈念占晋县署领批，倩门功吕□□投帖。与张植之会话，知赖婚事已金差杨浩下乡。偕侄九仪、朱恂如、周大文、殷柏荣、家伯谦、关松、仲舒、视方茶话彩月居。途遇苏望之广文文海，知将赴太仓任。又逢居敬止明经，知报失窃单。便过瞿漕总家找洋，结漕米账。会瞿兰亭、沈叶舟、姚寿之镶章，复晤邵子谷琛、归公恒两孝廉、张蔼如少府葆祺、王兰生司计□□、翁士良斋长曾俊、范佩之茂才、沈子静上舍宽泰，互贺新禧。买水仙花，以供盆玩。金景岩来谒失迎。

晦日(3月1日)，到时氏，因酉生两子父丧未期，腊月不回，忌辰不祭。仲和尤好博，欲以正言谕止，而苦不一面，爰留数语于其家。

二月朔(3月2日)，夜雨。

至次日，又寒。钱伯声来访，陪茶话多时。关松侄来，言曹氏见下差，貌视官票，情虚故逃，县役带地保上。

初三日(**3月4日**)，小雨。予与王聘轩、金景岩、张润甫值文昌社，坛弟子如罗筑庭、顾燮堂、周月亭□□、陈仲舫、方少坡、包九仪、毛亦美、李德卿、静轩、孙学卿、克昌、凤梧、俞旭初、张寄轩、宝青、润甫、砚屏、徐晴湖、黄申甫、王湘兰、杏林、瑶圃、星轩、赋梅、芙江、陈春畦、金逸仙、王星如、沈秋庭，坛外弟子如黄晓村、沈一纯、瞿秋堂、陈梦梅、念占、康侯、孙锦坤、佩香、毛世卿、兰谷、王湘翁、梦蓬正名俱到，唯黄朗轩、吴仲枚、李棘卿、祐之系在坛未来。羽士六人，嗨经拜忏，共集王祠，正坛设飨堂，沙盘设东厢。荣祖谕："今日恭逢祝诞，并上联额之辰。"待悬挂事竣，隍司降坛宣谕："祠主仁显、弟子通让邀社首先主莘江等，亲题片语，以志一时之盛事。"同人先赴西王庙讲约，孙克昌陪拜，王赋梅胪赞，张润甫宣读。讲"和乡党以息争讼"及《文帝阴骘文》并案，《小书》中"戒诸般作孽"。复偕张益三守戒诣城隍庙，用乐工炮手，领阖坛弟子上匾对，金逸仙赞仪，孙克昌奠爵，包九仪、陈仲舫分香，均古服，孙学卿读疏，公服。予与张寄翁主贺，行两跪六叩礼。贺毕，与钱伯声茗话。申刻回坛，仙师派予为主祝使，阅仪注单。胪赞使唱衔名进，就位、正冠、整衣、扬尘、舞蹈，诣案拈香，三上香，呼愿。予云："一愿国家太平，二愿岁时成熟，三愿家口安康。"扬觯奠爵，三献，行三跪九叩首礼。一呼嵩祝，应曰万岁；再呼嵩祝，应曰万岁；三呼齐祝嵩呼，应曰万万岁。同声诵更生永命天尊，再喝暂退屏息俟立，鸣赞使甚烦。侯祖谕云："核误使龚心传着题升，今为社长，诚敬可嘉，阖坛莫及，且老年矍铄，后福非凡，蔗味老甜，前诗已道及。待沙事竣后，醉草题赠。"

次日，又谕："昨日大典，虽遵例奉行，而值社须十年轮一，大凡公事宜从宽办，虽宽不伤；家事宜从紧办，虽紧实难。此中能阅历深尝，自然胸有成竹，眼不生花。故曰'凡事豫则立'，'豫'字中有万般经济在。即以此句试漱芳阁佳士元等，撰文一篇，再课诗题《宽裕温柔，得庸字》。今日难得文人聚会，杯酒谈文，风雅韵事也。"按此回社事，均王聘轩承办，多储灯烛酒肴，致两日一夜，社客如云，不至空匮。始悟

"豫""宽裕"三字,津津有味。又前月书赖婚禀,包九仪劝予亲往说合,姑缓鸣官。予乘便遽送,致有误书,服九仪之先见。不豫不宽裕,以至如此,今后敢弗审慎哉!侯祖续谕云:"昨日曾致意剑城隍司鸾降行坛,嗣因接兵曹檄文,督同社令等员,驱磷火出境,且派在云南地方双日防堵,以致诸事旁午,未得清谭。近日各司奉岳府檄,转奉好生帝主懿旨,钦奉万天帝主金阙至尊玉敕,命各省安静地方简职隍司,除盛京、直隶外,其余各赴陕甘地方,分地监察善恶,造册解送岳廷,转达九霄紫府,奏解玉廷,恭待敕旨,钦差随即区分生死。此已第三次册,第一次钦使是唐雷将,第二次是前明周将,均已核实请旨发过,大约尚有四五次也。"又谕:"宅主讳仁显,自署善士修,暨前临沙社长之先祖,暨坛弟子宅主之先父讳通让,因于剑城委看匾联时晤及。谈次各叙待公务稍清,诣坛小叙,即煮茗焚香,亦是雅人深致。能为平原十日之饮,尽可盘桓,非比尘容俗状、鹿鹿屠沽,难与一朝居也。且苇江子曾言,孙刊刻予父子拙作,予等半生心血,萃聚于斯,孙能继志,大慰予父子私怀。可知珍藏手泽,熟读父书,已为肖子,况刊刻乎?可见读书人自有卓见。后隍司赴委,三人随辕委办文案,已议叙有差矣,然临坛未有实期也。"并言:"传在坛缮写检字居首,题升以此。正缮录本、副缮录孚绳当视为程。"问族中姻事,批云:"据片禀,小定后悔婚,必因家计年齿悬殊,其中不待言而可知。既出悔婚之计,彼家亦有大不得已者在,当初能谕以祸福,晓以讼则终凶,彼能醒悟,不弃前好,此为上策。然小定究非行聘,况经离乱,事即中寝,吾儿岂终身无妻哉?此达权之计,能免他日之参商,是为中策。今讼事既成,两家骑虎不下,不和之兆于此见焉,此时业已俱伤,虽无大害,究竟有许多不妙处,试看日后即知。醉赠社长心传长歌云:'云霞荡天日浴海,镜墀著作光芒在。草木同腐何足论,古松一枝挺千载。我持诗卷吟朋寻,千山万山着屐临。乃知风人雅叙非无故,人即懒吟鹤能赋。口诵清芬人不俗,快浮大白遂予欲。酒龙酒渴捉月行,手采芙蓉朝玉京。我愿天公勿使蠹鱼老,书香即赐科名草。'右俚言,作后日柳衣之兆，时同治九年岁在庚午二月初四日，楚通道人侯协铭拜题于诵芬堂王祠行坛。"俱楷书，俟暇恭和。予闻新正连夜有神火，信然。惟祖奖仙褒，愧难承受。黄晓村锦禄为弟仲华锦文病，完愿请方，予同内坛弟子联名具保，请福延龄，共六疏，皆画押。坛友至午饭后散，各给信芳明炬两副，归奉灶君祖先。贾内嫂蒋氏载次女去伴寂，予不及晤言。适王受昌请年酒，日夕流连。因昨夜未眠，扫床早睡。

初五日（3月6日），陈念占来，为其拟覆放赎日期单。

至翼日，风猛。附朱玉祥云龙舟入城。至严氏，晤楚产茂才士杰，见其高足金献堂士贤、钱义生邦显、俞亦葵钧爵，俱幼慧。而范吉人庆祥、扬州张兰生□□尤年稚能文，一作《过则勿惮改》，一作《则达怨矣》，已斐然可观，爰以此二题课子弟。王生星轩、少兰缘家居不静，借窗丙舍读书。所有赖婚事，复下差，曹天恩推诿母女执见，未即允从。垣侄与兄爽轩培垲及男媒殷柏荣、女媒杨周德、三图地保赵玉全、廿二图经造陆文龙、地保何文华悉到，姑托县书严翰卿恭备两媒差保覆单。晤姚叔英□□、朱映泉、归千之、吴芝亭、瞿柏庭、景璇圃、张寄翁、宝青、陶德华、俞若泉、得之、瞿世良闲话。包九仪欲留饮，辞之。闻北城潘氏被盗伤人，城内如此，何况在乡，巡防自宜加紧。出城航开，仍乘朱船回里。

初七日（3月8日），得适朱从妹瑞娥信，言曾将自佃原荒田五亩，典于吴荫堂处，至今误作熟田，粮二斗三升，不便照额取赎，况去岁收成，不过十之三。又遭子文宝望椿之丧，为此租米未缴，今吴姓开追，地保代上云云。予谓："原荒改熟，当嘱吴姓带原契原单，至清粮局查对，禀县更正，不应迟至六七年。而还租当在去冬，照折核算，不得借口于粮之不准。并租不交，似须将租清偿，再理粮事。"又内弟妇时氏因欲丈量地界，与内嫂蒋氏宅基各支界石。因予公亲，来订越日往监。第前次词仙售地，予未在场，仅有朱恂如、家伯谦画押，盍仍邀其监量，均唯唯而去。

初八日（3月9日），丁中丞甄别紫、正两书院，伯谦侄赴试，予报名而不及偕，后知题为《无非事者春省耕而补不足》《赋得青山久与船低昂，得昂字》。瑞娥妹来，欲出场听比，租事与粮事，一齐理清，此亦未卜如愿。莫城隍庙住持□□带瞿秋堂、世良名片，请予劝捐，据云社中人醵资近百千，况陈□□哨总□□、钱伯声卡员均有助修之愿，不难成事，何庸谋之局外人乎？仅许其作启，而身不任劳。

至翼日，昭泾岸地保吴桂堂来，指示数语，恐彼此不悟，致成莫解之仇。是日，长女培祁生忌，为设鱼菽，并托包九仪倩漆工制神位，署明事迹，备送节烈总祠。经友陆文龙来信，知曹家姻事，已经劝允，可免终凶，但讼费要男家出。何不及早即和，致鸣官后始有合意，此费不应独当？

初十日（3月11日），为祐儿改《宽裕温柔》诗三首，又和答侯祖见赠七古两首，以呈仙坛。

十二日（3月13日），朝雨午晴。沈邑侯之母孙恭人八旬正诞，予同王聘轩、仲舒侄往祝，沈公叩谢之余，遣公子□□少府□□出揖，令侄英伯刺史□□陪宴。野凫、火蹯以及海菜七八小碗，酒面亦佳。见主人自制"百花生日，寸草春晖"八字，汪斥翁书，余如陈提戎维新、翁方伯同爵寿轴寿联，亦工巧。而仲舒去年试场中作，辱承装潢，与百十文童祝诗，俱悬屏壁。爱才如此，并见孝思。晤爽轩及侄孙祖珍，商定婚事。与严翰卿茗话致和观，欲先纳币，然后差地覆单，两家具结。旋晋学署，见吴老师，承订十六日到积福、天竺两庵讲约。遇严楚产、瞿秋庭、李耕年、俞德如、范冕卿、佩之、黄生菊村庭诠叙话片时。二鼓返棹。

翌日，内子访顾姨南行。发九图、十一图两保谕单。偕包九仪、沈秋庭饮于漱芳阁。秋庭既捐义学田，复每年捐钱二千，为善可称不倦。陈春畦来，问予何日入城，其父欲偕至常署也。

十四日（3月15日），祉儿因嘴碎胆悸，就医于沈一纯。案云："咽嗌哽痛，饮食有妨，脉虚内热，咳嗽频频，时而眩晕，肉瞤筋惕，竟有瘈疭情形，此皆先天不足，后天生气亦薄，肝阳内风上扰，痰火蒙蔽所致，延久防成虚怯，理之颇非易易。药用羚羊角一钱、玄参心二钱、甘菊花一钱、石决明煅生打七钱、冬桑叶一钱、粉丹皮五分、钩钩二钱、料豆衣五分、川贝母去心二钱、甜杏仁三钱、煨天麻五分、枇杷叶去毛二片、炒麦冬二钱，竹沥半杯，加生姜汁少许。"李琴仙嘱撰老君殿额，应以"紫气东来"。

古花朝(3月16日)，为剑城隍庙作募修小引。伯谦侄来信，走复一缄。范云亭复生来会，欲请仙方，未克陪往。

既望(3月17日)，偕王聘轩至积福庵讲约。吴学师因接丁抚军，托其从弟清卿□□□□代到。地主陈如山、钱竹卿□□、周子馨衣冠陪拜。宣讲"联保甲以弭盗贼"及仙师"戒烟说"、《阴骘文》案、《小书》"劝施舍修行"。听者百余人。承竹卿之父义根□□助资义塾，吴清翁缘查学田事，留墩头丘，而予则移棹天竺庄。范成德□□、雨亭□□、王友三衣冠迎接，遂同拜圣牌。讲"明礼让以厚风俗"，《文昌帝君阴骘文》，《家庭讲话》中"教子""训女""施济"。男妇环听，地无容足。三地主均助义学资。两处地保如陈德昌三荣、顾裕德亦奉行唯谨，不视为具文。

十八日(3月19日)，李心田□□病殂，为其婿琴仙挽以联额。季黻卿孝廉、平爕庵茂才、也园上舍顾我书斋，言有聋者王姓，放米于罗子材，因冬底归利未清，致押皮褂，而子材诬居间邹福庭□□强抢，中有银洋四番，怂莫城汛丁报主，持票访拿，而邹姓夺票致碎，覆主又出朱单，未获提讯，乃带地保至公馆，爰来倩予酌议。予谓："此系些些小事，但诬良则违律，当共白其冤。"即偕至张汛处申雪。张公留茶点，幸蒙开释，怒叱子材。予令福庭谢罪，稍给二役茶资。旋为瞿吉成翼丰留饮黄垆，又同饭敝庐，谈笑良久。家视方至，止宿商事。而适得仲舒侄信，言明日英□□粮储朴甄别书院。乃于黎明挈子弟入城。两邑令于明伦堂点名，题为《邦有道则知》《赋得安得广厦千万间，得间字》，童题为《或问子产》。因散卷，便赴邵园小酌，鲥鱼、虾仁而外，有所谓鸡饺者，甚鲜腴，饮高粱少许。乘兴至包氏，承九仪留餐下榻。

次日，又往品兴兴馆馄饨，邀游西城胜处。陈念占来，引至常署，将覆单领状，托张植之送进，据云待批后准领。予乃留片于念占，出城返棹。晤陶缦云孝廉、庞希葵光丞、蔡叔平千戎大均、徐石英、英三璘两明经、瞿安仁、季慎修两斋长、宗云锄、陈芝苒肇文、景璇圃、翁瑾甫仲卿和良树、陶德华六茂才，互叙近况。至王塾，遇金丽生，偕吴廷禄兄弟及两保顾裕德、沈义茂来，言有王姓诬吴姓削其祖墓，硬押其船，爰诉冤抑。予嘱二保押还船只，各支界石，不准借利市之名，遂诈钱之实。唯办石有费，两保调和不易，劝吴氏稍出酬资。各感谢而去。

廿一日(3月22日)，又有邻妪吴姓来告，风闻邹毛于瓦砾中得藏银，偶向人言及，邹姓知之，来批其颊，走白族长吴春，而又被责，言何以诉地保不诉族人。予谓："自系尔之失言，但春小康，尔赤贫，理应怜恤，胡乃忍欺孤孀。邹毛不问是非，敢即挥拳，亦不合。尔族翰卿，达理者也，盍请断之。"陈念占带予名片，会张植之，领回田价银，带覆片来谢。

翼日，丁抚军坐轮船到常，两邑令陪往白茅，予同王聘轩投禀揭。家伯谦到舍，不及晤谈。

廿三日(3月24日)，骤暖，棉袍不能上身矣。唯雨水不来，有伤菜麦。

廿五日(3月26日)，俞进初文锷来看米，定价每石两洋七角八分。次女自洛阳回。贾银全缘周万兴向其田起土筑堤，其妻夺其耜，致诉地保，欲将堤工交渠。予谓："堤非在汝田畔，不得妄垦。况田低洼，不便再垦。惟同丘者自应同筑，夺耜则似阻挠，汝岂得为无罪？"彼领意而回。

廿七日(3月28日)，朱恂如偕伯谦侄来，言仲舒因烟赌债重，各处借贷，其东家陆懋修已辞，嘱设法处置。予谓："心猿意马，得羁其足，乃可放心。奈躲避未回，不能一面，甚属可忧。"王春园来小话。少兰假归，问其使，知星如之阃君狂病正笃，故因内顾不来，亦属憾事。黄敬铭恭寿遣钱仆赍书来，喜悉长女培祁已制神位，择于出月初八送入忠义祠，予夫妇颇慰。但予已倩漆工造成，又嫌重复。其弟心耕久阔，爰嘱一来，瞻玉润，遣冰清，以解六年离绪。张□□方伯兆栋到常，赴吊杨氏，公子为滨石典试山东所取士，故亲来。主人下乡扫墓，不果迎。

廿九日(3月30日)，阴。偕吴翰卿、王□□着屐进城，送冯柳溪溶嫁女喜分。旋晋常署，会门功吴□□，知其主下南乡七图相验。据云，震泽有盗案，常熟陈姓向为剧贼，后充捕役，县官出票，着其缉捕，旋因带票回家，并不上紧，后添快班七人到常乡，疑即其人所劫，欲捆解，孰知反被殴，谓为假冒，嘱地保解县，保不肯，爰自解至昆湖，扼死六人投水，厥后浮起三尸。本处地保撩起报官，爰于陆胜泾公所验明，幸震泽未移文吾邑，官从末减，若有文移，县必饬快协捕矣，亦何至如是。予访张植之于其寓，为言保甲须严，地保于嘱解之时，何弗密报县主，忍令酿成六命，宜其受重刑也。又过包氏，同九仪至严翰卿家，晤其弟楚产、惠卿。适周大文、赵□、家爽轩、视方两侄及经造陆文龙、曹亲张□□俱到，言张、陆二人作媒，议定勿悔。偕翰卿择上巳日行聘，盘金仍前说十八番。惟道日迎娶诸利市，只好从简，因不允于未讼之前，而允于既讼之后，被累不堪也。况两回下差，系女家事，不应男家认其费。乃以花信数托翰卿安排，订出月初四日来城覆单，具结销案，以应月报之期。途遇殷厚培李垚、王次安、沈伯门仲絜，知中丞甄别案出，诸君皆取，伯门超等，余如黻卿十八、家伯谦卅七。二鼓回乡，甘雨淋漓，大慰农望。

三月朔(4月1日)，寒惨。县署发来义学照会，言贵董烦照来文，希速将经管义塾，自上年正月起至年终止，一切所用经费，查造清册各六套，即日复候汇转等因。爰即覆片，请示式备遵。有双浜陶姓，因其子被里人殴辱，来告欲雠。予谓："此非公所，子非里胥，勿来扰书生功课。"斥之而去。旋知浪子偷香致辱，系由自取，何复纵庇为。

初二日(**4 月 2 日**)，阴。回舍祭先。俞进初来，斛米四十一石，留饭而去。

上巳(**4 月 3 日**)，小雨。次女回高氏。遣舟子送信朱克家丈，催缴义学捐资。予书覆禀，备投县尊。午后节假，而包九仪、孙佩香又因汛丁见侮，嘱告其主，尘务仍复纷纭，不得不杜门静养。

初四日(**4 月 4 日**)，挈祐儿冒雨入城，带禀单及义学经费六折，托张植之送县。过苏省皖捐分局，晤司董震泽吴道生少尉□□，知捐价减至二折八。为祐儿报捐从九，改名培祐，折银十三两三钱，其照作米四石八斗，票二十四两，领户部执照一纸、录条一纸、移文一纸。到官报周兰江处定报费，因吏房饬查义民出结及提塘费颇烦，不能从简。往会严翰卿，知山北曹姓因雨未来，爰托其备覆单切结，俟案中人至，一面申送，毋待予之在城也。晤包九仪，知已领薪水。又遇方恂卿、朱荫堂、严惠卿，略叙数语。归已更余。

翌日，清明，始晴。憩王氏，聘轩馈肴，芙江留饮，湘翁嘱报捐。便往莫城，谒张益三守戎，劝其约束汛丁，勿任扭殴地保，恐一滋事，有累主人。幸益翁已严惩，稍知敛戢。晤王聘三□□，承留茶话。途遇马似村、王梦蘧、张毅甫、砚屏，匆匆小叙。李琴仙、棘卿邀饮，祐儿代应。

初六日(**4 月 6 日**)，艳晴。王湘翁来，留点闲话。旋遣祐儿谒钱伯声太守，领约课卷，题为《周有大赉善人是富》《女曰鸡鸣士曰昧旦》《赋得玉人何处教吹箫，得人字》。予为王星如拟作，急就中稍稍涂抹，恐满纸俗氛，无当大雅。

次日，小雨而寒。内人赴杭州，进香天竺。次女归伴寂，与妹行厨。

初八日(**4 月 8 日**)，嫩晴。缴卷于莫城卡，钱伯声已题小照，以册页交还。嗣偕李琴仙入城，黄敬铭、心耕欲留予，缘事不果。命祐儿送长女位入忠义祠。予则赴捐局，晤瞿幼芝□□□□、云亭少尉，为王湘翁报捐从九，以履历交填。旋会周兰江，付报费及饬查房费。

便谒吴学师，订下乡讲约。知书院案将出，爰托俞书庭代观，以便初十日开课领卷。进蔡顺卿家园，与其西席钱绥卿孝廉话久。询孟云昆仲，知账房可缓，须下半年再延，予乃以琴仙预荐。复至严氏，翰卿将两结见视，陆文龙等已画押，限于月报，即送县结案。遇视方垕，知两媒俱换，已于初三日纳币，唯讼费支绌，不得付清。与王静梅千戎文达小话而回。

初十日(4月10日)，晴暖。内子正上天竺山。瞿吉成翼丰为屋事来会，予乃致意王聘轩。俞书庭信来，言书院卷于次日缴者，未及解省，以故案上无名，科场有限，子弟原难泄泄仍前也。

十一日(4月11日)，往问王生诵羲之母疾，适家伯谦来诊，同张宝青、王瑶圃叙谈。因祜儿感秽神烦，邀伯谦按脉书方。王聘轩、星轩亦至，惊报陆生之父芝岑少府淞病亡，久吸鸦烟，致成不起，可惜也，亦可危也。中年玉碎，未及见令子莺鸣，此诚遗憾。聘轩嘱撰礼斗绿章，草拟报命，恐宿诺，星夜驰送。张子容奉直世涵因沿东湖之荒坛，牛践埋棺，白骨粉碎，爰嘱传地保许姓巡查，如有再牵牛来者，立即斥回，故违者着其报局。予谓："事须核实，恐开借端索诈之门，仍须司董亲勘，准先致意地邻也。"

翼日，挈祜儿赴木排舍讲约，陆白庵受祜、念修受祖、润生肇基衣冠来陪，集长寿庵。地保平长发备茶，同人拜圣牌后，宣讲"联保甲以弭盗贼"，及仙师"烟、色、赌三戒"，《二十四孝》中"扇枕尝粪"，《家庭讲话》中"教子""朋友"，《小书》"劝施舍修行"。吴学师有约不来，返棹尚早。

十三日(4月13日)，开馆。朱晋升来，言十一图有刘大，恃老惯诈，始向其家赊米，旋又欲借钱；十图经造张湘洲代给二千，彼嫌少，声言须百千，且带刀，以性命胁制，何以处之？予谓："彼有子，非贫乏养，胡乃任父行凶索诈，扰累多家，宜唤地保戒饬其子，勿纵父为非。"并言本图新充圩甲李二，借庎水之名，欲坼其家巷门，否则每岁须酬三洋。予谓："庎水在田侧，不必经市梢，显欲借公济私，以定年例，此风断不可长。倘婪索不已,地保亦可禀官,毋烦局外之劝戒也。"又舟子见学田催子刘茂德于钱义根家,乘醉嫚言,谓教官督讲,纯是虚文,司董劝捐,不归义学。似欲阻挠公务,排斥义举,理应创惩。因函致县学,俾三人稍知敛戢。

望日(4月15日),内子自武林回,知问予流年,大士签云大吉:"但存公道正,何愁理未通。松柏苍苍翠,前山禄马重。"主有茂盛之意,出入求望遂意。文书得禄之兆:"策马东西任便游,谋为顺水放行舟。婚姻和合求财遂,若问田蚕大有收。刘玄德。家宅平安,婚姻重好,官事破财,求名迟。"唯祉儿一签下下,即前年所求七十九签,有"人厄祈福"等语,想亦防疾病。而次女并有"哑子吃黄连"等句,其苦可知。

既望(4月16日),陈梦梅因族中有佣工掠桑氏木料,地保查明开报,将牵涉其主,爰问作何计策。予谓:"尔族素安分,可保不窝。唯田伙贪小利,理应交出,后勿复用。曷弗径与失主商?砚翁重情,必分皂白。况木料寄存他家,着其缴还可也。"李琴仙亦以为然。喜闻七图凶首陈尚金已缉获,县主可纾忧。人言沈公诣隍庙拈香,皂隶有俞伯伯者,焚送冥镪,求其示方。遣役觭梦,梦中见双羊,厥后果于商阳地方搜获,奇哉!

十七日(4月17日),王生少兰始来。

翼日,撰陆芝岑少府挽联。递俞旭初上舍缄问,春阴如画,正在养花,王祠牡丹半开,而书房前一种,较旧稍肥,地气转旺。

十九日(4月19日),偕王聘轩会王井香德昌,承留茗点,存百洋于其庄,每月分七厘息。唤许地保之伙龚姓,嘱其保护荒坛,有牵牛践踏者喝止。瞿吉成、钱玉琪留茶叙。遇王引恬及医生郑幼甫□□,话半晌。归知固亭侄培坚来诉冤,予未及面。

至次日,伯谦侄载予父子赴西山扫墓。坟丁钱银和值年,见门东耳墙渐圮,势须修理,姑为后图。在船品鲟鳇鱼,差胜。泊舟双节坊,而游舫填河,因观水嬉之故。湖田李王,燕泾周神,戈庄猛将,一时朝岳,水陆喧阗,至无隙。天又骤暖,卸衣挥汗,如仲夏时。祐儿于西城湾,饱看龙舟。伯谦往羊尖陈氏观症。予则至谈振闻、包九仪、陆仲枚□□、陈梅岑数处。复谒吴老师,不值。回过博文斋付刻资,与刘益如小话。旋憩县西茶楼,晤范佩之、谷卿,到岳衖遇姚啸江、季萼楼,均叙阔悰。寻得李祐之船,遂附而返。

廿一日(4 月 21 日),七图地保胡竹峰暨圩甲顾□□来,言唤村人筑圩,有坚不肯出者,将何法以处之。予谓:"有田之家,须出人,或雇工,或贴钱办瓦砾,理不能辞。若肯来,予当劝谕。倘蛮不讲理,可禀县官,勿吝小费而诉闲人也。"义民周少堂福泰因县查王芙江未报起复,饬令声明缘由。予为叙其曲折,嘱覆明补报。订定吏房等费两洋,俟芙江自杭归准付。现给舟金二百。天气又寒,添绵裘衣,所谓昨日今朝大不同也。

次日,小潭荡地保叶在岐同沈坤法来述,沈氏族中有僭坤法屋后基者,诉知地保朱望桥,而久不理明,恐其袒庇,又苦无力控县,受侮不堪。予谓:"有契可凭,不难理论。否则须邀邻叟证明,合同议立新据,丈量各支界石。地保不得坐视,可唤其来,面授方法,勿徒争论也。"

廿三日(4 月 23 日),得钱苹士札,发来约卷,诗文附以策题,系问区田,典僻无书可考。金丽生陪吴廷禄来谢,愧不敢当,第恐不恭,弗故却也。闻荡口赵静涵茂才元益精医,现寓北郊半亩园,因王诵莪之母病,作札致园主赵次侯宗藩,即有覆片。静涵遂下乡诊治,务拔疟根,不专医臌,与沈一纯、家伯谦治有异同。

翼日,金湘坡来,略酬数语。予以触秽起痧,食荤大吐,幸刮背稍清,而元气斫伤,尚形胃恶,以致约卷未应,专意养神。

廿六日(4 月 26 日),偕王星轩、序兰赴练塘,游岳庙及练塘寺。适佛会,善女数百,喃喃盈耳,僧众多锡人。于市梢晤程友岩□芝,知其寓此行医。金省三邀去茶点,观其兄兰亭印昌新造大厦,每进七间,足雄一镇,想费及万金。公子宝之陪至城隍庙,知庙无住持,唯蒙师孙姓带管。前有戏台,后有地台,庭中银杏、黄杨俱古。与季叔才铖镕、张幹臣文英茗话,各叙世交。吴学师自羊尖回,时已晡,遂同宝之陪拜,星轩赞仪宣读。拈"讲法律以儆愚顽",并《学堂讲语》中"立身教子",《学堂日记》中"情感同胞""剪发守节""还金发富""救生巧报""完人夫妇""修心改相""神斩淫恶""劝嫁阴勾""威逼索命"凡九则。因此处风俗大坏,特饬地保朱慎年、王艺香、王锦元留心劝惩,勿再酿成巨案。至暮返舟。王僮吴银绶于南街见鼠戏,如李三娘牵磨之类,蠢物尚尔,何况人乎?惜予未玩。

翌日,瞿景园来诉,其侄失手伤母,致母气塞倒地,三刻始苏。唯欲贿嘱张汛,岂知此非盗案,不关汛官。幸尔弟妇无恙,否则逆伦重案,族长亦有罪名,即县官、教官、讲生,均有未便。且即戒饬尔侄,勿复忤亲。俟学师督讲莫城,再行训诫。予旋往双浜观北庄神会,各社更新样,旗盖鲜明。

廿八日(4月28日),又观马泾社,多小儿,服饰灿烂,香亭看轿亦新。内子南行探亲,问贾氏近况,鹿苹夫人患臌症,梅溪夫人患目疾,均操劳所致,有家业者难持家也。邻有木工李叟来述,去年造网船,船主新没,今其少者又病,问卜者黄灿章,据云为丧门船所伤,竟唤地保与李木匠理论,被扭其子至莫城。予曰:"又要送钱张汛耶?丧门船是邪说,当今严禁,天下岂有得人工钱而反害人者?木匠只知造船,何祸之能为?若能作威作福,则木工俱可致富,何以穷苦者多?本无所谓妖术也。网户日夜捕鱼,动戕数万命,倘不改业,须存好心,行好事,庶少造孽,以保病人。"是夕,地保袁顺昌、水甲许大昌挈网船渔妇又来质。予云:"嗣后见有小儿弄水,或有溺人,须即扶救,善愿如此,不必建醮,病自痊。况敢诬陷木工,孽上加孽乎?可知以船为家,四方无定向,所谓百无禁忌,春夏间谁家无病?慎勿据卜者撺掇之妖言,连黄瞎子都拖累。"各唯唯而散。

次日,妇女、祜儿始归。知族侄厚载培坤病亡,年才廿九,幸有二子，然祖父培德当先，不能妄期子孙之昌，予字以厚载，良有意存。

晦日（4月30日），有杨家坝陶姬，面肿色紫，带尖刀来，言："孙陶大赌钱破家，因我管束，竟欲杀我。问其刀从何来，曰自孙媳李氏所授。"予曰："不足为凭。"姬曰："另有方刀，邻人在孙手夺下。"予曰："此是确据，汝子可在？"姬曰："子坤大在外佣作。"予曰："须速唤回，询其如何治法。汝有曾孙否？"姬曰："昨日死。"予恐因子死发狂，且不能以一人之罪，使祖父绝嗣。姬曰："欲命子扑杀投湖。"予曰："此大不可，只宜以家法惩治。倘送官治罪，置之囚笼，总有使费，赤贫何以克当？况予非近邻，不稔原委，姑俟子归，集地邻，公同戒饬，或萌悔心。"厥后保伙陆桂峰来，所告亦同。旋知陶大向在炮船，恃凶抢掠，其妻因而不和，致心有他向，其中原有故也。噫！数日中叠闻大憝，风俗之坏，几乎酿成逆伦。至昏，金湘坡、李祥茂、地保沈义茂均至，欲缚陶大，俟其父回解县，因犯案重重，恐累邻近也。予谓："总在其父处置，旁人未敢与闻。虽陶大罪在不赦，而勿自我而致死地，况其父心难测，能冒昧乎？"

四月朔（5月1日），小雨，至晚路干。予步至莫城，见城隍祠纳锸，西王庙拜经，烧香人亦众。晤瞿春泉，承留茗。旋进义学查课，与孙克翁快谈。地保王仲德言："经地传语坛邻张四，勿复放牛践踏葬骨，彼恃多田大户，反斥为又来索诈，心实不甘。"予思此系培心堂局所托，系公非私，何得妄保，必须雪其冤。

初二日（5月2日），拉妇、子、季女入城，到邑庙焚香完锸。复至白衣庵文星阁求签，问功名，诀云："西岭云霞忽满堂，汉宫题柱忆仙郎。东风嫁尽红闺女，春日偏能惹恨长。"遂致予顿灰名念。因足茧惮行，遣舟子代赴灵公殿礼拜。旋于艺文堂买《四书典林人物考》，价一千二百；《十三经策案》，价六百；《廿二史策案》，价四百八十，照码八五折。出城观龙舟，三社共十三只，挡船亦多。游舫泊大坝桥，两边如市。中央有陈总统□□船，麾旗叫划，龙船四绕。有衔桨献伎者,每龙赏金花一对、红绸一丈,神船亦然。昭文令梁公亦唤划,荒凉变为热闹。回经故宅基,见河滩盖石半亡,爰嘱高增全带照。遇钱宝斋时珍,立谈片时。于县西品茗,城南食面。至暮回乡。

翌日,复到莘庄观社,惜天雨未行。闻六房等乘马,凡十二骑,二轮车,三抬阁,俟明日再解。市上晤诸族子,未及细谈。陈霭亭、贾厚卿送点。至晚始晴,兴尽而返。接张植之札,知曹天恩案经两月,虽已具结,而无禀请销,须速具以便月报。

因于初四日(5月4日)再上城,会严翰卿,知视方讼费已缴全,留禀托送销案。途遇新庙催饷,六骑如飞,皆手执红旗,俗名打前站。时顾虹玉孝廉入赘,仲卿和茂才续弦,见有执事,予以未具衣冠,仅送礼贺。便游西方殿,与住持立本□□闲话。见塑绘诸像,皆巧匠所为。复往陶洪镇家叙阔,见其豢养孙妇诸事谙练,可代太姑当家。又慰闻芝庭失窃。承毛蓉谷会点资,徐蓉村会茶费,沈义茂会舟金。归里后,有邻近张甘和来诉,其母新没,神位误以恩抚孙承重,转列甘和之前,与嫂理论,反被经造王晋卿喝打。予知甘和有子,应尽大宗为后,首书承重孙,次书孤哀子,然后书恩抚孙,应即改正。甘和言不要兄嫂家产,而名分当正。但情让出于私心,非协公论,况尔子岂能终让,适启争端,或嗣子得大半,义子得小半,或嗣义平分,均由尔嫂发付。此事当邀族长亲长议明,不关经地也。

次日,吴翰卿、李琴仙亦为此来咨,予仍前说,嘱其致意金景岩,缘其不知孙为螟蛉,误徇妇人言,书承重孙时招福也。陶沈氏来谢,言孙裕德已伏罪,子亦代求饶命,现在可免解官。子往昆山,欲挈孙去操作,如何?予曰:"极妙!王法不加悔罪之人,但愿诚心学好,恐免而无耻,宜再械几天,看其果出本心否。如已革心,方可释缚。"

初六日(5月6日),立夏,晴。张甘和偕经造王晋卿、地保袁顺昌及张婿范□□来。予谓:"已照律指导,无有他言。第甘和之嫂,辄言有劝予改位者,将身交他,顽妇狂喷,非可理喻,只好官断,勿来扰也。"姑写丧帖式授晋卿。是日俗例秤人,予得七十三斤,较旧少二斤。祜儿得六十斤，较旧不增减。

次日，暖甚。沈义茂、陶坤大邻沈□□亲沈□□牵陶大来跪谢，予释其链，责云："汝失恃，幼为祖母抚养，应加倍报恩，何忍持刀相拒，曾畜生之不如矣。始则汝祖母欲挝杀投湖，继则里邻欲送官禁锢，非予一阻，汝死已久。今且速速改悔，书誓画押。"至莫城隍庙焚炉，给香烛钱数十，并以夏楚授其父，喝令痛责，俱如予言。陶大叩头服罪，父子感泣，至予家领回尖刀。瞿吉成、金逸仙、时墨泉涌源来，略酬数语。夕观芙江家醮事，与梦蓬及张寄翁长谈。

初八日（5月8日），清早诣城隍庙拈香纳锃，投筶得阴圣阴，诀云："上上。清晨朝内拜君王，至晚归来见父娘。一生忠孝为长久，太古之风乐自长。"晤孙世昌、王湘兰、瞿景园、春泉、毛荔峰、蓉谷，茗话多时。王星如至，樽酒论文。得钱伯翁文社题，为《听思聪至忿思难》，星如不畏其难而振笔疾书，不为试才者所穷，而予则藏拙，仅构"为布为釜"一诗。见前期予作《周有大赉二句》卷，取置中权，评云："前后四比，极有意议。"

连日寒而风雨，至十一日（5月11日）始晴。有江湖人掮架而呼六小鼠作戏者，汲水、纺纱、钻圈、牵磨、使枪刀，玲珑无比，老眼至此而慰。傍晚张润甫至，相与快谈。表侄周古香大文来载观社，予因外家久疏，乃于次午挈妻子往。访诸戚，仅存耀宗舅氏商，已长病，茂华舅母亦龙钟，唯宝玉九龄、宝珊荣两舅母差健，余如表弟上珍人寿、上仪全以十年一至，备极绸缪。内子偕适王表妹、适陶从姊、适金表甥女，对酒言怀。若周奎观、宗关福等久不面，几忘其人，自叙始堪省识。唐人云："称名忆旧容。"又云："相悲各问年。"于斯益信。便诣金童神庙，见神面旧红今白。庭中银杏两株尚无恙，犹忆童时来拾白果焉。

十三日（5月13日），同人步至星桥，游女遍簪木香玫瑰，兼之野薇花盛，风送清芬。坐临水茶篷，观隔河胜景。时为潘墩刘神会，自马头鼓手至顶马六房随朝、香表亭，纯乎城会。小太保、小犯人均坐笋舆，彩棚络索，四角悬灯，甚可娱目。马逾百匹，热闹异常。晚过谢家桥,于双忠祠观古银杏,城隍庙听新乐曲。回已月升。

翼日,为城隍会,承古香备轿,抬予夫妇至镇,表弟春宜、从侄孙金顺更迭上肩,愧无酬答。憩陈秋畦上舍□□家,主人留茗点,晤其孙云孙□□,翩翩雅度,弱岁能文。闻其父亡犹在腹,寡母钱氏为黄甥,与予家本中表,故待内子殷勤。神会亦盛,其家办看马、香亭三杠,万民伞、八旗社尤鲜新。北街户户挂灯,匪唯香案。至夕,更有烟火,于陈家桥迎神,惜不及玩。晚为方佳邀饮,同表姊丈陶洪镇、表甥王星轩宏科畅叙。其兄瑶阶劝餐,蚕豆炒鲥鱼、象笋拌块肉,俱佳。言隍司像大,与邑神侔,当初欲换未许。遇徐实函兆丰、朗卿士玉两茂才暨曾毅甫景澄,彼此叙阔。

十五日(5月15日),访表弟周盛篁、尚忠于新宅。又同洪镇及周祥观、殷□□手谈得利。书先舅氏孝子位式,嘱古香制就送入总祠。偕表甥王宏泰凤毓等午膳。因望茹斋,适有馈野鸡蛋者,谓食之清火,予误吞之,自咎已无及。承诸亲族送野蔌海鲜,捆载而返。半途泊张家浜,步进兴福山门,寻黄氏墓。招其坟丁指引,大圈墙中靠西南一墩,即长女埋骨处。内人大哭伤神,扶回上舟,半日不乐。归闻王生诵莪之母病亡,遗孤尚幼,持户乏人,代为忧虑。倒秋浜李长发为李大推李道南之幼子于潭,为族妇救起,不平来诉。予谓:"素封家忍而为此,试问缘何,赤子入井,皆有恻隐心,斯诚畜类之不如矣。"得伯谦侄信,知藩课仍列超等,连得花红。

既望(5月16日),骤暖。于李祠观狄家灞会,逊于北乡,仅有珠伞堪玩。周神前有女子,咸谓神之寄女,妖言可诛。

十七日(5月17日),抵塾,为两侄阅课文。俞旭初、陆桂山来,畅谈诗画。见陆念慈宗绩清瘦,询知唾中带血,爰怂其父赶紧医治。

次日,复凉。倩李琴仙开义塾捐户及出入账,贴于西王庙门。平尚信为圩甲陈茂唆其弟妇出头顶撞,厥后其侄得病濒危,声言若死,当移置其家,为询如何办法。予曰:"汝至陈妇家,孤立无助,岂有吓人之理。须诉知地保,或赴县存案,又恐人说情虚,或听其自然,且防事生不测，诚属两难。盍卜之于邑神？"午后观猛将会，社亦多，奈本地未全到。挽王张氏两额、三联，应其伯氏所请也。

十九日(**5月19日**)，归宿。梦见今上坐东，予侍北，黄冕无须，始跪见，继赐座，连称圣上，余未记忆。自笑感于无端。

次日风狂。黄婿莘耕来谢，遣祜儿陪饮，予欲面已回。翟吉成、钱芷升来，晤言良久。

翼日，阴。桑侣梅、贾慰椿至，酒食叙欢。

廿二日(**5月22日**)，雨，连绵不已。莫城神会改期。予缘心火上升，牙根肿痛，至翼日假归静养。

廿四日(**5月24日**)，晴。莫城始解锸。吴廷禄馈予美醯，留吴毓芝、朱鹤龄、姚巳生观澜、李琴仙、棘卿、祐之小酌，畅行酒令。冰鲜海错，尚堪下箸，合座欢然。饭罢，继以手谈，连得采。傍晚，于李祠观会，社颇多。躬往王氏，邀沈阆峰、马心斋、李芝馨，因已醉饱，不果来。祜儿赴庙焚香，拜领犯人封条，缘疲小病。闻绍庭效乾奉母来访，陶松存祖潜亦至，幸母党不遐弃，亦留夕飧。接吴学师札，知明日下剑城督讲，即发谕条。因校先君刻集，三鼓始眠。

至**翼日**，舟赴莫城，而吴公已先到，幸汛官钱维城守戎达陪话，得减后至之愆。遂同王聘轩等陪拜，孙克昌赞仪，金景岩宣读。予讲"敦孝弟以重人伦"及《二十四孝》《家庭讲话》中"父母"。于继母当孝道理，尤剀切指陈，专为瞿荣观再明说法也。幸其伯景园领家人来听，并跪见学师，谢失教之罪，言已用家法戒责，侄不敢再忤继慈。是日仍赛会，故听者数百人。瞿砚卿炳钟留饮，未扰。卓午步至横界小桥，于孙氏社棚观斋筵。祭品均以粉面制，各种似生，系庙礤泾厨人李姓所作。复聆乐部，耳目皆忙。晤王玉书□□、张寄翁、金廷表、顾介甫、徐梦亭、吴慰屺、高芝亭、陈念占、梦梅、时雨若天成、雨田义明茶话，互叙渴思。孙锦坤佩香欲留点，而予因觅眷舟，即辞而行，致桑砚翁遍寻不遇。于桥塇值会，见各社装饰已齐，胜于昨日。香亭前小巡风，衣帽鲜丽，看轿尤华。土地社百余人，扮《水漫》《水浒》《塘河船》

杂剧,令人解颐。十将社亦有数起,可谓不惜工本,人皆若狂。故沈官春亦泊舟倪桥,童军俱赏茶食。薄暮祜儿上岳叩谢,妇女再观转会,予倦不能偕。

廿六日(5月26日),王生诵莪之母家祭,予赴吊,陪钱维城守府、新客蒋子敏乃勋暨毛静贤、桂福、张宝青、润甫、砚屏、孙佩香、学卿、静香在贤、介山、徐晴湖、李芝馨、贾慰椿、倪金钊庚生等晚宴,八簋四炒,惜齿落不能摧坚。阅鸾簿,知侯祖示:"医不宜多,今日赵医,明日李医,病断难愈。前此既请龚姓,何弗一手到底,竟致杂以霸药,终始两歧。且保福一事,明知无益,姑尽厥心。如荆轲入秦,武侯伐魏,不必计济与不济。若至病重而束手,是愚夫所为。"此论极正。又见张母位书"待赠孺人",似泛,何不改"例奖节孝",盖青年守节,例应请旌,而夫故未及十年,又格于例,唯邀宪奖则可。芙江写"闷灵"二字,予念甫交二七,骸骨未寒,况远亲未来,四五七须建道场,似可缓贴。答云:"'七终'二字则可缓,灵则今日须闷。"予言:"小家书'终七',大家书'闷灵',其义一也,何先后之有?"又润甫述金氏造屋,买人家塞门,砖雕蟠龙,似乎犯禁。予曰:"此宜知而不言,但民间断无此物,想是蟒蛇。总之,富而好礼则保家,仍须慎之为是。"

次午,抵塾,品芽谷饼、水寒豆,不糖自甜,野味非城市中秽物。

廿八日(5月28日),金湘坡来,言天兴庵已逐和尚问月乘陶裕德不家,仍与其妻续旧,花费多金,皆从庵捐出,据律不守清规,万难姑息。况陶妇曾以尖刀交其太姑,是耽于外交,欲速夫死,早伏谋杀之根。亟宜嘱住持天元逐出,虽庵邻欲留问月,为伺隙诈钱之计,兼为吸烟聚赌之媒,而地保不得含容,亦应理论。王星如至书斋,视以所刊祖父鸾谕,劝其于翼翁训言亦授梓,以存一生忠直,报德勿忘也。谈及王寅谷国琥夫人节孝,可乘文宗到省录科,投禀请奖,凡我姻世,当共表扬焉。

五月朔(5月29日),暖甚。挥汗补作约课文,仍未因难见巧也。

包九仪言，浙江嵊县有戕官案，据人云，有修发匠人署，为令女挑痧，厥后拥众而进，杀死六人，女亦在内，殊属骇闻。又闻金陵有贼船载炮药，上盖白米，装贾运粜，似焦湖船。有被掳人赴官密报，制军遣商往籴，下样筒，格不能达，遂帅兵围住，擒贼歼旃。唯存报信人妻，设房舍，赏金钱，请旨赐其夫爵，此诚邀天之幸也。程总统调福山兵，赴南京防堵，人言自江口扎营，直至汉口。更闻苏家尖某姓目不识丁，忽于夜间赴冥判事，运笔如风，至晓如故。其姨病晕，被鬼卒钩入阴司，曾见妹婿，查明误押，放还而苏。此殆犹活阎罗审案。王春园上舍领少兰假归，予附舟。偕星轩诣坛，适秀水钱伯声太守、桐乡劳云溪司马承庆、江阴周小堂斋长慰曾、江宁黄慎之茂才思永在座，握手叙言，彼此交慕。伯声呈《画梅》二绝，次句云："写出天心万点圈。"侯祖和云："新诗超出谢家圈。"又云："书画双工绝妙圈。"云溪更步仙诗晨韵一绝。予口占二首效響。伯声精书画，云溪、慎之、小堂并善书，江浙才子也。予与包九仪、张寄翁、宝青、孙学卿、克昌，陪坐良久，以鸾诗索伯声序，随带去，予乘其画舫回。录鸾谕云："现当楚氛甚恶之时，裹甲行商者在省遍省，在郡遍郡，虽天命未改，人心向汉，而蹂躏我间阎，鞍轹我军将，鸱张压境，乌合万千，以恣其子女玉帛之欲，故见几士思患豫防。凡有必不得已之事，须及早措置，心宽而神定，自然理也。必不得已事，如坛主之为弟婚为妹配，义之合葬诸柩。"又云："场中首重功行，次文章，古人云：'但行好事，即是前程。'至于去就，乃一定之理，断断不可狐疑。士人读书匡坐，全为观光，不特父母期望，朋友劝驾，亦自有不得不去之势，古大儒谁非惕厉而来。今日一堂聚首，良非偶然，钱君高旷，必早飞腾；周君沉潜，轮囷大器；劳君渊雅，名垂青简；黄君敬畏，金马声驰，均是玉堂之器，特微有先后耳。诗云：'难得高贤到早晨，柴门早启曲江滨。剑城钟杵醒凡梦，一瓣香焚达俗尘。'"谣言不靖，而伯声云："陕甘主考已放，唯云贵有失守处。则距江南万里，鞭长莫及，尚可无虞。况闻苏省严禁烟铺花门，吾邑奉檄遵办，理应上召天和。"

次日，挈妇子入城，泊舟学前。予至刘店付刻资，晤钱芷升、孙月卿及陆芗林。骇悉陆印秋茂才正封于公子白庵如珪婚后即故，其兄吟轩茂才锡封健在，而弟早修文，诗文隶三绝，而未登一第，惜哉！又知张西林斋长景翰一赘顾虹玉孝廉，遽病不起，俗云花粉所冲，是或一道。闻邹福庭以疯暴卒。前于吴塔局喝杀一人，实非奸细，其子将死，言两月中必报雠，似有鬼附，其父之死，竟不愆期。可知人命当保全，勿以多言造孽。是午于周兰江家观总管会，顶马、符官、六房、解员、随朝、侍卫、果什哈、出猎图、和合俱金珠饰身。茶童两扛，亦精致。而小轿中太保犯童，有二十余乘，尤灯彩辉煌。有翠玉白玉碗，颇古。香亭、黄亭作西洋台式，金花玻璃亦巧亦丽。人家悬灯，设月华镜，更助豪华。晚偕时长春于南城品汤面，不欲看夜会，日暮即回。

初三日(6月1日)，赴馆。

翼午，解馆。欲往东始庄，半途遇雨，遂遣周妪偿店逋。

端午(6月3日)，阴。晨至时氏闲话。及午祀先。留李琴仙、心柏、祐之拇战赌酒，饭罢并同斗牌，颇得胜。闻程总统夺盐匪船巨舶改造大龙舟，划手开花面，中竖白旗，置喇叭钲鼓等器，小龙船四绕，投角黍吊屈原。惜予未玩。

翌日，寄吴学师信一函。用侯祖师韵，赠张宝青昆仲二绝。拉祐儿诣坛，主人不值。偕张润甫、王聘轩焚香拜仙，得《桂宫梯》一部。王瑶圃留酒点，舣舟而还，李琴仙请饮蒲觞，祐儿陪坐，清盐白蹄、生爊脚鱼、蘑菇拌猪脑、虾肉炒碎腐，均佳。同心柏、心兰、祐之出拳斗量，乐不知疲，夕又手谈，仍利。

初七日(6月5日)，小雨凉甚。遣次女回高氏，缘亡婿明日忌辰也。孰知其家亦放船来，送迎相左。遣舟人往洞港，收义学捐，蒙朱克家引至各姓。俞书庭信来，订乡试伴，予未能定也，与陇西叔侄弄牌，连北，至**次日**稍胜。李心柏邀饮，肴丰酒洌，奈予惮饮，稍出令拳。

初九日(6月7日)，差暖。仍同人牌战，借此以消烦闷，百恙胥平。瞿吉成来，陪至王氏会话。

翼日，仍清凉，至夕降雨。

十一日(6月9日)，早晴。步至东始庄，李祥茂会茶费，晤单显昌、陆德兴、宓宏德、沈义茂、杨锦斋。知王□□绰号阿胖，著名地棍，年虽老不悛。前诈吴廷禄垦削坟地，里正劝贴洋钱，彼旋以铜洋向换，在经手李祥茂家碰柏辱骂，诉知地保顾裕祥，被诈家俱醵钱，遣保禀县，即饬差拿到，杖一千，枷号示众。多行不义，国法自难容也。又倒秋浜李大虽有身家，而始殴父，继欺族，横逆性成。复有原住天兴庵僧问月不守戒律，恐其仍回故居，便淫邻妇。予嘱保曰："李大凶恶，汝须力阻，不听则报官。问月则不准再留，前在奸妇家，为其夫撞着，几作刀头鬼，幸贿脱而生。厥后其夫欲杀太姑，敢以另刀交出，暗欲置夫死地，是伏谋杀之根。予喝其夫陶大随翁作佣，近已寄工钱回，免两番命案。勿以夫不在家，宣淫越便，致累地邻。况住持天元为大导师，倘一招留，亦有波及之罪。"闻者均以为然。饭后开塾。见太原百亩麦一朝尽登，而他姓黄落在田，看人垦土，口号云："一日不见麦尽收，力农之家有如此。他家黄槁狼籍多，邻近早耕彼迟起。"包九仪至，止宿畅谭。王少兰、陆铭山销假来塾。

十三日(6月11日)，雨。俗言关帝磨刀，可卜妖魔驱遣，人口平安，而农亦灌田省力。犹忆为邻李良贵喝止地保之贿，曾报鲭鱼；近为邻李桂金怒斥网船之诈，又谢鲜蹄。予均未领，谓当时只申公论，并非袒庇邻人。今因陆生守制两月，复却脩金，人言义当受，非比苞苴，予究愧无劳之俸。乃出《可以取》《可以与》两题，命诸生作。是夜大雨如注，至次日尤甚，水长盈尺，庭如白田，中区麦犹在亩，狼戾实多，下区秧头恐没。

望日(6月13日)，暂霁，方准黄梅。

越日，仍雨。

至十九日，晴。暑酷假归。有十三图地保张凤祥、耆老单显昌来，言图有张姓妇，殴其翁双和，年近八旬，致竹杖俱裂。旋见其夫三德，喝令约妻赔罪，三德不从，其妻反行辱骂。张保乃扑三德，其妻顶撞，谓:"吾翁打惯,何与外人事!"张保怒欲鸣官。予曰:"禀官亦是。第恐双和忽护子妇,谓并未忤逆,尔反坐诬。"后三德果扶其父到东始庄,声言与地保并理,人心之不可恃如此。

次日,所报二卯节孝,已荷恩旌。提塘沙秋涛、官报周问松大□①来,予为太圃弟缙烈妇出费一千二百,代留酒饭。余如金文源妻朱氏、李受益妻范氏、黄雄倬妻吴氏、沈廷良妻李氏、沈轮香妻李氏,皆代给报费,免扰各家。见礼部题稿:"州县尚未建坊者,请旨给银三十两,官另建总坊,题名其上。前经建坊者,续行镌刻姓名。如本家自愿,及绅士愿在本地捐建者,均听其便。已故者,于忠义孝悌总祠,设位致祭。奉旨依议等因。"闻庞宝生少宰升转正都,可卜大拜;翁玉甫廉舫开藩陕省,连得军功。他如邵汴生阁学亨豫、程罨叔鸿胪祖诰、翁叔平祭酒同龢、陆云生赞善懋宗亦隆圣眷。唯杨咏春观察沂孙、滨石奉常泗孙丁内艰在籍。吾邑人文,莫盛于兹。挥汗改仲舒文四篇,喜其摛藻扬芬,斟酌饱满,竟似老成。为祜儿出诗题曰《半夏生,得生字》,连赋二首,皆工致,惜不近文章,可怪。张润甫来,谈诗半日,带《西窗诗话》中宗丽生作去。

廿一日(6月19日),遣祜儿入城,予赴馆。

翼日,稍凉。遣周姬送信伯谦,带回鲜荔枝,壳核差长,惜太宿多腐,想自闽至沪千余里故然,然能领其腐余,已平生快事。复函言欲印家集,亦是孙曾孝思。张毛氏邀族姻邻父来,言愿改正姑位,且欲书分产议单。予谓:"嗣子与抚子,应分主辅。但嗣子幼冲,未能服劳,抚子已长,能替心力,可权定平分。尔姑养膳田,亦宜两房合种,得粟均分。现在嗣子尚小,尽可缓领,唯议据不可不书。尔欲自炊,则两子贴米若干,否则轮养。自定之后,叔嫂妯娌不得争执,予惟劝和而已。"诺之而去。又时酉生夫人来诉,邻李氏连放羊食其圃豆,均已补种,而李金奎有不平之鸣,致李桂金又任羊啮豆三棱,欲唤保断

---

① 底本仅有"火"旁。

罚。予云:"保唯索酬,不知按律。耕牛须养,而羊则本不必养,可以请命族长。"而李琴仙断两人筑还土墙,而予谓:"不便补种,可赔黄豆一二斗。若宅基走破,理应主人自设篱墙。"而二人畏琴仙,姑允补筑。而予则恐为已甚也。

廿三日(6月21日),夏至,尤热。至夕大雨。

次日,晚晴。

廿五日(6月23日),寄吴学师信。

晦日(6月28日),黄念乔晋来谢,追话往事,感慨系之。至夕回舍,而内子盘肠痧起,兼之干呕,反覆异常。倩时长春挑之,其势仍烈。

至六月朔(6月29日),又红痦满身,遂邀伯谦侄诊治,用左金丸、枳实炭等药,颇效。王湘翁来问,不及陪。予已于次早偕李心兰、姚巳生、王星轩上城。至周兰江处嘱书节孝单,吴学师处订下乡日期,刘刻店归诗版。艺文堂定印三代诗五十套,每套一百五十页,分作三部,工料钱一百七十,共钱八千五百。复到包氏取薪水,与九仪略谈。始则茗话鹤云楼,烹竹心、银花、杭菊,味甚凉。继又乘凉天香阁,池中大荷将花,叶香扑鼻,煮茗以山泉,一清肠胃。闻青龙巷有帽儿戏,教场有梨园,因暑酷不欲往观。

初三日(7月1日),王聘轩及黄太君母来视疾。知诸生都到高泾,因有醮事也。至三鼓,大雨翻盆,云霓慰望。

翼日,抵塾。王星如来,挥汗谈文,可开茅塞。为俞进初文铸题小照五古一首。夕又阵雨涤暑,天气忽凉,衣须绵夹。

至初五日(7月3日),先慈忌辰,予回祭。午后,王星如邀同诣坛,因其室人抱恙,胞弟将婚,未定渡江乡试,爰请仙师决疑。予缘年衰才尽,兼缺斧资,恐倒绷,欲藏拙,而家人翻怪槐黄未忙,乃合具一疏,请仙示去就。易简祖师诗谕曰:"何必韬光自杜门,名山事业好寻论。青云满足原非偶,努力鹏程叩帝阍。据疏称'大比之年,叩决去就'等语，予以为不必叩也，何则？士子读书稽古，志切观光，若杜门而投闲置散，岂有出人头地之日。传之应去，愈切于金，何也？传已年迈，正于此矍铄之时，以图进取，为祖父光，况室无交谪，绰绰有余裕之安，宜鼓起全神，作背城之战。金之去，亦分所当然。《南史》有言，功名事大，妻子事小。其故维何？大丈夫立志，原不同于流俗，即家贫，妻子终无饿死。苟一举成名，后日出行日多，在家日少，何可于发轫之初，如昌黎所云：'丁宁顾妻子，语刺刺不休。'窃为二君不取也。士子争功名，犹农之望岁，商之牟利，急急不遑，寤寐饮食以之，苟怠心乘而暮景至，必万事不成。予以为贫士之争功名，当什伯于富士，盖富士不必功名，已能优游盛世。若贫无立锥，掣肘于米盐之琐碎，苟不奋袂而兴，则局促一乡，纵有才华八斗，已蓝缕终身，常袭成欧阳詹名，世无一二。古人曰：'人患不自立耳，莫患不我知。'况棘闱之中，首在功行，次文章，其中有出于意外者，故大才遗而不才幸，比比然也。近来闱墨，在取者自谓可不愧，而场外平心论之，当意者鲜，非故苟也。想亦风会所移，不期然而然者矣。大凡近今中作原本，忌高、忌奥、忌直、忌平、忌枯，苟能痛除五弊，思过半矣。时文与古文相反，若舍时而求名，孔子所谓居今反古，孟子所谓缘木求鱼，徒戚戚嗟嗟而怨命，是舍本图末，而与功名愈远。尤有忌者，用生典，引用《尚书》"吊由灵"，《国语》之"吾吾巾舞"，《尚书》《国语》非僻书也，自己不解，欲人之解，其可得乎？此等语，诸经中不可胜数，轮扁所谓糟魄之言也，韩子曰'含英咀华'，善作文者用英华，不善者用糟魄。及至摈于知音，斥于大雅，徒自拊心蹙额，不知已迟一科矣。场中衡文，先看为幸，盖阅者胸有成见故也。所谓式者，亦非公道之言。今如一题，解首作偏全，以后中作大半偏全，解首之文，不同常格，或四五百字，或累千言，或古奥，或平淡，或极佳，或极不佳，不佳之文能中，人鲜信者。不知发刻者已非原本，榜定而良心生，或命削，或自削，其进磨勘之卷，已经圈点浓密，欧阳公所谓'文章自古无凭据'者，此也。凡不佳文而得中，尽类此。二君才豪气豪，不必有所顾虑。我之为此言者,以解二君之惑,并示传须降格而求也。前科批'太滑'二字,此是预书纸批,待落卷齐,命吏乱贴,故文与批纰缪,何足为凭。文滞则有之,滑则不甘当也。逊矣青云客,行之哉,勉之哉!予之不能已于君者,犹君之不能已于科名也。三复鹿鸣篇,祖父预理苹舫以待,拱候佳音。"录回报家人曰:"仙师既已劝驾,予为江山之游可乎?"留王星如、星轩饭于敝庐。张宝青赠我《桂宫梯》五本,置案观摩。

于**次日**放舟南行,访居敬止于张祠,茶话良久。挈金景岩父子及祜儿赴狄家坝瑞云庵讲约,住持照尘暨十三图地保张凤鸣、十六图地保王召基来迎。狄振扬、单显昌、查玉章、瞿小村家祯陪拜,祜儿赞仪,景岩宣读。讲"敦孝弟以重人伦",兼之仙师"戒赌"说,《家庭讲话》中"教子",《学堂日记》中"骂母咬蛇""行凶恶死""打铳伤子"。讲毕为小村邀去酒点,尊甫竹村长史毓荣年六十七,而患足跛,勉陪坐。提及先君自溧回籍,赴拜其昆琳公□润丧次,历历如昨,已四十三年矣。移桡南去,会贾厚卿、慰椿、李芝馨,于家伯谦处订试伴,知平燮庵及陆巷张子秉□翼已有成言,大约四人。得《中锋集》,知迩来花样,钞数篇,畅领茗点,乘凉而回。

初七日(7月5日),抵塾,而祜儿留家,钓金银花、地骨皮露。

翌日,张甘和来嘱拟拨产议据,略书以应,孰知其嫂毛氏欲违律书位,语言无状。予斥之,见其眸眊,恐其召祸。

初九日(7月7日),有陈春来诉,地保衙役持票访查其船坊,称僭河道。"但船坊有粮,照旧基重构,岂占官河。尔可嘱保覆明,稍出使费,无他策也。"

次日,雨。胡芳梅偕金松泉来,欲定试船,予转嘱伯谦裁夺。得计偕五律,以质同人。

十一日(7月9日),陈念占欲乞予向税书归契,予以非原经手,辞之。送钱伯翁祖集一本,即有复函。得黄念乔一缄,未及答复。

翼日,与曹生星村一函,得覆禀,知考伴已定。张宝青来札,为予作生传,洋洋洒洒,有千余言,古奥如韩苏,虽有诬处,而文自可传,存之备附家乘。

十三日(7月11日)，挈内子入城，于石梅观荷，并会吴老师。贺新令沈问梅蔍同锡华上任，拜送旧令沈羲翁，长谈移晷。复往朱菊如茂才点家，访硃安仁斋长，叶鬵云游戎□□馆访景瑜圃茂才，俱蒙主宾款待。途遇瞿世良、许心田，邀至俞氏，有上海马□□明经元德，系与莲士大润同拔，善书。又晤俞芝轩、浦晴川两学博、曹舜卿文林、朱少英两少府、张心兰、王榛香，略谈数语。

望日(7月13日)，居敬止、张润甫至，半日谈文，诚为益友。

既望(7月14日)，小雨。沈问翁微服来莫城访赌，拘地保王三奎，杖五十；赌客王启明，笞五百，放还种田；唯开赌陈三封屋入官，笞二百，枷号仓门。是夕，地保袁顺昌及张甘和来，言张毛氏为妯娌义子之嫌，拜日默祷，致邻陆叟猝病濒危，问予如何办法。予曰："俗例自应拔状，然此等冥冥之事，即病亡亦难报命案，勿用张皇也。"

十七日(7月15日)，范冕卿函来，欲合考伴。

次日，贾内嫂来省内人，承送多仪，予不及回晤。

二十日(7月18日)，同王聘轩及祜儿入城，拜吴学师寿，武进杨少泉尔格、吴伯梅曾仪两茂才来陪，品汤饼皆汗，偕潘子昭学博、张雨香明经、庞云槎、平孚吉成两斋长、张润亭茂才成茗话。旋至县署，送祖父集二本，因未具衣冠，不欲晋见，而问梅公祖请会，门功童姓、李姓呼开暖阁，引至川堂，而堂翁出迎。提及义学暨莫城陈姓事，予谓："因茶客乘凉看牌，致主人封屋入官，似罪不至此。况陈三有血症，酷暑受械，万难支持，须速放。"答曰："俟发示各镇，如教释回。"予指挥时事，谬承器重，投契忘形。向艺文堂归所印诗集。坊友华□□欲刊试帖，嘱选。予欲辑近人典丽诗二百首，分天地人物四卷，为新样锦花集，题须合试场，发店销售，亦可牟利。须闻人作序，庶可行远，所苦无暇也。路遇陆白庵、沈步瑶□琳、张润甫、吴翰卿小话。答候范冕卿、瞿世良，仍玩荷石梅而返。舟次与王井香畅叙，嘱其补送先父集于钱伯声。

翌日，知王涧桥陆叟已死，毛氏拔状出八洋，继又助棺费。悍妇合受此罚，不足惜也。以札谢张宝青作传，并赠父集。又送王氏诸子暨沈阆峰、金省三、李芝馨、钱芷生、陆铭山。少兰、铭山并乞拙集，复补之。晚访钱芷生畅话。晤瞿子泉□□及朱姓，为陈三来求向官请释。予谓："昨已代恳宽宥，想不久羁。"而朱某云："昨见官开阁出迎，谅承谈及。"迨出仓门，荷校者亦尝呼名求救，而予未之省也。

廿二日（7月20日），走访金景岩，赠《杏花村集》。应李琴仙之嘱，撰祀瘟部疏。

次日，陈三嗣母、生母又求转请释枷，予言不能多渎。李祥茂、金湘坡、吴廷禄复为王阿胖事来，予谓："讼终凶，闻其投曹小卿处，谅小卿必不唆讼，况助地棍乎？且往会，看其如何安排。"

廿四日（7月22日），知陈三已释。予送先集于吴老师，附笺通问。钱维城守戎达寿，因暑甚未亲祝，仅送菲仪。挥汗与祜儿应听松轩诗课，题为《客留深竹话孤灯，得灯字》《人过桥心倒影来，得桥字》《纳凉词，七绝》《采莲、洗桐，七律》，机窒思枯，老态可想。是夕，风狂骤凉。

翼日，挈祜儿往木杓湾，憩二龙庵，同吴学师讲约。计文元、钱又新彭龄、陈松廷陪话，计瑞庭供应。清风徐来，宣讲"敦孝弟以重人伦"，祖师"烟、色、赌三戒"，《家庭讲话》中"父母"及"杨乙乞食养亲""张某刈禾憾父"。听者百余人。归后至李祠拜神，聆道曲。夕偕金景岩、杨锦斋、时长春、锦堂、吴翰卿、砚卿饮于李宅，白蹄用鸡汤，肝油脏俗呼"活扒墙"，亦妙。

廿六日（7月24日），又为李祐之留三朝宴，得次子故也。看馔亦鲜，主人自烹，不亚昨宵之客手。与朱鹤龄论文，饷杏花村刻集。同席姚巳生、时仲和、李心柏兄弟，劝酒殷勤，奈炎蒸，不敢饮。闻丁抚军于是日决科，伯谦侄赴试，题为《乡人皆恶之至及其使人也器之》《而后乃今将图南，得今字》《处置拐匪论》《经义治事相为表里论》。

次日，时子金宝锦夫人吊期，予送分去。并致伯谦侄一函，有云：

"三伏时有好风,想全眷平康为祝。槐花黄矣,而痴叔未忙举业,只扰尘缘,两谒琴堂,一陪铎教,与吾侄之赴决科,操胜算,大相悬矣。努力绳祖,望之勉之。"陈三释放回,来叩头鸣谢,予愧不敢当。

廿八日(7月26日),瞿吉成带大瓜来舍,予未及陪。王生星如到塾,赠以先君集及甘瓜。其内侄陶友梅□□乞诗,并馈《镜墀轩集》。

晦日(7月27日),俞旭初来,赠以先君集,并嘱送王梅修明经松鼎以父集、拙集,附以一函。又呈柬于沈公祖,有云:"雨润苗肥,可卜秋稔,亦神君之上召天和也。"钱梅卿至,付会项钱三千,兼致其弟竺卿一缄。往会金景岩。寄吴翰卿、李芝馨两札。

七月朔(7月28日),孙克昌来,清话片刻。金逸仙见赠家园苹婆果,亦是罕珍。

初二日(7月29日),陈生晋三札来,嘱予转借考篮、考具,爰谋之金景岩,以应其求,即带至城。候吴雨岚、毓芝,便于长兴馆品茶面,王凤楼来会东。天酷暑,与周□□闲谈,挥汗如雨。旋访俞书庭,赠先君集,承留瓜,晤西席陶德华,附读王仲裁□□、陆□□□□,叙姻谊。知吾邑决科题为《求为可知也》《云近蓬莱常五色,得□字》,尽可投考。过艺文堂,得俞荫甫太史樾时文及新刻《紫阳课艺》《十杉亭薇云小舍试帖》。遇严咏兰少府成勋、屈峻甫茂才金奏,彼此叙阔。曾翁瑾甫,亦留瓜战,晤其高足吕实甫桃,系野塘巨族,而清秀不似乡人。陈晋三适来,为我至宾兴局领卷票。时小雨沾尘,顷刻即止,孰知出门西北走,已水积街衢,夏雨隔丘田,信然。谒曹小卿不值,留所刻小诗,与其族叔小江□□言王阿胖事。过蒋祐之少尹汝霖、徐梅村州丞宝树家,承留清话。出西门至蔡氏,司计钱用宾、张文起树辛陪话片时。托包九仪送义学捐簿于常署。晤瞿世良、朱少英,略陈近况,为试伴事,倩其传语钱竺卿。返棹风来,身心俱爽。

翌日,金丽生至,同纳凉,高谭古今。

初六（**8月2日**）夜，王湘翁起痧呕泻，至七夕（**8月3日**），延家伯谦诊治。将所阅仲舒文交还。王星如、平彦卿择巧赴录遗，奈暑隆，跋涉颇苦。吴秋亭来会，赠以父集，复托送张竹泾中议一本，附以小笺。南埭查砚耕至，言其徒查显南造屋，系其相宅，而邻查炳适血症发，与显南理论，显南诿咎于砚耕，并负炳卧砚耕家。经造徐蓉村另请地师覆看，并无关碍，断砚耕出钱四千，押炳回，出洋三圆，为砚耕烧利市。厥后遣地保唐韦成带纸马三牲到砚耕处，而为显南阻挠，声言蓉村诈洋廿五圆，并未干事，且扭辱砚耕。爰憾弟子欺侮，嘱予调停。予谓："事关生徒辱师，即于次日送信常学，或得于监讲时谕令赔罪。而经地索诈，亦须着蓉村自为理明。"李芝馨、琴仙、家伯谦来，略谈时务。

初十日（**8月6日**），吴廷禄来，言王阿胖因曹小卿喝令勿讼，业已回心，是日前往会之故。予谓："曹小江下乡踏勘绘图，想非无意，风波不测，勿恃为无患也。"缮札寄常署，言："莫城陈三蒙宥，其嗣母、生母感激铭心。所有其宅封条，业已满月，往来行人俱谛视，戒勿效尤。可否饬役保揭去，俾得仍旧卖茶，借养二老，惟博局则不许再开耳。专此布恳，即候德音。"

十一日（**8月7日**），贾慰椿来，送家园蟠桃，甜如蜜，报以《杏花村诗》，并嘱梓其师王鲁园遗稿，建其王、蒋两祖母节坊。幸恂恂儒雅，专攻试帖，能守身，亦可保家。

次日，立秋，稍凉。闻汪柳门太史鸣銮已放陕甘主考，足辉兰簿，乃所谓佣中佼佼者。午后节假，大雨润禾，农人省力。

十三日（**8月9日**），小雨。偕金景岩及祐儿憩西王庙，张益三守府出陪。见黄慎之撰其寿联，句字俱妙，有云："望重干城，祥开花甲；威宣琴水，颂洽林壬。""干城"双关，对"琴水"尤巧，末句亦切里人上偏事，才子笔也。迟吴学师不来，乃拜圣牌，孙世昌陪拜，孙克昌赞仪，景岩宣读。予讲"务本业以定民志"，言三百六十行，都可为，何必开赌。又及《小书》中《戒赌四言》，且为义学生阐"天地君亲师"之义暨《三字经》。听者因雨，只数十人。世昌饷紫光桃，住持供青莲藕，谈笑而回。因中元茹斋，预祀神祖，留金景岩、李琴仙晚饮。

翼日，晴。高氏戴次女归佐祭。张润甫惠赆，自愧老不耐苦，聊寻旧梦，未定入闱，爰柬辞谢。惟办装支绌，及门馈赆，权领作借，恐报礼阙如耳。

中元(8月11日)，晴。唤舟上城。会徐蓉村，嘱其调停查姓事，彼愿安顿显文，为砚耕重烧利市。旋往谒徐寅生、闻芝庭、家小澜，叙谈刻许。见学门沈公祖书院案，予名及平蟹盒、家伯谦在院，知卷为俞书庭、陶德华代为，此案作决科，想有花红也。吴学师又言沈公出银，送试士元卷费，丁中丞复备火轮船，迎士子渡江，分文不取，江南试官为满洲铭□□阁学安、长乐林□□宫赞天龄，林系杨滨石门生云。予遣舟子送信常署，据云，官自省回，要至莫城，所来义学捐簿，亲带还也。随托包九仪领半月薪水。于茶坊晤庙桥李虞岚□□，言其侄婿徐少瑜茂才，上海寓被火，现回寄支塘妹倩家，缺资不赴乡试，家计大难。复访童叶舟、张心兰。彼此叙阔。惜两庙祭坛会已过，而出游士女，犹塞偏街衢，不负清秋佳节。见兰盆胜会，设西王殿，玻璃牌数十，有绘十殿阎王者。晚风返棹，泊西王庙前，拟陈三永不开赌结暨地邻保结，恐里人书不合式也。至王氏，托芙江寄声查氏。

既望(8月12日)，同黄申甫、李琴仙、心兰手谈，无甚胜负。嘱时锡蕃至清粮局，改正粮额。并为其札致银总严翰卿、李心葵，存柜一洋，订其注定，因无力办赋，恐上下忙串即出也。

十七日(8月13日)，朱竹亭、沈阆峰惠赆，均借使璧之。

次日，金湘坡、邢桂山、笪琴舫、贾二梅禧昌又馈赆，循例送还。予带龙井香茗、戚浜蜜桃，饷张宝青。录楚通仙师诗曰："蝉声曳树噪斜阳，曲折风来水一方。修到闲人无限福，白莲花里号清凉。"又曰："秋色庭除绚晚红，小楼昨夜报西风。高材莫患知音少，自有奇人识爨桐。"似赠试士之作。与倪云江玩秋芳，如服清凉散。张宝华陪至寄翁家，倾襟畅话。

十九日(**8 月 15 日**)，闻陈三住宅沈令准揭封条，具结销案，欣慰何如。瞿世良馈佳点、桂元，恐却之不恭，又累使重来，姑领其半。家伯谦信来，喜悉十二日子刻又添一男，吾家丁颇盛，所望如季瀓卿得子登科双喜耳。闻丁抚军决科，花红极优。第一，二十洋；第二至第十，每名十洋；第十一至五十，每名三洋；特等，每名二洋；一等，每名一洋；另每名统给卷费一洋。大侄应试，不无小补。猛将堂北庄庙龙舟极盛，及挡船抬阁，往复于舍旁，日凡数起。想因雨旸时若，苗丰农暇，故共乐太平。庭中绿凤仙兼开五色花，自是洋种，惜秋阳太烈，灌溉倍劳。

翼日，不作遨头观水嬉，聊步莫城访钱伯声，不值。为瞿秋堂留饮，佐以粉团、月饼。孙克昌送茶点，却之。唯房东李琴仙馈蒸豚，辞弗能遂。张宝青承允权馆，嘱太原氏往载行装，知次日为吉日。乃于**廿一日(8 月 17 日)**开船，半途访沈学圃□□，领其母嫂节孝费。与沈湘林廷宪、陈星如□□话片时。晚泊四万荡，张子秉已来，同宿伯谦处。骇闻卢器轩之耗，误于洋烟，大为惋惜，幸已得丁。赠子秉拙集一本。

廿二日(8 月 18 日)，乡试发棹，过顾泾，载平雪庵、采庭桃、吕文源来附舟。访婿罗锦帆副帅□□，族弟效良陪往，颇能干，为解事人。由荡口镇茅塘栅过坊前伯渎港。夕泊蓉湖，茗楼灯火，米市人声，正在热闹，河广幸无蚊。

翼日，过陵口、陆社、戚堰，至毗陵驿夜泊，蚊亦少，帐未悬。

廿四日(8 月 20 日)，大雨如注，篷漏帐湿，烦闷不堪。解维过奔牛、吕城，夕抵丹阳，始张帐。

次日，晚晴。过新丰、驿河，未刻泊丹徒镇。晤俞书庭、陶立三炳言、王次安，赠次安《杏花村诗草》。篷窗观《登瀛社稿》，颇入时。

廿六日(8 月 22 日)，黎明解缆，至镇江方巳刻。因风未利，未开江。晤庞伯深鸿湛、华心同大成、钱起堂召怀、陈晋卿文藻、砺卿若金、陶德华、季慎修。同人登陆进西门，访学宫府署，半途而回。出城尚早,爱品茗三层楼,远探山色,近挹江光。茶价每碗十四,水清不似江潮。凉风时来,神与俱化。问其名曰"杨楼"。适当闸口,惜教门净素,无荤点。薄暮登舟,秋暑熏蒸,汗流如雨。傍高姓江船,与苏人闲话。见孟兰会,彩球百结,纸扎无常,黑面张拳,中署立拿不孝,望之可怖。舟当渡口,渡船张灯,往来如梭织。桅灯各舫如三星,与天上繁星相映。惜流萤、蚱蜢扑灯,救护不暇。邻舟唤卖歌者,扯高调胡琴,唱北曲,剧佳。馆中僧施食,鼓吹沸腾,兼之炮船更鼓,喧阗至晓,未得熟睡,幸蚊尚稀。

廿七日(8月23日),舟自京口开至七里江,同伴步行昭关。关为夷酋领事衙门,旁有义学,卯刻已闻书声。得江鲹鱼,伯谦携而登舟,烹之味美。江干有风神庙、夷典铺,夷馆中多鸡冠、夏菊、游龙草、白夜饭花,而红栅栏上,复有牵牛花点缀,秋色斑斓。是日风恬浪静,芦滩枭盗首,约在高资港。未刻过沙漫洲,有炮船停泊,知为拦江闸捐卡。晚抵龙潭,江水大发,不便上市,于对河维舟,买青莲子,价甚廉。残暑未退,夜不能眠。遇稽郢庚鹤龄、赵觐三元鼎,托其带先君集与拙草送赵韩城元溥,其先人宜园,均有序也。并晤倪如卿文虎、张葆之锡爵、暨南锡钊。

翼日四鼓,舟开至栖霞,约舟人待于燕矶茶肆。遂同三子步行,五里过石虎桥小镇。又廿里憩甘家乡,啜茗市上,旁有梁武帝墓,大石狮犹踞墓道,其余古冢前,亦有石狮,略小。又十里过秦文恭公□□墓,右有观音庵。走上小息,老妪送茶来解渴。又五里过玄武门,转北,由高堤至官驿门,约又十里。酷暑尚熏,挥汗不止,一路无树阴石磴,足不能驻,席地坐,致筋挛,不便起,苦楚万分。将至燕子矶,又为水阻。从山腰盘旋而上,下有万丈深涧,恐失足化为齑粉,履磬而下,始达江市,来路瘠稻多荒,唯蟛筛红满江田,殊可玩焉。江潮怒涨,致矶亭在望,隔水难登。而旧游诸名胜,经乱成墟,为之浩叹。迟舟子不来,连饮茗借坐,方饭于武顺兴家,幸伯谦多带囊钱,不致饥渴。子秉一路唱大小曲,予则觅句消遣,虽疲不觉,有"肤汗挥成荒市雨,脚跟踏破乱山云"二句,足成一律。雪庵亦能耐劳,绳床就宿。而子秉已起痎寒热,伯谦因笾席受寒,横支竹枕,通夕不眠。店主人与扬州客李蕙同予话吴下近事,并有烟客提及马谷孙制军新贻阅操回署步行,有人从箭道来投禀,马公正在看禀,被人自后行刺,犹大呼曰"拿",扶进即殂,大是变事。或云,刺客姓张,名汶祥,河南人,与投揭者并非一党。汶祥父任宰官,与马相好,没后,马夺其妾,其子需索不已,挟嫌行凶,马妾旋自缢。未识确否?大省爵督,屡有军功,竟至如此结局,惜哉!待明,雇艇子过下关,至金陵旱西门,舸舰迷津,不得上岸。复呼划子渡至水西门,自闸登岸,始见予舟已来,失信可怪。入城觅寓,憩聚奎园茶话。伯谦途遇平彦卿,遂同至丁官营,转东定刘用包家,主人业圃,一房一灶,赁金四洋五角,又谢引看邻媪钱二百。夕于四景园酒饭,临水河房,颇敞,羊角五色瓜灯,照耀水面,是秦淮胜处,惜两面水树尚少,况江水陡发,家家在水,一无可观。

　　晦日(8月26日),托彦卿买卷三套,官价二百八十,捡卷钱二十。孰知王星如代写职附监生,而不合例,当书附监生布政司理问衔,又换三卷面,出钱六十。嘱局中人代书,又钱二百。另加一百八十,缴卷喜钱六十。一误之余,无不周折。便访长洲江少芸起鳌、丁达泉纷、元和家湘兰、新阳沈纯甫准海,回饭于东钓鱼巷口,水已盈街。吕文源同饮,分手涉江,往东梁山。而予则谒黄文节公观祠,额为曾中堂题,祠前有义仆位。闻黄侍中字澜伯,一字用宾,贵池人。系洪武庚午解元,或云三元,后为礼部右侍郎。建文立,改侍郎为侍中,公为右侍中。迨燕兵入,讹传国宝已付公,公出收兵,燕兵追捕益急。将其夫人翁氏及二女给象奴,象奴索钗钏,夫人悉与之,遂投淮清河,二女同死。桥下有血影石,经水洗,现观音像,移石文贞祠。公则至江上罗刹矶,朝服东向,投湍急处而殂。额云"不愧科名",可以风世矣。揖文贞位前,两旁月洞,颜"鹗荐鹏抟"。楼房均为试士所寓,乃贵池会馆也。唤渡船载行李,至通济门,费钱四百,又脚子钱五十。是夜大雨,寓前旷野,浓绿生香,而生三七淡竹叶尤夥。房主日剥大冬瓜,割长带豆,挑卖街坊,勤俭无比。

八月朔(8月27日),欲赴武庙拈香,因水不果。便坐水阁,观艇子荡桨,往来容与,洵可乐也。买洋烛十八枝,价六百七十二;中白皮箱,价一千二百。进贡院,浏览号舍,水已退,仍铺排库,龙门外始架木板,继填瓦砾,每号口,置大缸、大锡茶炉,办考者极体恤士子。遇童叶舟、李养初、范冕卿、石门,惊悉曾仲仁上舍鸿文没于舟次,其侄琢如含章往殓,自镇江送枢回,然后赴试。其亲谊之急,有古人风。买货至三山街,伯谦为予办洋刀,价二百。惜其小眼中见夷女裸,不宜于书房。又红洋叫,锡管吹而渐大,如红灯,收则大叫,可以娱儿,俱非华人所能为。途遇瞿仲章小话。天气忽凉,胸襟一爽。花农尹姓住南门外,送我夜来香,悬帐顶,如蘅芜梦室,衾枕皆芬。

初二日(8月28日),过夫子庙,适新修,规模宏峻。由粮道藩司两署前,出三山街,得金陵省城图。于利涉桥遇蔡生沄江世培,知指捐浙江县丞,来此看验。

次日,遇吴英伯,知太仓钱调甫孝廉鼎铭,系予紫阳试伴,而二十年中,已授河南方伯。今送太镇试士元卷费,置竹节贡缎朝靴,价二千零九十五;布统中号钉靴,价一千一百。

初四日(8月30日),赴宾兴公寓,领费二千七百七十九,清粮局拨钱二百廿一,合钱三千。另本县沈元卷费六佰七十五,与俞书庭剖分,因其借名应书院课也。购连四纸《五经类典囊括》十六本,价五百;《诗赋题解韵编》正六本、续六本,价六百。回寓倦憩,效艮烟榻,犹忆前朱默斋调鸦烟,邀予吸二管,觉血脉和融,周身入化,妙不可言,从此美中防恶。效艮谓:"君以此始,盍以此终。"调烟强予试两管,则如嚼蜡无味,可知年衰胃改,百无一欢,不独烟土逊前也。少年血气未定,仍宜戒绝。午后,由状元境江宁县署教敷营、下江学院署至大夫第,重寻旧梦,有似隔生。黄昏,沈纯甫、郑芝畦廷瑞来谒。留平彦卿饮状元红。于棘院前见大洋水龙,即轮船之管,上有烟囱,下有铁轮,吸号舍沟水,从皮管注在夫子庙前,河中日吸丈水,胜于桔槔,亦未经见之器也。

翼日,重游江西会馆,便访俞书庭、曾静漪澜文。王星如坐轿,家湘兰乘马来寓,留茗点畅谈。星如呈录科场作,湘兰索《镜墀轩诗》而去。晚访溧阳强星源七世兄汝谔于东水关寓,互叙阔怅,知其已补廪,厥兄希和茂才已故,敬甫明经馆于苏乡车坊祝□□运副□□家,赓廷孝廉现在朝天宫志局修书,砚芸孝廉系四班通选,近铨赣榆训导。希和、敬甫俱无子,赓廷一子,砚芸两子,星源两子,现在金坛李家马头。敬甫由恩贡捐教职。同门周甲生茂才无恙,狄轶凡茂才已亡,左孟莪寅伯增埙、周陶庵谱叔铸均没,左星楣贰尹云逵尚宦四川,宋锡藩侍郎晋因仓督亏空降阁学,温明叔阁学葆深升工部侍郎。予赠三代刻集。同伴丹徒韩省斋景修,亦倾盖如故。见刻单,监临委童薇□学使华,外提调梅□□方伯启照,内提调孙□□观察衣言,内监试倪□□观察宝璜,外监试庞□□盐巡际云。

初六日(9月1日),遇松江陈砚田锡圭,询知周菊人老师达尚存,想年逾八十矣。强星源来,失迓。同郑芝畦、家湘兰四景园茗点,尚佳。下临秦淮,清风徐来,披襟爽快。复憩承恩寺茶点,欲观主考人帘,奈由别路不遇。于茶园晤徐蓉九,询悉其幕游奉贤,家眷将自苏往迁,已得一子,甚慰望怀。芝畦乞小诗,爰赠一本。

翼午,得苏城谢济生送雷公救疾散,备带进场。强赓廷孝廉兄弟来会,言前为马督所延,主故当辞,各叙近况,悲喜交并。旋偕伯谦往答,仅晤星源,因彼此临场,匆匆分手。

初八日(9月3日),入场,晴暖。坐西文场阳字六十七号,同号宿迁胡明鉴、南汇顾之光。洗脸冲茶,可唤号军往号口取热汤。

次日,尤热,晚大雨。所坐水号,用木片铺,来往不便,幸进场出场,官遣兵勇提篮引送。肉蛋月饼,每场仍折青钱,共三百。粥饭及碗仍给。

初十日(9月5日),交鸡鸣卷,惮劳不能沉思也。洋烛耐烧,况用白铁蜡盘,光明清眼。

　　翼日,寒雨。进二场,坐西文场宙字九十五号,已是臭号,幸厕经改为,曲不直达。况有泰州人烧蓬艾,可敌恶氛。同号金匮席蔼唐、泰州保树及吴县王聘华叔宝、吾邑席融斋昭。闻钱起堂、范佩之因病未入场。是夕号舍起火,大哗。燎望台上兵勇招呼云"不要紧",试士始安,而火随扑灭。然而号军被官戒责,鞭扑与呼号相闻。

　　十四日(9月9日),进三场。予适痔发,坐平江府禄字一百二号,同号泾县王洪福、上海王星南恒焘、武进朱仁甫麟保。仁甫言现寓吾邑彭家场,馆其同乡周孟舆□□宅,东家亦下闱。且言马督被刺案,护督英将军□□奏闻,上谕已到,江宁守杜□□先降四级,上江两令革职留任,督标副将拟徒,钦差前漕督张之万鞫讯。

　　中秋(9月10日),在场玩月,忽墨浆污卷,如葫芦样,乃改写于旁,在第五道策尾。交卷问收卷官云:"想不发誊?"官答云:"三场免贴。"如此不妨。

　　既望(9月11日),黎明出场。步出水西门,同人一路置货,小憩茶坊饼坊,不形力乏。登舟如脱绦鸟,乐何如矣。

　　十七日(9月12日),自水西门回棹,载红绿梅六盆,亦渡江雅事。至燕矶办火食。因风日晴美,水波不兴,径出江,顷刻四十里。夕泊新河高资营东。

　　翼旦,过七里江,暂停镇江沽酒。夜泊丹阳。

　　十九(9月14日)晚,泊常州。办卜恒顺蓖箕木梳。偕俞书庭、陶德华、陈枚生兆元、曾静漪、仲英茶话鸿园。舟次遇金缄三鹤汀、沈用宾济、王赓保庆长、吴英伯,篷窗话月。

　　次日,风未利,上纤始抵无锡惠山浜。登陆买耍货,过王文正□□、费忠懿□□、范文正仲淹、倪云林瓒、朱乐圃长文两先生、浦孝子□□各祠。登昭忠祠绝顶,东有奇石数峰,下观听松石,系皮日休书,有御题。适桂花香盛,清风拂人,诚佳日也。复诣东平王庙,营造未竣,后有舞台颇高,旁亦多怪石,倒影清池。再由岳殿转西,上于忠肃祠,

晤老衲慧源，言祈梦者集此，此山本名慧，自康熙皇上南巡，始改作惠
西阁。有二老人拜经，口号"南无大方大广佛化验海外"。傍晚回船，
见网快船中挂羊角灯，舱有好女儿，系土人游玩者，沿河祠内有拇战
声，知有人秋祭族燕在此。至夕，移棹西门，买惠泉酒遣兴。

廿一(9月16日)，子刻动桡，未刻抵里。骇悉范佩之抵家，以痢
不起，慨惜久之。浦士南云飞于号舍见三头挂于帘内，惊而发狂，归
舟坠水，扶起得病而亡，想有因果。至夕，张宝青、陆铭山、王星轩、少
兰来谒。

翼日，张寄翁、王聘轩来候，留点快谈。

廿三日(9月18日)，孙克昌、钱芷升又来会，茗点流连。

次日，沈韫山昆、定山斴两丈，以其侄芝亭廷珪见欺来诉。爰为致
信芝亭，嘱其来舍，以便劝和。留酒饭点心而返。午后抵塾，张宝青
卸馆，以梅桩二盎赠之。闻沈秋庭恙笃，书柬寄问。

廿七日(9月22日)，沈芝亭来，问其情节。据其言以复伯叔云：
"去年粮田注荒，无串可交，况并未收钱，似可不校。前曾为四叔偿绣
峰借项十千，又情借洋五圆，钱一千。所有多分之犁，已失去，倘欲赔
补，四股中亦有一股，事属细微，一切尽可于垫撮项上除算。唯平素
目无尊长，中菁不分，断乎不可，即嘱力改前非。至于先人数柩，不合
久停，应于今冬辋费安葬。"祁锦枝玥来，述时雨若兄弟仍塑文帝于猛
将堂，择九月八日开光，留柬请到，因昔年家父主张也。乞小诗，赠刻
集一本。闻北场题为《季康子问仲由两章》，系钱伯声约课出过。本
省题《周公谓鲁公曰全章》，系紫阳近日课题。监临恐钞袭，欲提卷交
房，而冯山长诡云已失，亦厚德事也。

翼日，王星如来，谈文竟日。

至晦日(9月24日)，伯谦侄寄场作来，仲舒侄亦有拟作。折重
其亲，推及大臣三项，乔皇典丽，花样极新。周道亲亲自切鲁公，惜以
故旧贴亲，似说不去。爰与伯谦首艺、王星如三艺及予四书经文八
篇，请吴学师评阅。两侄文极蒙激赏，拙作尤奖饰逾恒，决为必售，想

试艺例不批驳也。沈氏兄弟及其侄竹屏偕至，谓芝亭所言未实，须白其诬。予云："便宜皆门内，且看先人面，忍之，切勿成讼。"

九月朔(9月25日)，拟王生荫槐合卺贺联，因女家氏吴用彩鸾事，请吴璞翁改正代书。

次日，托包九仪送沈邑尊札。

初四日(9月28日)，入城，访沈季才敏泰新宅，送三代诗，承留酒食。时为昭文银漕总书，渐有家业。晤记室陆小云□□、张雪庄□□、王雨田□□，同饮叙谭。家朴园及沈涌泉文梁陪至故居，适云章恭泰外出，玩精舍，品香茗，留名片而回。便过严翰卿、楚产家，留予家刻集。遇吴门赵远峰。又往曾氏，琢如茂才留坐论文，亦赠父集。即买羊脯出城，舟次偕曹蓉亭□□话久。

初七日(10月1日)，节假。陆生铭山感冒寒热，呕恶昏沉，爰为刮痧，妥送回里。过金景岩家，见留酒点。杨锦斋嘱拟文昌疏，走笔以应。便赴东始庄。日暮途迷，风雨大作，一路积水，寸步难行。倩修发小匠扶至家，泥滑屦重，几坠水田，心荡神惊，觉逃难后又一艰险。

翼日，张宝青夫人赠祐儿笔囊，自绣云龙以颂。予至祖居，与仲舒侄樽酒评文。回诣杨威侯庙，于文帝前拈香兼讲约。里正沈义茂投禀跪迎，住持祖逢出接，时辅周孔目汉麟暨祁锦枝耆士及祐儿陪拜，乐工赞仪。拈《圣谕》第十一条"训子弟以禁非为"，并讲《桂宫梯》《惜字》、《小书》"戒赌"、《觉世格言》数则、《家庭讲话》"教子"。并偕时雨若、雨亭、雨田义明三上舍等拜文帝魁星，亦三跪九叩首。蒙社主留宴，火腿汤鸡、蟹粉米鸭、占参白蹄均佳，知是馆菜。同陈如山待诏政及曹蓉亭、祁厚生、金湘坡、李云峰战拇勤饮，同王友三上舍尊贤、时兰洲志贤、周子福品曲，醉中分袂，酣畅异常。

重阳日(10月3日)，祐儿赴城，同王星轩等登老君殿。予则答候钱芷升，遂同升妙清寺高阜，观昆湖风帆，复憩厘捐局。钱伯声太守索观闱艺，谬许出房，并谈义学事。谓沈令欲更塾师，嫌其学问平常，未能讲贯。予言："蒙童多开荒田，讲亦不懂，孙师书法工楷，训课勤严，目今尚堪胜任。俟学生年长，稍有悟性，再行讲书，可乎？"伯声云："何以县公于中秋前二日到塾，师生都不在？"予云："预假一天，领徒入城买幼学，已覆知问翁。况官未出脩金，民捐民办，何必如此更张？"彼乃语塞。

次日，答候张寄翁，不值。又到宝青处谢步。阅朔日鸾谕，易简祖师诗云："风光容易晚凉天，枫叶芦花浅水边。胡蝶恋秋飞不去，露零风紧抱香眠。"又楚通祖师句云："满城风雨报佳音，想今科中式者多城士。复言传闱试荣归，今当榜发之月，理应撰骈四俪六之词，以作泥金喜兆。"晤倪蓉江话片时。冯柳溪来，因有绰号九王者，租其房东木匠陈顺司屋，连月开赌，日凡三局，致同居者昼夜不安，恐缄默波累，嘱予报官。第予非在官人役，况城户非比南乡，未便言分外事。唯诱博积蠹，律应痛惩，当不经地保，径行密拿，有公事见官，再诉知也。幸其闻信即收场，尚为知过。酒友孙蕙圃至，留饮合欢。傍晚，拟仙坛礼斗疏。

十一日（10月5日），张润甫来，留酒面畅叙。

十六日（10月10日），吴秋亭引查砚耕来谢，留酒点。呈其次公子诗，索指疵。

次日，沈阆峰、王星如见过，茗话移时。陪至王梦蘧家，承留喜宴。晤俞得之、包九仪、马宪昌、顾心城、袁文明、金丽生、二媒李琴仙、孙克昌及王小亭、菊如等，畅叙。

十八日（10月12日），遣祐儿赴吴氏，贺翰卿嫁女，旋挈至王氏道喜，时为荫槐合卺，即娶吴，近在对河，如东西之牛女。午饮忽落一齿，益不便饮啖。晚偕桑砚香观察、俞莲洲贰尹、张润甫上舍、王星如茂才、芙江少府迎娶。晤时雨若、雨田、兰洲、辅周、张达甫上舍福荫。夕与钱芷生、李芝馨、孙学卿、世昌、克昌、锦坤、王春园小村诒孙、张寄翁、宝青、砚屏、贾慰椿、时觐宸、觐尊、仲卿觐光、瞿景园开业、春泉、价藩、李心柏、祐之互话寒暄，其善饮者并行觞政。

翌日，诣西王庙讲约，时吴学师先到，幸孙塾师、钱维城守戎达代陪。王星轩赞仪宣读，王星如陪拜。拈"尚节俭以惜财用"、《桂宫梯》"惜字"、《玉律传钞》《活地狱》《戒赌歌》。老师旋至王氏贺喜，惜不及留。知昨晚乡试报过，常十一人，昭一人，内副榜三人，如庞云槎钟瑚、潘幼南文熊、蒋若峰土骥俱擅文名；邵曼如震亨尤善古作，得乃祖环林孝廉渊耀之传；陈君修仁爵则文品兼优，尊甫文彩翁振家尤好善；庞绢堂鸿文以官生中式，学问精专；杨正甫同榜又少年英特；况仲卿和良树系莲堂师鼎宣之孙，贫而廉正，气宇亦佳，并有被掳放馆女阴德，祖泽克承；范冕卿为予心交，敦品能文，虽屈置副车，而青云前路正远，惜难弟物故，一悲一喜，甚难为情。大侄文花团锦簇，尚为遗珠，想时运不利。而予老迈才枯，本不敢作妄想也。后领卷，知第十二房张聘侯大令佑璧备荐，三艺均单圈，评云："笔势开拓。"张公字胪笙，湖北黄陂人，己酉举人，江苏候补知县。北闱亦报三名，一为邵孟棠嵩年，系汴生侍郎亨豫之子，想有家学；一为李玉舟土璘，系升兰孝廉芝缓之子，亦是高材；副榜曾君表之撰尤为翘楚。寄居陈翔翰明经熙治、季士周员外邦桢俱江阴人，亦举南闱，文坛俱推健将。南北十七人，十六居城，侯祖"满城风雨报佳音"之句，验矣。午饮于王氏。晚赴吴氏贺嫁，承贶盛筵，战拇畅饮。

廿一日（10月15日），微寒。与家人持螯赏菊，唯祐儿以目疾忌食腥寒。

次日，劳云溪、黄慎之、徐云章□□来，欲赁房托问，陪茗话多时。云溪桐乡籍，慎之江宁籍，皆下场抱屈。豪于文者尚尔，何况余子。至午，抵王塾开课。

廿四日（10月18日），沈友竹维□为秋庭气臌，来坛许愿，施绵衣五十，并邀内坛弟子十人保病。予为撰四六疏，并因其在张氏司计，嘱其劝梅坪夫人助田，独举义学。有千亩之产，而无后嗣，亟宜岁拨五六十千，以创义举。况设长生位，存案立碑，非无根之事。

廿八日（10月22日），仙坛补礼斗，予为李琴仙室请方，遂留供役。侯祖谕题《暗室灯》，爰与张宝青同应。批云："确是王渔洋正声，可弦可诵。派俞旭初书二十四纸，粘簿送人，簿面写倪廷赞敬送，某君服膺，着王应玉书。"又谓："传心肠最热，肝胆相交，与沈君尤莫逆，倡诗命赓。"又应一律，奉派王聘轩缮写送去。予同张寄翁、罗筑庭、黄朗轩、毛世卿、包九仪、孙克昌、金逸仙、张宝青、王星轩、毛亦美出名，用疏五道，进本宫仙、三宫主、化生大生二帝、万天玉皇，如式拈香拜跪。余如灶君隍司，派王聘轩往晋疏。卜昼卜夜，直至次晚告竣，疲惫异常。送拙集于陈梦梅，祖集于罗筑庭、张寄翁。偕周月亭、孙世昌、学卿、佩香、王芙江、荫槐、陈春畦连聚两天。社主李静轩办事周详，供斋精美，为祖师所嘉。有惜予有志而不中者，予答云："有科场而不考，恐逃化外；无福命而见遗，亦属分中。"又云："有过必知，常凛上天三尺宪；无事为福，不惊平地一声雷。"老态可知矣。侯祖又示云："心传秋闱报罢，非近日之过也，皆由前四十年，有将染刀笔之咎，然非汝之过也。苇江子有功无过，故杏花及第，此中消息，暗处推迁，其理不外乎是。然赴试不必论中与否，皆足消本身罪孽。故栽培不力者不能，思包银漕者不能，思横取钱财者不能。又有讥中后不能谋财，此语最为痛恨，天安能与彼佳子弟哉！故曰：'言为心声。'传近日校核善书，功最大，后嗣必大有昌者，着派阐扬善书歌咏使，若能继武前型，续劝戒录，岂非培子弟一功哉！镜墀轩诗，必传之本，勉力全梓，庶不负一番心血。唯《学步》《侍宦》二集，去取未当，盖延陵氏雄于文，而不喜诗，故所选乃尔。"金逸仙欲报慈恩，愿镌新增玉律，而功过格久未续完。予谓："有志不遂，何如改刻仙诗？"乃请训示，侯祖批曰："心课与鸾诗虽异，而锓板则功同。俟明春小试后，动工可也。"似意属于宝青然，而宝青坚不欲试，第以删改校雠为己任，殊属不解。

十月朔（10月24日），予奉仙谕携信芳归祀灶，竟日清斋。

初四日（10月27日），上城，赠拙集于朱少英，父集于蔡顺卿。

适蔡园有诸子会考,因邑试近也。诣学,见大成殿工竣,除丁抚捐廉外,复有蔡顺卿捐洋八百圆,其经手又四百圆。又闻现创清节堂,季祖庚太宁曜奎捐田二百亩,刘孟瞻明经屺望捐田五百亩。之三子之好施,近今罕见,公事有此一二人,何患不济。便访徐寅生、闻芝庭、徐蓉村、沈云章、季才、家朴园、包九仪处会话,上灯始回。

次日,邻友李淑卿以久痢亡,家无长物,予告王星轩,慨解绲袍以赙,尚有古风。

至初七夕(10月30日),星轩得次子。予适牙龈肿痛,寒热又来,王聘轩赠参条,煎饮未效,迨送雪柿两枚,食之热清,姑假归静养。

十二日(11月4日),高诚斋夫人病故,遣祐儿送殓,并唁次女安贞。

十七日(11月9日),孙学卿之太君坠水而亡,嘱予挽,爰撰两联、一额。今岁节迟,予家至是开限收租,仍折九八,不忍以年丰多取也。

廿三日(11月15日),拉祐儿至祖居,饭于两侄处,大啖羊羔。晤适周族姊莲芳,不见四十年,彼此喜幸。旋往吕舍讲约,祐儿赞仪,邢桂山陪拜,家仲舒宣读。讲"解仇忿以惜身命",因彼处姚姓,有叔嫂通奸,与侄妇谋杀其侄也。又讲《暗室灯》"阴险鉴"、《家庭讲话》"警戒"、《小学千家诗》"孝友"。口舌几疲,听者首肯。住持感堂□□及陆澄江、邢晴川陪茶话。见邢氏从姊,年近七旬,尚健,问事颇详。临行,笪琴舫等赠嘉点。

廿七日(11月19日),张宝青以所著《卢器轩哀词》送阅,谓昔年由城避难,偕奔南鄙,是患难友,不可忘。足见故人情重,不令销沉。

三十日(11月22日),王聘轩得次子家荸,今冬星轩、赋梅并添丁,太原枝叶繁衍,悉由忠厚之根。

闰十月二日(11月24日),入城。见吴学师,知新学院为彭□□□□久余。复贺陈君修苹喜,承留午饮,同坐者李琴仙叔侄及陈坤亭廷爵、小轩□芳，晤沈绣峰、湘林、香泉、吴逸耕。知□□汪氏有祖孙三代及侄孙二人同榜者，门单云："三代同登，五凤齐飞。"可称熙朝佳话。阅全录，见吴门盛畏之大琛乃吾旧识，恂恂儒雅中，原见贵格也。于陆懋修处晤程小斋，于仲卿和处晤卫少棠国华，今两旧雨，可添入兰谱中。晚偕姚巳生、顾裕祥茶话爱吾庐，三鼓始返。

初五日（11 月 27 日），伯谦侄书来，为我言紫阳馆局，予即复函。

初七日（11 月 29 日），接张竹泾丈札，年逾八旬，尚眷眷于后辈，惜我报罢，嘱刊全诗，并谢先集之赠，实钦佩焉。

次日，王菊如元煦完姻，偕诸生往贺，晤桑砚园□□暨新客袁□□文灏、□□文清，其族德孚京镐、子卿源松、荫堂榛、养愚炳烜、养恬炳焯、养之炳芝、杏林寅、小卿炳熙畅聚，听张韵生□□弄琵琶，见陶蓉江斗围棋，心手双妙。是夕宿于春园家，因翼日为长君少兰纳币，留予喜宴也。系与长洲林氏联姻，倩作四六礼书一道，予达旦不寐，援笔应之。遇媒氏侯养愚□□、张芸阁世钧两上舍及家铁山茂才灏、俞永初上舍文霆、查静能、陈德斋□□、雪村□□、陆琴堂□□、王补勤汝贤、蔼屏裕沅、菊生树勋、幸之汝清、梅修□□、兰生□□、竹虚□□、菊泉、□□树忠，倾襟连叙。两处肴核俱盛，醉饱尽欢。

初十日（12 月 2 日），始返。

明日，黄念乔晋来谒，嘱予荐馆，乃致札于金湘坡家，喜即凑成，以慰其愿。

十二日（12 月 4 日），又有高评梅增来，乃即诗友勿斋之子，为东家范少卿□□减其束脩，生徒辱骂师长，致含怒而回，荐者时翰周不肯调停，问如何处置。予谓："另托人往说，倘能遣舟来载，姑赴塾，否则与之并理未迟。况来年已定馆局，不可破面，致后难合也。吾儒无求于人则可介，若饥驱在外只宜和。"继又其东家来言，评梅欲攀会未允，故尔诬诉。想此亦一面之词，余唯劝解而已。骇闻沈秋庭少府维桢病亡，如此善人，天不留以励俗，为之三叹。祐儿应换鹅室诗诗课，予为删改，力甚疲，晚乃返舍。伯谦来送朱氏聘，嘱撰其支姨母挽对，应以二联。

次日，赴木排舍讲约，陆白庵兄弟留茗。陆味廉上舍以濂及念修厚基、润生肇基、颂山寿南、黻堂□□陪至仁寿庵，原名福寿，据云，其祖敛寿仪而修此，故易今名。地保袁锦堂供应，俟吴学师不到，乃先讲善书中《觉世格言》《家庭讲话》《小学千家诗》，然后同拜圣牌，宣读《圣谕》，讲"笃宗族以昭雍睦"。因场功租事，听者不多，而妇女却环集。旋接老师信，知收租正忙，不暇监讲，并托传地保，谕顽佃金茂芳入城缴学田租。爰即札致意。便答沈阆峰、马心斋，承一纯苦留饮，以时暮告辞。

十四日（12月6日），范冕卿来谢喜，茗话移时。知吾邑钱氏中三武举，人杰地灵，非特文章之盛。

既望（12月8日），莫城汛包培洪福来谒，因新到任也。

十八日（12月10日），陪张润甫、王星轩入城报名。便贺闻芝庭桂芳领媳。午与李磻溪□□、周少敏□□拇战，过饮觉疲。夕偕王瑞奎希忠、陶益成□□同席，两君善酒，予唯品肴，盛筵殊有余味。有赵颠曰元淇，乃邻友芝香同铨之侄，予问习何业，答言阴间钱庄，咸为大笑。主人留宿邻家，周古香大文陪话至晓，不能安枕。

次晨，访钱竹梅、范云亭于新居。偕王宏泰凤毓、陶洪镇、大坤、周古香、家效艮、伯谦、少谦祖望，至平桥街品羊面，剧妙。予解杖头钱。旋为沈云章留午饭，西席卢振卿斋长家燕、姻亲郑月香少府□□、其嫡兄小亭上舍湘泰同座畅谈。晤徐朗卿茂才士玉、沈培庭□□钟泰，小叙半晌。晋常署，归义学规条，遇门功吴门童月樵、常州张锦泉、扬州李耀庭、稿案胡菊孙。复游昭隍庙，知后堂设考场。逢朱一泉文海、丙云清标、曹玉舫贵莹，遂同茶话衢桥。陈古香本荣、陆子庄思恭晤于途，互申契阔。仲舒侄欲祐儿应试，朴园弟欣然唤舟下乡，拉其入城，报名昭邑，族谊可风。是夕予宿包氏，送王氏二生入常熟场。伯谦侄则宿沈氏，送仲舒福保、福棠钟毓两侄及祐儿入昭文场。主人季才留膳，朱恂如与大侄送考食。于常署晤郑芝畦等，皆监生，易名而考者。知沈公祖给试士以糕，有状元及第印。二鼓候考，憩玉清楼，晤周大霖□□、蔡季范，张晓江翔来会茶资。两生出场不早，知文题为《盖均》《必因其材而笃焉》，诗题《英姿飒爽来酣战，得英字》，未冠题为《知之》。旋省儿辈于昭文，知交卷亦迟，文题为《其事上也敬至久而敬之》《为台为沼至灵台》，诗题为《岁丰仍节俭，得丰字》。祐儿考未冠，题为《出则弟》《敬人者人恒敬之》。

廿一(12月13日)黎明，予于庙衖食羊肉汤面，胜于前所尝，汤清故也。至暮，挈祐儿等回乡。

翌日，高评梅复来，予仍以和劝。祐儿则赴张达甫家汤饼宴。

廿三日(12月15日)，县试性理。

次日，出头场案，常熟仅遗六人，王氏两徒，均列后劲。昭文则仲舒侄前茅，祐儿文误字太多，已列四圈，故不许再渎。南乡唯曹玉舫十三，朱一泉十八。

廿五日(12月17日)，常昭覆试。常题《宜其家人至其仪不忒》《作庙翼翼》，因大成殿新造也，诗题则为《欲雪云垂四面山，得山字》。昭题《木讷至切切偲偲》《克知三有宅心灼见三有俊心》《多文为富，得多字》。

廿八日(12月20日)，挈祐儿诣石岸总管庙讲约。袁湘芝州丞彦英留至其家茗话，公子吉甫□□亦来陪，黄静涵上舍宝鈢又到。随吴学师拜万岁牌，祐儿赞礼。老人有三，皆年逾八秩，金顶骡冠，黄套朱履，扶杖领土人听讲。宣讲"完钱粮以省催科"，及仙师"戒烟""戒赌"两说，《家庭讲话》中"警戒"，《小学千家诗》。听者有二三百人。地保朱荣顺之伙沈□□当差，冠裳整肃，长跽而投手本，颇不玩公。午后舟回，朱克家丈来商事，不及迎。

廿九日(12月21日)，自王氏载租米回。是午节假祭先，邀李琴仙及陆生铭山、王生星轩、序兰小酌，拇战消寒。知王生星轩、少兰仍招覆，两侄皆前列，差慰老怀。

十一月朔(12月22日)，冬至。王聘轩馈嘉肴。是夕微雪。

次日，赴城，知常昭再覆士子，常题为《及其至也察乎天地》《合璧连珠赋，以"五星连珠日月合璧"为韵》《和米襄阳题破山寺》《无树不开花，得□字》，昭题为《听其言》《五雀六燕赋，以题为韵》《廉石、蒜山，俱七绝》《可中亭、馆娃宫，五七古》《山色苍寒酿雪天，得□字》。途次钱芷升以锡人路毙事见商，予谓："当饬地保报堂，堂董验明，领棺成殓。"舟次与李长发、瞿晴霞增熊闲话，张寄翁会舟金。

初三日(12月24日)，始冰。王聘轩招饮，偕金湘坡、张达甫同坐言欢。

翼日，次女守其姑终七始回。朱克翁、霍步堂、醉香司理荣桂为霍心香破产事来质，予谓："宜速寻归，将卖余田亩，立祭产若干，嫁二姊费若干，除存田产备自用若干，书据备案。若夫妇析产，另立朱姓户，恐人疑有私心，且于理不合，将被县驳。况欲为母子过度立产，不顾心香，何以母知有子，妻不知有夫。产皆心香之产，年未到老，尽可幡然改悔，大半世作正人，断难逆料其怙终。自今亲族长严加约束，勿任浪游，尚堪温饱。但须公议一人，付托家事，心香成败，惟其是问。"克翁哓哓致辨，似欠大方，步堂并有"妻亦卖田，同归于尽"之语。予谓："族长未便作此言。但闻贤妻帮富，不闻帮穷。"心香之舅李春园锦萼亦来，与醉香同声唯唯。会议至旰，迄无定断，留酒饭而归。县试次覆案出，王生少兰仍录。

初五日(12月26日)，常昭三覆。仲舒侄来留宿，携来有恒会课卷，已七十余期，不负顾子翁命意。虹玉孝廉日构一艺，且与生童并课，每次必作两卷，以十二分天资，勤学尚如此，可为同社楷模。

初七日(12月28日)，开塾。

初九日(12月30日)，陈义方妻来诉，被婿周某殴辱。予言："如是凶恶之徒，须交地保管束，否则控官，照缌服之亲定罪，但须使费，势必独当，禽兽奚校，且忍如何。"连日严寒，研朱圈点《纲鉴》，手指几僵。常昭正案出，常案首为杨□□同颖，系书城学博汝孙三子；昭案首为朱□□金雨,系梧庭明经绍衣长子。南乡朱一泉昭文第七,曹玉舫第二十,张宝华第四十八,次侄已五十五,祐儿殿后,幸免尾末。是夜小雪,天转和融。

十一日(1871年1月1日),过莫城,瞿秋堂留予父子饮。踏月而回。

翌日,祐儿陪张润甫、王星轩赴星如家,偕其赴郡。星如备家舫,明旦同行。

十三日(1月3日),予至翁庄讲约,先谒朱朗岩司李灿、张竹泾司马定鋆。朗翁留予不果,见其渠渠夏屋,甲于一乡。竹翁则久别喜逢,年已八十一,童颜鹤发,犹复健谈。揖予此静坐斋,茗香梅韵,有似仙壶。见示《补拙庐诗草》,并嘱弁言。朱步云少府堃、张厚斋茂才诵德亦到,陪至社堂。而钱叔仁司马曰寿领周姓两老人,衣冠陪拜。讲"黜异端以崇正学"及《家庭讲话》中"父子"、姜祖师"烟、色、赌三戒"、《小书》中"酒财气三歌"。听者三四百人。虽在野中,而卖饧卖果者俱到,司茶司烟者均备。地保徐永和上禀揭跪见,伺候颇勤。其伙冈知大典,未上船迎接,责之,故正保自到。临行,赠步云拙集一本。时锡蕃适在镇,言于金氏布庄帮办,相晤欢然。

望日(1月5日),晴暖。挈陆生铭山之郡,风利,而舟子更努力。抵暮,入娄门,予酌酒赋诗,不觉百里之远。至官太尉桥,遇祐儿舟,与诸子谈剧。至明晨过船,敏山则宿其叔醉六瀛舫。赴大郎桥巷,招仲舒侄。于沁园晤顾虹玉、朱丙云、家湘兰,予会茶费。并与陶枚士嘉杞、陆心箴君泰等谈久。路逢朱梧庭、杨书城,其公子皆县元,为之道贺。回舟与王星如、张润甫、王星轩、家仲舒篷窗小饮三簋、一暖锅,拇战狂呼,颇为乐境。更访馥堂侄,送茶食。复拉星如、祐儿于玄都观西,品佳茗而还。

十六(1月6日)夕,府试江震常昭,予送子侄进场。晤家伯康福震、邹鲁生钟英、张念修祖纯、金子昂福保、郑芝畦成、俞也吟申、少如庚、亦葵皋等小叙。时蒋□□太尊启勋,系丹林鸿胪祥墀曾孙,笙陔殿撰立镛之孙，誉侯探花元溥之子，天门大族也。

至十七日（1月7日），偕星如品茗碧云天，旋同赴申衙前汪园观剧，系大雅文班，陆生铭山亦在座。每客三百六十文，予为东道。演《起布》《问探》《小逼》《翦发》《卖发》《败炖》《负荆》《问病》《偷诗》《借茶》《杀惜》《放江》《活捉》《赚师》《拜师》《打子》《教歌》《问笤》《拾柴》《泼粥》《福园》。净王松、卫德润，巾生陆吉祥，正旦张四，均有名，诚梨园鼎甲也。晤杨书城司马、庞希葵光丞钟球、张选卿司马谟，品评声艺。便谒郡城隍庙，两部鼓吹，正在祀神，因神诞也。儿辈于申刻出场，常题为《默》，未冠题为《人》《孝哉章》，次题为《而有光辉》，诗题为《左右修竹，得佳字》；昭题为《学》《默识章》。

翼日，与褚益亭茂才宗亮茶叙春风馆，承其会东，予赠小诗一部。晤其侄孙毓生钟英，年仅十四，貌秀才清，今与试，予以陆云生懋宗、顾虹玉比之。伯康侄来访，匆匆未罄鄙私。又同王星如、星轩、陆铭山、祐儿于三茅宫戏馆观武班，班仍锦秀，唯张润甫以目疾未到。演《参相》《赐宴》《蔡庄》《抛球》《七擒传》《青狮》《白象》《青炭》。回至观西浴香汤，官盆则价一百，单盆则价五十。璃窗锦簟，每房有几榻，烟茗都佳。香皂及安息香，亦有兰麝味。唯剃头钊脚杂其间，予所不取。是日为丁抚军太夫人殡，扶枢回粤。并有绅户醮事行香，伞一轿相间，中有黄亭，法师袍服甚华。

十九日（1月9日），晤吴门姜云亭文弼、方子英焕章两茂才于茶园，赠拙草。见江震童生因洋货店伙谑言，大毁器物，约数百金，童亦有受伤者，七县并帮鸣官，官不严办，爰辱骂长洲顾令。迨本府委员审讯，为首者交校官掌责，具不再滋事结销案。王星轩邀予父子仍于三茅行宫看戏，陆铭山亦来。演《铁龙山》《斩吴雄》《三起义》《虎牢关》《白门楼》《二送》等剧。因是日文班不演，两馆并一，观者如堵墙。夕陪平燮庵、蒋达卿、陆孙竹福培、铭山、家伯康、仲舒及祐儿春园茗话。

次日，张润甫因目疾回常。予拉祐儿濂溪坊巷品汤团及青团黄团,乃蒋麦番瓜所为,夹油沙,颇妙。旋赴皋桥望远楼啜茗,楼三层,茗价每碗十八文。出阊门,到普安桥吴世美家买茶。回至卧龙街品羊面,亦佳。取道复游府县两隍庙,见场有放生羊,甚肥壮,小儿骑而行。过小操场,中有营盘将台。由新造老皇宫、元和署返。饭后,朱恂如、家伯谦、张□□□至,予同憩朱鹤龄寓,候案。至廿一晨始出,常昭第一,仍照县案,星轩暨祐儿已在中权。小雨泥滑,不克远行,近憩平峦庵寓。蒋达卿嘉彰、子敏鸿文许借画舫,王晏三师□为觅篙工。晤伯谦侄,惊悉其所借蒋船泊钮家巷,有快马昏夜过桥,栏石坠于船首,几中人,而船坏待修。犹忆其在家失火,致大侄女伤手,床帐半毁。今又一惊。况效乾兄未几又亡,此宅今年不利。王星如陪星轩留苏,予挈祐儿于黎明返棹。半途雨甚,向贾氏借蓑笠,才得抵家。

廿三日(1月13日),始晴。予赴塾。接张竹翁来翰,情文累幅,不似耄年。

翌日,复寒。王受昌留宴,兴酣省家。喜钱宝斋载租米来,留与饮宿。其子玉冈自棹,尤见挚情。

廿七日(1月17日),呵冻校张竹翁诗集,随题大古一章,又复一札。王生星轩次覆拔进头圈,惜出场便归,不及再试。闻邻叟李木工今早心迷不语,其弟欲为医祷,而又恐其义子归来,不认此费,犹豫未决。予曰:"乘其可救,速延医,用开窍药,兼之解伤谢土。抚他人子为己子,正为此时,倘其归有言,予当面叱,慎勿担误也。"其弟如予言,所费仅三四金。而李叟开口,未几已起床。张达甫来,予以其兄德甫福培诗怂刻;贾慰椿至,又以其师王鲁园希曾诗嘱刊,恐湮没美才,世不知有此两人耳。况德甫妇节烈,鲁园父行善,均是传人,可附载传中,一举而两得焉。

十二月朔(1月21日),俞姨来,叙姊妹之欢,合家慰望。两姨富而寡耦,予家贫而齐眉,何如意事难十全也。

翼午，俞姨回。慰椿内侄孙侍母到舍。又睦潘杨，不嫌葭莩之薄。

初三日(1 月 23 日)，大西风。知前日大雾，天时有不爽者。以漱芳阁盆梅、盆兰命诸生赋，予拟二律限阳韵，目前事借题发挥。

次日，水冰。予曾有句云："夜静始知天有雪。"祐儿续云："风停翻怕水成冰。"今适烈风后，信然。久欲赴城，冰阻不果，所谓"翻怕"，适合予心。

初五日(1 月 25 日)，同金湘坡及王聘轩、星轩、序兰、祐儿入城缴下忙银，饭于包氏。见城河正开，鸠工挑掘，有得元宝者。予欲见沈令，因有委员提河工银，且以漕事请城绅，未敢竿滥，为义学公务留札而回。于茶园遇陈福田、贾厚卿、金□□小话，慰椿来会东。便赴甘捐局，会翟云亭，遣人赴蔡氏归租米。黄昏返棹，见东南有火，南城平桥湾新火，而乡亦然，可见天时之燥。

初七日(1 月 27 日)，往问金景岩恙，系久疟，而面酡少力，想为洋烟所累，幸饭量如恒。嘱为报捐贡生，冀免岁试。回舍知次女归送姑殡，婿亦附葬。

初九日(1 月 29 日)，上城，往会庞云槎孝廉，赠拙集一本。又谒庞昆圃司马钟琳、公子伯深上舍鸿湛、叔廉孝廉鸿治，留茗话。遂将景岩年貌履历及捐资交付，随即填名，归监贡两照，盖其家设捐局也。过学前，见府正案已贴，常案首为杨□□同森，谷孙上舍恩润之次子；昭案首为俞福安钟碯，寿卿斋长钟磜之弟，前已院取佾生，且改名捐监入场，本老手也。南乡朱一泉第四，曹玉舫十九，其余皆后。而馥堂侄则列六十七，祐儿则列六十八，未入场覆试，而转拔前，亦为过望。是日本县开仓。

十四日(2 月 3 日)，闻高婿与聘妻同瘗，此系予从侄女银珠未嫁而卒，虽变例领枢，究难作嫡配，岂生异室而死同穴乎？可怪之至。惜吾女不及力争矣。见时锡蕃、吉帆世泰破屋重造，亦系有根人。予毁室多年，只存废址，曷禁对此心伤。

望日(**2月4日**)，立春。至夕久旱得雨，既优既渥，可卜百谷之生。叙一年讲约义塾大略，录呈各宪。复将王霞帆传寄张竹翁，浼其题遗照。以先君子集送钱叔仁，因梅溪先生曾题签也。沈邑尊来亲催漕粮帖，予家田少，向未辱官问，今忽厕于粮户，愧悚交并。

十八日(**2月7日**)，同人上仓缴漕未贴费，约数百番。漕房晤庞少冶司马钟珍、曾士廷孝廉云章、李苑香参军昌麟，互申契阔。朱克家丈言其次子来年附读，欲以一语作聘书。旋偕金湘坡父子、瞿兰亭、张润甫、家葆初培原暨太原叔侄近悦楼味茶，每一磁壶钱廿一。据云汲石洞泉，煮以青炭，红白寿眉颇清，惜冲以花露，香则香矣，而转夺真味。晚于寺前买灯，南关泥饮，席上糟鲭鱼、酒焖肉，剧佳。

次日，钱芷生来，嘱挽孙凤梧上舍宝树，走笔应以二联。凤梧耽烟火，竟以此亡身，父老子虚，深为惋惜。孙克昌亦至，同王聘轩送义学聘束，脩膳仍四十千，夕偕饮于书阁。

廿一日(**2月10日**)，上城，偕俞景初、王星如茶话虹桥。时为王氏七房及毛浚川秉镛、沈阆峰、时觐宸、李琴仙、金湘坡、李芝馨、贾稚梅祉昌完冬赋，户多攒辏，堆米如山。监斛者为荡口浦培山，共斛四百十七石五斗。折钱者有时锡蕃、王星如、毛云亭，卜昼卜夜，口舌几疲。至二鼓，与诸子暨徐晴湖、包九仪、祐儿饮于如意馆，共二席，肴鲜酒旨，拳阵轮巡。于厨房晤孙月峰茂才钦元等，挑灯话久。

翼日，贱诞，晴。家人为治面，予但嘱焚香。择吉放学，率儿谢七年馆谷之恩。自此连日甘雨，菜麦绿肥。

至廿六日(**2月15日**)，霁。同王聘轩、星轩到仓找漕银。晤归铨之贰尹□显、陆懋修孝廉来泰、蔡叔平千戎大均小叙。于花肆买水仙，以供盆玩。同俞福安啜茗县西，贺其府元之喜。返里，知各亲友馈赠纷纭，曷胜感愧。

廿七日(**2月16日**)，严寒，暮雪。

廿九(**2月18日**)，为除夕，上昼晴，下昼微雪。接张竹翁两缄，并见惠《三余杂志》八卷、《四书参证补遗续编》。守岁无俚，索张氏宅神周璋降坛诗谕,玩味之余,良可医俗。诗云:"信香一缕袅烟轻,隔寺钟敲梦乍惊。鹦鹉不知人意倦,隔帘惯效读书声。""自与诸君别后,转瞬又及岁尾矣。余数年来,任担綦重,故有不遑暇食之形。至于问花买石,酌酒敲诗,此事废诸已久,乃荷诸君子雅爱殷拳,信香招我。入门来,旧雨依然,更觉满座幽闲,一庭荟秀,而胸襟益畅然矣。第思归隐赋闲,原属雅人趣味,而沽名弋誉,转为处士虚声也。至若放舟问水,命屐寻山;跌宕江湖,遨游岛屿。醉眠石上,落花飞入酒杯红;闲读窗前,芳草映来书幌绿。调白鹤于苔阶,守开绿萼;养素鹅于竹苑,换写黄庭。琴弄香焚,风生松下;棋弹石坐,月转花梢。草草光阴,孰识壶中岁月;花花世界,谁知粟里乾坤。境若得斯,何乐如之。"又诗云:"蓼滩蘋渚布帆轻,清梦迷离白鹭惊。一角夕阳鸦背闪,丛林烟散晚钟声。"并附侯祖降漱芳阁诗云:"淑芳结构爱精庐,花竹盈庭景不虚。脱手纵临名士帖,洗心独醉古人书。高风不减陶三径,今雨都来顾八厨。我愿青云同直上,门悬捷报喜相于。"

龚又村自怡日记卷三十

同治十年辛未(1871—1872),六十有二岁

元旦(2月19日),严寒,较去年之岁朝如冰炭。同人掷元筹,占今年局运,稍得彩。吴纯甫上舍恩桂卜居邻近,特来拜年,赠以祖集、拙集,留茗长谈。撰厅事春联云:"春盎兰房,长庚梦吉;岁祈椒酒,小卯耕余。"倩王星如代写。缘李琴仙望得子,其堂衔曰"耕余",故云尔。又自撰春帖云:"梅花迎我笑,爆竹看儿嬉。"祐儿呵冻挥之。因斋啖红枣,口占云:"新岁不谈苦,老年唯近甜。"

次日,贾厚卿、时锡蕃、家福庭、伯谦、少谦来贺禧,留饮浇寒。祐儿则陪贾慰椿士英赴张氏,润甫留午餐。予答拜吴纯甫不值,留名片而回。

初三日(2月21日),沈子兰、时墨泉来拜,予因风火龈肿宴起,欲留不果。唯张润甫饭于敝庐,已雨雪纷纷矣。呵笔复张竹翁札,手腕几僵。

翼日,挈儿往周莲村处,补拜其毛太君之灵。过平竹香家,晤其婿沈岳生。旋至查家浜积善庵讲约,地保姚耕香侍候,偕蒋念慈上舍春煦、俞少如、也吟、亦葵拜圣牌,祐儿赞仪。拈"笃宗族以昭雍睦",因俞氏不崇族谊也。并讲仙师"色、赌、两戒",《戒酒色财气歌》。聆者云集。适俞甥承继纳采,其本生父蔼人师道留予父子喜宴。晤朱克翁、锦波文澜、晓春、甥婿黄芝香、俞葵卿,畅谈一切。晚同念慈、也吟及陆建侯、朱云卿同席拇战。陆叟善饮,与予斗酒,奈户分大小,故雅亦分大小,幸不吐茵。席罢,同司计吴静香鼎及云卿、也吟、蔼人手

谈，三鼓方宿。登楼剪烛，与云卿对床，颇不寂寞。

至**次日**酒点后，移桡葛家浜。访葛楞香荣椿，承留茗赠橘。又往尤菊亭继勋家，询悉其父德亨翁树基、次弟菊□继勤均故。遇沈玉珍，知其弟玉琳、侄春园又亡，曷胜叹惋。菊亭之三弟菊屏继业亦出陪留予，予以事辞。小仆陆关全等俱给喜封年糕，情意殷挚。一朝访旧，喜其可共患难，亦可共安乐。祐儿有纪事诗。午至新浜高氏，为诚斋、云山留饮，绍酒嘉肴，更享食福。其弟星斋与予赌饮，连出老拳，蕉杯快倒，酩酊回舟。到贾氏及祖居，已上灯矣。如时挹翁、朱恂如处，俱留名柬，不便亲到焉。

初六日（2 月 24 日），沈菊村来贺岁，并为瞿松鹤借契舞文，见商办法，李星耀亦然。予允十四日入城往会，以便调停。遂留午膳。李芝馨、朱翠峰恒元、贾二梅祉昌亦来，并留以暖锅，同试手色。张竹翁信来，见王霞帆遗照已题。钱叔仁赠其先公《梅花溪诗草》四卷、《续草》三卷、《梅溪先生年谱》一本，欣甚，披阅忘眠。

人日（2 月 25 日），艳阳。留金湘坡、吴逸耕、王序兰晚饮，行令消寒。

谷生日（2 月 26 日），仍晴。李琴仙邀予同逸耕等午饮，飞"谷生日"三字，以传花为令，使小僮隔门挝鼓，合座笑解颐。予醉号曰："人要富足，须带三分俗；人要逍遥，须带三分豪；人要圣贤，须带三分谦；人要长寿，须带三分酒。"闻者点头。午后，予留宓宏德、黄申甫、时长春、瞿锡卿、姚巳生、戴季良、宝山、李琴仙、吴逸耕、李心兰、棘卿、祐之春宴，共两席。予云："要吃鲜鲜，须过芦卜会；惟求恕恕，莫豁兰花拳。"令以催花击鼓，并拍八，同坐欢呼。席散，继以竹筹、竹牌遣兴，又得买灯钱。

玉帝诞辰（2 月 27 日），晴暖。予茹斋，缘无客晏起，梦有以肉食来试者，予屡唾弃之。床头供荠菜蘑菇，转有清味。内子赴各庙烧香。予于饭后，偕黄申甫及祐儿诣坛拈香。晤罗筑庭、李静轩、袁香樵、家湘兰辈，茶点叙谈。时荣祖有七古一首，另录在《同人集》。与湘翁录谕数条。李心兰招饮，遣祐儿应之。

地诞日(2月28日)，访孙克昌，订开塾日。旋赴吊凤梧之灵前，尊人世昌留同其侄象贤□□宴饮，提及去年设油坊，大亏其本，幸房屋、器皿、牛只可以折偿，然未了尚近千金。回至金逸仙处，嘱其及早刻仙诗。晓赴王梦蘧之招，凡三席，橘酿珍肴，汤炒俱用大碗，为新春第一佳味，口福何如。偕张寄翁、钱芷升、吴翰卿、张润甫、吴砚卿、王凤楼、瞿景园、王菊如等飞"地"字，王星轩云："天一十句。"寄翁言："橘子决子。"嘱芷生对。星轩云："麻姑慕姑。"寄翁又以荸荠梅卟赠予云："齐眉到老。"予以福橘生果祝寄翁云："多福长生。"复以彩蛋芹菜颂星轩曰："得彩采芹。"均斟大白试拳，幸十战九胜。酒次，谈及毛浚川丈秉镛年八十二，新得玄孙沛恩，五代同堂，亲见七叶，惜力绵不克请旌。予同人拟为报县，庶不埋没人瑞，闾里增荣，乘此新正，可先写贺年名柬，俾遐迩咸知。

至明旦，即往毛氏查名，为缮五代公呈。偕庞昆圃钟琳、曾伯伟观文两司马、张寄轩上舍贵玉、王聘轩明经国璋、钱梅卿少府德坚、张润甫福华、毛世卿廷琮两上舍出名，又亲供一纸，里邻亲族两结，并附禀县一函。主人欲留酒馔，予固辞。顾心城骑尉来拜，留茶点即回。

十二日(3月2日)，晴。覆张竹翁书。顾甥丹楼来，留膳点叙阔。晚应黄申甫之招，陪张婿王芝生□澜及姚巳生、张寄翁、雅琴、李心柏、祐之、挥拳快饮。

十四日(3月4日)，领妇子入城玩灯。并为沈菊村、李星耀赴瞿松鹤牙行，调停债务，嘱其换票，付清子金。至学前，谒吴学师不值。适沈公祖观文庙落成，面陈南乡公务，袖致毛姓贺柬，极荷褒嘉。时张雨香明经承霓陪话，予缘事先行。到家静澜、俞书庭、庞昆圃、曾伯伟、包九仪家拜年。途遇曾士廷、陈君修、仲卿和三孝廉，言将北上。复偕张寄翁、王聘轩诣邑署，投毛氏公禀及亲供里邻结状，稿案门曹胡菊孙送进。邑尊又出，未及再谈。抵暮，留包九仪及张寄翁父子买醉邵园。席终至邑庙，火树银花，璀璨耀目。而水晶洋灯，四围有小灯,更灵巧。旋同寄翁品石泉于茗楼,清香殊胜,陈生晋三会东。归舟,月明如画,洵是良宵。

上元节(3月5日),以馆馔邀李心柏、琴仙、王星轩、荫槐、序兰、补蕉、利宾春宴,有珧柱、专参、虾包、鱼翅、米鸭、脚鱼、绉蹄等味,均是物而烹调较鲜。予因奉斋,命祐儿陪坐。飞"上元"二字,并行拳劝酒,乘兴赛元筹,娱以汤面素团。复留夕膳,张灯续饮,竟日畅怀。黄昏接灶神,予已倦甚。

至既望(3月6日),乘航赴城。留片县署云:"五世同堂,例应举报,但未奉恩诏,不便请详,况毛姓赤贫,无力办费。特求给區奖励,采入邑乘,为郡邑光。"门丁胡菊孙视以原禀批语,甚蒙赞美,有四六看语,南沙北阙,裁对颇工,未及钞出。又谒吴老师,谈片刻。便为经手诸户,到漕总处算帐。过慧日寺旁,玩孔崔两只,首五彩,秀甚,周身绿羽,翎尾极大,如二三尺松毛。自昔于坛场观后,已第二遭。特前仅乌身如鸦,而此尤烂漫。更观吐绶锦鸡,通身黑毛,乃雌者,首无毛,有肉冠肉带,口有肉绶,按刻变色。有小童引其啼而张翅,愈可观。予站立不多时,已换粉红、大红、紫三色。自予在蒋氏见后,又五十余年。特前见者羽毛五彩,想是雄者,从来鸳鸯翚翟,文采皆雄胜于雌,可例观也。其人云,锦鸡价不过二十余番,孔雀则须百番,惜皮虫食尽,彼难为继。舟中晤问月和尚,隐讽其勿犯淫律。盖其恃香火之盛,仍思续旧欢也。窃念前次窥邻,几作刀头之鬼,盍悔厥愆?

十七日(3月7日),贾梅溪阃君唤舟来载,欲以族衅见商,因开馆治装,姑俟异日。午后同张、王两司董送义学孙师开塾,蒙童六人,附读一人,予领习礼。复同朗泉上人陪馆宾茶点。与张宝青同舟回。传座到王湘翁,遂留品味,山珍海错,何止万钱。偕钱芷升、吴翰卿、李芝馨、孙克昌、张润甫、时墨泉、王德成绩等斗饮移时,各歌醉饱。致朱少美司马烽来拜,兼送开学期,有失倒屣。闻翁玉甫明经同爵已升广东巡抚,此予昔年文宴友,十余年间迥判云泥。汪柳门茂才鸣銮亦授陕甘学政,避难时彼此唱和,有"□□黄巾避郑乡"之句。许久不面,盟负笠车,自嗟老伧福薄。

十八日(**3月8日**),赴王瑶圃之招,同孙学卿、王德成、徐梦亭、张寄翁、宝青、润甫等饮于润德堂,共三席,肴核亦精,拇战数巡,尽欢而罢。

翼日,偕李琴仙往会王聘轩,算义学出入数。今年经费虽绌,而稍益十余金,已敷用。并留片请县示报销式,恐赴塾后被催也。

二十日(**3月10日**),陆关全之父桂峰领子回,换汪二来使唤,桂峰并言墓田被占,久代完粮。予言:"汝为地保,当与理值。予非在官人役,不应与闻。但勿涉讼,衙门如虎口,毋入也。"晚拉祐儿赴王聘轩之约,春筵愈品愈佳。与钱芷升、孙克昌、张润甫、吴翰卿、砚卿、王凤楼、星轩等飞"棉"字,因棉花生日也。数十回拇战,幸未酕醄。酒后掷陞官图,润甫最谙升降例,予差胜,唯祐儿连北。

廿一日(**3月11日**),紫阳来载开塾,时五生,为又村丈季子晓莲点、长孙凤林宗懋、次孙鹤舫宗藩、四女孙纫兰,克家丈次子南轩凤沼,俱秀慧可教。祐儿附塾。少美司马、楚卿少尹耀、戒甫上舍炯陪话。书房设丙舍之东厢,书僮曹巧颇耐劳任使。夕偕朱雨亭□□、晓春润等,饮于养正堂,寻十年旧梦,良有夙缘。

次晚,小雨。克家丈招去赏春,与程子亭□□、瞿锦堂□□、朱锦波文澜、王静香□□、植三绍槐出酒兵,并飞"橘"字,畅快胜常。晓莲、南轩、凤林俱学诗,予赠以三代刻集。

廿三日(**3月13日**),张宝华、朱丙云、俞也吟过访,偕祐儿谈文,甚叨教益。课儿题以《乐多贤友》,尚有思致,惜文法未谙。课期登楼构思,亦觉专一。东翁解予嗜好,平旦即进香茗,因予齿脱,晚必煮粥,供馔每取肥甘。

廿六日(**3月16日**),徐寅生来,把酒言欢,始品鲞鱼海味。书生夜读迟眠,连夕晓莲烹莲芡、备饼啖供我,不致斯饥。灯下录诣坛诸作,为《转丹集》,拟附《阆苑咏霓集》后,待付手民。

廿九日(**3月19日**),李琴仙信至,知蒋金三三年佃欠已缴,荷其调停，为之忻慰。

晦日(3月20日)，朱祠会课，题为《是礼也子曰射》《周公相武王》《共登青云梯，得门字》。限申刻交卷，不给烛。予改祐儿作应之，季黻卿孝廉取列第一。顾子和明经自上洋送公子会试归，留予话旧。晤其高足姚翔云鹏飞、潘信之保恒、顾韵孙祖培、霍远林一桂，皆少年英俊，兰谱又得新交。其余如曹玉舫、朱丙云、张宝华、俞也吟，亦好学敦品，克守师传，而朱一泉为翘楚，予赠以祖父刻诗。

二月朔(3月21日)，余亦憨上舍墀兰来拜。瞿锦堂亦至，为其族祭田事见商也。予谓："当请族长恒斋□镛等公议，外人弗敢与闻。所虑徇私而事不均平，则立据何济？"

次日，赵少华司马宗耀见过，赠以小草，倾襟畅谭。食撑腰糕，齿豁不能啮，楚卿为换馄饨。

初三日(3月23日)，文帝诞。王氏群从值社，闻移乩于家祠，予不及回祝。正阅《桂宫梯》戒淫文，下注绝倒，忽闻附近风俗败坏，爰缄札呈沈令云："泮宫一拜，倏已两旬。遥听舆歌，知冰镜所临，鬼蜮慑服，不让西门豹东里侨也。晚忝南乡司董，日采风闻。讲约至洞港，骇悉程家巷有恶蠹程九思，又演淫戏，认女伶为义儿；开场聚赌，引诱里中子弟，日夕流连，荡心破产。如魔魔堂等处，实为藏窝。查九思向充经造，今已退卯，前四年曾演花鼓，经汪公祖密访查拿，出示严禁。何以怙终不改，仍此牟利导淫，殊属不法，该地保亦不得诿为罔知。晚为风俗人心起见，用敢上闻，事须速图，恐稍缓则又闻风远扬也。外附汪公示。顺颂升祺。"家勤斋上舍成业来见，留箸点叙谈。

初五日(3月25日)，偕朱克翁暨子卿兴宗、楚卿两少府往吴塔朱氏，贺竹亭兴梓次子允升上舍滨之婚，为主婚半千翁兴桂及晋升上舍渭留饮。同卡员吴门胡端镕少府肇楷、沈阆峰、朱云溪、俞蔼人诸少尹、平燮庵、彦卿两茂才、蒋子芳、念慈二上舍、顾小坪司马、宓静轩守戎、贾慰椿少尉、吴荫伯□□、俞也吟、蒋达卿、子敏、戴润卿、宝卿仁行、宓蓉台彰达、叶小竹□□、顾月箫士英、秋谷敦智、养斋敦信、心城、丹楼等更番赌酒，连饫珍羞。女家系鹅湖王氏，有女送亲四人，满头珠翠，五彩云肩，银红衫子。其亲母亦来，与男宅不交一谈，不须迎送，一游新房便回舟。男送亲虽行礼，不坐，亦即下船。主人抬酒席在舱，篷窗畅饮，惟闻拳斗声。晤顾汉皋上舍云鹤，年已八十六，康健如中年，亦属难得。是夕灯光酒气，人如蜂拥，奇暖汗蒸。

初六日(**3月26日**)，伯谦订予赴省，谓张中丞之万将甄别，已为报名。乃于**翌日**同两侄放棹，西北风利，扬帆抵齐门，不过三刻耳。大侄于南马驴桥沽火酒，买紧醅肉馒，风味如旧，本著名者。伯谦步进城，予偕仲舒在舟，至钮家巷上岸，行吟得一律。憩大郎桥巷郭家，复茶叙万云台，与郭裕丰在中及伯谦会，裕丰作东。旋游玄妙观，久阴初霁，游女如鱼贯，至夕阳更多，得《冶春》四绝。忽闻甄别改后四日，定于花朝。上船夜膳后，同仲舒宿顾氏。主人陶茹芳夫人，系年伯凫芗尚书梁之犹女，夫君顾秋霞大铉系诸生，惜已寡，才清工画，现为女师，而其嗣子就外傅。

初八日(**3月28日**)，偕裕丰暨两侄茗话望月楼，裕丰会点。大侄因次侄孙椿荣祖荫种痘，同仲舒回常。予则惮于往返，留省畅游。挟家效艮访课桑园，内种桑数千株，复有金鱼数十缸。左为义塾，舍甚精，系潘东园部郎仪凤别业，仁和夏子松学士同善有记。复过华严禅院，因张大帝诞，僧众拜忏顶祝，有檀越借此荐先。便诣王文恪公鏊祠，吴令汪圻卿太守祖绶主祭，裔孙俱公服以从。又至黄鹂坊桥西北，访书院经承谢溯庭庆□不值，晤西席范西溪，知莫城卡员桐乡劳云溪馆此。再至梵门桥，重访紫阳书院，见庭左古紫薇已枯，隔墙花囿中仅露大玉兰树，试花约万朵。门前正开河，夫役皆衣红边褂，谅是兵勇。回经汪厅，欲观舞，而人满不果留。知老郎庙及城外普安桥复设戏馆，有新戏，而郊园专唱高腔。与效艮品白汤馄饨，殊胜。旋进火神庙，见戏台翼然。憩玄都观场啜茗，芦篷中唱徽调，弹月琴，凄楚如胡笳曲，殊不耐听，而北人则称赏。妇女自杭进香回者，纷纷塞途,致乞丐争逐。于观前汪瑞裕买茶,观东稻香村买饺,送郭氏。裕丰留酒食,雉膏、酱肉、糟蛋并佳。晤贾松亭□□小话。

初九日(3月29日),于醋坊桥品青白团。出卧龙街南走,经抚署辕,见旧紫阳书院仅存断垣。由府学两署前进学旁门,适新修学宫。门右有苏省全城图,又有东坡二碑,有人拓去。左为名宦祠,右为乡贤祠,吴文恪公玉、沈文悫公德潜位亦在内。再进,左有胡文昭公瑗祠,右有范文正公仲淹祠。明伦堂前,左为韦白二公祠,前有奇石,右为九公祠暨况公钟祠,祠前廉石无恙。上首为大成殿,殿前及仪门大门外,俱种桧数百。东至沧浪亭,花园与红阑桥悉废,仅存一亭,余旁屋亦不够。其后正谊书院及察院俱毁。由三元坊金狮巷西北,到府署,西过按察衙门。于道前街访周有恒客寓,惊悉鲤庭被掳回即故。其母兄嫂均于避难时死,仅存一侄一子,子字少鲤。其夫人面熟出陪,慰以数语。从学士街出胥门,食腐花,颇妙。西半城多瓦砾,冷落异常。唯万年桥甫修,金山石铺面,胜于曩时。由南壕东去,中段多废址,会馆全焚,到阊关始热闹。登渡僧桥月波楼试茗,见桥上人行如织。复取道小洙衖,至湖田金谷园,室广无庭,四面俱璃窗,玲珑引目。旁有池养文鱼,露天搭箸篷,下有京砖茶桌数十座。过午,钗裙络绎,多寻香人。复晋财神堂,香火极盛,前为财源轩茶室。过通贵桥,适遇王星如、星轩自山塘回,舟泊桐桥。知星如习医宫巷汤氏,欲与星轩应抚试,因日久思归,邀同吊桥酒家饮膳,绍酒、糟肉差悦口。而予最爱红汤腐,借以浇饭。戏园来钱券,遂付酒资。二子不识金谷,复引至品茶,啖桂华酒酿及蜜玫瑰,甘香无比。嘱二君买驴桥包子寄回。从阊关都陵桥南转,经云锦公所,转至观西,复自宫巷转至魏家巷,见新织造府甚宏敞。回寓已上灯。

初十日(3月30日),晨偕郭裕丰借景园茗点,见隔墙潘园丝柳拖金,碧桃绽玉,阳春好景也。下游金鱼园,竹篱湖石,亭馆俱玻璃风窗,一白空洞。复由小日晖桥临顿桥北走,东转潘儒巷,过胡安定先生祠,游狮子林。访许济臣茂才逢,知馆古儒巷,不获面。问景师楳少府运，阍人云已故，分发浙江，未补缺，并无后。有常熟吴姆、本城蒋某领登狮山，从仙洞而进，自上而下，自下而上，或沿池水，或蹑云梯，缭曲往复，约有里许，其实不过百亩地，而足力已穷。石笋二三丈，有如枯木，而怪石参错，诚如大小狮。惜主人黄□□刺史庆萱没于任所，其后幼冲，亭台未葺，古玩亦无。幸其族休宁传胪名钰者，曾任广东学使，眷口寓此，行将代修。东为眼目侯庙，侯系梁相任彦升昉。转北而西，为新任张子青中丞之万公府，即伪忠王故居。出街回南，于临顿里饭店午餐，连酒肴不过六十余文。乘凉返寓，托郭少仪制夹呢套一件，约四洋。晚因连日蒸汗，仍赴观西试盆汤，香茗愈妙，香皂息香水烟亦佳。况脸水一盆后，四回热手巾，房添洋灯洋钟，较旧华丽，卧榻良久，如羽化，足值五十文。复进观东杏花村，而酒客盈座，所谓小吃大会账处，乃不果留。至寓舍，主人供我高粱及雉脯、块肉、彩蛋、菜蔺，继以粥，颇足和身。

十一日(3月31日)，谒长元学，遇同邑徐□□珍、□□球兄弟。由试院前至沁园茶点，裕丰留午饮。饭后谒观中狱殿、文昌阁、三元堂、痘司庙，见有老妪以唐诗句条引人著，一钱配三，条空一字，或用红圈。于芦棚中啜茗，听徽曲，只费二三文。路遇李养初、范石门。两侄旋到，知仲舒为予代馆三天，并闻县尊已饬差提程九思，将地保杖责，出示各镇，庶儆顽风。同茗话望月楼，礼庭弟会茶费。予赴店夕餐，一饭十文，红汤十四，颇省便。予因馆茶价昂，两人同一壶，或携壶到馆，饮有余味，可过碗茶带回，否则以香茶心置壶，至虎灶冲滚水，只销一二文，与二十余文同味。

十二日(4月1日)，于试场晤同乡庞伯深、潘子昭、吴门潘信之。时应铭斋方伯宝时、贾□□廉访益谦、蒋□□太守启勋、长令顾竹城思贤、元令□□□□□、吴令汪耕余福安均到，张抚有事未来。题为《子曰弟子两章》。两侄摹仿时调，颇费经营。予则作两板股，以务本为宗，花样仍旧。回寓晤钱杏生茂才鸿藻，相悦如故交，得观其场作。

次日，裕丰邀至钮家巷茶点，呼舟子开船，候于齐门外，遂同仲舒步出城。辰刻下船,顺风扬帆,午饭后已到塾。闻东家被窃,窃贼即邻佑,势须查赃报官,而惮于举动,迄未鸣官,恐遭后悔,惜哉。知前日祐儿代贺王少兰婚,主人春园留二日。

十四日(4月3日),钱鞠人□□来,带其东家李兰亭明经塈札,并文庙祭乐器捐折,嘱为劝输。季黻卿、贾慰椿来访,赠祖集一编,并托劝捐。承允至东庄李氏,同谒顾子和明经,倾襟叙阔。晤钱雪崖,小叙而别。知是日沈氏在仙坛拔状,保人报销。

望日(4月4日),黄仲华锦文病愈,亦在坛酬仙谢保,遣祐儿代押,酒席甚丰。

十六日(4月5日),清明。祐儿随贾厚卿入城,观祭坛会。平彦卿来馆谈艺。顾子翁评阅予及仲舒试作,谬荷推崇。仲舒偕朱鹤龄赴学海书院试,连列二三。

翼日,祐儿始到塾,予挈同至普福庵会课,题为《民不可得而治矣获乎上有道》《二月江南水似天,得天字》。平燮庵留膳酒。为祐儿拟一篇,略施粉泽,承顾子和评赏,不列童军。偕季黻卿等话久始回。朱望椿造房招饮,不及赴。

十八日(4月7日),家中来载次女回。吴学师信来,催报本月讲约、义学工课。

次日,贺霍心香姊出阁,留宴竟日。席上冰壶卢、鱼明骨,颇佳。同朱克家丈、时春晖、霍步堂、朱仁山、霍加茂、宝卿、醉香及主人拇战两巡,十分酣适。晤时钦斋、仲卿、李子见大培、芝馨、朱南溪、霍阆卿、□卿□□、远林、子兰□□、子良□,陪予清话。

二十日(4月9日),解馆。便过贾氏问好,与馆宾新阳朱惺如茂才小话。复到祖居,邀同二侄扫祖茔,见树木畅茂,唯墓后仍有兔穴,土不胜填。回至张港,内侄贾二梅祉昌留饮,陪时挹翁、沈墨轩、王蓁香、李□□福荫、时墨泉、□□淘源、朱恂如、望椿品宿酿鲜肴,家伯谦亦来,乐聚至夕。

次日,偕大侄、侄孙、祐儿祭西山新墓。荆棘已除,石岩依旧,惜向阳墓土容易焦枯，须多荫松柏。回至烧香浜，严祠半毁，壤地亦无茶棚，走马者绝少。买粽、糖麻团娱儿辈，山人钱大金送出壳香干。入西城，为毛氏领县批。正月廿日批云："据禀，毛秉镛五代同堂，亲见七叶，允称人瑞，宜表门闾，候先由县给匾奖励可也。供结附。"给承发房俞德如茶金两小票。又因程九思匿不出身，欲禀县提究，而为包九仪劝止。唯送谢毛氏奖额一缄，再乞颁字样，以备如式制造，勿累捐廉。过严漕总家索米串，晤姚左生。复晋学署送月报单，知吴老师于廿七送武府试，监讲且停。偕陈文轩、俞书庭茶话绿云春，至暮返棹。

廿三日(4月12日)，朱克翁来舍，言朱秋屏于昨夕在间壁捉赌，诳言其家开博场，因累及无辜，特来告诉。窃思隔图经造，非应捉赌之人，况凭空诬陷，厥罪非轻。札致秋屏之义兄包九仪，嘱其劝解。

翌日，祐儿送县批于张润甫。予则谒毛浚翁，贺奖五代禧。并诣仙坛，与张宝青谈刻仙诗事。

廿五日(4月14日)，内子挈次女往杭州，焚香还愿。予则往问金景岩恙，且往戴家桥肉庄劝捐。步至李祠，得"有情山色活，无意野香来"二句。与吴望云□□及李氏叔侄斗牌，谢芝阶□□、雪庭□□煮茗以待。接包处覆函，言昨晨朱秋屏已喊控冯关，时因有事在乡，回城已不及阻。县宪将摇宝之冯阿关杖责枷示，并供在朱克家处赌钱，所解赌具入库。现提聚赌之朱克家，应讯之李耐村，余人并不扰累。当堂问及程姓之事果否冤枉，即回言九思赌博情真。戏船见朱谕远逃苏界，现着地保赶紧交案严办云云。

廿六日(4月15日)，李芝馨、霍醉香来缴捐。因文庙捐已有霍荣桂、一桂、国柱、李昌麟、承宗、朱震、家成业、贾秉埶、祉昌、王陶金、国瑗、国璋、国琨、家蓉、瞿开业、翼朝、戴麟祥十八户，计廿六千。予苦系匏，不便他出，欲遣局差照住址往收。乃同王聘轩乔梓入城，访李简亭，缴还捐折。晤桑砚香、姚润坡，谈久。于君子居衢品酒面，予解杖头钱会东。便观新造大成殿。谒吴学师，其女使云今早上苏，不及拜晤。孰知其便途到朱塾，留一札及今岁学谕月报空白单，约出月底示期监讲。过家静澜处托送讲约单，包九仪处托领薪水。进常署，见荷校者招呼，自云即冯关。询其果赌否，答云"误犯"。"朱克家开赌否"，答云"并未"。"然则何以供他"，曰"秋屏教之，且有地保龚文爵覆实"。予憩稿案房，留札云："所办博场淫戏，咸服神速。但此人于其中敛钱起家，里邻切齿，现嘱里胥谎报在苏司计，其实在家日图倾陷，欲贿嘱弥缝。闻案并未结，而已大言可不出场。按此情节，视冯关较重。彼见冯关杖枷，辄诩诩自得，第恐此回躲过，将来益肆猖狂。幸神君整顿民风，无致虎头蛇尾。而外间恐凶恶漏网，人皆效尤，无不引领锄奸，望伸国宪，能枷示乡镇，借一惩百，方快人心。姑述舆情，专请主裁定夺。"孰知门丁胡菊孙私圻，并言："九思在苏，何能一朝寻着，如果在家，何不捆解？"予云："此系地保事，我非在官人役，尔错矣。"彼云："遣役四出密拿，何得言可不到案？"予云："此乃彼之狂喷，现有四十洋买嘱之说。如此地棍，可以行贿免刑，成何公事？恐后来控告诈赃。"彼乃封函许送。看来此人已串通，浮云蔽太清，要阴乾候教矣，可恶之极。晚偕包九仪、李德卿、时汉洲、吴慰屺等茗叙鹤岭泉。又晤俞书庭小话。聘轩买衣，与庄之账房徐玉书计较，终能屈从。迨瞿世良附舟，亦云衣庄有暗码，每两作九四钱三百。予则但知对折，不知折而又折也。

次日，小雨。同王星轩、吴望云、李琴仙、祐之手谈丙舍，颇得彩。

廿八日（4月17日），始斋。挈祐儿抵紫阳塾，饭后在大王庙讲约。廿二图地保沈克明，玩公不来，唤至戒饬。幸十三图地保龚文爵之伙凌学圃投手本，至馆来请，尚知当差。祐儿赞礼，朱克翁陪茶，少美同拜。讲"联保甲以弭盗贼"暨《阴骘文》案、《学堂讲语》中"勤俭"、《家庭讲话》中"施舍"、《小书》《为善歌》，听者二三百人。贾氏来听松书屋诗课卷，季黻卿取王生星轩第一，祐儿第二。予因祐儿经书未读全，文法又未谙，不许院试，而为王星轩所招，随船姑返。

翼日，复吴老师书，托朱一泉到省袖致。是夕大雨雷电，人体和融，菜麦豆亦沾足。而进香天竺者正宿山房，惊有雨雹龙阵，冲坏山门。何二百余里中，天时不一？闻抚军案出，两俚均列壹等。

晦日(4月19日)，寒甚，家人送棉衣来。予久患伤热失音，况前日勉讲，致舌枯喉涩，哑不成声，而又难静养，不胜烦忧。

三月朔(4月20日)，闻彭学使按临苏属，朱一泉、曹玉舫赴试诗古。予见朱生多慧，微有童心，谓："尔祖西村司马丈瞻云设义田，赡贫族，以行斛收租，德泽留贻，当如王槐窦桂。况尊甫又村州丞豪爽爱客，不喜货殖，不吸洋烟，堪为后辈模范。且敦品好学，勿负滋培。如岭梅都阃秉铤捐田助银，创立义冢，百万饿莩，都敛骼骴，自应天赐麟儿。顾子和明经飒爽好善，嘱诸生量力济苦，多捐文社花红，以备方便。非独提唱后学，采芹俱如拾芥也。有令子虹玉，岂止一第，食报正未艾耳。"季黻卿、朱惺如、贾厚卿到塾，以茶点佐谈，皆非杂客。予谈及蔡氏记室徐晴坡耀基之和光，朱少美云："去冬与朱少英进城食面，忽身倾如醉，重不可提。遂扶上轿，回至义庄，已气绝。"固是好死，而旧雨中又弱一个，曷禁黯伤。回思十年前西郊游伴，如毛小晋汝源、陆颂甫长庆、钱竹香振涛、金顺堂□堃、蔡逸霞廷烜、云轩大宗辈，俱已委化，仅存查渭塘彦华、陈古香本荣、蔡子安锡钺、熙龙上人空见数子，杖乡杖国，夕阳虽好近黄昏矣。

上巳(4月22日)，小晴。闻学院开考文生诗赋，朱丙云赴试。其尊人梅亭翁济言赠鼻烟壶银盖，予附送《镜㙩轩诗集》。朱少美于姚家桥姚氏折回紫牡丹，花如大碗，富丽胜常。想畹香廷松家盛，供瓶徐放，有似盖张。相传本大红，前朝遗种，予昔访时已变紫。内子自湖州白雀寺回。其在天竺问家宅，签云上上："一信向天飞，秦川舟自归。前途成好事，应得贵人推。注解：主有贵人推荐，功名显达，凡事顺利。青龙吉梦喜安然，十五良宵月正圆。买卖经商多称意，若占家宅永平安。姜太公。住基，稳。求名，人力。求财，有。田财，十分。占雨，有。占晴，未。占坟，可。"为幼儿求灵方，签云："青松毛嫩针松毛一两、酒三斤，浸酒夜来斟。一月功自见，一载病除根。"

初四日(4月23日)，偕朱又翁、楚卿舟赴西城，祝蔡太宜人寿，时七十正诞，公子心田醵尹德培、见心司马厚培留盛筵。予最喜食甜菜，而齿落但尝鲜羹，蜜饯颇精，居然仙品。偕张文卿树□、朱少英、蔡复生、见心战拇，幸未酕醄。复与朱诚翁、钱用宾、蔡□□汉章、敬敷镕话雨。闻菊轩司马祖培自何姬服毒死又纳二妾，现俱有恙，挈赴孟河就医。沄江贰尹世培则离妻眈妾，又因毒疮，自浙假归，不能行走，致老母独居，今并未来拜寿。唯菊亭千戎宗培送子小亭同钰赴武场，差强人意。而心田、见心更有戏彩风，养儿防老，谁知得力者仅半，焉用子为? 东君将船送回家。料理祐儿试事。晚与吴毓芝、王友于□□等打牌决胜。李祐之留祐儿夜饮，予则面辞。闻是日院试童生诗古，题为《芙蓉镜下及第赋，以题为韵》。

翌晚，予约王星轩论场规。知郡中文生补岁考，金景岩身未大健，托学友办免岁出学，并免补旧欠，费二十洋。幸亏钱神有灵，否则力不暇给。张润甫寄信，言初六考常昭童生。时已下昼，祐儿乃陪星轩冒雨上苏。舟子二人，再添仆汪二。王氏雇工，不识城路，乃写程图以授。恐黑夜风狂，百里修阻，不能于三鼓进城，甚为焦虑。迨仲舒侄札到，言常昭童试改期，予心始慰。

初六日(4月25日)，闻考府长元吴老案。予在李祠晤王仲山，乃即叙发之子，本姻亲也。业花布，已博重俸。当初相见尚孩提，光阴之迅速乃尔。是晚，乘伯谦舟抵塾。连日阴雨。闻初九日(4月28日)试常昭文生，题为《有命焉君子不谓性也》《银烛朝天紫陌长，得天字》。

次日，暂晴。知朱克翁与秋屏理论诬告，将诉官，为包九仪等劝止。邻保投销呈，两造具息结。前遇慈溪人，询悉陈翔云没于江北，其子改京货业烟，看来存项八十千，化为子虚矣，亦予之不幸也。知钱不如田，历劫仍归原主。所患薄产低洼，易遭水患，淫潦过多，至今麦叶变黄，春熟又歉，而米价仍低，未知何故。课罢为诸弟改养真书屋诗课卷，生涩无似，觉将老肠枯。朱锦波少尹室李氏病亡，撰联以挽。闻此日院覆上县文生一等。

十二日(5月1日)，大雨。院试常昭童生，常题为《问知至问知》《能与人规矩》《文必己出，得文字》，昭题为《樊迟未达至樊迟退》。终日阴霾，不无艰苦，二鼓始见月明。

次日，艳晴。早起见蜈蚣蟠于卷布，扑杀之，想书房卑湿所致。闻祐儿出场即返，与王、张二子同舟。予久嗽喉哑，日吐浓痰，鼻涕亦不止，想郁热未清。晓莲捣青蔗汁，并买腐浆供予。连粥恐厌，每换点心，可谓解事人。有双燕巢予座上，复逐之去，予却爱其呢喃絮语，如伴我话客里阴晴。灯下以"兄弟怡怡"命凤林对，应声曰"君妇莫莫"，会心尚捷。又以"非礼勿视"四句属对，晓莲应以"必得其位"四句，南轩应以"生之者众"四句，均有悟性。

十四(5月3日)夜，朱一泉、曹玉舫报捷，果如凤林、鹤舫所决。自古童谣，亦系天心，匪特圣为天口。一泉宿学，玉舫隽才，本利采芹，况经顾子翁化雨，小名亦无幸获也。闻常昭府十名多取，仅剩一人。

望日(5月4日)，晨起，又有百足虫伏砚上，想案供木香花，毒虫闻香，故三日中连至，浓香花断不可置床榻间。至午，高星斋佛会来招，晚素暮荤。偕苏润卿、姚春山□□、华云斋□□、福昌□□、瞿廷兰□□、梅岑□□、芝香、叶香、慎卿□□、高诚斋、云山等拇战，直至夜分。酒次，提及聘妻并葬事，予谓："未成婚者，或权葬下首，中留嫡配寿穴，如何得并？此在家长糊涂，将来必须迁葬。且诚斋向三弟妇借钱治丧，如此苦况，族谊理应放松，何以允其搬家具抵偿？且媳房纱窗，借以屏蔽，内外宜分，断难撤去。"此虽酒言，亦属正论，旁观俱唯唯，诚斋则默无以对。芝香健谈，予老倦应，静评僧曲，如《三醉》之巾生，肉声尚脆；若《训子》《单刀》之净，则中气不充矣。主人留宿宅东，已大雨如注。

次日，仍雨。往憩瞿氏四寿堂，偕诚斋、春山、福昌弄牌。复回新居，同人赏雨，酒席愈丰。东翁遣舟载回，时已薄暮。朱仆双福与航友凌姓见低田开水,鲫鱼销子,以饭箩畚箕撩鱼数头,亦便易。前于郡城见金鱼子饱,无雄者追逐,又无苔草依附,致翻腹多僵,其呆者类为人窃去,知治法不可不谙也。闻是日新生覆试。

十七日(5月6日),立夏,嫩晴。予秤得六十六斤,较旧亏七斤。案供蕙兰,乃前日蔡见心带来,砚北留连,清香扑鼻,有一种素心,恐无人培护,暂留仍还。厨人出樱桃、梅、蚕豆三新,并以咸蛋侑酒。正独酌间,家勤斋上舍成业陪其内舅吴俊人上舍杰来,互陈瓜葛。托其查朱二裴曾度族在苏城者可有子弟为介石豫、菊君晋两孝廉后,否则数房俱绝矣。至暮赴勤斋之招,与马景春锦春陪俊人,陈酒耐味,肴馔亦精。俊人海量,战拇各两巡,面如未饮。惜陪者不胜杯杓,幸主人尚堪三蕉。酒罢继以雀舌茶,香味殊胜。雪鸿嫂虽老病卧床,而容颜转腴,足见侍养之腆。较之狼子家,仙凡迥判。予喉稍爽,而出拳猛呼,连困于酒,况日与蒙童呼唤,喉又失音。昔吾友季寿之赐延老于蒙塾,声破不扬,正坐此病。寿翁虽没,而有子跨灶,吾辈虽存,而生儿不材,后顾终弗如焉。

翼日,仍大雨。马泾会连间未行。祐儿遣舟来送庞昆圃司马钟琳信,云:"所举毛氏五代同堂一事,承邑尊盛意,亟欲出详,惟未具宗图,嘱即饬取。望足下刻即到城,开具补送。"再附沈邑侯札,言:"毛氏五代事,与□薇垣面商,欲乘应藩宪未卸事前赶办,即转饬取宗支图为望。"如此奇缘,亦属难遇。岂料家信来云:"河西福薄,新得之玄孙先于初四日玉碎。"惜哉!爰复札冒两送城。祐儿禀,因日宽省垣畅游,张润甫作东观剧,王星轩借舟出佣,火食一切俱省俭。入场不能制胜,惟求完卷而已。夫其初次观场,年幼功粗,不售亦不足怪。晚遣舟人送米串于贾熙春。

十九日(5月8日),雨更猛,如倒天河,庭作水田,无饼可补天漏。

廿一日(5月10日),晴朗。东家有赴苏之便,附札问吴老师监讲期,兼申月报。饭后偕朱诚翁、晓莲、南轩,由王家桥、元庆庵、高家桥、韩家浜至朱家桥,小憩柳阴,观旺泥桥会。隔岸吉庆庵前,台阁往还,照耀水际。彩旗彩盖,相间而行;香亭表亭,连接而进。其他如八仙十将,俱装饰新鲜。猎户社近百人,于桥堍齐试爆竹,喧声若雷。而莫妙于绿呢满轿,金黄网络。五鹤顶,大而鲜明,惜余社拔去者多,排匀不过里许。神为城隍周神。同坐茶篷玩景,而诚翁、晓莲复赴薛桥看马泾会,予力不能追。偕朱鹿苹等回至程家巷,幸施永福渡我过水,霍□□贤扶我过桥,才得稳步。途遇霍子兰、阆卿,订予至舍,恐过门不入,爰进问族姊近况。姊婿步堂留饮言欢,肴馔丰腴。晤长甥正卿□□,知与两弟各习一业。为我言泗荡泾潘氏皆耽烟赌,非特家旧,且多早亡,因子弟游荡,罕与为婚,人品顾可不立欤。至夕阳辞出。一路雉雏麦秀,野花正香。于田垺望西村翁墓,郁郁葱葱,旁有水湾,自是佳兆。从朱宅后门进,见假山旁红药初开,引人入胜。带茯苓糕、香口饼疗饥,与路买之麻团、油石鬼,美恶判然。

次日,大雨雷电,夕餐时稍霁。始食鲥鱼。

廿三日(5月12日),祐儿始到塾,带庞昆翁复函,言毛姓事,沈公祖必欲赶办,已于十七日发申。并云:"宗图可以补呈,先书匾式留敝处。今毛君玄孙有此意外,亦属无妨,俟沈公自省回,望台从到城一谈。"爰即覆云:"毛浚翁因力难办费,矧有遗憾,欲请邑侯勿详。如可禀明委曲,原折注销,大是妙事。惟匾字已颁,容当诣府祇领。附宗支图转烦饬送琴堂,请沈公定夺。理应用公禀申谢,恐不如式,出月初躬候尊裁也。"

翼日,半晴。胡家桥城隍会过朱祠,台阁四扛,香亭一扛,小巡风、十锦牌等均佳,十旗十伞亦鲜丽。惜社不甚多,想非全会。傍晚沈定山丈来,言二年漕米钱,大半交侄处,今差给串,芝亭嘱令算全。予谓:"已付者向侄算,该少者应自找,非难事也。如芝亭借端推卸,着其指明。"札致伯谦托其就近唤芝亭面算,勿令定山重出,启争闹之端。

廿七日(5月16日),舣舟吴塔。偕朱丙云、顾韵孙、沈芝亭、胡

□□茗话茅篷,本镇地总张湘洲惠茶费。顾甥少江邀至其家,母妇俱出,无行厨者,不果留。晤其叔母,即予表妹尤氏,烹香茗,叙近况。见杏园少尹敦义柩久停,嘱其即葬,以妥先灵,并劝其早定嗣子,勿酿诸侄争端。霍宝卿、朱仁山在旁,亦云尔尔。旋为朱半千引观池沼,留坐书斋,同陆如璧茶叙。朱竹亭留酒肴,佐以脂油团、干菜饺,与俞蔼人、顾竹轩、朱诚翁、晓莲同座。适郡城隍会,有高跷六人,台阁小轿十余扛,看轿香亭亦全,十锦牌带顶,臂香班挂炉,拜香报娘恩两队。有吹箫笛、打鼓板者,新样可观。其余捧香鼎、悬璃灯者,均整齐,较旧愈盛。赠半千《镜墀轩集》。俊升、允升欲留膳宿,辞之。顾甥丹楼回,办酒点拟再招饮,予以饱看花鸽,已得眼福,而足力已穷,不能为口腹奔走也。途遇钱雪崖、顾小屏、韩小亭、顾养斋、王叶香,匆匆道阔。见顾秋谷、心城俱造屋,而老宅之厅基仍平地,两甥力难独构,代为之忧。祐儿自俞姨家来,言今日佛会,母姊皆赴约,顾姨姑媳、贾氏三代并在座。借佛缘而会亲,亦一快事。

至翌日,相城胜会。朱楚卿不禀父命,擅唤多人棹画舫独往,似近强梁。钱恒山□□来话旧。午后家人来载,遂同返里。北庄隍司、潭荡猛将两社已回庙,不及观。

廿九日(5月18日),往观太原新厦。梦蘧留香茗,聘轩留酒点,星轩陪话至夕阳。归挽朱望椿豫元之室李氏一联。阅新进案,知黄婿之兄敬铭同章游庠,为之欣慰。

四月二日(5月20日),放舟。于途中遇朱确甫,知伯谦侄于廿九日感冒,邀其诊治。予忆廿八日送予上舟,犹无恙。唯以乃弟在苏赌钱押衣,向朱鹤龄撮洋赎出,而胡家桥仍复押宝,为拂意事,膈间隐痛,时作咨嗟。未刻进城,访李简庭,缴王氏捐项。旋于学前观文生一二等案,南乡惟平雪庵三等第五,远逊别乡。至学书陈梅岑处,领子弟落卷。见祐儿首艺,文理欠通,次诗尤有脱字,诚哉上场浑也。谒庞昆圃学博,承留茗话,胸次潇洒,有晋人风。引憩精舍,奇花怪石,参错其间,不啻仙境。询及其先人著作,辄鞠躬起对。如沈义翁,所领邑尊五代同堂匾与应藩宪斋额,俱系用印手书,嘱予带交,并嘱缮毛秉镛及出名绅士报谢两禀,给礼房办文费两番。爰如言赶办。到包九仪处晤朱秋屏,知克翁扭殴被伤,欲控县,幸有九仪等劝解,可免累讼不休。午后,挈儿女玩龙舟,停桡大濑。见有扮《水漫》,白氏、小青均珠帽彩衣,新奇博笑。舟次遇俞紫衢、得之,隔窗小语。便访西庄存仁堂,新构水榭三楹,仍如旧式。有筵席三四,知为住持请徽客,有程芝亭□□、陈□□招予同饮,辞未入座。曜璨上人□□缘予旧邻,煮香茗陪话。步至旧居废址,河滩石已窃去,唯驳岸尚存。左邻吴氏已造屋数间,右邻地基则王氏转售于徐,亦筑数椽,为开碓坊计。晤对门钱凤鸣妇,始成服,欲仍结芳邻,而门房高增全已故,仅存嫠,略叙数语,彼此依依。适闻芝庭夫人与陶洪镇孙媳路过,互订观社。向晦始归。

　　至初四日(**5 月 22 日**),小雨。李心柏邀品万和堂雅乐,因泥路惮行,不果往。

　　次日,阴。欲观狄坝胜会,不获遂。遂领妇子南行,问伯谦侄恙。知寒热频呃,连服朱确甫、陈憩亭药,尚未减轻。因仲舒侄好赌嗜烟,恬不知耻,书家训授之。并命其于神祖前,写誓改过条,焚化炉内。予陪拜碰头,告失教之罪。复至张港唁朱望椿,洞港唁朱锦波,俱倩钱芷升书联以送。傍晚抵塾,顾子和、朱一泉、平雪庵、彦卿来谒,茗话多时。有凌七来诉吴金盗婶,其叔坤荣归而与校,反被殴,致恨而自剪辫发。地保姚耕香妄断坤荣赔罪,且罚其钱。因与坤荣同业,有不服之言,地保又欲波累。予谓:"乱伦殴叔,大干法纪,地保武断,尤属不公。但系汝一面之词,须吴金之父小兰及里邻同来,面询确情,方免偏听。天下背理之事,必究根由,岂能造次?能不涉讼为佳。"族侄孙勤斋上舍新得子,予往贺,并慰病嫂,渠亦喜得曾孙,至夕来邀汤饼宴,遣祐儿应之。遂题名曰庆余,字曰聘璋,并嘱其取族谱一钞。要子长成立业,须念祖宗,勿忘本也。朱秋屏已向克翁谢诬告之过,备酒合欢。而覆实开赌之地保龚文哲亦具音乐，烧利市，设酒筵。予以诬控罪重，欲晓秋屏，至西宅探望，而为克翁留宴。偕李锦文、周载言、朱晓春快谭，半醺而返。

翼日，三家村社，未克往观。十一图地保姚耕香来，谓因别故口角手殴，吴金被伤，乃喝坤荣赔罪，代斋星官，坤荣补钱一千三百。予言："祸乱之根，亟须拔去。渎伦罪大，打架情轻。"嘱其于明日挈同吴小兰父子、吴坤荣夫妇，到吴塔听讲律条。朱一泉示试艺，予评文云："未达从夫子觑出，而樊迟则不知举错两言之达其未达，仍结疑团而退。文相题得诀，八面玲珑，惟十二分火候，乃有此化机。连步云程，允堪操券。"评诗赋云："花团锦簇，古语联翩，具此隽才，斯题可以移赠。诗亦典雅，馆阁鸿裁。"午后，家勤斋来，言伯谦病革。遂唤舟拉祐儿往视，见面白微瘰，周身汗腻，舌苔白糙边红，气浅时呃，唯左膈痛平，稍能睡熟。据沈子兰、俞菉溪□□云："内邪渐清，唯元神亏欠，用鲜石斛、西洋参等味。"爰留祐儿陪夜。

初九日(5月27日)，赴朱一泉处贺芹喜。偕朱少美至吴塔讲约，集祖师堂，地保韩小亭侍候，姚耕香亦率众来听。卡员许□□□□模、臧□□□□壤投束出迎，宓静轩守戎、朱俊升上舍陪拜，祐儿赞仪。讲"息诬告以全善良"，并及《家庭讲话》中"经营""技艺""刑法"，于渎伦律尤谆谆。复唱诸般作孽歌。临行，静轩送嘉点。招顾甥丹楼，随船观城会。便途省伯谦疾，舌红苔裂，气逆神疲。亟赴仙坛请方，张寄翁下沙手，宝青上沙手，宝华书迎驾疏，予缮录。侯祖师诗云："薰风吹醒麦田黄，耖板声中庆岁康。满地烟霞收不尽，落红万片蝶魂忙。"谕云："温邪病经一候外，内热烁精，况素嗜阿芙蓉，呵吸伤气，今当津液被劫。议下药，恐亡阴；议表剂，恐亡阳。语云：'急则治标。'拟生脉复脉二法而变通之，冀其津回为急。方来生洋参一钱、麦冬肉三钱、鲜石斛五钱、鲜沙参五钱、鲜生地三钱、白前一钱、淡竹叶三钱，加凉膈散绢包三钱。右药须主人酌之，以希尽美尽善。主人素明此理，前于沈氏案中，曾言及之。须知疾病乃人生极大之事，故吾夫子与斋战并慎。自后世利欲大行，视斋疾为儿戏。然斋不慎，不过鬼神不歆，而疾不慎，则一身攸系，甚至一家一族攸系，可不慎欤？今主人细心格致，原无虑是。吾之谆谆，特为世之疾者大其防，宜日日延医，又须信医而勿他为，吾之意尽矣。"坛主留酒食，同丹楼领之而归。祐儿则赴剑城隍庙，备牲酒谢神，因三年犯满也。

次早，遣邻人送仙方至侄处，回报云"病少差"。顾甥素琴与□□□□亦到，喜瓜葛联欢。便至李祠，晤时钦斋丈，赠《镜墀轩诗》。又遇王学泉丈及吴望溪□□、望云□□、陈松廷少卿、王简修□□、友于□□、眉轩□□、谢芝阶畅话，同人手谈，略胜。旋观莫城胜会，社颇多，香亭看轿均佳，十将六房土地社尤盛。天气蒸炎，幸憩板屋，无畏骄阳。

十一(5月29日)晨，同丹楼赴孙氏社棚听曲。与金逸仙、时素行、顾心城、黄鲁斋□□、孙锦坤、蕙圃、晓村话久。回晤金和让，喜悉伯谦病退，合家慰心。至午，留时长春、王友于、李琴仙小饮战拇，惜丹楼不胜杯勺，先饭而行。偕张寄翁、瞿小亭、王慎斋□□、黄一帆炳德观正会。向年不过门，今缘庄基村有公馆，全部笙歌，故神至此，献茶献酒。邻庙八神，早来迎接，斋筵颇精。会比昨日尤胜，添乘马六房，可谓不惜工本。走社俏儿，予给钱，李氏给茶，顷刻数十钵。适陶氏表甥女、闻氏表侄女均至，留膳点小叙。祐儿上妙清寺东岳叩头。予则近就南头浜社篷，同金文开品曲。回憩李祠，晤世交陶心一茂才维城，到柜卖纱，老而贫，幸能守分，无辱缄斋翁文彪，不比其弟之失品也。

翼日，俞友兰、朱鹤龄、丹艭逢泉来，言伯谦舌苔已脱，胸热渐清。唯嫌仙方凉膈散太凉，恐下注损元，未服，可谓过慎误事，病人亦颠甚矣。顾心城、王星如、星轩来，借竹牌消遣，终日流连。提及小仆汪二之臁疾，予欲集资备医，星如诊视书方，予为买药。阵雨骤凉，火威顿减。

十三日(5月31日)，附金氏舟，同丹楼及祐儿、两女上城，憩闻芝庭家。因舟挤，子女步进南关，芝庭带肴数篷，至所亲家，便观总管神社，又唤两轿送回，情意殷挚。予则诣学谒吴师，兼会包九仪，晤张寄翁及其群从。至翁府前，憩钱生竺卿家，适竺卿新补廪。因宅近县署，获观全社。开面社约二百余，六房七伤什哈均华装，扛头四乘，香亭俱八宝嵌，表亭则全金，满轿则纯黄。土地社不下百余人，中扮九流，新奇引笑，殊觉愈解愈高。晤张子琛福臻、蒋吉庵鸿两茂才、瞿凤山□□□、钱纯甫□□□茗谈。至旰出城，于闻氏饮高粱，已雷电风雨，灯会遂休。夕宿舟。祐儿同人局戏达旦。

次晨，予憩杨氏茶楼，遇毛吟香□□□□、云祥□□□□、沈步瑶□琳闲话。胡芳梅来报，伯谦病退，喜慰解怀。因陶洪镇留饮，甚属不安，留儿女应召，遂挟汪二先步下乡。半途为王聘轩留膳，药酒甘香，鲥鱼、面筋俱美。饭后回家。子女则畅游坛庙，薄暮始归。

望日(6月2日)，微雨。挈妇子及丹楼舟行南鄙，于莘庄发讲约谕单。抵四万荡，问伯谦证，喜服隶溪、憩亭、子兰、确甫剂，均效，呃止痛平，舌苔皱脱，唯唇焦喉碎，想邪热未清，仍须表达，而神疲肌瘦，本原大亏，又须清补。予以远隔难亲，儿又不能陪侍，幸族朗斋、浩然、效良、亲金芝轩□□、周大福、朱恂如、蔼如等，称药量水，代祷神明，亦夙缘也。饭后至塾，遇吴南乔□□、朱少英、蔡见心、徐寅生。

既望(6月3日)，予苦热心烦，至昏早睡。忽荆秀侄培因来，欲载予往，言伯谦疾增剧，舌红无苔，脉细少力，焦灼依然，陈憩亭云，防厥陷。即遣祐儿去陪。待明，冒雨放舟，晤姚宾虞□□小话。往视侄恙，见舌肿稍白，似苔非苔，热势炎炎，身瘁更甚，白痦满布，脉息愈微，朱确夫同叶湘亭季蓁□□诊治。内子已留两天，因侄呓语，项泾庙请喜，往返两回。而张锦波福锦、时恂甫景源亦能为师服勤，辍读不散。是夕，予暂回塾。

十八日(6月5日)，泥途隔水，寸步难行，乃遣人问病。得祐儿信，知伯谦病危，即唤虾篮船往。半途遇陈松泉、季黻卿，要予回朱

祠,因有王金买汪姓屋,价钱七十两,其岳母无子,疑家财授婿。所嗣
汪姓子,将南瓜种其地界,藤绊其屋,挑王金出理。遂唤地保凌学圃
索观原契,遂夺契交与原中,原中交与地保。王金欲托黻师与予传保
交还卖契。予遂呼学圃至,而斥其妄匿人契,并问其汪姓起衅根由。
学圃谓无他故,将契交还。予嘱黻卿暂收,俟再唤汪姓,究问原由,再
行公断。亟附贾舟视侄疾,时叶湘亭、汤月亭、沈子兰、朱确甫均到议
方,兼及化湿。予遣祐儿往仙坛转方,楚通祖师案云:"阅得病将三
候,邪尚未尽退,经腻补后,火炽愈盛,精液阴之,迫而发痦,内原亏
甚。且精神被亢阳振作,并非真神旺也,恐有暴脱之险。今见证如
右。脉复细弱,既非地黄饮子所宜,又非镇摄三阴所当。鄙意救燥为
主,今当危剧之时,仍用前法,而去下剂,诸君共酌之,非敢谦谦也,盖
此道非易易也。拟方备用,淡豆豉一钱,同鲜沙参鲜生地三钱同打,
鲜石斛五钱、镑犀尖三分、牛黄一分,加青蔗浆冲服。"半夜煎尝,病人
犹索看仙方,逐味高唱。寒热稍淡,而胸有红瘰,喉仍白腐,唯吃洋
烟,尚能持筒猛吸。邀史福昌走阴差,据其伏地报云:"有五十三、五
十二、六十三岁家亡人,乘轿来看病。"想是曾祖父。"并有小弟十余
岁,附解饷泰安庄之船,来索羹饭,急欲得赠而归。"疑是冯小舅。又
云:"魂落在洞港河滩,为大王土地看守。"而病人亦云,可谓符合。遂
备箱银冥衣,送至莘庄庙,又诣大王庙招魂。予焚香叩头,然后回塾,
因两日一夜,心力交瘁,势须小休也。两女来视,因家中乏人,饭后即
返。命祐儿代赴朱一泉喜宴。予则应二十(6月7日)讲期,往圆应
庵。地保王楚珩伺候,李瑞棠少府同拜,朱楚卿少尹赞仪,陈念堂上
舍陪话。宣讲"务农桑以足衣食"及诸善书。回至祖居视侄疾,同楚
卿午餐,遂留酌议治法。而侄已四肢微冷,舌本愈干,半明半昧,唯云
"总我之不长进",意指先兄未葬,次侄未婚也。湘亭勉仿仙剂,谓已
不及。予同朱望椿等方具疏,立誓减年益寿,大焚纸锭。予磕头廿
四,以冀回天。朱心梅、家效艮吸烟过口,忽厥忽醒,心焦齿开,速进
参汤雪水,虽饮罔功。予以卧龙丹吹鼻,醋炭气冲,暂清仍蔽,眼难转

动,肌已全消,而浆瘢转满肩领。延至**廿一(6月8日)**子刻溘然长逝。痛哉!钱树忽凋,弃老抛幼,为唤奈何!予怵气塞,为念自幼入塾,予一手教成,头头是道。夏楚不烦,事继母孝,训弱弟严,遣嫁三四两妹,亦不草草。视余犹父,庆儿之殇,二女之嫁,以及祐儿两次之疾,皆悉心调剂,可免躬劳,难在不动声色。迩来医理日精,亲友呼之即至,全活者多。其性和貌蔼,遇疑难事,措理裕如。然其形暇心劳,体之弊即坐此。自侄一徂,适卢侄女孤寡失恃,族弟效艮烟火谁供,朱舅恂如狼狈罔依,不独痴叔之灰兴也。居恒摘医谱文料,积成数编,半途辍笔,可惜可哀。予见家寒逋重,倡言佛事可省,唯衣衾棺木附身者必周,乃办雀顶朝冠、彩肩绣补、锦衾皂靴。邀范秉之绘容,鼓吹送殓。探丧二百余人,供应不赀,予量力稍赙。**次夕**盖棺,受恩者皆擗踊。予哭挽五联,命次侄代劳,嘱诸生勿散。

　廿三日(6月10日),偕朱恂如、蔼如、望椿、朱确甫、沈子兰、家朴园、朗斋查其田产,检其帐目,孰知用度浩繁,入不敷出。祖遗田十九亩七分七厘五毫,内向卢氏赎回九亩九分五厘,自得田廿亩零五分七厘八毫。未了较多存项,何以治丧? 侄媳亟欲与叔分析,予言:"仍合恐滋口角。第仲舒子身分出,须拨三季饭粮,且未昏,理应依母。待丧后再图。"同朱恂如、沈子兰拟合同议据,奈为馆职所迫,留内人备商。予父子附沈舟至塾,知吾邑蒋若峰士骧中进士,文品兼优者,无不联捷也。

　廿五日(6月12日),朱少美留予父子与李简庭明经塾、陶立三斋长炳言、朱一泉茂才午饮。备船同至南岳观剧,为洪福班演《大天官》《玉堂春》《伯牙操琴》《李白醉草》等出,每台十八千,昨日起,晦日止。陪桑砚香观察、曹玉舫文学、潘信之、姚翔云等坐糖摊布篷下,东北风凉,犹清和节。晤平雪庵、季黻卿、朱半千、徐步云、顾晴川、蒋子芳、子敏、贾厚卿、慰椿等,互叙寒暄。以挽联托雪庵书,幸蒙许诺。傍晚返棹。有人载贾大金万庚棺回,言郭裕丰自苏寄信,嘱伯谦来领书院膏火及饭食钱,予呜咽不能答。至夕,少美又设肴酒,留同陶、李诸君斗拳射覆,酣饮忘忧,幸战胜不至醉呕。

次日,欲为亡侄发传单,将曹小卿员外、曾印若中翰金章、季黻卿、方莘卿鸿绶两孝廉出名,李琴仙亲为刻板。思来往亲友约二百余家,依路程编次,录簿交仲舒。

廿七(6月14日)夕,讲及昌黎《祭十二郎文》,非特予触心肝,即子弟听者亦凄然变色。

翌日,贾梅溪内弟妇放舟载予,遂往。知为伯谦会项漕项,嘱查帐目,核对所付洋钱数,且欲诸事托予,因两孤幼鰝也。留与时措宜洵源小酌,洗澡乘凉。过朱氏茗话。然后至侄家,偕大嫂、侄妇议丧费,欲典首饰备用,予允挪十洋。嫂又欲次侄乘丧合婚,予云:"须备二三十金,费从何出?况势必析爨,新房无着,还须缓图。胡弗俟仲舒代馆,教读勤严,性情坚定,而后谈婚,否则恐时氏未必遽允也。"

晦日(6月17日),柬顾子翁,有云:"闻佳公子留邸,固见公卿虚左,争名于朝。第事亲种子,亦天伦急务,仍望长安不久居,然乎否乎?"复云:"接奉手书,备纫关注。又缘伯谦误于烟癖,致成火逼花,仙师之示慎疾,殆为此欤?夫以一家一族一方之攸系,一旦丧千金之躯,曷弗防之于早?"乃出《孟武伯问孝子曰父母》,命祐儿发挥。钱恒山言,戴鹤亭世兄前遇乱时,母没子亡,已则双瞽饿死,继妻去帏。何双柑师之忠直,偏致无后也?予将问之仙乩。刘福堂□□自城来,托其送包信。

五月二日(6月19日),小雨。时松乔中来,彼此叙阔。朱生鹤舫年尚幼,而已能作弊,两日不背朝书,促之,又将书录纸于予背后偷看,爱重责痛惩。晓莲、南轩诗多倩人捉刀,欺师欺己,亦非所宜,嗣后必须面试。张宝华以《玲珑馆诗草》嘱改,予为去取,评跋还之。阴寒连日,酿就黄梅。

初四日(6月21日),节假。便赴朱恂如与家仲舒处议丧事。

端午(6 月 22 日)，祭先。又遣祐儿至王氏，聘轩昆仲慨付文庙捐。

次日，入城挈妇。子泊舟东市河，观南庄总管会，装束新奇，愈解愈盛。太保二十扛，香茶童两扛，小花灯匀系，夜色可观。他如顶马符官随朝、出猎图尤胜。土地社清雅可人，六房均米行子弟。猎户更夥，獐鹿猩兔俱有灯。闻马头鼓手倒毙，开路司亦病晕，皆因亵言也。社过，往见吴学师，订下乡监讲。又至周幼章□□处，报大侄身故。至夕，憩南城衣庄，玩夜会。城郊户户有灯，如一道火龙，光明不夜。药铺有灯帏，中悬璃钵养金鱼，又楼上下皆洋灯，有名花掩映，衣香扇影，良夜生辉。惜暑气浓蒸，衣难上体。偕桑砚香、郭渭滨、王蕴香、钱月帆、季聿修、石小园、朱少美、顾养斋、朱蔼如等畅谈。三鼓回舟，犹见灯光烛天，爆竹震地。

初七日(6 月 24 日)，为亡侄书城乡传单签，填约吊期，弗惮炎暑。李琴仙既视疾探丧，而又为雕传单谢帖，计三百余字，并买纸连印。可谓生死无间，古谊犹存。

翼日，俞大同行曹荣庭□□来，买米五十一石，价仅两洋一角四分，下水在内，缘洋价稍长，雨水调匀也。

初十日(6 月 27 日)，仲舒侄到，欲添传单，且有狂语。予以大义责之，幸能顺受。晨赴东始庄，单显昌来会茶费。连日苦暑，适王星如来，论文之暇，继以手谈。留同李琴仙小饮，琴仙同祐儿以彩钱制扁豆酥，风味剧佳。予亦日得百钱沽酒。

至十二日(6 月 29 日)，赴塾。先至祖居及朱氏，商佛事宾筵，总期省俭。朱又翁送自制痧药、广济一方，自愧乞邻之与。见养真书屋诗课，季鬷卿孝廉取祐儿第一，晓莲第二，花红不赠外人矣。

次日晚，雨，俗称关帝磨刀，云霓慰望。寄信李简庭，缴祭乐器捐项。

十六日(7 月 3 日)，陡凉。朱楚卿采家园桃饷我，大而甘，喜尝仙味。

翼日，仍爽，宜夹衣。因侄家延僧作佛事，挈祐儿代劳，予因馆职回塾。

至十九(7 月 6 日)晚，步至祖居，幸南北货及鸡豚鱼酒已备，朱氏叔侄经营，不丰不杀，固见亲谊，亦擅干才。嘱沈子兰书丧薄，朱□□乾元封力金，朱恂如、家朗斋主持内外。邀朱绩斋、季黻卿两孝廉、平燮庵、彦卿两茂才、朱确夫少尹、家朴园上舍陪宾，金芝轩□□、苏春山、朱望椿、李琴仙、朱心梅、汇吉、日新、顺之、家敏斋允成、效艮等料理一切。择二十日(7 月 7 日)领帖，吊者二百余人，分到者近三百。丧中开销裕如，惟病与殓费尚阙如，寒素自摒挡不尽。赖朱鹤龄还会票，李醉亭借木屋，张芸阁、笪琴舫等补修金，王梦蘧、聘轩等捄新集会钱，稍偿通欠。医师陈憩亭、叶湘亭、汤月亭辈不索酬金，并惠厚分，皆古谊可风。幸家祭天凉，肴馔不变味。

次日，留平燮庵、朱恂如商家政。大嫂欲提田产三亩作养膳，余六亩零授仲舒，以补婚费，备饘粥。侄媳则有自得之田，抚孤度日，现赁族房以居。有祖遗房一大间，厨灶两小间，予居半，权给仲舒，嫂依仲舒食息。亲族亦以为然，已写分箸议据两单，拟各执存照，在座者均着押。而仲舒犹嫌少，不肯书押，客来不陪，惟懒卧，起又出言不逊，致族姻皆怒，而仲舒辄欲赴市吸洋烟。予见其不遵母命，且狂喷愿受七刀，不得已老拳重责。适闻内人抱恙，遂附朱少英舟抵家，欣悉一药即愈。前荷张宝青、王星轩冒暑为请仙方，李琴仙经理汤药，体恤周至，俱渢渫寸衷。宝青书来，言侄身后调停事，情意殷拳。撰《补拙庐诗序》，精切经生，与予意合，即作札寄张竹翁。其恐数典忘祖，嘱于《肉谱》中摘录交去，拟为忠义公作传，付吴门志局也。予挥汗书复。

廿二日(7 月 9 日)，祐儿代予入城买书，关松侄随往提携，得叨手足之助。予则与吴逸耕及陇西叔侄消暑手谈。

翼日，过祖居，饭后赴塾。

廿四日(7 月 11 日)，顾子和订祐儿会文，乃于**明日**辰刻挈其入社,题为《且吝其余》《更上一层楼,得楼字》。呈祐儿近作于子和,辱承直笔批抹,药石益人,难得之于时俗。

廿八日(7月15日),家勤斋来,言坟丁钱大金报知其父墓后有尸一,欲索洋掩埋。予乃往谕:"汝为经地,应将路毙者报公堂请验,领棺埋于义冢,余人勿与也。"大金言有伤,不便报验。予谓:"汝非仵作,已预知有伤,此墓非往来孔道,试问此尸是何人所移? 汝何为愿作证?"答云不知。予曰:"地保岂有不知?"伊似色沮,又恐其捻空吓人,曰:"汝不报堂,予即亲视属实。"伊但泣诉曰:"要赔工费八洋,能补偿一半为允。"予曰:"此费不便向坟主说。"予遂借两洋与之而去。是夕呕恶,心火上升。四鼓起食痧药,稍清。

至次日,族侄双庆培埴病没,向与伯谦同住,今将新丧领旧丧,柩须同出。大嫂遣舟载予,予谓:"伯谦柩停后堂,双庆殓于中厅,尽可新柩先出,或均停不动。贴补漆钱少许,俟冬再厝祖坟。"朱恂如、周春江□□、家效艮均有此说。而同居者恐新柩湿木,易于开缝,总厅不便往来,必须两出。予曰:"候地师往视利否,然后行事未迟。"窃思未及半年,连双庆之父效乾、午桥锡灿之媳陈氏,已丧四人,况后嗣寥寥,此屋大不吉。予因体弊惮暑,即回朱祠。嗣来报云,风水不利,定议新旧皆停,自妙。

六月初二日(7月19日),招家勤斋至,为讲严起云文学承健戒食鸦片文,引证而添以波澜,不惜苦口。而讲毕急辞出,仍恐为瘾所催,予则可告无罪。与祐儿构课花书屋吟社诗,题为《五月被裘》《今夕止可谈风月》《平生志不在温饱》《砚田无恶岁》《山水有清音》,虽大半做过,而笔枯生涩,颇觉艰辛。因思菽浆凉润,可治肠焦,饮之辄效。是夕,闻有彗星现于西北,惜二更即灭,未及观。

初四日(7月21日),酷暑。偕朱克家丈暨楚卿、家勤斋、祐儿舟赴姚家桥讲约,憩紫竹庵。姚畹香上舍廷松来陪,女冠□□煮茗出迎,地保姚毛泰耕香搭台伺候。晤陈益三□□、瞿雪山,叙寒温。拜牌后,宣讲"训子弟以禁非为"及仙坛"戒烟"说、《戒赌歌》。缘久旱农忙,听者未及百数。

至初六日(7月23日),更热。所以昨日先慈忌辰,未及回祭,抱疚实深。张竹翁挥汗书函,郑重寄复,提及与朱西村丈瞻云吴门大觉寺两会,曾识又翁于少年。八十三老人,转不健忘,胜于吾辈之茫茫矣。

次日,命祐儿作《如不祭》文,仍未顺遂,想因读文不熟,语助欠谐之故,为之怫然。

初八日(7月25日),徐达余司马传经来塾,询及其从弟尚宽敬、叔平敔近况,答云俱故。润卿何如?又言亦故。吸鸦片者可为殷鉴。而吾友朱云溪,亦由此亡,真漏脯救饥,鸩酒止渴。夕访朱一泉,观荷畅话。

至翼日,蔡清臣永昌书来,嘱挽其兄。予与顺卿功堡称莫逆,况其文庙捐金、义庄拨产、第花仙馆集,亦足千秋。孝义文苑,定入邑乘中,岂知己默然无一语?爰挥汗应以一律,曹玉舫代为书之。乘凉至朱氏东祠,与顾子和畅谈。适其高足课赋,俱仿馆阁体裁,为之艳羡。

初十日(7月27日),东祠文社,祐儿不敢厕,爰出《择不处仁二句》题,唯仲舒、馥堂与会,夕留宿谈文。予为晓莲拟麋香室吟社诗,题为《荷风惊浴鸟》《草色醉蜻蜓》《一弦清一心》《近来诗思清于水》《露侵僧履兰三径》《庭竹无人绿满窗》《蝉琴、蛛网,七律》。

次日,知新任汪耕余邑尊福安将公座,当送旧迎新,乃于十二日(7月29日)假归。已大雨如注,雷电交发,震伤陈梦梅家田禾。后视塌处有年糕,可知狼藉之咎。久旱得甘霖,农省桔槔之力。城乡本断屠,至是开戒,而西北乡已报灾。有横港朱增引徐姬至洞港招予,缘不遇复来舍,言其次子于三年六月聘钱氏女,时年十岁,豢养至今,忽于四月间走去。出帖时系其后母说合,现在母已重嫁,原媒亦亡。徐氏于杨家桥茅庐寻着,知为逃难归来,其伯春年所造,奉祖母居处。今同本图经地王晋卿往会其图地保王宝成,同至钱氏,欲领回乡。其伯并无他言，而其祖母听人唆掇，反言吾家并未与徐联姻，意欲居为奇货，转卖为老身度日资。并言如果继母说合，着汝寻来，晋卿不能辨驳。予道："原媒虽故，而送过聘金二千，有允帖可凭。且领养八年，邻里共见，亦是实据。况其继母再醮，当问钱姓，与徐无干。即有祖母在堂，妇人不得主婚。既已眷年出名，何得推诿。邻媪领多人来阻，显欲盗卖分肥，势须究出。其祖母有子供养，不须变卖女孙。如此恩人，尚欲赖婚，试问何理？倘知罪愿和，可重延媒妁，照量送礼银若干，择吉成昏，否则禀县。"是晚，内子感暑寒热，肝风复发，静息稍安。

予于**十四日（7月31日）**，领徐妪之长子松入城，授意于闻芝庭，嘱其就近调处。其伯言一岁二千，养至十八岁，须卅六千。答言："此非卖物，安得秤斤估价，婢妾尚不至斯。"叱之乃已。因徐氏贫乏，言过廿两礼金，约于二十日定夺。予于家静澜处晤江梓敬茂才左安，系树叔师犹子，为询师母近况，并言："先师有会票十余金，欲拣还。"答云："极蒙盛意。"旋谒吴学师，清谈片刻。泊舟程家巷，骇悉昨夜大街火，自陆凤仪家起。其子开鸦片馆，因蚊烟突起，烧毙楼上一母两子两女，见之惨然。左右邻如京货、锡器、锭缎等店，室毁人存，尚属不幸之幸。知择术不可不慎焉。于县南艺文堂办《韵府群玉》全部，价一千。市前学福堂办《事类赋》三部，价八百八十。又嘱刷印三代诗集六十本，价三千四百。每种定夹板，每付价一百廿。骄阳可畏，乃同祐儿到石梅观荷，乘凉茗馆，清风送香。西面有酒馆，亦对荷华，如习家池，河朔饮。游文书院已动工，四面缭以石垣，头门、仪门已造，唯讲堂、四面厅、至山轩、苏白二巫祠、昭明读书台未建。守门者陈姓，系诗叟王珊之亲。胜境流连，几忘三伏。遣舟子送吊仪于蔡氏、拙集于黄氏。月上始归，惊闻沈一纯上舍钟福病徂。此是同坛善士，医人不计酬，诚信大士，往天竺悬幡，动费数百缗，凡有善愿折，无弗乐输，广收字纸，爱亲友尤殷勤，小心谨慎，无一过举，可冠南乡。乃子病甫痊，父病又笃，父病少差，而一纯病不起。予恸知己，非惟以虞乡失名医也。

望日(8月1日)，室人仍病热，舌干苔白，胸烦汗闭，势须药医。即遣祐儿偕王星轩往请仙方，据侯祖云："受暑经疹，寒热顿作，势未已也。似须清表，用淡豆豉三钱、山栀二钱、广藿香三钱、连翘壳三钱、炒枳壳二钱、淡竹叶三钱、泽泻二钱，加鲜佛手五分、鲜荷叶半围。近日李君大文诊期在剑城，其人细心无误，即延视可也。"是夜服之，瞑眩特甚，汗出热清，胸如石化。

既望(8月2日)，遣舟邀晓江茂才，附送三代诗钞。予憩戴家桥，偕陈仲舫、张鸿范、戴竹溪等畅谈善果。回至吉家桥，便访吴纯甫，承留五色瓜，与其西席程守讷茂才锡璘纵论古今。返舍良久，晓江始宋诊，用蔻仁末、川石斛等剂。服后仍寒热，手足麻木。黄昏月起，陡见中天有妖星，色红如旗样，首坐西北，尾向东南。行丈许，忽喷火星一道，隐隐有声，如炮火怒冲，须臾如盘合而灭。疑是蚩尤，或旄头，未识何指。有云天开眼，但满天俱红，不应光止一串。

十七日(8月3日)，遣祐儿仙坛转方，案云："热止复作，良由内热湿邪两滞，兼之宿食阻留；故连解不畅。脉数而虚，乃旧恙肝风所致。今宜先理表邪，仍用前法，下淡豆豉、鲜生地等药。"朱确甫来诊云："肝风近加暑邪，得汗而热未退，胸痞恶心，口干且腻。苔糙白，脉濡数，气分之邪未达也。用青蒿、制朴等药。"服两方，未遽清减。予至四万荡侄处，觅人侍疴，留瓜茗解渴。复往贾氏，厚卿、慰椿留酒食，俱夏蔬，较胜肥鲜，偕陈松泉闲话。因课荒，姑抵朱塾，晤吴门姚诵仪茂才恩第、胡少卿上舍祥林小话。

十九日(8月5日)，葛楞香荣春书来，见馈熏鸡、鲜藕，即以四六启复之。不意至午方食，得家信云，内人病势未艾，仍寒热胸焦，时有呓语，想感外邪。爰因朱氏病请确甫，留片嘱其再来一诊。以馆课托诵仪。予自舟登陆，由塘口步至家。见内人热甚，请时长春推拿，用火罐收湿，胸膈稍松。又往仙坛转方，案云："症属湿热化火，热加便阻，两脉俱数，舌苔糙而黄，防神昏呓语，变幻不测，仍用前法。"书鲜石斛、鲜生地诸药。王聘轩及李氏叔侄、贾内嫂馈果物来问。遣人至城,在黄灿章处问课,卜得睽卦:"官爻重叠,刻下大凶之兆。防其不测,用爻六害转关小心。至廿一日如减,扶过廿七、初四日方可。"嘱为解伤送鬼,斋献诸神。各庙进香,均赖李琴仙调处,甚感心力之劳。张宝青、王星轩冒暑为沙手,频频请方,亦承隆谊。

次日,病人服仙方,热淡神安,并能大解,爰连服原方。家嫂来视恙,王聘轩复来问,兼覆米洋存恒升油坊,子金分半,每月凭折取钱,以六月朔为始。予陪病无聊,适表阮陈瀛宾敏寄其《寻闲小草》,请予去留。予见其老成无俗笔,即改正,选其尤入《诗话》中,且题五古一首。晚见病人有白痦,朱确甫至,诊云:"病逾一候,汗出不多,白痦略布,未能透足,身热时轻时甚,胸脘痞闷,口干燥,不喜多饮,大便通而不畅,苔糙薄铺,两脉弦数,来分之邪未达,阳明湿热互阻,势恐张扬,姑拟解肌透疹、清化湿热,用淡豆豉炒牛蒡等剂。"服后得嗽热透,颇能达邪。祜儿连日寒热,焦灼异常,想受暑邪夹食,亦请确甫诊治,用制朴、焦面等药。

廿一日(8月7日),内子热平神倦。祜儿之乳母来,服侍病人,较为熟手。而新雇之高妪,聋耳,只好上市,不宜在房。延陈尊一推祜儿惊,据云:"感冒已深,一时难以速治。"

翌日,立秋。喜内人病未增加,时有汗出,白疹亦多。至午朱确甫来,案云:"汗滋痦透,表热渐淡,大有起伏之势。舌红苔糙,两脉弦数,三焦阳明蕴存湿热尚多,仍虑滋变。"用前法,稍有增损,服之热清。李芝馨、黄维新、贾二梅祉昌来视疾。祜儿亦诊脉,据云:"身热汗少,脘腹胀闷,神烦干恶,苔糙脉数,暑邪夹食互阻,势恐增重。用制朴、枳实等剂。"服之热稍减。高诚斋遣人来问,附书致意东家。以三代集赠葛楞香、姚诵仪。

廿三日(8月9日),内人舌苔仍灰,而一夜寒热中大发白痦,病渐减松。其晨王湘翁、芙江、赋梅来视,午则张宝青、贾厚卿、慰椿、金氏女甥来问,留话至夕阳。祜儿热止复来,势未轻减,母子均服原方。是晚祜儿又寒热,次女尤呕血,四人有恙,宛置予于荆棘丛。

次日，内人热淡苔化，祐儿则胁痛，祜儿则胸焦，次女则仍吐血少许，疲倦畏凉。马心斋、王瑶圃、星轩来问疾。朱确甫来诊内人疾云："连得大汗，红白疹透，胸脘略舒，便通未畅，苔糙堆而略化，两脉弦数，病逾一旬，表邪宣泄，湿热化而未楚，尚宜慎之。下桑叶、炒谷芽等味，其余仍旧。"诊祜儿脉云："身热时甚时轻，汗少疹隐，苔白脉数，势尚张扬，仍恐增重。用防风、赤苓等药。"

廿五日(8月11日)，小雨。内人热平，始食藕粉。次女则痰中仍血，服朱确甫侧柏叶、鲜生地、茜草炭诸剂，寒热稍止。祜儿则宿垢大解，而寒热依然。均服原方。李祐之母、时锡蕃妹俱来视疴。自六月初起，日夜大风，粗如雷声，细如蜂声，而偶洒丝雨，才浥尘耳。西北之远水者，苗尽枯，旱荒已定。

翼日，内子灰苔渐化，次女心虚体疲，祐儿仍有热根，祜儿焦灼烦躁，舌红少汗，病未透达。

廿七日(8月13日)，确甫来诊内人曰："表热渐和，胸脘渐舒，是表邪已宣解，热亦渐化。但正气素亏，苔糙未清，两脉弦数，余邪湿热尚留，还宜慎重。用石斛、茯神等剂。"诊祜儿云："汗出痦布，身热未减，神烦口渴，大便略通，舌红苔白，三焦阳明之邪未解也，尚恐增端。下青蒿、淡豆豉等药。"诊次女云："失血虽少，尚未能止，脘痞气闷，神倦心荡，苔白腻，脉弦数，尚宜静养善调。用前法，添朱茯神、川膝炭二味。"张竹泾刺史书来，情意殷拳，衍至累幅，并见馈仁和钱玙沙方伯琦《澄碧斋诗钞》、新建吴竹庄中丞坤修《三耻斋初稿》，俱高纸善本，如得贫粮。又《赖古堂集》，系浚水周栎园司农亮工撰；《半行庵集》，系吾吴贝子木明经青乔著，嘱予分赠张宝青。以周、钱负海内重望，妇孺知名；吴公又以军功起用，勋业烂然；贝子虽抑塞奇才，而名士之笔，流传千古。长者能割爱，亦人所难。即答一函，托确甫袖致。

廿八日(8月14日)，闻沈阆峰廷堉又没，予向慕其发黑颜红，常如少艾，况未及予年，每谓后福无量，乃以哭子而遽殒。既慨家遇之衰,又伤知己之逝,为撰挽联。予因馆旷,不得已而附朱舟赴塾。故次日蔡顺卿吊期,未暇往拜。托朱少美寄吴老师一缄。

晦日(8月15日),朱克翁来,言其霍婿向瞿姓借二十洋,厥后瞿氏子即向霍借五十洋,至今瞿父索项,欲划不肯。迨地保等调停,除二十之数议找廿八洋,利金免算。嗣又有人挑唆,仅肯还洋廿六。丈欲将借券交义学,嘱代索,以利作捐,以本归主。予谓:"瞿系开油车,非贫乏,不应让利,况折本乎?如情让子金,母金总须如数。惟其肯折,所以愈欲减数偿,此自开之隙。且霍方作借主,忽作放主,于理不符。若将借票作捐,本则可以代索,利则凭虚,断难接教。"

七月朔(8月16日),因连日苦热,清晨露坐校书。陡见时松乔带金湘坡片来,言其甥袁国良向其堂侄袁关索还蓑笠,关被其亲某挑拨,竟殴国良,其母出怪国良,反被关拳伤头目,欲予讲约时请教官戒饬。予谓:"以小故而殴族长,按律杖流,亦经地之干系。"作札托送地总包九仪,嘱其劝戒族孙,向长辈赔罪了事,勿涉讼费财。九仪即为排解,覆知祐儿。马景春以其甥家勤斋仍吸鸦烟,于铺中喝之不止,传其姊命商之予。予言:"勤斋不戒烟,则乃祖雪鸿之产必倾尽。倘能戒,则有志事成,如吴翰卿、徐寅生,何患不作闻人,登上品?君可唤其来,为之劝谕,并备戒烟药,押其连服,除其瘾根。"予服王梦蓬夫人之辣手,因其子养黄鹂,费财惹事,立将贵价之笼劈破,将鸟放生,赋梅自是心灰,可见子弟贵严教。仲舒侄来,知廿七日到舍,内子病退,祐儿亦无恙,唯祐儿烦躁,尚须延医,次女仍乏力,须静养。东翁送聘柬,定明年仍课儿孙,予恐衰迈,不胜厥任,勉竭愚衷而已。是夕有阵雨,颇润苗,惜未半刻即霁。

翌日,家勤斋来。予命其重视钱财,读书习字,俟半年后学医。且与之讲古事及世故,令其晓理习仪。试其笔墨,答友劝戒鸦片书。新令汪耕余运同福安公座,嘱包九仪赍柬以贺。是晚大沛甘霖,枯苗尽立。

初三日(8月18日)，备帖送旧令沈公。曹玉舫、张宝华索予《外集》《一笑吟》，辞不获已。来两札，潇洒出尘，录入《同人尺牍》，并各赠长短句一篇。夕见新月，步至东祠，偕顾子和高足，乘凉立谈。诸君俱谦逊，让予畅论古今，胜于芸窗局趣。

次日，不时小雨，天气渐凉。

至初五日(8月20日)，嫩晴。往高诚斋兄弟处，述次女呕血状。并视其太君疾，以望八之年，困两候之恙，甚属可危。晚接玉舫、宝华酬诗二律，颇有风韵。予于枕上思答，搜索枯肠，达旦未寐，起将腹稿录尘。又寓斋忆宝青，作五律四首。时已倾盆大雨，可省添稻水焉。夕又滂沱，古名洗车。

至七夕(8月22日)，晓晴，不作洒泪雨，可以瓜果祀女牛，向日曝书，对月穿针矣。作《醉歌行》，寄同社。张宝华书来，招贺秋期。适其师顾子翁自苏返，与予大斗酒兵。同堂顾芸荪、潘信之、曹玉舫、张宝华、姚翔云、朱一泉、丙云亦在座，刺荷柄以蘸杯，轮行觞政。余暑方酷，磅礴解衣，惟予披襟恐亵，纵谭雅谑，颇续坠欢。一泉送予回塾，时诸生已睡熟。予乘酒兴作七绝八首，并赠子和四律。

翼日，祐儿始来，知其两候拒纳，于廿七日虚火上升，两颊肿痛，就吴酉山诊治，谓为风痰内蕴，幸服药即痊。其母则已健饭，其姊亦渐复元，唯其弟始甚发热呼号，甚至一家废寝，延李晓江调理清邪，今幸能饮米汁。王瑶圃等均来馈问。徐氏之豢养妇愿嫁其长子松，言其能以小本营生，不等其弟之徒食。送礼银十六千，两保行媒，芝庭坐媒，竟于前月廿七日成婚，其事亦颇。予嘱其娶还弟妻。

初九日(8月24日)，高诚斋之母李太君没，次女、祐儿往送殓。

次日，复热。拈以《成仪》题拟文一篇，送子和加墨。予欲遣祐儿执贽拜为师，而渠因读书不多，操割多伤，难邀班门弄斧，意欲攻苦半年，俟文理粗就，再炙明师，由是中止。

十一日(8月26日)，闻门外喧哗，询悉李铁匠之妻缘与姑口角，投河滨死，赖邻人扶救得苏。克家丈因其投屋前河，几被累，第披铁匠颔,而无一言。予则往晓铁匠,谓:"此事弄假成真,罪名在汝,尔盍预先喝住?况因姑自尽,陷姑不义,自蹈不孝,入枉死城中,受苦不尽,亦甚无谓。惟汝母恃子妇供养,自须耐气,令不败家,何以性命为儿戏?运气尚在汝家,否则生意索、货财耗矣。自后须姑慈妇顺,勿酿祸端。"旁观首肯。祐儿自新浜回,患腹痛白痢,身热力乏,大便不通,殊堪焦虑。缘朱戒甫亦痢,其阃君患瘵,嫂氏亦有疴,予往问,其姊出酬。路见翠雨轩废址草生,半亭亦毁,仅有池沼养鱼,为之感喟。

次日,答访余亦憨上舍,唤书童曹巧引路。高徒李式卿承宗留饮,与苑香刺史昌麟、怀英少府树功拇战连巡,醉中得三绝。与曹巧钱,嘱其就近听书。薄暮始返,赠式卿祖集一编。是夕,祐儿仍痢寒热,朱又翁以经霜卜甲冲冰糖令服,痢果止,而气滞下腹,稍痛,热仍未清。

十三日(8月28日),节假。路过贵泾,憩李王庙讲约,朱楚卿少尹赞仪,时挹山明经丈及朱一泉茂才、家勤斋上舍陪拜,时勉夫上舍会源、墨泉□□涌源陪话。拈"讲法律以儆愚顽"及《小书》《戒烟歌》。旋过张港两贾处谢问。张宝华同舟返里,承惠虔制药茶,祐儿服之,大汗胸松,而下部仍滞。路遇沈问翁卸篆回省船,知乡绅远送,胥吏拈香,万民伞四顶。予则柬送,不及躬往,祗深去后思。到家知内子、次儿痧起昏晕,幸金文恺摩刺始清,刻俱起床食粥。王瑶圃、李芝馨、陈霭亭均来馈问。

翼日,时长春、李星耀、金景岩并来视恙。予往视王聘轩疾,系痢而寒热。湘翁及梦蘧、星轩、芙江来陪茗话,更仆难终。有饷以南腿月饼者,油酥香润,为稻香村精制,分半与聘轩。时正本宅公醮,偕景岩辈品素筵。骇闻表弟平竹香少尹受益病故,向业花布,依人作计,直至终身。少予数年,已成厌世,至戚中又弱一个,可叹。幸彦卿名场有志,可卜光前。予缘襄事醮坛,不遑送殓,仅折帛仪。

中元日(8月30日),所雇高妪因老病而去,侍奉乏人。幸邻颜妪、族女茂林帮忙,始能给事。予在坛礼神,夜分方饮宴,不料红灯烧火，几及屋椽，自悔未慎。

既望(8月31日)，骤凉。唤王仆倪甘随至西城，会朱少英于蔡氏。沄江贰尹、心田盐知来陪茶话，颇慰阔悰。并晤司计张文卿、钱用宾。入城拜会新令怀宁汪耕余太守，面禀南乡公务，见爱特深。适李升兰山长、庞昆圃司马、王赞卿农部、钱仲谦太守皆在座，互叙寒温。闻开征上忙，将造邑署，正邀司董议公。晤帐房高西堂□□，是郡人，与谈义学乡约。出蒙汪公远送，注意殷勤。旋往包九仪处会话，见满堂宾客，知为询仲卿和孝廉病，予因致声。又过石梅，茶廊酒馆前池荷已谢，如雁来红、老少年之类，鲜明若火，秋色可观。于寺前买桂球、促织，连憩书坊。复谒吴学师，约予廿三讲约。出南门，已小雨，同孙蓉亭回乡。

十七日(9月1日)，祭先，又暖。贾稚梅侍母来问内子，随带多仪。招王星轩来，谈事至晚。知星如及沈子兰均在省城药局，送诊颇灵。夕又猛雨惊人，陋室如注。

次日，仍阴。有龙船绕李宅前后。

至十九日(9月3日)，复有挡船献技，金鼓声喧。

二十日(9月4日)，挈子女南行。先至沈氏拜吊，绣峰廷珍出陪，欲留膳，缘事辞。过贾氏，会其西席李芝馨，致意俟孙肖谦祖望附读。是日，予与侄仲舒当李王社，祇觔钱三千六百，礼神品曲，大会族人，夕同家朗斋、雅园、朵云、勤斋等拇战数巡。醉中失洋钱，又遗小帽、夹袄、绉衫等件，诚酒能误事也。

次日，乘航上城，吴翰卿会舟金，蔡菊亭会茗费。谒闻芝庭、包九仪小话。知新令汪公答拜，留名柬交予。于寺中选蟋蟀，于大街装诗函。返棹，晤陆其心□□、时长春辈，一路闲谈。

廿二日(9月6日)，金景岩夫人来问，见惠嘉珍。

翼日，挈祐儿莫城讲约，吴学师已先至，住持朗泉上人出迎，王星轩赞仪、宣读，孙克昌、王聘轩陪拜，孙世昌陪话，聘轩供茶点。拈"讲法律以儆愚顽"，及《家庭讲话》中"勤劳""俭朴"，《学堂日记》数案。

复诣吕舍讲约，住持根堂出接，地保俞绍基当差，祐儿赞礼，王省斋守谦、邢桂山、朱翼卿国宝陪拜。予宣讲"和乡党以息争讼"及《戒赌歌》全部、《学堂日记》中数条。旋抵洞港泾，吴公访朱氏昆仲不遇，仅有一泉来陪茶点。诣大王庙宣讲，华竹楼茂才元镛陪茶，李怀英少府树功陪拜，一泉鸣赞。宣讲"敦孝弟以重人伦"及《家庭讲话》中"存心"、《学堂日记》数则。紫阳祖泽，本镇顽风，遂就塾消假。知仲舒仍在东庄烟赌，怙过不悛，深为痛恨。高诚斋托挽其母联额，把笔立应，朱一泉为予书之，借光藏拙。因竹楼邻郡旧知，许久未面，爰赠祖集以结绸缪。蔡菊亭次子同钰入武庠，亦附祖集以贺。汪邑尊索诗，复送三代家集。

廿五日（9 月 9 日），予荐李琴仙为紫阳司计，与予同居共食，又翁亦甚相投，良有缘在。秋暑仍烈，俗谓木樨蒸，蚊尤众，俗谓稻花蚊，信然。东庄设书场聚赌，为吴汛官获赌客朱吟陶、李苑香去。李幸顾子和、季韨卿等请释。朱则管押刑房，势须出费，且不免受刑。朱楚卿被拿脱逃，予常苦口劝其勿入博场，如今应知改悔。

廿八日（9 月 12 日），侄妇订往查伯谦账目。舣舟过塘，便问沈锦川姑丈恙。并视水龙梢低田，青苗已秀，可卜秋成。与朱蔼如检簿，命祐儿拨开存项借款，挥汗不及遍誊。适大嫂寒冷热来，其势甚迅。为赶回塾，乘朱氏延朱确甫之便，嘱确甫往诊。所恨仲舒沉溺烟赌，日不在家，致缺问视。半途往贾二梅处交账，并会李芝馨，言侄孙为朱氏留读，膳宿较便，可免昕夕往还，祈恕爽约。夕赴朱诚翁处问疴，晤其姻家吴闻刘云桥上舍瑞明暨公子子文永龄，倾盖如故。

翼日，为子弟讲古文，为小生讲《四书》《幼学》，秋暑虽烈，不敢稍宽。

地藏诞日（9 月 14 日），时雨时晴。朱确甫到诚翁处，问家嫂病势何如，答云："伏暑不浅，颇费手。"爰嘱其再往诊视。并因仲舒不自修，近处皆薄之，须远方觅馆，更浼其引荐。答云："恐有始无终，复蹈前辙。"予云："吾尽吾心。倘其不终，荐者不任其咎，亦自绝生路耳。

惟居停须离乡镇，不放启烟赌之缘。然贻累东道，亦非仁人所为，调停颇不易。"

八月朔(**9月15日**)，晴暖。新生游学，惜予惮暑未往观。李怀英来，言其邻近李兰亭德馨溺孙、周春和溺女，两姓系儿女亲家，欲请予与顾子和、季黻卿辈讲约，但里无公所，拟搭棚于场。予谓："溺子女，明有律条，幽有显报，两家效尤，此风断不可长。惟供圣碑，应架板屋，不可袭以茅篷。且德馨住长洲界，本图地保不得呼，而邀其来听则可。"爰作札禀学师。携家谱授勤斋钞录，因其生晚，数典每忘祖也。孰知同琴仙往会，又在烟铺未回，乃入告其祖母与母，嘱其归即来领谱。须臾，勤斋至，为申劝戒，恐其过耳即忘，乃录示一纸，令其粘于壁间，以当铭座。

初三日(**9月17日**)，往唁平彦卿茂才，见嘱撰挽联，恐宿诺，即应。以竹翁婚嫁俱毕，又添一孙，胜予远甚，良堪瞑目矣。虽一弟一子，未及登科慰望，而与书香中绝者已殊。便访季黻卿孝廉，不值。其及门俞亦葵□皋、笪闰生映庚陪茶话，并代迎送，足征雨化，艳羡何如。早患零露，晚畏骄阳，均未领膳，即步回。舣舟头眩，老态可知。小田岸稻披恐践，恒懔懔焉。午后张宝青书来，并送其《愿学钞》及《恤保愿行钞》，请予笔削。见古文则离奇夭矫，拟议条程，亦经营尽善，周匝无遗。厥弟宝华，恂恂儒雅，来与祐儿考业，且曾到舍，肯为寄书邮。予陪茗点，论各章题旨，与群居终日，言不及义，好行小慧者迥别。余亦憨、季黻卿亦来，主人出酒肴，同消残暑，颇续旧欢。

次日，暑酷。李琴仙同祐儿谒时挹山丈，并渡上塘，见朱绩翁，便道回舍。朱确甫至，托寄张竹翁一笺，并附宝青谢片。

初五日(**9月19日**)，朱绩斋嘱予代撰寿章，草拟二律以应。唤地保龚文哲，谓："汝图有周姓溺女，可知否？亦知溺婴作畜生忍心论，关系一命，律载重刑，照故杀子孙条，杖六十，徒一年。如子女多而难养，可向亲族有力者求助钱米，或报育婴堂。况高泾仙坛有恤产保婴会,有给稳婆及菜干、襁褓费,以后按期给钱米与糕。每月产母抱婴到局,验其肥瘠,以定赏罚。如无乳寄乳,酌加寄资,半年为止。倘限满仍难抚字,验明属实,该父母邀地邻亲族,作保具状,请司事领送善堂,或过继人家作子媳。先将近图各稳婆传至,以溺婴律例因果,确切劝惩。倘有欲溺不禁、知溺不报者,司董察出,该地保及收生人等,送县严办。其父母亦不得借口赤贫,不慈不义。传语春和来,予当晓谕,如不至,当连汝禀官。"文哲唯而去。

至翼日,仍炙炎歊。家中有人来,言合家无恙,聊寄束脩回。

初七日(9月21日),稍凉。内弟贾厚卿纳币,来招喜宴,予札辞。就近赴高氏吊,护丧□□洵留饮。偕毛有伦□□、李国卿□□、贾芳伯□□、华佩玉□□、周俊甫□□、瞿芝香坐别室,赌酒共酾。并为瞿廷兰□□、梅岑等强予手谈,未甚利。至晚阴晦,步回。

翼日,天凉,如病脱体,否则中秋热于三伏,稻多变端。是日,洞港公醮,设坛朱氏东祠,法师为福山黄锦文,年已八十。予携儿艺质顾子和,谈及溺婴事,欲动公呈。地保覆云无其事,岂怀英传闻之误耶?

初九日(9月23日),西祠亦醮,系朱诚翁为家人病祷,书房乃迁东偏。钱恒山来,畅谭城事。又翁嘱撰寿文,诚翁委拟醮疏,应接不暇。伸纸直书,不顾体例未谐也。

次日,姚诵仪茂才至,樽酒论文。

十一日(9月25日),予赴吊平氏,竟日陪宾。偕季黻卿孝廉、朱鹤龄上舍、恂如茂才、允升上舍、李惕先少尹炳坤、沈香泉上舍奂美、贾慰椿少尹、蒋砚池上舍春煦、平燮庵茂才、也园上舍、沈蓉圃登瀛、岳生承宗、念椿、徐小澜培原、李倍达、沈定山、竹屏、平少梅振麟、亦梅翔凤、俊卿文培等畅聚。金逸仙到朱祠醮坛,与谈刻仙诗事。刘小寰州丞屺望、徐寅生参军忠仁、张紫卿运同彬、高子陵茂才德基、李简庭明经堃、刘云桥上舍亦来。夕同张灯宴饮。

十二日(9月26日),朱母夏太宜人七十庆,陪顾子和明经、俞亦憨上舍、家湘兰茂才、桑砚香观察、张芝堂上舍荫松、端卿刺史楷、蔡心田蓗尹德培、复生少府耀祖、孟云少尹芝孙、小亭茂才同钰、徐安斋参军□敦、伦之刺史朝纪、浚三少府世德、俞葵卿上舍凤书、朱俊升上舍渭、周子简上舍国勋、程子丰上舍隆准、归旭如茂才爔□、曹玉舫、王植三、陈子耕品菊部,饫桃筵,红锦满堂,明灯助彩。时适猛将胜会,乘隙往观,水则龙舟十二,台阁三扛,挡船五只,陆则高跷八仙,暖轿两顶,小轿一乘。其余如拜香、臂香、锦牌、察牌均备,特较旧社稍稀耳。女托香多人,虽系许愿,究属不庄。

至次日,仍赛社。桑砚翁邀予父子泊舟吴塔,朱竹亭留茶酒果点,晤马西来茂才逢乐、朱阆仙上舍汝梅、狄步鳌上舍念文、平燮庵茂才、朱绩斋孝廉、间如承章、侃如承宗、观群卓书、沈少峰、尤乐山上舍企侗等。朱绩翁同至戴润卿上舍汝桢家茗话,旋又上贾氏船回洞港。适长洲周侣芸蕙、葛楞香荣春、马生云阶维驹过访,设茶点叙阔,彼此慰情。夕又陪桑砚香、潘信之、张宝华、刘小寰、徐寅生、高子陵、姚诵仪、李简庭、张紫卿、李琴仙、钱恒山各拇战十回,幸半杯为率,不致酕醄。赠子陵祖集、拙集,如小寰、简亭、紫卿、寅生、侣芸辈,各赠苇江公诗。

十四日(9 月 28 日),附小寰舟自螺泾上岸,步至戴家桥,啜茗栉发。肩背衣包,力不胜任,幸李祠庄使代携,同回村舍。半途买两团鱼,炰以佐酒。

中秋(9 月 29 日),阴雨。宜唱忆秦娥,焚香斗拜月。因团圆之夕,循例开荤,而家人则仍素。祜儿患疟烦躁,侍奉者不堪。

既望(9 月 30 日),闻程守讷茂才锡璨病故。欲荐次侄于吴氏,而金景岩言权馆将到,姑俟后图。予往候王聘轩,仍托其代收租,幸蒙金诺,承留酒食,与马心斋、王星如、星轩畅谭医理及诗文。闻长广学额被叶御史□□奏停,未知□□准否。午后,同李琴仙抵塾,祝寿客仅存诵仪,又为小忿,待旦速行。知子弟贵驯良,若唆父争执,辱及旁人,终非大器也。

翼日，仍于家祠内外口角，致附读者辞归，予与同人、主人劝解而已。

十八日(10月2日)，朱绩斋来谒，不遇，东君设茗点，祐儿代陪。予为贾二梅邀去，适时挹翁、沈墨轩、王蓁香、沈芝亭在座，同议舍侄过粮贾姓事。除去年条漕一切，存项余十数千，贾内弟妇允其借起。而今年上下忙银，转付现钱二十千，仲舒收讫。本图田五十七亩零，倩芝亭过户，补润笔资，仲舒同椿宝写推收作据。余有与朱恂如合买者，当再分户，粮多田少者，当令更正。陪诸君连饮，而朱绩翁过访，遣厚卿留宿双桂轩，挑灯叙旧，直至宵中。

次日，绩翁携《戊辰辛未礼闱日记》见视，略录数条。闻从弟兰亭缙煜于初三日病亡，补送帛敬。于桂花香里阅绩翁行卷云：

> 正月九日，自苏雇快船开棹。
>
> 初十日，午后抵关。
>
> 十四日，午刻至罗墅湾，候晚潮。舟子用盘车向前，三鼓后乃抵闸停泊。
>
> 十六日，午刻出小湖口，酉初泊太平洲。
>
> 十七日，泊七濠口。
>
> 十九日，抵瓜步，逆水挽舟，至暮行六十里许，到扬州阙口门。
>
> 二十日，酉刻抵召伯镇。见市廛规模闳敞，无异郡城，特外高内低，雨后潮湿。
>
> 廿一日，申刻过高邮州，灯后泊清水潭。
>
> 廿二日，巳刻过界首闸口，申刻到高冈桥，登岸望高宝湖。
>
> 廿三日，午刻到宝应县城下，灯后泊金河，属山阳县。
>
> 廿四日，午时抵淮安府城，申刻过淮关，酉刻至清江浦。
>
> 廿五日，于鲍益诚车行遣小车装行李。偕周仲阮善咸、徐小希□庠坐车到王家营，雇公车，每辆廿三两五钱。包饭食尖宿，

一主一仆十二两。主人安徽鲍彩轩,保举五品顶戴。

廿六日,行友俞雅堂交出银廿两,分五包,约途中均给车夫,又车票一纸,路程一纸。离王营二里许,在堰河渡车停良久。午刻到渔沟尖,至众兴宿。

廿七日,晨走五十里,至仰化尖。午后行六十里,到顺河宿。离宿迁城五里。

廿八日,行五六里,天明,见有糷桥一座,据云七十二圜龙,名永济,于咸丰七年圮,今因旱而在陆。午初抵峒峿尖,始入山东界。

廿九日,巳刻过东海孝妇故里,见祠前碑记甚多。未几过郯城,抵十里铺尖。未刻至李家庄,属兰山县界。

晦日,渡河,舍车就舟,寒气逼人。辰刻过沂州府城,午后至伴城尖,抵暮到青驼寺宿。路入山下,半多崎岖。

二月朔,黎明开车至垛庄尖,饭后驰至公家城宿。深入山中,幸多平原,属蒙阴县界。

初二日,过蒙阴城下,至峩阳镇尖。申刻过瞿家庄,酉末抵羊流店宿。

初三日,巳正至储家庄尖。饭后驰至泰安府南门外,张永和寓宿。晚到岱庙,即古之明堂,进配天门,瞻峻极殿,前有汉柏唐槐,嶙峋怪石。

初四日,从泰山麓行,乱石蹊跷,须下车步。巳刻至垫台尖。寓所宏畅,有"克念劬劳"一匾,知长清县李孝子廷芳、廷献家也。申末至章夏宿。计行百里,大半难走。

初五日,午初在杜家庙尖,路已出山,渐入坦道。饭后至齐河济渡。酉初宿堰城。

初六日,午正至禹城尖,酉刻至平原十里铺宿。自初四章夏起,诸君招客妓弹唱,深更不寐,予则不能从而和也。

初七日,辰刻过平原县,午正至黄花涯尖,午后过德州城,申刻抵刘智庙宿。

初八日，知仲阮昨夜伴妓他处，黎明仓皇就道，尚有依恋之情，愚甚。巳初过景州城，见有十三层高塔，知为天下第一浮图。午正在馒河尖，抵暮宿富城县西北富庄驿。

初九日，巳刻过献县城，午后至商家林镇尖，未刻过河间府城，酉刻到二十里铺宿。

初十日，巳正到任邱县城外尖。申刻过郑州及十二连桥，下车散步。据闻为雄津，左右两河，中有市镇，颇热闹，乃古之燕南赵北地也。酉初抵雄县南门外，宿北大兴寓。

十一日，午刻至曲沟尖，酉刻抵固安县北门外宿。

十二日，午初至永定河济渡，浅甚，水手着皮裤推挽，旋至榆垡。申刻宿黄村镇，属大兴界，离京五十里，街市喧阗，房屋朗敞，迥异他处之土壁茅檐矣。向行每日百数十里，至此计行七十里，以多沙地，难疾驱也。

十三日，辰刻抵京外埒城南西门，司门者索费，并仲阮所坐之车，驱入石缝，急不得出。停久始进城，抵沙土园昆新会馆。索工部营缮司主事蒋松生嘉栋印结，进礼部衙，纳覆试卷。蒋系丁卯北榜同年。因试期已过，以后补者，不仍贡院，而在殿。

望日，覆试，首期题为《信以成之君子哉》《微绿含风树满川，得微字》。知吾乡潘伯寅侍郎祖荫知贡举，陶坪如福保违避。

十七日，同吴江张廉伯绍箕坐车到土地庙下斜街长椿寺对门，见副宪刘缄三座师有铭，送贽仪二两、门封六吊。师年六十七，精神矍铄，送朱卷五本，行三跪礼，甚谦逊，略领教言。世兄一位，与勿轩先伯□煌熟识。复到香炉营下四条胡同路北，拜侍御王座师荣瑄，贽敬门包同前，行参拜礼。年四十余，系解元出身，字玉文。世兄三位，其十一弟鹤文□□上年中式。面谕殿上覆试事，亦留朱卷。

二十日，□□夏悃斋建寅来，同住会馆。吾邑朱研生以增亦来同居，托其投文纳卷。

廿二日，石叔平□□、吴学岩文桂来，约进殿覆试事。阅庚午北墨，觉文风少变，知解元□□□第三艺钞袭陈文出格，因自知呈明，许原名考试。第三第十八同坐此病。又阅上谕："覆试举人有四等之李桢原笾贞等十人，罚停会试一科；龚钦王守典，罚停三科；赵炳卓诗文荒谬，斥革。钦此。"次场列四等者六人，王寿泉邦俊在焉，以失写诗题故。是夕来小窃，窃去朱缉甫成熙管家衣饰物件，幸为查夜缉获。预定内城小寓，以便进场。

于廿四日，蒙陈培之主政倬送进内城。由正阳门进东安门，及东华门，下车走至点名处，将考具安顿。殿上设君座，有"皇建其极"匾，其楹联曰："祖训昭垂，我后嗣子孙，尚克钦承有永；天心降鉴，惟万方臣庶，当思容保无疆。"平明接卷，至保和殿坐定，安排考篮，凭低几，带凳脚垫褥便支。辰正题纸到，贴殿外柱上，题为《使诸大夫国人皆有所矜式》《开屏翠光滴，得光字》。诗上有涂改添注两字，卷外另有一楬纸，将诗首句写上，空一格即填姓名，一并呈阅。殿上供茶汤，又发面饼。交卷后，在殿外徘徊观望。周回俱白石阑干，殿上皆用琉璃瓦，殿中铺毯，故禁止吃烟，余较场内覆试畅适。走出至点名处，仆丁福接去考筐，仍坐原车回馆。

廿六日，同惺斋到三县会馆，候石叔平□□、吴储卿福保、顾虹玉有梁、徐石卿人凤诸同年。

廿七日，知案出，予名列三等。乃同缪铁梅坐车到贡院东，定城东脚伊宅房屋两间，计五十四吊钱。

廿九日，夏子松同善、蒋子良彬霨来答望。

晦日，太仓邱馨山锦冈、顾子威鸿烈、杨月如恒福及同年管琴芳廷祚来，略谈一切。晚洗澡，名为盆汤，远逊苏之暖房。

三月朔，到正阳门内关圣庙进香，并求终身签，得中吉。

初五日，移寓内城伊家。

　　初六日,到陈侣伯懋佐寓,与柳哲人□□、盛子畏大琛略谈。从贡院后循墙而走,进西砖门游玩。至午后,主考朱中堂凤标、毛尚书昶熙、皂金宪保、常阁学恩入帘。

　　初七日,在寓整理考具。

　　初八日,巳刻饭后,入贡院听点,托朱研生接酬。进场接卷,与韩小坡鸿飞同坐东衣字号。

　　初九,丑初题纸到,首题《有子曰信近于义一章》,次《人一能之至此道矣》,三《天下之善士两句》。诗题《移花便得莺,得移字》,系唐薛能诗。首篇命意跟上章徒和不可行,立局三大比。灯下作二三篇,竟夜未卧。

　　初十,黎明作诗,即誊正。午前假寐片刻。申刻交卷出场。馆中听缉甫背场作,不胜钦佩。

　　十一日,进二场,坐西张字号,同号顾云搏□□及浙江人考顺天籍曹小芸鎌。

　　十二日,子初题到,《易》"日月丽乎天,百谷草木丽乎土",《书》"曰肃,时雨若",《诗》"骏发尔私,终三十里,亦服尔耕,十千维耦",《春秋》"春城小谷",《礼》"大夫以鱼须文竹,士竹本象"。至夜完三篇草稿。

　　十三日,作《春秋》《礼》两篇,午后誊正。予守公令,毫无夹带,幸小芸、云搏各递类书,得以完卷,然篇幅不过五百零。

　　十四日,进三场,坐东露字号,与青浦戴青士□□同号,安徽张□□良贵联号。张系同年。夜饭后卧,未及熟睡,题纸已到,第一问经,第二史,第三水利,第四兵制,第五农政,阅毕仍眠。

　　望日,至夜完三道,誊真一道,灯后续完五道。

　　十六日,巳刻出场,于点后估车回馆。春闱初试,觉难于秋闱。虽号军炊爨,而天气寒暖不均,兼之受风,身发水疮,手运不便。至于场规极宽,搜检每五十一查,夹带纷纷,予独未备。长班接场,八盆五菜,赏给喜钱十吊,京用当十大钱,中换当十新钱,有折,铜低而轻,出省均不用。英洋转进内城,外城亦多夷馆。街道多未修,夜巡亦有名无实,元气斫丧,诸务懈弛,逊于苏省之繁华。

十八日,王鹤琴亦曾、戴毅甫锡钧、朱彩生冠群来,示场作,各有所长。而吴小山肇祉试文,尤揣摩纯熟;夏惺斋则六比总发,举重若轻,亦征力量。

二十日,九县京官作主,在文昌馆接场团拜。午前同缉甫、惺斋赴宴。潘星斋侍郎曾莹、绂庭,荣禄曾绶同彭芍亭少仆祖贤洒洒坐席,李含章□□坐首席。九邑同年齐集正厅,真盛事也。惜有恙,不耐观演剧。午席终,即回寓,未得畅情。

廿四日,到琉璃厂散步。见有出殡者,红白旗伞甚多,孝子步行哀甚,扛柩用红漆大杠两根,前后用小杠共举,约有二三十人。知京重丧礼。

廿七日,丁卯解首颜□□驯等遣长班来,订出月初七在文昌馆团拜。

廿八日,无锡家海琴鉴章来望,不遇。陈培之招饮,因恙辞。

廿九日,到金锡会馆答海琴,知其年廿九岁,一字达夫,少余两辈。送朱卷一本。

四月朔,移床,帐内获壁虱无数。始知手面所发之块,痒而成疮,皆为此虫所害。

初三日,心胃痛发,服酒冲棉子灰而卧,幸即平安。夜闻前门外肉市,外人寄银五十两,被匪人见,灯后乘间入,有小儿看店,即将此儿砍死,抢去此银。重地尚盗贼横行,亦大可怪。

初四日,阅家信,喜悉沈辅卿表侄朋海进泮元。

初七日,与孙少庭之鉴、徐石卿、吴备卿、顾虹玉、夏惺斋到文昌会馆,两老师俱至。席终,送朱卷廿六本。

初八日,晤仁和同年王度远亢宗来借寓,其试艺亦根和,三比立局,辞特工整。

初十日,揭晓。琉璃厂看红绿,报二百余名,江苏已有廿二名时。朱缉甫甚不乐,未几报到,知中式二百十八名,知文有定价。同郡但中□□汪哲人昌、常熟蒋石枫士骥。蒋作看重和字,不主徒和不可之说,共七股。无锡朱海琴亦中,可光我宗。同伴吴江张廉伯堂备、同府长洲徐石卿挑取方略馆誊录。予卷房批欠精切。同伴皆拟择日走水路回,唯王朴臣□炳仍走旱,顾虹玉馆彭氏留京。

十五日,知覆试题《吾岂若使是君两句》《阴阴夏木啭黄鹂,得鹂字》。

十六日,登车到松江会馆,偕唐复虞□□、戴小亭□□、俞绮园拜言、黄拙生□□、李蟾香□□七友,出东便门,至双桥尖。午刻抵北通州城外,下车就舟。

十七日,晨解维。

十九日,悬帆前行如飞,奈水浅处甚多,时或搁住,舟子下水推挽。申末泊杨村,同诸君步至市,颇热闹,有当铺,有绅家。予因腹痛便溏,买健脾茯苓糕,其味特胜。灯后见有车过,知为起旱至天津者,觉水陆两途,迟速分而劳逸异也。

二十日,抵天津东门外。

廿一日,托叶岱云□□定轮船。伊发听差一名领坐船两只,开至紫竹林,将行李运至四川轮船,安排梢上。既而少庭、备卿、石卿等八友亦到,乃同归一处。夜无饭,仅吃小点过夜。更后,岱云遣听差送船票来。

廿二日,在轮船守候。午后人益众,将行装翻入尖梢。至夜共宿五十余人,毫无隙地。例点客数,仆与主同。

廿三日,午刻开轮,水浅船重,时或搁停。至夜,仅行数十里。船中供清饭两餐、茶水而已。

廿四日,晨出海口,风恬浪静。午刻过绿水洋,如入洋澄湖中。时登舱面遥望,可称大观。

廿五日，辰刻抵燕台，属山东莱州界。从天津至此，约一千五百里。登高而望，两面环山，小舟做生理者争集焉。申刻下货毕，即开轮，一路沿山而行。至更后觉船少旺，知过绿水洋矣。

廿六日，船更颠簸，惟卧为安，以正在海之中心，水深故也。午后入白水洋。抵暮船益软，知入黑水洋矣。

廿七日，船益颠，不能坐，水色皆黄。至申正过佘山，稍平正。二鼓进口停泊。

廿八日，黎明开船，舟中皆起，各翻行李。辰刻泊上海大马头，即起岸，坐小车至新北门，憩周虎臣笔店，托傅漱六□□定寓对门西信源客栈。乃到轮船，与同伴话别。估脚担两名，将行李运至寓所。而挑夫甚恶，或有不慎，势必走失，幸先估车，互相照应，尚无错误。而索诈力钱，栈内开发，各给一百，未满其意，悻悻而去。乃知出路之难。犹忆次场申刻交卷出，高发同馆使来接，仆丁福在寓，反嫌出场太晚，言多不逊，为之切责，而仍不认差，甚属可笑，信乎小人难养也。计轮船四昼夜即到沪，然在船中甚不安，终不如起旱之稳。栈中二荤三素，荤菜如叉片、鳝鱼烧肉，尚堪下箸。申刻漱六请看戏，爰同陆炳斋□□三人坐车至丹桂园，坐西楼侧厢。至二鼓后，仍坐车回寓。

廿九日，至新北门，定玉和航船。

晦日，运铺程去。

榴月朔，寅刻由老闸开船，至新闸停泊。亥时过陆家桥，又行十余里。子刻舟停。

初二日，一帆风送，辰刻抵昆大东门外，从龙潭头出巴城湖，至东湖收港，出鳗鲡泾，从中湖收油泾前港，从六图出西湖，收牛尾北。午后抵陶荡。结算用帐盘费一切，共用纹银一百卅两，办物件共计四十二两，通共一百七十二两。又上年到昆，丁福工食并买办食物，带出途用，共计洋廿五元，钱十七千文，合银廿八两。统共合算银二百两。回里阅邸报，知散馆一等第一刘叔涛廷枚、第三吴清卿大澂、第九吴硕卿宝恕，皇甫小轩治则二等第七，降主事。

熙虽老迈，不能周历燕齐，纪之以当卧游，且备祐儿观览，激厉云程。绩翁借去《纲鉴易知录》三十二本，予恐圈点之误，嘱其改正。

廿二日（10月6日），送桂花于曹玉舫，并赠祖集于潘信之、顾芸苏、姚翔云。适吴塔卡员胡端镕亦来，茶话道阔。介予到西祠，述及潘慰如中丞□霈曾活孤儿，致由异途登八座。渠监税宽恕，新添顶骨，相者决为必贵，谅亦造物玉成。朱又翁留著点长谈，临行予赠三代诗集。知庞宝生金宪升刑部尚书，吾虞起色。

次日，朱生戒甫自苏回，言迩来戏园有客串，乃汪三、潘四等子弟，被彩衣上场，翻与银于班首，曾演《游殿》诸剧，斯文扫地尽矣。朱祠楼向有狐仙缢鬼，李琴仙自楼迁榻下房，与予对卧，忽床帐摇动者再。予谓："鬼则与我无怨，谅不来惊。若仙则尽可联吟，第凡人不能目睹。"晓莲云："朱景翁没于此。"予言："景翁和蔼近人，与予旧契，惜东西不能再会耳。"书汪公祖、吴老师两片，托航友送城。

廿四日（10月8日），小雨。馆北双桂花浓，香闻百步，奈狼藉沾泥，不便收以渍蜜。幸即晚晴。祐儿书桌，晨见爪印，抓碎尺半长两纹，新而若旧，亦奇。予见烟铺中，累累卧床者皆少年，绝无须者，想老成人不出门。祐儿云："烟客不及留须，多死耳。"虽是确情，究犯时忌，楚卿戒之诚是也。

次夕，同琴仙、晓莲等设香案于楼，铺香灰于案，书叩事一纸，拜焚炉内，俟判诗及谕。而清晨起视，未有画痕，想是子虚，岂狐仙不识丁耶。

廿七日（10月11日），平彦卿来，携祐儿文奉质。

翼日，尤菊亭继鸿亦来，畅叙旧好。询悉沈春园于去秋故，岂料秋社一面，竟成千古，可悯也。留点而回。李琴仙带家酿，以备不时之需，出以饮我。予乘酒兴，拟《而废今》一篇，并改《若是乎从者之廋也》一艺，以示祐儿，觉神酣思捷。

九月朔（10月14日），小雨送寒。朱克翁、杨元祥、华忆萱□□带季敽卿札来，言吕舍广福庵，昔为元祥之父出资，并募缘兴造，西房告成，现将继志，起盖大殿，旧有存款二百千，不毂支用，央予领捐，并恳作札请裁。予答以："义学文庙，亲友俱捐，至再至三，亦难启齿，俟有未捐过者，面劝是也。但本镇殷户，不得推诿，宜先请解囊创率，否则各处有荒庵，彼地主将援以自解，且问镇捐如何，当预筹耳。"各以为然。夕梦范庄宗叔师曾连馈鳌，想因久不往来，故欲后辈通好，或其孙伯康福震取俏，仲培福履荐卷，兆兄弟连元，作泥金之报欤？今日奉斋，幸解而未食。向蒙厚助，先君没后，又岁送节盘，愧无以报，从今当往叙宗盟。家仲舒来报，初二日侄婿沈子兰以噤口痢猝变，年仅四十二。常长间又去一名医矣。念自五月杪附舟到塾，竟成永诀。母老子幼，儋石无储，徒使予女侄忧事育之艰，与卢器轩一例。况工书善诗，亦老成，亦风雅，天竟夺才子。既哭伯谦，又恸子兰，老怀益怆。回命祐儿须苦读成名，兼之俭勤殖产，勿致终窭也。

初五日（10月18日），知家勤斋之子殇，转欲鼓吹待神，以补前婚之草草，竟尔乐忧，盍借祖母之八十称庆，才为有名。予准备祝敬而已。

初八日（10月21日），节假。过东双观音堂讲约，因时晚，地保陈三荣已去，幸香伙来应酬，时索行□□陪拜，地主袁氏昆仲陪话，祐儿赞仪。拈"讲法律以儆愚顽"，复讲仙师"戒赌"说，《家庭讲话》中"勤劳""俭朴"两条，《学堂日记》数则。因获稻之忙，听者仅数十人。至暮抵舍。

重阳日（10月22日），张氏仙坛礼斗，予出分金五钱，挈祐儿往拈香，并为邻妇颜李氏请方，据候祖云："血症已成，难以应手。"奉荣祖派缮谕赓诗，偕金逸仙、俞俊卿源岷、祐儿叠和数绝。荣祖评云："呈诗以龚通复稻孙韵为最佳，龚心传作赋孙韵次之，俞□□桐孙次之,金通本儿孙又次之。"谕云:"君等困守一乡,势不能行活人善事,而戒杀减杀等事,犹可着力奉行,不为魔诱,不为俗摇,兢兢于口腹之间,凛凛乎刀砧之下。能实心奉行,终身不懈,非特消雪罪孽障,并可作阴德尚书,弗观有明会状陶石篑先生□□与莲池禅师之放生辨惑乎? 一己减杀犹小,一家减杀乃大;一家减杀犹小,一族减杀乃大。由一族至一乡,由小事至大事;由一乡至处处,由大事至事事。将来推功溯始,定厚锡夫躬行不懈之一人,后之子孙,有不如吴之潘、虞之翁者,吾不信也。今有一等贱丈夫,昔为孟子极口痛疾、目为口腹餔啜之人,一有事作,先讲论烹庖,一语之间,伤生命无数。彼已干天地之和,乌得贤子孙受福报哉? 不知古人适口被体,俱有定数,故曰:'士无故不食犬豕。'又曰:'士以韦布。'今天曹仿汉仪制度,若庶人而食居官之禄,服居官之衣,必使其奇迍不偶,家业萧条,老而不悟,可胜悲悯。《中庸》曰:'素贫贱,行乎贫贱。'《论语》曰:'君子思不出其位。'君等读书不明,朦胧混过,犹身厕士林,作威作福,使人呼曰爷、曰先生,呜呼愧矣。今岁核功,反大损于前,何齿愈增,心愈昧耶? 其故皆由忘心太甚,根基太薄,孽累太深,不过三日,依然作乌有先生矣,遑论三十日为一月哉! 此段抉罪孽之原,诸般罪孽,皆从此滋蔓,本真人心实伤焉,特谕紫府臣宣谕之。此段着胪句使传缮录使全到,各对坛跪录谕文,以俟按名颁锡。凛此训示,咸与维新。"居顷,又谕曰:"龚传遵谕对坛跪录钧谕,鼓舞全神,足征敬畏惺惺,操修翼翼,实是暮年精进功夫,从实地实力而来,故能一毫不苟。彼浮气颓唐,望风退舍矣。特升首阶,不圉使衔,以示鼓励。斗竟赐灶疏一道,外加香烛二付,录其功。"候祖降亦有登韵诗一绝,命祐儿同和。兼谢医愈妻挐,及步巧月十一降坛之作,襄事一日夜。

至**次午**,张宝青留同人饮,持螯执酒,与诸子拇战连巡。候祖谕云:"今斗功告竣,庶事周全,酒筵开拇阵,锦帐梦心情,别有一番乐境。呈诗,心传路可登首升韵,押最新奇。通复石梯登句,仙句也,置之《天真阁集》,几不可辨。又传五绝,取意甚奇,可传之作。余二首切事,亦平稳。即录存鸾谕簿后。"同支松存步瀛、黄仲华锦文、顾燮堂炜文、周月卿朝梁、钱芷升、毛亦美、世卿、孙学卿、锦坤、李德卿、静轩、王星轩、芙江、补蕉、诵莪、包九仪、张寄翁、雅琴、黄朗轩等畅话。时为九皇圣诞,值社者为孙世昌、王湘兰、金逸仙、孙克昌,予携疏归祀灶。见朱绩斋跋予《蓼莪册》,书妙句妙,皆知己之心声。

十一(10月24日),交霜降。次女气喘痰涌,鼻孔出血,四支乏力,殊可惊虞。

十二(10月25日),雨。

至翼日,晴。乘航上城。晤包九仪,托其送片县署。李云峰□□、章忆乔□□招予茶叙社坛,旋同品卤面于君子居衖,佐以高粱,可称双美。学前会家静澜,遇两夷鬼卖耶稣化书,均有小像。便谒吴学师,约下乡。出西城访朱少英,托其发限票。路见胡雪帆、王默卿,握手道阔。并遇陈如山,代其弟谢题诗。有不识人向予索钱,自言为黄二,为瞿子英甥。予见其发长寸许,想是狼子,姑与数文。同前见沈静溪两子一般,人之不自立,可悯也。回航,李云峰会舟金。知贾氏载祐儿去。

十四日(10月27日),徐妪来商事。李琴仙以与主人小忿而回。颜梅生居仁为馥堂侄来嘱荐馆,留午餐。张寄翁、雅琴亦为来岁觅居停,见托推荐。抵暮仍雨。予至王氏,仍托聘轩收租,存租簿、脚票。日收簿,并以限票交催。

望日(10月28日),偕内子南行贺婚。

既望(10月29日),内弟贾厚卿少府合卺,祐儿及蒋达卿先期迎娶,予夫妇既铺床又领拜,因齐眉也。主人嘱赋花烛词,与仲舒侄应以十二首,半诙谐,半劝勉。晤秦蓉塘昱、鹤汀鸿珍、陈松泉书沂、伯先有孝、陆约斋文光、秋澄文辉、蒋达卿调元、子敏鸿文、伯英心培、蓉洲□□、朱允升滨、绩斋懋曾、恂如麟书、侃如承宗、恂如景清、蔼如景濂、尤乐山体静、养之体存、王湘帆陶金、晏三希闵、正芳□□、叶香、沈锟山尉、定山崧、菊村熊、鸿文明德、□□峻德、宝荣、季黻卿、李芝馨、桑侣梅骏荣、宓静岩寿仁、平燮庵其政、谢玉堂□□、吴耀明□□、邵煜明□□、周桂亭维城、笪琴舫□鏐、俞蔼人师道及新客姚竹卿景奎、□□文钊，衔杯畅叙。荐李琴仙司喜房，开销六局，尚能裕如。

至**次日**，同人集公分暖房，合和堂乐部，不亚万和，俱一色衣帽，神情音节，迥异寻常，酒气灯光，蒸成喜气。诸少年闹新房，索喜果，致新娘回避，小客惊啼，异常拥挤。予未能免俗，聊说佳语，出酒兵，以博欢笑。乐工献张仙送子，以取赏封，亦所罕见。

十八日(10月31日)，在殑伽庵讲约。朱恂如、周建冈陪拜，祐儿赞仪，拈"训子弟以禁非为"。因农忙，听者少，不及他书。里正迎送以爆，颇不玩公。琴仙与祐儿留贾宅。予挈妇先回，见次女仍在床褥，食少力疲；幼儿亦寒热疟臌胀，盗汗频频；季女又患口疔，唇喉肿痛。服役乏人，时深忧虑。

翼日，王聘轩来，嘱撰张氏挽联，缘润甫于十六日丧偶也，即应以六联。午后，同琴仙、祐儿赴馆。便贺朱锦波少府文澜续弦，承推首座。偕长洲俞琴舫□□、□□潘信之、金匮华竹楼、同邑曹玉舫、蒋缄三心铭、俞葵卿凤书、顾竹轩学诗、周再贤、朱晓春、一泉、丙云、少美、霍心香、吴静香鼎同堂斗饮，各各兴酣。

至**二十日(11月2日)**，仍有两部鼓吹，因馆课未往听。琴仙以东家小嫌，决欲辞去，予为调停，情少美劝止，而姑回料理家事，俟开限来。天气渐寒，每书墨冻。

越日，族嫂孙太君以八十病终。时勤斋拟于廿九为大母称庆，办货在苏，弗克视含。予曾道及："祖母老病仍支，新婚受胎得子，亦倗幸事，汝须修省，厚载福之基。而因循如故，竟至产者殇，疾者殒。造物非苛，乃自取之耳。"**诘朝**，予往送殓，撰挽联五、额二。念祖侄妇与晓山侄妇争论，欲以次子承重，谓晓山没时，木主载有嗣子，至今尚存。予谓："一人不得有两主，况晓山故时不校，葬时不校，生勤斋已十九年，始欲攻讦，大不合。现神主书定勤斋成业奉祀，岂得妄争？汝叔姑未殁，胆敢吵闹在旁，是大不敬。媳妇亦然，是大不孝。"据族多棣云:"老宅所存栗主,乃贾砚香廷良等伪造,借以欺诬。"予曰:"人可欺,天不可欺。"多棣又云:"当时不堪其诈,已送过钱八十千,何复觊觎?"亲孙惠丰亦云。予因当初并未在场,不便与闻,唯劝和而已。留祐儿承乏一切。

廿五日(11月7日),知曾帅赴福山阅兵。予撰仲舒佺喜联:"一切偏亲在堂,又祝夫贵;一切两姓通家,又颂子生。"前厚卿之婚,未撰联贺,唯因女家欲令其船头奠雁,家人喝止,为其迎娶慢客也。乃云:"亲迎原为男下女,合欢毕竟妇从夫。"李琴仙来,以东君未设膳,不肯权留,予亦难再劝合。

次日,闻曾帅进城,答拜杨滨石、季君谋。乘竹肩舆上山,观石城。下属献土仪,概却,唯嘱办松树、菌野、百合而已。予于前三日伤风咳嗽,痰涕交作,右边眼鼻骨疼,时寒时热。幸睡着得汗,服痧药略清。仲舒佺先期迎妇,琴仙随予往贺,乃扶病主婚。内子及次女、幼儿亦到,为予刮背痧。是夕,呼儿辈陪冰人朱蔼如、贾二梅、新客李心柏、时锡蕃喜宴。

廿七日(11月9日),仲舒合卺,留季黻卿书联,倩朱汇吉司账,予偕妇开礼铺床。座上客满,幸赁张氏板屋,始得排筵。晤王湘翁、序兰、叶香、李芝馨、锦阁、少卿□□、墨卿锱、朱阆仙、丹腾、周廷幹贤亮、廷栋弼亮、大福、平燮庵、彦卿、沈定山、锦文明德、芝亭、竹屏、□□培元、朱恂如、望椿、陈念堂、支西园、姚□□□□、贾慰椿、家朴园、效艮、敏斋、云桥、星桥、雅园、葆初等,畅叙尘悰。夜饮新舅时锡蕃、李静轩福桂,勉出老拳,缘无替饮者,空心受酒,嗽益甚。盖两日不饭,仅啜青果汤清火焉。

至翼晚,假回静息。转有从妹瑞娥以过粮事见嘱,予留字嘱交徐经造云:"地总过粮,固以凭字为据。但吴姓欺朱氏女流,于当初报田数时,将原荒移在自己产上,致朱姓所出之活产,反无原荒。讵知原契两纸,注明原荒,原中尚在。今朱姓年满归赎,仍欺两寡,凭字不填原荒。朱氏屡嘱换凭,仍置不睬。势须将原契凭字呈官请断,曲直始明。第不无讼费,能将此荒田权做优减,则凭字不必改,两全其美矣。专此奉商。"第朱氏应还凭字,着吴氏立书原荒,此与经造无干。欲其不依凭字,添设原荒,此事断乎不肯。旋问瑞娥何以收此凭字。效艮云:"吴氏因去原荒,贴还钱三千。"予云:"此是大错。"又有堂弟廷卿缙熠以全节事来商,予留字交经地云:"谋产逼嫁,经地知情不报,罪与犯者同,如经手作媒,加等治罪。据尊图马金和唆母威逼寡嫂龚氏,欲其去帏,已有成说。而寡嫂情愿守节,避回父家。及往取绵衣、纺车,而金和锁房勒器,不许进门。闻有租田四亩、大船一只,尚非无以度生,况其夫关和死未满年,龚氏素遵家法,何以逼卖寡嫂,忍忘先兄,指唆老母,意欲灭去大宗,是何情理?且待叔生子,当尽大房,总并一家,何消争执?遗有女儿,亦先人血脉,岂得轻抛?烦将大义晓谕,或邀亲族分定薄产。倘再不支,可就族中有力者劝助,否则多备一文会折,集资存息,以安孤孀。若金和蛮不讲理,立即捆解公庭,毋蹈失检之罪也。贪七十金之身价,而玷数十代之清门,此亦神人所共嫉,慎勿姑容。"

十月朔(11月13日),寒甚。仆汪二臌病仍剧,乃遣归。次女心荡力疲;季女又喉痛,吐血块;幼儿又腹胀,时结痞;予更大嗽不止。爰于次日力疾入城,就裴菊村应崧医,遇高华卿茂才视清小话。冒西风会严翰卿,为时氏、李氏缴夏赋。路遇瞿世良乔梓,略谈。冒寒雨出城,知归墅有盐枭拒捕案,伤人致死,已闻曾督,昭令许少穆子春势将撤任,不若常令汪之有能吏名也。南郊招徐蓉村,不值。钱恒山邀同坛后茶话。至暮,顺风回乡。服药二剂,渐得大解,正气未亏,食荤油炒米粉,颇引胃。内子侍病周至,视及屎溺。两女扶恙服劳,煎药尽父。唯祐儿天性较肤,连卧数天,儿辈亦惮寒,致**初三日(11月15日)**沈子兰吊期,不克赴。

迨**初五日(11月17日)**,病减抵塾。半途覆瑞娥妹,怪其受钱不与吴校,而反欲强徐过原荒粮,此举未顺,曷弗从权?而渠坚执不允。

次日，仍患寒，晴窗负曝，剧佳。而肺伤喉哑，不便课书。晓莲夜煮枣、昼供梨，以止予肺热，可谓解人。予仍饮腐浆，粪得清利。曹巧服侍忽勤，进食无冷，乃奖以青蚨。前品出骨鳗鱼，中嵌火肉，近又食八宝猪肚，颇腴，亦书斋精馔。

初七日（11月19日），陈耀祖森来会，言其嫡伯虎文栋于道光四年向其父念椿典东房一间，出本票三十五两，屋契已交，票钱未付，故伯不居，仍归原主。五年分又借衣质钱十八千，亦出票未付，连年店欠又有十余千。至今四十七年，伯与父久没，原中亦无存。其孙培德因吸烟家窘，妄欲促予归赎。王蓁香来劝出钱三千，取回屋契。培德心未餍，令烟党锁其房，声言控官，嗣又劝出钱五千六百。余因族谊，情愿还其钱票十八千，而五千六百则索取无名，如何应允？予曰："四十年中，契不交还，票不捡还，此是大误。况票无见付之中人，又未注明屋价，甚属粗疏。汝有余，彼不足，理应念一本之亲，量力照顾，勿吝五千六百，书票借起可也。屋契钱票，彼此缴还，勿留埋祸。借款情送，店账姑存，切勿激成讼端，县官批牒，总交亲族理明，万难臆断。何苦以钱财送衙门中人乎？"彼以为然。予右边脑漏，眼鼻仍痛，知风热积受深也。拣《四书》要语，命凤林默写，日凡一册，颜为"四子格言"，累积成编，以资法戒。

翼日，桑侣梅、贾慰椿到塾。少梅留午餐，予复食蟹饮酒，为赏菊也，然而病根未净，胸膈欠舒。勉陪桑、贾往观一泉家圃，沿池登楼，豁然开朗，近观野色，远挹山光，洵为胜境。惜尘秽未扫，俟他日修葺，还来把酒赏菜花。主人唯唯。旋同至东祠，顾门诸弟留坐快谭，而二子遽拉晓莲、祐儿往吴塔矣。回遇余静斋丈，招至寓庐，为供茗点。谈及幼儿之癫，言有法可治，用甘遂一两，研末糁猪肺心内，去血，用清盐煨食，约三剂。临行赠以《杏花村诗草》。

初九日（11月21日），家浩然递瑞娥书，来约十二赴昭泾岸。

次日，家星桥锡圭来谒，言有女嫁王氏，得子而夫亡，其前妻子不分家产，逼继母自寻生路，将若之何？予谓："以嫡子而欲攻去继母，蔑死其父,抛弃其弟,照大逆论。继母既有子,则嫡子有三年之服,岂等寻常?况房屋四进,租田十三亩,理应均分,不得吞产攻母。势须诉知地保,着其劝谕,更邀族长、亲长析产,使孤寡有赖,兄弟相安。今年嫡子虽有婚费,而以后田产所入,总须平分,万难干没也。"予未便出场,而开导以大义如是。

十一日(11月23日),予嗽甚,白痰兼涕,左额亦痛,乃买大香梨、盐橄榄,冀清热消痰。遣祐儿代贺胡芳梅季子婚。

十二日(11月24日),瑞娥妹备舟来载,予扶病应之,嘱其向吴荫堂索取原荒笔据。旋会经造徐蓉村与所亲吴良贵、地保吴桂堂往促荫堂,补偿两年条银钱二千,荫堂方换不等斗则粮田凭字。此图吴产,并无原荒,似非有心移去,蓉村始允起单过粮。朱甥朗斋同春陪宿,至**次晨**偕访其家庵善庆堂,东望有土地祠,旁多水田,所过之粮田即在内。主人呼厨子办嘉肴,出家酿,醉饱兴酬。晚遣舟子送予回家静养。

十四日(11月26日),张润甫馈宝鸭、金蹄,又引予病胃。勉步至东始庄,晤李祥茂、晓园,言已放舟至洞港来候,缘金氏父子相夷也。旋遇金湘坡,怒欲告逆,爰劝其回,订于后日来调和。

望日(11月27日),过王聘轩处问故,茶叙多时。

乃于十六日(11月28日),同王湘翁舟赴金宅,二李亦到。予昌言"天下无不是底父母"。酒次,押金丽生向父谢罪,向母告歉,各释前嫌。而新妇张氏愤回母家,又命丽生即往载归,以期父慈子孝。午后抵塾,晤仲舒侄,骇悉邻子张甘托名予家因病酬神,又云儿子完姻,十八设席,至亲友家邀请,于贾氏骗钱,侄处骗饭,时雨亭家骗衣。即札致本图经地,着其家寻回捆住,究其拐骗情形。遇蔡见心、敬甫,浼其送月报单于常学。塾中小生所摘四子中"忠孝节义,有益身心"之句,汇齐与讲,令其体验仿行。

至**翼日**,张宝青来札,嘱撰其弟宝华喜对,即应五联。连日寒甚,祐儿为勤斋招襄丧事,笔墨几冰。

廿一日(12月3日)，往观冥房，各色齐备，惜经营半月，浪费数星，而付之一炬，不如略施绵衣，为先人作福，转为实济。吴俊人杰亦以为然。同至丧次，小饮浇寒。见壁粘朱丙云劝戒烟诗，洵为勤斋益友。祐儿和之，又作《隐灯》一诗，借物规戒，贴于屏。

廿三日(12月5日)，雪鸿嫂开吊，予陪宾兼理一切，祐儿司帐房。偕严凤山聚兴、朱克家两丈、吴俊人、瞿祖福、秦雅琴□□、贾福庭煜、马锦园、锦春、朱晓楼国泰、丙云、家朴园、多棣铭、少渤绳祖、禹门成宪、仲舒听乐赌酒，四席扬声。俊人、祖福量洪，唯丙云醉吐。勤斋因其同谱，嘱予代制催妆词。予见念祖侄妇贾氏与晓山夫人马氏因黜嗣不和，闻贾氏应还马氏田租一亩二分，已欠数年，爰念同祖之谊，准其过户办粮，俾勿争论，幸各允之。

次日，仲舒于本镇撞见张甘，唤人(炼)［链］住，究其捏名诓骗，果有几家。即遣子侄冒雨雇舟，押至其家收管。经造王晋卿、图董李琴仙唤其两兄至，所骗衣物，着其赔还，并派其在予家鼓乐谢神。此罚未免太苛，予实不知也。

廿六日(12月8日)，李青来到塾，煮茗留谈，言将以先父菊翁遗稿付刊，而其弟闰生霖嗜洋烟，致家产尽废，两弟妇俱亡，现弟就食于予。诚哉其孝友也。张宝青寄来城南草堂诗卷，题为《杜诗韩笔愁来读》《客散茶甘留舌本》《白云和雁落芦汀》《烟锁残云碧树连》。祐儿应其半，予为续全。

廿七日(12月9日)，小雪。与俞信庵秀文痛饮。祐儿则回贺时锡蕃世康婚，见留迎娶。朱又翁族无锡海琴鉴章，今中文进士；长洲小汀永璜，又中武进士，分光谱牒，胜于我宗，惜俱未殿试。

廿九日(12月11日)，祐儿始到塾。

十一月朔(12月12日)，夕飧后至朱氏东祠，与顾门诸弟快谈，口号云："斋厨煮菜甘于肉，旅寝燃糠暖似人。"大笑而散。

翼日，仍寒。晓莲沽美酒，办羊羔，供我御冻，更以冰腐置肉碗，终日醺然。

初三日（**12 月 14 日**），舣舟至顾泾，贺平燮庵公子彬卿邦梁合卺。陪李惕先炳坤、子良德润、少卿维城、媒氏周建冈、王叶香及张子容世瀚、瞿超亭澡、宁佑之受禄、宓蓉台彰达、贾福庭、孙□□家珩、蒋砚池春煦、达卿、朱鹤龄、惺如、顺之、平湖桥眉良、雪亭友良、振甫仁良、守安义良、瑞亭智良，连饮盛筵，拇战良久。承福庭捐义学资。夜与宓静岩、李岵瞻春熙同舟返寓。见平也园久患黄瘕，面黑目苍，非复旧形，代为忧虑。李养初葆贞函来，托觅亲友履历，报名定保，乃以彬卿等付之。

初六日（**12 月 17 日**），解馆，致金匮华梅岑茂才仁裕来谒不遇，东翁留膳而回。予附朱一泉船，同顾子和、曹玉舫、潘信之保恒、顾芸苏祖培、朱丙云、姚翔云鹏飞暨祐儿赴高泾，贺张宝华恕濂完娶。与子和及桑侣芳、张润甫上女宅船道喜，主人范冕卿副车文璪陪叙阔惊。夕偕冰人童翼周学博、范石门茂才、新舅范□□丙福暨倪蓉江上舍廷赞、桑侣芳刺史、钱□□□□应樽、黄心兰元吉、陆芗林尔楠、少云缙熙、陈梦梅上舍玉书、德孚康侯、吴杏圃照、包九仪、时仲和世泰、孙世昌汇畴、学卿振基、蕙圃振藻、蓉亭振业、王湘翁少府、聘轩明经、瑶圃上舍、芙江少尹、少梅□□诒孙、星如茂才、李心柏、棘卿、祐之、静轩、张砚屏毓凤、宝青诸上舍，宴于堂，出拳劝客，六席周流。酒次，奉主翁命作婚序，乘兴奋笔，顷刻千言。星如为录于簿。遂宿于东宅，与子和诸高足剧谈。

次日，点后，邀顾子翁及一泉、玉舫、信之、星如到舍欢饮。午后，同访桑砚香花圃，主人领观锦鸡、洋鸡，新添书画、屏儿，自后隙地左旋至祠堂，见墓上石岩结子，红胜珊瑚。并访桑镜仙司马文瀚华屋，晤其西席周吉甫少尉起元，询知为云侪学博谭昌之孙，本予世好也。堂上米囷密比，不及乃兄之厅事无杂俗尘。回憩西宅，遇司计叶菊生□□、王晏三希闵小话。砚翁留饮，因座上客满，陪话席旁，遣侣芳执壶劝客。看馔立办，知有厨娘。二更返棹，祐儿陪诸君宿于张氏，予倦极还家,河冰正合。

初八日(12月19日),祐儿回,知顾子和诸弟欲闹新房索果,致主婚张寄翁醉言欲捆,彼此口角,亦是奇闻。张甘之兄托王晋卿办斋供,来烧利市,乐工六人,鼓吹喧沸,傲弟贻累诸兄矣。仲舒侄来,留宿谈家事,至次午饭后去。旋知其售田顾、裴两姓,致母膳俱换钱,在城买皮货,并不了逋,而烟瘾转增,可恼之至。

初十日(12月21日),上城。同李棘卿酒家品汤面、高粱,为城南之最。会严翰卿,为王聘轩、诵莪缴下忙银。晤翁士吉、时子金,知系时逢源漕欠,被差保押到,并无官票,情所不甘。访胡雪帆兵部元晋,留坐书斋,品诸翰林笔墨,面缴义学捐资。晚与瞿世良载月同返。夕为李琴仙留与群从饮,暖碗消寒。

十一日(12月22日),冬至。予家祭先,邀时锡蕃、李琴仙、心柏食馂余。客饮黄娇,予斟白堕,缘量窄也。

次日,偕王星轩及祐儿赴殷庄缘庆庵讲约,地保王仲德伺候,住持亮臣出迎,周璇玑陪话,陆秋澄州同文辉、张润甫上舍福华同拜,祐儿赞仪,星轩读谕。讲"敦孝弟以重人伦",及《酒色财气歌》、仙师"戒赌"说、《阴骘文》"报应"、《家庭讲话》中"勤劳""俭朴"二条。听者蜂拥,不减市廛。润甫邀去午饮,瞻仰新厦,精雅可观。并陪至前庄庵宣讲,里正孙佩香供应,毛浚川乡耆秉镛、世卿上舍廷琮陪拜,赞礼、宣读仍前。讲"息诬告以安善良"及《戒赌歌》。因妇女环听,为讲《家庭讲话》中"教女"、诸善书"因果"。日晡始回。李心柏招饮,偕戴竹溪增奎等同席畅谈。

十三日(12月24日),遣祐儿入城办货,便带朝珠一串,价甚廉。

次日,因内侄孙女产后得病,命祐儿备礼往询。予同李祐之、王赋梅、黄一帆炳德赴吊时钦斋丈廷锡之丧,与长洲马永良上舍□□、吴士林□□、秦蓉塘昱、时松乔中、悦清觐尊、勉甫□源等宴饮。至午赴塾,又为两贾邀去。东宅则为介庵过粮,仲舒责其并未通知,欲与经造理论。西宅则因佃户殴催,厚卿怒其玩侮业主,欲送官惩治。予同时挹山丈及沈墨轩、朱恂如调停过粮事,恂如欲予书凭字。因此田系邹姓卖与龚氏,虽朱贾出钱,而托名予得,故应予书,不关次侄。予则谓:"仲舒不在场,不便专擅,惟前次补偿条银,已写收票,理应付清。"夕至西宅,朱绩斋书呈宓静岩酌议,欲连经造控官,由其帮还租米,硬将丑米挓交,不无挑唆之故。予谓:"收者业主,米既斛收,丑米总算好米,况殴在别处,不在本宅,保无另别情。已致意佃之契友李醉亭,嘱其调处,勿遽鸣官。"是夕,与朱、宓快饮,借为长夜之欢。同桑侣梅联床畅话。

望日(12月26日),饭于东宅,偕朱望椿招仲舒,孰料其在吕库压宝,输十七洋,皮裘几至被剥,遣人各处寻觅,未获而回。旋为西宅邀往,适李醉亭押佃平蓉塘□□来,予谓:"尔系开大油坊,名为财主,不应放尔叔阿串代还租米,甚至打催。且经造并非催子,不得与闻租事,何以在场饶舌?今幸留半日余地,未进殴业之呈,且先找清租欠,向业主赔罪。催头邹春亭处,尔去安排,静岩断其斋星官。"当即应允。两事告竣,即敆舟回塾。

十八日(12月29日),寒甚,呵冻撰朱丙云昏礼序。朱望椿为仲舒猖狂,来请约束,勿累洛阳,予韪之。挈晓莲同访李青来、宓静岩,均不值。顾子和偕华梅岑来。不见梅翁九年矣,年已五十六,而风貌较腴,须发纯黑,公子勉夫□□已入泮,艳羡何如。如陆阆翁毓元、王小庄父子及坛主滕云亭,俱归道山,当时旧游,唯子和、梅岑与我在,曷胜长叹。即赠祖集与拙诗。

翼日,余亦憨、季黻卿至,同饮浇寒。张芝堂送予《授受金针》一部,有禆师生,案头可长置,予多系评语,其中读书心法,每夕示子弟观摩。

二十日(12月31日),东贾遣舟载予,为仲舒欲借完粮事索酬,有不遂告发之事。予同朱氏叔侄往商,书田契以符原议,见留膳宿。出"能饮一杯无"嘱朱公子恒元作,即书云:"寒云催雪意,姑饮一杯乎。"虽骂题,而题前颇蓄势。

于次日(1872年1月1日)，同嫂氏入城，往寻仲舒。托家朴园遍访，适遇诸途。朴园作东，在醋库桥酒楼夜饭。出城会朱恂如，已夜深，便途回舍。大嫂留，而朴园押仲舒返。

廿二日(1月2日)，饭后南行。夕同朴园饮于朱氏，宿于贾氏。

翌日，朱恂如仍留膳。望椿拉仲舒到其家，仲舒云："我吃大不吃小。"予叱之，谓："毛贼洪逆，所吃非弗大，而结局何如！"遂喝仲舒勿成讼，劝朱、贾稍融情。侄虽不敢违，而贾氏不见允。第劝人息事，纵不能示强，而心术无他，可对其存没。遂回朱塾，知汛官包培洪福诘责问月和尚穿镶鞋，谓不宜方外。问月邀祐儿往辨，言此黄履本僧鞋，非混俗家，其意遂释。是晚，东翁为公子晓莲择吉试笔，预设盛筵。偕朱晓春暨其诸子诸孙夜宴，同坐少酒客，略试十二拳，已形欢畅。飞"成名桂元"四字，凤林曰："有志者事竟成，金榜挂名时，月中丹桂，状元归去马如飞。"吉语联翩，可称有窍，贵品也。各为浮一大白。席罢，送赞敬一函。

次日，为开日，又先师孔子诞。先讲《教授果报》《王诰》"宋登"二则，然后陈五经，领晓莲衣冠拜三圣。题为《必胜矣》，文尚醒豁，惜破题未缴上，然已可造之材。仲舒侄来，盘问田契谁书。予言："是我！邹氏因债推田，本予出名，原契卖于龚，非我孰敢捏写？况原中伯谦，讵有得主作居间之理，汝系原中之弟，何得妄认为祖田？"侄云："如此则不便告状，但有方单在予处，予将带单卖田，如朱贾禀官提讯，即逃上洋。"予云："恐人未必买此田。前请予出题作文人，今忽大背作盗卖事，上辱祖父，岂得为人？"乃悻悻而去。长洲沈云泉来，谈米价极贱，看高不过一洋九角九分，除费只一洋六七角到手，幸洋价稍昂。祐儿读五经未完，而年将冠，又不能不应试，幸悟性尚优，勖其努力跨灶。因予夫妇年衰，后顾弥迫耳。两邑侯因《常昭合志》久未纂修，拟采访以备编葺，嘱司董蒋石枫大令士骧、曾士常广文吉章聘予专采南乡人物，并示采访章程。即写回书，将高祖母、曾大父事实及祖父传两套，贾外舅、王霞翁、时酉生、张师琴、高婿、长女六传，寄至局中。

马心斋维骐来,话旧竟日。

廿七日(1月7日),见兵船络绎过州塘,因宜兴有客匪之变,拨往御剿也。

腊月二日(1月11日),命祐儿入城。乘航回舍,以便往归佃欠,料理店遦。朱一泉带其族望六七人事迹嘱送采访局,为剃繁就简,重录一通。是夕,刘小寰至,言有千总衔戈老会谋不轨,党羽极多,已拿获,恐有奸细,阖城要逐户严搜。

次日,蒋砚池上舍、顾梅生少尉曾麒来,同饮浇寒。嘱其网罗所亲事实,赠祖父集及拙草三本。

初四日(1月13日),录所经报忠义、节孝诸人暨姻友义烈、节烈、笃行、艺学各小传,呵冻不顾手僵。昔予辑《肉谱》,每人未注才艺,王虞英丈元钟云:"须注,以备邑乘所采。"今果然。

初六日(1月15日),族侄妇贾氏来诉,向伯少渤绳祖归存项,伯言代谢地师,因不肯认,辄被殴。予云:"总由尔辱骂致此,否则不该批颊。不得听一面之词,俟少渤同到面询,再断曲直。"

翼日,祐儿到塾。填《玉交枝》一阕,贺朱丙云。至夕,同华墅查心梅□□小饮。寒甚砚冰,呵笔撰贾氏礼书,应慰椿之嘱。

十一日(1月20日),张芝堂来,同午饮,带所评《授受金针》去。旋贺朱丙云之婚,尊人梅亭翁济言留宴。偕顾子和、钱雪崖、李醉亭、周再贤、俞也吟皋飏、曹玉舫、潘信之、马耀廷、顾芸孙、张宝华、屠耀曦□□、耀龙□□、朱克翁、吟陶、子卿、少美、家勤斋等大斗酒兵,幸未沉醉。

次日,得汪邑侯札,询莫城义学因何匮资:"此为风化所关,勿遽禀停,恐上宪不便批准也,须进署面商。"朱确甫至,托其发练塘、翁庄两谕单。钱恒山至,谈及宜兴匪事,业经削平。

十四日(1月23日),岁假。同张宝华饮于贾内弟处,与朱绩斋等快谭。厚卿交来折漕银及易知单。旋到贾二梅家,亦交漕费由单。

到四万荡收租欠,知伯谦侄于腊底出殡。半途至马泾庙讲约,时晚,而地保袁□□已去,仅有庙祝侍候,遂同老人拜圣牌,祐儿赞仪,宝华宣谕。讲"黜异端以崇正学",及仙师"戒赌"说,《劝孝歌》《家庭讲话》中"训子""训女",《阴骘文》案数条。夕留宝华酒饭。

望日(1月24日),接沈枕经上舍钟祥书,寄其父兄两妹节略,以补遗漏。

十六日(1月25日),乘航冒雪入城,于奎聚楼食锅面泼寒,高粱亦妙。赴严漕书处,为亲戚缴条漕,计洋一百八十七。

翌日,家勤斋来,问漕事。是夜仍雪,平明小晴。同李琴仙及勤斋、祐儿买舟入城,于君子居衖品汤面、高粱。肩舆进县署,汪邑尊言:"莫城义塾脩金,嗣后由县给送,但须广觅生徒。"旋进采访局,交所知百余人事略,蒋、曾二董外出未遇。路逢王蕴香,康健如旧,朱少英亦腴润胜常。抵暮,勤斋候饮于奎聚酒楼。归已三鼓。

十九日(1月28日),往莫城,传两图地保觅学生。接到汪公祖照会,知宪委无锡余莲村学博治到镇,会同查察一切,"如有应办善举,并望妥为劝办,倘有经费不敷,当由县倡捐,凑拨济用"云云,并发告示一张。归遇孙克昌,留其午膳。同至张宝青家,见留茶点。偕张寄翁、李琴仙议来年学规。

二十日(1月29日),遣两女及祐儿送大侄殡,知权厝上祖荒坟,杂于众棺间,茅草满路,触目悲凉。

次日,白米上囤,折入较多,每石毛糙至碓白亏四斗零,因秋收稻伤也。

廿二日(1月31日),贱诞。不治面,唯喜艳晴,拈香谢神祖而已。因乡约事,禀汪公一函。

廿四日(2月2日),仍霁。洒扫送灶。祁锦枝玥为王阿胖见侮来商,予言:"官已封印,且忍至来年。"

廿五日(2月3日),留金丽生、贾厚卿、李琴仙早膳。运米到仓,柜价每石仍三千七百五十二,上米则每石贴费一千零五十二。幸有琴仙工算，祐儿服劳，稍省心力。时经手者，蒋达卿、家勤斋、李琴仙、时锡蕃、金湘坡、沈枕经、毛浚川、贾厚卿、二梅、王聘轩、诵莪、受昌诸结。约计票米近三百石。啜茗虹桥楼，朱柳江上舍□□会费。晤徐俊卿守戎□□、王友三上舍尊益，略谈。是夕，贾厚卿作东道，同俞书庭等饮于蔡园，宿于包氏。

翼日，立春。接汪邑尊信，言："顷奉手书，拜悉。承示义学，莫城无贫寒子弟，只作罢论。弟已在福山添设，报明各大宪在案。至四乡，探听阁下宣讲乡约甚勤，来年仍请宣讲。"吴学师函中附汪公原札，亦云："近打听南乡龚某宣讲，勤而且明，来年仍请照办。"路见汪耕余、许少穆两令迎春，俱坐虎皮轩轿，有顶马六房，并紫猫皮套，各班皆紫羔皮褂，刽子手四人，昭文并有春官，衣服斑斓。午饮于如意馆，蒋达卿作东。暮仍憩此，偕桑侣梅等畅叙，贾慰椿会东。因米结不出，催严漕承，屡与扭闹，追李心葵、徐慎之来劝解，稍贴脚费，始得斛收。时已小雨，于漕房晤张铭斋少府恭寿、庞少冶司马钟珍、蔡翰卿州同维城、朱云塘上舍□□、李静轩少尹文彬、陆懋修来泰、陈君修仁爵、庞云槎钟瑚、方恂卿鸿绶、曾伯伟观文、士廷云章诸孝廉，啜茗闲话。复于厩房晤家桐村福梧，互申族好。与张寄翁等仍宿九仪家。

廿七日(2月5日)，雨甚。同人茶话近悦楼，王聘轩邀至如意园，偕王星如等分两席，暖酒销寒，连微食福。午后回乡。又两日雨。

除夕(2月8日)，小晴。祭先，后早卧养神。梦坐船，有小儿在樯顶镇风，将过海口，未及海而醒。

龚又村自怡日记卷三十一

同治十有一年壬申(1872—1873),六十有三岁

元旦(2月9日),阴寒。同人掷元筹,予手色不佳,内子偏掷六红,得采一百六十。张宝华及王瑶圃、补蕉、诵莪、星如来贺禧。

至次日,晴。王星轩、芙江、赋梅、序兰亦来贺,留茶点而回。

初三日(2月11日),李琴仙得子,二十年连梦虺蛇,至今始脱房,可慰望眼矣。予撰王湘翁七秩寿联。张润甫上舍、金景岩明经来拜,留茗点即去,不及畅谈。

翼日,雪后同王聘轩莫城讲约,祐儿赞仪,孙世昌同拜,朗泉上人陪话。讲"敦孝弟以重人伦",及《二十四孝》、《劝孝歌》、《学堂讲语》中"方便"数条。回至仙坛,拈香恭祝。便贺王、张诸姓年禧。家福庭来,留饭而去。闻蔡清臣少府永昌因病中惊火而亡,可悯。去腊廿五夕,其家起火,烧毁大厅。乃兄顺卿新出枢,犹为不幸中之幸,可见天祐善人焉。

初五日(2月13日),艳阳。清晨接路神。旋赴周莲村、陈憩亭、李瑞棠、陈霭亭、朱恂如、贾二梅家,及祖居各房,贺新禧。适贾慰椿纳币,与朱绩斋、桑砚香、张润甫、瞿静斋容之、王聘轩、陆秋澄、蒋子敏、朱恂如、毛企堂、平雪庵、彦卿等连聚,拇战咸欢,掷陞官图、状元筹遣兴。

次日①,往朱氏、平氏拜年。回偕媒氏潘少峰上舍璜、蒋达卿少

---

① 据上文,"次日"当指初六日,然下文又有"初六日",疑日期记录有误。

尉调元畅行觞政。

初六日（2 月 14 日），唤合和堂，公祝王湘翁七十，庄谐间唱，四座笑欢。吴翰卿、王梦蘧、星轩、芙江登台斗曲，赛过小伶。与钱芷升、孙世昌、王春园、桑砚香、李心柏等赌酒品歌，直至二鼓。

人日（2 月 15 日），晴。陈念堂来，留饮至晚。见惠姆鲟鱼，亦新春异味。吴毓芝、李芝馨来，匆匆而别。午后，李琴仙请三朝宴，贾慰椿至，借元筹遣兴。夕同饮于仓厅，陪黄申甫、朱鹤龄、贾慰椿、谢芝阶、时长春、仲和、吴毓芝、翰卿、砚卿、望云、王聘轩、星轩、荫槐畅行觞政。汪公祖到莫城，欲仍设义塾，传地保送名片来。予乃荐张寄轩上舍课学生，而近地蒙童亦得九人。

谷生日（2 月 16 日），又晴。留张寄翁、李琴仙、贾厚卿、李心柏春宴。朱又村丈来拜，不及小住，为之歉然。同人斗牌、掷筹，均未利。慰椿大嗽不止，就王星如处医，在舍服药。

天诞日（2 月 17 日），仍晴。与李祐之、时仲和、贾慰椿小酌。复偕王聘轩诣坛，晤金逸仙、李静轩、孙克昌、佩香、张寄翁、雅琴、承宝青留点。欲予夜饮，不果留。王星如、姚巳生来招，亦未赴。荣祖步去岁韵云："日暖风和紫气升，万家箫管力方胜。红羊劫过无多岁，依旧金钱艳买灯。"讽世语，难得如此温厚。又因请示刻诗，谕云："禀称刻诗，是甚好事。似宜改为六寸本，以示谦。书以七寸为率，又短一寸。用极好宋体，极好板片，极好刻手，极好纸张，用套择人而送。切不可犯亥豕版赫蹄纸。赫蹄，见《汉书·翟方进传》：武帝发箧中有裹药二枚，赫蹄书。邓展曰：赫音阅。应劭曰：赫蹄，薄小纸也。晋灼曰：今谓薄物为赫蹄。附卷甚通，俞意再附骈体数篇。其有已故之子弟，虽不入坛，但有佳章，少不成卷，亦许附入。其金氏捐资者，注明集后。然此集必须至少二百页，方得入开化宫板衡司文苑集目。心传四六极佳，可撰序。序者皆门生故吏，思其人而不见，故珍其著作，序以表扬。无自序之例，如李汉序韩、曹子建梦中求序是也。"

地诞日（2 月 18 日），笪琴舫、邢□□博文来贺，不获留。顾少山贞、家仲舒至，留同午餐。祐儿陪慰椿赴桑氏，午饮于镜仙司马处，夕饮于砚香观察家，留宿精舍。予则至东始庄，于茶篷会金景岩。因一年大半在外，公事嘱其分任也。李简庭明经来拜失迎，仅留朱望椿、日新午饭，兼演元筹，予稍胜。祐儿为黄申甫招去赏春。

次日，同王湘翁、聘轩入城，答拜简庭，缴清文庙捐项。再进学署，拜吴老师年禧，送问字酒。至包九仪家，见留午膳。过城庙观灯，晤景璇圃、瞿兰亭、姚受之、王颖如，知蔡顺卿出枢后，其家始火，自是天祐善人，不幸中之幸也。暮与孙学卿、王瑶圃同舟而返。祐儿赴李心柏之招。

十四日（2月22日），莫镇三图地保孙佩香来报，有四徒；王仲德来报，有六徒；唯李瑞华名下并无一徒，是其不力可知。时锡蕃来邀春宴，命祐儿应之。同人试元筹，颇得采。

上元节（2月23日），晴。祐儿进城玩灯。邻人颜大观来言，曾将所亲庚帖与某姓，旋以女家不允，男家硬欲定姻，索庚不还，媒诡言女病故，厥后女家另行许婚，已纳采矣，某姓与原媒争论，欲讼之官。予谓尚未送聘，不得谓赖婚。唯理应先难后易，何弗量两家之洽否，冒送庚柬，致占吉不谐。且可借他故辞婚，何以云死？既涉卤莽，亦不善措辞，可当面告歉，何至鸣官？而李琴仙等劝其烧还路头，予则不能偏断。张润甫为我存银于邢庄，筹息备用。

既望（2月24日），舟赴练塘讲约。憩城隍祠，金省三留茶点，吴长卿陪拜，金宝之赞仪。讲"解雠忿以重身命"，及《戒烟歌》、《劝孝歌》、《学堂讲语》中"经营"。移榇翁家庄，已微雨，于积善庵宣讲。张竹泩署正留茗点，剧佳。予送茶食金蹄，辄报以美酝彩蛋。地保蒋永安投手本跪接，尚不玩公，为报知汪令。钱静山上舍庆荣、朱绍圃少府型来陪拜。拈"黜异端以崇正学"，兼讲《戒赌》，及《酒色财气歌》、《天诛奇案》数则。绍圃为其弟确甫所嘱，邀至朱家湾，留饮医室。张小山□□、朱澄卿源泉陪坐，飞"元宵佳节"四字，拇战畅怀。返棹，遇主人于途，挥手而别。适大儿赴李祐之之招，骇悉琴仙之子猝变，一现昙华，大可惋惜。

至**十七日（2 月 25 日）**，李心兰、金景岩邀饮，俱遣祐儿往。予偕黄申甫、时锡蕃、李祐之手谈。

次日，王聘轩招宴，陪西席马心斋暨沈枕经、孙世昌、瞿景园、时春晖鋆、金丽生、张润夫、砚屏、吴翰卿、砚卿、王凤楼、星如、菊如等斗拳，兼飞"灯节"二字。席罢，更掷元筹，予差胜。有以仇十洲春册索题，戏书："投梭力缓防伤齿，乞米情颠枉折腰。"人不解，予谓梭者象形，米者会意，各为解颐。

十九日（2 月 27 日），张寄翁邀同进城，与黄申甫、包九仪、张宝青及祐儿饮于邵园，大啖刀鱼，余如野鸡、鲜蟹亦妙。为义学事晋邑署，适汪公往勘西阳塘工，门功王姓出纸笔，嘱予留札，爰将师生单、向例单及地保之优劣附闻。午后，同观庙灯。时晴而暄，九流毕集，群艳醋嬉，倍添春色。于石梅玩走马，茶篷中遇张右卿毓文话旧。月出始归。王梦蓬来招，不及赴。留寄翁、宝青夜膳，倦甚方眠。

棉花生日（2 月 28 日），仍晴。金丽生来，留点。家朴园至，留餐。马心斋亦到，留观儿艺，并蒙指疵。

廿一日（2 月 29 日），朱氏开塾。予先赴王瑶圃家，贺其长女出阁，偕马心斋、张寄翁、王星如等早宴。午后抵馆，适又翁次公子小聘，同顾子和、姚颂仪、朱一泉、晓春、锦波、雨亭逢喜高声拇战，饱饫珍肴。席有糕粽、著甲，爰飞"高中甲"三字。惜天小雨，月少清辉。

次日，晴。送祐儿执贽，拜顾师子和，承留茶点。李简庭来，同姚颂仪辈夜宴，索观祖父降鸾词。

廿三日（3 月 2 日），祐儿赴东祠文社。时顾门除曹玉舫、潘信之保恒、姚翔云鹏飞、顾芸苏祖培、朱一泉、丙云外，又添郑友鹤学虔、王幼梅毓泰、陆次征锦炘、姚阳生凤嗺、凌步青高云五生，桃李颇盛，可得益于直谅多闻。

廿五日（3 月 4 日），家人送汪邑侯信来，言义学俗金照宪定章程，送廿四千，其膳嘱为写捐。即覆汪、吴二公，定于廿八日开馆，俗脯三十六千，按季致送，并呈旧拟规例。撰启，劝附近助资。

廿七日**(3月6日)**，挈祐儿回舍，次女亦同舟归。半途为贾氏留饮，品荁面，极佳。晤馆宾居敬止明经，倾襟畅谈。厚卿内弟、二梅内侄均捐义学资，极蒙体谅。夕饭于张寄翁家。

翌日，陪王聘轩、李琴仙送寄翁开学，代县学堂前交拜，学生十人，齐集团拜。茗点后，偕同事往近地劝输，议定稍减旧捐，每岁照例而行，以期经久。如张宝青、瞿秋堂、鹤亭、□□、王振明、井香、湘兰、湘帆、梦蘧、瑶圃、芙江、诵莪俱踊跃乐输。聘轩、琴仙倡捐，予亦勉助。琴仙并劝王友于曾祥、戴季良、利东毓祥、竹溪增奎、炳观麟祥并补万一。路见张甘，含笑招呼，已革心向上，前此之一禁，未始无功。

廿九日**(3月8日)**，入城，为贾氏找条银，家勤斋补漕项。会吴学师，知汪邑尊欲予兼西乡讲约，即覆云："宣讲向在二十里内，倘兼西乡，则地方辽阔，与江阴、金匮毗连，一日不能往还。况人地生疏，舟楫之费亦倍。诸凡鉴谅，恐难效劳。"腊月、正月，虽各讲六期，而邑尊仅送薪水半月，大约欲省费，不顾口舌之疲耳。县署送关聘来，并附信一函，暨善书数种，塾约一笺，言："顷接手翰，并另单及条规，均已读悉，承示一切，妥洽之至。所有荐延塾师张寄轩，既属老成敦品，自应订定。即于廿八为开学日期，恳请塾师将善书随时与诸生讲解，似亦蒙养之一端也。另单发房存查，条规附缴，除通报各宪及移学查照外，手此泐复。"是夜，予宿包氏。丑刻，同家勤斋送张宝青昆仲、王生星轩、仲舒侄、祐儿邑试进场。时试士有三百余人，盛于昭邑。祐儿偕南乡姻友聚于一房，颇有照应。晤严修来、蒋砺钦、朱荫堂、李青来，彼此叙阔。出门憩彩月居，蔡生心田候茶，见心候点。忽传吴学师谕，今朔日**(3月9日)**讲期，张雨香明经承霈有恙，招予至邑庙代讲乡约。时委员陈敬□司马、□□贰尹、邵虎臣刺史泮皆在座。讲"训子弟以做非为"，因无善书，只就胸中所见烟赌之害，痛快言之。听者塞遍庙门，同声叫绝。适有木工孙赐福为树青头孙德帮伙，向年贴费一千，缘去年孙德未到，差费欠缴，而四年分未换印单，借词欠贴六年,廪粮厅提讯,竟责三百板,其至股裂重伤,罚作木枷十面。予乘便请邵公宽宥,谓听一面之词,严刑重罚,盍为子孙留余地。今日讲善事,当共行方便耳。答云:"足下既来请,减至五枷是也。"予曰:"断不可改旧章。"厥后缴还差凭,稍补衙费,而事以息。借袁太史时文、梁苣林中丞章巨《楹联丛话》,旅窗消闷。虽敝斋旧储,而失于兵火,重见又如读未见书。家勤斋作东道,邀至邵馆,同包九仪、家朴园赏春。适瞿秋堂、陆桂山、丁松涛亦来,偕品珍错。席罢,赴石梅观走马,畅快异常。遇曹星村、张心兰,于茶棚小话。黄昏,祐儿出场,知题为《思天下之民匹夫》,未冠题为《弟子》,次题为《而不知也》,诗题为《柳汁染衣,得衣字》。祐儿仍考未冠,甚不奋勉,斥之。

初二日(3月10日),祐儿偕包九仪、家勤斋晋学宫,观习仪,因明日丁祭也。予则因小雨难行,仅于近悦楼品佳茗,石梅东玩飞骑,沙奔尘沸,人皆汗湿。至晚,附孙姓舟回里。

闻次日祭忠义祠,王聘轩入城陪拜,沙云圃副将鹏飞及两邑令皆到。知女位在楼,惜予长女之犹子未与祭,予亦恨不及观盛仪。祐儿乘案未出,偕仲舒回乡,对床话久。

至初四日(3月12日),予与勤斋抵洞港泾,拟县试首艺。蒙顾子和、曹玉舫加墨,谓足冠童军。子和又为书日记、诗集两签,作札以谢。闻曾节相国藩是日薨于督署,江南失一长城,接替不易。

初五日(3月13日),常昭出案,常案首为李禄申佑孙,昭案首为庞□□毓承。亲友除王生少兰鸿璪外,均后。仲舒并见黜。祐儿则七十一名。

翼日,张竹翁札来,惠送《补拙山房时艺》,捧读再三,洵大手笔,而文章憎命达,慨与予同,即以四六启申谢。

初七日(3月15日),邑试初覆,题为《夫子时然后言至其然》《任贤勿贰》《云补青山缺处齐,得山字》。

初八日(3月16日),周万兴来,言漕米零找交经造俞国桢,彼不肯收，反言欲办其霸粮。予言："恐有别故，只就此事论，尔无抱歉。"即致札经造，言该找当收，幸勿魔去，激出事端。朱生介甫乞题口香银盒，书"吹气如兰，雅人深致"八字报之。

翌日，俞国珍、王蓁香来，言周万兴找项已收，唯有周念椿代垫钱三十五千，彼不肯认。予曰："借项自有居间，我安能管此许多事？"又言马姓得尊札传知，今颇姑媳相安。予曰："如再有逼醮等因，惟汝经地是问。"各唯而退。

初十日(3月18日)，覆案出，祐儿幸拔四十五名，案首为邵元晋。

十一日(3月19日)，顾氏来载予，因姨甥少山贞合卺也。须臾，内人亦到。午偕陆德卿、朱一泉、锦波、晓云、□□等同席拇战。复与俞蔼人、李子良、沈蕙斋、王叶香、朱允升、贾慰椿、韩小亭、李小梅、顾月霄、竹轩、小坪、杏村、□□等夜宴，仍出令拳，甚至酩酊。进新房劝酒，喜摈杨媪挑巾送尝，大笑而出。旋卧账房。众宾两席抟蒲，喧哗致不安枕。少江、蔼人承捐义学资。

次早，祐儿随张宝青入城再覆，可免疏虞。予陪朱一泉、曹玉舫晋省。先于蠡口就酒家饮，且品馄饨，买面到舟，再补饥腹。泊舟官太尉桥，欲报名赴甄别，急奔雁门桥，访谢经承，而册已送不及补填。往返六七里，足力已疲，便途饭于酒楼，茗于兴园、沁园两处。晤胡慕韩毓琦、吴寄安□丙两茂才，畅话。十年离绪，遂同宿于家小安贰尹桂斋。知公子漱之润少年入泮，品貌俱佳。前贺小安芹喜时，尊甫淡安明经文藻尚健，廿余年重到，唯诵"称名忆旧容，相悲各问年"二句，感慨系之。知常熟次覆题为《安见方六七十》《百花生日，得花字》《昭明太子读书台赋，以"中叶词林、前修碧海"为韵》《春晖园、雅集亭，七律二首》。祐儿第作赋，领官厨汤面馒头。

十三(3月21日)晨，予登堳，忽痔发肛脱，勉步试场。适有顾仰周秉礼空卷，同人嘱予应之。时何□□中承璨及恩□□方伯锡、贾□□益谦、应敏斋宝时两廉访，英□□朴、倪□□□□、庞□□□□三观察俱到，红顶者七人。他如李维生太守铭皖与诸厅三县各教官齐集。题为《子谓子产全章》《江南江北青山多，得江字》。偕陆直清、姚颂仪、许济臣、江小芸、家湘兰坐于景范堂。因交卷稍迟，各官已散，直至监院方云壑郡博其洪署，而门已闭，权将试卷交更棚。夜静路生，遍历丛墓，灯笼忽烧，幸有汪仆随后，并有吴江试士同行，往还又十数里。是夕，小安家有童生进场，遂偕朱曹宿舟。

次日，于过驾桥茶点。便访郭裕丰，不值，决计遄归。半途于顾氏载内子。予赴朱祠，肛痛仍剧。顾子和、季黻卿、吴秋亭并来，勉陪茗话。况为顽徒叫嚣，不能静养，为唤奈何。

十六日(3月24日)，家朴园来。知昨日二覆出案，案首为蔡孟云芝孙。祐儿拔在三十八名，与时景甫养源、吴修之凤仪均覆结。予阅朱生晓莲破承，有不合款处，爰写文式，嘱置案头。

十七日(3月25日)，祐儿进场，三覆题为《时哉》《上二字》《自有仙才自不知，得知字》，性理题则《万物各得其理而后和》，孝经题为《居则致其敬》。汪公请酒筵，颇精，共十二桌。予肛患渐平，得力于热汤之洗，况饮酒汗出，始得熟眠。

连日奇暖，至**十九日(3月27日)**暴寒。酒次，仿《丛话》中长联自述，有云："游戏过艾耆，搔白首，书穷说客，但宜归课顽儿，士隐菰芦，臣呼草莽，抗谈千古业底，须假虎榜科名，愿从今天锡彭龄，四海惊传新著述；后先历忧乐，抱赤心，耻列闲民，惟效指迷老佛，门培桃李，里抚梓桑，拌作百忙人也，可销鲕生罪孽，看在昔地当蜀陇，三时不废野经纶。"曾得"将寿补添新著作，不朝姑试野经猷"二句，又云"不官小试经纶手，垂老难灰著作心"，谓唯此意乃亲切。夕见帐钩灯映成乙字，口号曰："此时蝶帐双钩，灯描乙乙；当日龙门八字，帖合庚庚。"可作合婚序。

二十(3月28日)晨，微雪。邑中出正案，常则邵□□元晋第一，系慈溪入籍；昭则施□□庆祥第一，系阆苏郡博震福之子。祐儿则三十六名。朱少英来，同饮畅聚。夕观《延生育子集》，力愿奉行。又阅广平申凫盟先生涵光《荆园语》，颇能摄心。

廿二日（3月30日），严凤山嫁女孙，予往贺。留同马锦春、朱丙云、马文标、家勤斋午饮，因多海量，出令拳。有长洲同姓子茂良似聪颖，亦来陪席，予为题字曰"味兰"。适家人唤舟载予。

次日，小雨。

至廿四日（4月1日），上城，会严漕书，找银结账。晤凌少梧守戎乐德、席耕虞斋长思赞暨朱恂如、金景岩辈略谈。包九仪邀同近月楼品清泉香茗。晚乘王氏船回。

翼日，复入城找漕项，晤沈轶辋、程勉斋□□、吴仲书中棻、瞿云亭、晴霞。王生少兰候至兴兴馆，品汤面、馒头。过石梅观试马，赵闿乡孝廉允怀之侄□□□□来会茶金。

廿六日（4月3日），内子挈次女赴杭。予附舟至朱塾。夜梦张宝华取六名，祐儿则无信。

次日，清明，未及解馆祭先。家朴园来言："朱宝燕欲捆解少子阿五，因其窃案重重也。但次儿在李塾，被偷皮褂，正报失窃。恐其由我致死，劝勿解城。朱又翁则谓，纵一人害一方，水懦何如火烈。"迨宝燕来质，予谓："窃贼解官，理应捕役地保协同乃父出场，旁人不便饶舌。如此行径，断难姑容。第关一命，亦须再思，胡弗解县请惩，俟其自悔。并无血案，例不致死，只须监禁数月。其衣食力难贴补，可求官设法安排。如在官莫措，仍领回自阱，死活听之。若自此开释，日后被窃人家，唯尔父兄是问，岂能一一赔脏，为父者当立定主见也。厥后如言姑解，半路脱逃，而其父稍免干系。"于张宝青处借《搢绅录》，查当朝之仕籍、旧友之升阶，以致眼光散乱。故知彭泽高云浦梯已授淮扬道，同案太仓孙子福寿祺已为柳州守，可羡。

翼日，朱丙云晋郡，托其带札与家小安，并赠拙集。知甄别案出，同伴均列壹等，而代作之卷，因迟缴未送抚辕。作文不可不敏也。

晦日（4月7日），祐儿同王星轩到苏办货，知二场考常昭。毛羽成来诉，其内弟顾孝先没已四年，妻丁氏只生一女，于今正月间同亲陆绍堂、族顾殿琛议立堂侄恒庆为后，存有房屋一间，余地一块，宅基一方，河段一段，现有族侄顾和上争嗣，反与亲等辱殴。问予如何办法。爰致札于李经造云："羽成为顾氏先人承祭起见，速定嗣子，恒庆既系近房，人品亦端，选择承祧，理无不合。况遗产无几，将来母女回家，亲戚来往，不无费用，尚难应酬，何以余人犹欲夺产？此系尊图事，在官当役，例该劝解图人，惟祈秉公调处，勿酿讼端。"书去，幸一一如予言。暇代东翁作楹联，祝蔡太宜人寿。闻平也园上舍觐光于是日物故，仅遗一侄妇、一侄孙，其家萧索。是夕，梦焚佛马，而命家人制油酥团，幸未食，想因奉斋不诚之故。

三月朔(4月8日)，喜悉毛浚川丈仍举玄孙，可仍旧名沛恩，悬匾开贺，动公呈者不至徒然。

初二日(4月9日)，贾氏来载，因慰椿少府明朝吉席也。适祐儿自郡回。天骤暖，有如伏日。晤贺客瞿静斋上舍、陆秋澄州同文辉、黄曙卿少府熙甲、朱少美刺史煃、俞蔼人少尹、平彦卿茂才、朱阆仙上舍汝梅、居敬止明经、朱惺如茂才、桑侣芳刺史、朱允升上舍、桑侣梅署正、李芝馨上舍、朱恂如少府、桑侣云刺史欣荣、尤乐山上舍体静、王荫槐上舍及李琴仙、酆瑞全、宓蓉台彰达、陆约斋文焕、施沁香国梁、陈伯仙有孝、毛企堂、秦蓉塘昱、鹤汀洪珍、蒋讷生春暄、拙生春晖、沈韫山、鸿章、芝亭、远香□□、芝香□□、□□嘉泰、王星轩、利宾恩楙、家朗斋允文、敏斋允成、芝庭缙辉、仲舒、梅英培英及媒氏潘少峰上舍、蒋达卿□□调元同宴于堂。予创酒令，大户试拳。观女宅顾氏送妆。

翌日，稍凉。道喜后早席，主人嘱同桑砚香观察、吴一诚州同体润、李简庭明经、张润夫上舍、王聘轩明经、蒋子敏少尹树森、顾少山□□贞赴北谢宅迎鸾。遇家湘兰茂才、张树庭□□、顾梅生少尹辈话旧缘，见留茗点。下船抬酒席，饮于篷窗，六点十菜，碗碟虽小，而腹已果然。返棹，又于问庆堂续宴，五色灯光，浑如不夜，醉中品曲。至丑刻始进卧房，又为烟客所扰，不得安寝。简庭赋《催妆》，予亦填《望江南》二阕。

初四日(4月11日)，复连饮，豁霸王拳。兼聆宣和堂乐部，有江永德，声音宏亮，唱单刀闹救，中气如雷，为乐工之最。简庭、秋澄、润夫为义学书捐，洵为随缘乐助。少峰误为银钳刺掌寸许，痛甚血濡，亦嗜鸦片之累。

至次日，客散。饭后，挈儿回家。内子与次女自天竺归，示我签诀。问家宅，下下，诗云："残月未还光，樽前蜚语伤。户中人有厄，祈福保青阳。"又云："身在西边心在东，行船又遇打头风。赠君便有拿云手，运未通时总是空。"犹记前五年戊辰，大士签即此。是秋，祐儿大病濒危，自当修省。次女问终身，下下，诗云："鹿走白云山，携琴过远边。不遇神仙面，空惹是非闲。"又云："手把干戈出远征，威扬四海尽闻名。也知敌尽干戈折，总有英雄不得成。"复于三元堂问终身，签云六冲卦："空时劳碌费心机，著得赢来又见输。声声只说当头炮，追来一马定无移。"况出门之初，借鈨子备念佛时用，失手坠地，响铜成哑，其兆不祥。且于塘栖观戏有大头鬼，不觉心惊；过宝带桥数石狮，又至神悸，幸抵舍尚安。见予归，含笑趋迎，为予纫衣领。四鼓犹为祐儿索冲天散、刮背痧。迨祐儿陪王星轩冒雨上省，嘱其带山芋粉以备洗衣，买寿烛、香茶以祝老母。讵意于初六日(4月13日)，语言不伦，首饰抛散，时弄绳圈，手冷力强，未知遭何鬼祟。幸时昧时明，想心偏可救，即煮金镇心，母伴寝，仍复啼哭，不得安眠。

翼日，同孙锦明等冒雨入城，办正心丸及天王补心丹。借孙介书近悦楼品茗，李性之刺史宗善会东。回棹则计惠忠会舟金，锦明允捐义塾费。抵家知次女熟睡，甚喜。孰知觉后仍大哭，忽而牙关咬紧，痰涌喉间，但隐呼救救。亟以卧龙丹注鼻，又灌三元堂香汤暨正心、补心丹丸，神清始语，大吐腻痰。

初八日(4月15日)，又口噤痰迷。予拍案大呼，言："与尔何雠，竟欲逼命，如邪祟，盍上吾身，勿欺弱女，会当灭此妖魔。"内人潜嘱舟子邀杨家桥管巫看香，据云险极，要家堂保扶，斋献飞来城隍及总管，待三圣禳星借寿，送吊客，祭汪陆氏亡人，诵《观音经》廿四卷、《金刚经》十六卷，焚银锭一千。爰先祭亡送鬼，飞报高氏。病人倦甚惮言，是夕稍静。

次日，予因祐儿扶病赴苏，未识昨试精力可支否。爰附张润甫船往省。买马驴桥肉馒下酒，以冀引眠。薄暮，仍泊太尉桥。适祐儿自狮林回，遇于道。询知常熟试题为《信近于义》《管仲晏子至以齐王》《善政致祥，得祥字》，未冠题《焉知来者之不如今也》。祐儿考已冠。补送祖父集于家小安。夕饭于酒肆。二鼓始宿舟。

初十（4月17日）平明，至申衙前，闻汪厅有灯戏，遂投定钱，每客四百文，持筹为凭。予作东道，邀张润夫、王星轩，拉祐儿往观，坐近地台，又系正面。演《闻铃》《弹词》《游殿》《闹斋》《北诈》《亭会》《三醋》《罗梦》《瑶台》《磨斧》《思凡》《寄子》《别母》《乱箭》《撞钟》《分宫》《杀监》《刺虎》《夜乐》。正旦如陆四，净如王松，并有名。其余扮唐明皇、明怀宗者，声脆刺入心骨。扮李龟年、伍子胥者，神足不徒口音。其余巾生、小丑亦佳。俱大雅班中好脚色，惜予忘其姓名。日旰，始演《洛阳桥》。先出大天官，加官笏轴中有火，侍童掮玉兰花，一白照眼。复戏长龙，调彩云采茶诸灯。而莫妙于龙门一开，倒喷星火，幻为聚宝盆。下有两狮滚球，毛不火爇。龙王留夏得海宴于水晶宫，壶杯碗盏，均灯火，文牒亦然。须臾，龙女乘灯舫，侍者划灯桨，戴灯冠，白衣观音及二仙女立于桥顶，乃合龙门。黑暗中忽现千百明珠，观者大哄。初昏，踏月而回。

次日，予登班船抵朱塾，风利才二刻耳。朱仆金松到予家，询知次女欲起床，按捺不住，似鬼物仍凭。

十二日（4月19日），知祐儿陪张润夫、二蒋至木渎，访钱氏端园。时有候补道许□□其光馆此，门有诗一首，能诗者和韵，方许进园。儿辈和之，不费一钱。其老宅潜园已废，沧桑不过二十年。常昭府案出，常案首是张宝青，专精古文，根柢深厚，自有青眼之知也。宝青初不欲试，寄翁与予力劝报名，改名凤图，今喜天从人愿。案尾即其弟恕濂，共取二百名。昭案首为桑君寅枏，年少老成，系云江明经灏之孙，宝臣上舍廷璐之子。南风久不竞，至此足抗三乡。姻世中如俞若泉源达第十、吴修之凤祥、王梅修鸿璐、兰生松云均在二圈，余俱后。祐儿已三圈，想为误书所累。家仲舒并未招覆，何其运之不利耶。洞港泾亦设义塾，系朱一泉玉成，塾师聘荡口华宾于国。并知练塘复添义塾，系朱荫堂办成，延陆心箴明经君泰课徒。高诚斋至，诉知初九到舍，次女病势正剧，连请王星如诊治，下金叶、犀角、羚角等剂，内火稍清。是夕大雨雷电，知九县总覆，进场者吃苦矣。

既望（4 月 23 日），家中放舟来载，即往善长泾长春庵讲约。朱绍曾陪话，陆仰之拜。地保韩小亭之弟亦亭出迎，惜不谙仪注，诸事多疏。予为赞引，拈"敦孝弟以重人伦"暨姜真人"戒色""戒赌"两则，《学堂讲语》中"勤劳""俭朴"，《小书》中"戒杀放生"。适小雨，听者多老弱，因壮者皆寻田壅也。朱仁山森完姻，不及躬贺。宓静岩来谒，又失屣迎。回至吕厍邢氏，筮琴舫送茶点。复过四万荡，定扫墓期。至夕抵舍，欣见次女病痊，特少力耳。诚斋来视，含笑而归。时厨司已到，正蒸糕馒、制粉团。亲友送礼纷集，缘明后日了心愿也。

十七日（4 月 24 日），举血河佛会，女客四十八人，借李厅诵佛，僧四人念经，道九人礼忏，并荐先人。贾内嫂、顾俞两姨、金氏表甥女及家嫂均到。季女与顾甥妇拜十王，俞姨甥承继拽红船。

至十八日（4 月 25 日），仍仗道禳星礼斗。此事赖李生琴仙经理，金生景岩主张，尚不烦费。予拜跪几疲，幸祐儿自郡返，能代劳。询知初覆题为《虽曰未学至学则不固》《居上克明为下克忠》《春阴又过海棠时，得阴字》，性理题《立人之道曰仁与义》，孝经题《口无择言身无择行》。尽许散卷。今早出案，常案首为赵希文，昭案首仍施庆祥，张宝青常第六，俞得之源福昭第七，仅录八十名。祐儿则以经题下句未指汤被黜。是日，洞港义塾开课。

次日，馆师华宾于来拜，未及陪。仲舒侄上祖茔，惜予不与祭。镇日与客手谈。

二十日(4月27日)，知府试次覆，题为《谓理也至悦我心》《水村山郭酒旗风赋以题为韵》《沧浪亭怀古，不拘体》。予挈儿侄赴西山祭扫。幼女则陪大嫂、大侄妇、大侄女观龙船。李王社六龙，戈庄社四龙，挡船亦夥，游舫近千，自西门湾至南城脚，无一隙地。晤许浦潘芹如钟藻，系与祐儿吴门相识，和蔼近人，呼我为前辈，诚名家子也，想将来为科名中人。午后入西城，同朱克翁、陈古香茗话王祠，顾湘涛来会费。夕偕家勤斋并领顾甥妇、金景岩、卢器轩两令媛，湖田观烟火。社舫每移一处，连放花炮，以九莲灯为标，而火烧观音堂、炮打襄阳城、仙鹤捕蛋、倒棚木犀，反逊九龙双蝶。灯龙舟亦少旗盖，不足观。返棹已三鼓。用老实人操橹撑篙，致披水一大块，坠水未捞，唤木工补制，送还原主王星如。

翌日，复为王骋轩约上县。适石岸赛会，凡五社，四总管、一猛将。小巡风及十锦牌儿，颇韶秀。十将及皂隶，亦徐步可观。而莫妙于小拜香中之擡担，身似无骨，态状玲珑，钩帘妇女胥云：亏你老得出。进城，于严氏晤凌少梧、毛蓉江、曹砚霞应巽、童□□奎度，叙旧片时。品面文学里，啜茗品蓴轩。日暮回里。

廿二日(4月29日)，俞进初来看米，囤白不过两洋三角二分，下水力尚自给，幸洋价稍昂。知府试次覆案出，常案首为顾钟瑞，昭案首仍桑棩。张宝青则常第八，时景甫养源二十九。予拉祐儿赴馆，聊补蹉跎。

次日，答拜华宾于，赠拙集，与观莫城条规、县学两札。学生六人，均开荒田，先生颇费力。

廿四日(5月1日)，府试末覆，题为《仁者寿山呼万岁，得□字》。

至廿六日(5月3日)，郡中出正案，常案首为顾□□钟瑞，张宝青凤图第八，时景甫养源三十三。昭案首为桑君寅棩，俞得之源福第八，俞若泉源达十一。祐儿已在一百五十名，知经书不得误解也。

廿七日(5月4日)，舣舟吴塔，访旧友徐培之国霖，时掌卡书计，见留茗话，引玩名书。知黄慎之已补廪，周小塘已保举知县，钱伯声已升道加盐运使衔。旋观郡城隍会，小轿十乘，抬阁十三扛，高跷六扛，扮梁山好汉，其余彩盖连接，臂香班、鸟枪手亦多。朱竹亭留酒点，偕张怀谷□□、宓静岩、居敬止、季黻卿、华竹楼、宾于、李苑香、芝馨、贾厚卿、慰椿、顾秋谷、月箫、少江、少山、朱克翁、一泉、子卿兴宗、半千、阆仙汝梅、家仲舒、勤斋，聚话甚欢。朱小福会渡资。路上口号云："趁良辰，遇良会，聚良朋，随处多赏心乐事；领野趣，闻野香，品野味，出门胜埋首书堆。"又云："翠麦红花，四野画图披一幅；青山绿水，三春诗景艳千秋。"祐儿为顾氏邀去，遂留膳宿，为明早游相城也。是夕以"木耳"嘱朱生对，记室朱雨亭曰"参须"，颇巧。晓莲拈"仙人掌"属对，则无人能应，予欲言"金刚脐"，以不工而止。

四月朔(5月7日)，吊平也园之丧，见其侄妇顾氏，慰以数言。藐孤章焕裁五岁，扶助乏人，致五七未发讣。平雪庵护丧，同其侄亦梅邦俊留予素点，半晌清谈。季黻卿约至其家，晤高足俞亦葵皋赞、姚梧生□□、时凤来逢源、金式如玉度、朱亦和□□、绥卿鸿基、笪闰生映庚，皆幼年弄翰，可畏之后生也。旋过福寿庵，与华宾于闲话。见为族中弄鸟子弟画扇，绘携笼者纷集，俱是放生，随处存劝善心，曷胜钦佩。适有夷亭陆清寿，年二十，借庵拍马辔。据云王灵官附身，裸体跃出，持鞭坐堂，两股肉颤，吞烛火不熄，斫刀于背不见血，颐穿铁签，指作兰花，又喷水作龙形，分付皆官话。视肚膨者开枳实等药，视盲目者开金银花等味，视吐血者开红花、川山甲等剂，想是药伙。将白纸以红烛油画符，焚灰成龙形塔形，包好疗疾。又以甲马纸、烛油书符嘱病家带归，供于家堂，或断诵大悲经，或断助金鞭等器，未识效否。语毕，忽倒地，以作退朝，然后扶起而醒。岂神仙亦凭人作威福欤？

翌日，莘庄庙会，过大王庙桥，于朱祠前观览。小轿一扛，抬阁四扛，拜香后有女擡担，可博笑。其余提珠灯者颇多。闻有骑马杂剧，看马顶马共十二匹，惜未见，不如吴塔可观全会。而热甚惮行，眼昏如三伏,至夕早眠,知老境渐增矣。

初三日(5月9日),仍燠。家勤斋邀祐儿往吕厍观社,回至莘庄,李少霞留夕膳。

次日,微雨稍凉。挈朱雨亭、楚卿、晓莲步至朱家桥,观旺儿桥社。神为城隍司、灵惠侯,抬阁两扛,香亭表亭暖轿皆全,大小十将数队,以及开面伤伪,衣装新丽,胜于莘庄。会过,憩吉庆庵,住持近仁□□能画,供香茗,陪清谭,出素纸索诗,遂书三绝。适高步青贵三至,略叙夙缘。遇严钦斋、马锦园、家勤斋舟,邀予同到市。晤族兄云桥锡灿,领游东西街,小憩凌家水榭,表侄戴梦龄上舍培荣会点费,姨甥婿毛芝山□□会茶资。祐儿等则俞柏禄留茗。晤凌仲甫福德,知尊人省三翁尚健,特惮应酬。便访凌正阳渊泉,近有西河之痛,甚至呆木,略与叙寒暄。庭中扎本盆景数十种,颇幽雅可人。楚卿办火酒、海蜇、盐蛋,予买香糖,一路浅斟雅谑,抵馆已上灯。接王聘轩信,订予入城,因多神社,不便唤舟,遂于**初五日(5月11日)**步行,自贵泾、项泾、沧泾、李泾,渡至张家甸。于茶篷疗渴,晤李玉阶国祥、范正发,为我言近地多老人:南一场□□都十八图三官堂单廷福,年八十四;丰二场四十四都十六图张家甸黄玉书,年七十;在座葛李绥,亦张家甸人,年八十;开茶肆者黄宗山,年又七十。今年如有恩典,嘱饬地保黄东来汇报。予然之。承宗山缴还茶费。再自蛳螺泾、五仙狄家鸟枪三坝、香炉湾、新造桥、东始庄返舍,约有二十里,足力已匮,幸天气阴凉。

次日,同聘轩上城。孰知严漕书竟日不见,晤其账房沈铁轵、吴仲书□□、徐慎之,补付洋钱。聘轩亦然。夜宿包氏。

翼午,始于县堂遇翰卿,拉与结账,仍欲请益,乃怒欲扭禀,旁人劝止,允无异言。偕景生、琼圃登品莘楼,近瞰山光,自乾元宫至子游祠,绿树红墙,有如读画。薄暮还乡,忽见次女困卧在床,呕吐胃恶,语言仍不伦,与昨日大异。爰报其翁诚斋,催其照断祷祀。

翼日,往吕厍邢庄存洋取息,笪琴舫作中。桂山兄弟欲留不果。

旋送米串于贾氏，厚卿留酒食，初品鲥鱼。晚抵朱塾，知祐儿同诸生往观胡家桥会，连日荒功。

至初九日(5月15日)，又不告而去观狄坝会，随便回家。读书人不知出之必告，反不如牧竖之驯良，可为痛恨。昆山余半村垂札来，寄吴人张培卿沄遗诗及其自作《少墨诗草》，录其一二入《诗话》，并拟附刻仙坛。余亦憨、高诚斋来，与之观祖父降鸾词，又诉次女病况。讵料是夕，女又痰迷气厥，头痛手挛。祐儿即唤舟送信。

迨次日，同王星如诣坛请方。侯祖谕云："心传次女适高氏，因守节在家。疏称缘天竺进香，归途得病。闻与同舟某氏谑语，似属不诚，邪遂缠绕，只宜理谕，不可行霸道。圣人虽不语神怪，然正乙法令昭彰，自汉至今，已历有年所。上方山神，自裕中丞谦革除，势焰已非往昔。近山神吏隶，复叩正乙之门，以求血食。故山神虽知，亦不问也。今宜具筵设祀，约费十千左右，世俗比比行之，无足怪也。必欲行霸，在当事则易为力，在书生则难为功。况尔年迈力衰，精神虽健，未免苦多事，畏跋涉。吾为设权宜之策，虽非正大光明之举，然亦不得已之事也。吾知高氏家甚清贫，翁媳又非天属，难免有口是心非之处，加之以逆境，重之以伤儿，事亦在人情矜谅之中。我劝汝无他诿也，无姑待也，苟得病愈，亦须为他措置长久之策，俾得心专勤业，命得延生。今筵事命金通本来速议，并定章程，禁止不许沸扬，再择日虔设花果谢罪。天竺具自责疏一道，并求庇佑等词，筵事亦须疏达。尔通复年已成人，禀亲命后，即可遵行。亦是报恩一节，毋令老父仆仆为也。先如式服万病万痊符九道，合三服。仍命通本用辰砂绘成，斋戒焚吞。拟煎剂于后：青礞石一钱、犀尖五分、真琥珀二分、辰砂拌茯神三钱、净濂珠末二分，加金薄二张、竹沥一匙冲入。方以豁痰为主，佐以镇邪清热。命弟子王应金照此增减，间日服药可也。现水汤不进，邪势甚炽时，先以竹沥少许，温热强进之。俾得神识稍清，然后议商进药。一面将筵事祷灶君前，以祈转达。"

予于十一日(5月17日)邀同高诚斋回视，时病女火升痰沸，半醒半迷。候王星如诊脉，案云："狂病复作，神蒙痰壅，脉洪舌绛，饮食不入。拟去琥珀，增粉丹皮二分、苍龙齿二钱、川郁金二分、广陈皮一钱，炙、生甘草五分。"饭后，狄坝神社过宅后，不暇往观。即遣祐儿至莫城，定乐工六人，遣舟子又载金法师，即于是夕酬神。搭棚野田，纸扎山庙，备斋筵供献，左右设陪桌，大约城隍灶神、刘李周金以及土地，供献用纯猪、纯羊、二雄鸡，厨司、茶司及诸值役者，俱书名画押。予同诚斋拜跪迎送，直至天明。所费计二十余串。而病人曰："外虽饮酒热闹，并无我分，不知是何邪神？"厥后舌红转墨，惜苔薄不堆。

次日，同李琴仙、心柏、祐之小酌。旋往东始庄啜茗，时长春会东。遇蒋讷生、家梅英，略话。便过毛家桥，于舟中见有呼予者，乃即毛裕泉，廿年不见矣。过访适毛嫡妹蔼金，几不相识，而酷肖母容，还堪想像。妹婿毛金全不家，其兄海观陪话，欲留点，辞之。壁邻即桑砚香，便访见留，鲫鱼、金腿，佐以玉露酒，三美可珍。同严竹君茂才家瑞、李简庭明经、孙兰亭茂才岱年、叶菊生记室□□斗饮兴酣。适狄坝会过此，表亭一，暖轿二，十将衣饰新鲜，所费甚巨。归见病女仍挺起狂呼，内人变色曰："汝不吃敬酒耶！"吾以刀绳相待。病人始曰："去哉！"然而痰仍汹涌，语仍颠狂。

十三日（5月19日），莫城胜会，予不欲观。急乘航入城，到生生堂买药，连金叶共费一洋。便进学署，会吴老师，知令爱亦狂疾，未几遽殂。赴严漕书处交账，晤程勉斋。出城，适遇二图总管社，一路悬灯，游人云拥，马踏毙老妇一人、幼童二人。回里，知贾内嫂来视病。顾少江、少山、家勤斋亦到，祐儿陪往莫城。病人常吐舌张拳，眼光四掠，力大难当，时起行走。内子呼人按住，不肯饮药，强进一二匙。徐徐始清，将手钏、指环卸交其母，仍心迷发竖，果似狮形。诚斋、许斋送予步至孙氏社棚散闷，锦坤留茶，晤毛浚川、张寄轩、金逸仙等品曲。而莫城神会适过，见社有百起，暖轿为最，香表亭亦全，土地社尤众。回见病人半明半昧，神烦拒纳，言欲回高氏。恐有不测，徒招人笑，况在李宅，诸多不便。乃于望日（5月21日），诚斋领去。内人及高妪伴送同留,略带薪米。在舟尚安静。顾少江、少山亦归。予则赴花园浜庵讲约。地保王楚珩当差,庵中女道士供茗,祐儿与老人王位山、邻人陆裕坤、丁李园、高□□陪拜,家勤斋赞仪。予宣讲"重农桑以足衣食",及《施舍修行四言歌》,《学堂日记》中数条,仙师"戒赌"说,《学堂讲语》中"治家""涉世"。回偕张宝青、家勤斋莫城听曲。适勇目袁龙标搀入乐工,唱《扫秦》,颇熟脱,知其本优人出身。

　　既望(5 月 22 日),陪李琴仙至城,观南庄胜会,勤斋、祐儿及季女同行,泊舟东市河。予往严翰卿家,交差给亲友米数。遇毛蓉江、程勉斋,暂话。回舟观社。金黄表亭、玻璃香亭,同二图会。余如坐轿太保有十二扛,土地社、十将社,衣裳华丽,所费不赀。香童一扛、茶童一骑、出猎图暨鸾驾马,并佳,盛于往岁。闻夜会尤出色,因家中乏人,不复留。吴毓芝夫人邀小女茶点,至暮,玩月而归。闻谭□□□□出门五日始回,遇崇引至苏城,有人送归,而性已呆,颜已木。舟人朱大金言,前见东施庄所杀毛贼,先割势,后剖腹,肚中见青菜肝油,其脂肥甚,如鸡油色黄,曾藏膝盖骨,备疗病。又见活埋一小长发,皆放火烧马宅者。

　　十七日(5 月 23 日),予挈祐儿抵塾,与勤斋同舟。从塘口步至高家,省次女病状。带朱书灵符三封,一书"好生宫敕,统治万病回生真符",一书"急准符咒,令万病万痊",一书"豁落令,统治万病回生灵符"。如谕斋戒,念佛数声,用洁火焚于白滚水,冲入药内,每朝服一封。家堂中堂司命前焚香,又拟发愿,或放生,或布施。病人正在肆威,口开心蔽,唯闻呻吟声,良久方平静,睁目勉叫予爹爹,而水浆不入,久未合眼,恐难支持,诚斋虑有不周。昨赴史家甲问课,据云自杭进香回,偶倒盆水,适水仙驾过,溅湿神袍,亟宜斋谢。幸有云山汉酌剂,家嫂亦遣人来。内子念去年侍疾,次女主汤药者月余,今须尽心陪伴,代婢媪之劳。而予以馆政多荒,只好割爱赴塾。舟子魏二云,昨有书生过骢马桥,见有物坠地,系前行人所遗,追上问其人可有失物。其人摸索不着,乃云:"吾失一罗汉石,得价廿千。"究其方圆大小,言与物符,遂还之,其人喜,问其住址姓名,不告而远去矣。此阴德可师法也。闻怀石者为钱庄中人。托魏舟带平墅朱桥讲约单,以备转寄。华竹楼、宾于来,论文良久。

次日,朱少美自苏回,言曾中堂于督署开吊,公子纪泽、纪鸿历署恩荣,讣告省垣绅户。知追赠太傅,特旨予谥文正,敕建专祠,入祀京师昭忠祠、贤良祠,赐祭一坛,赏银三千两治丧,前武英殿大学士,赐封一等毅勇侯,世袭罔替,赏戴双眼花翎,赏穿黄马褂,紫禁城骑马。生荣死哀,古今罕有其匹。本朝谥文正者,睢州汤潜庵斌、诸城刘延清统勋、大兴朱石君、歙县曹俪笙振镛、滨州杜芝农受田五相国,合公六人而已。

十九日(5月25日),遣祐儿往新浜视姊疾,稍能睡熟,而忽安忽危,胸膈仍未通利。昨夕唤魂,病人辄呼"大人来杀我了",闭帐神惊。又曰"床前水泥草鞋何多",想有长毛鬼作梗,即解锱斋送。又因进香回来,曾过洞港神祠,乃书疏,同诚斋赴观音猛将前焚香虔祷,并于土地前焚疏,求其饬查失魂之区。大嫂与顾姨来问疾。内人乘顾舟往天兴庵请仙方,有橘红等味,能消痰。至暮,高氏复备关文,在大王庙请喜。予谓当主医药,不可缘其拒饮竟不进也,诚斋诺之而去。姚颂仪来塾,畅叙离悰。

翌日,季女来视姊恙,内子不忍同归。

廿一日(5月27日),已届伯谦小祥,日月如梭,情何能恝。而仲舒恒不家,并未延僧诵经,可怪之至。犹忆其生前,每到索予日记一观,今谁与予心印?予往视病女,颇能呼我,唯内火犹炽,舌苔墨色,亟宜医治。嘱请瞿芝香诊视。是晚,小雨初晴。祐儿陪颂仪及楚卿、晓莲乘画舫上城。周春江为起单事来质,嘱会十四图经造倪奎、严虎章文彪、家味兰来闲话。至夕,代东翁赴醵饮,憩姚畹香家。其长子子卿□□劝酒,肴馔颇鲜,胜于馆菜,乃出自洞港饼家。偕朱克翁、沈梅轩□□、朱晓楼国泰、王植三绍槐、顾秋谷、周载扬、朱霞峰□□、王悦卿□□、韩心耕□□、朱南轩等并坐,共三筵。朱晓春、俞蔼人、朱丙云、宓蓉台欲强予饮,迭来试拳,幸胜不至沉醉。

廿三日(5月29日),霁。同朱雨亭、家勤斋乘航至城,予会舟费。同舟毛企堂、王益生□□、俞柏禄、朱松朋辈,因路遥,嘱予剧谈。登陆时半赴石岸观戏,予同人品汤面、高粱。旋赴寺前街,遇潘少峰、家仲舒,询知颂仪等在鹤岭泉,同至石梅观跑马,登白衣庵、文昌阁。姚颂仪、朱楚卿、晓莲、祐儿骑马出北门,直至兴福寺。方丈莲航禅师□□陪话,煮本山茶。回同小三台游玩,适报本总管引会,倚石畅观。便憩章家角钱园,花木皆剪本,新绿生香。予作东道,留钱恒山、包九仪、姚颂仪、家勤斋、朱雨亭、楚卿、晓莲及祐儿夜饮。点跳柱、虾包、火踵、鸡雄、鸭舌掌、八宝鸭、白蹄,以梅杏松米、扁豆酥侑酒。始则鲁,继则绍,稍斗拳令,不放酕醄。约费二千九百。门前观灯轿,各各兴酣。同勤斋宿包氏,颂仪等仍宿舟。

次晨,茗话近悦楼。遇许浦人徐叟,年七十二;汪叟,年七十九,均矍铄善谈。又晤娄江濮姓,为我言钱调甫鼎铭已升直督。旧识之高飞,无如此速,可慕也。旋至俞书庭门房,观正会。晤桑宝臣上舍廷璐暨其公子君寅棚,即昭文府元,躯伟而沉默,才十七龄耳。复由小东门至大东门,于钓桥东品茗,味颇佳。以薄荷汤抹面,尤觉香而凉。适社过,见各社衣饰缀珠,贵重而华美。土地社扮各剧,更足动人。扛头三,莫妙于太保犯童,用把山虎,悬新式洋灯,都有灯牌楼。程提台□□之幼子一乘,昼结彩球,夜架灯棚,四柱挂羊角葫芦灯,前署不夜城,后装月宫样,有夷女弹琵琶,如八音匣。见者拍手叫绝,可称大观。自幼至今,此为最盛。予倚凤花春栏干,有如水精宫,移来供赏。况自李王宫至慧日寺,家家悬灯,如两道火龙,复有公馆鼓吹,洵是太平景象。六门内外游船填满,遍地欢呼。邻境如无锡、太仓,亦来览胜。因天阴养麦,农未尽刈黄云,尚有片暇也。而好事者辄造妖言,谓北京宫有仙现,南京督署亦然,俱喷烟气。浙江萧山水漫陆沉,有石八妹,是女凶而为尼者,今已年近八旬,而力大如虎,满面凶恶。抵掌茶坊,有一妇女跟随,想是其党。向例轿马上娇儿晋各署,每赏银牌，绅户亦赠团扇、香珠、荷包、手帕、茶食等物，而今一概削除，想亦去奢归俭之渐。恐如此繁华，脂膏易竭，非足民之道也。庞云槎、居敬止等投呈，请禁土地社。邑侯亦以秽亵诲淫，批准给示，庶正风俗人心。路遇陈君修、仲卿和、陆懋修三孝廉、归公临康文、吴英伯福畴诸茂才、归千之贰尹显、潘少峰上舍、俞蔼人少府、吴俊人上舍、朱心梅、汇吉、家仲舒辈，略谈。薄暮，晤陈瀛宾于包氏，承谢评跋，剪烛论诗，连床叙谊，洵秀外而惠中者。

翼日，与雨亭访黄敬铭，承留汤面，嘱公子小江协璋于秋祭赴忠孝节义祠陪拜叔母，庶设位不至虚名耳。又偕瀛宾憩石梅荷榭，惜予倦游，唤祐儿陪上山顶。名山有士女点缀，矧复野花黄绽，乔木绿新，加以古墓红墙，荒亭白石，颇有画意。倾一杯香茗，神游翠微，时作仙乎之叹。须臾二子至，瀹清泉同话。并观马医治马伤，口馁药草，吐恶血一升。而舟子来催上船，与瀛宾分手。于篷窗沽酒，同颂仪、雨亭、勤斋战拇，淋漓畅快。而诸子得新牌碰和，予约至马泾口，应让我辈弄牌。赖酒力一枕坑间，比醒已至马泾口，遂同打天九，得彩百余文。傍晚回塾。

追廿六日(6月1日)，细雨如酥。欲赴新浜不果，爰遣祐儿往。回言病女不增不减，面目无恙，唯饮食不进，舌带墨苔。想邪火未退，甚为焦忧。李琴仙、家勤斋均来省视。顾子和订祐儿文会，因两文一诗，日中不及完卷，故在馆构思。子翁送卷来，限以两日。佺湿生文蕙同周爱棠来谒，因其兄佩秋文兰病瘵，于二十日祈祷隍司，其母恐乐工在神会正忙，就近延道斋供，忽被乐司张姓抢锣索诈，特来诉知。予札致地保李小梅，言："道家专司祝献，鼓吹例所不禁，何罚之有？倘唤门徒乐部，亦不过五人五工，一赞双工，一时应酬，大约七百文之数。当时给道士钱七百，今劝爱棠赔还，亦对得过，何以强抢铜锣？并报两图地保，需索无厌。张鸣皋父子并不讲理，擅行勒诈。岂知乐工之用不用，听主定夺，从无必用乐工之理。周姓况非揽行，现在理当还锣。既唤地保，不无茶东，祈致意张姓，主人再贴费七百，以作酒资,俟缴锣即付是也。如有他言,决不能应。"旋知信到,即送还锣,酬保之费,悉如所断。

迨次早,予省女病,知连送长毛鬼,病人言床下多践泥蒲鞋,至今始去。昨夕睡熟,已食藕粉米汤,唯语仍带吃耳。内人日夜陪疾,困惫思归,予允唤舟来载。高诚斋、云山留酒点,叙话多时,而季女亦遣僮带果茗来问。回塾,而姚颂仪已返苏,不及送别。

廿八日(6月3日),遣祐儿赴张港吕库等处会话。予则拟洞港泾轮举公醮疏,期于亲切,不博四六之工。高诚斋来,言病女服瞿芝香方,病渐退,而睡即惊觉。想物据依然,故胃仍呆,心仍木。

翼日,舟赴仙坛,补祝文帝,并为次女请转方。侯祖云:"渤海嫁女,神识稍清。再服万病万痊符两副,前后通计九道,如式斋戒。服日,家堂、灶圣、祖宗前焚香。方开羚羊角一钱,先煎、辰砂茯神钱五、炒远志一钱、苍龙齿一钱、焦山栀二钱、嫩白薇钱五、降香末三分,绢包,加水炒竹茹三钱、淡竹叶三钱、生谷芽三钱,服二帖,用生熟谷芽、二青竹茹代茶。仍须间日服药,仍延王应金一手诊视。时交夏令,宜多焚降香。并赐坛余辟瘟香三条,再锡盘前条降六条。每一符用一条,降香煎汤,焚符于内。再锡莲心九枚,盛囊佩身可也。"并谕明日掌好生事黄仙官诞,着放羽族鳞属,约数千文。予同人凑钱了愿。今社系罗筑庭、毛亦美、李静轩等轮当。晤顾燮堂炜文、毛世卿、周月亭、李德卿、包九仪、陈念瞻、黄朗轩、仲华、孙世昌、学卿、锦坤、克昌、佩香、张寄翁、雅琴、宝华、王聘轩、芙江、赋梅、星如等,倾襟畅谈。见张婿倪协亭上舍俊良病瘵已深,面目非旧,扶拜请方,恐已无益。祐儿缮录竟夜,予撰祝诗先归。知适毛从妹来访,与季女并未相识,而彼此绸缪,留膳至夕。张宝青见示郡试正场文,请予笔削,略改数处,评云:"笔意坚凝,词条丰蔚,前半尤擅胜场。元礼龙门,唯此才可登。宜其拔冠童军,为士林模楷。"

晦日(6月5日),舟次与嵇条甫□□、桑柘村□□闲话。旋入城,在严漕书处归蒋李王金龚五串,并有差给之贾串十四石。翰卿收钱不缴，欲扭见官。其账房程勉斋□□、沈轶钠劝止，允不放差下乡。品面于文学里，品茗于近悦楼。至晚回里。

五月朔(6月6日)，舟次见日食八分。有莘庄庙祝吴耀明为演戏事来质。予云："汝欲发帖请汛官、艄官，尽可不必，只须勿摆赌台。一香伙那能压众？慎勿领首，还应公议条规。"为书大略："一、此系社中众姓及邻近图人心愿凑资，并无硬劝勒捐情弊。一、出入钱数，归公正地主一手经理，逐项开明，众目共睹，毋得侵冒，如违鸣鼓群攻。一、此地水乡民瘠，量力佽助，够费而已，并非绰然有余。倘有借端索诈，禀官究治。一、本庙久未演戏，恐亵神明，第伤财亦所当禁，限以两台，不准多演糜费。稍展酬神之意，亦不伤节制之规。一、借戏敬神，理应整肃，或有酗酒斗殴、抢亲争闹等事，定干神怒，同社人不能分咎也，各宜凛之戒之。一、演戏专为敬神，不许场摆赌台，邻开私局，如违坐罚。一、此系两日中赶紧完愿，不及请官给示，恐少延时日，有碍农功耳，诸君子谅诸。一、神庙理应洁净，如有强借厢房，开设肉庄、烟铺、酒馆、茶坊，呵斥莫怪。"至午，舟至张港贾氏会话。并问佩秋侄恙，见面腴无病容，血止已数日，而少力倚床。爰托笪琴舫、邢福堂写病缘，赴坛请方。并札嘱张宝青，烦代书疏，转邀下沙手王星轩。午后，始抵塾。遣祐儿带仙方视次女，恙未脱根，唯忆母不置。且服符灰及荷囊系臂后，大怒踊床，迨将佩囊投水乃安。惟敲锣试刃于床，似属太猛，恐震病人。

初二日(6月7日)，往会顾子和，送节仪，谈文片晷。回遇李青来、张桂亭见过，欲予调和金姓家事。据云，父子姑媳均不睦，须设法使安。予云："此总由小辈不是，俟付信去，或得回心。"

次日，晨阴午晴。莘庄演戏，知偶有抢亲，而未开博场，尚能遵禁约。徐达于司马朝经来述，省城连获奸细，搜出黄袋，有数百姓名单，捻匪李长寿党亦有搀入者，口供余党半混抚营，挈审定案正法。予赠三代诗钞，冀得行远。

初四日(6月9日)，莘庄仍演戏，晓莲等往观，而予因目疾，不果行。至晚，桑侣芳来塾，与谭诗。夕命祐儿问姊恙，回云满身多蚊齿痕，可怜之至。日唯呼母，必须雇妪扶持。连夕挣起，将带自缢，急救始苏。

端阳日(6月10日)，朱少美邀祐儿，家勤斋邀同马景园及予，均由老湖桥至荡镇，观大青龙、大银龙两号船。彩棚署"日月争光"，果然夺锦。小龙舟打小锣助之。泊卖鸡桥东，见哺坊前白鹅数百，恰宜此荡之滩。便访华义庄、关帝庙，庙前有大银杏树，几及一二百年。过望亭司署，有小辕门。又观龙船灯，大半羊角。复同家朴园游杨树港、东桥窑湾。路遇吕文元、李棘卿、顾晴川、少山、朱锦波、晓春，略谈。重访文昌阁，见会课案，生童十名有彩，而试者不过十余人。山长为金匮赵伯寅先生□□。有长髯道人引至三公祠，祠附县令□□□□、邑人邹中泉抚军鸣鹤、侯叶唐侍郎桐。其他如延庆禅院、烈帝庙，俱新修。唯城隍庙已荒，今正动工葺治。步至鹅湖滨，多水蚀石，东望数万顷，一白茫茫，汹涌可怖。登星桥，南望华氏木排坟，古树参天，青葱阴翳，约有百余年，足征后起之盛。自小桥转西，又至新华祠，系明征孝廉华先生□□之丙舍，门贴裔孙喜单，同案六人，且瞻华氏分支义庄。有司计程□□来揖，闲坐片时。闻有常州洪福班夜演，不及观。见纸扎鳌山灯，悬于水榭。行将上船，同桑侣芳、朱少美、雨亭、楚卿、晓莲、晓春啜茗板屋，陈子耕□□会东。临水观龙舟，游舫拥挤，不能进退，龙船至此即回。黄昏，阵雨泥滑，以致灯舫未装。同人茶话三阳楼，少美作东道。祐儿先随予返，倦宿舟中。

平明，带水果视次女，能饮米汤，惜舌苔不堆，又未大解，语言尚未分明，唯看内床，似有畏惧状，幸无寒热，眼正而清。高氏留茗点，言近须觅人陪伴，而乡村又无闲人，奈何。季女亦至，尚能下床陪点，谓粽为宝塔，糕为高升。

初七日(6月12日)，解馆。便路到朱家桥讲约，吉庆庵僧近仁来迓，又出彩笺乞诗，应以三绝。坐南四场四十七都十五图地保章守仁上手本跪迎，邻近六图地保薛成德、十四图地保谈高福亦来接。据云，每公事，三图通办。地主高步青贵三陪话，祐儿赞仪。宣讲"重农桑以足衣食"，"劝惜谷"，"戒赌"说，"训子""训女"。老幼妇人拥挤成市，不嫌兰若无邻。移舟平墅广福庵，地系南四场四十四都南二十七图地保马晋昌亦用禀帖来接，住持福昌供茶，镇主沈维□、徐锦涛□□同拜。拈"尚节俭以惜财用"，附讲仙师"戒烟"说，《学堂讲语》中"勤劳""俭朴"，及"丁清惠不占便宜""朱文公祝天大雨"等事。听者亦多。镇人李依仁□□与祐儿相识，同憩茶坊。而予不暇浏览，仅见后庭多盆景，幽雅可人。欲访医士叶湘亭年寀，恐其不家，只投柬，而看证甫回，留予辞谢。逆风渡华荡，幸昼长，返里犹夕阳也。

　　翼日，往东始庄偿店逋。午刻祭先，偕李琴仙酾饮。

　　初九日（6月14日），遣祐儿入城办货。季女自贾氏归。予于李祠与吴望云谈久。见刘麦已尽，莳秧方兴。桔槔拦途，往来从纤道。

　　次日，大雨滂沱，可省灌田水，不啻天雨金也。竟日偕李氏叔侄手谈遣兴，牌运未通。

　　至十一日（6月16日），仍然不利。

　　翼日，与金湘坡札，苦口劝其家和，因丽生是旧徒也。

　　十三日（6月18日），料理病女药账。赴戴家桥，与张小园、戴竹溪、李心柏茗话河房，琴仙以火酒留饮。家人报贾厚卿来，遂回陪膳。同南行，复为县役押保事乘舟上城。已日暮，往严氏，怪记室程勉斋失信，遂嘱予缓至明朝，准收回差给之串。冒雨走至包家，挈汪仆信宿。

　　至翼午，啜茗彩月居，晤徐俊卿、瞿柏亭、徐润之小叙，西张墅吴仲余□□来会东。晤钱三粲茂才彦邦，痴性仍然，小辫短衣，问祺侄寓所，予曰未知。翰卿借管押之名，匿避不面，转嘱其弟慧钦钟元调停。

　　直至望日（6月20日），始归串释保。虹桥茗楼遇瞿竹村丈，谈及九老会，喜欲入社，代作东。返里骇闻次女培礼于十四日子刻惨变，痛哉！人来述其自知病革，连呼父母。及舟来载母，半途又得凶音，伤哉！念其婉承色笑，秉性温柔。勤则篝灯纺绩，入厨烹炰；俭则淡泊自甘，衣食有节。即嫁贫户，幽恨不形；纵丧丈夫，委命不怨。方冀久留予家，侍母到老，且小弱弟得有姊助，痴聋亦可当家。何以厉鬼凭陵，竟夺予爱，自今百事灰心矣。前以洋钱托予买衣料，尚待裁缝；办妆镜，曾未一照。予带食物，拟假赴馆之便，往问留贻，今一见之，不觉泪下，放声大哭，哭罢又为长叹，其母当更断肠也。知李琴仙代予办棺，祐儿、惠女随母带钱米即日往哭。予与祐儿守家，其时大雨翻盆，予眷淹留三日，议治丧事。且检点衣裳首饰，妥交其叔姑。亡婿于五月不起，今女五月生亦五月卒，似择时然。唯遣嫁以后，连服三丧，今太姑之服尚未除。向尝制履以供三代，今其舅宜更失明。去年侍母疾，主持汤药者月余，今女病，暂伴半月，自应忘劳，而岂意望生仍死。

至十七日(6月22日)，其母弟思返，冒大风雨，舟几覆，暂留嫂家。王聘轩来述，张桂亭之子送姊回金，因湘坡骂媳，激怒拍案，致茶碗堕地，湘坡亦自折烟筒，彼此扭打，金氏遂锁来船，几欲致讼。予谓："不听吾言，遂成雠隙，及今尚可挽也。"聘轩遂以调和自任，往劝桂亭。予则忆女心痛，日夜如痴，未及陪往。以浊醪浇闷，以弄牌遣闲，卜昼卜夜，必令心绪都忘，糊涂过日。如时锡蕃、吴望云暨李氏昆玉，皆来唁，相对只呜咽而已。因漕米钱数不符，慧钦札致聘轩，约其到总房一对。

爰于十八日(6月23日)，倩琴仙陪其查账，照折尚少九洋，乃遣祐儿于翼日往找。内子归云："女久盼爹娘，路远事冗，不便飞至。因污被无人洗濯，竟放早卧蒲席，未免伤寒。且自寝左转右，留余地以让夫魂，亦见神明之定。"予既难告无罪，况闻其舅有失误，或为冤鬼索命，误嫁难追。曾言归借款以备椁资，鬻手钏以营佛事，惜病中用烦，早已告罄。临殓面目如生，不忍正视。虽椟木稍薄，而鼓吹下棺，尚非漠视。即哭以十律，事颇详焉。予处凑资安排丧殓，亦难辞耳。苦命至此，犹幸不陨刀绳，陨于疾病，无惭正命全归。

二十日(6月25日)，舟至吕厍邢氏会话，然后到塾。因事久旷，自愧难对东翁。余亦憨来谢改其弟诗。李青来携其先公菊亭丈仁《覆瓿吟草》嘱选，为校字，并易数章，择尤入《诗话》，请顾子和明经序之。子和以前期会卷来，知为吴门吴小珊孝廉肇祉评定，取祐儿第一。题为《子曰席也》《不日成之》《壁经梅雨画蜿蝓，得经字》，批云："词条丰蔚，仍复思绪灵通。前半不急出曰字，将夫子诏以及席之意，曲曲传出，尤见骊珠独得。次笔意清新，自是投时利矢。"

廿二日(6月27日)，代季麟卿及祐儿挽亡女，惨不成章。

至翌日，朱生戒甫炯馈鲜荔枝，肉似玉球，味同甜蜜，色香味俱佳，较胜前次伯谦之所寄。乘酒兴，赠华宾于十章，以劝婚、劝试、戒洋烟作主。虽交疏而言必深，是予本性。

廿六日(7月1日)，闻内子赴高氏，商举忏及定冥房。

次日，天晴骤热。祐儿赴东祠文会。

廿八(7月3日)夕，股忽欠筋，大声喊痛，幸祐儿急起抚摩，方复旧，然已步履不灵，可见老态。沈芝亭缴银串。蒋达卿送信函。金丽生又来谈家事。应接不暇，偏在盛暑中。

六月朔(7月6日)，为蒋户差提，命祐儿入城嘱注，乘便回家。家朴园为族中过粮事来商，索观祐儿文，主翁留餐而去。散步翠雨轩旧址，隔池花石无恙，惜少半亭。有屠户俞廷显在此夕殁，年七十五矣，欲予开报。予曰："此地保之责。况恩旨未到，缓图可也。将来地方不报，予当究诘。出费亦照量，勿被苛求。"

翼日，苦热。始食瓜。

初三(7月8日)晨，赴高家慰唁，见枢心伤。主人留饮，晤西宾华良儒□□，老西庄人，风雅可亲。言及尊人集贤先生□□，学行之粹，宜秉训者，留养先师子，附塾读书。一带泥路蹊跷，往返艰苦。

初五日(7月10日)，先慈讳辰，予茹斋，留幼儿摄祭。朱戒甫以水烟匣嘱为铭，集"积中不败，或素或青。水火既济，如兰斯馨"四句，镌于银盖。

翼晚，祐儿始至塾。言朔日留城，见漕事紧急，周安谷茂才幹详革，桑砚香观察解府。因会漕书已晚，与徐立夫□□近山游玩，而包氏客多，遂偕仲舒宿于虹桥客寓。次日，会漕总后步行回家。至初四日又入城索串，复同仲舒宿于陆懋修家。烈日如焚，唯借听书消闷，观荷纳凉。次日，乘航到贾氏，留膳宿。今自贾氏来，暑中又行四五里，困甚难支。予谓："男儿当尝艰苦，始可成事，勿惮劳也。"

初七日(7月12日)，交伏。热倍于常，挥汗不止。

次日，顾泾会课，祐儿苦暑未行。题为《大匠不为拙工》《是求有益于得也》《夏雨雨人，得人字》。季黻卿送卷来，乞予评阅，共十九卷。取清稳者一卷为首，旋知为时景甫养源作，余则桧下无讥。将李菊翁诗嘱顾子和撰序，或得锓版流行。

初十日(7月15日)，暑酷。祐儿赴高氏道场。内子、季女备忏仪茶点，亦至新浜。而予则畏日留塾。时东祠文社，题为《当暑》《天油然作云沛然下雨》《两眼犹能书细字，得书字》。祐儿自丧家回来始应。是日晨燠晚雨，出题者似有先知。予念先君寿五十二，先兄寿五十三，唯先祖寿六十三，今予亦六十三矣。年迈畏劳，爰向东翁面辞馆局，本年勉竭驽骀，当终其事，倘来岁祐儿可出门，拟就近局，以便省亲。

次日，祐儿复至高氏，承乏一切。

十二日(7月17日)，往谒时挹山丈，清谈半日。见古貌古心，令人意远，年近八旬，未脱一齿，洵神仙中人。蒙留茗点酒馔，鲜味罗陈，临行复以瓜解渴。回至新浜高宅，正礼忏化库，妇女及祐儿，勤斋襄事。予同高心斋、瞿慎卿、姚□□乘凉手谈。憩瞿氏志古堂，孰知内有妇人起痧，眼定口噤，昏迷不醒，其子业成衣在外。予以灯草拌卧龙丹，入鼻不嚏，嘱其叔赶紧延医。

至次日，挈妇女、祐儿回舍。因酷暑，须在家息养也。半途就刘巷口瓜田，买瓜解渴。而贾氏送来雪沟真种，特佳。至暮，北风扇凉。

李琴仙唤查叟俊唱《龙图公案》，月中环坐者多，予已迟卧。

十四日(7月19日)，冒暑访金景岩，不值，留札而回。

望日(7月20日)，憩东始庄，托保张壬德归陶蒋租欠。晤时长春茶话，李心柏会东。又访王聘轩，承留瓜茗。至其丙舍，与马心斋、王星轩论文至暮。

翼午，家勤斋来。至十七日(7月22日)同其往城，访范冕卿，晤其长君少六丙福。又到家静澜处，付写文笔资。晤吴仲书于严氏，姚葵村□□、叔英于县柜，均托其掣串。路逢钱华卿福钟自监出，雄心已退，扬目似盲。予谓："当日留养难民，固大功德，宜乎至今无恙也。"过石梅，玩白荷。于子游坟前啜茗，兼品麻菇面。晤黄幼村□□，即柳村祖文之子，言桑砚香抗粮事，汪令着有粮经造查报荒田。旋憩青龙巷书场，聆顾、李两歌女唱《白蛇传》，声情差可。复晋邑署，适汪公审盐枭，于书厅后听之。出城已雨，同仲舒偕回乡。

次日，晴。与家仲舒、勤斋、祐儿南行，一路手谈。便途会张宝青、时景甫，观近作数篇。托舟子送串贾二梅。午后抵塾。

十九日(7月24日)，戌刻地震，幸一霎即停。

二十日(7月25日)，仍凉。顾子和寓被窃，往慰之。知失洋钱廿三元、金佩刀银练、端砚、银水盂超、雄葛短衫、苎布短衫二件。祐儿带会卷至顾泾，季黻卿留膳。

廿二日(7月27日)，顾子和邀同入城，报失窃于汪令及捕厅黄月桥维德。先到代书周抑强瑛处，适其母戴宜人丧，讣来备分。晤周兰溪上舍冠贤，互叙阔悰。串房值严翰卿，话久。饮于张见心来复家，先出瓜茗，继陈酒肴，席有南腿炀鸡、鲟鳇鱼，风味殊胜。于范冕卿副车处领社艺，祐儿第二，附卷姚翔云第一。系庞安仁明经浩培阅，评儿卷云："首艺顺适。"题为《雍也仁》《求牧与刍而不得》《案头筠管长蒲卢，得卢字》。适翁玉甫中丞同爵、叔平阁学同龢扶许太夫人柩，遵例入城，舆卫众多，有如赛会。讣至，送楮仪，惜时暮不及躬吊。知奉恩旨赐祭一坛，赏广储司银二千两经理丧事，备极哀荣。雨后回里，已夜分,宿于顾寓。

次日,祐儿陪姚翔云、顾芸荪、朱丙云、郑友鹤往顾泾会考。傍晚尚缺次篇,携卷回补作,予责之。题为《则野文》《必使玉人雕琢之》《画长吟罢蝉鸣树,得吟字》。祐儿又代晓莲作一卷。日有阵雨,禾稻绿肥,天气亦渐爽快,予曰:"山当拄笏,风适披襟。"有悟之者。

廿四日(7月29日),镇庙举雷醮,道衣灿烂,鼓吹悠扬,可悦耳目。沽美酝引兴,口喷云:"借他三点水,完我一篇文。"往顾寓问窃案,应责重捕役,以一家之认真,免四邻之被侮。又口号云:"兵驱草木非为武,盗纵萑苻不算恩。"谓其仆云:"关门须看看。"谓其徒曰:"伏枕莫昏昏。"佥谓皆要语。

翼日,东祠会课,题为《小人穷斯滥矣》《馆人求之弗得》,生题则《小不忍则乱大谋》《瓜冷霜刀开碧玉,得刀字》。祐儿连作两卷。连日清凉。

至廿八日(8月2日),在福寿庵讲约。十二图地保沈绍泉当差,偕顾子和、华宾于、朱楚卿同拜圣牌。讲"联保甲以弭盗贼"及《小学千家诗》《诸般作孽四言歌》。听者只二三十人,想因芸苗之故。有老人言,北桥押旧器家,有人将刀砚出售,似洞港泾人。回与子和寓斋商议,主人留瓜。瓜价甚廉,每担不过四百余文,而味较甘,不比始出时之贵而淡也。

廿九日(8月3日),顾子和、姚翔云、朱楚卿往北桥尤挺斋处,尤文卿茂才□□唤更夫至押旧家密访,查明属实。的系朱五因估价太小,未就之他。是贼已有据,乃归告其父兄,着其交赃贼。非弗承认,而饰言外出难寻。祐儿往问贾内侄妇陆氏恙,并视顾姨暑疾。长洲家莲峰茂才悼以诗稿见质,为直笔批抹,采十八首入《诗话》,托家湘兰寄还。

七月朔(8月4日),凉甚。晓莲陪予屋后观禾,万顷绿云,油油肥润,觉单衣不敌金风。夕梦予家丧三人,恶之,似当修省。

初二日(**8 月 5 日**)，尤凉爽。内人至贾氏省疴。顾子和托予札致陈君修，请阅社卷。寄家莲峰信，附送刻集一编。因顾氏窃案查赃有据，叙明原委，缄送邑尊。即答言："如要提人，须即续禀。原批饬差查缉。"又改云："候即严饬缉究，追给领。"子和在苏，庆其先公冥寿，予送礼，而未往狮林。适朱佣高双福之田被项泾人掘鳝伤禾，朱佣吴奎之子与较致殴，掘鳝人捏伤索诈。本图地保沈克明喝令异其人于双福家，而项泾地保赵秀云向吴奎索医伤费，已出一洋三百，犹要调养费二千，且欲酬谢六洋，闻之可怪。乃唤沈保面斥，并传赵保晓之曰："田稻以办王粮，掘鳝为例所禁，当审重轻，如何妄断？ 汝如仍庇项泾人，即禀官严办，否则看汝公事如何。倘竭诚解纷，理当报谢。雇工乏力，只好备茶叶而已，索酬岂有讨价哉？"两保怏怏而去。项泾人还欲聚党恐吓，必得钱始休。予曰："伤农之罚如何？"伊口遂塞。

初三日(**8 月 6 日**)，顾门诸君各以其三代脚色开示，为录《肉谱》兰簿中。予偶进卧房少坐，而晓莲索砚，祐儿云："前以六百钱换来。"而彼则言无，此则言有，竟致扭胸辱骂，指伤儿身，哭诉床前。予但怪顽儿不是，怒杖之。喝令朱生勿较，钱且细想，砚着缴还，如违亦须告尔父，各有家法在焉。孰知朱生尚不认错，致祐儿心怀冤枉，至夕早睡勿飧。因**次日**朱生仍咒骂，未告予而径走回家，予更怒其出之不告，乃请东翁出面诉，以打破门扇与界尺置案，谓一责子一责徒。乃答曰："小儿们一时口角，一时又心夷，不必计校。"竟不挞子而去。其儿从此益凶。嗟乎，治家者有如是之畏子乎！厥后上书不读，出题不作，唯以温书了事。至此而夏楚严惩，不得已矣。况蠢儿欠读性，五经仅读四，而《礼记》未完，《四书》未熟，《左》《国》《史》《汉》及历代古文曾未寓目，时文自选有一尺高而读者无几。非但文难完善，即诗学亦退，书法亦疏，殊负父师之望。正期心专力敏，日新月异，摩厉于场前，何退居自废，忍作闲人，其与童心者复何别耶？朱丙云以诗约课卷来，题为《冷泉亭判事，得亭字》《手不驱蚊，得蚊字》《奇文共欣赏，得奇字》《频约僧棋秋渐健,得秋字》《采莲曲四绝》。以祐儿未来,姑命生应。是夕大雨如注,直至天明,水长七八寸。

初五日(8月8日),地保沈绍泉协同捕快张庆来,谓黄捕衙以名片覆候。曹玉舫代写一柬与包汛,并嘱予拟续禀黄公稿,另书送衙。予代子和谕快,回县请票通缉。

至七夕(8月10日),雨后,曹玉舫等仍贺牛女佳期,札来招饮。同席除我九人,坐大圆几。如朱一泉、姚翔云辈,均能胜大雅。余如顾芸苏、朱丙云、郑友鹤、王幼梅、陆次征、凌步青,亦能嗑嗑。予拨闷勉陪,拇战之余,飞"牛女"二字,并掷骰,以西厢为令。圣酒适中,诸君并善啖,而予则齿缺,仅品甲鱼、蒸豚、彩蛋而已。时凉后又暑,俱脱衫,而出观弦月,有句云:"一席团栾人胜月,嫦娥开镜半含愁。"席罢已二更,乘兴记事得十绝。玉舫因快班索盘费,应如何,予曰:"早已谕知,谓此案能追赃获贼,则非唯补盘缠,且有赏。倘不力,则饭食船只,只好赔。如今索钱太早。"

次日,顾子翁归,邀予商续禀。

十二日(8月15日),内子赴聚马塘,视顾姨恙,又备仪问新浜高氏。予乘便假归。

翼日,祭先。偕李琴仙、时锡蕃、李心柏、棘卿、祐之畅饮,拇战三巡,各以十拳为率。每饮半杯,幸未沉醉。乘兴复与手谈,辄胜。自昏达旦,尚不知疲。连日半晴半雨,水长又三四寸,低壤稍伤。

十四日(8月17日),贾氏送蟠桃、蜜桃,液流甚甜,诚为仙味。托锡蕃寄张竹泾丈一书。

中元日(8月18日),李心柏、棘卿、祐之俱来招,予以茹斋,遣祐儿往。季女因热见红,幸凉爽即止。水涨平堤,欲访亲朋,多路断。西王庙设盂兰会,系王芙江作主,予循例助钱,因得信已迟,未往襄事。

既望(8月19日),仍借局戏消闲,所苦文人难得。

乃于十七日(8月20日),赴金景岩家,承留茶点,并供甘瓜。晤王晋卿,据云其弟自镇江带回乌米,系湖北兴国州半臂山后盛家墩鲁肃府粮仓下掘出。得一碑云:"平波落地生花,谨防二八交加。只得龙虎走马,五羊大闹中华。"或云,自三国鲁子敬时,迄今恰一千六百年。然未敢遽信。米共六百余石,解半进京。

次日,李星耀送园桃来,留饭而去。张寄翁至,茗点叙谈。知昭令许公因委员踢死开塘夫,革任。现孙公接篆,即常旧令觐庭先生琬之子。钱伯声亦因保荐非人,降三级。

十九日(8月22日),入城。会吴学师,不值。便赴家静澜处,付月报笔资。访周抑强,催县衙续批,给票追捕。过包九仪油米铺,嘱撰补祝火神表章,即书以应。至严氏及总房索串。出城小憩茶坊,与陈尚贤、姚巳生品点,尚贤会茶金。晤仲舒侄,托寄吴塔谕单。又托航友送羊尖谕单。回里未暮。

二十日(8月23日),挈妇子玩龙舟,泊排头瀄。时潭荡猛将、北庄城隍两会,挡船约二十余号,龙舫十八条,游观者众。致璜泾人踏倾周泾人舟,有马姓女溺毙,年十四。其母扶尸过璜泾船,号哭不已。岂意彼舟人已嘱吴芝亭,硬将尸投还,将舟放去,死者有遗憾矣。晤徐蓉村、桑侣梅于舟次,略谈。移桡泰宁庄庙前,见神之大小夫人暨公子像依然,旁有画照妆奁,香火颇盛。有伴婆收香钱,云:"向晚铺床涤榆,每欺乡愚,故春间多女社,惜无狄梁公立毁淫祠。"遇李信甫亭祖、陈俊卿文杰、秀翘□□,均姻戚后辈,相见甚欢。复谒善庆庵,中供大士,有珠灯、珠玻璃幡。出门闻抬阁船金鼓声,犹往复于蛇泾口。又访金清块圣司土地堂,有香伙供茶,邻近刘姓来陪话。缘时尚早,往莘庄,遣舟子至吕库。予则晋三元堂,见有陈心田所上联额,陆月湖学博廷英所书,句亦其撰,双绝可传。又谒圆应庵,两处皆开博局,有数十台,风俗卑污,亦亵神佛。茶肆遇有姊夫妻弟醉哄者,一匿其鞋,一碎其碗。予谓细故勿伤亲谊,喝令还履赔钱,彼此如旧。晤家云桥、雅园、礼庭、芝亭,慰我悼女。复遇李瑞棠丈,煮茗畅谈,提及耆社,颇有同心。沈嘉甫培朴招祐儿啜茗。陈心田父子又饷印糕、月饼。至晚下舟，路过猛将堂，登陆游览。知龙舟人争划，一毁装饰，一夺绢灯，未上相城即回庙。地保沈义茂虑难调停。予谓："两不是，将罚谁耶？"有季姓者，言与予堰底相识，系上舍生，惜予未询其名字。薄暮始归。

廿二日（8月25日），凉。同李心柏及祐儿往羊尖。一路点日记。于华荡经小雨，抵镇已晴。陈春帆元吉上舟来迓，南一场四都一下图地保龚士发、伙邹大中易衣冠，赍禀跪接。因常界隍庙在野，且阻行潦，爰借茶厅供圣牌。春帆偕七十五老人朱松舟、七十四老人席锦扬陪拜，祐儿领众藉地，听宣《圣谕》。拈"尚节俭以惜财用"，复讲姜祖师"色、赌两戒"，《学堂讲话》中"技艺""经营"，《日记》中"果报"数则。听者二三百人，咸谓较余莲翁透彻。回憩陈氏，春帆留茗点酒肴，同金匮陆印千茂才士椿、其季弟雨亭元善及心柏并坐。印千初见如旧识，言其兄少华斋长士朴与增生侯心泉炳麟亦在无锡讲约。金匮讲生则为增生孙勖三显、附生严小岩云梯。今因薪水减半，仅三十六千，故东鄙罕到。现寓蠡桥岳家，从张竹泾先生学，其住宅则在崇安寺前，乃鲍学台所取士也。并云，彭学使极蒙圣眷，因其子掳入捻匪，本系秀才，后为伪帅，命其速回不应，陆续寄归银四万。旋将其子与银解营，曾帅欲发还，劝其处以家法，坚不允，卒以大义灭亲。曾相因此保荐。近患病请假，故苏省未定试期。又闻浙之乌镇，被匪劫典铺，抢去女子廿三。如此巨案，必须获犯正刑。晤其同乡丁子长_{天保}，系府案前茅，馆于镇。春帆邀同陪予镇西游玩。至金界城隍庙，规模宏敞，约数十楹。前有舞榭，后有花园，池亭树荫，阴气逼人。上有楼阁，西厢楼尤胜，旷野绿云，满目生气。遥望有二山，北曰胶山，系胶鬲葬此；南曰吼山。楼下川堂，有雅士十余人，肆曲于此，丝竹清婉，听之移情。出门抄至市东常界，有典当基，前俱石堤，两边长桥，红阑修整，铺以全棵江松，坚固不朽。春帆云："筑成历三年。"镇皆商贾，少文人。邻近富户有陈殿华□□，田约八千，与毛蓉江开质库，与朱荫堂为图董。其远族陈叟来诉，曾开肉庄，被殿华控官，将肉砧交公所。实因翁庄神会过此未周遍，本镇神会过彼亦然，殿华疑其所为，故挟嫌倾陷。晤杨蕚铭于石岸，云为所亲周氏办椁。回舟已晚，凉甚添衣矣。

翼日，阴。同李氏昆季手谭，大胜，得采钱，就钓船买鱼，亦家居一乐也。

廿四日（8月27日），小晴。予赴莫城，问陈、包二汛顾氏窃案，不值，致意其麾下粮兵。憩义学，查功课，张寄翁留茶，言近有二徒未来。予曰："须地保往唤，如不来，当责其父兄。此塾月报生徒，岂得视同儿戏，弗克有终。况子弟多读一年书，将来涉世应酬，亦随身本事，久旷非所宜也。他人出脩金，亦好机缘，幸勿错过。"晤孙克昌、查松观、姚允升大猷、袁龙标、赵楚珩、瞿价藩小话。回至王祠，与马心斋、王星轩论文。知彭学院于八月朔取齐常州，大约九月初按临苏属。聘轩出龙井茶，煮以雨泉，品之胸爽。朱克翁、又翁、诚翁暨家勤斋误传予家冥庆，均送祝仪，即完赵璧。张宝华札来，送药茶十服，借行方便，复书谢之。前日莘庄之行，孙子琴亦赠痧药，其夫人又留细君茶点，可谓到处有缘。

翌日，经顾泾，会时景甫、平雪庵、彦卿、彬卿，茗话一切。带上期课卷二部回。《则野文》题为朱绩斋先生阅，祐儿已次取第二，朱生文第四，一评"惨淡经营，惜未尽善"，一评"极合时趋，再求纯熟，诗有好句"。其余为《曾由与求之问》题，时凤来逢源第一，祐儿未在场。彦卿陪往吴塔。以先君诗集送朱半千，三代诗集送艄官毛午峰明山，系太湖水师左营。地保韩小亭引至祖师堂讲约，祐儿赞仪，卡司计吴端镕暨半千、彦卿陪拜。宣"息诬告以安善良"及"劝施舍""劝惜谷"、《阴骘文注》中"陈实""冯商""范纯仁"故事、《学堂讲语》中"教子""耕织""勤劳""俭朴"、《学堂日记》中"雷击不孝""乞丐养亲"。地主供茶点，朱琴斋陪坐。午后抵朱塾，天渐暗。过东祠，适会考，送节敬于顾和翁，兼商捕事。取两期会卷回。《小人穷二句》题为陈君修孝廉阅，祐儿第一、第二，一批"细腻熨帖，诠滥字有意，摹斯矣有神，佳构也"，一批"清真雅正,不袭时下墨套,好手奚疑"。惟《当暑》题已列第七,吴下宋信卿斋长兰芳定,评云"清机徐引,运笔亦轻"。

廿六日(8月29日),李厅公醮,予父子持斋三日,惜未赞襄。于祠前桥埭,遇李青来,知明年聘课义学,予嘱其速刊先集,勿复迁延。得张竹翁复函,老怀周至。

廿七日(8月30日),见祠门贴学海书院请会文单,乃订顾门诸子挈祐儿同赴鹅湖。并赠祖集于姚翔云、朱丙云,先君集于凌步青,拙集于潘信之、姚翔云。乘酒兴纵谈,折洋凤仙而返。

次日,馈月饼、山鸡于葛楞香,附片道候,见复手书。

廿九日(9月1日),札致姚翔云,促其赶办窃案。遣祐儿舣舟顾泾,约季黻卿、平夑庵诸高足往文星阁。家馥堂与仲舒欲与祐儿偕,大嫂留饭。旋往视佩秋血症,颇重可忧。朱蔼如亦患痢,未及去问,以俟来朝。

地藏正诞(9月2日),晴。焚香者倍众。朱望椿奉其叔命,嘱予札致金逸仙,延其醮坛祈祷。恐其事忙,又备送景岩一束。张捕领官票下乡,协同地保往缉。

八月朔(9月3日),家湘兰茂才、李简庭明经至,互叙寒暄。

初二日(9月4日),张教甫一经、戴铭卿汝梁、石□□□、家仲舒、馥堂来塾,予供点,东翁留膳,对榻谈文。至五鼓,祐儿陪往荡口,时上塘下塘同行者十二人,进学海书院试。生题为《身为天子弟为匹夫可谓亲爱之乎》,童题则《不知而使之是不智也》《碧山过雨晴逾好,得山字》,未冠题《义之与比》。据云,生童共六十余人,供应周至。仲舒领去年花红而返,第烟瘾愈深,昨夕索灯油,予曰"与书灯不与烟灯",遂色沮。

初四日(9月6日),予乘舟至张港,视朱蔼如疾,知痢稀神复,胃口渐开。唯顺之夫人产后病沉,其势未退。厥兄恂如、公子日新留膳饮。旋问贾内侄妇恙,厚卿见留酒点。陪西席居敬止谈艺,观其评定课卷。《无献予之家者也二句》题，蒋达卿第一，文与字并佳。便访李芝馨，提及馆局，贾梅溪阄君欲延祐儿，予恐王聘轩已代接沈氏聘柬，爰往告知。夕宿于家。

次日，赴东始庄，与单显昌茶话。吴关之子业修发，因母管其赌博，辄詈母，张凤祥义德喝其伏罪，予以大义晓之。回谒孙学卿于陈塾，晤姚叔贞景奎行医，乃理堂先生之子，学于陈憩亭者。午膳后，舟至四万荡，适次侄迁族之楼下宅，大侄媳移住厅东。所望贾塾如就，侄孙祖望可附读，仲舒亦愿带出攻书，但其嫂未必托。总之藐孤玉成，在叔侄两人耳。晚抵朱祠，知顾氏窃案，县有续批，出票提人，责地保重板，捕役协保持票往拿，而朱五诸兄避去。

初八日（9月10日），周侣芸来谒，索观儿艺，话旧移时，赠《镜墀轩诗》一本。祐儿知顾泾会文已晚，往携课卷回，补作，题为《古者民》《九转丹成鼎未开，得丹字》。秦蓉塘来，见嘱向吴姓索漕银，留面而返。

十一日（9月13日），顾子和自上海回，予往会。晤其姻翁长洲王铁卿大令嘉福，告病归，公子少伟茂才达泉在沪，未随侍。其媳系子和之姨，寄养其家者数载。近以哭幼子心偏，语言颠倒。予以先达致敬，酬对尚清，惜始醒终迷。予少时即耳其文名，旋以优贡登丁酉贤书，其时予正堂备。出宰闽粤，有循声。今犹夫妇齐眉，并许平视。奈宦囊萧瑟，齐门外宅又遭贼焚，嘱子和及媳之弟陆直清茂才清瑞觅安宅。予谓二子曰："风烛堪虞，须早定。"适见其扶藜，曰："景仰老成，已在杖朝之岁月。"应曰："墨腔未忘。"钱恒山至，其性坦率而善谈。予云："自有恒山才热闹。"淹留三日，对饮兴酣。余亦愁亦来，嘱其续印先集。吴县周少卿茂才龙章继至，把酒深谈。知尊甫幹卿州同维祯暨嫡兄少甫国蕃、雅堂全彬俱故，感慨系之，赠三代诗集。越宿，回荡口新居。东祠会文，题为《有酒食先生馔》《敬老》《汲古得修绠，得修字》。祐儿生涩，完卷已迟。晤朱半千，匆匆小叙。

十三日（9月15日），吴耀明来，予曾与秦蓉塘言，略补代完粮费，爰劝其如言。至晚，张紫卿访亲，示予画幅，山水花鸟均佳，赠先君子集。

中秋（9月17日），晴朗。胡端镕来拜，握手情深，畅谈书法，时适从子和学也。陆次征送环翠轩诗约卷，题为《樵青竹里煎茶，得茶字》《攀桂仰天高，得高字》《采菱曲，不拘韵》。代朱生凤林作一卷。戴铭卿、李青来见过，一论文，一斟诗，门无杂客。夕玩月，见严氏、马氏悬灯，均构广寒宫，以檀香线装成，中有洋钟灯盏，费半月心思。而主人欲付丙，予曰："且舍旃，俟众目传观，焚弃未晚。"诣家勤斋处，知载予季女来，乃面问家事。乘酒兴，晋东祠。适顾子和宴诸弟，王铁翁亦在座，与予斗酒兵，连饮小雅数十。惜茹斋，齿又缺，以佛果、爆栗下酒，幸未吐茵。予曰："今夕闭门杀风景。"铁翁曰："淡妆过市看月华。"大笑而散。东君以鸡豆、月饼贺佳节。夜眠已迟。

既望（9月18日），洞港猛将赛会。于东祠晤季蹴卿、余亦憨、李苑香、沈少峰□□□、朱□□□及金匮陈补宗茂才寝昌，而长洲尤文卿茂才更为旧识，自甘露一会，已十年矣，当时尚未游庠。重叙尘惊，喜出望外，赠三代诗集，见重十分。而居敬止明经偕宓蓉台、桑侣梅、贾厚卿、慰椿适来访，东君留果点，论文谈画，半日流连。旋偕往朱一泉家，遇沈小谷堃、王省斋、顾月箫、曹芝生□□、张芝堂、子容、子璠世楠、平雪庵、彦卿、亦梅、家湘兰、仲舒，主人留茗点。路逢朱俊升、顾少山、朱鹤龄、俞韫山福书、蔼人、家朗斋，小话。会过门，见抬阁六座、小轿二扛、暖轿两顶、龙舟十条、高跷八仙，余照常例。游人较旧略少，想久晴农多戽水耳。夕又改祐儿约卷诗。少美留侣梅、慰椿膳宿，酒醋笑谭。

次日，仍社。李简庭明经至，托其报名科试。知彭学使于十九日按临苏郡。晤葛楞香、华良儒，匆匆小叙。饭后步至吴塔西岸，遇陆述斋振鋆、范彦儒炳、□□□□，虽未常面，而情意殷拳，代觅凳子而坐。惜秋阳燥烈，步履维艰，玩龙舟往回，旱会陆续，未渡河即返。而舍间有舟来载女归，爰同祐儿赴勤斋之招，乘便假旋。于剃头肆见有邻妇抢铜盆，据云，店主借其蜡筌失去，今索其赔还，估价七百，反言弗赔。予云："小生意，一时力难措钱，姑缓几旬。如竟赖，可告予。或向其账家支付，如夺其盆，汝转欠理矣。"两允之。适顾子和严诘快保，有得贿纵贼情弊，着即拿贼交赃，屡次玩公，极应重责。途遇凌学圃、方□□，均荷招呼，而予已不省。

十八日（9月20日），王聘轩来，长谈。灯下为李琴仙拟礼斗疏。

次日①，偕内子往贾，省内弟妇姚产。予则往会张宝青，知试船将发，去邀时景甫同考诗古，赠予《慈恩玉历汇录》一编。旋与桑侣梅玩古帖，评画扇，同饮于双桂轩，厚卿劝酌。朱惺如茂才至，未及陪话。径抵朱祠，简庭、紫卿未返，书画正忙。夕与拇战引兴，少美劝斟。家静澜索义学月报笔资，爱告朱一泉，嘱送钱三百。

十九日（9月21日），彭宗师科试取齐。

次日，下学讲书，及放告。

廿一日（9月23日），试府长元吴江震常昭昆新老案诗古，题为《张九龄上千秋金鉴录赋，以"以人为鉴可明得失"为韵》《赋得五经鼓吹，得经字》。

翼日，试府长元吴昆新生员，府题为《皆古圣人也吾未能有行焉乃所愿则学孔子也》《策问漕运利弊》《赋得绿竹助秋声，得秋字》。予偕朱丙云、晓莲、家勤斋、祐儿赴苏，东北风利，未刻已抵娄门。祐儿手谈，连得采。予则调《望江南》五阕，以讽吴趋。晚泊胭脂桥，予与勤斋寓大郎桥巷郭宅，祐儿同丙云宿舟。

廿三日（9月25日），途遇席宝书斋长琪森，得意欣欣，知其将考拔。登望月楼东厢，邻潘园，早桂花残，无香可挹，而茶价每碗廿六，似太昂。旋访张槐堂斋长诰于百狮子桥家春山鋆宅，晤陶季玉□□，乃菊存茂才文江子也。惜菊翁未应科试，欲面无从。具衣冠，至小新桥巷，谒姚润苏州同全荣，公子颂仪出陪，以香茗见待，遍观精舍，顿

---

① 据上文，"次日"当指十九日，然下文又有"二十九日"，疑日期记录有误。

忘市城。便游玄妙观，玩地猴戏，听女摊簧。啜茗于三万昌，有高坐说书，共呼大块者；有挂牌相面，自署吕仙者。与曾仲瑛绍文坐片时，如入化境。于观东见大胡羊，拳毛长角，人投以烧饼，想自放生处来。于过驾桥茶园晤吴阌汪岂孙□□、吾邑赵韩城元溥，而须发苍苍者乃是旧雨谭肖石文寿，此羡彼书，彼羡此诗，长谈叙阔。是日试童生诗古，题为《李太白上韩荆州书赋，以"一登龙门声价十倍"为韵》《赋得露下天高秋气清，得秋字》。

次日，考江震常昭生员。常题为《子曰回也其庶乎屡空》《策问钱法利弊》《赋得攀桂仰天高，得高字》。昭题为《孔子下欲与之言趋而辟之不得与之言》。予于过驾桥东品羊面，汤清面多，啖之可饱。游潘氏迎风阁、课桑园，两处皆有金鱼，浮沉可玩。访平蛮庵于龚宅，同居敬止、蒋子敏、贾慰椿等啜茗洪仙园。敬止、慰椿随予舟膳。姚颂仪作东道，邀至汪厅观大雅文班，与吴门潘骏一茂才绍骦、姚石卿□□及敬止、慰椿、晓莲同坐，遇姚似香、张润甫、笪琴舫略谈。时演《惊变》《埋玉》《闻铃》《骂曹》《坼书》《访普》《罗梦》《挑帘》《做衣》《盗甲》《做鞋》《夜课》《前借》《后借》《舟讶》《三见》《荣归》《诰圆》《问探》《伏虎》。净如王松，正旦如陈四，虽老如壮，名不虚传。是夕，陈心田送菜单，仲舒侄来寓。

翼晨，过试院前，有人送新刻丹桂籍者，受两部。适老案诗赋覆试。予仍憩老兴园，同姚毓梅茂才应复、曹生星村及丙云茶话，予作东。到办考寓，为张宝青昆仲算县府院卷结。姚颂仪来邀饮，遂招郭裕丰、王星轩、朱丙云、晓莲、家仲舒、勤斋、祐儿暨颂仪，憩谢东山酒楼，品鱼翅、汤鸭、占参、火肉、蟹粉、肉丝、红蹄等味，点有脂油糕、红糖粽。因客多肴尽，再沽绍酒，添斑鱼肝肺，鲜味异常。同人复茗话望月园，晤谭肖石、赵觐三元鼎、嵇贞叔履吉、殷□□□□谈字学，俱颂仪会东。薄暮，偕勤斋赴颂仪之招，客有善书者陈寿甫宗基、申兰芬毓馨两茂才，为晓莲以泥金书团扇，又有能画之姚石卿，工数之张寿堂桂。席甚丰，有江珧、火踵、蒸鸭、蟹羹、糖蹄诸味，荤盆小点俱精。

惜酒似烧刀，浅量难当厚味。是日覆试题为《杜工部于王录事许修草堂资不至赋，以"许修草堂不至聊诘"为韵》。途遇褚益亭宗亮、朱梧庭绍衣，谈诗画。至夕，丙云、祐儿于袁宅进场，予则于郭宅送祺侄进院，搜检甚严。惟肩承差，不许吵扰。时江震常昭同试，常题为《岂不尔思室是远而子曰未之思也有命焉》《赋得冷金笺滑助诗情，得情字》。昭题为《子张问士何如斯可谓之达矣子曰何哉尔所谓达者》。祐儿出场尚早，惜文有误书。朱一泉留同华竹楼望仙桥品茗。见有异乡人，被走堂移其碗于别桌，辄大怒殴之，并掷碎白窑瓜棱碗两座，言手巾中有钱，欲图诈。主人婉言方解，然已失碗，价六百矣。江震常昭老案出，欣悉曹玉舫一等第四，高才自能高拔也。于观西正元馆品蟹黄烧卖，嫩而鲜。旋观锦秀武班于三茅殿，演《全家福》《卖拳》《闹王府》《下湖南》《定西凉》《闹席》《三山关》《肉印坟》《五人墓》，衣妆鲜过文班，而声情不及。回于观西浴盆汤，亦香亦爽，如洗髓伐毛。就船啜糖粥，以新糯贡枣为之，亦觉仙味。

廿七日（9月29日），老案一等总覆。予仍于濂溪坊巷食羊面。陈心田招至新乐茶园，以羊肉烧卖点心，颇胜。见吴下陆月湖学博廷英，年六十九矣，状貌魁梧，童颜鹤发，洵神仙中人，岂徒书圣云乎。互言景慕之私，快慰无似。知其由优贡，幕游皖省，曾掌教祁门书院，以司忠义局保举训导，加五品衔。其庶出子枚生□□亦在座，年方十龄，而悟性胜于读性。潘顺之遵祁、张□□□两太史皆出其门。心田并见赠黄精，嚼而含之，可以引睡。同邑陆子谋思忠、伯起凤起来，年少能文，悉陆懋修季廉之高足，与予子侄相投。至巳刻，予附仲舒侄船回。祐儿因丙云不返，留苏。送房金于郭裕丰，不受，高谊可风。仲舒买盐蟹酱凫橘红糕、南腿月饼，以供老饕。

廿八日（9月30日），知试长元吴童生。予往问王聘轩，承留午膳，同其西席马心斋论文。复舣舟高泾，访王星如不值，以张宝青语致意其家。常昭新案出，知张宝青凤图招覆，南乡除此无人。祐儿附蒋氏船归，夕为达卿留膳宿，**次午**为平舟济川留饗，晚抵朱塾。张寄轩丈邀予上苏，讲挚敬、保结。泊娄门。

　　至**九月朔(10月2日)**，从柳真巷步至张寓，即同认保李养初葆贞及平雪庵到吴老师处，索价二百洋，减至廿八番。连随礼，造礼房学书寓，讲卷结，由五洋至三洋，口舌既疲，足力亦乏。而派保钱云程福源欲全付现洋，挪移以应，颇费周章。至宝青入场已午刻。新生覆试题《子曰吾十有五而志于学》《九五福一曰寿》《赋得菊花天气近新霜，得霜字》。准给烛，出场已黄昏。闻上年彭公以出题已宴，免作经文，而吴江二新进，因印结不到，不许入场，虽不扣除，而补考费倍。文宗明为校官矣。予同郭裕丰、平雪庵、张寄翁、宝华连茗于沁园。饭后于望月园遇家□□上舍福榛，叙宗盟。谭肖石、俞书庭、喆嗣俱小售，各为道贺。品二女小曲摊簧，二男一女唱《别弟》。一男撮戏法，毯中揭出一大盆秋梨，尚清脱。复游玄都观，适结坛试法，道装丽都。有道士蕙堂来陪，言其师字月松，郡中士大夫皆与游。今春张真人馆此，年三十许，亦袍套，不着道衣，明蓝顶，见月松有报单，称大老爷，奉天师赏加提举职。又谓弥罗宝阁被贼毁，今正集资修理，然工巨费烦，不易成也。场中遇陆念慈，承招茶叙，予会点资。因斋，更品糖芋糁糕，味颇甘美。回晗吴趋顾诵芬茂才福宝于袁宅，略道寒温。灯下，长元吴昆新童生出案，顾门无录取者，唯旧识朱艺圃锡麟报捷，何一芹如此之难？祐儿于进场时，挤伤两腰，时有寒热。闻初五贡监录科，予以费大，未办文。房主袁春巢詹尹学澜倾盖如故，与予谭诗，嘱账房李松斋□□检其《适园丛稿》见赠。有《苏台揽胜词》二卷，《虎丘杂事诗》《游园诗》一卷，《姑苏竹枝词》二卷，《春秋乐府》一卷，《西泠游草》一卷，《金陵游草》一卷，《春归词》《观潮集》《讽谕诗》共一卷，《新年杂咏》《岁暮杂咏》合一卷，《醒世诗》一卷，《十国宫词》一卷，《田家四时诗》《柘湖道情》合一卷，《咏古诗》一卷，《咏物诗》二卷，《拟古诗》一卷，《消寒杂咏》一卷，《嬉春词》一卷，《游山诗》一卷，《题画诗》一卷，《嘤鸣集》一卷，又《赋稿》二卷，《骈体文》二卷，可称大观。现尚倩人缮写近作,续付刻工。复于考棚前,得《旦气集》一编,以备讲解。春翁年近七十而精力未衰,公子□□清瑞、文孙逸蟠锡纶俱游庠,后福无量。即答以予家三代集,琼投李报,难遂私衷。

初二日(10月3日),偕平雪庵、朱晓春附丙云舟回常。欲补舟中酒菜费,而丙云固辞,厚意同于姚、陈、郭、袁,何缘之多也。抵塾知颜又亭踔、梅生□□来谒,失迎。惊悉蔡生心田盐知德培病故,平生谨慎,凡事出于至诚,笔墨亦能应酬,为出色子弟,母老子幼,大可惋伤。

初五日(10月6日),家勤斋以推票托予交经造朱秋屏。朱一泉来言:"吴塔谢廷珍向贩烟土,朱西轩欠其烟债,据云有二十余千之多。迨西轩死,廷珍逼孤寡偿还,奈赤贫不能料理。已而廷珍又故,其妻索债,日挈其子叫嚣,致朱嫠欲自尽。当如何处之?"予曰:"贩土干禁,况烟债非比正项,尽可折还。虽同是穷民,而谢孤已成丁,可营生,朱孤尚幼,应从宽,可着其三兄赔垫些须,勿酿成命案。盖烟债至除夕不还,次年当不放赊账,何以两人在生不早算结,至两造无凭,又无纸笔,始索烟逋,于理不合。俟讲约时当晓谕也。且吸烟卖烟,皆有罪也,既已身故,一笔勾销。如再有索诈情弊,立传地保,究其约束不严,幸勿尝试。"

初八日(10月9日),祐儿因连疟送回。

至重阳(10月10日),落帽风狂。庭菊因久旱未花,水乡又苦无登高处,爰借紫阳高阁为簪萸会。一泉设家酿、鲈鱼,顾芸荪备糕,郑友鹤买菱,予办有果,同登避悔。北观稻陇,南俯荷池,西面与养正堂更楼相对,而虞山亦在几席前,诚为胜境。座添曹芝生□□、凌步青二子。拇战九巡,以半杯为率,并飞"九"字。壶有余沥,复各饮畅怀。予以黄精渍酒,以丹桂分香,并以红柿娱朱、顾家儿女。主人出粉团,且留夕膳,因腹饱而辞。倡七律二章,粘于壁。

次早,谢袁春翁四律,托晓莲带至吴门。沈竹屏、家仲舒领殓伽庵僧自兴为修殿写捐,予自出钱一两,劝勤斋出一千,余则嘱其自募,因公事多也。余亦憨又为瞿母病危欲定嗣,谓:"仅存破屋一间,宅基半亩,二房一子一孙,三房亦尔,而三房欲独嗣,可乎?"予曰:"例宜先尽二房,一子兼祧,如三房不遵,可从权并嗣,除此无复可议也。况所遗几何,不抵殓葬之费,亦何争为?"

十一日(10月12日),谒时挹山丈,承留酒食。同丈及殷肇卿锡奎令孙墨泉畅行觞政,品味谈文。并慰景甫、凤兰报罢,流连半天,留《遏淫编》三本。

翼日,时墨泉为贾氏送聘束,明年延祐儿课读,生三人,脩金三十,节仪在外。留点而回。

十三日(10月14日),姚颂仪嫁姊,未及躬贺,仅与勤斋送花仪。顾子和自郡归,知现定每县拔一贡,不似前次之常昭合一。常拔杨伟堂同武,昭拔殷厚培李垚。前期会课有《酒食二句》题文,吴备卿孝廉福保阅,祐儿第三。诗课卷为□□□□□□阅,则列第六,尚有花红。窃案又禀总捕厅□□□□□,批云"贼赃既有踪迹,何以捕快迁延,不即追拿,保毋有贿纵情弊,希常熟县究讯,饬令速追"等语。朱克翁、一泉约赏菊,欲皱纸成山,酿钱办蟹,约备两筵。予俟节假来馆,再定期,想黄华方吐未晚也。晤霍醉乡,话家常事。钱恒山来,对床乐叙。李简亭舍人来,知府学又拔俞又澜钟颖。虞邑明经,于斯为盛。

望日(10月16日),大暖,久晴至此阴润。贾厚卿札至:"因九图二斗三粮田误报三斗二,今托新经造请清粮居更正,有七十余亩之多。经友借予名致意局董,嘱面时申明其故,勿诿不知。"即复之。家中放舟来载,因解馆,于吴塔晤胡端镕、宓蓉台,爰嘱其发谕单。旋往吕厍,经造家朴园、地保李小梅、广福僧浩泉迎进庵,适各善女烧香拜经,正闹于新盖大堂,烟尘撩乱。王□□、邢桂山、顾秋谷陪拜圣牌。拈"和乡党以息争讼",及《小书》"劝孝",《学堂讲语》中"耕织""公门"。丹桂籍商文毅辂父恩、镇江赵自害,并讲《善书》中"请旌节孝""劝戒轻生"。听者二百人。大嫂有恙,同季女视,唤次侄夜陪。缘身无汗，舌无苔，朱确甫谓老枯恐变耳。至昏会张宝青，话片时。

　　十七日（10月18日），乘航入城，王茂兰□□会舟资。偕孙佩香及惠彬上人□□小话。往家静澜处，交月报单。便访周抑强，托其催差提案。晤吴儒村上舍□□，和蔼近人。复过严氏、包氏，晋常署，归蒋氏米串。赴星桥陈学书家，领祺侄落卷，而儿卷查不出。晤邓松溪□□，知系翊廷先生琳之侄，住近金村，今科金姓有三人入泮。遣舟子送翁氏殡分、蔡生楮仪。回棹，戴季良又会酒资。祐儿应环翠轩诗课，题为《行不由径，得行字》《隔水问樵夫，得夫字》《竹间驻马题诗去，得间字》《数枝红蓼醉清秋，得秋字》《季札挂剑、伍员吹箫，七律不拘韵》。

　　廿一日（10月22日），往谒王聘轩，恳其仍代收租，面交帐簿。旋候张寄翁，不值。宝青留同王星如夜饮。欣悉宝华病痊，畅谈善果，兰臭同心，以喜联见属。即云："南鄙振文风，芹池发轫；北堂酬厚望，梓里鸣珂。"以作堂对。又云："金鉴腾文，培唐宰相；玉堂接武，肇鲁诸生。"以作楹帖。并示《阴骘文制艺试帖》，有袁春巢先生手笔。委撰补行礼斗疏，走笔立应。承其备舟送归。闻翁相国夫人于是日殡，仪卫极隆，不及躬送。

　　次日，唤舟挈妇子上城。过旧居废址，西边王氏基，为徐理梅邦燮得，新构水阁数楹，璃窗月洞，照水鲜明。隔岸观之如画，艳羡久之。径赴西城，以筑室事，商之朱少英，并托寄南北乡限票。晤蔡生见心，唁其哭兄，问其病母。因建醮欲留素斋，固辞。仅与钱用宾、张文卿稍申契阔。于石梅玩菊，茶园后鸡冠、雁来红、观音柳、老少年，掩映池上。秋色正醋，山上霜枫转艳，幽景可人。尼姑引城女来，游者不绝。便进游文书院，讲堂已筑成，碑碣亦重支。唯四面厅、巫相庙、昭明读书台、白苏二公祠未建，存款多余，可待来岁。访严慧钦索串。遇陈喆生为贾氏更正粮额，嘱予致书司董徐月槎藻、经承严翰卿。与包九仪闲话。晤周士益明经锷廉、钱绥卿孝廉禄丰、曹蕴琛学博庆恩、玉舫茂才，互叙渴思。

廿三日（**10月24日**），姚叔贞来，赠《遏淫编》一本，因善人之后必崇信也。张宝青与王星如来，以《同登录》见示，并以喜单底簿嘱为增损，亲友称呼嘱为改正，灯下即查阅酌之。因宝华尚未复元，欲倩祐儿往太原权课一月，允之，各取《遏淫编》而去。内子以在城触秽，闷痛寒热，殊不欲食，嘱其避风安眠。李棘卿亦患疟，为乞灵符转交。

翌日，细雨。祐儿偕李琴仙买肥狞烹烂，大啖羊羔。

廿五日（**10月26日**），内人仍腹痛痢红，邀王星如来诊。因祐儿寒热，一药即愈，其有缘也。旋挈祐儿往视大嫂，稍备甘脆，幸已健旺如常。唯祺侄以吸洋烟而致窘，声言欲盗卖兄田，同归于尽，狂悖可憎。大侄妇托将田数存案，亦不得已也。予念大兄大侄，久厝荒阡，理应早葬，其资颇艰。适有堂弟浩然，欲得旧屋两楹，家朴园劝其出钱三十千，尚嫌力薄。倘此屋成交，或可少补万一。馥堂侄来，附舟赴李塾，与水窗谈艺，尚见笃诚，给《遏淫编》一部。过张港泾，询李芝馨、家佩秋恙，均已轻减，可慰祝私。又往会贾厚卿，而其夫妇皆小极，仅与二内嫂谈改正粮额事。饭后抵吴塔讲约，朱半千、丹艧陪拜，胡端镕、徐步云陪话。宣讲"息诬告以全善良"，及《醒世录》中"戒烟""戒赌"，《小书》中"戒杀放生"，《学堂讲语》中"教子""训女"，《阴骘文注》案"顾恂孝感延寿""周司敬老免溺""徐翁济人获福""赵某卖嫂害妻"。地保韩亦亭备茶点，不食，嘱还店，不令费供应资。至暮，赴朱祠销假。祐儿谒顾师，送节敬，请出题，即回北。予撰毛浚川丈五代同堂楹帖，有云："剑古莫耶，八十曰耄；圭延周伯，五世其昌。"倩王聘轩书就。闻新任张抚树声试佐杂官，有《听香》《读画》《曲栏》《圆几》等题，虽掾仕亦须解诗焉。

次日，葛楞香来招，因公子亦楞俭安将婚，预排喜宴也。爰送贺仪，并附《遏淫编》《学堂讲语》两书，札寄宓蓉台带去。有东庄浜龚大邦来诉，因公醮社分道士苏颖将其嗣子出名，未及嗣父，一朝气忿，手拍其额，苏姓眷等来坐抄，两图地保派大邦烧还路神，酬谢各一贯。

予谓："汝不与论理，遽用手殴，大非。但此举非无端。苏颖灭父存子，亦有罪焉。例应亦烧利市，地保何得偏断？予将究问，非私于同姓也。"大邦言，已出钱七百。予曰："该找唤地保向予领，试问汝因何事出族，而竟藐汝之生。他如仍不认错，是串诈大邦，予惟该保是问。倘苏姓亦出利市钱，则断事公平。酬金断乎勿赖，否则七百之赃当索还。"

廿七日(**10月28日**)，葛氏舟来载。予撰昏礼序，陪媒氏虞兴祥及宓蓉台、家沆湄□①、陆尚忠、吴益三、袁云香午饮，赌酒两巡。因家酿味酸，易高粱，味清而厚，且有橘香。晤老友沈玉珍、尤菊亭，叙旧谊。主翁倩予与沆湄、芸台、犹子□□恭安带亲，至西庄浜女宅。主人吴湘亭出迎，茗点继以酒筵，品物多多，不胜记忆。堂有"平安竹古千春绿，富贵花新一品红"楹联，甚清丽。回棹复偕吴振宗、袁万良、浦传宗、周荫芳、赵鸿山暨蓉台又猜拳，人饮黄娇，我斟白烧，大战流连。约二三刻，见故人许春宜茂才文灏公子联珍，知楞香始则殓殡亡父，继则留养藐孤，近复往苏时省。据云，父没后将其送还乃叔，而坚不肯收。未几，叔被掳，逾三年乃交其叔母。用费过度，致将其屋价五百千耗尽，仅存一半房屋，破损迄无人售，已送入恤孤局。后走出，习丝缫业，其心不欲小就，故下乡来商。楞香欲谋诸族亲，另图米布生意。予因其神清志高，似可读书，勿埋没嘉种，拟附义学，或自教，甚为踌躇。即赋一诗美楞香，并劝当世。三鼓，与蓉台宿于房。

翼日，复同人畅饮，大品肥羔，乘兴和主人咏菊，书以疥壁，惜荒庄少知音。如主人之弟岩香正坤不知礼貌，弄铅球终日，似土霸形模。座客鲜衣冠，风俗朴简，不称吴会人文。唯楞香能吟爱客，挽予为三日之淹，不得已乘间步回，又蒙送糕馒满盒。瞿兰亭、余亦憨、李苑香为苏道士来，言并非擅以小辈出名，乃大邦之嗣子嘱书，况大邦

---

① 底本仅有"氵"旁。

以叔接嫂,两侄俱混称为儿,伦常本不正也。予云:"须其嗣子与苏颖来面质,难凭虚断耳。"三子诺而去。

廿九日(10月30日),大邦又来,予谓:"据汝一面之词,几至兰亭赔累,速归唤汝子与苏姓来,方得明白。"朱一泉来片云:"上塘朱谢追索一事,已经如议和解,大为感激,可谓训导有方。"予则滋愧,想在吕舍与李小梅谈及,以鄙见指授,彼即往劝和耳。朱丙云嘱撰诗课散体,连应四章。朱克翁、一泉均抱歉,致赏菊不果,有负隐逸花。

晦日(10月31日),高诚斋来,言大邦之子不肯与苏姓面质。情虚显然,只好听其受罚。于顾子和处见公子京信,知太后万寿、今上大婚,有廿三条恩款,大约乡会广额,小试亦然,余则循例。

十月朔(11月1日),本镇二朱一龚又被贼侮,谚云"兔儿不吃窠边草",未确,当何如惩办欤?俞蔼人至,服其鸦烟戒绝,是能立志者,爰赠《遏淫》一编。家勤斋因贼持刀遗火,虽所失估价十余千,而不得不报县,嘱予缮呈。查昨夕偷过三家,况吕舍邢、笪两甥家,又窃过洋钱布匹,均已报官。邻境姚姓,又被窃至四五百金之多。苟不拿解禁锢,将贼胆愈大,远近不安。爰历历叙入禀中,令其入城自报。

初二日(11月2日),侄孙禹门乃普来,言其父绳祖病危,向勤斋于旧卖之田十二亩上贴价,而检契悉皆绝卖,无庸赘言。第事在窘急,在至亲理应通财,禹门欲索十洋。予言:"租米未收,钱财难措。"劝勤斋之母帮钱五千,幸蒙各允。

越日,赴东祠观菊。读曹玉舫场作,风神谐畅,舒卷自如,能使圣人心事、狂士胸怀一一写出,至情乃有至文。且曰:"旧令尹之政,必告新令尹。见小生之四书,前师欲速,未教读注,且字之四声,并未圈出,幼学非成材,未免贻误,怂其补点补圈。"缘明年瓜代也。有新丰大圣寺僧露顶鸣鱼,昼夜募化,已数日矣。镇荒俗薄,恐徒劳罔功。张益三守戎德鹏、贡介眉千戎寿森带炮船巡湖,路过来会,谈及土贼之横,甚欲扫除,承订销差后,于初八日来议。葛楞香来,言贼荆于前月晦不起，年五十一，嘱撰挽联。予方飞笺问疾，岂料含敛已过，距亦楞之婚才三日耳，境亦艰哉。即应曰："夫是右丞，悲秋末风凄药臼；侄原犹子，痛艾初雪涕兰阶。"又代夫挽曰："鸾胶弦续儿完愿，鸿案钗亡我遣悲。"连日水泻，腹痛达旦，幸宿垢倒空，亦不成痢，而正气已虚。欲归调养苦无舟，只好借枝静息。而酬应事烦，仍难却客，彼苍派作劳人耶。瞿耀庭招予，叩头乞助，言族叔恒斋投其柴塰于水，而又扭胸碎衣，何法以待？予查其宗谱宅图，耀庭系出服侄，且柴积东偏，非在恒斋地界，寻衅何来？想因侄之肥形叔之瘠，意欲强借钱文耳。理应看六世祖面，含忍同居，或能小小应酬，更妙。慎勿惹他怒殴，尤勿小辈还手。彼曰："行将请族长出理，其时大驾须来。"答曰："前言已尽，况非族非亲，不便饶舌。"适抱恙，决弗与闻。询之父老曰：性悭缘少，平日取怨已深。如葛邻之馈礼却力金，楞翁之还靴必亲捧，诚不易逢。曹玉舫札来，快赏朵云，并惊华月，隽才隽才。和咏菊一律，步韵既稳，寓意亦高，即寄顿邱珍玩。予不欲食，饮热酒两杯。负黄绵一袄，觉曝背胜于浇肠，且被褥晒于冬阳，天工胜人力焉。向晚，口苦舌干，内热少炽，而肌肤寒冷，小便带红，想伏暑包寒，况兼起痧，到处觉有秽气。余亦憨至，言耀庭子修僭种树枝，恐碍薪草，故恒斋乘隙。一修一投，过可两划。唯扭胸则不情，当以理遣，不可以力争。赠《遏淫编》一书。朱半千、华竹楼问疾于寝次，勉陪酬以数语。永昌徐达于刺史朝经、典于上舍朝纶来，东家嘱陪话，言多气伤。是夕仍痛，伏垢筒数十回。诸生手煎冰糖、经霜卜甲饮之，未甚灵。

　　至初六日(11月6日)，唤舟回舍，半途就王星如医。据诊脉云："脉有歇止，舌苔白根，中黄而剥，症重脉代，不得专治痛泄也。开潞党等味，元气能培。"祐儿在王氏权馆，相遇同回。抵家惊悉内人痢久，至今始起床。汪僮、蒋妪见病人甫愈又有病人，况腹疾垢秽，不欲留侍，即日偕归。唯近邻徐媪，愿留服役，卜昼卜夜，冒寒洗污，积久耐劳，以故酬金较厚。

　　越日，内子诞，治面馈邻。适仙坛补行礼斗，予茹斋，为撰四六疏,遣祐儿往乞差。便请侯祖治症,诊云:"甚属棘手,须在服侍得人,静养自爱,嘱行真实善事,如严冬施袄、诞日放生。勉开防风根炭一钱、白术炭钱五、炒青皮七分、炙陈皮一钱、煨木香一钱、云茯神二钱、真枸杞钱五、潞党参一钱、黄炙薯皮一钱、山楂炭钱五,加炒香红枣九枚。"服之头额有汗,湿热稍清。星如覆诊云:"泄泻下痢,色兼赤白,昨进温通,腹痛稍安。舌苔根白中剥,渴不多饮,脉来仍代,况左小右大,高年宜慎之。仍书党参泽泻等药。"同坛孙克昌元哲以瘠亡,荣祖嘉其缮写有功,前降开复,挽以联云:"十年问字从游,快录吟风草稿;一旦修文赴召,惨看如雪麻衣。"并以其多虑伤神,示予为前车之鉴。

初八日(11月8日),星如来诊云:"脉象右旺稍平,左小稍复,而歇止虽和,尚未能匀。舌苔根仍白腻,中剥未复。年高亟须息养。今师降峦方加减,用潞党参、煨肉果等剂。"下痢稍稀,而胸闷如旧。

至初九日(11月9日),始邀倩婿朱确甫诊视。据云:"伏邪湿热,内阻三焦,由泻转痢,逾候不解。所下粘腻薄水,神烦不寐。苔满中剥少液,脉来弦细不调,最防延虚变幻。用煨葛根、防风根等味。"饮之畅行积垢,入少出多,觉内床被上有黄鼠三跃,胸膈渐舒。时正焚大元宝,因先慈托梦于季女也。

十一日(11月11日),确甫与星如议方,案云:"昨夜连下宿粪,痢次略稀,苔薄白根糙,尚剥,肠中之湿热仍多。高年阴正两亏,最防变幻。用川石斛、云茯苓等剂。"

十三日(11月13日),毛浚川丈五代悬匾,专席请予,遣祐儿代往。赵祖谕诸弟庄书荣侯姜赵四束,办寿面以祝。确甫又来诊,案云:"痢次不减,所下皆溏粪,神倦火升,苔薄白中糙,脉弦右大,湿热未化,太阴脾土受伤。高年当此,最防纠缠,延至塌变。开土炒白术、猪苓泽泻等药。"

翼日,时形呃逆,星如钞方来云:"此甚简易。硫黄乳香等分,以酒煎,令患呃者嗅。又方,雄黄一味,酒煎嗅。又服方,柿蒂两个、丁香四只、陈皮五分、生姜一片、炙甘草二分,用茶壶泡代茗。如法饮之,幸止。"家勤斋来,言朱五犯案重重,拿获于上海,为其次兄毒毙。大快人心,而朱族亦可免害。

望日(11月15日),延叶湘亭年叅来治,确甫同议方,案云:"湿热垢滞,从中注下,脾邪传肾为逆,起经半月,正阴渐虚,而内蕴之邪滞,尚未尽化,以致舌绛苔布,糙黄,腹有微痛,便积色杂,脉情右弦大而左细微,并见歇止,显系脾肾之阳日绥,胃气亦难充旺。秋病至冬,高年恐难胜任,勉拟和中化滞固下育阴法,冀脾阳动则健运,肾阴静可望藏,胃关复振,积滞分消为妙。西洋参炒藊豆用去皮根元米炒、干霍蘮、上春砂仁研后下等味。"垢滞大宣。据言初六日并未服药,而已用补剂,未免太早。

既望(11月16日),星如来诊云:"泄泻无度,无定色,脉仍有歇止,舌根厚腻,罩微灰色。总之脾肾两亏,真火大衰之恙。拟补中为主,佐以涩味。用潞党参、补骨脂、炒乌梅等药。"

迨十七日(11月17日),自觉疾大渐,须集众名医酌方。乃邀陈憩亭上舍士镇诊云:"饮食不节、起居不时者,阴受之渗入肠胃,始先洞泄,泄止转痢,所下之浊滞已多,而犹有腹痛后重,舌红光绛,根苔微黄,脉息右部弦数,左手细濡,胃纳不旺,时或嗳气。此系湿热积滞,留恋不楚,正亏邪阻之象也。治从理气和胃清里分渗一法,冀得邪去而正安。用煨葛根、香连丸绢包、淡黄芩、清阿胶蛤粉炒、块滑石、枳壳炭等剂。"据云:"噤口痢不可救,而胃佳神旺,原有生机,毋虑也。腹尚有积滞在,使贼去扃门未迟,粪色黄,痢有红白。不可杂以黑绿,五色未全,自可活。然而红痢多下,已溶溶如血河,不无自馁矣。"服药后,仍形呃忒,喉涌腻痰,而宿垢却已泻空。自是而停药一旬,专主祈祷。就黄灿章问课,卜云:"过廿五日方稳,至冬除夕始痊。嘱斋神送鬼招魂。"东塘墅族弟宝庭刺史文治等两次来谒,想缘义庄之故,予以疾辞。强起书预嘱,已手战神昏。大意嘱妇勿哭,当保病躯;勿作佛事,须从俭;勿久停棺,速安魂。嫁季女宜择书家善门,慎勿冒昧。

待驮儿宜怜膏盲痼疾，切勿欺凌。祐儿且戒粗浮，化顽梗，文章学曹玉舫、王星如，品行学王聘轩、张宝青，才干学朱恂如、王芙江。并作生挽词。

至廿二日(11月22日)，斋星官。托王芙江办寿木，与内子同竖，费五十余番。李琴仙办寿衣，又费二三十番。诸匠麇至，骚扰异常。

廿七日(11月27日)，复邀确甫，诊云："痢至昼夜数十次，神倦形销，胸脘气机不舒，舌光苔湿中碎，脉右弦不调，左部细弱，高年病久，正中阴阳并亏，下焦关门不固，肠中之湿热仍留，至危至险，塌陷之风波易易耳。用人参条八分、土炒于术钱五、淮山药炒黄，三钱、罂粟壳二钱、川柏七分、车前子绢包，三钱等剂。"小春气暖，日照匡床，病躯无苦。而晓夜霜浓，仍须火炉，致侍者日起煨木屑。

廿九日(11月29日)，确甫又来诊云："诸症依然，痢次不减，苔光湿铺，脉左部细弱，病久脾肾两亏，阴阳并伤，肠中湿热内结。高年得此，塌陷之变不远矣。仍用参条、罂粟壳、原生地等味。"病次得一联云："腹疾困河鱼，问鞠穷曰无有；膏肓撄鬼竖，彼良医何能为？"又因预为椑襚，渐有转机，作一联云："就木转生机，恩谢帝天，马齿锡延惟补过；裁衣仍吉服，债深儿女，鸿眉齐举肯长眠。"姻家金省三上舍印根来视，情词恺切，留饮至昏。临行复坐床，不胜恋恋，握手云："内热未清。"**越日**，并送台参，又欲令女到门冲喜。确甫言可就便成婚，彼此省费。

十一月朔(12月1日)，李心柏之子大荣以痢亡，哭声近闻，咸谓可抵凶事，索所余副板，补洋七番，于场中制棺。水陆过之者，皆引领嗟叹，疑已不起，但讶带白者何稀，可发一笑。王星如来诊云："脾虚久痢，形肉销减，胃气尚强，脉虚有神。经云有胃则生，即此是也。宜镇摄静养，冀其元气渐复，拟调和补益之品。用高丽参、北五味、辰砂茯神、潞党参、虾龙骨等剂。"复言："吾师年迈体亏，非人参不能支，必须多服。"随送参两枝。王芙江亦赠高丽参一大枝。自办又数枝，日煎参汤，费十余金，颇能神旺。确甫来言姻事，金氏已允，乃倩陆桂山圻拣吉期，定于初八克期送聘银折红利市以及临门诸款，媒氏时锡蕃代父，家仲舒代兄。予恐身不及待，拍床云："盍速诸！"桂山云："予解数，禄马未倒，可勿忧。"爰唤六局，于初七日（12月7日）备轿往迎。始进糖汤，继喂团圆，惜俱未热，房媪何如此粗疏？又增疑惧。而逢喜兴酣，撰柱联云："宴乐嘉宾，绳其祖武；窈窕淑女，宜尔室家。"房联云："树背宜男草，同心命妇花。"

至次日戌刻，儿妇拜堂，予扶起受拜，并谢亲朋。倩王星如、张宝青移花烛，取其新贵齐眉。唯伴婆房妪不谨，致花焰有短长，想左首受风之故，无足怪也。时司账房者，朱恂如、李琴仙、王星如、李棘卿、张宝青。诸礼从简，借陇西正厅宴客。邻境葛楞香闻病远来，兼道喜。城中如翁玉甫中丞、叔平阁学、吴璞卿学师俱礼贺。乡间如桑砚香封翁、侣梅通奉俱躬贺。一堂亲友，视疾贺婚，甚至人浮于座，内亲如洛阳，世好如太原，尤能关照。唯金东翁向来厚我，忽因劝其家和，误会一札，致缺贺仪。予口号云："木非自腐蠹凭遭。"凡知己者皆道屈。犹忆当初疾革，或以拔亲之说进。予曰："乘丧权婚，是大不孝。即有安之者，予家断不为也。"幸而徼天之祐，可望延生，不令儿子犯大逆。第床笫缠绵，日非一日。直至两乳附骨，肌消如树柴，痢次更密。其时备西方之行李，褒服打包；辞北海之宾朋，哀吟伏枕。自分无生理，嘱勿以药物扰也。见季女惠吉常侍，辛苦万分，而身无一裘，反被弟侮，将来遣嫁如何？况寒冬抱恙，犹强起身，料理一切，日盼亲病之瘳，出于至性。思之不禁大哭，恐乔荫即凋耳。

至初九日（12月9日），朱鹤龄强欲把脉，不便故违。案云："泄泻起经月余，腹鸣作痛，小水短少，两颐皮色憔悴，舌苔右白左剥，脉来左手细弦，右手洪数，显系湿伤脾土，火郁大肠，久泻必伤肾，况平素操劳，心阴不足。姑拟清里和胃佐以坚阴，用真川连同吴茱萸十粒炒、陈阿胶同蛤粉拌炒等药,连服少差。"时长春见予眉竖曰失喜,如言唤之,胆稍壮。厥后又停药十天。王梦蘧送陈酒来,嘱以粗草纸包山药,灶中煨熟,食之颇佳。室人每夕冒寒起,办酒酿,炖鸡子。姻戚金氏谐性馈来,连食有益,戏呼为琼浆,作诗志美,又咏蠃醢、冰腐等题。房置双炉,一煎参蓍,一煮珍羞。亲友馈送纷如,遂使舌能辨味,台参反不如高丽种之物真味厚。县城之货,虽胜于乡,而尚逊于苏省。如陆稿荐、三镇斋之糖蹄、酱鸭、野荸荠,稻香村之茶点、楂糕,鲜香无比。若甪直之太史饼,嘉兴之东坡酥,尤觉油重糖白。本乡唯野鸡、野鹜、野鹁鸪差强人意,盖近湖则物味较鲜耳。山珍海错,日进床前,日觉开胃。家仲舒、勤斋、李心柏、棘卿谓鸦片可治痢,借来装喂,吸之觉下腹舒和,旋以劣烟继之,口燥乏津,遂厌而不食。虽肌消有纹,而寒热不作,饮食胜常。矧有妇女、两儿及大女俌善于陪侍,昼夜换污巾,每食扶头,每呃敲背。新妇过三朝,复能侍奉汤药。日臻蔗境,转悲为欢,作《更生》诗,自号苏叟。新妇称姑为姆,小姑为姊,季女称弟妇亦为妹,纯是和风。可恨房妪流言,使彼此疑怨。

十四日(12月14日),忽头眩神烦,风波倏起。爰于望日(12月15日)召匠圆材。托王芙江置朝顶朝冠、绣领绣补以及纳棺裀席。又饮参汤,略能得力。第两月中曾未合眼,竟夕无聊,作诗百余,以遣养夜,名《伏枕集》,和者纷纷。如马心斋佾舞题云:"姜桂经年味益辛。"张宝青茂才云:"天留一老挽颓风。"王星如文学云:"扫愁酒洗诗肠净,醒世言惊俗耳聋。"居敬止明经云:"诗多转觉病居功。"朱鹤龄上舍云:"命不穷时药有功。"张润夫上舍云:"人重晚晴天。"祐儿云:"翻借狂吟吓鬼还。"均是警句。或主戒诗养神,或主借诗消遣,见解不同。平日云树远违,至此而姻友群集。坐床问疾者,日有数辈,亦病中一乐也。觉"多病故人疏",未为确论。补录赵祖鸾谕曰:"龚心传病,未可定为精神尚好,虽增不虑,减即释然。今着王应金去诊视,将呈方酌为加删,必须细心静悟。"侯祖云:"据应金诊得脉形歇止,虽非实代,究是高年大忌。今全神提越上部,下焦火衰,不能生脾,所谓母衰则子败，甚则绝也。兹诊得上浮火炎炎烁精，而苔中剥，下火衰甚，而为脾泄，势甚棘手。虽非危笃，究不是佳兆。生生气衰而歇止，见一部则内坏一部，甚为焦虑。待我拟方，应金可于静室拟方，同拟酌定，非特教学相长，亦诸葛公谨慎意也。症上下似相背，上部游热烁精，烦躁特甚，宜凉润。下部脾土不振，宜温通。今只宜相辅，不可舍一而相歧。今专以扶脾立意，除重用辛热，食滞亦甚，稍攻又不可不兼顾，用呈方加减，以冀尽善。明晨着金诊阅，飞禀病情，再为拟方。"此是初诊病案，方载上文。至十八日（12月18日），呈诸方于仙座，请侯祖诊脉定方，谕云："呈方各有意见，未可概非。余阅似脾土不振，只宜培土为急。今惟便溏而频下，不可过用治痢等剂，以耗元神。现气分大亏，兼之病经六侯，外而肌肉，内而气血，并形不足。且水不制游火，以致烁津，不能扶土。今拟平补而兼通心肾法。开炒远志五分、土炒白术二钱、土炒赤芍钱五、大有芪三钱、潞党参三钱、干石斛三钱、辰砂茯神二钱、蛤粉拌阿胶二钱，加龙眼肉五枚。"予谓："折衷侯祖，以作收场。"遂觉胃口大佳，饭量加长，神气渐得如初。一病转累百人，频来问馈者如金匮钱芷升，长洲葛楞香，同里贾厚卿、慰椿、稚梅、二梅、王湘帆、星轩、受昌、粟金、梦蘐、赋梅、聘轩、瑶圃、芙江、星如、张宝青、润夫、达夫、金省三、景岩、品之、俞蔼人、顾少山、笪琴舫、高诚斋、瞿砚卿、卢清贵、家仲舒、听彝、勤斋、贾蒋氏、顾贾氏、王石氏、卢龚氏；问视者桑砚香、侣梅、平燮庵、彦卿、朱半千、鹤龄、少英、恂如、蔼如、望椿、陈心田、少卿、李芝馨、琴仙、心柏、心兰、棘卿、祐之、时长春、锡蕃、墨泉、华竹楼、邢桂山、孙世昌、张寄轩、黄申甫、金丽生、胡芳梅、金匮马心斋、家朴园、梅英、黄龚氏、金陶氏；馈礼者朱竹亭；札问者元和顾子和，吾邑范冕卿、童叶舟、曹玉舫。曾有句云："一病谁知四境闻。"其中若星如，尤觉殷拳，自儿疟妇痢，一手医愈，迨余病，又日夜关怀，不速已至。

　　十七日（12月17日），仲舒侄得子羮梅祖诒，家庆添丁，可慰厥祖，贺以诗。来招汤饼宴，未赴，仅领赤子粉团。将所存王公正米行一百洋、王恒升油坊一百洋、邢协和纱庄五十洋拔出，因病婚用繁，安排未了也。

廿七日(12月27日)，张宝青祀文星，命祐儿往贺。予作序近千言，不觉费力。遣儿至馆中检书，忽失文稿两部，未知庋者为谁，惜无副本。作诗以示诸生。所托顾子和荐师权馆，迄未得人，爰至腊月二日(12月31日)，邀瞿砚卿炳钟往朱祠接替，赠诗四章。

初五日(1873年1月3日)，始雪。得诗两绝，又作《咏雪》《听雪》二题。自觉兴旺，渐能耐劳，始信王生星如之卜坎之离，水火既济，先凶后吉。黾勉起床，见寿材漆成，予卧其中，上余尺半，旁则未宽。因唐墅族屡次失迎，补送三代集两部，并道歉怀。钱芷升为予题寿器曰"虞山诗老龚纯甫先生之椑"，且感且惭，报诗四绝。又撰《寿椑》《寿衣》《寿照》《寿联》四诗。衣则家常惯穿，以补平生所不足。客见死里逃生，或云公正，或云忠直，故天祐如斯。而予则谓："幸生难恃，惟痛改前非。"有句云："六十三年中寿享，只嫌无德庇儿曹。"复因连夕不寐，遣闷哦诗，点窜唐诗曰："愁人怨遥夜，竟夕费心思。"又以趋公无力，问病者多，曰："不才明府恕，多病故人亲。"天气严寒，祐儿买棉衣十件施众，费三番，以了前愿。

望日(1月13日)，雪后，朱岭梅都阃丈秉铤殡，力歉未送，仅寄《薤歌》一章。徇顾子和、马心斋、王星如之劝，欲戒诗，志七律五首。而张宝青又谓："借诗消遣，尽可忘忧，断不可如枯禅之寂。"予复韪之，爰答数律。

廿二日(1月20日)，贱诞。予遵仙师命，放鲤鱼、元鱼。挈儿南行，谢亲友贶。惜病后艰于拜跪，各恕简夷。贾厚卿留午餐，朱又翁留汤面。半途遇居敬止明经，篷窗话别，且赠新诗，随和五首。

翼日，祐儿入城，为贾氏送米数。通汪公祖丁内艰卸事，代理王惠山运同嘉桓下车公座，即汪令之姻家，同隶怀宁县。

廿四日(1月22日)，内子拉季女赴高氏，于次日送中女殡，哭以五章。前所误葬婿旁之聘女,系予堂女侄,内人叱迁,附于下首,亡女之魂始安。予为亲族上仓缴新赋,送结即出,米到即收,祐儿监斛。夕宿包氏,以暖炉浇寒。

次日,往完本宅漕米。至午回乡。连夕周身抓痒,皱皮脱落如鱼鳞,褥中积满,知病将复元。钱宝斋押租米来,留膳宿畅话。予家于岁杪送灶,例用素盘。何乃古祀以犬,号曰黄羊,岂东厨亦肉食耶。

廿七日(1 月 25 日),予家送金氏年盘,金氏亦来做弥月。祐儿赴城乡了逋,冒寒跋涉,尚能服勤。予诣仙坛辞岁,兼缮四六疏,拜谢活命之恩。

除夕(1 月 28 日),天晴。祭先。家人幸勿药之喜,举屠苏酒,共庆团圆。

龚又村自怡日记卷三十二

同治十有二年癸酉(1873—1874),六十有四岁

元旦(1月29日),编诗为《营裘集》,因今年决计家居也。领子妇祝拜内人六秩,约法茹斋,稍煮汤面。惜团拜中少一中女,乐极生悲。况利金、脩金俱缺,仅借讲约薪水,度日较难。金尽床头,而百匠丛集,开费亦繁,觉愈老愈穷。所幸病后寻欢,诗酒之兴不减。王星如、补蕉、诵莪均来拜年,留素斋。侄婿陈念堂、次侄仲舒、侄孙听彝又来祝寿。同至莫城拜牌,宣讲"黜异端以崇正学",因教匪横行为世害也。复演姜祖"烟、色、赌三戒",各用公服,予并用朝冠绣肩,因元日不敢不肃。回遣祐儿陪客,参以酒肴,不欲强宾同主焉。闻旧令汪公又丁外艰,天不使与闻漕务耶。

初三日(1月31日),贾稚梅祉昌来拜节,膳后即回。予偕黄申甫、王星如赴仙坛拈香,缮四六疏谢恩并贺禧,张宝青留酒点。

初四日(2月1日),祐儿赴南乡贺岁,膳宿顾氏。次日,饭于贾氏,日晚回家。李芝馨、时措宜洵源、桑侣梅、贾厚卿、慰椿来拜,留午餐。

初六日(2月3日),祐儿往金景岩、吴翰卿、张润夫家贺新禧。予则乘李翠峰画舫,同李心柏、祐之赴桑氏道喜。时内弥甥桑锡谷捐部郎,加五级,曾祖父皆受从二品封典,仲父亦得貤封,四乡罕有。乃祖砚香通奉并赏换花翎。予赠二律,兼志谢恩、喜宴两章。晤屈兰坡刺史承幹、刘孟瞻舍人、李镜皙光正彦培、蒋简庭茂才、金景岩明经等,连饮畅聚。家安卿茂才凤欲通谱,尤致殷勤。回知祐儿忤其母,出言

不逊，予怒发冲冠。

越日，其夫妇反马。季女南行，问内侄妇疾。内子赴李琴仙阃君之招。俞蔼人、顾少山来拜。

天诞日(2月6日)，仙坛荣祖传宫谕责祐儿一道，有云："紫府职等谨奉宫寄条谕曰：弟子龚心传于客冬大病，子通复能悉心调治，具疏求痊，愿发放生、施衣等善举，实属可嘉，子职不亏。故本宫准其疏愿，汇同各职神祇，力保转奏，却病延年，以昌善举。伊子亦准早达芹香一科，用昭劝孝之至意，故于媳妇于归，遂庆反危为安，由是以征媳妇非无福可知矣。何因区区物件语言，以致日闻诟诤，加之婢妇之流簧，重之外人之谣啄，复既不能调剂其间，骨肉等之陌路，不知尔岳金君爱婿不爱亲家？尔何偏听其言，不识亲与岳之情孰轻孰重？况尔姊妹在家只一耳，尔须上体亲心，稍让几分。尔弟又冥顽，亲心所痛痒相关者，唯尔一人耳。即承欢养志以报生我之恩，尚有惟日不足之惧，何忍使垂暮之高堂日居烦恼乎？然亲虽恼子，并非真心；尔之恼父，亦是少年主见不定之故。朱柏庐先生有言：'听妇言，乖骨肉，岂是丈夫？重资财，薄父母，不成人子。'即不听妇言，不重资财，而或乖或薄，已非丈夫与人子，何况听之重之乎？妇言非不可听，须察其言何若，勿渍于浸润；资财非不当重，须察其何如，勿夺于偏私。尔读书明理，与士大夫游，须知亲之爱，爱出于至诚，爱贻之终身；岳家之爱，不过因爱其女之故，而兼爱及之。爱女如爱子，连类而观，可知罔极之恩，侔于天地矣。尔父表率一乡，历年训蒙讲约，不惮辛勤跋涉，觅区区蝇头利者，无非从爱子心坎中迫而出此者也。孝以养志为极善，不孝以逆志为极恶。即尔母有不是媳处，如嫌粗说陋等，种种细事，尔须处置得宜，表明言者出于至诚，教诲非有别意。天下无不可训之人，况同床共枕乎？况尔妇性情戆直，并非蠢愚无知之辈。尔须和缓规之，保全妇德，俾贤声著闾里，方为恩爱。即父母尊章真有不善，亦须委婉相将。今并无大不是，搅得一家鼎沸，各萌恼心。率妇而慁父母尊嫜，是坏妇，非护妇；是仇妇，非爱妇；是怨耦，非良缘矣。兹谕弟子王应金、王应玉同王应元父劝释，俾得融融泄泄，一室如初，不致福分有亏，君等之功何如哉？盖金媳命中确有实福，能欢好方，其福不虚。人所最得者，惟福耳。金氏福不自爱，愚之至矣。保全福者在复，否则是妇有福而夫无福，妇之福何益哉？予不禁重有惜焉。题赠律章一首，诗曰：'在上高高保亦临，圣贤书读贵明心。勿忘友诫山攻切，难撄亲恩海样深。苦药功能疗痼疾，流簧巧易惑听音。青云路近君须审，百行身先着力寻。'即讲席命紫府荣制坛撰。"又宫谕复撰《天下无不是底父母》文一篇，《孝弟忠信，五言，得庸字》；传作《内自讼说》，各撰省过诗，不拘体，不拘数，用笺纸钞呈。

初十日(2月7日)，内人为李祐之太君请去春宴。

次日，朱楚卿纳币，嘱予为礼书，先期撰寄。内子又赴李心柏夫人之招。予因办货入城，并补送本户由纸。

十二日(2月9日)，雨。

翼日，予为吴翰卿邀去赏春，酒富肴多，口不暇给。

十四日(2月11日)，请年酒。儿妇回门，金品之玉丰来送。亲友六席，同里诸君外有吴逸耕等，皆嗜饮，拇战尽欢。朱鹤龄见赠七律四章。不意祐儿忽传金姓欲来口角，想系房妪流言，为责其不能约束。竺妪在堂前窃听，传知内房，致令妇亦不平，激祐儿气闷晕床，合家惊噪。**平明**，房妪遽去，哭诉其主人。

既望(2月13日)，予挈儿上城观灯，并晋邑署。因邑尊赴省，托其幕宾吴人陆远甫转致义学公务。复诣学署拜年，吴老师留茶话。于严漕总家晤梅里张子琴□□，即同案子湘承志之弟也，惜其兄已没十年矣。内子赴金氏佛会，而金省三适至，拉房妪对口，阳责其女，季女拟留飡不果，悻悻即归。幸家中乏人，未与理论。

十七日(2月14日)，祐儿至练塘问故，但知竺妪已驱。时勉甫、金丽生来贺节，顾姨惠问，承馈多仪。

二十日(2月17日)，唤幼儿读《中庸》，孰知教至半天，终不成诵，病木如是，沦为没字碑矣。王梦莲之孙文定，请赴喜筵，予往应，饱啖珍馔。祐儿则为李祐之招饮。其西席马子勤乃有来拜，乃及门云阶之子也。间来问奇字，索改诗，叩文法，稚龄好学，为之口讲指画，务尽愚衷，敢以非吾徒而恝置乎？

次日，应王聘轩之招。祐儿至时长春家贺喜，**廿二日（2 月 19日）**，又代予赴王湘翁之召。归忽直进新房，并未与予面，呼之半应，顽梗何如。谓被聘轩规劝，诬予漏泄家丑，毁坏其妻。致予忿极自咒，彻夜不眠。况自去年九月，一书不读，一文不作，与所集"绳其祖武，宜尔室家"相背，是何居心？夕梦与祐儿同寝，被其踢腰，痛剧，室人惊唤曰魇。

廿三日（2 月 20 日），贾氏来载祐儿开塾。侄孙听彝祖望寄窗，少孤望重，命儿加意栽培。洛阳二生虽资钝，嘱其尽心教诲，得进聪明。文学仍师顾子和明经，幸勿变徙。有《送行》三章。予贺王芙江长子纳采，承留盛筵，遇媒氏朱子卿、云卿昆玉，酣饮逾昏。

廿四日（2 月 21 日），张润夫来，嘱备文昌祝疏。大热如初夏。夜见神火，家家鸣钲击鼓，爆竹喧天。

翼日，王惠山公祖送回信及义学关聘、开学日期，定于廿六日发红条贴庙门。

次日，沈锦川、定山两丈及韫山子梅溪、贾长生来，为来往总路被贾松涛之子大半扎篱，致运物不便，欲其拆去，勿碍人行。予曰："官路非沈、贾所得据，凡事须留子孙余地，安可尽足自家？"答云："彼处声言，如来拆篱，必倒粪或挥拳，势须成讼。"予谓："惜财忍气，且宽缓至冬。"即致札地保沈竹屏，嘱其排解。午后同王聘轩迎张寄翁开学，陪茶点，生徒有七人，地保钱德祥等伺候。黄昏复有阴火，红焰成团，忽远忽近。

至翼日，大雨雷电，火始消。

廿八日（2 月 25 日），沈氏兄弟又来，因竹屏不出，反有大言也。予卧一日夜，内热不安，右臂如折，一切闲事概辞。

二月朔(2月27日)，贾福庭尚来，言篱笆肯收进，因前有伤人事，求至腊底动手，爰订其收进四五尺。据云沿河地有六尺，若留一丈余步，可不碍农具往来、婚丧运物，况扎篱已及十年，久不与理，似可宽待数月也。晚步至善庆庵、前庄庵，见拜经者全集。兼访毛浚川丈，睹五世同堂匾悬于西厢。

初三日(3月1日)，善庆庵文帝开光，有乐部，予同王聘轩、李祐之、马心斋、子勤往祝，张宝青移沙盘载予。复诣殷庄缘庆庵祝诞，时新塑圣像，值社者为张润夫、砚屏，僧道鼓吹、门爆厨茶悉备，每人分金三百，昼素夜荤。荣祖师谕至累牍，大半断于家事，阅之悚然。有云："凡人一生行事，前程如漆，安知上帝转移？或大病改轻疾，或功名迟易速，皆默默有感通之理。人心喜放纵而恶拘持，愈放纵则愈畏拘持，善愈远而恶愈近，人欲胜天理，不知不觉，渐至家运遭迍，太阿倒执。兹逢盛典，降摘似属不祥，然不降摘，予心何忍？本坛弟子复蔽锢淆惑，中心无主，忘本背恩，特蒙谕警，降广化善、广进善两使，以当逐寄之法。锡额曰'念罔庐'，取'昊天罔极'之意。《毛传·蓼莪》是亲在作，饬令讲明。"附录赵祖谕曰："违亲训者，即不肖孩儿；背圣经者，即无耻浪子。"遇吴门宋小卿□□、蒋子上□麟、徐鹤斋淦及住持性如、亮臣、洪海、同坛周月亭、毛世卿、包九仪、李芝馨、孙世昌、锦堃等，畅话至夕。移舟张宅，宴于书厅，予认收字纸五日，创之者张寄翁、王星如、张宝青和之，均蒙奖赏。润夫惠赠五绝二章。

翼日，周吟香为人两次换牛，未问牛头贾姓，今当丁祭，忽发官票捉差，想为贾所指忮，今欲销票，认当牛头，问予如何办法。答言："此暧昧事，非予所欲闻。"祐儿信来，言时生及侄孙祖望性敏能还讲，可慰老怀。近患左额作痛，起则披风帽，眠则拥火炉，非此二物，不能度日，惟羡无恙者之少累耳。

初六日(3月4日)，放舟至练塘迎媳，未归。予和马子勤《新柳》二律，以当赠言。

初九日(3月7日)，长女生忌，循例代祭，恐其婿未必备鱼菽尔。

十一日(**3 月 9 日**)，觉身重步艰，右肱欲折，想因补录新诗日万言，病后非比常日，遂书红条贴屏云："年衰病余，不与外事，乞恕残生。"又云："姻友喜庆，须发帖来，否则恐防失贺。"盖以去冬王湘兰怡如公子吉席，不见请帖，不知吉期，致欲贺不及也。复因马子勤每来直闯内室，大声呼予，正俯首写诗，致魂惊心荡，书堂屏云："后系内室，客来祈扬声止步，幸勿径入致惊。"

花朝(**3 月 10 日**)，雨。野田久旱，菜麦将枯，固幸甘霖之降。而花心一打，果实恐不蕃。中和尚寒，风如虎啸，难卸重裘。去年所收租大半黄粒，碓者乏人，仅有徐土略打饭米，工钱倍常。频频枭糙，半推店账，半给工钱，价贱不够所用，甚至两困几罄，度日较难。况百匠不出门，工食俱费。迩来服役人少，因年谷有收、纺织有利之故，致炊饭涤揄，妇女亲手，天寒水涸，须河底行汲，路远步艰。小户乐则大户苦，其势然也。

十四日(**3 月 12 日**)，内侄孙妇陆安人以瘵亡，年甫强，不应厌世，矧长斋奉佛，守节抚孤，子婚女嫁，有姑当家，境遇正隆，何福人犹有遗憾耶？内人往送殓，祐儿留治丧，属挽应以三联。

既望(**3 月 14 日**)，舟赴四图泰安庄，香伙陆元扬伺候，地保瞿瑞芳、张锦荣暨六图地保王楚珩当差，李瑞棠少府丈仲琳、颜梅生居仁陪拜，沈嘉甫培朴、吴宗文、冯桂陪话，各送《遏淫编》一本、《文帝孝经》一部。讲"黜异端以崇正学"，仙坛"戒烟""戒赌"两说，听者如云。庙邻吴耀明金以子见，拜跪如成人，并治酒肴一席，辞不敢扰，仅领点心二函，而各图里正则醉饱而回。旋至贾氏喑慰椿，以精馔见留，与蒋达卿、桑侣梅、顾少山、陈松泉、画师范秉之小话。示祐儿以鸾训，想有悔心。旋到田垛勘地基，沿河只四尺，篱须扎进六尺，亲验确实，庶不受福庭所欺。而沈、贾之门俱未进，皆来面商，各无异议。于东贾探祐儿教法。梅溪夫人因予家断陈米，饭量顿减，随送数斗，亦解事人也。朱又翁次子完姻，爱往洞港道喜，晤刘小寰中翰、徐寅生巡司、李简亭明经、俞蔼人少府、朱恂如少尹、曹玉舫茂才、朱少英少府、蔡见心刺史、俞葵卿上舍、钱恒山、张遂生、顾芸荪、蒋缄三心衔暨长洲杨文卿刺史荫元、姚颂仪、高子陵两茂才。夕陪新客支仲华□□、蒋德生春晖、丁艺林□□①、鹤龄□□②杯酒叙旧。张紫卿运同言其从兄芝堂上舍、从侄子秉茂才俱作古。伤故交之阒寂,试伴之凋零,为之悼叹。时用执事迎娶,翠翎满座,豪奢乡间。是夕宿于丙舍。

次早,过勤斋家,惊悉其二舅马锦春病殁。数月不见,已悲永诀,诚哉草头露也。便诣猛将堂讲约,香伙姚□□伺候,地主朱楚卿少府衣宫袍陪拜,义学师李青来莲出迎。拈"敦孝弟以重人伦"、仙坛"戒鸦片说"。路逢官报周兰江,言三卯所报节孝均到,尤喜高婿维岳恩旌孝子,不没生前苦心。回至朱氏东祠,候顾子和不值,仅见王铁卿大令,撰杖略谈。又饭于西祠,时万和、宣和两部鼓吹,半为亲友暖房,予则缘事未留。往访田垛贾福庭、四万荡家敏斋。至暮复到庙礁泾,会吴契亭承宗,言定节孝报费。二鼓载月而归。莫城艄官周芙江都阃广才之母七十,帖来,送寿酒,未及躬祝。

十八(3月16日),为吉日,寄寿材一具、寿板十四块于西王庙。每块有押,交于住持朗泉,每岁酬钱一两。予因连夕不能早寐,起身稍迟,而李琴仙已先得我心,妥为料理,足见休戚相关。

翼日,周官报来付录条。予所报者,陶毛观妻朱氏、陈鬻妻曹氏、吴清坡妻陆氏、贾从周妻宁氏、贾魏瞻妻包氏、龚志湘妻贾氏、龚燕妻沈氏、龚尊贤妻贾氏。外姓自出费,惟族中予稍补资,与前报龚缮烈妻贾氏、龚勋妻贾氏、龚缮燉妻瞿氏一例。

二十日(3月18日),会陈念瞻上舍,茶话片时。其母年七旬,家虽富,而露坐纺纱,俭勤可式。余静斋丈及吴契亭、陆瞻云、贾竹庭来,留茗点。

次日,李琴仙之天竺,予家寄香。入城会报房,亡婿高崧生旌孝,予代出报费,以慰九京。王凤楼、陆桂峰会舟资。过慧日寺,适有浒

─────────────

①②　底本仅有"木"旁。

关莲华寺方丈寄萍因寺废立关,借本寺募缘,中设一大木橱,趺坐在内,四面不露天光,名为饿七关,每饿七日。自望日来,限至廿一日去,再到别县。来者三四十僧,或司接客,或司写缘,或司唪经,或司买货,或司汲水,或司炊饭。每日教僧出外敲梆,唯蒙头打坐、静伏两凳者,劳苦倍常。橱门有数锁,已开六锁。绅家儿儿有关煞,辄抱来度一回,助洋较夥。书捐条已有数百,大者几番,小者二百。寺场走江湖者云集,游人争睹,如胜会焉。返棹,知高诚斋来谢孝子报费,未及屣迎。

廿五日(3月23日),贾厚卿、家浩然、苏锦山裕成、桃溪锦丰至,为苏竹圃瑞丰住宅僭官河,被邵丞票访,来商如何消案。予云:"地共二分,有粮有单,可据丈量,并非占河,似可销释,盍倩地保覆明。"留膳而去。

至廿六日(3月24日),仲舒侄来,允入城安排,可免官勘,亦小方便也。第闻此访,为其指唆,则大不便,以法言规之,随留食宿。沈锦川、韫山、定山来谢,匆匆茶话,未及留。徐媪之夫徐圡,忠诚有恒性,自冬春米兼及杂差,至今春未尝间断,可媲梁鸿。

廿八日(3月26日),询王聘轩恙,赠予青果,喜可勿药矣。旋到祠堂,与马心斋谈诗文半刻。路遇王受昌,话病痊之庆,致颜又亭来谒失迎。

晦日(3月27日),至吴氏会砚卿。半途逢岸缺,超过颇艰。且左额时痛,右臂时酸,想多食鳖鱼,本原未复耳。

三月朔(3月28日),舟赴莫城,答候颜又亭,送三代诗全部。兼会瞿秋堂、孙世昌、王聘三。金氏来载大媳归。

初二日(3月29日),予乘班船入城,为幼女买蓝绉夹衫,长媳办缎披风、红绉裙,共廿八洋。于南城晤陆桂山,服其先见之明。并遇契友王雪芗上舍,十余年不见,已届古稀,长髯皆白,所幸健步健谈。询悉其大侄默卿、嫡兄也三、嫡弟琴甫、甥严左生俱故,为叹黄垆。曩与予通财，至今为绿君周姬卜葬包山，无力出费，谋之予，姑送绋敬一番、诗集全套。同坐金桂园茶点，分手依依，互订后会。半途为拜香人所梗，迟至夕阳。回船与吴砚卿小叙，会其舟金。

上巳（3月30日），晴。闻朝山进香者众，黄亭百座，香烟满山。祐儿假馆回，性格和平，想由三复仙谕之故。况肯代卢氏孤清桂出六节脩金，可征向善。**次日**，遣其上城，唯唯听命。所求天竺大士签云上上，诗云："月桂相将满，追鹿荫山溪。注解：先难后易，必守己待时，乃得显达通泰。"又云："未遂功名心已休，且将韬略隐林丘。一朝福至心灵后，马足风生上帝洲。诸葛孔明。家宅平安，住基平稳，病人不妨。"

初五日（4月1日），候李琴仙、马子勤小饮，刀鱼颇鲜，余亦悦口。陈君修孝廉、居敬止明经、胡受祉、狄味霞两茂才来书言："神会中土地社一起，装演淫邪丑态，近来益肆猖狂，伤风败俗，黩神诲淫，深可痛恨。此事若由乡约绅士出名请禁，尤为得体。阁下品端望重，矜式乡邦，可否吁请当事，责成庙祝地保，传谕社众，永远革除，于风俗人心庶有裨益。"予然之，并欲禁女社，俟动公呈。

初六日（4月2日），往南乡，同侄孙听彝扫祖坟。旋至吕厍，视笪氏堂姊恙，略备时羞，床前畅话。并省邢氏堂姊，承留茗点。所拨存本洋五十番，利仍一分五厘。自十五日始，遣人送冥箱、冥锭于高氏，备焚次女新茔。

次日，暴热。领内人、子妇暨次侄仲舒、侄孙听彝上西山，祭亲墓。树木未补，堧城未修，自恨手无余资，致小子无颜对父。移棹烧香浜，慨严文靖讷祠已毁，无像可瞻，仅有酒肆茶坊及剪松糖店而已，与坟客钱大金略谈。唤石工凿高婿孝子、次女节妇碑，以备峙于墓。回泊城南，上金桂楼啜茗，至暮返乡。

初八（4月4日），寒食。同内子放舟次白公堤。

翼日，清明。见每家以桃柳插门，尚循古例。遍探花肆，计七家。复诣张玉笥中丞国维，规模宏敞，西旁新构花园，曲廊三面，精舍两层,荷池一方,湖石三岛。自杭进香回者,皆往复仙洞,而予则倦倚坑床,与吴人谈事。据云,中丞明人,抚吴有德政,民为之立祠,久而倾圮。至今托梦于张子青开府之万,指引伪忠王府内有藏银,掘之果得一窖,遂重造此祠。厥后张振轩抚军树声接篆,监筑告成。奇缘也。其时红袖青衫、粉白黛绿者群至,肩舆塞门。予从旁屋出,畅观各神祭坛,名三节会,銮驾及玻璃衔牌、十禁牌,均蟠花朵。满轿十余乘,唯府城隍一顶最精。皂隶班成对,手持刑械,满面怒容,四眼相对。红衣手露大腹,剧可观。神都白面乌须,惟都土地须白。胥吏多晶顶蓝翎,背敕印。女犯坐翠蓝舆,垂乌云发。虽不如曩时之盛,而游人蜂拥,画舫雁排,水陆均无隙。乘兴登虎丘正殿,西山厉坛俱新修,诸神昇置左右,前有斋筵。正位居郡城隍,称主祭;余置都城隍、总藩、纠察司、织造府、督粮道、让王府、春申君、水仙府、明目侯、驸马府等,为领祭;三县城隍、茅亭司等,为陪祭。阳官则一府三县一厅拜祭。流连至晚,便买竹器上舟,已大风鼓浪,遂泊桐桥之北,夜不得眠,幸天明风定。两日中苦无佳肴,况舟小坐促,不能复留,趁顺风回里,时尚斜阳。知颜又亭来,留诗札两纸。

十二日(4月8日),雨窗无俚。阅新缙绅录,自宰相督抚以及本地府县教官佐杂,钞粘堂柱,俾治民知悉姓名。复因戚友之托,书于门曰:“如有清节愿留堂者,可同地保于此报名。如儒家遇丧无力,准领到赊材城局。”此二事,力不逮心,只好借资人力。新佃沈茂华来,诉知旧佃顾嘉德嗣子将田造坟,去腊已葬亲属。予谓:“何弗早报?此田原契,并未注明有坟,何以擅葬其亲?倘其祖茔祔葬,则新佃包租,其放种时,理应议补。如拓出碍田,则七年汪令出过告示,言已葬者无容断迁,自今以后,不准再埋新枢,硬占农田在案。会须亲勘坟田,不得听一面之词为据也。”

十四日(4月10日),祐儿开塾。内人赴贾,陪念佛经。仲舒侄信来,嘱劝苏氏出费完案。予谓:“当初被访,竟开销火食八百,几似有余之家?至今衙役将请官转票,不往安排,或至移县请勘,所费更巨。此访虽系旧官，而新粮厅到任，有案须报销。况代书差役长随等，不能缺费。可着地保覆单，言沿河二分，有粮有单，并未剥占。稍费若干，便得销案。倘坚不出钱，则剥地何止二分？因水浅，碍南塊桥门，恐经勘倍罚。苏姓翻未便也，而唆之者，损人仍不利己，且坏心地，何苦为之。"

望日(4月11日)，雨。同吴毓芝及陇西兄弟手谈消闷，复留小酌，肴有荤素，唯予茹斋。

十六日(4月12日)，买舟南行，会家仲舒、胡芳梅、沈竹屏。旋至吴塔讲约，朱俊升陪拜，仲舒侄宣读，拈"解仇忿以重身命"。回宿贾氏。

次日，内侄妇陆安人领帖，儿勤丧房，予陪客，与桑砚香父子、李简亭、朱少眉、张润夫、平彦卿、陆秋澄、叔昭、顾仰如、□□、润之、□□聚半日。主人恐杀生，素筵待客。苏万丰昆季来会，仍为访案，依予断词。

十八日(4月14日)，诣殁伽庵讲约，周建冈、贾厚卿同拜，祐儿赞仪，家仲舒宣《圣谕》，讲"笃宗族以昭雍睦"。饭后沈茂华、胡芳梅、沈竹屏等邀至步田甲，以绳絜顾坟沈田，知一壅一削，均有私心，难凭以断，只好将墓七厘售于顾，令自完粮。遇王悦卿小话，知已会过，惜久忘矣。于祖居点后，同内人回里。

廿一日(4月17日)，祐儿假归，**次日**，与妇往练塘，俗云春同归。予则就陇西三朝宴，偕黄申甫、姚巳生、戴利东、马子勤同座。诸君兴豪斗拳，唯予因舌痛停饮。

廿三日(4月19日)，散步东始庄，钱海会茶费。旋观葛家庙社，神共四尊，尚有女托香，习尚难遽革。

翼日，仲舒侄来诉，与沈竹屏同赴粮厅，该费被其匿两番三票，其余又独交，诘其何故，反被扭殴。此亦自取之辱，予肯为其出头乎？张润夫于是日续弦，予附王氏舟往贺，偕王湘帆库使、居敬止明经、桑砚香通奉、朱恂如少府、金景岩明经、屈洵芳茂才肇荚、王聘轩明经、俞俊卿上舍、王梅修明经、瞿价藩荣上舍、王星如茂才、王瑶圃、赋梅、张达夫、砚屏四上舍、姚似香、陆澄江、邢桂山、筐琴舫、朱望椿、张宝华、徐鹤斋、晴湖等畅叙。蒋砚池上舍春煦嘱撰莘庄神庙联,酒次应之。夕乘桑氏舟而返。

廿六日(4月22日),王梦蘧、马心斋来谒,留茗点纵谈。祐儿自练塘回。

次日,祐儿侍内子晋邑庙,焚香求签上上,有云:"出行事遂在家安,目下贵人便可干。多时许愿今成就,两口张弓定好看。"未识何解。予则至双浜,憩王文龙家,观毛荔峰、王赋梅、高云溪斗鸟。王芙江、荫槐领到油车溇,观北庄神会。女社有二三百人,或为巡风,或为托香,均珠钗帽。可怪者,一老女狂呼,口衔蜡烛;一少女狂奔,与老女争先,彼此相扭,名扎童子。据途人云,小奶奶与大奶奶争执,神出门,异舆者必批其颊,否则滞重难扛。其地有黑鱼潭,鱼成精,故尔作祟。拜香报娘恩尚庄,而痴道人敲梆,醉太保敲锣,以及攮担,则仍作丑态。社先女后男,所以悦神。孙世昌留品盛馔,佳酿已蓄三年,遂同包九仪、王聘轩、芙江、荫槐赌饮。主人兴酣歌曲,劝酒殷勤。晚归雨滑,邻人拿舟渡予。适羊尖陈春帆元吉至,煮茗清谈。

廿八日(4月24日),晴。留春帆及马心斋、包九仪、王聘轩、星轩、□□家藻午饮。至晚乘兴斗牌,无甚胜负。

次日,祐儿赴馆。族弟廉斋索题药箱,应以四子语曰:"韫椟藏诸,万物皆备。为不同科,故谓之外。色恶臭恶,所恶勿施。选择而使,请尝试之。病莫能兴,所求者重。一撮之多,而能济众。方六七十,以仁存心。无暴其气,得之则生。"

晦日(4月26日),乘班船上城,会严漕书,归所手米串。晤赵少华刺史宗耀、凌少吾守戎乐德、朱荫堂俊、姚颖生锡筹、徐尊三琼三茂才、蒋仲宾都尉印鸿、鉴庭钰、吉庵鸿两茂才暨江焕章□□、张子琴□□、姚叔英、钱蓉塘□□□、石生□□□□、严楚产茂才士杰、家朴园上舍话片时。回舟见陈家浜女子携一小儿嬉戏,若曾相识,给以买饧钱。

四月朔(4 月 27 日)，贾慰椿来谢吊。内人诣古三元堂问家事，签云下下："牵丝牵缠打头风，着履如何过薄冰。病者先亡并外鬼，全凭作福保安宁。"

初二日(4 月 28 日)，沈茂华之次子送礼至，面叱交还，托其札致催保云："顾姓原田，沈姓接受，何以不通知业主，补写租札？顾坟补偿钱二千，何以久宕不交？只好着中追缴。查此田一亩六厘六毫，田系一亩，坟系六厘六毫，烦将顾姓承办坟粮，补还业主租费若干。沈姓仅当租一石，租票仍须写正。至于墓南剥削，在顾在沈，业主未曾目击，不得妄断是非。"厥后其两子又来，言恐后纠缠，愿包还坟基租矣，即嘱其书租札来。

初四(4 月 30 日)夕，祜儿气逆痰涌，数咳不清，势形沉重，较昔头摇股栗，腹痛痞胀，乱喷涎屑，病根愈深。其母陪就叶湘亭医，兼服大士香头，稍稍停止。马泾会过宅后，偕谢芝阶、王眉轩、高云溪、吴翰卿、望云同观，茗话陇西丙舍。

至初六日(5 月 2 日)，骤凉。同人祝桑母七十，嗣子侣芳留盛筵。午同法师单益斋提举宏翊等，饮于东堂。夕同张选卿刺史荫枚等，宴于大厅。笙歌两部，外为万和堂，内为□□堂，清歌乱弹，前后相应。五色灯百余盏，如入不夜城。园圃新花，亭台古玩，俱足以悦耳目，人间亦有丹丘云。与屈兰坡司马承荣、俞旭初上舍文镛、严竹君茂才家瑞、郭渭滨光正□□、周吉甫少尹起元、蒋鉴庭文学钰、丁鹤龄□□□①、钱越凡□□绳祖、陈松泉□□书沂、朱少眉刺史煌、俞葵卿上舍师德、李简亭中翰堃、孙兰亭茂才岱年、方少坡上舍庆禧、吴翰卿少府大霖、张寄轩上舍贵玉、贾慰椿少尹兆丰、瞿砚卿□□炳钟、张宝青茂才凤图、王梅修明经鸿翰、言□□□□尚达、王荫槐上舍家苞、张达夫太学福荫、李培达、邢桂山尚仁、王星轩国莹、兰生松云、竹森松虬、菊潜松贞、序兰家葰、利宾恩桬、朱凤林宗懋、鹤舫宗藩、桑兰溪□□、莘农□□、

---

① 　底本仅有"木"旁。

镜仙文瀚、条甫□□、侣云欣荣、侣梅暨吴县叶菊生□□、长洲张子容刺史世瀚、徐□生□□□□、张瑞伯参军毓庆,卜昼卜夜,久叙寒温。

次日,马心斋以"布谷一声催布谷"命其侄子勤对,许久未应。转以嘱予,姑云"提壶三匝劝提壶",究未巧也。是日浴佛,妇女群集邻庵。人家佛会尤多,日无间断,竞侈素筵。予家分金,致费数千,此愚妇之所为,誓今不许佞佛。

初九日(5月5日),立夏。将咸蛋、陈蹄、蚕豆、鳜鱼、雪里蕻下火酒。予秤见七十七斤,较前年重十斤。

十一日(5月7日),时长春、李心柏、陈春帆邀予赴胡家桥,沽酒烹肴。手忙舟子,停桡芦苇间,温风时至,野芳远闻。启篷窗畅观神会,多扮古事,装饰鲜新。衔牌半玻璃,满轿五鹤顶,最妙者布马十将,而四扛头扮三国,四台阁扮杂戏,亦佳。社胜于前,行走齐整,唯三扎童子恶风可恼。同人诣城隍庙,地虽小而规模自备,西偏有观音阁、关圣祠。与家念亭培坚茗话芦棚,托其查明坐落,以便讲约重来。报为南四场四十八都十八图,地保陆建廷,住陆家小桥,又七图地保为周香观,惜板屋几所,皆置宝台,输赢甚大,有县胥护持。酒面铺价高味恶,不堪下口。遇查□□□□、叶湘亭、单文采、朱吟陶、少眉、王维贤、菊如、家敏斋、仲舒等小话。偕时长春、李心柏、朱雨亭、家勤斋茶酒流连。回舟,见戴孟扶□□、莲溪□□与春帆、长春斗酒,以瓮倾大杯,可怖。

十二日(5月8日),祐儿回,途遇新任县尊魏公祖晦先船,知王公将卸代理任。复述时捴山丈鹤发童颜,神明未减,见人压宝,曰:"着着着着。"同人欲对无从。旋见县役至,徐自对曰:"差差差差。"又戒吸烟者曰:"因火成烟,若不撇开终是苦。"即对云:"士人作仕,工须用力始为功。"又云:"书生书生,问先生先生先生;当差当差,着原差原差原差。"又云:"双塔寺前双座塔,塔塔观音;五台山上五层台,层层罗汉。"俱绝妙。闻陆念慈宗绩以痨亡。年少而算精,能识洋银之真赝,知者争聘为账房,不料自吴门钱庄回,屡药不效。幼失恃,与姊寄外父。桂山不关痛痒,遇子寡恩。其外祖王湘翁抚养,为其定姻。而早年玉折,不无痛心。舟子魏二于东路遇官船因风翻倒,救起蓝顶一叟、长随及艄女数人,不受酬谢,不告姓氏,不表里居,遂行。可称阴德。

翌日,半晴而寒。三界村会过,予同吴翰卿、谢芝阶、李祐之、姚巳生、高云溪、马子勤就观。土地社扮戏名,表亭看轿亦备,惜因雨走散,未及玩全,同人手谈遣兴。于路上摘野花,凑成十种,至李祠曰:"我来斗花。"人云:"只有斗草,不闻斗花。"予曰:"安在不可作典故耶?"又出青蚨数十,买糖与祠场嬉戏儿,亦是小东道。至夕,祐儿痞痛号哭,致全家不得安眠。爰于次日,课以《大学》《百家姓》,使其忘疴。

望日(5月11日),祐儿入城置货,旋至练塘岳家。予则缓步东始庄,晤时长春、李心兰、张寄翁,替偿茶费,偕永兴庵住持文祥等话久。

十六日(5月12日),冒雨开船,拉内子、幼儿泊东市河玩二图神社,抵城已晴。会中有金红暖轿,颇鲜,其余如旧。莫城亦赛会,祐儿同人往观,暮为王湘翁留膳。家勤斋至,为观社之便,信宿寓斋。

次日,莫镇仍会,同友憩孙氏社篷,听音乐,看斋供,争奇好胜,社众盛于往年。有巴山虎太保两扛,土地社百余人,仿佛城派,鼓吹迎神。神须果集蜻蜓,挥之不去,故号飞来城隍。晤金匮华念岵□□、同里陈念瞻辈,桃阴小话。内人及大媳则停舟横界小桥。留时措宜洄源、少琴渊源、贾二梅禧昌、家勤斋连饮。

十八日(5月14日),狄瀺神会,清减于旧,仅有满轿表亭。金氏送夏盘至,有男女鞋。留马心斋、子勤、时措宜、李□□福荫、朱云卿成宗、陈念堂、李棘卿、贾二梅、王星轩、利宾、家勤斋昼夜饮,行令甚欢。子勤酒后又赴他处豁拳,至醉误事,东西遂不合,面辞。

次日,乃父云阶来,予留酒点。祐儿陪念堂访桑氏园,主人侣梅留酒点。念堂言近上三元堂联,系陆月湖学博廷英撰,有云:"统上中下三元,贞元一气;合尘劫世百度,普度群伦。"颇巧。

二十日(5月16日),祐儿同念堂、勤斋赴南门,适遇庞宝生大司寇钟璐扶太夫人柩入城治丧,半朝鸾驾,热闹异常。

翼日,贾梅溪阆君送礼来。祐儿为张宝青留午餐,旋赴塾。

廿二日(5月18日),老城隍赛会,予入城,会家静澜、包九仪、闻芝庭。于周抑强家遇吴荫堂兴宗、仲舒侄。旋晋邑庙观开面,石梅观排社。憩南门衣庄玩全会,自乱后始解,盛于往年。扛头六乘,小竹舆太保童犯,灯彩绚烂,计二十余扛。其余绿轿、黄亭、香亭、看马、解员、符官、顶马、侍卫、六房、十将、土地社、出猎图,装饰均艳,良马亦多,远胜乡社。有夜色,倦不欲观,顺风解缆,吴灵会舟金。于德泰庄晤陶德华茂才文焕及陆少云缙熙、王诵我家葰,叙谈良久。

翼日,葛亦楞俭安送角黍来,承其父远怀,曷胜忻感。

廿四日(5月20日),遣汪二赴城办货。王聘轩留予品家酿、嘉肴。大倠妇、大倠女母子偕来。祐儿亦返。内子随船南行。余芝香自石岸戏场回,过我,酒食言欢。

次日,新任邑尊魏公晦先下车,旧任王公嘉桓回省,予具柬迎送。进城访沈云章恭泰,留茗畅话。于熙春桥南观昭文神社,盛同老庙,唯扛头三乘,数减于常。并至姚巳生新居,遇王省斋守谦、平少梅邦英、邢竹斋尚智、朱少英,匆匆小叙。回里,知妇子往视平氏屋,合意欲迁。

廿八日(5月24日),报本总管会,予乘航往观,徐鹤斋会舟费。先至姚氏看排会,遇李苑香。旋憩阁老坊啜茗,与瞿静斋容之叙数言。适顾子和领诸生至,人浮于座,立谈片刻即行。复候周兰江,会始来,承以高凳扶坐观全社。扛中扮杂剧五乘,香童一乘,娇儿鲜衣缀珠,金玉花卉森列于前,亦金黄满轿。其余凉棚、竹肩舆中坐太保、童犯、七伤,衣帽新鲜。灯彩围绕,复有纱灯,中设牵线洋鬼,共二三十肩。土地社扮《水漫》《游殿》以及九流,抹粉涂脂,衫裙多绉,约二三百人。他如贴金表亭、玻璃香亭,并美。冬季猎户、闩獐麂吐花等兽,六房、随朝、顶马、符官、解员、侍卫、巡风,俱幼孩。长者为十将,装点尤华。銮卫都全,马近千匹,盛于去年,观者咸拍手称快。可惜未看灯会,赶早出城,家朴园、俞甫田承惠茗点。归舟,晤王湘兰怡如、黄申甫、孙蓉圃,予会航费。

廿九日(5月25日),大雨,可省垦田工夫。

五月朔(5月26日),署任魏邑侯答拜,奈予已回乡。金氏载大媳观柴泾衍会。予至东始庄,与狄步鳌上舍念文茗话,代会东。

次日,微雨。入城赴吊庞氏,晤尚书公,王鳌峰孝廉枞福引拜,姚颖生茂才锡筹陪坐。云槎孝廉钟瑚、伯森上舍鸿湛苦留饮,以腹果而辞。移舟官庄头,已画舫填河,不得进。登陆步至颜巷,小市尘器,游人蜂拥。于桥北憩扛头公馆,晤季慎修明经亮采,招至蒋宅,为立庵上舍心照、吉庵茂才留茶点,同坐有张仲云□□。复过桥南,访蒋慰堂上舍心熙,承留茗点。门前有托香社棚,予同沈鸿章学海、谭梅村□□、孙□□□、王星如、菊如、张宝青、宝华、家梅英培原等,同观柴泾正会。马约二三百匹,社约数百起,看轿三顶,香表亭均全。六房坐肩舆,诸剧骑纸马,土地社扮《水漫》《西游记》《塘河船》,五人墓好汉,裸裎反缚,尤苦酸。他如满汉饭十余扛,亦迩来所罕见,会更胜于城云。遇桑镜仙、李简亭、金景岩、朱少眉、毛跂堂峻德、金文开、绍章、张鸿绪、小园、蒋硕卿邦墀、柏英心福、家梅英等闲话。晚饮于慰堂家,黄芝台州丞陪坐,借旨酒嘉肴,以叙旧好。至夕风雨解维,幸添吴灵一人以辅舟子,黑夜得遄归。

初四日(5月29日),艳晴。舟抵吕舍,诣广福庵讲约,地保俞甫田上船来迎。笪甥琴舫陪话,邢湘塘、朱翼卿国宝、家朴园陪拜。拈"和乡党以息争讼",及儒、释、道三教,《小书》中"戒赌""放生",《戒杀文》七条,张绣以坛钱救犯徒,大盗扳富翁之门客。闻一图三图有卖妻逼醮等事,即传地保尤□□戒饬。便以礼物问邢姊,甥竹斋尚智欲留午膳,辞之。旋过张港,唤祐儿暨诸弟赴贵泾李王祠宣讲。地保沈克明当差,时挹翁月梅、王星轩陪话,时恟甫景源随拜,祐儿赞仪。宣讲"黜异端以崇正学"及《二十四孝》中"单衣顺母""鹿乳奉亲""刻木事亲""为母卖儿""搤虎救父""怀橘遗亲",《家庭讲话》"耕织""俭朴""勤劳",《小书》"戒诸般作孽"。惜农忙邻少,仅有妇女老幼来听。挹翁邀至其家,其孙墨泉、措宜、少琴出拳劝酌,惜火酒力厚,不能多尝。返里,晤陈松廷,言:"予生也晚,我祖讳字俱弗知。"爰示以《肉谱》,嘱抄去,敢令其数典忘祖乎?

端午(5 月 30 日),晴。

初七日(6 月 1 日),大媳回来。陈氏女侄亦来省。

至初十日(6 月 4 日),方祭先。祐儿节假,尚及拜奠。

十二日(6 月 6 日),王星如、张宝华见过,樽酒论文。李棘卿亦在座,乘兴手谈,以消长昼。

翼日,祐儿赴王氏,聘轩留午餐,旋往张家,宝青留汤面。薄暮望雨,口占云:"今宵要洒磨刀雨,斩尽妖魔不进门。"近时人多病,类遇邪祟发狂,故云尔。

至次午,方雨。祐儿在城,带笠未带屐,窘甚。而久旱逢阴,灌田插秧,却可省力。贾内嫂、陈侄女冒雨来省,忆着次女死已周年,亦曾大雨。清静贞正,如在目前,何光阴之如箭耶,既钦敬而复增哀痛。

望日(6 月 9 日),祐儿至张港,饭于贾塾。晚抵洞港,家勤斋留膳宿。次晓,陪顾门诸世兄赴荡口学海书院试。山长为陈小倬孝廉鼎,出《微极高三字》《江城五月落梅花,得楼字》。文题固难,诗题亦须知来历。桓伊善吹笛,造曲曰落梅花,故谪仙引用,语须双关。同往十八人胥畏苦,矧初学如我儿耶?

翌日,移桄甘露观剧,朱一泉作主,饮于酒家。上昼雨不停点,水涨寸余。

至十八日(6 月 12 日),始返。祐儿近惜字纸,印花样书百本,换人家夹线字书,备焚纸库。予见残纸中有《历朝捷录》《画图缘传》,雨窗闲玩,排遣闷怀。寓舍逼仄,况添小房,人不能容,急须催赎。此处原非吉地，自赁居来，年年多病，药炉未停，斗室岂能长住？爰告原中王梦蘧，亦以为迁之便。

十九日(6月13日)，仍雨。农人欢喜，插莳将齐。

至次晨，子妇往练塘，携回张竹沜丈慰问书，言："去冬贵恙，转危为安，良由阁下立品端方，宅心仁厚，所以皇天眷佑，会见福禄绵长。鋆老病淹缠，今年尤甚。事烦食少，大势不久于人世矣。况裕后无能，儿孙辈无一称心，自念此生于愁病中度日，亦何必恋恋于红尘哉。"其境与予略同，亦晚年之不幸也。

廿二日(6月16日)，挈祐儿至吕舍，会原中邢桂山尚仁，承留酒膳。笪琴舫陪座，邢福堂尚义、卓斋尚智劝饮，块肉味佳。旋到顾泾平氏视房屋，章焕尚幼，其母央族长雪庵定交，共六大间，余借用，押契钱足大五十千，每月租钱一千二百。出玫瑰烧酒，自制精点，醉饱而回。傍晚，儿留贾塾。

次午，天暑日晶，霉衣尽晒。

廿五日(6月19日)，陇西赎房，命儿邀邢、王二君酒饭。房主缴还典价制钱九四一百七十千，又补灶费钱二千一百十。

翼日，祐儿赴馆，阵雨湿途。予往东始庄了逋，遇家焕廷大山，醉中叙谊。

廿七日(6月21日)，祐儿央平雪庵、家朴园作中，付房屋顶首本洋三十五圆，又卡钱八百，每洋作制钱一千三百廿，言明扣串九四。

次日，大媳起痧，延王星如诊治，陈尊先针挑，幸即平复。予答张竹翁一札，借时锡蕃带交。

六月朔(6月25日)，清凉。

越三日，金氏来送夏。

初四日(6月28日)，入城置货，吴翰卿会舟金。会吴学师，谈久。乞痧药于凝善堂，得卧龙丹等。晤庞伯森上舍鸿湛，小坐清谈。复往广仁局，张心兰德润赠我灵丹及天中茶、菩提丸、保和丹、藿香正气丸，嘱为广送。遇尤子香□□，乃穆堂□□之子也，与予本姻亲，快同茗话。旋会包九仪、周兰江。途遇瞿安仁斋长桢，话乡约。陆澄江、邢福堂亦在城，互询近好。回棹与李棘卿、时锡蕃畅叙，代付船资。有吴诚斋□□善谈，城人而馆乡，初见如故交，承赞讲乡约之醒快。

次日，送魏半农公祖三代刻集，唤魏舟载器物至新宅。祐儿假归。留孙佩香、时长春、李心柏饮。金景岩遣阃君来送迁。

初六日(6月30日)，时、魏两舟运物到顾泾。内子早去暮回，大佺女则留守新居。而亲友送移居礼者已纷至，因未备酒席，概却之，唯糕馒略受。

初七(7月1日)，为吉日，儿妇先进新屋。予夫妇则于**翼日**始迁。晨答王湘翁兼视疾，已拒饮食，肌瘦声哑，惟手指挥。王聘轩、时措宜晤谈，同为忧虑。房主留祐儿、女佺膳饮，至今午始动新厨。家朴园、勤斋及沈定山丈来，留饭点小话。

初九日(7月3日)，大热。季黻卿、贾厚卿、家仲舒来，留酒点。

次日，家敏斋来，亦留点。卢氏侄女回。

十一日(7月5日)，顾甥少江来候，茶点畅谭。

翼午，祐儿始赴塾。邢氏姊来，留素点，同叙阔悰。以钱屿沙方伯琦《澄碧斋诗集》、俞俊卿上舍源岷《芷香榭初稿》消暑，惜尘事仍烦。

十三日(7月7日)，冒暑答季黻卿，听佳公子读古文，有声有势，年才十龄，已试笔，文理井然，不愧乃父。见留手谈，同周载阳、平亦梅，无甚胜负。

次日，舟赴吕厍。笪琴舫、邢桂山留茗送瓜。便访家朴园于邢寓，与馥堂论文。其次子在季塾，少子附兄馆，均清秀，奉严命见长者拜跪，足见家教之勤。回晤顾甥少山，留茗点酒饭。金氏舟来，载大媳回。

望日(7月9日)，大嫂、五娣同来问况，留至暮归。平彬卿回示

《衣轻裘二句》题文，与尊甫酌易数字，节去数句，幸心源未枯。而祐儿作散体似不入时，况少古息，亦因胸无书卷，恐难夺帜文坛。

十六日(7月10日)，彬卿举文会，计二十五人，集于邻庵，如华竹楼元镳、朱一泉文海两茂才、李青来莲、时敬夫养源、俞亦葵□皋、朱丙云清标、蒋达卿调元、时凤来逢源、顾芸苏祖培、潘信之保恒、王幼梅毓泰、朱翰卿国庆、郑友鹤学虔、陆次征锦炘、蒋子敏鸿文、姚梧生凤噰、朱培滋树德、戴铭卿汝梁、家馥堂钟英、家仲舒培祺、姚阳生凤噰、杨文卿荫元、平彬卿邦梁、朱南轩文源诸君，皆热客也。黻卿、雪庵与予更作附卷，题为《贵贵尊贤》《青云有路终须到，得云字》，例有花红，附卷无诗暨后期不到者移红。季黻卿、朱半千000桂及鹿苑钱仲虞茂才福临亦至，因座满，同坐蒲团。送文卿三代诗、幼梅《苇江集》。贾慰椿喜近文人，立谈不去，爰与蒋氏昆玉在舍夕飧。

十九日(7月13日)，天久不雨，风燥水干。西北报荒，城中断屠，官步行祷雨，于邑庙建醮，城街悬云雨龙旗。米价骤昂，已两洋七八角，惜吾家困空，前粜者仅一洋六七角耳。

翼日，家念庭送洁面来，留瓜茗。

廿一日(7月15日)，顾姨至，承惠多仪。

次日，家朴园来，留饭点。旋同黻卿、亦梅斗牌，未利，以家酿汤饼叙欢。黻卿评阅附作，谓："气象峥嵘，仍似少年文字。"时敬甫且钞去揣摩，弥增惭泚。

廿四日(7月18日)，季黻卿送陈0000宏谋《训俗遗规》四本，可备子侄观览，兼供讲约之资。与平彦卿、祐儿谈艺。

廿五日(7月19日)，梯云会考，集世义堂，系戴铭卿举，会友十一人，题为《请益曰无倦》《荷花娇欲语，得娇字》，祐儿应二卷。下塘集大王庙，题为《赐也贤乎哉》，祐儿未及作。张宝青、王星如来订乡试伴，予因病余衰惫，不克追陪，唯平雪庵约定，留瓜茗膳宿。晚偕黻卿、宝青、星如、彦卿、亦梅、仲舒弄牌，黻卿大胜。并与朱半千等夜饮，星如醉吐，各各兴酣。

次日,大媳回来,带甘瓜消渴。舟赴洞港,访顾子和、朱一泉,承又村丈留雪瓜,甜血蜜。朱晓莲以文见质,并赠红灵丹,陆次征亦送蟾酥丸。便问朱锦波狂疾,见华竹楼秤药量水,为友忠诚。与雪庵、宝青、星如同舟归,赠星如《尚书大全》一部。留仲舒信宿谈文。

廿七日(7月21日),沈生鸿章学海来,嘱挽其亲周张氏,爰应两联一额。改祐儿课艺一篇,致梦中亦在场屋构思,不无疲倦。闻朱锦波遽卒,理财得利,家道正隆,大度好施,方为族望,何中年厌世,仅以俊贡终耶。

廿九日(7月23日),家礼庭缙黑自省回,言张抚军徒步求雨,阖城断屠,每日给网船口粮一万。家勤斋亦来,送西瓜一担、章饼一筐,留饭而去。予从大道至吕库,家馥堂留酒,晤戴铭卿、王士香、马嘉园。旋自小路回,失足两坠水田,半身泥污,盖风狂岸狭,病后头眩至此,幸有李妇、汪仆扶归。晚偕礼庭、彦卿在季氏看牌。祐儿归,言王湘帆丈病亡。回忆元年被粤匪割耳,厥后又救舟子数人,平生温厚和平,心犹赤子。五月廿四扶病来谈半晌,言拒纳者数日,煮蛋不尝。初八答问,已惮应酬,竟成永诀。伤老成,恸知己,为挽四联一额一章,遣祐儿送殓。偕彦卿、礼庭在季宅樗蒲,稍胜。

闰六月朔(7月24日),酷暑。家馥堂来,带十六期课卷,为殷厚培明经李垚所定,黻卿第一,雪庵第二。拙拟已第六,似嫌太侧,评云:“提比有隽思,通体亦圆适。”祐儿卷虽后,尚得花红,仲舒、馥堂亦尔。俞亦葵、时凤来在敝斋观壁上同人和作,共品雪瓜。

初二日(7月25日),朱恂如景清、履谦国琛、家朴园见过,亦留瓜。黄婿心耕送红蛋来,喜其得子。

初四日(7月27日),沈生竹屏廷璋病故,母老子幼,年甫壮,竟以嗜烟陨身,伤哉!命儿探丧。张使来,寄去唁王星轩一片。宝青借经策数种,备带入场。祐儿进平氏书房,喜识字,嘱雪庵姑教之。

翼日,家勤斋来,留饭。仲舒亦至,留点。季黻卿携火酒来,同饮手谈，粗具馄饨以待。

初六日（**7 月 29 日**），连热不雨，稻焦水涸。高壤农家尽卖牛，而平区、低区日夜蹋水车不绝声，已财殚力痛，欲歇手矣。乱后家枯，较之咸丰六年尤难支应，米价一石，已满三洋。季黻卿之外姑患痧，来唤修发匠针挑，予正剃头，留半使去，良以缓不敌急也。黻卿复来，予以灵药倾囊与之，甚有效。又忆邻朱氏来买米，予不知时价，遽允每石两洋，迨闻行价已二洋七角，不敢悔言。重信睦邻，正宜如此。

初九日（**8 月 1 日**），以年荒米贵，蒋妈带子，工钱又昂，无力再雇，故去。贾内嫂蒋氏来馈多仪，晤言竟日。惊尤养之体存溺死于岳家，其外舅朱召亭茂才福增不能防，致其浴河而陨，亦太疏。惜成婚半年，尚未得子，无怪慈母断肠。内嫂以表亲急欲往哭，亦出于不得已尔。顾子和欲观《伏枕集》与同人和作，遣儿赍呈。汪僮痧起，幸针挑汗出，即清。因室人烦躁，日无笑颜，谓曰："家用量入为出，非过俭；役人因时酌损，非好劳。不动药炉，平地便是福；不艳财利，禄食本有限。常须知足，岂无更贫于我者。倘有诬我之言，非亲闻勿信，且养气，莫动心。庶六十年尚可延龄，否则不堪一日矣。阅陈公宏谋所采诸法言，不外求己，简括可从。而儿子好行小惠，但须量力，由亲及疏。阿父目击旱荒，饭粮早已支空，况家食无财可谋，淡泊已惯。开门七件事，正在经营，而儿归动欲索钱，曾无遗羹怀橘之思，既冠仍然顽梗。以天赐余生，那能堪此？试看日用账，有一冗费否？有一留余否？婚疾耗财，至于不振，非故吝也。反不如儿之挣私财，可权子母。所望天假十数年，少有铢积，墓门修好，住宅筑成，眼见儿添丁入泮，已堪瞑目。各宜勉力修行。"

次日，风后凉生。祐儿赴下塘会考，题为《若大旱之望云霓也》《落落长松夏寒，得寒字》。前期《请益曰无倦》题卷，为朱绩翁阅，时敬甫第一，祐儿卷已第九，评："笔甚娟秀。"王星如来，留瓜点。适得小雨，稻叶可濡，惜遽止。至夕始大沛甘霖，水添寸许。经四十四日久旱，枯苗暂苏，舆情快慰。前年子和出文社题为《天油然作云二句》,是日久晴得雨;今出已进题《天起至孰能御之》,诗题又有"夏寒",适符兹夕之冷,老成祈望,诚能格天。

明日,季黻卿招同周载阳等手谈,予得彩,以佳茗火酒娱宾。随举"喜雨亭"属公子对,应声曰"栖云阁",黻卿曰:"太生,不如'候潮馆'之人人熟悉。"予曰:"平仄均调,似乎跨灶,熟则莫如'凌烟阁'。"见楹联上有"二十八宿",又嘱幼生对,不及应,其师代曰:"三百六旬。"予亦云:"惜'旬'不对'宿'。"即以"喜雨亭"命祐儿作赋,黻卿云:"可以'亭以雨名志喜也'为韵。"因儿未读《东坡集》,至翼晨检出交阅,而已赴馆。出必告之谓何,儿读书不多,出语杜撰。适见平氏挽联有云"技了十人",予曰盲词腔;又云"寿终二月",予曰僧道疏,皆无书卷气也。犹忆昔年乡试,朱子钦丈送金腿、笋尖,署云"步蹑金华,班参玉笋",颂辞颇典雅;若卢驾兰丈贺婚送牡丹一轴,曰"富贵无双";婚过送分金,曰"眉笔之敬",则别是霸才,悉儿辈所宜学。

十四日(8月6日),普福庵会文,蒋子敏举,仍有二十余人。新入社者如吴慎之□□、颜梅生□□,皆初学。题为《至于鲁鲁》《白菡萏香初过雨,得香字》《藕益节,得莲字》。

望日(8月7日),立秋。同二将食瓜谭艺。

十六日(8月8日),祐儿陪平门、季门诸子赴洞港文坛,题为《孟子曰尚志》《浪摇花影白莲池,得摇字》。

十八日(8月10日),马心斋来,留瓜点清话。

翼日,李星耀馈园桃,虽因旱而小,甜仍如蜜,味之欲仙。

廿一日(8月13日),挈祐儿及平雪庵乔梓入城,应两邑尊决科。见常令赴岳拈香祷雨。晤庞伯森上舍鸿湛、邓升卿士俊、陈砺钦若金、蔡仲坚埏、景璇圃寿祺、瑜圃春韶、琼圃春融诸茂才,石梅小憩。并与蔡见心参军世培品茗松棚,平蓉塘文梓会茶点,同观藕花。两令点名于书院,题为《子曰不患无位全节》《新雁一声天欲秋,得秋字》。代张宝青作一卷,因予不乡试,未报名也。包九仪留膳宿。

翼日,偕钱绥卿主政禄丰、方恂卿孝廉鸿绥、曾君表员外之撰、钱起堂斋长召怀、宗云锄茂才汝济小叙茶棚。复同朱丙云、钱仪孙□□、升三□□、俞蔼人，亦葵啜茗石梅，时新有鸡豆、紫菱，惜水饺未嫩，周沁香浩文会东。徙倚荷榭，香风徐来。遇徐朗卿秀才士玉，知尊甫实函先生兆丰尚健在，系嘉庆庚辰入泮，与丁丑所进庞安仁浩培、道光癸未所进时挹翁均两明经，丁亥所进沈子虚少府廷旸、施琅笙郡博震福，辛巳所进吴修来广文庆增，己丑所进钱方瀛茂才彦登、屈梅坡学博校曾，均鲁灵光。而予庚寅同案则仅存老朽，可为长叹。

廿三日(8月15日)，城乡因前日雨、昨日雹，断屠开戒。顾子和赓我《伏枕吟》。贾福庭煜嘱为观音缴斋疏，又中元设荐孤魂榜文。

翼日，李氏母子来质伯接弟妇可否，予曰："律应斩，断不可乱伦。"厥后不听予言，卒至人欲告发，又来商，予曰："可圻，天下多妇人，何必是。"访贾福庭、季黻卿、平湖桥留良，晤时春晖鉴。

廿五日(8月17日)，朱养正堂会课，题为《三月不知肉味》《露下天高秋气清，得高字》。社添俞也吟□□，共二十五人。又村丈留予同顾子和、华竹楼、朱半千暨雪庵、黻卿小饮。至晚，又饫汤饼。予有"樽开旧馆萍仍聚"之句。是夕祐儿宿祠。

次日，偕平纬峰大钟舟赴洞港，吊朱锦波明经文澜，晤陆墓史韫山参军载璋、荡口陆春泉培春。朱又翁仍留酒馔，与曹玉舫、朱雨亭品家酿，战拇洽欢。晚拉祐儿回舍。王生星轩书来，嘱挽先公诗，应以四律。知前期《若大旱一句》题，严楚产文学士杰评定，祐儿卷列第四，尚得花红。

廿九日(8月21日)，贾厚卿、家勤斋来，留茗点。房主招全眷酒食，予同平雪庵等味厚酒兴酣。摘俞俊卿诗入《诗话》，并题一律，嘱其奋志文场，继累代科名，恐诗人少达也。

晦日(8月22日)黄昏，后房香狸猫大哄，撞破纱窗，遗水果皮核于桌，甚至扯碎帐罗，内人进陪大媳。据雪庵云，春间曾刺杀一雌，想此是雄者。欲阖户捕之，然已麝香满室，夜不能眠，幸楼上无人，未占其穴。

七月朔（8 月 23 日），仍热。赠雪庵、黻卿两律，俱蒙和答，粘于壁间。

初二日（8 月 24 日），黻卿送西瓜，借清余暑。

初四日（8 月 26 日），凉。同平雪庵赴吊王氏，祐儿随行。晤吴翰卿、瞿景园、石霁岚钟浩、朱云卿承宗、马心斋、张宝青、桑侣芳、时墨泉、包九仪、贾稚梅、孙世昌、锦坤、李心柏、祐之、芝馨树滋、王春园继祖、蔼屏裕沅、朗屏裕渭、菊生树勋、星如、菊如，畅叙竟日。同人品嘉肴旨酒，略斗酒兵。夕宿漱芳阁。

次晨，陪雪庵、星如上城，品茶丹桂楼，饭于聚源馆，肴饭均不可口。范冕卿副车阅《至于鲁鲁》题会卷，平彬卿第一，祐儿已第八。赴石梅观决科案，洞庭王次安叔贞第一，本隽才也，蕴香、默卿两代厚德，后起必昌。而代作一卷，已中权。大生号送蟾酥膏，归以施方便。存艺文堂镜墀轩各书，托其切齐重钉，以备装套。

初六日（8 月 28 日），与朱绥卿□□在季氏手谈，大胜。前期《三月不知肉味》题，为吴门金□□先生□榜阅，祐儿文取第三，诗取第一，有花红。

七夕（8 月 29 日），仍在季氏斗牌，稍胜。与周载阳、朱绥卿品馄饨。至晚平雪庵邀贺牛女，同人露坐花间，轮出拳阵，季黻卿说灯谜，小阮彦卿、亦梅、公子彬卿劝酒。予先倡四绝，主人和之。适有犬话箸，何况老饕。席后品茗笑谭，踏月而返。

初八日（8 月 30 日），祭先。适朱翰卿举文社，请予出题，应以《道听》，雪庵拈诗题曰《蟾宫织登科记，得宫字》。会友三十人，新入社者有吴人陆钦若□□、笪君莲映庚、朱翠峰恒元。贾二梅与家听彝来，留同午膳。晚邀季黻卿、朱半千、丙云、平雪庵、培卿邦树、家仲舒宴饮醵战，兼射覆。予云："某云某雨，暗指彩蛋。"黻卿云："一某二某三某四某五某六某，暗指毛豆。"予又云："子某子某，暗指木耳。浴某洗某，暗指佛手。"仲舒云："某王某脑，暗指猪肝。玉某石某，暗指海燕。"又说诗一句古文两句，予云："盘飧市远无兼味，送君南浦，歌鹿鸣而来也。"指钱雪庵。雪庵云："劝君更尽一杯酒,既饱以德,不愿人之膏粱之味也。"黻卿云："举杯邀明月,有酒盈樽,俾尔寿而康。"丙云云："故人具鸡黍,开琼筵以坐花,飞羽觞而醉月。"仲舒云："岂无饮酒,不如叔也,老当益壮,宁知白首之心。"祐儿云："新炊间黄粱,沽酒市脯,不足为外人道也。"唯半千先饭早行,未宜酒令。

次日,祐儿陪文友饮于季氏。旋憩普福庵讲约,贾亨德、平应天、贾福庭陪座,平雪庵、季黻卿陪拜,朱丙云、时凤来、僧岭梅陪话,地保沈祝山侍候,祐儿赞仪,仲舒宣读。讲"息诬告以全善良"及《小书》中"劝施",《家庭讲话》中"乡邻""亲戚""朋友",《三字经》。留福庭、仲舒、听彝午膳。

初十日(9月1日),平雪庵赴秋试,适圃中金银花结子,想是吉征。其兄子彦卿饯饮,邀祐儿陪王星如、张宝青。予则赴四万荡李王社,同家品梅、勤斋、仲舒弄牌,颇利。见侄孙羹梅祖诒头角丰满,是有福人,可为仲舒庆。偕族邻醋饮,以补久疏。沈□□为定山父子不睦来商,予曰："天下无不是底父,知之便和。"回知下塘会课题为《一人虽听之一心》《书策琴瑟不敢越,得恭字》。颜梅生为雪庵权馆,时承下问,谦抑可钦。雪庵又以次君培卿见嘱,读半部《左传》,其余予为讲授。诗笔亦佳,特未谙法律耳。为之谆谆指示,出《隰有游龙》题,非但切"游龙",并着眼"隰"字,似天资更胜难兄。

十一日(9月2日),祐儿补作课卷,黻卿改之,极灵动。大嫂挈两孙一媳来,留连至暮。

翼日,内子往省顾姨。予则与梅生论诗,检其父心谷敦仁遗诗付存,因稿已失也。

十三日(9月4日),遣汪僮送张寄翁信,便道回家。仲舒、听彝送鲩鱼,即前河所养鱼苗,缘水涸而网起也。颜又亭来,留午饭,一身兼仆,陪坐不安。阅邸报,知钦放江南主考为刘有铭、黄自元,刘已两为考官,黄则湘乡榜眼。

次日,大雨。贾稚梅放舟邀饮,淋漓湿衣。陪时挹翁、沈墨轩、时墨泉、措宜、少琴出拳畅饮,飞"喜雨"二字,侄孙听彝云:"象喜亦喜,其雨其雨。"绝佳。

中元日(9月6日),晴。代王友三上舍尊益挽其内人陆氏一联。月中以"三五而盈,三五而阙"属培卿对,答曰:"二百里蔡,二百里流。"予云:"不如'八千为春,八千为秋'。"问季公子痢疾,晤韩仲卿炳,叙阔片时。黻卿留与朱绥之、家仲舒手谈,予得胜,出美酝娱宾。

既望(9月7日),祐儿陪季门诸子及朱培滋、陆钦若、家仲舒赴学海文社。予则陪马心斋、李芝馨茗点,观壁上诗。饭后偕彦卿过黻卿处,同周载阳暨心斋、黻卿局戏。回与心斋、彦卿在敝斋夜饮,接续弄牌,未甚输赢。贾福庭约玩孟兰会,因远在殇伽庵,未赴。祐儿归,知会课题为《则王喜至则王怒》《秋鹰振翮当云霄,得霄字》,未冠题为《为长者折枝》。祐儿文尚清稳,惜误字太多,粗心如旧。

十七日(9月8日),舟往莘庄讲约,颜又亭、陈念堂、张南屏伯仁陪拜,俱肃衣冠。拈"训子弟以禁非为"及《小学千家诗》《天诛奇案》《戒赌四言歌》。男女拥挤环听,约百余人。又亭送点四色。三元堂地虽小,而向泊航船,为往来要道。旋抵城,交月报单于家小澜处。复至二郎庙右访黄婿心耕,适于六月杪得子,留铃敬一番。往银总严家,晤凌翁省三,年已七十七矣,白发龙钟,叙旧良久。缴七图银串五纸于司计家介轩□□、张子琴□□。路过包氏,知张寄翁因跌伤倩孙□□炳亮代课,所遣宝华不及待予,仅留关书经折名片。予乃独晋县,遇门丁徽人王凤池、林缙卿,嘱递柬,言为义学师领夏季束脩。魏公云:"自接任来,各乡均未发,须莫城经董禀明,候批定夺。"爰书禀单,托九仪送去。途晤金景岩、支西园,匆匆小话。

次日,子妇赴练塘金氏。予同彦卿、彬卿、梅生讲四子,论诗文。王星轩来谢吊,言及其族连欠义学捐项,转欲禀停,又宣郁气,亦戆直使然,留点即去。

十九日(9月10日),俞姨挈侄来,留话终日,厚馈惜未能酬。平汉卿□□邀饮,同李醉亭、平彦华秉中、应天廷祺、彦卿、彬卿、颜梅生拇战数巡,飞"财神"二字。彦卿已醉呕,予幸免,而头风牙痛,几酿病焉。

二十日(9月11日),北庄龙舟二,猛将堂龙舟五,惜风猛天凉,游人减兴,予不欲观矣。梅生借去日记,本多难遍览,以十日为期。

翼日,祐儿自金氏回,即赴馆。沈定山丈来,留茗点。改彬卿文一篇,为培卿出诗题,讲《左传》十页。

廿二日(9月13日),骤凉。昼夜大雨如注,稻田沾足,可卜丰登。

次日,仍滂沛,敝庐潮生。

翼日①,仍雨。知前期《一人至一心》题文,吴下金静之孝廉文榜阅,祐儿第一,实为黻卿捉刀。

廿四日(9月15日),大热。赴张港泾,饭于贾厚卿处,见庭中秋色纷披,可娱老眼,惜菊花干萎,所剩无几。旋往朱氏手谈,偕望椿、心梅、养之鼎元盘桓至夕,颇得采钱。恂如留茗点,望椿留夜饮,与霍心香同席,甚至酤酶。厚卿遣两纪、双灯来候,因过桥须扶也,遂宿双桂书屋。

次晨,于贾氏啖沙油团、香粳粥。便至东贾,留为祐儿代课,缘在洞港文社也。时少琴、家听彝读书尚分明,无一浮嚣气,唯二梅资钝,背诵多减字脱句,教者费心。为讲《孟子》六页,致声哑。日晚浴后回舍。祐儿归,言题为《赤也束带》《江涵秋影雁初飞,得涵字》,呈草稿,调虽熟而词多谬,恐难列前茅。

廿六日(9月17日),先君忌,午荐考妣。以祭余留颜梅生、平培卿、德馨章焕于季氏斗牌,又胜。前期《道听》题卷,景瑜圃茂才春韶阅,祐儿第九,犹得花红。

翼日,猛雨。改梅生、培卿两诗。

---

① 据上文,"次日"当指廿三日,"翼日"当指廿四日,然下文又有"廿四日",疑日期记录有误。

廿八日(9月19日)，晴。祐儿始赴馆。

翼日，新阳余半村鋆来，谈通家事，留茶点而回。

地藏诞(9月21日)，晴。高云山汉至，请庚，亦留酒点。

八月朔(9月22日)，沈氏两表嫂因拜经过我，以素点待之，内人喜卢李之亲，仍联旧好。天暖如夏，所谓木犀蒸也。

次夕，雨。

初三日(9月24日)，张寄翁绤礼来谢，言："前禀蒙魏公批准，已具领状，取夏季脩金矣。"复云："民捐须遣人催缴，倘能收足。须饬保预定来岁生徒，勿致临时缺少。此系官贴束脩，训课宜严。代馆孙君应耐心至重九，有始有终。"至暮，祐儿回。

明旦，赴顾泾文社，季黻卿倩予出题，应以《今之人修其天爵》《闻木犀香否，得香字》。舟至虞城，同家勤斋饭于篷窗，观秋妆山景。入城见学台录遗案，仅取五十余名，常熟正取第一，为邓升卿士俊，其余晚到者，皆廿七日补考。彭公有恙，仰梅方伯启照点名，于十八日屙试。雪庵等于初十开船，致未及试。遣仆到包宅归薪水，路晤仲卿和孝廉、朱恂如少府、李性之参军宗善、曹星村、俞福安钟碅、张润亭成三茂才，互问近好。托孙介书观禾。回知余半村来谢诗二律。

初五日(9月26日)，有平春源欲向族挪借四洋，据言因吸大烟致病，不能成衣营生。予言："并不识面，陌路人不便通财。汝且招保人，俟雪庵试回一会。此时断难硬索，勿侮孤孀。"给盘川二百钱而去。

次日，家维新病笃，倩予书预嘱，授嗣子哲夫、幼侄敏夫家产田房，定为两股平分，因弟维高无遗产也，咸服公正。南乡虽水区，尽有安字号等良田，或抱角漏水，或肉心断水，稻俱干萎者。佃农来报，势须往观。第上宪除西北鄙概不准荒，魏令来勘，农人妄言七荒三熟，怒欲板责其欺。第屝水辛勤，缴租时须偿其苦不无照田禾折减耳，收成虽歉，总应补粮，在业主亦难赔垫。顾甥少山来，留同周载阳、季黻卿日夕手谈，惜牌运未顺。

初十日(**10 月 1 日**)，洞港会课，题为《又使其子弟为卿》《九转丹成鼎未开，得开字》。请吴门孙少庭孝廉之鉴阅，祐儿卷取第四第五，一评"入后清辩滔滔，推勘尽致"，一评"中二特佳，诗有好句"，均博花红。

次日，知《赤也束带》题卷，为吴英伯茂才福畴阅，祐儿列第三，评云："二十八宿罗心胸，元精耿耿贯当中。"亦得彩。

十二日(**10 月 3 日**)，张蓉棠来报，平雪庵录遗第三，张宝青录遗第四，题《其有所试矣斯民也》。知荡口书院案出，《则王喜至则王怒》题，祐儿第九，且有花红。

翼日，朱松朋欲设局招赌，因秋会可聚人也，来问可否。予曰："糜财恐访，大非。"适朱克家邀同季黻卿到大王庙公所商议，咸以禁赌为要，呼松朋及朱克昌至，晓以利害，凡事可为，此事决不可干，自是不做大输赢。遇吴质君□□、瞿少兰□□、朱春岩□□、晓莲、凤林，欢叙良久。瞿兰亭留同李青来暨克翁、黻卿持螯酌酒，兼品肉面。晤李苑香、时凤来、吴静香□□、华忆萱小话。往候顾子和，喜健饭如恒，痢疾已愈，唯脾泄力亏。与宓静岩、姚翔云、陆次征、潘信之略谈。知王铁卿大令回上洋子舍，十余日即殂，盖年交耄不便运行耳。惜身后凄凉，公郎落拓。

十五日(**10 月 6 日**)，偕颜梅生、季黻卿抵吴塔讲约，地保李桂香伺候，黻卿及朱俊升培滋树德陪拜，梅生赞仪，黻卿宣读。拈"讲法律以儆愚顽"。宓静轩、李小梅陪话。送徐培之卡员三代诗集。旋至新浜，问高诚斋、云山。过洞港，访家勤斋、顾子翁，为朱又村丈留膳宿，同人手谈。

既望(**10 月 7 日**)，猛将解镖，祐儿未观，往应学海书院课，题为《则寡悔至行寡悔》《天香云外飘，得香字》。厥后案出，次侄第二，祐儿第六，并得花红。自中秋夕，子侄与颜梅生、平彬卿宣观音宝卷、潘公梦言，至是神疲，而尚能作文如法，亦见困勉之功。而予则晨点、午餐皆在紫阳,同钱月岩□□、朱雨亭、桑侣芳等斗饮、斗牌。傍晚李苑香作东,留饮水榭。偕平彦卿、陆次征、潘信之、顾芸荪、朱丙云及黻卿、侣芳拇战多时,错过胜会,惟闻龙舟羯鼓而已。晤周侣芸、刘云桥、宓蓉台、张遂生小叙。附贾厚卿舟,与桑侣梅笑谈而返。

次日,仍秋社。赴吴塔,谒朱半千、竹亭及戴润卿、铭卿,朱俊升、允升奉父命留佳点,劝香醪,与马西来茂才逢乐等同席高谈。又未及观社,至暮步回。夕偕黻卿等弄牌,仲舒最胜。

十八日(10月9日),祐儿陪黻卿、彦卿往洞港听曲,时凤来会点东。家朴园父子来,留夜饭,又同手谈,稍利。

翼日,知前期《今之人修其天爵》题,祐儿列中权,吴郡盛畏之孝廉大琛评云:"饶有名隽语。诗超以象外,得其环中。"

二十日(10月11日),金氏补送妆奁来。适予家举文社,有二三十人,分已未冠两题,一为《何谓也子曰不然》,一为《君子之至于斯也》,诗题则《渐入佳境,得佳字》。祐儿衍至十六韵,窄韵总欠坚牢。原拟送翁叔平阁学同龢阅,旋因复书有"弟自衔恤后谢绝文字,未敢破例"云云,故转请吴璞卿学师评定。祐儿已冠卷列第三第四第九,一评"义吐光芒,词成廉锷",一评"文气浩浩落落,有不受羁绁之概",一评"中二议论警切,神致抑扬,读之令人击节";未冠卷列第二第三第四,一评"古致历落,迥异恒蹊",一评"劈分两比,气充词沛",一评"文有神韵"。

翼日,留颜梅生午膳。仲舒、听彝连聚三日,亦天伦之乐事也。

廿三日(10月14日),接翁瑾甫茂才同篆手札,欲予调停家朴园事。盖朴园因鱼户邢小福见凌,时载庭偏断,邢甘帮殴,欲诉官请照地棍办。予因朴园襄地总事,日在吕舍,勿伤情。朴园乃于**次晨**载予至薄荷桥书馆,托邢小缘□□唤三人来赔罪,两释前嫌。覆知瑾甫。晤马稼园等话旧。朴园留酒饭而回。平雪庵试归,星如、宝青在黻斋茶点。

廿五日(10月16日),雨。朱克家丈举会课,予领祐儿赴试,题为《问耻章邦有道》《满山寒叶雨声来，得来字》。倩程仲枚茂才锡瑜阅，取祐儿第一，评云："斟酌饱满，于半面神理一丝不走，面壁功深。"夕与华竹楼、顾芸荪、朱丙云等斗酒兵，主人以宜窑杯劝饮，酣畅异常。乘兴至朱氏东祠，偕时敬甫、陆次徵、潘信之局戏，直至四更，出宫饼疗饥。遂偕李青来等宿于书舍。

次早，丙云邀至酒家，品汤面。旋与朱云卿及敬甫、丙云憩家勤斋处，又斗牌，主人留饮膳，予幸连赢。至晚乘贾念庭舟而返，适顾甥少山、沈君寅生秉埶来，留点而去。

廿七日（10 月 18 日），顾甥少江又挈寅生至，留午餐。

廿九日（10 月 20 日），遣祐儿看稻，往七九图。予步至张港，午饭于东贾，暮饮于西贾，同蒋月卿□□、桑侣梅闲话，遂卧书房。

九月朔（10 月 21 日），在朱氏，同望椿、顺之、汇吉手谈。望椿不知茹斋，盛陈荤菜，旋设素盘，苦累一番忙矣。

翼日，作札送翁叔平侍郎，得回书，知读礼之余，不忍弄翰。

初五日（10 月 25 日），蒋达卿当文会，题为《又从而振德之圣人之忧民如此》《龙虎榜，得龙字》。童翼周广文葆澂阅，祐儿两卷取第三第四，一评"选词考义，按部就班，韵语典雅工秀，的是玉堂之品"，一评"词意博大，气局光昌，养到功深候也"。

翼日，家馥棠来，谈文留饭。

初七日（10 月 27 日），张宝青送礼来，留两日。予往贾厚卿家膳宿。至晓借贾舟冒雨入城，酒肴薪米，均承馈遗。至严银总家，与吴仲书、家介轩谈回串事。归见宝青留一册，乃秋试行卷。知赴决科者邑尊送烛卷资四百余文，宾兴三千，书院二千，不如上三县之仍给十洋考费。

秣陵之胜，有昭忠祠及也园新构，爰补纪之。昭忠祠有御牌亭当户，上盖琉璃瓦，五色辉煌。中设碑两座，盖曾文正公奏请祠祭湘楚死难诸臣之上谕也。再进为头门，东署敕建湘军昭忠祠，西署敕建楚军昭忠祠。其城陷时自戕或遇贼不屈者，另为贞烈祠，则在仪门内。从甬道至大堂，座设长生位百余，两庑皆哨长兵卒位，足有数千，再东则官绅民殉难者。再东有月洞，进内则南北对面二厅，庭中四隅俱有低阑界路，秋色斓斑，如铺锦。对洞作亭样，以文正所撰《克复金陵记》劂石陷壁。过祠入也园，额为衡阳彭雪琴少保玉麟所题。住持为月潭上人□□，据云是两榜，与彭公旧交，厌姑苏之缛丽，习静于兹。进园而北，曲径弯环，迤逦登香雪亭。亭居园东北隅，拾级而登，东望鸡鸣山，北望钟阜山。山翠回环，目不给赏。亭北曰晚香馆，多用竹为联额、为器皿。由亭东曲折而南，进回廊，到影月轩。轩面东流，隔岸则万条烟柳。于此宜钓鱼，宜听鸟。上为来翠楼，六朝山呈形几案前。楼南有面南以建者曰横翠山房，月潭自作联句云："与石订交奇不厌，有梅作伴冷何妨。"庭有湖石颇奇，旁室曰小淇澳。由西径向北，穿月洞树际而出，鞋留苔点，衣染桂香，游客皆来品茗。复有鼓楼冈，为予前游望而未即者。冈无山形，而高与山等。四望则万户鳞排，炊烟四起。冈上建桥形黄墙三大洞，洞高且深。由右洞级而升，其上则以石铺地，四隅隙地颇大。中则大殿，供御碑，是圣祖南巡督臣王命新暨抚臣汤文正斌、知府于成龙等纪恩及上谕也。负碑兽非赑屃形，状甚雄伟。殿上有楼，供关圣像，肃慎伯李鸿章题"江山如画"额。明为鼓楼，本朝改为御碑亭。其余如莫愁湖、楼台亭馆、廊榭园林，亦已重造；三山街花铺廊，亦复旧观，惜老不克往。

南乡文士能古作者寥寥，唯宝青有史才，叙事简洁。此外推张润夫，前初八日携《陶湖赋》见商，古致历落，纯乎两都，予即加墨，祐儿辈当揣摩也。侄孙听彝因寒热自塾回家，延张南屏下石膏，朱鹤龄下大黄，病转剧。追招侄倩朱确甫及叶湘亭，已属棘手，可惜疏虞。

初十日(10月30日)，贾太君暨内嫂、内侄孙女偕来，欣慰之至。黄婿心耕亦到，久疏忽亲，又为乐事。闻昨日仙坛礼斗，因重阳小雨，不及往襄。

翼日，同季黻卿、平彦卿、黄心耕擘蟹螯侑酒。晚添平彬卿、家仲舒，借竹牌消遣。见房考单，知吾邑陆云生内翰懋宗顺天同考，新学院马雨农阁学恩溥现放广东主考。

十二日(11月1日)，余半村来，失迓。读曹玉舫场作三篇，翻空见奇，有文情，有议论，清而能腴，是迩来新花样。

次日，黄心耕去。予往朱氏贺诚斋丈之女于归，偕媒氏顾子和、宓静岩小话，晤刘云桥、张紫卿、高子陵、胡少卿、朱少英、李简亭、蔡见心、桑侣梅、徐达、于安卿等畅叙。同新客尤协华上舍权坐首，品盛筵。

十四日(11月3日)，腹痛腰重，困卧在床。时敬甫来，命祐儿陪执螯酒，半日论文。

望日(11月4日)，仍卧，幸得汗而减轻。颜又亭送酒来，以诗见质，为采《八古吟》之半入《诗话》，以存其人。予病不克陪，留膳而去。朱一泉、李青来见过，未及留点即回。

十六日(11月5日)，仍寝养神。内人至祖居视侄孙疾，加重为忧。祐儿则赴试学海书院，题为《振河海而不泄至一勺之多》，是极周折，初学难下笔焉。知荡口新拔贡华子才鸿模又报捷，同坐数十人引祐儿往观，见录费一宝。双亲健在，领子妇谢恩，富亦甲于一镇。吾邑则中七人：经魁归旭如燨，两兄皆黉俊，其父千之贰尹显年甫艾，叔祖问轩章、嫡叔公恒康麟、堂兄君朗寅皆一榜，书家子弟，较易登科。大殷子嘉斋长树森、小殷厚培明经李垚兄弟联魁，不愧二难之目，并幼慧，擅高材，亦见小斋明经振云之庭训。曹蕴琛学博庆恩则予小友，以小三元而又售，性情谦抑，书法精纯，迈众才也。周士益斋长锷廉则宿学，予所畏友。张念修祖仁则时髦，连捷可羡，同案宝卿比部璐继起有人矣。浦玉圃炳勋则少年用功，科名又接乃叔松亭钟英，何其盛也。而吾家厨房有鼠坠地而求签,时尚午,似非佳兆,岂神祖示听彝之遘凶耶?

次日,内人又寒热干嗽。祐儿则赴朱祠会考,题为《得之有命》《姓名旧在莺迁榜,得名字》。

二十日(11月9日),家仲舒邀朱鹤龄来诊内子脉,幸热发龈碎,虚火稍清。予因下氏乏人,自往吴塔撮药,偕陆慎斋□□、子苞□□纵谈。平氏孽种阿二索诈其族,甚至放火,予合家惊起大呵,旋为沈保祝山拉去。

廿一日(11月10日),内人服药两剂,得汗而愈。

翼日,顾姨来问姊恙,耽搁两天。

廿三日(11月12日),始有租米,开限则在廿五日也。有扬州道婆自称,有老鬼前生欠债,投腹偿还,即所谓肚里关亡。倩招次女培礼魂,句句有准,所认人悉呼出,所费只五十文。幼儿旧恙发,亦画符缄佩,据云可平,给钱一百。相面则费钱二十四。

廿五日(11月14日),胡银山来斛租打米,言定三个月工钱四千一百十。下塘会课题为《曾皙嗜羊枣》《还来就菊花,得来字》。

廿七日(11月16日),大媳回练塘。予扶病往视听彝,晤朱恂如,据确甫云,病不稳。平二仍邀姑向族借钱,雪庵看祖面,送五金。

次日,祐儿归报听彝病笃,亟遣妻子奔视,以备酌剂。朱望椿、时锡蕃、家仲舒来,予嘱请仙方,兑参须,或可扶救,然而迟矣。

廿九日(11月18日),沈锦川、韫山、定山三丈及顾甥少山来,留茗点。闻叶湘亭因便途怀旧来视听彝,虽诊脉书方,而蹙额云:"少吉,古谊何如,厥后往请仍来。"连声太息。

晦日(11月19日),内人陪病两夕,祐儿亦陪夜,更迭回家。

十月[朔](11月20日),予乘舟往看听彝,带果金一千、树柴两捆,尚挣起道谢。伸舌与观,奈面瘦鼻寒,光苔少润,心焉伤之。

初三日(11月22日),邢甥福堂尚义之子瑞卿雄文成婚,遣祐儿往贺，主人派迎妇，陪新客，夜不及回。孰知骇报侄孙祖望于酉时猝变，全家泪零，年仅十三耳。询知身体焦枯，便血不止，以至不能支撑。念其秉性温良，眉清目秀，面白唇红，似贵相。幼年玉折，家运大衰。予病起又遭悲悼，何乐赘疣人世耶。一片热心，命儿训课，欲玉成以慰伯谦，岂知有如此之变？所居老屋，岁岁伤人，距效震□□族弟之死，才两旬耳。况祖墓多厝棺，大兄、大侄皆未葬，憾事原不少，故天降之罚欤？第亡侄遗爱，妇又孝姑，未知其咎安在？予夫妇往治殓，命祐儿留商一切，遣胡银山帮忙，两手空空，苦难补报，哭挽一联。其母恸甚，办顶帽袍套，鼓吹下棺。

次夕，新丧领旧，出厝老坟，幸家浩然、周大福等襄事尽礼。曹玉舫书来，索旧作贺人婚，录十八首以报。

初五日（11月24日），季黻卿邀同赴东庄浜，贺李望英上舍树勋公子□□廷楷合卺，晤尤景初刺史杲、华楞仙少府□□、尤彦之上舍辅弼、张子容奉直、周绍基上舍□□吴润之、贾稚梅、二梅辈。主人及苑香刺史、怀英少尉劝饮，甚至沉酣。

次日，周继曾来诉，因卖羊羔被吴塔王柏森欺侮。予曰："除彼处皆可做生意，何必斗气相殴。"

初七日（11月26日），过莫城。于王公正枭新白米，每石不过两洋二角半。诣义学会张寄翁，惊悉其三子雅琴寓楷病没，岂误于鸦烟耶？晚年多逆境，贻累老人。入城，于童氏晤吴修之及程漱芳允中、童子箴□□、子嘉□□，俱故人子也，英年秀慧，并是美材。况新厦造成，可妒，不识仍能卜邻否？县南访居氏，保之□□代敬止出陪，承谢祝母寿。进学宫见吴老师，谢其阅卷。并赴杨雪梅□□、钱竺卿两处，报朱培滋暨子侄考名。又往家静澜处付笔资，严银总家算存项，与家介轩略谈。所有镜墀轩各种，全交马□□店装套，庶博大观。途遇屈香坡明经尧墀、瞿筠亭少尉，彼此叙阔。

初十日（11月29日），洞港会课，题为《拔一毛》《山色湖光总入诗，得诗字》。祐儿畏寒，未应。

翼日，祁寒。倪香领、邢友先来，言从弟孝先、告先欲将祖墓租派其独办，殊属不甘，来商干法。予曰："均有先人棺，理应分当。倘因葬柩过多，遂欲大房承租，万无此理。况闻欲掘伯及兄墓，尤为逆伦。俟其兄弟回家，予当晓以大义也。"潘倬云礼士来，知为小圃世叔康侯嗣子，畅叙通家。顾少山至，留点。

十三日(12月2日)，李心柏、祐之左顾，备酒肴畅谈。知心兰妇亡女溺，不独予族有重丧也。

十四日(12月3日)，大媳回来，言因翁庄观剧，故迟数日。予于家维新处晤陶舍吴玉山、平仁基□□、家哲夫，互谈吴中近事。

望日(12月4日)，朱半千兴桂来报，十图老人王介玉年八十一岁，冯玉贤年七十四岁，魏启龙年七十三岁，又八图佃户沈茂华年七十四岁，九图亲友沈锦川镛、贾亨德思齐一则七十一岁，一则七十七岁，亦升平瑞事也。

十六日(12月5日)，舟赴马奋泾庵讲约，四图地保张云亭、瞿瑞芳伺候，颜梅生赞仪，张□□□□陪拜，祐儿宣读。拈"敦孝弟以重人伦"，《家庭讲话》中"耕织""勤劳"，《小学千家诗》"劝孝"，《小书》中"酒色财气""劝施济"。听者拥挤山门。后堂翻造颇新，南为鹞鹰湾，已长洲界。推姚氏为书家。移桡常荡福寡庵，二图地保赴城，家馥棠代迎。予十一岁大病，于观音前请香煎饮，赖倪师娘祈禳而痊，所上"灵感"二字额尚存。其孙景春衣冠来迓，爰先拈香礼佛，再拜圣牌。耆老姚坤阳、庵邻倪景周亦冠裳陪叩，祐儿赞襄。拈"明礼让以厚风俗"，《家庭讲话》中"教子""教女"。听者近百，妇稚尤多。

十八日(12月7日)，贾内嫂来诉厚卿私匿一百洋，因究严诃，致内弟妇吞鸦片几死。予言："家物不为偷，百元中也有三分之一。嫂亦不得殴叔。惟厚卿不告而取，且吸洋烟，是大谬。否则鸦烟何以索取，幸未弄假成真。自今速毁烟具，誓不再吸，亦转祸为福，令人不疑。"留劝两日。

十九日(12月8日)，予到莲花浜访旧躅，见各农家均小康，惜寓邻王棣、李蓉没已十载。至夕吴耀明来,泣诉蒋和轩少尉钩硬派其慢客,欲罚钱文,跪倒床前,求为排解。予曰:"向叨蒋氏庇荫,曾送灯笼,其子弟因窘挪洋,亦非过分。切勿斥其欺诈,可略送盒金,倘欲多索不遂,以致禀官,可预卸务。一庙祝安能与乡宦争?"

廿一日(12月10日),为家德辉□□申粮事会地总朱秋屏,交笔资与凭字。便问顾子和脾症,瀹茗长谈。晤钱雪崖、姚翔云、杨文卿、潘信之等,彼此叙悰。饭于家勤斋处。又为冯安邦归田价事,往与朱克家丈相商,据云欲办其勒租逼赎。予云:"九斗租额,想是荒田,除彼无人肯种。闻田六亩零,顶首三十五千七百,契限五年,年满已久,理应放赎。唯租未清偿,此其歉处。如不便,可先缴十千,以应其急。契上注明,田仍放种。"承允之,即唤安邦将净米还租。答云:"准借贷如命,自此免业开追。"

次日,吴耀明来覆,留酒食而回。王晏三、贾慰椿至,亦留粉团。

廿三日(12月12日),往田垛候沈锦川丈,晤菊村、明德、峻德、定山,欲留饮,苦无暇也。因大仳妇哭子呕血数盂,遂奔视,正延陈憩亭医,守候未来,与仲舒侄商治法。夜虽呕血,而今昼幸平。便诣贾氏劝和,孰知嫂方詈叔,拍案狂呼。予谓:"厚卿之母已气成膈疾,拒食停药,进视不佳,且息怒致祥,嘱厚卿夫妇勿辨。孽子易危,只宜忍辱。尚念父亡以后,汝幼稚,全赖嫂氏撑持家计,勿忘恩。汝果未取,将来必有人败露,可徐俟之。试观外舅在日,为马氏父子窃去三百十八洋,始亦疑家人,久之赃显可知,然而哓哓未已也。"又有老人如沈孔惠年七十一岁,住居二图;贾誉吉福谦年七十五岁,住居九图,均托予报县,去年九月恭遇覃恩,至今截限,惜多埋没耳。

次日,遣内人往洛阳。奈嫂仍殴叔,抄闹不休,一时苦难劝解也。

廿五日(12月14日),入城,会蒋和轩、周兰江。

翼日,吴耀明来。又言水作头范姓传言,和轩欲耀明陪罪,不受盒仪。未识何以反覆。

至廿八日(12月17日),范某唆和轩返璧,且有银信,付托非人,致未送到。沈菊村来，嘱予瞿氏归项，且言公子依仁所生之孙，已将昏，其余三孙亦长。长予仅一岁耳，予未得孙，愧弗如矣。祐儿因嘴碎流涎，就朱鹤龄医治，医方开西血珀同川通研末冲服，且赠末药，两剂见功。是日，祐儿陪平彬卿、蒋达卿、子敏上城，寓瞿慎卿上舍壮志宅。

晦日(12月19日)，到各店偿逋，晤谢芝庭、钱仰山、朱景斋。东始庄店账，则洋钱搭米缴清。留戴竹溪□□及舟人酒饭。惊悉李心兰□□因哭妻女，于廿八日遽殂，仅存一藐孤，可悯。命仆担酒肴捧冥洋，奠侄孙听彝灵座，缘交五七也。

十一月朔(12月20日)，两邑试正场，借城隍庙局试，常题为《居是邦也至颜渊问为邦》《贡者校数岁之中以为常》《赋得临民思惠养，得京字》，未冠题《惠人也五谷熟》，邑尊魏公廪生出身，本识文。昭题则《焕乎其有文章舜有臣五人》《贤者以其昭昭使人昭昭》《赋得岸容待腊将舒柳，得□字》，未冠题《我非生而知之者好古》，昭令赵霞峰运同秉镕系供事出身。单显昌领租，瞿祖福议婚，并留膳。

次日，为侄孙祖荫撰醮疏，适听彝丧中礼忏，留同朱顺之酒点。喜侄妇血症遽痊。

初三日(12月22日)，冬至，祭先。家湘兰茂才守元为开追顽佃来商，留茶点。贾内嫂又来，嫌予不责内弟。但取洋并未目击，何得证为是彼？曷弗谅诸。

翼日，同平雪庵赴城。于瞿寓晤程惠斌话旧，蔡生季范茂才培、钱生竺卿斋长福基及蔡志亭、复生来寓畅谈。途遇邵子谷琛、宗月锄廷辅两孝廉、屈香坡明经垚墀、童翼周学博、陶德华、俞得之两茂才，知两邑案出，常案首为钱钟麟，南乡诸子及祐儿俱殿童军。儿作未能扣两头邦字，文法原疏，即涂改以示式。昭案首亦钱姓，朱丙云第八，时敬甫、李青来并三十余名，观场朱生晓莲□点、南轩亦招覆。东唐市族弟少溪光正文源来函，并送程氏所刻《孝友图说》三帙、单条四幅，精细可作家珍。询及琴川龚氏世祠图备载建祠始末,欲见投嘱钞,是敬宗者。偕包九仪、孙学卿、朱半千、蒋氏叔侄茶话红桥,朱梅亭兴柏会茗费。旋同半千、梅亭、子敏文学里品卤面、高粱,尚可口。夕宿瞿宅。

初五日(12月24日),蔡季范送礼来,欲为其父学博公乞家传也。邀朱步云茂才堃饼家点饥。复同许登云进修暨步云萼岭泉啜茗,单益斋道纪宏翊来会东。步云、登云皆送公郎县试,言张竹翁诗集已刊,拙题附梓。途遇翁士服曾绍、陆□□如璋,互叙阔悰。至午为蔡季范招饮,汤炒、大菜并佳,佐以绍酒,量浅难胜大白。与黄申甫及蔡沄江、志亭、复生同席,欢叙通家。复生亦欲请为祖父传,刻入谱中;沄江之令尊则予尝作传,嘱录出交于志局,均见孝思。提及刘小寰中翰近得子,则清节之捐田,不无格天,好善必获报也。复言城绅禀请县示,朔望断屠,亦一仁术。至暮同家馥棠回乡。

次日,两邑覆试,常题为《父母其顺矣乎》《上天同云至生我百谷》《赋得神清和月写,得梅字》,昭题为《故进之》。

初七日(12月26日),雨,菜麦得苏。

翼日,常昭初覆出案。常案首为孙鸣球,朱鹤龄兆衣拔置二十名,祐儿拔置三十二名。昭案首则俞若泉源达,前十年已取佾,本高手也。朱丙云已廿四,时敬甫仍头圈。家念庭来,留饭。家朴园来,留茶。开五图地保张永福,又蔡如金、邢松三名请予惩创,因纵赌也。

初九日(12月28日),祐儿与蒋达卿次覆进场,题为《令闻广誉施施于身所以不愿人之文绣也》《范文正公曲体人情赋》《吹葭六管动飞灰,得吹字》,昭则《举贤才合下一节》。吴耀明送礼来,固辞不获,稍稍领情。

次日,贾厚卿来,留茗点,言告苦况,惟劝其耐辱而已。

十一日(12月30日),大风雨。欲入城不果。闻二覆案出,苦无便鸿。顾甥少山至,留午餐。旋得祐儿信,知儿与朱鹤龄仍覆,而名较前案稍后。昭文则朱丙云第四,时敬甫亦覆。是夕进场,苦寒风雪。

十三日（1874 年 1 月 1 日），仍大风雪，寒尤甚。笔冻砚冰，予束手拥炉，唯阅《寄园寄所寄》。知昨日题为《文王我师也》《岁寒三友，得三字，五言八韵》《大夫松、君子竹、宰相梅，七律不拘韵》。

翼日，仍祁寒。邑常三覆出案，仅存前廿名，示十五入场试起讲。是晚祐儿同朱鹤龄回，膳宿其宅。

望日（1 月 3 日），遣舟子送归。询知常三覆案首孙鸣球；昭文案首曾绶恩，第二俞源禧，第四朱凤苞，家□□振梁第二十，王生少兰鸿藻四十二，时敬甫五十。惊悉东翁朱克谐千戎秉锟于昨夕骤亡，黄昏且起索茶酒，无疾而逝，亦奇。前日尚送次君南轩文源邑试，人命之脆何如。

既望（1 月 4 日），闻李芝馨之弟子材德□完姻，在十二日大风迎娶，船覆，媒氏某溺死。可知寒冬出门要慎，婚嫁莫选此时也。既望常昭出正案。常案首为孙鸣球，龚福升三十八，龚振梁三十九，朱兆衣六十六，祐儿已六十八，平邦麟一百三十，蒋嘉璋一百三十三，张凤章一百廿七。昭案首钱豫吉，俞源禧第四，朱凤苞第九，龚福颐廿八，时养源三十七，龚邦瑞七十三，朱点一百廿九，朱文源一百三十四，时逢源一百四十，王松贞一百四十二，俞皋赞一百五十三，李莲一百六十二，王松虬一百七十四，王鸿藻一百十七，周浩文二百廿七。予入城买货，打冰回里，敝裘难敌奇寒。

十七日（1 月 5 日），冰益壮，河路不通。闻前期《得之有命》题，祐儿第一，管镜仁孝廉纯焌评云："说理明通，笔亦坚劲。"

次日，送季黻卿《孝友图说》。徐培之刺史国霖来，见少时艳体。

十九日（1 月 7 日），踏冻到吴塔，访朱半千，见留珍茗，偕戴润卿、铭卿、其侄俊升、其孙培滋话久。便答徐培之，承留消寒小饮，高粱佐以暖炉，碟有醉蟹、糟蛋，风味剧佳。与湖南周芙江参戎广才、慈溪宓静轩守府鋆贤畅饮，一缘同谱，一缘比邻，转让予首座，以长生果生字嘱公子飞，各浮大白。主人倡句云："高朋满座假天缘，盖芙江由望亭来。"因冰阻暂停，始得萍聚。予遂续成六绝，有云："幸遇承平烽火熄,门前闲泊将星船。"提及昨见冶游诗,培之言:"人老心不老。"芙江云:"人老诗不老。"静轩云:"人老诗更老。"予云:"魏半农称主人少年老成,乃为纯品。"培之言:"贱庚三十余矣,恐魏公认错。"一笑而饭。乘兴同芙江及宓蓉台彰达、尤慎之志培集顾甥家,始留手谈,予大败。芙江以彩钱推入钱堆,宓、尤亦还所得,均云遣兴,不作输赢。至晚,同品羊羹、蚁酒,复试老拳,声闻户外。席罢,周、宓送我直至北堤。

翼日,河冰舟绝,邻近婚嫁都陆行。家朴园来,留膳,拉同平纬峰□□往季氏斗牌,予稍胜。

廿一日(1月9日),冰半消,而寒仍总至,墨冻难书。朱鹤龄来茗话,因路毙者地保以藁敛于塘滩,欲易以棺,埋义冢,是仁心也。

次日,朱半千来报府考信。

廿三日(1月11日),夕雨冻消。予复家少溪四六一札,附以《忠义祠记》,系先君子所为。

廿七日(1月15日),予赴四万荡,侄孙祖荫建醮,晤相城灵应观法师屈补仙、俗道人顾朗峰。适钱月帆访至醮坛,带吴学师札,欲荐就莫城义塾局也,留素斋而去。至川泾,倩儿童扶过破桥。过平油车,会贾福庭而回。

廿九日(1月17日),遣祐儿括租。

十二月朔(1月18日),仍遣祐儿括租。

初二日(1月19日),祐儿往山北括租。

初三日(1月20日),予到田垛同贾福亭量地,承沈锦川丈留酒膳,韫山子偕定山子峻德备船送回。

初四日(1月21日),冰。欲赴城不果。祐儿自福山塘回。旱荒只得六成,且有种豆未还之户,而塘涸候潮颇费力。

初五日(1月22日),赴西项泾吴家桥讲约,七图地保陆小涛领陆绍贤、李耀如来拜。拈"训子弟以禁非为",兼讲姜祖"戒烟说"。晤陆桂香、周元丰等小话。旋至西项泾洪绍庵宣讲,虔礼观音后即拜圣牌,讲"敦孝弟以重人伦",《小学千家诗》"劝孝""戒赌",《阴骘文》案数则,戒诸作孽等事。两处俱如环堵,听者于此最众。回便过张家甸,憩黄云龙杂货店。李惕先来报,老人李宝明年七十一,及葛姓、周姓、黄姓均年近八旬,托予报采访处。

初八日(1月25日),同黻卿、雪庵为义塾事赴贾氏,承主人面允,独领设义塾殃伽庵。晚浴于东贾氏。

初十日(1月27日),遣祐儿送内侄妇陆安人葬。

十一日(1月28日),朱恂如为义塾事来,留茗点。祐儿同贾福亭往田垛,监支界石。夕为平汉卿邀去,偕平燮庵捭战纵谈,酒肴均美。

十二日(1月29日),改蒋子敏文一篇。

十三日(1月30日),晓雪。时挹丈挈孙墨泉送礼来,予往四万荡归租,失迓。

十四日(1月31日),季黻卿委阅课卷一期,予遂冒寒废寝评定甲乙文,于前两艺观止,余则不佳,想初学功浅之故。然能努力加鞭,即此五卷定见五凤齐飞,老夫有青云之羡耳。

望日(2月1日),舟赴练塘送礼。

十六日(2月2日),入城,便路会王聘轩。又访张润甫,见精舍图书四壁,内外间绝。会吴学师,求书名片。卧榻少顷,见槐庭叶落如蝶,午鸡声遏行云,遂成《岁暮入城即事》一律。吴公:"何其敏捷!"予云:"怎如三绝广文?"旋会李简庭,晤陶德夫、陈云卿。据云卿云,其岳子渊族叔欲叙谱,项桥支□□邦达为新泉子□□福谦、□□福颐为□□子。至三鼓而回。

十七日(2月3日),雨。高卧半日,静养疲躯。

十八日(2月4日),仍小雨,立春。贾厚卿来。

十九日(2月5日),张润甫来。

二十日(2月6日),祐儿假馆。予到七图觅义塾生。午饮于沈菊[村]处，晚点于朱恂如家，夜饮于贾稚梅家。

次日，家福亭自上海回来，聚谈良久，留饮而回。是夕因将出外，预送灶。

廿二(2月8日)，同贾厚卿等入城，寓包宅。晚同司计王晏三交贾子良、梅溪、家成业及本户米数。是时严翰卿虽是总书，而缘案不能出场，经手为吴仲舒。柜价三千八百五十二，每石贴费仍一千零五十二，本洋壹千二百六十，英洋一千一百九十。夕与钱竺卿及晏三饮于瞿楼，宿于包寓。枕上撰贾氏丙舍一额两联。

次早，大风雨。笠屐访钱月帆不值，托其弟季羹茂才应鸿寄声。午为包九[仪]留饮，暖烠。夕呼官菜，与九仪小叙。

次日，天晴。祐儿等押糟米上仓。至午同晏三仍饮瞿楼，隔金宝之作东道。晤毛蓉江知州、吴健伯上舍，话久。饭后乘轿进县署，谒魏半农公祖，款待颇殷，询及南乡风俗。"尚好，唯乡镇时有博局，须禁止乃佳。"魏公具纸笔，请开明。予云："请出禁示，不必提人。"

廿五日(2月11日)，同王芙江、序兰茗话凤岩泉。至仓，将米斛上仓厫。午后贾厚卿邀予同蒋月卿饮于如意馆，至夕贾稚梅仍留饮此间。

附录一:镜墀轩日记摘要

司理加二级龚又村先生传

张凤图

凤图生虽晚,犹得见龚又村先生。先生仪表颀秀,声宏而健谈,议论天下事,巨细敷畅,如凤鸣绛霄,生平少所许可,独视伟图。一日,盛服至舍,手书事实命传。图闻命惊疑,恐犯预凶非礼之讥,又恐方先生命,致废先生硕德奇功。因思昔昌黎为太学何蕃立生传,请援例以质先生。

谨按:先生姓龚氏,名缙熙,字纯甫,号又村,吾邑城南人。曾祖讳恒泰,恩旌五代同堂,七品衔。祖讳灏,敕赠修职郎,郡庠生。父讳棨,嘉庆丁卯举人,官溧水训导,生二子,先生其仲也。少有大志,读书以古贤自期。时曾祖在堂,先生于春秋佳日,随祖父披彩衣,奉觞撰杖,递为老人介寿,士林荣之。弱冠,受知于申文恪公,入邑庠,连试高等,乡闱三荐。出其所学,以启迪后生,及门多鬓俊。居恒解纷难,城乡悦服,目为公正人。

道光壬寅,夷匪犯省,画《渡江击楫图》以见志。己酉大水,饥民贸然来城,先生虑赈需时,不及炊,乃劝巨室出钱米以济。当事知先生才,聘襄赈局,凡一切造册、张厂发谷种诸举,先生之力尤多。大吏据实闻,奉旨准给九品职衔,旋循例纳监,捐今衔。咸丰癸丑,省城贼踞,作《闻警》十诗,隐寓同仇大义,恐奸细窜入,督保盘查。庚申夏,苏垣继陷,邑侯周公沐润委董巡防,集义勇操练,声势赫然。旋以馆乡不便守城捍御,至八月初贼大队至,城不能守,先生恨功废半途。

又闻长女培祁殉难,愤气填胸,时拔剑起舞,赋《从军行》,誓杀贼报国。同治壬戌,邑城首复,群贼来攻者以万数。先生于莫城团练,单骑请兵,提戎黄公翼升素闻先生名,握手肃入,令督勇军南路遏贼冲,贼望风靡。未几,襄吴塔局。适肃慎伯李公进剿省垣,檄令局董随水师将船,扫鹅荡、望亭、黄埭、蠡口诸贼巢。先生领勇出队,矢石如雨下,贼复倒戈披靡,获渠魁正法。事平,同事者俱保举翎顶,而先生虽蒙宪补奖,不自居功也。先生才识兼人,明决达以变,故公家事重叠委办,如捕蝗筹饷、留养难民以及善后保甲、修志采访之类,靡不随事尽心。邑有重务,令作札延请,如黄公金韶、沈公伟田尤所投契。

追甲子,江南全省肃清,先生以西庄宅毁,侨寓南乡,雅不欲与事,一唯辑家谱,编手泽,刻祖父诗。已而抚军丁公日昌饬县举行乡约,汪令祖绶与先生有世谊,见先生品学兼优,聘为南路宣讲。先生感知己言,与吴学师凤昌遍历村镇,如训子弟,口舌忘疲,上报菁良,使风俗敦厚。寻又饬立义学,先生与王明经国璋劝捐藏事,设塾于剑城,当路交口称誉。丁抚大悦,驰谕褒嘉。

先生于学,靡所不窥,文章原本经术,而尤工骈体。性酷嗜诗,偕友联吟,虽患难中不废,如温阁学葆深、陆广文毓元、张署正定銮、钱醎使卿鈢、赵孝廉同钧、汪太史鸣銮辈,俱有唱和诗。喜玩山水,尝橐笔纵游武林、金陵、维扬、润州、澄江、玉山、上洋、嫳城诸胜区,识者谓先生诗文之佳,实由江山之助也。

然至性过人,既冠失怙,悲怄仆地;方壮失恃,号泣失音,既刊行述传铭,又绘《蓼莪辍读》;至强丧兄,编集为《孤雁》,惨欲裂肠。其始长子殇,悼诗百韵;厥后长侄没,更为治丧抚孤;适黄女死烈,高氏婿死孝,复为请旌得旨;留养次女,陨于狂疾,且哭以十章。为高祖妣报节,为舅氏周君鼎报孝,均出于至诚。其他如恤产保婴、施衣放生、拣谷惜字、修桥梁葺寺观等,不可胜数。自壬申大病,濒死复苏,人以为厚德之报。

历试十二闱,至癸酉秋,始辞跋涉,盖年六十四矣。因念欧阳氏有言："为善无不报，而迟速有时，此理之常也。"古人有七十余岁召对贤良者，有八十二岁魁多士者，先生之齿正悬殊也。图或能随侍几杖，扶先生上安车，谒金门，以羽仪景运。虽先生之大手笔，野经纶，有闾史在，而图亦不容默默也，姑濡毫而待。

著作甚富，有《镜墀轩古今体诗》若干卷，《制艺》《赋钞》数卷，略镌行世。又有《西窗诗话》《一笑吟》《唾余草》《自怡日记》《试帖》《肉谱》《尺牍》《杂著》《同人集》《诵芬录》《醒世编》，计百余卷。

室氏贾，以贤淑闻。子三：长培禄，殇；次培祐，业儒；三培祜，九品衔。

为老夫写生，不同诔墓，残阳努力，恐仍愧有道碑。熙识。

龚又村小传
海虞外史

君姓龚氏，名缙熙，字纯甫，又村其别号也。祖籍湖州，自七世祖服先公讳娱畴，明季迁常熟之四万荡，遂占籍焉。曾祖复安公讳恒泰，钦旌五代同堂，恩锡七品顶带。祖苇江公讳灏，郡庠生，例封文林郎，貤赠修职郎。考杏村公讳棨，嘉庆丁卯举人，溧水县训导，例授文林郎，敕授修职郎，例晋儒林郎。母氏周处士振南公讳缪女，戊园公讳鼎妹，例封孺人，例晋安人。兄社卿先生，讳缙焘。

君生于嘉庆庚午冬，时曾祖尚健在，天伦之乐事备焉。

乙亥，随尊甫徙居西城，始与兄学于汪亮揆隐君、仲观上赠翁，读书蒋氏临水居。日晚不遽归，犹至师家聆诲不倦。

己卯，回乡，秉祖训，间问字于其叔亦兰先生。

道光辛巳，借窗于贾子良上舍家，时已为东床婿。追其祖捐馆舍，乃受业于时容斋斋长，始咏诗。

甲申，回家，承庭训，始操觚学为文。

乙酉，侍尊人赴任溧水，专心举业，有人劝应试者，以根柢未裕辞。

丙戌，从溧阳强沛崖大令学，文理井然。

丁亥秋，遭祖母贾太君丧，回籍秉庭诰。

戊子，始应童试，见赏于邑令张厚斋先生，拔置前列。

己丑，迁居南城之西庄，屡赴文社，辄冠其曹，为俞见岚大令、陶静涵广文、钱玉书、归问轩、卫黼堂诸孝廉所鉴赏。

庚寅，应县府试，又为征松垞通守、苏鳌石太守识拔。盛夏，下帷斗室，亲友虽信宿，犹未识面，往往汗烂葛衫不顾也。是秋，受知于学使申文恪公，补博士弟子，时则从戴双柑文学游。

辛卯秋，尊庭弃养，君昏晕倒地，用开气药救苏，伏苫块叙行略，随付手民。自是家居授徒，借修脯供北堂养。

壬辰以后，奉母命游王蓉村斋长、江云艇学博门，学益长。南乡猛将堂募修，君奉慈命助工，并劝捐集事。

癸巳季秋，得虞山刘神浜地，筑为新茔，扶学博公枢安葬，攀柏哀号，闻者色惨。

甲午，始成昏，中闱得内助，不分心于薪水，业益专。

丙申，科试，为学使龚季思尚书拔取一等。

丁酉，省试，出宝应令唐黼卿司马房，荐而未售，同人惜之。

己亥春，为陈芝楣中丞赏拔，肄业紫阳，亲炙朱兰坡院长，学务渊博。又为文铁山粮储击赏，肄业游文，言皋云山长亦为推许。夏初，为母往天竺祈寿，并日诵《心轻》以自忏。旋因慈寝病笃，遍走神庙，磕肿头颅。居丧擗踊气塞，移时始苏。编先慈行述，并绘《蓼莪辍读图》，当代巨公俱有题跋。腊杪，卜葬母枢于西山，经营窀穸，心力交瘁。杜门读礼，惟与杨遄飞茂才书札往来，采故旧遗诗，各系小传，出资助刊。

壬寅，夷匪滋扰海口，君与兄昼则省墓，夜则守庐，画《渡江击楫图》以见志。视彼纷纷逾窦者，其识力为何如？

甲辰，馆于外舅家，从游者众，勖以心虚功实，晨夕口讲，声达里间。于《四书》讲章，详加评点，摘各家见解，各章典故，录于简上，携示学者观摩。时复课书僮以《百家姓》等书，曾不少弃，且率诸生书救急秘方，粘于孔道。里中殓伽庵为其曾祖创修，日久倾圮，君为助资，并劝同人添瓦葳事。

至乙巳冬，始得子，壮年心事，借以稍纾。

丙午春，李石梧开府甄别，取君卷列前茅，以馆近吴门，一月两赴课，与英俊周旋，文心愈热。

丁未，回城。课子识之无，而其大侄伯谦尤所钟爱，授经之余，必挈游园林，不让古之二阮。

戊申春，为陆立夫抚军、倪廉舫粮储取入郡邑书院，翁遂盦山长尤拔冠一军，谓其笔似文辀，选课艺付梓。

己酉夏，大水，哀鸿四集。邑令黄印山先生请君议公，人有阻之者，而君毅然以拯溺自任，与诸先达竭力劝分，并监赈局，卒能始终其事，全活者多。官以出力请奖，非其本志也。是冬，闱艺第十七房备荐，一第缘悭，同为扼腕。

庚戌夏，见知于许珊林观察，屡列卢前，蜚声艺苑。时僦居门房李氏，夫妇病笃，为延医赠药，没后助以赙资。其孤迁去，免其历年房金，每节代设鱼菽。

咸丰辛亥，科试，见赏于学使青墨卿阁学，拔置一等前列，而未获食饩。君之时运不利，大率如此。

壬子，赴西郊蔡塾，不获课儿，时常恋恋。东翁餐霞司马窥其意，嘱间日一归，便筹家政。

至癸丑，粤匪窜扰省垣，严防土寇，君率仆辈按夜躬巡，友助敦于同井。夏日养疴，作《闻警》十诗，纤屑无遗，隐寓同仇大义。又应当事聘，襄理军需大局，竭诚劝输，不辞劳瘁。邑令启征新赋，更与同事经理，故四乡唯南鄙输将踊跃，其敦劝之力居多。暇检先人行状、家传、墓铭，付诸剞劂，欲广为流传，以备采入邑乘。仲秋，得次子。君喜连珠在抱，朝出课诸生，暮归顾二子，其公私鱼鹿，甚于往年。每谓干戈世界，岂能高枕，稍竭心力，庶减平日愆尤，犹以无路得报国家为憾。适族有争嗣事,将涉讼,君力为调停,劝立祭产,以敦族谊。腊杪,为巡防劝捐,虽岁务纷扰,而一惟急公。

甲寅,邑侯以南郊市房,嘱君收租金两月以作军饷之资,君与侄伯谦任其劳,能始终无懈。季夏水发,南乡田禾俱没,复同乡董投荒呈,求各宪准勘,俾大吏得请旨缓征二成。君之家产,未及一顷,外舅贾公怜其贫,于中秋拨授奁田若干,梢补饘粥,君时刻铭心。

乙卯,仍馆蔡氏,应东君请,乃挈长君附塾读书。邑尊以君劝捐助饷、巡防出力,详请优叙。而君不自居劳,仅以侄应。令舅氏周君善事慈闱,已为缮禀请旌,迨命下,又制孝子碑峙于墓道。仲秋丁祭,躬捧栗主送入忠孝祠。八月,君之外舅没,为撰祭文,叙家传,佳耦亦矢斋三年,均以未及报恩为歉。九月,长公子遘病遽殇,君哭之恸,悼以百韵诗,从此万念俱灰。而遇善事,犹不惮劳,为姻亲冯徐氏、邻妇李朱氏报儒寡局。暇与寅公章质夫观察、温明叔宗丞、王蕴香少府、雪艻上舍及同邑赵宜园孝廉为诗酒交,借遣西河之痛。

至丙辰,金陵暨各处难民来虞,邑令孙兰溪司马奉宪札留养,君又偕范朗霄州丞往南城劝捐,冒暑奔波,心力交瘁。更赴邑尊聘,盘诘奸细,先于本图编查保甲,逐户计口,书册存局,必躬必亲,不以奉行了事焉。复因旱灾蝗灾,陪蒋宜斋大令等劝输办赈,矢以实心,务期有济,一乡赖之。念省城未得遽复,乡试无期,欲为北上计,乃措资入监,加捐布理衔,而旋以子幼家寒,不果远出,为之郁然。唯招邑中诸名士联吟消闷,积诗数千,糊满屏壁,学士大夫之过此者,悉有和作,尝绘品诗亭一幅悬之斋。仲冬,乡宅火,高曾祖栗主被焚,君以城居未获守祜,爰绘神位图供于西庄新宅,朔望瞻拜,事亡如存。

丁巳仲春,与同人收蝻数十斛,自是蝗种歼除,无伤菜麦。

戊午秋,念从弟云亭幼失怙,孤苦零丁,为报名儒孤局。季冬,又为季父助资,买地营葬,以妥其灵。腊初,得第三子,适其次君连病后,君喜丁不至单,或得手足之助。

己未春,小阮伯谦由府案首而入泮,君又喜阶兰之秀,不负教思。

送学日，君偕张一泉学博公堂陪宴，咸比之重游泮宫。昆山余筠雪女史以其家《五稿》嘱选，君悉心酌量，为作生传，以付手民，并助印资一二。溧水任君晴圃缘其子静山茂才阵亡，欲领柩回籍，君赠绋资，更怂同人佽助，其生者复送缔袍焉。族渐繁衍，无谱可稽，各房农多士少，有忘其本源者，君绘图刊送，世系常存。适有关役盘踞山前，借巡索诈，君与蔡生投呈各宪，批准立碑，商贾永赖。季秋，君之长女归黄氏，量力遣嫁，务守荆布家风。腊杪，君五十正诞，江阴季君谋内翰书联以祝，同邑江树叔、曾兰史、徐尊葵、苏望之、赵子衡、归公恒、陶誉之、曹小卿诸孝廉复赠寿言，君不设汤饼筵，惟以知非自勉，诣室神前焚香叩谢而已。

馆济阳已八载，迨庚申，乃应朱诚斋司马之聘，设教南乡。适贼犯武林，虞城团练巡防正在吃紧，君膺周文之太守聘，假归稽查户口，防奸细之拦入焉。恐著作散佚，欲传久远，乃改诗三十余卷，请其师江广文选定，索赵孝廉序以授梓，而翁祖庚中丞旧序亦附入卷中。至孟夏中旬，苏郡失陷，属邑戒严。吴塔为苏常要道，官饬绅士设局团巡，仍请君就近董局，乃遣侄伯谦督勇盘查，并筹军饷，时复亲往戚里劝施。讵料贼氛愈炽，家眷播迁。八月初，虞城失守，致鸰鹡毁室，狼狈图南，萍漂邻邑。与令兄借庑居，而又遭伯氏之丧，君痛甚，编诗为《孤雁集》。虽嗷嗷八口，来日大难，而犹解裘赠人，同患相恤。曾遇邻人王某讹言寇至，被乡恶相解欲斩，君奔救得生。慈溪陈某负君七十金，君怜其失业，不之追也。

辛酉春，旋寓贾宅。闻城房器具已被土恶掠空，将动栋楹，君步至城，呼木工装门，水工填石，觅人守之。复视西山亲墓，检点树木，十去其五，而墓丁又被掳。君号泣良久，痛不欲生。往返穿贼营，见虎视眈眈，几无以脱险。悉出嫁长女闻变自经，君尤恸甚，作小传请旌。缘他族逼处，眷不能旋城，又无力远迁。乡居依然诵读，与吴下陆阆栽学博、顾子和斋长、同里王小庄上舍、平燮庵文学、朱半千、家朴园辈结消寒会，觞咏连叙，自冬至到花辰凡九集，以遣旅愁。

同治壬戌，仍寄婿乡。遇吴中禅友乙莲工画，省泉善书，相与创风雅，俾邪世识有斯文。重修族谱，请陆阆翁弁首，嘱族弟廉斋录副流传。课一子两侄，诗书而外，兼及持身应世，日旰忘疲。与小友王鲁园为忘年交，采其诗存箧衍。客居遣闷，间观春台，平章风月，得顾子和《夜度娘》一律，次韵至百篇，大半伤时，同社竞相属和，裒为《娘军斗胜集》，遐迩传钞。而入秋以来，全家抱病，叠遭鞠凶，赖其姻家金省三、内兄贾词仙、姊倩邢湘舟、内弟贾梅溪辈赠银馈米，犹子伯谦尤贫病兼扶，稍苏涸鲋。顾姨、俞姨念其食指之重，招二女甥往学女红。君感甚，时见之诗歌。犹苦旅费之繁，所积书院膏火银及首饰布匹销耗一空，而君耐心俟清，务存廉耻，虽有利薮，不肯失身。衣服寄时生家，被匪掠尽，幸先人木主手泽及己之著述避难随身，未遭兵燹。长婿黄心耕久掳回乡，相见庆慰，略赠衣被，少纾悼女之哀。仲冬杪，虞城收复，苏匪北窜州塘，大抄贾寓，所余书籍器皿，悉被攫空。君挈眷避居长洲之南庄，老妪挑荠供馔，季女织带换钱，而颇得今雨之欢，东舍西邻，络绎邀饮。

逮癸亥新正，俄惊贼至，又迁北甲及金匮之杨巷。舟房费烦，鬻衣以应，而偕诗友唱和，汇为《鹅湖风雅集》，患难之中，不废啸歌。旋逼贼氛，念负郭宅毁，欲归无家，乃寄居邑南庄基村。连禀城将邑侯，因历届在公，乞差报效。适委董马春湖司马、汪少甫常博、朱炳卿州丞设局莫城，总办团练，君留襄文案，各大宪贺节禀单，多出其手。时赴平墅吴塔稽查局务，其可增损者致函往商，屡进城请兵剿贼，黄昌岐军门、周步瀛副戎皆徇其请，保全南境，君与有劳焉。主局者或换花翎，或加升衔，同事如刘雨时司马、周森叔盐尹俱保举赏戴蓝翎，而君有功不居，谓："吾尽吾心，务期实济，安用浮名？"公暇，为季受之伶舞、王霞帆上舍、顾晓山少尹、张笠夫上舍等书殉难事报上海局，又为所亲之贫者报名善后局，暑天跋涉，茧足不辞。季夏，司吴塔局，偕沈得山文学、平也园上舍等和衷共济。督勇随邓仁舟、张笏堂两协镇，焚蠡口贼营，扫荡口贼卡，并随李少荃中丞、孙性天副帅追剿黄埭、荡镇、望亭诸贼巢，获贼首数十人，正法枭示，带勇者赏戴翎顶，而君又以分所当为，不欲邀叙也。自吴塔撤防，君回寓理旧业，暇又赴莫城厘捐局，委员高云浦刺史、司董曾伯伟孝廉留劝铺捐，时以饷需孔亟，不敢告劳。并襄留养局，有难民路毙水死者，验明收殓。且为南乡佃农观望，陪莫瑶峰少尉往洞港泾，谕催保押佃缴租，为饷捐地。至仲冬，喜闻苏城攻克，吾乡安堵，始息尘劳。

甲子，赴王氏聘，次公子随侍，与东翁湘帆先生暨梦蘧、聘轩、芙江诸君相得，设帐丙舍，偕诸生讲贯，无间晨昏。主人有悍兵伐木及匪党诬控事，君为鸣官申理，贪暴者屈。为卢君器轩、朱君竹书流落南乡，爰荐为馆宾，俾免家食。忽惊零匪自西乡东窜，逼近莫城，君率眷南避，幸风折浮桥，贼不得渡华荡。君始借枝叔氏之庐，虽山北湖南田租未缴，而饭疏饮水晏如也。适汪圻卿刺史下车吾邑，与君有世交，踵寓来访，君惟以诗叙旧，除庆贺外，不入公堂。时有欲控伪乡官者，君为设席合欢，乃不果讼。迨仲夏，金陵克复。君喜风云际会，罔敢蹉跎，挈高足赴吴趋、梁溪两书院，名列前茅。孟冬，挈令侄乡试，观伪皇宫及枕骸暴骨、江山凄凉之状，入闱烘冰砚，监临雪中送炭，均纪诗篇。同伴季黻卿报捷，而君本为游览计，功名得失，置之坦然。

乙丑，仍馆太原，移席漱芳阁，与内间绝。偕诸弟应奇粮储甄别，名拔卢前。又为王保之院长品题，时推老宿。旋赴科举，受宜春宇学使之知，青云之志，艾年不坠，致岁科两试及门入泮者四人。便书死难诸人事迹，送省城忠义局，喜爱女已旌贞烈，稍慰慈怀。洎孟冬，典陇西氏屋，始免飘蓬，妻女纺织，与读书声相应。斋额仍颜"镜埠"，不忘先训也。

丙寅新正，投张氏根心坛，仙师锡名心传，锡字镜芙，倡诗索和，不下百篇。并嘱惜字放生，撰四六两启，君走笔立应，奉谕书卷首备刊。并为王涧桥重建募捐，实心任事，广劝人戒杀，己尤立誓不食蛙鳝鲤鱼等物，画押告天，捐买放生灵钱，为一乡创首。复请其祖临沙，恪守彝训，刻降鸾诗附《苇江集》后。逢人谈因果，讲善书，人多感化，仙师取冠七十子之班。更为恤孤寡,买义冢,书引募施。中元盂兰、中秋礼斗,叠奉仙谕撰疏,心手不少休。适开采访局,为广搜贞节数十人,举报请旌。逢长女生忌死忌,因婿未鸠居,代为焚镪设祭。有拙婢不识钱数,不会女工,使妇女教之。客来不宰家鸡,代以海蝦。室居不越废井,护以几筵。得其仲父《蕉窗闲咏》,藏以待刊。见始祖墓浮厝近百,君劝族子买地葬亲,不惮再四。故友李锦江撄时疫暴卒,妻蓍子幼,君为劝助金钱。而一心知足,常谓年来有可喜者三:一居停有缘,二妻女耐苦,三老迈不病。因未立祭产,买安号膏腴之田,以供麦饭。

丁卯,仍旧馆。有友淡功名,嗜鸦片,辄苦口劝惩。二月,祝文昌诞,缮贺疏,呈寿章,回谕褒嘉,锡其斋名曰“闹红馆”。常熟学博吴璞卿大令、昭文学博曹海林司马与君唱和,为莫逆交。季夏,请仙引其父灵回家谈事,仙题其册曰《迎仙化鹤记》,即缮写诗谕,并其祖训,入《诵芬录》。又将杏村先生诗集择尤重钞,以备锓版。录同人善事数则,附入《劝戒编》。命王生星轩倡蔗香约课,君改数艺,胥列超等。社友只十余人,其中如幼生顾虹玉、宿学朱绩斋旋皆中式。孟秋,汪令奉丁方伯札,举行乡约,重君品学兼优,敦请司讲。君陪吴学师周历南乡各镇,宣讲《圣谕》及小学善书,指画分明,口音宏亮,听者解颐,风俗为之丕变。且遣公子随王君翼亭收暴露,偕王君赋梅放大鼋,复怂王君星轩助徐朱氏药资而臁疾顿愈。王氏垸被人垦削,将土石修剥,有瞿氏嫌碍风水,喝止之。君为劝其补足,俾得两全。又有诬地保孙允中得殷氏贿者,被官拘押,君为致书邑令,力雪其冤,旋即释放。遵先人遗命,挈侄下闱,有句云:“登场拂拭头颅雪,誓不成名老不休。”惜乡试十一回,缘悭一第,遂专课子弟,冀有成功。唯以幼公子病后成癫,不肯识丁,为之闷闷。仲冬,创恤嫠义举,为张黄氏作启,普劝助资。邻人李良桂兄弟互殴,东家金湘坡叔侄争斗,君俱为调和,勿令成讼。委员方□□大令奉委密查常昭事件,禀复丁藩,旋奉批开:“讲生龚某,宣讲尤为详晰,仰即传谕嘉奖,以资激劝。”君固不视大典为具文也。

戊辰,仍主太原讲席,课徒设规条。编其祖父临沙两谕,剃繁就简,重录成册,备付梓工。二月,撰表献诗,祝文帝诞,敕下优奖:"笔墨之事,阖坛唯君擅长。君虽不官,而功著乡间,人所矜式。"自制楹联曰:"年近六旬,大布衣驰名郡邑;集成万卷,野经济效力兵荒。"从弟妇亡无子,君念嫡弟梅庭之子寄养张姓,爰与侄伯谦贴钱五千,领回成服,一举而两房之宗祀以存。有三峰寺僧业田,被王佃葬七棺,其山主赵宦欲押迁,托君调度。君苦劝勿动,俾存没安全,而业主等亦免造孽,并请汪令出示勒碑:"已葬一二代者,无容翻掘,自今始不准复有盗葬等因。"再闻洞港泾开博场,演淫戏,复求示禁,邑侯俱徇其请,南乡顽俗,由是不敢胡行。邻吴氏生子,贫不能育,君赠白粲,又为报名仙坛,拨恤产保婴钱米半年,俾母子两全,不蹈弃孩之罪。又书陆素贞女士节略,请邑令沈羲民司马及吴学师书额表扬,其呈报请题,奉旨旌孝,亦一手经理焉。旧令汪、新令沈,君皆有送迎之作,而四六一束,尤为羲翁所赏,逢人赞嘉。夏雨酿灾,官问南乡情形,俱以实对。有莫城王振明三船载瓦砾填街,被埠蹋差,君见其以方便拖累,连禀新旧令,均出票饬埠放还。仙师谕合痧药,君复与王聘轩等捐钱佛施,自是邻近不苦时疫。又捐助圣牌于西王庙,以备岁时礼拜。奉仙命,以初稿请吴璞翁选定,先刊二卷,远近风行。嘱范君秉之绘《抱琴看鹤》《拔钗救蛾》两图,一以鸣妻孥之乐,一以表妇德之仁,良有意味。至季夏,有乡人言吴塔人来张鳝篮,被邻近隐匿,其人代为送还,地保派作贼首,蓄意诈钱。君谓:"大水圩松,擅来掘岸支篮,事关田稻,至鳝篮之失,乃微末尔。"即传语地保,勿陷良民。孟秋,闻有地总、地保借端图诈乡镇少年,君唤至面斥,谓勿在外招摇,欺侮良善,由此不复声张。季秋,邑令沈公奉丁抚札,饬立社学,发照会章程,聘君董事。君助书本,同张寄轩上舍、王聘轩明经、金景岩茂才等劝捐藏事,定于莫城设塾延师,为南乡倡首。仲冬,遣嫁次女,练裳从俭,而邑侯暨绅友礼贺,至二百余家,君所不意也,要亦其先施之感。有里正收赋,取人金镮,致被殴,君为调停,索还原主。有东家击伤馆宾者,君于讲约时苦口劝戒,始悔过愿和。有南鄙好善老成,敦品新进,君为胪陈事迹,闻于邑尊,备乡宾、乡董之选。又为禁毁暴露、捐田收骸,偕童叶舟学博、李养初茂才辈投递公呈,奉宪褒美。腊杪,仙坛发贫户度岁粮,君亦量力助米,虽岁歉困空不计也。

己巳,周花甲,亲友来祝,君恐杀生,不设筵席。仙师谓:"近今保举人材,表扬耆旧,功冠阖坛,谕赏笃守使街。"仍赴太原之聘,生徒极盛,而心力得周,书课程粘于壁。元夕后,因表侄周大文被甘丞访赌,入城为雪冤,代应差费一星,而其事得释。邑令请乡耆,嘱君为介,乃陪时挹山明经、王湘帆、沈阆峰诣署,沈侯款接甚殷,允君请,放还殷姓捉差之船。评县试拟作三篇,推为文坛老将,宜侯祖谓:"君能与名吏往来,大为我坛生色。"又曰:"龚某能整顿风俗,表率一乡,且创兴义学,与捐田收骸童大利同擢首功。所拟义塾规条,县札称极其妥协,附卷存查。"陪吴学师憩天兴庵,闻有李氏子殴父,着保传谕戒饬,而顿萌悔心。内亲造屋定基,被诬僭界,欲鸣官,君为劝止。族侄附义塾读书,奉父命来学,君为讲唐诗、《鲁论》,因秀慧,务欲玉成。高徒时酉生茂才客死,君悯其窘,为助殓资。殑伽庵修理,君又率同人助资。祖宅弄堂,君虽不居,亦出钱以葺。表亲沈氏因侄忤其叔,欲诉官,君押其赔罪,始免讼。拟刻鸾诗请谕,奉仙师命校阅,克日择尤加墨,以待鸠资。四月,剑城隍司李降行坛,言:"龚君能主持风化,成义塾,讲乡约,举饮宾,力保荐,称誉人材如庞士元,代人谋事如汉季布。"则君之行事,神仙尽知矣。迨仲夏,邀高婿崧生上舍来养疴,不料以呕血过多,回仅廿日而逝。君伤之甚,赙以钱米,并欲留养息女,以慰苦衷。且以婿两截指肉疗母病,出揭举报孝子。本境隍司以红灯驱贼功,奉敕加级,君奉仙谕撰贺疏兼主祭,乃偕坛士备牲醴音乐,于望日祝贺,兼撰楹联。季夏,沈令致书,嘱君查瞿小弟事,君赴莫城访明确实以复,随令其父向张汛官谢罪,俾得请免饬提,一以戢悍丁之凶,一以脱小民之累。又有地保张姓指官索诈俞氏,君为禀沈令,即杖责，枷号莫城，缴还诈赃，而附近之棍徒胆落。复有圩甲李姓，被地保夺锣欺诈，欲押其船，君又致书地总，嘱其约束，其事遂寝。县学因君乡约实心任事，出看语云："声音宏亮，讲义详明，为四乡讲生之冠。其公正诚笃，无人不推服焉。"孟秋，水发，业田半荒，而君买高区数亩为诗田，刻其先人学博公诗钞与祖集及少时初稿，作一家言，孝思可想。所报南乡忠孝节义，俱已恩准，君为安排报费，截长补短，寒户感恩。莫镇瞿氏因与赵姓小嫌，两不相下，君又力为排解，致未鸣官。中秋，令公子试笔，君改一艺，手不停笔，足为后辈楷模。月杪，携妇子就医吴郡，文兴不衰，便赴科举，童薇砚学使录取备送入闱。领眷游名园，长君有五言长排纪事，君喜不负清游。高足曹星村、陈晋三相继入泮，桃李多荣，君尤心慰。回里后，家人多病，医祷几疲，而君犹因灾巡视。见王洞桥块久淹于水，涉者病寒，爰独力捐瓦砾填平。仙坛设施衣局，君略助青蚨，令侄仲舒领捐灾区棉袄，君亦劝输，即力绵不惮烦也。沈侯奉抚军札举行保甲，发章程照会，嘱君选举图董，因书所知戚友共四十二图，开单呈县。又恐图人担累，为辞保甲两长，沈公允其请，复书云："具征筹谋尽善，虑事周详。"邻近有浪子，因吸洋烟乏资，时出摽掠，欲保全其人。请沈令饬保送县，面劝改图，或给资本以生理。其人始知敛戢，不陷下流。孟冬，将忠义王霞帆、孝子高崧生两传存采访局，嘱许肖岩茂才摘入《旌表录》，以备续刊。张寄轩上舍创恤产保婴会，君为作启，可泣可歌。讲约至吕舍，恐广福庵以桃梗惑人，嘱地保云："如烧香完愿，勿多索。众姓捐银，不如捐工料，始免侵吞。"至洞港，闻镇主大开博局，又嘱地保劝止，毋致官访，连累多人。

……

其事父母也，虽不及尽养于生前，而岁时祭扫，恒惨然不乐。扩墓地，筑墓门，资俱独出。编先人事略，有条不紊，汇为《诵芬录》以授梓。请奖先代节孝，并刻大父遗诗，以终厥考之志。

其从兄长也，敬而能和。尝缘侍养需人，伯出仲处。迨兄归，则同拥破书，一灯聚首，怡怡如嬉戏之初服。兄□□有疑必问，教所不及，必唯唯听从。代课大侄，悉心指授，十余年不复延师。

其教子女也，严慈交济，心无偏私，每欲去刻薄而存忠厚，尤以放生惜谷为谆谆。白发入场，不甘退废，以示后辈楷模。

其遇族党也，宗人少业儒，有昧厥世系者，君为刻宗支图遍送；其贫而赋闲者，代筹馆谷；老而无依者，恒留膳宿；死无以殓者，复助襚资。

其待姻戚也，一腔戆直，为谋必忠，惩暴安良之举，务怂其成，有诬陷事，辄代为不平。平生不轻告贷，常典衣度日，而人反疑其裕如，实则恐累亲戚耳。有借物置质库者，辄出资代赎；有负租羁刑房者，每指困代偿；有孝行可传、苦节可风者，又为之疏事实以请旌。

其交朋友也，酒食言欢，好为东道，而深交者，皆端人正士。见有佳句可珍，必采入《诗话》。更集同人尺牍、唱和诸诗，以当晤对。当其眷属避警，又为择仁里，操舟躬送。吊人之火，恤人之丧，俱量力助以薪米。凡有请托，务遂其意，不以无名利而不为。

其课弟子也，幼者教以习仪，长者教以敦品，经史之余，必以先正格言为启迪。故游其门者多黉俊，无刺青衿挑达焉。

至其示人尤不欺，往尝买货，铺伙少算钱文，归后始觉，即送还，虽错勿幸。有以笔墨事来请者，立应之，从无宿诺。凡遇祠庙修葺，必勉力怂助，更为之募捐竟事。而其遇师疾求医，冲风涉远，代留膳饮，体恤周详。更有出于至诚者，若其秉性，则不肯矫揉，明日事必预筹，人或笑其迂，见人过必面规，人或恶其直，而君惟以涵养未深自咎。貌虽淡漠，而心总慈祥，每遇可以利人处，必极力吹嘘。尝谓："予无力济人，并此区区口舌亦靳焉，自问何忍？"而其断事明决，尝因族中被劫，面谕捕役，还物有赏，果于是夜归赃。

况其勤俭自持，苟有可以自为事，不遣奴仆，必躬必亲，足力能胜，务省舟车之费。其弱冠之初，犹不衣裘曳缟，厥后稍服轻暖，亦只在涉世之时。而家居则仍朴素，迨一经乱后，尤惜物力艰难。无益之玩好,新出之珍鲜,概不一问。体虽羸弱,不愿以参苓补,辄谓:"贫贱如此,粥饭已为过幸,遑敢他求?"

平生著作甚都,有《镜墀轩》数十种,淘为大观。其文已梓入《隽快集》。其诗除自刊外,又刻入《幽光》附集。其赋虽不多作,而佳者亦刊入《翦雨楼选》。好游山水,又苦健忘,所历武林、金陵、润州、暨阳、上洋、曒城诸胜地,皆橐笔纪之。遇一新友,必书其姓字、里居、头衔、履历,俾重见不至茫然。君之健笔又如此。

中年以后,叠遭兵乱,稍稍嗜饮,借浇牢愁。平生见客,叙寒暄外,语不多赘,几疑其无口才。而遇酒次兴酬,则雄谈如注,座人不能屈。每饮有诗,出口成章,不假思索,如销暑销寒,动至数百首,同社和者俱穷。所居西庄,傍湖面山,精舍数椽,望之如画。君每倚阑垂钓,自适其天。旁有花圃,编竹篱,种梅数十,花时吟啸其下,有隐君子风。忽经世变,化为丘墟,君每过辄欷歔不止。是又可见君之性情嗜好已。

甦叟自叙

予以嘉庆十五年十二月生于四万荡祖居,时曾祖及祖父母皆健在。至二十年迁西城,始入小学。二十四年,回乡,禀祖训,寓沈氏水楼。曾祖得玄孙培基,五代同堂,予随行叩祝。二十五年,大病,濒死复苏。道光元年,祖没,承庭训。二年,曾祖没,随父后治丧。四年,与兄试笔,文理粗通。五年,侍先君宦游溧水,在学署读书。七年,家君丁内忧,予随回籍。九年夏,迁居城南之西庄。至十年科试,受知于申文恪公启贤,入邑庠,时年二十一,与祖父同。十一年,先君弃养,衔哀读礼,始就外傅。十四年,成婚,娶贾氏,是秋始应乡试。十六年,科试,龚季思尚书守正拔取一等。十七年,乡试堂备,出唐黼卿司马汝明房。二十九年,乡试荐卷,出任□□大令辉第房。

咸丰元年,科试,青墨卿阁学拔取一等。历试紫阳、游文书院,为中丞陈文恭公銮、李石梧星沅、陆立夫建瀛两制军、粮储文铁山宗伯俊、许珊林太守楙及山长朱兰坡侍讲琦、翁文端公心存赏识，连置前茅，试艺发刻。又选小题文镌入《隽快集》，诗则为杨遄飞少尹希濂梓入《琴水弦歌》，赋则为许八兼贰尹廷诰刊入《翦雨楼选》，而翁文勤公同书所序《镜墀轩诗集》亦略授梓。又撰《西窗诗话》《自怡日记》《家谱》《肉谱》《一笑吟》《唾余钞》《尺牍》《杂著》《镜墀轩外集》《试帖》《词赋》《锄梅书屋制艺》，计百余卷。兼辑《先人手泽》《诵芬录》《同人集》《同人尺牍》《娘军斗胜集》《金兰簿》若干卷，力绵未锲，仅刻大父《苇江诗钞》、先父《杏村诗草》，现行于世。考妣行状传铭，亦已锓版。为高祖母马氏报节，舅氏周公茂园鼎报孝，一蒙宪奖，一荷恩旌。又为南乡戚友报忠义节孝数百人，俱已命下旌表。道光十九年，遭母丧，摒挡殡葬，毁瘠病多。服阕应试，尚不耐劳也。二十四年，馆聋乡，时附读者夥，口讲指画，声达里间。生徒得力，后皆游庠。二十七年，回城授徒，不与外事。至二十九年水灾，黄印山邑侯金韶聘襄赈局。

咸丰三年，军兴，孙兰溪邑尊丰又聘襄饷局。南境两次劝输，约数万金。邑令启征新赋，复与同事经理，竭力敦劝。南路输将踊跃，较胜三乡。冬虽得子培祐，而昕夕在公，呱泣不顾也。四年，邑令以南郊市房，嘱收租金两月，以助军需。繁琐撄情，弗敢告瘁。迨六年，金陵暨各处难民来虞，奉宪札留养，更往南城劝捐。旋于城外各图编查保甲，严密逾常。又因旱灾蝗灾，同人劝分办赈。七年，又奉周文之邑侯沐润委，设局收蝻，蝗无遗孽。八年冬，幼子培祐诞。自长儿培禄殇后，幸仍双丁。九年秋，遣长女培祁归黄氏。仲春，犹子培禧招覆，入泮日，偕张一泉广文志鉴陪宴公堂，尘忙益甚。有关役盘踞山前，与蔡生投呈各宪，批准立碑，以通商贾。十年春，邑令以团练巡防，仍委董局。因馆紫阳，遣大伻留吴塔，率勇盘查，兼筹军饷。暇则与长洲王卣山鼎元、汪柳门鸣銮两寓公，晨昏唱酬，不外同袍大义。逮八月，虞城失守，挈眷避氛，赁居南鄙之莲花浜、邻境之西南街，忍饥度厄。至十一年，回寓岳家，彼盗泉曾未染指，而唯入山省墓，杜门课儿。偕元和陆阆栽学博毓元等结消寒会，借诗酒以遣穷愁。迨同治元年十一月，虞城收复，故居为墟，粤贼下乡劫杀，乃遁居长洲之南庄北甲及金匮之杨巷，舆诸诗人唱和，时鸣不平，汇为《鹅湖风雅集》。

　　而二年夏，邻界亦逼贼氛，乃侨寄莫城时氏，连禀城将骆□□国忠、邑侯王芰初庆元两公，因历届在公，乞差报效。适委董长洲马春湖运同安澜、吾邑朱炳卿刺史庆镐设局剑城，留襄文案，各大宪禀单多出予手。时赴平墅吴塔，稽查局务，屡进城请兵剿贼，蒙黄昌岐军门翼升、周步瀛副戎兴隆俱允出师，命绘各泾图，得以保全南境。主局者赏换花翎，或加升衔，同事如刘雨时司马沛霖、周森叔盐尹敦然均保举赏戴蓝翎，而予不敢居功也。季夏，司吴塔局，督勇随邓仁舟长里、张笏堂学仕两协镇焚蠡口赋营，扫荡口贼卡。并随李少荃宫保鸿章、孙性天副帅善成追剿黄埭、望亭诸贼巢，获贼首数十人，正法枭示。带勇者赏戴翎顶，而董事未及备文。自吴塔撤防，赋闲不得，又赴莫城厘捐、留养两局，劝铺捐，验路毙，陪委员高云浦观察梯、司董曾伯伟中翰观文酌时务。且为南乡佃农观望，陪莫瑶峰少尉维琳至洞港泾，传催保押佃缴租，为饷捐地。至仲冬，闻苏城攻克，始息尘劳。

　　三年，馆太原。春间又以零匪迫扰，遣眷徙嫡弟云庭缮辉家，寇去始得安堵。汪厈卿刺史祖绶以世交见访，予惟以诗叙旧，除庆贺外，不登公堂。仲冬，应省试，寒甚，监临雪中送炭。

　　至六年秋，仍赴乡试，热甚，场多喝人，有诗云："登场拂拭头颅雪，誓不成名老不休。"孟秋，汪邑尊札，言奉抚宪檄举行乡约，谬许予品学兼优，聘司宣讲。爰陪吴璞卿学师凤昌周历南乡村镇，月凡六回。如平桥殷二忤其父万兴，莫城瞿蓉伤其继母，倒秋浜李翠峰殴其父天成，皆饬保申儆，唤其跪听《圣谕》，不致酿成逆伦。十三图张姓妇打其翁双和，亦着保约束。蒙丁雨生中丞日昌据委员方□□大令□

□之禀，批开龚某公正存心，宣讲尤为详晰，仰县传谕嘉奖，以资激劝。三峰寺僧业田，被王佃葬七棺，其山主赵宦欲押迁，来商之予。闻王妪欲自尽，予苦劝勿迁，请邑尊出示，已葬者无容翻掘，自今始不准盗葬。闻洞港泾开博场，演淫戏，复求示禁，汪侯悉允行。又有诬地保孙允中得殷氏贿者，被官拘押，为致书邑令，力雪其冤，旋即释放。遣祐儿随王君翼亭柱收暴露，偕王君赋梅家焱放大鼋，复怂王君星轩国莹助徐朱氏药资而臌疾渐减。王氏阢被人垦削，将土石修剥，有瞿氏嫌碍风水，喝止之，为劝其补足，俾得两全。仲冬，创恤嫠义举，为张黄氏作启，立折劝输。邻人李良贵、淑卿兄弟互殴，东家金湘波海涛叔侄争哄，又为调和，勿令成讼。

七年，夏雨酿灾，莫城王振明省三三船载瓦砾填街，被埠踏差，予以其方便拖累，连禀新旧令，均出票饬埠放还。至季夏，有乡人言吴塔人来张鳝篮，被邻近隐匿，其人代为送还，地保派作贼首。予谓："掘岸支篮，事关田稻，即唤地保往理，勿陷良民。"孟秋，闻有地总、地保借端图诈少年，又唤至面斥，自此不复声张。季秋，邑尊沈义民司马伟田奉丁抚札，饬立义学，聘司其事，同王聘轩明经国璋等劝捐，予助书本。在莫城设塾延师，为南乡倡首，每月稽查功课，勉竭愚衷，拟义塾规条，县札称极其妥协，附卷存查。次女培礼嫁高氏，婿身弱家寒，未遂衰年心事。有里正收赋，取人金镯，致被殴，予调停，索物归主。有东家击伤馆宾者，于讲约时苦口劝戒，始悔厥愆。腊杪，奉仙坛谕，发贫户度岁粮，每岁为例。

八年，周花甲，恐杀生，不设筵席，唯于神祖前焚香谢贶而已。有好善老成如时挹山明经均、王湘帆少尉陶金、李瑞棠少府仲琳、沈阆峰儒士廷靖辈，敦品新进如沈秋庭少府维桢、朱鹤龄上舍琨、张宝青茂才凤图等，为胪陈事迹，闻于邑尊，以备乡宾、乡董之选。沈侯请面见，实留意焉。时生酉生茂才良钊客死，悯其窘，为助殓资。殊伽庵修理，复率同人出资。表亲沈氏因侄忤其叔，欲诉官，又押其赔罪，始免讼。迨仲夏，邀婿高崧生上舍维岳来养疴，不料以呕血过多，载回旋逝。赙以钱米，留养息女，以慰先灵。季夏，沈令致书嘱查瞿小弟事，即赴莫城访实以复，俾免饬提，而悍丁始不敢诬控。有地保张受禄指官索诈，为禀邑尊，蒙沈侯提讯杖责，枷示莫城，诈赃缴还原主。又有圩甲李姓被地保夺锣欺诈，欲押其船，为札地总嘱其呵禁，其事遂停。莫镇瞿氏因与赵姓小嫌，两不相下，予力为排解，致未鸣官。中秋，祐儿试笔，为改一艺。幸曹生星村家瑞、陈生晋三康贤相继入泮，儿之文兴始酣。因水灾巡视，有王洞桥塽久淹，涉者病寒，爰独力载瓦石填砌。冬，设施衣局，略助青蚨。仲舒侄培祺领捐灾区绵袄，予亦力劝同人。沈侯奉抚军札，举行保甲，见属选举图董，因援所知姻友共四十二图，开单呈县。又恐图人担累，为辞保长、甲长，复酌冬防事宜，门牌造齐，偕同事稽查户口。沈公允所请，复书云：“具征筹谋尽善，虑事周详。”邻近有浪子因吸洋烟乏资，时出摽掠，欲保全其人，请沈令饬保送县，面劝改图，或给资本以营生，其人始知敛戢。孟秋，将忠义王霞帆上舍南金、孝子高婿崧生两传存采访局，乞许肖岩茂才家瑞摘入《旌表录》，以备续刊。张寄轩上舍贵玉创恤产保婴会，为作引劝捐。讲约至吕舍，恐广福庵以桃梗惑人，嘱地保云：“如烧香完愿，勿苛求众姓捐银，不如捐工料，始免侵吞。”至洞港，闻镇主大开博局，又饬地保喝止，毋致官访，连累多人。

　　九年春，堂侄视方培垣被聘妻曹氏之父硬欲赖婚，予系族长，理当申理，乃禀沈邑侯，追饬差提人，始允不悔。陈念瞻上舍寿年欲领姚氏缴官田价，县胥谓久封入库，予为禀知沈令，嘱予引其亲领，如数未亏，请沈侯发刻劝孝、溺女两示暨保婴会规条，交各图地保遍贴，自是而人始知方。罗子材诬邹福庭强抢，怂莫城汛丁报主，持票访拿，予同人至张汛处辨其冤，随即开释。又有王姓诬吴廷禄削其祖墓，妄押其船，予为调处，舟还原主，墓支界碑。渔妇因子病，据卜谓为丧门船所伤，遂怪造舟匠，派其医祷，而予谓：“此是邪说，当今所禁，木工只知造船，何祸之能为？”叱之方退，自是不敢罚，病亦渐瘥。复有杨家坝陶妪带尖刀来，言孙赌钱因我管束，欲杀我。问其刀从何来，云是孙媳所授，予曰不足为凭。乃唤其子坤大回，严责械系，旋坤大牵其子来跪谢，予释其链，着其书悔状，焚于神炉，自此而随父佣工，无忤祖母。邻近张甘和来诉，其母新没，其嫂谬以恩抚孙承重，与嫂理论，反被王经造喝打。予谓："甘和有子，应尽大宗为后，而螟蛉孙例不上帖，家产自可权分。当邀亲族议明，不关经地也。"乃写丧帖式交付，其嫂遂不争。秋，率侄赴乡闱，山行五六十里，茧足不辞，虽为张聘侯大令佑璧备荐，亦属虚名。予以颓龄备尝辛苦，自初试至今已十二闱，一恐负先人之命，一以率后辈之勤。冬，祐儿始观场，年十八矣，幸县府招覆，而文理尚未井然。

十年，馆紫阳，为毛浚川姻丈秉镛报五代同堂，沈问梅邑侯锡华详请宪题，并亲书扁额，应敏斋方伯宝时亦书斋额奖之。沈侯因文庙落成，需备祭乐器，札予劝分，即凑三十番以应。闻程家巷有程某借庵聚赌，认女伶为义儿，引诱里中子弟，即札致沈侯，承饬役提究，重罚示惩。秋，有移尸于家勤斋上舍成业祖墓者，予饬坟丁钱大金照路毙施棺，掩埋义冢，补费两番。诬陷者穷，坟主一无波累。邻妪徐氏来诉，养媳走回，其祖母欲赖婚。予谓："原媒虽死，有允帖可凭，且领养八年，何得孤恩失信？"即饬保押回，送礼金十六千，择吉合卺。旋知为兄所娶，即唤来面诃，着其娶还弟妇。莫城陈三开茶室，适有人手谈，被沈令访拿。予因公晋谒，承询此事，答曰："因茶客乘凉看牌，致主人封屋入官，似罪不至此。况有血症，酷暑受械，万难支持。"沈公领之，即释。查砚耕来述，其徒查显南造屋，系其相定，而邻查炳适血症发，显南诿咎于相者，负炳卧其家。迨另请地师覆看，并无关碍。经造徐蓉村翻断砚耕出四金，押炳回，出三番，为烧利市。予曰："事关生徒辱师，即着蓉村理明，不许索诈。"厥后赔罪自惩。沈菊村熊、李星耀为瞿松鹤借契舞文，见商办法，予往嘱重书借券，付清子金，争端以息。陆桂峰言墓田被占，久代完粮，予谓："汝地保当与理值，但勿涉讼，衙门如虎口，勿入也。"有凌七来报，吴金盗婶，其叔坤荣归而与校，反被殴，致忿而自剪辫发。地保姚耕香妄断其叔认过，且罚斋神，又欲牵累邻佑。予谓："乱伦殴叔，大干法纪，地保武断，尤属不公。"随唤地保面询，言因别故手伤吴金。予云："祸乱之根，亟须拔去，渎伦罪大，打架罪轻。"嘱其叔侄于明日到吴塔听讲律条，厥后均各悔悟。陈松泉书沂来，言王金买汪姓屋，其岳母无子，疑家财授婿，所嗣汪姓子故种南瓜其地界，藤绊其屋，挑王金出理。遂招地保凌学圃索观原契，竟夺契交与原中，原中转交地保。予呼学圃至，斥其妄匿人契，彼乃将契缴还。时松乔中来，言袁国良向其堂侄袁关索还蓑笠，被其亲某挑拨，竟殴国良母子。予谓："以小故而殴族长，按律杖流，亦经地之干系。"札送地总包九仪凤来，恳其戒饬族孙，即如言押令服罪。闻朱祠门外喧嚷，询悉李铁匠之妻缘与姑口角，投河濒死。朱克家千戎秉锟因其投屋前河，几被累，嘱予往晓铁工。谓："此事弄假成真，罪名在汝，汝盍喝止？况因姑自尽，陷姑不义，自蹈不孝，入枉死狱中，且连累地主。汝母恃子妇供养，自须耐气，令不败家，何以性命为儿戏？自后宜姑慈妇顺，勿酿祸端。"遂各唯唯。中元，拜会新令汪耕余太守福安，面禀南乡公务，见许忠诚。仲秋，李怀英少府树功言其邻近李兰亭溺孙、周春和溺女，系儿女亲家。予谓："两姓如此，恐一方效尤。"爰饬保密查，言此罪匪轻，照故杀子孙例，两家始悔过。他处传谕，皆惩恶风。贾、朱两姓，将予出名，放债于邹。厥后邹姓推田，遇龚户办粮，已数年矣。予恐日后朦混，乃书卖契过割，安敢欺人？内嫂与堂弟妇，因微嫌争论，竟至不相往来。予往劝和，谓："贾氏仅此两房，理应彼此照顾，切莫忘祖自戕。"族中数十棺，都厝老坟，宛如坛地，致令各房浸衰。予每苦口劝葬，谓久停亲柩，是大不孝。惜均允不即行，予则可告无罪。族嫂孙氏病亡，念祖侄妇欲以次子承重。予曰："有孙勤斋奉祀，岂得妄争？汝叔姑未殓，胆敢吵闹在旁，是太不敬。据汝争论，系为贫而然。"议将所种之田，久未偿租，情送过户办粮，以睦近族。幸侄妇马氏允从。堂弟廷卿缙熠以全节事来商，予札致经地云："谋产逼醮，经地知情不报，罪与犯者同。如经手作媒，加等治罪。闻马金和威逼寡嫂，欲其去帷，已有成说。而寡嫂避回母家,及往取绵衣、纺车,被叔锁房勒器。询知有田有船,尚堪过度,何以逼卖?寡嫂忍忘先兄,意欲灭去大宗,是何情理? 若金和仍此凶凶,立即捆解公庭,毋蹈失检之罪。"传言金和始悔过,不敢犯法。堂妹瑞娥因赎田吴氏,原荒忽作二斗三粮,介予往理。即劝荫堂兴宗书凭改正,交徐经造注册,俟见粮单,再酬笔费,幸孤孀不致受欺。金湘波因其子小违,怒欲诉逆,爰劝回,喝丽生维仁跪倒,曰:"天下无不是底父母,汝上舍生而忘诸乎?"令其向父谢罪,各释前嫌。骇悉邻子张甘托名予家酬神,又云儿子完姻,于亲友家邀请,多被骗饭骗钱,兼借衣服。后适遇于洞港,遣人捆住,究其拐骗情形,交其家收管,唤其两兄赔还衣物。而甘因阽思愆,卒为良善。贾氏因佃户殴催,欲送官惩治,予致意伊之契友,遂邀佃同来赔罪。予曰:"尔开大油坊,不应放尔叔代还租米,甚至打催,今幸留半日余地,否则进殴业之呈矣。且先找清租欠,安排催子。"均照予言。包汛官培洪福诘责问月和尚穿镶鞋,欲坐罚,予遣祐儿代辨,言此黄履本僧鞋,非混俗家,其意遂释。常令汪耕余、昭令许少穆子春两公欲修县志,聘予南乡采访,遂将先代事实及各处可传人物汇录成册,约数百家,送入志局。族侄妇贾氏来诉,向伯少渤绳祖归存项,翻被殴。予云:"总由尔辱骂至此,否则不该批颊。何得听一面之词?"迨唤少渤面询,果然,遂劝和好,悉皆听从。接汪公照会,知宪委无锡余莲村学博治到莫城,会同查察一切,"如有应办善举,并望妥为劝办,倘有经费不敷,当由县倡捐"。遂以义学对,言自沈义民公祖捐十千后,接任者未及照送,现在不能支持,势须停止。汪侯乃许捐廉二十四千,每年照例。后有函来:"六至四乡,探听阁下宣讲乡约,勤而且明,来年仍请照办。"

十一年春,木工孙赐福为树青头孙德帮伙,向年贴费一千,被德诬欠差费六年,禀邵丞提讯,责板三百,并罚作十枷。予乘便请虎臣贰尹泮宽宥,厥后缴还差凭,而事以息。周万兴来,言漕米零找交经造俞国桢,彼不肯收,反欲控其霸粮。予谓:"恐有别故。"即札致国桢,始收找项。毛羽成来诉,内弟颜孝先立堂侄桓庆为后,有族侄和上争嗣,反与亲等詈殴。为遣李经造调停,言:"羽成为顾氏宗祧,速定嗣子,恒庆系近房,人品亦端,何以余人尚欲夺嗣?况遗产无多,惟祈秉公调处。"幸一一如余言。夏,从侄佩秋文闱病瘵,延道祈祷隍司,忽被张乐工抢锣勒诈。予言:"道家专司祝献,何罚之有?倘唤门徒乐部,亦不过五六工,大约七折钱一两。当时给道七百,议者劝道赔还,亦已过分,何以仍勒铜锣?乐工之用不用,听主定夺,从无必用乐工之理。"张鸣皋闻之,即送还锣,不敢图诈。莘庄庙司事吴耀明为演戏事来质,予曰:"只须禁赌。"书授禁约八条,贴于孔道,众目昭彰,卒以无事。朱佣高双福田被项泾人掘鳝伤禾,朱佣吴奎之子与较,致殴其人,捏伤索诈。两图地保喝令昇于高家,向吴姓索医伤费,犹要调养资,且欲酬谢从厚。乃唤两保面斥晓之曰:"田稻以办粮,掘鳝为例禁,汝等如仍袒护,予当禀官严办,慎勿贪婪。"而两保方服罪过。莘庄茶肆有姊夫妻弟醉哄者,一匿其鞋,一碎其碗。予谓:"细故勿伤亲谊。"喝令还履赔钱,彼此如旧。秦蓉塘向吴姓索漕银,予谓:"事隔廿载,当从宽,但君贫,理应资助。"耀明听予言,即赠数星。于洞港修发店见有邻妇抢铜盆,据云店主借其蜡筌失去,今索其赔钱七百,反言弗赔。予曰:"小生意一时力难措钱,可向其账家支付,如夺其盆,汝转欠理矣。"两允之。吴塔谢廷珍向贩鸦烟,朱西轩欠其钱廿余千,迨二人俱没,谢嫠向朱嫠索债,日掣其子叫嚣,致朱妇欲自尽。予云:"贩土干禁,烟债况非正项,虽同是穷民,而谢孤已成丁,可营生,朱孤尚幼,应恕,可着西轩之三兄同垫若干,勿酿成命案。"地保如所指授,两家悦从。余亦悫上舍墀兰又为瞿母病危,欲定嗣,谓二房一子一孙,三房亦尔,而三房欲独嗣,可乎?予曰:"例宜先尽二房,一子兼祧,如三房不遵,可从权并嗣。第所遗几何,不抵殓葬之费,亦何争为?"遂以予言晓之,各不争执。有龚大邦来诉,因公醮社分道士苏颖将其嗣子出名,未及嗣父,手拍其额,两图保派烧路神,酬谢各一贯。予谓:"汝不与论理,遽殴太暴,但苏颖灭父存子,亦有罪焉,例应亦烧利市,何地保偏断?苏如仍不认错,是串诈大邦,予惟该保是问。"嗣查以小辈出名,乃大邦之子所嘱。予云:"大邦当向苏赔罪,其子当向父赔罪,何罚之为?"地保遂不敢再索。侄孙禹门乃普来,言其父病沉,向勤斋贴田价,而检契悉皆绝产,无庸赘言。但事在窘迫,在至亲当助,劝族侄妇帮五千,幸蒙允治。瞿耀庭招予叩头求助,言族叔恒斋欺侮,扭胸碎衣。予曰:"想因侄之肥形叔之瘠,欲强借钱文耳。否则柴积东偏,非在恒斋地界,寻衅何来?理应看六世祖面,含忍同居,或能小小应酬更妙。其余当邀族长理明,外人不使饶舌。"时予已抱恙,一切事辞弗与闻。十月初,自塾染痢回,适内人大病后,服役乏人,而脉代苔剥,肌削神疲,群医束手,咸谓衰老难支,已制襚椑。祐儿因冲喜之便,草草完姻。幸胃口尚好,日饮参汤,两月而愈。有《伏枕集》一卷,同人和之。岁杪,施衣十余袭,放鱼十余斤,以了凤愿。

至十二年春,因老病,决计家居。领子妇祝拜内人六秩,约法茹斋。命祐儿馆外家,谓瓜葛可依,较胜他处,且便于从师。沈锦川镛、定山镲两丈为来往总路被贾松涛之子大半扎篱,致运物不便,欲其坼去。予曰:"官路非沈、贾所得据,凡事须留子孙余地,安可尽足自家?"爰招其嫡兄福庭煜面商,嘱其留一丈地步,以便人行,允至大寒定界。苏锦山、锦丰为瑞丰宅偕官河,被邵丞票访,问如何消案。予云:"地共二分,有粮有单,可据丈量,并非侵占,可倩地保覆明。"即如言了结。入城遇契友王雪艻上舍希廉,为言周姬将卜葬包山,苦无资,为送绋敬。祐儿能代卢氏孤清桂出六节脩金,亦体予意。至山前为次女高婿勒孝子节妇石牌,以表两美。夏,讲约抵吕舍,闻一图、三图有卖妻逼醮等事,即传地保尤姓戒饬。祐儿近惜字纸,印花样书百本,换人家夹线字书。予尝谓惜字者贵之根,正合此旨。自四年冬典居陇西,至是已八年,久苦逼仄,乃于六月初南迁顾泾,偕平燮庵文学其政、季弗卿孝廉明珠晨夕相聚,又结诗酒之缘。上下塘文社月凡四举,命祐儿无间,庶得专精。并同人赴鹅湖书院,请郡邑诸名公阅卷,时列一二,博花红,想得顾师子和济乾指教之力。祐儿年已十六,癫病渐化,恰如祖降鸾之言。喜进平塾识丁,亦一机会。有李姥来言,长子欲接弟妇，可乎？予曰："大不可，律应斩。"厥后仍乱伦，人欲告发，又来商。予曰："可坼。天下多妇人，何必是？"张寄轩上舍贵玉因义学夏季脩金县未给送，嘱予禀新任魏半农邑侯嵋先，言前任王惠山公祖嘉桓已送春季束脩，自应照办。迨具领状领回。洞港泾将解秋社，有人欲开博场，来致意。予与朱克家千戎会商，不之许也。其人意沮，不敢做大输赢，卒免官访。族弟朴园廷璜因吕厍鱼户辱侮，愤欲诉官。予唤邢、时两姓赔罪，自是忿平。侄孙听彝祖望命祐儿课读，以慰先灵。自九月初病于塾，载归医祷，未见退机。至十月朔已遣妇子陪夜，而又挪钱折果金，送树柴。小仆汪二有臁疾，代为医药，不令过劳，故服役最久。听彝旋殇，全家恸甚。惜秉性温良，眉清目秀，无福能招，家运衰极，何晚年之多戚耶？即同妇子往议一切。腊底，因莫城义学无徒，偕平雪庵、季歠卿往劝贾氏续设于殇伽庵，延俗生钱月帆绳祖课读，七九图地保不谙公事，蒙童大半自觅，得十一人。缙禀袖呈邑尊魏公，面定，仍旧捐廉廿四千，余为内弟厚卿秉埜、内侄孙慰椿垫补，并移剑城桌凳于学堂，自此南鄙知文，孤寒起色。魏刺史适问南乡利弊，答云："乡镇微有博局，如吕厍、莘庄等处，请示禁条。"欲指实其人，予云："如果即停，亦可不究。"南乡耆老十数人遇覃恩，恐其埋没，为报县，贫寒不能出房费，代应之。

十三年正月，旧婢得子女，命妇给衣帽抱裙，怜其窭也。

……

缘家贫无力施济，而又不忍坐视。犹忆道光十二年，东塘猛将堂募修，奉慈命助工，并劝分藏事。二十四年，里中殇伽庵为曾祖倡修，日久倾圮，爰为助瓦，并劝捐勒碑。三十年，僦居门房李氏夫妇病笃，为延医赠药，没后助以购资，每节代其孤设祭。咸丰三年，族有争嗣事，将涉讼，力为调停，立祭产以敦族谊。四年，为舅氏制孝子碑峙于墓道，仲秋丁祭，躬奉栗主送入忠孝祠。六年，为李父亦兰公奠助资买地营葬，以妥其灵。八年，溧水任晴圃上舍昕缘其子静山茂才垲阵亡，欲领柩回籍，为赠绋资，更怂同人伙助，其生者复送绨袍。十年秋,邻人王大讹言寇至,被洞港人捆解欲斩,为奔救得生。慈溪陈翔云借去八十金,怜其失业,还其券。江师死难,将昔年会票拣还,以报恩谊。表亲毛氏有欠项未偿,亦悯其穷,不忍索。避难西南街,有吴门陈姓,系绅家而冻甚,为馈绵袍。同治二年,为所亲之贫者报名善后局,约数十家。东家王氏有捍兵伐墓木及匪党诬控事,予为鸣官申理。四年孟冬,赁居庄村,历年邻近有事,辄来咨,必指示法门,立为解释。事平酬谢,概却之。里人谓为公正廉洁,不敢当也。五年新正,投张氏根心坛,仙师拔冠七十子。四六疏表,奉派专司,如惜字、放生、恤孤寡、买义冢,皆撰启募捐。六年,编姜真人"戒烟""戒色""戒赌"三说为《醒世录》,到处讲与人听。又辑祖、父临沙两谕,刻临坛诗及要语,俾子孙不忘。七年,从弟妇贾氏亡,无子,念嫡弟梅庭缙杰之子寄养在外,爰贴钱领回成服,俾承桃两房。复为报节,奉宪题奏恩旌。邻吴氏生子,贫不能育,为赠白粲,报名仙坛,拨恤产保婴钱米,使母子两全。三宫谕合痧药,又捐钱虔制布施。八年,表侄周大文被甘丞访赌,予为入城雪冤,代应差费。张达夫上舍福荫合卺,唤旧佣帮忙,因老而醉,失足溺河。其子为邻人所唆,不肯领尸。予晓以大义,谓:"不听旁唆,自应矜恤,否则申诈必诉官。"其子始收殓,厥后稍补丧费,以实前言。东翁因税书陈振卿捐契不缴,为面禀沈羲民公祖,即提究,饬将印契交还。莫城隍司以红灯助剿功,奉敕加级,仙师派书贺疏,撰庙联,兼主祭。凡遇中元盂兰、中秋礼斗,皆酿金祝献。设棉衣局,亦助青钱,令灾区无冻者。

时念天伦抱憾,既冠失怙,悲晕倒地,下开气药始苏。方壮失恃,又哀毁骨立,哭至失音。逮强丧兄,编诗为《孤雁集》,有挽句云:"客死他乡瞑目难。"盖避寇没于长洲乡,草草不成殓也。咸丰五年,长子培禄殇,哭以百韵,惨儿裂肠。葬后立碑表墓,与亡女同生墓碑,分列东西。扩墓地,筑墓门,两旁石磴俱独办。适黄长女培祁于十年城破,恐辱自经,悼以十绝,又为其撰传请旌,逢忌代祭。次婿高崧生上舍维岳以啮臂截指疗母疾而殂,又为之报孝子,并乞名手作传以表扬。十年，丧大侄培禧。十一年，丧中女培礼，亦恸甚神昏，有悼诗数首。

又念师恩，历从汪亮揆处士、仲莲堂赠翁鼎宣、时容斋斋长堉、溧阳强沛崖大令溱、戴双柑文学师范、王蓉村斋长禹钧、江树叔学博之升游，师生相得。而受知师则有张厚斋邑尊敦道、俞陶泉太守德渊、征远山邑尊良、苏鳌石太守廷玉，取县府前茅。岁科受知师又有廖钰夫阁学鸿荃、祁春波司农寯藻、毛伯雨冢宰式郇、张小坡冢宰芾、宜春羽阁学振、童薇砚司空华，考列二等。书院受知师又有陶莲生廷杰、赵子白德潾、文铁山俊、张桐厢琴、倪廉舫良耀、桂丹盟超万、吴□□葆晋、朱筱沤钧、奇□□克坦布诸粮储、积□□拉明阿、朱□□襄、周听松祖植、姚容舫熊飞诸廉访、牛镜堂鉴、文东川柱、陆梦坡荫奎、李方赤璋煜、郭次虎熊飞、李吉人僡诸方伯、裕鲁山谦、李少荃鸿章、刘松岩郇膏诸中丞、周介堂岱龄、史璞山播、练立人廷璜、张冕堂绶祖、蓝志青蔚文、陈登之延恩、常静斋恩、王兰史锡九、方在亭心简、李□□镐、孙观堂琬、金小庄咸、李□□蒙泉、范廉泉凤谐、毓少山成、李季方琮、何竹香士祁、毓秀峰庆、黄印山金韶、章子元惠、汪罕卿祖绶、沈羲民伟田诸邑侯、言皋云朝栋、陶静涵贵鉴、王耘钠宪成、王保之振声诸山长，取列超等。文社见赏者则有杨缉甫学博熙之、钱伯诚明经廷栻、归问轩孝廉章、谭藕香文学谔廷、瞿玉樵明经扆琥、冯芸楣斋长襄、陆心培明经在丰、卫黼棠孝廉蔼然、俞见岚大令焯、邓尉梅学博谦泰、席梅生孝廉振逵、吴幹卿斋长廷钥、钱鹤墅上舍震青、潘芸岩孝廉维恭、倪亦鲁上舍□□、黄秋湖孝廉润棨、陆采三文学芝培、钱玉书孝廉毓麟、曾石溪副车福谦、姚湘坡侍御福增、周云侪明经谔昌、邵环林学录渊耀诸先生，褒试艺编次待刊。而诗社见赏者，复有俞书南斋长城、归玉溪孝廉令符、鲍麟客明经伟诸先生。

饥驱课徒，近四十年。道光二十四年，馆贾，即外舅家，计三载。咸丰二年，馆蔡，东翁为餐霞司马廷勋，计八年。十年，馆朱，东翁为诚斋刺史临，因贼冲仅半载。同治三年，馆王，东家为梦蘧儒士国瑗、聘轩明经国璋、芙江少府家蓉，多蒙厚待，为心交。诸生之入泮者，有瞿君静香大镛、钱君筑嶬敦钧、景君琼圃春融、时君己生宝钊、金君景岩汝砺、王君星如元灿、时君酉生良钊、钱君竺乡福基、蔡君季范坊、曹君星村家瑞、陈君晋三康贤暨小阮伯谦培禧。

自维寒士，不能家食，故于人事，亦喜玉成。如仲父之馆顾，季父之馆高，从弟太圃缙烈之馆陶，李君受之赐延之馆贾，朱生少英桂、卢生器轩栋之馆顾，朱生竹书成烈之馆周，族弟朴园，孙君克昌元哲、张丈寄轩之馆义学，黄君念乔晋之馆金，皆极力推荐。

平生碌碌，翻博微名。道光二十九年，大宪以赈局出力，题请优叙，奉旨准给按察司照磨衔。咸丰五年，黄邑尊以劝捐助饷巡防出力详请奖叙，予不自居劳，仅以侄应。至六年，念省城未得遽复，欲试京兆，乃措资入监，加捐布政司理问衔。同治八年，沈邑侯以予团练剿贼有功，补疏劳绩，详请题奏，奉旨赏加二级。奈科试不得食饩，房荐又难中隽，歧路非所愿也。因年老惮烦，而辄有官场事，须祐儿代劳，乃为其报捐从九。

心随发短，惟肆志遨游，如武林、金陵、维扬、润州、暨阳、上洋、暨城各名区，皆橐笔纪胜。旧居西庄，傍湖面山，精舍数椽，望之如画。予每倚阑垂钓，自适其天。西偏有花圃，编竹篱，种梅数十，花时吟啸其间。如庐江章质夫资政廷榜、上元温明叔阁学葆深、吴县王蕴香少府朝忠、雪芗上舍希廉、太仓陆燮堂副车宗泰、吾邑王亦周恕、张二曹绣虎两茂才、赵宜园孝廉同钧辈，皆为诗友，唱酬之作，糊满屏壁。尝绘品诗亭一幅悬之斋，惜一经世变，化为烟云。方先君之见背也，绘《蓼莪辍读图》；洎乎金陵失守也，又摹《渡江击楫图》；家居课女弟也，且画《水月品诗》《丘壑献歌》两图，于乱离后写妻孥之乐。复有《抱琴看鹤》小影，题者多名公巨卿。

旅寄之余，亲友星散，仅有知己如秀水钱伯声都转卿铢、元和顾子和明经济乾、长洲葛楞香居士荣椿、同邑张竹泾光正鋆、王聘轩明经，患难至安乐，挚谊不衰。犹记逃难时自作联云："三生不染金银气,万劫难消铁石心。"在公时又云:"年过六旬,大布衣驰名郡邑;集成万卷,野经济效力兵荒。"近又自撰长联云:"游戏过艾耆,搔白首,书穷说客,但宜归课顽儿,士隐菰芦,臣呼草莽,抗谈千古业底,须假虎榜科名,愿从今天锡彭龄,四海惊传新著述;后先历忧乐,抱赤心,耻列闲民,惟效指迷老佛,门培桃李,里抚梓桑,拌作百忙人也,可销鲰生罪孽,看在昔地当蜀陇,三时不废野经纶。"制椑襚作一联云:"就木转生机,恩谢帝天,马齿锡延惟补过;裁衣仍吉服,债深儿女,鸿眉齐举肯长眠。"晚年景况,略备于斯。金匮钱芷升寓公钟藻题予寿材云"虞山诗老龚纯甫先生之椑",非弗豪也,予则愧不敢当矣。

常熟县职附监生龚缪熙履历

于道光十年科试,申学宪启贤取入邑庠第七名,时年十八。十六年科试,龚学宪守正取列一等。十七年乡试荐卷,出宝应县知县唐汝明房。二十九年乡试荐卷,出荆溪县知县任辉第房。咸丰元年科试,青学宪麟拔取一等。道光二十九年水灾,黄邑尊金韶聘襄赈局,南路劝分,集数万金。咸丰三年军兴,又董饷局。四年十一月,以办赈出力,议叙九品职衔。六年,旱灾蝗灾以及留养难民、盘诘奸细,孙邑尊丰复聘襄各局。十一月,报捐监生,加布政司理问衔。至同治二年,委董马安澜留襄莫城总局,团练巡防,并司文案。嗣奉王邑尊庆元札,董吴塔分局,请黄军门翼升、周协镇兴隆出兵剿贼,南境保全。复督勇随邓长里、张学仕两副戎焚蠡口贼营,扫荡口贼卡,并随李宫保鸿章、孙副帅善成追剿黄埭、望亭诸贼巢,获贼首数十人正法。自吴塔撤防,就近赴莫城公局,劝铺捐,验路毙。六年七月,汪邑尊祖绥绥奉丁藩宪日昌札,举行乡约,请赴南乡宣讲,月凡六回。旋奉藩委员察访,行文县学,有"宣讲尤为详晰,仰即传谕嘉奖"等语。七年九月,沈邑尊伟田奉丁中丞札,饬立义学,函请董其事,集资设塾莫城,为南乡倡首。八年九月,沈邑尊奉抚札举行保甲,函嘱选举图董,书南乡四十二图公正者以闻,协同稽查户口。

……

曾祖恒泰,钦旌五代同堂,恩锡七品顶戴。

祖灏,郡庠生,貤封修职郎。

父棻,嘉庆丁卯举人,溧水县训导,候选知县。

镜墀轩著作总目

《诵芬录》二卷两本

《手泽》二卷一本

《诗集》五十四卷二十本,三套

《外集》四卷一本

《一笑吟》四卷两本,共四百首

《唾余草》有注四卷两本,共二百首

《杂著》六卷三本

《杂著补遗》一卷

《试帖》十卷五本

《制艺》十六卷十六本,草钉

《试艺》四卷两本

《尺牍》四卷四本

《同人尺牍》三卷三本

《同人集》六卷五本

《娘军斗胜集》二卷一本

《鹅湖风雅集》二卷一本

《自怡日记》二十七卷十六本

《西窗诗话》二十二卷十本

《杂录》一卷一本

《家谱》一卷一本

《肉谱》四卷两本

《日记摘要》一卷一本,内有小传自叙

镜墀轩弟子姓氏录

同邑瞿大镛	字静香,号净香。附生。咸丰辛亥荐卷。能诗赋。
钱敦钧	字隽才,号筑嵊。附生。咸丰庚申科试一等。能诗。
景春融	字□□,号琼圃。附生。同治戊辰岁试一等。工诗赋。
时宝钊	字己生,号□□。附生。能书。
金汝砺	字玉相,号景岩。郡附生,加贡。
时良钊	字酉生,号□□。附生。工书,能赋。
钱福基	字□□,号竺卿。郡附生,加监同治己巳一等补廪。工书。
蔡　培	字季范,号□□。附生,加监。
元和王元灿	字星如,号□□。附生。工铁笔,能书画,善医。
胞侄　培禧	字伯谦,号介盦。议叙九品衔,附生。工医,能书。
同邑朱景清	字恂如,号□□。议叙九品衔。
贾福昌	字翰才,号□□。议叙八品衔,监生,候选直隶州州同。能书。
朱　桂	字林一,号少英。议叙九品衔。工算。
曹家瑞	字□□,号星村。议叙九品衔,文生。
蔡世培	字□□,号沄江。贡生,议叙盐运司知事,分发浙江试用县丞。
卢　栋	字器轩,号核仙。监生。能书,工诗。
蔡德培	字心田,号□□。贡生,议叙盐运司知事。
吴庆镐	字玉堂,号少卿。监生。
黄庭浩	字悦芽,号吉人。监生。
蔡厚培	字见心,号古庄。议叙八品衔,加同知衔,赏戴蓝翎。

族弟　廷珍　字□□,号朴园。监生。一名廷璜。

金维仁　字丽生,号□□。监生。

钱柏银　字伯起。军功保举都司。

王家荭　字□□,号赋梅。监生。工篆刻。

鲍　琳　字湘子。

王国球　字怡斋。工书。

胡观国　字恺卿。殉难。工画。

黄庭诠　字河清,号菊村。

金匮马维驹　字云阶。工算。

李学海　字琴仙。工算。

吴朝楫　字济川。工医。

朱　榕　字茂城。工算。

王国莹　宇夔才,号星轩。工书。

龚树英　字兰泉。能书,工算。

毛　埈　字卓斋。精医。

朱凤池　字南溪。监生。一名文潮。

时世康　字伯安,号锡蕃。

陆　礵　字廉石。工诗,善书。

王家莜　字序兰。

沈学海　字鸿章。

王家葆　字补蕉。

宋培基　字杏书。工算。

朱　炯　字介甫。监生。

王康福　字蔼亭。工算。

毛　鉴　字镜人。能医。

钱儒珍　字雪斋。工书。

陈康贤　字晋三,号肖轩。文生。能书。

景铨禧　字祝三。能诗。

朱文浩　字养吾。

王家苞　字荫槐。监生。

刘元福　字冠卿。

宗成钺　字镜堂。

谢兴宗　字秀东。殉难。

时世泰　字仲和。

谢耀宗　字春塘。殉难。

黄廷煜　字炳文。

王家莪　字诵莪。

黄廷镛　字金声。

刘介福

陆希绩　字橘怀。

沈廷璋　字竹坪。

朱元勋　字竹书。工书,能医。

王恩桂　字栗金。

钱德荣　字文魁。

王恩楸　字利宾,号少芙。

江阴叶□□

元和程为煦　字少石。

　　王大德　字慎先。

胞侄龚培祺　字仲舒,号吉盦。

族侄龚镕钟　字冶吾,号馥堂。

　　王家芳　字瑞唐。

女士黄慕嘏　字藕芳。

女士王祖培　字菊贞。

　　王树功　字步东,号少兰。工书。

内侄孙贾兆丰　字慰椿,号玉堂,议叙九品衔。能书。

长洲陆　柱　字铭山。

女士王玉珍　字淑贞。

朱　点　字晓莲。

朱凤沼　字南轩。

朱宗懋　字凤林。

朱宗藩　字鹤舫。

女士朱宗淑　字纫兰。

附录二：镜㙳轩诗集

琴水弦歌集原序

龚生纯甫，天资颖敏，幼承庭诰，学有渊源，弱冠即有闻于时。惟喜为诗，风致颇似王孟，顾自视焰然，未尝轻出示人。会同邑杨少尹遄飞搜邑中诸名流诗，为《琴水弦歌集》，见之遽付剞劂，纯甫殊不自安。今夏邮书述其意，余复之曰：昔人云，文章词赋要须借科名始显。岂不诚然！今纯甫年方壮，气方盛，科名亦旦暮间耳。他日珥笔螭坳，和声鸣盛，此即其嚆矢也。纯甫其勉旃！

道光辛丑仲秋，同研生江之升书于星江学舍之强恕堂。

序

昔司空表圣、严沧浪言诗之旨归于妙悟，而近时小长芦叟则主乎学，之二者，愚以为不可偏废也。由悟入者必深之以学，由学入者必需之以悟，非是则诗不工。予幼时喜为诗，已而弃去治古文，近复为声均训故之学，其于诗也日益远，遂辍笔不为。然频年上公车，宿逆旅，间为小诗写壁上，往往为过客所赏，流传于朝士之口。猝举以语，予至瞠目不复省，盖予之荒于兹事久矣。予乡龚子纯甫，好学敏悟之君子也。予久客四方，不知其工诗。今年乞假归，纯甫出其诗相质，且属为序。夫以纯甫之工诗，宜质之当代能诗之人，而乃谬以属予，得非以予薄夸时名而不知废弃已十稔乎？纯甫年方壮，而所就已如此，为之不已，虽造古人堂奥无难。予又自悔以谫劣之才，爱博不专，坐耗岁月，迄于无成。使专其心力于诗，未必不能与纯甫掉鞅骚坛，絜一日之短长。而今者执笔序纯甫之诗,为可愧也。若夫纯甫之诗,其为由悟入乎,由学入乎,由悟入而深之以学乎,由学入而需之以悟乎? 当代能诗之人,必有能辨之者,固无俟予之赘论也。

道光二十一年岁在辛丑十二月既望,世愚弟翁同书拜序。

序

古之诗人,必有真性情,而后立言,有本有文,卓然可传于后。吾友龚纯甫,孝友性成。椿庭弃养,哀毁几不欲生,母夫人殁,亦如之,绘《蓼莪辍读图》以见志,事兄敬而和,乡里推爱。累世书香,家储万卷经籍,博览无遗。早岁游庠,文名籍甚,蹭蹬棘闱,屡荐未售。好交游而能择人,暇辄邀朋樽酒论文,终日不厌。遇兵荒,事筹饷办赈,悉心规画,务期实济,无求荣利心。所筑西庄,临湖面山,踞全城之胜。每当春秋佳日,凡风帆鱼鸟、烟云竹树,无一不可怡畅胸襟,恢廓意气。故其为诗,奄有唐宋诸家之长而不名一格,岂不足与古诗人相抗衡哉! 余自甲寅寓居城东颖川氏,始与纯甫订交,相得甚欢,诗筒往来无虚日。厥后自城返乡,时过西庄谈宴。今春纯甫将校雠诗卷付梓,嘱序于余。余知纯甫,深不敢以不文辞,爰为述其大略如此。

咸丰十年岁在庚申春王正月,世愚弟赵同钧拜序。

琴水弦歌集跋

杨希濂逊飞

龚缙熙字纯甫,号又村,居翼京门外西庄,溧水训导杏村先生次子也。幼随父任,广交游,兼得江山之助,学亦加进。弱冠游常熟庠,屡试优等,两膺鹗荐,卒不售。已乃报捐司李,历襄公局。暇辄赋诗遣愁,著《镜墀轩诗集》四十余卷、《外集》四卷、《试帖》十余卷、《一笑吟》四卷、《唾余钞》四卷、《词赋尺牍杂著》六卷、《自怡日记》数十卷、《西窗诗话》廿余卷,又集同人唱和诗及书翰编成若干卷,哀其先德为《诵芬录》《手泽》若干卷,《家谱》《肉谱》若干卷。龚氏家言不少,曾与其兄社卿出其大父赠翁诗，刻有专集；其父与叔诗亦已编次，将授梓。而友人愿见君诗者众，因略采之以见豹之一斑云。

跋

读大著，佩服无似。五七古力追盛唐，于东川、嘉州为神似；近体亦婉妙，堪与新城、愚山颉颃。冬日尚思借读全稿，仿敚同年张南山《绣段集》之刻。尊制快心之作多，三冬雪窗，必为此事经始也。

乙卯秋日上元，研荪弟温葆深拜诵。

予奉檄昭文，濒行有留别句及诸和章，携以自随。一日，同学龚司李纯甫先生枉顾萧斋，述祖德，纪游踪，爽直中亦复肫挚，当以小诗并致先大夫《宜雅堂集》，欣然袖去。不几时，自王涧桥书来，骈词藻饰，过示挐谦，既和韵，又自述赠以尊大父苇江先生诗钞暨赠公溧水广文行状传志汇为《诵芬录》，教泽慈范，内外交修，谨焚香盥薇以读之。司李纂辑家编，其用意与予荆溪乞养时图载诗负米相吻合。大著《镜墀轩》八卷，被扰时失于手民氏，家仅存次卷，诵竟奉还。他日大稿萃成，不遗在远，定有以惠教故人也。即此二卷中，论世言情，刚健阿那，一斑已见。惟所居西庄，临湖面山，踞全城之胜，怡畅胸襟，恢廓意气，足供流连。此则我所梦想不到，非天有以限之耶？才人福地，望若神仙，虽然予少年身居桂林龙胜万山之中，峻岭矗天，夭矫不测，涉湘汉，泛洞庭，洪涛澎湃，眼界何尝不宽？曷若西庄之平易近情，娱佳日，叙良朋，俯仰自如欤？年届古稀犹有兴于宦游者，只以故乡无此好湖山尔。瓜代有期，申江暂返，行将奉符于苏、常、太、镇间，山水有灵，招我其间，拓诗兴，放酒怀，一洗二十年大黄浦浊浪怒潮，俾胸次豁然，老境满愿，其可得乎！因感西庄之雅趣，乃濡笔书于《镜墀轩集》后。

丁卯上巳辰，海上曹树珊拜跋。

题　词

同邑邵渊耀盅友

英年才藻已翩然,痂嗜应深翰墨缘见赠诗推挹过甚。起风更期搜玉海,探骊先获载珠船。太原家学王文度,吴会风华沈下贤。有孔即吹能事别,柯亭试与访修椽。

吴县王仁福默卿

闭门工觅句,此客抱仙胎。一往情深处,都从至性来。胸中成竹贮,笔底有花开。傥早飞腾去,翻无著作才。

昭文季明珠黻卿

镜墀轩里静研思,世态人情尽付诗。成一家言归朴实,扫千军笔染淋漓。洲翻鹦鹉神何壮,珠得骊龙句每奇。此后太冲传稿出,定知纸贵洛阳时。

元和顾济乾子和

海虞间气钟毓奇,代兴人物鸣当时。先生幼慧辨灯盏,诗名早岁公卿知。矧侍鳣堂沐庭训,游猎山水供其资。一衿青青列胶序,屡拔文帜声华驰。鹗荐秋风怜铩羽,焚弃帖括攻诗辞。齐王不厌盈千跸,淮阴善将百万师。有时骋妍寄情愫,濯濯杨柳春风姿。明霞在天月在渚,清华不遗微尘缁。忽焉大声发水上,驱使海若走冯夷。骖鸾驾鹤排阊阖,欸唾珠玉九天垂。先生之才信非偶,先生之遇何其奇。世守冷毡授馆粲,穷年长赋缁衣宜。况复南沙动鼙鼓,惊心风鹤全家移。感愤时俗托豪素,盈篇累牍何淋漓。愁怀不减张平子,壮思堪追杜拾遗。天能厄运不厄才,才丰天亦无能为。顾余劫历红羊后,村舍卜居编槿篱。排闷偶学秋蛩语,乃荷藻饰许肩随。两家且喜望衡宇,笠屐互访途无歧。瞬息江南又寒食,桃花吐绶柳缫丝。近村酒熟沽满罂，酕醄共醉归来迟。安得四野靖烽火，与君还作游山诗昔与君游玉山，俱有唱和。

元和陆毓元阆栽

渤海才名不胫走，彩笔应从梦中授。一编子墨手挥就，百丈辛峰句夺秀。君家居傍昭明台，熟精选理洵雅材。九天珠玉传謦欬，声隽一脔未见采。叶公好龙龙非真，譬如积薪彼何人。区区雕虫特余技，士贵通经达治体。知君不笑余言狂，感慨时事成佳章君近著新乐府。著作不让古人独，白太傅兼苏玉局。愧余衣食奔走余，昔年适越今旋苏。苏台复看走麋鹿，归已无家卸装束。却爱村居长夏清，满堂织杼缫车鸣。土物心臧祖训听余祖籍昭文，避地桃源数先定顾泾旧名小桃源。朝来客至檐鹊飞，袖中示我皆珠玑。淋漓椽笔一何巨，既述清芬还自序。忧时纪事悉以诗，通经博古何云痴。阵扫千军非偏师，况无长卿笔一枝。

武进吴凤昌璞卿

沿溯诗道尊，上追风雅轨。体格代变更，杂流由此起。揣摩首响间，夸多失俚靡。海虞名胜区，泱漭环湖水。登眺足流连，才人收笔底。龚君善赋诗，不愧风骚士。感物动乎情，情深曷能已。斗酒累佳篇，清言寓微旨。胸襟豪放时，落落皆余子。方欲探渊源，乌能测所止。

镜㡉轩诗集卷一

学步集

元默敦牂

游蒋伯生大令因培燕园

鸟弄清音蝶弄痴,吟魂飞上好花枝。白衣宰相三层阁,招得山灵来赏诗。

陈园拾樱桃

步出西郭门,隔墙露樱紫。借问此谁家,人言颖川氏。不叩门自开,主人笑相俟。招我嘉树旁,馋涎吐不止。时有好风来,打头落红子。俯拾万颗珠,袖归娱怙恃。

古　屋

柴桑马到稀,鸥吻瓦松肥。子母燕增垒,僮奴猧守扉。北窗秋系舫,东壁夜鸣机。转羡邻家屋,茅龙正换衣。

咏　物

生铁质虽刚,坠地成断器。炼为吴钩纯,霜锷制钟利。过刚不如柔,棱角招世忌。所以古英豪,中道车可避。

桃柳争荣时,大椿叶未秀。望秋辄先零,终让八千寿。浮华无可骄,乃在根柢厚。何以躁进徒,功名期速就。

读《汉书》

大风思壮士,马上得大宝。菹醢及韩彭,还作竖儒好。
绛灌求其文,随陆责其武。用人不量材,英雄亦愚鲁。
贾生谪长沙,祢衡屈鼓吏。盍敛王佐才,耕钓免猜忌。
李陵将生降,苏武使不辱。一事愧节旄,娶妻并胡俗。

春 草

浓春何处不芊绵,一碧裙腰剧可怜。古驿马嘶三月雨,芳塘鱼跃一篙烟。水深南浦离情绕,风暖西堂旧梦牵。引我寻花腰脚健,青青蹋遍大堤边。

见菜花腾笑

浪蝶狂蜂闹夕阳,天公忽洗旧荒庄。黄金满地熏人眼,尽足繁华但欠香。

代菜花解嘲

芳根耐嚼是英流,博得金花插状头。不算浮华终结子,书生休负一灯油。

山 行

指点前山野菊开,寻诗一步一徘徊。林迷隔涧闻樵斧,石缺当湖见钓台。猎犬惊人穿冢出,孤僧入岫抱云回。打头落叶黄于蝶,也算芳春览胜来。

子夜四时歌

春风从东来,吹下红豆子。赠欢表相思,侬心赤如此。
皎皎冰雪肤,艳阳烘不燥。愿为招凉珠,长置君怀抱。
璇窗缝故衣,同心缕不断。不顾妾手寒,但愿郎身暖。
春花与秋枫,郎道好颜色。妾是松柏姿,试看岁寒日。

秋江晴眺

四望浩无际,不知水与天。断芦千里雪,衰柳六朝烟。帆影白云
斗,火光红旭煎。临流不敢啸,恐搅老龙眠。

一喝顽云破,数峰南北青。雁声冲极浦,虹影落邮亭。港断马争
渡,潮来鱼送腥。长风倘可驭,我欲驾孤舻。

猛将行

鼻息如雷帐中宿,一夜战场惊虎伏。梦中忽解腰佩刀,白虹一道
射人目。奋拳能却千人军,健饭辄胜一斗粟。李广猿臂华元腹,不待
挥戈四夷服。

望　月

倚槛悄无语,弄花明月寒。嫦娥旧相识,招手白云端。

夏　菊 —美—刺

使寄人篱骨不寒,黄金宝相铸炎官。不甘隐逸心终热,休待风霜
节早完。消暑清吟人共淡,未秋秀色客先餐。端阳较胜重阳节,尽把
蒲觞醉里看。

不共苍松保岁寒,高人偏作热中官。一阶躁进荣虽早,三伏趋炎
守岂完。混浊难清骚客气,温柔只合美人餐。望秋毕竟先零落,争得
霜天耐久看。

清　福

多财恐招怨,无财又苦贫。居官恐速谤,不官又孰尊。数顷良田足糊口,何必多藏累富有。一官宦味略染指,何待嚼蜡始知止。富贵贫贱两不居,就中清福安吾愚。花间酌酒醉歌唱,神仙岂必在天上。

送　友

执手河梁边,有客悲临歧。却酒不肯醉,洒泪话别离。去去勿复道,梦中会有期。

挟酒友登虞山第一峰

吁嗟乎!平生豪气不肯落人后,纵身天外觅奇友。上呼渴虹来,下挟长鲸走。飞上绝顶作龙吼,白云为肴落吾手。俯视孤城大如斗,双塔为箸两湖作杯酒。一齐卷入酒徒口,不觉万古奇愁十消九。

杂　咏

蚊肆其响,萤炫其光。自鸣白耀,厥身之殃。
甘露滋花,肃霜杀草。舒惨匪偏,霜乃露造。
兰生幽谷,不培自滋。宠以磁斗,爱适害之。

龙　挂

劲风落檐际,飞遍红蜻蜓。出门一仰俯,已失青天青。迟雨久不来,但闻龙气腥。

游破山寺叠常少府韵

策蹇不知远,红墙明隔林。乱泉喷涧破,清磬瓮山深。啜茗得仙味,听松生道心。何年来借榻,空谷息跫音。

到此足幽趣,旃檀香满林。水禽依沼静,山鼠窜檐深。庭草有生意,岫云无滞心。几竿修竹老,留句待知音。

秋柳用渔洋山人韵

一声长笛黯销魂,如此萧疏梦白门。历尽峭风犹有骨,抟残流水淡无痕。斜阳系马荒苔驿,落月啼乌老树村。到此易增衰飒感,风流张绪莫同论。

青春已过鬓添霜,一种凄凉到野塘。疏影倒眠渔父艇,绣丝抛掷女儿箱。萧萧敝帚难投李,濯濯清姿怕忆王。鸦点零星残画里,不堪重问永丰坊。

飘摇金缕不成衣,客舍春光认已非。白帝城荒虫语咽,青楼境改燕踪稀。枯枝压露寒蝉噪,败叶摇风瘦蝶飞。老去渊明还有宅,归田差喜愿无违。

先零蒲质有谁怜,惨带新霜淡抹烟。月冷离亭牵别绪,风和旧院忆飞绵。拂残麈尾抛谈柄,销损蛮腰近暮年。还待春来眉意动,碧阴仍覆画桥边。

秋海棠

秋光艳绝胜春光,肯为相思枉断肠。生性不因人便热,莫烧红烛照新妆。

洛阳书斋即事

隔墙水调送鸣蛙,烟溽檐牙淡月华。残蠹攻书凝竹粉,乱蚊绕袖扑杨花。雨痕密渍红心草,风味新参绿鼻瓜。灯火璃窗诗梦醒,一炉香浸一瓯茶。

古 剑

沙场埋铁几春秋,血化苔花万点幽。三尺频更豪侠手,百年斩尽佞臣头。邱荒实气腾龙虎,劫过余光射斗牛。可惜尘寰无薛烛,青萍藏久为谁酬。

王昭君

和戎身即报君身，胜却宫娥色事人。试看孤墩青草色，芳心原不委胡尘。

书文信国《正气歌》后

瞋目悲歌宇宙惊，一腔热血洒纵横。长留浩气归苍昊，耻写降书献赤城。报国独先枋得死，巍科不作梦炎生。要扶三百年残局，铭带精忠贯日诚。

秋日村居

一声渔笛破寒烟，红蓼花明水底天。书画满楼谁送爽，卷帘遥对北山巅。

偶携吟侣过邻家，蘸豆棚边月影斜。秋向人间传欲遍，星河一雁到天涯。

湖桥即目

小艇放凫媒，湖烟四面开。浪吞帆影去，风卷市声来。红叶颭樵担，白蘋铺钓台。模山黄子久，梦与倒深杯。

秋杪莫城小憩

系缆朝沽酒，西风扑面来。市荒人扫叶，庵古佛生埃。冷信看鱼跋，商声听雁哀。布帆三四幅，闲数水云隈。

行乐词

有觉便为生，无觉即为死。行乐须及时，百年一弹指。多历一方尝一味，多见一事悟一理。即此便是我赢余，何思何虑何惊喜。行歌遏云天籁随,行酒对花月光起。彼苍置我无愁乡,贫贱何须觅知己。古来参破有几人,除是荣期三乐能知止。

人生随分须行乐,何恋浮云苦思索。名利在天不在人,衡茅安命养我真。田园之乐胜宦海,波澜不到白衣宰。箪瓢之乐傲鼎钟,盗贼亦悯青毡穷。不然乐不随分乐仍苦,微幸之中无乐土。君不见媚灶得官喜亦悲,赵孟贵我贱即随。又不见执鞭求富计亦左,邓通铜山终死饿。

野　花

野花空自开,寂寞无人采。不怨托地偏,但愁抱质猥。

昭阳协洽

贾念乔上舍丈悖招饮

一阵香风绕绮筵,名花吹落酒尊前。含情袖底拈红豆,顾影灯边整翠钿。三弄夏声樱口绽,二分春色蔻梢妍。飞琼莫问前生会,我到人间十四年。

禽　言

提壶卢,人生能到百年无?今日即饮三百觚,后人犹叹黄公垆。何况有酒不肯呼,无酒不肯沽,老死愁城胡为乎。吁嗟乎,愁中无酒徒尔[尔]。曷不及早提葫芦,醉倒尘世长模糊。

姑恶姑恶,一声声听妇情薄。高年心境少欢乐,笑颜全在鸠妇博。妇身姑所托,姑求妇当诺,事姑日短盍思索。胡为乎,知儿不知姑之欲,借妇箕帚动色作。姑恶姑恶,姑不恶,妇真恶,勿向高堂唤阁阁。

子归子归,一年曾有几春晖。双亲盼子衣锦回,子名不遂亲养违。即令荣归身有辉,已惊白发生庭闱。吁嗟白发衰,西山日薄悔莫追。胡不及早侍膝来,而何忍心绝裾哉!问王孙,归不归?

布谷布谷,有田须早服。人务读,贵可禄。人逐末,富可卜。唯汝农夫之利倍难获。岁时有荒熟,田畴有瘠沃。完仓谷,苦不足。尔不见东家餍粱肉,西家啖藜藿。繄岂彼田阔,此田促?惰者亩收五斗粟,勤者亩收六七斛。不布谷,将枵腹。

唤起唤起,堂上客来矣。野马已飞,晨鸡罢啼,尔何犹在被窝里?尔非醉身如靡,尔非病身如瘠,胡弗思宴起百事废,早起百事理?苦口唤尔岂得已,尔且早盥洗,起起起。

得过且过,一生如意能几个?脱粟可医饿,残毛可拥坐。牖户纵鹑破,一修可使燕雀贺。文章纵羽化,重生可夺凤凰座。知足免唾骂,何必蓄租侈财货。得过且过,寒无衣,巢里卧。

行不得哥哥,世上险多。陆路有荆棘,水路有风波。荆棘风波既碍路,况有人心阴险难揣摩。或则如蜀道,或则如江河。一失足,陷网罗,不如家有安乐窝。泥滑滑,行如何。

帘

避风谁倚曲阑旁,只隔花容不隔香。画阁摇光波昼白,虚堂镂影月昏黄。有时洒泪犀纹烂,无路窥巢燕翦忙。望不分明如画境,银钩钩起一窗凉。

述德篇

潭荡茫茫但一白,积年淫潦烂禾麦。昔吾曾祖创筑圩,倾囊费尽金千百。谁知邻蠹构讼来,一朝堤完家破坼。俗情虽笑愚公愚,到今已奖五世泽。我亲珍重孙谋诒,又逢水患民饥色。劝分既激西江波,施惠更遵东里式。遂令一乡竞指囷,豪富得保贫得食。君不见饥民菜色变花颜,饮水思源谁之德。

醉　月

终古广寒宫,欲救素娥冻。暖炉泛艑船,邀入酒池空。鳞鳞风激波,荡作众仙众。天心月自孤,一任人间弄。

尚湖遇风

银涛高卷雪峰颓,彻耳湖声吼怒雷。沿渡树浓催雨暗,逆风舟险荡空回。水心日浴金千叠,山面云阴墨几堆。空妒前头操舵客,片帆安稳掠波来。

舟过莘庄

树密疑无港,桥低半碍舟。一帆随水转,孤寺隔林幽。日出山容活,风停橹响柔。曲隈渔子占,神注鲤鱼游。

咏　钱

休作财奴守此君,象缘有齿把身焚。无端聚散难凭恃,有意钩留仗俭勤。名士词章推万选,术家休咎卜三文。纷纷末俗争端起,不放圆通两眼熏。

好官休恋积成堆,盈满还防扑满来。物俊易投和峤癖,通深难避郗王台。世如上古看成土,天亦从权铸横财。冷铁无情人竞昵,只愁化蝶不飞回。

买命神通万世珍,除他何物更宜人。丰财只供儿孙手,萃利难分子母身。囊饱纵能增气焰,算多终虑损精神。豪家坐拥青铜臭,曷弗倾资一救贫。

往来人手几多年,内外方员象地天。四海转输何处阻,一生吃着此中便。清流绝口情原矫,墨吏熏心梦亦牵。休讶孔方尊世上,剪成纸锭鬼犹怜。

财源不竭恐生波,毕竟中空唤奈何。商贾关津交易便,帝王年号古今多。扶鸠野店凭沽酒,饮马溪桥好掷河。岂识廉儒缘分少,平生不唱五铢歌。

阏逢涒滩

春晓闲步

引我寻芳兴,山村水郭边。桃花三月雨,柳絮半湖烟。瀑布翻晴雪,风筝破晓天。早莺啼不住,惊起画楼眠。

春 词

美人坐深闺,不知春早暮。好风帘自开,一蝶抱花度。

可 恶

非人情处孰针砭,乖僻心肠伪学谦。客善滑稽忘忌惮,官因护从助威严。财奴遇善心偏吝,俗吏催租兴不添。一样清斋遵异教,身逃化外不知嫌。

媚世逢迎态万般,模棱误事欠忠肝。笑颦浪效西施美,纨绮偏骄北阮寒。老仆专权轻幼主,廉儒得志即贪官。霸才小慧人争羡,翻把忠诚弃物看。

五经无舌说铿铿,中构偏提败女贞。才大转攻刀笔技,行亏翻窃圣贤名。庸医作态高声价,密友临财忽忿争。贫贱受人恩似海,一朝富贵竟忘情。

真赝无凭是鸩媒,误人儿女只贪财。酒兵欲醉忘机友,乡鲁犹夸解事才。放浪态为儒教贼,功名心在壮年灰。身耽博簺兼烟火,漫许时流傲客来。

烟花佳丽绮罗身,转胜蓬门抱布人。从古奸邪多耄耋,少年科第蔑尊亲。储财系命偏招怨,积善承家不免贫。势利场中高下手,冤沉乡懦望谁伸。

惜　花

　　一现昙华便委尘，天涯如此最伤神。倾心雨露思难久，转眼繁华境不真。误嫁东风应有恨，相思南国已无春。痴情要乞传神手，写取红颜妩媚身。

　　艳绝偏无耐久香，招魂每向小阑旁。那堪骤雨三分妒，多事春风一度忙。黄土已深埋玉憾，绿珠难整坠楼妆。早知易落休开早，胡蝶空收梦一场。

嘲　絮

　　便欲沾泥又逐群，斜风吹作酒家芬。玉经燕嘴成残唾，毡供蛮腰曳舞裙。老眼只应看作雾，轻身容易化行云。白头不减颠狂态，还向河干送客勤。

　　一味缠绵岂性真，游魂惯惹陌头人。因风只结团云队，入砚难完澡雪身。野径白迷争捉影，楼台青锁忽飞尘。化萍仍是无根物，漂泊江湖过一春。

咏　史

　　功臣不获报，兔死走狗屠。卓哉范少伯，明喆全发肤。富匹鲁猗顿，贵冠越大夫。功成不恋爵，一舸浮五湖。后人善附会，载施事或诬。夫岂铸金事，翻在好色徒。良以倾国妖，权作孙武锄。士耽亦忠越，君嬖斯沼吴。

　　战国有四豪，田文实巨指。何乃称大臣，门下无一士。鸡鸣狗盗徒，士林固不齿。即如弹铗生，营营亦寡耻。徒知市私恩，罔识筹国是。兔窟亦狡谋，懦君受主使。后世欺诈风，实由冯煖始。所以宠利招，惊走鹖冠子。

蹋青词

平芜一道碧芊眠,散步清明雨后天。好听提壶啼过去,酒家帘角绿杨烟。

绿阴缺处露柴门,遥指炊烟袅一痕。柳暗花明竹篱短,两三茅舍自成村。

春日村居

孰解村居乐,幽窗手一编。新吟谐鸟语,古篆学龙涎。絮捉花风里,茶烹谷雨前。竹林来契友,谈艺矮篱边。

杜祁公

群奸蜂起击孤臣,剩有韩欧臭味亲。一网难摧松柏节,三公不改布蔬身。生怜枋国无多日,死不忘君有几人。何但仁宗知遇好,急流勇退善全真。

羞随俗眼共沉浮,择婿犹思第一流。阖族拌全唐御史,焚书力救范延州。入参帷幄还丹诏,归老乡山聚白头。莫怪刚明遗石介,他年诗案免分愁。

仲夏东塘晚眺

曲径疏篱傍水边,芦芽短短碧如烟。歌声欸乃起何处,一笠斜阳放鸭船。

采菱曲

采菱须采红菱红,偷样侬家足一弓。还取菱花镜照面,愿郎挽住渡头风。

采菱须采绿菱绿,兜入湘波裙一幅。剥取素心留赠郎,敢嫌侬手刺菱角。

劝郎莫爱红菱好,劝郎莫弃绿菱老。红菱生在浊水田,绿菱生在清水沼。

梦中题画

一杖白云挥不尽,西风寒峭瘦山花。酒香引过溪桥路,知到前村第几家。

杜拾遗

半生烽火贼中逃,和病和愁气更豪。才并谪仙真月旦,笔惊疟鬼古风骚。有功名教成诗史,无意高官困部曹。西蜀草堂零落甚,慕名溪住薛家涛。

李供奉

狂名不忌帝王前,力保汾阳识踞巅。一笔纵横诗世界,千杯跌宕酒神仙。放怀欲捉矶头月,奇句来惊华顶天。便使夜郎终古憾,庚星已照百千年。

竹夫人题词

有美一人,聘自淇泉。荀令体熨,湘妃节坚。不令人妒,有如独眠。抱同圆颈,量亦并肩。空洞无物,岂以情牵。云雨不到,冰雪可怜。令我换骨,胡忧热煎。肌肤滑泽,藐姑之仙。凉秋捐弃,静何怨天。

驱蚊歌

君不见女露筋,蚊犹余勇针刺勤;又不见蟭巢睫,蚊犹明目肤孔袭。力欲负山声作雷,虎视于人何畏哉!我欲挥罗扇,驱尔豹脚断。我欲熏艾烟,驱尔佛子迁。否或碧纱橱,奋袖驱尔出帏不得吼。胡为乎,尔学我吟哦,血食求多多。驱去复来如恶客,驱东复西如梭织。

欺我入梦不得驱，大肆报复无完肤。吁嗟乎，蝇以阴柔尔刚克，蚕但动股尔傅翼。狡狯性成钻穴工，我且驱尔水火中。我驱蚊兮蚊驱我，痛避刺客体不裸。无如头额难遮藏，尔又监脑踞一方。岂知身肥血饱不旋踵，扑杀到底输我勇。而况凉秋更寒冬，不驱自毙何凶凶。

月下醉歌

帷天席地苦无偶，大呼明月作酒友。月亦恋我飞入怀，瞻月在前影在后。有时月小入卮酒，和却月光倒吾口。有时月大包酒斗，欲激月波濡我首。我弄明月月弄我，天上人间两难剖。然而明月终不解饮酒，笑我多事一招手。不见月之别我又匆匆，五更避醉向西走。

无　题

水精帘动见新妆，花静偏形蛱蝶忙。泼水茗芽多活色，经风兰蕊吐真香。怕教鹦鹉偷传语，修到鸳鸯转坐忘。锦瑟无声春满座，消闲半日领风光。

金阊步月

半挟吟朋半酒朋，平桥蹋月露华凝。玉箫吹出凉如水，秋在红楼第几层。

招真治访第二梅

酒楼灯火市声哗，何处仙家问月华。胡蝶忽牵诗梦去，夜深还恋古梅花。

镜㠢轩诗集卷二

常熟　龚缙熙　纯甫

侍宦集

旂蒙作噩

随家大人赴高平学博任

共迓文翁化俗来，儒官纵冷亦需才。一朝奉檄乌私喜，千里趋庭鲤对陪。鹤俸虽难支众口，鳣衔或可兆三台。椿龄恰好逢强仕，贺客门前毂尽推。

吴门小泊

夜发南沙城，一梦不知晓。何声窗外来，忽把蝶魂搅。顷闻里语粗，瞬听吴音娇。小仆向余言，贺岁客来早。名刺飞满舷，一一登簿考。整衣代严亲，走马胥城道。答拜无多言，一朝已遍了。

五洞桥夜行

泊舟五洞桥，月黑断行旅。挑灯坐不眠，忽闻岸上语。此地滨太湖，萑苻有盗聚。前有钟溪桥，市近乃乐土。我虽无籯金，奇书一船贮。且依父老言，解维向前渚。果逢烟寺来，壮胆钟一杵。

望茅山

小茅山接大茅山,烟树模糊杳莫攀。无数灯光明灭里,白云顶上拜香还。

高平竹枝词

妾驾钿车来缓,郎骑宝马去忙。六家巷中结伴,三圣庵里烧香。污颜铅粉如雪,压鬓花枝若云。背向东风痴立,炫他一幅红裙。

谢兴教寺松岩上人书扇

一枝蕉叶墨痕新,分与衙斋扫俗尘。休怪禅房门限破,六时不断索书人。

酬镇江左子木铎

作吏元方去其兄辛楣少府宦粤,如君更我师。何图随宦日,共赋卜邻诗随尊甫孟莪先生任。秀气金焦占,交情笔砚知时以课艺就正。炼都余勇在,腰剑显雄姿。

登怀白亭

跨鹤白侯去,口碑犹世铭。至今怀旧泽,终古此荒亭。而我一登眺,悠然闻德馨。拂檐数株柏,还似召棠青。唐白季康宰溧有德政,后人建此亭。

呈祥符周陶庵少尉丈铸

少岁走京师,三试不得遇。入粟为赀郎,欲展经济具。胡乃轮困材,长才屈短驭。一尉羁荒城,三年困冷署。上养白发亲,下觅红颜御未得子,拟置簉。八口苦嗷嗷,薄禄支不去。枳棘非鸾栖,凌风一朝翥。

高平怀古

山城一角冷斜阳，三百年前此战场。胜代人文流水去，行人犹说解元坊城街有齐泰解元坊。

小茅山上黄鹂啼，无想寺前绿树齐。一阵风吹诗梦去，书台鸿爪印留泥无想寺有韩熙载读书台。

访宝塔寺

锤破瑶天一柱撑，危梯百级蹋云行。小窗有隙花先补，虚室无人竹怒鸣。树历百年能作怪，楼装千佛不知名。空门怕打蒲团坐，一笠斜阳督晚耕。

山厨蔬笋爨烟浓，笑问谁趋饭后钟。池辟放生鱼唼藻，杖惊飞锡鼠穿松。欢声鸟据浮图势，古篆蜗添破壁容。半日焚香谈净业，肩舆扶我又匆匆。

官塘秋步

廿里黄沙卷晚风，车声轧轧迅飞蓬。秋山一色浑如画，返照入林枫叶红。

奉严命回里省重慈

喜气来天外，重闱握手看。客归乡语改，伦聚老怀宽。况我慈颜霁，知亲病体安。别离刚十月，灯下话团栾母亲方病起。

六合朱闲庭年丈方司铎金坛书来者再便道答之

春风飞度金沙口，经师名噪紫阳后。前月修书报故人，今晨捧袂呼小友。一官虽冷心偏温，又向长安计偕走。

寄会稽张又苏上舍泉

侍宦从师印两心随其师堵春晖赞府游幕高平，无多欢聚惜分襟。不知灯火秋窗里，更有何人听越吟。

就医光福

不假求医便，谁寻邓尉山。暮云孤塔耸，香雪万林环。艇小安吟膝，醪芳破病颜。舟人偏解意，竹里猎禽还。

柔兆阉茂

侍重慈赴溧水舟次率书

画船权作板舆看，风利扬帆意更欢。倚枕吟谐新水调，推窗笑对好峰峦。晨炊泊市渔樵迓，夜语挑灯婢媪攒。前路不愁关吏诘，一竿旗写广交官。

雨泊上兴埠

痴云叱不开，关住一船闷。不知新水痕，渡头添几寸。

中山道上

荒村杳杳入寒云，遍地黄茅路不分。一担日斜樵唱倦，双轮泥重仆扶勤。山腰雪霁獐留迹，水面冰坚雀下群。茅屋几间茶灶列，半搀沙土半尘氛。

赠溧阳周禹畴洪锡、柘生洪镐两茂才

金渊秀气聚金昆，问字亭边酒满樽从强沛崖大令师游。萍水天缘攒异地，杏坛雨化附同门。二难盛誉谁兄弟，三代巍科卜祖孙其祖乙

丑进士。花绣锦坊新样示,得消顽铁亦沾恩。

孟冬大母七十帨辰喜志家庆

难得重闱到古稀,清香一炷逐时祈。高堂盥漱鸡鸣起,笑换宫袍作舞衣。

春晖留住冷衙温,过客争推孝友门。慈竹平安阴不老,含饴已弄六枝孙。

燕喜无如寿母筵,登堂都颂閟宫篇。梨园最会迎人意,一曲云璈演八仙。

介眉十月酒初成,黄菊丹枫绚晚晴。扶杖屏间还一笑,桃筵拥遍小门生。

鼠食黍　讽贪残也

牛耕田,鸟布谷,万顷黍苗方彧彧。鸟口瘏,牛力疲,一秋黍实始离离。胡乃硕鼠猛于虎,蹋田不惜牛鸟苦。牛鸟虽苦鼠乐土,鼠但知生不知腐。蟊不除,蝗不驱,苗不扶,莠不锄,尔鼠之来胡为乎。但肆罔罗入深穴,饱食牛鸟之心血。心血有几何,鼠意求多多。心血苦不足,鼠欲犹逐逐。硕鼠肥,牛鸟饥,牛乎鸟乎,胡不迎猫逐鼠稀。噫吁嚱,牛鸟亦何能逐鼠。但愿一亩岁收十斛黍,恣尔大嚼腹中贮。

蛾扑灯　悯痼疾也

烟火烈,虫飞绝,唯有蛾喜香烟爇。蛾苦寒气屯,近烟火则温。蛾苦湿病抱,昵烟火则燥。只道烟火疗蛾之渴饥,遂致鼎镬甘如饴。蛾有烟痼癖,隔窗见灯必钻隙。灯花非花也算真,欲借烟花老我身。独不见玉钗剔火焰,飞蛾弗掩敛。纱帷笼火光,飞蛾犹奋扬。火光火焰促,蛾命紧岂蹈。火蛾之性胡为乎?劝蛾蛾不休,救蛾蛾若仇,火攻不已灯中投。亦有仙蛾不食烟火气,尔何但识尘阛味。灯自明,蛾自昏,欲吸兰膏身转焚。吁嗟乎,焦头烂额死不悔,一灯耿耿蛾何在。

但愿禁烟常如寒食天，无火蛾或能保全。

蛛结网　惩健讼也

吁嗟乎，百虫衔冤诉不平，如何罗致多毒情。狡哉蛛蜘习机敏，一网众生辄打尽。螳螂捕蝉蝉怒飞，飞入其网无是非。助彼怒螳恶，欺此哑蝉弱。一丝挂，一丝缠。不开三面解倒悬，惟疗馋涎腹果然。蛛谢螳之德，与尔剖分食。螳谢蛛之力，仗尔善罗织。螳臂虽毒无毒丝，蝉亦能飞过别枝。不图蛛腹运智罗得之。脂膏吸尽无餍时，补网又为他虫施。穷来檐底窜，通即登龙断。只恐肥虫不上算，残花败叶徒纷乱。又恐鸷虫不戢悍，狂风暴雨忽打断。网亦枉施智亦愚，几见到老能肥躯。惜乎尔负经纶之满腹，胡不如春蚕吐丝，贡作朝廷九章服。

蝶恋花　警淫荡也

百花开，百花落，与蝶何干蝶苦索。香粉媚花涂，檀板对花作。痴梦迷花丛，舞衣拂花萼。花深处，蝶飞去，纤腰瘦损不知虑。片刻博轻狂，翩翩过粉墙，已使邻花羞煞无容光。邻花自有鸿沟画，蝶逞斜风使不隔。所恐狂蜂亦效尤，寻春结队思香偷。岂知邻花归付邻园蝶，自护花心与花叶。痴蝶何缘偏采香，狂飞恐触蛛网张。且振花铃响，唤醒芳魂杜妄想。莫作花贼挑，一染异香洗不消。蝶乎蝶乎尔勿夸，一生花里活，黄莺偷眼将尔啄。

蚊哄市　刺游戏也

蚊哄市成群，角胜觅栖止。或则飞近人，钻谋喙中铦如针。或则暗傍壁，击刺无灵坚拒石。彼运屯，此运亨，团栾一局分输赢。失利飞如絮，得利饱如樱。趋炎逐臭更杂蝇营营，蚊老成精辄自许，明察秋毫目如炬。但尔血食岂不祧，蟭螟劝解来自巢。蚊犹恋市贪脂膏，得脂兴愈旺，饱血胆逾壮。一朝销耗空，累及蚊母穷。嗟嗟乡市无好物,往来求利惟角逐。不知目前有蜻蜓,尾后有蝙蝠。纷然共逐雷阵收,一清尘市凉风秋。蚊乎蚊乎,尔但沾市井之气恶,上场动欺白鸟弱。胡不敛尔豹脚入我幕,依旧咿唔伴书阁。

小园杂兴

几日疏游眺,荒蹊半塞茅。水寒鱼不见,亭迥鸟来巢。古瓦土花蚀,颓垣邻竹交。频年听鼓惯,老屋倚城坳。

熟客敲门至,忘机犬不惊。烟蔬奴子剪,雪茗侍儿烹。老树有霜意,残蕉无雨声。夕阳留一角,犹照柳衙明。

石 尉

季伦击碎珊瑚株,赌富乃令王舅输。朝筑金谷,暮得绿珠,日日宴客开琼厨。谁知祸胎已早种,惨报亦不爽锱铢。人命倏如珊瑚脆,一击顿丧千金躯。劝君切莫怨孙秀,当年自蹈财房愚。

述 志

何须白雪煮成银,守我清风尽贺贫。破浪几能驰万里,趋庭犹喜侍双亲。月来酒座如添客,风卷书帷若瞰人。不待他年权在手,扶花斩棘亦经纶。

桐叶题诗图

吁嗟乎,男儿须博封侯圭,女儿须作琴瑟材。不然但效梧桐夜雨泣,吟破秋风成败叶。娉婷忽现图中人,坐卧红闺三十春。只有明镜赏颜色,生长蓬门嫁不得。天风陡吹一叶桐,满腔心事寄个中。谁作乌丝界,灵蛛抽绪叶边挂。谁教白简张,青女暗飞叶上霜。桐花小凤作侍婢,绿衣翩跹舞叶底。有美一人何娟娟,挥毫欲觅今生缘。但愿年年闰,一叶添来作笺衬;还愿刻刻秋,一叶飘来供翰柔。只恐叶叶随风去,尘世赏音不可遇。君不见顾真逸侯继图,古今落落踪迹孤。

安得又添数公案，美人尽得丝牵幔。

东城望中山

　　丹枫乌柏绣屏开，高踞山城作啸台。数片白云遮不尽，乱峰缺处一车来。

强围大渊献

仲夏喜亦兰叔父至溧

　　闲门闻剥啄，有叔故乡来。别绪严君话，欢颜大母开。看花朝劝驾，剪烛夜衔杯。不耐山行苦，尘容认几回。

读陶集

　　掩卷发长啸，淡然尘虑捐。一编熏酒味，三径补花缘。耻入宋人传，神游皇古天。微官拌一掷，换得百千篇。

九日随父兄暨宿迁章静圃宓、祥符周浚泉昆源两上舍、六和禅友集强师寓斋，晚登东城而返

　　雨窗闷坐诗怀索，手倦抛书卧高阁。梦中不识重阳来，一夜西风忽大作。红旭瞳昽破晓晴，陡惊老凤唤雏声。报道今朝公事暇，挈汝兄弟登高行。谁知一意竟同欲，有客叩门来不速。兰盟宏正挟群贤，莲社远公寻近局。两拳各把茱萸红，乘兴师门谒寓公。左执蟹螯右执酒，披巾醉倒菊花丛。开轩一览青光透，高平城头秋草秀。拾级更看城外山，霜枫花艳拂襟袖。昨宵梦不上云梯，何福今晨得共跻。幸少催租败诗兴，归来唱和糕频题。

自官塘至上兴埠

顽驴鞭着去还停,满面黄沙失旧形。地少村庄难聚市,山无草木不钟灵。棉花雪吐千畦白,茭叶风翻几沼青。日落西岩征客怯,劳劳前路问邮亭。

阳羡道中

一笑登程去,篷窗酒漫斟。好山呈画稿,归棹促乡心。细雨孤城暮,秋风百渎深。此间蚕事重,无地不桑阴。

舟　行

出门渐觉闷怀宽,鲑菜双清合一盘。始信舟行能养病,松柴炊饭顿加餐。

太湖秋月泛舟

飘飘乎,一篙撑破玻璃碧,百渎湖烟荡无迹。劈空飞下白一痕,天赐冯夷圆玉璧。玉璧荡漾沧溟开,白银盘里青螺堆。怪石嶙峋波怒击,宛如泛舟游赤壁。危峰崒嵂势欲倾,又如浮海望蓬瀛。七十有二峰,三万六千顷,更有二分明月倒秋影。若为我辈奇情好驰骋,天高地阔辟此空明境。吁嗟乎,鸱夷子皮何处求。我欲大呼其灵来上五湖舟,披襟快倒胸千秋。举手招月月照影,试问是我前身不。狂歌大笑忽与月俱化,和月一醉倒卧船之头。梦魂飞度广寒阙,仙之人兮纷纷而来游。湖气醒,湖声流,不知此身犹寄芦花洲。揩眼望月月不见,但见笠泽东边日出红光浮。

过中峰废寺

佛亦有兴废,两峰独此荒东为三峰寺,新修。树昏疑鬼魅,僧去穴豺狼。径卧颓垣石,钟悬破屋梁。低徊一长叹,无限感沧桑。

回里省大母，病已不及见矣，哭述二章

几夜西风紧，乡书落雁群。抱疴惊大母，归视代严君。岂料桑榆迫，舟中卜大母消息，适见桑，为之黯然，空调药饵勤。弥留双眼炯，犹自盼孙殷。

我返迟三日，慈音不可闻。登堂徒一恸，泪雨洒纷纷。亟下灵床拜，相将冥锡焚。中山高绝处，料尚望孤云。

自溧水驱车至上沛埠

朝发高平城，霪雨恰初息。腾身上小车，隔坐固依轼。行囊装半边，支持嫌太逼。碾山身簸扬，腰骨若镂刻。临河更震惊，轮辐防倾仄。况复辙胶泥，仆夫行不得。我体舆人心，下车纾其力。仆奔我步迟，追车如追贼。努力蒙风尘，衣渍不遑拭。如何小人心，惯以怨报德。速驱不授绥，交臂忽相失。蓬茅满地黄，烟雾漫天黑。乱山村落稀，苍茫路不识。倏听车辚辚，有人自林出。问讯急攀辕，言到沛涯侧。我快去路同，赶道似逐日。仰看天欲昏，自顾面如墨。念此孱弱躯，那堪百里陟。抵埠交初更，一钩新月色。我仆忙欢迎，我心殊抑塞。泄怒挥蒲鞭，仆夫方引慝。悔过跪车前，不敢索酒食。乃知小人心，刚克胜柔克。

强沛崖师馈双鲤鱼

我舟泊向河梁外，沛崖先生来上沛。上沛市中觅鲤鱼，一双遗我呼作脍。为望故人书，随时寄鲤鱼。并祝后生喜，异日腾河鲤。先生一举两善全，匆匆拜谢河梁边。那敢悬鱼不煮食，一船都饱先生德。

松　风

扶摇便欲化龙形，肯向空山老守局。幽谷无人琴忽鼓，乱山有鹤梦俱醒。清华圣教参三界，冷落仙踪扫一亭。涛卷狂飙吹不散，岁寒

犹傍岭头青。

蕉　露

　　一角天分缘半庭,寒凝小扇玉晶荧。珠光抱处一心白,醴味盛来三叶青。摇落风前惊梦鹿,卷舒月下耿凉萤。清晨不觉窗纱湿,恰好研朱点《易经》。

茶　烟

　　非云非雾漾帘前,绾住花风一缕牵。诗梦飞来兰室外,篆纹袅出竹炉边。斜阳鬓影安禅榻,夜月桐阴避鹤天。看不分明图画里,瓶笙吹出细于弦。

渔矶月夜

　　月白秋如洗,桨音掠水来。忽钩诗梦去,风啸子陵台。

闺　情

　　索取归期信益赊,累侬夜夜卜灯花。秋风休把衣裳寄,寒到君边总忆家。

　　银河森森月沉沉,不隔相思只隔音。将诉病情还搁笔,怕郎分却读书心。

　　半是欢情半别情,芙蓉帐里梦魂惊。帘前鹦母工谐谑,惯学郎君咳唾声。

湖田晚归

　　田园选胜即仙寰,酒客相逢每醉还。一幅船头新粉本,斜阳红到隔湖山。

附录三：娘军斗胜集

　　壬戌闰八月，又村仁兄先生持示此集，因洛诵一过，见琳琅满目，出奇无穷。年老才尽，未敢效颦，漫书数语卷端。亦何庸寻数墨，一一较其工拙耶？陆毓元识。

销夏吟社时在咸丰辛酉、同治壬戌，苏属未复之初。
　　顾子和济乾，元和人，贡生。
　　李菊亭仁，邑人，监生。
　　沈得山嵩，邑人，诸生。
　　颜晓霞焘，邑人，监生。
　　严修来家瑞，邑人，诸生。
　　顾金台仁镜，元和人，诸生。
　　蒋砺钦湘英，邑人，诸生。
　　颜心谷敦仁，邑人。
　　颜又亭晬，邑人。
　　高勿斋浚，邑人。
　　吴既安丙，元和人，诸生。
　　王鲁园希曾，邑人。
　　李青来万选，邑人，改名莲。
　　颜芝生模，邑人，监生。
　　刘怡然方坤，元和人。
　　韩仲卿炳，邑人，一号秋泉。
　　顾虹玉有梁，元和人，诸生，丁卯中式。

李锦江璋，邑人。

时挹生均，邑人，附贡生。

平雪庵其政，邑人，诸生。

卢器轩栋，邑人，监生。

时酉生宝鉴，邑人，诸生，改名良钊。

居敬止清绶，邑人，廪生，加贡。

沈佩卿璠，邑人。

马心斋维骐，金匮人，院取俏生。

时月梅秉钧，邑人，监生。

时渔琴宝针，邑人，监生。

沈枕经……生。

王星如元灿，邑人，诸生，入籍元和。

俞俊卿源岷，邑人。

龚又村缙熙，邑人，附监生，理问衔。

龚伯谦培禧，邑人，诸生。

龚仲舒培祺，邑人。

龚叔助培祐，邑人。

娘军斗胜集卷一

壬戌孟夏，龚又村招观女乐，事阻不果往。比闻花舫留饮，有小杜之欢，戏柬一律

元和顾济乾子和

小杜风流未碍狂，由来作戏本逢场。华颠莫笑冬烘客，好梦还寻夜度娘。旧识鹔鹴应有恋，团飞蝴蝶不胜忙。虎痴消受浑无福，细读新诗引兴长。

戏　答

龚缙熙又村

等是诗狂与酒狂，东风有约上欢场。邀头忽作迁延役，老眼徒逢窈窕娘。吹气兰香君未领侑饮者为陈韵兰，记歌豆子我偏忙。点睛要待传神手，花月因缘此后长。

今狂忽效古人狂，冷笑衣冠傀儡场。馈乐凭来新舞女，题诗不到古真娘。响惊檀板看禽散，香探梨园让蝶忙。只恐虎头痴未绝，想花心比见花长。

老成不放老怀狂，空色禅参选佛场。羞向玉台称狎客，怕听金缕唱秋娘。声传屏壁尊狮吼，艳载湖船笑蠡忙。不管君家闺秀忌，琵琶行献一篇长。

读又村绮游近作,答之①

顾济乾

　　啸侣诗狂更酒狂,行游花舫作欢场。琵琶不让段和尚,竿技却输王大娘。倦枕书囊容我懒,艳题裙带羡君忙。定知他日旗亭路,杨柳新声引吭长。

和又村花舫纪游②

严家瑞修来

　　胸襟潇洒累清狂,毕竟风怀独擅场。未免情深悲宋玉,最堪怜处忆萧娘。青衫泪渍③新痕淡,红豆征歌妙手忙。和到阳春殊不易,愧侬才短本无长。

前　题④

韩　炳仲卿

　　披吟佳什欲颠狂,仿佛身登锦绣场。春梦未醒苏□翰⑤,花枝不负杜秋娘。仙心山水萦情远,俗耳筝琶入奏忙。花史如今谁作手,让君才识学三长。

　　作戏何妨举国狂,征歌赌酒惯逢场。题词应许烦仙客,记曲频教唤小娘。脂粉丛中情不浅,干戈队里兴偏忙。阳春雅奏诚难和,漫学巴歌引韵长。

---

　　① 《同人集》卷三题作《读纯甫绮游近作,再用前韵答之》。
　　② 《同人集》卷三题作《沈得山丈出示顾子和戏又村访花之作,嘱同人步韵和之,余遭此时艰,久荒翰墨,勉吟二律,以博诸君一粲》。
　　③ 泪渍,《同人集》卷三作"渍泪"。
　　④ 《同人集》卷三题作《和又村先生花舫纪游》。
　　⑤ □翰,《同人集》卷三作"学士"。

前　题①

李万选青来

　　苦中寻乐效疏狂，评骘烟花独擅场。载酒游宗苏学士，题词曲艳杜韦娘。啸歌时事伤怀远，收拾河山引领忙。随处阴浓堪少憩，浑忘日似小年长。

前　题②

元和顾有梁虹玉

　　才人未改尚湖狂丈自署尚湖狂客③，避地犹成翰墨场。春买玉壶怀表圣，衣歌金缕忆秋娘。兼旬览胜真堪乐，到处寻诗不觉忙。读罢瑶篇呈下里，鸦鸣岂比凤鸣长。

前　题④

龚培祺仲舒

　　忆昨寻春笑语狂，今朝又到百花场自相城至此，五日中两度看花。菖蒲酒熟酣诗客⑤，琥珀杯轻递要娘。挟雨乌云催席散，掀风白浪荡舟忙狂风欲雨⑥。尘寰欢会终难畅，冒险归来水路⑦长。

---

　　①　《同人集》卷三题作《和又村先生花舫之游》。

　　②　《同人集》卷三题作《和作》。

　　③⑥　《同人集》卷三无此小注。

　　④　《同人集》卷三题作《孟夏廿四日，随叔父至归圩观女梨园，旋为花舫留饮，陡起狂风，欢不得畅，夜分返棹，用子和顾丈韵志之》。

　　⑤　《同人集》卷三此句下有小注："叔父小醉。"

　　⑦　路，《同人集》卷三作"道"。

沈生枕经兆麟见视顾子和丈《哀江南赋》，
用《娘军斗胜集》元韵赘题

居清绶敬止

忧居曾不碍清狂，词赋翩翩足擅场。羁旅才人歌夏屋，飘零身世感秋娘。鸡虫得失何时了，乌兔奔驰为底忙。离乱却思排遣法，只宜翰剑引杯长。

先生真是古之狂，战胜还于翰墨场。郢曲九章悲楚客，香词十索笑丁娘。虎头神韵毫端在，蜗角生涯笔底忙。欲话江南萧瑟感，有人酸鼻语难长。

和又村先生花舫纪游

元和刘方坤怡然

镜湖春色动人狂，游宴歌场与酒①场。握手无嫌亲醉客，修眉有史笑莹娘。魂迷翠袖销魂易，梦醒青楼说梦忙。记否江头明月夜，琵琶三弄引情长。

楚娃郑艳最轻狂，身堕烟花梦一场。映水莲姿迎白傅，歌②风豆颗记红娘。妆新粉蝶更衣早，语软珍禽劝酒忙。小谪兰香仙会巧，湘江泛棹韵流长。

补纪西庵观女乐

龚缙熙

莺莺燕燕舞颠狂，赚得吴儿哄一场。欢领春台忘作客，苦寻夜度合呼娘。厨开白社腥荤秽多觑庵设酒馆，杖解青钱应接忙予为东道。

---

① 酒，《同人集》卷三作"舞"。
② "白傅歌"三字原缺，据《同人集》卷三补。

忽听哀鸿佳兴败见昆山逃难船,归舟话与族人长。

读子和丈《哀江南赋》,和敬之师[1]

沈兆麟枕经

歌凤人将拟楚狂,偏余逸兴付词场。投鞭祖逖真男子,舞剑公孙是女娘。金粉六朝何处在,烟花三月为谁忙。劝君莫作兰成感,离乱经过世味长。

同王鲁园希曾过莘庄,茶话谢氏水阁,元和刘怡然方坤留点,同里颜又亭晫留饮,并晤其从弟芝生模。旋憩陈霭亭以烜家,古碗茗香,几忘尘世

龚缔熙纯甫

阿戎投契恕谈狂,携手仙乡胜战场莘庄未遭兵火。水榭尘清忘亥市,烟花梦觉负丁娘韵兰校书索扇未酬。馄饨注砚分羹妙,粉黛当卢索饮忙。一盏新茶添古色,陈遵投辖话情长。

和 作[2]

王希曾鲁园

笑谈恕我少年狂,水阁如登翰墨场。销夏三蕉酬玉局,寻春一叶话珠娘颜心谷丈往归圩,不值。风生健笔花舒艳观怡然《落花》诗,日暖晴窗药晒忙同过芝生医室。快读新吟[3]须下拜,骚坛将老兴偏长。

---

① 《同人集》卷三题作《读子和先生〈哀江南赋〉,和敬止师》。

② 《同人集》卷三题作《陪又村丈过辛庄,茶话水榭,刘怡然、颜又亭晫留饮,并晤颜芝生模,清谈竟日。丈倡一诗,次韵补和》。

③ 新吟,《同人集》卷三作"瑶章"。

和　作

元和刘方坤怡然

挥扇清谭意正狂,又温茶梦少年场。一瓢分饮承颜子,三面解围赖谢娘谢夫人留话。尘市非遥供馔简,药炉频看炼丹忙适芝生炼药。领他棠棣殷勤意谓又亭兄弟①,虾菜忘归逸兴长。

和　作

颜　晔又亭

欣逢奇士笑谈狂,贳酒衔杯叙一场。尘市权留槐市客,竹枝听唱柳枝娘。言词霏雪衷怀契,咳吐生风应接忙。更有王郎潇洒甚谓鲁园②,葭莩旧谊话情长。

谢又亭

龚缙熙

白头偏逐少年狂,香茗携来战一场予带茗去。婿择南宫惭鲁叟为族兄之婿,宾投东道扰厨娘设虾菜盘。一瓢饮洁从今领留品佳酿,三世交深叙旧忙其祖石泉,父晓亭,两先生本予旧识。家学镂金兼错采,试抛袜线引材长和诗未来。

和　答

颜　晔

名士从来半酒狂,醉中奇论辟词场。心花怒发惊时辈,手段高超

---

① 《同人集》卷三无此小注,下句末有小注云:"又亭兄弟留饮。"
② 《同人集》卷三无此小注。

让老娘。教授故乡通德重,栽培犹子诚书忙丈课两侄①。蒹葭倚玉殊欣幸,莫笑裴宽碧瘦长予婿华族。

呈又村丈②

颜　模芝生

拜识荆州喜欲狂,河房茗战许同场。追随杖履都名士时同行鲁园、怡然、俱雅士③,洒落风怀话宵娘谈及访艳之游。一席清谈茅塞启,三杯浊酒草挥忙曾陪觞咏。多情络绎瑶章贲,学步蝉吟调不长。

答芝生

龚缙熙

得交小友喜如狂,杯劝蒲桃醉一场。市上壶悬烧药客工医,市隐,溪边水媚浣纱娘尊甫诗云"临溪厌看柳枝娘",注云"有所见"。萍漂福地依光稳,杏种空山报德忙。珠玉当前形我秽丰姿秀澈,但愁发亦似心长。

答颜晓霞焘　元唱未存稿

河房聚首纵谈狂,夺锦何人最擅场水窗小集在五月初。浮白新交逢玉友其子侄曾留饮,比红旧梦恋珠娘闻昨于西庵访花。天台侣结寻桃胜,地主缘悭采药忙同刘怡然往访不值。画里有诗诗有画工诗画,神交笔砚已情长。

赠颜心谷敦仁

黄垆话旧笑奴狂,裹足名场隐酒场昔于文场连晤,今则隐酒市,有相

---

① 《同人集》卷三无此小注。
② 《同人集》卷三题作《答又村丈用元韵》。
③ 《同人集》卷三小注作"时同行王鲁园、刘怡然,俱雅士"。

如遗风。咏絮双声谐谢女夫人氏谢,看花一棹访萧娘适观女梨园。世交谊续潘杨好其女及侄与予族联姻,时事忧深战伐忙。自友颜般声应早,鸣蜩五月和吟长。

和　答①

颜敦仁心谷

老杜何由号老狂,鸿文自昔冠名场。识才学敌三千史,香色味兼十八娘。雄踞骚坛谁敢抵,勉歌下里和偏忙。眼空一世无余子,翻采葑菲惜片长。

谒心谷丈不值,留诗②

王希曾

漫笑依刘王粲狂,仙乡游罢更词场。我来陋巷寻颜子,君去扁舟问杜娘。元季未归三径寂③丈与晓翁同往④,严敦分饮一瓢忙谓又亭、芝生。欲图相见偏相左,赢得相思两地长。

---

①　《同人集》卷三题作《前题》,《又村见示〈娘军斗胜集〉诸作,和韵再呈》之后第一首。

②　《同人集》卷三题作《再次前韵寄颜心谷丈》。

③　"三径寂"三字原缺,据《同人集》卷三补。

④　《同人集》卷三小注作"丈与令兄晓霞丈同往"。

王冀亭柱载我至顾泾，与元和陈吉甫曾灿谒陆阆栽丈毓元，同子和、鲁园憩平氏书斋，爕庵留点，观曾经略、都将军檄示，竟日流连

龚缙熙

叶舟载我放怀狂，文社清游胜酒场适阆翁阅约课卷。角黍娱宾权屈子，颜花讳老笑徐娘提及韵兰事。素衣照眼凶丧众吉甫、爕庵俱丧母，吉甫夫人并死难，青简随身笔削忙带《落花》诗，敲未定。快读陈琳愈风檄，槐阴日似小年长。

怡然挈其同乡顾金台仁镜、吴既安绍丙来寓，留饮快谈

一枝权借遂清狂，羞入人间势利场。问酒适来莲社客，看诗都报柳枝娘索观《一笑吟》。三生缘定新原故，半日谈深暇亦忙。才似刘桢吴质少，顾雍尤叙世交长金台与伯谦侄同案。

端五，刘陶然方元昆仲招饮寓斋，偕吴门俞小波涛、汪际唐学海暨金台、既安衔杯畅叙

周妻何肉怕颠狂子和辈奉斋未赴，让我贪饕快一场。挥麈清谈陪座客，擘麟小叙累厨娘。桃源境借天台胜，艾酒觞行地腊忙。今雨从兹成旧雨，几时一饭报恩长。

和　作

刘方坤

茅庐托迹半佯狂，世事沧桑梦一场席间谈及时事。酒泛菖蒲邀雅客，羹调藜藿倩吴娘。湘江锦夺尘缘幻言及山塘水嬉，渤海才高笔阵忙。无奈匆匆留不住，暮云天末寄情长。

和　作①

元和顾仁镜金台

座上诸公兴欲狂,敲诗才孰擅名场。天中艾酒酬逋客,地产榴花
妒窈娘庭有榴花甚艳。世裔豢龙怀祖德谓主人刘陶然兄弟②,仁风买犊
乐农忙指座客龚又村丈③。相怜意气筵间得,作颂刘伶感最长。

和　作

元和吴　丙既安

南阳宴集兴清狂,共赏天中面圃场。益智幸逢高咏士,闲情岂召
蹋歌娘。竹林却爱停车雅在座七人④,湘水谁言竞渡忙⑤。他日卖刀
敷德化,只看蒲剑引杯长。

和　作

颜　素晓霞

听说刘郎⑥雅兴狂,天中招客共登场。飞觞却喜多名士,截发还
欣赖阿娘。龚况新诗成顷刻,吴刚旧雨话匆忙。惭予未及趋陪座,仰
首文星寄慕长。

---

①　《同人集》卷三题作《端午,陪又村先生暨俞小波涛、汪际唐学海、吴寄安
绍丙饮于刘寓,主人陶然方元、怡然劝蒲觞,流连竟日。先生次顾子和丈韵得一
诗,谨步后尘呈教》。

②　"然兄弟"三字原缺,据文意补。《同人集》卷三无此小注。

③　《同人集》卷三无此小注。

④　《同人集》卷三小注作"时在座者七人"。

⑤　《同人集》卷三此句下有小注:"世乱风衰,慨龙舟不作。"

⑥　刘郎,《同人集》卷三作"刘伶"。

和　作

颜敦仁

诸君雅叙兴清狂,宴集天中占胜场。酒泛蒲觞无俗客,盘添角黍有厨娘。诗传渤海神工妙,境入天台应接忙。愧我才疏难入座,闻风附和引情长。

和　作[①]

王希曾

名流欢聚各清狂,怎敢庸才漫入场。萍水有缘招社友,蒲觞无分笑厨娘予解馆未赴[②]。几人象管分题咏,何处龙舟竞渡忙。寄语吴中诸雅士,相思此后日同长。

用卯金事赠陶然兄弟

龚缙熙

不才敢向二刘狂,军法聊看试酒场。林下齿尊推阮老前宴七人推予首座,席间肠恼少韦娘。小山招隐桂枝盛,天禄照书藜火忙。问字元亭奇满腹怡然尚从师,闻鸡双袖舞风长。

后村诗格戒轻狂,何况文雕擅胜场见示诗文。爱日心酬思董母,裁云手助颂椒娘。溷君鰒味痴偏嗜屡渎小诗,疑我龙头御亦忙暗指予姓。幸得依刘王粲伴偕鲁园往访,朱霞白鹤缔交长。

怀金台、既安

耦耕避世半佯狂,回首文场换战场。弄翰首推风雅士既安方弱

冠,风雅能文,居丧身似雪衣娘金台居母丧,期年哀慕。书斋照读燃松惯,
客路论交赠缟忙。何日重联诗酒会,一朝缘订百年长。

寄小波、际唐

汪洙俞澹本诗狂,有客驹维藿食场。隐迹倘逢黄石叟,仙心应诵
紫云娘欲谒陆阒栽丈,并拟和诗。月山句快惊人久,潭水情深送我忙。
三雅酒酣刘表座谓同饮刘氏,省垣文宿自芒长。

答又村丈

吴　丙寄安

先生本号尚湖狂,吟社如开小战场。须断欲安七字句,笔横常扫
千军娘。时伤未济风尘老,集著同人月旦忙。疑是龙头无愧色,诗豪
一代慕风长。

答又村赠诗①

颜　焘

鸿章再读喜颠狂,手敏生风独擅场。失迓耻为题凤客,工吟声不
类鸦娘。歌惭下里投琼报,集入同人点铁忙改小②诗入《同人集》。况
乃豚儿麟笔奖,施恩直与水流长。

午日至莫城,王湘帆丈陶金留食宿,赠公子星轩国莹③

龚培祺

萤窗对读两心狂,侍膝无多怕一场前岁随侍,与君同窗,迄今庭训不

---

①　《同人集》卷三题作《又村先生见赠新诗,奉报仍前韵》。

②　小,《同人集》卷三作"拙"。

③　《同人集》卷三题作《端午至莫城,王湘帆丈陶金留膳宿,用前韵赠公子
星轩国莹》。

闻,痛何既极。梦到炊粱依故主,诗联咏絮伴新娘君新娶。三年驹隙蹉跎甚,一队乌衣应接忙。难得步兵厨酒熟①,醉携蒲盏话情长。

寄怀吴中诸子

龚缙熙

蓬飘萍泊恶风狂,尔我忘形话一场。尘世最宜招隐士谓刘怡然之招,雅人羞问踏谣娘戏有男作女装者,子和不欲观。自惭下里歌求和,只羡名山业共忙吉甫、怡然、既安等尚攻举业。徒不出乡风亦古,蒹葭洄溯水波长。

喜怡然见过

何缘汪量恕疏狂,两访幽人过鹿场。倾盖梓邻如旧友初于邻舍相晤,画眉花管待新娘尚未昏。青田辅世储才早,白堕留宾劝饮忙。一握骊珠先我得,偏师那敢捣城长适以诗见质。

呈又村丈②

王希曾

诗人本是尚湖狂,宋③艳班香尽擅场。词采远追千古圣,笔锋横扫一军娘。探骊句出风行疾,倚马才真日试忙。笑我东施颦亦效,附名卷尾共留长。

和 答

龚缙熙

忘年交久恕猖狂,喜与戎谈笑一场。卯饮书浇蒲绿节,丁年色避

---

① 熟,《同人集》卷三作"宿"。
② 《同人集》卷三题作《答又村丈,次原韵》。
③ 宋,《同人集》卷三作"屈"。

柳青娘。手培诸弟传薪早,心恋双亲负米忙。怜我栟风迁徙苦,宠颁汤沐泽流长老狂被发,承费栟沐资。

访怡然不遇,问其家人,知赴东海滨,怅然有作

漫惊空谷足音狂,书舍开轩正面场。子骥寻源辞俗客,仙鸾写韵胜吴娘。叩门面熟村龙静,浮海心遥画鹬忙。闻道风烟开蜃市徐陆泾艇匪已去,养亲服贾尽途长。

和　作[①]

刘方坤

海气吞胸意正狂,山川眺望胜名场。探源难值乘槎使,迷渡惟询濯锦娘问渡至白茅。渺渺烟云千里合,匆匆岁月一身忙。诸君莫笑持蠡测,饮水知盐味却长。

和　作[②]

王希曾

妖氛猖獗等蜂狂,水国惊心作战场[③]。吴市箫闻[④]求食客,越溪网去浣纱娘沿海又遭虏掠[⑤]。他年东海登车卜,此日南阳问渡[⑥]忙[⑦]。我愧井蛙拘眼界,何时破浪借风长。

---

① 《同人集》卷三题作《登车由海城至东海滨,用原韵答又村丈》。
② 《同人集》卷三题作《前题》,《和刘怡然驱车海城之作》后第三首。
③ 《同人集》卷三此句下有小注:"海滨屡被焚掠。"
④ 闻,《同人集》卷三作"吹"。
⑤ 《同人集》卷三无此小注。
⑥ 渡,《同人集》卷三作"路"。
⑦ 《同人集》卷三此句下有小注:"元作注云:问渡白茅。"

和　作^①

颜　焘

望洋向若壮游^②狂，城上驱车揽胜场由舟上车，循海城东去^③。极目蜃楼蒸飓母，寻踪鲛室索珠娘。风帆云影东西斗，月浦潮声起落忙。种种奇观收览尽，归吟莫怪兴余长。

和　作^④

颜敦仁

刘郎游兴抑何狂，蹈海登城揽胜场。蜃市玉尘嚣贾客，鲛宫珠泪采渔娘。三山烟景空蒙合，万顷风涛起伏忙。放眼汪洋怀抱壮，从今吐气似虹长。

和　作^⑤

颜　晫

子骥遨游雅兴狂，驱车海市胜沙场。山头药采神仙侣，水面花看御史娘。浪涌银山形浩渺，涛翻雪阵势仓忙。而今不尽扬尘感，岂独麻姑寄慨长。

再呈又村丈^⑥

王希曾

接舆避世托佯狂，治乱身经话一场。化雨无边沾子弟，仁风有愿

---

① 《同人集》卷三题作《和刘怡然驱车海城之作》。
② 游，《同人集》卷三作"怀"。
③ 《同人集》卷三无此小注。
④ 《同人集》卷三题作《前题》，《和刘怡然驱车海城之作》后第一首。
⑤ 《同人集》卷三题作《前题》，《和刘怡然驱车海城之作》后第二首。
⑥ 《同人集》卷三题作《再叠前韵，呈又村丈》。

报丁娘欲以诗扇寄兰舫①。客中题句笼纱贵,席上联吟刻烛忙。大敌我今三舍退,骚坛壁垒抵城长。

和　答

龚缙熙

清醒灵均胜酒狂不嗜饮,百篇冰雪压词场。手挥玉柄王夷甫喜握团扇,心类金针郑巧娘。消暑奇书增杰气,养疴静室谢尘忙。不夷不惠如君少,诗带中声写慕长。

重诣心谷家,承留酒黍,出新诗嘱敲

行歌自笑接舆狂,到此如游翰墨场案有积书。市隐踪追梅氏尉,船停眼看竹枝娘闻昨放棹观女优。新诗纸污青蝇秽谬改和作,旧好杯酬绿蚁忙。留得良缘今日补前谒未晤,雪桃有黍味情长。

和　答②

颜敦仁

文星入室喜颠狂,聊当旗亭叙一场。座列元方难作弟晓霞兄亦在座③,班随小阮俨依娘又亭侄继至。瓮无旨酒衷怀歉,诗有芜词笔削忙。他日扁舟来访戴,勿麾门外感情长。

遇晓园衔杯畅叙,并示和诗,再答

龚缙熙

得瞻真面喜心狂,名父名儿聚一场芝生在侧。小病怕为耽酒客言

---

① 《同人集》卷三小注作"近以诗扇寄兰舫"。

② 《同人集》卷三题作《昨承又翁光顾,小饮谈诗,蒙改拙作,仍踵前韵谢教》。

③ 《同人集》卷三小注作"家兄晓霞亦在座"。

因恙减饮，清诗应赖采茶娘。十年我长才输富，重过贤居巷转忙。可惜鸿章遭劫火，冲霄紫气焰徒长著作存殷庄，尽付一炬。

陪又村饮于心谷弟家，献诗承斫，并蒙赠言，率尔谢教[①]

颜秦

阿连居市学吟狂，几度蒙君到酒场。留饮愧无云剪味，解诗奈少雪衣娘。阳春叠和知音众，大夏频观赞美忙。莫道东风初识面，同心兰佩味深长。

不求名利学伴狂，孙阮同声啸一场。妙手推敲烦意匠，仙心点化类眉娘。清谈丽[②]日壶中永，冷笑浮云世上忙。骥尾何缘容我附，高山翘首寄情长。

又亭叠韵见赠，相聚于其叔家，聊作报章，补申余意

龚缮熙

骚坛赌胜让吟狂，也算人间小试场。君似超宗形肖父晤君始想像尊翁，我寻女侄采名娘采娘为郑代侄女，见《丛谈》。竹林小阮班随惯，槐市诸生贽送忙君教授里中。料得堂悬家训在，他时来读万言长。

陆阆翁、顾子和左过失迎

中行不得忽思狂，未咏高轩赴酒场就饮心谷家。公等幸非书午客，我诗方去报丁娘将诗寄兰舫。无缘阳孔归途遇，有愧规符倒屣忙。邢尹谁言真避面，散时不抵聚时长。

---

① 《同人集》卷三题作《陪又村饮于心谷弟家，奉献俚歌，承情郢斫，并蒙赠言，率尔谢教》。
② 丽，《同人集》卷三作"伏"。

答沈得山丈嵩

同袍才让隐侯狂与予同芹谱,忆昔风云励试场。谁料伤时成白叟,不堪记曲问红娘。南阳养晦龙蟠久,北斗瞻光鳄徒忙。难得吟坛尘世盛,一声邻笛引歌长寓舍喜卜邻。

赠又村①

沈　嵩

伴读当年喜欲狂,东西对垒战文场予与君同窗同案。吟诗应让风流客,和曲难追妩媚娘唐乐府曲名。心旷时参澄水静,身闲不共乱云忙。休愁吴越遭兵甚,烬火余光不久长。

夏日闲居

龚缙熙

痛饮浇愁怕病狂,昏昏醉梦旧欢场。三年客久添心友,一笑儿顽傍乳娘。雨过黄梅蜗种盛,烟熏绿艾蚋飞忙。书声才罢吟声起,不觉花阴夏日长。

和　作

沈　嵩

半生落拓半疏狂,风月轩开面对场。径外花栽延寿客,筵前曲厌蹋歌娘。西窗话雨情相洽,南亩锄云事已忙②。惭愧续貂无好句,百篇诗兴问谁长。

---

①　《同人集》卷三题作《和答又村元韵》。

②　此二句,《同人集》卷三作"饮人浊酒随时乐,忧世清吟逐日忙",诗末注云:"第三联改作:西窗话雨情相洽,南亩锄云事已忙。"

和 作[①]

颜 素

年来情性爱清狂,怕向人丛走热场。癖具三生描凤子,缘随万化寓虫娘。放怀喜觅沙鸥伴,祛俗难随野马忙。何处凉多堪避暑,二三知己话情长。

和 作[②]

龚培祺

挥扇清谈未敢狂,半轩瓜蔓绿分场。三年久寄流离子,一曲愁听妩媚娘。夕照看花凭槛倦,清风煮茗汲泉忙。怪他末路英雄鄙,筹备刍粮浪擅长。

和 作[③]

李 仁菊亭

消夏吟诗学楚狂,及时行乐且逢场。银刀藕析青莲子,冰碗瓜沉白小娘白小娘,瓜名[④]。风鹤频年愁我老,海鸥几个笑人忙。寄尘尚有妻孥累,何日遨游学向长。

---

① 《同人集》卷三题作《和又村〈夏日闲居〉》。
② 《同人集》卷三题作《和仲父〈夏日闲居〉》。
③ 《同人集》卷三题作《消夏即事,三叠前韵》。
④ 《同人集》卷三小注作"白小娘,瓜名,见厉樊榭诗集"。

赠又村①

严家瑞

才调双清不厌狂,风流跌荡少年场。谜藏射覆谐方朔,舞到浑脱学大娘君雄于文,兼善猜隐语②。运应红羊尘劫转,盟刑白马玺书忙时各路提兵会剿。而今觅得桃源路,仿佛壶中日月长。

和　答

龚绪熙

回首金陵逐队狂昔曾同赴省试,不堪荆棘满文场。朱门食陋三千客,白帝歌酬十二娘。避迹郑乡超火劫,栖身陈榻傲尘忙避难南乡陈氏。羊裘渔隐家风在,引睇山高更水长。

昨过城舍喜心狂,同庆灵光剩战场两家幸未鸥毁。君本寓形方外友,我惭如意曲中娘。江东米贵同忧甚,道左荆班话复忙。自别严颜三载久,烟波五里溯洄长。

仲夏述怀

穷途当笑啸歌狂,敢博旗亭唱一场。吴沼疆开乌喙主自失苏垣,东南一角连陷,越江祀废马头娘浙江诸郡骚扰,湖绸杭绉市扫一空。杼空东国输将苦,薇剩西山采撷忙。鹍鸰来巢三载久,及今试剪舌锋长。

---

① 此诗,《同人集》卷三置于《沈得山丈出示顾子和戏又村访花之作,嘱同人步韵和之,余遭此时艰,久荒翰墨,勉吟二律,以博诸君一粲》题下第二首。

② 《同人集》卷三小注作"又村雄于文,兼善猜隐语"。

和　作①

李　仁

举国何为尽若狂,也同傀儡捉登场。复仇不见白公子,取合空怀红线娘。愿借林泉藏我拙,无如薪水逐人忙。羡他东海遗民贵,诗杂仙心兴自长。

和　作②

沈　嵩

穷乡避世学佯狂,可恨无缨效战场。填壑何堪抛子女,点兵最苦别耶娘。囊空奈少冬春积,室罄仍追夏敛忙。韩孟联吟游物外,凯旋还待奏歌长。

转盼风雷扫寇狂,沙场劳酒作歌场。汉家拜信功成将,唐室行军勇号娘。冀北遥传铙唱③乐,江南捷报羽书忙。诸公谈笑销兵气,共戴光天化日长。

和　作④

颜　焘

四境烽烟势若狂,繁华吴越变沙场。奇才不遇怜才使,顾曲空寻⑤记曲娘。到处风声传警报,催科星火扰农忙。未知何日销锋镝,欲向苍天问短长。

---

①　《同人集》卷三题作《书怀,再叠元韵》。
②　《同人集》卷三题作《和又翁〈仲夏述怀〉》。
③　唱,《同人集》卷三作"吹"。
④　《同人集》卷三题作《和又翁〈仲夏述怀〉,原韵》。
⑤　寻,《同人集》卷三作"怀"。

和　作①

颜敦仁

寇氛甚恶势猖狂，风月江山作战场。吴下日遭如虎吏②，越中星散养蚕娘。米珠薪桂呼庚急，蝶使蜂王授甲忙③。那得烽烟驱扫尽，彤弓玈矢沐恩长。

和　作④

李万选

闲游随意弗嫌狂，不慕吹笳效战场。携酒君邀青眼客，倚闾我恋白头娘。亦通亦介儒修裕，非浊非清世事忙。仆是通家乡后辈，阳春附和兴犹长。

客　况

龚缙熙

尚湖抛却兴仍狂旧署尚湖狂客，频解人颐笑一场时与同人笑谈，闻者呼绝倒，并作《广解颐》。逃学儿为垂钓客，伴闲妇效络丝娘。市头米贵三餐减，庭际花枯百灌忙。瓜葛缘多颁酒肉，醉携秃笔纪情长。

和　作⑤

颜煮

避地还乡兴愈狂，骚坛立帜胜名场。高吟隽拔惊聋瞆，押韵清新

---

① 《同人集》卷三题作《和又翁〈仲夏述怀〉，仍前韵》。
② 吏，《同人集》卷三作"政"。
③ 《同人集》卷三此句下有小注："贼众时出掳掠。"
④ 《同人集》卷三题作《和又村丈〈仲夏述怀〉》。
⑤ 《同人集》卷三题作《和又翁客况，仍前韵》。

唱媚娘。施教因材经雨化,爱才若命采风忙。绿窗笑傲耽风月,应是胸怀逸趣长。

和　作①

颜敦仁

达人风雅异风狂,迟赋归与避战场。兰玉盈阶培谢传时教子侄,珠玑满幅寄萧娘欲寄诗兰舫②。黄垆访旧拌泥醉,白发忧时运甓忙。集署娘军谁斗胜③,端推老将韵流长。

和　作④

颜晔

文翁教授辟痴狂,典雅时开翰墨场。避暑楸枰敲玉子,寻春花舫悦珠娘⑤。诗开异境醉吟惯,集著同人披拣忙。谁道客中愁寂寞,故乡风景话偏长。

接晓霞、又亭叠韵诗,勉答

龚缡熙

孤吟正苦兴难狂,巷有诸颜聚一场。摩诘才兼双绝技谓诗画,少陵笔扫一军娘。金听迭奏铿鲸脆,玉竟忘珍抵鹊忙。忆自竹林交二阮,东皋舒啸亦声长。

---

① 《同人集》卷三题作《和又翁客况,仍前韵》。
② 《同人集》卷三小注作"公曾寄诗兰舫"。
③ 《同人集》卷三此句下有小注:"欲辑唱和诗为《娘军斗胜集》。"
④ 《同人集》卷三题作《和纯甫丈客况,用前韵》。
⑤ 《同人集》卷三此句下有小注:"丈有花舫之叙。"

谢又村采诗①

颜敦仁

风谣获采喜怀狂,许我骚坛也入场。名列同人如及第,诗成独步
叠拈娘。毫挥屈艳风流擅,尾附吴蒙月旦忙。再献刍荛供一笑,鉴侬
才短却情长。

喜心谷过我,见示和诗,作半日之叙

龚缙熙

拥彗迎宾喜欲狂,何心时事话疆场。我怜白首老逋客,君似红颜
新嫁娘。脱手弹丸投句速,谦衷若谷敛才忙。不虚昨夜灯花报,茶话
留连饼说长。

吴寄安见招奉赠

顾仁镜寿甫

陶情适性笑疏狂,行乐何须富贵场。劲质蓬飘歌夏屋,少年花折
忆秋娘。功名一梦同驹隙,风景三春叹燕忙。今日与君欣把酒,谈心
永昼兴添长。

持身涉世戒轻狂,奋迹须登选佛场。醉酒有时邀阮老,题诗无意
赠萧娘。藏修一篑为山力,护惜分阴运甓忙。下榻交同刘祖契,休言
莫及叹鞭长。

---

① 《同人集》卷三题作《又村先生采小诗入〈同人集〉,叠韵志谢》。

和　答

吴绍丙

衰凤兴歌忆楚狂，复①教身逐利名场。山居偏慕蒋三径，花事还伤黄四娘。终日只嫌诗思短，半生不厌酒樽②忙。况今未得鸿毛顺，且自抛书一梦长。

风浴休言点也狂，只缘时势阻文场。放怀晋代寻诗客，不问唐宫记曲娘。托迹无如鸥梦短，扫氛难趁马蹄忙。他年若遂青云志，三复良箴感倍长。

补和又村先生述怀③

高　浚勿斋

贫如原宪狷非狂，不入名场与利场。被发已同歌凤客，痛心难返哺乌娘。箕裘遗业秋云薄，笔砚生涯岁月忙。莫道曲高人和寡，自惭袜线一无长。

姑苏怀古④

刘方坤

六朝金粉旧游狂，今日吴宫作战场。市冷吹箫悲壮士，山残废墓吊贞⑤娘。乌啼古驿霜天惨，鹿走荒台月夜忙。看破兴亡思范蠡，五湖泛棹系情长。

---

① 复，《同人集》卷三作“漫”。
② 樽，《同人集》卷三作“杯”。
③ 《同人集》卷三题作《和又村先生述怀》。
④ 《同人集》卷三题作《姑苏怀古，用前韵》。
⑤ 贞，《同人集》卷三作“真”。

和 作[①]

王希曾

伤今论古放怀狂,舞榭歌台换战场。万顷烟波归越女,千秋暮雨梦吴娘。风流歇绝莺声老,霸业销沉鹿走忙。到此沧桑重历劫,几回凭吊发叹长。

和 作[②]

吴绍丙

跳梁小丑势何狂,锦绣场成瓦石场。让国贤谁宗泰伯予系苗裔,故独怀之[③],战宫军孰教娇娘。具区自古鸿图盛,香径于今鹿走忙。回首半塘游迹在,残山剩水引叹长。

侵凌纵说寇氛狂,自古兴亡梦一场。业霸三吴悲伍相,力撑半壁赖韩娘。龙蟠虎踞闻谁久,蚁拥蜂争笑尔忙。他日王师如雨下,江山依旧颂功长。

和 作

龚缙熙

金阊花月旧游狂,一炬俄成瓦砾场。元墓梅残寻斧客,白堤萍散画船娘。六街锦绣招天忌,双桨烟波避地忙。江咽忠魂流血碧,几人能絷古人长。

怡然过寓,适予回城,并赴海塘访戚,用志失迎

听说文星兴更狂,萤窗辛苦似临场心谷来时,君以文课不及偕。我

---

① 《同人集》卷三题作《和〈姑苏怀古〉》。

② 《同人集》卷三题作《补和刘怡然〈姑苏怀古〉》。

③ 《同人集》卷三小注作"予系苗裔,故独思之"。

防旧宅伤流寇,君带新歌赞泰娘用刘梦得事。过客门前题凤去,劳人
海上狎鸥忙。雁来燕往缘虽左,三夜寻踪梦正长。

感　时①

顾济乾

小丑频年势猭狂,无辜骸骨枕沙场闻乡民被房充头队,悉遭蹂躏②。
背峞军想韩元帅,磨镜人怀聂隐娘。中泽哀鸿谁救困,险途走鹿不知
忙。王师望渴同时雨,翘首云霄万里长时正亢旱③。

和　作

龚缉熙

平生誓不饮泉狂,冷眼看人上戏场。节秉白旄危汉使,囊盛红粉
望荆娘荆娘囊妓,夺还李正郎,见《剑侠传》。官同鲁鼎头衔伪,鬼侮秦医
手段忙入夏人多病。邑少循良蝗入境迩来飞蝗蔽天,青苗新法毒流长。

十家九破寇氛狂,昏黑难收梦一场。客路流离呼叔伯,兵车泣送
惨耶娘。资无菊径豹难隐,触有藩篱羊莫忙。牛鬼蛇神歼不尽,古来
尘劫算今长。

步至莘庄,心谷留膳饮,出其先人
归真丈绶丰遗稿,嘱予采择

乘凉喜逐野风狂,为问经纶货殖场。白接篱来山氏客,青纱障隔
谢家娘。豚鱼市近筵开便,鸟兽诗多鼎说忙适携同人诗去。难得孝思
珍手泽,案头下酒百篇长。

---

① 《同人集》卷三题作《和纯甫〈仲夏述怀〉,仍用前韵》。
② 《同人集》卷三小注作"逆匪每对陈,以新房子民充头队,悉遭蹂躏"。
③ 《同人集》卷三小注作"适旱"。

子和三叠见投，奉报

欲遏波澜众口狂，霓裳三叠赖收场。诗葩艳采乘辀使，醉草神摹舞剑娘工诗书。鸿箄三年忘客久，燕诒七业课儿忙。解纷况有闲经济，连折赢秦气焰长人有受侮，辄为调停。

赠又村先生[1]

高　浚勿斋

俯首龙门未敢狂，家传应继旧科场尊公名老廉。云霞结契皆时彦，风月平章到里娘[2]。牛带循良绳祖易，鲤庭诗礼训儿忙。水乡幸有仙乡乐[3]，栖隐衡茅野趣长。

和　答

龚缙熙

下车不怪楚歌狂，翻引阳春到墨场君先见拙作。鸣鼓雷声推健将，赌诗月旦定娇娘暗用高子高适事。千秋桑本家传勇，一集梅花户诵忙。十载闻名难识面，拌从文字缔交长。

感　事[4]

李　仁

蛇神牛鬼趁颠狂，都是天公戏一场。一网红颜供婢妾，千堆白骨哭耶娘。岂真大野龙疑战，只算南柯蚁斗忙。会[5]看欃枪氛扫却，承

---

① 《同人集》卷三题作《和又村先生元韵》。
② 《同人集》卷三此句下有小注："有《外集》。"
③ 《同人集》卷三此句下有小注："张港泾一带幸未遭劫。"
④ 《同人集》卷三题作《感事，重步元韵》。
⑤ 会，《同人集》卷三作"伫"。

平雅颂万言长。

和　作

龚缙熙

韦布无权扫寇狂，万千蚁命委沙场。试文节隳水心子，扬武功资雪面娘闻官兵屡得胜。市隐狗屠何日起，人思鸠集望风忙。百年可畏惟青史，缨濯清流计久长。

同文世竟舞文狂，忌讳纷更竹素场伪谕多别字。丁夏势张趋热客，未秋声怪促寒娘六月寒。睢麟意少从周妄借周礼欺人，鹿马讹多佞赵忙乡官多顺上游指。满耳腥闻何日洗，吴云吹散看天长。

勉成狂韵四十首，聊以遣闷，非敢夸多也

漫引黄钟瓦响狂，风尘四海一词场。心劳饵敌忘赢卒，手倒绷孩笑老娘。羊不如狐多岂贵，虎防类狗画徒忙。敢夸四十贤人备，城市屠沽较短长。

仿《娘军集》体

时　均挹山

无端惆怅作清狂，文物名区化野场。白首流离寻妇子，青年分散访耶娘。衣冠脱略尊卑易，畎亩虚无税敛忙。闻道帝城①飞将下，万民遥望意深长。

---

① 城，《同人集》卷三作"京"。

娘军斗胜集卷二

古虞逸民编辑

寓斋书感

龚缙熙

钓徒恭更酒徒狂，休羡黄粱梦一场。销暑胡吟询白妪，疗饥野果拾红娘。同仇草寇惊人起迩日又遭零匪之扰，异地槐花让客忙今年直省有恩科。那得仙洲游海外，乘风破浪一帆长黄倩欲偕往崇川。

伤时自笑酸而狂，古往今来话一场。习隐侣多桑苎叟，从军声唤木兰娘。鸾飘凤泊英雄老，狗苟蝇营世态忙。一粥一馈搀豆麦，经营家计度年长今岁有闰。

随波流荡是今狂，小市都开博簺场。刘草恩谁怀赤子，栽花事已废黄娘闻虎丘花市销歇。莺歌强奏春台乐谓女优场，虎政严催夏赋忙。只羡当年刘祖志，枕戈待旦着鞭长。

凭谁大笔挽澜狂，谬主东南小战场。襁褓何人嫌热客，旗亭到处遇歌娘。一犁好雨分秧早，双腋清风试茗忙。海燕缘多容借庑，穷愁岁月著书长。

分赠陶然、怡然

头衔同署寓公狂，倚玉风姿独冠场。殖货师称贤弟子，尝羹妇遭小姑娘。盟联白犬论交固，运转红羊望治忙。东道常通云不隔，福星光彩照人长。

少年能屈老伦狂，横厉才锋角艺场。浇块酒邀青眼客，呕心诗虑白头娘。沧桑世变安儒业,水竹居清避俗忙,一自阿衡莘野住,荒庄名播百年长寓莘庄。

客窗偶笔

忍饥方朔态仍狂,羞蹈侏儒醉饱场。室让猫王身作客敝庐作行馆,庭趋犬子膝离娘。三年迹混湘累放,一网才输市利忙。累重向平飞不远,差欣衰老发难长。

自　遣①

王希曾

无才敢效次公狂,少小缘悭是酒场。静学斋心逃佛老,瘦缘戒肉混夫娘苏子由诗"阁内夫[娘]皆持戒",谓夫人娘子也②。砚田客早贫真病,带水交疏懒岂忙。愧煞虎头来赠句,青箱世泽敢夸长子和丈赠句云"本是青箱世泽长"。

和　作

龚缙熙

闭门把卷署书狂,蛙有官私判两场。食粟材庸难学圣君诗有"词采远追千古圣"句,题糕字少窘拈娘六经无娘字。借巢乐土安鸠拙,驮粒生涯笑蚁忙。厨冷中元无物荐,九原祖父慕徒长。

寄莘庄诸子

望衡咫尺兴先狂,才附颜刘聚广场。一市秀钟天下士,三生诗契洛中娘。心多抱素移家乐,眼累垂青问俗忙。同看销兵光日月,拔茅连汇显材长。

---

① 《同人集》卷三题作《自遣,用前韵》。
② 《同人集》卷三无此小注。

**和诗累成五十,无万卷以馈贫,对百篇而输富,
数符大衍,徒知四九之非,羹问小姑,勿厌再三之渎**

不防蜂虿大言狂,枹鼓争鸣上战场。魏绛议和旗偃将,张红偷记豆抛娘。龙鳞得寸云从盛,马齿知非日省忙。斗酒只成篇半百,顽仙才愧谪仙长。

寄怀鲁园①

颜敦仁

子安杰出岂疏狂,诗笔文词具擅场。驹齿已经超众士童子军屡列前茅,蛾眉尚待画新娘尚未昏②。工吟潘岳摛华惯,善病相如服药忙。回忆当年③同立雪俱从平师游,而今才退愧才长。

前　题④

颜　晔

生花妙笔咏花狂,惜翠怜红擅胜场君有《落花》诗三十首,哀艳异常⑤。泉石烟霞招隐士,松风水月避斋娘。青云得路因时滞,白雪吟成⑥索和忙。一自晴窗茶话后,鸡鸣风雨系情长。

---

① 《同人集》卷三题作《寄怀王鲁园,用前韵》。
② 《同人集》卷三无此小注。
③ 年,《同人集》卷三作"初"。
④ 《同人集》卷三题作《寄怀王鲁园》。
⑤ 《同人集》卷三小注作"君《落花》三十咏,哀艳异常"。
⑥ 吟成,《同人集》卷三作"成吟"。

答心谷丈①

王希曾

空谷人来喜欲狂,大巫屈置小巫场。醉挥手让书桐客丈每自谢不能书,偕隐心同咏絮娘阃君姓谢②。怜我病多豺立瘦,为君梦惯蝶飞忙。盥薇细诵琳琅句,消得如年夏日长。

答又亭③

小阮争④随大阮狂,怀才屏迹利名场。品高肯让箕山客,词艳惊传洛里娘。佳士得交真恨晚去秋始识君,好诗学和敢辞忙。何时了我登龙愿,茗碗炉香话昼长。

喜　雨⑤

望云得雨喜颠狂,到处欢声闹一场。茅屋醉归扶耒叟,绳床睡稳蹋车娘。池边草绿蛙鸣润,野外秧青犊叱忙。有鸟莫歌泥滑滑,为霖三日泽流长。

和　作

龚缙熙

桑林一祷魃难狂,况乃天兵洗战场。驱暑应怜伤暍客,望霓那用扫晴娘。瓮头辍抱欢声洽,亭额添书瑞事忙。休虑出山云力薄,傅霖下尺泽方长。

---

① 《同人集》卷三题作《勉和颜心谷丈寄怀之作,次原韵》。
② 《同人集》卷三小注作"夫人姓谢"。
③ 《同人集》卷三题作《答和》。
④ 争,《同人集》卷三作"狂"。
⑤ 《同人集》卷三题作《喜雨,仍前韵》。

赠又村[①]

蒋湘英 励卿

不衫不履效疏狂,世事如登傀儡场。愧我情怀输杜牧,羡君风韵
近徐娘谓花舫之游。乘桴浮海机偏左予欲赴上洋,因乏便中止,击钵催诗
意转忙。会卜欃枪都扫尽,共瞻化日乐舒长。

和　　答

龚缙熙

西南庄合两诗狂君居南庄,予居西庄,岂料欢场作战场。三径旧游
追鼻祖,十洲新绣伴眉娘。米盐累客黄金尽,兵火催人白发忙。邦族
何时同我复,一揩醉眼看山长两家在虞山阳。

答赠青来

沧桑世变敛才狂,不作邯郸梦一场。桃荫满门追狄相,棣华三秀
抵刘娘君兄弟皆才,故引刘家三娘事。家通北海龙登便与予家本世好,体
备西昆獭祭忙。休怨清流高阁置,待时破浪御风长。

寄陈憩亭士镁

举世昏懵半病狂,婆心苦口指当场精医。龙招柱下李仙史延青来
课子,凤卜闺中余媚让夫人氏余。芝草满庭生意茂,杏林如市履声忙。
太丘堂上诸孙抱,遥羡元方爱日长。

赠长洲尤文卿

上元蹋月兴同狂,花市灯悬锦绣场。客座执谦居子弟,仙坛持戒

---

①　《同人集》卷三题作《赠又村先生》。

胜夫娘。书摹思白临池妙，术擅歧黄救世忙。何况迁乔通一苇，德邻洄溯道非长偕游甘露神庙，观上元灯，又赴问心坛，扶鸾茹素。

新交若旧恕奴狂，臭味兰心话一场。水上萍逢滕阁客同集滕云翁家，车中果掷洛街娘清华有福相。同仇盗恨萑苻沸，异地材夸杞梓忙。愧我才非杨范陆，延之诗学让专长。

和答菊亭丈

久升上舍兴犹狂，南北风云倦试场。新调体裁翻供奉，旧修眉史戏莹娘谓秦淮桂林旧事。世交粟慰庚呼急见惠坐庚之粟，乡谊棠歌子惠忙。好继临淮功第一，山林输与此才长。

再用陇西事简菊翁

谪仙才赏四明狂，凭吊文成古战场。五色日传唐学士，双清风配杜秋娘。牙签邺架藏书富，背锦奚囊觅句忙。模楷当前欣御李，卫公世业到今长。

赠平燮庵其政

尘寰一任楚氛狂，不改诗书礼乐场。八法朵云传凤子公子幼即工书，三年衣雪慕鹦娘服未阕。文推北海当今晦，德尚南宫论古忙。让水廉泉供鹤饮，何知世上有鲸长。

和　答①

平其政雪庵

无端被发共为狂，把臂歌场与酒场适同买醉戏场②。君去武城权

---

①　《同人集》卷三题作《和答又村》。

②　《同人集》卷三小注作"昨同买醉戏场"。

避寇,我除文绮痛呼娘。浮沉乱世英雄老,侮弄清门鬼魅[1]忙君家连丧人口[2]。著作满家逃劫火,流传何但百年长。

娘韵衍成六十,如马齿之加长,花甲已周,愧蚕丝之缠绵,藻思垂尽,岂多多而益善,仍碌碌而无奇

龚缙熙

拔山歌让大风狂,刘项雌雄决一场。鸡纵长鸣输鹤子,凤当赢老变鸦娘。书搜二酉胸仍俭,暑遣三庚手倍忙。心血枉抛诗六十,岂须截胫续凫长。

赠李锦江璋

手驯猿鹤兴清狂,忘是童军演武场暂开村塾。雪涕曾挥伤子父前岁有哭长君诗,星文早卜梦庚娘。谦居后学修笺肃,鉴借前车咏史忙。白社有君才起色,诗缘当与酒缘长。

用唐贤事再寄锦江

衣白山人志不狂,隐居盘谷淡名场。仙才颖脱三千客,士品媒传十一娘。北海文高知遇少,东川诗好应求忙。异时丹宸箴须写,书法阳冰更擅长。

株　守

株守何心逐队狂,出门数步即沙场。千愁猬集多平子,一技鸿名羡大娘。惊梦人趋晨市早,逸居我愧夏畦忙。风尘乱世风波险,只凛冰渊度厄长。

---

① 魅,《同人集》卷三作"祟"。
② 《同人集》卷三小注作"君寓连丧二口,予家更三丧"。

闺 情①

王希曾

半是痴憨半是狂,偶来扑蝶打球场。偷闲作画偕诸弟,好胜弹棋避阿娘。花径教童删草尽,竹炉呼婢点茶忙。鸳鸯绣罢羞重看,愁倚红阑白日长。

和 作

龚缮熙

盼得瓜期扫虏狂,刀环夜夜梦沙场。兵书眼慧观乔女,剑器心雄舞李娘。汉史中兴何日续,周南贞正咏风忙。余生幸免文姬辱,愿效夫人阵布长。

闻鲁园小恙,问以数言

杜诗陈檄笔飞狂,应与诸魔斗一场。悯世攒眉成病佛,离家止肉类斋娘。经占有喜情先慰,物化无言教莫忙。传语同游王浚仲,夏寒须避竹林长。

余以阳韵诗戏简又村,乃其触事言情,叠韵至数十首,并得同人迭和,成《娘军斗胜集》,披吟一过,用前韵质之②

顾济乾

尚湖诗客本清狂,斗角钩心独擅场。决胜兵如孙武子,逞奇术比女娲娘。捉刀尽许分余勇同人诗半经点正,搜卉何曾避俗忙。谁是相

---

① 《同人集》卷三题作《夏闺,仍前韵》。
② 《同人集》卷三题作《余以阳韵诗戏简又村,乃其触事言情,叠韵至百十首,并得同人迭和,成〈娘军斗胜集〉,披吟一过,勉用前韵以质又村》。

当旗鼓盛,七言城比五言长。

和 答

龚缙熙

酒座何妨饮药狂,纵横大敌小词场。星堂白战欧阳子,雪岭青垂李氏娘。使我心寒三舍退,惊人手敏八叉忙。诗名顾况高唐代,赖有君延世泽长。

谢陆阆栽丈毓元评定唱和诗

平章两念圣兼狂,不峻龙门许上场。手指敲烦京兆尹,须眉战混古吴娘。主盟牛耳推公执,争探骊珠约客忙。一字师教吾辈服,良工斫垩本优长谓两浙校士。

小诗凑成七十,掷笔自嘲

鹊噪何功笑士狂,奚如投笔赴疆场。乘兵我负多多将,巾帼人讥小小娘。屈艳苦无千手摘,巴歈翻引众心忙。莫言七十从心妙,多买胭脂不算长。

呈时揾山丈均

白腊明经戏尽狂丈贡成均,科名诡遇等球场。新秋莼伴郎官脍,旧梦花看御史娘指白门巧龄事。戎马心伤邻寺劫,野鸥目送世途忙。呼儿莫预人间事,菽粟诗书味咀长。

补和叔父《仲夏述怀》①

龚培禧伯谦

不才难挽倒澜狂,观乐来登众妙场。世乱偏逢青眼客,家贫翻累

---

① 《同人集》卷三题作《补和仲父〈仲夏述怀〉》。

白头娘。梦闻鲤训肠回断，方觅龙宫手检忙适集《医方便览》。莫谓光阴容易过，闲居浑似小年长。

孟夏，偕寓舍亲朋放舟归圩，小憩花舫，勉步子和先生韵，质诸同人

卢　栋器轩

篷窗载酒昔何狂，两载重寻梦一场庚申四月，同人泛舟归圩，适苏垣告警，今我寻梦，已作流民，曷胜感慨。四海烽烟悲壮士，满①船花气袭娇娘。细喉宛转歌诗雅，纤手殷勤劝饮忙。且待和声鸣盛世②，琵琶再听诉情长是日访陈韵兰女士，留饮水窗，故云尔③。

答又村④

李　璋锦江

从来名士尽⑤诗狂，酣战骚坛独擅场。品洁心知无热客，才高目妒有秋娘。感怀旧国伤时切，斗胜新交觅句忙。一管生花笔常在，瑶章络绎兴偏长。

感　怀

纷纷丑类逞颠狂，昂首三吴几战场。强暴黄巾异冠履，流离赤子觅耶娘。清时鸿运何年转，浊世狼贪竟日忙。满目凄凉愁不寐，秋宵无奈又添长。

---

① 满，《同人集》卷三作"一"。
② 《同人集》卷三此句下有小注："陈韵兰女士，留饮水窗。"
③ 《同人集》卷三无此小注。
④ 《同人集》卷三题作《和答又村先生》。
⑤ 尽，《同人集》卷三作"半"。

秋夕和锦江感怀

龚缙熙

火流当日水嬉狂,乡社今成冷落场南乡秋社向有龙舟,自军兴后不复作。燕子无家仍作客,豚儿有疾每呼娘幼儿抱疴,日夜烦恼。秋成穜稑苏农困水乡早稻已登,米珠减价,夜蓺栴檀礼佛忙适地藏王诞。天使鲸鲵惊破胆,将星腰剑正芒长见西北一星,芒垂如剑。

悲秋兴比少陵狂,四壁虫吟和一场。醉后胆粗驱鬼魅,愁中心喜梦耶娘。饭空三白鸿宾负诸公连日顾我,愧无御客资,花看千红蝶使忙顾甥引入花丛。笑问杞人忧底事,风烟何损碧天长。

赠鲁园①

李　璋

王郎学富未曾狂,年少蜚声翰墨场。辋墅诗成契兰友,旗亭曲唱赌珠娘。才多自觉摘词易,爱博偏教握管忙。最喜椿庭行善惯,青箱世泽卜流长。

答锦江先生②

王希曾

人到才多不肖狂,半生辗轲困名场。伤时句托樵薪客君有《虞阳樵唱集》,和读声挽络绎娘。万卷嫏环③心醉久④,一门桃李手栽忙。锦囊花管君家物,何愧词坛独擅长。

---

① 《同人集》卷三题作《赠王鲁园》。
② 《同人集》卷三题作《和答》。
③ 嫏环,《同人集》卷三作"琅嬛"。
④ 久,《同人集》卷三作"早"。

仿又村丈分赠刘氏伯仲

吴绍丙

陶然醉菊共君狂,敢效刘伶隐酒场。桃洞幽寻追子骥,天台再到遇仙娘偶观花舫。骊探珠得供亲乐陶然服贾孝养①,鸡舞鞭先勖弟忙。怜我清贫蒙荐引君荐馆张,同窗旧谊话情长。

怡然自乐志非狂,久已逍遥翰墨场。陋室德原馨禹锡,春风曲未召韦娘怡然敦品②。鹤霞自与风尘绝,鹏路应伤岁月忙。文字因缘劳笔砚,七言诚胜五言长。

感　怀

伤时志不敢猖狂,岂效穷途哭一场。诗弱无能惊长老,境贫难免恼爹娘。放怀天地诚知足自署知足散人,逐利风尘却畏忙。遑卜咎休容待命,桑麻鸡犬寄情长。

观《西厢记》偶题

词家笔墨抑何狂,须识文淫判两场。友解贼围招白马,婢成好事赖红娘。凤求曲曲都归雅,貂续纷纷却笑忙。千古风流推绝唱,镜花水月系情长。

寄赠王鲁园

得识王维喜欲狂,骚坛鏖战更同场。奇才洵是鸣惊座,险韵何妨押到娘。新羡弹丸君自惯,短惭拆袜我偏忙。古人腹稿今堪再,诗酒联交此后长。

---

① 《同人集》卷三小注作"服贾孝养"。
② 《同人集》卷三小注作"颇敦品"。

和鲁园《闺情》

如嗔如喜又如狂,羞见团圞月满场。春梦十年醒杜牧,离愁一曲听崔娘。衾重独旦难胜冷,线压他人却恨忙。欲诉无言徒脉脉,阑干倚遍漏声长。

贼　警

小丑频年势猖狂,无端又欲扰荒场予寓太平桥,屡遭焚掠,已荒废不堪。塾中惊走蒙童子,厨下奔回新嫁娘俱近事。我托旧居犹幸便莘庄为予旧寓,人寻安①土不胜忙。可怜邻舍呻吟客,病难相连恼更长。

败　兴

雅慕诗狂与酒狂,聊随元帅战文场。妖氛败兴逾租吏,虫语添愁恼织娘。得句懒成篇断②续,挥毫无绪思匆忙。良辰孤负知多少,默酌三杯遣夜长。

题《娘军斗胜集》,呈又村姨丈

沈　璠佩卿

久钦渤海是诗狂,到处能成翰墨场。三载避氛身作客,一军门胜韵拈娘。耽吟有癖如公少,问字无缘愧我忙。难得瑶编逃劫外,海山同寿迹留长。

---

① 安,《同人集》卷三作"乐"。
② 断,《同人集》卷三作"短"。

重游吕厍优场，偕谢锡畴、平燮庵酒垆酣饮，花舫听歌，归从菱渡挹柳风，不知秋阳之酷

龚缙熙

梨园重访兴逾狂，奈我缘悭是博场。花史新词弹钱老，柳阴画舫拥珠娘。杖钱乐与平原饮，丝竹情陶谢傅忙。水际风来秋暑散，菱歌一带曳声长。

寓庐书事

卅年进取志灰狂，翘首烽烟扫战场。诗富千篇编甲子，境贫十索负丁娘。持斋村妇蒸藜惯内子自夏秋来日奉斋，迭病家人煮药忙幼儿甫起床，而小女老妹又病。门下鱼车谁客我广觅寄食之所，迄少机缘，待时羞把铗弹长。

秋　感

秋暑仍如酷吏狂，厌听蚊母哄荒场。萍萑款客皆心友传食诸相好家，草木讹兵孰胆娘。身累伪官捐蚁命，足趋歧路效羊忙有师帅服毒死，而冒充者仍不乏人。何当己酉平淮蔡，百万冤民吐气长。

喜汪际唐、刘怡然过访

一经世变各阳狂，黄鸟凭他粟啄场两君与予皆避乱在乡。诗播神童惊老宿，事谐仙子迓新娘用刘晨事，怡然新聘丁氏，将成昏。深情慰我缠鱼疾，旧梦思君化蝶忙。喜得羔羊奉酒献，光阴虽短话偏长。

吕厍观剧有感

宵小乘时日益狂，博场网利借优场。卫风也采褚轩使，唐乐唯歌妖媚娘。鸿宅苟安同乐早，虎嵎依倚作威忙。报天谬责痴儿女伪示云：因蝗不伤稼，召小班演戏谢天恩，弦管声中亵语长。

傀儡何知性岂狂，牵丝有手教排场。衣冠笑语摹孙叔，剑器浏漓舞大娘。凭轼俨观戎士戏，解围时替小郎忙演《双望郎》。军中有女衰兵气，莫信蛇妖焰正长。

见有负黑衣女子周走戏场者，知船妓比匪，故赋同裳，亦无耻之甚

乌衣近墨燕飞狂，阅遍歌场上酒场。姿岂无双乔二女，字难识四谢三娘谢三娘不识四字，宋时谣。莺方下木耽幽甚，蝶到移花逐影忙。仿佛季芊钟建负，湖船抛却走途长。

喜闻东南诸邑渐次克复

金戈渐扫逆氛狂，四海同声庆一场。北窖休羁苏属国，南天待补女娲娘。吹笳将使军心涣曾帅有《解散歌》，左袒人思汉德忙。要识乾坤清气在，浮云富贵几能长。

村居即事

几度翻盆雨势狂，新苗肥缘盼登场。断肠灶妪悲猿子高妪丧子，游迹乡园让鹿娘吾乡有鹿园。笔补健忘随日记，书经离乱化云忙。空庭欲引秋虫语，种就瓜阴数仞长。

中秋小极

秋中闭户兴难狂，负此清宵月满场。守懈庚金欺有鬼全家大半病，穷呼癸水漂无娘。斋厨涸我豚鱼气是日斋，而缘祷送鬼神，不免鱼肉，梦境输人蛱蝶忙连夕不寐。转羡谈经传隔舍，优婆夷结佛缘长贾氏倩涌莲讲经。

哭幼女静方培祎

呻吟小女病如狂，八月凶来恸一场。转眼木兰疑代父，伤心衣袂

孰牵娘。独当罪孽全家免时全家俱病，空费劬劳七载忙。明日曾来今日去八月廿六诞，今八月廿五殇，痛沾遗帨泪痕长。

养 病

三斋七戒敛心狂每月矢斋，八日又书五禁于楹，是在家僧近道场。索蜜要寻金翼使口苦嗜甘，哦经差比雪衣娘每晨诵经咒百八遍。千愁化去醒如睡，万变纷来静不忙。卖尽闺装难救困，连环不断病偏长家人迭病后，幼儿复病濒危。

读《娘军斗胜集》

时宝鉴酉生

文彩斐然士尽狂，竟将旗帜树词场。波澜壮阔江东秀，标格新奇洛下娘。献技吴中群彦集，校雠渤海一人忙。烽烟未靖闲诗老，好把瑶编破日长。

酒垆痛饮

我本虞阳一酒狂，由来作戏贵逢场。囊钱匮乏咨邻叟，食品肥甘问市娘。尘世笑人真碌碌，旗亭画壁谢忙忙。归来一枕书窗下，自觉壶中日月长。

秋暮悼亡

镇日如痴复似狂，村前禾稼又登场荆妇于去秋辞世，今正一年。寒衣另觅缝裳女，暖酒悲无执爨娘。检点箱笼空益泪，经营斋奠竟徒忙。招魂纵有临邛客，难把家庭论短长。

雪

流风飞舞太颠狂，顿使坟垆作白场。江路寻梅怀韵客，谢庭咏絮羡才娘。千岩粉聚双眸耀,万树花开一夜忙。斟酌寒窗^①消遣计,围炉暖酒兴逾长。

重九前三日,偕吴既安访刘陶然、怡然昆仲,留宿手谈

顾仁镜

醉酒持螯恕我狂,止谈风月厂轩场。芝兰有味寻高士谓闿裁、又村、子和诸前辈,筝笛无心听媚娘路过吕厍,停泊花舫,迄未一观。问字停车忘远近谓怡然^②,迎宾倒屣剧匆忙谓陶然^③。樗蒲雅斗灯前乐,下榻连番夜话长。

用狂韵赠沈砚山

金匮马维骐心斋

养到谦光态不狂,襟怀迥出少年场。芝兰手植推贤父庭训公子,桃李心培属老娘。黄卷吟哦今日苦,青囊检点旧时忙习医。东阳余韵兹犹在,仰羡君家世泽长。

不随人世学轻狂,小谪栖身翰墨场。莲社快交青眼友,萱堂喜奉白头娘。神来对帖挥毫捷,兴到题诗击钵忙。督课休嫌天日短,一阳初复兴添长。

偕王鲁园谒时挹山丈,留品酒螯,醉笔鸣谢

龚缙熙

水乡小隐避秦狂,秋稼如云正满场。九月团脐供座客,双瓶美酝递厨娘黄酒、火酒叠陈。神遭浩劫悲歌吊李王祠被毁,有诗吊之,子劝加

---

① 窗,《同人集》卷三作"宵"。
② 《同人集》卷三小注作"谓陶然"。
③ 《同人集》卷三小注作"谓怡然"。

餐笑语忙公子渔琴爱客。休赋㡿邱呼叔伯,寿星文宿照光长。

谢挹山丈赐食,同又村先生①

王希曾

登门不弃后生狂,倒屣开轩话面场。浮蚁情多惭酒客予量窄,不能畅饮,持螯分少笑羹娘曾缘病,戒食蟹。日消黄卷孙摊永,云幻白衣世阅忙。何但家风清白在,一堂唱和兴偏长屡与子侄唱和。

又村与鲁园过舍,屈留片叙,持螯把酒,宾主言欢,二君俱有谢诗,率尔和答②

时　均子和

白驹维絷喜因狂,食藿居然至我场。金玉好音贻故友,羹汤粗品办新娘。陶诗有味心倾妙,鲁酒无嫌手劝忙。喜遂淮南招隐愿,湖乡蟹稻佐谈长。

再答王鲁园

惟狂克念究非狂,堪羡纵横翰墨场。陈箧摩如苏季子,惜时勉似杜秋娘。孤烟落日生情逸,秋水长天琢句忙。况值椿庭余荫茂,功深岁月自舒长。

同李锦江双桂轩玩菊,和又村、鲁园③

三年忍辱任伴狂,愿请长缨效一场。治世腾蛟珍学士,危时换马

---

① 《同人集》卷三题作《谢挹山丈赐食,和又村先生》。

② 《同人集》卷三题作《又村与王鲁园过舍,屈留片叙,持螯把酒,宾主言欢,二君俱有谢诗,率尔和答》。

③ 《同人集》卷三题作《同李锦江双桂轩玩菊,又村、鲁园均有诗,次韵和答》。

倩春娘用东坡事。成文在幼诸生习又村子侄俱知少仪，进食随宜特地忙蒙为衾款留。同访渊明秋色好，百朋如锡感情长。

出语惊人兴欲狂，吟秋佳作献当场。花生彩笔知才士，巧试金针问绣娘。芍药赠同情义重，琼瑶报定往来忙。武城薪木仍无恙鲁园为馆宾，折黄华见赠[①]，礼乐诗书教泽长。

陪挹山丈玩菊，和又村丈暨鲁园[②]

李　璋

欣同胜侣访诗狂，谈笑殷勤叙一场。无事不高真雅士又翁吟诗属和，鲁园折花见贻[③]，有花须折是秋娘。洛阳园好葩藏富憨贾氏书斋，渤海情多句琢[④]忙。愧我才输浩然美，特来就菊兴偏长。

元　唱

龚缙熙

开轩面圃笑谭狂，九月西风正筑场。树挺玉柯添小友有一种玉梅，森于庭阶，如佳子弟，主人俱小，故云，花舒金缕赠秋娘鲁园剪花赠客。无粮我欲餐英饱，有锦人思摘艳忙。三隐浔阳天作合，岁寒交比世情长。

陪时丈挹山、李君锦江双桂轩玩菊，和又翁

王希曾

鲰生今日喜心狂，得待群贤话一场。青眼赏邀扶杖客，黄花瘦比卷帘娘。吟追丽句输才富，折借寒枝供佛忙。纵欲相留漫无计，德星聚处已芒长。

---

① 《同人集》卷三小注作"鲁园折黄华见赠，时为馆宾"。
② 《同人集》卷三题作《陪时挹山丈玩菊，和又村丈暨鲁园》。
③ 《同人集》卷三小注作"又翁吟诗相嘱，鲁园折花相赠"。
④ 句琢，《同人集》卷三作"琢句"。

赠时月梅上舍

龚缙熙

小阮追随大阮狂随令叔入诗社,飘然脱屣利名场。槐迎太学观碑士,草仿西河舞器娘工书。心许苇杭瞻宇近,手熏薇露捧诗忙。鲤庭问异前型杳尊甫从先君游,还有君延世泽长。

答又村丈

时秉钧月梅

高材沦落态多狂,撇却文场便酒场。博古胸包周柱吏,怜才心慕汉班娘校刊余女史集①。交深孔李云霞契,学继苏韩岁月忙。一笑吟传千万句,芳名应共水流长。

呈又村先生②

时宝针渔琴

当年废学太轻狂,未附童军进试场。撰杖躬亲欣侍父,缝衣手密痛思娘。干戈世变看君老,笔砚交深顾我忙。累叶书香推继起,曹交徒愧此身长。

答渔琴

龚缙熙

不随尘俗共颠狂,绵蕞还余习礼场。几杖随身陪老辈,羹汤妙手谢新娘。三生结契通家久,两地相思问渡忙。莫道穷途知己少,新诗交易互吟长。

---

① 《同人集》卷三无此小注。
② 《同人集》卷三题作《和答又村先生》。

陆冕卿鋆来访,聚谈半日,用《娘军》韵留赠

李 璋

跫来空谷兴飞狂,半日衷怀话一场。索负怜君为旅客君为陈某负欠跋涉南来,谋生慨我作厨娘予馆自炊。新诗二律从心发蒙答五律二首,旧句千篇寓目忙遍观案头小稿。此刻江村重聚首,情深好比水流长。

挽谢锡畴

龚缙熙

黄垆同署酒徒狂,忽叹幽明判两场。满月面腴应作佛,秋霜心惨倘寻娘。家多雪涕乌衣湿,世厌风尘鹤驭忙。佳婿相逢呜咽语谓颜心谷,泰山安仰恨余长。

重阳前一日,挈祐儿过吕厍,适花舫晨妆,梨园晚唱,朱鹤龄上舍琨邀予饮,遂同顾杏园敦义、少江、朱晓春、竹书元勋丹艧团坐垆头,肴香酒冽,继以粉团,刘陶然自别席来酣战,言共醉菊花杯,酣嬉至夕

重阳节近兴逾狂,笑挈顽儿上戏场。滴粉应烦纤手女,催妆耻问扫眉娘。才韬顾况全家逸杏园避贤自晦,酒斗刘伶半日忙。朱博何年同结绶,好为东道已情长。

愁 叹

忧心时事渐痴狂,欲向西风哭一场。五秩惭称知命士,三秋病废织缣娘。漂摇室毁鸱张甚,内外医兼犊舐忙幼儿尚病。四野丰登何预我,今年憾比去年长田无租息。

立冬日送从妹殡，同人饮菊酒，品笙歌，继以局戏，主人扫榻留宿，鸣谢盛情

执绋歌蒿客尽狂，笙箫破涕变欢场释道同坛歌吹。奇缘萍聚逢诗友谓高勿斋辈，晚节花看拥里娘庭中紫菊，长与人等。酒助冬烘心醉早是日晴暖，灯消夜永手谈忙偕戴彭年、程荣江、陈培德、刘陶然、怡然斗牙牌。主人下榻先投辖，私喜新姻续旧长侄女又字甥。

季秋书事

亲朋多吊鬼倡狂如平燮庵家连丧三口，托足难逢吉利场。犬惯撞门疑是客，蚨经出户不依娘谓旧债难收。冲天火起惊心甚东南时见劫火，特地霜寒缩手忙暴冷如腊。只羡邻家丰岁乐，坻京碍路稻堆长。

谢王鲁园参须、彩笺

乱世迁流兴不狂，锄芝种纸苦无场。千年玉韫搜岐伯，五色云飞仿薛娘。老境分甘颜驻久，良田拜赐手耕忙。病余小补吟余写，深感心交惠泽长。

冬日书怀

惊心又听北风狂，冷眼看人涤稻场。泽有萑蒲兴盗贼童养真、陈憩亭家遇盗劫，山无草木蔽耶娘先垄树木盗伐一空。米筹鸿妇钗裙尽，书课豚儿夏楚忙。福薄秋云遭乱世，输他年少请缨长家朴园欲投营报效。

时　事

杯酒高谈玩世狂，九流丛杂笑官场。里门乞食悲陶令，箝拍偷生辱蔡娘。孔道遭殃头额烂太仓一带近遭焚掠，权门网利爪牙忙。荡舟善射当今重，文字难争一日长。

答时挹山丈

老成耻逐少年狂,清议纵横广众场。鸠杖不惭乡贡士六十余充明经选,凤楼常悼古秦娘秦夫人没数年矣。集编击壤先生健老境诗尤朴实,劳代移山后辈忙。每过高轩频话旧,新交那比世交长。

以《外集》渎挹山先生

当年惊蝶态轻狂,郑卫难登大雅场。思梦我如邯道客,秤才公似上官娘。风流孽重将心忏,月旦评更累手忙。赵瑟倘容秦缶引,余音三日定流长。

连饮胡氏、朱氏,主人俱设盛筵,醉歌食福

逋客翻为食客狂,白驹维萦两村场。凤鸣懿氏看迎妇贺胡婚,鹤吊陶家听哭娘吊朱丧。哀乐中年丝竹写,劝酬连日酒杯忙。来观昏礼兼丧礼,挈侄携儿兴共长。

题《娘军斗胜集》

时　均益三

夸多斗靡笔飞狂,文阵雄师胜战场。雅颂直陈追往哲,刍荛竞[1]献愧歌娘。人心感动风谣起,世教维持笔削忙。再咏霓裳期异日,和声鸣盛兴逾长。

前　题

李　璋

避世从来不碍狂,文场罢战战词场。龙头冠领诸才士谓又翁,骥

---

① 竞,《同人集》卷三作“仅”。

尾容身一丑娘予自谓。决胜胸中兵器利，逞奇腕下笔锋忙。须眉俯首居巾帼，韬略书生愧未长。

前　题

时秉钧

骚人愤世学阳狂，帜立词坛各擅场。橄草雄追摩鼻士，笔花艳夺捧心娘。才收铁网探骊捷，阵斗银毫倚马忙。老将登坛谁劲敌，降幡高揭一竿长。

甲子新正二十日至太原家塾

王　灿恂如

负笈从师喜欲狂从龚纯甫师游①，惭无才藻入词场。财分裴令安②中表主人系中表亲③，社罢王修恸阿娘先慈见背未一年④。轮办辛盘筵设盛梦蘧姑丈、聘轩表叔、芙江姻兄皆备盛馔见款，劝酒殷勤⑤，砚横丙舍笔耕忙砚席祠堂，适吟小诗，写楹帖。顿忘去岁流离苦，谈笑斋中兴最长。

自四明归，晤又村丈⑥

俞源岷俊卿

先生落落本高狂，小子何修共一场。千里归疑何处客，一诗俚比蹋谣娘。年年避难肩初息，夜夜谈诗口亦忙。笑理青毡摊旧卷，弦歌两部斗吟长寓斋对书塾。

---

① 《同人集》卷三小注作"从又村师游"。
② 安，《同人集》卷三作"怜"。
③ 《同人集》卷三小注作"主人系表亲"。
④ 《同人集》卷三小注作"先慈见背"。
⑤ 《同人集》卷三小注作"梦蘧、聘轩两丈暨芙江皆备盛馔见款"。
⑥ 《同人集》卷三题作《自四明归，晤又村丈，属和》。

《娘军斗胜集》成，寄社中诸子

龚缙熙

凡夫兴逐众仙狂，角胜词场抵战场。乐竞南风操楚客，声揽暮雨唱吴娘。千金帚敝私心享谓自作，一网珊多引手忙。寄语诸公养余力，他时同续凯歌长。

题《娘军斗胜集》①

李　仁

吾党中行简与狂，沧桑重叙旧名场。妇人醇酒醉公子，诗卷簪花见忆娘张忆娘，国初名妓，陈其年诸老皆有簪花图题诗。天地壶中容我老②，风雷世上笑他忙。相期南国烽烟静，扬拜尧天化日长。

前　题③

颜　恭

骚客从来兴本狂，兰陵绝唱又逢场。铙歌倡和疑唐将，笔阵传钞倩卫娘。路拾青钱皆入选，军挥白羽各匆忙。愧予书剑抛荒久，也许登坛效寸长。

前　题④

颜敦仁

群公鏖战兴豪狂，旗鼓雄开翰墨场。拔帜先登推宿将子和丈首

---

① 《同人集》卷三题作《和纯甫司李〈娘军斗胜集〉原唱步韵》。

② 老，《同人集》卷三作"隐"。

③ 《同人集》卷三题作《又村见示〈娘军斗胜集〉诸作，和韵再呈》。

④ 《同人集》卷三题作《题〈娘军唱和集〉》。

唱①，传牌斗胜署军娘。词源倒峡波澜阔，笔舌生花手腕忙。愧我蝇吟流韵短，也随骥尾共争长。

前　题

龚缙熙

谷啸风生应虎狂，何须画壁到歌场。评邀月旦诗成史，倩阆翁点定，字选风流韵押娘。三策传钞应纸贵，一筒往复等梭忙。兰陵绝唱松陵续，几辈诗豪尽效长。

绿萍吹聚水风狂，同异乡分总一场。盛夏雷鸣销暑客，阳春雪付踢歌娘。千秋韵事踪能继，一代人文手各忙。才尽江郎还击钵，梦花梦锦借材长。

被发行吟老更狂，喜逢韵友强登场。避炎共傲趋炎客，忧世难歌乐世娘。天下大观诗界阔，社中小集画图忙。明珠宝剑搜罗富，夜夜光芒射斗长。

凭他白眼笑诗狂，意垒心兵斗一场。河朔饮联消夏客，江南词压谢秋娘唐谢秋娘制《望江南》词。豪添广座欣貂续，险走尘寰怪鹿忙。一卷金兰天作合，传人手笔历年长。

婴儿学步，谬厕童军，聊书黄口之吟，
附名卷末，祈诸先生之割正焉②

龚培祐叔助

黄吻无花那敢狂，矮人何福许观场。学诗诏鲤劳慈父，蒙难嗷鸿傍阿娘。十岁秋声难日试，三迁夏屋等云忙。桑弧蓬矢男儿志，愿射天狼卜世长。

---

① 《同人集》卷三小注作"首唱出自顾子和丈"。

② 《同人集》卷三题作《婴儿学步，澜厕童军，聊书黄口之吟，附名卷末，祈诸先生之割正焉》。

跋

古虞逸民

集何以名娘军？因六经无娘字,能将兵多多,斯善矣,大丈夫何伤妾妇乎。顾书生无拔角之力,当干戈扰攘,并不如柴夫人之督兵有功于世,安用此毛锥子为？然能骚坛白战,钩心斗角,亦足敌万人而扫千军。南方之强,原以文胜,即遗巾帼而不辞也。仆与诸君子游,纵不能搴旗先登,拔戟成队,而或如吴宫之战,或如木兰之征,或如夫人之阵,交绥于前,觉须眉也不啻女子。况经汝南之月旦,而前茅后劲中权,胥有以自见。昔留侯状如妇女,而其运筹帷幄,足以决胜千里,诸君子之折冲樽俎,得①毋类是,岂凭轼观戏之足云。

介庵居士

古人唱和之作,如元白、韩柳、皮陆、温李而外,传者无几,明乎一时之高兴,不足千古,况当用武之秋乎？而余读《娘军斗胜集》,又爽然自失焉。士非有清庙明堂、绝大著作,仅此朋侪赠答、乡社赛歌,似无足供辖采,然抚时感事,清议斯存。三代之直道,两间之正气,一朝之信史,四海之交情,具见于此。虽区区小集,实系天下之大观。世治则鸣其盛,直企皋夔之扬;世乱则鸣不平,奚伤濂洛之党。诗亦因时而变欤？即探骊无当汗马,而烽烟之世不废啸歌,亦斯文一脉所寄。其于世教人心,不无小补,而谓寻常泛应乎哉!

---

① "樽俎得"三字原缺,据《镜墀轩杂著》卷三《跋娘军斗胜集》补。

附录四:鹅湖风雅集

鸣春小集时在同治癸亥,常熟甫复,苏贼抄乡,土人避寇之际。

荣醉梅开甲,长洲人,诸生。

龚纯甫缙熙,邑人,附监理问衔。

时益三均,邑人,附贡生。

朱竹君成烈,金匮人,改名肇基,附生。

马心斋维骐,金匮人,院取俏生。

朱一泉濂,邑人,改名文海。

许春宜文藻,吴县人,诸生。

沈枕经钟麟,邑人,从九品衔,补监。

余静斋希耀,昆山人。

马春郊昂,金匮人。

卢器轩栋,邑人,监生。

李锦江璋,邑人。

顾子和济乾,元和人,贡生。

鹅湖风雅集卷一

东海渔隐编辑

纯甫有道吟长，清新俊逸士也。下笔生花，自具八叉意态；摛词扬藻，无非六义指陈。洵秉资之素抱，亦家学之有源。乃岁在癸亥，避寇而来；屋认庚申，吟怀不已。频投珠玉，自愧碔砆。不假雕琢，本有背乎宫商；未叶方员，难克谐夫律度。幸直节之当前，慕君雅教；宜虚心以仰止，识我师资。鸿章有则，譬诸匠氏之绳工；蚓笛无腔，拟以野人之下拜。既望摘疵而批谬，还希点铁以成金[①]

长洲荣开甲醉梅

佳篇下逮溯当年重话三十年前文社同游事[②]，珍重风光二月天。君子从来无我相，丈夫岂肯受人怜。原知性体轻三顾，况有文章选万钱。骨格超超浑脱俗，诗情雅淡拟琴眠。

卖刀买犊竞相传，不慕仙兮不慕禅。月影惯寻张子户同蹋月访朱

---

① 《同人集》卷四题作《又村有道吟长，隽士也。下笔生花，自具八叉意态；摛词扬藻，无非六义指陈。洵秉资之素抱，亦家学之有源。乃岁在癸亥，避寇而来；屋认庚申，吟怀不已。频投珠玉，自愧碔砆。不假雕琢，本有背乎宫商；未叶方员，难克谐夫律度。幸直节之当前，慕君雅教；宜虚心以仰止，识我师资。鸿章有则，譬诸匠氏之绳工；蚓笛无腔，拟以野人之下拜。既敢抛砖而引玉，还希点铁以成金》。

② 《同人集》卷四小注作"重话三十年同文社事"。

菊坡昆仲,风行欲觅米家船欲他徙无船。善交久敬齐平仲,忧恤存仁汉贾捐谓连年董局务。悟澈古今四大相,万缘却是总无缘。

赠荣醉梅文学

龚缙熙纯甫

总角交深四十年,风萍吹聚乱离天。芦花互叹白头老,柳叶还垂青眼怜。材富君挥求米帖工书,力绵我少赁春钱时借庑。主宾莫罄绸缪意,连夕挑灯话废眠。

启期三乐祖风传,蔬笋长斋静学禅。忧乱难开三面网,避危共订五湖船有载予避寇之约。文章扫地豪心在,富贵浮云冷眼捐。东阁招贤春满座,许浑马戴缔诗缘谓西席马心斋、许春宜。

赠醉梅用元韵①

时　均挹山

回想离群数十年,风尘忽起欲无天。半枝托迹何妨借时避难毛庄,一炬成灰剧可怜民房贼烧殆尽。松雪每摹崖上帖精书,茶烟时费杖头钱嗜茗,恒招茶园小话。入林把臂忘形惯,同诉临危夜不眠。

鸿名莫怪久流传,闲爱文章静悟禅。护法有因临佛地曾寄居顾泾庵,茹斋无事问渔船长斋②。咏花口妙仙心杂,成竹胸藏俗虑捐。客燕来寻贤地主,良缘还信是前缘三十年前晤君文社③。

用前韵再柬醉翁

龚缙熙又村

旧游弹指杖乡年,重话沧桑小劫天。三代德星贤共聚,众生苦海

---

① 《同人集》卷四题作《和赠醉梅》。
② 《同人集》卷四小注作"奉斋"。
③ 《同人集》卷四小注作"昔年晤君文社"。

佛垂怜。南州高士都悬榻,西晋清流不问钱。安得同伸刘祖志,着鞭先路枕戈眠。

　　杨雄李渤衍心传从杨缉甫、李子仙两先生游、晚岁还参玉版禅。千卷云山诗入画,一湖烟水屋如船家滨鹅荡。战争日炽文光晦,谈笑风生老态捐。不放梁鸿炊灭灶,情深东道我何缘。

蒿目时艰,不觉抚心悼叹,用前韵志感

荣开甲中一

　　浩劫相遭已十年自癸丑金陵失陷,至庚申姑苏亦陷,尚待克复[1],吴艦掉出乱离天去冬常昭收复,苏匪在乡焚掠,民悉舟居不敢回[2]。风帘燕掠真堪恼,野水鸿嗷剧可怜。钻燧虽看余柳火,解囊无计易榆钱。流民岂少豪华士,耿耿中宵总不眠。

用前韵赠纯甫司李[3]

时　均益三

　　移居飘泊已三年,客舍难安二月天。君到异乡诚莫慰,我因同病正相怜。谋来菽水无长策,典尽衣裳有几钱。义尚通财无此力,徒劳悬想未成眠。

　　渊源家学得真传,来往鸿儒又悦禅。冬日三迁求乐土,春风一棹坐轻船。惟邻是卜成心化,随遇而安安念捐。烟水苍茫何所往,栖迟稳处即为缘。

---

①② 《同人集》卷四无此小注。
③ 《同人集》卷四题作《用前韵赠又村司李》。

和　作

金匮朱成烈竹君

烽烟遍地已经年，扰攘又逢二月天。不律日忙缘草起，将离风烁替花怜。愁来欲扫空携帚，闲买无多莫论钱。侵晓高人频惠顾，隔花啼鸟醒春眠。

赠纯甫先生[①]

金匮马维骐心斋

小隐桃源已数年三年前避乱南乡[②]，襟怀旷达继前贤。晋衰愿作陶元亮，秦帝甘为鲁仲连不预世务[③]。遁迹辽东欣有榻，潜踪江上恨无船到北甲三日，又苦贼逼，欲他徙无舟[④]。劝君莫抱流离感，自有舒长化日天。

江南何处不烽烟，满目离怀倍怅然。兔窟欲营曾屡凿，鸠居未获已三迁。松筠压雪坚还劲世乱后多不平之鸣。兰味经风断复连不见廿年，因避难转得聚首[⑤]，客邸相逢情话旧，惊看鬓发半华颠。

和答心斋

龚缙熙

星离云散十余年，遁迹江湖共避贤。绛帐经师仍矍铄，青毡残客奈颠连。通家互证门前辙令弟云阶从予学，逼寇难牵岸上船欲他徙，无力雇舟，指日清平铙唱续，淮西投甲舞光天。

流民四散巷无烟，得聚心交亦快然。三径卜邻同豹隐与予为邻，

---

① 《同人集》卷四题作《赠又村先生》。

②③④ 《同人集》卷四无此小注。

⑤ 《同人集》卷四小注作"不见廿年，今重聚"。

一枝求友慰莺迁。彩鸾并降仙风逸,雏凤双飞异日连掔眷馆北甲。遍野黄花吟不厌同观菜花,头衔互署老诗颠。

叠韵再酬纯甫丈①

马维骐

叔度睽违近十年,文星临处睹名贤。鹅肫水畔高风仰寓鹅湖滨,乌目山前旧雨连。夙好是敦如淡水,谦光不满象虚船。韶华九十春方富,无限文章假自天。

昂首青云拨雾烟,诗酬丽句本天然。赁春幸获鸾妻助,卜宅欣携凤子迁。琴水纵湮流自远,虞山虽断脉还连闻虞山路凿断②。拙工斧向班门弄,惹得诗人共笑颠。

叠韵再答心斋

龚缙熙

元运将开甲子年,竹林养晦待兴贤。一乡讲学黄巾避,三叠赓歌白雪连。福地云依甘露寺君家甘露,仙源风引武陵船予郡武陵。两家子弟书声应,忘却干戈扰攘天。

节过清明散柳烟,思亲客里定悠然尊慈家居。多君笔妙驰三绝谓诗书文,叹我囊空困屡迁。回首家山乌目惨,赏心乡社白眉连。茫茫世界天难问,任笑张颠与米颠。

北甲纪胜

长洲北境尽湖村,十笏连云甲第存。巷有捕鱼鸦载艇,场无走鹿燕登门。茶烹谷雨清诗味主人以雨水煎茶,树拱桃源避斧痕屋后墓木无恙。两部书声如鼓吹,移家来羡好儿孙荣氏有两塾。

---

① 《同人集》卷四题作《叠韵再赠》。
② 《同人集》卷四小注作"虞山路被贼凿断"。

和　作①

马维骐

北邻金匮自成村,雄甲仙乡上谷存荣氏郡名②。鱼网当风牵柳岸,鹚舟冒雨泊柴门。湖连鹅水添新涨,港接牛桥灭旧痕屋后名牛桥港,今桥废。欲识河南家姓氏,宾王后裔盛云孙河南人家多骆姓。

清明口号

鸡羹麦饭纸为钱,佳节清明又一年。故国有家应改火,他乡无客不禁烟。菜挑野外青连地,柳插门前绿满天。求禄何如名万古,至今绵上有圭田。

和　作

龚绲熙

有儿苦少买饧钱,如此萧条客里年。亲墓远离经岁月,战场难禁沸烽烟。身随紫燕栖灵地,眼盼红羊转上天。三两文星同话雨,互忻无税到书田。

清明即景六绝③

荣开甲

鹅滨东畔是吾家,节届清明柳发芽。又有桃花红映面,渔歌唱到夕阳斜。

荇菜参差左右芼,门前绿水涨三篙。饧箫亦谱宫商调,也为诗人

---

① 《同人集》卷四题作《北甲纪胜,和又翁》。

② 《同人集》卷四小注作"上谷,荣氏郡"。

③ 《同人集》卷四题作《清明即景六绝,同又村作》。

耳怕嘈。

酴醾香袭遍春缸,鸟啭阳和变旧腔。休作累囚蚕室闭,故人有约掉吴艭。

无限风光一例删,课孙书罢望湖山。长洲不减杨州景,何必移家九曲湾。

昨闻越寇毁苏台,驱使流民泣路哀。但愿湖乡烟火禁,风帆无恙带云来。

秋千架上女都娇,旧日繁华积①渐销。愁对白杨凭吊古,纸灰如蝶任风飘。

清明客感和醉翁

龚缙熙

烽火何堪累月连,若敖求食子孙迁。螺舟一带哀鸿集,泪洒湖乡扫墓天。

杜鹃声替诉羁愁,烟柳丝长雨未收。采尽山薇挑野菜,何人还说踏青游。

小步前村有茗坊,同心人聚比兰香。黄尘打稻声初过,又放顽儿白打场。

夕阳红到隔湖桥,多少风帆出市飘。唯有此间清雅甚,读书声和卖饧箫。

橐笔频年客异乡,号寒虫苦减文章。不缘禁火厨常冷,薪米经营累孟光。

故山无恙笑颜开,云里如招地主回。何日天钱飞百万,绿杨重整好楼台。

---

① 积,《同人集》卷四作"逐"。

和　作①

马维骐

寻得桃源月复连,刘郎小谪比莺迁。客窗闲听伤箫度,吹出清明百五天。

榆烟柳火动离愁,有客思家泪未收。莫笑身如春燕子,自来自去且遨游。

谈诗连日到茶坊,两腋风生味自香。羡杀邻家小儿女,秋千犹入少年场。

离鸿遍野集江桥,破晓炊烟隔岸飘。船上桥儿啼似鸟,逼耶娘赴市吹箫。

梨花冷节在他乡,辍读曾闻九我章纯翁有《蓼莪辍读图》②。移孝作忠筹笔早,五云挥处日重光。

村前一色杏花开,满路行人去复回。知道湖山依旧好,计时重上望春台。

和　作六首录二

朱　濂一泉

烽火连天数月来,野风桃李为谁开。前村知有青帘在,且到花前醉一回。

扁舟漂泊到湖庄,静狎鸥凫事不忙。万物谁非旅大块,西南邻境亦吾乡。

---

① 《同人集》卷四题作《和作赠又翁,用元韵》。
② 《同人集》卷四小注作"丈有《蓼莪辍读图》"。

客窗即事

龚缙熙

江湖满地气如秋,欲狎闲鸥放棹游。四境烽烟余乐土,三春风雨聚朋俦。鱼鸣网底知花额鱼名,犊放田间味草头金花菜别名。休作旄邱多日感,采风邻邑播吴讴。

名山事业订千秋,不震中原鹿豕游。累重全家驮异地,交疏四海选同俦。年衰尚其移山手,境窘谁能润笔头。须识乾坤清气在,月明湖上听渔讴。

和　作①

荣开甲

汗牛著作计千秋,除却鸿儒莫与游。白首如新无此谊,青衿不刺是吾俦。阅人到处撑双眼,名世何时出一头。遇物吹嘘风独善,哀鸿安宅遍歌讴。

和　作②

吴县许文藻春宜

故乡一别几春秋,无路请缨独自游。把卷日长忘作客,联床风约话同俦。世情未识伊何底,诗格难攀最上头。幸得高贤频畅叙,聊将清兴续歌讴。

---

① 《同人集》卷四题作《和又村〈客窗即事〉》。
② 《同人集》卷四题作《前题》,为《和又村〈客窗即事〉》后第一首。

和　作①
朱成烈

　　清明节过似清秋，联袂欣同物外游。愧我瞶聋难自振，羡君风雅更无俦。春风尚欲帷中坐，夜月时闻陌上讴。回首苏台凭吊处，鸥夷流恨大江头。

　　睽违一日等三秋，春日相携野外游。处世贵能忘尔我，同心喜与结朋俦。群空冀北终邀顾，迹寄河西尽善讴。剪烛联吟欢洽处，夜深犹是话床头。

和　作
马维骐

　　片时睽隔似三秋，鸥鹭忘机喜共游。芹沼无缘嗟我辈，菜羹有味与君俦。凤雏语脆矜黄口公子方读书，乌哺恩深恋白头家慈迎养在寓②。蝶舞莺歌春景好，相将吟啸发清讴。

　　两三知己话春秋，相约天晴鼓棹游曾约荡口之游。大块文章谁与匹，小斋烟景莫为俦。春风省识频吹面，片石疏顽少点头故人与春偕来，而予适为顽徒所苦。待得烟氛全扫荡，万家齐唱太平讴③。

　　二月春寒景似秋，寻芳拟欲唤群游。歌翻白雪钦君侣，路隔青云愧我俦。风剪柳丝皴水面，雨惊棠睡醒楼头。旅窗趺坐浑无事，播出吴歈与越讴。

---

①　《同人集》卷四题作《前题》，为《和又村〈客窗即事〉》后第二首。
②　《同人集》卷四小注作"家母迎养在寓"。
③　《同人集》卷四此句下有小注："苏垣及无锡将克复。"

投纯甫①

荣开甲

频年怕听玉吹箫,又恨边氛击斗刁。幸有高人来下榻,惭非志士欲题桥。月移花影原堪爱,风送春声不碍骄。从古友朋如水淡,也宜茗战借苏铫。

一切骄矜付柞芟,独标清格异秋杉。才能获福仙应妒,性不谈空佛亦谗。体物有因征理畅,缘情到处作诗馋。斜阳转盼东升正,照彻高枝赖手攙。

和 答

龚缙熙

分飞弄玉罢吹箫新断弦,客到藏春坞访刁。悯乱渐增新白发,寻诗贪过小红桥。目空名利交惟淡,身历艰难气不骄。尘世昏昏人尽醉,独抛酒盏恋茶铫恶酒嗜茶。

屋后佳城草尽芟,清明祭拜抚松杉。文埋紫鹭天难问屡踬棘闱,论屈青蝇世尽谗。千虑通神惊练达善六壬课,一灯依佛戒贪馋茹斋。骚坛选字贤人备,笑我屠沽语竟攙。

和 作

朱成烈

鸟声到处和饧箫,其奈黄巾气尚骄。慈惠济人思子产,奸邪乱国恨齐刁。知君有意联鸿会,愧我无才赋鹊桥。三五同心人聚首,沁心交淡借垆铫。

腐儒老态尽夷芟,风骨超超傲碧杉。墨泼一围摹米老,斋依七日

---

① 《同人集》卷四题作《投又村》。

笑苏馋。诗书有味甘心领,名利无求任口谗。仰止师资欣不远,当前盲瞽赖相搀。

补颂醉翁

龚缙熙

尘寰破戒忽高吟,掷笔惊天句炼金。五朵云飞仙有骨书法娟秀,千潭月印佛无心近归禅。鸿文不带离骚气蠲除牢骚语,鹤唳仍操故国音不合污世。老练才华时辈避,谁知玉树尚风临。

和　答[①]

荣开甲

诗成珠玉短长吟,妙绪丝抽句截金。笔阵排空翻地轴,神明决事契天心。忘机鱼乐添真趣,得意鸟飞报好音闻寓斋无恙。华日光风君领取,相时不必卦占临。

和　作[②]

马维骐

韩贾交情在倡吟,推敲一字点成金为拙作易字,服甚。春风着意吹人面,皓月当头印水心。笔落烟云无俗艳,诗抛珠玉有仙音。红巾尽为才锋避,幸遇文星下照临。

和　作

许文藻春沂

庐居爱竹独沉吟荣氏轩额曰爱竹庐,得句曾叩铁点金。乡梦不嫌

---

① 《同人集》卷四题作《和答又村》。
② 《同人集》卷四题作《和作酬又村》。

常寂寂,旅窗相与印心心。时逢浩劫仍联句,志在高山订赏音。妖雾扫除瞻化日,一朝云路共登临。

和　作

朱成烈

大观何处快登临,鹅荡鸿山寄素心。花衬微阴舒媚态,鸟知淑气弄清音。文章待献丰年玉,请托羞言暮夜金。石隐不关兴废事,昂头天半和鸾吟。

和　作

沈兆麟枕经

篷窗怕①听笛长吟,写恨偏余字字金。风醒平堤舒柳眼,雨酥香径沁兰心。花留醉客添佳色,鸟喜良朋弄好音。为爱青山无恙在,何时载酒共登临。

再叠前韵赠纯甫②

荣开甲

河豚欲上好长吟,沽酒无钱钗拔金适留君饮。遍地鸿嗷思援手,烛天虹焰不关心。格高莫倚弹筝调,诗敏休催击钵音。指日时清齐并驾,铙歌唱处福星临。

叠前韵质同人

龚缙熙

花香鸟语助清吟,不负春宵刻抵金。四邑人文惭鹤膝诸君与予分

---

① 怕,《同人集》卷四作"厌"。
② 《同人集》卷四题作《叠韵再质又村》。

隶四县,千村妖火恨狼心。畏途不挫英雄气,空谷还传太古音。闾史他年成合传,岂徒山水共登临。

感时索纯甫和[①]

荣开甲

即事题诗咏客窗,湖滨渔唱续新腔。吴都到此难为赋,蜀道当前觅渡杠。处世随机思兔窟,忧时何日仰龙庞。分居北海兼东海[②],待到尘清达上邦。

和　作

龚缮熙

高情爱客借书窗,呵壁容搋恨满腔。细柳屯营瞻将略闻大兵将扎营西南,仙桃引渡架渔杠谓避寇君家。雄词气折谈天衍,冷节情凄上冢庞三枢新殡,扫墓时每堕泪。课子弄孙培国器,青云直上显南邦。

和　作

朱成烈

花飞红雨掩书窗,幽愤呼天抒一腔。到处人心多叵测,当初风俗尚敦庞。忘机我喜居安土,病涉谁能筑小杠。闻道诸公俱养晦,待清还看达家邦。

主人留饮爱竹庐,与春宜对酌,乘兴同过前村访竹君,啜茗谈诗,顿忘尘世

龚缮熙

向荣菜麦迓晴晖,莺燕寻春步不违。结绶交从朱博订,持瓢酒对

---

① 《同人集》卷四题作《感时元唱》。
② 《同人集》卷四此句下有小注:"谓又村。"

许由挥。柳阴叵匝呼公渡，茶梦阑珊听子归。匡鼎说诗颐共解，不知狂虎肆风威。

和　作①

马维骐

莺歌燕舞弄春晖，结侣看花路莫违。柳拂邮②亭疑策赠，芦摇野岸当毫挥。烟霞养性同群往，风浴陶情自咏归。投笔有怀班定远，手操干戚壮军威。

和　作

朱成烈

晓窗霭霭挹晴晖，知己相逢愿不违。茗战倦时花助兴，诗情酣处鸟催归。金针有律心相印，玉轸无弦手自挥。闻说淮夷将解体，声灵显赫伏明威。

感怀四律，用前韵

龚缙熙

春风市上罢吹箫，匹马从征听斗刁。音变飞鸮方集泮，志伸司马欲题桥。约寻发喜吴人短，刑谏心惩楚将骄。读破兵书先踊跃，旗枪茶斗试铜铫。

盼得农功莫放芟，刍荛屏迹护林杉。归刘有祖军皆左，撼岳无牌相不谗。虎豹已占君子变，鲸鲵休肆老饕馋。吴天又见重光日，不待黄人大手搀。

---

①　《同人集》卷四题作《爱竹庐主人偕又翁、春宜游宴，并访竹君茗战，予不及陪，和又翁韵》。

②　邮，《同人集》卷四作"旗"。

鹅湖水碧照船窗，一洗流民泪满腔。忧国有谁同漆室，济人从此遇徒杠。儿童谣起口碑准，父老书陈眉样庞。风角扫除飞露布，会歌新命旧周邦。

忽醒残梦见朝晖，完璧何妨乱命违。功捷征东操斧破，血流攻北倒戈挥。城非莒陋围难破，俗变齐强道渐归。玉石俱焚嗟烈火，且施雷雨播天威。

和　作[①]

马维骐

胡筛动处罢吹箫，人马衔枚静斗刁。蚁阵迁延如晋鄙，鸦军变易拟陈桥。公徒出律声先夺，君子成师气不骄。寄语文坛真健将，相期蓐食试跳铫。

不禁樵苏草木芰，春来雨露润松杉。蜀兵火有葫芦策洋人善火攻，汉将车无薏苡谗。虎口逃生推福命，狼心嗜杀胜贪馋。义旗举处音书捷，为倩同袍手共挽。

有客谈兵聚水窗，声传铙吹听新腔。谋成拔帜徒坚壁，计出焚舟不驾杠。灵雨几时沾润泽，士风何日转敦庞。天心厌乱还思治，一檝江南定旧邦。

揩眼晨曦补夕晖，壮怀葵向肯心违。布悬危堞人谁上，琴设谯楼手独挥谓闭城不出。弃甲蜗牛随日散，呼庚鸿雁待时归。汉家倘有中兴兆，麟阁勋臣播德威。

---

①　《同人集》卷四题作《感怀四律，和又翁》。

鹅湖风雅集卷二

东海渔隐编辑

上巳日用范石湖呈程咏之韵①

马维骐

三春佳景须欣赏,禊饮来游莫放迟。柳岸无梁频唤渡,兰亭有笔欲临池。舟横曲水迎桃叶,宴集崇山唱竹枝。领略永和好光景,分笺闲写石湖诗。

叠前韵

戒浴祈蚕元巳节,湔裙莫怪客来迟。好花红艳香迷洞,芳草青生梦绕池。洧涘秉蕳群蕲叶,华林蹋柳共攀枝。丽人行与洛神赋,并入毫端咏小诗。

和 作

龚缙熙

闻道鸿山今礼佛,碧翁可奈放晴迟。演兵箭射华林苑,浇块觞流曲水池。洲集饥鸿沾菜色,路逢怪兽袚桃枝。呼儿莫负长春节,且写张华励志诗。

---

① 《同人集》卷四题作《上巳日用范石湖呈程咏之韵,同又翁》。

上巳同纯甫散步[①]

荣开甲

三三佳节欲何之,不许愁肠少蔓滋。花冷旗亭难问酒,茗烹村店且谈诗。兰亭胜迹人焉往,洛邑高风某在斯。自有回天修禊手,销兵又见太平时。

醉梅邀我茶亭小话,适时挹山明经、朱召亭茂才福增亦到,观诗雅谑,畅叙幽情,次醉翁韵

龚绤熙

谁修禊事续羲之,一雨芳田草带滋。七碗茶浇新渴疾,千篇笋束旧吟诗。青衫麋集欢何限,白水鸥盟淡若斯。村问朱陈还福地,纵情谈到夕阳时。

回家见桃花有感[②]

昆山余希耀静斋

一树夭桃手自栽,今朝为我老人开。庭花未解乱离世,偏向春风放一回。

和　作

荣开甲

武城薪木手亲栽,犹敛芳苞待主开。况有青囊医国手,群生黍谷荷春回君善医。

---

① 《同人集》卷四题作《三日同又村散步》。
② 《同人集》卷四题作《回家见桃花有感,同又村作》。

和　作

龚缙熙

生意当前不待栽,便逢尘世笑颜开。桃源毕竟春常在,替祝仙郎鼓棹回时避寇在外。

其　二

鲤庭桃李又新栽,从此天荒草昧开公子于客中得馆。胜我伐檀经辍讲,缁林未卜几时回予塾因贼警未开。

其　三

绛桃贞骨旧时栽,焉肯蒙羞背主开。长守空庭辞蝶使,恋恩情重望君回。

贫　况原唱

佘希耀

贫居况味也堪夸,炼药浇花更煮茶。笑我衣衫生小窦,惊人毡笠欲开花。盎无红蠡粮常贷,囊乏青蚨酒尚赊。惟有恒心穷不去,甘将笔砚作生涯。

和　作①

金匮马昂春郊

贫家况味讵堪夸,客至无肴但饮茶。避地何人能借马,送春得伴且看花。书虽满架肯轻卖,瓶纵无粮未易赊。却喜亲朋远相访,浮家都在水之涯朱见三、张清卿、金省三、尤竹筠诸子枉顾②。

---

① 《同人集》卷四题作《同又村和》。
② 《同人集》卷四小注作"朱见三、张清卿、金省三、尤竹筠枉顾"。

和　作

龚缙熙

膏粱醉饱让人夸，菜当嘉肴粥当茶。阁帖儿摹惟乞米时挹翁、贾梅溪各馈斗米，闺装妇典不簪花。居无半竿枝常借，饮戒三蕉酒未赊。一领缊袍经岁敝，输他襟燕客天涯。

再　和

贫非病也尽堪夸，让水廉泉渴当茶。胸饫诗书骄食粟，手培子弟胜栽花。装空白劫身无累，市近红尘货每赊。到处留题知有我，弦歌声里乐无涯。

和　作

荣开甲

一钱不费向人夸，杨叶薇英摘代茶。鸡食充肠临米草，兔园枵腹羡江花。难邀日影南荣丽连日雨，欲叩天阍北望赊。太息豪华多少士，而今寒乞鲜生涯。

和　作

马维骐

境遇萧条未足夸，饥无畾饭渴无茶。身当乱世飘如梗，心入穷途碎似花。煮粥时愁粮莫馈，浇书每叹酒难赊。砚田虽获收常减，试问谋生可有涯。

叠　和[①]

贫能行乐信堪夸,镇日双弓当饮茶。冷逼腰牵书带草,饥驱口嚼米囊花。吟诗有债台难避,沽酒无钱肆莫赊。桃李栽培非胜策,拟[②]将投笔觅生涯。

和　作

朱　濂

膏粱锦绣有谁夸,拨闷唯浇七碗茶。顾我囊空心刺棘,让君诗丽吻生花。半间小舫萍纵泛时避警,以船为家,三里危城柝响赊。谁指迷津超浊世,置身净界乐无涯。

用静翁韵赠心斋先生

卢　栋器轩

乍交心契实堪夸,良夜清谈共品茶。痛我愁肠坚旧垒,多君妙手创新花。万家惨难将何极,千里雄兵可奈赊日望大兵,尚无消息。相对青灯频洒泪,忧怀欲释浩无涯。

逆氛逼人,又迁杨巷,留别诸同人

龚缙熙

一叶载装轻,阳春伴客行适当春尽日。异乡儿女累,同难弟兄情自长洲至金匮已三迁,金园、朴园两弟又有尚书院之约。雪印留鸿浅,风声听鹤惊。依依今旧雨,别泪又纵横。

"异乡"一联至性至情,仿佛白太傅警句。醉梅。

---

① 《同人集》卷四题作《再和》。

② 拟,《同人集》卷四作"逝"。

五十不虚度寓北甲恰五十日,赓歌到笋樱。如何营燕垒,又欲唱骊声。折柳湖边路,看花市上程。主翁悬榻待,他日续鸥盟。

步答纯甫[①]

荣开甲

莫谓别离轻,凄然送客行。从新寻乐土,恋旧怆中情。话雨莺歌沸,闻风蝶梦惊。饯春人共远[②],湖上片帆横。

地主贫如洗,荒厨未摘樱。犹怀招隐赋,顿寂读书声。泪掩将分袂,源寻不计程。楚氛终自息,还我旧时盟。

次韵送纯翁[③]

马维骐

有客翩然举,莺迁是此行。未伸宾主意,转诉别离情。见险君先避,闻危我亦惊。桃源仙眷属,不受乱秦横。

送客兼春送,凭谁荐笋樱。分笺含别绪,下笔带离声。蝶使迎前路,鹏抟计后程。殷勤新地主,又好订诗盟。

答送纯甫丈[④]

许文藻

行李一肩轻,来朝送客行。只留今夜梦,欲隔故人情。风雨谁同话,烽烟我独惊。他时重聚首,诗酒又纵横。

一意快遄征,时哉正熟樱。笠车坚后约,笙磬应同声。赠柳增人闷,飞花赆客程。太平佳气转,芝宇续兰盟。

---

① 《同人集》卷四题作《和又村迁杨巷留别》。
② 《同人集》卷四此句下有小注:"适春尽日。"
③ 《同人集》卷四题作《前题》,在《和又村迁杨巷留别》后第一首。
④ 《同人集》卷四题作《前题》,在《和又村迁杨巷留别》后第二首。

赠马春郊丈己未旧作①

李　璋锦江

兰臭相投信宿缘,下愚何幸近高贤。文章谙练推前辈,诗酒情怀胜少年。有好子孙真是福,不求名利即为仙。年当指使犹勤学,课暇仍将典籍研。

学习词章愧我荒,多君坦直析毫芒。青毡守洁心如水前以薄物献公,不遽受②,绛帐年深鬓有霜。盈箧诗成千首富,等身书拥一炉香。精神矍铄家风继,好补虾辞庆迪康六旬初度。

和　答

马　昂

良朋每叹聚无缘,幸有芳邻馆俊贤。嗟我已当衰朽日,羡君正是誉髦年。文章简洁追司马,诗句清超继谪仙。自愧粗疏仍似故,他山还望借磨研。

垂老无闻学久荒,羡君作作有锋芒。文经百炼语如铁,笔下千言字挟霜。万里鹏程虽敛翼,一枝蟾窟定分香。宠分缟带何时报,惟愿登云蔀禄康。

李作有"好子孙"一联,心声感人,可铭座右;马作"文经百炼"二句,手笔惊俗,可振浮靡,吾等敢不拜倒。乃不晤数日,遽痛黄垆,嵇阮能毋黯然?又村。

---

① 《同人集》卷四题作《赠马春郊丈元唱己未旧作补录》。
② 《同人集》卷四小注作"前以薄物献丈,却之"。

和韵谢马春郊丈

龚缙熙

通家孔李叙前缘次公子从予游，屡赋缁衣辱大贤初馆贾，继馆朱，均蒙惠顾。邻郡心同如缩地，杖乡齿长订忘年。草庐避世终名世，花笔诗仙亦酒仙。亲课龙孙翁矍铄，小窗灯火一经研。

梁溪清淑变洪荒，绛帐文光暂敛芒。择荫三迁忘夏日予来迁，适立夏，诛顽一字凛秋霜近作多刺时。况怜穷士呼舟渡，厨宠美人赐馔香为予觅舟，并留酒食。他日剪荆归有路，福星还赖保平康。

纯甫先生避乱荒庄见赠和答

马 昂

英雄避世亦随缘，陋巷从兹辱大贤。模范相资欣凤昔次儿受业门下，芝兰近接快今年。胸罗万卷词皆锦，手撰千篇笔有仙。愧我一编芜秽甚，也劳点窜费朱研时以拙作呈改。

世乱文风日就荒，惟君万丈吐光芒。笔端诛伐严于斧，纸上声灵凛若霜谓感时诸作。春去渐看榆荚散，秋来应折桂枝香。莫惊风鹤连番至，此后还堪赋小康君到后，连惊寇至①。

和赠纯翁②

马维骐

前缘未了缔③今缘，叔氏无痴渴好贤丈与叔旧相识，今徙敝地，契若新知④。雪印鸿飞留一月，风惊鹤唳历三年。身栖斗室浑忘陋寓华氏

---

① 《同人集》卷四无此小注。
② 《同人集》卷四题作《和赠又翁》。
③ 缔，《同人集》卷四作"订"。
④ 《同人集》卷四小注作"丈与春郊叔旧相识，今来从，契若新知"。

旧庐,手握双珠不让仙两公子随侍。世事茫茫犹未定,沧桑劫运把人研。

虞阳路似陆庄荒,百丈文锋半敛芒。愤世情深心计日丈于时事,悉有日记,杖家年迈鬓添霜。身当醉酒神无困,口到吟花句有香。莫怅风波经岁历,羊肠尽处自平康。

七夕元唱

马　昂

诗友如云集,同来问斗牛。此宵真胜会,我辈亦风流。聚首经年月,分题迭唱酬。临河权后遇,喜色上眉头。

岂为勤耕织,经年会女牛。去秋申远约,今夕渡中流。恨逐星桥散,欢凭月帐酬。莫嗟缘分少,不久唱刀头。

亘古惟今夕,年年会女牛。银蟾呈半面,喜鹊架中流。倘解殷勤乞,应将富贵酬。者番离恨少,临去莫回头。

读春翁七夕词,适感时事勉步

龚缙熙

兵火废耕织,学仙看女牛。星离缘七夕,月照泪双流。异样金针巧丈诗俱巧绝,良姻玉杵酬令郎云阶新娶。偏师安敢捣,五字筑城头。

天钱无可借,羞涩笑牵牛。愁叹室家毁堵屋已墟,恨同河汉流。德邻从此卜,欢宴未曾酬。犹喜妻孥聚,齐眉到白头。

夏夜殊秋节,文星聚斗牛。瓜期应罢戍,蔓水莫长流。泛海槎同驾,支机石可酬。报章惭织女,倾倒鹊桥头原唱有"良缘纵无限,只在鹊桥头"二句。

荣式卿□□留饮,与心斋、春宜聚久谈心,乘间理发,酒酣肠热,情见乎词

依依贤地主,唤渡到溪南。劝饮杯浮蚁,尝新豆号蚕。诙谐津滚

滚,栉沐发鬈鬈。但愿陪年少,平戎末议参。

和 作[①]

马维骐

幸遇诗仙降,吟诗得指南。提壶催好鸟,下笔听春蚕。电掣矜拳快适拇战[②],云披剪发鬈[③]。留宾供一豆,异味不须参只有新豆一味。

秋柳元唱用渔洋山人韵

马 昂

记得当年欲断魂,章台望望绿盈门。一从世上炎凉判,使失春初妩媚痕。长短亭前惊落叶,萧疏影里见孤村。天涯多少飘零客,再把他乡景细论。

晓起初看草上霜,俄惊风景变横塘。更无翠带长拖地,剩有青袍尚置箱。攀去不堪赠游子,折来难复献空王。从今脱落黄金缕,不似当初旧锦坊。

嫩汁也曾染素衣,那堪今日景全非。燕莺队里声俱老,车马门前客自稀。剩有寒蝉和雨噪,更无暖絮向人飞。回思高唱阳关者,欲见无期愿久违。

旧游重到倍相怜,曾记沿塘布绿烟。当日共牵丝袅袅,至今空惹恨绵绵。王恭姿态归何处,宣武英雄失暮年。从此扳条歌咏客,不堪重过画桥边。

---

① 《同人集》卷四题作《荣式卿□□留饮宁远轩,同春宜、器轩、云卿□□等拇战,和又村》。

② 《同人集》卷四无此小注。

③ 《同人集》卷四此句下有小注:"适丈栉沐。"

前和王阮翁秋柳四律,久为同社传钞,今见春郊丈诗, 复借咏身世,以抒牢愁

龚缙熙

故园一别黯销魂,移荫河干古巷门自虞城屡迁至杨巷。旧雨往来青眼契得遇旧交,新霜沾染白头痕自怜老态。风檐回首飞花节昔年省试不利,水国寻踪老树村南乡祖居仅存。谁料散材偏有寿,岁寒交与柏松论。

蒲姿力薄也经霜,尚引寒鸦噪野塘与同人唱和。陶宅露寒新白地城舍已无存,辋川云护旧青箱手泽幸未失。夜严刁斗营屯汉山城坚守如细柳,春去楼台态改王惜予衰残非故态。莫作兰成枯树赋,来年结绶耀宫坊。

无缘捣汁染春衣,老态婆娑渐觉非。消受金风腰样瘦,照残镜月鬓丝稀。古亭荒驿征骖系但见兵马,流水斜阳客燕飞频年作客。差喜得逃斤斧厄各乡杨树斫尽,借矶渔隐愿无违寓白荡滩。

青衫憔悴最堪怜,火到钻余灶断烟客舍左近被贼火,致予突不得黔。双眼炎凉慵阅世,万家衣被旧飞绵曩日在公筹赈饷。江山点缀留残画苏省未全复,水月凄清困晚年迩来遇益穷。知否老来腰脚健,旧游寻梦酒垆边适访家沧湄、华晴初故宅。

赠春郊先生辛酉原唱

元和顾济乾子和

年来浪迹感萍浮,快挹清芬意气投。顾盼据鞍真矍铄,弦歌设帐自风流。江村景物还如故,城郭烽烟尚未休。转瞬月圆三五夜,可能共醉拨闲愁时八月初。

和　答

马　昂

每嫌世态并虚浮，爽直如君谊最投。马齿叠加灰远志，虎头三绝出名流。脱身锋刃原为福武林之难，身被数创，托足江乡亦小休。闻道辟疆园尚在，赋归尽可写离愁。

寄怀子和先生，仍前韵

当年共赏桂香浮，风鹤惊开兔各投。我返柳村成老朽予自李塾回，君同桃梗尚漂流君后屡迁。才堪绣虎终为用，志切从龙讵肯休常昭复清，投禀城帅设局①。却喜天威今已近，行将载酒解牢愁君嗜饮，适闻吴塔驻官兵②。

欲谒元戎，次子和韵

龚缙熙

将星照破乱云浮，罴虎营屯足喜投。白简抨陈民疾苦曾缮禀上城将，丹心欲挽世迁流。风清草莽名巨显，泽扫萑蒲劫运休。闻道公孙开阁早，遇时终不老穷愁。

谢春翁喜糕、肉圆之赐，仍前韵

东君深恐祝辞浮，骨肉团圆糕并投。医我瘦容资鼎味，让公题字迈恒流。置盘白璧情何厚，包啖红绫梦未休。自拜郇公甘脆赐，连朝腹果散心愁。

---

① 《同人集》卷四小注作"常昭收复，投禀元戎"。
② 《同人集》卷四无此小注。

纯甫先生欲谒元戎,作诗明志,和韵奉尘①

马　昂

楚氛逼处黯云浮,怀抱明珠肯暗投。自有元戎夷丑类,欣看高阁出名流。龙韬久练堪参议,虎帐雄谈定服休。此去原为军国计,岂徒家室免穷愁。

士当名下岂虚浮,相得应如水石投。开府真为严武辈,作宾原是杜公流。储粮有备千军喜,筹赈无饥四境休君曾筹粮局、赈局。惟有故人偏不乐,穷居孤寂又离愁②君来后,颇有唱和之乐。

鸿才本不逐轻浮,义路礼门始足投不与乱世务。返正去邪由正士,扬清激浊赖清流。当前遇合应占吉,此后功名定卜休。试春闾阎萧瑟甚,思将何以慰民愁。

自来妙要戒文浮,名士连章幕府投沈得山及君辈皆投禀城官③。猛虎满山心共愤,哀鸿遍野泪同流。扫除端赖兵威肃,安集还须德政休。君去自能施妙算,一行可解万千愁。

纯翁有谢桥之行,次韵奉赠④

浪迹他乡总觉浮,安居好向梓桑投。故园本在南沙境,仁里还迁北海流。莲幕相依人共美,柳营参赞世咸休。门墙桃李堪承荫,定慰老怀两地愁儿辈亦思附骥⑤。

---

① 《同人集》卷四题作《又村先生欲谒元戎,作诗明志,和韵奉尘》。

② 《同人集》卷四此二句旁有又村小注:"别丈不多时,竟成永诀,诗识显然。又村。"

③ 《同人集》卷四小注作"君偕沈得山辈皆投禀城官"。

④ 《同人集》卷四题作《又翁有谢桥之行,叠韵再赠》。

⑤ 《同人集》卷四小注作"儿辈亦思附尾"。

寄心斋、云阶兄弟,叠前韵

龚缁熙

不随尘世共沉浮,传语同袍笔试投。白屋那能埋杰气,黄河毕竟有清流。南阳庐定邀三顾,表圣亭何筑四休。愿借两湖作杯酒,与君浇破古今愁。

重过宁远轩,主人式卿仍留饮,心斋得"棋声清和读书声"一句,为足成之

野薇香里蝶飞轻,篱落寻诗缓缓行。酒兴酣连烹茗兴与朱召亭、陈少卿茗战,棋声清和读书声观卢器轩、朱云卿对弈。人来五日随风信前聚后五日,鸟识三时唤雨耕适闻布谷声。难得尘寰领仙味,满盘梅豆绿珠倾。

至湖桥访华景陶□□□□不值,用纯翁韵①

马 昂

绵衣脱尽一身轻,谬许良媒逐雉行②。叩户不逢沽酒客,入门惟听织机声。后堂并坐儿吹管,南亩偕来妇饷耕。归向茅斋难琢句,可来共把一壶倾为令爱执柯,君嗜酒③。

鹅湖访尤景初□□□□,途中偶吟,再叠前韵④

年来腰脚等云轻,十日鹅湖四日行。心印喜同鱼水契,耳聋还警

---

① 《同人集》卷四题作《至湖桥访华景陶□□不值,用又翁韵》。
② 《同人集》卷四此句下有小注:"为令爱执柯。"
③ 《同人集》卷四小注作"君嗜酒"。
④ 《同人集》卷四题作《鹅湖访尤景初□□□□,仍前韵》。

鹤风声。婚当异地难拘礼时话金匮华氏姻事,景初长洲人①,人到还乡始得耕适从西禧避难来。回忆当初东道主,一经烽火数家倾谓吴□□、尤竹芸诸家。

送纯甫先生回南沙②

先生家本虞山麓,西庄新第负南郭。一自鸥鸮毁室来,竟同鸿雁无栖宿。避难转辗到荒庄,欲借一枝聊托足。颜子不嫌陋巷居,卧龙且向草庐伏。谁知遇穷诗益工,襟怀雅旷心常乐。衔杯吟咏兴有余,同人唱和卷成轴。惭余迂疏业久荒,巴人敢和阳春曲。先生来此已二旬,吾儿尚未将脩束。不责门人礼数愆,反赐雪芽与鼎肉见赠香茗、豚蹄。食来齿颊虽添香,自顾厚颜能无恶。嘉惠高情无以报,请将红友将君速。闻道公孙开东阁,招贤纳士推心腹。谢安岂久卧东山,子房好去参帷幄。运筹决策除凶残,功成名就垂帛竹。长材远驭在此时,无令简书再三促君适膺总办团练马春湖司马之聘③。

和 答

龚缙熙

渔隐湖滨胜林麓丈家白弥荡滨,削平大难望李郭。有代白头道路劳令郎仙洲兄弟颇孝,得亲红友糟邱宿酷嗜酒。昔拜先生经义斋始访于朱氏书斋,一门桃李尽高足。葭莩旧谊席上谈令兄正阳丈与大樽伯连袂,兰树新阴阶下伏时心斋、勖斋两贤侄同馆吾乡。辱携凤雏问字来谓次公子云阶,樽酒颇得论文乐。手分心印共月明,十载光阴等转轴。命驾尚歌适馆篇顾予洞港书塾,登坛同奏迎仙曲又同懑问心分坛。梁溪虞山苦被兵,白驹久旷刍一束。何幸移家邻德门,郇公厨赐酒与肉。自嗟

---

① 《同人集》卷四小注作"时话金匮华氏婚事,君籍长洲人"。
② 《同人集》卷四题作《送又村先生回南沙》。
③ 《同人集》卷四小注作"君将赴练董马春湖之招"。

身入流民图,欲报无财颜甲恶。伏波矍铄勇贾余,白社联吟斗迟速。吾辈岂能束高阁,数万甲兵亦在腹。欲送妻孥迁善乡,愿陪子弟参戎幄行将寄孥莫城,两公郎订予偕作。长歌当策宠赠行,敢言破贼如破竹欲设团防局于顾泾。海滨遗老投钓竿,还让先生后车促。

跋

　　纯翁出示此卷,携归捧诵数过,回念身世播迁,有同慨焉。不料先生咏歌自适,仍自若也,曷胜钦佩。

　　　　　　　　　　癸亥中元前三日,元和陆毓元读罢并识

《中国近现代稀见史料丛刊》已出书目